삼대록계 국문장편소설

조씨삼대록

4

역주자 전진아(全眞娥)는 이화여자대학교 국문학과를 졸업하고 동 대학원에서 문학박사학위를 받았다. 현재 이화여대 한국문화연구원 연구원을 거쳐 명지대에서 강의를 하고 있으며, 국문장편소설과 한문장편소설의 관련성에 관심을 갖고 있다. 논문으로 「『청백운』 연구」가 있고, 역서로 『역주 매천야록』(공역)이 있다.

이화한국문화연구총서 11

조씨삼대록 4

초판 인쇄 2010년 2월 20일 **초판 발행** 2010년 2월 25일
역주자 전진아 **펴낸이** 박성모 **펴낸곳** 소명출판 **출판등록** 제13-522호
주소 서울시 서초구 서초동 1621-18 란빌딩 1층
전화 02-585-7840 **팩스** 02-585-7848 **전자우편** somyong@korea.com **홈페이지** www.somyong.co.kr

값 36,000원

ISBN 978-89-5626-460-8 93810
ISBN 978-89-5626-445-5 (세트)

ⓒ 2010, 전진아

이 저서는 2005년 정부의 재원으로 한국연구재단의 지원을 받아 수행된 연구임(KRF-2005-078-AS0041)

이화한국문화연구총서 11

삼대록계 국문장편소설

조씨삼대록
4

전진아 역주

소명출판

| **일 러 두 기** |

가. 현대어역 및 주해

1. 현대어 번역은 한글 맞춤법 체계에 의거해 어법에 맞는 자연스러운 현대 한국어 문장이 되도록 하였다.
2. 띄어쓰기와 관련해 한 인물에 대한 관직명이 연달아 나올 때는 붙여 쓰기로 한다.
3. 띄어쓰기와 관련해 '공'이나 '부인'과 같은 호칭이 성과 연달아 나올 경우, 원래는 띄어 써야 하나 독서의 편의를 위해 예외적으로 붙여 썼다.
4. 현대어로 번역한 표현이 작품 원문의 단어와 형태가 많이 달라졌을 경우, 각주에서 원문의 단어를 밝혀 주었다.
5. 현대어역 본문에서 어려운 한자어는 한자를 병기해 주었다.
6. 판독(判讀)이 어려운 어휘나 문장은 가능하면 이본을 참조하여 보완하고 주석을 달아 그 사실을 명기(明記)하였다.
7. 이본을 참조해도 판독이 불가할 경우 그 사실을 각주를 통해 밝혔다.
8. 면이 바뀔 경우 바뀐 부분의 첫 글자 위에 방점(˙)을 찍고 원문의 면수를 표시하였다.
9. 주해는 다음과 같은 경우에 하였다.
    1) 관직명, 인명과 같은 고유명사.
    2) 전고(典故)가 있는 한자어 및 지금은 사용하지 않는 한자어.
    3) 어학적 주석이 필요한 근대 국어 어휘나 표기 체계.
    4) 등장인물 및 그들 간의 관계, 앞 줄거리를 환기시킬 필요가 있을 경우.
10. 주석의 표제어는 현대어역 본문을 대상으로 하였다.
11. 문장 부호의 사용은 다음과 같다.
    1) 큰 따옴표(" ") : 직접 인용, 대화, 장명(章名).
    2) 작은 따옴표(' ') : 간접 인용, 인물의 생각이나 내적 독백.
    3) 『 』 : 책명(冊名).
    4) 「 」 : 편명(篇名)
    5) 〈 〉 : 작품명
    6) ( ) : 한자어를 드러낼 경우.
    7) [ ] : 표제어에서 제시하는 단어와 한자어가 음이 같은 경우는 '( )'로 표시하고, 만약 음이 일치하지 않는 경우에는 '[ ]'를 사용함.
    8) { } : 원문에 표시된 어휘를 밝히기 위해 원문 내용을 그대로 옮긴 경우.

나. 원문

1. 현대 맞춤법 체계에 의거해 띄어쓰기를 해 주었다.
2. 한자는 병기하지 않았다.
3. 면이 바뀌는 곳은 면 표시를 해 주었다.
4. 판독이 불가한 경우나 지워진 경우에는 □ 표시를 해 주었다.
5. 원문 순서에 오류가 있는 경우에는 괄호 앞에는 오류를 수정한 면수를 써 주고 괄호 안에는 원래의 면수를 써 주었다.

조씨삼대록 해제

이 책의 현대어역 대상은 현재 유일본으로 전하고 있는 서강대 소장본 40권 40책 『조씨삼대록』이다. 『조씨삼대록』은 『현몽쌍룡기』의 후편으로, 연작형 삼대록계 국문장편소설에 해당하는 작품이다. 대부분의 국문소설이 그러하듯 작자는 미상이다. 또한 필사기가 없어서 필사자에 대한 정보나 필사 시기도 알 수 없다. 다만 이 책의 현대어역 대본인 서강대 소장본 곳곳에서 발견되는 '낙장(落張)' 표기를 근거로 할 때 좀 더 풍부한 내용을 담고 있었던 『조씨삼대록』의 존재 가능성에 대해 생각해볼 수 있다.

현재까지 알려진 것 가운데 『조씨삼대록』에 대해 언급한 가장 이른 시기의 기록은 홍희복의 『제일기언』 서문(필사 시기 1848년 추정)이고, 그 이후의 기록으로는 『언문칙목녹』(필사 시기 1872년 추정)과 『한국서지』(1894년), 『고대소설』(1969년) 등이 있다. 이러한 기록들은 『조씨삼대록』의 창작 하한선을 19세기 중엽 이전으로 추정하는 데 근거가 된다. 홍희복은 『제일

기언』서문에서 자신이 번역한『경화연』의 우수성을 알리기 위해 비판적 관점으로 세간에 유행하는 소설의 제명을 나열 하고 있다. 이때 "세간의 전파ᄒᆞᄂᆞᆫ 바 언문 쇼셜"로『유씨삼대록』,『옥원재합』,『완월회맹연』,『숙향전』,『풍운전』 등과 함께 이 작품이 거론되었으니『조씨삼대록』의 인기를 짐작할 만하다. 이 외에『현씨양웅쌍린기』연작의 셋째 작품에 해당하는『명주옥연기합록』에『소현성록』,『구래공정충직절기』 등과 함께 작품명은 물론 작중 인물이 차용되었는데, 이 역시『조씨삼대록』의 인지도를 가늠할 수 있는 근거가 된다.

서강대 소장본『조씨삼대록』의 경우, 겉표지에 한자로 '曹氏三代錄'이 적혀 있고 본문이 시작되는 처음 부분에는 '조시삼대록'이 한글로 적혀 있다. 각 권당 분량은 평균 119면 정도이고, 매 면은 10행, 행당 평균 17자로 되어 있는데, 그 중 15권(총98면), 16권(총102면), 19권(총104면), 38권(총109면), 39권(총105면), 40권(총87면) 등이 상대적으로 분량이 적다. 전반적으로 필체는 단정한 궁체이며 오탈자에 대한 교정이 적어 깔끔하게 필사된 편이지만 15, 16, 17권의 경우 흘려 쓴 필체로 되어 있다. 그러므로 적어도 2명 이상의 필사자가 서강대 소장본『조씨삼대록』의 필사에 참여했음을 알 수 있다. 그리고 책을 엮는 과정에서 실수를 하여 1권의 79면에서 98면, 12권의 109면에서 112면 등 몇 부분의 순서가 뒤바뀌었다. 각권의 서두는 앞 권의 끝 부분 내용을 반복 서술하는 경우와 반복 없이 앞 내용에 이어서 서술하는 경우로 나뉜다. 또 각 권의 가장 마지막에 "하회 셩남ᄒᆞ라", "ᄎᆞ쳥 하회ᄒᆞ라", "하회 분셕ᄒᆞ라" 등의 '독자 유인어구'가 있는 경우와 그렇지 않은 경우로 나뉜다. 그러나 서강대 소장본『조씨삼대록』의 독자 유인어구나 앞 내용의 반복 등은 일정한 경향성을 띠지 않는 것으로 보아 필사자 혹은 작가가 그때그때 자유롭게 첨가하여 독자의 독서를 도운 기록 정도로 봐야 할 것이다.

『조씨삼대록』은 『현몽쌍룡기』의 후편이므로, 가문 배경이나 인물구도 등을 전편인 『현몽쌍룡기』로부터 이어 받아 이야기를 전개한다. 『현몽쌍룡기』의 중심인물이 평남후 조숙의 쌍둥이 아들 조무와 조성 부부였다면, 후편 『조씨삼대록』에서는 삼대록이라는 이름에 걸맞게 자녀, 손자 세대로 이야기를 확대하여 그들을 작품의 중심인물로 삼고 있다. 단편적인 언급까지 모두 합하면 조씨 가문의 인물만 해도 조무의 10자 3녀와 조성의 7자 2녀 그리고 그들의 자녀까지 수십여 명이 등장한다. 그러나 실제 서사에서는 조무의 아들 기현 부부, 운현 부부, 딸 월염 부부, 그리고 손자 명윤 부부와 조성의 아들 유현 부부, 딸 자염 부부, 그리고 손자 명천 부부 등에 관한 내용이 비중 있게 그려진다.

이들 중심인물이 겪는 갈등은 주로 남편이 아내의 정절을 의심하여 박대하는 과정을 그린 부부갈등, 시부모가 며느리를 박대하는 고부갈등, 그리고 형제의 장자권이나 행복을 시기하여 모해를 가하는 형제갈등 등의 양상을 띤다. 이때 『조씨삼대록』 역시 전편 『현몽쌍룡기』와 유사하게 호방한 성격의 인물, 단엄한 성격의 인물 등 인물의 성격에 차이를 둠으로써 다양한 갈등 해소 양상을 그린다. 그러나 전편 『현몽쌍룡기』에서처럼 하나의 사건에 두 형제가 함께 연루되어 해결 과정에서 극명한 성격적 대비를 보이는 구도를 적극 활용하거나 하지는 않는다.

또 『현몽쌍룡기』에서는 조무와 조성 부부의 갈등 해결이나 악을 행하는 금선공주 일당과의 대결을 위해 가문 구성원 전체가 합심하여 고민하고 문제를 해결하는 양상을 보이는데 반해, 후편 『조씨삼대록』에서는 어려움을 겪는 부부가 중심이 되어 문제를 해결해나는 양상에 초점을 두고 있을 뿐 가문 차원의 위기의식이나 가문 구성원의 공동 대응 등을 그리지 않는다.

그러므로 『조씨삼대록』의 서사는 가문의 권위 확립이나 가부장권의 강화를 통해 가족 구성원을 하나의 통합된 질서 안으로 규합하는 삼대록계 국문장편소설의 기본적 틀은 유지하면서도 부부 각각의 갈등과 그 갈등에 대처하는 인물들의 개성적인 면모를 보여주는 데 목적이 있다고 볼 수 있다. 개별 부부의 관계 혹은 인간의 욕망이나 인성 탐구 등에 대한 작가의 관심은 인물을 선인과 악인으로 양분하지 않고 다양한 유형으로 구분한 것, 선인에 속하면서도 자신의 애정 욕망에 충실한 인물을 그리거나 윤리규범에 위배되는 행위를 하지만 타인으로부터 욕망에 대한 동정이나 공감을 이끌어내는 인물을 등장시키는 것 등을 통해서도 확인할 수 있다. 또 일상생활에서 벌어질 수 있는 부부간의 기질 대립 양상 등을 실감나게 서술하거나 인물들의 내면 심리를 노출하여 한 인물 안에 담겨진 성격의 다양성을 드러내는 서술 등은 『조씨삼대록』의 오락적 성격을 부각시키는 동시에 현실감 있는 대중적 독서물로서의 면모를 보여주는 것이기도 하다.

『조씨삼대록』의 큰 줄기는 선이 승리하고 가부장적 질서에 순응하는 인물이 긍정적인 평가를 받는다는 유가적 교훈을 전달한다. 그러나 남편의 관심과 애정을 요구하며 상사병에 걸리는 중년 여인 형씨의 이야기, 조무·조성 형제가 벗과 농담을 주고받는 이야기, 젊은 요녀(妖女) 무릉선에게 홀려 체통을 잃는 조노공의 이야기, 요도(妖道) 진선대랑과 결탁한 금선공주를 깨우치기 위해 집안사람들이 한바탕 연극을 벌이는 이야기

등 곁가지에 위치한 이야기들은 윤리 교과서 밖에 존재하고 있는 현실적인 삶과 사람들의 모습을 간간이 보여주는 여유가 있다.

『조씨삼대록』이 이처럼 딱딱한 이야기를 가볍게 풀어나가는 여유를 보일 수 있었던 이유로 작가의 역량과 함께 축적된 독서 경험을 생각해볼 수 있는데, 실제 『조씨삼대록』은 전대 소설인 『소문록』, 『사씨남정기』, 『소현성록』 등과 모티프 면에서 유사성을 보인다. 특히 이 중에서도 『조씨삼대록』에는 『소현성록』의 독서 경험이 많이 반영되어 있는데, 복거지인 '운산'에 대한 묘사는 『소현성록』의 '자운산' 묘사와 거의 일치하며, 허구적 인물인 선인황후 소황후는 『소현성록』에서 창작한 인물로서 『조씨삼대록』에도 그대로 등장한다. 직접적이고 단편적인 차용 외에도 『소현성록』의 갈등구조를 변화시켜 『조씨삼대록』 창작에 반영한 부분들은 현대적 의미의 비판적 다시 쓰기와 비교될 만하다.

『조씨삼대록』의 이러한 특징은 '삼대록계 국문장편소설' 내부에서 이루어진 형식적, 주제적 분화의 양상을 보여주는 것으로서 '삼대록계 국문장편소설', 넓게는 국문장편소설 연구의 다양한 지평에 대해 고민할 수 있게 한다는 점에서 의미가 있다. 또한 서로 복잡하게 관계망을 형성하며 영향을 주고 영향을 받았던, 당시 국문장편소설 창작의 관습을 뒷받침할 만한 구체적 증거들을 담고 있기 때문에 17~19세기 국문장편소설 독서와 국문장편소설 창작에 대한 이해의 폭을 넓혀주는 자료적 가치도 있다.

서강대 소장본 40권 40책 『조씨삼대록』의 역주를 달고 현대어로 옮기는 작업에는 7명의 연구진이 참여했는데, 각각 분량을 나누어 번역하고 이것을 교차 윤문한 후 통합하는 과정을 거쳤다. 『조씨삼대록』을 현대어로 옮기는 작업에는 김문희(1권~14권), 조용호(15권), 정선희(16권~23권 58

면), 전진아(23권 59면~30권), 허순우(31권~38권 54면), 장시광(38권 55면~40권)
이 참여하였다. 한 올 한 올의 씨실과 날실을 엮어 그럴듯한 옷을 만드는
작업처럼 『조씨삼대록』의 현대어역은 더디지만 재미와 보람이 있는 작
업이었다. 물론 더 손질하고 싶은 아쉬움이 있기도 하다. 이제 새로운 모
습으로 단장하여 세상으로 나가는 『조씨삼대록』이 독자들에게 유익한
읽을거리가 되었으면 한다.

2010년 1월
허순우

조씨삼대록 해제 / 3

현대어역

원문

조 씨 삼 대 록

24권

1   화설. 초공이 진궁에 이르니 여러 자질들이 당에서 내려와 맞이하였다. 진왕이 웃으며 초공에게 말하였다.

"우리가 여러 날 나갔다가 왔으니 여러 아이들이 반드시 거리낌 없는 일을 하였을 것인데 내가 돌아와서 웅현,[1] 봉현,[2] 화현[3] 세 아이를 모두 보지 못하였다. 너는 그 아이들을 보았느냐?"

초공이 웃음을 머금고 대답하였다.

"보지 못하였기에 아까 잡아다가 보고, 그들 소원에 맞추어 각각 하나씩 미녀를 맡겨 가두어 두었습니다."

진왕이 도리어 웃으며 말하였다.

"그 죄상이 망측하지 않았다면 너같이 어진 사람이 이런 거조를 하지는 않았을 것이다. 대체 어떻게 하였기에 그 사실을 알고서 잡아갔느냐?"

초공이 대답하였다.

2   "명선[4]이 그들의 거동을 보고 왔을 것인데, 무엇이라고 아뢰었습니까?"

진왕이 말하였다.

"술을 먹고 취하였다고 이를 뿐이어서 별다른 죄목은 내가 듣지 못하였다."

초공이 웃고 나서 명윤,[5] 명선, 명천[6]이 의논하던 일과 세 아이들의

---

1)   웅현 : 초국공 조성과 그의 셋째 부인 윤씨 사이의 아들.
2)   봉현 : 평진왕 조무와 그의 셋째 부인 최비 사이의 둘째 아들.
3)   화현 : 평진왕 조무와 그의 첫째 부인 정숙렬 사이의 다섯째 아들.
4)   명선 : 평진왕 조무의 첫째 아들인 기현의 둘째 아들.
5)   명윤 : 평진왕 조무의 첫째 아들인 기현의 첫째 아들.
6)   명천 : 초국공 조성의 첫째 아들인 유현의 첫째 아들.

망측하고 음란한 일을 낱낱이 고하니 진왕이 놀라움을 이기지 못하고 말하였다.

"여러 아이들 중에 이런 폐단이 있을까 근심하느라 내가 한때도 한가하지 못하였다. 내 눈에 여러 자질들의 잘못이 보이면 작은 일과 큰일을 가리지 않고 다스렸는데 오늘 세 아이가 없어서 의심이 되므로 명선을 시켜 알아오라 하였다. 그런데 뜻밖에 어린아이가 날 속인 것이 이러하니 어찌 한심하지 않겠느냐? 너는 잘도 참는구나. 그 거동을 보고 속 시원하게 치지 못하고 가두어 두었느냐? 내 이제 엄히 쳐서 분을 풀리라."

초공이 가만히 웃으며 대답하였다.

"그때 절통하기는 하였습니다. 그러나 그에 대한 벌을 이미 내렸고 혈육을 상한다고 더 나을 것도 없으며 자식과 조카에 대한 정으로 구태여 그 살이 떨어져 피가 흐르는 것을 보기가 싫습니다. 이번에는 제가 행한 벌을 쓰시지요."

진왕이 또한 웃음을 머금고 같이 상부로 가서 노공을 뵙고 세 아이의 일과 세 손자가 죄를 지은 일을 고하고 행실을 삼가며 마음을 고칠 동안 찾지 마시라고 하니 노공이 도리어 크게 웃고 명윤을 불러 말하였다.

"어찌 어른 속이는 것을 능사로 알았느냐?"

명윤이 부친이 자리에 계시니 매우 황공하고 두려워하며 오직 안색을 온화하게 하고 말씀을 부드럽게 하여 대답하였다.

"제가 감히 다른 도리에 어긋나는 일로 조부를 속였다면 그 죄가 가볍지 않을 것입니다. 하지만 이번 일은 그런 일이 아니고, 사실대로 고하면 세 숙부께서 죄를 면하지 못할 것이었습니다. 그러니 조카의 정으로 그렇게 한 것이 어찌 이상하겠습니까?"

옆에 있던 사람들이 웃으며 명윤이 능숙하게 말을 잘하는 것이 그의 숙부인 평능후 유현[7]과 방불하다고 한결같이 일컬으니 태사 기현[8]이 명윤을 흘겨보며 진왕께 고하였다.

"이 아이들이 모든 일에 철이 없고 사리에 어두워 오직 꾀를 먼저 이루었으니 군자의 충후한 덕과 선비의 훌륭한 행실에서 벗어났습니다. 비록 작은 일이나 전에 양자범을 공교한 말로 속이니[9] 소자가 괘씸하게 여겼으나 큰 일이 아니라 아는 체하지 않았습니다. 그랬더니 점점 더하여 어른을 속이며 정직함이 없으니 이제 그냥 두면 훗날 더욱 방자하여 거칠 것이 없을 것입니다. 청컨대 이를 다스려 후일을 징계하십시오."

진왕이 명윤을 사랑하는 것은 열 아들도 미치지 못할 정도였다. 그러므로 웃고 말하였다.

"명윤의 말이 사람의 자식 된 도리를 극진히 차린 것이고, 명선이 내 명령을 그대로 좇지 않고 허언으로 속인 것은 나를 업신여긴 것이 아니라 그 숙부를 사랑한 것이니 너는 과하게 죄를 꾸짖어 어린아이를 상하게 하지 마라. 명윤의 늠름한 기상과 특이한 위인은 우리 할아비들이 바라마지 않는 바이다. 한갓 네 자식이라고 하여 자주 죄를 다스려 기린 같고 봉황 같은 자질과 가을 하늘 같은 기운을 꺾어놓지 마라."

---

7) 평능후 유현 : 초국공 조성의 장자.
8) 태사 기현 : 평진왕 조무의 장자이자 명윤의 아버지.
9) 양자범을 ~ 속이니 : 자범은 양인광의 자(字). 이는 서강대본 『조씨삼대록』 21권에 나오는 다음과 같은 일을 말함. 진왕의 딸이자 양인광의 첫째 부인인 월염이 적국 곽씨의 갖은 모해에 시달린 끝에 조부로 피해 있었는데 사실이 모두 밝혀진 뒤에도 양인광은 월염의 생사를 몰라 애태움. 그때 명윤이 월염의 거처인 선월정에 월염의 혼백이 나타난다고 양인광을 속여 양인광이 선월정에 있는 월염을 만나도록 함.

기현이 절하고 사양하며 말하였다.

"아버님께서 미친 아이를 지나치게 좋게 알아주셔서 일찍이 엄하게 가르치시지 않으셨습니다. 제가 어리석고 줏대가 없기는 하지만 혹 한 일이라도 가벼이 꾸짖을라치면 이같이 막으시니 이러시면 못된 자식의 방탕한 사람됨을 경계하여 옳은 길로 가게 할 방법이 없습니다."

진왕이 명윤의 손을 잡고 명선을 어루만지며 말하였다.

"이 두 아이는 존당과 태부인께서 처음으로 보신 현손(玄孫)이니 사랑하시는 것이 다른 여러 아이들보다 더하다. 그러므로 나는 일찍이 마음대로 치며 꾸짖지 못하겠던데 너는 어찌 조그만 허물로 죄를 다스려 존당과 나의 뜻을 어그러뜨리려느냐? 명윤을 두고 봐라. 훤칠한 의사와 뛰어난 기상이 반드시 유현의 기특함과 흡사할 것이다. 내가 너 같은 자식을 열 명을 두었더라도 유현 같은 아들 한 명이 없음을 한스러워 하였는데 하늘이 사람의 소원을 들어주어 나의 종손(宗孫)이 이 같으니 귀중하게 여기는 것이다."

기현이 감히 다시 명윤 등을 꾸짖지 못하고 두 아이를 경계하여 후일
을 엄히 대비하였다.

이때에 웅현 등이 갇혀 있으면서 몸을 밧줄로 동여 창기와 같이 한 데 묶여 있으니 부끄럽고 우스운 마음을 이기지 못하였다. 그러나 생각해 보면 존공의 뜻이 가볍지 않아서 쉽게 놓여날 것 같지가 않았으므로 마음이 답답하고 즐겁지가 않았다. 옥중에 들어와 창기와 함께 묶여 있던 것을 풀고 거적자리에 흙 베개를 베고 누워 취한 것이 조금 깨니 모두 수치심이 생겨서 답답하게 맺힌 마음을 서로 말하는 자가 없었다. 미칠 것 같은 마음이 매를 백 대 맞은 것보다 더함이 있었는데, 여러 형제들이 와서 옥

9   문을 열고 위로하며 한편으로는 가소로와 웃음을 머금으니 웅현이 탄식하며 말하였다.

"남아가 젊은 나이에 유희 삼아 간혹 노랫소리를 들으며 무희를 대면하였기로 아버님께서 이렇게까지 괴이한 거조를 하시어 자질들을 괴롭히시니 어찌 원망스럽지 않겠소?"

아현10)과 달현11)이 정색을 하고 말하였다.

"어른이 하시는 바가 어찌 괴이하겠습니까? 형이 스스로 마음을 고쳐 행실 닦기를 맏형을 배우지 않으시고 도리어 부형을 원망하시니 이 말씀이 아버님께 들어간다면 형이 옥중에서 더 괴로움을 당할까 걱정됩니다. 어찌 자질이 되어 부친과 숙부를 원망할 수 있겠습니까? 실로 한심합니다."

10   웅현이 실언한 것을 사죄하고, 한참 말하다가 형제들이 돌아갔다.

이때, 변씨12)는 진씨13)를 모함할 생각이 다급하여 간악한 계략이 미치지 않을 곳이 없었다. 이날 밤에 웅현이 옥중에서 자신의 행동이 마음에 부끄럽고 열없어 잠을 이루지 못하고 있었는데 옥문 밖에서 가만가만 말하는 소리가 들렸다.

"재상가의 귀한 소저도 행실은 볼 것이 없더라."

한 여자가 말하였다.

"어찌 이름인가?"

그 여자가 말하였다.

---

10) 아현 : 평진왕 조무와 둘째 부인 연비 사이의 둘째 아들.
11) 달현 : 초국공 조성과 첫째 부인 양정렬 사이의 넷째 아들.
12) 변씨 : 추밀사 변간의 딸로 웅현의 둘째 부인.
13) 진씨 : 처사 진청의 딸로 웅현의 첫째 부인.

"진부인이 한림 상공의 박대를 서러워하여 외간 남자를 몰래 통하고 날마다 하는 일이 기괴한데도 그만 그 일을 알 사람이 없으니 어찌 한심하지 않겠는가?

한 여자가 손을 저어 말리며 말하였다.

"너는 부질없는 말을 하여 큰일에 간여하지 마라."

그러더니 그 여자를 이끌고 들어갔다.

웅현이 이 말을 듣고 크게 놀라 생각하였다.

'이 곳이 비록 외당이나 집안사람이 아니라면 왕래하지 않을 것이요, 내당의 시비 무리들은 이곳에 나올 리가 없다. 그런데 누가 여기에 와서 안방 사람의 부덕함을 이른단 말인가? 귀신이 나의 어리석음을 불쌍히 여겨 진씨의 대간대악을 알게 하는 것이 아닌가? 진씨가 원래 나와 더불어 은정이 성글고 나의 박대를 원망하여 부부가 서로 존경하고 화목한 것을 원하지 않고 내가 창녀와 즐기니 그것을 꺼려 허물을 두루 살펴 아버님께 아뢴 것이다. 그 흉한 마음에다 또다시 음란한 행동을 아울러 간부를 들인다 하는구나. 나는 지금 벌을 받고 있는 중이라 진씨의 방종이 나의 마음에 더욱 분하구나. 옥문을 열고 나가 진씨의 처소에 간부가 있는지 없는지 살피고 아버님께 아뢰어 내가 벌을 받게 한 뜻을 물어보아야겠다.'

웅현이 화를 내며 옥문을 열고 내달려 넘어질 듯이 다급하게 난춘정[14]으로 왔다. 슬프다. 하늘이 사람을 힘들게 하고 두 사람의 액운이 보통이 아니어서 변씨가 요사스러운 생각을 백방으로 내는구나.

변씨의 시녀 태춘은 키가 보통 사람보다 크고 얼굴이 남자 같았는데,

___

14) 난춘정 : 웅현의 첫째 부인 진씨의 처소.

¹³ 그녀에게 웅현이 벗어놓은 의복 한 벌을 입혀 띠를 띠고 부채를 손에 쥐게 하고 난춘정 창문 안에 숨어 행여 웅현이 옥중에서 간사한 말을 곧이 듣고 들어오는 일이 있거든 뛰어 달아나고 그렇지 않으면 조공이 존당으로부터 나가는 때를 타 난춘정으로부터 내달려 멀리 피하라고 하였다. 태춘이 본디 거칠고 날쌨는데 주인을 위하여 큰일을 꾀하는 데 있어 어찌 추호나 태만하겠는가? 수고롭게 남자 옷을 입고 분합창에 숨어 방안을 살펴보며 웅현이 오기를 기다렸는데 한밤중이 되자 웅현이 넘어질 듯이 급

¹⁴ 하게 들어왔다. 태춘이 급히 뛰어 내달려 한걸음 한걸음 구르고 거꾸러질 듯이 하여 북쪽 담장을 넘어 달아났다. 이미 준비하여 의심스러운 거동을 보이려고 한 것인데 어찌 속이지 못하겠는가? 거꾸러질 듯 담을 넘어가는 거동을 보고 영락없는 간부(姦夫)의 자취라고 생각하여 웅현이 화를 하늘같이 내었으나 따라잡지 못하고 그냥 와서 방안으로 바로 들어갔다.

　이때 진씨는 바야흐로 이불을 깔고 옷을 벗고서 막 자려하고 있었다. 그 여러모로 아름다운 모습이 촛불 아래 빛났는데 아이를 가진 지 서너 달이어서 음식이 맛이 없고 몸의 기운이 나른하니 옥 같은 자태가 안쓰러워 아름다운 모습이 더욱 애처로웠다. 그런데 웅현은 이를 보고 더욱 분

¹⁵ 함을 이기지 못하여 문을 열어젖히고 달려들어 옳고 그름을 가리지 않고 한쪽 손으로 진씨의 구름 같은 머리를 풀어 잡고 허리 아래 찬 칼을 빼서 그 머리채를 베어버리려고 하였다. 진씨의 유모 성파가 크게 울부짖고 홍도와 매옥이 같이 내달아 죽기를 한하고 칼을 무심결에 빼앗으니 웅현이 매우 화가 나서 손으로 여자들을 함부로 치며 발로 힘을 다하여 차고 이를 갈며 눈을 부릅뜨고 사나운 소리로 크게 꾸짖었다.

"천지간에 너같이 대간대악한 요괴는 실로 보던 중 처음이다. 내 비록 용렬하나 어찌 차마 너와 더불어 부부의 의를 이어가겠는가? 반드시 한 칼에 죽어 이 분을 씻고 너의 죄를 갚아야 할 것이다."

진씨가 천만의외의 흉패한 변란이 이 지경에 미쳐 웅현이 자신을 죽일 뜻이 칼 같은 것을 보게 되었는데, 이러한 때를 당하여 유약한 일개 부인이 장차 무슨 힘으로 살기를 도모하겠는가? 그러나 안색을 바꾸지 않고 천천히 한쪽으로 물러나 서서 대답하였다.

"군자가 자신의 몸을 닦고 집안을 다스리는 것은 나라를 다스리고 천하를 평정하는 근본입니다. 제가 비록 미약한 여자이지만 군자의 뜻에 맞추지 못하겠습니다. 위로 존당이 계시니 저의 죄과가 어떤 것이라고 하여도 이렇게까지 하실 일은 아닐 것입니다. 저의 팔자가 기구하여 이러한 욕을 보니 실로 어리석어 스스로 죽지 못한 것이 한스럽습니다."

웅현이 크게 술에 취해 아직도 깨지 못하고 분노함과 속상함으로 마음이 어지러워 진씨를 죽이려고 좌우를 돌아보며 시퍼런 칼을 얻으니 그 거동이 무서웠다. 진씨가 이 광경을 보고 다만 자신의 팔자가 기이하고 흠이 있음을 탄식하며 몸을 일으켜 협실로 피하려고 하였다. 그런데 그때 진씨가 일어서는 곳에 하나의 서간이 떨어졌다. 두어 줄 글이 쓰여 있었는데 그 말의 뜻이 흉참하고 음란하여 맑은 전각에 차마 올리지 못할 것이었다. 웅현이 이를 보고 가슴이 잔나비가 뛰노는 것처럼 쿵쾅거리고 솟구친 머리카락이 관을 뚫을 지경이어서 도리어 진씨가 자기의 흠을 아버지께 아뢰어 잡게 한 것은 다 잊어버렸다. 그리고 진씨의 몸에서 생각지도 않은 서간이 떨어진 일은 귀신이라도 알지 못할 일이었지만, 그 음란하고 비루한 행적을 눈으로 보게 되었으니 어찌 색에 빠진 탕자가 나이 어린 혈기와 분노로 앞뒤를 헤아리며, 원통하고 억울한 것을 이해하겠는 가? 웅현이 옳고 그름을 가리지 않고 달려들어 진씨를 주먹으로 치며 발로 차니 코에서 피가 솟아나고, 약질인 진씨가 아득히 정신을 차리지 못하고 한 주검이 되었다.

웅현이 진씨를 아주 죽이고 말려하였으나 오히려 부친을 두려워하여 오직 오늘밤에 소저의 자취를 없이 하기로 뜻을 정하였다. 그래서 모든 시녀를 불러 진씨를 끌어 문을 열고 길거리에 내치라고 성화같이 호령했다. 그러나 여러 시비들이 죽을지언정 차마 부인을 끌어내어 삼경 한밤중에 길에 내치겠는가? 웅현이 분노가 뼈에 사무쳐서 친히 불에 쇠를 달궈 시비를 지져가며 부인의 음란한 행실을 따졌다. 그러나 시녀들이 살에 기름이 흐르고 아픔이 심하였지만 한 사람 한 사람이 모두 진씨가 잘못이 없음을 울면서 밝혔다. 그러나 어진 사람의 액운이 비상하여 간악한 시비 한 사람이 그 사이에 있었으니 요악한 시비 난영이 울며 고하였다.

"이미 어르신의 신명하심이 해와 달 같고 어리석은 주인의 못된 음행이 고삐가 길어 드디어 환난을 만났으니 어찌 숨기겠습니까? 과연 부인이 상공의 박대를 원망하셨습니다. 진처사 어른의 제자 화생은 화태사의 막내아들로 얼굴이 관옥 같고 풍채가 신선 같으니 소저가 어렸을 때부터 화생에게 뜻을 두셨습니다. 그러나 처사가 그 사실을 알지 못하시어 상공께 혼약하시니 소저의 뜻은 화공자에게 있었습니다. 게다가 장신궁(長信宮)의 한15)이 깊으므로 저로 하여금 화부에 왕래하게

---

15) 장신궁(長信宮)의 한 : 남편에게 사랑을 받지 못하는 한을 말함. 한(漢)나라 성제(成帝)의 후궁 이었던 반첩여(班婕妤)는 매우 아름다워 성제의 총애를 받았으나 나중에 조비연(趙飛燕)에게 총애가 옮겨가자 참소당하여 장신궁(長信宮)에서 절개를 지키며 지냄. 그때 반첩여는 과거 임

하여 화공자와 정을 통하셨습니다. 화공자가 이곳에 오셨다가 여러 공자로 더불어 뜻이 서로 맞으시면 외당에서 밤을 지내실 때도 많고 학사 부인16)과 남매지간이라 내당에도 자주 왕래하시므로 난춘정을 유의하 21 였다가 혼자 한밤중이 지난 후 들어오셔서 새벽북이 울리면 외당으로 나가셨습니다. 그러다가 오늘은 상공이 나가시매 쾌히 초경부터 청하여 후면 담에 사다리를 세우고 넘어 들어오시게 하였는데 천만 뜻밖에 상공이 들어오셔서 화공자가 황급하게 피하였습니다. 시비 등의 죄가 아니지만 독한 형벌을 당하니 바로 아뢰나이다. 부인의 몸에서 떨어진 서간은 저희들이 알지 못하겠으나 이는 필연 화공자가 쓴 것일 것입니다."

웅현이 이 말을 듣고 분기가 막힐 듯하니 어찌 끝을 마음대로 하겠는 22 가? 아버님께서 다시 죄를 다스리면 죽기를 한하고, 방 안에 있던 자리를 가지고 진씨를 휘말아 긴 밧줄로 꽁꽁 동여서 직접 옆에 끼고 문밖으로 내달렸다.

이때 밤이 깊어 사람들이 다 잠들어 문을 지키던 노복도 다 잠이 깊었고 문이 잠겨 있었다. 웅현이 문을 발로 박차니 힘이 세차 문이 활짝 열렸다. 그러고는 진씨 동여맨 것을 큰길가에 던지고 들어왔다. 모든 시비들이 가슴을 두드리며 일시에 따라 내달렸는데 웅현이 못 나가게 꾸짖어 물리쳤다. 그러나 성파와 매옥 등 세 사람이 죽기를 한하고 웅현의 뒤를 따 23 라왔다. 웅현이 소저를 버리고 문을 차례로 닫고 들어와 도로 옥으로 가니 성파와 매옥 등이 원통하고 서러움을 이기지 못하여 나아가 부인의 시

금의 사랑을 받던 일을 회상하고 현재의 자신의 처지를 돌이켜보다가 가을이 되어 쓸모없게 된 부채와 자신의 처지가 일치한다는 생각이 들어 〈원가행(怨歌行)〉이라는 시를 지었음.
16) 학사 부인 : 웅현의 이복형 광현의 첫째 부인 화씨.

신을 어루만지며 눈물을 강물처럼 흘렸다. 감히 소리를 못 내고 진씨를 동여맨 것을 겨우 풀어 놓고 자리를 헤치고 보니 진씨는 호흡이 없고 손발이 얼음 같았다. 또 이때는 한겨울이라 눈바람이 세차고 한기가 뼈에 사무쳐서 성한 사람이라도 길가에서 몸을 가누기가 어려운데 천금같이 귀하게 자란 약질로 만 장이나 되는 곤욕을 겪었으니 어떠하겠는가? 서러움과 분함이 가슴에 막혀있는데 힘을 다해 동여매었으니 안 그래도 정신이 혼미한 약질이 아주 명맥이 끊어지게 되어서 아득히 세상을 버리고 한 시신이 되었던 것이다. 유모와 시녀가 목 놓아 부르짖으며 정신이 날아가 버려 어떻게 할 줄을 몰랐는데 홍도가 탄식하며 말하였다.

"하늘이 우리 소저를 내셨으니 결단코 오늘밤 명을 마치시지는 않으실 것입니다. 종과 주인이 이런 모습으로 밤을 새운들 우리들에게 무엇이 유익하겠습니까? 일시 놀라서 숨이 막혀 있으나 격렬하고 절실하며 강개한 기운이 가려져 있는 바이니 더운 방을 한 곳 얻어 밤을 지내고 내일 아침에 우리 중 하나가 존당 부인께 들어가 이유를 고하고 소저를 구호합시다. 혹 살 길을 얻으면 우리들은 주인을 저버린 죄인이 되지 않을 수 있고 소저는 난영의 사나움을 다스려 한을 씻을 수 있으니 그것이 두루 좋은 계책이 아니겠습니까?"

세 사람이 서로 의논하였지만 삼경 한밤중에 온 세상이 모두 적막한데 누구의 집으로 소저의 몸을 붙들고 가겠는가? 마침 조부의 장원 밖 동쪽 동네에 술 파는 과부 하나가 있었는데 기품이 양순하고 집이 넉넉하였다. 그런데 딸 하나를 두고 남편이 죽자 술을 팔아 생계를 삼으니 형편 때문에 그런 장사를 하는 것이 아니라 일이 없고 적막한 회포를 부칠 곳이 없어서 술을 팔기로 구실을 삼은 것이었다. 유모 성파는 그 과부와 친했으므로 먼저 유모가 가서 문을 열라고 하였다. 주모는 바야흐로 딸 옥섬을 데리고 자려고 하였는데 사람이 와서 부르는 것을 듣고 나왔다. 문을 열고 술을 사려 하는가 하여 중당의 불을 밝히고 보니 그 사람은 조승상 댁의 유모였다. 놀라서 한밤중에 온 곡절을 물으니 성파가 속이지 못하고 소저의 말을 대강 이르고 지금 소저의 일이 위급한 것을 말하며 하룻밤 머물기를 청하였다. 주모가 이 말을 듣고 참혹함을 이기지 못하여 말하였다.

"내 집 내당에는 딸이 있어서 일찍이 남자의 그림자도 못 오게 하였습니다. 비록 천인의 술집이지만 내외가 있으니 하룻밤 부인의 급한 화를 구하는 것을 어찌 꺼리겠습니까? 모시고 와서 따뜻한 방에서 밤을 지내셔도 됩니다."

성파가 고마움을 표하고 가더니 자신이 소저를 업고 매옥과 홍도가 좌우에서 진씨를 붙들고 겨우 주모의 집에 이르렀다. 그러나 진씨는 여전히 인사불성이었다. 이에 따뜻한 데 눕히고 약물과 미음을 계속해서 진씨의 입에 떠 넣었다.

주모의 딸 옥섬이는 천한 집의 평민이었지만 의기와 어진 마음이 남들보다 뛰어나고 타고난 성품이 매우 사랑스러웠다. 그러므로 진소저의 사정과 거동을 보고는 놀라지 않을 수 없어 애련함을 이기지 못하였다. 그래서 저에게 있는 좋은 이불을 가져다가 부인을 덮어 주고 밤이 새도록 졸지도 않고 진씨를 간호하였는데, 새벽에야 진씨가 숨을 돌리고 정신을 차려 잠깐 눈을 떠보니 자기 침당이 아니고 보지 못하던 중년의 여자와 15살은 되어 보이는 젊은 여자가 곁에서 간호하고 있었다. 진씨가 크게 놀라서 둘러보니 유모가 홍도, 매옥과 같이 함께 있었다. 진씨가 물었다.

"내 일찍이 일 없이 당에서 내려오는 일이 없었는데 무슨 까닭으로 내 몸이 이곳에 이르렀느냐?"

29

성파가 눈물을 흘리고 어젯밤의 일을 고하였다.

"부인이 처음 일은 모르지 않으실 것이고 나중에는 부인을 자리에 싸서 묶어 문밖 길거리에 내치시니 저희들이 할 수 없이 이곳에 모셔와 겨우 구하였습니다."

진씨가 듣고 나서 머리를 숙이고 길게 탄식하며 주인 모녀 보기를 부끄러워하였다. 유모가 다시 말하였다.

"일이 이에 미쳐서는 달리 할 바가 없고 난영의 말이 이러하니 다시 조부에 들어가 의지할 길이 없습니다. 날이 새기를 기다려 진부로 가서 이 일을 아뢰고 진부로 돌아갈 수밖에 없습니다."

30

진씨가 한탄하며 말하였다.

"인생 팔자 험하기가 이에 미쳤으니 친정이 있으나 부모를 뵐 낯이 없고 간악한 시비와 요사스러운 사람들이 놀라울 지경이구나. 내 비록 몸이 죽어 길가에 버려졌으나 친정에 돌아가 살기를 구하며 천고에 더러운 이름을 얻어야겠느냐? 시부모님께 이곳에 나오는 것을 고하지 못하였으니 지금 잠깐 목숨을 지탱하여 시부모님과 집안 어른들의 처분을 기다리려 한다. 그러고 나서 한번 목숨을 결단하여 구원(九原)17)에 돌아가 장강(莊姜)과 반비(班妃)18)의 행동을 본받아 내 마음이 어떤 것인가 밝힐 것이다. 어찌 구차히 살기를 탐하겠느냐?"

---

17) 구원(九原) : 저승을 뜻함. '구천(九泉)'이라고도 함.
18) 장강(莊姜)과 반비(班妃) : 장강은 위(衛) 장공(莊公)의 부인이고, 반비는 한(漢) 성제(成帝)의
     후궁 반첩여(班婕妤)인데, 모두 다른 희첩들을 총애한 남편으로부터 버림을 받았으나 자신들은
     절의를 지킨 역사적 인물.

성파 등이 슬퍼하며 울지 않을 수 없었다. 진씨의 뜻을 보니 감히 진부로는 가지 못하겠으므로 매옥과 홍도 등에게 부인을 모시고 있으라 하고 상부에 나아가 양정렬에게 까닭을 고하려고 하였다.

이날 이른 새벽에 진왕과 초공과 여러 부인들이 존당에 가득 모여 있고 여러 소저들도 다 모였는데 오직 진씨가 없었다. 태부인이 의아하여 난춘정의 시비를 다 불러서 진씨가 아침 문안에 질병이 있어서 참석하지 못했는가 자세히 물으니 시비들이 감히 속이지 못하여 머뭇거리다가 어젯밤의 거조를 대강 고하고, 한림이 부인을 자리에 싸서 직접 문밖으로 내어 가시면서 저희들을 나오지 못하게 하여 매옥과 홍도와 유모만 나갔는데 들어오지 않았다고 고하였다. 태부인으로부터 어린아이들에 이르기까지 이 말을 듣고 다 몹시 놀라고 한탄했으며 한심함을 이기지 못하여 서로 돌아보며 얼굴빛이 변하였다. 진왕은 크게 웃고 초공을 돌아보고 말하였다.

"웅현의 행사가 어떠한가?"

초공이 마음 가득 놀랍고 통한을 이기지 못하였으나 도리어 가만히 웃고 대답하였다.

"웅현의 막되고 못된 거조는 다른 사람에게 들리게 할 것이 아닙니다. 제가 사람의 아비가 되어 이러한 어지러운 아들을 제어하지 못하여 집안에 변을 일으키고 가문의 명성을 추락시키니 무슨 면목으로 삼공(三公)[19]의 자리에 있으면서 사람을 대하겠습니까? 제가 항상 형님께서 아이들을 다스리며 꾸짖으시는 것이 너무 엄격하시어 작은 죄와 큰 죄 를 다 용서하지 않으시는 것이 과도한 것이라 하였습니다. 그런데 지

---

19) 삼공(三公) : 천자를 보좌하던 최고위 관직. 삼정승.

금 웅현 같은 불초자식이 변을 일으킨 것을 보니 바야흐로 저의 심약함을 깨달아 통한함을 이기지 못하겠으나 소용없을 것입니다. 웅현이 미친 거조로 반드시 진씨를 죽이고야 그쳤을 것인데 진씨는 지금의 여자 중의 군자입니다. 깊이 예를 닦고 사덕(四德)20)이 맑고 깨끗한데 밤중에 길거리에 던져졌으니 정신을 차렸다면 웅현이 죽이지 않았어도 스스로 죽었을 것입니다. 어찌 참혹하지 않겠습니까?"

이에 양정렬이 즉시 유모 황씨 등 여러 시비들에게 명하여 매옥 등의 거처와 진씨가 간 곳을 알아오라고 하였다. 그때 문득 성파가 들어와 뵙고 눈물을 비같이 흘리며 전후수말을 일일이 고하고, 진씨가 겨우 살아났으나 두루 차이고 맞으며 굵은 줄로 동여매어 상한 곳이 푸르고 부어서 운신하지 못하며 통증이 가볍지 않음을 아뢰었다. 그리고 지금 술집 어미의 방 한 칸을 빌어 누어있으나 진씨가 스스로 죽기를 원하고 진부로 돌아가기를 원하지 않으니 오직 그 몸을 처치할 도리를 청하였다. 여러 부인들이 들으면서 진씨가 겪은 일이 비록 지나간 일이나 슬프고 놀랍도록 참혹하여 다 눈물을 흘렸고, 윤부인21)은 구슬 같은 눈물이 고운 뺨에 줄줄이 흘렀다. 초공이 들으니 일마다 놀랍기 그지없어 바삐 평안한 교자와 노련한 시비 두 명에게 성파와 같이 주모의 집으로 가서 진씨를 보고 부축하여 모시고 난춘정으로 돌아가 잘 조리하여 보호하라고 하고, 한편으로 간악한 시비 난영을 잡아 옥에 가두라고 하였다.

이때 난영이 주인을 모해하여 죽을 지경에 몰아넣고 변씨의 심복이 되어 스스로 시키는 대로 하였는데 어젯밤의 일을 변씨에게 고하니 변씨가

---

20) 사덕(四德) : 여자가 갖추어야 할 네 가지 덕목. 부덕(婦德 : 마음씨), 부언(婦言 : 말씨), 부용(婦容 : 맵시), 부공(婦功 : 솜씨)을 이름.
21) 윤부인 : 초국공 조성의 셋째 부인으로 웅현의 생모.

크게 기뻐하였다. 그러나 난영을 두었다가 만일 저의 주인이 엄하게 심문하는 지경에 이르면 반드시 자신이 함께 저지른 악행임이 드러날 것이었으므로 흉하고 독한 의사를 내어 흔연히 웃고 고마움을 표하며 말하였다. 36

"큰 공을 이룬 것은 네가 임기응변을 잘 한 것 때문이다. 한림이 들어올 때에 흉한 서간을 가지고 민첩하게 진씨의 품에서 그것이 떨어지게 하여 한림이 분노하게 하니 이 일이 마침내 완전히 이루어진다면 너의 공이 으뜸이 될 것이다."

그리고 나서 자기의 유모에게 명하여 옥으로 만든 잔에 난향주를 가득 부어 좋은 안주와 빛 좋은 과일을 먹이니 난영이 감격하여 잔을 받아 즐거이 마셨다. 그러나 그 잔을 채 놓지 못하여 앉은 채로 넘어지더니 즉사 37
하였다. 변씨가 급히 유모와 태춘 등 심복 시비를 시켜 이불 하나를 펴 놓고 난영을 잘 싸서 큰 농 속에 넣고 큰 자물쇠를 채워 붉은 보자기로 싸서 재빨리 난간 앞에 내어놓고 심복 하인을 불러 분부하였다.

"이것은 나의 농이다. 몇 달 후에 내가 친정에 다녀오려 하니 너는 잘 가져가서 모친께 드리고 상하지 않게 두시라고 하여라."

그리고 태춘을 명하여 같이 가라고 하였다. 비록 하인에게 이렇게 이르기는 하였으나 벌써 태춘에게 분부하여 그 처치할 것을 가르쳐 두었는데 그들이 어찌 수고롭게 변부로 가겠는가? 같이 문을 나가서 으슥한 곳으로 가 구렁에 던져 넣고 홀쩍 돌아와 변씨에게 고하니 변씨가 스스로 38
자부하며 말하였다.

"나의 신묘한 꾀는 장량(張良)이나 진평(陳平)22)이 살아 돌아온다고 하

---

22) 장량(張良)이나 진평(陳平) : 둘 다 지혜와 모략으로 이름난 전한(前漢)의 공신. 장량(張良 : ?~B.C. 168)의 자(字)는 자방(子房)으로 한고조(漢高祖) 유방(劉邦)의 모신(謀臣)이 되어 진(秦) 나라를 멸망시키고 초(楚) 나라를 평정하여 한나라를 건설하는 데 큰 공을 세움. 진평(陳平 :

여도 미치지 못할 것이다."

이렇게 말하며 기쁜 빛이 양양하여 더는 근심이 없어서 마음을 놓고 있었다. 그런데 문득 초공이 난영을 잡아 가두라고 분부하므로 변씨는 난영을 해치워 없앤 것을 더욱 다행히 여기며 기뻐하였다.

이때 진씨는 반생반사(半生半死)하여 침석에 몸을 던지고 있었는데 시아버지의 명으로 꽃가마와 여러 시비들이 이르렀다는 말을 듣고 탄식하며 말하였다.

39 "조군이 비록 미치광이 같지만 오히려 내게는 남편이다. 남편이 직접 나를 죽게 만들어 버렸는데 내가 시아버님의 명을 따라서 아무렇지도 않게 다시 돌아갈 수 있겠느냐? 작은 집 하나를 빌려 살 수 있게 해주면 잠깐 살아있는 동안 머물면서 나중에 시부모님께서 처리하시는 것을 보고 나의 생사를 결정하겠다."

매옥 등이 이 말을 듣고 상부에 가서 전하니 노공이 진씨가 온갖 예법과 도리를 지키는 것을 탄복하고 경애하였으며, 초공이 탄식하며 말하였다.

"미치광이같이 사나운 아이가 이같이 어진 처를 둔 것이 괴이하고 이상하도다."

초공이 길게 탄식하고 있었는데 난영을 잡아 가두라고 명하였던 노자가 돌아와 결과를 보고하였다.

40 "제가 어른신의 명을 받들어 난영을 두루 찾았으나 간 곳이 없습니다."

초공이 즉시 진씨를 모시던 시비를 불러 난영이 간 곳이 없는 것에 대

?~B.C. 178)도 한나라 고조 유방의 책사로서 처음에는 항우를 따랐으나 후에 유방을 섬김. 뛰어난 계책을 짜내어 몇 번이나 유방을 위난에서 구했으며, 항우와의 승패를 건 초한전(楚漢戰)에서도 타고난 지모를 발휘하여 한나라 통일에 공을 세웠음.

해 물으니 시비들이 대답하였다.

"아침에 난영이 변부인께 아뢸 말씀이 있으니 간다고 하고 나갔는데 저희들은 그 간 곳을 알지 못합니다."

초공이 변씨의 좌우 시녀를 불러 물으니 다 이렇게 말하였다.

"난영이 본디 진부인의 신임을 받던 시녀이므로 저희들과는 사이가 좋지 않아서 얼굴을 대한 일이 없으니 어찌 알겠습니까?"

초공이 아무 말 없이 한참 있다가 노공께 아뢰었다.

"소자가 평생 자식의 허물을 보아도 죄를 꾸짖을 마음이 없을 뿐 아니라 존당과 부모님께서 아이들을 아끼고 사랑하시는 것이 특별하시므로 그 뜻을 받들어 조용히 가르치고 경계하여 요란한 거조를 하지 않았습니다. 그런데 오늘 웅현에게 이르러서는 진실로 참지 못하겠습니다. 그러므로 존당과 부모님께 아룁니다."

태부인이 탄식하며 말하였다.

"웅현의 거조가 도리에 어긋나니 너는 잠깐 꾸짖어 후일을 징계하고 지나치게 벌을 주어 병이 나게 하지는 마라."

초공이 공손히 명을 받고 물러나 외당으로 나왔다. 이때 초공이 형구를 설치하고 좌우 노복에게 웅현을 잡아들이라고 하니 여러 공자들이 떨지 않을 수 없었다. 초공이 아들들을 매로 다스리는 일이 본디 드물고 평생 처음으로 화를 내니 여러 자질들이 놀라서 두려워하는 것이 자주 꾸짖는 것보다 더하였다. 웅현을 잡아 섬돌 아래에 이르니 초공의 미간에 서리같이 찬 기운이 매섭고, 안색은 달 아래 북풍이 심하게 부는 듯 엄숙하니 웅현이 오직 머리를 조아리며 죄를 청하였다.

"소자가 못나고 무식하여 아버님의 가르침을 지키지 못하고 젊은 나이

41

42

에 노는 것이 노랫소리를 떠들썩하게 하고 창녀와 나란히 앉아 태만하였으니 죄 백 번 죽어도 아깝지 않습니다."

초공이 몇 번 긴 탄식을 하더니 오래 꾸짖었다.

"네가 아직도 죄를 알지 못하고 내가 묻는 것이 창녀의 일 때문이라고 여기느냐? 부자는 조용함을 으뜸 삼으며, 천륜(天倫)의 정은 인지상사(人之常事)이다. 아버지가 자식에게 은혜를 베푸는 것은 본디 하늘이 정한 뜻이거늘 너는 어찌 이를 알지 못하느냐? 너희들 형제 일곱이 있으나 한 자 남짓한 조그만 아이일 때부터 내 일찍이 매로 치고 소리를 높여 꾸짖음이 없었던 것은 나의 본심이 조용한 것을 귀하게 여겼기 때문이다. 이제 너를 치는 것은 네 아비의 살이 아프지만 살인의 죄는 한(漢) 고조(高祖)의 약법삼장(略法三章)[23]으로도 면하지 못하는 법이다. 그러니 이렇게 약간 죄를 다스리는 것은 네 아비가 과도한 것이 아니다.

네 몸이 선비의 부류에 있으며 게다가 조정에서 임금을 가까이 모시고 있으니 예를 모르지 않을 것이다. 부부는 오륜의 중요한 일이니 내외가 서로 화목하고 의지하여 부모에게 효도하는 것이 옳다. 그런데 너는 진씨를 아내로 맞이하였으며 진씨가 행동이 얌전하고 아리따우며 사덕(四德)이 청한하여 진실로 요조숙녀이므로 너에게 과분한 어진 아내인데 무고히 박대하여 부부의 윤의를 끊어버리고 대모[24]를 보채어 재취를 갈구하고 창기 같은 여색에 과도하게 침닉하여 사람으로서의

---

23) 약법삼장(約法三章) : 관대한 법률이라는 뜻. 한(漢) 고조(高祖) 유방(劉邦)이 진(秦)에 승리하고 함양(咸陽)에 들어서서 지방의 유력자들과 약속한 세 가지의 법으로 나머지 죄에 대해서는 법을 적용하지 않고 오직 살(殺), 상(傷), 도(盜)를 범한 사람에게만 죄를 준다는 것. 살해한 자는 사형에 처하고 남을 다치게 하거나 물건을 훔친 자는 죗값을 받는다는 것이 주된 내용. 이는 진(秦)의 까다롭고 가혹했던 법률에 비해 중대한 범죄 행위 외에는 처벌하지 않는다는 점에서 매우 간략하고 관대한 법률이었음.
24) 대모 : 웅현의 증조할머니인 순태부인을 말함.

일을 잊으며 호탕하게 실성한 듯하였다. 이러한 것은 이루 다 이를 말이 없는데도 까닭 없이 조강지처인 정실을 사람들 다 자는 깊은 밤중에 마구 때려 욕을 보이고 길거리로 내쫓았으니 슬프다, 나의 자식 중에 너 같은 불초자가 있을 줄은 생각도 못했다. 아내에게 죄가 있으면 밝게 바로잡아 순한 말로 쫓아낼 수는 있겠지만 네가 아내에게 경박하고 무식하게 한 것은 오기(吳起)[25])보다 심한 것이다. 내가 듣고 본 것이 고루하여 일찍이 사군자(士君子)가 정실을 구타하였다는 말을 듣지 못하였다. 그런데 너는 아내를 죽이는 것도 예사롭게 못하여 동여매어 길거리에 던졌다고 하니 이는 사람의 마음이 악인의 행실과 같은 것이다. 설사 진씨가 열 가지 나쁜 짓을 한 큰 죄를 지었다고 하더라도 내가 살아 있으니 나를 아비로 안다면 나에게 이르고 죽이거나 내치거나 나의 말을 듣고 처리하는 것이 너의 도리일 것이다. 그리고 내 너를 꾸짖고 용서한다는 말이 없었으니 사람의 아들 된 마음이라면 마음이 불안하여 매사에 다른 생각이 없을 것이거늘 방탕한 사나움을 나는 대로 부 렸으니 난춘정에서의 난동은 인륜의 대변이다.

들으면 마음이 차고 뼈가 떨려 내가 너의 아비 노릇을 차마 못하겠으니 오늘부터 너를 다스려 사람 죽인 죄를 갚고 부자의 관계를 끊어 내 살아서는 너의 얼굴을 보지 않아 사람들이 이르기를 너로써 자식이라고 하지 않게 할 것이다. 조금이라도 사람의 마음이 있다면 또한 생각함이 없겠느냐?"

---

25) 오기(吳起 : B.C. 440~B.C. 381) : 춘추전국시대 위(衛)나라의 무장(武將)으로 나중에 노(魯), 위(魏), 초(楚)에서 혁혁한 공을 세움. 제(齊)나라가 노나라를 침공하였을 때 노나라는 그를 장군으로 삼으려고 하였는데, 그의 아내가 제나라 여자였으므로 의심을 받는다고 생각하여 아내를 죽여 충성을 나타낸 뒤, 노나라 장군으로서 제나라 군대를 격파하였음.

말을 마치자 매를 들라고 하며 말하였다.

"너는 살인한 죄인이다. 국법으로 말한다면 머리를 베어야 하겠지만 오히려 부자의 정 때문에 이제 매를 때려서 죗값을 하게 할 것이다. 그러나 가볍게 다스릴 죄가 아니니 너희들은 힘을 다하여 때려서 나의 화를 돋우지 마라."

초공의 안색이 매섭고 엄숙하며 말의 기운이 찬바람 같으니 사예(使隸)[26]가 넋을 잃고 힘을 다하였다. 좌우에 가득한 자질들이 평생 처음으로 초공이 이같이 엄숙하게 화를 내는 것을 보고 다들 심혼이 달아나고 땀으로 등을 적시니 누가 감히 입을 열겠는가? 웅현은 부친이 수없이 죄를 밝히는 말씀이 하나하나 바르고 엄하며 명백하여, 들으니 모골이 송연하고 황공하였으므로 자신의 잘못을 뉘우쳤다. 뿐만 아니라 부자의 관계를 끊고 자기가 사람을 죽였다고 하시는 말씀을 들으니 자신의 죄상이 장차 죽을지 살지 모르겠다고 생각했다. 하지만 그런 가운데에도 아버님이 화를 내시는 것이 얼마나 어려운 일인지 알았기 때문에 정신이 없고 망극하여 한갓 눈물만 흘리고 머리를 땅에 부딪치며 죄를 청할 따름이지 여러 말을 못하였다. 초공이 단엄하게 고찰하여 다시 말을 않고 안색이 위엄에 차 매서우니 바라보면 황공하여 벌벌 떨렸다. 옆에 있는 사람들이 감히 쳐다보지 못하고, 웅현은 태어나서 처음으로 이같이 심한 매를 맞으며 아버지의 엄한 분노를 만나니 삼혼(三魂)과 칠백(七魄)[27]이 날아가 한갓 죽은 사람같이 아픔을 참고 한 소리도 내지 않고 조용히 매를 맞았다. 광현

---

26) 사예(使隸) : 집장사예(執杖使隸)를 말함. 장형(杖刑)을 집행하는 일을 맡아 하던 사람.

27) 삼혼(三魂)과 칠백(七魄) : 사람의 혼백을 통틀어 이르는 말. 삼혼은 사람의 마음에 있는 세 가지 영혼으로 태광(台光), 상령(爽靈), 유정(幽精)을 이르고, 칠백은 도가에서 말하는 몸 안의 일곱 가지 탁귀(濁鬼). 곧, 시고(尸狗), 복시(伏矢), 작음(雀陰), 탄적(吞賊), 비독(非毒), 제예(除穢), 취폐(臭肺).

등 다섯 사람[28]이 이 모양을 눈앞에서 보고 각각 동그런 눈에 눈물이 어린 채 서로 돌아보아도 구할 도리가 없었고, 태사 등 종형제들[29]도 다급하였으나 저희들이 초공에게 간하여 그치게 할 도리가 없었다. 그러나 진왕이 힘써 구하면 반드시 그치실 것 같으므로 태사가 부왕께 고하려고 진궁으로 갔다. 그런데 태장은 벌써 50여 장에 미쳤으니 웅현이 자주 정신을 잃었다. 여러 아들들이 당 아래로 내려가 머리를 땅에 부딪치며 일시에 간하였다.

"웅현이 나이 어리고 경박하오나 참소하는 간언과 간악한 비자와 요사스러운 사람들의 말을 곧이듣고 도리에 어긋나는 사나운 거조를 한 것입니다. 어찌 이 일을 가지고 아주 죽이시려고 하십니까? 웅현이 죽고 사는 것을 염려하지 않으시며 천륜의 자애를 잊으시니 아버님께서 평소 지극히 어지시던 덕이 아니십니다. 바라옵건대 아버님은 세 번 생각하시어 어린아이의 과격함을 너그러이 용서해 주십시오."

초공이 듣고도 못들은 것처럼 더욱 죄를 따지니 여러 아들들이 다 눈물이 가득하였지만 구할 묘책이 없었다. 그래서 광현[30]이 할머니께 고하러 안으로 들어가고 여러 자질들이 중계(中階)[31]에서 울며 간하기를 그치지 않았다.

그때 홀연히 진궁으로부터 한 여자가 두어 시녀를 거느리고 머리카락을 풀어헤쳐 얼굴을 가리고 가볍게 걸어와 중계에 다다라 꿇어앉더니 슬프게 울며 고하였다.

49

50

51

---

28) 광현 ~ 사람 : 초국공의 다섯 아들을 이름. 즉 웅현의 친형제들.
29) 태사 ~ 종형제들 : 기현을 비롯한 평진왕의 아들들로 웅현의 사촌 형제들.
30) 광현 : 초국공 조성과 첫째 부인 양정렬 사이의 둘째 아들.
31) 중계(中階) : 가옥의 기초가 되도록 한 층을 높여 쌓은 단.

"하늘의 은혜를 입지 못한 천한 제가 성문(聖門)32)의 덕업을 입어 몸이 높은 집에 있으면서 편안하고 한가하니 복이 넘치고 분에 지나쳐 재앙이 일어나고 화란이 생겨났습니다. 더러운 서간이 군자의 눈에 뜨이고 간인의 초사가 명백하니 식견이 있는 사람이 이런 일을 당하여도 그 일에 의심이 있을 텐데 하물며 나이 어린 과격한 사람이야 어떻겠습니까? 구박하여도 나가지 않으니 몰아서 내친 것은 하나의 허물이지만 시비와 노비들의 허망한 전언을 곧이듣고 저를 동여매어 버린 것으로 살인한 중죄인으로 다스리신다 하시는데 이렇게 되면 제가 지아비를 사지(死地)에 넣은 것이 되어 저는 죄인 가운데서도 만고강상(萬古綱常)에 용납되지 못할 죄인이 될 것입니다. 하물며 아버님의 낳고 기르신 은혜와 천지와 같은 덕이 초목과 곤충에까지 미치시면서 천륜의 정을 돌아보시지 않으시고 생사를 염려치 않으십니까? 그러니 제가 망극함과 부끄러움을 이기지 못하여 모든 난처함과 두려움을 돌아보지 못하겠기에 외당에 아랫사람들이 가득한 것도 피하지 못하고 마당에 낯을 들고 아버님 앞에 갑자기 들어와 엄한 분노를 범하게 되었습니다. 그러니 죄의 무거움이 만 번 죽어도 가벼울 것입니다. 다만 우러러 바라는 것은 대인의 해와 달 같은 빛으로써 저의 아득한 마음을 비추시고 구구한 사정을 돌아보시어 군자의 위급한 것을 풀어주시는 것입니다."

옥같이 맑은 목소리가 낭랑하고, 봉황새가 우는 것처럼 음성이 화평하여 온갖 아름다운 광채가 흰 달이 오색구름 속에 들어 있으며 백옥이 진흙에 묻혀있는 것 같았다. 또 시름하는 눈썹은 먼 산의 푸른빛을 띠었고, 새벽별 같은 두 눈은 가을 물결이 요동하는 것 같은 맑은 빛으로 주위를

32) 성문(聖門) : 시댁인 조씨 가문을 높여 이르는 말.

비췄다. 인자하고 어진 행실이 미간에 나타나고 예법과 언론은 군자의 높은 의견이 있었다. 잠시 부끄러움을 돌아보지 아니하고 여자의 대절(大節)을 잡아 남편의 허물을 벗기어 죄에서 구하니 그 말이 몹시 불쌍하고 측은하여 남편이 자신을 구박하고 마구 때린 것을 조금도 원망하는 뜻이 없었다. 윤리를 밝히며 사리를 해석하여 간쟁(諫諍)하는 말이 돌이나 나무라도 움직이게 할 것 같은데 하물며 초공과 같이 사람을 알아보는 덕이 있는 사람이야 어떻겠는가? 초공이 애중하는 뜻이 깊었으므로 낯빛을 고쳐 눈서리같이 굳어있던 이마를 펴고 기쁜 빛이 무르녹아 좌우의 하리들을 물리치고 탄식하며 말하였다.

"어질구나, 우리 며느리의 행동이여! 웅현의 죄는 죽여도 아깝지 않겠더니 우리 며느리의 간언을 듣고 내 어찌 감동하지 않겠느냐? 너는 마음 놓고 들어가 병을 조리하라."

좌우의 시비로 하여금 진씨를 부축하여 가게 하고 웅현을 용서하여 때리는 것을 그치고 눈을 주어 그를 보니 살이 문드러지고 형색이 위태로워 기운을 수습하지 못하고 있었다. 초공이 이마를 찡그리고 광현을 돌아보아 말하였다.

"부자의 정은 인지상정이다. 웅현의 죄는 비록 죽어도 속죄하기 어렵겠지만 진씨의 어진 행동을 보니 차마 더 치지 못하여 그치는 것이다. 마땅히 웅현의 자취를 내가 있는 곳에 머물게 하지 마라. 문밖 별사에 두어 구호하고 너희가 서로 살펴서 그 사생을 소홀하게 하지 마라. 내 또한 제가 사람의 도리로 돌아가는 것을 기다려 만일 잘못을 뉘우치고 자책하는 것을 보면 천륜을 폐하지 않을 것이다."

광현이 아버지의 말씀을 듣고 마음 깊이 감동하여 두 번 절하여 명을 받들고 웅현을 부축하여 진궁으로 갔다. 진왕이 듣고 말을 전하여 말하였다.

"너의 행실이 도리에 어긋난 것은 우리 가문에 없던 변이다. 너의 아비가 부자의 관계를 끊으니 내 어찌 숙부와 조카 사이의 정을 돌아보겠느냐? 살인한 흉한 놈을 제 아비가 내쳤는데 어찌 감히 내 집으로 오느냐? 어서 밖으로 나가고 여기에 있지 마라."

웅현이 눈을 감고 정신이 어지러운 중에 백부가 하신 말씀을 듣더니 도리어 노여움을 이기지 못하여 눈물을 흘리며 말하였다.

"비록 죄가 있으나 이 지경에 이르러 갈 곳이 없는데 백부께서 이렇게까지 할 수 있는가?"

광현이 탄식하며 말하였다.

"백부의 하교가 이러하신대 우거서 있기는 불가하다. 그러나 아직은 운신을 못하게 되었으니 잠깐 조리하고 있고 그때까지 백부께서 용서하지 않으신다면 윤부33)로 가서 아버지와 백부가 용서하시기를 기다릴 것이지 어찌 도리어 두 어른을 원망하느냐?"

그러고 나서 여러 형제들이 다 모여와서 극진히 간호하였다. 진왕과 초공이 밖으로는 엄정하나 마음속으로는 애처롭고 불쌍하여 약을 조제하는 방법과 병을 치료하는 좋은 방법을 가르쳐 주었다. 정숙렬은 웅현에 대한 말을 듣고 웃으며 말하였다.

"아주버님에게 득죄한 아들이 귀향은 진궁으로 하였다고? 나는 본디심사가 강퍅한 사람이라 병구완하기를 실로 괴로워하였는데 또 웅현을 맡긴단 말이냐?"

---

33) 윤부: 웅현의 외가.

이렇게 말하고는 의약과 미음을 계속 쓰며 구호하는 것이 자기가 낳은 자식과 다름이 없었다.

이때에 초공이 웅현을 중하게 다스려 내치고 친당에 들어와 저녁 문안을 끝냈는데 노공과 태부인과 위부인[34]이 웅현이 심하게 맞고 쫓겨난 것을 듣고 크게 놀라 탄식하며 말하였다.

"너는 어질까 어겼더니 진실로 모질구나. 그토록 심하게 다스렸느냐?"

초공이 탄식하며 대답하였다.

"이렇게 다스리지 않으면 웅현을 제어하지 못할 것입니다. 소자도 웅현이 미워서 그렇게까지 한 것이 아닙니다."

진왕이 웃으며 말하였다.

"그 아비를 노하게 하여 맞는 자식이 사나운 것입니다. 웅현의 죄는 심한 매를 맞아도 아깝지 않습니다." 59

그러고 나서 초공을 향하여 말하였다.

"네가 아들을 벌주어 내치니 내 집으로 옮겼단다. 내 집은 네 아들의 유배지가 아닌데 도리어 괴롭지 않겠느냐?"

초공이 또한 웃고 말이 없는데, 옆에 있던 여러 사람들이 듣고 크게 웃었다. 다만 양정렬과 윤부인만은 각각 눈썹에 근심이 맺혀 온화한 기운이 전혀 없었다. 문안을 파하고 각각 침소로 돌아왔는데 초공이 저녁상을 물리치고 옥매정[35]에 이르러 소매로 낯을 덮고 누워서 길게 탄식하며 거동이 좋지 않았다. 양정렬의 신과 같은 총명으로 어찌 그 이유를 깨닫지 못 60 하겠는가? 그래서 그 몸이 상할까 염려하여 마지못하여 나아가 나직하게

---

34) 위부인 : 노공 조숙의 부인으로 웅현의 조모.
35) 옥매정 : 초국공 조성의 첫째 부인 양정렬의 처소.

말하였다.

"명공이 오늘 저녁을 물리치시고 이렇듯 근심하여 밤이 이르도록 움직이지 않으시니 요사이 한겨울 날씨라서 귀체를 상할까 두렵습니다. 비록 좋지 않은 일이 있어도 스스로 넓게 생각하셔서 이리 하지 마셔야 할 것입니다. 그런데 오늘의 거조는 평소에 없던 일이라 제가 실로 놀라고 의혹되어 마음을 안정하지 못하겠습니다."

초공이 본디 부인을 중하게 생각하여 그 묻는 바에 대답하지 않는 일이 없었는데 오늘은 묵묵히 말이 없으니 양정렬이 다시 말하였다.

61

"밤기운이 차고 밤이 깊었으니 외헌에서 주무시지요. 저녁식사를 다 드시지 않으셨으니 반드시 시장하실 텐데 두어 잔 술이라도 얻어올까요?"

양정렬이 염려하고 민망하여 이렇게 하는 말을 듣고 초공이 마지못하여 일어나 앉아 관을 바로잡아 쓰고 말하였다.

"사람이 기분이 좋은 때도 있고 좋지 않은 때도 있는 것이니 한 끼 밥을 안 먹었다고 어찌 부인의 염려함이 이렇게 과도합니까? 그리고 내가 이미 이곳에 왔고 날은 어두워졌는데 다시 움직여 나가야겠습니까?"

62

그러더니 시녀에게 잠자리를 펴라고 하고 두어 잔 술을 마시고 길게 탄식하며 말하였다.

"내 평생에 시중드는 노비나 서동(書童)에게도 형벌을 행하지 못하였습니다. 그런데 비록 저의 죄가 무거우나 웅아의 살에 피가 홍건히 흐르는 것을 보았으니 밥을 먹으려 해도 가슴이 답답하여 먹을 수가 없었습니다. 부자는 천륜이라 억지로 못하는 것인데 사람의 아비 되어 잘 가르치지 못하여 이에 이른 것이니 실로 허물이 나에게 있습니다. 이제 바야흐로 웅아의 말과 거동을 생각하면 그 아비가 어찌 먹고 자는 것이 편하겠습니까? 부인은 내 마음을 이상하게 여기지 마십시오."

양정렬이 초공의 지극히 어짊과 자식에 대한 자애에 감동하여 슬프게 탄식하며 말하였다.

"웅현이 나이 어리고 경박하여 과격하고 괴이한 거조를 하였으나 총명한 아이입니다. 말로써 엄히 책망하시고 과도한 거조를 늦추셨으면 좋을까 합니다."

초공이 탄식하며 말하였다.

"이렇게 쳤지만 유현처럼 능히 깨닫고 고치기 쉬울 것 같았으면 내 어찌 웅현에게만 더 심하게 했겠습니까? 이는 마지못하여 시작한 것입니다. 마침내 개과천선하여 저의 재모와 풍신을 저버리지 않을 것 같기는 하지만 원래 위인이 종시 유현만은 못하여 내가 오늘 같은 수고를 하게 하니 어찌 한스럽지 않겠습니까?"

부인이 또한 한탄하였는데, 초공이 진씨의 어진 것을 말하며 며느리를 염려하여 잠을 이루지 못하였다. 초공의 철석같은 심장으로도 이렇듯 염려하니 부자유친(父子有親)은 고칠 길이 없음을 알겠더라.

이날 윤부인은 아들이 매를 맞은 것이 대단하여 살지 죽을지 걱정이라는 말을 듣고 비록 초공이 한 일을 그르다고 하지는 않았으나 몸이 아프고 마음이 차가워졌다. 그래서 밤새도록 눈물을 금치 못하고 진씨의 거동을 더욱 잊지 못하였다. 다음 날 새벽 문안을 파하고 옥매정에 이르러 양정렬과 심사를 나누었는데 진씨의 말을 하며 불쌍하고 애련함을 이기지 못하였다. 양정렬이 말하였다.

"유현의 부부는 간인이 괴이한 말을 하여 유현이 며느리를 3년 동안 박대하며 허다한 변란이 일어난 것이었습니다. 그런데 웅현은 어려서부터 창녀에게 혹하고 주색을 탐하여 마음이 다른 데 있었는데 진씨를 얻었습니다. 게다가 진씨가 곧고 바르며 강하고 정숙하여 노류장화의 화려함이 없고 부부 두 사람의 액운아 보통이 아니라서 이에 이른 것입니다. 이제 승상[36]이 엄하게 곤장으로 때려서 슬하에 용납하지 않으시니 웅현도 효성스러운 아이라 오래지 않아 뉘우치고 깨달아 제가 저지른 잘못을 고칠 것입니다. 지금 웅현의 부부가 다 진궁에 있으니 부인이 친히 가서 며느리를 권하여 한곳에 모으고 화합할 도리를 도모하는 것이 옳겠습니다."

이어서 초공이 어제 식사를 하지 않고 밤새도록 염려하던 말을 전하니 윤부인이 듣고 탄식하였다. 이날 윤부인과 양정렬이 같이 진궁에 이르러 정숙렬을 만나 이야기하였다. 정숙렬이 웅현의 일을 말하며 애달아 하니 양정렬과 윤부인이 탄식하며 말하였다.

"지금 아들과 우리 며느리가 여기에 와 있는데 그 병이 어떠합니까?"

정숙렬이 말하였다.

"웅아의 매 맞은 상처는 대단하여 병세가 중합니다. 그리고 진씨는 몸을 움직일 수는 있으나 물 한 모금도 먹지 않고 밤낮으로 베개에 머리를 던지고 푹 파묻혀 세상을 모르더니 어제 아주버님이 결단하신다는 말을 듣고 나는 알지 못하고 있었는데 진씨는 알고서 외헌에 나가 웅현을 구하였으니 헤아리건대 대단한 증세는 없는가 합니다."

양정렬과 윤부인이 시녀를 시켜 진씨를 불렀다.

한편 어제 진씨는 진궁으로 와서 베개에 머리를 던지고 고요히 생각하

---

36) 승상 : 초국공 조성을 이름.

니 자기가 더러운 욕과 거짓말로 헐뜯는 재앙을 당한 것이 창해수(滄海水)를 기울여 씻어도 시원하지 못할 것 같았다. 그래서 옥같이 고운 얼굴에 구슬 같은 눈물이 가득 흘러 꽃 같은 뺨을 적시고 있었는데 시녀가 어지럽게 허둥대며 말을 전하였다. 잠깐 들으니 초공이 자신을 몰아 내친 죄로 웅현을 때려서 웅현이 70여 대를 맞았는데 존당과 노공이 그를 구하지 않으신다고 하였다. 진씨가 웅현의 미치광이 같은 사나움에 몹시 놀랐으나 본디 사덕(四德)이 곧고 바르며 열녀의 높은 절개가 숙연하니 한 조각 지아비를 위하는 정성은 금석같이 굳었다. 뿐만 아니라 일이 자기로부터 비롯된 것인데 남편의 생사가 염려스럽다는 말을 들으니 마음이 차고 뼈가 떨려 작은 부끄러움을 돌아보지 못하고 병을 억지로 참고 바삐 상부의 외헌에 이르러 초공께 애걸하였다. 그러자 초공이 그 행실과 덕성에 감동하여 즉시 웅현을 풀어주고 소저를 위로하여 들여보냈으니 소저가 시아버지의 큰 은혜를 뼛속깊이 명심하여 밤이 새도록 탄식하며 슬프게 울었다. 사사로운 정이 잘 맞지 않았으나 수삼 년 부부의 정이 있는데 웅현이 문득문득 정신을 잃고 살점이 문드러진 것을 보고 돌아오니 여자의 연약한 마음이 어찌 편하겠는가? 일마다 심회가 어지럽고 염려가 심하여 두루 맞은 곳과 상한 데가 더 아프고 구슬 같은 눈물은 베개를 적시니 눈을 감고 조용히 세상을 잊으려고 하였다.

그때 문득 시비가 두 시어머니의 명으로 진씨를 불렀다. 진씨가 비록 몸에 병이 심하지만 감히 명을 거스르지 못하여 억지로 침전으로 오니 정숙렬, 양정렬, 윤부인이 한 곳에 모여 있었다. 당에 올라 절하고 뵈니 양정렬이 손을 잡고 길게 탄식하며 말하였다.

"예로부터 미인은 명이 박하고, 숙녀는 해를 끼치는 이가 한둘이 아니

68

69

70

었다. 우리 며느리의 정숙하고 지혜로운 자질과 지극한 효성이 윤부인처럼 오복(五福)이 완전한 것을 따를까 하였더니 운명이 기구하여 남편에게 푸대접을 받고 괴이한 화란을 하룻밤 사이에 놀랍도록 당하고 웅아가 매를 맞으니 여자의 마음에 어찌 평안하였겠느냐? 허망하고 비루한 말이 꽃다운 몸을 모욕하는데 남편은 박정하게 그 말을 곧이들어 변을 만들고 제 몸까지 저 지경에 이르러 우리 며느리의 심회를 더럽히는구나?

비록 그러하나 너의 정숙한 덕으로 누명 중에 오래 있지 않아서 원망스러운 재앙을 씻을 것이다. 그런데 지금 웅아의 병이 중하다고 하니 너를 생각하면 실로 애처롭고 우리 마음이 또한 염려가 깊구나. 웅현의 행동이 비록 도리에 어긋난 것이었지만 헤아리건대 여자의 도리로 그저 있지는 못할 것이다. 너의 기특한 행실이 정신이 아득한 중에도 웅아를 구하여 도리를 차렸으니 우리가 우러러 탄복한단다. 시부모가 이미 너의 무죄와 깨끗한 열절을 알고 있으니 무슨 근심이 있으며 부끄러움이 있겠느냐? 네가 마음을 굳게 잡고 생각을 넓게 하여 웅아의 병소(病所)를 살피고, 정숙한 덕과 어진 행동으로 탕자를 감동하게 하여 집안을 진정시키고 복록을 온전히 할 것이라고 믿겠다."

진씨가 엎드려 가르침을 듣고 서글프게 스스로 생각해보더니 두 번 절하고 대답하였다.

"저의 도리에 어그러진 누명과 불초한 행사가 군자의 높은 안목에 죄를 얻은 것이 많아 오늘에 이른 것이오니 어찌 남을 원망하며 누구를 탓하겠습니까? 이제 군자의 몸이 저로 인하여 살이 떨어지고 피가 흐르는 벌을 받고 자리에 누워 위독한데 제가 어찌 죄 위에 죄를 더하오

며 무슨 면목으로 그 옆에 나아가 살피겠습니까? 하물며 여러 아주버
님들이 이어서 왕래하시는데 제가 외당에 다닌다는 것이 불편합니다.
그리고 남편이 길가에 내친 몸으로 시부모님의 성은을 입어 이곳에 들
어온 것이니 또한 남편의 뜻이 아닌데 제가 어찌 편안하게 아무런 일도
없었던 사람처럼 남편의 침소에 나아가겠습니까? 어머님의 가르침을
받들지 못하겠으니 황공함을 이기지 못하겠습니다. 원컨대 저의 구구
한 사정을 살펴 주십시오. 제가 직분을 다할지언정 남편이 저를 의심
한 말을 거두기 전에는 차마 한 방에서 상대하여 그의 심화를 돋우며
그 병을 더하게는 못하겠습니다."

윤부인이 길게 탄식하고 나서 손을 잡고 눈물을 금하지 못하며 말하였 74
다.

"내 사람의 어미 되어 자식을 어질게 가르치지 못하였다. 무식하고 어
질지 못한 아들이 어진 며느리의 꽃다운 몸을 괴롭게 하여도 알지 못하
여 한 번도 금하지 못하고 네가 길가에 버려지는 환란을 보니 어찌 부
끄럽지 않겠느냐? 너의 바람이 이와 같으니 어찌 그 병소에 있을 수 있
겠느냐? 웅아는 여러 형제들이 모두 위로할 것이지만 너는 진궁에 외
로이 있으니 상부에 있는 것만 못할 것이다. 너의 처소로 돌아와 병을
조리하며 마음을 조급히 하지 말고 약한 몸을 상하게 하지 마라."

진씨가 일어나 절하며 고마움을 표시하고 말하였다.

"두 어머님의 은혜는 제가 죄 많은 몸을 부수고 뼈를 가루로 만들어도
다 갚지 못할 것입니다. 어찌 구구하고 사사로운 정으로 가까이 모여 75
슬픈 회포와 아득한 심사를 붙이고 싶지 않겠습니까? 그렇지만 그윽이
생각하오니 하늘인 남편이 이미 아버님으로부터 내치신 명을 듣고 아

직 용서하는 말을 듣지 못했는데 저는 시부모의 위엄을 빌어 혼자 편안히 옛 침소로 돌아가면 남편을 억눌러 가볍게 여기는 것입니다. 남편이 아버님께 득죄하여 상부에 받아들여지지 않아서 이곳에서 병을 조리하고 있으니 제가 도리상 아직 떠나지 못하기는 하지만 무릇 병구완하는 시중을 드는 것은 편하지 못할 것입니다. 존명을 여러 번 거역하니 죄가 무거운 것이 산과 같습니다."

76

세 부인이 듣고 일시에 칭찬하여 말하였습니다.

"가히 현철하고 정숙한 아내라고 하겠구나. 웅현 같은 미치광이가 만일 이같이 어진 아내를 만나지 못했더라면 어찌 그 못된 행실을 잘 진압할 수 있었겠느냐? 이는 하늘이 잘 생각하여 내신 것이다. 우리 며느리의 성덕으로 보아 마침내 앞길이 매몰차지는 않을 것이니 숙연한 내조로 웅아의 광패함을 진정하면 집이 화평하고 복록이 없지 않을 것이다. 여자의 덕이 크면 나라를 붙들고 집안을 일으키며, 투기하고 마음을 좁게 먹으면 조종(祖宗)37)을 엎치는 것이다. 한나라 여후(呂后)38)와

77

측천무후(則天武后)39)의 일을 보아도 그러함을 알 것이다. 너의 현숙함

---

37) 조종(祖宗) : 제왕의 조상. 곧 왕실을 뜻함.

38) 여후(呂后) : 한(漢) 고조(高祖)의 비(妃)인 여태후(呂太后 : B.C. 241~B.C. 180). 무명의 유방과 결혼하여 평정사업(平定事業)을 도왔고, 유방이 죽은 뒤 아들 혜제(惠帝)를 즉위시키고 실권은 자신이 잡았으며, 유방의 총비(寵妃)였던 척부인(戚夫人)의 수족을 잘라 '사람 돼지(人彘)'를 만드는 등 횡포를 자행하였음. 혜제가 23세의 나이로 죽자, 혜제의 후궁에서 출생한 여러 왕자들을 차례로 등극시키면서 황제를 대행하며 여씨 일족을 고위고관에 등용시켜 사실상의 여씨 정권을 수립하였으나 여후가 죽고 난 뒤 여씨 일족은 주살당함.

39) 측천무후(則天武后) : 중국 당나라 고종(高宗)의 황후. 14세에 태종(太宗)의 후궁이 되었으나, 황제가 죽자 비구니가 되었다가 고종의 눈에 띄어 그의 후궁으로 총애를 받게 됨. 그 후 간계를 써서 황후 왕씨(王氏)를 모함하여 쫓아내고 스스로 황후가 됨. 수년 후 고종의 와병을 계기로 정무를 보좌하다가 그가 사망하자 중종을 폐위하고 자신의 넷째 아들을 황제로 내세운 뒤 황태후의 신분으로 정권을 잡아서, 국호를 주(周)라고 바꾸고 15년간 황제의 지위에 있었음. 비밀 정치와 공포 정치의 폐단과 친족들의 권력 남용 등 문제가 있었지만 과거제 체제의 위상을 높인 점과 농업을 발전시킨 점 등은 높이 평가되기도 함. 중국 역사상 유일한 여제(女帝).

에 우리 가슴이 트이는구나. 어찌 다행하고 기특하지 않겠느냐?"

진씨가 두 시어머니께서 성덕으로 가르치시는 것을 듣고 감동을 이기지 못하여 황급히 자리에서 일어나 감히 사양하는 말을 하지 못하였는데 현숙한 기운과 편안한 성덕이 면모에 나타나 눈에 어리는 아름다움과 태연자약한 거동이 가을 호수의 흰 연꽃이 향기를 토하고 금빛 화분의 모란이 고운 빛을 자랑하는 것 같았다. 게다가 근심하는 아미와 수심어린 눈빛이 더욱 기특하여 사람으로 하여금 마음이 녹고 뼈가 저리게 만들었다. 세 부인이 애처롭기 비길 데 없어 진씨를 위로하여 숙소로 보내고 모두 같이 웅현이 있는 안춘각40)으로 갔다.

78

이때 예부상서 광현이며 형부상서 문현41)이 안춘각에 모여 있었는데 숙모와 모친이 오시더니 정숙렬이 이렇게 말하는 것이었다.

"무슨 연고로 침당을 옮겼느냐?"

광현이 대답하였다.

"맏형이 득죄하였을 때 안춘각에서 석 달 동안 뉘우치는 수행을 기꺼이 하여 아버님의 뜻을 감동시켰으니42) 소자 등이 안춘각이 복이 있다고 생각하였습니다."

세 부인이 웅현을 보니 이불에 싸인 채 베개에 몸을 던져 가을 달 같던 풍채가 완전히 없어지고 옥 같던 피부도 사라지고 없었다. 웅현이 숙모와 모친을 보고 문득 눈물을 참지 못하고 아뢰었다.

---

40) 안춘각 : {안츈뎡}. 같은 장소를 안춘각이라고도 하고 안춘정이라고도 하나 안춘각이라고 하는 경우가 더 많으므로 안춘각으로 통일하여 옮김.
41) 문현 : 초국공 조성과 첫째 부인 양정렬 사이의 셋째 아들.
42) 맏형이 ~ 감동시켰으니 : 초국공 조성과 첫째 부인 양정렬 사이의 첫째 아들 유현이 능국을 정벌하러 갔다가 부모에게 고하지도 않고 경씨와 혼인하고 여덟 명의 창기를 데리고 와 아버지의 엄책을 당하고 쫓겨나 진궁의 안춘각에 머물며 뉘우쳤던 일을 말함. 서강대본 『조씨삼대록』 13권에 나옴.

"불초자가 도리를 모르고 과격하게 행동하여 몸에 이런 죄를 입고 오늘 어머님의 얼굴을 뵈오니 황공하여 스스로 부끄러움에 죽고 싶습니다만 죽을 곳이 없습니다. 오직 아버님 얼굴을 뵈올 기약이 없사오니 밤이 새고 날이 저물도록 마음이 칼로 베는 것 같아서 아픈 것은 잊히고 병이 날 것 같습니다."

윤부인이 서글프고 처연하나 슬픈 빛을 감추고 정색을 하여 꾸짖어 말하였다.

"내 마음이 약하여 어미 자식 간의 정으로 너를 보러 왔으나 너의 도리에 어긋나고 못난 행동을 생각하면 얼굴을 대하고 싶은 뜻이 있겠느냐? 진씨같이 훌륭한 사람을 두고 사람이 눈이 있고 소견이 있는 자라면 어찌 그런 일로 의심을 하겠느냐? 허망하고 간악한 참언을 곧이듣

고 정실을 구타하고 묶어서 길가에 던지다니 세상에 들어보지 못한 변고이다. 이제 아버지의 자식 사랑하는 마음이 다른 사람과 달라서 너를 다스리는 것이 오히려 가벼운 것이다. 이후로 마음을 고쳐먹고 행실을 닦아서 어진 아내를 후대하고 아버지의 가르침을 잘 따라 사람다워진다면 내가 자식을 잘못 낳은 죄를 면하고 너 또한 아버지에게 받아들여져 천륜을 온전히 할 것이다. 그러니 유현이 깨달았던 것을 본받아 다른 사람이 되도록 하여라. 그러면 네 어미가 먹고 자는 것이 편할 것이다."

양정렬이 탄식하며 말하였다.

"어미 자식 간의 지극한 정으로 정성을 다 쏟아 가르치나 자식이 오히려 깨닫지 못하면 이는 진실로 무식하고 불초한 자이다. 너는 오늘부터 잘못을 뉘우치고 자책하여 진씨의 맑은 옥 같은 절의를 다시 더러운

일로 의심하지 말고 부모의 뜻을 따라서 어질고 효성스러운 자식이 되고 다시 불효의 죄를 얻지 마라. 하물며 진씨가 모든 사람이 지켜보는 외당의 번거롭고 요란함을 피하지 않고, 숨이 곧 끊어질 듯한 기운을 수습하여 너의 광패함을 원망하지 않고 승상의 엄한 노여움에도 불구하고 울며 간하여 윤리를 들어 말하였다. 그러니 그 현철하고 밝고 지혜로운 것은 당대(當代)의 철부(哲婦)[43]라 할 것이다. 네 심장이 흙이나 나무로 되어 있다고 하더라도 이를 알지 못하겠느냐?"

웅현이 두 모친이 이같이 밝고 바르게 훈계하시는 것을 들으니 본디 가지고 있던 지극한 효성이 꾸밈없이 나타나고 한 구석이나마 총명함이 아버지와 어머니를 닮았기 때문에 감격하고 부끄러워하였으나 진씨의 일은 오히려 분하게 여겼다. 하지만 그 어려운 곳에 나와서 자기를 구하는 마음에는 조금 감동하여 머리를 조아려 감사하며 말하였다.

"제가 도리에 어긋나게 행동한 것은 죽어도 씻지 못할 것입니다. 부모님께 불효를 저지른 것이 가볍지 않고, 몸은 심한 매를 맞아 혈육이 상했으니 스스로 부끄러움과 후회스러움이 가득하나 한 번 잘못하였으니 어찌 할 수가 없습니다. 두 어머님의 밝은 가르치심을 뼈에 새겨 다시는 잘못함이 없을 것입니다. 그러나 소자의 뉘우치는 뜻을 아버님께 아뢸 길이 없으니 어머님은 그 점을 불쌍하게 여겨 주십시오."

양정렬과 윤부인이 웅현의 온화한 기운이 완전히 없어지고 가을 하늘 같던 기운이 유약하며 옷에는 핏자국이 있고 옥 같은 얼굴에는 혈기가 줄어들었으니 불쌍함을 참지 못하여 각각 웅현의 손을 잡고 어루만지며 말하였다.

---

43) 철부(哲婦) : 어질고 사리에 밝은 여자.

"너의 부친의 성품을 대개 알겠지만, 네가 잘못을 고치고 마음을 닦아 이전의 허물을 버린다면 자연히 부자의 관계가 온전해지고 타고나신 자식 사랑이 예전 같아질 것이다. 그러니 모든 것은 오직 네가 마음을 닦는 것에 달려있는 것이다."

웅현이 머리를 숙이고 눈물을 흘릴 뿐이었다. 양정렬이 또 말하였다.

84 "진씨에게 이곳에서 너의 병상을 살피라고 하니 그 대답이 이러이러하였다. 너를 소중하게 여기며 예를 가벼이 하지 않으니 진실로 기특한데 너는 총명이 어두워지고 주색에 물들어 성정이 비뚤어지는 바람에 이러한 지경에 미쳤으니 생각하여 보아라. 진씨가 비록 죄가 있다고 할지라도 네가 구타하고 묶어서 길가에 아주 버렸으니 만일 시비와 유모가 구하지 않았다면 진씨의 목숨이 그 밤에 끝났을 것이다. 그랬다면 너는 진실로 오기(吳起)보다 더한 천고의 경박하고 가엾은 필부가 되지 않았겠느냐? 이를 생각하면 눈물이 흘러 모골을 적실 지경인데 너는 오히려 놀랍지 않느냐?"

웅현이 머리를 숙이고 한참 있다가 대답하였다.

85 "소자가 과격하지만 옥에 그냥 있었다면 그 죄가 그렇게까지 되지는 않았을 것입니다. 그런데 옥에 갇혀서 들으니 이러이러하게 이르는 자가 있으니 소자가 의심이 마구 생겨났습니다. 그래서 내당에 들어와 보니 진씨의 품속에서 흉하고 끔찍한 편지가 떨어지고 거동이 수상하였습니다. 제가 급한 성미를 이기지 못하여 시비를 신문하니 난영의 초사가 또 그러했습니다. 어찌 분하지 아니하겠습니까? 즉시 그 머리를 베고 싶었지만 손에 칼이 없었으므로 죽어도 상관없다고 생각하여 제가 무슨 거조를 하는지 알지 못한 것입니다. 이제 생각하니 과격하

고 무식했던가 싶지만 원래 진씨의 어진 것이 부모님께서 이르신 것과 같다면 어찌 그런 나쁜 일을 할 수 있겠습니까? 누가 진씨를 그렇게 잡으려고 해서 품속에 흉서를 넣었겠습니까? 실로 의심이 풀리지 않으니 제가 다른 행동은 고칠 것이지만 진씨를 어진 아내로 후대하는 것은 실로 차마 못하겠습니다. 훗날 진씨가 결백을 밝혀 진위가 드러난다면 모르겠지만 그렇지 않다면 다시 얼굴을 마주하는 것은 차마 못할 것입니다. 어제 소자를 아버님 앞에서 힘써 구한 일도 저는 더욱 흉하게 여기고 있습니다. 저도 사람입니다. 전날 자신을 죽이려 하였는데 오늘 무슨 정으로 소자를 구하겠습니까? 짐짓 말을 꾸미고 얼굴색을 부드럽

게 하여 여러 사람이 보는 데서 자신이 어질다는 것을 나타내고자 한 것입니다. 실로 사람의 정으로 소자를 소중하게 여긴 것이 아닙니다."

정숙렬이 웃으며 말하였다.

"너는 깨닫고 뉘우친다고 하지만 아직 한 구석이 막혀 있구나. 진씨의 행동이 어찌 겉과 속을 다르게 꾸며서 한 것이겠느냐? 그 액운이 놀랍고 젊은 여자들의 해로움이 너의 총명을 가렸으니 우리 입만 힘들 뿐이고 말해도 무익하겠다. 우선 상처가 대단하니 마음을 편안하게 하여 병 조리나 잘 하여 아주버님의 어질고 밝은 장책(杖責)44)을 불의한 일

이 되게 하지 마라. 네가 창악에 물들어 화현, 봉현과 같이 험한 꼴을 당하기에 충분하였지만 아주버님이 가두기만 하고 매를 치기를 아끼셨던 것은 두 자질을 남달리 사랑하시고 천성이 어지셨기 때문에 매를 때리는 벌을 내리지 않으신 것이다. 그런데 죄 위에 죄를 더 지었으니 만일 왕45)의 성품 같았으면 진씨가 애걸하고 백 사람이 권하고 천 사

---

44) 장책(杖責) : 매로써 훈계하고 꾸짖는 일.

람이 말려도 반드시 이 정도가 아니었을 것이다. 슬프다, 자식이 지극히 효성스러우나 오히려 그 어버이 사랑하는 정에 미치지 못함이 있을 것이다. 너를 치고 아주버님의 마음이 반드시 몸에 병을 앓는 것보다 더 심하게 앓으셨을 것이다. 그런데 너는 어찌 부모님의 뜻을 모르고 못된 방탕과 어두운 총명이 조금도 열리지 않아 어진 사람의 옥같이 깨끗한 행실을 의심하고 그것에 감동함이 없느냐? 진실로 애석하지 않겠느냐?"

웅현이 그 말에 수긍하며 말하였다.

"백모의 가르치심이 마땅하시니 삼가 깊이 새겨 경계하며 마음을 고치겠습니다."

세 부인이 서글프게 탄식하고 매우 기꺼워하지 않았다. 이윽고 의원이 왔으므로 세 부인이 내당으로 들어왔다.

이후 웅현은 매 맞은 상처가 날로 심해져서 식음을 전폐하니 진궁과 상부에서 근심이 대단하였다. 초공이 친히 가보지도 않고 입 밖에 내지도 않았지만 마음속에 걱정이 간절하여 항상 광현과 문현을 불러 그 병을 묻고 약 짓는 것을 지휘하였다.

웅현이 장창(杖瘡)을 앓는 가운데 부친을 뵙지 못하는 것을 더욱 서러워하여 심사가 어지러웠는데 변씨의 교태와 아름다움을 생각하고 문득 여러 형들에게 말하였다.

"제가 마음도 편하지 못하고 또 병인에게 긴요한 것이 처첩만한 것이 없을 것인데 진씨는 병이 있다고 하니 변씨나 불러서 저의 병상을 살피게 하고 여러 형들은 편히 쉬십시오."

45) 왕 : 평진왕 조무를 말함.

광현 등이 그를 병중에 편하게 해주려고 흔연히 대답하였다.

"네 말이 옳다. 이곳이 깊고 고요하니 제수가 나와도 무방할 것이다.
어머님께 아뢰어 네 뜻을 따르겠다."

다음 날, 광현과 문현이 어머님 처소에 들어가 웅현의 뜻을 고하니 윤
부인이 탄식하며 말하였다.

"병구완을 잘할 사람으로 아내만한 사람이 없을 것이다. 진씨는 병이
있을 뿐 아니라 서로 볼 낯이 없을 것이니 변씨를 보내어 병인의 뜻을
좇고 그 마음을 편하게 해야겠다."

즉시 변씨를 불러 말하였다.

"아들이 병중에 너를 청하여 병든 회포를 위로하고자 한다고 하니 너
의 뜻이 어떠하냐?"

변씨가 천연덕스럽게 대답하였다.

"남편이 아버님께 죄를 얻어 귀한 몸에 병이 생겼으니 저희들이 한번
보아 병의 경중(輕重)을 알고 싶지 않았겠습니까마는 계신 곳이 외당이
요, 여러 아주버님들이 계시니 갈 생각을 못했습니다. 만일 존명이 계
시면 나아가 병을 보고자 합니다."

말을 마치고 맑은 눈물이 줄줄이 흐르니 윤부인이 정색을 하고 말하였
다.

"남편이 병이 있으면 여자의 마음이 편하지 않겠지만 어찌 눈물을 가
벼이 흘려 내 마음을 어지럽히느냐? 삼가 남편의 병을 힘써 구호하고
그 미치광이같이 거칠고 무식한 행동을 힘써 간하여 마침내 올바른 도
리를 차리게 한다면 그대 또한 탕자의 아내라는 일컬음을 면하고 부부
가 백 년을 함께 사는 즐거움을 누릴 것이니 삼가 내 말을 허투루 여기

지 마라."

변씨가 머뭇머뭇 명을 받들고 물러나 즉시 진궁에 이르러 정숙렬을 뵙고 안춘각으로 갔다. 그러자 거기에 있던 여러 형제들이 다 흩어졌다. 변씨가 나아가 웅현을 보니 그 모습이 바뀌어 다른 사람이 되어 있었다. 변씨가 한번 보고 별 같은 두 눈에서 진주 같은 눈물이 마구 흘러 꽃 같은 뺨을 적셨다. 웅현이 크게 반겨 앞에 앉으라고 청하여 손을 잡고 탄식하며 말하였다.

"이는 다 나의 과실이기는 하지만 진씨의 음란한 악행이 아니었다면 무슨 일이 났겠소? 근본은 다 진씨 때문이네. 외로이 이곳으로 내쫓겨
비록 여러 형제와 사촌들이 계속해서 구호하기는 하지만 우울하고 울적하여 그대를 청하였는데 그대가 즉시 와주니 반가우며 감사하오."

변씨가 탄식하고 오열하며 말하였다.

"당신이 액을 만난 것이 대단하여 천금같이 귀한 몸으로 하인들도 당하지 못할 심한 매를 맞으시고 상부에도 받아들여지지 못하여 이곳으로 쫓겨나시다니요. 제가 감히 아버님을 원망하는 것이 아니라 아내로서 촌장이 끊어질 것 같았습니다. 그러니 한곳에 모여 병구완이나 정성을 다하고 싶지 않았겠습니까마는 감히 마음대로 하지 못하였는데 오늘은 어머님께서 명하시니 어찌 더디 오겠습니까? 바라건대 군자는 조금도 염려하지 마시고 병을 조리하십시오."

웅현이 그 요사스러운 말과 애원한 태도를 새로이 사랑스럽게 대하여 병을 치료하는 데 도움이 많았고, 변씨가 약과 음식을 직접 다스려 정성을 다하며 기쁨이 드러나게 웃어 남자의 촌장을 녹이니 웅현이 새롭게 변씨에게 몹시 매혹되어 잠깐이라도 떨어져 있는 것을 매우 어렵게 여겼다.

이렇게 변씨가 있게 되면서부터 형제들은 왕래를 하지 않고 간혹 밖에 와서 웅현이 먹는 것을 물으며 자는 것을 물어볼 뿐 모든 것을 변씨에게 맡겼다. 웅현이 변씨로 인해 적막한 심회를 위로하기는 하였지만 변씨가 약과 음식에 마음이 변하는 약재를 더 넣으니 더욱 잘못되어 변씨를 향하는 정은 태산 같고 진씨는 더욱 미워하게 되었다. 그래서 때때로 일어나 앉아 칼로 책상을 두드리며 높은 소리로 진씨를 베지 못한 것을 한스러워하니 광증(狂症)이 새로이 성하여 거의 실성하였으나 형제들이 자주 찾아보지 않으니 누가 이 같은 사실을 알겠는가? 또 장독(杖毒)은 날로 성하여 병세로 몸이 약해지니 화를 내는 것이 어떤 지경까지 갈지 알 수 없었다. 오직 웅현의 무식함과 변씨의 요악함이 점점 더할 뿐이었는데, 이는 진씨가 운이 좋지 않은 때를 만나 액이 다하지 않았기 때문이었다.

이때에 화현과 봉현이 옥에 갇힌 지 한 달여가 되었는데 진왕과 초공이 용서하는 명을 내리지 않으니 답답해하였다. 노공이 두 아들을 보고 웃으며 말하였다.

"너희들이 자식의 죄를 벌하는 것이 너무 엄하여 화현과 봉현이 풍류를 들은 죄로 달포를 옥안에 갇혀 있으니 내가 두 아이를 생각하면 답답하여 병이 날 듯하다."

진왕과 초공이 절하여 사례하고 말하였다.

"이 아이들이 분수를 모르고 모질고 거만하여 좀처럼 두려워하지 않으므로 몇 달 넘게 옥에 두고자 하였는데 아버님의 말씀이 이러하시니 귀한 뜻을 어찌 받들지 않겠습니까?"

즉시 두 사람의 죄를 용서하니 화현과 봉현이 들어와 섬돌 아래에서 머리를 조아리고 죄를 청하였다. 그 꽃 같은 풍채와 달 같은 모습이 고생을 하여 위축된 거동이 있고, 황공해 하는 얼굴빛이 나타나니 존당이 크게 애달파 하였다. 그리고 당에 올라오라고 하여 손을 잡고 어루만지며 다음부터 그러지 말라고 경계하였다. 두 사람이 두 번 절하고 죄를 청하였는데 부친과 숙부의 엄한 표정이 매서우니 두려움에 바늘방석에 앉은 것처럼 몸을 옹송그리고 숨을 죽이며 감히 쳐다보지도 못하였다. 이렇듯 이들의 온화한 기운과 단정하고 온순한 모양이 부모의 마음을 감동하게 하니 왕은 조용히 말이 없고 초공이 한바탕 계책하여 후일을 경계하니 두 사람이 여러 차례 사례할 뿐이었다.

두 사람이 물러나 안춘각에 이르러 밖에서 왔다고 통보하니 웅현이 반

기며 들어오라고 하여 예를 마치고 두 동생의 손을 잡고 탄식하며 말하였다.

"내가 이렇게 큰 벌을 받을 줄은 몰랐다. 백부와 아버님께서 여러 달 얼굴을 보지 않으시고 병이 또 나았다 더했다 고헐(苦歇)46)이 잦으니 우리가 사촌으로서 화목하게 훈지(壎箎)의 즐거움47)을 즐기다가 젊은 나이에 요사하여 불효를 저지를까 서럽구나."

두 사람이 안색을 고치고 위로하여 말하였다.

"형이 성미가 지나치게 급하여 괴이한 거조를 하시고 이런 벌을 당하셨으니 자기 허물이지 부형을 원망할 일이 아닙니다. 하물며 청춘의 한창 나이에 이만한 병을 지나치게 걱정하여 사생(死生)을 염려하십니까? 우리들이 도리에 어긋나 아버지와 숙부의 밝은 가르침을 받들지

---

46) 고헐(苦歇) : 오래 앓는 동안 병이 더하였다 덜하였다 하는 일.
47) 훈지(壎箎)의 즐거움 : '훈'과 '지'는 악기 이름으로 '훈지상화(壎箎相和)'로 널리 알려져 있음. 형이 훈이라는 악기를 불면 아우는 지라는 악기를 불어 화답한다는 뜻으로, 형제간의 화목함을 비유적으로 이르는 말.

못하여 간간이 죄를 지은 것이 이와 같으니 어찌 부끄럽지 않겠습니까? 형은 이상한 염려를 마시고 병든 몸을 조리하십시오."

웅현이 탄식하며 말하였다.

"내가 비록 불초하나 다섯 살부터 글을 읽어 세상에 효도와 우애는 남보다 낫고자 하는 뜻이 있었는데 비록 죽게 되었으나 부친과 숙부를 원망하겠느냐? 그러나 차마 참지 못할 것은 슬하에서 내친 자식이 되어 아버님의 얼굴을 뵈올 길이 없으니 병든 회포가 답답하여 나을 날이 없을 것 같아 마음이 좋지 않아서 말이 이에 미쳤다."

두 사람이 위로하고 나와서 웅현을 잊지 못하나 웅현 곁에 변씨가 있으므로 때 없이 왕래하지 못하였다.

몇 달 사이에 웅현의 병이 차츰 나아지자 변씨에 대한 은애가 진중한 가운데에도 한편으로 난월을 잊지 못하여 유모를 불러 난월을 데려오라고 하였다. 유모 황씨가 정색을 하고 말하였다.

"상공이 바로 얼마 전에 어른신의 엄한 분노를 만나시고 또 난월을 데려오는 것은 눈 위에 서리를 더하는 근심이 될 것임을 깨닫지 못하십니까? 변소저께서 병상 곁에 계시니 적막하지 않으실 것인데 난월을 데려와 무엇 하려 하십니까?"

웅현이 바야흐로 몇 달을 병을 앓았던 터라 심화가 크게 일어났다. 게다가 독약이 광증을 도왔기 때문에 벌컥 몹시 화를 내며 넓은 미간을 치키고 언성을 높여 크게 꾸짖었다.

"네가 비록 나를 젖 먹여 키웠으나 주인과 종의 명분이 분명한데 어떻게 내가 하고 싶은 일을 못하게 하고, 내게 명령하여 모든 일에 간섭하며 사납게 고집을 피우는 것이 이와 같으냐? 두 번 다시 거스른다면 너를 따로 처리할 것이다."

기상이 매우 무섭고 거동이 사나워 바로 곧 사람을 죽일 듯하니 유모가 탄식하고 다시 겨루지 못하여 난월을 데려 왔다. 웅현이 정신없이 반기고 크게 기뻐하며 그 손을 잡고 그 무릎을 베며 탄식하여 말하였다.

"내 병이 중하여 아침저녁으로 목숨이 위태하니 하마터면 너를 다시 못 볼 뻔하였는데 너는 어떻게 내 병이 어떤지 묻지도 않느냐?"

난월이 맑은 눈물을 머금고 대답하였다.

103 "저는 숨어 사는 인생이라 종적이 편하지 않아서 한림께서 나쁜 일을 당했다는 것을 들어도 나아와 문후하지 못하고 속절없이 심사만 허비한답니다."

웅현이 탄식하고 변씨를 가리키며 말하였다.

"이 사람이 바로 변부인이다. 너는 처첩의 예를 잃지 마라."

난월이 저의 근본이 사족인 줄을 알고 있었으므로 웅현의 말이 분했지만 억지로 두 번 절하고 웅현의 앞에서 말을 하는데 얼굴색이 태연자약하여 변씨 같은 부인은 눈 아래로 깔아 보니 변씨는 화가 났다. 그러나 변씨는 사람됨이 교활하였으므로 분을 참고 맑은 얼굴로 잘 대하여 투기가 없

104 는 것처럼 우스갯소리와 미담을 낭자하게 하여 웅현의 마음을 기쁘게 하였다. 웅현이 크게 기뻐하며 생각하였다.

'진씨는 숙녀라고 집안에서 입 있는 사람마다 일컫지만 난월 하나를 꺼려 끝내 허락하지 않았다. 그런데 오늘 변씨의 툭 트인 화통함이 이와 같으니 짐짓 요조숙녀로구나. 어찌 진씨가 질투하는 것에 비기겠는가?'

이로부터 난월을 애중하고 변씨를 후대하기는 하였지만 변씨가 가볍고 천박한 것을 업신여겨 무릇 난월과 다르지 않게 대접하고, 한방에서

희롱하며 얼굴의 고움을 서로 비교하고 은총을 서로 의논하였다. 그러나 변씨는 오직 낭랑한 웃음과 좋은 소리로 웅현의 뜻을 맞추니 어이 조금이나 싫어하겠는가? 웅현이 병이 나은 후에도 안춘각에 있으면서 난월과 변씨와 더불어 서로 즐기면서 만사를 잊으니 부친께 사죄할 생각을 하지 못하였다. 그러므로 광현이 문현과 의논하였다.

"이 아이가 여색에 잘못 빠져서 점점 더하니 버려두어서는 깨달을 기약이 없겠다. 병이 나은 후에도 매양 제 마음대로 하게 둘 수 있겠느냐?"

두 사람이 의논을 끝내고 안춘각으로 가서 기침하고 들어가니 변씨가 일어나 맞이하고 난월은 뒤창으로 바로 나갔다. 광현이 정색을 하고 말하였다.

"요사이 몸의 병이 좀 나았으면 고요히 마음을 가다듬어 아버님께 받아들여 주십사 간청할 것이지 무슨 마음과 염치로 하는 짓이 갈수록 한심하냐?"

그리고 변씨를 향하여 말하였다.

"소생 등이 도리에 어긋나 동생 가르치기를 잘못하여 제수께서 외당에서 수고를 하시니 스스로 부끄럽습니다. 오늘부터 제수는 처소로 돌아가 쉬십시오."

광현의 말이 화평하면서도 말의 기운이 가을 서리같이 엄숙하니 변씨가 고개를 숙여 예를 행하고 일어나 내당으로 들어갔으며 웅현은 고개를 숙이고 말이 없었다. 이후로 여러 사촌들과 형제들이 안춘각에 모여 지내면서 잡된 거동과 요괴로운 창녀가 가까이 못 오게 하니 웅현이 실망하였지만 두 형을 두려워하여 겉으로 드러내지 못하였다.

107 차설. 변씨는 광현의 단엄한 말이 엄격하였으므로 부끄러워서 자기 처소로 돌아와 태춘에게 말하였다.

"내가 며칠만 더 있었다면 계획을 수행할 수 있었을 것인데, 원수 같은 광현이 무슨 마음으로 나를 쫓아 보내고 수고롭게 제 아우를 지키니 이 뜻이 나를 어질게 여기지 못하여 한림을 잘못 되게 한 사람을 나로 아는 것이다. 어찌 분하지 않겠느냐?"

그래서 주인과 하인이 한바탕 흉계를 약속하였다.

하룻밤은 변씨와 태춘이 상황을 엿보았는데 안춘각에 광현 형제가 있다고 하였다. 태춘에게 남자 옷을 입히고 유건(儒巾)[48]을 씌운 다음 변씨

108 는 단약을 먹고 진씨의 얼굴이 되었다. 둘이 안춘각으로 가서 태춘을 창밖에 세우고 가짜 진씨가 천천히 문을 열고 들어갔다. 웅현은 진씨를 보고 놀라고 분하였지만 두 형은 벌써 이 심야에 진씨라면 나오지 않을 것이라 생각하고 요사스러운 사람의 나쁜 짓이라는 것을 깨달았다. 그러나 오히려 좋은 기회를 얻었으므로 문득 흔연히 팔을 들어 말하였다.

"제수가 이곳에 나오셨으니 반드시 이유가 있을 것입니다. 청컨대 곡절을 듣고 싶습니다."

가짜 진씨가 얼굴색을 꾸며 말하였다.

"보기 싫은 남편이야 죽거나 살거나 상관없습니다. 내가 온 것은 다른 일이 아니라 못된 남편과 원수가 되어 마침내 이 집 사람이 되지 못할 것이니 그 뜻을 물어보고 싶어서입니다."

광현이 웃음을 머금고 말하였다.

109 "우리 아우가 어질지 못하여 제수의 일생을 훼방 놓았으니 저희들이

---

48) 유건(儒巾) : 선비들이 쓰는 두건.

진실로 부끄럽습니다. 물어보려고 하신다면 우리가 같이 결정할 것이
니 저에게 거침없이 물으십시오."

가짜 진씨는 광현이 짐짓 자기를 진씨로 아는 척하는 거동을 보고 방심
하여 말하였다.

"내가 설사 죄를 지었다고 하여도 어렸을 때부터의 조강지처입니다.
혼인한 부부의 관계란 소중한 것인데 변씨 같은 요물에게 고혹되고 창
기들에게 빠져서 나를 박대하는 것이 너무 심하니 열다섯 젊은 나이에
탁문군(卓文君)의 〈백두음(白頭吟)〉49)을 읊고 있습니다. 그런데 사람의
마음으로 조금이라도 측은하게 생각하기는커녕 공연히 들어와 욕하고
때리더니 나중에는 죽으라고 묶어서 길가에 버렸습니다. 이는 이리나
호랑이, 뱀이나 지네보다 심하니 모질고 흉한 것으로 보면 한낱 무거
운 매로 끝내고 말아야겠습니까? 죽어도 아깝지 않을 것이지만 내가
예도를 지키고 부부 사이라는 큰 인륜을 생각하여 죽기를 결심하고 아
버님의 분노를 돌이켜 죽을 곳에서 살려 내었습니다. 그런데 저의 은
혜를 생각하지 않고 변씨를 밤낮으로 데리고 있으면서 나를 돌아보지
않으니 내가 어찌 구차하게 이 집에 머물겠습니까? 차라리 친정으로
물러가고자 합니다. 그러니 이렇게 하고 간 후에 아내라고 하여 처리
할 생각을 마십시오."

광현 형제가 얼굴에 희미하게 웃음을 띠고 웅현을 돌아보니 분노로 곤
두선 머리카락이 관을 뚫을 지경이었는데 눈을 부라리며 언성을 높여 말

110

---

49) 탁문군(卓文君)의 백두음(白頭吟) : 전한(前漢) 사마상여(司馬相如)의 처 탁문군이 지은 오언
시. 사마상여가 무릉(茂陵) 여인을 사랑하여 집으로 데려오려고 하자, 탁문군이 사마상여와는
백발이 되도록 정분을 잊지 못할 것이라는 내용의 백두음을 읊고 스스로 떠나가려는 뜻을 나타
냈는데 이에 감동한 사마상여가 마음을 돌렸다는 고사가 전함. 결국 백두음은 '버림받은 사람
의 탄식 섞인 노래'라는 뜻으로 통용됨.

하였다.

111 　"음란하고 못된 여자가 무슨 얼굴로 나와서 흉한 말로 나의 분을 돋우느냐? 내 비록 용렬하나 8척 대장부로 소견이 음란한 부인만 못하며 부부의 큰 인륜을 모르겠느냐? 비위가 약하여 그대 같은 여자는 얼굴도 마주하기 싫어서 전후로 참지 못한 것이다. 변씨는 온순한 여자라서 두 사람이 서로 정이 맞는데 너 같은 음녀를 두려워하여 같이 있는 것을 어렵게 여겨야 하겠느냐? 내 칼을 다듬어 비록 아버님께 다시 매를 맞더라도 너 같은 못된 여자를 베어버려야 시원하겠다. 내가 살고 죽는 것은 하늘에 달렸고 아버님이 부자간의 막대한 은혜를 베풀어 주셔서

112 살아난 것이다. 그러니 너의 요설로 구한 것이 무슨 유익함이 있느냐? 이제 친정으로 돌아간다고 해도 놀랍지 않지만 좋게 보내어 음욕을 맞추어 주는 일은 차마 못하겠다."

　말을 마치고 냅다 일어나 손을 쓰고자 하니 광현이 엄하게 꾸짖어 물리쳤다. 그러나 가짜 진씨는 의심스러운 거조를 다 하려고 달려들어 웅현의 관을 벗겨 던지고 상투를 잡아 모르는 사이에 뒤로 젖히고 뺨을 치더니 나는 듯이 내달리며 소리쳐 말하였다.

　"역적 웅현아, 너를 지키고 있는 것은 용렬한 일이다. 진승상의 처는 다섯 번 개가하였다50) 하니 나의 아름다움과 운치로 일개 풍류학사를 어

113 디 가면 못 얻겠느냐? 너를 한 번 통쾌하게 치고 가려하였는데 간특한 광현과 문현이 자리에 있어서 힘을 당하지 못할까 싶어 돌아간다."

---

50)　진승상의 ~ 개가하였다 : 진승상은 전한(前漢)의 공신으로 좌승상이 되었던 진평(陳平 : ?~B.C. 178)을 말함. 그가 젊은 시절에 가난하여 쉽게 장가를 들 수가 없었는데 호유향(戶牖鄕)의 장부(張負)라는 부자의 손녀가 다섯 번이나 시집을 갔지만 그때마다 남편이 이내 죽어버려 혼자 살고 있었기 때문에 진평이 두려워하지 않고 그녀를 아내로 맞이한 사실을 두고 이와 같이 말함.

웅현이 무심결에 이런 변을 만나 분하고 놀람을 걷잡지 못하여 칼을 들고 따라가려 하니 광현이 칼을 빼앗고 웅현의 귀에 대고 말하였다.

"진씨를 따라가 붙들고 꾸짖지도 치지도 말고 데리고 진씨 제수의 숙소로 들어가라. 그러면 거기서 비상한 변이 있을 것이니 오늘 밤에 진위를 판단할 수 있을 것이다."

웅현이 홧김에 급히 내달리려다가 형의 말을 듣느라 잠깐 지체하니 진씨가 벌써 멀리 가버렸다. 웅현이 다급하고 화가 나서 급히 따라갔다. 한편 가짜 진씨는 넘어질 듯 엎어질 듯하며 굽이진 난간을 돌아 급히 달리다가 기둥에 부딪히자 머리가 깨질듯이 아팠다. 잠깐 지체하여 어루만질 사이에 웅현이 뒤를 따르는 소리가 거센 비바람 같으니 가짜 진씨가 머리를 부딪치고 달리다가 여러 층 섬돌에 발이 뒤집혀 뒹굴며 엎어졌다. 낯이 다 으깨어지고 코가 깨져서 피가 많이 흐르니 견디지 못하여 손으로 만지며 일어날 때에 대 위에서 웅현이 긴 팔을 뻗어 손을 잡았다. 이때 가짜 진씨는 이루 말할 수 없이 다급하여 여러 가지로 몸을 빼낼 궁리를 하였다. 그러나 웅현이 큰 힘으로 분노에 가득 차서 때리려고 하다가 형의 말을 들었으므로 참고 팔을 잡아끌며 말하였다.

"그대가 가히 박대한다고 나를 원망하니 그대의 침소에 가서 후대할 것이다. 어서 있는 곳을 말하라."

가짜 진씨가 속여서 말하였다.

"제 숙소에는 보지 못할 사람이 객으로 와 있으니 훗날 들어오십시오. 아까 일은 실로 잘못하였으니 죽고 싶어도 죽을 곳이 없습니다."

웅현이 그 요악한 거동을 밉게 여겨 단단히 붙들고 좌우를 돌아보아 사람을 얻고자 하였더니 두어 시녀가 약탕을 들고 급하게 동쪽 소당으로 들

114

115

어갔다. 웅현이 그녀들을 불러서 물었다.

"내가 오래 누워있었기 때문에 알지 못하는데 들으니 진부인이 진궁에 와 있다고 하였다. 숙소가 어디냐?"

탕약을 들고 가는 시녀는 정숙렬의 궁녀였다.

진씨가 바야흐로 마음을 쓰고 식음을 폐한 데다가 회임한 태아는 점점 만삭이 되어 가고 있었다. 천우신조로 그런 험난한 가운데도 태가 떨어지지는 않았으나 진씨는 약한 체질이라 병이 깊어 몸져누워 있었다. 이런 사실을 궁밖에 있는 시어머니는 오히려 다 알지 못하고 정숙렬이 아침저녁으로 문병하고 보살피며 약물을 권하였는데 물심양면으로 돕는 것이 친딸과 같았다. 진실로 어진 가풍과 인심이 조부 같은 곳이 없어 정숙렬
의 온화하고 도량 넓은 덕이 온 집안에 덮여 있었는데, 평소 진왕과 초공의 뜻을 이어 친자식과 조카를 구별하지 않았으니 정숙렬과 양정렬이 며느리와 딸을 다 친자식같이 대하였다. 그러므로 정숙렬이 진씨의 외롭고 위태로운 것을 가엾이 여겼는데, 진씨는 병세가 위독하여 때때로 혼절하다가 이날 밤에는 정신이 매우 가물가물하여 수습하지 못하고 있었으므로 정숙렬이 친히 와서 약을 재촉하였다. 그래서 두 시아가 약탕을 들고 가다가 웅현을 만난 것인데 웅현의 물음을 좇아 불빛이 비치는 소당을 가리키고는 앞서 갔다.

이때 바야흐로 진씨는 막힌 것이 잠깐 진정되어 정신을 차렸는데 숙모
께서 친히 와 계시니 황공하여 이불을 헤치고 일어나 앉아 보살펴 주시는 은덕에 감사드렸다. 그 간절한 말과 아리따운 태도가 몸이 좋지 않을수록 더욱 빼어나니 정숙렬이 위로하기를 지극히 하고 그 신세가 괴로운 것을 불쌍하게 여겼다.

그런데 뜻밖에 웅현이 한 여자의 손을 이끌고 문을 열고 들어섰다. 정숙렬이 놀라서 눈을 들어보니 웅현이 이끌고 들어오는 여자가 완연히 진씨의 얼굴이었다. 정숙렬이 놀라서 물었다.

"네가 심야에 들어오지 않던 당을 찾아 들어오니 진씨가 병이 있는 것을 듣고 온 것이냐? 그리고 이 여자는 어떤 사람이냐?"

웅현이 웃고 대답하였다.

"진씨가 오늘 밤에 외당에 나와서 이러이러하게 저의 죄를 따지고 난타하였는데 무슨 병이 있다고 하십니까? 숙모께서야말로 어찌 한밤중에 소당에 오셔서 귀체를 상하게 하십니까?"

그리고 나서 웅현이 가짜 진씨를 이끌어 앉히고 자초지종을 자세히 고하였으니 정숙렬의 신명함으로 어찌 간악한 계교를 짐작하지 못하겠는가? 다음 이야기를 또 들어보라.

119

1
　화설. 정숙렬의 신명함으로 어찌 변씨의 간악한 계책을 짐작하지 못하겠는가? 이에 가만히 웃으며 웅현에게 말하였다.

　"네가 요사이 아주버님께 내쫓기고 큰 매에 상하여 속이 허하니 이매망량(魑魅魍魎)51)에 홀렸나 보구나. 진씨는 온갖 병이 한꺼번에 나타나 명이 아침저녁에 달렸는데 무슨 근력으로 외당에 나가 너를 욕하며 때리겠느냐? 정신이 나는 때는 일어나 앉아 있으나 때때로 혼절하기 때문에 오늘 초저녁에도 정신을 잃었다 하기에 내가 친히 와서 간호하여 겨우 정신을 차렸다. 그러나 이불에 싸여 몸을 움직일 길이 없으니 진

2
씨라고 하며 너를 치던 여자는 진실로 어떤 사람이겠느냐? 귀신이 장난을 치는 것이로다."

　웅현이 숙모의 말씀을 듣고 의심스럽고 괴이하며 어이가 없어 살펴보니 진씨는 구름 같은 머리털이 흐트러져 꽃다운 모습이 쇠약한데, 이불을 헤치고 기운을 억지로 차려서 조용하고 단정하게 앉아 있었다. 그 모습은 여유로운 기운과 자연스러운 덕이 한 몸에 갖추어져 있어서 가짜 진씨의 미치고 허망한 말과 음란하고 사악한 정태에 비길 수 없었다. 웅현은 크게 놀라 두 눈을 둥그렇게 뜨고 이 사람을 보고 저 사람을 보고 하였는데 의심스럽고 괴이함을 측량할 수 없었다. 이즈음에 광현과 문현이 함께 웅

3
현의 뒤를 좇으며 간사한 상황을 살펴보았는데 서쪽 창문 밑에 한 미남자가 손에 비수를 들고 왔다 갔다 하다가 달아나는 것을 보았다. 그러자 광현이 웃으며 말하였다.

　"스스로 모습을 보이고 달아나다니 이는 가히 묻지 않아도 알 일이다.

---

51)　이매망량(魑魅魍魎) : {리미망냥}. 산천·목석의 정령에서 생겨나 사람을 잘 홀린다고 하는 온갖 도깨비.

내가 비록 일이 많지만 동생의 집안일을 이로써 결정할 수 있을 것인데 등한이 할 수 있겠는가?"

광현은 긴 옷을 벗어 던지고 짧은 옷만 입고 가볍게 따라갔다. 태춘은 종적만 보이고 급히 들어가려고 넘어질 듯이 층층 계단을 지나 변씨의 침소로 들어가려 했는데, 생각지 못했던 예부상서 조광현이 따라오는 것이었다. 그 형세가 용이 풍운을 얻은 것 같고 범이 뛰노는 것 같아서 태춘은 당황하여 한 걸음에 두 번씩 엎어졌다. 광현이 두어 가닥 쇠줄을 가져다가 태춘을 옭아 맨 후 문현을 불러 같이 웅현이 간 곳을 알아보았는데 소당에 간 것을 알았다. 서동 네 명에게 죄인을 잡아 뒤를 따르라고 하고 숙모 정숙렬의 정침(正寢)에 들어오니 진씨를 보려고 소당에 가셨다고 하였다. 광현 형제가 몸을 돌려 소당의 난간머리에 와서 앉아 웅현의 거동을 탐지하는 한편 잡은 도적을 올라오게 하여 불을 밝히고 보니 변씨의 으뜸 시비 태춘이었다. 비록 남복을 하였지만 광현의 뛰어난 분별력을 벗어나겠는가? 광현이 매서운 소리로 엄하게 물었다.

"네가 몸에 남복을 입었으나 분명히 변씨 형수의 시비이다. 무슨 까닭으로 남장에 칼을 들고 담을 넘어 들어오는 모습을 보이고 뒤쫓는 사람도 없는데 달아나느냐? 그 모습은 무슨 뜻이냐? 형벌을 받지 않고 사실대로 말하면 오히려 살 도리가 있을 것이지만 조금이라도 숨기면 오형(五刑)52)을 갖추어 마침내 머리를 베어버릴 것이다."

태춘이 눈물을 흘리며 아뢰었다.

"제가 실성하여 미친 짓을 밤낮으로 이렇게 한 지 오래되었습니다. 무

---

52) 오형(五刑) : 죄인을 처벌하던 다섯 가지 형벌. 중국은 묵형(墨刑), 의형(劓刑), 비형(剕刑), 궁형(宮刑), 대벽(大辟)을, 조선 시대에는 태형(笞刑), 장형(杖刑), 도형(徒刑), 유형(流刑), 사형(死刑)을 오형이라고 함.

슨 주견이 있어서 그렇게 한 것이겠습니까?"

광현이 또 말하였다.

6
"네가 말을 꾸며 무사하면 좋겠지만 마침내 그만하지 않고 네 몸에 독한 형벌을 심하게 받은 후에 복초한다면 무익하지 않겠느냐? 간악한 실상을 바로 아뢰지 않으면 너의 목숨이 매 아래에서 끝날 것이다."

태춘이 하늘을 우러러 울며 말하였다.

"주군이 근심하면 신하의 욕이요 주군이 욕을 받으면 신하는 죽는 것이라 하였습니다. 그래서 제가 우리 부인을 위하여 허다하게 마음을 쓴 것인데 도리어 화(禍)의 그물에 걸렸으니 제가 실상을 아뢰겠습니다. 청컨대 노야께서는 주인을 위한 충심을 불쌍히 여기시어 살려 주십시오.

과연 진부인이 계시기 때문에 우리 부인이 모든 일에서 낮아지고 원비의 높음과 조강지처의 중함이 다 진부인께 있는 것을 불만으로 여겼습니다. 그래서 두어 번 계교를 행하니 상공이 믿으시므로 진부인의 시녀 난영과 결탁하여 여러 일을 모의하고 한림의 노하시는 때를 타 때에 맞춰 응하였습니다. 한림이 벌을 받으신 후 저와 난영이 옥 밖에 가서 의심스러운 말을 하여 화를 돋우고 들어왔던 것인데 그 일로 난춘정의 변이 일어났던 것입니다.53) 진부인을 구타할 때에도 편지를 진부인의 옷에 끼워두었다가 부인이 움직이시면 떨어지게 하였고, 노야께서 심문하실 때 난영이 진부인께 망극한 허물을 뒤집어 씌웠으니 변을 일으

---

53) 난춘정의 ~ 것입니다. : {안춘각의 작변이 있고}. 진씨의 부정에 대해 시비들이 나누는 말을 듣고 격분한 웅현이 진씨를 찾아가 마구 때리고 밧줄로 묶어서 집밖에 버린 일을 말함. 이는 진씨의 처소인 난춘정에서 일어났던 일인데 현재 웅현의 처소인 안춘각에서 일어난 일로 혼동한 것이므로 바로잡아 옮김.

킨 것이 다 변부인과 난영과 제가 같이 한 것입니다.

남자 옷을 제가 입고 노야께서 보도록 한 것은 또 이렇습니다. 진부인
이 여러 가지 고난을 당하되 오히려 죽지 않으시고 이곳에 편히 머무시
며 할머님과 어머님이 칭찬하고 애중히 여기시는 것을 변부인이 분하
게 여겨서 저로 하여금 남복을 입고 간부의 거동을 하여 의심을 일으키
고 우리 부인은 단약을 삼켜 진부인이 된 뒤 안춘각으로 가기로 했습니
다. 또 제게 칼을 주어 사람들의 눈에 뜨이게 하고 즉시 달아나라고 하
셨습니다. 이 모든 일은 주인을 위하여 부득이 한 것이지 제가 나빠서
그런 것이 아니니 노야는 살피소서."

광현 형제가 매우 놀라서 서로 얼굴을 돌아보며 탄식하였다.

"집안에 이런 요악한 일이 많으니 어찌 불행하지 않으며 악행이 이렇
게 주도면밀하니 나이 어리고 물정 모르는 동생을 책망할 수 있겠는
가?"

그리고 태춘에게 또 물었다.

"난영은 어디로 갔느냐?"

태춘이 말하였다.

"난영은 그날 이리이리 죽여 시신은 농에 넣어 봉하여 집밖으로 내어
와 구렁에 던져 넣었습니다."

광현이 태춘을 묶어서 앉히고 소당 문밖에 와서 소리 내어 웅현을 불렀
다. 이때 웅현이 두 진씨를 대하여 진짜와 가짜를 분변하지 못하여 숙모
정숙렬께 고하였다.

"제가 아직 나이가 적어 이런 괴이한 일은 처음으로 봅니다. 숙모께서
가르쳐주십시오."

정숙렬이 한탄하며 말하였다.

"너도 알지 못하는 것을 이 숙모가 어찌 알겠느냐? 비록 그러하나 알기 쉬운 방법이 있다. 진씨를 해치나 변씨를 잡으나 본부인과 첩 사이에 이변을 짓는 것이니 바삐 변씨를 불러라. 이 일을 금세 판단할 수 있을 것이다."

웅현이 망설이고 당황하며 시비에게 변씨를 불러오라고 하고 가짜 진씨를 보니 얼굴이 온통 붉어지고 행동이 어수선하여 매우 다급한 거동이었다. 한편 진씨는 이 상황을 이상하게 여겼으나 묵묵히 두 눈을 낮추고 간사한 거동과 웅현의 어지러운 형상을 보지 않았다. 이 거동으로 보아서도 진짜와 가짜를 가히 알 수 있을 것이지만 웅현은 여전히 의심하여 판결을 내리지 못하고 가짜 진씨를 놓지 않고 변씨가 오기를 기다렸다. 그때 광현과 문현의 소리를 듣고 정숙렬이 놀라서 말하였다.

"너희가 어찌 지금 자지 않고 무슨 까닭으로 이곳에 왔느냐?"

광현과 문현이 숙모의 말을 듣고 대답하였다.

"저희들이 심야에 달리 이곳에 온 것이 아니고 매우 긴급한 일이 있어서 웅현을 찾아 왔습니다만 숙모께서는 어찌하여 지금 주무시지 않으시고 여기에 계십니까?"

정숙렬이 어떤 단서가 있음을 알고 몸을 일으켜 침전으로 들어오며 두 조카에게 말하였다.

"진씨의 병세가 가볍지 않은데 내가 있어서 너희들이 모여들어 억지로 앉아 있으려니 견딜 수가 없을 것이다. 모두 나의 침당으로 모이고 웅현이 데리고 다니는 진씨도 같이 오너라."

광현, 문현, 웅현이 명을 받들어 정숙렬을 모시고 봉현전으로 모였는데, 웅현이 가짜 진씨를 이끌고 다니는 모습이 가히 웃을 만하니 화공에게 부탁하여 그 모습을 그려 천년 후까지 전할 만하였다. 광현 등이 숙모를 모시고 자리를 잡고 앉아 태춘을 잡아들여 처음부터 끝까지 자세히 물어보니 대답이 똑같았다. 정숙렬이 탄식하며 말하였다.

"사람의 마음은 측량할 수 없구나. 사람을 해치는 것이 그리 심할 수 있는가? 진씨의 얼음같이 맑은 마음으로 어찌 억울한 누명을 쓰고 명을 마치겠느냐? 너희들은 아주버님께 아뢰어 어진 사람으로 하여금 원통한 일을 자세히 알릴 수 있게 하여라."

웅현이 태춘의 말을 듣고 두 진씨의 진가(眞假)를 분변하지 못하던 마음으로 놀라움을 이길 수 없어서 태춘에게 모습을 변하게 하는 약을 내놓으라고 하니 태춘이 마지못하여 세 종류를 내어 드렸다. 하나는 개용단이라고 쓰여 있고, 하나는 의면단, 하나는 회심단이라고 하였으므로 좌우의 사람들이 놀라지 않을 사람이 없었다. 웅현이 약을 형에게 드리며 말하였다.

"저는 어려서 이런 요사스런 약을 보지 못하였습니다. 형님께서는 일찍이 이런 일을 보셨습니까?"

광현이 얼굴을 가리며 보지 않고 꾸짖었다.

"네가 비록 군자가 아니지만 일찍이 요사스러운 모습과 더러운 소리를 듣는 것을 그만두기를 원했었다. 네가 네 몸을 바로 하고 집안 다스리기를 제대로 하였다면 이러한 변고가 있겠느냐? 이 약을 가지고 나에게 보일 것이 아니라 물에 풀어 진씨에게 먹여 보면 바로 무엇이 옥이고 무엇이 돌인지 가릴 수 있을 것이다."

웅현이 머뭇머뭇 창피해 하며 그 약을 먼저 가짜 진씨에게 먹이려고 하

13

14

니 가짜 진씨가 입을 가리고 먹지 않으려 버텼다. 그러나 웅현이 약을 떠서 부어넣으니 가짜 진씨가 마지못하여 약을 삼켰다. 그러자 문득 아름답고 고결하던 진씨가 변하여 갑자기 사나운 변씨가 되었다. 정숙렬과 광현이 한심해하고 놀라워하니 변씨같이 요악하고 담대한 사람도 말이 막혀 얼굴색이 흙빛이 되었다. 이윽고 변부인을 부르러 갔던 시녀가 돌아와 고하였다.

"변소저가 저녁 문안을 드린 후 어디에 가셨는지 거처를 모르겠다고 하더이다."

이 말을 듣고 웅현이 더욱 분해하며 약을 진씨에게 가져가려 하니 광현이 정색을 하고 말하였다.

"이미 더 알 일이 없는데 병든 사람에게 요약(妖藥)을 마시도록 보채겠느냐? 진씨 제수의 조용하고 그윽한 성덕으로 팔자가 기박하여 너 같은 무식한 남자를 만나 범상치 않은 변란을 겪고 신상에 독한 질병을 얻어 죽을지 살지 모르는데, 사람의 마음으로 측은하지도 않아서 요약을 가지고 시험하려 하느냐?"

정숙렬과 광현이 또한 이같이 꾸짖으니 웅현이 확 깨우치는 바가 있어서 약그릇을 던지고 소매를 떨치고 나오더니 태춘을 잡아내여 형장을 베풀고 심문하였는데 호령이 천둥 같고 벽력이 울리는 듯하였다. 큰 매를 가려 매마다 죄목을 밝혀서 치니 태춘이 혀를 빼물고 말하였다.

"이미 한 일을 바로 아뢰었으니 죽어도 다시 아뢸 것이 없사옵니다."

웅현이 놀라고 분하여 즉각 머리를 베어버리고 싶었으나 아버지와 형들이 이런 일을 무식하다고 하므로 천만 번 참고서 태춘을 여러 차례 쳐서 옥에 가두었다. 그리고 두 형과 함께 안춘각으로 돌아와 탄식하였다.

"제가 어리석고 성정이 어두워 두 처를 두었으나 선과 악을 구분하지 못하고 요괴로운 교언영색(巧言令色)에 혹하여 이 지경에 이르렀으니 모두 저의 허물입니다. 그러나 변씨의 요악이 길게 가면 반드시 집을 뒤엎고 저를 죽이고야 그칠 것이니 제가 한 번 칼로 흉인의 목을 베어 버리고 싶습니다. 그러나 이전의 과오를 후회하기 때문에 잠깐 참는 것이고 변씨를 살려서 돌려보내지는 못하겠으니 죽여서 분을 씻으려고 합니다."

광현과 문현이 정색을 하고 탄식하며 말하였다.

"성인이 말씀하시기를 작은 일을 참지 못하면 큰 계획을 어지럽힌다[54] 고 하였으니 바로 이와 같은 것을 이르신 것이다. 처음에 네가 진씨 제수를 구타하고 동여 매여 길가에 던진 것이 큰 죄목이 되어 칠십 장 중죄를 입고 몇 달이 넘도록 아버님을 뵙지 못하고 형제들과 나란히 서지 못했다. 그러면 네 마땅히 분수를 잘 지키고 저지른 잘못을 자책하며 이제는 행동을 바르게 하여 아버지께서 아름답게 여기시어 찾으실 것을 기다릴 일이다. 변씨의 못된 일은 끔찍하지만 그 전에 이 일은 네가 수신제가(修身齊家)를 잘못한 것이므로 이웃에 알려질까 두려운 것이다. 그러니 무식한 부녀자와 간악한 천비를 책망하겠느냐? 그러나 부녀자로서 사람을 죽이는 것이 보통 죄는 아니므로 우리들이 아버님께 고할 것이니 아버님의 명을 기다리도록 하여라. 이제 네가 또 칼을 들고 변씨를 찌르려 하는 것을 아버님께서 들으시면 더욱 놀라실 것이다."

18
19

---

54) 작은 ~ 어지럽힌다 : 『논어(論語)』 「위령공(衛靈公)」 편 26장에 나오는 '소불인즉난대모(少不忍則亂大謀)'라는 구절을 말함. 주자(朱子)는 소불인(所不忍)을 부인(婦人)의 인(仁)과 필부의 용맹이라고 하였는데, 웅현이 분을 참지 못하는 것은 필부의 용맹과 같은 것이라는 뜻.

웅현이 두 형의 분명하고 엄숙한 가르침을 들으니 감격을 이길 수가 없어서 일어나 절하고 말하였다.

"삼가 가르침을 받겠습니다. 제가 무상하여 부형의 밝은 가르침을 저버려 허물이 크고 깊으니 가벼운 벌을 원망하겠습니까? 지금부터 몸을 닦고 행동을 조섭하여 밝은 가르침을 받들 것이니 원컨대 형님들은 아버님의 뜻을 돌이켜 저를 슬하에 받아들이게 해 주십시오."

두 사람이 대답하였다.

20 "네가 허물을 그치고 행실을 수련한다면 아버님의 성덕으로 용서하시는 명을 쾌히 내리실 것이고 공경하고 삼가는 지극한 효를 본받으면 손에 허물을 짓지 않을 것이니 이에서 더 아름다울 수 있겠느냐?"

형제 세 사람이 이 밤에 같이 자고 새벽에 진왕과 초공을 비롯하여 여러 자제들이 모여 줄을 서니 훤당이 좁으며 넓은 방이 터질 듯하였다. 태부인과 노공 부부는 기쁜 빛이 얼굴을 둘렀는데 문득 광현과 문현이 자리에서 나서며 어젯밤의 변과 태춘의 초사를 하나하나 아뢰니 노공이 탄식하였다.

21 "웅현이 사리에 어둡고 미친 듯이 난폭하여 진씨가 옥같이 고결한 것을 모르고 변씨에게 침혹하여 나쁜 일을 전연 몰랐다니 몹시 놀라울 뿐이다. 일이 발각되었으니 변씨같이 요악한 것을 한시라도 집에 두지 못할 것이다. 사족의 딸로서 사람을 죽여 스스로 싸서 내가다니 이렇게 모질고 흉한 사람이 무슨 일을 못하겠느냐?"

태부인이 크게 분노하며 말하였다.

"내가 나이 구십이 넘었으나 이렇게 간악한 여자는 처음이다. 어찌 자손의 항렬에 두며 웅현의 처라고 하겠느냐? 즉시 내 보내고 태춘을 죽여 다른 사람을 징계하도록 하여라."

노공은 모친이 밝게 지시하시는 것이 기쁘지 않을 수 없어 웃음을 머금
고 집안의 변란이 놀랍고 이상하다는 것과 변씨가 인륜에 어긋난 것을 도
리어 잊어버렸다. 그러자 태부인이 다시 일렀다.

"내가 비록 늙어 망령되나 이 일이 절통하므로 소견을 폈거늘 우리 아
들은 왜 웃기만 하고 대답이 없느냐?"

노공이 우물쭈물 명을 받들고, 진왕과 초공이 절을 하여 예를 갖추고
말하였다.

"할머님의 밝은 가르침이 저희들의 답답한 가슴을 시원하게 해주십니
다. 오직 명대로 할 것입니다. 다른 말씀이 또 있으십니까?"

두 사람이 좌우의 하인을 시켜 변씨를 불렀다. 초공이 명하여 변씨를
중계(中階) 아래에 꿇리고 죄를 물었다.

"여자의 투기는 칠거(七去)의 죄악55)이니 내 집은 질투를 용납하지 않
는다. 그런데 너는 웅현의 두 번째 부인이 되어 나중 된 자로서 먼저 된
사람을 공경함이 없었다. 그리고 방탕한 지아비를 어질게 인도하지 못
한 것은 나이 어린 여자들을 책망할 바가 아니나 나쁜 일을 꾀하여 어
진 사람을 죽을 지경에 몰아넣고, 얼굴을 바꾸어 다른 사람의 형상을
하고, 흉서(凶書)를 만들어 집안의 법도를 어지럽히고, 간악한 시비와
결탁하고 언로를 막으려고 그 사람을 주살하였다. 살인자는 약법삼장
(略法三章)으로도 죄를 면하지 못하는 것이니 이제 법을 바로 할진대 어
찌 살아서 돌아가겠는가? 그러나 오히려 넓은 은전(恩典)을 두어 편히

22

23

---

55) 칠거(七去)의 죄악 : 보통 칠거지악(七去之惡)이라고 하는데, 예전에 아내를 내쫓을 수 있는 일
곱 가지 허물로, 시부모에게 불손함, 자식이 없음, 행실이 음탕함, 투기함, 몹쓸 병을 지님, 말이
지나치게 많음, 도둑질을 함 따위.

가게 할 것이니 다시 내 집을 생각하지 말지어다."

말을 마치자 교자 하나를 가져와 변씨를 태워 변부로 보내라고 하였는데 그 엄정한 기개와 도량이 차가운 눈과 서리 같았다. 그러니 변씨가 무슨 말을 꾸며서 하겠는가? 분한 기운에 눈물이 펑펑 쏟아지며 분과 한이 가슴에 가득했으나 웅현과의 산 같고 바다 같던 정을 생각하여 그의 말을 듣고 가려고 물러나 안춘각으로 나왔다.

이때 웅현은 변씨의 요악과 진씨가 원통하게 겪은 허다한 고초를 생각하니 후회막급이었다. 머리를 숙이고 깊이 생각하고 있었는데 변씨가 슬프게 통곡하며 앞에 와서 교태롭게 말하였다.

"제가 나이 어린 예기로 세상일을 경험하지 못한 탓에 요사스러운 시녀가 달래는 말을 듣고 잘못을 저질렀으나 진실로 본심이 아니었습니다. 지금 아버님께서 분명하게 내치신다고 하시니 이런 원통하고 애달픈 일이 없습니다. 떠나기에 임하여 당신의 후의를 생각하니 오장이 모두 무너지는 듯합니다. 살아서 영원히 헤어지다니요. 저는 돌아가 무창석(武昌石)56)이 되어 죽어서도 당신의 자취를 따르겠습니다."

웅현이 변씨의 요악한 말을 듣고 발악함을 당하니 머리끝이 솟구치고 노기가 가슴속에 막혀 분연히 일어나 오른손으로 변씨의 머리를 풀어 잡고 왼손으로 주먹을 쥐어 마구 때리며 말하였다.

"요녀가 감히 날 떠보는 것이냐? 죄가 마땅히 머리를 베어버릴 만하되 대인이 은전을 드리우셔서 살려 보내신 것이다. 마땅히 성덕을 감축하고 돌아갈 것이거늘 요악한 말로 내 뜻을 엿보다니. 내 비록 용렬하지

---

56) 무창석(武昌石) : 망부석(望夫石)과 같음. 옛날 중국의 무창 지방에서 멀리 간 남편을 산위에서 기다리다 산 채로 돌이 되었다는 여인의 고사에서 유래한 말.

만 강맹한 구석이 있어서 진씨같이 어진 처도 잘못 알게 되어 죽이는 것을 아깝게 여기지 않았었다. 하물며 너같이 요악한 것은 나의 보검으로 머리를 칠 것이로되 내 칼을 버릴까 참는 것이다. 빨리 돌아가 나의 화를 돋우지 마라."

변씨가 웅현의 주먹에 맞은 눈을 움켜잡고 소리를 높여 말하였다.

"역적 웅현아, 내가 너와 무슨 원수라고 이런 흉한 거조를 하느냐? 나 또한 사족이요 너의 아내라는 명분이 있거늘 너는 장부가 되어 한 사람에게 빠지면 다른 사람에게는 이렇게 하는구나. 내가 저 진씨를 죽이라고 권했느냐? 네가 미친 거조로 진씨를 동여매어 내치고 칠십 대 매를 맞더니 이제 비록 내쫓는 여자라지만 네가 그른 것을 모르고 나를 구박하고 욕하니 경박한 필부로다. 네 칼에 죽어 네가 살인죄로 사형을 받게 할 것이다."

변씨의 발악하는 소리가 진동하니 웅현이 놀라움을 이기지 못하고 거두어 밀어 차버렸다. 변씨는 난간에 거꾸러져 낯이 상하고 팔이 접질렸는데 이를 갈고 욕을 심하게 하니 웅현이 시녀를 재촉하여 등을 밀어 문밖으로 내쫓게 했다.

변씨는 작은 가마를 타고 자기 집으로 돌아갔는데 부모가 크게 놀라 까닭을 물었다. 변씨는 웅현의 허물을 고하고 진씨가 사납다고 꾸며 말하며 자신이 애매하게 쫓겨나는 화를 당했다고 하였다. 변씨의 부모는 그 딸의 소행은 모르고 조씨 가문을 깊이 원망하여 절도사 방현무가 재실을 구하니 거짓으로 다른 딸이라고 하여 변씨를 개가시켰다.

이때, 초공이 변씨를 내쫓고 난영을 죽인 죄로 태춘의 목을 베고 비로소 진씨를 불러서 난춘정으로 돌아오게 하였다. 그때 진씨는 병세가 위중

27

28

하여 침소에 돌아왔지만 자리에서 일어나지 못하니 양정렬과 윤부인이
와서 문병하고 초공이 친히 진맥하여 약을 짓는 등 치료를 지극히 하여
그 사랑하는 것이 친딸 같았다. 진씨는 그 은애가 황공하여 미음을 억지
로 마시고 약을 힘써 먹으며 병을 조리하였다.

응현은 내쳐진 지 장차 서너 달이 되어가니 부모를 생각하는 마음에 우
울하여 온화한 분위기가 사그라졌다. 여러 종형제들이 그를 애련하게 여
겨 그가 마음을 돌이켜 행실을 닦는 것을 초공에게 아뢰었으나 초공은 못
듣는 듯하였다. 그러다 광현이 잘못을 뉘우치는 응현을 보고 할아버지 노
공에게 아뢰었다.

"응현이 비록 미치고 망령된 죄가 있으나 이미 중한 벌을 받아 속죄하
였고 아버지께서 석 달을 내쫓아 잘못을 뉘우치도록 꾸짖으시니 응현
이 전과는 다른 사람이 되었습니다. 대부께서는 아버지의 굳은 뜻을
돌리게 하시어 응현을 슬하에 받아들이도록 해주십시오."

노공이 탄식하며 말하였다.

"너의 아비는 범사에 과도함이 없고 인자하여 효성이 다른 사람보다
뛰어나고 사람의 아비 되어 교훈이 바르고 엄하다. 내가 저의 아비가
되어 무엇이라고 좋은 일을 말리겠느냐? 저 하는 대로 두었더니 응현
이 개과하고 변씨를 내쳐서 집안이 바로잡혔다. 하지만 네 아비를 설
득해 보겠다."

광현이 절하고 물러나왔다. 노공이 이날 초공을 보고 말하였다.

"응현의 죄가 무겁지만 벌이 지나치구나. 내친 지 석 달이 되었으니 내
가 자못 그 아이 생각이 나는구나. 너는 늙은 아비의 뜻을 따라서 응현
을 슬하에 받아들여라."

초공은 부모가 연로하심을 슬퍼하여 만사에 명을 따르기를 못 미칠 듯 ³¹이 하였다. 그러니 예를 갖추어 부친의 명을 받들고 즉시 웅현을 용서하였다. 웅현이 매우 기뻐서 즉시 정당에 들어가 섬돌 아래에서 죄를 청하며 감히 당에 오르지 못하였다. 그 두려워하며 조심하는 거동이 부모의 마음을 감동시키니 노공 부부도 반기고 사랑하여 당에 오르라고 하였지만 웅현은 아버지의 말이 없으니 중계에 엎드려 명을 기다렸다. 진왕이 초공을 돌아보고 말하였다.

"웅현의 마음은 거의 깨달은 것 같으니 아우는 아버지의 뜻을 받들어 시원하게 용서하고 후일 하는 것을 보아서 고침이 없거든 부자관계와 숙질(叔姪)의 의를 끊어버리는 것이 옳겠다."

초공이 웅현에게 당에 오르라고 명하고 얼굴색이 화평하였는데 웅현 ³²은 아버지의 명을 얻어 당에 오르는 것이 황공하고 두려워 감히 쳐다보지 못하였다. 조부모와 부모가 그것을 아름답게 여겨 꾸짖음이 없었다.

문안을 끝내고 초공이 서헌으로 나오니 여러 아들들이 초공을 모시고 앉았다. 초공이 비로소 웅현을 경계하여 지난 잘못을 책망하였는데 말씀이 조용하고 안색이 화평하여 듣는 사람은 은혜가 뼈에 사무쳤다. 웅현이 바닥에 머리를 부딪치며 눈물을 흘리니 그가 심한 매를 맞고 석 달 동안 심사를 허비한 것이 애련하였다. 이날 밤에 웅현이 초공을 모시고 자게 되었는데 밤이 깊은 후 웅현이 잠들자 초공이 이불을 헤치고 웅현을 어루만지며 사랑스럽고 소중하게 여기니 부모와 자식의 사랑이 이와 같은 것 ³³이다.

다음 날, 초공이 웅현을 경계하여 말하였다.

"진씨가 당한 액운은 애처롭고 불쌍하지만 그 사람됨이 아름답다. 지금 병세가 깊으니 너는 마땅히 옛일을 생각하여 위로하고 이제부터는 어지럽게 굴지 마라."

웅현이 명을 듣고 이날 밤에 난춘정⁵⁷⁾에 이르러 진씨를 보았다. 웅현이 비록 남아의 활달한 도량이 있으나 이제 무슨 낯이 있겠는가? 묵묵히 탄식하며 말이 없다가 천천히 말하였다.

"우리 두 사람의 액이 예사롭지 않아서 이미 겪었던 액경이 새로이 기막히지만 지나간 일은 엎질러진 물과 같으니 이제 말하지 맙시다. 다행히 간악한 일들을 발각하고 내가 또 아버지의 용서를 받았으니 이후로는 서로 공경하고 화목하게 지냅시다. 옛일은 한 바탕 봄꿈으로 여기고 부인은 마음을 상하지 말고 병을 조리하시오."

진씨가 근심하는 얼굴색으로 탄식하며 대답하였다.

"팔자가 기구하여 참변이 하룻밤 사이에 급박하니 죽고 사는 것이 군자의 손바닥 안에 있었습니다. 그러나 구차하게 살기를 탐하여 이제 당신을 대하니 제가 사리에 어둡고 완고했던 것 같습니다. 제가 어찌 감히 당신을 원망하여 묵은 한을 쌓아 두겠습니까? 지금 병이 중한 것은 대수롭지 않으나 병질이 어느 순간 생겨서 남이 걱정하게 하고 당신이 이 누추한 곳에 와서 저를 위로하게 만드니 감사하고 부끄러우며 세상사가 돌고 도는 것이 한스럽습니다."

진씨는 말을 마치고 묵묵히 있었는데 원망하는 뜻이 없었고 따뜻하고 부드러운 태도에는 꾸밈이 없었다. 웅현이 깨달은 후 진씨를 보니 일마다 기특하고 법에 맞아 탄복하고 애경하여 이로부터 진씨의 병을 간호하고

---

57) 난춘정 : {안츈뎡}. 이는 웅현의 처소인 안춘각과 진씨의 처소인 난춘정을 혼동한 오류로 보이므로 문맥을 고려하여 바로잡아 옮김.

이전의 일을 후회하니 끊어졌던 금슬이 좋아져서 은정이 산이 낮고 바다가 얕을 지경이었다. 그러나 진씨는 예의가 삼엄하여 혹시라도 전의 일을 가지고 자신의 공을 내세우는 일도 없고 웅현이 새로이 잘 대해주는 것을 가지고 기뻐하지도 않으며 얼굴색에 변함이 없었다. 또 웅현은 호탕하게 풍류를 즐기던 것을 끊어 말은 반드시 살펴서 하고 행동은 반드시 삼가서 창녀를 찾지 않았고 난월도 찾지 않았다. 그리고 예의를 연마하고 닦으니 과묵한 군자며 엄숙한 장부가 되었다. 초공이 다시 염려하지 않았고 일곱 창녀를 끊었다는 말을 듣고 진씨를 불러 말하였다.

"웅현이 방탕하여 일곱 명의 여자와 번잡한 일을 하다가 이제 끊었다고 하니 가소롭기는 하지만 한꺼번에 다 버리는 것은 어려운 일이다. 게다가 웅현이 마음을 써서 수행하고 있으니 다시 환란은 없을 것이다. 나는 우리 며느리에게 주아(周雅)의 밝은 기풍58)이 있음을 보고 싶구나."

진씨가 예를 갖추어 명을 받들고 때를 타 난월의 일을 고하였다.

"남편이 일을 처리하기가 어려워 아버님께 아뢰지도 못하고 자신이 거느리지도 못하여 무죄한 여자를 깊은 집에 버려 두었으니 아버님의 명을 기다리겠습니다."

초공이 한참을 아무 말 없이 있다가 탄식하며 말하였다.

"웅현의 호방함이 이 지경인데 아비가 되어 그것을 알지 못하고 오직 변이 일어나고 일이 커진 뒤에야 비로소 알게 되었으니 자식만 그르다

---

58) 주아(周雅)의 ~ 기풍 : 주아는 『시경(詩經)』의 「소아(小雅)」 「대아(大雅)」 두 편을 말함. 이 편에는 주(周)나라 문왕(文王)의 후비(后妃)인 태사(太姒)가 나무가 가지를 드리우듯 첩들에게 은덕을 드리워 첩들이 그녀를 공경하고 그 덕을 기려 집안이 화평했다는 〈규목(樛木)〉 등 여성의 부덕(婦德)과 관련된 내용들이 있음.

하겠느냐? 나의 어둡고 용렬함이 부끄럽구나. 그러나 이미 취하여 수절하고 있는 여자를 버리는 것은 인정이 아니니 우리 며느리의 뜻대로 하여라. 훗날 근본을 찾으면 명분을 정할 것이지만 지금은 신분을 알 수 없으니 난월로 으뜸 소희[59]를 삼도록 하여라."

진씨가 은혜에 감사하고 물러나 난월 이하 첩들의 처소를 각각 정해주고 웅현을 청하였다. 이처럼 진씨가 집안을 다스리는 것이 일마다 기특하였고 첩들이 만일 공손하지 않으면 벌을 엄하게 하니 여러 여자들이 우러러 덕을 칭송하고 조금도 원망하지 않았으며 진씨의 천만세를 축수하였다. 그래서 부녀자들 사이가 맑고 깨끗한 물과 같아서 화기가 봄날 같았다.

난월은 매양 웅현의 첩[60]이 된 것을 원통해 하였는데 나중에 웅현 덕분에 아버지 성추밀을 만나게 되었다. 왜냐하면 성추밀이 웅현에게 딸을 잃어버린 곡절을 말하였는데 웅현이 그 사실을 난월에게 전하여 부모를 찾은 것이다. 성추밀이 크게 기뻐하며 난월이 이미 웅현의 첩이 된 것을 보고 길일을 택하여 웅현의 재실로 보내기로 하였다. 부모와 딸이 서로 만나게 되니 맺힌 한이 없었고, 유모 황씨의 공이 크다 하여 성씨네에서 금 백 냥을 주어 은혜를 사례하고 딸을 데려왔다. 그래서 난월은 웅현의 첩이 된 것에 대해 불만스러워하던 뜻이 사라지고 한이 풀렸다.

한편 초공은 그동안 난월을 보지 않았는데 그녀가 성추밀의 딸임을 알고 즉시 답례를 보내고 난월을 예로 맞이하여 존당을 뵙게 하였다. 난월은 자태가 날씬하고 간드러지며 기질이 침착하여 모인 사람들이 웅현의

---

59) 소희 : 첩을 지칭함. 『조씨삼대록』에서 첩을 지칭하는 말로 '소희' 외에도 '빈희'나 '현희'와 같은 칭호를 쓰고 있는데 이러한 칭호들 사이의 차이나 그들 사이의 위계 등은 미상임.
60) 첩 : {긔물}. 기물(己物)은 자기 소유의 물건이라는 뜻으로 아내나 첩을 가리키는 말로 쓰임.

처복을 칭찬하였다. 진씨도 그 자리에 앉아서 신부의 아름다움을 보았는데 성씨가 자신의 시비였다가 이제 동렬(同列)61)이 되니 비록 투기하는 마음은 없었으나 불편한 마음이 있었다. 난월이 부모를 찾아 돌아갈 때 자신에게 하직 인사를 하지 않았고, 또 지금은 옛일을 생각하지 않고 예사로이 재상가 규수로서 자신에게 처음 보는 예를 행할 따름이었기 때문이다. 즉, 진씨가 변씨를 맞이할 때 변씨가 했던 행동과는 다르게 성씨는 법도를 지킨다고 길게 읍만 하고 절을 하지 않는 것이었다. 성씨의 행동이 이처럼 예절에 어긋나는 것이었으나 진씨는 얼굴색이 태연하였으니 누가 그 마음의 깊이를 알겠는가?

40

이후로 성씨는 존당과 시부모님께 지극히 효도하고 시누이 및 동서들과 화목하게 우애하여 말소리과 웃음소리가 높았지만 웅현이 전과는 딴 사람이 되어서 진씨의 밝고 뚜렷한 도덕과 숙연한 행실을 공경하여 중하게 여기고 위엄이 엄숙하니 성씨가 감히 방자하게 굴지 못하였다. 또 진씨와 전에 주인과 종의 사이였던 것이 부끄러웠으나 지극히 공경하였다. 진씨도 성씨가 자신에게 예를 가볍게 했던 것을 마음에 두지 않고 지극히 화목하게 지내니 규문이 화평하고 집안의 법도가 극진하여 다시 변란이 없었다.

41

진씨가 아들을 낳았는데 기린과 봉황의 기질과 용과 범의 품격을 지녔으니 초공이 크게 기뻐하고 온 집안이 축하해주었다. 웅현이 진씨를 공경하고 애중하는 것은 삼생의 오랜 인연을 이은 것이라고 할 것이다.

이해 가을에 나라에서 과거를 베풀어 인재를 뽑아 쓰고자 하였다. 진왕의 네 아들과 초공의 아들 한 명이 부친의 명대로 과거 시험장에 나가

---

61) 동렬(同列) : 남편의 다른 아내나 첩을 말함.

서 타고난 재주를 이날 시험하였는데 재주는 아버지와 형들을 이었고 복
록은 하늘이 주신 바였기 때문에 다섯 사람이 차례로 뜻을 이루었다. 장
원을 부르는데 조아현의 이름이 당당히 1등으로 뽑히고, 2등은 진한이었
는데 처사 진공의 아들로 나이 15세였다. 3등은 화현이요, 4등은 정태화
였는데 태학사 정천의 네째 아들로 나이 13세였다. 5등은 봉현이요, 6등
은 계현62)이요, 칠현63)이 13세 젊은 나이에 뽑혔으니 다섯 사람의 이름
이 한 방문에 올라 드날리는 것은 천고에 드문 장관이어서 황상이 매우
아름답게 여겼다. 특히 이번 과거의 합격자들 중 진한과 정태화와 조씨
집안의 5형제의 풍채와 문장력을 보면 모두 인재요 영걸이라서 황상이
매우 기뻐하며 차례로 푸른 관복과 계수나무 꽃가지를 주시고 금빛 안장
을 얹은 흰 말을 내려주셨다. 장원을 한 조아현은 나이가 17세였는데 풍
채는 해와 달 같고 침착하고 묵묵한 것이 신이 내린 군자였다. 황상이 내
린 어주를 세 잔 마시고 붉은 기운이 감도니 붉은 연꽃이 미풍에 웃는 듯
하고, 봉현과 화현의 준아한 기상과 발호한 풍채며 걸출한 위인은 짐짓
진왕의 아들이요, 장원의 아우다웠다. 계현과 칠현은 나이가 어렸으므로
미려한 모습과 시원스레 빼어난 거동이 봄동산의 꽃들이 웃는 듯 기풍이
사람의 마음을 움직이니 황상이 사랑스러워 각각 수고를 위로하였다. 다
섯 사람이 엎드려 은혜에 사례하고 물러나니 황상이 칭찬하였다.

"산이 높으면 옥이 나고 바다가 깊으면 진주가 난다고 하더니 진왕의
여러 아들과 상부의 아들이 하나하나 빼어나니 짐의 복이며 종묘사직
의 다행이다. 어찌 그 부모의 공이 아니겠는가?"

---

62) 계현 : 평진왕 조무와 정숙렬 사이의 여섯째 아들.
63) 칠현 : 초국공 조성과 양정렬 사이의 다섯째 아들.

진왕과 초공에게 잔을 들어 칭찬하고 고마워하였다. 진왕과 초공은 다섯 명의 조카와 아들들이 한꺼번에 급제한 것은 뜻밖이었으며, 자질들의 모습이 조정에 드러난 것이 말과 소 사이의 기린과 같아서 뛰어난 자질이 조정에 솟아나니 기쁨을 잊고 불안함이 극하여 엎드려 은혜에 감사하고 말하였다.

"신의 부자가 얕은 덕으로 외람되게 성은을 입어서 자리가 왕공(王公)과 태경에 있으면서 자질이 많아서 영귀함이 이에 미치니 그칠 줄을 모르면 재앙이 일어나 복을 뒤집어엎는 환란이 있을까 두렵습니다. 이번에 합격한 여러 자질들의 벼슬 등급을 내리시어 분수에 맞게 편안하게 해주십시오."

황상이 얼굴색을 고치고 말하였다.

"상부의 삼가는 것이 이와 같으니 아래로 두 사람64)은 나이가 어리므로 몇 년 말미를 허락하겠소. 하지만 세 사람은 나이가 충분한데 벼슬자리를 감당하지 못하겠는가?"

즉시 장원에게 금문직사(金門直士)를 시키시고 봉현과 화현은 한림(翰林)을 시키시어 옥당(玉堂)의 신하로 삼으시니, 그 은혜로운 영광이 밝게 빛나며 재주와 이름이 일세에 떠들썩하였다. 장원이 다른 합격자들과 함께 은혜에 감사하고 퇴궐하니 진왕과 초공이 자질들을 거느리고 집으로 돌아왔다.

이때 조정의 많은 신하들이 뒤를 이어 모여드니 거마와 따르는 종들이 십리에 이어지고 벽제 소리가 길을 덮어 천고에 드문 장관을 이루었으며, 장원 등의 시원시원한 모습이 길 위에 눈부시니 보는 사람마다 크게 칭찬

45

46

---

64)　아래로 ~ 사람 : 계현과 칠현을 말함.

하였다. 집안 어른들도 이 같은 경사를 보니 그 기쁨이 뜻밖이라 얼빠진 듯 바라보았는데, 다섯 사람이 옥같이 흰 귀밑에 어화(御花)를 늘어뜨리고, 봉황의 날개 같은 수놓은 푸른 관복을 입고, 날렵한 가는 허리에는 금빛 허리띠를 비껴 차고, 옥같이 하얀 손에 상아홀을 쥐고 절을 하였다. 먼저 관직에 나아간 모든 조씨 가문의 사람들이 금옥으로 된 면류관에 옥대를 띤 홍포를 입고 대청에 나열하여 다섯 사람의 이와 같은 풍채를 대하였다. 그 모습은 다른 사람의 마음이라도 아름답게 보이거든 하물며 연로한 조부모의 과도한 사랑과 무한한 기쁨을 어찌 말로 하며 부모의 마음을 이르겠는가? 정숙렬, 연비, 최비[65]와 양정렬, 왕씨, 윤씨[66] 등이 모두 기쁜 빛이 무르녹아 친자식이든 조카든 분간하지 못하고, 조부인 등이 기쁨을 머금어 떠들썩하게 치하하니 형씨[67]가 참지 못하여 검은 이를 드러내고 고개를 끄덕이며 소리 내어 웃고 말하였다.

"오늘 여러 아주버님들이 한꺼번에 급제한 것은 희귀한 경사이거니와 우리 장원의 기특함이 더욱 유쾌합니다. 한갓 낭군의 문필과 필체가 기특할 뿐 아니라 나의 유복하고 덕스러움의 효험이 신기하여 열일곱에 장원의 부인이 되어 봉관과 꽃신에 명부(命婦)[68]의 높은 이름을 받을 것이니 시어른들이 어떻다고 하실 것이며 낭군은 또 어떠하시오?"

젊은 여자들은 웃는 얼굴이 보기 좋고 여러 조씨들이 다 젊은이라 붉은 입술에 하얀 이가 찬연하였는데, 장원을 보니 아현은 계수나무 꽃가지를 꽂은 머리를 숙이고 안색이 태연하였다. 옆에 있던 사람들은 아현의 사람

---

65) 정숙렬 ~ 최비 : 평진왕 조무의 부인들.
66) 양정렬 ~ 윤씨 : 초국공 조성의 부인들.
67) 형씨 : 조아현의 첫째 부인.
68) 명부(命婦) : 문무관(文武官)의 아내들로 봉호(封號)를 받은 부인.

됨에 탄복하고 그 짝이 걸맞지 않음을 애석해하여 웃는 빛이 없고 한스러
워하는 기색이 있었다. 그러자 형씨가 또 웃으며 말했다.

"사람이 말수가 적다한들 우리 낭군 같은 사람이 있으리오? 내가 나이
어린 명부(命婦)로 복록이 산 같지만 오직 옥동자를 낳지 못하니 이것
이 흠이라. 오늘밤부터 서당에 가지 말고 같이 자면서 옥 같은 남자 아
이와 꽃 같은 여자 아이를 쌍쌍이 낳으면 바야흐로 오복이 모두 완전할
것입니다."

옆에 있던 사람들이 한바탕 박장대소하니 아현이 잠깐 눈을 돌려 형씨
를 보았다. 그 아무 말 없는 모습으로도 웃는 빛이 나타나니 시원시원한
모습이 더욱 기이하여 앉아 있던 여러 사람들이 저 부부의 서로 어울리지
않음을 차탄하고 연비[69]같이 넓은 마음으로도 안색이 달라졌으나 진왕
만은 홀로 개의치 않고 웃음을 머금으니 진실로 아버지와 아들의 역량이
서로 비슷하다고 할 만하였다.

허다한 빈객이 신래(新來)를 부르니[70] 진왕과 초공이 자질들을 거느리
고 손님을 대접하였는데, 신래를 유희할 때 앉아 있던 청후 설희인과 태
학사 정두길이 장원과 화현을 보고 기쁜 뜻이 있어 진왕을 대하여 웃고
말하였다.

"오늘 댁의 자질 다섯 사람을 구경하니 진실로 눈이 부십니다. 소생의
외람된 생각을 대왕께서 윤허하시기 바랍니다."

진왕이 그 까닭을 물으니 설후가 장원 아현을 청하고, 정공[71]이 한림

49

50

---

69) 연비 : 아현의 생모이자 진왕의 둘째 부인.
70) 신래(新來)를 부르니 : '신래'는 과거에 급제한 사람을 이르는 말. 선배들이 축하하는 뜻으로 과
거에 급제한 사람들의 얼굴에 먹으로 그림을 그리는 등 괴롭히는 일이 있었는데 이를 관용적으
로 '신래를 불리다'라고 하였음. '신래를 유희하다'도 같은 의미의 표현임.
71) 정공 : {년공}. 문맥상 태학사 정두길을 지칭하므로 정공으로 옮김.

화현을 청하여 각각 자신들의 딸로 재실을 삼아달라고 하였다. 왕이 비록 자신은 호방하였음에도 불구하고 자식들에게는 덕을 권하고 여색을 금했었는데, 아현이 기특한 것에 비해 형씨가 아름답지 못하여 좋은 짝이 아니었기 때문에 숙녀 한 사람을 얻어서 아들의 일생을 저버리고 싶지 않았으므로 흔연히 허락하며 말하였다.

"우리 아이가 승란(乘鸞)72)하는 복이 없거늘 외람되게 성은을 입어 형이 숙녀로써 구혼하시니 영광스럽고 다행스럽습니다. 어찌 허락하지 않겠습니까마는 내가 며느리를 구하는 것이 임사(任姒)73)의 단정함이 아니라면 원치 않는 바이니 귀댁 따님의 아름다움이 나의 바라는 바와 비교하여 어떠한지요?"

설후와 정공이 대답하였다.

"임사(任姒)와 황영(皇英)74)은 만고의 뛰어난 사람들이므로 감히 바라지 못하겠지만 군자를 욕되게 하지는 않을 만하니 너무 걱정하지 마십시오."75)

또 추밀사 양문과 좌복야 여원이 계현과 칠현에게 간절히 구혼하니 진왕과 초공이 고마움을 표하며 말하였다.

"두 아이는 아직 어린아이입니다. 외람되게 황상의 은혜를 입었으나 옛사람들이 아내를 맞이하던 나이가 아닌데 부인을 두어 법도를 어기

---

72) 승란(乘鸞) : 더할 나위 없이 좋은 부부의 인연을 맺는 것을 비유하는 승란과봉(乘鸞跨鳳)의 뜻. 춘추(春秋) 때 진목공(晉穆公)의 딸 농옥(弄玉)과 통소를 잘 부는 소사(蕭史) 부부가 봉황(鳳凰)을 타고 날아갔다는 고사에서 비롯됨.
73) 임사(任姒) : 주(周)나라 문왕(文王)의 모친인 태임(太任)과 왕비 태사(太姒)를 말함. 이들은 부덕이 훌륭했던 여성들로 후세에 칭송을 받음.
74) 황영(皇英) : 아황(娥皇)과 여영(女英). 두 사람 모두 요임금의 딸로 함께 순 임금의 아내가 되어 매우 사이좋게 지냈음. 아황은 상군(湘君), 여영은 상부인(湘夫人)이 되었다고 함.
75) 너무 ~ 마십시오 : 원문 판독이 불가한 상태라 문맥에 맞춰 재구함.

겠습니까? 4, 5년 자라는 것을 기다릴 것이니 명을 받들지 못하겠습니다."

양공과 여공이 함께 말하였다.

"나이는 어리지만 체형이 아주 크고 과거에 급제하여 옥당한원(玉堂翰苑)[76]에서 임금을 가까이 모시게 되었으니 아내 두는 일을 늦추겠습니까? 딸아이가 얌전하고 맑고 깨끗한 덕이 있으니 아드님들의 풍채를 욕되게 하지는 않을 것입니다. 청컨대 저버리지 말아주십시오."

진왕과 초공이 또한 양공과 여공이 어진 군자임을 아는 까닭에 허락하여 말하였다.

"형들이 어리석고 둔한 우리 아이들을 높이 평가하여 구혼하시니 부모님께 아뢰고 혼인을 하도록 합시다."

양공과 여공이 고마움을 표하고 양공은 계현을, 여공은 칠현을 청하여 그 자리에서 혼약을 확정하고 손님과 주인이 종일 대화를 나누며 신래를 희롱하다가 자리를 파하였다.

급제한 지 삼일 만에 봉현이 푸른 관복에 어화(御花)를 꽂고 석한림을 따라서 석부로 갔다. 조부인[77]이 바야흐로 딸이며 질녀들과 함께 바둑을 두며 흥이 높았는데 석한림이 본디 소탈하여 모친의 방에 사촌 누이들이 모여 있음을 알지 못하고 바로 들어갔다. 석한림이 앞서고 봉현은 뒤따라 들어가다가 눈을 들어보니 한 소저가 붉은 치마에 색 고운 저고리를 입고 여러 소저들과 함께 있다가 한림이 들어오는 것을 보고 깊숙한 곳으로 피하는 것이었다. 봉현이 한 번 보고 마음을 걷잡지 못하고 기이하고

76) 옥당한원(玉堂翰苑) : 한림원을 지칭.
77) 조부인 : 참지정사 석문의 부인이 된 조숙혜로 봉현의 고모.

뛰어난 그 여자를 마음속으로 사랑하여 아내로 삼아야겠다고 뜻을 정하였다. 봉현은 고모인 조부인[78])을 뵙고 나서 서당에 나와 석한림에게 물었다.

"아까 그 여자가 어느 집 딸입니까? 내가 한 번 보고 뜻이 있으니 혼인을 주선해 주셨으면 합니다. 소청을 받아주시겠습니까?"

석한림이 말하였다.

"자네는 열두 살부터 우리 집에 다녔으므로 말해주겠네만 아까 그 소저는 나의 사촌 누이라네. 매우 귀한 자식이라 천하의 뛰어난 군자를 구하고 있으니 자네 같은 취객에게 재실(再室)로 주실 리가 없네. 괴이한 생각을 하지 말게."

봉현이 웃으며 말하였다.

"말세에 덕이 다하여 과연 군자를 보기 힘든데 이 조봉현을 나 몰라라 하고 어디 가서 옥같이 귀한 군자를 얻겠습니까? 그리고 다른 가문의 남녀가 얼굴을 보고 이름을 들었으니 이것도 또 하나의 이유가 될 것입니다. 귀댁 삼촌의 굳은 뜻을 움직이게 하셔서 나를 사위로 삼게 해 주십시오."

석한림이 봉현을 꾸짖어 말하였다.

"자네의 청을 들어주려고 내가 한 번 힘을 쓴다고 하여도 되지도 않겠지만 또 된다고 하여도 제수씨[79])의 원망은 어찌 듣겠는가?"

봉현이 웃으며 말하였다.

"현숙한 사람이 재취를 원망하겠습니까? 형은 힘써 삼촌의 뜻을 얻어

---

78) 조부인 : {석부인}. 봉현의 고모가 석씨 가문으로 시집을 갔으므로 조부인이라고도 하고 석부인이라고도 하고 있는 것인데, 번역문에서는 조부인으로 통일함.
79) 제수씨 : {교슈}. 봉현의 첫째 부인인 교씨를 말하므로 문맥을 고려하여 제수씨로 옮김.

내가 한이 없게 해주십시오."

봉현은 석한림과 서로 담소를 나누다가 돌아왔지만 석소저를 아내로 삼고 싶어도 인연 맺을 길이 없어서 매우 딱했다.

석소저는 태학사 형양후 석중의 막내딸이었다. 석공이 다섯 아들을 두고 밑으로 두 딸을 두었는데, 장녀는 시집을 보냈고 막내딸인 태영 소저는 꽃다운 나이 12세였다. 타고난 아름다움에 정숙한 덕이 세상에 뛰어나니 석공의 사랑이 만금에 비할 수가 없었다. 그래서 어진 군자를 얻어 딸아이의 재덕을 저버리지 않으려고 동서로 사윗감을 알아보았으나 뜻에 맞는 사람을 만나지 못하여 근심하였다. 석소저가 이날 사촌 언니를 따라서 숙모의 침소에 왔다가 봉현을 마주친 것인데 불안하고 부끄러워서 평생 닦은 행실을 잃을까 매우 걱정하였다.

이때 봉현은 한 번 석소저를 보고는 정신이 구름 위로 흩어져 집에 돌아와서도 어찌할 줄 몰랐다. 형제들이 이를 이상하게 여겼는데 총명하고 슬기로운 교씨는 봉현의 속내를 짐작하였다.

이후로 봉현이 조회 길에 석한림의 집에 가지 않는 날이 없었으며 때로 그곳에서 밤을 보내기도 하였다. 석부에서는 조씨 형제들을 극진히 대접했는데 석후의 다섯째 아들 석기관이 일대 호걸이었다. 그는 조봉현과 같은 나이에 서로 지기(知己)로 생각하여 사귐이 지극하니 한 방에서 같이 자는 것을 대수롭지 않게 여겼다. 그래서 짐짓 봉현80)의 속을 알아채고 있었다. 훗날 봉현이 석기관의 소매를 이끌어 기이한 석가산(石假山)81)을 구경하는 체하고 석소저의 침소를 찾아 눈에 익혀두고 내려가 물었다.

57

58

---

80) 봉현 : {미주}. '매제(妹弟)'의 오기로 보고 이와 같이 옮김. 봉현이 아직 석기관의 매제가 된 것은 아니지만 앞으로의 관계를 서술자가 미리 생각하여 이와 같이 서술한 것으로 보임.

81) 석가산(石假山) : 정원 등을 꾸미기 위해 돌로 만든 산의 모형물.

"오늘 석가산을 보러 갔더니 동쪽으로 어렴풋하게 보이는 누각에 미화당이라 제액하였던데 누구의 처소인가?"

석기관이 웃으며 말하였다.

"이는 누이동생의 침소다. 밖이 멀고 안을 등져 그윽한 곳에 여학사 한 사람이 열 명의 시녀와 더불어 붓과 먹을 희롱하니 영락없는 세간의 서생이지. 우리 가문이 번성하지만 여자의 아름다움이 남자들보다 뛰어나니 우리 다섯 형제가 한 누이에게 미치지 못함을 탄식한다네."

봉현이 낱낱이 듣고 이날 석부에서 잤는데 일부러 술을 더 달라고 하여 주인과 손님이 모두 취하였다. 봉현은 주량이 컸기 때문에 지나치게 취하지 않았으나 석기관은 완전히 취하여 잠이 깊이 들었다. 봉현이 가만히 일어나 미화당에 이르러 창틈으로 보니 유모와 시녀 서너 명이 좌우에 쓰러져 잠이 깊었고 석소저는 푸른 비단 이불을 덮고 잠이 한창이었다. 촛불이 희미하니 봉현이 문을 열고 들어가 소저의 옥수를 잡고 자신의 뺨에 비벼 보았는데 석소저가 자다가 놀라서 깨니 한 남자가 자기 손을 잡고 뺨을 대고 있었다. 혼비백산하여 황급히 옷을 여미고자 했지만 손을 잡고 있으니 몸을 움직이지 못하고 소리를 질러 말하였다.

"어떤 남자가 심야에 갑자기 뛰어들어 풍습을 어지럽히느냐? 내 비록 유약한 여자이지만 이런 욕을 보고 살지 못할 것이요, 살인자 또한 무사할 줄 아느냐?"

맑은 목소리가 맹렬하고 기세가 군세어 죽을 뜻이 다급하니 봉현이 더욱 흠모하고 감복하여 나직하게 말하였다.

"소생은 다른 사람이 아니라 한림학사 조봉현입니다. 우연히 소저의 선녀 같은 모습을 보고 군자와 숙녀의 아름다운 만남을 이루고 싶었지만 내 뜻을 소저가 알 길이 없으니 한 번 만나서 내 마음을 말하고 싶었습니다. 적선(謫仙)[82]이 환생하고 두목지(杜牧之)[83]가 살아 돌아온대도 소저의 배필은 조봉현밖에 없을 것이니 이 뜻을 고하고 소저에게 신물을 청하려고 왔습니다."

소저의 고운 얼굴이 차가운 잿빛이 되어 두 눈을 부릅뜨고 손을 뿌리치려 했으나 어찌 봉현의 힘을 이기겠는가? 유모를 불렀으나 유모는 잠이 깊었다. 봉현이 소저의 옥가락지 한 쌍을 벗겨 가지고 나오며 말하였다.

"이미 손을 잡아 부부의 도를 다하였으니 소저가 어찌 차마 다른 가문으로 갈 수 있겠소?"

이렇게 말하며 나가니 소저는 뼈가 떨리도록 놀라서 유모를 깨웠으나 차마 그 사실을 말하지도 못하였다. 이후 소저는 문을 닫고 침상에 몸을 던져 누워만 있으니 석공 부부가 걱정하여 아픈 곳을 물어도 소저는 그냥 먹기가 싫다고 하고 낯을 들어 부모를 보지도 못하고 이불 속에 싸여 죽기로 결정하니 온 집안이 간절히 걱정하고 근심하였다. 이때 봉현은 석소저를 놀라게 하고 옥가락지를 빼서 다음 날 집에 돌아와서는 이후 석소저가 자기의 기물이 될 것으로 바라고 있었다.

이때 설공과 정공[84]이 집에 돌아가 택일하여 조부로 보냈다. 설가의 길일은 사오 일이 남았고 정가의 길일은 한 달이 남았는데 집안사람들이 다 형씨에게는 말하지 않았다. 길일에 잔치를 열고 여러 젊은 부인들이

---

82) 적선(謫仙) : 이적선(李謫仙)으로 이백(李白 : 701~762)을 말함. 성당(盛唐) 때의 대시인. 자(字)는 태백(太白). 호(號)는 청연(青蓮). 그는 유유자적한 풍치로 인해 적강(謫降)한 신선(神仙)이라 일컬어졌음.

83) 두목지(杜牧之) : 만당(晚唐) 때의 시인인 두목(杜牧 : 803~853). 자(字)는 목지(牧之), 호는(號)는 번천(樊川). 호방하고 화려한 시풍과 뛰어난 풍채로 유명함. 워낙 미남자여서 그가 길거리에 나가면 기생들이 그의 얼굴이라도 보려고 수레에 귤을 던져서 언제나 수레에 귤이 가득 찼다고 함.

84) 정공 : {녕공}. 문맥상 태학사 정두길로 보아야 하므로 이와 같이 옮김.

줄지어 앉아 있는데 형씨가 못생긴 얼굴에 지분을 잔뜩 칠하고 수놓인 비
63 단 치마를 찬란히 끌고 잔치 자리에 나왔다. 그 모습이 더욱 추악하고 보
기에 언짢아서 좌중이 모두 탄식하였다. 진왕이 형씨를 나오라고 하여 말
하였다.

"남편이 방탕하여 재취하여도 아내가 질투할 일이 아닌데 하물며 아현
은 여색을 멀리하여 군자의 행실을 수련하였으니 비록 재취하더라고
본부인을 저버리지 않으며 조강지처로 공경할 것이다. 모름지기 혼례
식에 참석하여 부덕을 닦도록 하여라. 만일 질투하는 일이 있다면 우
리 집은 여자가 투기하는 악행을 용납하지 않을 것이다. 내 아들의 마
음을 어지럽게 하지 마라."

64 형씨는 천만 뜻밖에 진왕의 말이 이러하여 하늘의 별과 같던 남편을 다
른 사람에게 돌려보내게 되었으니 갑작스러운 벼락이 온몸을 부스러뜨리
는 듯 얼굴이 흙빛이 되어 금방울 같은 눈에 눈물이 마구 흐르며 발악하
려고 하였다. 그러나 좌우에 가득한 사람들의 삼엄한 예의와 진왕과 초공
의 위풍 때문에 마음을 드러낼 길이 없었으므로 일단 쫓겨날 것이 두려워
다만 서럽게 울며 말하였다.

"내가 얼굴이 곱지 못하지만 존문에 죄를 지은 것이 없고 하물며 복이
많아 남편이 장원이 되어 옥당의 좋은 자리를 차지하니 만사가 족하고
남편이 저를 싫증냄이 없거늘 무슨 까닭으로 재실을 구하여 남의 못할
65 노릇을 시키십니까? 비록 아버님의 지시가 두려워 참고 있으나 이적선
(李謫仙) 같은 남편을 남에게 보내고 어찌 견디겠습니까?"

형씨가 또 눈물을 비 오듯 흘리며 금문직사 아현을 돌아보고 말하였다.

"원수의 장원이요, 원수의 공명이라. 출세 전에는 이런 일이 없더니 급

제한 지 한 달이 못되어 새사람을 얻으면서 당신은 내게 알리지도 못하셨습니까? 설움이 가슴속에 막히니 죽어서 아니 보는 것이 소원입니다."

평소 말이 없던 아현도 형씨의 유모를 불러 꾸짖었다.

"네 주인의 허물을 세세히 책망하지 않았으나 오늘 아버님 앞에서의 이러한 거동은 용서하지 못할 것이다. 네가 조금이라고 염치가 있다면 부끄러움을 알 것인데 부모님께 이렇게 무례하게 구는 것을 미리 대비하지 못했느냐?" 66

유모가 매우 부끄러워하며 형씨를 붙들고 침소로 가려고 하니 형씨가 화가 나고 분하여 머리를 부딪치며 우니 옥비녀가 부러지고 금장식이 산산이 부서졌다. 유모와 시녀는 형씨를 데려가려 하고 형씨는 가지 않으려고 하니 그 행동이 해괴하고 남부끄러워서 여러 사람들이 놀라서 말하였다.

"직사의 뛰어난 재주로 이런 여자를 두고 오늘에야 재취를 하다니 오히려 늦었도다!"

진왕이 웃으며 말하였다.

"이는 책망할 위인이 아닙니다. 부득이 재취를 허락하였으나 아현의 처복이 이러하니 새사람이 또 어떠할 줄 알겠습니까?"

하객들이 이 말을 듣고 탄식하고 한탄하였다.

금문직사 아현이 위엄 있는 차림새로 신부 집에 이르러 신부를 맞이하여 돌아와 신부가 독좌85)를 마치고 대추와 밤을 받들어 부모님께 절하고 67
드리는 예를 행하였다. 진왕은 각별히 마음을 조이고 있었기 때문에 바삐

---

85) 독좌 : 새색시가 초례의 사흘 동안 들어앉아 있는 일을 가리키는 옛말.

신부를 보았는데 눈같이 흰 피부와 달 같은 이마에 가늘고 길게 굽어진 눈썹이 천고에 뛰어난 미녀요 일대의 숙녀였다. 소씨, 정씨, 이씨, 성씨, 남씨[86] 등과 일반이었으며 복록이 완전한 상이었기 때문에 옆에 있던 사람들이 칭찬하며 정말 직사의 좋은 짝이라며 떠들썩하게 축하하였다. 태부인과 노공 부부가 기뻐하였고 진왕과 연비도 기뻐하며 치하를 받았다.

종일 즐기고 날이 저물자 신부는 숙소를 정하여 보내고 이날 밤에 아현이 신방에 나아가 신부를 대하니 외모가 아름다워 기쁜 것이 아니라 그윽한 덕의 기운이 외모에 나타나는 것이 평생 동안 좋을 것을 마음속에 다행으로 여기며 기뻐하였다. 수려한 미간에 기쁜 빛이 가득하였는데, 그동안 장성한 남아가 비록 억지로 형씨와 부부의 도리를 폐하지는 않았지만 형씨의 하는 짓을 보면 어디서 은애가 생겼겠는가? 그러다 처음으로 뛰어난 숙녀를 대하여 수놓은 비단 휘장에 옥이 쌍으로 갖추어진 것과 같이 잘 맞으니 은애가 산과 같았다.

그때 갑자기 창밖에 불빛이 비치었는데 아현의 총명한 생각에 반드시 형씨가 소동을 일으키러 오는 줄 알고 신부를 등 뒤로 옮기고 문을 굳게 걸고 누워 있었다. 형씨가 문을 열려고 숨을 헐떡여 서두르나 이미 단단히 문을 걸었으니 어쩔 수 없었다.[87] 분을 이기지 못하여 문 바른 것을 찢어 밀치고 구멍으로 물을 뿌렸다. 아현이 비단 병풍으로 문을 막고 한가히 누워 있는데 물이 방 안으로 들어오고 형씨가 찢어지게 울며 욕하였다. 들어보니 직사는 들먹이지 않고 신부만 욕하는 것이었다. 새벽이 되니 형씨가 돌아갔는데 신부는 이 광경을 보고 은근히 불안하였다.

---

86) 소씨 ~ 남씨 : 조부의 현숙한 며느리들.
87) 어쩔 ~ 없었다. : 원문에는 없으나 문맥을 고려하여 삽입한 구절.

설씨는 시댁에 머물며 시부모를 효도로 섬기고 남편의 뜻을 잘 따랐으며 일마다 정숙하고 얌전하였다. 그래서 진왕이 이후로는 아현의 집안일을 염려하지 않았고, 아현은 형씨가 우는 것은 아는 체하지 않고 한결같이 대접하면서 설씨의 조용하고 그윽한 인품을 마음 깊이 은애하였다. 형씨가 처음에는 설씨가 자신과 너무나 다른 것을 보고 욕설이 비할 데 없었으나 설씨가 모르는 듯이 하고 시누이들이 설씨를 칭찬하며 사랑하고 아현도 설씨에게 감복하니 형씨도 시간이 흐르면서 화목하게 되었다. 그리고 나중에는 설씨의 덕을 입어 기괴한 행사가 조금 나아질 것 같았다.

화현이 정씨[88]를 맞이하였는데 또한 요조숙녀였다. 집안 어른들도 기뻐하였고 화현의 부부 세 사람[89]도 화목한 즐거움이 극진하였으니 이 모든 것이 다 진왕의 덕이었다.

계현은[90] 인자하고 효성스럽고 우애가 있었으나 성품이 조금 모질지 못하고 유약하여 진왕이 매양 부인의 마음에 장부의 몸이라고 하였는데, 나이 13세에 과거에 급제하니 문필이 기이한 것은 아버지와 형들을 이어받은 것이었다. 나이가 어리므로 몇 년 말미를 얻어 한가하게 고서를 두루 보며 부형을 받들었는데 효성이 지극하여 태도가 매우 조심스러웠으며 행실이 옥과 같아 흠잡을 곳이 없었다. 한편 그의 부인 양씨는 그윽한 덕이 있으면서도 시원시원한 성격이어서 절개 곧은 장부나 선비다운 군자의 풍모가 있는 것이 계현이 모질지 못하고 나약한 것보다 나았다. 양씨의 아버지 츄밀사 양문은 태사 양공의 먼 친족이었으므로 양정렬이 부모를 생각하는 마음에다 조카에 대한 애정을 아울러 양씨를 깊이 사랑하

___

88) 정씨 : {녕시}. 문맥상 태학사 정두길의 딸이므로 정씨로 옮김.
89) 화현의 ~ 사람 : 화현, 첫째 부인 유씨, 둘째 부인 정씨를 이름.
90) 계현은 : 원문에는 없으나 문맥상 삽입함.

였고 진왕과 정숙렬도 며느리마다 이같이 뛰어난 것을 기뻐하며 즐거워하였다.

초공의 막내아들 칠현은 자가 기희이며 양정렬의 소생이다. 기상이 맑고 높았으며 시원시원한 풍채는 가을날의 계곡물과 같았다. 진한 눈썹과 아름다운 눈에 문필 또한 갖추었는데, 곱고 아름다운 외모는 모부인의 모습을 닮아서 고운 것이 사랑스러운 가운데 기개가 맑고 깨끗하여 곧은 말과 바른 논의가 맑고 높으며 굳고 깨끗했다. 칠현은 성인과 같은 총명이 있었고, 지극한 효성은 비교할 만한 이가 없어 증자(曾子)[91]에 필적할 만하였으니 이른바 금옥같이 귀한 군자이며 일세의 현자(賢者)라 할 수 있었다.

이때 나이가 13세였는데 과거에 급제하여 맑은 이름이 사방에 알려지니 이름 있는 높은 벼슬아치들로서 딸을 둔 사람이라면 뜻을 두지 않는 사람이 없었는데, 좌복야 여원이 간절히 청하여 그의 딸과 혼인하게 하였다. 여씨는 인품이 단정하고 점잖았으며 맑고 화사한 용모가 곱고 아름다워 시부모가 사랑하였고 칠현도 공경하고 소중하게 대하여 은정이 매우 친밀하였다. 그러나 칠현이 원래 청고한 성품으로 여색을 상관하지 않고 밤낮 서재에서 도학을 수련하였으므로 초공이 기뻐하면서도 칠현의 성품이 너무 맑아서 수(壽)를 누리지 못할까[92] 걱정하였다.

이때 예부상서 광현이 부인 화씨와의 사이에 자녀가 많고 황상의 총애가 성대하여 명성과 인망이 대단한 것이 부형의 자리를 이을 만하였다.

---

91) 증자(曾子) : 증삼(曾參 : B.C. 506~B.C. 436). 자는 자여(子輿). 증점(曾點)의 아들이자 공자(孔子)의 고제(高弟)로 효심이 두텁고 내성궁행(內省躬行)에 힘썼음.
92) 수(壽)를 ~ 못할까 : {하슈룰 엇지 못홀가}. '하슈'는 60세나 80세를 뜻하는 하수(下壽)나 장수(長壽)를 뜻하는 하수(遐壽) 중 어느 쪽으로 보아도 뜻이 통하므로 이와 같이 옮김.

광현이 공손하고 검소하며 어질고도 효성스러울 뿐 아니라 총명하고 학문을 좋아하여 만사를 태어나면서부터 아는 성인(聖人)의 지혜를 갖춘 것이 초공과 다름이 없었다. 그러므로 당시의 사람들이 그에 대해 탄복하고 황상도 예부상서 조광현을 보시면 반드시 얼굴빛을 가다듬어 공경하시고 그의 처신과 거동이 점점 나아진다고 하시면서 친히 문청이라는 별호를 내리셨다.

이로부터 황상의 총애가 더하였으나 문청은 재주와 성품이 문계[93]와 다름이 있었다. 문계는 황상 앞에서도 아는 것을 간하고 의논을 계속하고[94] 준절하여 만리장강(萬里長江)같이 거침이 없었지만 문청은 자신을 내세우지 않는 신중함이 있어 아는 것이라도 반드시 재삼 물어서 자신이 능함을 남이 모르게 하며 나아갈 때라도 거칠 것이 있는 듯하여[95] 조정에서 임금을 모시는 데 있어 겸손히 사양하며 물러나는 것이 부친과 숙부보다 더하였다. 그의 안색은 항상 화평하였지만 예법을 수행하는 것은 삼엄하였기 때문에 보는 사람의 마음이 송연하여 사람마다 예의를 갖추어 공경하는 것이 여러 조씨들 가운데 으뜸이었다.

황상이 그 풍채와 뛰어난 절개를 깊이 사랑하셔서 그 아내가 여럿이 아니라는 사실을 물어서 아시고 황숙(皇叔)[96] 제선왕의 딸 영선 군주로 조광현의 재실을 삼으라고 하셨다. 광현이 상소하여 사양하였으나 끝내 윤허하지 않으시니 할 수 없이 조씨를 취하였는데 이른바 제실지친(帝室至親)[97]이요 금지옥엽(金枝玉葉)[98]이었다. 조군주의 경국지색(傾國之色)이 화

74

75

---

93) 문계 : 조유현의 별호.
94) 계속하고 : {풍싱ᄒ고}. '풍싱[風生]ᄒ다'는 의논이나 재주 따위가 계속 나오는 것을 말함.
95) 거칠 ~ 듯하여 : {거츨 거시 업ᄂᆞᆫ 듯ᄒ여}. 문맥상 반대의 의미가 되어야 뜻이 통하므로 이와 같이 옮김.
96) 황숙(皇叔) : 황제의 형제들.

씨의 풍만하고 시원스러움에는 조금 미치지 못했지만 푸른 물결 위의 연꽃과 같은 난초의 고움이 있고 맑은 하늘의 밝은 달과 같이 광채가 맑으니 조식(曹植)이 낙수(洛水)의 여신을 기리고 송옥(宋玉)이 동쪽 이웃집 여자를 노래한 글[99]이 있지만 지금 조군주의 온갖 모습을 바라지는 못할 것이었다.

이처럼 조군주의 그윽하고 얌전한 정숙함이 나타나니 초공이 다행스러워하며 기쁨을 이기지 못하였다. 왜냐하면 가짜 장씨[100]를 본 후로는 더욱 황가의 귀척을 배척하고 사혼(賜婚)을 좋지 않게 여기고 있었는데 이번에도 혹시 군주가 광현의 풍채를 보고 청하여 혼사를 도모한 것이 아닌가 걱정하다가 조군주의 맑고 바른 정숙함이 임사(姙姒)보다 나은 풍채가 있었기 때문이다. 그러므로 초공이 이마에 온화한 기색이 빛나고 모든 사람들이 축하하였으며 태부인이 기뻐하는 것도 비길 데 없었다. 화씨 또한 하해 같은 도량과 주비(周妃)의 풍화가 있었기 때문에 조군주를 만나자 서로 화목하게 우애하며 사랑으로 대하여 아황(娥皇)과 여영(女英) 자매 같았고 남편을 섬김에 그 내조가 빛났다. 조군주는 나이 어린 여자의 거동이 없고 행실이 깨끗하고 우아하여 화씨와 모든 일을 상의하며 공경하고 화목하니 규문이 정숙하고 조용하였다.

화설. 평남대원수제로도총병(平南大元帥制虜都總兵) 조유현이 운남이 반란을 일으키자 개연히 충의(忠義)가 강렬하게 일어나 5만 정예병과 50여

---

97) 제실지친(帝室至親) : 황실의 가까운 친족.
98) 금지옥엽(金枝玉葉) : 황금으로 된 나뭇가지와 옥으로 만든 잎이란 뜻. 귀한 자식을 일컫는 말로 널리 쓰이지만 원래 임금의 자손이나 집안을 높여 이르는 말이었음.
99) 조식(曹植)이 ~ 글 : 조식의 〈낙신부(洛神賦)〉와 송옥의 〈등도자호색부(登徒子好色賦)〉를 말함. 이들 글에 등장하는 낙수의 여신이나 동쪽 이웃집의 여자는 모두 아름다운 여자로 묘사됨.
100) 가짜 장씨 : 운현의 둘째 부인이었던 연왕의 딸 천화군주를 말함. 천화군주가 운현에게 청혼하였다가 거절당하자 외삼촌 장당의 양녀가 되어 운현의 처가 되었으므로 가짜 장씨라고 하는 것임.

명의 용맹한 장수를 거느리고 남쪽으로 향하였다. 그 군대의 위용이 정숙하고 갑옷이 선명하며 위엄과 덕이 병행하여 지나가는 곳을 털끝만큼도 범하지 않으니 군(郡)과 현(縣)에서는 황급히 영접하고 백성들은 밥과 물을 마련하여 천자의 군대를 맞이하였다.

유현이 군대를 거느리고 전당강101)을 건너가면서 옛날을 생각하니 사람의 일이 돌고 도는 것이 한탄스러웠다. 운남의 변방에 이르자 태수가 백 리 밖에 나와서 맞이하니 위엄이 현 전체에 넘쳤다. 유현이 태수에게 먼저 설강102)이 무사한가를 물으니 태수가 대답하였다.

"제가 일찍이 존대인의 명령을 공경하여 그의 사람됨을 거리끼지 않고 78 극진히 보살펴 의복과 음식이 부족하지 않도록 살폈습니다. 그런데 괴이한 일이 있어서 아침에 쌀을 주면 한 끼도 먹지 못하고 저녁에 잃어버리고 요괴의 무리가 날마다 왕래하며 설강의 처를 물어갔습니다. 그래서 오직 노모와 더불어 고독한 단신이 되어 노복들도 다 사방으로 흩어져버렸으니 곧 죽을 일을 당할 것이라고 합니다. 며칠 전에도 쌀 몇 섬을 주었는데 바로 잃어버렸다고 하니 이는 하늘이 죽이려고 하시는 것이라 어쩔 수 없었습니다."

유현이 놀라서 탄식하며 말하였다.

"그가 비록 죄인이지만 경사 사람으로서 먼 곳에 귀양 와서 외로이 편 79 모만 있다고 하니 모양새가 처량하여 사람의 마음이 참혹하구려. 나 또한 어렸을 때 그와 친했기 때문에 태수의 자비심을 깊이 믿고 있었는

---

101) 전당강 : {전쟝}. 이는 전당강을 이름. '전낭', '전쟝', '전당'으로 혼동하여 표기하고 있으나 번역문에서는 전당으로 통일함.
102) 설강 : {셜깅}. 유현과 유현의 첫째 부인 정빙요를 모해하다가 운남으로 유배와 있는 설강을 말하므로 이와 같이 옮김.

데 하늘이 어찌 사람을 딱하게 하여 살아갈 길을 훼방한단 말인가? 내 잠깐 보고 싶으니 설생이 있는 곳을 알려주게."

그러고는 군졸들을 쉬게 하고 자신은 혼자서 말을 타고 설강이 있는 계양촌을 찾아갔다.

이때 설강은 천신만고(千辛萬苦) 끝에 귀양지에 이르렀는데 만 리 바다 밖의 풍토가 익숙하지 못할 뿐 아니라 매우 달랐다. 풍토병이 심한 덥고 습한 땅에서 더위와 추위를 차례로 겪었으나 고독한 한 몸이 사방에 친한 사람이라고는 없으니 고향을 떠나 온 적막함을 누가 돌아보겠는가? 다행히 이부상서 조유현이 어진 덕으로 원한을 맺지 않고 은혜로운 남태수에게 십분 간절하게 부탁하여 태수가 설강을 자못 후하게 대접하여 매달 양식을 주었기 때문에 연명할 수 있었다. 이처럼 설강이 편모와 처자며 몇 명의 비자와 같이 죽음은 면하였으나 초가집의 사립문에는 인적이 끊어져 종일 개 짖는 일이 없었고, 나물 반찬에 보리밥도 부귀하게 기름진 음식을 즐기던 사람이 견딜 수 있는 바가 아니었다. 전에는 태학사의 인수(印綬)[103]에 재상의 관자(貫子)[104]를 붙이고 황제를 모시고 서서 모든 사람들이 흠앙하고 높이 보던 명망가였는데 하루아침에 우물 밑 개구리가 되어 더러운 이름을 사방에서 침 뱉고, 억세고 모진 죄상에 대해 황제께서 진노하시니 풀잎에 맺힌 이슬같이 얼마 남지 않은 목숨을 유현이 힘써 구하여 남해에서 자신의 죄를 닦게 하였다. 그러나 슬프고 한스러움이 골똘하여 스스로 자신의 앞길을 헤아려 몹시 애석해할 뿐 아니라 경치가 좋은 시절[105]이면 눈물을 귀밑으로 줄줄이 흘리며 손으로 땅을 치고 한탄

---

103) 인수(印綬) : 인(印)과 인끈. 벼슬아치로 임명되어 임금으로부터 받는 표장(標章).
104) 관자(貫子) : 망건에 달아 당줄을 꿰는 작은 단추 모양의 고리. 신분에 따라 금(金), 옥(玉), 호박(琥珀), 마노, 대모(玳瑁), 뿔, 뼈 따위의 재료를 사용하였음.

하며 말하였다.

"내가 이미 한 세상을 아울러 눈 아래에 여러 유자(儒者)들을 압두하였는데 마음을 잘못 먹고 어진 사람을 시기하여 스스로 내 몸을 함정에 밀어 넣었는가? 조문계는 매우 어진 사람이다. 원한을 맺지 않고 나를 사랑하고 진정으로 구하여 이곳에서 목숨을 보전하게 한 것이 누구의 덕이리오? 내게 만일 악한 마음이 없었다면 비록 문계에 미치지는 못했을 것이지만 이렇게 부끄럽고 괴롭지는 않았을 것이다."

설강이 뉘우치고 한스러워하였으나 후회해도 미칠 수 없었다. 이렇게 그가 궁벽진 곳에서 고생을 겪은 지 이미 육칠 년이 지났는데, 하늘이 그의 마음을 잘못 아시고 귀신이 변을 지어 계양촌 초가집에서 괴이한 변을 당하였다. 밤이 되면 검은 옷에 검은 띠를 띠고 입에서 검은 기운을 토하는, 하나같이 흉측한 모양을 한, 흉한 귀졸(鬼卒) 다섯이 공중으로부터 내려와 설강을 흔들며 말하였다.

"악인이 죽을죄를 벗어나 살아 있으니 모든 신들이 한결같이 분노하고 있다. 우리에게 너를 다스리라고 하셨으니 먼저 너의 목숨을 끊고 너의 처를 앗아갈 것이다."

그러고는 큰 입으로 설강을 물어 흔드니 설강이 피를 흘리며 기절하여 넘어졌는데 설강의 처 손씨가 죽음을 각오하고 내달려 설강을 주물러 깨웠다. 그러자 귀졸들이 문득 설강을 놓고 달려들어 손씨를 물고 달아났다. 설강의 모친 범씨는 가슴을 두드리며 울다가 아들을 부축하여 방안으로 들어가 겨우 구하였다. 설강이 정신을 차린 후 귀졸들이 손씨를 물어

82

83

---

105) 경치가 ~ 시절 : {화묘월석}. 화조월석(花朝月夕)은 꽃 피는 아침과 달 밝은 밤이라는 뜻으로 경치가 좋은 시절을 이르는 말임.

간 것을 알았으나 다만 발을 구르며 통곡할 뿐이었다.

"만 리 해외에서 부부가 서로 의지하였는데 나를 구하려다 옥같이 귀한 몸이 흉한 귀신에게 잡혀갔으니 백인(百仁)이 나 때문에 죽었다고 하겠구나.106) 이 한을 어찌 하리오?"

범씨가 울며 아들을 위로하여 겨우 진정시키고 자세히 산골짜기를 두루 찾았으나 손씨의 그림자도 볼 수 없었다. 몇 명의 노복들도 자연히 사방으로 흩어져 간 곳을 모르니 아침저녁으로 설강이 직접 나무와 물을 가져오면 범씨가 친히 음식을 하니 모자의 온갖 고생이 비길 데 없었다.

남태수가 이 소식을 듣고 관리를 정해서 물을 긷고 음식을 해주라고 하였다. 그러나 관리가 설강의 집에 가기만 하면 흉한 귀신에게 물려갔고 태수가 불쌍하게 여겨 음식을 보내서 모자가 먹으려고 앉으면 귀신이 밤낮 구별없이 다니며 그릇까지 앗아가니 먹을 수가 없었다. 쌀과 곡식을 얻으면 가마니와 그릇까지 앗아가니 한 번도 먹지 못하고 한 되의 쌀도 지니지 못하니 설강의 모자는 있는 것도 먹을 길이 없었다. 그러니 모자가 서로 눈물을 흘리고 죽기를 기다릴 뿐이어서 열흘이 되도록 한 술의 음식도 입에 넣지 못하고 숨이 곧 끊어질 듯하였는데 흉한 귀신들이 때때로 떼 지어 와서 물어 흔들고 죽이지는 않고 돌아가니 죽지도 못하고 살지도 못하며 모친이 거의 죽게 된 것을 눈앞에 보고 있자니 설강은 마음을 걷잡을 수 없었다.

---

106) 백인(百仁)이 ~ 하겠구나 : 『진서(晉書)』 69권에 나오는 이야기로 백인은 중국 진(晉)나라 주의(周顗)라는 사람의 자(字). 백인은 진의 승상 왕도(王導)를 구해 준 일이 있었는데, 왕도는 그 사실을 모르고 후에 백인이 죽을 위험에 처했을 때 구해줄 만한 위치에 있으면서도 백인을 구하지 않았음. 나중에 이 사실을 안 왕도가 자신이 백인을 직접 죽이지는 않았지만, 자신 때문에 죽었다고 하며 통곡했다 함. 이는 설강이 부인 손씨가 자신 때문에 귀신들에게 잡혀가 죽게 된 것을 고사를 이용하여 표현한 것임.

설강이 어지러운 기운을 진정하여 부득이 모친의 손을 이끌고 막대를 짚고 마을에 가서 빌어 굶어죽는 것을 면하려고 문을 나설 때였다. 문득 멀리 바라보니 수많은 하급관리들과 군졸들이 소나기 몰아치듯 달려오고 있었다. 푸른 비단 옷이 휘날리며 눈같이 흰 말이 달려오는데 말 위에 한 높은 관리가 평복을 입고 부채를 들어 태양을 가리고 흰 도포에 금빛 관을 쓰고 표표히 달려오고 있었다. 얼굴을 바라보니 찬란하여 해와 달 같았고 가까이 대하니 백옥을 깎은 듯 시원스런 용모와 수려한 광채가 완연히 하늘나라의 신선들[107]이 진세(塵世)를 희롱하는 것 같았다. 연꽃처럼 발그레한 뺨에 붉은 입술은 혈기가 한창이라 풍성하고 기이하여 두 눈이 황홀하였다. 아득한 정신을 거두어 이윽히 바라보니 티끌이 해를 가리고 위의가 삼엄하여 분명히 장군이나 정승의 행차가 아니면 왕공(王公)의 거동이었다.

문득 앞에 다다라 눈을 비비고 보니 이는 곧 자신이 반평생 동안 모해하던 문계 조유현이었다. 벽제 소리가 진동하는데 설강이 미처 피하지 못하여 창황 중에 범씨와 같이 행차의 앞을 지나가게 되었다. 그러자 호랑이 같은 하급관리가 막대를 들고 범씨는 늙었다고 그만두고 설강을 매우 치는 것이었다. 설강이 놀라고 슬프면서도 분했지만 사흘을 굶은 기운에 이 액을 만나니 소리를 크게 낼 기운이 없어서 빌면서 말하였다.

"우리 병든 사람이 노모를 붙들어 바삐 지나려고 하다가 잘못하여 길을 건넜으니 여러분께서는 살려주십시오. 그런데 알지 못하겠군요, 저기 오시는 관원이 누구의 행차인가요?"

---

107) 하늘나라의 신선들 : {옥청군선}. 옥청(玉淸)은 도교에서 옥황상제가 거처한다는 곳이므로 이와 같이 옮김.

하급관리가 손을 벌려 뺨을 치고 꾸짖어 말하였다.

"아픈 사람이라고 귀와 눈이 없느냐? 평남대원수 조참정 노야께서 옛 벗을 찾아서 위의를 떨치고 행하시는 것인데 너 같은 천인이 감히 위의를 범하면 되겠느냐?"

그러고는 아주 어지럽게 떠들며 설강을 밀치고 있었는데, 그때 뒤에서 다른 하급관리가 외치며 말하였다.

"원수께서 명령하시기를 그 사람을 그냥 두라고 하신다."

89 여러 사람이 그 소리에 응하여 물러서고 범씨는 기어서 돌아 들어갔는데 설강이 유현인 것을 알고 반갑기도 하고 부끄럽기도 하여 죽고 싶었으나 죽을 곳이 없었다. 또 이러한 모습으로 길 위에서 만났으니 낯이 두꺼우나 부끄럽지 않겠는가? 머리를 숙이고 서글프게 눈물을 떨어뜨리고 있었는데 문득 원수 조유현의 행차가 설강의 앞에 다다랐다. 유현이 밝은 눈으로 한 번 보니 설강이 짚신을 신고 헌 관을 쓴 머리를 숙이고 조각조각 떨어진 베옷에 몇 되 들이 박을 들고 눈물을 흘리고 서 있으니 이는 분명히 전날의 태학사 설강이었다. 바삐 말에서 내려 설강의 손을 잡고 눈물을 머금고 탄식하였다.

90 "저 창천이 어찌 사람을 이 지경에 이르게 하시는가? 제가 일찍이 길에서 형의 거동을 보고 손을 나누어 헤어지고 나서 어느 날인들 능히 잊을 수 있었겠습니까? 그렇지만 모든 일이 하늘의 뜻이라 내 마음대로 하지 못하여 형을 구하여 고향에 돌아가지 못하고 많은 세월이 흘러 속절없이 옛 벗의 소리와 모습만 떠올리고 있었습니다. 그러다 남만이 반란을 일으키니 남의 신하된 도리로 자리에 누워도 잠이 편하지 못할 때라 깃발이 남쪽으로 향하게 되어서 이 땅에 들어오던 날 먼저 형을

찾아 물으니 태수의 말이 이러하였습니다. 의심이 나 바뻐 와서 문득 형을 보니 슬프지 않으며 놀랍지 않겠습니까? 궁금하군요. 영당 대부인께서는 어떠하시며 형의 이런 경상은 무슨 연고입니까?"

설강이 유현의 말을 들으니 슬픈 한이 가슴에 막혀서 몇 번 탄식하더니 피를 토하고 엎어져 정신을 잃었다. 원래 여러 날 주린 끝에 슬픔과 한이 함께 일어나고 여러 해 남해의 풍토에 상한 병이 매우 깊었던 것이다.[108] 설강이 정신을 차리지 못하자 유현이 맥을 짚어보니 기운이 희미하였다. 한 그릇 쌀죽을 구하여 숟가락으로 떠서 먹이니 이윽고 정신을 차렸는데 유현이 설강의 손을 잡고 탄식하며 말하였다.

"예부터 영웅호걸이 곤란을 겪고 충신열사가 환란을 만난 일이 한둘이 아니었습니다. 하물며 나이가 젊은데 일을 잘못하여 이 지경이 되었습 니까? 고요히 덕을 닦고 액을 소멸하여 풍운의 좋은 때를 기다려 옛 땅으로 돌아가 영당 대부인께 불효를 더하지 않는 것이 식견 있는 사람의 일일 것입니다. 어찌 장부의 기운으로 초수(楚囚)[109]의 울음을 본받겠습니까?"

그러고 나서 설강의 집을 물으니 설강이 손을 들어 몇 간짜리 초가집을 가리켰다. 유현이 설강과 더불어 집으로 들어가니 황량한 초가집에 요 한 장이 없고 한 줌 곡식과 한 그릇 간장이 없었다. 설강이 눈물을 흘리며 탄식하였다.

"제가 죄악이 천지에 가득하여 먼 지방에서 죄수가 되어 6~7년 허다하

---

108) 병이 ~ 것이다. : {병이 고황의 드럿는지라}. 고황(膏肓)은 명치끝 부분인데 약의 효험이 미치지 못하는 부분이라 하여 '병이 고황에 들었다'는 것은 병이 매우 깊어 치료하기 힘든 상태를 표현하는 관용구임.
109) 초수(楚囚) : 포로로 잡힌 초(楚)나라 사람이라는 뜻으로 역경에 빠져 어찌 할 수 없는 사람을 비유적으로 이르는 말.

게 겪은 액은 말하지도 말고 며칠 전부터 이러이러한 변을 만나 처자를 물려 보내고 음식을 얻어도 먹지 못하고 순식간에 빼앗깁니다. 나는 죽어도 내 죄이거니와 나이 많은[110] 노모가 거의 죽을 지경이라 자식 된 마음으로 망극하여 한 그릇 죽을 얻어 노모의 급한 사정을 구하고 싶었습니다. 이제 현형의 행차를 만나니 진실로 하늘이 우리 모자의 목숨을 구해주는 것입니다. 길을 건너다 하급관리에게 욕을 보고 허다한 관리들이 구타하는 것을 막을 힘이 없어 위급하던 차에 형이 구해주시고 신선 같은 풍모를 상대하여 바른 말씀을 들으니 슬프고 감격스럽습니다. 그러나 태수가 어진 형의 청을 들어 대접이 후하였으나 주어도 먹지 못하니 죽을 밖에 할 일이 없습니다."

말을 마치자 흐르는 눈물이 5월 장맛비 같으니 유현이 슬프게 탄식하며 말하였다.

"이것이 다 액운입니다. 그러나 군자가 곧으면 요괴란 없는 것입니다. 그러니 형은 마음을 편히 하여 어머님을 생각하여 기운을 돌아보아 불효가 되지 않도록 하십시오. 형수가 당한 참변은 다른 사람에게 알릴 수 없는 일이니 다시 말해서 좋을 것이 없습니다."

좌우의 하인에게 쌀죽을 가져오라고 하니 태수가 벌써 대령하고 있다가 미음을 올리고 잔칫상이 들어오니 산과 바다에서 나는 맛있는 음식이 갖추어지지 않은 것이 없었다. 유현이 그 상을 범씨에게 들여보내고 또 상을 받아 설강과 함께 먹었다. 설강이 육칠 년 동안 나물뿌리와 보리밥 같은 거친 음식으로 연명하다가 성찬을 만나니 수없이 먹고 있었다. 그런데 그때 문득 뒤에서 소리가 들려왔다.

---

110) 나이 많은 : {임년}. 임년(稔年)은 연로(年老)함을 이름.

"도적이 어디서 주찬을 얻어먹느냐? 우리가 왔노라."

그 소리를 지른 것은 눈망울이 불같으며 사슴의 머리에 낯이 옻칠한 듯 검고, 검은 옷을 입고 있었는데 몸이 여러 아름이 될 정도로 컸다. 유현이 거친 소리로 크게 꾸짖었다.

"너 같은 짐승[111]이 요술로 사람 모양을 하고 다른 사람을 해치니 너를 만 조각으로 썰어 죄를 깨끗하게 할 것이다."

흉한 귀신 다섯이 한참을 보다가 말하였다.

"저희들은 저같이 요악한 놈을 보채어 그 죄를 깨끗이 하려 한 것입니다. 어찌 대군자의 안전에서 함부로 굴겠습니까?"

유현이 다시 꾸짖어 말하였다.

"이 사람은 선비 가문의 사람이거늘 이렇게 심하게 보채느냐? 손부인도 천인이 아니다. 너희들이 만일 죽이지 않았거든 부인과 시비들을 다 돌려보내라. 더 이상 어지러운 짓을 하지 않는다면 용서하려니와 그렇지 않으면 너희들의 소굴을 없애버릴 것이다."

요괴들이 매우 두려워하며 한꺼번에 머리를 조아리고 말하였다.

"죽이지 않으시는 은혜는 잊을 수 없을 것입니다. 사실 잡아간 몇 사람은 소나무 숲 바위 속에 넣어 두었는데 이 도적을 잡아 함께 처치하려고 하였습니다. 그런데 군자의 명이 이와 같으니 놓아 보내겠습니다."

유현이 말하였다.

"소굴이 여기서 머냐?"

다섯 요괴가 대답하였다.

"여기서 아주 머니 이제 가서 데려오겠습니다."

---

111) 짐승 : {업축}. 업축(業畜)은 전생에 지은 죄로 인하여 이승에 태어난 짐승.

말을 마치고 요괴들이 갔는데 유현이 설강을 이끌고 소나무 숲을 헤치고 따라 가보니 수목이 울창한 곳의 절벽 사이에 틈이 있었다. 몸이 퍼진 사람은 못 들어갈 정도였는데 바위 속에는 큰 궁이 있었다. 흑귀졸들이 그곳으로 달려 들어가니 유현 등은 바위 밖에서 살피고 있었는데 잠시 후 흑귀들이 몇 명의 계집을 이끌고 나오며 말하였다.

"북두성군이 우리를 죽이려고 하니 그 명을 어기지 못하겠습니다."

그러고는 손씨와 비복 몇 명을 앞세워 설강의 초가집에 두고 도로 바위 구멍의 석문을 열고 들어갔다. 유현이 친히 붉은 글씨로 글을 써서 하늘을 향하여 불사르니 문득 광풍이 크게 일어나며 벼락같은 불이 바위를 때려 산산이 깨뜨리고, 불덩이가 돌문을 찾아 들어가니 불기운이 거세어 십 리까지 미치고, 비리고 비위 상하는 냄새[112]가 천지에 가득하였다. 유현이 또 깨어진 바위를 가볍게 치우고 그 속을 보니 천 길이나 되는 굴이 하나 있고 그 굴속에 멧돼지 다섯 마리가 있었다. 유현이 말하였다.

"대수롭지 않은 요괴들이 형을 괴롭혔습니다. 이후로는 무사하실 것입니다."

설강이 탄복하고 칭찬하며 바삐 초가집으로 내려와 손씨와 범씨를 붙들고 눈물을 흘렸다. 설강은 손씨를 보자 진실로 죽은 사람이 다시 살아난 것 같아서 감격이 북받쳐 울며 말하였다.

"나는 저희 부부를 온갖 방법으로 해하였거늘 저는 우리 모자와 부부를 여러모로[113] 구하여 다시 살렸구나."

또 평범한 땅이 아니어서 다시 변이 있으면 설강이 죽을지 살지 알 수

---

112) 비위 ~ 냄새 : {아니쏘온 니}. '아니꼽다'는 같잖은 언행에 불쾌감이 솟다는 뜻과 함께 비위에 거슬리어 구역이 날 듯하다는 뜻이 있음.
113) 여러모로 : {촉쳐의}. 촉처(觸處)는 닿는 곳마다 여기저기의 뜻임.

없었기 때문에 유현이 이 때문에 떠나는 것을 미루고 있다가 설강에게 함께 가자고 하니 설강이 말하였다.

"형의 말을 들으니 제가 매우 어리석었음을 깨닫겠습니다. 원컨대 모시고 가서 견마지정(犬馬之情)114)을 다하겠습니다."

유현이 혼연히 위로하고 하루를 묵으며 설강의 채비를 차려 다음 날 떠나면서 범씨 고부에게 의식과 가재도구를 풍족하게 주고 현의 태수에게 부탁하니 설강의 모자와 부부가 눈물을 뿌리며 이별하였다. 대군이 남쪽으로 떠나면서 유현은 설강의 모자가 염려되어 붉은 글씨로 부적을 써서 문 앞과 방의 사방 벽에 붙여 요괴가 다시 장난치지 못하게 하고 길을 떠났다. 그때 자사와 현의 태수가 백 리 밖까지 전송하였으며 백성들이 길을 막고 큰 덕을 일컬으며 잊지 못하여 했다.

유현이 행군하여 운남국에 이르자 격문(檄文)을 남방에 보내어 싸움을 돋우었다. 이때 운남국왕 목지개는 막 여러 신하들을 모아 병사를 일으킬 일을 의논하고 있던 참이었는데 문득 화살에 맨 격문이 날아와 보니 다음과 같았다.

대송 대도독 도총병 평남대원수 참지정사 홍문관태학사 평능후 조문계는 운남왕에게 글을 보낸다. 너의 선조가 대대로 송조(宋朝)의 변방 신하가 되어 황제의 두터운 은혜가 융성하고 흡족하였다. 그런데 너의 할아버지가 성교(聖教)에 항거하니 선황제께서 대군을 조발하여 남쪽 오랑캐들을 쓸어버리려고 하셨다가 오히려 적국의 백성들이 다 주상의 신하된 자였기 때문에 호생지덕(好生之德)115)으로 너의 부자를

100

101

---

114) 견마지정(犬馬之情) : 개와 말의 정성이라는 뜻으로 자기의 정성을 겸손하게 일컫는 말.
115) 호생지덕(好生之德) : 사형에 처할 죄인을 특별히 사하여 목숨을 살려주는 왕의 덕.

용서하였다. 이와 같이 성은이 하늘 같거늘 너희들이 반역의 마음을 길러 우리 조정에 항거하고 의가 아닌 행동을 하여 백성들을 침범하고 포악하게 구니 대역(大逆)이 차고 넘치는지라.

성천자께서 진노하시어 나를 보내시어 운남을 쓸어 평정하고 대역부도(大逆不道)한 자의 머리를 베어 사방의 변방 국가들을 징계하시고자 하신다. 내가 천명을 받들어 정예병과 용맹한 장수들을 명하여 나아오면서 벌써 운남국으로 들어가는 좁은 길목을 치고 군은 위성을 깨뜨렸으니 대군이 향하는 바의 형세가 대를 쪼개는 것과 같이 거침없고 당당한지라. 네가 만일 허물을 깨달아 신하의 절개를 생각하여 항복하면 오히려 용서하려니와 그렇지 않으면 옥과 돌이 구분 없이 모두 타서 대군이 성에 들어오는 날이면 온 성이 어육(魚肉)116)이 될 것이니 후회하지 마라.

운남국왕이 글을 보고 몹시 화가 나서 말하였다.

"송의 장수는 어떤 필부이기에 나를 업신여겨 감히 큰소리를 치느냐?"

운남국의 승상 순우가 말하였다.

"송의 대장은 함평(咸平)117) 연간의 병부상서 조무의 조카입니다. 조무가 우리나라에 와서 선왕(先王)과 상호 화친할 것을 언약한 뒤 우리나라가 천조(天朝)118)를 부모의 나라로 섬긴 지 오래되었습니다. 그런데 대장군 석탈의 말을 들으시고 하루아침에 화친을 버리고 무기를 들어 스스로 화를 부른 것입니다. 조무는 조빈의 자손이요, 유현은 조무의 친조카이니 그는 대대로 장수가 나는 집안의 인재입니다. 하물며 유현의 부친인 초공은 이윤(伊尹)119)이나 주공(周公)120)과 같은 충성심에 훌륭

---

116) 어육(魚肉): 짓밟고 으깨어 아주 결딴낸 상태를 비유적으로 이르는 말.
117) 함평(咸平): 송(宋) 진종(眞宗) 1년(998년)에서 6년(1003)까지의 연호(年號).
118) 천조(天朝): 황제(皇帝)의 조정(朝廷). 분봉(分封)된 왕이나 속국(屬國)에 상대하여 일컫는 말.

한 장수로서의 재주를 겸하여 멀리 변방 국가에까지 알려졌습니다. 저들이 강한 군사와 용맹한 장수로 우리나라를 치니 국가가 어찌 위태롭지 않겠습니까?"

운남국왕이 얼굴색이 변하여 한참 있는데 우장군 호원이 앞으로 나아와 말하였다.

"신이 듣건대 천하는 공기(公器)121)라고 하였으니 한 사람의 천하가 아니며 덕이 있는 자가 왕이 된다고 하였습니다. 대왕은 이미 하늘과 백성의 뜻을 따르셨으며 천일지표(天日之表)122)와 융준일각(隆準日角)123)이 의연히 제왕의 인상이십니다. 또 요사이 도성에 신조(神鳥)가 이르고 후원에 봉황이 깃들었으며 황제의 별이 남쪽을 비추며 자미성(紫微星)124)을 꿰뚫었으니 어찌 의심할 것이 있으며, 송 장수의 격서에 놀라 큰일을 그만둘 수 있겠습니까? 승상 철순우125)의 말이 적국의 예기(銳氣)만 칭찬하고 대왕의 큰 복은 알지 못하니 신하된 도리가 아니옵니다."

운남국왕이 매우 기뻐하며 말하였다.

"경의 말을 들으니 과인의 가슴속이 상쾌하도다. 승상 철순우가 적국을 기리고 과인의 예기를 꺾어 놓으니 양국이 교전하려고 할 때 그 말

[●] 105

---

119) 이윤(伊尹) : 은(殷)의 재상. 이름은 이(伊) 또는 지(摯)임. 윤(尹)은 벼슬 이름. 탕왕(湯王)을 도와 걸(桀)을 쳐서 탕왕이 천하를 통일하게 하였음.
120) 주공(周公) : 이름은 단(旦). 주(周) 왕조를 세운 문왕(文王)의 아들이며 무왕(武王)의 동생. 무왕과 무왕의 아들 성왕(成王)을 도와 주왕조의 기초를 확립함.
121) 공기(公器) : 사회가 공유하는 명위, 작록 등.
122) 천일지표(天日之表) : 사해(四海)에 군림할 인상, 곧 임금의 인상을 이르는 말.
123) 융준일각(隆準日角) : 우뚝 솟은 왼쪽 이마. 융준은 우뚝 솟은 모양이고 일각은 이마 왼쪽의 두둑한 뼈 또는 이마 뼈가 불쑥 나온 모양을 말하는 것으로 왕자(王者)나 귀인(貴人)의 상(相)을 말함.
124) 자미성(紫微星) : 큰곰자리 부근에 있는 자미원의 별이름으로 중국 천자의 운명과 관련된 별.
125) 철순우 : {철원}. 문맥상 앞서 발언한 승상 순우를 지칭하므로 이와 같이 옮김.

이 불길하고 군신의 체면이 손상되었었도다."

그러고는 순우를 하옥하고 삼군을 일으켜 싸움을 돋우었다.

원수 조유현은 여러 장수들을 불러 다음 날 대적할 일을 의논하였는데

여러 장수들을 나누어 배치하고 설강을 불러 비밀스럽게 계교를 가르치니 아무도 아는 사람이 없었다. 설강이 명령을 듣고 물러갔다.

다음 날 두 나라의 군사가 위성의 벌판에 크게 군대의 위세를 베풀었는데, 운남국왕이 금빛 도포에 수은갑(水銀甲)126)을 껴입고 소요마를 타고 용봉일월기(龍鳳日月旗)를 꽂고 좌우 편장(偏將)127)을 거느리고 나와서 송의 원수와 이야기하려고 하였다. 그러자 송의 진중에서 호통소리가 세 번 나더니 옥부금절(玉斧金節)128)이 앞을 인도하고 붉은 비단으로 만든 일산이 솟구치더니 맑은 빛이 나는 곳에 깃발이 나타났는데 '천조 이부상서 겸 참지정사 홍문관태학사 평능후 제도총병 평남대원수 조문계'라고

크게 쓰여 있었다. 유현이 붉은 비단 도포에 황금 갑옷을 껴입고 손에 손잡이가 금으로 된 채찍을 잡고 좌우에 무수한 편장이 호위하였으니 광채가 적진에 쏘였다. 바라보면 늠름하여 해와 달 같은 눈은 강산에 가을날 서리처럼 찬 하늘이 높은 것 같으며, 봉황의 꼬리 같은 눈썹은 늦은 봄날 꽃과 버들이 휘휘 늘어진 듯했다. 적군이 조원수를 바라보고 넋을 놓고 정신이 풀어져서 이 세상 사람이 아닌가 의심하였다. 운남국왕이 몸을 굽히며 말하였다.

"우리나라가 본대 천조(天朝)와 원한을 맺은 일이 없거늘 어찌 위성을

---

126) 수은갑(水銀甲) : 백철갑(白鐵甲)이라고도 하는데, 쇠로 만든 미늘에 수은을 덧칠하고 가죽으로 엮어 만든 철갑.
127) 편장(偏將) : 대장을 돕는 장수.
128) 옥부금절(玉斧金節) : 옥으로 만든 도끼와 금빛 깃발이라는 뜻. 의장(儀仗)의 일종으로 임금으로부터 부여받은 생살권(生殺權) 등의 권한을 상징함.

자주 침노하여 우리나라의 중요한 길목을 빼앗으려고 합니까? 이 때문에 선왕의 업을 이어 나라를 보전하지 못할까 두려웠으므로 마지못하여 군사를 일으켜 우리나라의 국경을 방비하기는 하였으나 천조에 항거한 일이 없는데 무슨 연고로 대군을 일으켜 만여 리를 건너오셨습니까?"

유현이 정색을 하고 꾸짖었다.

"너의 할아버지가 천조에 항거하다가 힘이 다하여 물러나 도마에 오른 고기와 같았는데, 우리 숙부께서 사람을 아끼시는 너그러운 성품이고 성상(聖上)께서 대죄를 용서하시어 왕위를 그대로 주시고 돌아오신 지 겨우 30년이다. 그런데 네가 문득 반역의 마음을 내니 은혜를 잊고 의를 배반하는 역천적자(逆天賊子)인 것이다. 내가 황명을 받들어 너 같은 역적의 머리를 베고 수족을 잘라내어 천하에 효시할 것이다. 그러니 어찌 감히 천자의 장수를 업신여길 수 있으리오?"

운남국왕이 매우 화가 나서 직접 칼을 휘두르며 유현에게 달려들었다. 유현이 좌우를 돌아보니 좌장군 김오와 선봉장 장선의가 창을 비껴들고 말을 내달려 운남국왕과 싸우니 운남국왕의 좌우 편장이 한꺼번에 같이 싸웠다. 징과 북소리가 진동하고 칼과 창의 날이 눈서리같이 매서웠다. 양진의 여러 장수들이 어우러져 싸우는 모습은 마치 용이 푸른 바다에서 뛰놀고 호랑이가 날뛰는 것 같았는데 운남국왕의 용맹이 보통 사람의 몇 배는 되었기 때문에 송의 장수들이 능히 당하지 못하였다. 유현이 징을 쳐 군사를 거두어 본진으로 돌아오니 운남국왕이 승세를 타 몇 리를 따라오다 회군하였다. 운남국왕이 본영으로 돌아가는데 하남의 좁은 길에 산골짜기 길이 험하였다. 운남국왕이 여러 장수들을 돌아보고 웃으며 말하

108

109

110

였다.

"송조에 사람이 없어서 유현 같은 백면서생에게 원정의 중임을 맡겨 만 리 밖에 보내니 어찌 위태롭지 않겠느냐? 오늘 한 번의 싸움으로 예 기가 줄어들었구나. 우리가 이 고갯길로 본영으로 돌아가는데 여기에 복병을 두었다면 우리가 어찌 무사히 돌아갈 수 있겠느냐? 이것으로 보아도 유현이 지혜가 없다는 것을 알 것이다."

말을 채 마치지 못하여 산 위에서 화살과 돌이 비 오듯 날아왔다. 운남
111 국왕이 크게 놀라서 제장을 경계하여 빨리 지나가려 하였으나 장수와 군 졸을 많이 잃고 말에서 떨어져 쉽게 지나갈 수 없었다. 쌓인 화살이 산 같 았는데 문득 함성이 크게 일어나며 한 무리 군사가 달려오니 주장은 바로 설강이었다. 설강이 곧은 목소리로 크게 외쳤다.

"오랑캐는 달아나지 마라. 내가 이미 원수의 명령을 받아 너를 기다린 지 오래니 역적을 사로잡을 것이다."

운남국왕이 몹시 놀라자 여러 장수들도 담이 떨어지고 정신을 잃어 사 방으로 흩어졌다.

원래 산 위에서 날아온 병기들이 빗발같이 운남국 군사들을 쏘았으니
112 획득한 무기와 군수품을 쌓아놓은 것이 셀 수 없었다. 사로 잡은 장수와 군사가 많이 항복하여 크게 이기고 설강이 운남국왕을 화곡까지 쫓아갔 는데 유현이 궁지에 몰린 도적을 따르지 말라고 했던 것을 생각하고 군대 를 돌이켜 돌아왔다. 설강의 공이 여러 장수 가운데 으뜸이었는데 이는 유현이 짐짓 신기한 수단을 발휘하여 적군이 돌아갈 길을 짐작해서 설강 으로 하여금 큰 공을 세우게 한 것이다. 이날 밤에 설강이 돌아와 얻은 무 기와 군수품을 드리고 사로잡은 장수와 군사를 드리니 유현이 기뻐하며

공로를 군대의 장부에 기록하였다.

다음 날 양진이 우열을 결정지으려 하였다. 이때 조원수는 적군을 크
게 이기고 나서 군사들을 잘 먹이고 장수들에게 공을 치하하여 위로하였
는데 다음 날 이른 아침에 운남국왕이 패잔병을 거두어 다시 진을 치고
양군이 우열을 겨루게 되니 원수 유현이 꾸짖어 말하였다.

"오히려 인명을 아껴 깨달음이 있을까 놓아 돌려보내었더니 오늘 또
이르러 싸움을 돋우는가? 이 진실로 제비와 참새가 둥지 하나를 의지
하여 그것이 오래갈 줄 여기고 불붙는 집 위에 깃들어 있으면서도 빨리
탈 것을 알지 못하는 것과 일반이다. 네가 비록 무예에 익으나 필부의
용맹이라. 어찌 마침내 공을 이루겠느냐? 이제 나를 대적하고자 하니
먼저 칼 쓰는 법으로 승부를 겨루어 만일 이기거든 5만 군을 일시에 물
려 돌아가고 내가 이기거든 네가 갑옷을 벗고 항복하여라."

운남국왕이 웃으며 말하였다.

"그것이 바로 내 마음이다. 장부가 말을 내면 고치지 않는 것이니 어찌
언약을 배반하겠느냐?"

유현이 말하였다.

"만일 싸워서 네가 이겨도 나의 장수들이 손을 쓰지 말고, 네가 내게 져
도 너의 좌우 편장들이 같이 공격하지 말도록 하자. 오직 각각의 재주
와 힘으로 사생을 결정할 것이다. 너는 모름지기 후회 없이 하라."

운남국왕이 대답하였다.

"대장부가 천하에 거리낌이 없는 것은 스스로 패왕의 용맹을 가졌기
때문이다. 어찌 한 번 죽는 것을 두려워하겠는가? 원수의 말대로 비록
죽어도 후회하지 않는 것이 장부의 일이다."

드디어 칼을 휘두르며 유현에게 달려드니 유현이 청룡검을 빼어 운남국왕을 대적하였다. 조유현의 칼 쓰는 법이 신출귀몰하여 서리와 무지개가 번득이는 것 같았는데 몇 합을 싸우지 않아서 운남국왕의 투구를 벗겨 내리치고 비껴 돌며 옆으로 가서 그 머리를 가리키며 웃고 말하였다.

116

"순식간에 너의 머리를 베어 내리칠 것이지만 파리를 보고 칼을 빼지는 못하겠도다."

운남국왕이 크게 화를 내며 다시 정신을 가다듬어 싸우는데 운남국왕의 용맹이 만 명의 사람이라도 대적할 수 없을 정도였다. 그러나 유현은 이리같이 날렵한 허리를 굽히고 잔나비같이 긴 팔을 늘여 싸우면서 얼굴색이 침착하였다. 교전한 지 십여 합 만에 유현이 쇠줄을 던져 운남국왕의 몸을 옭아매어 당기니 운남국왕이 화를 내며 말하였다.

"나의 좌우 부하들은 나를 구하지 아니하느냐?"

유현이 웃으며 말하였다.

"대장부가 말을 내면 사마(駟馬)[129]가 따르기 어렵다고 한 말을 어느 사이에 바꾸느냐?"

이리 할 때 운남국의 장수들이 일시에 내달려 그 왕을 구하려고 하였으나 눈 깜박할 사이에 그들의 머리가 날아갔다. 유현이 이렇게 풀 베듯 적장의 머리 베기를 스무 남은 번을 하였으나 얼굴색이 태연하였으니 진실로 하늘이 깊이 생각하여 내신 영걸이었다. 이미 유현이 운남국왕을 사로잡자 송나라 진 중에서 일시에 북을 울렸다. 그러자 송의 삼군이 용감하게 뛰어나가 교전하였는데 장수는 용이 뛰놀고 범이 울부짖는 듯하여서 운남국의 장수는 죽은 수를 헤아리지 못하고 군사들은 반이 넘게 투항하

117

---

129) 사마(駟馬) : 네 필의 말이 끄는 수레로 속도가 빠른 것을 비유함.

였다.

유현이 크게 이기고 군사를 거두어 영채로 돌아와서 삼군의 장수가 각각 공을 바치고 유현은 운남국왕을 불러 앞에 꿇리고 그의 뜻을 물었다. 운남국왕이 탄식하며 말하였다.

"내 재주가 용렬하여 잡힌 것이 아니라 적을 업신여겨 이 지경이 되었 ⟨118⟩으니 원수가 만일 나를 놓아 보내면 내 재주와 힘을 다하여 다시 겨루어서 잡히면 성문을 열고 스스로 손을 뒤로 묶고 관을 짊어지고 사죄하며 원수에게 항복할 것이다."

유현이 웃으며 말하였다.

"네가 오히려 불복하는 마음이 있으니 내가 비록 제갈량(諸葛亮)[130]의 칠종칠금(七縱七擒)[131]에는 미치지 못하겠지만 어찌 핍박을 하겠느냐?"

즉시 군사는 놔두고 말만 주어 운남국왕을 돌려보냈다. 송의 여러 장수들이 유현에게 간언하였다.

"도적을 잡았으니 마땅히 군중에 효시(梟示)[132]하고 군사를 몰아 운남성에 들어가 왕의 식구들을 멸하고 운남을 평정하는 것이 오늘에 있거늘 원수는 어찌 놓아 보내십니까? 범을 산에 놓아 보낸 것이니 이후의 ⟨119⟩해를 어찌 하겠습니까?"

유현이 말하였다.

"내가 비록 치밀하지는 못하지만 이 적을 완전히 뿌리 뽑아야 여러 번

---

130) 제갈량(諸葛亮) : 중국 삼국 시대 촉한의 정치가로 자(字)는 공명(孔明), 시호는 충무(忠武). 뛰어난 군사 전략가로, 유비를 도와 오(吳)나라와 연합하여 조조(曹操)의 위(魏)나라 군사를 대파하고 파촉(巴蜀)을 얻어 촉한을 세웠음. 유비가 죽은 후에 무향후(武鄕侯)로서 남방의 만족(蠻族)을 정벌하고, 위나라 사마의와 대전 중에 병사함.

131) 칠종칠금(七縱七擒) : 제갈량이 촉한(蜀漢)의 반란군 맹획(孟獲)을 일곱 번 사로잡았다가 일곱 번 놓아 주어 맹획이 진심으로 복종하게 한 고사를 말함.

132) 효시(梟示) : 목을 베어 매달아 놓아 사람들에게 본보기를 보임.

수고를 더하지 않을 것을 안다. 내가 이제 그들을 놓아 보내지 않고 죽이거나 가두면 항복한다고 하여도 그것은 저들이 진심으로 바라는 바가 아닐 것이다. 그러나 이제 돌려보내어 천명과 인심을 따르고 저의 운수가 멸망하는 날 죄를 다스리는 것이 지혜로운 자의 처사이다."

여러 장수들이 깊이 감복하며 말하였다.

"원수의 지혜는 만 리를 비추시니 어찌 그들을 근심하겠습니까?"

유현은 운남국왕을 놓아 보내고 가만히 설강에게 철기 삼천 명을 주어 운남국 병사의 모양을 하고 밤에 운남성에 가서 이리이리 하라고 하였다. 또 다음 이야기를 보자.

1   이때, 유현이 운남국왕을 놓아 보내고 가만히 설강에게 철기군 삼천 명을 주어 운남국 병사의 모양을 하고 밤에 운남성으로 가서 이리이리 하여 운남국왕의 왕자와 왕후를 잡아오라고 하고 선봉장 석성에게는 일만 정예군을 거느리고 운남국왕이 운남성에 미처 못갔을 때 운남성을 빼앗고 백성을 안무하라고 하였다. 과연 두 장수가 유현의 명을 듣고 먼저 설강이 운남국 병사의 복색으로 운남성의 아래로 가서 외쳤다.

"왕이 송나라 군대에게 곤란을 당하고 있으니 문을 열라."

2   수문장이 자기편 군사인 줄 알고 즉시 문을 여니 설강이 사면에 불을 놓고 궁중에 들어가 왕자며 왕후를 다 잡아 송군의 진영으로 보냈다. 그러고 나서 운남성의 네 문을 굳게 지키고 백성을 안무하며 추호도 범하지 않으니 백성들이 칭송하고 탄복하였다. 이때 운남국의 승상 순우가 옥중에 갇혀 있었는데 송의 장수가 왕후며 세자를 다 잡아간 것을 알고 하늘을 우러러 탄식하고 즉시 옥 밖으로 나와 식구들과 집안의 장정들을 나누어 떠나게 하여 겨우 성문을 빠져나왔다.

이때 운남국왕은 겨우 송군의 진영을 벗어나 운남성 아래에 이르렀는
3   데 성 위에 송나라의 깃발이 서 있고 화살과 돌이 비 오듯 하니 이미 성이 함몰된 것을 알았다. 그래서 스스로 목을 찔러 죽으려고 하였으나 좌우의 사람들이 만류하여 칼을 던지고 목을 놓아 울고 있었는데 순우가 나오다가 운남국왕의 우는 모습을 보고 붙들고 통곡하며 말하였다.

"죄 많은 신 순우가 나라의 녹을 먹고 벼슬이 삼공(三公)에 있으면서 일찍이 보국안민(輔國安民)을 못하여 이런 화가 있으니 신의 죄입니다. 신이 받은 명은 없었지만 일이 급하므로 신의 노복을 모아 나오다가 이렇게 주공을 만나게 되었습니다. 그러나 태자와 왕후가 송 진영에 잡혀

가시고 성이 함몰되었으니 대왕의 몸이 돌아갈 곳이 없습니다. 신의 소견에는 이리로 석성관에 가시면 관문이 굳고 식량과 건초가 족하니 굳게 지키며 나오지 말고 계십시오. 시간이 흐르면서 송나라 병사들은 군량이 다할 것이니 자연히 돌아 갈 것입니다. 그 뒤에 때를 타 말을 잘하는 사람을 보내어 화친을 청하면 왕후와 왕자를 돌려보내게 할 수 있을 것이니 이것이 여러모로 좋은 계책일 것입니다."

왕이 말하였다.

"내가 석탈의 말을 듣고 경을 죄 없이 하옥하고 한때 계교를 잘못하여 나라가 깨어지고 몸을 망쳤으며 노모와 처자를 적국에 빼앗겼으니 세상에 대해 부끄러운 것은 죽어도 씻기 어렵고 뉘우쳐도 소용없을 것이다. 무슨 면목으로 석성의 사람들을 보겠는가?"

순우가 탄식하며 말하였다.

"이기고 지는 것은 병가지상사(兵家之常事)입니다. 식구들을 적국에 잡혀 보낸 것이야 한(漢) 고조(高祖) 같은 능력으로도 태공(太公)과 여후(呂后)를 패왕(覇王)에게 인질로 보낸 일이 있습니다. 만일 하후영(夏侯嬰)[133]이 아니었다면 어찌 한태조(漢太祖)를 구했겠습니까? 이제 대왕이 한때 패하였으나 오히려 신은 한 조각 충심으로 대왕을 위하여 죽음으로 갚을 뜻이 있고 석성이 굳고 강병이 있으니 지금 슬퍼하는 일은 무익할 것입니다. 또 일을 도모하려면 작은 것들은 거리끼지 않는 것입니다. 비록 태후와 왕후가 잡혔으나 유현은 예의를 아는 군자요 효성이 깊은 장부이니 반드시 다른 사람의 부모와 처자를 살해하지 않고

4

5

6

---

133) 하후영(夏侯嬰) : 유방의 고향 친구로서 평생을 유방을 따랐는데 유방이 항우에게 크게 패하여 자식들을 버리고 도망가려 하자 하후영이 유방의 자식들을 챙겨서 도망간 고사가 있음.

평안이 두어 훗날을 볼 것입니다. 그러니 대왕은 이로써 염려하지 마시고 신의 말을 좇으시면 평안할 것입니다."

운남국왕이 이 말을 옳게 여겨 50여 기병을 거느리고 석성관에 이르렀다. 관문을 지키던 장수인 지휘사는 운남국왕 목지개[134]의 삼종 아우였다. 운남국왕이 나라를 빼앗기고 처자를 볼모로 잡힌 채 자신은 이곳으로 도망 왔다는 것을 듣고는 매우 놀라서 맞이하여 울면서 말하였다.

"형왕[135]이 이에 이르신 것은 실로 뜻밖입니다. 신이 원컨대 힘을 다하여 원수를 갚겠습니다."

운남국왕이 울며 탄식하더니 말하였다.

"내가 일찍이 향하는 바에 당할 자가 없더니 백면서생을 한 번 만나 너무 쉽게 여기다가 패망한 것이 이에 미쳤으니 누구를 원망하겠는가? 유현이 지혜가 족하고 꾀가 많아서 일의 변화를 예측할 수 없으니 대적하기가 아주 어렵구나. 어찌하면 다시 회복하겠느냐?"

군신이 이에 서로 의논하여 여러 곳의 병마를 모으고 석성의 군마를 연습시켜 군대의 위의를 갖추었다.

이때, 설강이 왕후와 공주를 잡아 송군의 진영으로 돌아와 유현에게 고하니 유현이 크게 기뻐하며 잔을 들어 축하해 주었다. 다음 날 다시 대군을 명령하여 석성을 에워싸고 운남국왕을 치려 하였는데 장수들이 운남국왕의 가속을 죽이자고 하므로 유현이 말하였다.

"안 된다. 사람의 어미와 처자를 죽이는 것은 의가 아니다. 내가 천명(天命)을 받들어 운남국왕을 치는 것이니 인의로 운남국왕을 감동하게

---

134) 목지개 : {목거지}. 이는 '목지개'의 혼동임.
135) 형왕 : 형이자 왕이라는 뜻의 호칭.

하여 제가 마침내 듣지 않으면 죽일 따름이지 어찌 사람의 가속을 먼저 해치겠는가?"

드디어 운남국왕의 가속을 진영 안에 머무르게 한 뒤, 대군을 석성에 진 치게 하고 운남국왕의 다섯 가지 큰 죄와 세 가지 불효를 나열한 글을 써서 화살에 매어 성중으로 쏘니 성을 지키던 군사가 글을 얻어 운남국왕에게 전했다. 운남국왕이 보고 매우 놀라며 말하였다.

9

"내가 이곳에 있는 것을 유현이 어찌 알고 왔을까? 내 일이 장차 위태할 것 같구나."

승상 순우가 말하였다.

"이미 화를 내도 쓸데없으니 분을 참고 성을 굳게 지키고 나가지 마십시오. 우리 군사의 예기가 승할 때를 기다리고 송나라 군사의 군량이 떨어질 때를 기다려 나가서 싸우십시오. 그러면 가히 한 번 북을 쳐서 이겨 전날 패한 원한을 씻을 것입니다."

운남국왕이 이 말을 좇아 성벽을 굳게 하고 나가지 않았다. 유현이 운남국왕이 나오지 않는 것을 보고 여러 장수와 더불어 의논하였다.

"이 도적이 굳게 지키는 것은 나의 군량이 다하기를 기다리는 것이니 나는 계교로써 저의 식량과 건초의 보급을 끊어 성안에 들어앉아서 지키지 못하게 할 것이다."

그리고 나서 여러 군사들 가운데 영리한 군사를 뽑아 진영 안에서 둘레가136) 큰 나무를 베어 직접 지도하여 목우유마(木牛流馬)137)를 만들었는

---

136) 둘레가 : {계촌}. 정확한 의미는 미상이나 문맥상 계촌(計寸)으로 보아 계측한 길이의 뜻으로 보고 이와 같이 옮김.
137) 목우유마(木牛流馬) : 중국 삼국 시대에 제갈량이 식량을 운반하기 위하여 말이나 소의 모양으로 만든 수레로 기계 장치로 움직이게 하였음.

데 완연히 제갈량의 목우유마와 다름이 없었다. 여러 장수들이 탄복하였는데 유현이 목우유마를 보내어 운남 태수에게 군수물자를 운반하라고 하니 말과 소를 먹이는 근심이 없었으며 높은 곳이든 낮은 곳이든 나는 듯이 부릴 수 있었으므로 물자를 운송하는 수고가 없었다.

운남국왕이 이 사실을 듣고 크게 놀라 말하였다.

"유현은 진실로 성인이로다. 우리가 굳게 지키는 것은 저의 양식이 다하기를 기다리는 것인데 저들이 이제 오래 버틸 계책을 쓰니 어찌하리오."

순우가 말하였다.

"대왕은 염려 마십시오. 이 성 안에 수십 년 먹을 양식이 있으니 아직 굳게 지키는 것을 계획대로 하시지요."

왕이 옳다고 하였다.

하루는 유현이 여러 장수들을 모으고 적병을 깨뜨릴 일을 의논하다가 한 계책을 생각하고 부원수와 설강을 불러 귀에 대고 두 가지 말을 일렀다. 이날부터 유현이 병이 들었다고 하며 군무를 다스리지 않더니 며칠이 지나자 원수의 병이 위태하다고 하여 군중이 당황하고 장수와 군사가 서로 대하여 놀라고 두려워하기를 마지않았다. 이윽고 부장(副將) 화원이 명령을 내렸다.

"원수의 환후가 희망이 없으니 적들의 흉독한 수단이다. 운남국왕의 가속을 엄하게 가두어라."

이에 운남국의 태후가 크게 울고 말하였다.

"우리가 이렇게 갇혀 있다는 것을 알게 할 것이다."

태후가 이에 손을 물어 혈서를 써서 운남국왕에게 보내고 왕후와 같이 옥에 들어갔는데 이윽고 원수의 별세 소식이 삼군에 들리니 송 진영에는 곡성이 진동하였다. 부원수 이하 신임을 받던 너덧 장수들이 입관과 염습을 하고 삼군의 중장을 모아 복을 입히니 슬픈 곡성이 초야(草野)에 멀리 까지 들렸다. 운남국의 병사가 운남국 태후의 글월을 가져가니 운남국왕이 보고 울며 말하였다.

"송의 대장이 죽었으니 나의 노모와 처자가 죽음을 면하지 못할 것이다."

그리고 즉시 군마를 일으켜 송진을 습격하려 하니 순우 등이 간하였다.

"그러면 반드시 후회할 것입니다. 송 대장의 죽음이 사실인지 확인한 후 군사를 내어도 늦지 않을 것입니다."

그리고는 정탐병을 놓아 소식을 알아오라고 하니 정탐병이[138] 송의 진영에 가서 낱낱이 듣고 보고 돌아와 아뢰었다. 그러자 운남국왕이 송의 진영을 습격하여 가속을 찾아와야겠다고 생각하여 송 진영으로 갔다.[139] 날이 어둡고 희미한 달이 동쪽 고개를 비추니 송 진영의 다른 장수들도 영중에서 원수의 관을 지킨다고 하고 군졸들만 오직 슬피 통곡하고 탄식하여 말하였다.

"장성(將星)이 오장원(五丈原)에 떨어지니[140] 촉한이 망하였다. 오늘 조원수가 석성 아래에서 생을 마쳤으니 송군을 거느릴 명장이 없어졌다. 하루아침에 명장을 잃었으니 어찌 조원수 같은 대장을 다시 만나겠는가?"

---

138) 정탐병이 : {초민}. 초마(哨馬)는 보초병이라는 뜻이지만 문맥상 정탐병을 뜻하므로 이와 같이 옮김.
139) 송 ~ 갔다 : 원문에는 없으나 문맥의 흐름 상 삽입한 구절.
140) 장성(將星)이 ~ 떨어지니 : 제갈량(諸葛亮)이 오장원의 전투에서 죽음을 맞이했을 때 장성이 떨어졌던 일을 말함. 장성은 대장을 상징한다는 별자리.

이는 군졸들이 흐느끼는 소리이므로 운남국왕이 유현의 죽음을 아주 믿어 이에 군사들에게 함매(銜枚)[141]하도록 하고 가만히 진영 가운데를 뚫고 들어가 바로 유현의 관이 놓인 곳으로 향하여 들어갔다. 그런데 문득 한 번 대포 소리가 나더니 송의 장수들이 좌우에서 내달려 나와 운남국왕과 맞섰다. 그러나 운남국왕이 만인을 당할 용맹이 있으니 누가 감히 당하겠는가? 운남국왕이 창을 들고 승세를 타 말하였다.

"송이 늙은 할미와 과부를 속여 천하를 빼앗았으니 본디 어진 임금의 나라가 아니다. 그 운수가 이미 다하고 천명이 내게 돌아왔거늘 유현이 망령되이 나와 우열을 겨루고자 하였다. 진실로 하늘을 따르는 자는 창성하고 하늘을 거스르는 자는 망한다는 말이 이치에 맞아 유현이 전쟁 중에 몸을 마치니 너희들의 이미 죽은 제갈(諸葛)이 어찌 중달(仲達)을 당하겠느냐?[142] 여러 장수들은 힘을 다하여 송나라 군사를 파하고 가속을 빼앗아 돌아가도록 하자."

운남국 군사들이 명령에 응하여 짓쳐 들어가니 부원수 화원과 설강이 길을 막고 싸우다가 모두 패하여 달아났다. 운남국왕이 승세를 타서 뒤를 따르는데 화원은 보이지 않고 불빛이 일어나며 한 대장이 머리에 금투구를 쓰고 양지백옥대(兩枝白玉帶)[143]를 두르고 백마 위에 단정히 앉아 있는데 영웅의 풍모가 달빛에 빛나며 운남국왕의 가는 길을 막고 있었다. 운

---

141) 함매(銜枚) : 군졸이 소리를 내지 못하도록 입에 나무 막대기를 물리던 일.
142) 너희들의 ~ 당하겠느냐 : 사마중달이 오장원에서 제갈공명과 대치하고 있던 어느 날 사마중달은 장성(將星)이 떨어지는 것을 보고 공명이 죽었다고 생각하여 촉한의 진영을 습격하였다가 공명의 유언으로 만들어 놓은 공명의 등신상(等身像)을 보고 공명의 계략에 빠진 것이라고 생각하여 50여 리를 달아남. 이를 두고 '죽은 공명이 산 중달을 쫓았다 (死諸葛走生仲達)'라고 말함. 그러나 결국 사마중달은 오장원의 전투에서 승리를 거두기 때문에 결과적으로는 죽은 공명이 살아있는 중달을 당해내지 못한 것이기도 함. 이 구절은 목지개가 유현을 제갈량에, 자신은 사마중달에 비유하여 말한 것.
143) 양지백옥대(兩枝白玉帶) : 두 가닥의 백옥으로 된 허리띠.

남국왕이 크게 놀라 살펴보니 이는 곧 죽은 원수 조유현이었다. 유현이 붉은 봉황새와 같은 눈과 누에가 꿈틀거리는 것 같은 눈썹을 치켜 올리며 크게 꾸짖었다.

"반적 목지개는 신상에 대역불충(大逆不忠)과 불효의 죄를 지어 천하에   17 나서지 못할 죄가 있거늘 무슨 면목으로 나의 진중에 돌입하여 천조(天朝)의 명장을 가벼이 여기느냐? 내가 이미 대낮에 승천하는 신기함이 있고 또 달 밝은 좋은 날에 너같이 개 같은 도적을 보면 지하의 망령일지라도 한 번 시원하게 승부를 겨루고자하는 큰 흥이 있으니 반역한 도적 필부는 목을 늘여 칼을 받으라."

운남국왕이 몹시 놀라고 당황하여 말하였다.

"삶과 죽음의 길이 전혀 다른 것인데 어찌 저승의 망령이 달밤에 나타나서 나를 꾸짖는가? 매우 불길하도다. 중장은 나를 위하여 군을 물리고 성으로 돌아가 다시 의논하는 것이 좋겠다."   18

말을 채 마치지 못하였을 때 세 곳에서 복병이 일어났는데 왼쪽은 선봉장 성위요, 오른쪽은 좌장군 김위요, 가운데는 조원수의 대군이었다. 이들이 짓쳐 오며 겹겹 첩첩이 싸우니 운남국왕이 어지러워하고 운남국 군사들이 서로 살려고 도망하여 사방으로 흩어져 달아났다. 그러나 송나라 병사들이 철통같이 에워쌌으니 운남국왕이 하늘을 우러러 탄식하고 말하였다.

"하늘이 나를 망하게 하니 내가 싸움을 잘못한 것이 아니다. 석성의 굳은 것을 계속 지키고 있었다면 이렇게 빨리 지지는 않았을 것을 가속의 사정이 급하고 송의 장수가 죽었다고 하니 참지 못하고 이런 큰 환란을 만났도다. 만일 송의 장군이 죽었으면 그 음혼(陰魂)이 있어서 내가 살   19

지 못할 것이요, 혹시라도 용서함이 있어 살아난다고 해도 이 에워싼 것을 헤치지 못할 것이다. 제환공(齊桓公)과 진문공(晉文公)[144]의 용맹을 갖추고 초패왕(楚覇王)과 같은 영웅으로서 차마 무릎을 굽혀 다른 사람에게 투항할 수 있겠는가? 차라리 자결하여 후세 사람으로 하여금 나의 강인함을 알게 하리라."

말을 마치자 차고 있던 칼을 빼서 찌르려 하였다. 운남국의 장수들이 일시에 붙들고 말리며 말하였다.

"이기고 지는 것은 병가(兵家)에 항상 있는 일입니다. 태후께서 송영 진중에 잡혀가서 돌아오시지 못하였는데 대왕께서 스스로 죽으시면 이는 불효의 으뜸입니다. 한(漢) 고조(高祖)가 수수에게 패하고 정공에게 쫓기어 겨우 도망쳤으나 천하를 아울러 400년 통일의 공업을 이루었으니 참고 견디기를 잘한 것입니다. 한 고조는 마침내 태공을 맞아 효도를 충분히 하고 여후와 부부의 관계를 이루었으며[145] 황제의 기업(基業)[146]이 오래도록 없어지지 않았으니 대왕은 한때의 분을 참아 큰일을 도모하십시오."

운남국왕이 칼을 놓고 용력을 떨쳐 일으켜 좌충우돌하며 여러 겹 에워싼 곳을 헤치려 하였으나 송나라의 장수가 승승장구하여 짓쳐들어왔으므로 비록 항우의 용력이라도 포위한 곳을 헤칠 길이 없었다. 밤이 깊었는데 운현이 눈서리 같은 병장기[147]를 비껴들고 바로 운남국왕에게 달려들

144) 제환공(齊桓公)과 진문공(晉文公) : 이는 춘추오패(春秋五霸)의 제1인자와 제2인자. 이 외에 춘추오패라 하면 초(楚)의 장왕(莊王), 오(吳)왕 합려(闔閭), 월(越)왕 구천(勾踐)이 있는데, 진(秦) 목공(穆公), 송(宋) 양공(襄公)이나 오왕 부차(夫差) 등을 꼽는 경우도 있음.
145) 한 ~ 이루었으며 : 한 고조 유방은 초한전이 시작되고 얼마 안 있어 항우를 이기기 위하여 B.C. 205~B.C. 203까지 부모와 아내를 항우의 진영에 인질로 두었는데, B.C. 203년 유방과 항우의 강화가 성사되어 인질들이 석방되고 이듬해 유방은 황제가 됨.
146) 기업(基業) : 선대(先代)로부터 이어 오는 재산과 사업.

어 맞붙어 싸웠다. 운남국왕은 그것이 귀신인가 두려워서 정신이 어지러
워 손을 놀리지 못하고 달아났는데 타고 가던 말이 흙구덩이에 한 발이
빠지면서 운남국왕의 몸이 뒤집혀 말 아래로 떨어졌다. 유현이 긴 팔을
뻗어 운남국왕을 잡아매고 말하였다.

　"처음에 너를 베어버릴 것이었지만 오히려 네가 잘못을 뉘우칠까 하였
　더니 오늘 나의 손에 다시 잡혔으니 이는 하늘이 정한 것이다. 네가 어
　찌 죽는 것을 원망하겠느냐?"

　운남국왕이 잡히니 그 나머지 장수들과 군졸들이 고향으로 돌아갔으
나 오직 승상 철순우가 아직도 패잔병 천여 기를 거느리고 힘써 싸우면서   22
항복할 뜻이 없었다. 송의 부원수 화원이 운남국의 병사들을 쳐부수고 순
우를 잡으니 송나라 병사들의 예기가 승세를 타서 전투에서 크게 이겼다.
유현이 명령을 내렸다.

　"솔토지민(率土之民)이 막비왕신(莫非王臣)[148]이라 하였다. 운남국의 왕
　을 잡았으니 나머지 군졸이야 무슨 죄가 있겠느냐? 순순히 항복하는
　자는 죽음을 면할 것이다."

　그러자 운남국왕과 장수들이 일시에 항복하였다.

　원수 유현이 순우를 사로잡고 다음 날 비로소 대군을 몰아 석성을 쳤
다. 목구탁[149]은 일의 형세가 다급한 것을 보고 스스로 죽고 그 나머지
장수들은 성문을 열고 왕의 군대를 맞이하니 원수가 백성들을 안정시키   23
고 저자를 옮기지 않았다. 원수가 전상(殿上)에 앉고 운남국왕을 잡아들여
항복할 것인지를 물으니 왕이 울며 말하였다.

---

147) 병장기 : {병잉}. 병인(兵刃)의 오기로 보아 이와 같이 옮김.
148) 솔토지민(率土之民)이 막비왕신(莫非王臣) : 온 나라의 백성이 왕의 신하가 아님이 없다는 뜻.
149) 목구탁 : 목지개의 삼종 아우인 석성관의 지사.

"내가 이제 어찌 항복하겠는가?"

그러고는 칼을 빼서 목을 찔러 죽었다. 또 순우에게 항복하라고 하니 순우가 탄식하며 말하였다.

"나라가 망하고 인군이 죽었는데 사람의 신하된 도리로 죽어야 할 것이다. 그러나 도척(盜跖)의 개가 요임금을 보고 짖었으니 요임금이 어질지 않아서가 아니라 개 임자가 아니었기 때문에 짖은 것이다.150) 대원수의 위엄과 덕망이 사해(四海)에 진동하지만 나의 인군을 죽였으니 나의 원수이다. 어찌 차마 우리 왕의 원수에게 몸을 굽혀 만고에 밝고 밝은 신하의 절개를 어지럽히겠는가? 짐승들도 제 임자가 아니면 따르지 않으니 다만 죽을 뿐이다."

유현이 얼굴색을 고치고 말하였다.

"가히 충신이요 의로운 선비라고 할 만하다. 이미 운남국의 신하가 되어 절개를 지키니 내 어찌 핍박하겠는가?"

즉시 운남국왕의 가속을 순우에게 맡기며 말하였다.

"너의 충성을 어여삐 여겨 너의 어린 주인의 죄를 사하여 운남국을 지키게 할 것이다. 내가 너의 왕자 두 사람을 보니 맏이는 불과 몇 년 안에 죽을 관상이라 나라의 주인으로 삼지 못할 것이고, 차자 목성주는 위인이 비상하여 왕이 될 기틀이 있으므로 내가 그 사람됨을 아껴 역률(逆律)을 쓰지 않고 운남국의 주인으로 삼을 것이다. 너는 어린 임금

---

150) 도척(盜跖) ~ 것이다. :『사기』(회음후열전)에서 나오는 말. 도척은 춘추전국시대 노(魯)나라의 도적의 이름. 유방(劉邦)으로부터 독립하여 독자적으로 천하를 도모해보라는 괴통(蒯通)의 말을 듣지 않았던 한신(韓信)이 유방에게 잡혀 죽음을 당하고 유방이 괴통을 심문하여 삶아 죽이라고 명령하자 괴통이 유방에게 한 말. 이 말을 들은 유방은 괴통을 내버려 둠. 괴통이 한 이 말은 원래 하 걸왕 같은 포학한 사람이 기르는 개는 요 임금과 같은 성군을 보고도 짖는다하여 선악을 가리지 않고 무조건 주인에게 충성함을 이르는 '걸견폐요(桀犬吠堯)'에서 유래한 것.

을 어질게 도와 천위(天位)를 범하지 말고 사람의 신하 된 명분을 지켜 백성들을 도탄에서 건지도록 하여라."

순우가 비로소 감사하며 말하였다.

"비록 인군이 죽었으나 어린 인군을 세워 종사를 멸하지 않으시니 신민이 두터운 은택을 탄복하지 않을 자가 없을 것입니다. 우리 군신이 어찌 원수의 대덕을 마음과 뼈에 새겨두지 않겠습니까? 하물며 태후와 왕후를 다 용서하시어 돌려보내시니 우리 임금이 죽었으나 반드시 두터운 은혜를 갚을 것입니다."151)

유현이 위로하며 말과 빼앗은 군사를 주어 도성으로 보내고 운남국왕의 차자로 운남국왕을 삼았다. 철순우 등이 성대하게 잔치를 베풀어 대군을 먹이고 목지개의 시신을 거두어 왕의 예로 장사를 지내려 하였다.

조원수 유현이 이미 싸움에서 이겼으니 군사를 열흘 동안 쉬게 하여 돌아가려 하였다. 그때 설강이 운남국의 설빈 공주를 흠모하여 아내로 삼을 뜻을 유현에게 비치니 유현이 안색을 바르게 하고 사리(事理)로 일러 가하지 않음을 말하였는데 매우 준절하였다. 설강이 이때에는 유현 알기를 신명(神明)같이 알았기 때문에 바로 깨달아 아내 삼을 뜻을 그만 두었다. 유현의 어질고 넓으며 온화하고 엄숙한 인품이 이렇게 간악한 사람도 감화시켜 스스로 복종하게 하였던 것이다.

이미 경사로 돌아갈 때가 되자 운남국왕이 순우와 함께 십 리 밖에 나

---

151) 반드시 ~ 것입니다 : {함호결쵸ᄒ리로쇼이다}. '함호결초'는 '함환결초(銜環結草)'의 오기로 보임. '함환(銜環)'은 후한(後漢) 때 양보(楊寶)라는 사람이 9세 때 올빼미에게 쫓기다 떨어진 황작(黃雀)을 구해 치료해서 살려주자 그날 밤에 황의동자가 나타나 보답으로 흰 팔찌를 주어 은혜를 갚았했다는 고사에서 유래함. '결초(結草)'는 결초보은(結草報恩)의 준말로, 진(晉)나라 때의 위무자가 아들 위과에게 자기 첩을 개가시키라고 유언을 하였다가 다시 마음이 변해 순사(殉死)시키라고 유언했으나 위과가 그렇게 하지 않고 개가하게 하니 그녀의 아버지의 영혼이 위과의 싸움터에서 풀을 묶어 도와주어 은혜를 갚은 일에서 유래함.

와 전송하고 남방의 백성들이 다 부모를 이별하는 것같이 덕택을 추모하지 않는 자가 없었다. 유현이 위로하고 기치를 북쪽으로 돌리니 출전한 지 겨우 여덟 달 만이었다.

남해에 이르러 설강과 이별하는데 서로 아쉬워하며 설강은 눈물을 뿌렸다. 원수 유현이 위로하여 말하였다.

"형이 큰 공을 세워 성상께서 반드시 죄를 사하실 것이니 조정의 어떠한 상황으로도 막지 못할 것입니다. 소제가 돌아가 힘을 다하여 형으로 하여금 어머님을 모시고 고향으로 돌아오게 할 것이니 잠깐 참으십시오. 성인이 말씀하시기를 작은 것을 참지 못하면 큰일을 어지럽힌다고 하였으니 조금 괴로운 것을 참지 못하고 너무 상심하여 몸에 병을 일으키면 효성스러운 뜻을 상하는 것이 아니겠습니까?"

이어서 군중에서 쓰던 황금 수백 냥을 주어 그 동안 편모를 봉양하라고 하고 서로 헤어졌다. 설강이 손을 잡고 눈물을 흘리며 말하였다.

"나를 여러 번 구하여 살게 한 것이 다 어진 형의 큰 덕입니다. 소제가 저승에 돌아가더라도 수레 채를 잡아 개나 말이 되는 정성을 본받을 것이지만 이 은혜를 이승에서 다 갚지 못할까 슬퍼합니다."

유현이 정색을 하고 말하였다.

"형은 어찌 말을 과도하게 하여 친애하는 정을 손상시킵니까? 사람의 다급한 사정을 구하려고 하는 것은 사람이라면 누구나 가지고 있는 마음입니다. 조운희152)가 설의백153)으로 더불어 오래된 친구로서의 정이 보통이 아닌데 이곳에 와서 도와준 것을 은혜라고 하겠습니까? 원

---

152) 조운희 : 조유현 자신을 지칭함. 운희는 유현의 자(字).
153) 설의백 : 설강을 지칭. 의백은 설강의 자(字).

컨대 신중하십시오. 오래지 않아 귀양에서 풀려나 고토(故土)로 돌아오
는 경사가 있을 것입니다."

여러 번 위로하고 손을 나누어 길을 나섰다.

태수 자사가 군현에서 성대한 위의로 맞이하고 삼군의 장수가 돌아오
는 즐거움에 승전고를 울리니 진실로 남아의 사업이 빛나고 위엄과 덕망
이 세상을 기울이는 것이 그 숙부 조무와 한가지였다. 운남의 백성들이
조원수의 사당을 지어 항상 향화와 등촉을 받들었는데, 유현이 돌아오는
길에 숙부의 생사당(生祠堂)154)에 배례하고 그 영웅다운 용맹스러운 덕을
탄복하면서 가만히 보니 자신의 사당이 있어 도리어 괴롭게 여겼다.

조유현이 원당에 들어가니 전에 유배왔을 때는 제자들이 다 각각 나이
가 어렸는데 모두 성인이 되었으므로 반기며 특별하게 여기는 것이 떠났
던 부모를 만남 같았다. 유현이 그 정을 물리치지 못하여 향촌의 탁주와
말고기라도 억지로 맛보아 흔연히 타일러155) 잘 있으라고 하고 절월을
돌이키니 부로(父老)156)들이 길을 막고 눈물을 흘리며 큰 은덕을 잊지 못
하여 하였다. 유현은 떨어져 있는 부모 생각에 때가 급하고 황상을 향한
정성에 마음이 바빠서 비바람을 무릅쓰고 행군하여 가을인 9월 그믐에
경사에 이르렀다.

화설. 평촉대원수 조운현과 수군대원수 양인광이 삼군을 총감독하여
군대가 물과 뭍을 통해 이미 서촉의 경계에 들어갔다. 이때 촉주(蜀主) 육
안걸157)이 왕비 조씨와 더불어 군무를 의논하고 있었는데 조씨는 다른

30

31

---

154) 생사당(生祠堂) : 감사나 수령의 선정을 찬양하는 표시로 그가 살아 있을 때부터 백성들이 제사
    지내는 사당.
155) 타일러 : {면유ᄒᆞ여}. 면유(面諭)는 면전에서 말로 잘 타이름을 이름.
156) 부로(父老) : 한 동네에서 나이가 많은 남자 어른을 높여 이르는 말.
157) 육안걸 : {뉴안걸}. 이는 '뉵안걸'의 오기이므로 바로잡아 옮김.

32

사람이 아니라 전에 가짜 장씨 행세를 하던 조군주158)이다. 조군주는 서촉에 정배(定配)되었는데 만일 그녀가 대담하고 매우 악한 사람이 아니라 약한 여자였다면 만 리 밖을 떠돌며 험난한 길을 넘고,159) 부모와 생리사별(生離死別)하여 영영 만날 기약이 없고, 시집과 원수가 되고, 슬하에 한 점 골육이 없으니 삼종지도(三從之道)를 지킬 수 없게 된 상황160)에서 보통 사람의 마음으로 어찌 살 마음이 있을 수 있겠는가? 그러나 조군주는 마음먹기를 흉독하게 하여 오히려 많은 금은보화를 가지고 무사히 촉땅에 도착하여 몇 간짜리 초가집을 얻어 살면서 평생에 한번 이 원한을 갚

아야겠다고 밤낮으로 생각할 뿐 조금도 후회함이 없었는데 온갖 일이 이 요인(妖人)의 일과 맞아 떨어졌다.

이때 월출산에 한 여승이 있었는데 법호를 광법대사라 하였다. 온갖 검무에 요괴로운 술법이 매우 신통하여 몸을 변화하면 못될 것이 없었다. 마침 조군주가 유배지에 이르러 서로 한번 말하게 된 뒤 유유상종이라 뜻이 서로 맞아서 조군주의 전후 심사를 듣고 선을 권하기는 고사하고 제 동기 일이나 다름없이 눈물을 흘리며 위로하였다. 그러고 나서 조군주의 적소에 머무르면서 마음을 나누며 재주를 가르쳐서 십여 달 안에 미진함

34

이 없었는데, 법사가 공교한 계교로써 촉주 육안걸에게 조군주를 드려 조

---

158) 가짜 ~ 조군주 : 연왕의 딸 천화군주. 운현에게 청혼하였다가 조부로부터 거절당하자 외삼촌 장당의 양녀가 되어 운현의 부인이 되었음. 원문에서 '조녀', '조군주', '가장씨' 등으로 지칭하고 있으나 조군주로 통일함.

159) 험난한 ~ 넘고 : {잔도검각을 너므며}. 잔도(棧道)는 각도(閣道)라고도 하는데 험한 벼랑 같은 곳에 판자등을 엮어서 선반처럼 달아서 낸 길이며, 검각(劍閣)은 현재 사천성 검각현 북쪽에 위치한 곳으로 수도인 장안(長安)에서 촉으로 가는 길의 요해지임. 대검산(大劍山)과 소검산(小劍山) 사이로 각도를 통해야만 하기 때문에 검각이라고 하며 전하여 험난한 곳을 지칭함.

160) 부모와 ~ 상황 : 조군주가 삼종지도(三從之道)를 따를 수 없게 된 상황을 표현한 구절임. 삼종지도는 고대사회에서 여자가 좇아야할 세 가지 길[女子有三從之道]로, 시집 가기 전에 아버지의 뜻을 따르고[在家從父], 시집을 가면 지아비에게 순종하며[適人從夫], 지아비가 죽으면 아들의 뜻을 좇아야 한다[夫死從子]는 것임.

군주로 후궁을 삼게 하였다. 그랬더니 조군주가 정궁을 독살하고 육안걸을 얼러서 왕비가 되니 온갖 요괴로운 일이 하나도 죽일 죄가 아닌 것이 없었다. 이에 조군주가 육안걸을 달래서 병사를 일으켜 천조(天朝)에 반하고 제 재주를 믿어 옛 원수를 갚기 위해 황후가 되려고 하여 군사를 일으킨 것이다. 송 원수와 수륙대장들이 다 모여 성 아래에 왔다는 것을 듣고, 그 원수의 이름을 들으니 하나는 양인광이요, 하나는 평생 잊지 못하던 사랑하는 낭군이었다. 한편으로는 노엽고 한편으로는 반가워 스스로 촉주에게 청하여 말하였다.

"제가 들으니 송 원수 두 사람은 다 부귀한 집 자제161)요 백면서생입니다. 가히 한 번 싸워 항복 받을 것이니 제가 한 무리 군사를 거느리고 나아가 한 번 북을 쳐 송 대장을 사로잡고 삼군의 항복을 받기 원합니다."

촉주가 기뻐하며 말하였다.

"왕비가 한 번 나아간다면 어찌 적장을 근심하겠는가?"

이에 정예군 일만 명을 분발하여 조군주에게 맡기고 잔을 들어 전송하니 조군주가 의기양양하여 잔을 기울이고 군사를 몰아 성 아래로 나아갔다. 진세를 펼치고 말을 문 아래로 내모니 조운현이 또한 적군의 이름을 알고 군사를 지휘하여 진을 만들고 말을 달려 진 밖으로 나오니 조군주가 어찌 몰라보겠는가? 크게 반가우나 굳게 참고 채를 들어 외쳐 말하였다.

"너 같은 평범한 어린아이가 감히 군사를 거느려 관문을 지나왔지만 너희들 어린 것들의 목숨이 잠깐 사이에 있음을 알지 못하느냐?"

---

161) 부귀한 ~ 자제 : {고량즈뎨}. 고량진미(膏粱珍味)를 먹은 자제(子弟)라는 뜻. 부귀한 집에서 자라나서 고생을 모르는 사람을 이르는 말.

원수 조운현이 눈을 들어 촉의 장수를 바라보니 몸에 수놓인 옷을 입고 손에 보검을 들고 있었다. 그런데 얼굴을 보니 봄바람에 갓 핀 꽃봉오리 같고 눈빛이 맑은 별 같으나 미간에 독기가 등등하고 소리가 강개하여 모진 거동이 지난 날 총애하여 앉으면 무릎을 맞대고 서면 옥수를 잡고 잠시도 떨어지지 않고 일마다 말을 들어주던 조군주였다. 몸에 융복(戎服)을 입고 제 근본을 바로 말하지는 않았으나 운현의 맑은 거울 같은 지감 아래 어찌 숨길 수 있겠는가? 조군주가 이미 국가의 죄수가 되어 촉 땅에 유배 갔는데 여기서 이 얼굴을 만나니 어찌 의심이 있겠는가? 반드시 조군주의 요괴로움과 음란함으로 촉주의 애인이 되어 이 변을 지었음을 깨달으니 화가 나서 머리카락이 관을 찌르고 노기가 뼈에 맺힐 지경이었다. 이에 꾸짖어 말하였다.

"밝은 태양 아래 서지 못할 대음대간(大淫大姦)한 발부(浡婦)[162]가 사람의 도리를 어지럽히고 천지에 가득 찬 대죄를 지었으나 요행히 주상이 생성지덕(生成之德)이 있으셔서 살생을 즐기지 않으시고 너의 몸이 여자라서 후일의 화를 염려하지 않으셔서 한 목숨을 살려주시며 촉 땅으로 보내신 것이다. 성은이 하늘같거늘 오히려 잘못을 고쳐 분수를 지킬 것을 생각하지 않고 다시 반역의 흉한 마음을 내어 촉주를 돋우어 변란을 일으키니 너의 죄상이 만 번 죽어도 아까울 것이 없다. 네가 설사 대간대악(大奸大惡)한 사람이라고 한들 무슨 면목으로 나를 대하여 너의 본 모습을 감추고 대적하고자 하는가? 요사하고 간특한 죄상이 더욱 절통하도다. 내가 행세하면서부터 사람의 행실이 너 같은 여자를 만나니 내가 일생 이를 갈며 통한하였는데 이제 그 마음을 풀 수 있겠

---

162) 발부(浡婦) : 행실이 나쁜 여자.

다. 너같이 더러운 계집을 베는 것이 내 칼에 욕되지만 마지못하여 한 번 베는 수고를 면치 못하겠다."

조군주가 몹시 화를 내며 낯빛을 붉히고 다시 말을 하지 않고 칼을 휘두르며 운현에게 달려들었다. 그러자 운현이 분노하여 용맹을 발하여 조군주를 베었다. 양인광이 탄식하며 말하였다.

"여자가 간악하고 음란하고 방자한 것이 이 지경에 미치니 천하의 인심을 알 수 없도다. 문의[163]와 내가 모두 한가지로 나쁜 여자를 만나 어느 정도 풍상을 겪었다. 너는 이미 악녀를 목 베어 장부의 마음이 시원하겠지만 나는 악녀를 그 부형이 어진 까닭으로 차마 죽이지 못하였으니 이후 무슨 해를 당할지 알 수 없도다. 어찌 분하고 놀랍지 않겠는가?"

두 사람이 서로 정회를 말하였는데 조운현이 탄식하며 말하였다.

"나의 없어지지 않는 한탄은 세 살 어린 아들을 조녀와 연왕의 독한 손에 죽이고 그 시신도 수습하지 못한 것이니 어찌 장부의 마음이나 슬프지 않겠는가?"

양인광 역시 느껴워하는 눈물을 머금고 말하였다.

"너의 정회가 나와 같다. 나 또한 어린 자식을 독한 손에 죽이고 세월이 오래 되었으나 슬픈 한이 풀리지 않는다. 하늘이 어찌 죄 없는 어린 아이들을 간인의 뜻대로 죽게 하고 끝내 간인의 목숨을 끊지 못하는지 한이 깊었다. 그런데 오늘 조녀가 죽는 것을 보니 곽녀[164]가 이같이 되는 것을 보면 시원할 것 같다."

163) 문의 : 운현의 자(字).
164) 곽녀 : 양인광의 부인 조월염을 모해하던 서주후 곽관성의 딸 곽씨.

이렇게 말하며 두 사람이 회포를 같이 하더니 조운현이 비몽사몽 간에 꿈을 꾸었다. 조군주가 몸에 피를 흘리면서 눈에 화살을 꽂고 달려들어 원수를 안으며 울면서 말하였다.

"이생의 원수로다. 전세에 남은 연의 업이 있어서 비록 그대의 칼과 화살을 맞았으나 뉘우치지 않고 그대의 풍신과 모습을 따라 그림자 좇듯 할 것이다. 내가 그대의 자식을 죽였다고 하여 원수라고 부르지만 그대의 자식이 반석같이 집에 돌아와 있으니 내가 그대에게 무슨 원수라고 살로 쏘아 죽이는가? 이는 다시 촉 땅의 머리 없는 귀신을 만들려는 것이냐?"

원수가 꿈속이었지만 흉하고 분하여 힘을 다해 그녀를 차버리니 굴러서 벽에 가 엎어졌는데 깨어나니 남가일몽이었다. 스스로 분함을 이기지 못하여 다음 날 조군주의 머리를 촉성에 돌려보내고 그 시신을 강물에 던졌다. 그런데 그때부터 강 속에 요괴가 있어서 밤낮으로 우짖으며 만일 얼굴이 아름다운 자가 강을 건너면 반드시 해코지를 하여 그 사람이 병을 얻어 죽는 일이 생겼는데, 나중에 조명윤[165]이 강서대원수로 강서왕을 치고 갈 때 이 강의 요괴를 없애 버렸다.

육안걸이 진영 중에서 왕비의 승전 소식을 기다리고 있었는데 문득 보고가 있었다.

"송나라 진영에서 왕후 낭낭의 머리를 보내오면서 싸움을 재촉합니다."

촉왕이 그 머리를 보고 매우 놀라서 낯을 가리고 크게 울었다. 그래서

---

165) 조명윤 : {조영운}. 이는 조명윤의 오류임. 명윤은 조기현의 장자로 뒤에 강서왕의 반란을 평정하기 위해 출전하여 요괴가 된 조군주를 처치함.

여러 신하들이 간하였다.

"대왕이 천승(千乘)의 지위[166]로 사해(四海)를 소매 가운데 넣으려는 뜻을 품으시고 이제 한낱 부인을 위하여 이런 거조를 하시다니요. 영웅이 운다는 것은 안 될 일입니다."

육안걸이 왕비의 머리를 안고 울면서 말하였다.

44

"당(唐) 태종(太宗) 같은 영웅도 소릉(昭陵)을 바라보고 울었고,[167] 초(楚) 패왕(覇王) 같은 장수의 기운으로도 우희(虞姬)[168]를 이별하고 장막 안에서 눈물을 떨어뜨렸다. 비록 내가 대장부이지만 자색은 만고의 일인이요 재주는 한 세상을 압두하던 여중영걸(女中英傑)이 참혹히 죽었으니 이 한과 원을 어디다 쌓겠느냐? 내가 왕후와 더불어 살면서 화목함이 두텁고 아들딸을 낳아 백 년이라도 성에 차지 않을 정이 있었는데, 요행히 뜻을 이루어 천 리 강산을 통일하는 훈업을 이룬다면 영귀함을 누리며 주남(周南)의 풍화를 이룰까 하였더니 조운현 이 나쁜 놈이 내 부인을 쏘아 죽이고 베니 세상을 같이 할 수 없는 원수로다. 내 비록 사해(四海)를 소유하는 부유함이 있고[169] 천하를 통일하는 훈업을 세워 천자의 자리에 앉아도 무엇을 귀하다고 하겠는가? 내 맹세하여 운현 이 도적놈의 머리를 베어 왕후의 원수를 갚을 것이다."

45

---

166) 천승(千乘)의 지위 : {쳥승지위}. 천승지위(千乘之位)의 오기. 천승은 나라의 규모를 말하는 것으로 제후국을 말함.

167) 당(唐) ~ 소릉(昭陵) : {당태종의 영웅으로도 쇼능을 바라 울고}. 소릉(昭陵)은 당(唐) 태종(太宗)의 비(妃) 문덕황후(文德皇后) 장손씨(長孫氏)의 능호(陵號)임. 문덕왕후는 부덕(婦德)이 높았다고 하며 당 태종 이세민(李世民)은 그녀를 잃은 뒤 좋은 보좌역을 읽어 슬프기 그지없다고 했다 함.

168) 우희(虞姬) : 초패왕 항우가 아끼던 미인.

169) 사해(四海)를 ~ 있고 : {부유스히흐고}. 부유사해(富有四海)는 『명심보감(明心寶鑑)』「존심(存心)」편에 나오는 공자의 말 '부유한 것이 사해를 차지했다 하더라도 겸손하여야 하느니라[富有四海, 守之以謙].'에서 유래한 구절.

그러고는 날이 저물도록 슬프게 울기를 마지않았다.

다음 날 촉왕이 명을 전하여 송나라 군사와 맞서 진을 치고 싸웠다. 조운현과 양인광이 군대의 위엄을 정숙하게 하고 좌우의 편장(偏將)들을 거느리고 동시에 나오니 기특한 풍채에 햇빛이 빛나고 엄숙한 위엄은 천신(天神)이 내려온 것 같았다. 육안걸이 마음에 겁이 나서 스스로 분해 하며 생각하였다.

'적군의 기세와 용맹이 이와 같으니 만일 나의 사랑하는 부인을 죽이지 않았다면 내가 항복하였을 것이다.'

양인광이 말하였다.

"조녀의 죄는 천조(天朝)[170]에 있을 때부터 세상에 가득 찼으니 진작에 머리를 베어 버릴 것을 천자께서 너그러우셔서 한 목숨을 살려주신 것이다. 지금 네가 반란을 일으킨 것이 조녀 때문인 것을 아느냐? 너는 생각하여 보아라. 달기(妲己)는 은(殷)나라를 망하게 하고 포사(褒姒)는 주(周)나라를 어지럽혔으니 만일 조녀가 아니었다면 네가 마음을 결단하여 부모의 나라를 거스르지는 않았을 것을 아노라. 그런데 이미 내가 조녀를 죽였으니 어찌 너를 조녀와 함께 처형하겠느냐?"

육안걸이 양인광의 말이 엄숙한 가운데 화평하여 마음이 움직이되 오히려 조군주가 참혹하게 죽은 것을 슬퍼하여 머리를 숙이고 말하였다.

"원수(元帥)의 말이 옳으나 부부는 오륜(五倫)의 으뜸이다. 이제 왕비가 나를 위하여 죽었는데 원수(怨讐)를 잊고 화친하여 항복하면 죽은 사람을 저버려 경박하고 의리 없는 사람이 될 것이다. 차마 마음을 돌이켜 왕비의 원수를 잊지 못하겠다."

---

170) 천조(天朝) : 송나라를 말함.

양인광이 크게 웃고 말하였다.

"우리가 인의로 깨우쳤는데도 이 천자를 거스르는 도적놈이 감히 한 계집을 사랑하고 큰 의를 알지 못하느냐? 한 번 칼을 들어 너의 머리를 시험할 것이요, 한 번 손을 들어 너의 몸을 맬 것이지만 우리 천조는 순화(馴化)로 근본을 삼고 의리를 으뜸으로 여기니 먼저 인덕을 베풀고 위엄을 펼 것이다. 말로써 깨우치되 너 같은 못된 놈은 계집을 사랑하고 너의 종묘를 돌아보지 않으니 훗날 후회가 적지 않을 것이다."

양인광이 창을 휘두르며 접전하니 육안걸이 맞아 10여 합을 싸웠다. 그러나 양인광의 창법이 신출귀몰(神出鬼沒)하므로 육안걸이 버티지 못하고 말을 돌려 달아났다. 양인광이 몇 리를 따라 가니 조운현이 양인광을 부르며 말하였다.

"궁지에 몰린 도적을 뒤쫓지 않는 것은 병법(兵法)에도 있으니 아직 목숨을 살려두라."

양인광이 듣지 않고 크게 웃으며 말하였다.

"쥐새끼 같은 무리를 오늘 잡을 것이다. 어찌 파리를 보고 두 번 칼을 빼리오."

좌우의 장수들을 격려하여 싸우니 촉왕이 또한 힘을 다해 싸웠다.

육안걸의 아우 육안성길이 만인도 당하지 못할 용맹이 있었는데, 100여 근의 철퇴를 쓰므로 촉나라 사람들이 그를 이름하여 후토왕이라고 하였다. 육안성길이 형의 상황이 다급한 것을 듣고 철퇴를 가지고 진 앞에 이르니 그 모습이 흉하고 끔찍하였다. 그의 힘이 보통 사람보다 뛰어난 것이 겉모습에 나타나니 조운현이 보고 친히 말을 달려 나가 협력하였다. 두 원수의 신기한 창법과 검술이 육가 형제의 용맹과 비교하여 우열을 가

48

49

50

릴 수 없었으므로 사시(巳時)[171]에 이르도록 승부를 결정짓지 못하였다. 그러다가 양인광의 창이 육안성길의 가슴을 찔렀는데 성길이 철퇴로 창을 밀쳤으나 미치지 못하여 말 아래로 떨어졌다. 육안걸이 소리 내어 울며 말하였다.

"나의 동생을 죽였으니 왕비를 죽인 원수를 갚지 않을 수 없다. 조가와 양가 두 도적놈을 베어버릴 것이다."

정신을 가다듬어 두 원수를 향해 나아가니 뒤에서 승상 번진이 말하였다.

"저들이 힘을 합하면 대왕이 이기지 못하실 것이고 후토왕이 죽었으니 이제 가볍게 대적하다가는 뉘우침이 적지 않을 것입니다. 회군하는 것이 마땅합니다."

육안걸은 상황이 곤란하고 고달팠기 때문에 비분을 참고 군사를 물려 성으로 들어가 굳게 지키며 왕비와 성길을 부르짖으며 울었다. 여러 신하들이 간하였다.

"대왕이 이러한 행동을 하시는 것은 불가합니다."

그러나 육안걸은 여러 신하들이 아뢰는 것을 끝내 듣지 않았다.

다음 날, 조운현과 양인광이 대군을 거느리고 십 리 밖에 진을 치고 사람을 촉성의 아래로 보내어 욕하며 싸움을 돋우었다. 그러나 육안걸은 병사들을 쉬게 하며 움직이지 않았다. 그러다가 날마다 욕을 들으니 육안걸이 몹시 화가 나서 여러 장수들을 거느리고 나와서 대적하게 되었다. 조운현이 꾸짖어 말하였다.

"쥐새끼 같은 무리들아. 오늘 갑옷을 벗고 항복하면 살 수 있겠지만 그

---

171) 사시(巳時) : 오전 9시에서 11시 사이의 시간.

렇지 않으면 머리를 보전하지 못할 것이다."

육안걸이 매우 화를 내며 칼을 들고 조운현에게 달려들며 말하였다.

"먼저 너를 베어 왕비의 원수를 갚고 나중에 양가 도적놈을 잡아 아우의 원수를 갚을 것이다."

조운현이 웃고 칼을 들어 교전하였는데, 10여 합 만에 조운현이 패하여 말을 돌려 달아나니 육안걸이 그 기세를 타고 따라갔다. 그때 양인광이 뒤에서 쇠줄로 육안걸의 목을 옭아 뒤로 젖히니 육안걸이 자빠져서 몸이 말의 허리에 걸쳐졌다. 원수가 말을 돌이켜 긴 팔을 뻗어 육안걸을 잡아 내리치니 촉의 여러 군사들과 장수가 송에 항복하였다. 이러니 한 번 싸움에서 촉을 정벌한 공이 있게 되었다.

두 원수가 웃으며 말하였다.

"이런 조그만 도적을 우리는 두 사람이나 나서서 대적하였으니 우습구나."

양인광이 말하였다.

"그나마 너는 조군주를 해치웠으니 이런 시원함이 없을 것이다. 하지만 나는 더욱 재미없는 것이 도적이 강하고 사나운 맛이 없다는 것이다. 신이한 무기와 위엄 있는 무술을 어디다 시험하겠는가?"

여러 장수들이 축하하며 말하였다.

"원수의 신이한 무용이 속인(俗人)이 아니므로 한 번 싸워 육가 형제를 잡은 것이고 이는 세상에 드문 공입니다. 구태여 말의 땀을 빼는 수고를 허비하고 여러 번 싸우는 고생을 심하게 한 후에라야 공이라고 해야겠습니까?"

두 사람이 조용히 웃었다.

이날 대군을 몰아 성으로 들어가니 백성들의 곡성이 진동하였다. 두 원수가 '안민(安民)' 두 자를 사방의 성문에 붙이고 털끝만큼도 범하지 않아 백성들이 평안하니 사람마다 탄복하여 어진 이의 병사라고 하였다. 두 원수가 촉왕의 식구들을 낱낱이 옭아 맨 후 육안걸에게 말하였다.

"너는 어떻게 하고 싶으냐?"

육안걸이 죄를 청하며 말하였다.

"대대로 부모 다음으로 섬기겠습니다."

두 원수가 육안걸을 묶은 것을 풀어주고 가속을 궁 안으로 돌려보내고 주인과 손님의 예로써 그를 대접하였다. 육안걸은 두 원수의 덕화가 어질고 밝아 자신을 죽이지 않은 것에 감격하고 또 왕위를 돌려 준 것을 기뻐하였으니 어찌 왕비와 아우의 원수라고 생각하겠는가? 잔치를 열어 원수를 대접하고 삼군을 먹이니 즐기는 풍류 소리가 하늘 높이 사무쳤다. 두 원수가 다시 화친을 언약하고 객청에 나와 며칠을 쉬고 나서 회군하려 할 때였다. 양인광이 탄식하며 말하였다.

"양천172)의 명승지를 남아로서 부러워하여 한번 보았으면 하다가 이제 이곳에 이르렀어도 동네 어귀에서 기다리실 부모님을 생각하니 마음이 한가한 때가 있겠는가?"

조운현 역시 탄식하며 말하였다.

"사람의 자식 된 도리로 바삐 돌아갈 것이니 비록 명산대찰(名山大刹)을 구경한다고 해도 부모님을 뵙는 것보다 기쁘겠는가? 하물며 나는 증조할머니173)의 남은 세월이 적으니 어찌 손꼽아 기다리시는 것을 잊고

---

172) 양천 : {냥쳔}. 구체적으로 어디를 지칭하는지 미상임.
173) 증조할머니 : {훤초}. 훤초(萱草)는 원추리인데, 대부인이 거처하는 북당에 심는 풀로 어머니를 상징함. 모친이 계시는 처소에 대한 별칭이나 모친을 가리키는 말로 쓰이는데, 여기서는 유현

한가롭게 산에서 노닐 생각을 할 수 있겠는가?"

양인광이 웃으며 말하였다.

"너희 태부인이 비록 연로하시나 가까이에 여러 사촌들이 가득하니 근심이 없겠지만, 나는 고독한 일신이라 그림자가 처량하고 안항(雁行)174)이 외로운지라. 몸이 만군(萬軍)의 진중에 있다고 해도 편안히 즐기겠는가?"

이렇게 두 사람이 서로 회포를 말하였다.

다음 날 이른 아침에 군령을 내려 경사로 돌아오는데, 삼군의 장졸들이 고향으로 돌아갈 마음이 살같이 급하였다. 저마다 즐거워하고 승전고를 울리며 물밀듯 나아오니 또한175) 이해 9월에 황제가 있는 경사에 도착하였다.

화설. 조부에서 두 손자와 사위를 전쟁터에 보내고 집안 어른들과 부모가 그들을 염려하여 침식이 편안하지 못하였는데 문득 승전보가 이르니 온 집안이 기뻐하며 축하하는 소리가 흘러넘치고 태부인이 기뻐하고 몹시 즐거워하는 것은 비길 곳이 없었다.176) 두 손자가 돌아오기를 손꼽아 기다리고 있었는데 평남대원수 문계 조유현이 경사로 돌아왔다는 소식이 이르렀다.

조부는 기쁨의 소리가 물 끓듯이 열렬하고, 황상은 유현이 돌아온 것을 들으시고 크게 기뻐하며 그 회군하는 거동을 보려고 성문 밖으로 어가를 옮겨 맞이하려고 하였다. 조정의 모든 관리들이 문무 직위의 차례대로

　　의 증조할머니인 순태부인을 말함.

174) 안항(雁行) : 기러기가 줄지어 날아가는 모습에서 비롯된 말로 형제의 항렬을 말함.
175) 또한 : 앞서 조유현의 군대가 돌아온 것과 같은 때이므로 이렇게 말한 것임.
176) 비길 곳이 없었다 : {미길 곳이 업셔}. '미길'은 '비길'의 오기로 보임.

57

58

모시고 나갔는데 위로 황상이 행하시니 난거(鸞車)[177]가 앞서고 수거(繡 車)[178]는 뒤 따르며 아래로는 여러 제후와 공들이 빠진 이 없이 교외에서 영접하였다. 이렇게 황상과 친척들이 그를 맞이하니 유현의 행도가 빛남 을 알 수 있을 것이다.

바야흐로 어막을 배설하고 유현을 기다리고 있을 때 조유현이 대군을 거느리고 돌아오는 마음이 살 같은데 성문 밖에 이르러 멀리 바라보니 차 일과 장막이 반공에 솟아있고 용과 봉을 그린 깃발과 해와 달을 그린 깃 발이 뒤섞여[179] 봄바람에 나부끼고 있었다. 이는 분명히 황상이 친히 임 하신 것임을 깨달아 곧바로 군대를 모아 만세를 불렀다. 이때 승상 초국 공과 평진후 소천[180] 등이 멀리서 바라보며 행군하는 거동을 보니, 군대 의 기세가 좋고 대오(隊伍)가 가지런하며 군용(軍容)이 엄정하여 나아가고 물러나는 절차와 진(陣)을 만드는 법도가 완연히 한신(韓信)[181]이나 조 무,[182] 주아부(周亞夫)[183]와 같은 위풍을 모두 갖추었다. 황상이 바라보시 고 매우 기뻐하시며 여러 신하들을 돌아보시고 말하였다.

"짐의 대장이 행군하는 거동이 어떠하오?"

---

177) 난거(鸞車) : 중국의 순(舜)임금이 타던 수레. 전하여 어가(御駕)의 뜻으로 쓰임.
178) 수거(繡車) : 수놓은 수레라는 뜻으로 지체가 높은 사람들이 타던 수레.
179) 용과 ~ 뒤섞여 : {농봉괴식이 일월이 비최여}. 용과 봉을 그린 깃발들[龍鳳旗色]에 해와 달[日月] 이 동시에 비친다는 것은 모순이므로 용봉기와 일월기가 뒤섞여 휘날리는 모습을 표현한 것으 로 봄. 용봉기와 일월기는 모두 황제를 상징하는 깃발들.
180) 평진후 소천 : 진왕 형제의 절친한 벗이자 조기현의 첫째 부인 소씨의 아버지.
181) 한신(韓信) : 중국 전한의 무장(武將). 진나라 말 난세에 처음에는 초나라의 항우를 섬겼으나 중 용되지 않자 한고조 유방의 군에 참가함. 한나라 고조의 공신으로 소하·장량과 함께 삼걸(三 傑)이라 불림. 고조의 대장으로서 조·연·제 등의 나라를 차례로 공략하여 천하 통일의 기초 를 확립하였으나, 마침내는 여후와 소하의 모계(謀計)로 잡혀 모반죄로 삼족이 멸족됨.
182) 조무 : 유현의 백부 평진왕 조무를 가리키는 것으로 보임.
183) 주아부(周亞夫) : 한나라의 장군. 문제(文帝) 때에 흉노를 물리쳤고 경제(景帝) 때에 오초칠국 (吳楚七國)의 난을 평정하여 공을 세움. 그러나 누명을 써 하옥되자 곡기를 끊어 스스로 목숨을 끊음. 한고조 유방의 황후인 여후의 일족을 처단한 것은 그의 아버지인 주발(周勃)이었지만 그 가 하였다고 와전되기도 했음.

모든 신하들이 일시에 말하였다.

"가히 성상(聖上)의 큰 복이옵니다."

황상이 웃으며 유현에게 자리를 주며 허리를 펴게 하시고 광록시(光祿寺)184)에 명하여 잔치를 베풀어 군신이 크게 즐기시고 삼군에 술을 내리시니 생황과 피리 소리185)가 구름을 멈추게 하고 조정의 모든 신하들이 다 취한 기색을 띠었다. 여러 조씨 형제들이 다 반열에 있으면서 서로 반가워하였으나 지척에 황상이 계셨기 때문에 사사로운 정을 말하지는 못하고 눈으로 정을 보내며 마음으로 말을 삼아 기뻐하였다. 진왕과 초공도 유현을 보고 쇠나 돌과 같은 마음이라도 반가운 빛이 이마에 나타나고, 유현 또한 부친과 숙부의 얼굴을 보고 가득한 정이 마음속에 넘쳐서 온화하고 기쁜 낯빛과 효성스럽고 순순한 말이 드러내지 않아도 나타났다.

황상이 옥으로 만든 잔에 향기로운 술을 가득히 부어 조유현에게 권하시고 적을 깨뜨리던 이야기를 물으시니 유현이 이때를 타 아뢰었다.

"제가 폐하의 성스러운 조서를 받들어 적을 대적하였으나 천성이 꼼꼼하지 못하고 서투르며 재능이 천박하니 어찌 신속하게 적을 깨뜨릴 것을 뜻하였겠습니까? 운남으로 유배 보낸 죄인 설강이 남해에 적거한 지 이미 8, 9년입니다. 제가 내려가니 옛 모습이 의연했지만 그가 겪고 있는 고초와 가난은 사람이 탄식하고 애석해할 바였습니다. 설강이 비록 먼 지방으로 유배된 죄수이지만 태학사로 재상의 반열에 있으면서 폐하를 가까이에서 모셨으니 임금을 사랑하는 마음과 스스로를 책망하는 뜻이 솟구쳐 먹는 것을 잊어버릴 지경이었습니다. 자신의 앞길이

184) 광록시(光祿寺) : {광복시}. 이는 '광록시'의 오기로 보임. 광록시는 중국의 당나라 이후 제사나 조회 따위를 맡아보던 관아임.
185) 생황과 ~ 소리 : {농싱봉관}. 용생봉관(龍笙鳳管)은 용이 새겨진 생황과 봉이 새겨진 피리를 말함.

막힌 것을 슬퍼하지 않고 나라의 은혜를 저버린 것을 느꺼워하며 임종

62 이 가까운[186] 노모와 더불어 의탁할 바 없이 지내다가 신을 보고 저승과 이승 사이에서 살아 돌아온 죽은 자를 다시 본 것같이 하면서 군대를 잠깐 따라가기를 청하였습니다. 그래서 신이 시험 삼아 데리고 정벌을 나갔는데 설강이 문득 신기한 묘략이 양정[187]과 흡사하여 충성스러운 의분을 발하였으며 나라의 은혜를 갚고자 하여 연하여 큰 공을 이루었습니다. 신이 비록 설강과 친하기는 하지만 서로 해를 끼친 혐의가 있고 실로 절친한 정은 없습니다. 그러나 사람의 능력을 가리고 재주를 감추어 폐하께서 아시지 못하게 하는 것은 신하로서 임금을 모시는 도리가 아닐 것입니다. 하물며 어진 임금은 상벌이 밝은 후에야 다

63 스림의 교화가 행해질 것이니 신이 감히 속이지 못하겠습니다."

황상이 다 듣고 나서 그 의기와 어진 마음을 아름답게 여겼다. 유현의 강 같은 마음이 매우 깊어서[188] 다른 사람을 아끼는 두터운 덕으로 급한 사람 구하기를 못 미칠 듯이 하는 것을 보고, 크게 칭찬하고 탄복하여 용안에 미미하게 웃음을 머금었으나 즉시 대답하지는 않았다. 그러자 태사 조기현이[189] 또 엎드려 말하였다.

"제가 드리는 말씀도 설강을 위하여 힘써 구하려고 하는 것이 아닙니

---

186) 임종이 가까운 : {님박셔산호}. 서산(西山)이 임박(臨迫)했다는 것은 해가 서쪽 산으로 지는 것처럼 사람의 인생도 저물 때가 다 되었다는 뜻.

187) 양정 : {냥뎡}. 이는 묘략이 뛰어난 역사적인 인물 두 사람을 들어 약칭(略稱)하는 것으로 보이나 구체적으로 누구를 말하는 것인지 미상.

188) 매우 깊어서 : {천균대량}. 천균대량(千鈞大量)은 아주 많은 것을 뜻함. '천균(千鈞)'은 매우 무거운 무게 또는 그런 물건을 비유적으로 이르는 말로 여기서는 마음이 무겁고 깊다는 의미임. 균은 예전에 쓰던 무게의 단위로, 1균이 30근임.

189) 태사 조기현이 : {원쉬}. 원수는 조유현을 지칭하는 것이지만 이어지지는 대화문 끝에 조기현이 이 말을 한 것으로 되어 있고, 조유현의 종형인 조기현이 유현을 도와 천자를 설득하는 상황이므로 이와 같이 옮김.

다. 설강이 그 죄명만 아니라면 제일 높은 공을 세운 것이 될 것이지만 그 죄가 심상치 않습니다. 성상의 어진 덕으로 설강이 뉘우치는 덕을 어서 살피시고 높은 공로를 어여삐 여기시어 모자의 실낱 같은 남은 목숨이 죄 사함을 받아 고향으로 돌아오게 하십시오. 이것이 실로 성상의 덕에 흠이 가지 않도록 하는 일일까 하옵니다."

말씀이 화평하고 기운이 엄정하여 황상이 살펴보니 이는 참지정사태자사부(參知政事太子師傅) 조기현이었다. 황상이 웃고 칭찬하여 말하였다.

"경의 말을 들으니 짐의 마음이 화평해진다. 설강의 죄악은 용서하기 어렵지만 이미 공을 세우고 개심하였다고 하니 반드시 거짓으로 임금을 속이지는 않을 것이다. 그러니 경 등의 말을 믿고 따라 설강의 죄를 사할 것이다."

조기현과 조유현이 머리를 조아리고 감사하며 말하였다.

"성은이 이와 같으시니 설강이 백 번 죽어도 갚지 못할 것입니다."

황상이 군정사가 공로를 장부에 기록한 것을 보았는데 설강의 공이 예사롭지 않았다. 즉시 조유현에게는 전임 벼슬에 번국공을 더하고, 아울러 설강의 죄를 용서하여 공으로써 죄를 대신하라고 하였다. 그러자 정태사190)와 소승상191)이 오히려 설강을 용서할 수 없다고 논쟁하니 초공이 비로소 아뢰었다.

"설강의 죄가 무거우나 구태여 목을 베는 것이 속 시원한 일이 아니요, 인군에게 살생을 권하는 것은 실로 신하가 할 일이 아니었으므로 죽을 죄를 범한 설강을 죽이지 않고 남해에 적거하게 한 지 8, 9년이 되었습

190) 정태사 : 유현의 첫째 부인 정씨의 친정 아버지.
191) 소승상 : 기현의 첫째 부인 소씨의 친정 아버지 평진후 소천으로 추정됨.

니다. 그가 마음을 고쳤다고 하니 군부의 호생지덕(好生之德)으로 용서하시는 것이 마땅하며 더욱이 공을 살피지 않으면 상벌(賞罰)이 공변되게 행해지겠습니까? 두 사람의 말은 너그러운 사람의 덕이 아닌가 하옵니다."

황상이 웃으며 말하였다.

"상부의 말을 들으니 짐의 마음이 얼음 녹듯 하오. 실로 정태사와 소승상의 의논이 또한 국가의 체면으로는 당연하나 이미 세월이 오래되었고 공으로 죄를 갚는 것은 국가의 예사이니 설강을 용서하는 것이 무엇이 불가하겠소?"

이때 유현은 그 벼슬이 국공에 이르게 되자 굳게 사양하며 말하였다.

"어리석은 충성으로 군부를 위한다면 죽을 땅이라도 피하지 않는 것이라고 생각했습니다. 다행히 성상의 큰 복으로 미세한 공이 있으나 신의 본직이 이미 재상의 반열에 있으며 아비와 아들이 다 국공의 자리에 앉아 있으면 후세 사람이 욕할 뿐 아니라 당세의 웃음을 면하지 못할 것입니다. 신은 본디 포의로 작록을 도적한 것이 이미 지나쳐서 스스로 부끄러워 사람을 대할 낯이 없었습니다. 그러니 이제 어찌 차마 국공의 자리를 받들어 신의 명을 재촉하고 복을 덜겠습니까? 만일 핍박하여 신의 뜻을 빼앗으신다면 오직 산 속으로 도망하여 작위를 받들지 않을 것입니다."

말씀이 준절하고 사기가 강렬하여 천자의 높은 지위와 인군의 위엄으로도 핍박하여 권하지 못하였다. 그래서 황상이 탄식하며 말하였다.

"경의 사양이 이러하니 짐이 그 높은 절개와 맑은 마음에 탄복하는 바이라. 번국공을 환수하고 이전의 작위를 주어 경의 마음을 편안하게 할 것이니 경은 안심하라. 비록 그러하나 인군이 상을 행하면서 그대만 홀로 폐하지는 못할 것이라. 경은 무엇을 바라 장차 무슨 일을 하고자 하는가? 비록 작은 일이라도 경의 바라는 바를 좇을 것이다."

유현이 엎드려 아뢰었다.

"신이 임금과 어버이의 은덕으로 한 몸에 넘치는 복이 있사오니 다시 바랄 것이 있겠습니까? 오직 인군이 저를 귀하게 하시고 아버지께서 낳아주시고 스승이 가르쳐주시니 은혜가 모두 갖추어졌습니다. 그러나 신이 스승에게 한 번도 그 은혜를 갚음이 없으니 신의 작상(爵賞)[192]으로 스승의 은혜를 갚는 것이 소원이옵니다."

태사 기현[193] 등 조가의 형제들이 때를 타 각각 은덕을 일컬으니 황상이 윤허하여 즉시 그들의 스승인 위공에게 상서후를 봉하여 일품 녹을 주고 제자를 아름답게 가르쳤다 하여 특별히 큰 잔치를 열어 제자들이 헌수(獻壽)하게 하였다. 또 양정렬의 기특함으로 유현과 문현 같은 뛰어난 아들을 두었음을 칭찬하여 3일 잔치를 내렸다. 또 뛰어난 아들을 두어 국가의 부장으로 삼은 것을 찬조하고 명주·옥백과 촉나라 비단과 능라 비단으로 태부인과 위부인에게 상을 주었다. 이렇듯 한없이 큰 황상의 은총이 일세에 독보적이니 빛나는 은혜와 영광이 만고에 으뜸이었다. 초공이 간하여도 듣지 않고 황상이 거가(車駕)를 돌려 환궁하면서 유현으로 하여금 휘하 군병의 대오를 거느리고 호위하라고 하였다. 유현이 다시 융복을 갖추어 입고 삼군의 장수들을 거느려 환궁하니 정기가 백 리에 이어졌는데, 유현의 활달하고 호탕한 풍신이 태양보다 빛났으며 시원시원한 용모가

69

70

---

192) 작상(爵賞) : 상으로 내리는 벼슬과 작위.
193) 기현 : {긔형}. '긔현'의 오기.

삼군에 빼어나니 일대의 영걸이었다. 황상과 진왕과 초공은 기쁜 빛이 흘
러 넘쳤고 성안의 모든 백성들이 어깨를 부딪치며 떠들썩한 소리로 조운
현의 신선 같은 풍모를 보고 탄복하지 않는 사람이 없었다. 그래서 사람
들은 아들을 둔다면 문계 같은 아들이었으면 하고 바랐다.

황상이 환궁하고 나서 유현이 여러 장수와 병사들을 다 돌려보내고 집
으로 돌아와서 진왕과 초공 앞에 나아갔다. 여러 조가 형제들이 일시에
두 어른을 모시고 나오니 그 행차를 따르는 사람들이 좌우에 이어졌다.
상부에 다다르니 명천 등의 어린아이들이 문에 나와 인사하고 반기며 즐
거운 빛이 얼굴에 가득하였는데 이 가운데 명윤194)이 있었다. 유현이 놀
랍고 의아하여 얼른 손을 잡고 기쁨을 금치 못하며 같이 들어와 태부인께
배알하고 모친과 숙모께 절하였다.

어른들의 기뻐하는 얼굴빛은 봄바람에 무르녹은 것 같고 온화한 기운
은 겨울날 햇빛이 따스한 것 같았다. 유현이 그 사이 존후를 물으니 태부
인이 기꺼하시는 것은 함께 자리한 사람들까지 기쁘게 만들었다. 태부인
이 한정 없이 반가워하고 노공 부부가 마음 가득 기뻐하는 것이 그지없으
니 그 부모의 마음이야 말할 수 있겠는가? 양정렬과 윤부인 등은 꽃 같은
뺨에 기쁜 빛이 넘치고 한 방안에서 부자형제와 모든 부부가 상대하여 얼
굴마다 기쁜 빛을 띠고 성은이 융성한 것을 일컬으며 전장(戰場)에서 있었
던 일195)을 들었다. 진왕과 초공이 흐뭇하게 여기는 것이 비길 곳이 없었
는데 설강의 이야기에 다다라서는 초공이 더욱 기뻐하며 말하였다.

---

194) 명윤 : 진왕의 손자들 중 명윤이라는 이름이 둘이 있는데 기현의 첫째 아들과 운현의 아들임. 여
기서는 죽은 줄 알았다가 유현이 전장에 나간 사이에 살아돌아온 운현의 아들 명윤을 가리킴.
195) 전장(戰場)에서 ~ 일 : {승픠득실을 일우믈}. 승패득실(勝敗得失)은 전쟁에서 이기고 지거나 그
결과로 얻거나 잃은 것을 말하므로 이와 같이 옮김.

"너의 일하는 것이 평범하게 속되지는 않아서 거의 군자의 어진 마음과 장부의 의기가 있다고 하겠구나. 내가 오늘 죽어도 한이 없을 것이니 어찌 다행스럽지 않으리오?"

유현이 황급히 사양하며 말하였다.

"성인을 소자가 어떻게 감당하겠습니까?"

이날 밤에 유현이 부친과 숙부를 모시고 잤다.

다음 날 하객이 집안에 가득했으나 응대함이 일사불란(一絲不亂)하여[196] 4, 5일 후에는 집안이 고요해졌다. 유현이 여러 부인을 차례로 만나보며 장신궁에 봄바람이 화창하니 즐기는 홍이 물결을 자아내는 듯 화기가 온화하여 온 집안에 가득하였다. 태부인과 위부인이 황상이 내려준 비단을 받고 매우 기뻐하였다. 그러나 양정렬은 속으로 불안해하는 것이 커서 실로 초공의 부인이라고 할 만했다. 74

열흘이 못되어 또 조운현과 양인광이 촉 지방을 평정했다는 소식이 들어오니 양부와 조부에서는 기쁨을 이기지 못하고 황상도 크게 기뻐하였다. 9월 그믐에 양인광과 조운현 두 원수가 경사로 돌아와 궐하에 숙사(肅謝)[197]하니 황상이 대궐문에서 조회를 받았다. 황상이 두 원수를 보니 두 사람이 산호배무(山呼背舞)[198]하는데 위엄 있고 당당한 모습이 해와 달이 함께 빛나는 것 같았으며, 한 쌍 영걸이 알현하는데 그 신장이 차이 나지 않아서 진실로 적수라 할 만했다. 황상이 얼굴에 반가운 웃음을 띠고 말 75

---

196) 일사불란(一絲不亂)하여 : {분난ᄒᆞ여}. 현대에는 '일사불란'이라는 표현이 더 널리 쓰이므로 이와 같이 옮김.
197) 숙사(肅謝) : 사은숙배(謝恩肅拜)의 줄임말로 임금의 은혜에 감사하며 공손하고 경건하게 절을 올리던 일.
198) 산호배무(山呼背舞) : 산호는 임금의 축수(祝壽)를 위해 두 손을 들고 만세를 부르는 것이고, 배무는 절하는 예식을 행할 때 춤추는 것.

하였다.

"나라를 위하여 땀 흘리는 말에서 화를 입는 것을 피하지 않고 모반하는 역적을 평정하여 사천(四川) 지방에 근심이 없게 하니 아름다운 충렬이 두 사람보다 더한 사람이 없도다.[199] 짐이 무엇으로 갚을 수 있겠는가?"

두 사람이 두 번 절하고 은혜에 감사하며 말하였다.

"저희들이 나라의 큰 복에 힘입어 사천 지방의 도적을 없앴지만 말이 땀 흘리는 수고와 여러 번 싸우는 고생도 없이 무사히 돌아왔사오니 이 몸이 살아 있는 것도 폐하의 성덕입니다. 저희들이 무슨 공이 있겠습니까? 오늘 천안(天顔)을 뵙고 거룩한 말씀을 들으니 황공하고 은혜에 감격하여 죽을 바를 알지 못하겠습니다."

황상이 기분 좋게 웃고 나서 공로를 기록한 것을 보았다. 운현이 조군주의 간사하고 요사스러운 악행을 하나하나 고하니 황상이 매우 놀라고 안타까워하며 연왕을 폐서인하여 조주로 내치니 조정의 안팎에서 시원하게 여기지 않을 이가 없었다. 황상이 양인광을 사천후로 봉하고 운현은 계주후로 봉하니 두 사람이 머리를 땅에 부딪치며 힘써 사양하였으나 끝내 허락하지 않고 각각 옛 벼슬에 제후로 봉하는 작차를 더하였다. 두 사람이 할 수 없이 은혜에 감사하고 물러나 집으로 돌아오니 온 집안이 기뻐하는 것이 비길 곳이 없었다. 당에 올라 태부인께 인사드리고 조부모와 친족들께 절하니 각각 기뻐하는 화기가 봄바람이 이는 것 같았다. 계주후 조운현이 무릎을 꿇고 말하였다.

---

199) 두 ~ 없도다 : {이 인의 우희 지는지라}. 직역하면 '두 사람보다 더하다'가 되나 문맥을 고려하여 이와 같이 옮김.

"제가 슬하를 떠나 달포가 되니 깊은 밤 잠을 이루지 못하여 자고 먹는 것이 재미가 없었습니다. 그런데 돌아와 슬하에 절하며 편안하고 건강하신 것을 보니 기쁘고 다행스러움을 이기지 못하겠습니다."

태부인이 흐뭇한 반가움에 눈물을 머금고 말하였다.

"너희 형제 거짓으로 나를 속여 순무안찰사로 가노라 하고 여러 달이 되어도 온다는 소식을 듣지 못하니 나의 생각과 염려에 어찌 한 때나 잊히겠느냐? 이제 무사히 적을 깨뜨리고 돌아오니 이는 국가의 큰 경사이구나. 게다가 죽은 줄 알았던 명윤이 살아 있으니 이런 기특한 경사가 어디에 있겠느냐?"

태부인이 한없이 반기며 기쁜 소식을 얼른 전하니 진실로 인생의 쾌활함과 경사가 겹치는 것이 오늘 같을 수는 없을 것이다. 운현은 태부인의 안강(安康)함과 부친과 숙부의 반석 같음이 마음 가득 기뻐서 수려한 얼굴에 희색이 가득하여 바삐 물었다.

"명윤이 어떻게 살아 돌아왔습니까? 제가 적을 물리친 것이 무슨 기쁜 일이겠습니까? 다만 존당과 부모님께서 덕을 쌓으시니 자손이 경사를 보나 봅니다. 죽었다며 슬퍼하던 자식을 얻어서 천륜의 한이 없으니 이만한 경사가 없겠습니다."

이렇게 말하며 아이를 찾아보니 명윤이 진태사 집에 갔다 돌아오는 걸음이었다. 부친이 경사로 돌아오셨음을 보고 바삐 나와 두 번 절하고 목놓아 슬프게 우니 기린과 봉황이 교야(郊野)[200]에 내려온 듯 신선의 풍채와 옥 같은 골격이 완연히 아버지와 할아버지의 모습이었다. 이때 운현[201]이 마음이 어지럽고 정신이 홀린 듯 매우 기뻐서 취한 것 같았는데

---

200) 교야(郊野) : 교외의 들판.

80

장부의 마음이라고는 하지만 아들의 울음을 들으니 옥같이 맑은 얼굴에
슬픔이 일어나고 봉황 같은 눈에 물결이 어려서 애처로워 말을 하지 못하
였다. 태사 기현이 정색을 하고 말하였다.

"오늘 존당과 부모님을 모시고 너희 부자가 단란하게 만났으니 세상에
드문 경사로다. 즐거운 마음이어야 옳거늘 무슨 연고로 슬픔을 머금고
느꺼워하며 썩은 선비같이 구느냐? 저런 잔약함으로 어찌 재상의 소임
을 할까?"

운현이 얼굴빛을 고치고 탄식하며 말하였다.

"형의 말씀이 마땅하시니 가르치신 바를 삼가 받들겠습니다."

이때에 드디어 명윤이 살아난 곡절을 전하니 운현이 조군주의 일과 그
녀를 죽인 일을 고하였다. 그 자리에 있던 사람들이 통한하지 않는 사람
이 없었는데 초공이 웃으며 말하였다.

"비록 그러나 죽인 후 시체조차 강물에 던진 것은 너무 심하도다."

이때에 사천후 양인광도 돌아와 부모님을 뵈었다. 양태사 부부가 반기
며 흐뭇함을 이기지 못하고 그동안의 일을 물었다. 양인광도 또한 오랫동
안 그리던 부모님의 얼굴을 뵙게 되니 기쁨을 이기지 못하여 얼굴 가득
봄바람 같은 따뜻한 기운을 띠고 그동안의 부모님 건강과 집안일을 물으
며 어머님 앞에 있는 두 부인에게 이별 후의 안부를 물으니 부인이 또한
전쟁터에서 무사히 돌아온 것을 치하하였는데 따뜻한 이야기가 간략하고
태도가 정숙하였다.

차설. 조씨 집안에 황상이 삼일잔치를 내려주었으나 초공이 매사에 지
나치다고 하여 미루고 있었다. 그러다가 비로소 태부인 생신연과 노공 부

---

201) 운현 : {성후}. 문맥상 계주후 운현을 가리킴.

부의 회혼일(回婚日)²⁰²⁾을 겸하여 큰 잔치를 열었다. 안팎 친척과 연인족 당(連姻族黨)²⁰³⁾이며 온 조정의 명부(命婦)가 갖추어 모이니 잔치 자리가 가득 차서 풍성하고 화려함이 비길 데 없었다.

차설. 소경수²⁰⁴⁾가 자염으로 더불어 부부 사이의 금슬이 좋아 진중한 정이 산 같고 바다 같았으나 구씨²⁰⁵⁾와 가짜 이씨²⁰⁶⁾가 서로 시기질투하고 애황 자매²⁰⁷⁾와 연수²⁰⁸⁾가 가짜 이씨 등과 함께 계략을 꾸며 앞길을 막고자 하였다. 조씨²⁰⁹⁾가 일마다 평탄하지 않으니 그 가시밭 길 같은 고난이 비길 데 없었으나 더욱 덕(德)을 닦으며 인(仁)을 행하여 적인(敵人)²¹⁰⁾을 시기하여 질투하지 않았다. 뿐만 아니라 숙연하고 맑은 마음이 태임(太任), 태사(太姒)와 흡사하여 간악한 시동생과 시누이들을 우애로 대

하는 것이 극진하니 소경수가 더욱 감동하였다. 그러나 경수의 양어머니 인 구부인이 자신의 질녀인 구씨를 위하여 가짜 이씨를 사랑하고 조씨를 점점 박대하니, 양아버지 강능후가 비록 조씨를 아끼는 것이 보통이 아니었지만 밖으로 나타내지 않았다. 날로 조씨의 형세가 위태롭고 어지러울 뿐 아니라 소경수의 신세와 형편도 난처하고 괴로웠으니 울적하게 걱정하여 깊은 근심이 맺히었다. 경수가 큰 아량으로 족히 잘 견디고 집안 다

---

202) 회혼일(回婚日) : 60주년 결혼기념일.
203) 연인족당(連姻族黨) : 연인은 혼인관계로 맺어진 친척을, 족당은 성과 본이 같은 친족을 말함.
204) 소경수 : 평진후 소천의 막내 아들인데 숙부 강능후 소순의 양자로 들어갔으며 초공의 제자이자 초공의 첫째 딸 조자염의 남편.
205) 구씨 : 소경수의 첫째 부인이자 양모 구부인의 조카.
206) 가짜 이씨 : {가니시}. 소경수의 셋째 부인. 진왕의 첫째 딸 조월염의 적국 곽씨가 악행이 탄로나자 도주하여 오촌 숙모에게 의탁한 뒤 결의모녀하여 전시랑 이현의 딸이 되었기 때문에 가짜 이씨라고 함. 이 가짜 이씨는 소경수를 보고 반하여 사혼의 형식을 빌어 소경수의 셋째 부인이 됨.
207) 애황 자매 : 강능후 소순과 구부인 사이의 세 딸 연황, 애황, 여황 중 애황과 여황을 말함.
208) 연수 : 소경수가 숙부의 양자가 된 뒤 구부인이 낳은 친아들.
209) 조씨 : 소경수의 둘째 부인이자 초공의 첫째 딸 조자염.
210) 적인(敵人) : 남편의 다른 아내나 첩을 일컫는 말. 남편의 사랑을 독차지하기 위해 서로 적이 되어야 하는 상황이기에 적인 혹은 적국(敵國)이라 표현하기도 함.

스리기를 신중하게 하여211) 예도(禮度)로 보아 허물이 없을 것이었지만
누이들과 연수의 사이에서 끝내 일마다 어지럽게 되고야 말았다. 하물며
양어머니의 거동이 겉으로는 친한 척 하면서 속으로는 멀리하는 것이었
으니 은근한 염려에 먹고 자는 것이 편하지 않았다. 그러나 여색에는 마
음이 없었으며 조씨에게 있어서만 아교칠 같은 은정을 억제하지 못하였
다. 양어머니 구부인과 여러 사람들이 경수가 조씨를 후대하는 것을 좋아
하지 않아도 밤낮으로 상대하면서 떠날 줄을 몰랐으니 구부인이 경수를
편벽되다고 꾸짖었다.

소경수가 충효를 모두 갖추고 임금을 모시고 맡은 바 소임을 잘 해내니
맑은 명성이 조야에 널리 알려졌다. 아침에 벼슬자리의 후보자로 추천되
면212) 저녁에 그 자리가 옮아 있으니 벼슬이 벌써 예부상서 태학사에 이
르렀다. 그러므로 조씨가 비록 나이 어리나 팔자는 높은 부귀에 빛났다.
그러나 시어머니와 어질지 못한 시동생의 간악한 계략이 날로 여러 가지
로 나오니 조씨의 사정이 급하였다. 그래도 조씨는 안색을 화평하게 하
고 기운을 맑고 깨끗하게 하여 조금도 나쁜 기색이 없었다.

조씨가 열한 달 만에 기특한 아들을 낳았는데 부모를 닮아서 영기가 빼
어난 천고의 기이한 아이였다. 강능후가 매우 기뻐하며 드디어 조씨를 정
실로 삼고 아이를 장자로 삼기로 결단하였다. 그러자 모든 어질지 못한
사람들이 이를 갈며 통해하여 조씨를 세상에 용납되지 못할 죄목으로 죽
일 꾀를 밤낮으로 생각하였다.

---

211) 신중하게 하여 : {범보듯 ᄒᆞ여}. 이는 함부로 대하지 않고 무섭게 생각하다의 뜻이므로 이와 같
이 옮김.
212) 후보자로 추천되면 : {의망ᄒᆞ고}. 의망(擬望)은 삼망(三望)의 후보자로 추천하는 일. 삼망은 벼
슬아치를 발탁할 때 공정한 인사 행정을 위하여 세 사람의 후보자를 임금에게 추천하던 일.

그러다가 조부의 잔치 자리에 양정렬과 정숙렬이 소부의 여러 부인네
를 다 청하니 소부의 두 가문213)에서 모두 모였다. 잔치 자리의 성대한
것이 천고에 드물었으며 물색의 장려함과 기구가 풍부하게 갖추어진 것
이 비길 데 없었다. 진왕과 초공이 부모를 영화롭게 하였을 뿐 아니라 평
능후 조유현의 공업으로 태부인께 수석(壽席)214)을 더하였으며 겸하여 태
부인의 생신일215)이었다. 기구의 장려함이 천대(千代)에 측량할 수 없을
것인데 예부(禮部)에서 잔치를 대접하니 유현 형제의 빛나는 영광이 고금
에 으뜸이었으며, 내외 빈객이 그 수를 헤아리지 못할 지경이었다. 이렇
게 큰 잔치를 베풀자 내외의 무수한 빈객으로 넓은 집이 터질 듯하였다.

노공이 주빈석에 자리를 잡았는데 두 아들과 여섯 사위가 다 왕공의
차림새216)와 후백의 관과 면류관을 쓰고 참예하고, 태사 기현을 비롯한
여러 형제들과 양인광 등 네 사람217)과 소경수 등 세 사람218)이 다함께
후백의 예복을 갖추고 좌우로 열을 지었다. 금과 옥으로 만든 관잠과 붉
은 도포에 옥대를 하고 일시에 소리를 이어서 하례하는 것이 물결이 이는
것과 같았다. 노공 부부가 자리에서 몸을 돌려 태부인을 뵙고 진왕과 초
공이 이에 좌우로 모셨으니 태부인이 기쁨을 이기지 못하여 위부인의 손
을 잡고 칭찬하여 말하였다.

"세월이 흐르는 물 같아서 어진 며느리가 나의 슬하에 들어온 지 이제
60년이 되어가는구나. 너의 숙연한 성덕은 주(周)나라의 삼모(三母)219)

---

88

213) 소부의 두 가문 : 형제인 평진후와 강능후의 집안을 말함.
214) 수석(壽席) : 장수를 비는 잔치 자리.
215) 생신일 : {진일}. 진일(辰日)은 일진이 진(辰)인 날이라는 뜻인데 구체적인 의미는 미상이나 문
    맥상 태어난 날을 의미하는 것으로 보여 이와 같이 옮김.
216) 차림새 : {위의}. 위의(威儀)는 위엄이 있고 엄숙한 태도나 차림새를 말하므로 이와 같이 옮김.
217) 양인광 ~ 사람 : 평진왕 조무의 사위 네 사람을 말함.
218) 소경수 ~ 사람 : 초국공 조성의 사위 세 사람을 말함.

를 벗할 것이다. 수십 년 동안 하나의 허물도 보지 못하였으며, 사덕(四德)을 모두 갖추고 오복(五福)220)을 완전히 하여 내 집을 흥하게 하고 문호를 빛내니 이는 어진 며느리의 공이다. 늙은 어미가 어찌 한 잔 술을 아끼겠느냐?"

그러고는 상을 내오게 하여 잔을 나누는데 태부인이 기쁨을 이기지 못하고 도리어 거리낌 없이 눈물을 흘리며 말하였다.

"오늘 희한한 경사를 내 홀로 살아서 보는구나. 지난 날 내가 남편을 여의고 홀몸이 되었는데 너희를 혼인시키지도 못하여서 하늘이 무너지는 아픔을 당하니 천지가 어둡고 무엇이 오는지 무엇이 가는지를 모르던 형편이었다. 그러니 오늘날 이처럼 희한한 경사를 볼 줄을 알았겠느냐? 자손이 슬하(膝下)에 즐비하고 각하(脚下)에 가득하니 진실로 곽분양(郭汾陽)221)을 부러워하지 않을 것이다. 늙은 어미가 올해 90여 세에 빛나는 효성을 갖추어 보고 오늘을 당하니 이제 죽어도 낯이 있을 것이다. 무슨 한이 있겠느냐?"

좌우에 빈객들이 늘어서서 분분히 치하하였다. 진왕과 초공이 나이가 40세였지만 오히려 소년보다 덜하지 않아 해와 달 같은 눈빛과 백옥 같은 피부가 새로이 기이하여 오늘따라 더욱 새로웠다.

---

219) 주(周)나라의 삼모(三母) : {쥬국삼모}. 주국삼모(周國三母)는 주(周)나라의 세 어머니라는 뜻으로, 왕계(王系)의 어머니인 태강(太姜), 왕계의 부인이자 문왕의 어머니인 태임(太任), 문왕의 부인이며 무왕의 어머니인 태사(太姒)를 가리킴.
220) 오복(五福) : 수(壽), 부(富), 강녕(康寧), 유호덕(攸好德), 고종명(考終命) 등 유교에서 이르는 다섯 가지 복.
221) 곽분양(郭汾陽) : 곽자의(郭子儀 : 697~781). 당(唐) 나라 현종(玄宗)·숙종(肅宗) 때 명장(名將)으로 부귀와 공명을 구비한 사람. 안록산(安祿山)의 난을 평정하고 분양왕(汾陽王)에 봉해짐. 그 후 당나라 최대의 공신으로 영화를 누리다가 85세에 죽음. 평생토록 벼슬살이에서나 가정생활에서 한 번의 액운도 없었으며 늙어서는 자손들을 많이 얻어 부를 누렸다고 함. 팔자 좋은 사람을 가리켜 '곽분양 팔자'라고 하기도 함.

이때에 잔치 자리에 풍악이 일제히 울리고 일광이 정오가 되었는데 예관이 이르러 태부인께 헌수하고 시각이 되니 노공이 많은 자손을 거느리 고 안으로 들어갔다. 이때 내연(內宴)은 외연(外宴)과 달라서 일일이 모든 손님들이 장내로 들어가고 가까운 친척들만 줄을 서서 지켜보았다. 위부인이 세 딸과 정숙렬, 연비, 최비 등 세 왕비와 금선 공주며 양정렬, 윤씨, 왕씨 등 세 며느리며 모든 손자며느리와 손녀들을 거느리고 태부인의 좌석을 높이고 많은 자손이 잔을 올렸다. 먼저 노공 부부가 잔을 들어 태부인께 잔을 드리며 장수를 비니 태부인이 잔을 받고 기쁨을 이기지 못하였다. 부부가 자리로 돌아가니 며느리와 사위들이 차례로 잔을 보내어 태부인과 노공 부부께 강릉(岡陵)의 수(壽)[222]를 빌었다.

그때 장서안우후 참지정사 석문이 5자 3녀를 거느리고 부인 조씨[223]와 같이 잔을 올리는데 단정하고 엄중하며 시원시원한 밝은 빛이 젊은이들의 빛을 앗으며 사위와 며느리들의 특이함이 옥으로 깎은 기린이나 봉황 같으니 이름난 선비와 재상이 집안에 가득하고 여러 집안이 각각 자녀가 다 자라서 풍성하고 가득한 것이 비길 데 없었다.

호부상서 용두각태학사 유수가 6자 1녀를 거느리고 부인 조씨[224]와 같이 잔을 올렸다. 유공의 이백이나 두보 같은 인품과 부인의 맑은 얼음처럼 빛나는 아름다움은 젊은 사람들보다 더하고 여섯 아들이 일세에 다 재상의 반열에 있으면서 청현(清顯)[225]을 맡고 있어서 하나하나 준수하고

---

222) 강릉(岡陵)의 수(壽) : '강릉'이란 『시경(詩經)』「소아(小雅)」편 〈천보(天保)〉장에서 유래하여 축수를 비는 말로 쓰임. 원문에 보면 "하늘이 그대를 도와 정하시니 풍성하지 않음이 없으시도 다. 산과 같고 언덕과도 같으며 산마루와도 같고 구릉과도 같으며[天保定爾 以莫不興 如山如阜 如岡如陵]"라 되어 있음.
223) 조씨 : 노공과 위부인의 첫째 딸 조숙혜.
224) 조씨 : 노공과 위부인의 둘째 딸 조주혜.
225) 청현(清顯) : 청환(清宦)과 현직(顯職)을 아울러 이르는 말. 청환은 학식과 문벌이 높은 사람에게

늠름하여 일세에 빼어나니 유공의 자손이 거의 다 매우 부귀하였다.

세째 딸네인 예부상서 강릉백 소계현이 7자 3녀를 거느리고 부인 조씨226)와 같이 잔을 올렸다. 소씨 가문 사람들의 늠름하고 시원스러운 풍채는 일대의 호걸이요 자손은 하나하나 빼어났다. 장자 소경은 벼슬이 우복야에 추밀사를 겸하여 황상의 총애하심이 여러 자제들과 한가지였다.

차례가 진왕에게 다다르니 군왕의 면복을 갖추고 유리잔을 받들어 남산(南山)의 수(壽)227)를 빌었다. 풍광이 늠름하며 시원스럽고 엄중한 체격과 넉넉한 기상이 가을 달의 광휘와 겨울 하늘의 높음이 있으니 천추(千秋)의 의기 굳센 장부요 일세의 영웅이었다. 노공 부부가 입이 벌어지고 태부인이 흐뭇해하는 모습은 형용할 수 없었다. 노공이 잔을 잡고 진왕의 등을 두드리며 취중에 웃음을 면치 못하니 모든 사람들이 노공에게 뛰어난 아들을 두었다고 치하하였고 노공도 치하를 사양하지 않았다.

초공의 차례가 되니 초공이 승상의 관복으로 옥으로 만든 잔에 향기로운 술을 부어 받들고 강릉의 수를 빌었다. 그는 모습이 온중하고 침묵하며 단일하고 정직하여 충성스러운 마음은 세상을 구제하고 백성을 편안하게 할 재주를 감추었다. 태부인과 노공이 흐뭇함을 이기지 못하여 잔을 받아 혼연히 마시니 초공이 물러났다.

진왕의 장자인 태자태사 참지정사 홍문관태학사 기현이 붉은 도포에 금빛 허리띠를 띠고 수정잔을 받들어 남산수(南山壽) 한 곡을 부르니 노랫소리가 청아하였다. 온중한 기상은 숙부 초공과 흡사하고 8척 신장이 늠

시키던 벼슬로 지위와 봉록은 높지 않으나 뒷날에 높이 될 자리임. 현직은 높고 중요한 직위임.
226) 조씨 : 노공과 위부인의 셋째 딸 조필혜.
227) 남산(南山)의 수(壽) : 장수를 비는 말로 종남산(終南山)이 무너지지 않듯이 오래감을 이르는 말. 강릉(岡陵)의 수(壽)와 같이 『시경(詩經)』 「소아(小雅)」 편 〈천보(天保)〉 장에서 유래한 말.

름하였으며, 가을 물같이 맑은 정기와 경륜의 지략이 기린이 교야(郊野)에 내려온 듯하고 안연(顔淵)이 학문을 좋아하는 것 같았으며 순 임금과 증자(曾子)의 효가 가득하였다. 노공이 흔연히 잔을 받고 장손이 이처럼 하늘의 기린 같으니 매우 사랑하여 정신이 없을 정도여서 은근한 정이 눈가에 흘러넘치는 것을 감추지 못하였다.

태사 기현이 엎드려 물러나니 이부상서 홍문관태학사 참지정사 평능후 유현이 자줏빛 비단 도포에 무소의 뿔로 만든 허리띠[228]를 띠고 수(壽)를 비는 잔을 받들어 한 곡을 다 하니 맑은 노랫소리가 높은 하늘에 어리고 활달하고 호탕한 모습은 만좌에 솟아났다. 8척 신장에 가득한 풍류가 늠름하고 준수하여 기린이 교야(郊野)에서 울고 봉황이 높은 구름 속에서 우는 것 같았으며, 호탕하고 시원시원한 기운은 높은 하늘에 오를 듯하고 가을 하늘 같은 서늘한 기운은 가을 물같이 맑은 정기였다. 덕스러운 아량은 천지와 같이 넓고, 마음은 강과 바다같이 깊으니 천고의 빼어난 영걸이었다. 모든 사람들이 그 모습을 우러러 볼거리를 삼았으며 존당과 조부모가 유현에 이르러서는 입이 벌어지고 기쁜 빛이 얼굴에 넘쳐흐르며 손을 잡고 사랑하여 은근한 정이 체면을 잃을 지경이었다.

태학사 참지정사 영현[229]이 자줏빛 도포에 옥대를 띠고 잔을 올렸다. 옥같이 흰 얼굴에 꽃송이 같은 풍채가 옥 중에서도 박옥(璞玉)[230]이요, 꽃

95

96

---

228) 무소의 ~ 허리띠 : {통텬셔디}. 이는 통천서(通天犀)로 만든 허리띠[帶]라는 뜻인데 통천서는 무소의 뿔. 뿔의 길이는 24cm가 넘고 물이 잘 묻지 않으며 허리띠 장식이나 약용으로 씀. 『포박자(抱朴子)』에 따르면 무소의 일종인 통천서라는 동물은 영산에 살며 약초를 주식으로 하는 대단히 귀중한 생물. 뿔에는 약초 성분이 농축되어 있기 때문에 그 뿔로 음식을 건드리면 독이 섞여 있는지 금방 알 수 있다고 함.

229) 영현 : 평진왕 조무와 정숙렬 사이의 둘째 아들.

230) 박옥(璞玉) : {반옥}. 반옥은 그 의미가 분명하지 않으므로 박옥의 오기로 봄. 박옥은 다듬지 않은 옥을 말하는데 세상에 알려지지 않은 인재를 비유함.

중에서도 왕이었다. 가을 하늘이 비낀 계곡 물처럼 맑고 성스러운 행동은 홍진(紅塵)을 벗어났으니 안연의 호학(好學)과 순 임금과 증자의 효를 따를 만했다.

병부상서 문연각태학사 계주우후 운현이 비단 도포에 옥대를 띠고 강릉의 수를 더하니 맑고 아스라한 목소리는 높은 하늘에서 봉황이 우는 것 같고 시원스런 모습은 흰 달이 중천(中天)에 두렷한 것 같았다. 봉 같은 눈매와 짙은 눈썹에 솟아나는 기상이 일대의 호걸이었는데, 붉은 입술에 흰 치아는 관옥(冠玉)231) 같은 모습이고, 적선(謫仙) 같은 풍모는 반하(潘何232)가 고운 것을 업신여기고 송옥(宋玉)233)의 색스러움을 더럽게 여기는 것 같아서 수려한 모습과 연연한 풍도가 모든 사람들의 마음을 움직였다.

예부상서 홍문관태학사 광현이 붉은 도포에 옥대를 띠고 수를 비는 잔을 드렸다. 천지의 빼어난 기운이 가슴속에 어리고, 해와 달의 빛이 눈빛에 비치었는데, 늠름한 신장에 멋스러운 풍채는 아름다운 연못가에 우거진 버드나무가 하늘거리는 것 같고, 고운 모습은 봄동산의 온갖 꽃들이 하늘거리는 것 같았다. 가을 물 같은 정신과 빛나는 덕화가 공자의 칠십 제자들234)보다 위에 있으니 일세의 현인(賢人)이요 도학군자였다. 만일

---

231) 관옥(冠玉) : 관 앞을 장식하는 둥근 옥. 잘 생긴 남자의 얼굴을 비유적으로 이름.
232) 반하(潘何) : 반악(潘岳)과 하안(何晏). 중국 고대의 미남자. 반악은 진(晉)나라 사람으로 문재(文才)가 뛰어나고 용모가 출중하여 낙양 거리에 나서면 그를 사모하는 여인들이 길에 나와서 그의 수레에 과일을 던져 넣었다고 함. 하안은 자가 평숙(平叔)이며, 남양 사람으로 스스로를 보고 기뻐하며, 움직일 때나 가만히 있을 때나 항상 하얀 분을 손에서 놓지 않았으며, 걸을 때는 자기의 그림자를 돌아보았다고 함.
233) 송옥(宋玉) : 중국 전국시대 말기 초(楚)나라의 궁정시인. 굴원(屈原)에게 사사하여 초나라의 대부(大夫)가 되었으나, 뒤에 실직하였음. 굴원에 다음가는 부(賦)의 작가로, 두 시인을 '굴송(屈宋)'이라 병칭(竝稱)하였음. 반악(潘岳)과 함께 전설적인 미남자로 알려져 있음.
234) 공자의 ~ 제자들 : {칠십조}. 칠십자(七十子)는 공문칠십자(孔門七十子)라는 뜻으로 공자의 제자 칠십 명을 말함.

그의 부친 초공이 아니라면 대적할 사람이 없으니 노공이 얼굴빛을 가다 듬고 칭찬하여 말하였다.

"세상의 덕이 쇠하여 짐짓 성현을 보지 못하였는데 너희 부자(父子)에 이르러서는 공맹(孔孟)의 뒤를 이었다고 말할 수 있을 것이다. 그러니 어찌 우리 집안의 경사가 아니겠느냐?"

예부상서 광현이 감히 사양하지 못하고 물러나 앉았다.

문현각태학사 문현이 자줏빛 도포에 오사모(烏紗帽)235)를 쓰고 옥으로 만든 잔에 술을 올렸다. 맑고 빼어난 흰 얼굴의 모습은 밝은 태양이 가을 하늘에 높이 뜬 것 같고 조용하고 침착한 기질과 묵묵한 도덕은 증맹(曾孟)236)의 높은 효와 곽분양(郭汾陽)의 유복함이 있었다. 도덕과 위의가 진실로 집안 어른들의 대를 이어받은 풍모였으므로 부모와 집안 어른들이 특별히 사랑해 마지않았다.

태학사 창현237)이 자줏빛 도포에 옥대를 띠고 헌수하였다. 빛나는 모습은 화씨(和氏)의 보배구슬238)이요 맑은 기골은 봄바람에 날리는 버드나무 같으니 단아한 거조와 시원스런 풍신이 일세의 기남자였다. 그러므로 집안 어른들과 부모가 깊이 사랑하였다.

동평장사 몽현239)이 하나의 옥으로 만든 잔을 잡아 헌수하였다. 빼어난 도와 호탕하고 시원스러운 기질이 옥으로 깎은 나무에 바람이 불고,

99

---

235) 오사모(烏紗帽) : 검은 깁으로 만든 관으로 진대(晉代) 이후 벼슬아치가 관복을 입을 때 썼음.
236) 증맹(曾孟) : 증자와 맹자. 모두 효도를 잘했던 인물의 대명사.
237) 창현 : {상현}. '창현'의 오기로 보아 바로잡음. 창현은 초국공 조성과 둘째 부인 왕씨 사이의 아들.
238) 화씨(和氏)의 보배구슬 : {화시의 보벽}. 화씨(和氏)의 보벽(寶璧)은 화씨벽(和氏璧)을 말하는 것으로 춘추(春秋) 때 초(楚)의 변화(卞和)가 얻은 보옥. 변화가 초산(楚山)에서 얻은 옥돌을 여왕(厲王)과 무왕(武王)에게 바쳤으나 그 진가를 알지 못한 임금의 노여움을 사 월형(刖刑)을 받았는데, 후에 문왕(文王)이 옥공(玉工)을 시켜 가공한 뒤에야 그 진가가 판명되었다 함.
239) 몽현 : {봉현}. '몽현'의 오류로 보아 바로잡음. 몽현은 평진왕 조무와 정숙렬 사이의 넷째 아들.

꽃나무가 봄바람 속에 풍성하게 아름다운 것과 같으니 특이한 풍광이 일
대의 호걸이었다. 조부모 등이 흐뭇함을 이기지 못하였다.

시강학사 수현[240]이 자줏빛 도포에 옥대를 띠고 나아와 잔을 올렸다.
관옥(冠玉) 같은 모습과 적선(謫仙) 같은 풍모가 빼어나고 호탕하며 시원스
러워 일대의 영걸이라 기묘하였다.

우부도어사 겸 춘방학사 희현[241]이 붉은 도포에 옥대를 띠고 나아와
잔을 올렸다. 수려하고 밝은 광채가 봄꽃들이 웃는 듯하고 시원스러운 풍
채는 기린이 마소 가운데 노는 듯 아름다운 얼굴이 무리 중에 뛰어나니
일대의 풍류호걸이 침향전(沈香殿)에 취해 있는 것 같아서[242] 사람마다
칭찬하고 사랑스러워하였다.

문연각직학사 웅현이 비단 도포에 오사모를 쓰고 헌수하였다. 우람
한[243] 체격은 용과 봉같이 뛰어난 재질이요, 수려한 모습은 가을 달같이
상쾌하고 서늘하였으며 헌걸찬 풍채가 일세를 압두하는 영민하고 준수한
사내라서 부모와 집안 어른들이 특별히 애지중지하였다.

추밀사 아현이 술잔을 드리고 축수가(祝壽歌)를 불렀다. 그 미려한 용모
는 진상국(陳相國)[244]을 더 다듬은 것 같고, 늠름한 풍채는 계수나무가 봄

100

101

---

240) 수현 : 평진왕 조무와 둘째 부인 연비 사이의 첫째 아들.
241) 희현 : 평진왕 조무와 셋째 부인 최비 사이의 첫째 아들.
242) 일대의 ~ 같아서 : {일대호풍이 침향면의 취후는 듯}. '침향면'은 '침향뎐[沈香殿]'의 오기. 침향
    전은 곧 침향정(沈香亭)을 말하는 것으로 당 현종의 대궐 홍경지(興慶池) 동쪽에 있는 정자. 대
    궐의 모란을 홍경지에 옮겨 심고 양귀비와 꽃을 구경하며 즐기던 정자로, 열대에서 나는 향나
    무인 침향(沈香)으로 지었다고 함. 이곳에서 이태백이 〈청평사(淸平詞)〉 3수를 지었는데, '이태
    백이 침향전에 있는 것 같다'는 표현이 풍류 있는 남자를 묘사하는 표현으로 쓰임.
243) 우람한 : {아야흔}. 정확한 의미는 미상이나 문맥상 다듬어지지 않은 건장함을 의미하는 것으
    로 보아 이와 같이 옮김.
244) 진상국(陳相國) : 진평(陳平 : ?~B.C. 178). 전한(前漢)의 공신. 지혜와 모략이 뛰어나 한고조를
    도와 천하를 평정하였고, 혜제 때에 좌승상이 되었으며 여공(呂公)이 죽은 후 여씨 일가를 죽이
    고 한나라 왕실을 편안케 하였음. 용모가 뛰어나고 독서를 좋아하였음.

바람을 띤 것 같았는데, 조용하고 침착한 거조와 점잖고 의젓한 위인이 공맹(孔孟)과 안증(安曾)245)을 법 받아 기운을 맑게 하였으니 성현의 성품과 자질이요, 예모가 갖추어져 빛나니 부형(父兄)의 아래에서 제대로 배웠다는 것을 알 수 있었다. 존당과 부모가 취중에 매우 사랑스러워 잔을 받들고 등을 어루만지며 사랑이 지극하였다.

예부시랑 봉현이 붉은 도포에 금빛 허리띠를 띠고 잔을 올렸다. 풍광이 시원스럽고 호탕하여 붉은 해가 동쪽 산에 떠오르며 가을 달이 중천(中天)에 높이 뜬 것 같았는데, 8척 키에 오색 봉황의 두 날개 같은 소매며 눈썹의 맑은 기운이 산천의 빼어난 기운과 정기를 가지고 있어서 나라를 안정시킬 재주를 품었고, 하늘이 낸 충효는 외모에 나타났다. ₁₀₂

시어사 화현이 붉은 비단 도포에 오사모246)를 쓰고 수(壽)를 비는 잔을 올렸다. 훤칠한 풍채는 버드나무가 휘날리는 듯, 수려한 용모는 흰 연꽃이 남풍에 웃는 듯하고, 두 눈은 흐르는 별 같고 붉은 입술은 단사를 머금은 것 같았으니 모든 사람들이 떠들썩하게 칭찬하며 한 마디씩 하지 않는 사람이 없었다.

이처럼 하나도 뒤떨어지는 자손이 없어서 저 손자를 보아도 나은 줄을 모르겠고 이 손자를 보아도 기특한 줄을 모르겠으니 모두 우열이 없었다.

금문직사 달현247)과 한림학사 계현248)과 중서사인 칠현이 다 각각 금옥과 같은 군자였는데, 온화한 얼굴로 옥수를 들어 각각 한 잔씩 바치고 축수가를 불렀다.249) 노랫소리가 물처럼 맑고 조용하고 정숙하였으며 어

---

245) 안증(安曾) : 공자의 제자이자 성현인 안연(顔淵)과 증자(曾子)를 아울러 일컫는 것.
246) 오사모 : {모ᄉᆞ}. 이는 '오ᄉᆞ'의 오기로 보이므로 이와 같이 옮김.
247) 달현 : {단현}. 이는 '달현'의 오기로 보이므로 이와 같이 옮김.
248) 계현 : {례현}. 이는 '계현'의 오기로 보이므로 이와 같이 옮김.
249) 축수가를 불렀다. : 원문에는 없으나 문맥을 고려하여 삽입한 구절.

질고 자애로우며 효성스럽고 우애하는 것이 각각 단점과 곡조가 달라도 하나하나 일세의 기남자였다.

철수문, 윤선희, 양인광, 소경수, 조선경,250) 진환이, 정태화 등 사위들이 일시에 일어나 각각 잔을 들어 바치고 축수가를 불렀다. 일곱 재상들이 다 백옥 같은 귀밑에 붉은 도포와 오사모며 금빛 인수에 채색 옷을 입고 관잠을 둘렀다. 늠름한 신장에 붉은 비단 도포를 입고 옥대를 둘렀는데 가을 달의 밝은 빛이며 가을 물과 같이 맑은 정신이 다 각각 남보다 뛰어나게 총명하였으며, 조용하고 침착하여 천하를 다스릴 재략과 광대한 기품이 높은 관직을 수행할 기상이었다. 또 대단히 귀한 품격이 외모에 드러났는데 산 같은 두 눈썹은 모양이 아름답고 덕화가 갖추어 빛났으며, 옥 같은 얼굴은 해와 달이 중천(中天)에 한가하게 빛나는 것 같고, 연꽃 같은 두 뺨은 빛나는 광채가 만좌를 밝혔다. 겸하여 만복이 첩첩한 문장은 넓고 큰 바다와 같은 넉넉함이 있고 충효와 예에 맞는 행동은 성현의 풍격이 가득하니 진실로 몸을 닦고 행동을 다스리는 금옥 같은 군자들이었다. 이처럼 일곱 사람이 하나같이 빼어난 호걸이 아니면 금옥 같은 군자였지만 일곱 사람 중 두드러지며 남다른 자는 양인광과 소경수 두 사람이었다.

진왕의 사위 다섯 명이 또한 수헌(壽獻)251)에 참례하고 나서, 정숙렬, 연비, 최비 세 왕비와 금선 공주와 양정렬, 윤씨, 왕씨 세 부인이 여자들을 거느리고 일시에 잔을 올렸다. 정숙렬, 연비, 양정렬, 윤씨의 한없는 태도와 다함없이 밝은 빛은 새로이 말할 바가 아니며 여러 부인들의 꽃

250) 조선경 : {요셕경}, 이는 '조선경'의 오기로 보이므로 이와 같이 옮김.
251) 수헌(壽獻) : 헌수(獻壽). 즉 환갑잔치 등에 장수를 비는 뜻으로 술잔을 올리는 일.

같은 얼굴과 달 같은 귀밑머리는 진세(塵世)에 없는 태도라서 고인을 압두하였다. 그 중에서 천고(千古)를 두루 살펴도 희한하고 덕성이 숙연하여 주나라 성비(聖妃)252)로 짝할 자는 소씨, 정씨, 남씨, 화씨, 유씨, 진씨, 철씨, 석씨, 조씨 등이었다. 아홉 사람253)의 뛰어난 아름다움254)이 천고(千古)에 독보적이고 성행과 사덕(四德)이 일국에 빼어나니 두 존당과 진왕과 초공이 며느리들에게 이르러서는 흐뭇함을 이기지 못하여 웃느라 벌어진 입을 줄이지 못하였다.

　차례가 딸들에게 미치자 철수문의 처 후염이 화려한 옷을 떨쳐입고 잔을 들어 올렸다. 모습와 행동이 갈수록 흉하고 참혹하여 못생긴 얼굴과 둔한 기질이 볼수록 놀라우나 처신과 행동은 오히려 전과 비교하여 아주 달라졌으므로 조부모가 경계하여 부덕(婦德)을 닦으라고 하였다.

　양인광의 처 월염이 화관과 월패(月佩)255)로 일품 명부(命婦)의 복색을 갖추고 헌수하였다. 온갖 자태와 아리따운 광채가 햇빛에 눈부셔서 가을 물에 흰 연꽃이 향수를 토하는 듯, 푸른 하늘에 흰 달이 광채를 흘리는 듯하였다. 두 눈은 주나라 성비(聖妃)의 넓은 덕량을 감추었고, 영롱하게 빛나는 눈썹은 신기한 재기를 띠었으며, 따뜻한 기운은 한 덩이 붉은 해요, 타고난 수려함은 백옥을 채색한 듯, 명주가 소담하고 꽃이 웃는 듯하여, 일대 숙녀요 여자 중의 영걸이었다. 자리한 많은 여자들 사이에 섞이니 까막까치 가운데 신령한 새요, 풀숲 가운데 모란이라 노공이 잔을 받고

106

107

---

252) 주나라 성비(聖妃) : {쥬국성비}. 주국성비(周國聖妃)는 주나라 문왕(文王)의 어머니이며 왕계의 아내인 태임(太任)과 주 문왕의 후비이며 무왕(武王)의 어머니인 태사(太姒)를 말함. 모성으로서 갖추어야 할 도리와 부녀가 지켜야 할 떳떳하고 옳은 도리를 펼친 것으로 이름났음.
253) 아홉 사람 : {십인}. 앞서 거론된 사람이 아홉 명이므로 바로잡아 옮김.
254) 뛰어난 아름다움 : {텬향국식}. 천향국색(天香國色)은 천하에서 제일가는 향기와 빛깔이라는 뜻으로, 가장 아름다운 여자를 비유적으로 이르는 말.
255) 월패(月佩) : 여자들이 가슴이나 허리에 차는 패옥의 한 가지로 초승달 모양으로 생겼음.

어루만져 웃으며 말하였다.

"우리 손녀는 당대의 명철한 부녀자이다. 그해에 우리가 근심하던 일
이 도리어 가소롭구나. 어려운 지아비를 잘 섬겨서 오래된 한을 두지
않고 사덕(四德)이 꽃다우니 양인광이 돌이나 나무라도 감동하지 않겠
느냐? 동렬(同列)과 화목하게 우애하여 태임(太任)과 태사(太姒)의 풍모
가 있으므로 각별히 아름답게 여기노라."

월염이 인사하며 사례하고 물러났다.

윤선희의 처 옥염이 꽃 같은 얼굴과 별 같은 모습으로 성장을 하고 수
를 비는 잔을 드렸는데, 태도가 밝은 구슬 같았다. 온순한 기질과 타고난
성덕으로 일대의 아름답고 선량한 여자였으므로 존당과 부모가 애지중지
(愛之重之)하였다.

소경수의 처 자염이 잔을 들고 나왔다. 발걸음을 옮기는데 한 자 정도
되는 가는 허리는 촉나라 비단으로 묶었으며 날아오르는 봉황의 두 날개
같은 어깨는 우아하여 신선이 되어 하늘로 오를 것 같았는데, 멀리서 바
라보니 찬란함이 비할 수가 없어 부상(扶桑)256)에 붉은 해가 오르며 다섯
가지 색채로 빛나는 것 같아 눈과 귀가 어질어질하였다. 두 눈은 가을 물
결에 새벽별이 비치는 것 같고, 장식이 빛나는 숱 많은 머리채257)에는 오
색구름이 어리고, 아름다운 눈썹에는 상서로운 구름이 자욱한 것 같았다.
모란이 소나기에 젖은 듯, 빛나고 윤택한 빛은 푸른 바다의 다섯 구슬이
기운을 토하는 듯하여 착한 마음과 어진 덕이 외모에 드러나고, 가슴의

---

256) 부상(扶桑) : 해가 뜨는 동쪽 바다. 중국 전설에서 해가 뜨는 동쪽 바다에 있다고 하는 상상의
나무 또는 그 나무가 있는 곳.
257) 장식이 ~ 머리채 : {셩젼운빈}. 성전운빈(星纏雲鬢)의 성전은 머리에 장식을 하여 별이 총총히
빛나듯 장신구가 빛나는 모습이고, 운빈은 구름같이 풍성한 젊은 여인의 머리를 말함.

무궁한 덕은 성자(聖者)와 흡사하여 당대의 숙녀요 여자 중의 요순 임금이었다. 얼굴 가득한 온화한 기운이 봄바람을 희롱하고 정숙한 기질이 온몸에 둘러 있으니 태산이 높고 높으며 큰 바다가 넓고 넓어서 그 끝을 엿보지 못하는 것과 같았다. 검소하였지만 금옥으로 장식한 것보다 더하여, 봉관과 꽃신에 한 쌍의 난새를 새긴 금비녀가 정갈하고 신선의 옷 같은 원삼(圓衫)258)에는 자줏빛 옥이 맑게 울리니 얌전하고 예의바른 모습과 빛나는 절차가 좌중의 여자들과 섞이지 않아서 한 신선이 속세에 내려온 듯하였다. 존당이 마음 가득 특별히 사랑하고, 평소 말없던 초공도 자염에게 이르러서는 자연히 흠애하여 손을 잡고 흔연히 위로하여 말하였다. 110

"내 아이 한 번 문을 나매 친정을 찾지 않더구나. 부모와 자식의 정이 뜨거우나 여자가 시집을 가면 부모형제를 멀리하는 것이니 나도 너를 찾지 않았다. 그런데 오늘 이렇게 만나니 아이가 바뀌어 어른이 되고 모습이 더욱 뛰어나구나. 그러나 여자의 예쁜 모습이 예로부터 기쁜 111 것은 아니라서 혹시 젊은 나이에 해를 면치 못할까 싶구나."

자염이 천천히 절하여 사례하고 머리를 숙여 잠깐 생각하는 빛이 있었다. 그러나 그 부친과 숙부의 현명함으로도 오히려 자기의 큰 화가 바로 앞에 닥쳐왔음을 깨닫지 못하신다는 것은 모르고 있었다.

조선경의 처 명염259)이 붉은 비단 치마를 끌고 촉나라 비단으로 만든 저고리를 입고 나아오니 온갖 태도가 모두 아름다워서 여러 언니들과 한가지였다. 봄 동산의 꽃봉오리가 따뜻한 바람260)에 웃으며 둥그런 붉은

---

258) 원삼(圓衫) : 부녀 예복의 하나. 흔히 비단이나 명주로 지으며 연두색 길에 자주색 깃과 색동 소매를 달고 옆을 튼 것으로 홑옷, 겹옷 두 가지가 있음. 주로 신부나 궁중에서 내명부들이 입었음.
259) 명염 : {명염}. 다른 부분에서 경염이나 정염이라고 하기도 함.
260) 따뜻한 바람 : {혜풍}. 혜풍(惠風)은 남풍(南風)으로 온화한 바람을 뜻함.

해는 옥루에 눈부신 것처럼 뛰어난 아름다움이 일세에 희한하니 편안하고 여유 있는 덕과 조용하고 얌전한 기질이 다른 딸들과 마찬가지로 쌍이 없는 숙녀였다. 그러므로 부모가 보는 얼굴마다 흐뭇해하는 것이 한이 없었다.

진환이의 처 철염이 옥으로 만든 잔을 받들고 나왔다. 소담하고 아름다운 태도가 푸른 물결에 잠긴 부용이요, 눈 속의 매화가 찬바람을 띤 것 같으니 온갖 아름다움을 갖추고 있는 것이 천고(千古)의 아름다운 사람이었다. 조부모가 보는 손녀마다 흐뭇하여 혼연히 애중하였다.

정태화의 처 희염이 고운 손으로 앵무배(鸚鵡杯)²⁶¹⁾를 잡고 헌수하였다. 수려하고 시원스러운 풍모와 풍만하고 아리따운 기질이 한 줄기 붉은 연꽃이 취한 잠에서 깨어난 듯, 타고난 덕성과 활발한 천고의 기질이 여자 중의 영웅이요 은거하는 사군자(土君子)와 같았다. 진왕과 초공이 어루만지며 칭찬하여 말하였다.

"너는 어찌 이 같은 기질로 남자가 못 되어 붉은 치마를 입고 화장을 하는 녹록한 여자가 되었느냐?"

좌우에 있던 사람들이 크게 웃으며 말하였다.

"열 명의 아들에 또 일곱 아들²⁶²⁾이 오히려 부족하여 남자가 못된 것을 한하는가?"

초공이 가만히 웃으며 말하였다.

"위인이 남아가 되지 못해 아까운 것을 이른 것입니다."

사위들까지 차차 헌수하기를 마치고 남자는 왼쪽에 여자는 오른쪽에

---

261) 앵무배(鸚鵡杯) : 자개를 가지고 앵무새의 부리 모양으로 만든 술잔.
262) 일곱 아들 : 일곱 명의 사위를 이름.

나누어서 모시고 섰으니 남아는 하나하나 태을선군(太乙仙君)263)이요 여아는 요지(瑤池)264)의 금모(金母)265)였다. 모두 다 보통 사람보다 뛰어나니 좌우의 빈객들이 우러러 공경하지 않을 수 없었다. 헌수하는 예를 끝내고 조씨 가문의 여러 자손들이 노공을 모시고 밖으로 나갔다.

---

263) 태을선군(太乙仙君) : 주로 병란, 재화, 생사를 맡아 다스린다고 하는 신령스러운 별을 관장하는 신선 세계의 관원.
264) 요지(瑤池) : 중국 곤륜산(崑崙山)에 있는 선경(仙境). 주(周) 목왕(穆王)이 서왕모(西王母)를 만. 나 즐겼다는 곳.
265) 금모(金母) : 서왕모(西王母)를 말함. 서왕모는 곤륜산(崑崙山)의 요지(瑤池)에서 사는 중국 고대의 선녀로 불사약을 가지고 있다고 함.

1   화설. 헌수(獻壽)하는 예를 끝내고 조씨 가문의 여러 자손들이 노공을
모시고 밖으로 나갔다. 그러자 모든 손님들이 다같이 나와 줄지어 앉고
위부인이 딸의 친구며 여러 며느리의 어머니들과 한담(閑談)을 나누었다.
이때 양정렬이 강능후의 구부인266)를 보았는데, 자연스럽고 아리따운
태도에 경국지색(傾國之色)을 겸하였으며 인사에 교묘하게 밝고 말씀이 민
첩하여 일세의 재주 있고 아름다운 여자였다. 다만 뱃속에 날카로운 칼을
감추고 있어서 그 이리나 호랑이 같은 마음과 간사하고 잔꾀 많은 속내를
2   보통 사람들은 알지 못했다. 하지만 양정렬은 조마경(照魔鏡)267) 같은 눈
빛으로 한 번 보고 십분 놀라서 생각하였다.
'시어머니와 며느리가 성정이 전혀 다르니 우리 딸을 가지고 끝내 큰
사단을 일으키겠구나.'
이어서 소경수의 다른 부인을 보니 구씨는 억세고 제멋대로이며268) 사
귐이 편협한 여자요, 이씨는 색태가 풍부하고 행동거지가 민첩하나 눈동
자에 독기가 가득하고 미간에 음험한 기운이 어리어 한나라 여후(呂后)나
당나라 측천무후(則天武后)같이 음란하고 도리에 어긋난 면모가 있었다.
하물며 얼굴이 익숙하였는데 그것은 바로 저 이씨가 예전의 곽씨였기 때
문이다.269) 비록 이씨가 양인광과 조월염 두 사람이라면 몰라도 다른 사
3   람들이 어찌 자신이 곽씨라는 것을 알겠는가 하여 단장을 차리고 느긋하
게 낯을 들고 잔치 자리에 참여하여 목소리를 고치고 태도를 꾸미고 있었

---

266) 구부인 : {구시}. 소경수의 부인 구씨와 구별하기 위해 구부인으로 옮김. 이하 소경수의 양모
구씨는 구부인으로, 소경수의 부인 구씨는 구씨로 옮김.
267) 조마경(照魔鏡) : 마귀의 본성을 비추어서 그의 참된 형상을 드러내 보인다는 신통한 거울.
268) 억세고 제멋대로이며 : {초강견도흐여}. 초강전도(峭强顚倒)의 초강은 강하고도 굳세다는 뜻
이고, 전도는 차례, 위치, 이치, 가치관 따위가 뒤바뀌어 원래와 달리 거꾸로 됨을 뜻하므로 이
와 같이 옮김.
269) 그것은 ~ 때문이다. : 원문에는 없으나 문맥의 흐름을 고려하여 삽입한 구절.

지만, 그 간악한 거동과 음란한 정태는 맑고 깨끗한 부인들로서는 차마 보지 못할 것이었다. 그러니 양정렬의 밝은 감식안으로 어찌 곽씨를 몰라 보겠는가? 십분 해괴하고 만분 기가 막혀 눈을 떼지 못하고 있었다. 그런데 조월염도 이씨가 누구인지 알아보고 놀라움을 이기지 못하였다. 짐짓 이씨와 말을 나누었는데 음성을 고친다고 어찌 모르겠는가? 자기를 모함하여 해치고 어린아이를 독살한 나찰 같은 곽씨였다. 조월염이 놀랍고 기가 막혀 자신의 걱정거리가 자염에게 옮겨간 것을 생각하니 종일토록 걱정으로 안절부절 못하였다. 양정렬이 다시 평진후의 두 부인270)을 살펴 보았는데 그 중 윤부인은 질투심이 많고 잔인해 보여서 사람이 능히 못할 일이라도 할 것 같아 실로 알려진 바가 헛되지 않았기 때문에 소경수가 평진후의 아들로서 이렇게 된 것을 애달파 하였다.

날이 늦어서 모든 사람들이 줄지어 앉고 상을 올렸다. 술이 한 차례 돌았는데, 소경수의 처 가짜 이씨가 술을 마시고 젓가락을 들어 두어 가지 음식을 먹더니 홀연 기운이 막혀 넘어졌다. 구부인과 애황 등이 달려들어 구하였는데 애황 등이 천고의 공교한 꾀를 이루려고 하여 피를 뭉쳐서 말려 가지고 소매 속에 넣고 왔다가 이씨를 구할 때에 가만히 넣어 사람이 두어 되나 되는 피를 갓 흐르는 듯이 흘리고 형색이 위급한 체하니 모든 사람들이 다 놀라서 허둥지둥하며 붙들어 깨웠다. 애황이 발을 구르며 말하였다.

"이소저가 본디 기질이 튼튼하고 기운이 좋았는데 어찌 불의에 갑작스럽게 정신을 잃고 피를 토하나? 뭔가 사단이271) 있음이로다. 반드시

270) 평진후 ~ 부인 : 평진후 소천의 원비 윤부인과 소경수의 생모인 주부인.
271) 뭔가 사단이 : {묘단이}. 묘단(妙端)을 직역하면 묘한 사단이라는 뜻인데 묘하다는 것은 일이나 이야기의 내용 따위가 기이하여 표현하거나 규정하기 어려운 것을 형용하는 말이므로 문맥을

음식에 독이 있었을 것이다."

주부인이 정색을 하고 말하였다.

"조카는 요망한 말을 하지 마라. 잠시 기운이 막혔을 뿐이다. 어찌 중
독된 것이리오? 빨리 집으로 가서 구하는 것이 옳으니 이곳에서 어지
러운 말을 하여 모든 사람들이 이상하게 여기도록 하지 마라."

구부인이 주머니에서 해독약을 꺼내어 온수에 녹여 이씨의 입에 넣으
니 이씨가 이윽고 숨을 내쉬며 정신을 차렸다. 이씨를 급히 가마에 태워
이씨의 친정으로 보내고 애황 등이 놀란 형상으로 서로 부축하는 거동을
하니 연황이 의심스러워 두 동생을 자주 돌아보았다.

연수의 처 교씨도 잔치에 왔고, 여황도 급사낭중인 경문의 종부가 되었
기 때문에 잔치에 와 있었다. 연수의 나이가 십여 세이지만 구부인이 서
둘러 혼인을 이루어 교무의 딸을 취하니 교씨는 인품이 얌전하고 점잖아
서272) 간악함을 담지 않으니 소공 형제가 감탄하였다. 그러나 연수는 교
씨와 뜻이 맞지 않아서 사사로운 정이 거의 없으니 구부인이 그것을 애달
아하였다. 교씨는 이날 이씨가 기절하는 것을 보고 놀라움을 이기지 못하
였는데 나이가 어렸기 때문에 일의 근본을 알지 못하고 의아해 하며 소공
등이 의심하는 거동을 보고 이상하게 여겼다.

양정렬이 흉악한 꾀를 깨달아 더욱 한심하였으나 딸아이의 화를 막을
도리가 없었다. 그래서 주부인과 구부인에게 말하였다.

"부인이 며느리들을 거느리고 오셔서 광채를 빛내주시니 저희들의 영
화입니다. 그런데 뜻밖에도 이부인이 갑자기 정신을 잃으시니 매우 놀

고려하여 이와 같이 옮김.
272) 인품이 ~ 점잖아서 : {유한졍명ᄒ여}. 유한정정(幽閑貞靜)은 그윽이 한가롭고 곧고 깨끗하며
고요하다는 뜻으로 부녀의 인품이 매우 얌전하고 점잖음을 말함.

랍습니다. 원래 이부인은 춘추가 얼마나 되십니까? 그 친정의 형제가 여럿이라 누가 시랑[273]의 친딸이시며 양녀이신지 모르겠습니다."

구부인이 기분 좋게[274] 웃으며 말하였다.

"우연히 기운이 막힌 것입니다. 어찌 존부인께서 불안해하실 일이겠습니까? 이씨는 부모가 모두 계시지 않고 편모만 있으며 이가의 친생 기출입니다. 아까 경솔한[275] 딸이 이씨가 피를 토하는 것을 보고 비록 중독인가 염려하였으나 이곳에서 누가 그녀를 해하겠습니까? 하물며 존문의 경사를 당하여 즐기시는 때에 어찌 이런 의심을 발하여 여러 사람의 마음을 현혹(眩惑)하겠습니까? 부질없이 며느리들을 거느리고 온 것은 여러 번 청하시는 후의를 받들려 한 것이었는데 이런 경상으로 놀라심을 당하게 하니 무슨 낯이 있겠습니까? 이씨의 나이는 15세입니다. 홀어머니의 편애를 받고 자라 배운 바가 적으나 본심이 어집니다. 오늘 경상이 놀라와 본가로 보냈습니다."

바깥채에서는 이러한 사정을 모르고 단란한 즐거움이 대단하였지만 내당의 잔치는 이로 인하여 끝나게 되었다. 양정렬이 주부인과 구부인께 자염의 귀근(歸覲)[276]을 청하여 아직 조부에 머물러 있게 해달라고 청하였다. 그래서 자염은 두 시부모님께 각각 하직하고 조부에 머물러 3일을 잔치에 참여하였다.

여러 손님들이 각각 흩어지고 조씨 집안의 여자들이 등촉을 켜고 존당을 모시고서 밤이 깊도록 이야기를 나누었는데 월염 소저가 양정렬에게

---

273) 시랑 : 곽씨의 5촌 숙모인 곽부인의 남편 시랑 이현을 말함.
274) 기분 좋게 : {흔연}. 흔연(欣然)은 기쁘거나 반가워 기분이 좋은 것을 말함.
275) 경솔한 : {경조훈}. 경조(輕躁)는 성미가 급하고 행동이 경솔한 것을 형용하는 말.
276) 귀근(歸覲) : 집으로 돌아가 어버이를 뵙는 일.

말하였다.

"오늘 숙모께서는 소상서의 세 부인 중에 이씨의 얼굴을 기억하시겠습니까?"

양정렬이 탄식하며 말하였다.

"일이 괴이하고 세상의 인심이 측량하기 어렵도다. 내가 너와 같이 보았거니와 이씨의 생녀라고 하지만 곽씨가 아닌가 의심되는구나. 그래도 어찌 곽씨라고 단정하겠느냐? 그러나 오늘 이씨가 기절하는 것을 보니 네가 겪은 일은 자염에게 비하면 오히려 작을까 한다."

11   태부인과 위부인이 곡절을 물어서 알고 근심하는 염려가 끝이 없어서 마음속으로 불쌍히 여기며 자염에게 물었다.

"너의 기질과 행실로 보아 시댁에 허물이 되지 않을까 하였더니 어찌 액을 당하는 것이 이렇게 심할 줄 알았겠느냐? 이제 반드시 적인(敵人)이 독살하려 할 것이니 마음에 조심함이 적을 수 있겠느냐?"

자염이 서글프게 대답하였다.

"소녀에게 오는 액은 모두 하늘이 정한 것입니다. 운수에 달린 것이니 그 무엇을 미리 염려하겠습니까? 생각건대 마음을 공경히 하고 의롭지 못한 일과 공평하지 못한 일을 하지 않으며 도를 잃지 않는다면 하늘이 지극히 공평하고 사사로움이 없으시니 아무리 환난이 예사롭지 않다

12   고 하더라도 끝내는 어떤 화(禍)나 복(福)이 결정되어 보응(報應)277)이 분명할 것입니다. 그러니 소녀는 실로 천성의 곧음을 지키고 일이 되어 가는 대로 지켜볼 따름입니다. 그러나 적인(敵人)을 감화하지 못하는 것은 소녀가 착하지 않기 때문이고, 자잘한 액을 면하지 못하오니

277) 보응(報應) : 착한 일과 나쁜 일이 그 원인과 결과에 따라 대갚음을 받음.

화목하고자 하여도 화목하지 못하고 좋게 지내고자 하여도 좋게 지낼 길이 없습니다. 그러니 오직 소녀의 운명을 한탄할 뿐입니다."

옆에 있던 사람들이 탄식하며 말하였다.

"어질구나, 너의 말이 이와 같으니. 적인과 화목하지 못하는 것이 어찌 사람의 탓이겠느냐?"

그러고는 모두 즐거워하지 않았다.

다음 날, 큰 잔치를 차려놓고 3일 동안 기쁨을 다하고 나서, 상소를 올려 성은에 대해 깊이 감사하고 악공과 기녀 등 하인배들을 후하게 보상하여 보내었다. [13]

이때 국가에서 위선생에게 관작을 주니 위선생이 조씨 가문의 제자들을 대하여 탄식하며 말하였다.

"내 뜻이 본디 신선계의 들판에 사는 학과 같아서 벼슬길에 올라 이름이 널리 알려지는 것을 구하지 않았으므로 너희와 정을 맺어 백 년의 친하고 친한 정을 다하고자할 뿐이었다. 포의궁사(布衣窮士)[278]로 취할 만한 일이 하나도 없으니 나이 장차 50세가 되어 어찌 작록을 도적질하는 분수 모르는 일을 하겠느냐? 너희가 만일 나를 위하여 작위를 환수하지 못한다면 일신을 버리고 산속으로 피신하여 유발(有髮)로 인간을 사절하리라."[279] [14]

조생들이 간절히 설득하였으나 끝내 그 뜻이 굳으니 유현이 탄식하며 말하였다.

"사부의 높은 절개가 이와 같으니 우리들이 어떻게 위로하겠느냐?"

---

278) 포의궁사(布衣窮士) : 벼슬을 하지 않아 베옷을 입고 지내는 궁박한 선비.
279) 유발(有髮)로 ~ 사절하리라 : 머리를 깎지는 않겠지만 승려처럼 속세를 떠나 살겠다는 뜻. 유발은 머리를 깎지 아니하고 땋거나 상투를 튼 모양.

그러고는 연명상소하여 아뢰니 황상이 그 작직을 환수하고 장수를 비는 자리를 마련해 주며 여러 조생들로 하여금 헌수하게 하였다. 태사 기현 등이 또 잔치를 벌여 위선생께 헌수하니 제자들의 현달함이 위선생 같은 사람이 없을 것이다. 그 당시 사람들이 탄복하고 잔치를 부러워하는 사람들이 많았다.

자염이 4, 5일을 조부에 머무르니 양정렬이 조용히 말하였는데 이씨의 요괴로운 거동으로 보아 반드시 곽씨일 것임을 이르고 탄식하며 딸아이의 장래를 근심하였다. 양정렬280)이 탄식하며 말하였다.

"이씨가 가마에 실려서 돌아갔으니 가만있지 않고 너를 지목하여 풍파281)를 일으킬 것이다. 내 어찌 그 일을 보고 들을 수 있겠느냐? 너의 존고를 보니 가히 신세가 평안하지 못할 것이요, 너의 시누이들은 너와 하늘과 땅 차이더구나.282) 그와 같이 다르니 허다한 앞길에 변란이 크게 날 것이다. 부질없이 얼굴이 남과 달라 너의 몸이 허다한 괴로움을 당하고 부모에게 근심을 끼치는구나.

그러나 모든 일은 하늘에 달렸으니, 누구를 원망하고 누구를 탓하겠느냐? 남을 원망하지 마라. 그리고 시어머니는 하늘과 같은 것이니 원망하는 마음을 두지 마라. 구씨가 비록 너를 사랑하지 않지만 원망하지 않으면 후세 사람들이 들어도 너는 도덕을 잃지 않은 것이 될 것이다. 그러면 만세에 부끄러움이 없고 집안의 명성에 욕되지 않으니 부모께 불효하는 것을 면하며 남들이 그르다고 하지 않을 것이다. 매사에 하

---

280) 양정렬 : {태부인}. 문맥을 고려할 때 양정렬로 보는 것이 더 적절하므로 이와 같이 옮김.

281) 풍파 : {풍화}. 풍습을 교화한다는 뜻보다는 심한 분란이나 분쟁의 뜻으로 보는 것이 문맥상 더 적절하므로 그러한 의미가 더 잘 드러나도록 바꾸어 옮김.

282) 하늘과 ~ 차이더구나 : {쇼양불모ᄒ니}. 소양불모(霄壤不侔)는 하늘과 땅처럼 서로 현격한 차이가 있어 짝할 수 없다는 뜻.

늘의 뜻을 따르도록 해라. 시어머니와 숙모와 동서를 극진히 섬겨 바른 도리로 행동하고 스스로 허물283)을 얻지 말며 뜻밖의 환난을 당하더라도 한때의 액운으로 알고 참아라. 설마 어찌 하겠느냐?'

자염이 어머니의 가르침을 듣고 근심에 차서 대답하였다.

"어머니의 가르치심이 소녀에게 극진한 것이니 삼가 마음에 두겠습니 17
다. 하지만 지금 저는 커다란 잘못을 했다는 누명을 써284) 오랜 세월
온 세상에 알려지고 세상 사람들이 침 뱉어 꾸짖음을 면하지 못할 것이
니, 이미 알고 있지만 어쩔 수 없습니다. 제가 열 번 화란(禍亂)285)에 걸
리고 백 번을 누명을 쓰더라도 천지신명께서 삼가 살피실 것이니 끝내
는 밝은 해를 볼 날이 있을 것입니다. 그리고 제가 비록 보잘 것 없는
여자이지만 액운의 때를 알고 길한 시절을 살필 것이며 만사를 하늘에
의지하고 다른 염려를 하지 않을 것이오니 모친은 걱정하지 마십시오.
제가 스스로 마음을 넓게 하고 생각을 편히 하여 몸을 보존할 것입니 18
다. 그러나 멀리 액이 오는 것을 비록 느끼지만 오는 액회(厄會)286)를
면하기 어려우며, 그 위태함이 어느 지경에 이를 줄을 모르니 부모님께
서 낳아 길러 주신 은혜를 저버릴까 두렵습니다. 그러니 불효를 면하
고 몸을 보존하는 방법을 행하지 못할까 싶기는 할망정 근심은 하지 않
을 것이니 열 번 살고 아홉 번 죽는다고 하더라도287) 몸을 깨끗하게 가
질 것입니다. 부모님께서는 아무 근심을 마십시오. 저는 도리어 부모

---

283) 허물 : {허불}. 허물의 오기.
284) 저는 ~ 써 : {대악을 시러}. 직역하면 큰 악(大惡)을 몸에 실었다는 뜻이므로 문맥을 고려하여 이와 같이 옮김.
285) 화란(禍亂) : {하난}. '화난'의 오기로 보임. 화란은 재앙과 난리를 통틀어 이르는 말.
286) 액회(厄會) : 액이 닥치는 불행한 고비.
287) 열 ~ 하더라도 : {십싱구亽ᄒ나}. 십생구사(十生九死)는 열 번 살고 아홉 번 죽는다는 뜻으로, 위태로운 지경에서 겨우 벗어남을 이르는 말이지만, 여기서는 위태로운 상황 자체를 이름.

님을 근심하옵니다."

양정렬이 그 말을 듣고 모골이 송연하여 식은땀이 옷을 적시니 오래도록 말을 못하다가 눈물을 머금고 탄식하며 말하였다.

19 "내 비록 너희를 낳았으나 오히려 네가 신과 같은 식견이 있음을 깨닫지 못하였구나. 오늘 너의 말을 들으니 군자나 성인이라도 더할 수는 없겠구나. 너는 일개 어린아이로 열다섯 어린 나이에 이런 선견지명이 있느냐? 비록 백만 번 고초를 겪으나 끝내는 무사할 것이니 설마 어찌하겠느냐? 네 어미지만 염려하지 않을 것이다."

이와 같이 모녀가 대화를 나누며 근심이 끝이 없었다.

이때 이씨가 바로 친정으로 가서 곽부인[288]을 보고 가만히 저의 계획을 고하고 손으로 가슴을 치고 눈물을 흘리면서 말하였다.

"소녀가 조씨를 제대로 알지 못하고 소가의 세 번째 부인이 되었습니

20 다. 원비 구씨는 용색이 소녀에게 미치지 못하고 지모(智謀)가 소녀만 못하니 두려울 것이 없으나, 조녀는 얼굴이 만고의 일색이요 행동와 처신이 더 이상 바랄 수 없을 정도로 선하고 아름답습니다.[289] 사람이 대하면 뼈가 저리고 기운이 빠지니 무심한 남도 이와 같거든 하물며 풍류있는 장부의 금슬은 정이 있어 남편이 조씨에게 매혹되는 것은 나날이 더하면서 나를 보기는 길에서 만난 사람같이 합니다. 제가 지금 부부의 관계를 알지 못하는 것은 조녀가 있는 탓입니다. 분하고 애달픔을

---

288) 곽부인 : 곽씨가 양씨 집안에서 쫓겨난 뒤 의탁하여 결의모녀한 곽씨의 5촌 숙모.

289) 더 ~ 아름답습니다. : {진선진미ᄒᆞ여}. 진선진미(盡善盡美)는 선을 다하고 아름다움을 다하였다는 뜻. 『논어(論語)』 「팔일(八佾)」 편에서 공자가 소악(韶樂)에 대해 말하기를, "지극히 아름답고 또 더할 것 없이 좋다[盡美矣又盡善也]."하고, 무악(武樂)을 이르기를, "극진히 아름다우나 더할 것 없이 좋지는 못하다[盡美矣未盡善也]."고 한 데서 나온 말. 이는 공자가 순(舜)임금의 악곡인 소(韶)와 무왕의 악곡인 무(武)를 감상하고 한 말.

이기지 못하여 이 계교를 내었으니 소녀가 병이 나서 죽을 고비에 있다고 하고 이러이러하게 조씨의 죄를 조정에 아뢰십시오. 모친께서 친히 말씀을 올려 조씨가 음식에 독약을 넣은 죄를 다스려 달라고 청하면 조씨가 비록 재상 가문의 귀한 딸이라 할지라도 왕법(王法)이 있으니 결단코 무사하지 못할 것입니다."

곽부인이 크게 기뻐하며 손뼉을 치면서 말하였다.

"묘하고 묘하도다. 지금 조씨 가문에 대해 이를 갈며 속을 썩이는 자는 도어사 장홍이다. 장홍은 다른 이가 아니라 연왕의 문객인데 지난번에 승상 조공이 장홍의 불인함을 논핵하여 고향으로 내치라고 하니 여러 조가들이 다함께 장홍을 논하여 관직을 깎아내렸다. 그러니 홍의 원망이 골수에 사무쳤던 것이다. 홍이 다시 권신을 사귀어 벼슬이 도어사에 이르고 그의 첩 주씨는 나의 친족인데 황금이 있으면 아무 청이라도 시행하느니 내 돈과 비단을 뇌물로 주고 네 말을 청하면 일이 분명하게 될 것이다. 내가 또한 형부에 한 장의 소를 올려 조녀가 너의 음식에 독을 넣어 네가 병이 위중하다고 하면 일의 아귀가 맞으니[290] 조녀를 해하는 것은 손바닥 뒤집듯 쉬울 것이다."

이씨가 크게 기뻐하였다. 곽부인이 주씨에게 백금을 바치고 이러한 이유로 청을 넣으며 조씨를 제거하여 자기 모녀의 근심을 없애달라고 하였다. 장홍의 첩 주씨는 본디 재물을 보면 죽을 일이라도 하는 사람이었다. 그러므로 크게 기뻐하며 즉시 장홍에게 소장을 작성하게 하였는데 조씨가 선비가문의 여자로서 적인(敵人)의 음식에 독약을 넣어 적인이 죽을 지

---

290) 아귀가 맞으니 : {조각의 마즈니}. '조각'은 틈이나 기회라는 뜻인데, 문맥상 사물의 갈라진 부분을 의미하는 아귀로 옮김.

경에 이르렀다며 풍문의 공론을 좇아 얽어 만든 것이 사람들이 들으면 이를 갈며 분하게 여기도록 소를 올렸다. 그 소는 다음과 같았다.

신 어사 장홍은 외람되게 벼슬이 언관에 있으면서 성은(聖恩)이 일신에 젖었으니 눈으로 보고 귀로 듣는 바 가운데 태평성대의 풍화를 해치는 일이 있으므로 아뢰옵니다. 지금 바야흐로 국법이 바르고 엄하거늘 제후 가문 며느리가 부녀자로서의 행동이 없고 적인을 독살한다는 것은 불가합니다. 이는 다른 사람들에게 알리지 못할 일이요 한(漢)나라 여후(呂后)의 형상입니다. 분하여 곧추 선 머리털이 관을 뚫을 지경이라 참을 수 없어 아뢰옵나니 태평성대의 지극한 다스림을 바라나이다.

승상 조성의 딸 조씨는 간악하고 음란하며 투기하는 악이 대간대음(大奸大淫)하여 도리에 어긋난 행실은 말할 것도 없고, 소경수가 세 부인 중 그녀에게 편혹(偏惑)되어 조강지처를 박대하게 하고, 조씨가 억세고 모질게 질투하니 구씨와 이씨는 견디지 못하는 것이 심하였습니다. 조씨는 친정의 기세와 남편의 은총을 믿어 차마 하지 못할 나쁜 일을 기탄없이 하더니, 모일(某日) 조가의 잔치 자리에 참예하면서 사돈 관계로서 짐짓 이씨를 청한 뒤 음식에 독을 넣어 벌건 대낮에 죽이려 하였으니 그 흉악하고 참혹함이 미루어 헤아릴 수 없습니다. 소공의 처자가 그 흉독함을 아는 까닭에 즉시 해독약을 써서 그 자리에서 죽는 것은 면하였으나 토한 피가 낭자하고 매우 위험하였던 것은 조가의 여러 사람들이 모두 아는 바입니다.

이씨가 본부(本府)[291]로 돌아갔으나 목숨이 위태롭다고 하옵니다. 살인자에 대한 처벌은 한(漢) 고조(高祖)의 약법삼장(略法三章)에도 있사오니 성주(聖主)는 조녀의 간흉한 패악을 살피시어 그릇된 일을 바로잡아 다스려주십시오. 조씨를 먼 지방으로 감사원찬(減死遠竄)[292]하여 규방의 풍속을 징계하시고 일세의 투기하는 부

---

291) 본부(本府) : 본디 살던 곳이라는 뜻으로 여기서는 이씨의 친정을 이름.

녀자를 경계하시면 매우 다행이겠습니다.

황상이 소를 보고 의아하여 한참을 말이 없었다. 다른 사람의 자식과
달리 조승상의 딸에게 이런 일이 있다는 것은 괴이한 변고였다. 전혀 믿
어지지 않으나 이미 들은 후라 그저 용서하지는 못할 것이라서 당분간
미루어두고 결정을 못하고 있었다. 그런데 또 문득 형부에서 상언(上言)이
올라왔는데 곽부인의 소였다. 여러 모로 죄가 있는 일이 놀랍고 참혹하며
흉한 변고가 참혹하고 통렬하였으므로 음식에 독을 넣어 살인하였다고
거짓으로 칭하여 죄를 사하기 어렵도록 소를 올렸던 것이다. 황상이 논란
하는 것을 더욱 해괴하게 여겨 즉시 표를 내려 말하였다.

"어사 장홍의 소장과 이현의 처 곽씨의 상언이 이러이러하나 다만 조
녀의 악사(惡事)가 증험이 없으니 의심스럽다. 차차 알 것이지만 조녀
가 재상 가문의 법도 있는 집안 자손으로서 결단코 이런 나쁜 일이 없
을 것이지만 너희들이 소를 올린 일이 또한 분명하니 잘 살펴서 처리할
것이다."

그리고 형부에 조서를 내려 조씨와 이씨의 시비를 잡아 국문(鞫問)293)
하여 처리하라고 하였다. 형부상서 조문현이 소를 올려 그 누이가 조정의
죄수가 되었으니 황공함을 이길 수 없다고 아뢰고 옥사를 결정하지 못하
겠으니 다른 명관으로 다스리시라고 하였다. 황상이 옳게 여겨서 문현을
좌복야로 승진시켜 형부상서 벼슬을 갈아 주시고 새로 형부상서를 발령
내어 다스리게 하였는데, 일이 공교로워 새로 된 형부상서가 장홍의 처숙

---

292) 감사원찬(減死遠竄) : 죽을죄를 지은 죄인을 처형하지 않고 먼 곳으로여 귀양을 보내는 일.
293) 국문(鞫問) : 국청(鞫廳)에서 형장(刑杖)을 가하여 중죄인(重罪人)을 신문하던 일. 임금의 명령
이 필요하였음.

28 이었다. 성명은 호연이었는데 천성이 간사하고 위인이 바르지 못하여 어진 선비를 시기하고 악인과 결탁하였다. 본디 초공을 좋아하지 않았지만 감히 항거하지 못하다가 위관(委官)294)이 되어 조씨의 일을 담당하게 되니 장홍과 의논하였다. 장홍이 금은을 뇌물로 바치며 조씨를 죽이지는 못하더라도 멀리 귀양 보내어 소경수 부부가 남이 되게 해달라고 청하니 호연이 흔쾌히 허락하고 즉시 조씨와 이씨의 시비들을 잡아 엄한 형벌로 심문하였다.

조씨는 본디 열녀의 풍이 있는 인품이었으므로 비복이나 어린아이들에게 은덕이 두터워 시비들에게 주인을 원망하는 마음이 없었다. 그러니 어찌 차마 얼음같이 맑은 주인을 사지(死地)에 몰아넣겠는가? 그러나 그

29 가운데 주인을 사지에 들게 하는 자가 있는 것은 하늘이 액을 주신 것이기 때문일 것이다. 가짜 이씨와 한 마음 한 뜻이 되어 남을 재해에 빠지게 하고 재보를 탐하는 간악한 시비 교란은 구부인이 조씨에게 내려준 시비였다. 말이 능하고 요사하고 악독하기 짝이 없어 구부인의 심복이 되었는데 구부인이 짐짓 조씨에게 주어 동정 하나하나를 탐지하게 한 것이다. 조씨가 선견지명으로 만 리의 화복길흉을 미리 헤아리는데 그 간악함을 어찌 조금도 모르겠는가? 알아서 대하며 시어머니께서 주신 시비로 대접하여 저에게 숨기는 일이 없으나 교란이 감동할 줄은 모르고 매사에 흔단(釁端)295)을 잡아 구부인께 고하였다. 그래서 구부인이 이번 일에 대하여

30 교란을 가르쳐 보내었는데 교란이 매를 몇 대 맞더니 소리쳐 고하였다.

"치기를 그치시면 고하겠습니다."

---

294) 위관(委官) : 죄인을 신문할 때에 의정대신 가운데서 임시로 뽑아 임명한 재판장.
295) 흔단(釁端) : 서로 사이가 벌어져서 틈이 생기게 되는 실마리.

형부상서가 치기를 그치고 복초를 재촉하니 교란이 초사를 써서 올렸다.

천첩이 비록 소가의 시비였으나 일찍이 조부인의 시비가 되어 우러르는 정성이 몸이 죽어도 갚을 뜻이 있었습니다. 조부인이 만고를 기우릴 자색이 있고 친정의 기세가 산악 같으며 소노야[296]의 사랑을 온전히 받았지만 이부인과 구부인이 계신 고로 마음속으로 기뻐하지 않았습니다. 조부의 큰 잔치를 당하여 이부인과 함께 가 계셨는데 음식에 독을 섞어 해한 것은 조부인의 명령이었습니다. 함께 일을 행하였으나 하늘이 밝고 밝아 그른 일이 발각되었습니다. 천한 것의 소견으로 주인의 명령을 중하게 여길 뿐이었으니, 무슨 말을 아뢰겠습니까?

호연이 초사를 보고 교란에게 다시 형장을 더하지 않았으며 이씨의 시녀는 대국하지도 않고[297] 옥에 가둔 뒤 교란의 초사를 조정에 올려 아뢰었다.

"조녀가 음식에 독을 넣은 일은 사실이 분명하오니 죄목이 중대하오나 그녀가 재상의 명부(命婦)라서 신이 감히 법률을 못 쓰겠으니 오직 황상의 뜻을 받들어 아뢰나이다."

황상이 말하였다.

"조녀의 죄가 비록 놀라우나 간악한 시비의 초사 한 장은 믿지 못할 것이다. 그러나 일이 적실(的實)하다면 왕법에는 사사로움이 없으므로 비록 조녀의 권세가 중하더라도 어찌 용서하겠는가? 하지만 그 동안 사

31

32

---

296) 소노야 : 소경수를 말함.
297) 대국하지도 않고 : {거으도 아니호고}. '거으다'는 거스르다, 대적하다의 옛말.

고가 많았으므로 요악한 시비 교란을 해도(海島)로 멀리 유배 보내고 조
씨는 죄를 사하여 뒷날 다시 그릇하는 일이 있거든 법대로 처치하리
라."

형부상서가 매우 불쾌하여 또 아뢰었다.

"일이 소홀히 처리할 것이 아닙니다. 적인을 치독한 죄가 흉하고 참혹
하며 적인의 생사를 알 수 없는데 어찌 까닭 없이 죄를 사하겠습니까?"

말이 끝나자 초공이 상소하여 말하였다.

"신의 가법(家法)이 격이 낮고 경박하여 규문의 교훈이 도리에 어긋나
서 신의 딸의 죄악이 풍습을 교화하는 일에 해가 되었습니다. 살인자
를 죽이고 사람을 상한 자를 죄 주는 것은 한 고조의 약법삼장(略法三章)
에도 있사옵니다. 소경수의 세 번째 부인 이씨가 음식에 든 독으로 몸
을 상하여 목숨이 경각에 달렸다 하오니 가히 이씨의 병을 두루 살펴
검사하시고 신의 딸의 간악한 죄를 바르게 하시어 신이 가르치지 못한
죄를 청하나이다."

황상이 가만히 웃으며 말하였다.

"예로부터 요순(堯舜)의 아들이 불초하였고[298] 문왕(文王)과 무왕(武王)
의 집안에도 관숙(管叔)과 채숙(蔡叔)과 같은 사람이 있기는 했지만[299]

---

298) 요순(堯舜)의 ~ 불초하였고 : {요순지지 불초후고}. 요 임금과 순 임금의 아들들이 불초(不肖)
하였다는 뜻. 요 임금의 경우에는 단주(丹朱)라는 아들이 있었으나 불초하여 순 임금에게 왕위
를 물려주었고, 순 임금 또한 상균(商均)이란 아들이 있었으나 불초하여 우(禹) 임금에게 왕위
를 물려줌.

299) 문왕(文王)과 ~ 했지만 : {문무의 관채 잇거니와}. 이는 문무(文武)에게도 관채(管蔡)가 있었다
는 것으로 훌륭한 가문에도 나쁜 사람이 있을 수 있다는 뜻. 문왕과 무왕은 은(殷)나라의 학정
을 끝낸 주(周) 왕실의 훌륭한 사람들로 평가되지만 무왕의 동생들인 관숙(管叔)과 채숙(蔡叔)
은 무왕이 어린 성왕(成王)에게 왕위를 물려주자 은(殷) 주왕(紂王)의 아들 무경(武庚)을 옹위
하여 반란을 일으켰다가 주공(周公)에게 죽임을 당한 패류의 인물들로 평가됨. '주실(周室)에
관채(管蔡)가 있다'라고 하기도 함.

상부의 딸의 일은 매우 맹랑하오. 그러므로 요악한 시비를 섬으로 내
치고 다시 생각하여 선처할 것이니 상부는 안심하시오. 여러 조씨 형
제들의 어질고 밝음과 상부의 성스럽고 현명한 도로 보아 딸과 누이가
간악하다는 것은 곧이들리지 않소. 지난 날 계양 공주와 언관의 무고
를 곧이들었던 일을 짐이 매양 후회하고 있소. 또 촉국 부인 양정렬과
진국 부인 정숙렬에게 죄를 주어 숙녀의 한이 오랜 세월 없어지지 않을
뻔하였는데 다행히 간악한 꾀가 발각되어 선제(先帝)께서 올바르게 대
우해 주시는 것을 내 눈으로 본 일도 있소. 그러니 짐이 어찌 용이하게
재상의 부인에게 죄를 주겠소? 일을 살핀 후에 죄를 바르게 할 것이니
상부는 안심하고 걱정하지 마시오."

문득 평진후 소천300)과 강능후 소순이 소를 올려 말하였다.

장홍이 아뢴 말과 곽씨의 상언이 진실로 뜻밖입니다. 신의 아들 경수가 세 처를
두었는데 조씨는 부녀자의 사덕(四德)에 흠이 없습니다. 겸하여 열렬한 장부의 뜻으
로 온 성을 들썩이게 하는 정렬 부인이 낳고 길렀으니 그 부모의 어진 성품을 이었
으며, 특이한 성행이 예나 지금이나 이런 여자가 없을 정도인데 어찌 사람을 해하며
음식에 독을 넣어 적인을 해하겠습니까? 신이 며느리를 위하는 것이 아니라 실로 여
자 가운데 이런 성현이 있음을 감탄하였는데 이런 희한한 변이 있을 수 있습니까?
장홍이 아뢴 말은 만만 불가하오니 한 시비의 말로 재상의 부인을 죄에 빠뜨려301)
사지(死地)에 몰아넣을 수는 없습니다. 신이 실로 임금의 덕을 돕지는 못할지언정
재상의 부인을 해하고 사람을 죄에 밀어 넣는 불의는 막고자 하오니 성상은 조씨의

---

300) 소천 : {쇼쳥}. 평진후의 이름은 소현, 소천, 소쳥 등으로 표기되어 있는데 소천으로 통일함.
301) 죄에 빠뜨려 : {구함흐여}. 구함(構陷)은 계획적으로 남을 모함하여 죄에 빠지게 한다는 뜻.

36

무죄함을 살피시어 덧없는 말을 곧이듣지 마시옵소서.

황상이 명쾌하게 깨달아 소천과 소순을 불러서 보고 말하였다.

"아뢴 말이 아니라도 짐이 알고 있으니 경들은 지나치게 염려하지 마오. 조성의 딸이 이러한 나쁜 일을 할 리 없으니 장홍이 아뢴 말은 반드시 남의 풍문을 듣고 간곡한 부탁을 받은 것이리라. 짐이 처리를 정하였으니 경들은 염려하지 마오."

황상이 십분 위로하고 마침내 조씨의 죄를 묻지 않고 교란을 북해로 내쳤다.

소공과 초공이 물러나고 장홍과 곽씨 등도 어찌할 도리가 없었다. 구부인은 마음속으로 분하고 야속함을 이기지 못하고 있는데 조씨는 벌써
소부에 와 있었다. 이번 변에는 비록 무사하였으나 교란이 귀양 가고 여러 사람들이 자기를 의심하니 어찌 마음이 편하겠는가? 그렇지만 알고 있던 일이라 각별히 놀람이 없고 자신의 침소에서 날이 다하도록 가만히 들어앉아 사람을 보지 아니하고 시부모님께는 아침저녁 문안을 정성껏 폐하지 않았다. 소경수가 참지 못하여 조씨의 침소에 이르러 탄식하며 말하였다.

"하늘이 나를 내시고 부인을 내신 것은 뜻을 둔 것일 텐데 무슨 마장(魔障)302)이 있어서 우리 부부가 백년해로하는 것을 방해하고 부인의 빙옥 같은 몸에 누명을 입게 하는지 모르겠소. 어찌 한스럽지 않겠소? 부
인이 근심하는 모습을 보면 나의 마음이 베이는 듯하니 이녀가 흉악한 사람이 아니라면 어찌 이럴 수 있겠소? 그러나 하늘이 살피심이 밝고

---

302) 마장(魔障) : 귀신의 방해라는 뜻으로, 일의 진행에 나타나는 뜻밖의 방해나 훼살을 이르는 말.

밝으니 부인의 거룩한 마음과 맑은 덕이 마침내 악명을 씻고 밝은 해를 볼 것이오. 그러니 오직 마음을 넓게 하고 몸을 보전하여 생의 뜻을 저버리지 마십시오."

조씨가 얼굴빛을 가다듬고 옷깃을 여미며 말하였다.

"사람의 화액이 본디 임의로 할 것이 아닙니다. 저의 사람됨이 용렬하고 우직하여 실로 근심과 염려를 알지 못하니 어찌 몸이 병들게 하겠습니까? 오직 염려스러운 것은 저로 하여 군자의 효성스러운 뜻이 상하게 될까 하는 것이니 군자는 저를 마음에 걸려하지 마시고303) 진중하십시오."

경수가 길게 탄식하였는데 회포가 만 갈래였다. 조씨가 계속 안타까워 하는 것은 경수의 큰 효심으로 그 지극한 효심을 나타내지 못하고 도리어 생각지도 못한 더러운 이름을 면하지 못할까 하는 것이어서 그로 인해 마음이 어지러웠다. 그러므로 차후로는 더욱 조심하였는데 매사가 다 하늘에 달린 일이라 하여 경수의 출입과 거처에 대해 옳고 그름을 따지거나 충고하는304) 체하지 않고 종일 말없이 단정히 앉아서 입을 봉하고 아무런 생각이나 걱정도 없는 듯이 했다. 그 가운데 마음속으로 헤아려 장래의 일을 모를 것이 없었으므로 큰 액이 앞에 닥쳤다는 것을 알았으니 철과 옥같이 단단한 심장이라고 하더라도 자연히 음식이 맛이 없고 밤이 새도록 잠을 자지 못하였다.

그러다 하루는 소경수가 조씨의 침소에 이르러 조씨의 밝은 달 같던

303) 걸려하지 마시고 : {걸니끼지 마르시고}. '걸니끼다'는 일이 마음에 걸려서 꺼림칙하게 생각된 다는 뜻.
304) 옳고 ~ 충고하는 : {시비규간ㅎ는}. 시비(是非)는 옳고 그름을 따진다는 뜻이고, 규간(規諫)은 옳은 도리로 간하다는 뜻.

광채가 초췌해지고 옥 같던 피부가 꺼칠해져서 근심으로 야윈 모습을 보았다. 경수가 아이를 앗아 안고 조씨를 대하여 탄식하며 말하였다.

"천황께서 노하시더라도 나의 부인을 향한 뜻은 그치지 못할 것입니다. 어머니께서 구씨를 후대하시고 이씨를 사랑하시나 내 차마 이씨를 대할 뜻이 없어서 보면 마음이 놀랍고 뼈가 시리니 장차 불효의 죄인이 될까 두렵습니다. 그러나 억지로 하지는 못할 것입니다. 일이 비록 이상하지만 부인은 천금 같은 아이를 돌아보지 않아서 아이로 하여금 주림을 면하지 못하게 하십니까?"

조씨가 가만히 대답하였다.

41 "부모가 사랑하시는 것이라면 개나 말이라도 공경해야 할 것입니다. 군자께서 이미 어머님의 뜻을 알고 계실진대 그 사랑하시는 바를 공경하고 일마다 친함을 이루십시오. 그리하여 공경하고 후대하여 부모님의 뜻을 받들고 따라 효성스러운 뜻을 온전히 하십시오. 저의 서툰 말씀이 감히 군자의 처소에 대해 참견하는 것이 당돌하기는 하지만 오늘 군자께서 말씀은 밝으면서도 행하지 못하시는 것을 보니 참지 못하여 걱정하는 마음을 고합니다. 제가 열 번 화를 만나도 죽지 않을 것이니 원컨대 군자께서는 몸을 닦고 행동을 다스려 비록 태사(太姒)나 태임(太任) 같은 처자라고305) 하여도 효성과 우애에 먼저 힘쓰기를 생각하시

42 고 그 다음에 부부를 돌아보십시오. 제가 비록 지혜롭지 못하지만 군자의 후대를 원하지 않으며 궂은일을 당하는 것이 나의 액운인 줄 알고 다른 사람의 탓이 아닌 줄 알고 있으니 어찌 지나치게 염려하여 자신을

---

305) 태사(太姒)나 ~ 처자라고 : {임亽 퇴임 ㄱ툰 쳐지라}. 임사(姙姒)는 주 문왕의 어머니인 태임(太任)과 주 문왕의 아내인 태사(太姒)를 함께 이르는 말. '임亽퇴임'은 의미가 중복되므로 이와 같이 옮김.

생각하지 않겠습니까?"

조씨의 옥 같은 음성이 낭랑하고 온화한 기운이 주위의 벽에 쏘였다. 맑은 안색은 침착하여 근심하는 거동이 없었으니 경수가 탄복하고 경애하여 무궁한 은정이 산과 바다 같았다. 경수가 조씨의 손을 잡고 서글프게 말하였다.

"내가 비록 불효자이지만 5세부터 글을 읽어 평생 삼가는 것이 충·효 두 가지입니다. 어찌 어머니의 뜻을 어기고자 하겠습니까? 구씨가 비록 어질지 못하나 먼저 들어왔고 모친의 친조카입니다. 그래서 여러 가지로 억지로 힘써 부부의 도리를 폐하지는 않았습니다. 그러나 이녀에게 이르러서는 한 번 얼굴을 대하면 머릿골을 때리는 듯하여 병을 얻은 것 같았습니다. 그 소리에는 살기가 어려 있고 미간에는 음란하고 참람한 뜻이 있으며 얼굴에는 악기가 있으니 수행하는 군자로 하여금 차마 대면할 뜻이 없어지게 합니다. 비록 참고자 하지만 억지로 할 길이 없습니다. 이러므로 서로 만난 지 시간이 오래되었지만 갈수록 보기만 하면 마음이 서늘해지니 진실로 불효의 죄인이 될지언정 이녀와 함께 부부의 즐거움은 차마 이루지 못하겠습니다. 내 비록 관대하여 저를 후대하지만 이녀가 흉독하여 부인께 한을 풀고 말 것이요, 나의 앞길을 방해하고야 말 것입니다. 비록 한(漢)나라 여후(呂后)와 당(唐)나라 측천무후(測天武后)라도 이 여자보다는 나을 것이니, 이녀를 만난 것이 우연한 일이 아닙니다. 내가 만일 이녀를 없애지 못하면 앞길이 끝날 것이요, 부인이 밝은 해를 보지 못할 것입니다. 다만 내가 기대하는 것은 이런 것입니다. 이녀가 독한 눈의 모습이 미우며, 미간에 푸른 기운이 맺혀 있고, 두 눈에 검은 기운이 가득 찼으니 반드시 불길한 관상입니다. 그러므로 나라의 죄인이 되어 길가에서 굶어 죽을 관상이며, 불시에 나쁜 행동을 하면 칼 아래 놀란 혼이 될 것은 정해진 일이니 그 명이 길어야 육칠 년을 넘지 못할 것이므로 내게 조금 위로가 된다는 것입니다. 두고 보면 반드시 내 생각에서 벗어나지 않을 것입니다."

조씨가 탄식하며 말하였다.

"군자의 말씀이 비록 이 같으시나 다만 하나만 아시고 둘은 모르시는 군요. 관상 보는 법이야 저 같은 사람은 알지도 못하지만 이런 일을 저 와 군자의 마장(魔障)으로 아신다면 더욱 삼가 어머니의 뜻을 받들고 알 아서 대접하실 일입니다. 무릇 여자의 마음은 흐르는 물과 같으니 군 자께서 억지로라도 잘 대해 주십시오. 그녀의 죄악이 비록 군자께서 이르는 것과 같을지라도 마음에 차고 뜻이 흡족하면 무슨 원망이 있으 며 변란을 짓는 것이 그토록 크겠습니까?"

소경수가 웃으며 말하였다.

"부인이 좀 아신다고 하여 짐짓 나를 조롱하시는군요. 그 마음을 기쁘 고 흡족하게 하려고 한다면 호방한 남자라도 차마 밤낮으로 품고 누어 있지 못할 것인데 나는 죽을지언정 저 음녀에게 몸을 더럽히지 않을 것 입니다. 이씨가 나를 죽이고 부인을 끝장내려 할 것이니 부인은 친정 으로 돌아가 흉독한 화를 면하십시오."

조씨가 구슬프게 말하였다.

"군자께서 이렇게 알고 계시는 것은 모두 군자께서 너그럽지 못한 것 이요, 액운이 군자의 총명을 가린 것입니다. 하늘이 정하신 바가 아닌 것이 없으니 어찌 여러 말을 하여 무례하고 거만하기에 미치겠습니 까?"

이렇듯 서로 마음속의 말을 주고받았다. 그런데 이러한 부부의 극진한 의논을 도리어 간악하고 못된 누이와 이씨가 벽 틈으로 엿들을 줄을 누가 알았겠는가? 비록 듣는다고 하여도 마침내 해로운 말을 하지는 않았지만 이씨가 애황 등과 함께 이곳에 와서 엿듣고 분함을 이기지 못하였다. 마치 가슴에 칼을 꽂는 듯 부부의 정을 이루지 못할 줄 알고 애달파 분한 기운이 불 일어나듯 하였다. 마구 화를 내며 한창 가만히 있지를 못하고 있는데, 연수가 모친의 방에서 나오다가 애황과 이씨를 보고 잠깐 웃고 연유를 물었다. 애황이 곡절을 말하면서 태반이나 없는 사실을 꾸며 말하였는데 조씨를 없애야 연수가 가장이 될 것이라고 하며 연수가 부친께 아뢸 것을 충동질하였다. 연수가 마음이 곧지 못하고 게다가 성미가 급하였으므로 분한 것을 참지 못하여 눈물을 흘리며 말하였다.

48

"형이 겉으로는 우애하지만 마침내 이와 같다면 내가 몹쓸 사람306)이 되겠구나. 아버님이 나를 형과 하늘과 땅 차이로 아시는 것이 조씨로 인한 빌미이다. 어머니의 기세를 다해도 내가 죽임을 당하기는 한 마리 파리를 죽이는 것과 같을 것이다. 형이 나를 하찮게 여기므로 나를 해할 뜻을 두어 거리끼지 않으니 이제는 조씨 형수와 형이 나와 양립하지 못할 형세이다. 내 어찌 가만히 있다가 비명횡사(非命橫死)하겠느냐? 마음과 계교를 다하여 먼 일을 위한 계책을 생각하여 조씨를 없애고 말리라."

49

이씨가 비같이 눈물을 흘리며 애황과 연수를 부추겼는데, 마음이 차고 뼈가 놀랄 대악(大惡)을 지시하면서 조씨를 해하기 위해 구부인께 고하라고 하였다. 연수 남매가 구부인께 들어가 얼굴색이 흙빛이 되어 화난 기

306) 몹쓸 사람 : {기인}. 기인(棄人)은 버림받은 사람, 또는 죄를 짓고 유배된 사람을 뜻함.

운에 북받쳐 말하였다.

"소자가 오히려 형제의 정과 수숙(嫂叔)307) 간의 의를 다하였건만 형과 조씨가 소자를 미워하는 것이 원수 같습니다. 일찍이 그 마음을 알고 그 뜻을 알았으니 함께 부모를 받들고 형제의 의를 다할 수는 없습니다. 모친은 차라리 소자를 죽여 형과 조씨의 마음을 편안하게 하소서."

애황도 여러 가지로 참소를 하고 경수에 대해 덧없는 말을 하며 조씨를 참소하는 등 아무 턱도 없이 사실을 꾸며 남을 어려운 지경에 몰아넣는 말을 하였다. 구부인이 듣고 성이 열화같이 나서 벌컥 큰 소리로 욕하였다.

"경수가 조녀에게 홀려서 인사가 혼미해져 부모와 동생을 모르는구나. 내 비록 저를 낳지는 않았으나 다섯 살부터 양육하여 모자의 윤리와 기강이 막중하거늘 이렇듯 버릇없는 말로 나를 욕하고 비방하다니. 내 비록 미약한 여자이지만 그런 욕을 기꺼이 받을 수 있겠느냐?"

구부인이 노기가 분분하니 연수가 부추기며 말하였다.308)

"소자가 형에게 밉게 보인 일이 없는데 형은 저를 원수같이 대했습니다. 이제 모친을 욕하고 미워하기를 원수같이 할 적에 소자에게는 오죽하겠습니까? 차라리 머리를 깎고 세상을 버려 부모님께서 주신 몸이나 온전하게 하고자 합니다."

애황이 말하였다.

"너에게만 이러할 뿐 아니라 우리도 같잖게 여기니309) 모두가 조씨 탓

---

307) 수숙(嫂叔) : 형제의 아내와 남편의 형제를 아울러 이르는 말.
308) 부추기며 말하였다 : {공동 왈}. 공동(恐動)은 위험한 말을 하여 두려워하게 한다는 뜻이므로 문맥을 고려하여 이와 같이 옮김.
309) 같잖게 여기니 : {불ᄉ호오니}. '불ᄉ[不似]호다'는 모양이 격에 맞지 않아 아니꼬움을 뜻함.

이다. 어머니, 이제는 단단히 타일러서 서로 보지 못하게 하고 깊이 가두십시오."

구부인이 말하였다.

"내 뜻대로 할 양이면 조씨를 즉각 죽이고 경수를 매우 쳐서 방자함을 다스리면 좋겠지만 상공이 경수와 조씨를 사랑하시는 것이 태산 같으니 분을 참고 견뎠던 것이다. 그런데 이 일에 다다라서는 내가 쫓겨나는 한이 있어도 그저는 못 있겠구나."

이씨와 애황이 만든 요사한 험담이 구부인을 참지 못하도록 만든 것이다.

다음 날 아침에 문안을 받고 소공이 나간 후 구부인의 노기가 하늘을 찌르며 눈물이 옷을 적시니 정황이 아주 좋지 않았다. 경수가 놀라고 의아하여 안색을 온화하게 하고 기운을 낮추어 이유를 물으니 구부인이 갑자기 얼굴색이 변하면서 사나운 소리로 꾸짖었다.

"불초한 자식이 겉으로는 좋은 마음을 품은 것처럼 하고 속으로는 조녀의 참언(讒言)310)을 곧이듣고 모자의 윤리와 기강을 저버리고311) 너의 부친을 부추겨 나를 쫓아내려 한다고 하니 내가 이 욕을 보고 참겠느냐? 네가 보는 데서 내가 죽어 너의 마음을 편하게 하리라. 내 비록 어리석고 둔하나 어린 나이에 혼인하여 부인312)으로서의 지위가 가볍지 않거늘 네 말만 듣고 무단히 부부의 관계를 폐할 수 있느냐? 내 자식을 폐하고 너를 바라보았던 마음을 알지 못하고, 불초하고 무례한 말

52

53

---

310) 참언(讒言) : 거짓으로 꾸며서 남을 헐뜯어 윗사람에게 고하여 바침. 또는 그런 말.
311) 저버리고 : 원문에는 없으나 문맥의 흐름을 고려하여 삽입한 구절.
312) 부인 : {항녀}. 항려(伉儷)는 남편과 아내로 이루어진 짝을 의미하지만 문맥을 고려하여 이와 같이 옮김.

로 조녀에게 내 욕을 무수히 하니 네 처갓집의 위세로 우리 모자를 죽이고야 말 것이다. 내 어찌 살아서 조가로부터 욕을 당할 수 있겠느냐?"

경수가 단정히 꿇어 시종 온화한 기운을 변치 않으며 관을 벗고 죄를 청하였다.

"불초자가 비록 효성스러운 뜻이 얕고 엷지만, 어머님께서 어루만져 길러주신 은혜는 열 달 태에 품고 가르쳐주신 것보다 더하옵니다. 어찌
54 작은 정성이나마 연수와 다르게 하겠습니까? 또 아내가 여럿이 있어도 고르지 못하옵니다. 구씨는 어렸을 때 혼인한 조강지처요 그 인물이 비록 가볍고 천박하나 오히려 크게 간악하거나 음란하지 않으니 어머님의 가르침을 받자와 소자가 구씨를 대접하는 것을 어머님도 알고 계실 것입니다. 그러나 이씨의 행실은 여후(呂后)나 무측천(武則天)과 다르지 않게 음란하고 못됐으니 소자가 이씨와 부부가 된 것은 소씨 가문이 멸망할 마디였습니다. 어머님의 말씀을 차마 받들지 못하겠으니 오늘 허다하게 어머님의 망극한 말씀을 듣게 된 것은 다 이녀가 혀를 놀려 소자를 세상에 용납되지 못할 죄인으로 삼아서 그런 것이오니 소자가
55 비록 돼먹지 못하다고 하나 이런 말은 참지 못하겠습니다. 어머님의 밝으심으로도 모르시고 거의 믿고 계시니 그 말씀을 들은 일로 이녀를 부르시면 소자가 대면하기 괴이하고 망측하나 물어 보겠습니다."

말씀이 화평하고 기운이 무르녹아 어머니의 독한 노기를 다스렸지만 구부인이 화난 기색을 띠여 말하였다.

"이씨를 지목하여313) 말하나 이씨가 아니라도 내 스스로 알 수 있다.

---
313) 지목하여 : {억뉴ᄒᆞ여}. 억류(抑留)하다는 억지로 머무르게 하거나 잡아 둔다는 뜻이므로 문맥

어찌하여 이씨가 매우 간악하고 음란한 사람인 줄을 아느냐? 네가 조녀의 겉모습에 흘려서 이미 본성을 잃었으니 어찌 어미를 알겠느냐? 내가 아주버님314)께 고하여 분노를 씻으리라."

경수가 봄바람 같은 온화한 기운을 변치 않고 두 번 절하고 말하였다. 56

"어찌 구태여 큰아버님께 고하여 소자를 다스리시겠습니까? 소자가 죄가 있다면 모친께서 직접 단단히 타일러 경계하시고 조씨도 죄가 있거든 쫓아 보내십시오."

구부인은 경수의 온화함을 보니 다시 꾸짖을 말이 없었다. 그래서 말없이 화를 품고 다시 말을 하지 않았다.

이때 조씨와 구씨 등이 그 자리에 앉아 있었는데 조씨는 안색이 더욱 온화하여 종일 화평한 기운으로 손을 모으고 단정히 앉아 있어서 생각도 없고 근심도 없는 것 같았다. 그 자연스럽고 수려한 거동이 연꽃 한 가지가 옥으로 만든 꽃병에 꽂혀 있는 것 같으며, 밝은 달이 만방을 비추는 듯, 가슴 가운데 밝은 해가 비추었으니 도깨비 무리에 조마경(照魔鏡)을 57 걸어 둔 것 같았다.

구부인이 조씨에 대한 미움이 골수에 사무쳤는데 이렇듯 기특하니 더욱 미울 뿐 아니라 연수의 처 교씨가 비록 아름다우나 조씨와 비교하면, 차라리 우주 사이라면 바라 보기나 하겠지만, 이는 진실로 천번 만번 이를 수 없는 사이였다. 시속에 아리따운 여자가 있다고 하나 조씨의 짝이 없는 모습에 비할 수 있겠는가? 구부인이 생각하기를 어찌 연수는 경수만 못하여 이러한지 애달파 눈물이 줄줄이 떨어졌다. 그러자 경수가 다시 절

을 고려하여 이와 같이 옮김.

314) 아주버님 : {숙숙}. 숙숙(叔叔)은 소경수의 친부 평진후.

하고 엎드려 소리 내어 말하였다.

"소자의 성효와 인사가 어질지 못하여 어머님께 화를 더하여 불편하게
하오니 죄 만 번 죽어도 아깝지 않습니다. 조씨가 만일 죄가 있다면 엄
히 처치하시어 내치실 것이요, 제가 죄 있다면 하인들을 시켜 매를 치
시고 즉시 잊으실 것이오니 아버님께서 아신다고 하여도 며느리의 죄
를 다스리는 것은 당연한 일입니다. 어찌 이같이 마음 상해하시면서
성체를 고단하게315) 하십니까?"

구부인이 묵묵히 얼굴색을 가다듬더니 조씨를 향하여 말하였다.

"네가 비록 재상 가문의 당당한 세력이 있으나 경수의 아내라고 한다
면 나에게는 며느리의 도리가 있는데 어찌 막된 말을 가벼이 입 밖에
내어 내 욕을 하며, 경수를 대하여 우리 모자를 해할 것을 모의할 수 있
느냐? 이씨의 음식에 독을 넣고도 형세가 산악과 같이 굳건하니 위로
는 황상과 아래로는 법관이 한 마디도 않고 편안하게 아무 일이 없구
나. 그러니 마음이 방자하여 시어미도 모르는 죄는 더욱 다스리지 않
을 것이라 생각하느냐? 밝고 밝은 하늘이 무심하지 않아서 재앙과 화
가 있을 것이요, 법률이 삼엄하니 상응하는 처벌이 있을 것이다.316) 생
각해 보아라. 내가 무슨 일로 미우며 연수는 더욱이 무슨 일로 사이가
벌어졌기에 우리 모자를 해치려고 하느냐? 만일 내 입에서 말이 나오
면 너뿐 아니라 경수 또한 세상에 서지 못할 것이다."

말을 마치고 노기가 등등하여 집어삼킬 듯하니 조씨가 옥 같은 얼굴을
온화하게 하고 소리를 나직하게 하여 두 번 절하고 말하였다.

---

315) 고단하게 : {닛부게}. '잇브다'는 고단하다, 수고롭게 하다의 뜻.
316) 상응하는 ~ 것이다. : 원문에는 없으나 문맥의 흐름을 위하여 삽입한 구절.

"제가 지혜롭지 못한 기질에 보잘것없는317) 재주와 용모로 외람되게 60
성스러운 가문의 덕업을 입사와 몸이 편하고 부귀가 극에 달했습니다.
그러므로 재앙이 일어나 신상에 죄명이 연달아 쌓이는 것인가 봅니다.
비록 행하지 않은 일이오나 어머님께서 들으신 일이 적실한데 제가 무
슨 말을 꾸며서 하겠습니까? 그러나 아직 아뢰고 싶은 것은 내 마음으
로써 남의 마음을 안다고 하는 것입니다. 예로부터 남을 원망하여 해
하기를 도모하고 아주버님과 시누이를 해할 뜻을 가지고 남편을 대하
여 의논하는 일은 사람의 탈을 쓴 자라면 아니 할 듯하고, 남편이 설사
돼먹지 못했다고 하나 그러한 의논을 듣고 순순히 화답하지 않을 것임
은 어머님께서 밝게 살피시므로 거의 아실 것입니다. 오직 죄를 사하 61
여 주실 것을 청할 뿐이고 다시 아뢸 것이 없습니다."

봉황같이 맑은 소리는 아무 일 없는 듯 화평하고 침착하여 간장이 비록
돌이나 나무로 되어 있다고 하여도 더 꾸짖을 마음이 없을 것 같았다. 구
부인이 다시 말하였다.

"너희 부부의 변명이 이와 같고 내가 친히 들은 것이 아니므로 이번은
죄를 사해주겠으나 차후로는 나쁜 마음을318) 내지 마라."

경수 부부가 절하여 감사를 표하고 물러났다. 경수는 답답한 근심으로
얼굴을 펴지 못하고 천성인 대효(大孝)를 상할까 두려워하여 이후로는 조
씨의 침소에 자주 가지 않고 오직 밤낮으로 성현의 경전에 마음을 기울여
더욱 행실을 수련하고 효성을 다하였다. 그러나 하늘의 뜻은 악인에게 62
때를 빌려주시고 어진 이에게 급박한 화를 내리시는 것이었다.

---

317) 보잘것없는 : {박누호}. '박누(樸陋)ᄒ다'는 수수하고 허름하다는 뜻.
318) 나쁜 마음을 : {ᄉ오ᄂ오ᄆᆯ}. 'ᄉ오납다'는 사납다, 험하다, 억세다, 나쁘다의 의미.

절강(浙江) 동쪽 지방에 흉년이 들어 백성들이 뿔뿔이 흩어지니 강능후 소순이 진무사(鎭撫使)³¹⁹⁾로 발행하게 되었다. 강능후가 떠나기 전에 식구들과 작은 잔치를 벌여 형 평진후 소천과 모든 자질들이 다 모였다. 모두들 이별을 슬퍼하였는데 강능후가 구부인을 돌아보고 부탁하였다.

"내가 집을 떠난 후 무슨 일이 있어도 가볍게 처치하지 말고 내가 돌아오기를 기다리십시오."

구부인이 선선히 그러겠다고 하니 강능후가 다시 세 딸과 연수 부부를 보고 말하였다.

"내가 집을 떠나면서 진실로 잊지 못할 것이 있으니 너희들은 가히 어머니에게 옳은 일로 간곡하게 말씀드리고 간교한 일을 돕지 마라."

연수와 애황 등이 절하여 명을 받드니 강능후가 평진후를 대하여 조씨를 재삼 부탁하고 길을 떠났다.

그러고 나서 수삼일이 못 되었을 때이다. 평진후의 숙모는 두사공의 부인인데 양주자사 두원의 대부인으로 양주부에 있었다. 그런데 병이 중하여 여러 자질들 중 하나가 자신의 임종을 지켜달라고 청하였다. 그 편지의 뜻이 매우 슬퍼서 평진후가 매우 놀랐으므로 즉시 조정에 글을 올려 몇 달 말미를 얻어 급하게 행리를 차려 양주로 가게 되었다. 평진후가 떠나면서 여러 아들들을 경계하여 두 숙모와 더불어 가사를 잘 다스리며 잘 있으라고 하고 경수와 조씨를 각별히 잊지 못해 재삼 당부하고 발행하였는데 숙질들이 백 리 밖까지 가서 이별하고 돌아왔다.

이러한 때를 당하니 진실로 간악한 사람들이 술수를 부릴 때요, 어진

---

319) 진무사(鎭撫使) : 난리를 일으킨 백성들을 진정시키고 어루만져 달래기 위해 중앙에서 지방으로 파견하는 관리.

이가 함정에 빠지는 시절이었다. 구부인이 본디 어질지 못한 마음을 품어 경수 부부를 없애면 자연히 연수가 장자가 될 줄 알고 죽이고자 하는 뜻이 있었으나 오히려 차마 못하였던 것은 경수 부부의 효순하고 기특한 것이 증자(曾子)320)나 왕상(王祥)321)과 흡사하였기 때문에 핑계가 없었기 때문이다. 구부인이 경수 부부를 능히 해하지 못하여 답답하게 즐겁지 않아하다가 평진후와 강능후가 떠나가니 가히 기회를 얻었으므로 이씨, 애황, 여황, 그리고 연수와 모의하였다.

65

그런데 교란을 나라에서 귀양지로 보낼 때에, 황금이 많은 까닭에 못할 일이 없었으므로, 구부인과 이씨가 죄인을 호송하는 관리와 짜고 걸인 한 명을 사서 거짓으로 교란이라 하여 귀양지로 보내고 교란은 빼내어 구부인이 감추어 두었었다. 그래서 이때에 교란과 더불어 의논하였는데 먼저 무고(誣告)322)하는 일을 해보기로 하였다.

구부인과 애황, 여황 등 두 딸이 다 죽어가는 형상을 하고 이씨 역시 중독되어 죽어가는 증상이 다 한가지였다. 연수가 소란스럽게 난리를 피우며 형을 놀라게 하였는데 소경수가 밤낮으로 옷을 벗지 않고 정성을 다하는 효성이 귀신도 감동할 지경이었다. 조씨가 또한 이 병환으로 인해 끝내 무슨 일이 있을 줄을 짐작하였지만 하늘이 정한 운수라고 생각하여 음식을 대하면 먹고 시누이를 대하면 담담하고 온순하게 대하고 동렬(同列)

66

320) 증자(曾子) : 공자의 제자인 증삼(曾參 : B.C. 506~B.C. 436). 중국 춘추시대의 유학자. 자여(子輿)라고도 하며 효심이 두텁고 내성궁행(內省窮行)에 힘씀. 『孝經』의 저자라고도 하나 확실한 근거는 없음.
321) 왕상(王祥) : 효성이 지극한 사람. 몹시 추운 어느 해 병석에 누워있던 계모가 잉어고기를 먹고 싶다고 하자 얼음이 꽁꽁 언 강으로 잉어를 구하러 나감. 그러나 강이 두꺼운 얼음으로 덮여 잉어를 구할 수 없자 왕상이 눈물을 흘렸고 하늘이 왕상의 효도에 감동하여 잉어 한 마리를 보내주었음. 그 잉어를 고아서 어머니의 병을 낫게 했다는 이야기[叩氷得鯉 王祥之孝]가 전함.
322) 무고(誣告) : 사실이 아닌 일을 거짓으로 꾸미어 해당 기관에 고소하거나 고발하는 일.

과 화목하며 시어머니의 환후를 구씨와 함께 시중들었다. 그 공경하고 삼가는 효성과 매우 조심스럽게 받들고 따르는 것이 사람의 마음을 감동하게 할 것이었지만 요악한 시어머니는 더욱 미워하고 요사한 시누이는 간악한 아주버님과 함께 그 어질고 기특한 것을 더욱 빨리 없애고자 하였다.

비록 만사에 이치를 따르려고 하나 어찌 화함을 얻으리오? 속절없이 어진 부부가 일세에 부끄러움[323]과 누명을 입어 부부의 몸이 남북으로 갈리니 하늘이 어찌 밝다고 할 수 있으며 귀신이 어찌 공정하다고 하겠는가? 구부인의 환후가 매우 위중하여 사람이 나고 드는 것을 모르게 되자 연수가 가슴을 치고 발을 구르며 말하였다.

"어머니께서 본디 질환이 없으시고 기력도 남보다 정정하셨는데 불의에 얻으신 병환이 이렇듯 심할 수가 있습니까? 반드시 집 안에 요괴로운 일이 있어 이 변이 났을 것이니 결단코 우연한 일이 아닙니다. 형님은 거짓으로 의약에만 힘쓰고 요괴로운 기운을 살펴 간악한 일을 제어할 것을 생각하지 못하십니까?"

소경수가 연수의 말을 듣고 본디 총명이 귀신같은데 어찌 그 뜻을 알지 못하겠는가? 너른 이마를 찡그리고 슬프게 탄식하며 말하였다.

"어머님께서 이렇듯 병환이 심하시고 두 누이가 다 병이 났으니 내 마음이 어지러워 다른 일에 생각이 없었다만, 집안에 어찌 요괴로운 일이 있겠느냐? 네가 만일 의심이 나거든 술사를 불러 기운을 살펴보아라. 나도 또한 살피겠다."

연수가 크게 웃으며[324] 말하였다.

---

323) 부끄러움 : {참덕}. 참덕(慙德)은 언행에 결점이 있어서 마음속으로 부끄러워함을 뜻함.

"사람의 마음은 짐작하기 어렵습니다. 우리 집에 본디 요사스러운 사
람이 있는데 형님이 어찌 아시겠습니까?"

그러고는 유명한 술사 장방환을 불러 집안의 기운을 살펴보라고[325] 하
였는데 구부인의 침전 담 틈에서 이상한 물건을 무수히 파내었다. 사람의
형상을 비단으로 쌌거나 나무 인형이 칼과 창을 들고 화살을 가지고 있는
것이 셀 수 없이 많았는데 그 가운데 붉은 글씨로 주사(呪辭)가 쓰여 있었
다. 그 필체가 기이하여 세상에 희한하였는데 소경수가 이를 보고 마음이
서늘하여 그 축사를 살펴보았더니 구부인과 애황, 여황과 연수 부부와 구
씨와 이씨를 아울러 죽이면 세세손손이 향화(香火)를 받들 것이라고 하였
다. 연수가 눈을 부릅뜨고 발을 구르며 말하였다.

"형이 이런 흉서를 보시고 조금도 요동치 않으시니 사람의 아들 된 도
리로 이러하실 수 있습니까? 빨리 글씨를 가져다[326] 필적이 같은 자를
적발하여 죄를 다스릴 것이요, 시비를 신문하면 알 수 있을 것이거늘
입을 다물고 답답하게 있으면서 이 일을 처치할 의사가 없으니 저는 실
로 의아합니다."

경수가 탄식하며 말하였다.

"네가 어찌 어리석은 형을 알기를 짐승으로 아느냐? 내 비록 효성이 천
박하고 동기 사랑이 옛 사람들만 못하며 너와는 한 어머니 소생이 아니
라지만, 본디 혈맥이 서로 같은 형제의 지극함으로 마음을 알지 못하
는 것이 이러하냐? 지금 집안의 변은 다른 사람에게 들리게 해서는 안

---

324) 크게 웃으며 : {낭쇼}. 낭소(朗笑)는 명랑하고 쾌활하게 웃는 것.
325) 집안의 ~ 살펴보라고 : {가중을 망긔ᄒ니}. 망기(望氣)는 나타나 있는 기운을 보아서 일의 조짐
    을 알아내는 것임.
326) 가져다 : {빙쥰ᄒ여}. 빙준(憑準)은 어떤 근거에 의하여 표준을 삼는다는 뜻.

되는 것이다. 나의 세 아내 가운데 이 일이 일어났으니 내가 무슨 면목으로 사람들을 대하며, 분하게 여기는 것이 적을 수 있겠느냐마는 매사에 서두르면 반드시 후회가 있나니 이 환후 중에 어찌 형구를 배설하겠느냐? 오직 더러운 물건을 없애고 나서 어머님의 건강이 회복되시기를 기다려 조용히 다스릴 것이다. 글씨를 보지 않아도 조씨를 죽이라고 청하는 것은 알 수 있는 일이다. 환후 나으신 후 처치하는 것이 무엇이 어렵겠느냐?"

72 연수가 마구 심하게 화를 냈으나 경수는 종시 다른 기색이 없이 주사(呪辭)를 깊이 두고 오직 모친과 두 누이를 구호하였다. 수삼 일 후 구부인이 구름이 걷히며 안개가 스러지듯이 나으니 애황과 여황이 또 자리에서 일어났다. 온 집안이 기뻐하는데 구부인은 아무 생각 없이 모르는 체하였다. 4, 5일 지난 후 소경수가 이 일로써 모친께 말하고 죄를 청하였다.

"소자의 죄는 죽더라도 씻을 길이 없습니다. 오직 이런 변을 당하여 스스로 결정하지 못하고 아버님께서 멀리 나가 계시니 어머님께서 처결하시기를 바라나이다."

구부인이 듣고 나서 매우 놀라 정신이 나간 듯 얼굴빛이 달라지며 말하였다.

73 "내 비록 며느리에게 덕을 베풀지 못하였으나 어찌 집안에 이러한 큰 변이 있을 줄 뜻하였겠느냐? 상공이 떠나시면서 여러 번 이르시기를 집안에 일이 있어도 상공이 돌아오기를 기다리라고 하였건마는 이 변은 전고에 드문 흉변이라서 언제 돌아올지 모를 상공을 어찌 기다리겠느냐? 네가 내 앞에서 신문하고 여러 며느리들의 글씨를 받아와 견주어 보면 흉사를 꾀한 자를 바로 찾아낼 것이다. 어찌 상공이 오는 날까

지 묻어두겠느냐? 이로부터 집을 망하게 하고 몸을 보전하지 못하는 근본이 될 것이니 어찌 놀랍지 않느냐?"

경수가 절하고 명을 받들어 크게 형구를 베풀고 집안의 크고 작은 비
복들을 낱낱이 다 잡아내어 엄문하였는데 위엄이 성화 같고 호령이 천둥 같았다. 매를 들자 옆에서 보는 자들이 담이 떨어지고 정신이 아득해졌으 니 수십 대에 못 미쳐 구부인의 시녀 경화가 크게 울며 말하였다.

"천한 제가 감히 윗사람을 범하려 한 것이 아니라 조부인의 어진 덕이 금옥과 진귀한 보배를 흙같이 여기시어 온 집안의 여자에게 남북으로 깊고 두터운 덕이 덮여 있습니다. 그런데 어느 날 조부인이 교란을 시 켜 저를 불러서327) 가보았더니 이 일을 이르시며 말씀하시기를, '구부 인이 비록 시어머니라는 명분이 무거우나, 나를 보기를 원수같이 하고
상서를 부추겨 나를 후대하는 것을 책망하니 우리 부부가 구부인 생전 에는 눈썹을 펼 날이 없고 구씨와 이씨가 있어서는 내게 눈엣가시가 되 는지라. 두 시누이와 아주버님이 나를 배척할 뿐 아니라 아주버님이 있어서는 우리 남편이 가장이 되는 것이 끝내 껄끄러울 것이니 먼저 시 어머니와 구씨·이씨 두 사람과 두 시누이를 처리하여 없애고 나중에 자객으로 도적 연수를 죽이면 우리 부부가 근심 없이 이 집의 가장이 되어 백 년을 쾌히 즐길 것이다. 너를 보니 시녀 가운데 영리하므로 큰 일을 부탁하는 것이다. 누설하지 말고 일을 이루어내면 마땅히 너로 소상서의 총희를 삼아 백년고락(百年苦樂)을 함께 할 것이다.' 하시고는
황금 백 냥을 함께 봉하여 주셨습니다. 은혜가 산 같고 덕이 바다 같아

---

327) 교란을 ~ 불러서 : {천비로 교란을 청호거놀}. 원문을 직역하면 조부인이 경화를 시켜서 교란
을 부른 것이 되는데 문맥상 '천비'와 '교란'의 도착으로 보고 바로잡아 옮김.

서 과연 죽기를 한하고 정당의 벽 틈에 물건들을 묻고 두 소저의 침당에도 그렇게 하였더니 사오 일이 못되어 병후가 위중하시니 제가 스스로 하늘이 두렵고 귀신이 곁에서 보는 것같이 마음이 불편하였습니다. 그랬는데 과연 염려와 같이 일이 발각되어 엄히 물으시니 감추지 못하겠습니다."

경수가 매우 화를 내며 말하였다.

"다른 일은 이르지 말고 조씨가 교란을 시켜 너를 불렀다고 하는 것은 허언이다. 교란이 주인을 함정에 넣은 죄로 섬으로 유배 갔거늘 조씨가 어찌 다시 부르겠느냐?"

경화가 울며 고하였다.

"감히 헛된 말을 하겠습니까? 저 경화의 목숨이 이미 살지 못하게 되었으니 다시 주인을 모함하여 해치는 죄는 결코 범하지 않을 것입니다. 우리 정당 부인이 여러 며느리들을 거느리심에 한쪽으로 치우침이 없으시되 홀로 조부인이 항상 불평한 마음을 두시는 것은 매양 노야의 은애가 조부인께 치우쳐 공평하지 않으시므로 정당 부인이 공평하게 할 것을 경계하시고 구소저와 이소저328)의 젊은 나이를 고려하시므로 이를 원망하였기 때문입니다. 교란이 심복으로 매를 견디지 못하여 바로 아뢰었지만, 갈 때 잠깐 몸을 빼내어 조부인께 와서 울며 만단으로 애걸하여 다시 묘계를 이르고 일을 잘 마칠 것이니 저를 북해에 보내지 말라고 하였습니다. 조승상의 한 마디 말에 분부를 얻어서 교란이 벗어나고 애꿎은 시비를 섬으로 보내놓고 교란은 시방 조부인이 어디에 감추어 두고 계교를 꾸민 것입니다. 어찌 감히 헛된 말을 하겠습니까?"

---

328) 구소저와 이소저 : 경수의 첫째 부인 구씨와 셋째 부인 이씨를 이름.

소경수가 즉시 교란을 잡아내라고 하고 부인들[329]의 필적을 가져오라고 하였다. 그래서 세 부인의 글씨는 가져왔으나 교란은 몸을 피하여 종적이 없다고 하였다. 경수가 글씨를 가지고 모친께 보이니 글씨체가 완연히 조씨의 필적과 같았다. 구부인이 보고 나서 발끈하여 얼굴색을 고치고 거친 소리로 크게 욕하였다.

"재상가 법도 있는 집안의 자식도 이런 강상의 대악을 범하느냐? 네가 조녀에게 혹하여 하는 일이 잘못된 것이니 지난 번 이씨의 음식에 독을 넣은 일도 어찌 같은 사람의 일이 아니겠느냐? 이제 시어미를 저주하고 시누이들을 죽이려 하되 너는 오히려 의심이 없으니 이는 진실로 사람의 탈을 쓴 짐승의 마음이다. 사람이 어미를 알지 못하고 한갓 조녀만 아니 네가 무슨 면목으로 다른 사람을 대하려 하느냐? 이는 성격이 둔해서가 아니라 네가 묻어두고 편안히 부부의 의를 생각하려는 것이 아니냐?"

경수가 두 번 절하고 말하였다.

"소자가 돼먹지 못하고 어질지 못하여 집안을 잘못 다스리는 바람에 이런 망극한 변이 일어났으니 어찌 다시 조씨를 부부라고 하겠습니까? 그 범한 죄가 비록 죽이는 것이 마땅하오나 아버님이 돌아오실 때까지 당분간 친정으로 돌려보냈다가 다시 처리하시지요."

구부인이 가슴을 두드리며 말하였다.

"나를 죽이려 한 것은 이르지도 말고 연수가 몸을 보전하지 못하게 되었으니 조녀를 제 집에 보내면 이는 범을 놓아 산으로 보내는 것이다.

---

329) 부인들 : {구니}. 원문에서는 구씨와 이씨만을 지목하였으나 다음 문장에서 세 부인의 필적을 가져왔다고 하였기 때문에 이와 같이 옮김.

나를 함정에 넣어 죽이고야 그치려 하느냐?"

경수가 관을 벗고 머리를 땅에 부딪치며 울면서 말하였다.

"어머님께서 차마 사람으로 하여금 듣지 못할 말씀을 하시니 소자가 죽어서 듣지 않고자 하옵니다. 제가 돼먹지는 못했으나 처자를 위하느라 부모와 동기를 해하는 원수를 알지 못하겠습니까? 조씨는 어머님의 처치를 기다릴 것이니 저의 못된 것을 다스리시고 다시는 이런 망극한 말씀을 하지 마소서."

구부인이 노기가 등등하여 바로 조씨에게 달려들어 어지러이 치고는 말하였다.

"요녀의 험악함이 강상을 범하여 시어미를 죽이고 시동생을 죽이고자 하니 천만고에 듣지 못한 큰 악이다. 내 어찌 너를 고이 두겠느냐? 네 집에 고이 돌려보낼 것이라고 여기느냐? 먼저 수십 대를 맞아 보아라."

그러고는 힘을 다해 두드리니 머리가 깨어져 피가 낯에 가득히 흐르고 검푸른 머리털이 안개 같은 귀밑에 어지러워 돌이나 나무라도 슬픔을 느낄 지경이었다. 경수가 그 거동을 보니 몸이 저리고 마음이 참담하였는데, 머리를 숙이고 안색은 침착하게 하였으나 가슴속은 자못 요란하였다. 이에 기운을 나직이 하고 말하였다.

"그녀의 죄가 만 번 죽어도 아까울 것이 없으나 법률이 삼엄하오니 마땅히 법대로 처치하면 죽이거나 살리거나 올바르게 밝히는 처분이 있을 것인데 친히 매를 들어 체통을 잃으십니까? 이는 제가 혐의를 받을까 두려워 어머님이 허물을 고치도록 아뢰지 않는 것이[330] 소자의 도

---

330) 어머님이 ~ 것이 : {즈졍 허물을 규간치 아니미}. 규간(規諫)은 옳은 도리나 이치로써 웃어른이나 왕의 잘못을 고치도록 말하는 것이므로 이와 같이 옮김.

리가 아니므로 말씀드리는 것입니다. 세 번 생각하소서."

구부인이 발을 구르며 말하였다.

"이 집안을 어지럽힐 경수놈아! 오히려 조녀를 아껴 나를 비난하고 거짓으로 체통을 일컬어 조녀가 상하는 것을 다급하게 여기니 어찌 놀랍지 않으리오? 내 친히 수고함을 민망히 여긴다면 네가 빨리 이 매로 수십 대를 쳐 보여라."

경수가 도리어 웃음이 나와서 붉은 입술에 옥 같은 이를 환하게 드러내며 말하였다.

"그녀의 죄가 매 수십 대로 갚을 것이 아니요, 소자가 집장사예(執杖使隸)도 아닙니다. 어머님께서 말씀하시면 물이나 불이라도 피할 바가 아니지만, 이 일이 안 되기 때문에 간하는 것은 자식의 도리입니다. 원컨대 이런 웃음거리가 될 일로 먼저 그 도를 잃지 마시고 법대로 처치하시어 여러 소리가 없게 하십시오. 조씨의 부형이 알게 되면 우리 집 일을 비웃을 것이니 모친과 소자가 체면을 잃게 될 것입니다. 어찌 조씨를 아껴서 드린 말씀이겠습니까?"

구부인이 노기가 가득 차 어지러이 쳤지만 조씨는 안색을 고치지 않고 나무나 돌로 만든 사람같이 한 소리도 내지 않고 단정히 손을 모으고 맞을 뿐이며 눈물 한 방울 떨어뜨리지 않았다. 옥 같은 얼굴에는 머리로부터 피가 흘러내려 옷에 떨어지니 옆에 있던 사람들이 차마 보지 못하였다. 그런데 애황과 여황은 내심 기쁨을 느끼며 각각 차가운 눈초리로 쳐다보며 한 소리도 구하는 말이 없었다. 그러나 연수의 처 교씨는 눈물을 머금고 얼굴색이 참담하게 되어 문득 자리에서 일어나 말하였다.

"어머님의 성노(聖怒)331)가 엄하신데 제가 어리석은 말로 존위를 함부로 범하는 것은 죄가 클 것입니다. 하지만 제가 다른 사람의 원통하고 억울함을 차마 견디지 못하고 다른 사람의 잘못된 사정을 보면 놀라움을 참지 못하는 성정입니다. 이제 조씨 형님의 옥같이 깨끗하고 얼음같이 맑은 성정으로 강상을 범하는 한 죄를 저질러 망극한 이름이 몸에 미치고 급한 매질로 흐르는 피가 땅에 가득하니 이는 어머님의 성덕에 큰 흠이 될 것입니다. 제가 끔찍함을 이기지 못하여 어지러이 흩어지는 정신을 수습하지 못하겠습니다. 저 조씨 형님은 재상 가문의 귀한 딸입니다. 금옥같이 꽃다운 몸이 호화스러운 부귀를 누리며 자라났는데 이제 머리가 깨어지고 유혈이 가득합니다. 다행히 기특하게 견고하고 지극히 온순하여 요동함이 없지만 뚫어진 머리에 바람이 들어오면 죽을지 살지 모를 일입니다. 어찌 집안의 대변이 이 지경에 이를 줄 알았겠습니까? 제 남편이 이 놀라운 상황을 당하여 머리를 두드려 간하는 것이 도리에 옳거늘 어머님께서 덕을 잃으시는 것을 앉아서 그저 보고만 있으니 제가 참지 못하고 죽을죄를 무릅쓰고 아뢰는 것입니다."

그러고는 비같이 눈물을 쏟으며 소리 내어 울면서, 조씨의 뚫어진 머리를 싸매고 피를 씻어주었다. 계속 눈물이 떨어지는 것이 진정으로 진심에서 우러나오는 정성이었다. 구부인이 그 어진 말과 강개한 눈물을 보고는 잠깐 치는 것을 그쳤는데 연수가 눈을 부라리며 꾸짖었다.

"요괴스러운 계집은 행실이 한 본이요, 심사가 같아서 홀로 나서서 구하느냐? 하늘 아래 시어머니를 저주하는 며느리는 자고로 듣지 못한 변이다. 그러니 어머니께서 분노하시는 것은 인지상정(人之常情)이다. 형이 오히려 형수의 청을 들어 어머니를 비방하고 조씨 형수를 책망하

---

331) 성노(聖怒) : '노(怒)'를 높여 부르는 말. 특히 임금이나 왕후 등이 화난 것을 말함.

지 않는 것이 가장 이상한데 어찌 감히 당돌하게 나서서 여러 말을 할 수 있느냐?"

교씨가 서글프게 탄식하고 천천히 말하였다.

"악을 숭상하고 인(仁)을 멀리 한다면 그 앞길에 무슨 길함이 있겠습니까? 군자께서 하시는 바가 제가 보기에는 뼛속 깊이 놀랄 일들입니다. 조씨 형님이 또한 어머님께 죄를 얻었으나 군자와 관련된 일은 저주한 일 한 가지입니다. 그 원통하고 억울함이 백옥이 흠 없는 것과 같으니 당신은 힘써 간하여 그 원통함을 알리고 어머님의 뜻을 풀어 형제가 화목하게 우애하는 정성을 다하는 것이 옳습니다. 그런데 이같이 어머님을 돕우는 것은 인정이 아니며 사람의 행실이 아닙니다. 제가 조씨 형 님과 함께 죄인이 될지언정 말을 머금고 하지 않으면 저의 마음이 답답하니 하는 말입니다. 당신은 잘 생각해 보십시오."

연수가 크게 화를 내며 앞에 놓인 옥으로 만든 벼루를 들어 교씨에게 던지고 팔을 휘두르며 말하였다.

"내가 너를 사람인 줄 여겼더니 진실로 요악하기 짝이 없구나. 오늘이라도 때 늦지 않았으니 너의 집으로 돌아가라."

교씨가 연수의 경박하고 무식한 것을 보니 도리에 맞는 말이 조금도 유익함이 없고 트집을 잡아 비난할 따름이어서 길게 탄식하고 걸음을 돌이켜 침소로 갔다. 경수가 정색을 하고 말하였다.

"군자가 어찌 정실을 직접 칠 수 있느냐? 너의 하는 바가 심히 천박하 고 경솔하니 내가 형이 되어 아우를 가르치지 못한 것이 실로 부끄럽구나."

연수가 비웃으며 말하였다.

"참 엄격한 제가(齊家)도 다 보겠습니다. 저의 일은 시비하지 마십시오."

구부인도 비웃으며 말하였다.

"네 아우를 가르치려 하지 말고 너의 착한 아내의 죄가 강상을 범하였으니 조정에 주달하여 법대로 처치할 것이지만 상공이 돌아오실 때까지 냉옥에 가두고 너는 사사로이 은정을 두지 마라."

경수가 절하여 명을 받고 이에 시비를 호령하여 조씨를 냉옥에 가두었다.

불쌍하도다. 조씨가 재상 가문의 귀한 딸로 화려하게 나고 자라 비단옷을 무겁게 여기고 맛있는 음식을 싫증내나 오히려 부모의 마음은 딸이 상할까 두려워하고 병들까 염려하여 향기로운 비단 장막에서 13년을 길러내었는데, 소씨 가문에 들어오니 간악한 시어미와 음란하고 방탕한 적인이 교활하고 공교롭게 꾸미는 나쁜 일들을 만나 한시도 편함을 얻지 못하고 즐거움을 모르다가 끝내는 강상의 죄를 무릅쓰고 독한 형벌로 살이 헐고, 음지의 누추한 옥에서 밝은 해를 보지 못하고 화기를 쐬지 못하니 시비와 유모가 떨고 울어 눈물이 소를 이룰 지경이었다. 조씨는 각별히 슬퍼하는 사색을 하지 않고 그 맞은 데가 큰 상처라 스스로 심하게 앓으면서도 살지 못할까 염려하여 바람이 들지 않게 동여매고 몸을 이불로 싸고는 속 좁게 마음 상해하는 일이 없었다. 언 조밥과 거친 채소라도 보리밥을 반드시 물에 말아 흘려 들여보내며 살기를 힘써 몸을 천금같이 하니 어찌 조금이라도 부질없는 눈물을 허비하며 속 좁게 죽기를 결심하겠는가? 4, 5일이 되도록 한 모양으로 한결같이 먹고 누워 고요히 세상을 잊고 액운이 오히려 많이 남아있음을 느꺼워 할 따름이었다.

애황, 여황과 구씨, 이씨가 조씨의 동정을 탐지하고는 오히려 기분이 좋지 않아서 구부인을 부추겨 말하였다.

"조녀가 고요히 있으면 흉계를 도모할 것이니 차라리 바느질이나 베 ⁹³짜기를 쉴 틈 없이 시켜 정신이 수고롭고 생각이 한가하지 못하게 하여 우리 해하는 것을 조금이라도 덜하게 하십시오."

구부인이 즉시 명하여 바느질과 베 짜기를 시켰는데 정신이 수고롭고 생각이 잠깐이라도 한가하지 못하게 하느라고 하루도 못되어 성화같이 재촉하며 말하였다.

"죽을죄를 짓고 아직 살아있다만 사람의 염치라면 무슨 면목으로 세상에 일시라도 머물고 싶으리오? 네가 한가한 곳에 처하여 세상 사람을 사절하였으니 요괴로운 술법이 더욱 늘어날 것이다. 그러니 이 일이나 잘하여 나의 근심을 대신하라."

조씨가 명을 받들어 일어나 앉아 이후로는 누워 쉬지도 못하고 화평한 ⁹⁴기운과 온화한 거동으로 바느질을 하였는데 가녀린 열 손가락의 정묘한 솜씨가 약란(若蘭)[332]의 신이한 재주라도 미치지 못할 정도였다. 또 보통 사람이 열흘 동안 할 일이라도 하루에 모두 마쳤으니 비록 천상에 있는 직녀의 재주라도 미치지 못할 것이었다. 구부인이 독촉하여도 능히 기한 전에 다하여 재촉이 이르면 즉시 받들어 보내며 매우 화평하고 극진하게 받들고 따랐다. 이처럼 그 자고 먹고 거처하는 곳이 사람이 견디지 못할 바였지만 기운은 안정되고 한결같았다.

교씨가 하룻밤은 연수가 없는 때를 타 두어 명의 시녀와 함께 가만히 취음정에 가보았다. 그랬더니 조씨는 떨어진 옷이 겨우 흩날리지나 않을 ⁹⁵

332) 약란(若蘭) : 진(秦)나라 때의 여인인 소혜(蘇蕙)의 자(字). 남편인 두도(竇滔)가 사막(沙漠)으로 강제로 옮겨지자, 비단을 짜면서 거기에 전후좌우로 아무렇게나 보아도 다 말이 되는 매우 처절한 내용의 회문선도시(回文旋圖詩)를 지어 넣어서 남편에게 보낸 고사로 유명함.

정도였고 어지러운 머리털이 옥 같은 낯을 가리웠는데 흰 달이 검은 구름
에 싸여있으며 밝은 해가 상서로운 구름을 두르고 있는 것 같았다. 팔채
(八彩)333)의 빛나는 아름다움이 어두운 가운데 더욱 찬란하게 춤추어 누
추한 방에 붉은 해가 비추는 것 같아서 사람의 정신이 어릿하고 두 눈이
부셨다.334) 교씨가 이를 보고 새로이 감탄하고 경복하여 서둘러 걸어 들
어갔는데 조씨는 바느질에 마음을 쏟아 고개를 숙이고 좌우를 살피지 않
았다. 교씨가 예를 차리고 말하였다.

"한 번 헤어지고 벌써 여러 날이 지났습니다. 형님의 귀체 능히 탈이
없으십니까?"

조씨가 두 눈을 들어 보니 교씨이므로 반가움을 머금어 답례하고 말하
였다.

"이곳에 갇혀있으므로 얼굴을 대할 길이 없으니 위로는 정당을 바라보
고 다음으로 여러 시누이들과 서로 이야기하던 정이 꿈속이 되었네.
아침저녁으로 그리워하는 정이 간절하나 누가 있어 죄 있는 사람을 보
겠는가? 속절없는 회포가 닿는 곳마다 마음이 슬플 뿐이었는데 오늘
아우의 모습을 보게 되니 진실로 뜻밖이네. 그러나 저러나 어머님과
시누이들은 건강하신지 모르겠네."

교씨가 슬프게 탄식하며 말하였다.

"집안에 나쁜 마음을 둔 사람이 많아 형님과 같은 마음과 덕으로 이런
환란을 만나니 주공(周公)이 동관(潼關)에서 당한 액335)이나 서백(西伯)

---

333) 팔채(八彩) : 순 임금의 눈썹이 여덟 가지 무늬가 있었다는 데서 기원하여 훌륭하고 범상하지
않은 사람의 눈썹을 표현할 때 사용됨.
334) 부셨다. : {밤뵌지라}. 정확한 의미는 미상이나 문맥상 이와 같은 의미로 추정됨.
335) 주공(周公)이 ~ 액 : {듀공의 동관지익}. 주(周) 무왕(武王)이 붕어하고 아들 성왕(成王)이 즉위
했으나 나이가 어린 탓에 숙부인 주공이 섭정하였는데, 무왕의 아우인 관숙(管叔)과 채숙(蔡叔)

이 유리(羑里)에서 당한 액336)과 같습니다. 그러므로 마침내 누명을 쓴 채 끝나지는 않을 것입니다. 아주버님의 성스러운 효성과 형님의 어진 효성은 하늘이 뜻이 있어 내신 것이니 무슨 근심이 있겠습니까? 그러나 저는 오늘은 편하나 내일은 어떠한 사람이 될 줄 모르니 밤낮으로 두려운 마음에 능히 잠자고 밥 먹지 못하고 있습니다. 형님의 밝은 식견이라면 그러함을 아실 것 같아 한 번 조용히 뵙고 저의 회포를 아뢰고 존안을 뵙고자 하여 번거로움을 피하지 않고 이르렀습니다."

조씨가 그 말을 듣고 어진 사람이 어진 이를 사랑하고 나쁜 사람이 악당을 좋아하는 것이 자연히 그런 것이라서 교씨가 현숙하고 밝은 식견으로 남편이 어질지 않음을 알고 장래의 일을 염려하는 것을 알아채고, 자신도 또한 심사가 좋지 않은 사람이라서 슬프게 탄식하며 말하였다. 98

"자네가 날 이렇게 알아주니 내가 어찌 지기(知己)로 생각하여 마음을 열어 정회를 다하지 않겠는가? 내가 궂은일을 당한 것은 명운이 나쁘기 때문인데 사람을 탓하겠는가? 나는 그 분복을 지키어 죽으면 죽고 살면 살 것이니 미리 속을 태워 부모님께서 주신 몸을 가볍게 버리지 않으려고 하네. 이 나를 해하는 자를 알지만 이는 전세의 업원으로 금 세에 보복하는 도리가 있으니 어찌 원망하겠는가? 자네가 앞일에 대해 근심을 가벼이 말하는데 이는 가장 경솔한 말이네. 내가 비록 친하나 동서 사이이며 여자에게 남편은 하늘이라서 감히 버리지 못할 것이네. 99

이 나라에 말을 퍼뜨리기를, "공이 장차 어린애에게 이롭지 못하리라[管蔡流言放國曰, 公將不利 於孺子]."라고 하였으나 주공이 형들인 관숙과 채숙의 처벌을 주청할 수도 없는 처지에서 성왕의 의심을 사게 되자 황공하여 자신이 동도로 피해 있었는데 뒤에 성왕이 주공을 맞아 돌아온 일을 말함.

336) 서백(西伯)이 ~ 액 : {셔빅의 뉴리지익}. 서백(西伯)은 주(周) 문왕(文王)인데, 은(殷)나라 주왕(紂王)이 문왕을 유리(羑里)에 유폐했던 일을 말함.

아주버님이 지금은 나이 적고 세상일을 겪어보지 못하여 혹 자네의 뜻과 같지 못하더라도 자네가 마땅히 지성으로 고치도록 간하여 바른 도리로 돌아가게 하는 것이 지어미의 덕이요, 끝내 그대의 말이 효험이 없거든 입을 다물어 말을 하지 않고 덕을 닦아 인(仁)을 행하면 그대가 덕을 쌓은 공덕으로 아주버님의 허물이 가려질 것이니 나를 대하여 지아비를 원망하는 것은 온당하지 않네. 아주버님이 비록 몸을 닦고 행동을 조섭하는 것이 독실하지 못하나 아마도 내조를 힘입어 어질게 되면 그대와 같은 좋은 성품을 가진 사람은 복을 편안히 누릴 것이니 원컨대 진중하게 덕을 닦아 하늘의 때가 되어가는 것을 보도록 하게. 어질고도 복을 받지 못하면 이는 하늘이 정한 것이라서 후세 사람들이 들어도 부끄러움이 없을 것이네."

교씨가 듣고 나서 칭송하고 탄복함을 이기지 못하고 감동하여 이에 일어나 절하고 감사하며 말하였다.

"형님이 가르쳐 주시니 저의 마음이 풀렸습니다. 마음에 새기고 뼈에 써서 받들려니와 지금 형님의 지성과 큰 덕으로 화를 만나시어 누추한 곳에서 고초를 겪으시니 거처와 음식이 귀체를 보중하실 도리가 없을 것 같습니다."

이후로 구부인이 조씨에게 날로 더 심하게 하여 취음정 앞길을 막고 가시나무로 담을 쌓아 집안의 시비들이 자주 왕래하지 못하게 하고 조부에서 오는 시비도 길을 막아 통하지 못하게 하였다.

이때에 집안의 변을 만나 조씨가 사옥(私獄)에 갇힌 것이 날이 오래되니 소경수는 그 미모가 생각나고 봉의 소리같이 온화한 음성이 귓가에 쟁쟁하여 잊으려 하였으나 잊을 수가 없었다. 그 천금같이 귀한 꽃다운 몸이

망측한 죄명을 무릅쓰고 누추한 옥에 갇혔으니 반드시 살지 못할 것 같아
서 한번 보고 위로하고자 하였으나 그 죄목이 무거워 그러기도 어려웠다.
머뭇거리며 자신의 정을 참지 못하더니 하루는 연못가를 산책하다 자기
신세와 닥쳐올 화란이며 조씨가 천금옥질(千金玉質)로 목숨이 위태로운 것
이 계란을 쌓아 놓은 것 같아서 반드시 살지 못할 것을 생각하고 한번 보
고 영결(永訣)337)이나 해야겠다고 개연히 뜻을 정하였다. 소경수가 취음
정으로 가보니 가시나무를 쌓아 사람의 몸 하나가 겨우 드나들 만하였는
데, 문 앞에 이르러 들으니 유모와 시비들이 소리 내어 울면서 말하였다.

"추운 겨울에 누추한 옥에서 언 조밥과 쓴 산나물은 우리 천인도 차마
먹지 못하겠습니다. 그러니 귀한 소저는 취음정의 귀신이 될 것입니
다. 노야는 불쌍하지도 않으셔서 한 번도 찾아보지 않으신단 말입니
까? 어느 날에나 하늘의 해를 볼 수 있겠습니까?"

조씨가 한숨을 쉬고 말하였다.

"너희들은 잡스러운 말을 마라. 내 운명이 기박하니 어찌 남을 탓하겠
느냐? 하늘의 도리가 밝고 밝으니 얼마 있으면 길운이 돌아올 것이다.
남편의 효성스러운 뜻이 반드시 어머님의 뜻을 감동시키고 아주버님
과 화목하게 우애하여 인륜의 의리에 즐거운 사람이 될 것이니 어찌 속
좁게 애를 태우겠느냐?"

유모가 탄식하며 대답하였다.

"천한 저의 생각에도 그런 줄은 압니다. 이 궁벽한 깊은 옥에서 서러워
서 한 말이지 어찌 원망하는 마음이겠습니까?"

말을 마치고 한숨을 쉬며 길게 탄식하였다. 경수가 그 주인과 종의 문

---

337) 영결(永訣) : 죽은 사람과 산 사람이 서로 영원히 헤어짐.

104

답을 듣고 그 식견을 탄복하여 이에 기침하고 문을 열고 들어가서 손을 들어 인사하고 말하였다.

"헤어진 지 한 달에 소식이 아주 끊어졌으니 약질이 탈이나 없으십니까?"

조씨가 태연히 일어나 맞이하며 대답하였다.

"비루한 사람의 죄가 가볍지 않은데 군자께서 어찌 이곳에 오셨습니까? 선비들 사이에서 허물을 얻으실 것이니 아녀자의 약한 말이지만 받아들이시어 돌아가십시오. 제가 비록 누추한 옥에서 힘들기는 하지만 반석같이 굳을 것이니 당신께 염려를 더하지는 않을 것입니다. 원컨대 당신은 순 임금과 증자(曾子)의 효를 본받으시어 어머님의 뜻을 돌이키십시오. 그러면 형제간의 즐거움338)이 부부 사이의 한(恨)을 없이

하여 세상에 부끄러운 것을 씻고 효도와 우애를 이루어 가문을 일으키는 경사를 군자께서 이룰 것입니다. 순 임금은 천하를 소유하는 부유함이 있었으나 부모님의 마음을 얻기 전에는 하늘을 향해 울음을 그치지 않으셨습니다. 그런데 군자는 어머님의 밝은 가르침을 어기시고 죄중인 저의 안부를 물으시니 크게 효의를 상하시는 것입니다. 제가 깊이 생각하여 복종하지 않을 것이니 신중하시어 천만 보중하십시오."

조씨는 조금도 슬퍼함이 없이 곧디곧고 맑디맑았으며 기색이 온순하고 화평하였다. 경수가 부인의 현숙한 말씀과 황홀한 모습을 대하니 마음

이 무르녹고 뼈가 저렸는데, 그 닥쳐올 모든 일을 능히 알고 화복과 길흉은 물론 먼 앞일을 미리 헤아리는 것이 신과 같이 총명함을 탄복하여 산

---

338) 형제간의 즐거움 : {슈족의 낙}. '수족(手足)'은 '손과 발'이라는 뜻인데, '형제나 자식'을 비유적으로 이르는 말이기도 함.

같은 은정과 바다 같은 뜻이 하늘과 땅같이 끝이 없었다. 또 천금같이 귀한 옥 같은 자질로 옥중에서 고초를 겪으며 의복과 음식의 괴로움이 사람이 차마 견디지 못할 지경인 데다 아울러 천한 노역의 일이 많아서 한시도 여력이 없으니 돌이나 나무라도 견디기 어려울 것이라고 생각하니 몸이 아프고 마음이 시렸다. 입 밖에 내어 원망하고자 한즉 사람의 자식 된 도리가 아니요, 몸에 죄과를 더할 뿐이라서 묵묵히 벙어리같이 있으면서 한갓 마음만 서글펐다. 다만 두렷한 눈에 가득한 눈물이 흘러 넘쳐서 옥 같은 얼굴에 줄줄이 흐르는 것을 깨닫지 못하고 부인의 고운 손을 굳게 잡고 얼이 빠진 듯 움직이지 못하고 힘없이 슬퍼할 뿐이었다. 그러나 조씨는 조금도 슬픈 기색을 보이지 않고 행동거지를 평소와 같이 태연하게 하여 편안히 위로하여 말하였다.

107

"당신은 무쇠나 돌같이 굳센 장부입니다. 하물며 두 집안의 어머님[339]이 반석같이 편안하시고 안채에 아름다운 부인이 쌍으로 있으니 훈지(壎篪)의 즐거움과 금슬의 화락함이 당신 같은 사람이 없을 것입니다. 불행히 저같이 비루한 사람을 만나 효성에 해로움이 있고 당신의 아내로서 당신의 덕에 누가 되었으니 오히려 어머님이 처분하시어 저를 이곳에 가두시고 아버님이 돌아오시기를 기다리시는 것이 성덕이십니다. 그러니 당신의 도리는 어머님의 말씀을 받들고 따라 일이 밝고 바르게 됨을 좇으시는 것입니다. 무슨 까닭으로 장부가 눈물을 가벼이 떨어뜨려 사람들이 비웃을 것을 깨닫지 못하십니까? 배우지 못해 무식한 나무꾼도 이러한 행동을 하지 않을 것이니 원컨대 당신은 빨리 나가

108

---

339) 두 ~ 어머님 : 두 집안이란 평진후 집안과 강능후 집안을 말하므로 생모인 주부인과 양모인 구부인을 말함.

십시오."

경수가 일어나 길게 읍하고 감사하며 말하였다.

"부인이 비록 운명이 기박하여 이 소생의 재취가 되었으나 가히 나의 높은 스승이오. 천 리를 내다보는 것 같은 총명함과 두터운 덕은 성현이 다시 태어나셔도 더할 것이 없을 것이니 나 소천유340)가 어찌 탄복하지 않을 수 있겠습니까? 어머님의 성덕을 간악한 사람들이 가려서 이 지경에 미쳤으니 모두 소경수의 효성이 천박하기 때문입니다. 이제부터 집안의 변이 더욱 생겨날 것이지만 내가 비록 죽더라도 부인을 저버리지 않을 것입니다."

조씨가 갑자기 얼굴에 놀라는 빛이 있더니 문득 자리에서 일어나 죄를 청하여 말하였다.

"제가 무상하여 군자의 덕을 돕지 못하고 푸른 머리와 붉은 낯으로 장부의 마음을 미혹하게 하니 당신의 행사가 매우 잘못되어 여기에 와 계시는 것입니다. 이는 다 어질지 못한 덕입니다. 죄 중에 죄를 더하니 무슨 면목으로 군자를 대하여 말을 주고받겠습니까? 오늘 말씀이 당신께서 하실 바가 아닙니다. 제가 비록 천하고 경박하나 오히려 부형의 가르침을 받아 예의를 깊이 생각한 바가 있습니다. 제가 몹쓸 죄에 빠진 것은 하늘의 뜻이거니와 다른 날 혹 살아나더라도 부모님을 뵐 낯이 없을 것이니 원컨대 당신께서 보시는 데서 한 목숨을 끊어 당신으로 하여금 거리끼시는 염려를 그치게 하고 싶습니다."

말을 마치자 기색이 매섭고 엄숙하며 말이 강개한 것이 9월 달 서리 내리는 가을 하늘같이 높으며, 겨울날 빛나는 햇빛에 눈과 얼음이 눈부시듯

---

340) 소천유 : 천유는 소경수의 자(字).

찬연하여, 고운 빛은 온갖 꽃들이 다투어 향기를 토하고 깨끗한 품격은 흰 옥과 옥구슬이 보배로운 광채를 토하는 듯하였다. 봉 같은 눈을 낮추고 붉은 입술을 닫아 말씀을 그치고 두 손을 모으고 단정히 앉아 있으니 그 냉담하고 숙연함이 사람으로 하여금 사랑하지 않을 수 없게 하였다. 그러므로 소경수가 이 거동을 대하자 정신이 흩어지는 것이 뜻밖에 구름이 흩어지듯 하였다. 그러나 다만 조씨의 정대함이 총명한 군자로 하여금 흉금을 열게 하였으며, 숙연한 예모가 장부로 하여금 문득 공경하는 뜻이 일어나게 하였기 때문에 경수가 낯빛을 고치고 사례하며 말하였다. 111

"부인이 바로잡아 주지 않았다면 경수 이 몸은 벌써 불효의 죄인이 되었을 것입니다. 마음에 지극히 삼가며 지극히 억울함을 내가 모르면 누가 알겠습니까? 부인은 이런 가운데서도 몸을 옥같이 아껴 마침내 우리 부부의 뜻을 이루고 눈썹을 펴 어머님의 뜻을 감동하게 하고 여러 누이들을 감화한 후 관저지락(關雎之樂)341)을 이루어 남은 한이 없게 하십시오. 그러면 경수가 비록 속이 좁으나 마음을 넓게 하여 이곳에 다시 오지 않고 풍운(風雲)의 길시(吉時)342)를 기다리겠습니다." 112

조씨가 이에 다다라서는 낯빛을 부드럽게 하여 위로하며 말하였다.

"사람의 화복과 길흉은 대성인도 임의로 못하시는 것이니 앞일은 미리 헤아릴 바가 아닙니다. 오직 군자는 마음먹기를 정대하게 하고 성효를 본받으시며 우애와 공경을 잘 하시면 그 밖의 모든 일은 자연히 돌아가는 대로 될 것입니다. 저는 본디 둔하고 고집스러워서 다른 사람이 113

---

341) 관저지락(關雎之樂) : 정답게 지저귀는 저구새의 즐거움이란 뜻으로 군자와 숙녀가 좋은 배필을 만나 즐거워함을 의미함. 『시경(詩經)』「국풍(國風)」〈관저(關雎)〉 장에서 유래한 말.
342) 풍운(風雲)의 길시(吉時) : '풍운(風雲)'은 용이 바람과 구름을 타고 하늘로 오르는 것처럼 영웅호걸들이 세상에 두각을 나타내는 좋은 기운을 의미.

죽이지만 않는다면 스스로 번뇌하여 죽지는 않을 것이니 당신은 빨리 돌아가십시오."

소경수가 쓸쓸하게 긴 탄식을 하고 다시 부인의 손을 잡고 연연해하며 차마 떠나지 못하였는데 그 생각하는 정이 두터워 서로 떨어지지 못하는 마음이란 비길 곳이 없었다. 조씨가 아주 곧은 마음 때문에 성인(聖人)과 다름없는 부인이었지만 이런 남편의 산 같은 은정에야 어찌 감격하지 않겠는가? 잠깐 푸른 눈썹을 움직이며 별 같은 눈을 내리 깔았다가 두어 번 처다보니 경수의 모습이 딴사람이 되었고 몸이 수척해진 것을 알 수 있었다. 조씨가 우려하는 빛을 띠자 그 아리따운 태도와 상쾌한 빛이 방 안을 비추는 것 같아서 경수가 더욱 존경하여 감복하고 황홀하여서 차마 일어나지 못하였다.

이때 애황이 경수가 취음정에 간 것을 알고 연수에게 말하였다.

"조씨는 천하의 간웅이다. 취음정에 들어간 후부터 우리를 원망하는 것이 골수에 사무쳐서 그 입을 움직이고 마음을 쓰기를 자기 부모에게 우리 오누이의 흠을 다 말하고 모친과 구씨・이씨 형님을 여지없이 몰아넣어 큰일을 저지르려 한다. 그래서 뜻을 크게 하고 일부러 시키는 일을 흐르는 듯 공순하게 하고 원망을 입 밖에 내지 않으니 이는 작은 역량이 아니다. 이제 사형(舍兄)[343]이 이곳에 들어갔으니 뭔가 의논하는 일이 많을 것이다. 우리가 이씨 형님과 같이 가서 듣고 싶지만 이목이 번다하고 여자의 출입이 마땅하지 않으니 네가 가서 자세히 들어보아라."

연수가 몸을 일으켜 나는 듯이 취음정에 이르러 으슥한 데 기대어 서서

343) 사형(舍兄): 소경수를 말함.

부부의 사사로운 말을 다 들어보았더니, 조씨가 하는 말은 보통 사람의
마음보다 기특하고 경수의 말이 또한 형제와 모자지간에 조금도 혐의하
는 뜻이 없고 더욱이 자기는 들먹이는 일이 없었다. 연수가 마음에 재미 116
가 없고 또한 그 부부의 기특함을 새로이 통한하여 생각하였다.

'사람이 어질고 아름다움이 저 같으니 형님344)이 조씨와 화락하면 집
안의 법도가 창성하고 복록이 성대하게 일어나 반드시 복된 경사가 있
을 것이다. 그러니 내 어찌 기운을 펴보며 이 집의 종장(宗長)이 되겠는
가? 하물며 천금같이 소중한 기린 같은 옥동자가 있으니 말이다. 이때
를 인하여 그를 도와주는 세력을 덜고 형님을 괴로이 보채어 조씨 모자
를 견제하고 형님이 초사를 올리게 하여 마침내 죽게 하면 거의 나의
소원을 이룰 것이다.'

또 다시 들으니 다른 말이 없고 다만 아이를 어루만지며 사랑하고 차 117
마 일어나지 못할 뿐이었다. 연수가 즉시 돌아와 바로 모친의 침당에 이
르니 마침 주위가 고요하고 오직 애황, 여황과 이씨만 있었다. 연수가 발
을 구르고 가슴을 치며 말하였다.

"어머니가 부질없이 풀을 쳐서 뱀을 놀라게 하는 바람에 그 독과 남은
화로 인해 문호(門戶)345)가 없어지게 되었으니 이를 장차 어찌하려 하
십니까?"

구부인이 얼굴색이 흙빛이 되어 급히 물었다.

"무슨 일이기에 우리 아들이 이런 망령된 말을 하는 것이냐?"

"소자가 마침 정원에 갔다가 형님이 취음정으로 들어가는 것을 보고 118

---

344) 형님 : {〜곤}. 사곤(舍昆)은 사형(舍兄)과 같은 뜻.
345) 문호(門戶) : 문벌(門閥). 대대로 내려오는 그 집안의 사회적 신분이나 지위.

따라가 가만히 들으니 어머니를 원망하며 두 누이를 꾸짖었는데 차마 듣지 못할 말이 많을 뿐 아니라 조씨가 말하기를, '구씨와 두 시누이와 연수와 이씨는 내 한 입 움직이면 다 해치울 수 있다. 만고에 용납지 못할 죄를 얽어 황상께 아뢰면 이 너다섯 명의 주검이 동시에 매달릴 것이니 무엇이 근심되리오?'하였으며, 또 어머니나 소자와는 이름이 모자와 형제 사이나 사실은 원수라며 조씨가 자신의 부형의 기세로써 원망을 품고 소자에게 갚으려 하니, 소자가 머리 없는 귀신이 되지 않을 수 있으며 어머니가 천고의 박명을 받아들이지 않을 수 있겠습니까? 이 일을 생각하니 식은땀이 옷을 적십니다. 장차 우리 모자와 형제가 목숨을 보전할 수 있는 좋은 방책을 생각하십시오."

구부인이 듣고 나서 크게 욕하며 말하였다.

"경수가 비록 나의 소생이 아니나 다섯 살부터 길러서 은애가 어미 자식 간의 정을 다하였는데 제가 이제 못된 처의 간악한 모계를 곧이듣고 나를 이와 같이 대하니 내가 죽을지언정 어찌 능히 이 분을 참겠느냐?"

말을 마치고 노기가 등등하여 하인을 명하여 취음정346)에 가서 경수를 잡아347) 오라고 하였다. 애황과 여황이 한 말씩 돋우어 경수의 돼먹지 못함과 조씨의 간사하고 흉악함을 늘어놓으며 이때에 처치하지 못하면 가문에 큰 화가 곧 닥칠 것이라고 어지러이 충동질하였다. 구부인이 본디 경수와는 잘 맞지 않는 모자 사이요, 조씨는 밤낮으로 없애고자 하는 바였기 때문에 노기가 불 일어나듯 하였다. 하인이 명을 받고 취음정에 이르러 경수에게 명을 전하였다.

---

346) 취음정 : {취은뎡}. 같은 곳을 '취음뎡', '취은뎡', '취운졍' 등으로 표기하고 있으므로 취음정으로 통일함.
347) 잡아 : {갑아}. '잡아'의 오기로 보고 이와 같이 옮김.

1 이때에 하인이 명을 받고 취음정에 이르러 경수에게 명을 전하였다. 경수가 탄식하고 일어나 조씨와 이별하였다.

"이제 헤어지면 다시 만날 기약이 없군요. 그대는 죽고 사는 것을 바꾸지 마십시오. 부인의 정숙한 자질로 심상하게 생을 마치지는 않겠지요. 제가 비록 어질지는 못하나 마침내 어머님의 뜻을 돌이키고 동생이랑 누이들과 화목하게 우애하여 천륜과 삼강(三綱)[348]이 온전한 사람이 되고자 합니다. 부인이 어찌 내 뜻을 모르시겠습니까? 집안에 흉악

2 한 사람들이 가득 차 있으니 우리 부부의 흠을 잡아 말을 만들어 어머님께 고하였을 것입니다. 한때 죄를 받겠지만 설마 어찌 하겠습니까? 원컨대 부인은 오늘 이 부탁을 저버리지 마십시오."

말을 마치자 그 대답을 기다리지 않고 소매를 떨치고 하인을 따라 정당으로 갔다. 그러나 감히 당에 오르지 못하고 섬돌 아래 엎드려 죄를 청하니 구부인이 독한 눈을 뜨고 큰 소리로 꾸짖었다.

"내 너를 다섯 살부터 길러내어 은정이 직접 낳은 자식이 아닌 것을 깨닫지 못할 정도였다. 그러니 네가 사랑하던 아내가 나와 시누이와 연수를 죽이고자 하면 네게도 원수라고 할 바이거늘 너는 이제 틈을 타

3 아내와 자주 모여서 나를 죽이기를 도모하고 그 요괴로운 말을 꾸짖지 않으니 어찌 나를 네가 해치는 것과 다르겠느냐? 내 이제 조씨 가문에서 가문의 세력으로 나를 해치기 전에 빨리 스스로 죽어 네가 거칠 것 없이 화락하게 지내게 해주겠다."

경수가 머리를 조아리고 울며 말하였다.

---

348) 삼강(三綱) : 사람이 지켜야 할 근본적인 도리. 삼강은 유교(儒敎)의 도덕에 있어서 근본이 되는 세 가지 강목(綱目). 임금과 신하, 어버이와 자식, 남편과 아내 사이에 마땅히 지켜야 할 도리로서, 곧 군위신강(君爲臣綱), 부위자강(父爲子綱), 부위부강(夫爲婦綱)을 말함.

"제가 불초하여 이런 망극한 하교를 듣게 되었으니 누구를 원망하겠습니까? 불행히도 조씨를 만난 까닭에 이 지경에 이르렀으니 원컨대 조씨를 즉시 쫓아내고 어머님의 뜻을 따라 후대하라고 하시는 사람과 화목하여 사람의 자식 된 도리를 다하고자 하옵니다. 제가 취음정에 간 죄를 다스리시고 이 같은 하교를 그치시기를 바라나이다."

구부인이 거친 소리로 말하였다.

"조씨를 빨리 보내어 계교를 이루고자 하는 것이냐? 내 명이 하늘에 있으니 조씨의 위세라 할지라도 되는 대로 죽일 수 있겠으며, 왕법이 삼엄한데 성스럽고 밝으신 천자가 나만 죽이고 어미를 해하는 너의 죄는 없이 하시겠느냐? 네 마음대로 하여라."

경수는 모친의 노기가 불과 같으니 자기가 하는 말이 무익한 것 같아서 오직 애걸할 뿐이었다. 그러자 구부인의 모진 성품이라도 오히려 풀어졌다. 처음에는 크게 화를 내며 질타하고자 하더니 경수가 화평하고 온순한 것이 목석이라도 감동하게 할 정도였으므로 장책을 더하지 못하고 주부인과 주부인 소생의 다른 형제들[349]이 다 불편할 일을 생각하고 잠깐 화를 그쳐 용서하며 말하였다.

"너의 불초함이 장책을 더할 것이지만 오히려 용서하는 것은 네 몸이 상하면 내 마음이 아프니 오늘 너의 죄를 용서하는 것이다. 그러니 차후로는 조씨와 상통하지 말고 구씨와 이씨를 후대하여 내 뜻을 받들어 따르도록 하여라."

경수가 두 번 절하고 감사하며 말하였다.

349) 주부인과 ~ 형제들 : 주부인은 소경수의 생모이고 형제들은 소경수의 동복 형제 한수, 용수 등을 말함.

"삼가 어머님의 말씀을 받들어 조씨를 찾지 않고 구씨와 이씨를 후대하여 부부로서 지켜야 할 도리를 온전히 하겠습니다."

구부인이 다시 말을 하지 않으니 경수가 당으로 올라와 모시고 앉아서 온화하게 이야기하였는데, 봄바람이 버드나무를 흔드는 듯, 만물이 생기를 뿜는 듯하였다. 또 두 여동생과 함께 천연스레 담소하며 화목한 기운이 방안에 가득하니 연수와 이씨 등이 은근히 불쾌해 하며 구부인의 마음이 풀어진 것을 원망하였다. 경수가 외당으로 나오니 연수가 따라오다가 갑자기 난간머리에서 거꾸러져 머리가 깨어지고 낯이 상하여 피가 흘렀다. 경수가 크게 놀라 붙들어 피를 씻고 약을 붙이려 하니 뿌리치고 안으로 들어가 구부인을 뵙고 울며 말하였다.

"형이 소자가 거짓말을 꾸며 어머니께 아뢴다고 하며 이렇듯 마구 쳐서 거의 죽을 것 같으니 형제의 정이 변하여 원수가 되었습니다. 소자가 앞으로 죽어도 묻힐 땅이 없고 살아도 인륜의 참변을 만날 것이니 차라리 모친 앞에서 죽어 형님의 마음을 시원하게 하고 소자의 시름을 잊고 싶습니다."

말을 마치자 차고 있던 칼을 빼서 스스로 찌르고자 하였다. 그러자 이씨가 눈물을 흘리며 말하였다.

"아주버님같이 효성스럽고 우애 있으며 인자하신 분이 형제간의 정이 화목하지 못하여 이런 참변이 있네요. 제가 비록 남편의 안사람이지만 아주버님을 위하여 공평한 말을 하자면, 앞으로 남편이 집안을 맡으면 어머님과 아주버님은 일신을 의지할 곳이 없을 것입니다."

구부인이 연수를 매우 사랑하였기 때문에 그 머리가 깨져서 피가 나는 것을 보니 가슴이 아프고 노기가 하늘을 찔렀다. 가슴을 두드리며 크게 울다가 경수를 잡아들여서는 발을 구르며 소리를 질렀다.

"연수가 너와 무슨 원수이기에 저런 짓을 하여 죽게 만드느냐?"

경수가 깜짝 놀라 탄식하였는데 연수의 뜻을 알아채니 놀랍고 한심스러웠다. 그러나 이 또한 자기의 효성이 적어서 이에 미친 것인가 생각할지언정 조금도 구부인을 원망하지 않고 연수를 꾸짖지 않았다. 이에 두 번 절하고 부드러운 목소리로 말하였다.

"소자가 불초하고 도리를 몰라 이런 짓을 했는가 여기십시오. 소자가 사람의 도리를 모르는 죄를 저질렀다고 연수가 어머님 앞에 무고하였다고 하면 연수가 몹쓸 것이 되겠고, 소자가 과격하여 성질을 참지 못하여 한 번 아우를 난타하였다고 하면 그저 과도한 것일 따름입니다. 오직 소자의 뜻이 이러하오니 죄를 청할 뿐입니다." 9

기색이 화평하고 말씀이 온화하여 한 마디도 연수를 꾸짖는 말이 없고 변명하지 아니함도 없으니 구부인이 화를 이기지 못하여 하인을 호령하여 매를 치라고 하면서 한 대 한 대 매우 치라고 하였다. 경수가 어질고 밝으며 관대하였기 때문에 하층의 천한 노예들의 인망을 얻었으므로 하인들이 죽을지언정 힘을 다하지 않고 차마 매우 치지 못하였다. 그러자 부인의 노여움이 뼈에 사무쳐 놀라기에 미치니 경수가 매를 치는 하인에 10 게 스스로 엄하게 꾸짖으며 말하였다.

"네 어찌 힘을 다하여 명령을 받들지 아니 하느냐?"

옆에 있던 사람들이 다 감동하여 눈물을 흘렸는데 간악한 연수는 감화되는 것이 없었다. 구씨는 마음속으로 오히려 연수에 대해 유감이 있었지만, 이씨는 시원하게 여기면서도 구부인이 경수의 죄를 물으면서 자기를 박대한 일은 책망하지 않으니 그것을 가장 답답하게 여겼다. 매를 이미 오십 대를 치니 비록 살살 치는 매였지만 경수에게는 평생 처음 있는 일이었으므로 귀한 몸의 고운 피부가 찢어져 피가 낭자하였다. 그러나 경수는 안색이 침착하고 한 번도 아프다고 하지 않았다. 구부인이 노기를 이기지 못하나 어쩔 수 없고, 또 평진후의 부중에서 알까 두려워 즉시 그치고 다시 말하였다.

"하나 있는 동생을 죽이고자 하고 어미와 원수가 되어가니 이는 다 조녀 때문이다."

그러고는 조씨를 다시 더 나쁜 곳에 가두라고 하였다. 그 돌로 만든 감옥은 침침하여 곁에 있는 것도 알아볼 수 없고, 찬바람이 뼈에 사무치는 곳이었는데 조씨가 어찌 이런 고생을 알았겠는가마는 성질이 기특하고 사람됨이 평범하지 않아서 놀라거나 슬퍼하지도 않고 조용히 명을 받아 옥중에 이르렀다. 유모와 시비 등은 곡성이 낭자하였는데 조씨는 아이를 품고 한 겹 거적을 끌어당겨 고요히 몸을 의지하고 구멍으로 들어오는 두 때 조밥과 거친 푸성귀라도 잘 먹으며 한 마디도 입 밖에 내어 원망함이 없이 슬픔과 즐거움을 모르는 사람 같았다. 그러므로 유모와 시비 등은 도리어 이상하게 여기고 있었다.

이때에 경수는 연수가 도리에 어긋나는 간악함으로 공연히 형을 모함하여 형제간의 윤리를 어지럽히는 것을 보고, 자신이 당한 장책은 생각하지 않고 답답하게 연수의 장래를 염려하느라 몸에 병이 있고 목으로는 음식이 내려가지 않았다. 경수가 서재에 나와 누워서 긴 탄식 짧은 한숨에 생각하였다.

'내가 비록 불초하지만 거의 옛 사람들의 효성과 우애를 따라 어머님을 효성으로 받들고 형제들과 우애하는 정이 훈지(壎篪)의 즐거움을 다하여 오래도록 형제의 항렬이 갖추어질까 하였더니 의외로 동생의 뜻이 변하여 나를 사랑하지 않는 것은 말할 것도 없고 도리어 나를 해치고자 하니 어찌 한심하지 않겠는가? 이는 다만 연수가 나쁜 것이 아니라 나의 액운이다. 내가 어질지 못하여 어머님의 마음을 감동시키지 못하고 아래로 동기와 화목하지 못하니 성인의 가르침으로 보면 내가 죄인이다.'

시동을 시켜 연수를 부르니 연수가 마지못하여 나와서 화를 머금고 독한 기운을 띠어 한쪽 가에 서있었다. 경수가 온화한 목소리와 부드러운 말로 청하여 곁에 앉히고 슬프게 긴 탄식을 하며 눈물을 흘리고 사죄하였다. 14

"내가 너에게 죄를 지은 것이 많구나. 사람의 자식이 되어 어머니의 뜻을 맞추어 드리지 못하고 사람의 형이 되어 하나 있는 아우와 화목하지 못하니 무슨 면목으로 사람들을 대하겠느냐? 내가 너와 더불어 같은 배에서 나지는 않았으나 이미 형제의 의리가 밝고 골육의 정이 무거워 형제의 의가 정연하다. 그러니 같이 어머님을 받들면서 어깨를 나란히 하여 형제의 정을 다하며 서로 허물을 말해주어 고치고 사랑하기를 한 몸같이 해야 할 것이다. 그런데 오늘 내가 비록 과격하여 너를 쳐서 상하게 했더라도 너의 도리는 어머님께 고하여 화를 돋우지 말았어야 하거늘 하물며 네가 발을 헛디뎌 다친 것을 이 형이 치더라고 하는 것은 차마 못할 일이다. 슬프다, 내가 이제 어머님 앞에서 한때 매를 맞은 것이 무슨 큰일이며 놀랄 일이겠느냐마는 내 아우의 천금같이 귀한 몸이 불의에 빠져있다는 것이 놀랍고 안타깝다. 네가 나에게 그른 일과 유감 있는 일이 있거든 이 형을 보고 책망하고 말하여 허물을 고치게 할 15

15

것이며 마음에 품어 쌓아둔 뜻을 없이 하는 것이 옳을 것이다.

내가 실로 아내 셋을 두었지만 과연 조씨에 대한 사랑이 으뜸이었는데
이제 조씨가 고이한 죄명을 얻어 사지에 떨어지니 실로 그 사람됨이
그런 악행은 하지 않을 사람이요 하물며 친정에서 받은 가르침이 엄격
하였으니 결단코 나쁜 일을 범하여 죄에 빠지지 않을 사람이다. 집안
에서 간악하고 교활하며 음흉하고 패덕한 자는 이씨다. 이씨가 스스로
집안의 변란을 지어 나의 박대를 받고 동렬(同列)을 사지(死地)에 몰아넣
었다는 것을 알아야 한다. 조씨가 갇혀있는 것이 마음에 애처로워 한
번 찾아 본 것은 조씨의 억울함을 안타까워 한 것인데 모친께 아뢰기를
내가 조씨와 더불어 어머님과 동기를 도모하였다고 하니 이는 삼척동
자(三尺童子)라도 곧이듣지 않을 것이다. 그러므로 어머니께서 깨달으
시고 죄를 용서하셨거늘 네 홀로 곧이들은 것이 있었더냐? 진실로 그
런 마음이 있었다면 네가 나를 대하여 도리에 어긋남을 책망하여라.
그러면 내가 마땅히 머리를 숙여 듣고 스스로 부끄러워하며 고칠 것이
요, 내가 잘못한 바가 없으면 웃고 그렇지 않다고 말할 따름이지 내 어
찌 다른 마음을 두겠느냐?

오늘의 변은 다른 사람들에게 알릴 수 없는 일이다. 내가 밝지 못하여
이에 미쳤으니 오늘의 일을 다른 사람이 알게 하지 말고 아버님도 모르
시게 하여라. 고요히 허물을 고쳐 우리 형제가 한 베개를 베고 같은 이
불을 덮고 자며350) 훈지(壎篪)의 즐거움을 다한다면 일생 얻기 어려운
경사일 것이다. 하물며 우리는 재상가의 자제이다. 이 형이 외람되게

---

350) 한 ~ 자며 : {광금장침의}. 광금장침(廣衾長枕)은 넓은 이불과 긴 베개라는 뜻으로 형제간에 한
    이불을 덮고 같은 베개를 베고 함께 자는 즐거움을 가리킬 때 주로 쓰임.

도 육경(六卿)351)의 자리에 있고, 너도 선비의 맑은 행실을 닦아 훗날 용루봉궐(龍樓鳳闕)352)에서 어향(御香)을 쏘이면353) 여항의 백성들까지 이름을 모를 이가 없을 것이다. 그런데 형제가 화목하지 못하고 윤기가 어지럽다면 무슨 면목으로 세상에 설 수 있겠느냐? 유비(劉備), 관우(關羽), 장비(張飛)는 각기 성(姓)이 달랐어도 생사를 같이 하였다는데 나와 너의 골육의 정에야 비길 수 있겠느냐? 제발 차후로는 이같이 말고 천륜의 자애를 온전히 하기를 바란다."

말을 마치고 연수의 팔을 어루만지며 사랑스럽고 화평한 언어로 동생과 우애하는 것이 목석이라도 움직일 듯하였다. 그렇지만 연수는 간악하여 조금도 뉘우치는 마음이 없이 더욱 기분 나빠하며 경수를 없애고자 하였다. 연수가 어찌 한 번에 마음을 고쳐 덕을 닦을 자이겠는가마는 그래도 염치는 있어서 이 말을 듣고 불평한 기색을 못하고 일어나 절하고 알았다며 말하였다.

"제가 불초하여 형과 조씨 형수가 어머니와 저를 해하고자 한다는 말을 듣고 마음이 차갑고 뼛속까지 놀랐습니다. 그래서 말이 좋지 못하였고 그릇되게 형님을 해하였으니 실로 죽을죄입니다. 오늘 형님의 말씀을 들으니 목석이라도 감동할 것 같습니다. 어찌 마음을 고치지 않겠습니까? 앞으로 명심하겠습니다."

경수가 얼굴에 기쁨을 띠고 일어나 절하며 감사를 표하고 말하였다.

"내가 너를 대접하는 것이 아니라 너의 어짊을 공경하는 것이니 아우

19

20

---

351) 육경(六卿) : 중국 주(周)나라 때에 둔 육관(六官)의 우두머리. 대총재·대사도·대종백·대사마·대사구·대사공을 이름. 조선에서는 육조판서를 말함.
352) 용루봉궐(龍樓鳳闕) : 용루와 봉궐은 모두 임금이 있는 대궐을 달리 이르는 말.
353) 어향(御香)을 쏘이면 : 어향은 임금의 향취라는 뜻인데 '어향을 쏘이다'라는 것은 '임금의 은혜를 받다'라는 뜻임.

는 말과 마음을 같게 하여라. 못난 형이 어질지는 못하나 어진 동생을 저버리지 않을 것이다."

그러고는 손을 어루만지며 깊이 사랑하는 것이 부부 사이라 할 만했다. 연수가 이 같은 정을 보고 한편으로 이상하게 여기며 경수가 거짓으로 이렇게 하는 것이라고 하여 조금도 감동함이 없으니 칼 같은 마음이 형의 앞길을 끊고 큰 사람이 되어 가장(家長)이 되고자 하니 진실로 천하의 간사한 도적의 마음이었다.

재설. 주부인이 소후 형제가 집을 떠난 뒤로부터 경수와 조씨가 위태로울 것을 알았지만 각별히 아는 체를 하지 않았다. 그리고 경수가 아침저녁으로 왕래하면서도 얼굴색과 기운이 화평하였고, 집안에 일이 있으면354) 강능후의 집에 왕래하며 구부인을 보아도 조씨에 대한 말이 없었으므로 마음을 쓰지 않았다. 그랬는데 경수가 50대의 매를 맞고 몸이 좋지 않아 병이 났다며 서당에 누워있으니 경수의 두 형이 놀라고 걱정이 되어 병문안을 왔다. 경수가 두 형을 보고 일어나 앉아 말하였다.

"우연히 찬바람을 쐬어 병이 나는 바람에355) 부모님께 아침저녁 문안을 못 드려서 우려하게 하시는 불효를 끼쳤으니 죄 만 번 죽어 마땅합니다."

두 형이 경수의 모습이 딴 사람 같은 것을 보고 놀라서 말하였다.

"너의 송백(松柏) 같은 기질로 보아 그런 하찮은 병356)이 너를 범하지

---

354) 집안에 ~ 있으면 : {가간짜라}. 가간(家艱)은 부모의 상을 의미하지만 여기서는 집안의 어려움이나 문제 등을 뜻하는 것으로 보아 이와 같이 옮김.
355) 찬바람을 ~ 바람에 : {촉샹흐기로}. 촉상(觸傷)은 찬 기운이 몸에 닿아서 병이 일어남을 의미하므로 이와 같이 옮김.
356) 하찮은 병 : {조고만 풍질}. 풍질(風疾)은 보통 정신병이나 중풍을 의미하지만 여기서는 찬바람을 쐬어 생긴 병이라는 뜻으로 쓰였으므로 이와 같이 옮김.

못할 듯한데 어찌 이렇게 되었으며, 또 사람이 병들면 구완하기로는
아내만한 사람이 없는데 너는 왜 세 명의 아내를 두고 외로이 외당에
누워 있느냐?"

경수가 탄식하며 말하였다.

"아내가 셋이라고 하나 다른 사람들이 하나 둔 것만 같지 못하여 긴요
하게 병구완할 사람이 없습니다. 제 팔자가 나쁜 것인지 하나도 대할
마음이 없습니다."

두 형이 도리어 웃으며 말하였다.

"세 부인 중 조씨 제수는 뛰어나고 아름다운 여자이거늘 도리어 맞지
않는다 하니 욕심이 지나치구나."

이렇게 즐겁게 웃고 단란하게 이야기하며 조금도 변란에 대한 일을 말
하지 않고 기색이 화평하니 두 형은 대범한 사람들이라서 아무런 기미를
몰랐다. 또 본부에 일이 많아 자주 오지 못하였으므로 조씨가 갇힌 것과
경수가 매를 맞은 사실을 주부인은 전혀 몰랐다. 다만 구씨와 이씨는 수
삼 일에 한 번씩 와서 뵈는데 조씨의 자취는 묘연하니 주부인이 어찌 모
르겠는가? 마음속으로 슬프고 한스러워하며 구부인의 침소로 찾아갔더
니 구부인이 주부인을 맞이하여 대화를 나누었다. 구부인이 며느리를 보
채어 저지른 잘못 때문에 낯이 없었지만 마음이 대담하였으므로 탄식하
며 말하였다.

"제가 운명이 기박하여 형님의 덕택으로 경수를 양육하니 연수를 난
후로는 정이 다 같아 경수를 먼저 알고 연수를 나중으로 알게 되었고,
경수의 지극한 효성도 직접 낳은 자식보다 더하여 삼종(三從)의 의
탁357)이 산과 바다같이 무거웠습니다. 그런데 불행하게도 조씨같이

매우 간악한 여자를 만났습니다. 지난 번 이씨의 음식에 독을 넣은 일
은 의심하지 않았는데, 내가 병이 나고 두 딸이 다 저와 같아서 그 사이
에 괴이한 것을 무수히 파냈습니다. 그런데 저주하는 글이 분명히 조
녀의 필적이었습니다. 며느리가 시어미를 저주하는 것은 실로 윤리의
큰 변입니다. 제가 밝혀내서 형님께 의논하여 명백히 다스리고자 하는
데 어떻게 생각하십니까?'

주부인이 이 말을 듣고는 매우 어이가 없어서 억지로 대답하였다.

"며느리가 죄를 지었다면 묻어두지 못할 것입니다. 아우같이 사리에
밝고 자상한 사람이 어찌 잘못 알 까닭이 있겠습니까마는 내가 본디
지식이 어두워서 이런 큰일을 당하여 능히 어찌하면 좋을지 모르겠습
니다. 마을 사람들 중 어진 사람이 어질게 여기고 나쁜 사람이 나쁘게
여기는 사람이 어질다고 하였습니다.358) 조씨의 어진 마음과 맑은 덕
은 보통 사람보다 뛰어나니 악인과 뜻이 같지 않음을 악인들이 원망하
여 간사한 시비가 참소한 것이고 적국(敵國)의 시기가 일어난 것이니 조
씨는 실로 애매할 것입니다. 하지만 옥과 돌이 함께 타는 일359)이 있을
것이니 나와 아우가 결단할 바가 아닌 것 같습니다.

---

357) 삼종(三從)의 의탁 : 봉건 시대의 여자의 도리로, 집에서는 아버지를, 시집가서는 남편을, 남편
이 죽은 뒤에는 자식을 좇는다는 것.
358) 마을 ~ 하였습니다 : 이는 『논어(論語)』 〈자로(子路)〉 편 24장에 나오는 말. 자공(子貢)이 공자
(孔子)에게 묻기를 "지방 사람들이 모두 좋아하면 어떻습니까?(鄕人皆好之, 何如)"하자, 공자께
서 "가하지 않다[未可也]."라고 대답하시고, "지방 사람들이 모두 미워하면 어떻습니까?(鄕人皆
惡之, 何如) 라고 묻자, 공자께서 "가하지 않다[未可也]. 지방 사람 중에 선한 자가 좋아하고, 선
하지 못한 자가 미워하는 것만 못하다[不如鄕人之善者好之, 其不善者惡之]."라고 대답함. 이에
대해 주자(朱子)는 선한 자가 좋아하고 악한 자가 미워하지 않는다면 반드시 구차하게 영합(迎
合)하는 행실이 있어서일 것이요, 악한 자가 미워하고 선한 자가 좋아하지 않는다면 반드시 좋
아할 만한 실상이 없어서일 것이라고 풀이함.
359) 옥과 ~ 일 : {옥석을 구분홀 날}. 옥석구분(玉石俱焚)은 옥이나 돌이 모두 다 불에 탄다는 뜻으
로, 옳은 사람이나 그른 사람이 구별 없이 모두 재앙을 받음을 이르는 말.

또 경수가 돼먹지 못했다고 해도 시어머니를 해치고자 하는 처자를 버리지 않을 까닭이 없으니 전하는 말을 믿지 못하겠습니다. 내 어찌 한갓 며느리를 사랑하고 대의를 몰라 아우를 그르다고 하겠습니까? 일을 앞뒤로 생각하고, 처사를 급하게 하여 후회하는 일이 없도록 하십시오. 경수가 비록 나쁘다고 하여도 어진 아내를 누추한 옥에 가두는 것은 야박한 정사입니다. 조씨의 부형이 들어도 우리를 원망할 것이요, 아주버님이 돌아오셔도 지나치다고 여기실 것이니, 당분간 깊은 당에 가두었다가 그 목숨을 안정시키고 아주버님이 오시거든 그 죄를 밝혀 정하십시오. 그러면 조부에서 알아도 할 말이 없을 것이요, 사람들의 말도 듣지 않을 수 있을 것입니다. 이제 재상가의 귀한 자식을 냉옥에 두어 목숨을 보전하지 못한다면 허물이 그대에게 미칠 것이니 잘 헤아려 뉘우치는 일이 생기게 하지 마십시오."

구부인이 마음속으로 불쾌했으나 주부인의 말씀이 사리가 당연하고 조금도 사사로운 혐의에 구애하는 바가 없으니 사례하며 말하였다.

"형님의 맑은 가르치심에 저의 무식한 소견이 열리는군요. 삼가 명대로 하겠습니다."

주부인이 그 뜻을 짐작하고 쓸데없는 말을 하지 않고, 이윽고 병소에 이르러 경수를 보았다. 이때 경수는 마음의 근심이 무겁고 맞은 상처가 심하게 아프니 액운이 평범하지 않음을 슬퍼하여 장부의 눈물이 옷을 적시고 음식을 먹지 못하고 있었다. 게다가 조씨가 누추한 옥에서 고생하는 것을 생각하니 죽을지 살지 걱정이었으며 아이를 안고 목숨을 보전하기 어려울 것을 생각하니 지극히 어진 마음에 어찌 애달프지 않겠는가? 운명을 한탄하고 있었는데 홀연 모친이 오시는 것을 보고 온화한 말과 부드러운 안색으로 자리에서 일어나 맞이하며 두 번 절하고 말하였다.

"불초한 자식이 우연히 병이 생겨 오래 문안인사를 폐하고 어머님의 얼굴을 그리워하였으니 불효가 가볍지 않습니다. 구구하고 사사로운 정을 이기지 못하였는데 어머님께서 이렇게 오셨습니까?"

주부인이 눈을 들어보니 넉넉하게 빛나던 얼굴이 마르고 쇠약해져서 다른 사람이 되어 있었다. 주부인이 그 허다한 괴로움을 헤아리자 부인 같이 굳은 마음으로도 두 줄기 눈물이 흘러 탄식하며 말하였다.

"모든 일은 하늘에 달렸다. 우리 아들이 어려서부터 만 권의 책을 두루 보았으니 식견이 고명하고 마음이 원대하거늘 작은 일로 이렇게 마음 상하여 수척하여졌느냐? 순(舜)임금³⁶⁰과 민자건(閔子騫)³⁶¹을 본받아 극진한 효에 힘쓰도록 해라. 내가 너의 어미라서 잠시도 편하지 못하니 너는 길게 생각하여 마음을 상하지 마라. 조씨는 천신(天神)이 보호할 것이니 물이나 불에 들어간다고 해도 그저 죽을 기상이 아니다. 너는 다만 몸을 닦고 행실을 바로잡아 어미 자식 간의 효도를 다하려 하는 것이 사람의 자식 된 도리일 것이다."

경수가 엎드려 듣고 나서 두 번 절하고 말하였다.

"어머님의 말씀이 지당하시며 소자가 불초하여 이렇게 되었습니다. 소자가 불행히 아내로 인하여 어머님께 불효를 끼쳤으나 대단한 일이 아니오니 걱정하지 마십시오. 그리고 조씨의 죄는 강상에 관련된 것이니

360) 순(舜)임금 : 고대 중국의 전설적인 성군(聖君). 오제(五帝)의 한 사람으로 성은 우(虞), 이름은 중화(重華). 순 임금은 자신을 몇 차례씩이나 죽이려는 계모와 그에 동모한 부친 고수(瞽叟)를 지극한 효성으로 감동시킨 것으로 유명함.

361) 민자건(閔子騫) : 춘추시대 노(魯)나라 사람으로 공자의 제자 중 한 명. 민자건의 계모는 심성이 고약하여 한겨울이 되면 자기가 낳은 아들에게는 두툼한 솜옷을 입히고, 민자건에게는 갈대 잎을 넣은 옷을 입히는 등 전처의 자녀를 박대하였으나 민자건은 계모에 대해 지극한 효성을 다함.

어머님께서 처결하지 못하실 것입니다. 깊은 당에 갇히게 된 것만도 어머님의 성덕입니다. 소자가 어찌 노심초사(勞心焦思)하겠습니까?"

주부인이 감탄하여 눈물을 흘리며 말하였다.

"네 말을 들으니 내 무슨 근심을 하겠느냐? 그런데 너의 병이 매를 맞아서 그런 것이라는데 구부인의 말을 들으니 네 동생이 비록 그르다고 하나 네가 그를 어지러이 심하게 쳤다고 하던데 그 말이 맞느냐?"

경수가 이 말씀에 다다라서는 눈길을 나직하게 하고 고개를 숙여 머뭇거렸는데 그 양어머니의 일은 모친이 모르시는 것 같고 연수의 간악함은 알고 계신 것 같아서 그런 것이었다. 그러니 그 효성스러운 마음의 기특함이 이와 같았다. 오래되어서야 몸을 일으켜 절하며 말하였다.

31

"어머님이 제가 매를 맞았다고 말씀하신 것은 제가 과격하여 양어머니께서 노하시어 경계하여 꾸짖으신 것을 말씀하신 것이고, 연수의 일은 제가 몸이 아픈 까닭에 비롯된 일이지 별다른 마음이 있어서 그런 것이 아닙니다. 그리고 매를 맞은 일에 대해서는 제가 고친 바가 있으니 이로써 근심할 것이 아닙니다. 어머님은 걱정하지 마십시오."

주부인이 그 어진 효성에 대해 감탄하였다. 그때 연수가 가만히 저 모자의 말을 듣고 형의 어진 말과 숙모의 말이 저의 생각 밖이었는데도 도리어 원망하였다.

'형의 어진 것이 이와 같으니 내가 바랄 바가 아니다. 훗날 내가 공명을 얻어도 형을 당할 바가 아닌 것이다. 형은 집에 있으면 가업이 온전하고 임금을 섬기면 일세에 위엄이 진동할 것인데, 나는 어리석고 용렬하니 어찌 참을 수 있겠는가? 이때를 타 숙부와 아버지가 오시기 전에 형의 앞날을 처리하여 조씨와 아울러 죽게 해야겠다.'

그러고는 가만히 어머니 구부인에게 고하였다.

"아까 형이 큰어머니를 붙들고 울며 말하기를, '우리가 재상가의 자손
인데 세 아들을 거느리지 못하여 부질없이 숙부의 뒤를 잇게 하여 온
갖 괴로움을 겪게 하십니까? 연수 그 간악한 인간이 소자를 여러 가지
로 참소하여 50대 매를 맞고 애매한 조씨를 냉옥에 가두니 반드시 어
미와 아이가 다 죽을 것입니다. 소자가 아버님이 돌아오시기를 기다려
이 일을 고하고 직접 파양(罷養)할 의사를 내어 위로 조정에 고하고 아
래로 두 아버님께 고하여 내 몸을 편하게 하고 조씨의 목숨을 보전해야
겠습니다. 이렇게 된 지경에야 저 연수를 그냥 둘 수 있겠습니까? 이
분을 풀고야 살 것 같으니 모친은 돌아가서서 소자의 처치를 두고 보십
시오.'라고 하고, 숙모도 또 우리 모자와 구씨 형수와 이씨 형수를 벼르
시니 아버님이 돌아오시면 큰 변이 나고 소자는 죽을 것입니다."

구부인이 주부인의 말에 잠깐 마음을 움직여 조씨를 놓아 깊은 당에 두
고자 하였다가 이 말을 듣고는 매우 화를 내며 말하였다.

"경수의 막돼먹음이 점점 이 같으니 우리 모자가 보전할 도리를 차려
야겠다. 그러니 조씨를 놓아주지 못하겠구나."

구부인이 화를 걷잡지 못하고 있었는데 연수가 이씨와 애황, 여황과 함
께 모의하여 한 계책을 말씀드렸다. 그러자 구부인이 매우 기뻐하며 말하
였다.

"이 계교가 신묘하니 남편이 돌아온다고 해도 말이 없을 것이다."

연수 등이 기뻐하며 서로 치하하였다.

주부인이 구부인의 기색을 짐작하고 조씨와 경수의 말을 더 이상 하지
않고 가만히 돌아갔는데, 수일 후 경수가 병을 무릅쓰고 두 어머님께 문

안을 하였다. 그런데 경수가 조금도 원망함이 없었는데도 구부인은 좋지 않게 여기며 얼굴빛이 변하고 화가 난 것 같았다. 경수가 크게 두려워하며 어머님을 대하면 얇은 얼음을 밟듯 하고 동생들과 우애하여 천지신명이라도 감동할 것이었지만 홀로 구부인과 연수를 감화하지 못하였으니 이는 실로 액운이 심하고 군자와 숙녀의 길운이 멀어서 것이지 그런 구부인 모자가 나빠서 그런 것만은 아니었다.

연수가 처의 사촌 교정양362)을 대하여 자신의 생각을 말하고 언관을 부추겨서 한 장 소를 조정에 올려 조씨와 경수를 만고강상의 죄인으로 만들어 달라고 하며 금 세 덩이를 주었다. 교정양은 간악한 부류였다. 요행 집안의 세력으로 벼슬이 청현(淸顯)에 있었으나 사람됨이 간교하고 어질지 못하여 차마 하지 못할 불의의 일도 재물과 여색을 보면 귀신같이 하였다. 그런 사람이 황금을 보니 마음에 흡족하여 연수가 형을 사지에 넣고 집안의 형수를 함정에 넣는 나쁜 일이라는 것을 모르지 않았으면서도 옳은 일이라고 고하고 자신의 동료들을 대하여 짐짓 소씨 집안의 변을 일컬으며 조씨의 대악과 상서 경수의 불효부제(不孝不悌)363)를 퍼트리니 사대부와 서인에 이르기까지 조씨와 경수의 죄악을 모르는 이가 없게 되었다. 그래서 경수를 아는 자는 곧이 듣지 않았으나 모르는 이는 쾌씸하다고 하게 되었다.

한편 연수 등은 유명한 자객 백지호에게 천금을 주고 집안에 변을 일으키려고 하였다. 백지호는 천하의 유명한 장사로 호탕하고 허랑하였는데, 이씨와 연수가 조씨를 천고의 절색으로 일컬으며 조씨를 데려다가 깊이

362) 교정양 : {교전냥}. 원문에서 같은 인물에 대해 '교정냥'과 '교전냥'으로 표기하고 있으므로 교정양으로 통일함.
363) 불효부제(不孝不悌) : 어버이를 효성스럽게 잘 섬기지도 못하고 어른에게 공손하지도 못함.

숨어서 살라고 하니 백지호가 매우 좋아서 시키는 대로 변을 짓기 위해
조씨의 옥중으로 갔다.

이때 조씨는 냉옥에 갇힌 지 보름이 되었는데, 날씨가 매우 추워서 납
설(臘雪)[364]이 길에 쌓이고 옥 안에는 얼음이 엉겼으며 조밥과 쓴 나물은
먹지 못할 것이어서 목숨이 매우 위태로웠다. 조씨가 시녀 춘계를 불러
귀에 대고 어떤 말을 비밀히 일렀다. 춘계는 영리한 시비라서 조씨의 뛰
어남을 우러러 보았는데 이날 조씨의 말을 듣고 옷을 고치고 공자를 안았
다. 조씨가 눈물을 머금고 말하였다.

"내 집이 있지만 아무도 모르게 너의 집으로 보내는 것은 일이 있어서
그런 것이니 너는 신중하게 위기에 잘 대처해라. 하늘이 홀로 나만 죽
이시지는 않을 것이다."

춘계가 대답하였다.

"소저와 같이 어진 분이 마침내 그냥 끝나지는 않을 것입니다. 게다가
저의 형에게 젖이 있으니 소공자를 먹이고 보호하여 나중을 잇게 할 것
입니다. 다만 부인은 천금같이 귀한 몸을 보중하십시오."

조씨가 고개를 끄덕이며 말하였다.

"내가 알고 너만 알 따름이다."

조씨가 울며 자기 몸에 찼던 것을 끌러 춘계를 주었다. 이날 밤에 춘계
가 옥리에게 애걸하여 자신의 어미가 옥 근처에 사는데 지금 병이 중하다
고 하며 잠깐 옥 밖에 나가면 살아서 어미를 볼 수 있을 것이라고 하니 옥
리가 문을 열어 주었다. 춘계가 공자를 끼고 문을 나서 제 집으로 돌아갔

---

364) 납설(臘雪) : 납일(臘日)에 내리는 눈. 납일은 민간이나 조정에서 조상이나 종묘 또는 사직에 제
사 지내던 날로 동지 뒤의 셋째 술일(戌日)에 지냈으나, 조선 태조 이후에는 동지 뒤 셋째 미일
(未日)로 함.

다. 조씨가 꿈을 꾸고 아이를 내보내고 나서 이 밤에 변이 있을 줄을 알고 베개를 뜯어 사람 모양을 만들었는데 사지와 모양이 작은 아이 같았다. 아들의 옷을 입히고 베개에 고여 곁에 눕히고 자기는 머리를 풀어헤쳐 낯을 덮고 검은 것을 온 얼굴에 덮고 흉악한 거동으로 자리에 나아가 4, 5촌 되는 칼을 품고 변이 일어날 것을 기다렸다.

40

이때에 백지호가 구부인의 침전에 갑자기 들어가 무수한 시비를 치며 변란을 일으켰다. 그러자 연수가 내응하여 거짓 놀라는 체하고 일어나 바삐 구부인에게 소리 질러 말하였다.

"자객이 비수를 끼고 정침(正寢)에 들어왔으니 형님께 급히 고하십시오."

구부인이 연수를 붙들고 혼이 나간 채 말하였다.

"누가 나를 이토록 미워하여 이런단 말이냐?"

그러자 자객이 구부인의 머리를 잡고 말하였다.

"어리석은 부인이 애매한 조씨를 냉옥에 가두고 상서 같은 효자를 만단으로 보채니 무엇이 아까워 살려 두겠느냐?"

41

자객이 연수를 잡고 목을 베려 하니 구부인이 애통하게 애걸할 즈음에 경수가 노복을 거느리고 바삐 들어와서 불을 밝혔다. 그러자 자객이 달아나며 탄식하듯 말하였다.

"상서만 아니었다면 옥인의 부탁대로 모자를 죽였을 텐데."

자객이 나가는데 걸음걸이가 나는 듯하였다. 경수가 따라가면 잡을 듯하였지만 잡지 않은 것은 구부인과 연수가 상할까 하여 그랬다. 황망히 나와서 살펴보니 두 사람이 각별히 다치지는 않았으나 구부인은 떨고 연수는 울기를 그치지 않으니 경수가 붙들어 위로하였다. 그러나 자객을 놓

권 251

쳐 버렸으니 그 자객 백지호가 곧바로 조씨가 있는 옥에 이르러 잠근 문을 깨뜨렸다. 들어가 보니 귀신같이 흉한 사람이 머리를 풀어 얼굴을 가리고 젖먹이를 곁에 눕히고 자지 않고 앉아있었다. 유모와 시비는 크게 놀라 동시에 조씨를 붙들고 떨며 말하였다.

"우리 주인과 종들이 원통하게 갇혀 있었는데 또 이런 일을 당하니 하늘의 뜻을 모르겠구나."

백지호가 눈으로 둘러보니 그 부인은 옻으로 칠한 듯한 모습에 미색이 아니고 곁에 있는 시비 중에 미색이 있었다. 그래서 조씨는 아는 체 아니하고 곁에 있는 아이를 걷어 올려 소매에 넣고 이어서 시비 홍매를 업고

내달려 담을 넘어갔다. 조씨는 매우 놀랐으나 오직 유모와 시비로 더불어 통곡하고 도적이 공자를 빼앗고 시비를 업어 갔다고 하였다. 연수와 이씨가 옥리로부터 이 말을 듣고 손을 이마에 얹으며 말하였다.

"먼저 조씨의 아들을 없앴으니 큰 근심을 없앴구나. 이 소장이 올라가면 조씨는 죽지 않더라도 변방의 죄수가 될 것이로다. 소경수의 치우친 은정인들 임금의 뜻을 어찌하며 조가의 세력인들 왕법을 어찌 그치겠는가?"

그러고는 기쁨을 이기지 못하였다. 소경수는 이날 밤의 변고를 만나자 총명이 신과 같으므로 문득 이씨의 일인 것을 알고 모친을 위로하였다.

그리고 날이 밝자 옥리가 고하였다.

"옥중에 도적이 들었는데 소공자를 앗아가고 유모와 시비들은 있습니다."

연수가 벌컥 화를 내며 말하였다.

"우리 집의 변란은 다른 사람에게 알릴 수 없는 것이구나. 어떤 도적이

한 살배기 어린아이를 무슨 원수라고 잡아가겠느냐? 조씨가 간부를 들여 모친 방에서 변을 짓고 어린 아들을 없이 하여 다른 사람에게 미루고 몸을 빼 훗날 우리 가문을 멸하고자 하는 것이다. 그런데 형님은 어찌 화가 미치는 것을 알지 못하고 그 죄명이 애매하다고 합니까? 어린 아들을 잃은 것도 음란하고 흉악한 꾀인 줄을 알지 못하니 식견 있는 자들이 분하게 여길 바입니다. 저는 형을 위하여 마음속 깊이 분함을 이기지 못하겠습니다."

경수가 다 듣고 나서 쓸쓸하게 탄식하며 말하였다.

"아우의 헤아림이 옳다. 그러나 비록 조씨가 아무리 크게 나쁜 사람이라고 하더라도 젖먹이를 스스로 자객에게 내어 준다고 하는 것은 인정의 평범한 이치로는 못할 듯하고 자객을 사로잡지 못하였으니 물을 곳이 없구나. 어머님께서 놀라신 정당의 참변은 이 형이 불초한 허물이라서 어찌 다른 일에 생각이 머물 수 있겠느냐마는 처참한 것은 그 어미가 죄인이라도 자식은 소가의 아이인데 적의 손에 들어갔으니 살지 못하리라는 것이로다."

말을 마치자 맑은 눈물이 얼굴에 흐르니 구부인이 비로소 말하였다.

"네가 아내 셋을 다 고르게 대하지 못하고 오로지 조씨에게만 고혹하였기 때문에 허다한 가변이 매우 참혹한 것이다. 나를 죽여 가문을 멸 하려 하는 뜻이로되 네가 오히려 가변이 한심한 줄은 모르고 조씨만 연연해하며 어린애만을 위하여 눈물을 내니 실로 사람의 탈을 쓴 짐승의 마음이로구나. 내 죽을 것이 서러운 것이 아니라 너의 불효가 서럽도다. 요행 우리 모자가 살아서 얼굴을 대하기에 말이라도 하거니와 만일 우리 모자가 죽었다면 어이 할 것인고? 한낱 젖먹이를 잃은 것은 작은 일이다. 장부가 되어 이를 모르고 처자만 사랑하여 어미와 동생 말은 조금도 안하니 한심하지 않겠느냐?"

경수가 어머니의 말씀을 들으니 어이가 없으나 일어나 두 번 절하고 말하였다.

"어머님의 말씀이 이와 같으시니 소자의 불효가 가볍지 않으나 한갓 처자를 유념한 것이 아닙니다. 가변을 짓는 자를 찾아보면 조씨보다 세 배 더한 죄가 있을 것입니다. 소자가 의심하기로는 조씨만 의혹이 없고 계속 의심 가는 자가 있으니 마음과 다른 말을 아뢰지 못하는 것입니다."

구부인이 정색을 하고 말하였다.

"조씨보다 더한 자란 누구를 말하는 것이냐? 네 한낱 사사로운 정의 깊고 얕음으로 이리 의심하여 진짜 죄는 애매하다 하고 애매한 자를 의심하니 지혜로운 사람의 일이 아니다. 어미와 동생을 해하는 것을 보고도 시종 냉담하다니 어찌 사람의 자식 된 도리이겠느냐?"

경수가 공손하게 대답하고 사죄하며 물러났는데, 조씨의 고초와 특별한 화란으로 어린 아들이 독한 손에 떨어진 일을 골똘히 생각하면서 흐르는 눈물을 금하지 못했다. 그러나 찾아서 서로 물어볼 길이 없어 형세가 매우 난처하였으므로 길게 탄식하며 말하였다.

"하늘이 나를 내시고 조씨를 두어 어린아이를 낳아서 오래도록 함께 살 것을 기약하였더니 이제 망극한 죄명이 강상(綱常)의 한 죄가 되니 꽃다운 행실이 그림의 떡이 되었구나. 조씨가 비록 도량이 매우 크다고 하나 능히 몸을 보전하여 살기를 바라겠는가? 실로 나를 만난 연고로 아깝게 생을 마칠 것이니 생리사별(生離死別)365)에 한 번 보지도 않는 것은 인정이 아니다. 자식마저 잃으니 비통하거늘 어찌 걱정하지 49 않을 수 있겠는가? 어머니의 뜻을 거스르고 사람의 자식 된 도리가 아니라고 해도 조씨의 목숨을 보전하여야 모친의 덕에 누가 되지 않을 것이며 아버님이 오셔도 고요할 것이다."

생각이 이에 미치니 참지 못하는 정이 있어서 연못가를 산책하며 밝은 달의 광채를 보았다. 둥그런 흰 달의 빛이 빙설(氷雪)에 비쳐 눈부셨는데 조소저의 밝은 모습을 생각하고 서글프게 눈물을 떨어뜨리다 자연히 발길이 옥문에 이르렀다. 옥리가 경수를 보고 사정을 짐작하여 애처로이 여기며 황망히 문을 열어주었다. 경수가 손에 촛불을 들고 머리를 들이밀어 보니 옥중이 황량하고 칠흑같이 어두운데 찬연한 광휘와 함께 신이한 향 50 기가 코를 찔렀다. 경수가 놀라서 생각하기를 조씨가 벌써 죽었는가 하여 장부의 웅대한 마음이 순식간에 재가 되었다. 그러나 자세히 살펴보니 두 장 멍석으로 주인과 노비가 몸을 겨우 가리고 있는데, 조씨는 가만히 움직이지 않고 있었다. 두 눈은 낮추고 붉은 입술은 다물어 보아도 보는 것 같지 않은데, 불꽃 같은 광채가 일어나 더러운 곳의 어둡고 찬 것을 사르고 따뜻한 바람에 온갖 화초가 흔들리는 것 같았다. 조씨가 빛나는 눈길을 들자366) 경수가 황홀하여 팔을 들어 읍하고 말하였다.

"이별한 지 한 달인데 이런 냉옥 속에서 천금같이 귀한 꽃다운 몸이 별 탈이나 없으며 아이도 별 일이 없습니까?" 51

조씨가 못 듣는 듯하니 경수가 말하였다.

"부인은 지체 높은 가문의 법도 있는 집안에서 자라 예의가 매우 엄격

---

365) 생리사별(生離死別) : 살아 있을 때에는 멀리 떨어져 있고 죽어서는 영원히 헤어짐.
366) 빛나는 ~ 들자 : {안치 두우의 뽀이니}. 이는 눈빛[眼彩]이 북두성과 견우성[斗牛]을 쏘았다는 뜻. 북두성과 견우성은 그 빛이 매우 밝은 별이므로 눈빛이 별빛처럼 빛나는 것을 형용한 말.

한데 어찌 지아비를 공경하는 도로서 대답을 아니 할 수 있습니까?"

조씨가 겨우 움직이며 말하였다.

"허물 많은 사람의 운명이 놀라워 이 지경에 미쳤으나 일찍이 성인의 가르침에 있는 바 예가 아니면 보지도 말고 듣지도 말라고 하신 것[367]을 본받고자 하는 것입니다. 당신은 명공 육경(六卿)의 신분으로 도학을 익히고 온갖 행실을 수련하였는데, 죄 있는 계집을 몰래 와서 보고는 불효로 책망을 받으니 한심하여 응하지 못하는 것입니다. 실로 당신이 여기에 오신 것은 예가 아닙니다. 제가 눈을 감고 듣지 않고자 하나니 어찌 답례하겠습니까? 저는 청춘의 나이로 다른 사람이 죽이기 전에는 스스로 죽지는 않을 것인데, 당신은 팔 척 장부로 어머님께 죄를 얻고 형제가 불화하니 이만큼 부끄러운 일이 없습니다. 스스로 마음을 고쳐 덕을 닦고 형제가 화목한 후 처첩에게 뜻을 두실 일입니다. 순(舜)임금은 천하를 소유하는 부유함이 있었고 요(堯)임금이 두 딸을 허락하셨지만, 부모님의 마음을 얻지 못해 하늘을 우러러 울었습니다. 이제 당신이 처첩을 찾으시는 것은 극히 해롭습니다. 저 때문에 이렇게 되었는데 빨리 가지 않으시면 제가 마땅히 스스로 목을 찔러 비루한 목숨을 끊겠습니다."

말을 마치자 찬바람이 부는 듯 서늘하였다. 경수가 조씨의 옥같이 맑은 마음에 한 목숨을 기러기 털같이 가볍게 여길까 두려워 감히 앉지도 못하고 길게 탄식하며 말하였다.

---

367) 예가 ~ 것 : (비례물시와 비례물청). 비례물시(非禮勿視), 비례물청(非禮勿聽)은『논어(論語)』「안연(顔淵)」편 1장의 내용으로 인(仁)을 실천하는 구체적인 조목을 물어보는 안연(顔淵)에게 공자(孔子)가 '예가 아니면 보지 말며, 예가 아니면 듣지 말며, 예가 아니면 말하지 말며, 예가 아니면 움직이지 않는 것이다[非禮勿視, 非禮勿聽, 非禮勿言 非禮勿動].'라고 대답함.

"부인의 행동은 내가 미치지 못할 바입니다. 부인의 죄가 당연한 것이라면 생이 어찌 이곳에 이르렀겠습니까? 어머님께서 간악한 참언을 듣고 부인의 마음을 돌이키려고 하는 것이니 나중에 무슨 일이 없겠습니까? 들으니 옥중에서 도적의 환을 만나 젖먹이를 잃었다고 하더군요. 부자는 천륜인데 놀랍고 참혹한 슬픔368)을 참을 수 있겠습니까? 이러므로 부인을 찾아보고 지내시는 바를 묻고자 한 것입니다. 이 소천유의 마음을 누가 알겠습니까?"

조씨가 얼굴빛을 고치고 말하였다.

"허물 많은 제가 군자를 모르며 자식을 모르겠습니까마는 내 일신이 위급한데 자식을 걱정하겠습니까? 도적이 빼앗아 갔으나 아이의 사람됨이 헛되지 않으니 다시 볼 수 있을 것입니다. 제가 강상을 범한 대죄로 누추한 옥에 갇혀 있으나 반드시 살 터가 있을 것입니다. 여자가 어찌 남편에게 데면데면하겠습니까? 지금 어머님의 뜻을 어기고 죄인을 돌아보시는 것이 불가하니 당신은 오직 효와 우애를 닦아 순(舜)임금을 본받으십시오. 제가 비록 변변치 못하나 죽고 사는 일을 함부로 하지는 않을 것이니 빨리 가십시오."

경수가 차마 발걸음을 옮기지 못하고 고운 손을 잡고 탄식하며 말하였다.

"내가 부인 아는 마음을 바꾸지 않을 것이니 내 마음을 알아주십시오."

그러고는 유모에게 먹는 것을 물어보니 유모가 답하였다. 경수가 탄식하고 부인이 잘 드시느냐 하니 유모가 또 말하였다.

"이상한 일이 있는데 며칠 동안 옥중에 꽃과 물이 나서 그 맛이 좋으니

---

368) 놀랍고 ~ 슬픔 : {경참비도}. 경참비도(驚慘悲悼)는 놀랍고 참혹하며 슬프다는 뜻인데, '비도'는 특히 사람의 죽음을 몹시 슬퍼하고 애석하게 여기는 것.

이로써 배를 채웁니다. 이런 까닭으로 향내가 가득한 것입니다."

조씨가 미간을 찡그려 유모에게 눈치를 주니 경수가 감탄하며 꽃과 물을 보자고 하였다. 유모가 담 안의 조그만 구멍을 가리켰으므로 그곳을 보니 4, 5촌쯤 되는 구멍이 있어서 맑은 물이 얼지 않고 있었다. 먹어보자 향내가 가득하고 뱃속이 청량하였다. 또 꽃을 찾으니 물속에 한 줄기 꽃이 싱싱하였는데, 연꽃 송이 같고 백설 같은 꽃이었다. 꽃을 먹고 물을 마시니 신선의 영약이었으므로 상서로운 사람을 위한 것임을 알 만했다. 경수가 연고를 물으니 조씨가 탄식하며 말하였다.

56 "세상에 저 같은 것을 위한 것이 아니라 우연한 일이니 어찌 곡절을 알겠습니까?"

경수의 마음이 봄눈 녹듯 하였는데 슬픔을 머금고 말하였다.

"내가 부인의 말씀을 들어주기 위해 갑니다."

그러고는 팔을 들어 읍하고 말하였다.

"길이 무양하십시오."

경수가 말을 마치고 가면서 자신도 모르게 한 걸음에 두 번씩 돌아보았다.

이때 연수가 형이 서당에 없는 것을 보고 이상하게 여겨 몸을 날려 옥밖에 와서 엿들었는데 자기와 모친의 말은 들먹이지 않았으나 도적의 일을 알 것이라는 말에 의심이 났다. 그래서 바삐 나와 이씨를 보고 백지호가 아이를 어떻게 처치하였는지 모르겠다고 물으니 이씨가 말하였다.

57 "백가는 제 양어머니의 유제(乳弟)369)입니다. 아이를 받아서 보니 벌써 죽었기에 금천교 아래 버렸다고 하니 아마 까막까치의 밥이 되었을 것

---

369) 유제(乳弟) : 유모가 같은 아우.

입니다. 또 조씨는 자기가 겁탈하고자 하였는데 순종하지 않아서 그 종을 데려왔는데 시비도 순종하지 않아서 실랑이를 한다고 하더이다."

연수가 의심하였으나 그 말 같으면 조씨 모자가 살지 못할 것 같은데 조씨가 거짓으로 살아날 것이라고 하며 형의 뜻에 영합한 것이 심하다고 생각하였다. 연수는 이 일을 모친께는 알리지도 않고 유정랑[370]을 부추 겨서 금은을 주고 헛소문을 퍼트리게 하니 조씨의 더러운 죄가 온 성에 회자되었다.

조부에서 이 소식을 듣고 양정렬이 자지도 먹지도 못하며 근심하니 평 능후 유현이 위로하며 말하였다.

"끝까지 지켜보시고 구차하게 소식을 통하여 알려고 하지 마십시오. 우리 누이는 장래에 몸을 펴고 복록이 무쌍할 것입니다. 만 리를 내다 보는 어머님의 식견으로 무슨 근심을 하십니까?"

초공이 웃음을 머금고 말하였다.

"아들의 말이 이치에 통달하였구나! 여러 며느리며 조카딸 월염이 고 생을 하였지만 덕행과 지혜가 원대하니 고요히 앉아서 화액을 막고 계 획을 세워 만전을 기하는 계책이 있었다. 그러니 내 어찌 딸의 재덕을 모르겠느냐? 불길한 중에도 몸을 보전할 것이니 지금은 소가와 왕래를 끊고 지내도록 해라."

양정렬이 서글프게 말하였다.

"목석이라도 자염의 시어머니와 시누이의 불인함에다 계란을 포개놓 은 것 같은 위태로움은 참지 못할 바입니다. 소경수의 재실(再室)로 주

---

370) 유정랑 : {뉴경낭}. 어떤 인물인지 미상. 연수가 조씨를 모해하는 일을 같이 도모하고 있는 어 사 교정양의 오류일 가능성이 있음.

는 바람에 하나 있는 딸의 앞길을 망치게 생겼습니다. 당신과 아들이 관상을 잘 본다는 말도 하지 마십시오. 저의 마음은 베이는 것 같으니 옥이 부서지고 꽃이 떨어지는 해로움이 있을 것을 살필 일입니다. 이 일이 끝내 어떻게 될지 모르겠네요."

이때에 소부에서는 교씨가 연수를 대하여 여러 모로 깨우치며 말하였다.

"지금 아주버님의 큰 효성은 요순(堯舜)임금과 같으며 어진 마음과 맑은 덕은 교화되어 본받을 만합니다. 그러므로 당신이 이런 형과 형수와 화목하게 우애하는 것이 집안의 큰 경사일 것입니다. 그런데 뜻이 전혀 달라 어머님의 성정을 돋우고 거짓말을 지어내어 밝은 태양 아래 재앙이 있을 것을 모르고 대낮에 어진 이를 모해할 수 있습니까? 아주버님은 대현군자(大賢君子)와 같은 효로 천륜에 자별하거늘 형을 사지에 넣고자 하다니요. 아, 사람이 선을 버리고 악을 행해야 하겠습니까? 훗날 시누이들과 당신이 아주버님에게 의탁할 것이니 저는 실로 애달프고 서럽습니다. 형제가 서로 싸우는 것은 고금의 큰 변입니다. 아버님이 오시는 날 당신은 무엇이라 할 것입니까? 이는 집안을 망치고 자신을 망치는 거조입니다. 제가 일이 되어 가는 기미를 보고 죽기를 무릅쓰고 고하는 것입니다. 당신은 재상가의 자제로 도학군자가 될 것이면서 형을 좇아 행하시지 않고 화를 스스로 부르십니까? 제가 당신 앞에서 죽어 망하는 것을 보지 않겠습니다."

말을 마치자 슬픈 눈물이 마구 흘렀다. 연수가 들으니 슬프고 분하였지만 정이 있는 부부 사이라서 말을 꾸며 좋게 생각할 수 있도록 대답하였다. 교씨가 그 말이 허언인 줄 알면서도 마음을 돌이키려는가 하여 고

마워하였다. 연수는 교씨와의 정이 태산 같았으므로 흔연히 위로하며 말하였다.

"당신은 효와 열이 있는 부인이로군요. 내 어찌 듣지 않겠습니까? 차후 명심하겠습니다."

이에 교씨는 조금 돌이키는 마음이 있는가 하여 다행으로 여겼다.

이때에 어사 교정양이 소를 지어 연수 등에게 보이고 황상에게 올렸는데, 그 가운데 도어사 화현변이 이시랑371)의 고종 사촌이었기 때문에 가짜 이씨372)과 모의하여 연명(聯名)하였다. 그 소는 다음과 같다.

도어사 화현변과 시어사 교정양은 매우 황공하옵게도 폐하께 소를 올리나이다. 신 등의 벼슬이 언로에 있어서 폐하의 성은을 갚고자 하오며, 성세의 풍화와 관련 있는 관직에 있으니 친족과 외친을 가리지 않고 요순(堯舜)의 다스림과 탕(湯) 임금의 정치를 세우고자 합니다. 태평한 세상에서 남녀가 행실을 수행하여 목동이나 나무꾼이라도 어지러운 소문이 없었는데 이부총재 소경수가 청현화직(淸顯華職)373)인 육경(六卿)에 종사하면서 명망이 조야(朝野)에 진동함에도 불구하고 수신제가(修身齊家)를 잘못하였습니다. 곡절 있는 혼인으로 세 아내를 두었는데 한 쪽으로 치우쳐 조씨에게만 고혹되었습니다. 조씨는 경국지색(傾國之色)으로 장부를 홀리고 도적과 간음하였으며, 이씨를 자기 집 연회에서 치독(置毒)하였고, 시어머니를 살해하려 하였으며, 적국인 구씨와 이씨를 모해하였고, 경수의 아우 연수 등을 해치기

62

63

---

371) 이시랑 : 월염의 적국이었던 곽씨가 입적한 전 시랑 이현의 동생.

372) 가짜 이씨 : { 곽시}. 그 동안 원문에서는 소경수의 셋째 부인을 이씨로 지칭하다가 여기서 곽씨로 지칭하고 있는데, 같이 거론되는 이시랑을 원문에서 이씨로 지칭하고 있기 때문에 그와 구별하기 위함인 것 같음. 번역문에서는 이씨로 하되 원문의 의도를 살리고자 가짜 이씨로 옮김.

373) 청현화직(淸顯華職) : 청직(淸職), 현직(顯職), 화직(華職)을 아울러 일컫는 말. 청직은 지위가 높지 아니하나 뒷날에 높이 될 좋은 벼슬이며, 현직과 화직은 높은 벼슬을 말함.

위해 술사에게 파묻게 한 요예지물(妖穢之物)374)이 발각되어 깊은 당에 갇혀 있습니다. 그런데 경수는 참지 못하여 때때로 조씨와 모여 양어머니와 아우를 꾀하여 죽일 것을 의논하다가 그 말이 여러 차례 들려오니 부인은 성격이 편협하여 꾸짖는 말이 잦아졌고 경수 모자의 은애는 변하여 원수가 되었습니다. 그러자 조씨가 자객을 시켜 시어머니와 연수를 죽이려 하다가 일이 발각되어 구부인이 죽음을 면하니 조씨가 젖먹이를 자객에게 맡기고 말을 내기를 연수가 어린아이를 죽였다고 어지러이 책동하였습니다. 이러한 간악하고 음란한 못된 여자의 패악(悖惡)이 세상에 없으며 재상의 딸로 이러한 변괴가 있다는 것이 놀라워 보고 들은 것을 아뢰니 바라옵건대 폐하께서는 경수 부부를 다스려 강상(綱常)의 불효(不孝)를 저지른 자들을 도성 안375)에 두지 마십시오.

64

황상이 놀라서 말이 없었는데 태사 부연이 말하였다.

"소경수가 도리에 어긋난 것은 가볍게 처리하지 못할 것입니다. 하물며 조녀는 강상의 죄를 범하였으니 법전을 자세히 살펴서 법을 세우시고 사정을 참작하시더라도 여자는 죄를 사하지 못할 것입니다."

65

부연은 연수의 스승이었으므로 한 끝을 거든 것인데 황상이 말하였다.

"이 일이 사소하지 않으니 한 말로 처리하지 못하겠다. 그러니 경수는 하옥하고 조씨의 시녀를 대면하게 하라."

소경수가 하옥되자 모두가 놀라 그렇게 몸가짐이 바르고 행실이 어진 사람이 옥중에서 곤경을 겪는 것을 애석해하였다. 추밀사 소한과 복야 소춘 형제376)가 놀라서 주부인과 구부인에게 물으니 주부인은 처연하게 실

---

374) 요예지물(妖穢之物) : 요사스럽고 더러운 물건.
375) 도성 안 : (연곡지하). 연곡(輦轂)은 임금이 타는 수레라는 뜻이며, 연곡지하(輦轂之下)는 임금이 계시는 도읍 안이라는 뜻.

로 조씨는 애매하다고 하는데 구부인은 정색을 하고 이렇게 말하였다.

"형님의 말씀은 공평한 말씀이 아닙니다. 내 집에서 드러내어 알린 것이 아니라 조씨가 어떻게 해도 흉사를 감추지 못하여 소문이 난 것입니다. 그런데도 제가 패악하여 며느리를 해치려고 모함하였다는 것입니까?" 66

주부인이 독한 노기를 보고 웃으며 말하였다.

"내 어찌 동생을 그르다고 하겠습니까?"

윤부인377)이 말하였다.

"경수 이 못된 것이 겉으로는 친한 척하면서도 속으로는 소원하여 아는 것이 생모(生母)뿐이요, 의모(義母)378)나 양모(養母)는 생각하지 않으니 구씨 동생의 원망이 이상하지 않네. 내 그 일을 매우 한스러워 했는데 이제 풍습을 다스리는 데 걸려 외딴 섬으로 귀양 간다면 도리어 내 마음이 시원하겠도다."

그러고는 주부인을 보니 못 듣는 듯 태연한 기색이었다.

소한과 소춘이 수레를 몰아 초공을 만나러 갔다. 이때 조씨 집안사람들은 어사의 상소를 듣고 크게 분노하였는데, 초공이 그들을 꾸짖고 있었다.

"우리 집이 여느 재상가와 달라 왕공(王公)과 제후(諸侯)의 가문으로 후백(侯伯)379)이 많거늘 딸 하나를 가지고 제비나 참새같이 물의를 다투 67

---

376) 추밀사 ~ 형제 : 평진후 소천과 강능후 소순의 형제들.
377) 윤부인 : 평진후 소천의 첫째 부인.
378) 의모(義母) : 의붓어머니나 수양어머니의 뜻인데, 여기서는 문맥상 생모와 동렬인 아버지의 다른 부인을 의미함.
379) 후백(侯伯) : 다섯 등급의 작위인 공(公)·후(侯)·백(伯)·자(子)·남(男) 가운데 각각 두 번째와 세 번째에 해당하는 신분이 높은 귀족.

어야겠느냐? 딸아이는 필경 무사할 것이니 너희들은 분을 품어 간섭하지 마라. 다만 경수같이 매우 어진 사람이 함정에 빠진 것은 분함을 느낄 일이나 내 어찌 사위라고 하여 안타까워하겠느냐?"

바야흐로 초공이 이런 말을 하고 있을 때 소한과 소춘이 조부에 이르니 초공이 그들을 맞이하였다. 소춘이[380] 말하였다.

"뜻밖에도 언관이 올린 소의 내용으로 인해 조카가 옥에 들어갔습니다. 그런데 저는 성격이 면밀하지 못하여 집안의 변을 모르고, 저희 형님은 환가(宦家)의 풍속[381]을 몰라서 어떻게 결단해야 하는지 모르겠으니 현형(賢兄)의 가르침을 바랍니다."

초공이 길게 탄식하며 말하였다.

"제가 어질지 못하여 자식 가르치기를 엄하게 하지 못했더니 불초한 여식이 앞뒤로 저지른 잘못이 이웃에 알릴 수 없을 지경이 되었습니다. 이제 존문을 어지럽히고 천유의 효와 우애를 상하게 하니 만 번 죽어도 아까울 것 없는 죄입니다. 여자의 과실이 두 번이나 소에 오르니 다만 죽기를 청할 따름이지 무슨 의논이 있겠습니까? 안타까운 것은 천유같이 어진 효자가 이런 곳에 빠진 것인데 한스럽기는 하나 천도(天道)는 밝고 밝으며 천유는 복록이 있는 상이므로 한 때의 액운이라고 생각하여 마음을 너그럽게 가지십시오."

두 사람이 감격하여 말하였다.

"조카며느리가 뛰어나므로 의외의 변이 계속 일어나 누명을 쓰는 것이

380) 소춘이 : {냥쇠}. 양소(兩蘇)는 두 명의 소씨이므로 소한과 소춘이라고 해야겠지만, 실제 발화의 내용을 참고하면 이는 소춘이 말한 것이므로 이와 같이 옮김.
381) 환가(宦家)의 풍속 : {환가지속}. 환가지속(宦家之俗)은 재상과 같이 높은 벼슬을 하는 집안의 풍속을 말함.

68

놀랍고 참담하나 필경 좋은 때를 볼 것입니다."

초공이 탄식하며 말하였다.

69

"보잘 것 없는 집안의 변이 나라를 시끄럽게 하니 무슨 좋은 때가 있겠습니까? 다만 모든 일은 하늘에 달렸으니 마침내 죄로 인해 죽지는 않을 것입니다."

두 공이 탄식하며 말하였다.

"어진 형이 지극히 공정하여 사사로움이 없으시니 신명이 일을 바로 잡으실 것입니다.382) 따님에게 불행한 일이 있으나 하늘이 어찌 억울하게 끝나게 하겠습니까?"

초공이 길게 탄식하고 소매 가운데에서 한 봉 상소를 꺼내며 말하였다.

"제가 이 상소를 조정에 올리려 하는데 일이 어떨까 합니다."

두 공이 말하였다.

"형의 말씀이 실로 옳은 일입니다. 저의 어리석은 소견으로 생각하기를 소를 올려도 화액이 있는 가운데 쓸데없을까 하였는데, 이제 형님의 소장이 이와 같으니 황상의 뜻을 족히 감동하게 할 것입니다. 어찌 다른 생각이 있겠습니까? 내일 아침에 조정에 모두 모여 이 일을 처결하신다고 하니 형님도 소를 드리고 저희들도 각각 소견대로 아뢰겠습니다."

70

말을 마치고 소한과 소춘이 돌아갔다. 초공이 내당에 들어와 두 소공과 나누었던 말을 전하고 탄식하니 진왕도 탄식하며 말하였다.

"하늘의 뜻을 가히 헤아리지 못하겠구나. 소경수와 같은 하늘이 내신

---

382) 일을 ~ 것입니다. : {질명흘지라}. 질정(質定)은 옳고 그름을 따져 밝힌다는 의미이므로 이와 같이 옮김.

큰 효자와 조카딸의 사람됨으로 어찌 이런 화망에 떨어질 줄 알았겠는가? 가히 애석하도다."

71 유현 형제가 분을 이기지 못하고 초공에게 고하였다.

"소경수와 누이는 백옥처럼 흠이 없는데도 이런 맹랑한 죄명을 무릅쓰니 반드시 어리석은 어머니와 악한 동생이 있어서 순 임금이 경계를 당한 것과 마찬가지일 것입니다. 또 경수의 셋째 부인 이씨가 매우 어질지 못하다고 하니 응당 한마음으로 모의하여 이 일을 빚어내었을 것입니다. 소자 등의 소견으로는 조정에 상달하여 이씨의 시비를 국문해서 사실을 밝히는 것이 어떨까 싶습니다."

초공이 눈썹을 찡그리며 말하였다.

"안 된다. 내 또한 생각지 않은 것은 아니지만 만일 이 일을 적발하면
72 경수가 반드시 어머니와 동생의 허물을 부끄러워하여 세상에 머물고자 하지 않을 것이다. 내 어찌 그것을 알면서 효자의 마음을 차마 상하게 할 수 있겠느냐?"

유현 등이 아버님의 말씀이 마땅하심을 탄복하였다. 태부인이 눈물을 흘리며 말하였다.

"늙은 어미가 부질없이 오래 살아 있어서 경사도 많이 보았지만 월염의 변고383)에다 또 이런 지경을 당하니 어서 빨리 죽지 못한 것이 한스럽구나."

노공과 진왕 형제가 재삼 위로하고 유현 등이 재미있는 이야기와 우스운 말로 태부인의 마음을 풀어드렸다.

다음 날, 천자가 금천문에서 크게 조회를 열었다. 만조천관(萬朝千

---

383) 월염의 변고 : 평진왕의 딸 조월염이 적국 곽씨의 모해로 곤경을 당한 일.

73

官)384)이 반열을 가지런히 하여 산호배무(山呼拜舞)를 마치자 황상이 좌우
의 여러 신하들을 돌아보고 말하였다.

"짐이 재주가 없고 덕이 적으면서도 조종(朝宗)의 대업을 이어 밤낮으
로 걱정근심하며385) 효로써 천하를 다스렸다. 그러나 교화가 서지 못
하고 법에 의한 정치가 행해지지 못하여 재상가의 규문에 이상한 변이
일어나 풍화를 손상하니 이는 나라를 다스림에 가장 유해한 것이다.
교정양 등이 감히 소장에 아뢴 말씀이 사실에 맞을 것임은 알 수 있겠
지만 짐이 스스로 생각하건대 만승(萬乘)의 자리386)에 있으면서 사해
(四海)를 호령하는 위엄을 가졌으니 아무리387) 재주가 없고 덕이 적을
지라도 짐작하는 일이 있다.

옛 글에 말하기를, '지자(知子)는 막여부(莫如父)오, 지신(知臣)은 막여주
(莫如主)'388)라고 하였으니, 자식 알기는 제 부모보다 나은 이가 없고,
신하 알기는 임금보다 나은 알 이가 없다고 한 것이다. 그러므로 다만
짐이 의심하는 바는 소경수의 사람됨이 충성과 신의가 있고, 부모에 대
해 효도하며, 형제들과 우애하여, 몸과 행동을 닦는 것이 군자의 풍도

---

384) 만조천관(萬朝千官) : 온 조정의 모든 관료들이라는 표현.

385) 밤낮으로 걱정근심하며 : {숙야우구ㅎ여}. 숙야우구(夙夜憂懼)는 밤낮으로 근심하고 두려워한
다는 의미.

386) 만승의 자리 : {만승의 위}. 만승(萬乘)의 위(位)는 만승의 나라를 다스리는 군주, 즉, 황제나 천
자의 지위를 가리킴. 주나라 때에 천자는 그 영토 안에서 병거(兵車) 일만 량(輛)을 내는 제도가
있었기에 이같이 이름. 천승(千乘)은 제후를, 백승(百乘)은 대부를 뜻함.

387) 아무리 : {아로이}. 구체적인 의미는 미상이나 문맥을 고려하여 이와 같이 옮김.

388) 지자(知子)는 ~ 막여주(莫如主) : {지ᄌᆞ는 막여부오 지신은 막여쥐라}. '지자막여부(知者莫如
父), 지신막여주(知臣莫如主)'는 『한비자(韓非子)』「십과(十過)」편에 나오는 구절. 제(齊)나라
환공(桓公)을 오패(五霸)의 패자(霸者)로 만든 관중(管仲)이 병이 들었을 때 환공이 찾아가, "중
보(관중)의 병이 중한 것 같습니다. 불행히 일어나지 못한다면 정치를 누구에게 맡겨야 합니
까?"하고 물었음. 관중이 말하기를, "저는 늙었으니 묻지 않으시는 것이 좋습니다. 그렇지만 제
가 듣건대 신하를 알아보는 것은 임금보다 나은 사람이 없고, 자식을 알아보는 것은 아비보다
나은 사람이 없다고 하였습니다[臣老矣 不可問也, 雖然臣聞之, 知臣莫若君, 知子莫若父]." 하였
다고 함.

와 성현의 예모를 갖추고 있었다는 점이다. 그래서 사람사람이 다 일 컫고 기특하게 여기며 사람마다 한 번 보면 우러러 따르고자 하며 조금 도 핑계를 대거나 요악하거나 패악하거나 하지 않고, 도가 아닌 바를 행하지 않을 상이요, 대인군자(大人君子)[389]이며 지상선(地上仙)[390]이었

75 다. 이처럼 공맹(孔孟)의 도덕을 조금도 잃지 않을 사람인데 내가 비록 지인지감(知人之鑑)[391]이 없으나 잘못 보지 않았을 것으로 당당히 알았 더니 이제 문득 부모에 대해 효도하지 않고 형제와 우애하지 못하며 함 부로 도를 어그러뜨려 교화의 대상이 될 줄 어찌 알았겠는가? 옛말에 이르기를 큰 간신이 충신 같아 보인다고 하였으나 현명한 군자가 어찌 충(忠)과 사(邪)를 분변하지 못하겠는가? 이는 분명히 사사로운 정에 거 리끼는 것이 있어 알고도 결단하지 못하는 것이니 짐이 이런 일을 매우 절통하게 여기노라. 증자(曾子)의 어머니가 베틀에서 북을 던지고 일어 났던 것[392]과 같은 일은 이른바 가히 꺼리고 막아야 할 일이지만 오늘 의 일은 실로 헤아리기 어렵도다. 비록 그러하나 하늘이 높아서 먼 것

76 같아도 살피는 것은 밝고 밝으니 어진 이가 마침내 복분(覆盆)[393]의 원 한을 씻을 때가 있을 것이다. 차마 어찌 이 사람이 이런 죄를 지었다고

---

389) 대인군자 (大人君子) : 말과 행실이 바르고 점잖으며 덕이 높은 사람.
390) 지상선(地上仙) : 인간 세상에 존재하는 신선.
391) 지인지감(知人之鑑) : 사람을 잘 알아보는 능력.
392) 증자(曾子)의 ~ 것 : {증모의 투저흥른}. 증모투저(曾母投杼)는 『전국책(戰國策)』「진책(秦策)」 이(二)에 나오는 이야기. 어느 날 증자의 어머니가 베를 짜고 있는데 어떤 사람이 와서 "증자가 사람을 죽였다."고 하자 증자의 어머니는 "내 아들이 사람을 죽였을 리 없다."고 말하고 태연히 베를 짬. 잠시 후 또 다른 사람이 달려와서 같은 말을 했으나 증자의 어머니는 여전히 태연하게 베를 짬. 그러나 한 사람이 또 와서 같은 말을 하자 증자의 어머니는 두려워 베를 짜던 북을 내 던지고 담을 넘어 달려가 보았다고 함. 이는 증삼과 이름이 같은 다른 이웃의 일을 사람들이 잘 못 알고 전한 것인데 증자와 같은 현인의 어머니도 계속해서 같은 말을 듣자 이에 현혹될 수밖 에 없었다는 고사.
393) 복분(覆盆) : 죄를 뒤집어쓰고 밝히지 못하고 있음.

지목할 수 있겠느냐? 예로부터 현인과 군자로서 때를 만나지 못하여 죄에 연루되어 괴로움을 당한 자가 하나 둘이 아니기는 하였지만 어찌 오늘의 소경수 같은 자가 있겠는가?

또 조씨로 말하자면 그녀의 여러 형제들과 일가친척의 효행과 예절이 보통 사람보다 뛰어난 것은 온 세상이 다 아는 바이다. 하물며 상부 초국공의 맑은 행실과 밝은 덕이 춘추 시대 공부자(孔夫子)와 서로 같고, 여러 아들들이 다 일대의 현인군자가 아닌 이가 없거늘 어찌 홀로 그 딸이 이러한 강상의 윤리를 어지럽히는 죄를 범하였을 것이며, 규방 안의 은밀한 일을 외인이 어떻게 알았겠는가? 필연 이유가 있을 것이다. 77 평진후 소천394)과 강능후 소순395)은 멀리 나갔다고 하지만 그들의 두 아우가 있으니 경수의 행실을 모르지 않을 것이요 또한 소경수의 아우 연수가 있다고 하니 그도 알고 있을 것이다. 또 연수가 그 집안의 변을 다 자세히 안다고 하니 조정에 불러들여서 곡절을 물을 것이다.

어진 임금의 정사로 어찌 억울하고 원망스러운 일을 행하겠느냐? 그러면 크게 덕을 잃고 재앙의 화를 크게 받을 것이니 한 사람의 말을 듣고 언관의 풍교대로 처결하면 어찌 훌륭한 정사라고 하겠느냐? 짐의 마음은 이와 같으니 경등도 소견을 속이지 말고 사실을 다 말하고 숨김이 78 없도록 하시오. 제후 가문의 안팎에서 원통하고 억울한 일을 없게 하고 천자의 처결을 초목이나 곤충에 이르기까지 명백하게 하도록 하시오."

그때 문득 조정의 행렬 가운데서 상아홀을 들고 비단 도포를 입은 한

---

394) 소천 : {쇼쳔}. 평진후의 이름은 소천으로 통일함.
395) 소순 : {쇼쥬}. 강능후의 이름은 소순으로 통일함.

대신이 앞으로 나서더니 검은 관을 숙이고 용탑 아래에 엎드리더니 흰 손
으로 한 장 소를 들어 용탑 아래에 드리고 나서 고개를 숙여 두 번 절하고
관을 벗고 도포와 띠를 푼 다음 황상의 말씀을 기다렸다. 황상이 놀라시
고 여러 사람들이 일시에 눈을 들어 살피니 이는 다른 사람이 아니라 좌
승상 겸 구석후백 초국공 상부 조성이었다. 황상이 기대하시며 한림학사
79 에게 소를 읽으라고 하시니 한림학사가 용탑 앞에 나와 몸을 굽혀 네 번
절하고 초공이 올린 소를 읽었는데 그 소는 다음과 같다.

　　신 조성은 본디 한미한 포의궁사(布衣窮士)로 국가에 공을 세운 것이 없는데 외
람되게 벼슬이 삼공(三公)에 이르고 지위가 감히 공후(公侯)의 자리에 있으니 이미
작록을 훔친 것이 심합니다. 그런데 선제(先帝)께서 오히려 신의 변변치 않음을 더
럽게 여기지 않으시어 돌아가실 때에 신에게 폐하를 부탁하시니 신이 명을 받은 이
80 래로 말을 조심하여396) 몸을 다스리고 마음을 가다듬어 폐하를 모시는 데 힘을 다
하였습니다. 신이 행여 폐하께서 잘못하시는 것을 간하지 아니하여 허물을 지으시
고 죄를 얻으신다면 폐하께서 구원(九原)에 돌아가 선제를 뵈올 낯이 없을 것입니
다. 신이 또한 유언으로 하신 부탁을 저버리고 선제께 드릴 말씀이 없을까 하여 밤
낮으로 마음을 놓지 못하여 먹고 자는 것이 편안하지 않사옵니다. 본디 재주가 적고
덕이 박하여 임금을 모시고 정치를 하며 나라를 보전하고 백성을 편안하게 하지 못
하고, 음양(陰陽)을 다스려 사시(四時)를 순조롭게 하는 정치397)를 행하지 못하오니
81 어찌 감히 정승의 자리를 수행하겠습니까? 국가의 중요한 소임을 다할 길이 없으며

---

396) 말을 조심하여 : {슈구여병ᄒ와}. 수구여병(守口如瓶)은 입을 병마개 막듯이 꼭 막는다는 뜻으
　　로, 비밀을 다른 사람이 알지 못하도록 함을 이르는 말.
397) 음양(陰陽)을 ~ 정치 : {리음양순ᄉ시}. 이음양순사시(理陰陽順四時)는 음양을 다스리고 사시
　　를 순조롭게 하는 정치란 뜻으로 자연의 이치와 원리에 따라 백성들을 편하게 살 수 있도록 하
　　는 이상적인 정치를 말함.

글을 널리 하지 못하오니 하나도 취할 것이 없습니다. 그래서 옛 사람의 일을 한 가지도 할 줄 모르지만 감히 제왕의 스승이라 하고 높은 벼슬을 주시며 저를 일컬어주시니 황공하여 두려움에 떨며 복이 덜어질까 밤낮으로 걱정하고 있습니다. 그런데 갈수록 폐하의 해와 달 같으신 덕택을 입사와 만 석의 녹봉이 복을 덜까 싶을 정도이니 천은이 막대합니다. 신이 또한 보잘 것 없는 자질이지만 충성을 다하고 힘을 다하여 천은을 만에 하나라도 갚고 싶은 것이 바람이었는데 천은이 갈수록 융성하 ·   82
여 불초한 자식과 조카들을 높은 벼슬로 뽑아 쓰시는 덕택을 입기에 이르렀습니다. 그리하여 신의 어리석은 자질들이 금당옥루(金堂玉樓)398)에 청현화직(淸顯華職)으로 옥보금인(玉寶金印)399)을 가져서 당상에 가득하옵니다.

신의 부자형제가 무슨 공로가 있기에 이런 벼슬을 맡고 천은을 입겠습니까? 그러나 신의 뜻이 용렬하여 길이 연곡(輦轂)400)을 지키며 폐하의 곁을 떠나지 않고, 길이 성은을 모욕하고 불충을 다하다가 신의 몸이 죽은 후에나 그칠까 하였습니다. 엷 ·   83
은 정성이 있어 족한 줄을 모르고 형제와 숙질의 위엄 있는 권세가 일세에 융성하여 만인이 우러러 보지만 신이 무상하여 교훈하는 도리로 자식을 가르치지 못한 것이 부끄럽습니다. 또 소경수의 죄에 연루된 처자는 신의 못난 딸입니다. 이제 소가를 어지럽히고 경수로 하여금 불효의 죄를 얻게 하고, 형제와 우애하지 못한 죄를 얻게 하여, 불화라는 이름을 지어 강상의 대죄를 범하게 하였다 하옵니다. 여자가 실로 현숙하다면 재상가문401)의 지어미가 되어 어찌 덕에 누가 되는 일을 몸에 얻을 줄 ·   84
을 모를 것이며 집안에 변을 어지러이 일으키겠습니까? 이제 여러 죄를 생각하오니

398) 금당옥루(金堂玉樓) : 금과 옥으로 장식한 건물이란 뜻으로 궁궐을 미화하여 표현한 것.
399) 옥보금인(玉寶金印) : 옥과 금으로 만든 도장을 뜻함. 옥보(玉寶)은 원래 임금의 존호를 새긴 도장으로 옥새를 의미하지만 여기서는 옥보와 금인 모두 고위 관직의 관인(官印)을 미화하여 표현한 것.
400) 연곡(輦轂) : 임금이 타는 수레. 여기서는 임금이 있는 곳의 은유.
401) 재상가문 : {가국의 집안}. 가국(家國)의 집안은 국가의 집안이란 뜻으로 재상과 같이 중요한 관직에 있는 자의 집안이란 의미로 보고 이와 같이 옮김.

천 번 죽어도 아까울 것이 없으며 만 번 죽어도 오히려 가벼우니 평범하게 죽기를 원하지 못할 지경이지만 다만 죽기를 청할 뿐입니다.

이제 여러 죄를 스스로 범하였다고 하는 것은 여러 가지 이유가 있습니다. 딸의 시댁에 일어난 변이 망측한 것을 언관이 조정에 아뢸 적에는 어떤 면에서 어떻게 들어야 할 줄을 몰랐지만 이렇게 되었을 때에는 들은 언관도 보고 들은 것이 적실하여 이렇듯 어지러이 막중한 용탑 아래에 붓을 들어 글을 지어 올렸을 것입니다. 그 죄

85 목인 즉, 신의 집에서 잔치를 할 때에 안사람들의 잔치가 벌어지고 있던 중 신의 딸이 족친 중에서 이씨라는 적인(敵人)의 음식에 독을 넣어 그곳에서 칠규(七竅)402)로 피를 흘리며 죽게 되었다가 겨우 해독약을 먹고 돌아갔다고 하오니 이 또한 괴이한 일입니다. 게다가 집안에 병이 있으므로 술사를 불러 기운을 살피게 하였다가 온갖 더러운 물건을 얻어 내었는데 그 시어머니와 시누이며 시아주버니 연수며 적인을 다 죽이고자 하였다고 하오니 이 죄는 다 죽일 수 있는 죄입니다. 어찌 죽기를 면하겠습니까? 그런데 다시 더러운 물건을 없이 하고 붉은 글씨의 부적들을 다 없이한

86 후에도 드디어 지금 당한 불화의 대죄와 강상의 대변으로 자객을 불러들여 그 시모를 경계하고자 하므로 옥중에 가두었는데 도리어 도적과 내통하여 어린 젖먹이를 맡겨 보내고 연수며 시어머니를 죽이려 하였다고 하옵니다. 실로 죽을죄일 뿐만 아니오니 분명하게 그 죄를 범한 것이 한두 가지가 아닙니다. 마땅히 그 머리를 베어 천하에 효시하여 후일을 징계하여야 합니다. 이러한 죄수를 사족(士族)의 자식이라 하여 옥사에 내려 묻지 않으시겠습니까? 가히 정위(廷尉)403)에게 명하시어 법전을

87 상고하여 신의 딸이 저지른 강상의 죄를 법대로 처치하시어 풍교를 바르게 하시고 후세 여자들의 질투를 경계하시면 다행이겠습니다.

---

402) 칠규(七竅) : 사람의 얼굴에 있는 일곱 개의 구멍. 귀 · 눈 · 코에 각 두 개씩 있으며 입에 하나가 있음. 칠성구멍이라고도 함.
403) 정위(廷尉) : 중국 진(秦)나라 때부터 형벌을 맡아보던 벼슬.

신이 또한 당당한 상국으로 딸자식을 가르치지 못하여 이 변을 일으켰으니 그 죄가 죽음으로도 갚기 어렵습니다. 바라옵건대 성상은 신의 승상 인수(印綬)와 국공의 관면(冠冕)을 거두시고 죄를 바르게 다스리시어 차별[404]이나 사사로움이 없게 하실 것을 바라나이다.

황상이 듣기를 마치고 초공에게 몸을 펴고 의관을 갖추라고 하며 부드럽게 말하였다.

"상부의 마음을 짐이 아노니 경수의 처가 비록 죄악이 적실할지라도 요순(堯舜)의 자식도 불초하였고 주(周) 왕실에도 관숙(管叔)과 채숙(蔡叔)이 있었소. 그러니 이 일이 어찌 선생이 불편해할 일이겠소? 짐이 공정하게 처치할 것이니 선생은 걱정 말고 안심하여 전처럼 직무를 수행하시오."

추밀사 소한과 복야 소춘이 반열에서 나와 죄를 청하며 말하였다.

"신의 조카 경수가 망측한 죄명을 지어 옥사에 매였으니 신 등이 조카를 가르치지 못하고 경계하지 못한 죄를 당해야 할 것입니다. 신 등이 잘 가르치지 못한 죄 죽고 싶어도 죽을 땅이 없습니다. 신의 조카 경수가 본디 충효의 마음이 보통 사람보다 뛰어났는데 이제 어찌 이러할 줄 알았겠습니까? 경수는 신의 큰 형이 낳았으나 둘째 형 순[405]에게 입양된 지 오래되었는데 어질고 효성이 지극하며 옛사람을 본받아 증자(曾子)와 왕상(王祥)의 지극한 효를 법 삼았고 그러함이 외모에 드러나서 사대부와 서인에 이르기까지 모두 알고 있었습니다. 신 등이 또한 저

---

404) 차별 : {친쇼}. 친소(親疎)는 가깝고 소원한 것이라는 뜻이지만 이는 친소에 의해 차별을 둔다는 뜻이므로 이와 같이 옮김.
405) 순 : {균}. 강능후의 이름은 '순'으로 통일.

를 알기를 천리마나 기린같이 소중하게 알고 저의 행사를 지켜보았는데 의롭지 못한 일이나 법이 아닌 일은 어려서부터 배척하오니 신 등이 그의 부숙(父叔)이지만 한 가지 일도 가르칠 길이 없고 도리어 저에게 배울 만한 일이 많이 있었습니다. 그런데 일이 공교롭게 이와 같습니다.

세 처를 얻었어도 거슬릴 것이 없었는데, 언관의 소장에 의하면 이제 조씨가 의와 법에 어긋나게 사통하여 혼인을 이루었다 하니 이것이 가장 근거가 없습니다. 조정이 예의가 삼엄하고 폐하께서 아시는 대로 경수가 정직한 군자이거늘 어찌 사사로운 정을 위하여 당당한 예법을 어그러뜨릴 것이며, 경수가 아무리 무식할지라도 예가 아닌 혼인을 이루겠습니까? 한 일로써 가히 만사를 미루어 알 수 있을 것입니다. 경수가 어려서부터 조성의 문인이 되어 수학하였으니 조성이 경수의 사람됨을 사랑하여 친애하는 것이 자질(子姪)보다 덜함이 없고 경수가 스승을 우러르기를 부형과 다름이 없이 하여 허물없이 왕래하다가 조씨의 기특함을 우연히 마주쳐 보고 나이 젊은 남아의 풍정으로 무심할 수 없어서 마음의 근심이 되어 병을 일으키니 부모가 근심하여 캐묻자 정회를 고한 것입니다. 신의 형이 친히 조성을 보고 연고를 말하니 조성이 경수의 사람됨을 아끼는 까닭에 마지못하여 두 집안이 상의하여 초례(醮禮)406)와 납빙(納聘)407)을 하고 육례(六禮)408)에 따라 백량(百兩)의 수

---

406) 초례(醮禮) : 혼인하는 예식.
407) 납빙(納聘) : 납채(納采) 또는 납폐(納幣)라고도 함. 혼인할 때 사주단자의 교환이 끝난 후 정혼이 이루어진 증거로 신랑 집에서 신부 집으로 예물을 보내는 것. 신랑의 집에서 신부의 집으로 혼인을 구하는 의례로 흔히 푸른 비단과 붉은 비단 등을 보내는 폐백.
408) 육례(六禮) : 〈주자가례〉를 따른 혼인의 여섯 가지 의식. 곧 납채(納采)·문명(問名)·납길(納吉)·납징(納徵)·청기(請期)·친영(親迎)을 말함.

례로 신부를 맞이하고[409] 온 조정의 높은 벼슬아치들이 손님이 되어 혼사를 성대히 이루었으니 하주 성도에서 이보다 더함이 없었습니다.

원래 경수가 조강으로 구씨를 취하고 조씨 다음으로 이씨를 취하니 남자가 부부관계를 하는 데 있어서 후박을 고르게 행하지 못하는 일이야 왕왕 있는 것입니다. 그러나 이런 일이란 일가친척도 모를 것이요 내사의 일입니다. 혹간 늘 있는 일이라고 하여도 조가 여자의 맑은 덕과 어진 행실은 태사(太姒)·태임(太任)[410]의 어진 덕량과 아황(娥皇)·여영(女英)의 높은 행실과 백희(伯姬)[411]의 높은 절개와 같은 정녀의 절개를 모두 갖추었으니 이른바 여자 가운데 사군자(士君子)라고 할 만합니다. 이렇듯 사덕(四德)을 겸비하였지만 마을에 어진 자가 있으면 그 사람이 어질지언정 나쁜 자는 나쁘게 여기는 것과 같아서 경수의 한결같은 바른 마음으로 좋은 짝을 좇아 은애의 정이 조씨에게만 치우쳐 있으니 진실로 적인 중에 시기하는 변이 일어나고, 악한 사람은 어진 자를 괴롭게 여기는 까닭에 이런 가변이 일어나 조씨를 함정에 넣어 이런 지경까지 이른 것입니다.

신 등이 사리에 어둡고 무식하여 문제를 일으킨 자를 잡지 못하고 어질고 나쁜 이를 분변하지 못하여 이리 어지러운 곡경을 당하니 조씨의 억울함을 밝히지 못하는 것입니다. 오늘날 이 지경을 당하여 성상의 처분을

92

93

---

409) 백량(百兩)의 ~ 맞이하고 : {빅녕百兩으로}. 백량(百兩)은 100대의 수레를 뜻하는데, 이는 『시경(詩經)』「소남(召南)」〈작소(鵲巢)〉 중 "새아씨가 시집옴에 백 량으로 맞이하도다之子于歸百兩御之." 등의 시에서 유래한 것으로, 제후의 딸이 제후에게 시집감에 보내고 맞이함을 모두 수레 백 량으로 하는 것이라 함. 여기서는 신분의 격에 맞는 예를 갖추었다는 뜻으로 쓰인 것.

410) 태사(太姒)·태임(太任) : {쥬국셩비와 태사}. 주국성비(周國聖妃)는 태사와 태임을 아울러 일컫는 것이므로 의미상 중복을 피하여 이와 같이 옮김.

411) 백희(伯姬) : 송백희(宋伯姬). 춘추시대 노나라 선공(宣公)의 딸. 송나라의 공공(共公)에게 시집간 지 10년 만에 과부가 되어 수절하였음. 양공(襄公) 30년에 송나라 궁에 불이 났는데 대신들이 피하라고 권하였으나 '부인이 밤에 외출할 때는 보모가 없으면 마루에도 내려서지 않는다.'고 하고는 불에 타 죽었음.

기다릴 뿐이옵니다."

두 사람이 아뢰기를 마치자 분개함을 이기지 못하고 궁궐의 섬돌[412]에 엎드렸다. 황상이 그 아뢰는 말을 듣고 고개를 끄덕이며 말하였다.

94 "경의 말을 듣고 지난 일을 생각해 보니 경수의 사람됨으로 이런 죄에 빠졌다는 것이 짐은 매우 화가 나고 슬픔을 이기지 못하겠소."

즉시 위사(衛士)[413]에게 명하여 소부에 가서 구부인의 시비와 조씨의 시비를 다 잡아 조정에 올리라고 하고 연수를 부르라고 하였다. 연수가 위사를 따라 와서 황상 앞에 엎드리자 황상이 목소리를 가다듬어 물었다.

"언관이 상소하기를, 너의 형은 너의 어미에게 불효하고 조씨에게 고혹 되어 자식 된 도리가 없고, 조녀는 시어머니를 원수같이 알아서 저주하 고 자객과 같이 모의하다가 너에게 발각되었다고 하는데 너는 마땅히 바로 아뢰어라."

95 연수가 이때를 당하여 형의 부부를 아주 해치우고 혼자 마음대로 할 뜻이 불같았지만 지척에 황상이 있고 많은 사람이 지켜보는 가운데 저를 의심할 듯하고 간악한 자의 마음에도 그럴듯한 명예를 구할 마음이 있었 다. 생각이 이렇게 돌아가니 문득 묻는 말을 조차 눈물을 흘리고 머리를 땅에 부딪치며 말하였다.

"신의 집 가운이 놀라워 집안의 변이 모자와 수숙(嫂叔) 사이에 일어나 니 차마 무슨 면목으로 천안을 뵈오며 무슨 말씀을 아뢰겠습니까? 신 이 실로 보고 들은 일이 있을지라도 역력하게 아뢰고자 한들 저희 집안 96 일입니다. 빛나지 않는 일을 아뢰고자 한즉 차마 혀가 돕지 아니하고

---

412) 궁궐의 섬돌 : {단지}. 단지(丹墀)는 궁궐의 계단이나 섬돌.
413) 위사(衛士) : 대궐, 능, 관아, 군영 따위를 지키던 장교.

입이 열리지 아니하여 말이 나오지 아니하며, 형과 형수를 사지에 넣은 바가 되오니 사람이 할 바가 아닙니다. 다만 언관의 소장 내용을 듣자오니 그 글월에 모두 갖추어져 있는데 신이 또 지척에 천안을 두고 번다하게 허언을 아뢰며, 이미 문서로 온 조정이 다 아는 것을 밝게 살피시는 바에 또 다시 아뢰겠습니까? 오직 신이 혀를 물고 입을 닫아 벙어리가 되고, 눈을 감아 맹인이 되옵고 몸을 숨겨 이런 해괴한 변란에 참여하지 않는 것이 소원입니다."

97

아뢰기를 마치고 눈물이 옥 같은 얼굴에 가득하고, 별 같은 두 눈이 가을 물같이 맑은 물결에 젖었다. 그 모습이 진승상(陳丞相)[414]의 관옥 같은 모습이요, 이청련(李靑蓮)[415]의 의젓한 풍채였으므로 여러 사람들이 칭찬하였다. 황상이 다시 물었다.

"너의 말이 분명하지 않고 진가(眞假)를 말하지 않으나 언관 또한 너의 집에 대해서 듣고 안 것이 있어서 상소를 하였을 것이다. 이렇게 하여서는 큰 옥사를 결정하는 것이 신속하지 못할 것이니 담박하나마 다만 사사로움이 없이 아뢰면 짐이 생각하여 처치할 것이다."

연수가 읍하여 절하고 말하였다.

"동기는 사람의 손발과 같습니다. 신의 형이 비록 풍파를 일으켰으나 98 어찌 신의 입으로 그 죄를 적발하여 차마 용납하지 못할 허물을 삼으며 형수인 조가 여자가 비록 어머님을 해하고 신을 죽이고자 하였으나 신이 어질지 못하여 하늘에 득죄한 일이 있는 것이니 집안의 나쁜 일들을 형수에게만 미루지는 못할 것입니다. 신이 원통한 것은 신의 어미를

---

414) 진승상(陳丞相) : 중국 한나라의 정치가 진평(陳平)을 말함. 잘 생긴 남자의 대명사.
415) 이청련(李靑蓮) : 이백(李白, 701~762)을 말함. 청련(靑蓮)은 그의 호. 자는 태백(太白). 중국 성당기(盛唐期)의 시인으로 두보(杜甫)와 함께 '이두(李杜)'로 병칭되는 중국 최고의 시인.

저주로 해하고 자객을 들여 칼날을 가지고 어미 몸을 해할 뻔하였으니 만일 구하지 못하였다면 신의 어미는 죽었을 것이고 신과 형수는 한 하늘 아래 살 수 없는 원수416)가 되었을 것이라는 점입니다. 그나마 요행으로 어미가 살아났으므로 신의 집안에서 일어난 변이 망극하기는 하지만 입을 다물고 은닉하였던 것인데, 일이 마침내 언로의 소장에 오르고 더러운 가변이 성총을 번거롭게 하오니 죄 만 번 죽어도 가볍겠습니다. 바라옵건대 폐하는 소신을 죽여 형의 몸을 대신하고 제 형이 집안을 잘 다스리지 못하고 어질지 못하고 밝지 못한 죄를 사하여 주시옵소서. 그러면 천지 부모의 호생지덕(好生之德)을 서리 담아 평생 은혜를 갚을까 하옵니다."

황상은 연수가 그 소장의 내용과 조금도 어김이 없이 이르는 말을 듣고 구부인의 시비를 정위의 법관에게 엄형으로 국문하라 하고 조씨의 시비를 똑같이 심문하였다. 구부인의 시비 선향이 초사를 올렸는데, 조씨가 이미 시어머니를 원망하여 상공을 고혹하게 만들고 적인을 없애어 남편의 은총을 독차지하고자 하였으며, 연수가 있으므로 훗날 종장(宗長)이 바뀔까 하여 그 아우를 저주를 써서 죽이려 하다가 일이 드러나자 천금을 주고 백지호라는 사람을 사귀어 칼을 들고 밤에 구부인 침전에 돌입하여 죽이고자 하다가 연수와 여러 비복이 모여들자 자객이 낭패하여 도망하였습니다라고 하였고, 이부인을 질투하여 흉한 일을 무수히 하되 집안사람들이 그 기세를 두려워하여 감히 한 말도 못하였는데 이 일이 언관에게 알려져 이 지경에 이르렀다고 하였다. 또 경수 상공이 조씨에게 너무 빠

---

416) 한 ~ 원수 : {대뎐디불공(戴天之不共)ㅎ는 원(怨)}. 이는 불공대천의 원수라는 뜻. 불공대천은 하늘을 함께 이지 못한다는 뜻으로, 이 세상에서 같이 살 수 없을 만큼 큰 원한을 가짐을 비유적으로 이르는 말.

져서 온갖 일에 다 잠시도 떨어지지 않고 모든 일을 함께 의논하니[417] 일마다 인사를 모르는 사람이 되어 부모를 속이고 몰래 조씨 갇힌 곳에 자주 왕래하더니 작은 상공과 구부인을 없앨 의논을 매일 하며 의롭지 못한 못된 일을 하고자 했는데, 상공이 어찌나 조씨를 사랑하는 병이 깊이 들었는지 옳은 일을 보듯이 하였다는 등 정황과 잘못들을 맹랑한 말로 꾸며내어 사람들이 들으면 사람으로서 지켜야 할 기본적인 도리도 돌아보지 않았다고 여기게 만들었다. 조씨의 시비는 아무 곡절을 몰라 그 시비가 하는 말을 듣고 한 마디 해명도 하지 않았는데, 이 또한 이미 설득을 당해 입을 닫고 말이 없는 것이었다. 그래서 저는 일이 어떻게 된 것인지 모른다며 옳다 그르다 하지 않으니, 언관이 올린 소장의 내용이 공정한 것이 되고 법관이 묻은 말은 효험이 있게 되었다.

황상이 두 시비의 초사를 보고 말이 없다가 경수를 불러올려 물었다.

"경은 녹을 먹는 조정의 신하로 작위가 육경에 있으므로 모든 행실을 잘 닦아야 할 것이다. 짐이 천자로서 예우하였던 것이 범연하지 않았고 매우 사랑하였는데, 오늘 집안의 변이 이와 같아서 언관이 소를 올리는 일이 일어나고 연수의 말과 두 시비의 초사가 이 같으니 만일 애매한 일이 있거든 의심된 일이 없게 하라."

상서 소경수가 안색을 바르게 하고 머리를 조아리며 말하였다.

"신의 효행이 천지신명을 저버려 망극한 변이 몸에 임하니 다만 밝은 태양 아래 얼굴을 들지 못할 것입니다. 언관이 자세히 안 연후에 붓을 들어 글을 써서 폐하께 아뢰었을 것입니다. 그러니 신이 무엇이라 변

102

103

---

417) 모든 ~ 의논하니 : {인권친형후여}. 정확한 의미는 미상이나 문맥상 의미를 추정하여 이와 같이 옮김.

명하겠습니까? 폐하의 해와 달 같은 밝음으로 신의 죄를 밝히시어 법 아래 죽기를 바랄 뿐이옵니다."

황상이 그 숙연한 말을 들어보니 죄를 벗고 싶은 뜻이 없으므로 십분 안타까웠다. 그 사람됨이 불효를 범하지 않을 것이었지만 간악한 시비의 초사와 연수의 말로 보면 조씨와 경수가 대죄를 범한 것이 적실하였기 때문이다. 그래서 소한과 소춘에게 물었다.

"경의 두 조카의 말이 이와 같고 시비의 초사가 분명하니 경 등은 사실을 숨김없이 다 말하여 이 일을 결정하게 하라."

두 사람이 머리를 조아리며 말하였다.

"연수의 말은 형을 죄에서 건질 생각을 하지 않고, 간악한 시비의 초사는 경수와 조씨를 여지없이 죄에 몰아넣고 있으니 신이 놀라움을 이기지 못하겠습니다. 원컨대 두 시비를 다 엄문하시어 실상을 아뢰라고 하시면 간악한 정상을 알 수 있을 것입니다."

소경수가 머리를 땅에 부딪치며 말하였다.

"신의 죄악이 천지에 가득하오니 온 도성에 회자되어 언관의 소장에 올랐으며, 두 시비의 초사가 이와 같은데 어찌 번거롭게 다시 천한 시비들을 신문하겠습니까? 신의 죄를 다스리시는 것이 마땅하오니 신이 군부의 은혜를 입어 죄에서 벗어난다고 하여도 다시 세상에 뜻이 없사옵니다. 신의 숙부는 이 사사로운 정을 참지 못하시고 저를 죄에서 건지고자 하시나 공론(公論)이 있을 것이오니 오직 빨리 죽어 집안의 명성을 욕되게 하고 부항(父行)⁴¹⁸⁾을 부끄럽게 한 것을 잊고 싶습니다."

이때 승상 초공이 경수의 기색을 보고 시비를 다시 신문하여 양어머니

---

418) 부항(父行) : 아버지 항렬의 어른들.

106

의 잘못과 연수의 죄과가 적발될까 조바심을 내는 것이라고 짐작하고 그 효성스러운 뜻을 아껴 이에 탑하에 꿇어 아뢰었다.

"경수의 아우 연수의 말과 비자의 초사를 보아도 경수가 집안 다스리기를 엄하게 하지 않고 성격이 치밀하지 못하여 여색에 고혹된 일은 모르겠지만 신의 딸419)이 저지른 수많은 못된 일들은 경수가 하지 않았다는 것을 알 수 있을 것입니다. 하물며 지난 날 효제충심(孝悌忠心)이 남보다 나았던 것을 미루어 보면 오늘의 죄상이 가하지 않음을 아실 것이니 다시 비자를 신문하는 것은 무익하옵니다. 신이 바라는 바는 경수는 집안을 잘 다스리지 못한 죄로 멀리 유배 보내시고 신의 딸은 죽

이시어 풍화를 바로잡는 것이며 이것이 마땅하옵니다. 경수는 자신이 죽어서 형제와 주인과 종 사이가 어지러이 박절하게 되는 상황이 벌어지지 않게 하고자 하오니 그 사람됨의 걸출함을 알 수 있습니다. 신이 죄인의 아비로 분에 넘치게 간여하는 것이 당돌하오나 주상께서 잘 알아주시어 폐부(肺腑)420)를 해와 달같이 비추시므로 신의 품은 뜻을 아뢰나이다."

말씀이 온화하고 기색이 정숙하여 지극히 공변되고 사사로움이 없는 뜻이 해와 달이 세상을 고루 비추는 것 같았다. 그러자 황상이 얼굴빛을 고치고 무릎을 치며 감탄하고 여러 신하들에게 말하였다.

"이 일을 자세히 조사해 보면 실로 경수는 죄가 없지만 다만 연수의 말과 시비의 초사를 보아서는 집안을 잘 다스리지 못한 죄가 있고, 조씨는 허다한 악행이 사실이라면 반드시 죽을 죄이지만 천한 시비의 초사

---

419) 신의 딸 : {신질}. 신질(臣姪)은 신의 조카라는 뜻인데, 발화자인 초공의 입장에서 조자염을 조카라고 한 것은 오류이므로 바로잡아 옮김.
420) 폐부(肺腑) : 마음의 깊은 속.

를 믿지 못할 것이요, 언관이 올린 표에도 풍문에 잘못 전해진 말이 많으니 짐이 관전(寬典)[421]을 드리워 조씨를 아직 사하여 장사에 유배 보내고 경수는 또한 조주로 유배 가는 형을 내린다. 훗날 조씨의 죄가 허망하다는 것이 확실하면 은사(恩赦)[422]를 내릴 것이요, 적실하면 다시 사형에 처할 죄를 더할 것이니 이렇게 처결할 수밖에 없다. 초사 받은 두 비자는 각각 주인의 죄를 꺼리어 감추었으며 요사한 악행을 주창하여 이런 일을 지었으나 이 두 비자를 없애면 훗날 일을 마무리 짓지 못할 것이니 정위의 옥에 가두어 두고 처결을 기다리게 하라. 연수는 아직 세상에 나서지 않은 서생이므로 책임을 물을 수 없으니 놓아 돌려보내라."

황상이 이미 일을 끝맺으니 소복야 형제도 머리를 조아리며 은혜에 감사하고 조카가 유배 가는 것을 도리어 다행으로 여겼다. 온 조정의 문무백관이 이 일에 대해 옳다고 하기도 어렵고 그르다고 하기도 어려워 말하는 자가 없었다.

이미 황명이 내리자 소경수가 옥문을 나와서 조주로 향하면서 지극한 성효로 두 집안의 어머니께 하직하지 않은 것이 몹시 마음에 걸려 잠깐 집에 들러 바쁘게 하직을 고하였는데, 주부인은 경수의 손을 잡고 길 떠나는 마음을 흩트리지 않으려고 위로하며 말하였다.

"너의 죄 없음을 하늘이 살피시고 신명이 곁에 계시니 이 원적(遠謫)[423] 이 마침내 오래가지 않을 것이다. 내 비록 네 어미로서 마음이 약해지

---

421) 관전(寬典) : 너그러운 용서. 관전(寬典)은 관대지전(寬大之典)의 준말로 관대한 은전(恩典) 혹은 은사(恩赦)를 의미.
422) 은사(恩赦) : 은전(恩典)과 같은 뜻이나 은전이 나라에서 은혜를 베풀어 내리던 특전이라면 은사는 나라에 경사가 있을 때 죄과가 가벼운 죄인을 풀어주던 일로 오늘날의 특별사면에 해당함.
423) 원적(遠謫) : 먼 지방으로 유배 가는 것.

지만 어이 서러워하며 근심하겠느냐? 우리 아들은 몸을 조심하여 풍토가 나쁜 곳이지만 무사히 잘 있어라."

윤부인이 화를 내며 말하였다.

"네가 의모(義母)와 양모(養母)를 좋게 대하지 않아서 앙화가 이 지경에 이르렀으니 누구를 원망하겠느냐? 목숨이 살아난 것이 뜻밖이구나. 이제라도 마음을 고쳐 덕을 닦고 나쁜 마음을 고쳐 조녀 같은 요괴를 좋다고 돌아보지 마라."

경수는 부친이 돌아오지 못하셔서 슬하에 하직하지 못하고 수천 리의 길을 떠나게 되니 심사가 서글펐으나 본디 도량이 넓었으므로 세상 일이 하늘이 하신 것이 아님이 없음을 깨달아 한탄할 것이 없었다. 하물며 모 ¹¹¹ 친이 말씀은 온화하고 시원시원하시나 마음은 베는 것 같으심을 생각하면 슬픈 기색과 괴로운 회포를 내어 어머님의 뜻을 흔들어 놓을 수 있겠는가? 오직 두 번 절하여 인사하고 말하였다.

"두 존당의 가르치심을 듣자오니 저의 불초함을 더욱 깨닫겠습니다. 어찌 가벼운 죄과를 원망하며 한탄하겠습니까? 가는 길이 양주로 지나가니 아버님을 혹 만나 뵙거나 그렇지 않더라도 제가 조주의 유배객으로 끝나지는 않을 것이니 성은을 입어 고향에 돌아와 다시 자식 된 도를 이룰 것입니다. 어머님은 마음을 너그럽게 하시고 두 형의 얼굴을 보시어 불초한 저를 걱정하지 마십시오." ¹¹²

주부인이 탄식하며 말하였다.

"너는 남자의 몸으로 집안을 잘 다스리지 못한 허물이 있다지만 불쌍하고 억울한 것은 조씨이다. 맑은 덕과 어진 행실로 너를 만나서 하루도 화목하게 지내는 기쁨을 보지 못하고 억울한 누명을 쓰고 외로운 약질이 장사를 떠돌 것이니 여자의 이슬 같은 자취로 어찌 살기를 바랄 것이냐? 이를 생각하면 내 마음이 놀랍고 도리어 너를 염려할 겨를이 없도다."

경수가 탄식하고 대답하였다.

"그 사람의 명이 박하고 운수가 놀라워 강상의 죄를 범했으니 장사에 유배 간들 놀랍다 하겠습니까? 이 또한 운명이니 모친은 과히 염려하지 마십시오. 조주가 여러 천 리나 죽을 땅이 아니요, 장사가 멀다지만 저승이 아니니 마침내 죽어 구원(九原)에 가지는 않을 것입니다. 제 마음424)이 안타깝지만 오랫동안 머무는 것은 일의 형편 상 편치 못하니 하직 인사를 드리겠습니다."

주부인은 여자 중의 군자였다. 효성스럽고 우애하는 성덕을 가진 아들이 불행히 양자로 들어가서 겪는 허다한 곡경이 양어머니의 어질지 못함에서 비롯되었으니 원한이 보통이겠는가마는 역량과 어진 마음이 원대하였으므로 좋지 않은 말로 무익하게 길 떠나는 마음을 어지럽히지 않으려고 슬픈 기색을 감추고 혼연히 건강할 것을 말하고 한 말도 하지 않았다. 그러나 경수가 말을 마치고 물러나자 고운 눈썹425)이 움직이며 별 같은 두 눈에 가을 물같이 맑은 물결이 요동하였다. 경수도 어머님께 하직 인사를 드리자 슬픔에 눈물을 머금고 자신도 모르게 눈썹을 찡그리며 물러났다. 두 숙부 소한과 소춘이 강능후 부중에 이르니 구부인이 경수를 붙들고 슬프게 울며 말하였다.

"요녀 조씨 때문에 집안에 변이 일어나 네가 만 리 밖에 유배객이 되니

---

424) 제 마음 : {하정}. 하정(下情)은 윗사람에게 자신의 마음이나 뜻을 낮추어 부르는 말.
425) 고운 눈썹 : {아황}. 아황(鵝黃)은 눈썹을 그리는 분을 이르는데 주로 미인의 아름다운 눈썹을 의미.

내 마음이 꽉 막히는구나. 내 마음이 어찌 견디겠느냐? 내 비록 너를 낳지 않았으나 연연한 정이 직접 낳은 자식과 다름이 없거늘 불행히 아내가 여럿인데 너의 애증이 고르지 않아서 이런 환란을 빚어내었다. 조씨가 나를 해하려 했던 것이 여러 번이었으나 내가 죽지 않았으니 이런 말을 입 밖에 내지 않고 조씨를 경계하여 너의 아버지께서 돌아오시기를 기다리려 하였다. 그런데 너희 둘로 인해 필경에는 외인에게 전파되어 언관의 귀에 들어가 네 몸이 이에 이르니 한스럽지 않겠느냐?"

세 자매와 연수가 다 모여 눈물을 비같이 흘리며 속마음을 말하니 그 정이 밝고 뚜렷하고 천륜이 지극한 것처럼 보였다. 그러니 누가 도리어 한마음으로 모의하여 경수를 해치려 했던 것을 알겠는가? 다음 이야기를 읽어보라.

1 　화설. 소경수는 구부인이 심상하지 않아 걱정이 크신 것과 누이들이 슬퍼하는 것을 보자 서글프고 즐겁지 않아서 온화한 목소리로 부드럽게 말하며 두 번 절하고 대답하였다.

"소자가 효행이 천박하여 이런 변을 만났으니 죄 만 번 죽어도 가벼울 것입니다. 무슨 면목으로 사람들을 대하겠습니까? 이제 나라의 죄수가 되어 수천 리 밖으로 슬하를 떠나는 마음이 슬픔을 이기지 못하겠습니다. 돌이켜 생각하면 헤어지고 만나는 것이 때가 있고, 화와 복은 운수와 관련되어 있는 것이니 어머님은 제가 멀리 가는 심사를 불쌍하게 여

2 기시어 불효의 죄를 용서하시고 세 누이와 동생의 마음을 불쌍하고 측은하게 여기시어 근심하는 마음을 평안이 하십시오. 그러면 소자가 마침내 무사히 돌아와 어머님 앞에 절할 수 있기를 바랍니다."

말씀이 온화하고 기색이 한결같아서 어머니 앞에 꿇어앉아 있는데 간절한 정이 곁을 떠남을 서글퍼 하며 집안일을 염려하는 등 지극한 효성이 매우 조심스럽게 드러났다. 그 진심에서 우러나오는 진실한 정이 꾸밈없이 나타나니 구부인이 마음속으로 도리어 이상하게 여기고 스스로 부끄러운 마음이 있었으나, 연수의 뜻이 형과 양립하지 못하여 경수 부부를 모두 없앤 후에야 시원해할 것이고 그 몸이 종장(宗長)이 될 것을 생각하여 나쁜 일인 것을 모르지 않으면서도 뉘우치지 않고 오직 겉으로 눈물을

3 뿌리며 목이 메이니 누가 겉으로는 친한 척하면서 속으로는 소원한 것을 알 수 있겠는가? 경수가 모친을 위안하고 세 누이를 대하여 시댁에 다니는 것을 드물게 하고 어머님의 슬픈 회포를 위로하여 평안이 받들라고 부탁하니 여러 누이들이 슬프게 탄식하며 말하였다.

"동생같이 대단한 효자가 이상한 액경을 당할 줄은 꿈에도 생각하지

못했네. 우리 집에 근래에 이상한 변고가 일어나는 것은 못되고 간사한 무리가 어진 사람을 시기하여 이런 변을 빚어내는 것이니 동생의 탓이겠는가? 또 조씨가 이유 없이 치독한 일과 자객의 일을 나는 실로 믿지 않았으니 조씨는 높은 가문의 법도 있는 집안 출신으로 요조숙녀인데 어찌 강상의 죄를 범하겠는가? 억울한 죄명으로 의지할 곳 없는 약한 여자가 장사 땅을 떠돌다니. 동생이 멀리 유배 가는 것은 도리어 놀랍지 않으나 하늘이 동생과 조씨를 내시고 이 같은 액경을 보게 하시는 것을 한탄하나니 동생은 마음을 놓고 걱정하지 말고 천금같이 귀한 몸을 보중하여 어서 돌아와 맞이할 수 있기를 바라네. 어머니를 모시는 사람은 여럿이요 아버님께서 언제 돌아오실지는 모르겠으나 평안하시고 반석 같으시니 오직 동생의 몸이나 힘써 보중하게."

애황, 여황과 연수가 눈물을 흘리는데 5월 장강의 물 같으니 경수가 연수의 손을 잡고 탄식하며 말하였다.

"이 형이 어질지 못하여 어머님께 불효하고 동생에게 걱정을 끼치는구나. 형제가 서로 헤어져 다시 만날 기약이 묘연하니 사정이 참담하지만, 위로는 어머님을 잘 모시고 아래로는 멀리 가는 형의 심사를 너그러이 생각하는 것이 너의 도리에 맞을 것이다. 어찌 쓸모없는 선비처럼 자질구레하게 헤어지는 정을 겉으로 드러낼 수 있겠느냐? 내 죄악이 사실이든 아니든 임금께서 보내시는 것이고 범한 죄가 중대하니 유배 가는 것을 원망하겠느냐?"

연수가 울며 말하였다.

"제가 지척에 천안(天顔)을 두고 말을 잘못하여 형의 애매함을 벗기지못했으니 저의 탓입니다. 바라건대 형을 모시고 객지에 떨어져 있는 심회를 위로하고, 은사를 입는 날에 형제가 같이 돌아오기를 바랍니다."

경수가 탄식하며 말하였다.

"내 아우의 효성과 우애는 아름다우나 어머님을 모시는 일이 너에게 있으니 너도 마음을 굳게 잡아 학문과 덕행을 삼가고 예의를 닦아 어리석은 형의 불초함을 씻도록 해라."

연수가 절하고 알았다고 하며 명을 받았다. 경수가 구씨와 이씨를 다 찾지 않고 모친과 여러 누이들을 하직하고 밖으로 나오면서 한 봉 서간을 잘 봉하여 유모 천씨 할멈을 시켜 조씨에게 전하라고 하고 성문 밖으로 나갔다. 초공과 진왕이 다 성문 밖에 나와 이별하고 여러 조가의 사람들이 수레를 몰아 구름같이 이어서 나왔다. 양인광, 조선경 등이며 여러 친구들이 술병을 들고 작별하러 왔으며, 경수의 두 숙부와 외할아버지 주태상 등이 모두 나오고 두 형과 여러 종형제들이 또한 적지 않아서 그 모인 사람의 수를 기록하지 못할 정도였다. 초공이 경수의 팔을 어루만지며 말하였다.

"성은이 크고 커서 너희 부부가 죽을 화를 면하니 원망할 것이 없으나 부인들을 대접하는 것을 넓은 도량으로 화목하게 하지 못하여 집안에 변이 일어났으니 잘못이지 않겠느냐? 비록 그러하나 엎질러진 물과 같아서 다시 말하는 것이 무익하니 갈수록 충효를 닦고 유배지에서 조용하게 보내면 성은이 멀리 비추는 날 고향으로 돌아올 수 있을 것이니 이별이 빠름을 슬퍼하는 것은 부인에 가까운 것이니라. 다만 길이 건강을 조심하여라."

경수가 감격하여 조씨의 부형을 대하니 자연 마음이 좋지 않아서 길이 슬픔을 머금고 절하며 말하였다.

"제가 장인어른을 문하에서 모시고 학문과 가르침을 들은 지 10년이 되어 갑니다. 감히 슬하에 참여하여 지우(知遇)[426]를 입음을 뼛속 깊이 감동하고 있었으니 밝은 가르침을 새기지 않았겠습니까마는 이 일이 불행하여 여기까지 이르게 되었습니다. 남자가 유배 가는 것이야 심상한 일이며 제가 잔약하다고 하나 무슨 염려가 있겠습니까? 하지만 부녀자가 유배 가는 것은 고금에 없었던 일이요, 규방 안의 약질이 만 리 길을 간다면 목숨을 보전할 길이 없을 것이니 진(晉)의 승상 왕도(王導)가 '백인(百仁)이 나 때문에 죽었다'고 했던 일과 같이 제가 그녀를 죽이지는 않았지만 제가 죽인 것이나 다름이 없습니다. 그러니 제가 어찌 마음이 편하겠습니까?"

초공이 흔쾌히 웃으며 말하였다.

"내가 너를 장부로 알았더니 마음 약하기가 부인네에 가깝구나. 오직 효성과 우애를 착실하게 하여 어머님께서 기뻐하시게 하고 네 아우가 즐거할 일을 생각하여 충효의 공에 더욱 힘쓰고 구구하게 부녀자를 생각하여 처신하는 데 비웃음을 사지 마라."

경수가 일어나 절하며 말하였다.

"제가 비록 불초하나 삼가 밝고 성스러운 가르침을 기억하여 잊지 않겠습니다."

말씀이 이와 같으나 초공이 밝은 식견으로 자신의 집안일을 미리 알고 있었음을 부끄러워하여 두 눈이 시고 서늘하여 백옥 같은 얼굴에 붉은 기운을 머금으니 초공이 애처롭게 여겼는데 그 사랑이 아버지와 아들의 사

---

426) 지우(知遇) : 인격이나 재능을 알고 잘 대우한다는 뜻.

랑보다 덜하지 않았다.

　숙부 소한과 소춘이 조카의 손을 잡고 매우 슬퍼하니 진왕과 초공이 위로하며 말하였다.

　"두 형은 시원시원한 장부이시면서 구구하게 이별을 슬퍼하십니까? 천유가 유배객으로 끝나지는 않을 것을 지혜로운 자라면 알 수 있는 바입니다. 우리들의 마음도 외로운 약한 여자가 만 리 밖으로 귀양을 가니 처참하지 않겠습니까마는 모든 일은 하늘의 명이므로 걱정하여도 쓸데없으니 형들은 마음을 너그럽게 가지십시오."

　소한과 소춘이 슬프게 말하였다.

　"어찌 알지 못하겠습니까마는 우리 조카의 효성과 우애로 이런 죄를 입은 것은 다른 사람이라도 슬퍼할 바이니 하물며 숙부와 조카 사이의 정이야 어떻겠습니까? 저희 집 형이 돌아오지 못하여서 집안의 변이 이와 같으니 이별이 놀랍고 슬플 뿐이겠습니까?"

　여러 사람들이 위로하고 경수의 형제와 여러 종형제들이 손을 나누며 이별하는 거동이 매우 슬퍼서 저마다 눈물을 금치 못하였다. 여러 사람들이 슬퍼하며 이별주 마시기를 마치고 근심하고 상심하므로 경수가 여러 벗들의 두터운 애정에 감사하고 숙부와 종형제들을 위로하였는데 기색이 천연하고 따뜻한 기운이 온화하고 인자하여 마치 옥산의 꽃 수풀에 봄바람이 부는 것과 같았다.

　날이 늦어서 이별하였는데 초공이 이별에 임하여 경수에게 비밀히 몇마디 말을 하였다. 그런데 말씀이 은밀하여 좌우에서 모시고 있던 여러 조씨 집안사람들도 들을 수 없었다. 소경수가 절하고 사례하며 밝은 식견에 탄복하고 서글프게 숙부와 형제들을 이별하고 떠났다.

이때 조씨는 장사로 정배(定配)되었으므로 두 시어머님께 하직을 고하였는데, 주부인이 서글프게 긴 탄식을 하니 조씨가 온화한 말씀으로 위로하였다. 그 타고난 아름다운 안색이 더욱 빛나서 신선의 풍채를 이루었는데 예를 마치고 자리에서 비켜나 앉아 자신의 죄를 말하였다. 그리고 어머님의 건강을 물었는데 봉황새의 소리처럼 화평하고 옥 같은 목소리가 낭랑하여 깜깜한 밤에 밝은 달을 대하는 것 같았다. 주부인이 조씨의 손을 잡고 탄식하며 말하였다.

"저 푸른 하늘이 우리 며느리를 내시고 운명을 괴롭게 만드시니 어찌 하늘을 원망하지 않을 수 있겠느냐? 그러나 이미 지나간 일은 돌이킬 수 없다. 여자의 약한 몸으로 만 리 밖을 떠돌며 살기를 도모할 수 있겠느냐? 내 시어미가 되어 능히 구하지 못하고 옥이 진흙에 던져지고 명주가 푸른 바다에 잠기는 한탄을 보니 놀랍지 않겠느냐? 경수가 조주로 유배 가는 것은 심상한 일이라서 오히려 염려할 바가 아니지만, 우리 며느리 같은 약질은 염려되어 마음이 아프니 이별을 앞에 당해 무엇이라 위로할 수 있겠느냐? 그 가운데 마음을 너그럽게 가지면 우리 며느리의 어진 덕이 천지신명을 감동하게 하여 환란을 진정함이 있을 것이니 길이 보중하여 훗날 즐거이 맞이하기를 바라노라. 젖먹이를 잃어버린 일이 더욱 끔찍하나 나이 아직 젊으니 부부가 다시 만나 좋은 때를 만나면 아들을 낳는 기쁨427)이 그 가운데 있을 것이니 너무 생각하지 마라."

13

14

---

427) 아들을 ~ 기쁨 : {농장지경}. 농장지경(弄璋之慶)은 구슬을 희롱하는 경사라는 뜻인데, 『시경』 「기부지십(祈父之什)」 〈사간(斯干)〉 시에 나오는 표현으로 아들을 낳음을 이르는 말. 예전에 중국에서 아들을 낳으면 규옥으로 된 구슬의 덕을 본받으라는 뜻으로 구슬을 장난감으로 주었다는 데에서 유래.

조씨가 엎드려 말씀을 듣더니 두 번 절하고 부드러운 소리로 말하였다.

"제가 어린 나이에 외람되게 슬하에 참여하여 따뜻한 은혜와 덕택이 일신에 젖었습니다. 몸이 높은 집에 편안히 한가롭고 나이 어려서 명부(命婦)의 직을 누리오니 매사에 불민하여 불효가 산과 바다 같고 허다한 변란이 계속 생겼습니다. 운명이 기박해서 그런 것인데 구차하게 살기를 꾀하여 외로운 그림자가 장사를 향하오니 사리에 어둡고 완고하다는 꾸지람을 면하기 어렵습니다. 그러나 그윽이 생각하건대 신체발부(身體髮膚)는 부모님에게서 받은 것인데 누명을 쓰고 죽으면 두 집안의 부모님에 대한 허다한 불효와 제가 입은 더러운 죄명을 밝히지 못할 것입니다. 그래서 만 리 밖 장사를 향하는 것이니 바라건대 어머님은 길이 편안하고 건강하십시오."

주부인이 감동한 모습으로 탄식하며 말하였다.

"어질구나, 우리 며느리의 도량이여! 화란을 벗어나서 태양의 광휘가 빛나는 것을 볼 것이니 내가 근심할 바가 아니로다."

조씨가 길게 절하여 인사하고 두 아버님께 하직을 고하지 못하는 것을 서러워 하니 주부인이 눈물을 훔치며 말하였다.

"우리 며느리의 마음과 아주버님과 남편의 뜻이 한가지이니, 얼마 있으면 모일 수 있을 것이다. 하늘이 마침내 그렇게 매몰차지는 않을 것이야."

조씨가 조용히 모시고 말씀하다가 윤부인께 하직하였는데 윤부인은 불쌍히 여겨 슬퍼하는 뜻이 없이 말하였다.

"고삐가 길면 발에 밟히는 것이다. 그러니 마음을 고쳐 착한 일을 힘써 하면 하늘이 감동함을 얻어 돌아올 기약이 있을 것이다."

조씨가 온화하게 사죄하며 성체를 보중하시라고 말하고 나서 동서428)
와 시누이들에게 작별인사를 하였다. 보는 이마다 놀랍고 울적함을 이기
지 못하며 보중할 것을 당부하였는데 조씨가 그 후의를 감사하였다. 소경
수의 형제들이 위의를 차려 조씨를 조부로 보내니 조씨가 시어머니께 절
하여 인사하고 친정으로 갔다.

이때 조부에서는 조씨의 변이 일어나자 태부인이 바다 같은 눈물을 드
리웠고, 양정렬은 마음이 베이고 깎이는 것 같아서 이불에 싸여 눈물을
비 오듯 흘리고 있었다. 유현429)이 어머니께 말하였다.

"누이의 일은 무죄함이 옥과 같으니 그 밖의 일은 뜬구름과 같습니다.
뜬구름이 오래 에워싸지는 못할 것이니 어머님은 마음을 넓게 하십시
오. 일에는 경중이 있으니 어머님은 위로는 할머니를 모시고 있으며
아래로는 자손을 거느리시고 허다한 인망이 지중하시니 누이 하나로
인하여 이렇듯 하시는 것은 체신을 잃으시는 것이며 누이에게도 조금
도 유익하지 않을 것입니다. 누이가 하직하러 이곳으로 올 것이니 그
때 보십시오. 반드시 마음 아파하지 않을 것입니다. 사람이 화망에 걸
려도 마침내 화를 면할 관상이 있는데, 누이는 오복(五福)이 완전한 상
으로 족히 온갖 재앙을 소멸하고 필경에는 즐겁게 모일 것입니다. 그
러니 어찌 지나치게 염려하실 일이겠습니까?"

양정렬이 일어나 앉아 말하였다.

"내가 온갖 고생을 겪었지만 마음이 이렇지는 않았는데 지금은 간장이
끊어지는 듯하니 마음대로 억제하지 못하겠구나."

---

428) 동서 : {제스}. 제사(娣姒)는 동서의 뜻. 제(娣)는 손아래 동서이고 사(姒)는 손위 동서임.
429) 유현 : {평홍후}. 유현을 가리키는 평능후의 오기로 보아 이와 같이 옮김.

말을 마치자 울음을 삼키기를 마지않았다. 이때 조씨가 본부로 돌아오

19 니 초공이 조씨를 보고 말하였다.

"너의 운명이 박한 것이니 한때 액운을 어찌 혐의하겠느냐? 이제 몸을
보중하면 화액을 면하고 길시를 만나 즐길 수 있을 것이니 너는 조금도
개의치 마라."

조씨가 절하여 사례하고 명을 받았는데 조금도 슬퍼함이 없고 화기가
얼굴에 가득하고 침착하였으므로 초공이 더욱 기특하게 여겼다. 이때 유
모 천씨가 잘 봉한 경수의 서간을 조씨에게 드렸는데 조씨가 받아서 뜯어
보았더니 그 내용이 이러했다.

생이 조주로 가고 부인은 장사로 가니 알지 못하겠습니다. 이 무슨 하늘의 도입

20 니까? 생이 장인어른의 지우(知遇)를 입어 슬하에서 모시게 되었으므로 저를 알아
주신 큰 은혜를 뼛속 깊이 느끼고 있었으나 일찍이 갚을 것이 없었습니다. 그래서
오직 부인과 백 년을 같이 살고 죽은 뒤에도 같이 묻힐 것을 기약하였습니다. 서로
마음을 비추고 어진 내조를 힘입어 허물을 면할까 하였더니 우리 두 사람의 액운이
평범하지 않아서 간악한 여자를 아내로 두니 무참하게 휘젓고 다니며 어머님을 현
혹하고 남편과 적인을 사지(死地)에 넣었습니다. 부인은 한 달이 넘게 옥중에서 심
하게 고생하였는데 또 언관이 맹랑하게 무고하는 소장을 올려 장사로 멀리 유배를
떠나게 되었으니 진(晉)의 승상 왕도(王導)가 백인(百仁)이 나 때문에 죽었다고 했
던 일과 같이 제가 부인을 죽이지는 않았지만 제가 죽인 것이나 다름이 없습니다.

21 생의 마음이 돌과 같지 않으니 이 마음을 어떻게 견디겠습니까? 대장부가 죽고
사는 즈음에 마음을 고치거나 가벼이 슬퍼할 것이 아니므로 슬픈 생각이나 괴로운
말을 베풀겠습니까마는 부인이 뒤집어 쓴 죄명 중에 조금이라도 부인이 했다고 의

심할 만한 것이 있다면 무엇이 놀라우며 안타깝겠습니까? 그러나 나를 만나서 몸이 함정에 떨어졌으니 사람의 자식이 되어 어머니를 원망하지는 않지만 간사한 사람이 성총을 가리고 요악한 참언이 두루 행하여져 사람을 사랑하는 어머님의 두터운 덕이 유독 부인에 대해서만 박하신 것이니 나의 죄입니다. 나 소천유가 먹는 것도 잊고 발분하여 이녀를 베어버리고자 했지만 장부가 뜻을 품어 행하지 못하고 기운을 낮추고 펴지 못하니 가히 약하고 부끄럽습니다. 22

아, 생의 효행이 천지신명을 저버리고 덕이 박하여 불효가 온 성에 나타나고 어린 자식을 보전하지 못하여 살았는지 죽었는지 알지 못하니 애통하고 안타까움을 참을 수 있겠습니까? 머나먼 궁벽한 곳[430]에서 부모님을 이별하고 언제 다시 만나볼 수 있을지 기약이 없으니 어찌 마음을 진정하겠습니까?

내 비록 용렬하지만 언관에게 책잡힐 그런 일은 없고, 부인의 일이 더욱 억울한데, 이는 이녀와 그녀의 시비가 미리 뇌물을 바치고 결탁하여 우리를 해하려 한 것이 분명합니다. 두 비자의 다리를 깨어지게 때려 부인의 억울함을 씻고자 하나 요악 23 한 시비의 입으로 무슨 말을 할 줄을 모르겠으니 두 비자를 애써 살려두어 훗날 좋은 때를 만나거든 부인의 누명을 신원하여 저버리지 않을 것입니다. 그러나 간악한 사람들이 우리 부부가 살아 있는 것을 못마땅하게 여겨 죽이고서야 그칠 것이니 먼 길을 가는 데 무사할지 모르겠습니다. 부인의 오빠들이 다 보통 사람보다 빼어난 재덕이 있으나 그래도 문계의 신출귀몰하는 지략을 당할 사람이 없으니 부인은 장인 어른께 말씀드리러 가는 길에 있을지도 모를 불의의 화를 방비하고 스스로 몸을 보전 24 할 계책을 명심하여 적소에 가서 조용히 계신다면 생이 한 근심을 덜겠습니다. 잘 생각하여 소홀함이 없게 하십시오. 얼굴을 대하여 이별을 말하고 이 일을 부탁하고 싶지만 갈 길이 바빠서 마음을 펴지 못하겠습니다. 바쁜 길 가는 것을 멈추고 한 봉

---

430) 머나먼 ~ 곳 : {천리애각}. 천리애각(千里涯角)의 애각은 궁벽하고 먼 땅.

서간을 남기니 부인은 남편의 부탁을 저버리지 말고 길이 신중하십시오.

유현이 다 보고 나서 웃더니 말하였다.

"소천유의 허다한 장광설을 보니 아주 불쌍하고 가소롭구나. 누이의
재덕이 저의 당부를 기다릴 바이겠는가? 이런 정으로 만 리의 이별을
하면서 다시 얼굴을 보지 못하니 그 마음을 알 만하다."

여러 부인들이 탄식하였으며, 태부인이 눈물을 머금고 오열하며 말하
였다.

"소랑431)의 빼어난 처신은 이 늙은이가 사랑하던 바이다. 이별에 임하
여 보지도 못하다니. 저는 고향에 반드시 살아 돌아올 것이지만 구십
노모는 아침에 죽을지 저녁에 죽을지 모르는 마당이다. 네가 이제 장
사를 향해 떠난다니 내 살아 있다가 너희 부부를 볼 수 있을지 모르겠
구나. 그러니 마음을 어찌해야 할지 모르겠구나."

초공이 위로하며 말하였다.

"3, 4년 안에 그의 길운이 이를 것이니 만나 보시는 것이 뭐 그리 더디
겠습니까?"

태부인이 탄식하며 말하였다.

"늙은 어미가 죽을 날이 임박하였는데 3, 4년을 살 수 있겠느냐?"

아들과 손자들이 다 슬퍼하였고 노공도 참혹해 하며 눈물을 흘렸다.

초공이 말하였다.

"여자가 길을 가는데 공차(公差)432)와 같이 가지는 못할 것이다. 그러나

---

431) 소랑 : 소경수를 말함. 사위를 지칭할 때 그의 성에 '랑(郞)'을 붙여 불렀음.
432) 공차(公差) : 관청에서 보낸 관리나 사자(使者).

너희들도 공사에 매인 몸이라 오래 나가 있지는 못할 것이요, 천유가 바라기는 유현이 동행했으면 했지만 여아가 보신할 계책은 자연히 있을 것이니 꼭 그렇게 할 필요는 없을 것 같다. 요사이 웅현이 병부의 직임을 행하지 않고 병을 핑계로 나가지 않고 있으니 가히 누이를 데리고 갈 만하겠다."

병부상서 웅현이 명을 받고 며칠 후 길을 떠나기로 하였다. 양정렬이 침소에 돌아와 딸을 어루만지며 슬프게 말하였다.

27

"너의 어짊이 신명을 바탕으로 하고 정대함이 간사함을 막을 것인데 이런 환난을 만나 수 천 리 유배를 가니 마음이 슬픈 것은 말할 것도 없고 너의 앞길을 망쳤으니 어느 날에나 결백을 밝힐 것이며 능히 보전할 것을 바라겠느냐? 비록 그러하나 천도가 밝고 밝으니 너는 부모가 낳아 길러준 은혜를 크게 여기고 몸을 가볍게 여기지 마라."

조씨가 모친의 상심하심과 자신의 불효를 슬퍼하며 탄식하고 대답하였다.

"괴롭고 슬픈 허다한 변란 중에서 한 가닥 실오라기 같은 목숨을 부지하시겠습니까? 저는 지극히 어둡고 완고하여 슬픔을 깨닫지 못한답니다. 장사가 멀다지만 하늘 아래이니 죽어서 저승으로 가는 이별이 아닙니다. 어머님은 성체를 상하게 하지 마시어 멀리 가는 소녀의 심사를 살펴 생각해주십시오."

양정렬이 탄식하며 말하였다.

"내 어찌 모르겠느냐?"

그러고는 가만히 이씨의 위인을 물으니 조씨가 대답하였다.

"남편의 서간에서 죄를 다 이씨에게 미루었지만 보지도 못한 허물을 말을 덧붙여 더욱 부풀려서 이씨가 하였다고 하면 되겠습니까? 원래 숙녀는 아니라서 정숙하지 못하니 군자의 눈에 벗어남이 되었으나 어머님께서 어찌 그녀의 좋고 나쁨을 물으십니까?"

양정렬이 말하였다.

"이씨가 본디 이씨가 아니다. 양씨 가문을 어지럽히고 월염을 사지에 넣었던 곽씨이니라. 인광이 죽이지 못한 것을 한스러워하더니 이제 또 너의 원수가 되었으니 사람의 마음을 측량하기 어렵지 않으며, 소랑의 지감이 다른 사람보다 뛰어나구나. 군자의 높은 눈에 더럽게 여기지 않겠느냐? 제 버릇이 나와 월염의 눈을 업신여겨 이에 이르렀으나 저의 독사 같은 행실과 음란하고 못된 죄로 무사하게 끝나지는 못할 것이다. 이로써 미루어 보건대 너의 죄명이 오래가지는 않을까 한다."

조씨가 놀라서 말하였다.

"비록 이씨가 어질지 않으며 좋은 사람이 아닌 줄은 알았지만 이렇게 큰 흉악함은 고금에 처음 듣습니다. 어찌 놀랍지 않으며 그 동렬(同列)이라고 하며 한 자리에서 어깨를 나란히 하였던 것이 더럽지 않겠습니까? 그러나 우리 집에서 이 말을 먼저 내는 것은 좋지 않으니 어머님은 말씀을 하지 마시고 훗날 양가와 소가 두 가문의 처치를 기다리십시오. 소녀의 환란은 천명입니다. 한스러워하지 마십시오."

양정렬이 말하였다.

"너를 대하여 물을 말이 아니지만 구부인이 결코 숙녀가 아니요, 너의 시누이 등이 현숙한 부녀가 아니더구나. 그러나 알지 못하겠구나. 소랑같이 하늘이 내신 지극한 효성으로도 서너 명 형제가 화목하지 못하다니?"

조씨가 몇 번 길게 탄식하며 말이 없으니 부인이 또 말하였다.

"모녀는 깊은 마음도 서로 내보이는 사이인데 뭘 그러느냐? 내일 떠나면 다시 말하고자 한들 할 수 있겠느냐?"

31

조씨가 서글프게 느꺼워하며 대답하였다.

"저는 본디 사람을 두고 옳다 그르다 평하는 것이 괴롭습니다. 하물며 지극히 존귀한 사람들에 대해서야 어떻겠습니까? 시어머니께서 비록 바다와 같은 깊이와 천지와 같이 넓은 도량을 갖추신 것은 아니시나 없는 일을 꾸며 참소하는 간악한 사람이 없었다면 어찌 그분의 성덕이 줄어들었겠습니까? 아주버님과 시누이들은 성정이 저희와 서로 맞지 않아서 마음에 꼭 맞는 것은 아니지만 구태여 서로 실망한 일은 없으니 어머님께서 의심하시는 것은 잘못 살피신 것입니다."

양정렬이 그 말에 감동하면서도 서글펐다. 밤이 새도록 연연한 정을 측량하지 못할 지경이었는데 어린아이의 간 곳을 모르는 것에 대해 슬퍼하니 조씨가 얼어 죽는 환이 미칠까 하여 가만히 춘계에게 맡겨 옥분항으로 보내었는데 입 밖에 내지 않았다고 고하니 양정렬이 크게 감탄하며 지혜로운 꾀를 기특하게 여겼다.

32

이미 행리를 준비하고 웅현이 행리를 정비하여 발행하려 하였는데 중당에 조촐한 술자리를 열어 부녀와 모녀가 서로 이별하였다. 그 자리에서 여러 집안 어른들과 일가친척들이 눈물을 비 오듯 흘렸다. 조씨는 기색을 편안하고 심상하게 하여 존당과 부모님을 위로하며 형제들과 서로 손을 잡고 연연해하며 슬픈 회포를 억누르니 유현이 얼굴빛을 고치고 누이를 향하여 말하였다.

"너는 여자 가운데 군자이다. 오늘 이별이 놀라우나 훗날 모이면 경사

33

가 될 것이니 명철보신(明哲保身)[433]하여 후일 서로 웃고 모이기를 바란다. 내가 너를 데리고 가고 싶지만 공무가 많을 뿐 아니라 어머님을 모시고 위로하여야 하니 못 가겠구나. 그러나 아우의 지모가 원대하고 용력이 다른 사람보다 뛰어나니 네가 먹고 잘 일은 근심이 없을 것이므로 깊이 염려를 하지 않는다."

조씨가 슬프게 사례하며 말하였다.

"삼가 오빠의 밝은 가르침을 받들어 무사히 머물다가 혹 천은을 입어 돌아오기를 바랍니다."

진왕과 초공이 감탄하며 말하였다.

"너의 이 길이 없으면 꽃다운 사적을 알 사람이 없을 것이다. 훗날 신원하여 돌아오는 시절에 향기로운 이름이 진동하여 오늘의 악명을 대신할 것이니 몸을 잘 보중하여 부모가 낳아서 길러준 은혜를 저버리지 마라. 하물며 유배지에 외로이 있는 남편을 저버리면 안 될 것이니 삼가 조심하여 나의 말을 깊이 새기고 어기지 마라."

조씨가 두 번 절하고 말하였다.

"백부와 아버님의 말씀을 간과 폐에 새기겠습니다. 바라건대 아버님과 백부는 할머니들[434]을 모시고 길이 편안하고 건강하십시오."

진왕과 초공이 고개를 끄덕이고 양정렬과 정숙렬이 각각 눈물을 흘리며 오열하느라 말씀을 이루지 못하니 조씨가 온화하게 풀어드리며 조금도 슬픈 말이나 괴로운 말을 하지 않았다. 초공이 웅현을 경계하여 가는 길에 조심할 것을 당부하니 웅현이 두 번 절하여 사례하고 인하여 하직하

---

433) 명철보신(明哲保身) : 총명하고 사리에 밝아 일을 잘 처리하여 자기 몸을 보존함.
434) 할머니들 : {북당훤쵸}. 북당훤초(北堂萱草)는 어머니를 뜻하는 말이지만 여기서는 문맥상 할머니인 위부인과 증조할머니인 순태부인 등을 가리킴.

였는데, 조씨가 떠나는 정과 존당과 부모의 헤어지는 심회는 형용하기 어려웠다. 소경수의 유모와 조씨의 유모가 좇고 수십 명의 비자가 모시고 길을 가니 비록 죄인의 행차이나 빛나는 위의가 있었다. 게다가 건장한 남녀 하인들이 가득히 호위하니 비록 자객의 날카로운 칼이 있다고 해도 범하기 어려울 정도였다.

이미 조씨의 수레가 상부의 문을 나서니 조가의 여러 사람들이 한가지로 수레를 몰아 뒤를 따라 성문 밖으로 나왔다. 그러자 17명의 명사(名士)와 재상(宰相)의 거마가 이르러 먼지가 해를 가리고 벽제(辟除)하며 따르는 종이 10리에 이어졌다. 그 장한 위의에 길 가던 사람들이 걸음을 멈추고 탄식하였다. 성문 밖을 나와서 십여 리를 가니 조가의 형제들이 누이와 웅현을 보내면서 슬픈 기색을 감추지 못하였다. 다만 사기가 태연하고 언사가 화평하며 마음의 중심을 움직이지 않는 사람은 태사 기현과 평능후 유현과 소사 아현이었으며, 예부상서 광현과 문현, 평촉후 운현이었을 뿐 그 나머지는 슬픈 빛을 금하지 못하였다. 조가 형제들이 한 바탕 이별을 마치고 돌아가니 웅현이 공차와 더불어 조씨의 행차를 호위하여 장사로 향하여 갔다.

차설. 소부에서는 경수 부부가 멀리 유배를 가니 평진후의 부중은 울음 빛이요, 강능후의 부중에서는 구부인 이하가 기뻐하고 있었다. 그런데 경수의 인자하고 따뜻한 성품 때문에 남녀 비복의 인망이 물이 동쪽으로 흐르는 것같이 자연스럽게 경수에게 돌아갔고,435) 조씨의 정숙하고 인자한 인품에 모두들 감복하였으므로 경수와 조씨가 억울하게 유배간 것을

36

37

435) 물이 ~ 돌아갔고 : {물이 동류홈 궃고}. 중국은 서고동저(西高東低) 형의 지형으로 대부분의 강이 동쪽으로 흐르기 때문에 '물이 동쪽으로 흐른다[東流]'는 것은 자연스럽거나 확실한 일을 비유할 때 쓰임.

안타까워하여 머리를 맞대고 은밀하게 그 원통함을 말하였다. 이때 이씨는 겉으로는 억지로 슬픈 빛을 지었으나 끝내 경수 부부를 죽일 것을 꾀하였으므로 연수를 불러서 말하였다.

"풀을 베려면 반드시 뿌리를 없애야 할 것입니다. 아주버님이 조씨와 세상을 같이 할 수 없는 원수가 되었으니 조가의 늙은이나 젊은이가 다 아주버님을 삼키고자 할 것입니다. 조씨가 살아서 돌아온다면 그때는 아주버님의 몸이 끝나는 때입니다. 그 부형의 당당한 기세로 천자의 마음을 돌이키는 것은 손바닥 뒤집는 것과 같이 쉬운 일입니다. 때를 타 백지호를 보내어 경수를 처치하고 또 한 무리 병사를 보내어 장사로 따라가 조씨를 죽이면 아주버님은 반석같이 편안할 것이며 종장(宗長)의 중요한 자리를 받을 것입니다. 제가 여자의 마음으로 가히 이 말을 못할 것이로되 형님이 나를 알기를 원수같이 하여 부부의 의를 끊고 삼강(三綱)이 막혔으므로 원한이 쌓이니 차라리 소경수와 조씨를 죽여 한을 씻고자 하는 것입니다. 집안에서 저의 슬픔과 괴로움을 아는 사람은 아주버님뿐입니다. 결초보은할 마음이 있으므로 아주버님을 위하여 멀리 앞날을 대비할 계책을 알려 드리는 것이니 일을 잘 처리하려면 잠시도 지체할 수 없을 것입니다."

연수가 비록 매우 간악하고 못된 사람이었지만 경수를 해치기 위해 자객을 보내란 말은 놀랍고 의아하여 말하였다.

"형수가 앞을 내다보시는 것이 소생을 위하여 지극하시나 조씨는 이미 나와 형세가 좋지 못하니 죽여도 마땅하지만 형님을 도모하는 것은 동생 된 도리에 차마 못하겠습니다. 조주로 병사를 보내는 것은 차마 못하겠으나, 백지호는 조씨가 있는 장사로 보냅시다."

이씨가 차갑게 비웃으며 말하였다.

"하나만 알고 둘은 모르시는군요. 만일 어질고자 할진대 당초에 형을
해하는 어머님을 부추겨서 장책을 더한 것은 무엇입니까? 언관과 결탁
하여 형을 유배 보내기까지 한 것도 다 아주버님의 수단이었습니다.
이제 도리어 어진 말을 하여 사람들의 이목을 가리려고 하나 첩은 곧이
들리지 않습니다. 예로부터 큰일을 이루려는 자는 작은 마디를 돌아보
지 않았으니 당(唐) 태종(太宗)이 건성(建成)과 원길(元吉)을 죽인 것[436]
이 그렇습니다. 지금의 아주버님은 소상서와 양립하지 못할 것이니 상
서의 뜻이 아주버님에 대해 이를 갈고 있기 때문입니다. 훗날 그가 때
를 얻어 돌아오면 자신의 친구들을 사주하고 조가의 형제들과 결탁하
여 아주버님이 형과 형수를 죽이려 한 죄를 발각할 것이니 이때에는 살
고자 하여도 그럴 수 없을 것이며, 어질게 마음을 고쳐먹었다고 하여도
용납되지 못할 것입니다. 일이란 끝이 있어야 하는 것이니 나중에 뉘
우치지 마십시오."

연수가 꺼림칙한 마음이 없어져서 사례하며 말하였다.

"형수님의 선견지명이 만 리 앞을 미리 헤아리시니 소생이 바랄 바가
아닙니다. 이미 불행하여 선을 버리고 불의에 들었으니 일신을 보전할
도리를 생각해서 시키는 대로 형수님의 지휘를 받들겠습니다. 그런데
형님을 죽인다면 형수님께는 하늘이 무너지는 일일 터인데 그 처신을
어찌 하시려 하십니까?"

이씨가 길게 한숨을 지으며 말하였다.

---

42

436) 당(唐) ~ 것 : {당태종이 건성 원길을 죽이니}. 당(唐) 태종(太宗)의 본명은 이세민(李世民)으로
　　당나라 2세 황제임. 그가 아직 진왕(秦王)이었을 때에 당시 태자였던 형 건성(建成)과 아우 원
　　길(元吉)을 죽이고 태자가 된 일을 말함.

"임금이 신하를 말이나 개같이 대하면 신하는 임금 보기를 원수같이 하는 것이니, 무왕(武王)437)이 어질지 않아서 주(周)나라를 멸하였겠으며 성탕(成湯)438)이 신하의 도리를 몰라서 걸왕(桀王)을 폐하였겠습니까? 임금과 신하의 사이도 이와 같으니 소경수가 도리에 어긋나게 날 보기를 원수같이 하니 이름은 부부지만 실상은 남입니다. 형님이 죽는 것을 시원하게 생각할 것이며, 조녀의 살을 물어뜯고 그 머리를 베고 나면 저는 산문(山門)의 여중이 되어 일생을 마칠 것입니다."

연수가 잠깐 웃고 말하였다.

"그렇지 않습니다. 하(夏)나라 걸왕(桀王)이 무도하니 성탕(成湯)이 선 것이고 은(殷)나라 주왕(紂王)이 잔학하니 무왕(武王)439)이 벌하신 것인데, 이제 형님은 무슨 불의한 일이 있어서 여자가 지아비를 버리며 죽이는 것이 옳은 일이겠습니까?"

이씨도 또한 웃고 말하였다.

"형이 아우를 사랑하되 감화되지 못하고 형을 해치는 것에 비하면 박절하게 부부의 도를 영영 끊은 자를 남편으로 알지 않는 것이 구태여 더 나쁜 것도 아닙니다. 저나 아주버님이나 다 발분하여 마지못하여 그러는 것이니 진실로 밝고 밝은 큰 도는 아니지요. 소상서가 만일 조금이라고 부부의 관계를 맺어주었다면 내 어찌 남편을 배신하고 윤리를 어지럽히겠습니까?"

두 사람이 웃고 돈과 비단을 주어 자객을 사서 보낼 일을 의논하였는

---

437) 무왕(武王) : 은(殷)나라 마지막 왕인 주왕(紂王)을 토벌하고 문왕(文王)을 이어 주(周)의 기초를 확립한 왕.
438) 성탕(成湯) : 은(殷)나라의 1대 임금. 하(夏)나라의 걸왕(桀王)을 치고 왕위에 올라 30년 간 재위하였음.
439) 무왕(武王) : {문왕}. 무왕의 오기.

데, 교씨가 정당에서 나오다가 그 의논을 낱낱이 들었다. 뼛속까지 놀라 정신이 달아날 지경이었는데 가만히 숙소에 돌아와 생각하였다.

'사람이 비록 어질지는 못하나 이렇게까지 할 줄은 꿈에도 생각하지 못했다. 어진 형과 형수를 모함하여 사지(死地)에 몰아넣었으나 천도(天道)가 공정하여 다 죽음을 면하고 멀리 유배형에 처해졌는데, 아주버님은 효성스럽고 우애 있는 군자라서 나쁜 동생의 간악함이 비할 데 없는데도 결코 묵은 한을 두지 않으실 것이니 순(舜)임금이 상(象)의 죄를 사하시고 유비에 봉하신 덕440)을 입을 수 있을 것이다. 그러나 왕법은 사사로움이 없으니 밝은 세상에 서지 못할 것이요, 악을 힘쓰매 천지신명이 진노하여 앙화가 적지 않을 것이다. 그러니 그 몸이 어찌 망하지 않겠는가? 내 살아서 남편을 어질게 충고하여 바로잡지 못해 참변을 만나게 되면 일세에 부끄럽고 후세인이 나의 결단 없음을 비웃을 것이다. 일이 아직 어지럽게 되지 않았을 때 죽는 것이 여러모로 좋겠다.'

교씨가 칼을 어루만지면서 눈물을 뿌리고 있는데 문득 연수가 들어와 연갑(硯匣)441)을 열고 봉해둔 금을 내어 가지고 가려하였으므로 교씨가 말하였다.

"요사이 집안에 아주버님이 계시지 않고 아버님이 돌아오지 못하시니 어머님께서 고당에 외로우시고 당신은 형제가 없어 처량합니다. 사람의 마음이라면 마땅히 슬플 바이거늘 당신의 거동을 보면 의기양양하여 날마다 금은을 품고 분주하게 다닙니다. 몸이 선비의 부류에 있으

---

440) 순(舜) ~ 덕 : 이는 소경수를 순에, 소연수를 상에 비유한 것. 중국 고대의 성군이었던 순(舜)임금이 재위하기 전, 그의 이복동생인 상(象)이 어머니와 짜고 아버지 고수(瞽叟)를 꾀어 순을 죽이고 적장자가 되려 하였으나 순은 부모에게 효를 다했을 뿐만 아니라 아우 상을 용서하고 우애로 대했는데, 순이 상을 유비에 봉한 사실은 미상임.
441) 연갑(硯匣) : 벼루·붓·먹·연적·종이 따위를 넣어 두는 조그만 책상.

면 공맹(孔孟)의 가르침대로 처신할 것이며, 금봉을 친히 가지고 다니는 것은 봇짐장수나 장사꾼의 무리가 아니면 여항 시정인의 소임입니다. 제가 한심함을 이기지 못하여 능히 밥 먹고 잠자지 못하겠습니다. 여러 번 제 마음을 말씀드렸으나 받아들여 주시는 효험을 보지 못하였으니 이제 그같이 분주하게 천금을 가지고 다니시는 곡절이나 듣고자 합니다."

말이 강개하고 기색이 매서우니 연수가 좁고 얕은 마음에 도리어 괴롭고 화가 나서 벌컥 얼굴색을 붉히며 말하였다.

47 "요괴로운 여자가 밤낮으로 엿듣는 것이 남편의 흠이로구나. 형님이 멀리 가고 아버님이 계시지 않으니 집안일이 내게 돌아와 일이 많은 것이요, 금은이 비록 직접 가지고 다닐 것은 아니지만 재물이 있은 후에야 제사와 부모님을 받들고 집안을 다스리는 일용지물을 출납하는 것인데 선비의 행사에 무엇이 해롭다고 이상한 말로 때마다 조르는가?"

교씨가 차갑게 웃으며 말하였다.

"당신의 말이 시원시원하시지만 제가 실로 죽기를 두려워하지 않으니 당신의 화를 건드려 죽게 되더라도 뉘우칠 것이 없습니다. 비록 바깥일을 감당하신다고는 하나 안에 옷감을 맡은 종들이 있고 밖에 금은과

48 곡식 등 재물을 출납하는 노비가 있어서 아버님과 아주버님이 집안을 맡고 계실 때는 금봉을 품고 금돈을 쥐어 헤아리시는 것을 보지 못했습니다. 그런데 오늘 당신의 거동은 정말 놀라울 지경이니 어찌 한심하지 않겠습니까? 또 형수와 시동생 사이의 예의가 삼엄한데 이부인이 고요한 곳에서 홀로 당신을 대하여 말을 주고받은 것은 체면상 매우 좋지 않은 일이고, 형수와 시동생이 직접 물건을 주고받지 않는다고 한

것은 성인이 경계하신 일입니다. 당신은 눈으로 옛 책을 살피고 아버지와 형의 밝은 가르침을 받아 법도로 처신해야 합니다. 예의염치는 사유(四維)[442]의 원칙입니다. 사유가 서지 못하면 나라가 멸망한다고 하였는데, 당신은 몸에 예의충신(禮義忠信)과 효제선행(孝悌善行)을 취하지 않고 의롭지 않은 불법을 행하며 간악한 소인들과 같은 무리가 되어 스스로 천 길 구덩이에 들어가니 제가 정말 망극합니다. 제 충고가 당신의 믿음을 얻지 못하고 약한 힘으로 당신의 마음을 능히 돌이키지 못하니 다만 죽어서 보지도 듣지도 않고 싶을 따름입니다."

말을 마치자 옥 같은 눈물이 흘러넘쳐 고운 얼굴을 적시니 연수가 놀라서 위로하며 말하였다.

"당신의 어진 말이 실로 아름다우니 내 어이 거두어 쓰지 않겠습니까? 이씨 형수의 일은 내 스스로 가서 말한 것이 아니라 그 사람됨이 정대하지 못하여 예를 지키지 않고 때때로 나와 고요한 때 말을 시작하니 마지못하여 묻는 바에 응답한 것일 뿐인데 어찌 예에 어긋나는 일이 있었겠소? 그 밖에 다른 법을 어긴 일이 있었겠습니까? 당신은 마음을 놓아 귀한 몸을 상하지 말고 어서 기린 같은 아들을 얻는 좋은 일을 보게 해 주십시오."

교씨가 슬프게 탄식하고 다시 말을 하지 않았다. 연수가 교씨를 심히 괴롭게 여겨 나쁜 일에 대해 속이기를 못 미칠 듯이 하였지만 금슬은 좋았기 때문에 숙소에 왕래하면서 진짜 속마음을 감추고 있었다. 교씨는 죽고자 하였으나 차마 하지 못하였는데 잉태한 지 너덧 달이었기 때문에 해

---

442) 사유(四維) : 나라를 다스리는 데 지켜야 할 네 가지 원칙. 곧 예(禮) · 의(義) · 염(廉) · 치(恥)를 이름.

산 후 죽기로 마음을 정하였다. 밝고 지혜로운 지식이 보통 사람보다 뛰
어나 그 어진 음공(陰功)443)이 연수에게 미치는 곳을 볼 수 있을 것이다.
한편 음흉하고 패악한 이씨는 조씨와 소경수를 죽이고 나서 친정에 돌아
가 다른 호걸을 골라서 양인광에 대한 원한을 한 번 풀고자 하였으니 알
지 못하겠다, 이 여자의 간사하고 음란한 크나큰 악이 이와 같으니 이 일
이 마침내 어떻게 될까? 다음 이야기를 들어보라.

이때에 소연수가 황금 삼백을 가지고 백지호를 찾아가 또 한 명의 용한
자객을 물색하니 하늘이 악인을 내시면서 도울 사람을 또한 이에 맞게 내
신지라 일등 자객 진석윤이란 자가 있었으므로 그를 불렀다. 몸이 나는
표범처럼 날래고 변화를 예측할 수 없었는데 나쁜 자들이 사람을 해치며
불의를 도모하는 자가 천금을 아끼지 않으니 다투어 청하여 가서 소원을
이루어주면 대가가 무수히 많았다. 그래서 쌓인 금은이 산 같고 거느린
미인이 부지기수였는데, 진석윤이 눈이 높아 반드시 나라를 기울일 만한
미인을 얻으려고 하였다.

소연수가 두 자객을 데리고 가만히 성 밖의 인적 없는 그윽한 곳으로
가서 대사를 의논하였는데 이곳은 남문 밖 벽운산의 은선항444)이라는 곳
이었다. 바위 밑에서 연수가 두 사람을 데리고 저의 평생의 소회를 말하
고 조씨와 소경수를 죽일 것을 청하니 진석윤은 뛸 듯이 기뻐하며 장사로
가기를 원하였고 백지호는 조주로 가기로 정하여 세 사람이 서로 언약을
굳게 하였다. 연수가 금백 봉한 것을 각각 두 사람에게 주고 절하며 말하
였다.

443) 음공(陰功) : 뒤에서 돕는 숨은 공이나 남몰래 쌓은 공덕.
444) 은선항 : {은션항}. 같은 장소에 대해 '옥선항', '은션항', '운선항', '은셕항', '은션항', '은항' 등으
로 혼동하여 표기하고 있으므로 이하 '은선항'으로 통일함.

"오늘 그대들의 소임은 소연수의 만 리 같은 앞길에 큰일이네. 원컨대 힘쓰고 힘써 누설하지 말며 어긋남이 없도록 하게."

말을 채 끝내지도 못했을 때 산 위에서 한 선인이 머리에 소요건(逍遙巾)을 쓰고 몸에 학창의(鶴氅衣)를 입고 바람을 타고 가벼이 내려왔다. 그 위세가 활달하고 호탕하며 풍신이 시원스러웠는데, 옥 같은 얼굴은 중추절의 흰 달 같고, 두 눈은 빛나는 별 같아서 광채가 태양같이 비추이고, 학 같은 골격과 봉황 같은 모습은 버드나무가 고운 것을 능만하고 이태백(李太白)과 두보(杜甫)를 업신여길 정도였다. 팔 척 키는 대인의 기상이요 해와 같은 모습에 용과 봉황 같은 재질이 세상에 대적할 자가 없을 것 같았다. 걸음걸이는 용이나 호랑이 같았는데 나는 듯이 와서 이리같이 늘씬한 허리를 잠깐 굽히고 잔나비같이 긴 팔을 늘여 왼손으로 진석윤의 머리를 잡고 오른손으로 백지호의 머리를 잡더니 말하였다.

"사람이 없는 깊은 산속에 흉악한 자들이 사람을 해칠 꾀를 부지런히 내니 내 한 조각 의기로운 마음에 걸리는 바가 있어 사람의 화를 구하고저 하나니 너희 두 자객을 잡아 머리를 베어 살인의 죄를 갚게 할 것이다."

선인이 봉 같은 눈을 길게 흘겨 연수를 보았는데, 연수는 이때 사람 없는 으슥한 곳에 와서 불의한 일을 꾀하다가 생각지도 못한 선인이 두 자객을 사로잡는 것을 보고 삼혼(三魂)이 떨어져나가 오직 황급하고 당황하여 걸음걸음 거꾸러질 듯이 급히 달아나고 있었다. 그렇게 놀라고 당황하여 갈팡질팡하느라 그 선인이 누구인지 깨닫지 못하였는데, 그 두 자객을 사로잡은 자는 바로 문계 조유현445)이었다.

54

55

---

445) 문계 조유현 : {쇼문계}. '조문계'의 오기로 보아 이와 같이 옮김.

일찍이 이곳을 버슬에서 물러나 살 곳으로 삼으려고 틈만 나면 이곳에
와서 노닐었는데 이때는 춘정월 보름이라서 눈 쌓인 산과 얼음 맺힌 수풀
이 매우 깨끗했기 때문에 남문 밖의 친구를 만나보고 돌아오는 길에 은선
항 정자에 들러 옷을 갈아입고 홀로 산위에 올라 유람하다가 서쪽 소나무
아래에서 세 사람이 머리를 맞대고 낮은 소리로 비밀스럽게 의논하는 것
을 보았던 것이다. 유현이 의심이 솟아나 수풀에 숨어서 처음부터 한 번
들어보니 다른 사람이 아니라 형을 사지에 몰아넣고 형수를 강상(綱常)의
대죄인으로 만들어 유배 가게 만든 간인 소연수였다. 분함에 머리털이 관
을 뚫을 지경이라서 먼저 연수의 머리를 베어 만고의 강상을 밝히고 분한
혈기를 시원하게 하고 싶었다. 하지만 본디 지식이 드넓고 도량이 바다
같아서 일을 당함에 앞일을 헤아려 후에 뉘우침이 없도록 하는 성격이었
으므로 연수를 잡으면 도리어 난처하고 자신의 말이 공변된 말이 못될 것
이며 하물며 소천유의 효성과 우애를 생각하니 그 동생을 잡아 죄를 드러
내면 서로 싫어하고 원망하게 될 것 같았다. 그래서 짐짓 연수는 아는 체
하지 않고 두 자객을 단단히 잡았던 것인데 조유현의 힘이 드셌기 때문에
두 자객을 능히 당할 수 있었다. 그리고 나서 자신을 수행하는 자들을 부
르니 하급 구실아치들이 명을 듣고 와서 도와주었으므로 유현이 직접 두
자객을 결박하여 앞세우고 내려왔다. 진석윤은 요술이 헤아릴 수 없을 정
도였지만 조유현의 해와 달 같은 광명을 당해서는 드러내지 못하였으므
로, 이에 산을 내려와 함거(檻車)446)에 자객들을 가두고 집으로 돌아왔다.

존당을 뵐 때는 번거롭게 해드릴까 싶어 붙잡은 자객들에 대해서는 한
마디 말도 하지 않고 문안을 끝내고 외당으로 나왔다. 백화헌에서 아버

---

446) 함거(檻車) : 창살을 둘러 죄인을 가두어 실어 나를 수 있게 만든 수레.

지를 모시고 일의 수말을 말하니 초공이 탄식하며 말하였다.

"경수의 효성과 우애로 아우 하나를 감화시키지 못하여 일이 이에 미치니 어찌 놀랍지 않겠느냐? 내 자식을 해하였다고 하여 사돈의 집안과 경수의 지극한 우애를 저버리지는 못할 것이다. 다만 이들을 본부의 옥에 가두어 두고 훗날 연수와 자염의 일이 요란해질 때에 법사(法司)447)에 보내어 광명정대하게 목을 베면 처사가 온당하고 사위의 평생도 온전하게 될 것이다. 경수의 효성과 우애며 자염의 성덕으로 연수를 감화하며 형제간이 화평하게 되는 것이 좋을 것이다."

유현이 절하여 사례하고 말하였다.

"밝은 말씀이 마땅하시나 이 두 도적에게 엄한 형벌로 신문한 뒤 집안의 옥에 가둬두고 훗날 누이가 신원할 때에 쓸까합니다."

초공이 고개를 끄덕이며 말하였다.

"너의 말이 내 뜻에 딱 맞는구나. 네 뜻대로 하여라."

유현이 명을 받고 물러나 두 자객을 불러올려 엄한 형벌로 신문하니 백지호가 지난 일을 복초하였는데, 그가 구부인 침전에 돌입하였던 일은 연수의 청뿐만이 아니라 소경수의 셋번째 부인 이씨의 꾀라고 하였다. 또 진석윤은 조씨가 절색이라는 말을 듣고 따라가 빼앗아 오려고 연수의 청으로 장사에 가려고 하던 것을 복초하였다. 유현이 놀라움을 이기지 못하여 여러 차례 형장으로 매우 쳐서 옥에 내려 가두고 옥리를 엄하게 경계하여 먹이고 살피기를 잘하여 실수하지 말라고 하였다. 이러므로 백지호와 진석윤이 조씨가 돌아올 때까지 살아 있었다. 그러나 유현이 이 일을 여러 종형제들에게도 말하지 않았으므로 집안에서는 전혀 모르고 있었

59

60

---

447) 법사(法司) : 형조와 한성부.

다.

이때 연수는 뜻밖의 선인을 만나 두 자객을 잃고 정신없이 내려오는데 구태여 따라와서 잡지 않으니 한 걸음에 내달려 남문으로 들이달아 비로소 정신을 수습하고 생각하였다.

'낯이 익으나 경황이 없어 생각이 나지 않으니 사람인가 신선인가? 나의 대사를 방해하다니. 만일 신선이라면 무사하겠지만 사람이라서 두 자객을 나라에 바치면 그가 죽기 전에는 내가 어찌 무사하겠는가?'

천만 가지로 생각이 무궁하여 집에 돌아와 이씨를 보고 말하니 이씨도 또한 놀라 말하였다.

"깊은 산에 이상하게 마음을 쓰는 사람이 있어 우리 일을448) 방해하니 소문만 나빠지고 실익이 없게 하면 안 될 것입니다. 불행히 저들이 이 일을 누설하여 복초함으로써 아주버님에게 책임을 미룰지라도 아주버님은 차라리 끝을 지어 조녀와 상서가 죽도록 도모하여 부질없이 죽지 않아야 옳습니다. 요행 저들이 그만하여 고요하면 두루 물색하여 자객을 얻어 두 곳으로 쫓아가 두 사람을 해치우는 것이 좋겠습니다. 이제 우리가 두려워하고 겁을 내어 가만히 있으면 형님과 조씨가 훗날 좋은 때를 만나 돌아올 때에 형과 형수를 죽이려 한 죄악이 만고에 용납되지 못할 것이니 어찌 살 수 있으며 면하고자 한들 할 수 있겠습니까? 이제 빨리 자객 둘을 얻으십시오. 제 뜻의 하나는 아주버님이 당할 큰 화를 안타까워하는 것이고, 둘은 저의 평생의 한을 씻고자 하는 것입니다."

연수가 부끄럽기도 하고 매우 의심스럽고 걱정이 되어 어머니께 가서 일의 수말을 고하였다. 구부인이 놀라서 말하였다.

---

448) 우리 일을: (우일을). 원문의 '우' 다음에 '리'자가 탈루된 것으로 보고 이와 같이 옮김.

"내 뜻은 조씨를 해하려 하는 것이었고 너의 형은 이미 멀리 유배 가서 언제 돌아올지 모르니 그만하면 되었다. 구태여 죽일 마음은 없었는데 너는 누구의 말을 듣고 그런 큰일을 저질렀느냐? 이미 두 자객이 잡혔다고 하니 아무 생각이 없는 사람이 아니라 경수를 위하는 것이 아니라면 조씨를 위하는 사람일 것이다. 일이 어떻게 될지 모르는데 또 자객을 물색하다가 탄로라도 나면 우리 모자는 죽어도 묻힐 땅이 없을 것이다."

여황이 곁에서 웃고 말하였다.

"일을 하려면 끝이 있게 해야 합니다. 처음부터 어머니와 오빠가 어진 뜻으로 조씨와 큰 오빠를 대접하여 모자와 고식 간의 정이 흡족하고 형제 사이가 화목하였다면 그렇게 하는 것이 옳을 것입니다. 그러나 이미 잘못 생각하여 이제는 형세가 양립할 수 없게 되었으니 하나를 없애야 견딜 수 있을 것입니다. 만일 없애지 못한다면 훗날 어머니와 오빠는 몸을 의지할 곳이 없을 뿐 아니라 나라에 죄인이 되어 형과 형수를 죽이려 한 죄악을 면하지 못할 것이니 이때를 타 바삐 자객을 두 곳으로 보내어 후환을 없이 하는 것이 여러모로 좋은 계책입니다. 그러니 어머니는 막지 마십시오."

구부인이 탄식하며 말하였다.

"사세에 몰려서 어쩔 수 없으나 만약 일을 이루지 못하고 나쁜 일이 발각되면 세상에 부끄러움은 말할 것도 없고 연수의 앞길은 어찌 하겠느냐? 차라리 처음부터 좋은 길을 갔더라면 이런 변이 없었을 것을."

구부인은 심사가 어지럽고 소공이 돌아오면 집안의 변란을 한심하게 여길 것을 생각하며 밤낮으로 번뇌하였다. 그러나 연수는 며칠을 기다려

63

64

65

도 아무런 소식이 없으니 비로소 안심하고 두루 물색하여 두 명의 자객을 얻었다. 하나는 철두비요 하나는 구은해였는데, 용력이 뛰어나고 검술이 비상하였다.[449] 연수가 금백을 주고 저의 소원을 이르니 구은해는 조주로 가고 철두비는 백 명의 비밀 기병을 거느리고 장사로 향해 갔다. 알지 못하겠도다. 두 사람의 사생이 어떻게 될 것인지 다음 이야기를 보시오.

그 전에 평능후 조유현이 운남을 평정하고 돌아와 설강의 공로를 조정에 아뢰고 죄를 사해줄 것을 청하니 황상이 윤허하시어 은사의 명을 내렸다. 설강이 문계의 큰 은혜와 성스러운 임금의 혜택으로 고향에 살아 돌아오니 옛집이 아직도 그대로 있고 노복이 그 집을 지키고 있었다. 설강의 모친 범씨와 부인 송씨는 옛 자취를 보고 슬픔을 이기지 못하였다. 설강은 옛집에 편안히 있게는 되었으나 영락한 문정에 친한 사람 하나 찾아오는 일이 없었다. 전일 태학사의 위의로 붉은 대문이 화려하고 친한 벗이 많았던 바를 생각하면 자신이 반평생 저질렀던 나쁜 일들이 후회되어 탄식하고 있었다. 문계 조유현이 설강이 돌아왔다는 것을 듣고 찾아와 헤어진 이후의 안부를 말하며 태부인의 존후를 물어보았다. 그러고는 그 생계가 영락한 것을 생각하여 돌아가 풍족하게 재물과 곡식을 보내었다. 또 동료들과 더불어 힘써 주선하여 황상께 아뢰어 설강이 선하게 된 사실을 알리고 공이 높음을 일컬어 이전 벼슬을 주실 것을 청하니 황상이 웃으며 말하였다.

"설강의 죄악은 천하에 용납되지 못할 것이다. 공으로 죄를 갚아 고향에 돌아오게 한 것으로 족한데 어찌 좋은 벼슬을 주겠는가? 경이 앞뒤로 설강의 해를 입은 것이 평범하지 않거늘 무슨 뜻으로 그를 구하기를

---

449) 비상하였다: {미샹ᄒ니}. '비샹ᄒ니'의 오기로 보고 이와 같이 옮김.

못 미칠 듯이 하는가?"

조유현이 황상의 뜻을 보고 어찌 할 수 없어 설강으로 하여금 다시 공을 이루어 벼슬을 얻게 해야겠다고 생각했다.

이때 기주가 크게 흉년이 들어 황폐해지고 도적이 일어나 백성들이 흩 68어지고 자사가 계속해서 죽으니 유현이 조정에 주청하여 설강을 기주 안남사로 삼아 도적을 진정하고 기주를 안무하거든 옛 벼슬을 주시고 만일 하지 못하거든 죄를 바로 잡아 향리로 내치시는 것이 옳다고 아뢰었다. 황상이 윤허하고 설강에게 안남사를 시키니 설강이 천자의 은혜와 유현의 큰 은혜를 뼛속 깊이 감격하며 기주로 향하였다. 유현이 송사를 다스리고 옥사를 결정하는 데 청렴하고 근면하며 맑고 밝게 처리할 것을 가르쳐 부디 전날의 죄명을 씻으라고 하니 설강이 눈물을 흘리며 사례하고 말 69하였다.

"일마다 큰 은혜를 입어 이같이 가르치심을 얻으니 저의 마음이 쇠붙이나 돌이 아닌 이상 어찌 감동하지 않겠습니까? 재주와 덕이 천박하지만 어질게 가르치심을 받들어 국사에 마음을 다하겠습니다. 다만 외아들인 제가 나가면 홀어머니의 건강을 염려할 사람이 없습니다. 제가 친척들에게 죄를 지었으니 이전에 사귀던 친척이나 옛 벗들은 돌아볼 사람이 없습니다. 멀리 떠나게 되니 마음이 한 때도 한가하지 않습니다."

유현이 위로하는 말을 하였다.

"친구 사이에 서로 돌보는 것은 은혜라고 할 것이 아니오. 어머님을 모실 사람이 없음을 내가 알고 있으니 만일 우환이나 사고가 있으면 내 70게 말하시오."

설강이 더욱 감격하여 사례하고 기주로 향하니 위의와 따르는 종들의 대단함이 비길 데 없었다.

화설. 평진후 소천이 양주에 가서 숙모의 환후를 묻고 계속해서 겨울 세 달 동안을 모시고 있다가 숙모가 쾌차하여 평상시와 같이 회복하신 것을 본 후 세밑에야 발행하여 황성으로 출발했다. 평진후가 오다가 길에서 경수의 행거를 만났으나 아버지와 아들이 반가운 가운데 경수가 죄수의 모양으로 공차와 가는 것을 보고 크게 놀라 탄식하며 물어보았다.

"내가 겨울 동안 집을 떠나 있었는데 문득 네가 이러한 행색으로 있구나. 남아가 벼슬살이를 하면서 임금께 죄를 얻어서 먼 지방으로 유배 가는 것은450) 심상한 일이다. 그러나 네가 임금을 모시는 데 있어 몸을 삼가고 겸손하게 공경하였고, 임무를 살피는 데 있어 청렴하고 공이 있어도 겸손하게 사양하고 물러났으니 이제 이렇게 급히 귀양 갈 죄를 지었을 것이라고는 생각하지 못하겠구나. 어떻게 된 일인지 한 번 듣고 싶다."

경수가 두 번 절하고 말하였다.

"저의 죄악이 조야(朝野)451)에 나타나오니 언관의 소장이 이러하고, 집안에 이상한 변이 계속 생겨나 어머님께 불효가 가볍지 않은 까닭에 말이 자연히 낭자하게 되어 이에 이르렀습니다. 그러니 조주로 유배 가는 것이 무슨 놀랄 일이겠습니까? 죄명이 사람을 대할 낯이 없고, 두 아버님이 나가고 안 계실 때 집을 떠나오니 소자의 마음이 더욱 울적하

---

450) 먼 ~ 것은: {찬출충군흐미}. 찬출충군(竄黜充軍)은 중앙 정계에서 축출되어 국경의 수비대에 충원되는 것을 말하지만, '충군'이라는 표현이 반드시 군대에 충원되는 것이 아니더라도 먼 지방으로 유배 가는 것에 대한 관용적 표현으로 쓰이므로 이와 같이 옮김.
451) 조야(朝野) : 조정과 민간을 통틀어 이르는 말.

72

고 답답하였는데, 다행히 아버님의 행거를 만나 슬하에 인사를 드리게
되어 천만 다행입니다."

평진후가 듣고 나서 놀랐지만 도리어 웃으며 말하였다.

"너의 사람됨이 견고하고 격렬하여 혹 천자의 뜻을 헤아리지 못하여
이 길이 있는가 하였지 어찌 이런 변이 있을 줄 뜻하였겠느냐?"

그러고는 조씨의 일을 자세하게 물어서 알고는 크게 탄식하며 말하였
다.

"세상의 일이 이와 같으니 하늘의 도가 있기나 한 것인지 알 수 없구나.
조씨는 조용한 부인이요 얌전한 숙녀이다. 위로는 하늘의 기상을 통하
고 정신은 만물의 이치에 통달하여 선견지명(先見之明)이 만 리를 미리
헤아리고 총명이 해와 달의 광휘와 같으니 소소한 재액을 진정할 만한
자요 사람의 집을 일으킬 사람인데 부질없이 허다한 참소에 빠져 마침
내 만 리 밖 장사를 떠돌게 될 줄 뜻하겠느냐? 나와 아우가 없으므로
우리 집안의 변이 여기에 미친 것이로구나. 네가 유배 가는 것이야 또
어찌 놀랄 일이겠느냐마는 두 동생들은 또 어찌 한 말도 구하지 않았더
냐?"

경수가 대답하였다.

"언관의 상소와 시비의 초사가 십분 서로 맞으니 사사로운 정이 설 수
있겠습니까? 그러나 천자께서 참작해 주셔서 조씨와 소자의 죄를 밝히
지 않으셨으며, 유배지를 정하시고도 실로 좋아하지 않으셨습니다. 조
씨는 한갓 명운이 이상함을 한탄할 뿐입니다."

평진후가 또한 손자의 거처를 물으니 환란을 당하기 전에 도적을 만나
잃었다고 대답하였다. 평진후가 눈물을 흘리며 길게 탄식하고 말하였다.

"어찌 집안의 운이 놀랍고 이상한 것이 이렇게까지 심할 줄 알았겠느냐? 어린아이가 도적의 손에 잡혀갔으니 죽었을지 살았는지 알 수 없구나. 어찌 골육을 잃어버리며 며느리를 유배 보낼 수 있겠느냐? 내 집의 화가 이에 이를 줄 생각이나 하였겠느냐?"

부자가 조용히 말하였는데 공이 본디 이 아들을 사랑하는 것이 만금같이 중하고 조씨를 애중히 여기는 것이 딸보다 더하였다. 그런데 그 부부가 당한 변란을 듣고 멀리 헤어질 것을 놀라워하여 저녁을 물리치고 울적하여 미간을 펴지 못하니 경수가 위로하며 말하였다.

75 "집안의 변란이 한심하지만 이 또한 운명입니다. 제가 불초하기는 하지만 잘못한 것이 없고 조씨도 그런 나쁜 일을 몸소 저지르지는 않았을 듯하니 조금 억울함이 있으나 누명을 씻고 다시 밝은 해를 볼 것입니다. 이별할 때에 조씨의 부형의 뜻을 보았는데 초공이 태연히 편안하여 조금도 근심하는 빛이 없었으니 이로써 보아도 지나치게 염려하실 바가 아닙니다."

평진후가 탄식하며 말하였다.

"너의 장인을 어떤 사람이라고 여기고 있느냐? 겉모습은 꽃이나 달처럼 곱지만 그 마음은 황금을 단련한 것처럼 천균(千鈞)의 무거움이 있으니 죽고 사는 갈림길에서도 마음을 움직이지 않을 것인데 딸 하나가 죽
76 고 산다고 하여 슬퍼할 자이겠느냐? 내 실로 사원[452]을 우러러 보지만 미치지 못하니 범인에 견주어 의논할 바이겠느냐? 내 조아[453]를 한갓 부모 된 마음으로 사랑할 뿐 아니라 성현의 풍모가 요즈음 대적할 자가

---

452) 사원 : 초국공 조성의 자(字).
453) 조아 : 조자염을 말함.

없는 여자이기에 우리 집에 시집 온 것을 다행으로 여겼다. 이제 죄 없이 궁벽한 땅으로 유배 가니 다른 사람의 마음이라도 슬퍼할 것이거든 하물며 그 시아비 되어 사람의 마음으로 어찌 일시라도 잊을 수 있어 밥이 목에 내려가며 잠자리가 편하겠느냐? 너의 아내 세 사람 중에 이씨가 가장 좋지 않은 위인이다."

경수가 탄식하고 대답하였다.

"아버님의 헤아리심이 마땅하시니 집안의 변을 일으킨 자가 이 사람이 아니면 누구이겠습니까? 이 여자가 한갓 간악할 뿐만 아니라 음란함이 여후(呂后)와 측천무후(則天武后)보다 더합니다. 반드시 저를 죽이고야 그만 둘 것이니 소자가 심골이 놀라움으로 질려서 부부의 관계를 폐하였습니다. 이로 인하여 원수가 되어 저를 해치려고 하는 것인데 살기가 등등하고 미간에 푸른 기운이 흉독합니다. 그러나 머리를 동시(東市)454)에 버릴 상이라 저희 집안에서 오래 조심할 대상이 되지는 않을 듯하고 이 여자가 패하는 날 저는 귀양에서 풀려나 돌아갈 것이니 아버님은 걱정하지 마십시오."

평진후가 고개를 끄덕이고 말하였다.

"우리 아들의 지감(知鑑)이 밝고 식견이 원대하니 무슨 근심이 있겠느냐? 모름지기 잘 있고 몸을 닦아 빨리 모이기를 바라노라."

경수가 절하여 사례하였다. 이날 밤에 부자가 함께 잤는데 헤어지는 정이 서운하고 이별하는 회포가 무궁하였다. 평진후가 경수의 몸을 어루만지며 능히 잠을 이루지 못하였는데 경수가 슬프고 느꺼워 아버지455)가

---

454) 동시(東市) : 형장(刑場)을 의미함. 한(漢)나라 때 장안의 동쪽 저잣거리에 사형당하는 범인을 판결하는 곳이 있었는데, 그 이후로 동시(東市)는 형장의 의미로 쓰이게 됨.

455) 아버지 : {양부}. 양부(養父)는 양아버지인데 평진후는 친부이므로 이와 같이 옮김.

그 아들을 사랑하는 것에 대해 서글픔을 이기지 못하였다. 다음 날 아침 이별하면서 평진후가 경수의 손을 잡고 말하였다.

"길에서 부자가 만났으나 또 멀리 이별할 일이 바쁘니 심사가 홀연하구나.[456] 그러나 이 또한 액운이라. 근심하여도 어쩔 수 없을 것이니 너는 먼 길 조심하여 가고 부모가 낳고 길러준 은혜를 생각하여 몸을 보중하여라."

79

경수가 온화한 얼굴과 부드러운 음성으로 건강을 조심하시라고 재삼 청하며 곁을 떠나는 것이 슬퍼서 눈물이 떨어질 듯하였지만 아버지가 보실까 두려워 참고 마음을 누그러뜨려[457] 적소를 향해 떠났다.

평진후가 아들과 헤어진 뒤 길을 재촉하여 경사에 이르니 일가가 무사하였으나 며느리의 일이 깊이 걱정이 되어 주부인과 더불어 한탄하기를 마지않았다. 평진후가 동생 소한과 소춘을 만나니 두 사람이 집안 변고의 괴이함과 연수가 형을 모해하던 말을 다 고하였다. 평진후가 손을 저으며 말하였다.

"아름답지 않으며 기쁘지 않은 말은 하지도 마라. 연수가 터무니없는 말을 만들어 내지는 않았겠지만 우리 집에 부수지참(膚受之譖)[458]이 성
하고 안사람들의 권한이 성하여 이에 이른 것이다. 그러나 우리 같은 고문대가(高門大家)에 이런 변이 있다는 것은 실로 국가가 풍습을 교화하는 일에 유해한 것이다. 우리 형제가 집을 잘 다스리지 못하여 변란이 계속 일어나니 진실로 사람들을 대할 면목이 없도다."

---

456) 홀연하구나: {홀연ᄒᆞ나}. 홀연(欻然)은 어떤 일이 생각할 겨를도 없이 급히 일어나는 모양.
457) 누그러뜨려: {관면ᄒᆞ여}. 관면(寬免)은 죄나 허물 따위를 너그럽게 용서한다는 뜻이지만 여기서는 자신의 마음가짐을 여유 있게 하는 것을 뜻하므로 이와 같이 옮김.
458) 부수지참(膚受之譖): 살을 에일 듯이 실감 있게 하는 참소(讒訴).

두 소공이 탄식하였다. 평진후가 구부인을 만나보았으나 별다른 기색이 없고 연수를 보고도 반기고 사랑함이 여전하니 구부인 모자가 자신들이 저지른 일을 생각하고 부끄러워하였다.

다음 날 조회에서 평진후가 황상 앞에서 관을 벗고 머리를 조아리며 말하였다.

"신이 밝지 못하고 무상하여 자손들을 잘 가르치지 못하였습니다. 경수의 불효하고 도리에 어긋남이 이와 같사오니 신이 무슨 면목으로 삼공(三公)의 자리에 있으면서 나라를 다스리고 백성들을 편안하게 하며 풍속을 가르쳐 바로잡겠습니까? 바라건대 재상의 인수(印綬)를 드리고 물러가 태평성대의 한가한 백성이 되고자 합니다."

황상이 몸을 펴라고 하고 설득하였다.

"경수의 일을 가지고 어찌 경과 관련시킬 수 있겠소? 짐이 의심하는 바가 있으니 경수의 일은 얼마 안 있어 밝혀질 것이오."

평진후가 머리를 조아리며 은혜에 감사하고 말하였다.

"성은이 이와 같으시어 경수의 무상함을 오히려 의심하지 않으시니 진실로 마음을 서로 비추는 군신지간이라고 하겠습니다. 나라의 처분이 정하여지고 죄명이 조야에 나타난 후에 말하는 것이 좋지는 않으나 조씨의 억울함은 제가 그녀의 시아비임을 꺼려서 한 번 아뢰지 못할 일이 아닙니다. 조씨가 한갓 부녀자의 사덕(四德)이 청한할 뿐 아니라 성심과 인덕이 옛사람에 부끄럽지 않은데 도리어 죄명을 무릅써 멀리 장사로 유배를 가오니 여자의 비상한 원한은 태평성대에 해가 됨이 많을 것입니다. 신이 한갓 사사로운 정으로 안타까워하겠습니까? 남자로 말하여도 그 아버지 조성이 아니면 대적할 사람이 없을 것인데 어찌 소소한 부녀자로 비기겠습니까?"

황상이 얼굴빛을 고치고 말하였다.

"그러하다면 그런 누명을 누가 어찌 만들어 사람을 구덩이에 몰아넣은 것인고? 상부가 그 딸을 위하여 한 번 변명함이 없고 그저 죽이기를 청하였소. 그러니 짐이 생각하기를 문왕(文王)과 무왕(武王)에게도 관숙(管叔)과 채숙(蔡叔)과 같은 아우들이 있었고 요(堯)임금과 순(舜)임금의 자식이 불초했던 것과 같은 일인가 하였소. 하지만 오히려 의심 가는 점이 있어서 죄명이야 죽을죄이지만 혹 과도하여 후회함이 있을까 하여 감사정배(減死定配)459)한 것이오. 경의 말을 들으니 얼마 안 있어 간사한 사정이 밝혀질 것 같소."

평진후가 절하고 물러갔다.

이후로 평진후와 강능후의 집안에는 온화한 기운이 줄어들었는데, 연수는 형을 죽이려 하고 형수를 자객에게 잡아가라 하고는 회보를 손꼽아 기다리면서 벽운산 소나무 아래서 두 명의 자객을 잡아갔던 일은 반드시 천신의 장난이라고 생각하여 다시 염려하지 않았다. 한편 교씨는 밤낮으로 걱정을 하였다. 천지신명을 두려워하고 하늘의 재앙을 두려워하여 연수를 대하기만 하면 어진 말씀과 효성과 우애와 선행을 말하여 뜻을 돌이키고자 하였다. 그러나 연수는 교씨를 겉으로는 친한 척하였지만 속으로는 멀리하여 부부의 정이 점점 옛날 같지 못하게 되었다.

세월이 흘러 이듬해 봄에 연수가 갑과(甲科)460)에 높이 뽑혀서 비단 수가 놓인 푸른 적삼에 어화(御花)를 늘어뜨리고 부모를 영화롭게 하였다.

---

459) 감사정배(減死定配) : 죽을죄를 지은 죄인을 처형하지 않고, 장소를 지정하여 귀양을 보내던 일.
460) 갑과(甲科) : 과거의 최고 과목.

연수는 나이 젊고 재주 있는 선비로 맑은 명망이 조야(朝野)에 알려지고 꽃이나 버드나무 같은 풍모가 사랑스러웠다. 하물며 언변이 교묘하고 재주가 뛰어나니 특별한 영광이 있어 크게 명망을 얻었고, 벼슬이 한원에 이르렀으며 황상의 은총이 또한 그 형을 이었다.

구부인 모자의 의기가 날아갈 듯하였는데 복록이 함께 일어나 교씨가 해산하여 아들을 하나 낳았는데 기린의 자식이요 봉황의 새끼461) 같았 85 다. 아이가 부모를 닮아서 매우 뛰어나니 구부인이 기쁨을 이기지 못하였고 천금같이 소중하게 여기는 것이 이 아이에게 쏟아져 그 사랑에 푹 빠져 정신이 없었다. 또 교씨를 보호하기를 신명을 받들듯이 하였는데 교씨는 해산한 뒤로부터 곡기를 끊고 젖먹이를 본 체하지 않았다. 구부인과 연수는 다급하여 유모를 들여 젖먹이를 보호하고 친히 그릇을 들어 권하기를 간절히 하였다. 그러나 교씨는 눈을 감고 가만히 누워서 오직 죽을 마음이 살같이 급하니 구부인이 가슴을 두드리며 눈물을 흘리고 초조하고 간절하게 그 뜻을 물었다. 교씨는 자신이 불효를 하는 것이 슬퍼서 가슴 아픈 눈물을 흘리며 일어나 앉아 길이 탄식하고 말하였다. 86

"미천한 제가 어린 나이에 슬하에 들어와 어머님의 자애를 입사오니 보잘것없는 정성이지만 몸이 다하도록 모시고 천륜의 즐거움을 다하고자 하였습니다. 또 아주버님과 조씨 형님이 성현의 풍모와 우애와 공경의 두터움이 있으시니 제가 바라마지않았으며, 이 같은 아주버님과 어진 동서와 함께 한 집안에서 형제의 즐거움을 가지런히 하여 오래오래 어머님을 받들어 모시고 교화를 드리워 즐긴다면 얻기 어려운 즐

---

461) 기린의 ~ 새끼 : {린아봉츄}. 인아(麟兒)는 기린의 새끼, 봉추(鳳雛)는 봉황의 새끼라는 뜻으로 모두 뛰어난 인물을 가리키는 표현.

거운 일일 것이라고 다행으로 여기고 있었습니다. 그런데 생각지 않게 집안의 못된 사람이 남편의 약한 마음을 돋우고, 남편의 생각이 괴이하여 형님의 어짊을 배우지 못하고 우애가 기특한 것을 감동하지 않고 앞뒤로 나쁜 일을 일으켰으니 아주버님을 멀리 유배 보내고 조씨 형님을 장사에 보낸 것이 모두 남편이 한 일입니다. 집에서 어머님을 현혹하고 위로는 임금을 속였으니 행실이 밝은 태양 아래 서지 못할 것이거늘 오히려 만족하지 못하여 자객을 두 곳으로 쫓아가게 하여 형과 형수를 죽이려고 꾀하니 저 같은 흉악한 마음이 천지에 가득하면 천지신명이 진노할 죄이니 저의 어리석은 소견으로는 뼛속까지 놀라움을 참지 못하여 여러 번 걱정하는 마음을 말하였으나 거두어 용납함이 없었습니다. 훗날 어진 분들이 신원하는 때에 남편의 만 리 앞길은 끝날 것입니다. 살아서 그 참변을 차마 볼 수 있겠습니까? 일이 탄로 나기 전에 제가 몸을 없이 하는 것이 상책입니다. 그래서 스스로 자진하여 망극한 변을 보지 않기를 원하는 것입니다."

말을 마치자 옥 같은 얼굴에 맑은 눈물이 줄줄이 흐르니 구부인과 연수가 놀라며 부끄러워하였다. 구부인이 탄식하고 말하였다.

"우리 며느리의 어진 말을 들으니 사람이 감동할 바이다. 우리 아들의 허다한 과실이 이에 미친 것은 내가 밝지 못하여 가르침을 폐하여 그런 것이니 어찌 부끄럽지 않겠느냐? 그러나 우리 아들이 영리하고 총명하니 깨달음이 있을 것이다. 며느리는 마음을 넓게 먹고 고집스럽게 한 뜻을 지켜서 꽃다운 몸을 상하게 하지 마라. 우리 아들이 입신하여 옥당의 이름난 선비가 되고 아들이 기린 같으니 여자의 복이 이밖에 없을 것이다. 젊은 나이에 과실이 있으나 고침이 있을 것이니 너무 염려하지 마라."

구부인이 국과 밥을 친히 들고 간절히 권하니 교씨가 체면을 돌아보지 않을 수 없어 국과 밥을 먹고 또한 마음이 좁지 않았으므로 일의 끝을 보려고 죽을 마음을 그만 두었다. 그러나 길게 탄식하고 한숨 쉬며 장래를 걱정하는 것이 간절하니 연수가 재삼 위로하고 죽을까 겁을 내어 의롭지 않은 일을 더하지 못하였다.

차설. 조씨가 오빠와 더불어 장사로 향하니 길가의 새소리가 처량하고 이슬 맺힌 수풀과 옥빛 산이 푸르고 깨끗한데 찬바람이 사람의 피부에 사무쳤다. 길가기에 익숙한 자도 어렵거든 하물며 화려하고 좋은 집에서 비단 옷을 무거워하고 맛있는 음식을 싫증내던 천금같이 귀하게 자란 약질이 그 괴로움과 서러움을 이길 수 있었겠는가? 그러나 사람됨이 보통 사람과 달라 천지같이 넓은 도량을 바다같이 깊게 하여 마음을 봄볕같이 온화하게 하여 도리어 아무 일 없는 듯 태연하고 편안하게 보였다. 음식을 대하면 힘써 먹고 추우면 두껍게 입어 몸을 스스로 보호하며 슬픔을 얼굴에 나타내지 않았다. 웅현이 길을 가면서 그 마음 상해하는 것을 차마 어찌 볼까하였는데 조씨가 이같이 의젓한 것을 보고 다행으로 여겼다. 남매가 서로 위로하며 길을 가니 이윽고 소상강(瀟湘江)에 이르렀다. 악양루(岳陽樓)462)를 구경하고 황릉묘(黃陵廟)463)에 배알하고 물러나 숙소에 돌아왔는데, 조씨가 그윽이 염려되는 바가 있어서 오빠를 청하여 말하였다.

"제가 액을 당함이 평범하지 않아서 장사에 거의 다 왔으나 아무 일 없이 가지는 못할 것 같습니다. 헤아리건대 오늘 밤에 반드시 변이 있을

90

91

---

462) 악양루(岳陽樓) : 중국 호남성(湖南省)에 있는 누각으로 중국 4대 명루(名樓) 중 하나.
463) 황릉묘(黃陵廟) : 중국 호남성(湖南省) 소상강(瀟湘江)가에 있는, 중국 고대 요(堯)임금의 두 딸이며 순(舜)임금의 부인이었던 아황(娥皇)과 여영(女英)을 모신 사당.

것 같아서 제가 미리 준비한 것이 있습니다. 이제 두어 명의 비자와 유모 한 사람과 같이 제가 몸을 감추고,[464] 저의 옷을 입고 제 얼굴처럼 꾸민 것을 이곳에 두고 오빠는 몸을 감추고 보십시오. 그러다가 적이 저로 알고 반드시 겁탈하려 할 것이니 그러면 일시에 도적이라고 소리 지르며 따라가 소상강 어귀에서 이리이리 하시면 아마도 적을 잡을 수 있을 것입니다. 하지만 잡아도 무익하고 이후 또 쫓아오는 자가 있을 것이니 제가 죽는 것을 적의 무리에게 보인 후에야 가히 후환이 없을 것입니다. 그러니 공차를 돌려보내되 중도에 도적의 화를 만나서 소상강에서 익사하였다고 하고 오빠는 남아서 그 시신을 찾아보겠노라고 하시고 저를 유배지에 데려다가 한적하고 외진 땅을 얻어 거처하게 해주시고 돌아가십시오. 그리고 장사 태수는 정 숙모의 가까운 친척이시므로 사정을 알리면 누설하지 않고 저를 편하게 해주실 것이니 난관을 벗어나기로는 이만한 계책이 없습니다."

웅현이 누이의 선견지명에 무릎을 치며 감탄하고 그 말을 따라 조씨의 지휘대로 하기로 하였다. 조씨가 농 속에서 한 미인을 내놓았는데 사람 모양으로 만든 것이었지만 완연히 피가 흐르는 몸 같아서 가을 물결 같은 정신을 머금어 말을 할 듯하고 움직이는 손발이며 늘어뜨린 머리가 다 생기가 있어서 경황이 없을 때는 말할 것도 없고 조용히 대하여 보아도 그것이 만든 사람이라는 것을 알 수 없을 것 같았다. 하늘이 각별히 여자 가운데 성인을 내시매 만물의 이치에 신통하지 않음이 없었으니 사람을 만든 것이 기특하게도 호흡이 통하는 것 같고 손발을 쓰면 몸을 움직이게

---

464) 이제 ~ 감추고 : {이제 두어 비ᄌᆞ[婢子]와 ᄒᆞᆫᄂᆞ 유랑[乳娘]으로 거거[哥哥]ᄅᆞᆯ 뫼셔 쇼미[小妹] 몸을 곰초고}. 원문대로 하면 조씨가 오빠와 같이 몸을 숨기는 것이지만 뒷문장에서 오빠에게 인형을 지켜보라고 하는 내용과 모순되므로 '거거ᄅᆞᆯ 뫼셔'를 생략하여 옮김.

하여 산 사람 같게 한 것은 천만고에 드문 솜씨였다. 어찌 제갈무후(諸葛武候)[465]의 목우유마(木牛流馬)를 기특하다고 하겠는가? 진평(陳平)이 묵특(冒頓)을 속였던 것[466]보다 나았다. 자신의 옷 한 벌을 입혀 침상에 눕히고 곁에서 모시는 서너 명의 비자와 함께 어린아이를 품고 한밤중에 다른 숙소로 옮기니 주인도 오히려 알지 못했다.

이때 철두비가 조씨의 적소로 따라와 소상강에 이르러 숙소를 살피고 숨어 있다가 한밤중에 일시에 소리를 지르며 달려들어 조씨가 있는 곳을 찾아 다녔다. 그러다가 조씨의 침상을 살펴보니 촛불 빛이 휘황한데 한 95 아름다운 부인이 눈썹을 찡그리고 침상에 기대어 있었다. 온갖 모습이 기묘하디기묘하고 깨끗하여 속세의 티가 없었으며 좌우에 모시고 있는 시비가 세 명인 것 같았다. 철두비가 달려들어 침상에 기대어 있는 미인이 모습이 빼어나고 침상 위에 높이 누워있으니 분명히 조씨 부인이라고 생각하여 자기도 모르게 옆에 끼고 내달리며 말하였다.

"이미 으뜸을 잡았으니 나머지 목숨은 살해하지 마라."

여러 도적들이 일시에 흩어져 사람을 해하지 않았는데 이때 응현은 숨어서 거동을 보다가 개연히 내달려 도적을 베어버리고 싶었으나 누이의 96 당부를 들었기 때문에 크게 소리를 지르며 칼을 빼들고 따르며 말하였다.

---

465) 제갈무후(諸葛武候) : 제갈량(諸葛亮 : 181~234). 무향후(武鄕候)에 봉해졌기 때문에 무후라고 함.
466) 진평(陳平)이 ~ 것 : 진유자(陳留子)는 진평을, 묵특(冒頓)은 흉노의 시조인 묵특선우를 말하는데, 이는 진평이 실재하지 않는 미인의 그림으로 흉노족을 속여 곤경에 처한 한(漢) 고조(高祖)를 구한 다음과 같은 일을 말함. 초한전쟁에서 승리하고 한나라를 건국한 고조 유방이 흉노족 토벌에 나섰다가 계략에 말려들어 백등산에서 흉노군에게 포위당하고 말았는데, 진평이 화공에게 절세의 미인도를 한 장 그리게 하여 선물과 함께 묵특의 부인에게 바치면서 한나라에서 이 절세미인을 묵특선우에게 바치고자 한다고 함. 그러자 묵특의 부인은 유방이 이 그림의 절세미인을 바친다면 묵특의 총애를 잃게 될까 싶어서 묵특에게, "우리가 한나라를 친다고 해도 한나라에서 살 수도 없는 일이니, 군사를 물리는 게 좋을 듯합니다."라고 설득하여 묵특이 군사를 돌림.

"네 그 데려가는 여자를 놓지 않으면 머리를 한 칼에 베어버리겠다."

이렇게 말하고 웅현이 여러 노복들을 거느리고 소나기처럼 몰아쳐 따라갔다. 철두비가 힘이 세서 사람을 안고 쫓기어 달리는 것을 가볍게 여겼으므로 둘러업고 달아나려 하였지만 웅현이 용이나 호랑이같이 용맹한 걸음걸이로 앞에 다다라 자신의 팔을 잡고 칼을 비껴 찌르려 하자 이렇게 생각하였다.

'조씨를 살려서 데리고 가자면 내가 살 수 없게 되었구나. 내 몸이 살아 있으면 한 미인이야 어디 가서 못 얻겠는가? 차라리 죽여서 소생의 금백 값을 해야겠다.'

철두비가 업고 있던 조씨를 나는 듯이 소상강에 내던지고 물에 뛰어들어 달아나니 강가에서 따라가고 있던 노복들이 일시에 통곡하며 부인이 물에 빠졌다고 하며 곡성이 진동하였고 철두비는 잡힐까 더욱 겁이 나서 한없이 달아났다. 공차가 자다가 놀라서 깨어나 연고를 무르니 웅현이 슬프게 탄식하며 말하였다.

"내가 불행하고 아는 것이 얕고 짧아서 미리 방비하지 못하고 뜻밖의 변을 만나 누이를 소상강의 외로운 혼으로 만들었으니 무슨 낯으로 고향에 돌아가 부형을 뵐 수 있겠는가? 일이 이미 이에 미쳤으니 채관은 지체하여 머물러 있어도 무익할 것이네. 일찍 돌아가 이 일을 조정에 아뢰시오. 나는 수일 더 머물며 시신이나 찾아 염하여 비록 유배 가는 죄수이지만 주검이라도 고향에 돌아가 묻어야겠네. 그러니 함께 가지 못하겠네."

채관이 역시 참담하여 말하였다.

"같이 길을 가다가 이런 괴이한 변을 만나니 참담하고, 돌아가 나라에 고할 일이 또한 낯이 없습니다. 이미 어쩔 수 없으니 선생은 시신이나 찾으시어 일찍 돌아오시고 속절없이 마음을 상하여 천금같이 귀한 몸을 상하게 하지 마십시오."

웅현이 한숨을 쉬며 탄식하였다. 이미 채관과 거마와 종복이며 부질없는 비첩의 무리는 더러 돌려보내고 웅현이 일부러 처져서 소상강에서 가짜 시신을 건져 비단으로 염을 하고 관곽을 갖추어 입관하여 숙소로 돌아왔다. 곡성이 처절하여 사람의 마음을 감동하게 하였는데 지나가는 사람들도 그를 위하여 눈물을 흘릴 지경이었다.

조웅현이 숙소에 와서 누이를 참혹하게 생각하여 심사가 상해 병이 나서 치료한다고 하고 문을 닫고 노복과 차환의 무리에게 관을 지키게 하여 남의 이목을 가리고 가만히 누이가 피해 있는 곳으로 가서 조씨를 데리고 장사로 갔다. 조씨가 한 벌 남자의 옷과 갓을 차려 입으니 완연히 일개 미소년이었으므로 남매가 대하여 한바탕 우스움을 이기지 못하여 실소하고 즉시 샛길로 행하여 오래지 않아서 장사에 이르렀다.

장사의 태수는 정운기의 사촌이었다. 병부상서 조웅현이 찾아가 집안의 참변을 대강 전하고 누이가 부득이 남장으로 이르러 그 목숨을 보전한 뜻을 이르니 태수가 분함을 이기지 못하여 말하였다.

"영존대인(令尊大人)467)의 성덕으로도 영매(令妹)468)의 죄명이 이에 미치니 어찌 원통하지 않겠습니까? 제가 마음을 다하여 이 지방 사람들의 의심을 일으키지 않고 영매를 평안히 머무시게 하겠습니다."

그리고는 성안의 그윽한 곳에 처소를 정하고 또 종들을 배치하여 도적

---

467) 영존대인(令尊大人) : 상대의 아버지를 높여 칭하는 것. 여기서는 조성을 이름.
468) 영매(令妹) : 상대의 누이를 높여 칭하는 것. 여기서는 조자염을 이름.

의 변을 방비하고 좋은 음식을 보내주며 극진히 돌보았는데 종들에게 이렇게 명령하였다.

"경성 조승상의 족질이 국가에 죄를 얻어 이 땅에 유배 왔으니 너희들은 조심하여 문 옆에 대령하여 욕된 거조가 없게 하여라."

이런 까닭으로 조씨가 이곳에 편히 머물러 화를 피하니 길인을 도와주는 하늘의 이치가 이와 같다. 웅현이 조씨가 있을 곳을 정하고 4, 5일을 머물러 쉬면서 여러 가지 일들을 지휘하여 조씨가 편히 지낼 도리를 정하고 나니 어머님이 기다리시고 직무에 매인 몸이라 돌아가야 했다. 외로운 약질의 누이를 만리타향에 버리고 돌아가는 웅현의 마음이 어떻겠는가? 조씨는 여자의 몸으로 시댁에서 쫓겨난 며느리요 국가의 죄수로 타향에 떠돌게 되었으니 황성이 만 리나 떨어져 있고 고국이 아득하여 부모님을 모시고 기쁘게 해드릴 즐거움469)은 살아서 누릴 기약이 없었다. 게다가 오직 태산같이 의지하고 바라보던 오빠를 마저 이별하고 외롭고 외로운 일신이 만 리 밖에 던져짐을 생각하면 조씨가 비록 무쇠 같은 심장이라도 무너지는 것 같은 마음을 참을 수 있겠는가? 웅현이 풍모는 태산 같았지만 오장이 베이는 것 같아서 말하였다.

"일이 이미 정해졌으니 마음을 넓게 먹고 꽃다운 몸을 스스로 보중하여 훗날 어머님께 절을 올릴 때 우리 남매가 웃고 만나 오늘의 일을 한바탕 옛일로 일컬을 수 있게 하여라."

말을 마치자 줄줄이 흐르는 눈물이 소매를 적셨다. 조씨가 더욱 슬픔에 사무쳐 말하였다.

---

469) 부모님을 ~ 즐거움 : {북당훤초의 치의지락}. 북당(北堂)과 훤초(萱草)는 모두 어머니를 뜻하는 말이고, 채의지락(彩衣之樂)은 색동옷을 입고 재롱을 부리며 부모님을 기쁘게 해드린다는 뜻이므로 이와 같이 옮김.

"명이 본디 기박하니 사람을 탓하고 하늘을 원망할 것이 아닙니다. 제가 권도470)로 살기를 도모하여 이 땅에 왔으나 물과 불로 인한 재앙을 당하지 않는다면 어찌 스스로 상하여 죽겠습니까? 오빠는 저를 염려하지 마시고 천금같이 귀한 몸을 보중하시어 무사히 경사에 도달하십시오. 나쁜 운수가 극에 달하면 좋은 운수가 올 것이니471) 제가 구태여 누명을 쓰고 타향에서 외로운 혼이 되겠습니까?"

안색이 온화하고 말씀이 시원시원하여 오빠가 떠나가는 마음을 어지럽게 하지 않으니 웅현이 슬프고 헤어지가 아쉬워 쉽게 일어서지 못하고 눈물을 떨어뜨리며 탄식하고 말하였다.

"누이의 마음이 금옥같이 굳으니 내가 마음을 놓고 돌아간다. 우리 부모의 성인 같으신 성덕과 누이의 정숙하고 인자한 자태로 누명을 쓴 채 끝나지는 않을 것이니 무엇을 염려하겠느냐? 부모님께서 간절히 기다리실 것이요, 채관이 돌아가 나쁜 소식을 전하였을 것이니 부모님께서 놀랍고 참담해 하실 것이다. 바삐 돌아가 위안해 드려야 할 것이라 지체하여 머물지 못하고 돌아간다. 잘 보중하여 다시 모이기를 바란다."

조씨가 길게 탄식하며 말하였다.

"저의 불효는 천고에 없을 것입니다. 이제 채관이 돌아가 흉한 소식을 전하였을 것이니 부모님께서 놀랍고 참담함이 오죽하시겠습니까? 오빠는 바삐 돌아가시어 어머님께서 염려를 더시게 하십시오. 저의 액화

---

470) 권도 : {방계곡경}. 반계곡경(盤溪曲徑)은 바른 길을 좇아서 순탄하게 일을 처리하지 않고 정당한 방법이 아닌 그릇되고 억지스러운 방법으로 함을 이름.
471) 나쁜 ~ 것이니 : {비극태리}. 비극태래(否極泰來)는 『역경(易經)』에 나오는 말로 비괘(否卦)의 운이 극에 달하면 태괘(泰卦)의 운이 돌아옴을 이름. 비괘는 곤하건상(坤下乾上)으로 땅이 아래에 있고 하늘이 위에 있어 움직임이 없으므로 하늘과 땅이 막히어 통하지 않는 상이며, 태괘는 건하곤상(乾下坤上)으로 하늘은 위로 올라가려 하고 땅은 아래로 내려오려 하는 움직임이 있으므로 음양(陰陽)이 조화되어 만사가 형통하고 평안을 누리는 상을 말함.

는 오리려 여자의 시기와 질투에서 비롯된 것이지만 제가 어질지 못하고 성정이 급하고 좁아서 사람을 대하는 데 있어 조화롭지 못했던 까닭입니다. 그러나 제 남편은 평생 효를 행하였는데 이상한 죄에 걸려 조주의 유배객이 되었으니 억울하지 않겠습니까? 그 땅은 풍토가 나쁘고 심사는 슬프고 두려울 것이므로 신상이 무사하지 못할 것입니다. 제마음이 이로 인해 더욱 어지러우니 오빠는 행여 공무를 보시다가 서신을 통함이 있거든 남편의 소식을 알려주십시오."

106

웅현이 응낙하고 우물쭈물 지체하며 차마 떠나지 못하다가 날이 늦어지니 좌우의 비복에게 여러모로 부탁하고 헤어졌다. 조씨는 오빠가 멀리 가도록 바라보며 옥구슬 같은 눈물을 꽃 같은 뺨에 줄줄이 흘리니 좌우에서 모시는 비복들이 차마 보지 못하고 목 놓아 슬프게 울었다. 유모 이하가 다 남복을 하고 있었으므로 웅현이 가는 길에 와서 울며 작별 인사를 하니 웅현이 앞에 선 자에게 멀리 오지 말고 돌아가 공자를 보호하라고 하였다. 그리고 관아로 가서 태수에게 여러 번 부탁을 하니 태수가 처연하게 말하였다.

"사람의 마음이며 사람의 일인데 어찌 오늘 형님의 부탁을 헛되게 하

겠습니까? 영매를 염려 마시고 먼 길 가시는 데 건강을 조심하십시오."

그러고는 조촐한 술자리를 열어 전송하니 웅현이 사례하고 같이 술을 마셨는데 누이를 생각하니 잔을 편히 들 수가 없었다.

웅현이 태수와 헤어져서 경사로 돌아오고 있을 때, 조부에서는 천금같이 귀한 딸과 사위를 억울한 죄명으로 두 곳으로 유배 보내고 존당과 부모의 참담한 심사는 비할 데 없었는데 오직 약질이 무사히 득달하여 평안히 머물게 되었다는 소식을 바라고 있을 뿐이었다. 그런데 문득 채관이

돌아와 남해 장사로 가던 죄인 조씨가 중도에서 도적의 환란을 만나 소상 강에서 익사하였다고 보고하니 황상이 크게 놀라 매우 뉘우쳤다. 그리고 노복이 조부에 돌아와 이 소식을 고하니 조부의 상하가 모두 놀라고 슬퍼 하는 심회는 비할 데가 없어서 일시에 목을 놓아 통곡하며 슬픈 마음을 억제하지 못하였다. 오직 가벼이 동요하지 않는 사람은 진왕과 초공 두 사람이었는데, 여러 사람들을 제지하여 태부인이 이 사실을 모르시게 하 고 말하였다.

"우리 딸아이는 여자 중의 군자이다. 그 사람됨이 부질없이 적화에 빠 져서 그만하여 마치지는 않을 것이니 어찌 과도하게 놀랄 일이겠느냐? 열 번 물에 넣어도 살아나올 것이니 어찌 헛된 소식을 듣고 가볍게 곡 읍하여 존당이 놀라시게 하겠느냐?"

유현과 여러 종형제들이 엎드려 말하였다.

"아버님의 성총은 소자 등이 헤아려 알 바가 아니오니 이로부터 누이 의 생사를 염려하지 않겠습니다."

양정렬 이하가 잠깐 슬픈 마음을 진정하기는 하였으나 걱정근심이 무 궁하여 웅현이 돌아오기를 기다려 틀림없는 소식을 알고 싶은 바람에 애 간장이 탔다.

차설. 소경수는 아버지를 양주에서 이별하고 채관과 더불어 적소를 향 해 가고 있었는데 점점 행하여 황성이 아스라하고 부모님 계신 곳이 완연 히 멀어지자 슬픈 마음이 무궁하였다. 하물며 죄명이 심상치 않아 만고의 불효부제(不孝不悌)로 적용한 법률이 뚜렷하니 평생 갈고 닦던 효행이 그 림의 떡이 되어서 모자의 윤리가 무너져 어지럽고 형제 사이에 원수가 되 어 조주 팔천 리에 적거함을 생각하니 채관을 대할 낯이 없고 밝은 해를

108

109

110

볼 마음이 없었다. 그러나 잘못한 바가 없음은 빙옥 같으니 뜬구름 같은 누명을 탄식하며 부모님이 주신 육신을 상하게 하겠는가? 몸을 보전하기를 극진히 하여 무사히 길을 가서 적소를 삼 일 정도 남겨 두고 성화역에 들어가 숙소를 정하였다.

일행이 모두 피곤하여 잠이 깊었는데 경수는 홀로 시름이 많아 촛불 아래 단정히 앉아서 채관 경시랑과 이야기를 나누었다. 이 경훤이라는 사람은 충직하며 강인하고 명석한 위인이었는데 오는 길에 경수를 보니 그 행실이 공맹(孔孟)을 본받고 사람됨이 금옥같이 깨끗하여 충성스럽고 신의가 있으며 부모에 효도하고 형제간에 우애하며 고금의 사적에 널리 통하여 음양(陰陽)의 이치대로 사시(四時)의 순환을 따라 나라를 다스리고 천하를 평정하며 세상을 구제하여 백성을 편안하게 함으로써 어리석은 임금이라도 바르게 보필할 틀이 있었다. 그러므로 그 죄명이 애매한 것인 줄 알고 무릎을 치며 강개하여 공경하고 우러러 받들며 데려오기를 정성으로 하였고, 경수도 또한 그의 위인을 기대하여 대하였으므로 적막하지 않았다. 그런데 이날 밤에 홀연 광풍이 어디서 일어났는지 모르게 일어나 경수의 관이 벗겨지며 촛불이 흔들려 꺼지고 자리가 걷혔다. 경수가 놀랍고 의아하여 소매 안에서 한 괘를 얻으니 매우 흉하였다. 일이 있을 것을 짐작하고 즉시 두어 줄 쇠줄과 비수를 잠자리에 넣어놓고 촛불을 둘러놓고 자신은 비스듬히 앉아 있으니 경시랑이 놀라서 그 까닭을 물었다. 경수가 말하였다.

"점괘가 불길하니 이렇게 예비하는 것입니다. 공은 마음 놓고 주무시지요."

경시랑이 오히려 의심이 들어 자지 못하고 있었는데 밤이 깊어지자 자연히 잠이 오므로 한쪽 옆에서 잠이 들었다. 한밤중이 되자 뛰어드는 것이 있었는데 경수가 어두운 구석에서 가만히 보고 사람을 깨우지 않고 홀로 적을 당하니 능히 벗어날 수 있을까? 다음 이야기를 보라.

차설. 구은해가 연수의 금을 받고 밤낮으로 길을 가서 소경수의 행차를 따라갔는데 매양 알맞은 때를 얻지 못하였다. 성화역에 다다라 그 들어가는 숙소와 형세를 살피고 밤이 되기를 기다려 머무는 곳으로 가서 문틈으로 엿보니 촛불을 둘러놓고 방안이 밝지 못한데 곁에서 모시는 서동들은 잠이 깊이 들었고 구석에서 이불을 치켜 덮고 누운 자가 경수라고 생각하였다. 그러므로 밤이 깊어지기를 기다려 가만히 문을 열고 뛰어들어 칼을 휘두르며 달려들어 침상 위에 이불을 덮고 있는 소경수를 찔렀다. 그런데 홀연 뒤에서 잡아 제치는 사람이 있고 한 쪽에서는 쇠줄로 얽어매니 귀신이 도우며 신명이 얽어매는 것이라 미처 손발을 놀리지 못하고 부질없이 매이니 저의 비수는 속절없이 소경수의 수중에 빼앗기고 말았다. 저 소경수가 가는 팔과 고운 손으로 한원(翰苑)[472]에서 붓대를 잡고 역사기록이나 쓰고 있을 뿐이요, 용력을 쓸 일이 없었으나 용기가 비상하고, 진평(陳平)의 꾀와 제갈량(諸葛亮)을 압두하는 지혜가 있어 병약함을 비웃을 따름이었다. 장사를 쇠줄로 비바람 몰아치듯 묶어놓고도 얼굴색이 변하지 않고 숨소리도 높지 않았다. 곁에 있던 서동(書童)[473]을 깨워서 말하였다.

"도적이 들었는데 너희들은 어찌 잠만 자고 일어나지 않느냐?"

소리를 듣고 경시랑도 놀라서 일어나 촛불을 밝히고 보니 소경수는 단

---

472) 한원(翰苑) : 한림원(翰林院)을 말함. 학문과 문필(文筆)에 관한 일을 맡던 곳.
473) 서동(書童) : 서당에서 학문을 배우는 아이를 말하기도 하나 보통 시중드는 아이를 이름.

정히 앉아 있고 도적 하나를 사슬에 얽어 놓고 있었다. 경시랑이 매우 놀
라 말하였다.

"어찌 혼자서 모질고 사나운 도적을 잡으셨습니까?"

경수가 웃으며 말하였다.

"만일 저를 잡지 못하면 내가 죽을 것이니 죽기를 각오한다면 평범한
사람이라도 말할 것이 있겠습니까?"

이에 모든 노복들을 깨워서 불을 밝히라고 하고 도적을 잡아내어 심문
하였는데 형장을 한 대도 때리기 전에 사실대로 고하였다.

"하늘이 불의를 돕지 않으므로 칼을 들먹이지도 못하여 잡혔으니 어찌
사실을 숨겨서 죄를 더하겠습니까? 제가 본디 노야와 원수진 일이 없
사오니 여러 천 리를 따라와 해할 일이 있겠습니까마는 경성의 소공자
가 자객을 부르면서 자못 소인과 철두비라 하는 자객을 불러 각각 삼백
금씩을 주며 밤낮으로 조주로 가서 적거하는 소경수를 찔러 죽이면 훗
날 큰 공을 갚으리라 하며 소인은 이리 보내고, 철두비는 장사로 유배
간 조씨를 찔러 죽이거나 겁탈하여 취하거나 하라고 하였으니 둘이 길
을 한 날 떠났습니다. 소인이 실로 소공자의 뜻을 알 수가 없어서 그 노
복에게 들으니 형제가 불화하여 원수가 되었으므로 죽이고서야 그칠
것이라고 하더이다. 시킨 사람이 나쁜 것이지 무식한 천인의 죄가 아
닙니다. 이후 나쁜 일을 그만 둘 것이니 한 목숨을 용서해 주십시오."

경수가 다 듣고 나서 부끄러운 낯이 달아올라서 정신이 나간 듯이 말을
못하고 애초에 물어본 것을 뉘우쳐 길게 탄식하였다. 자객을 죽여 입을
막는 것이 알맞을 것이라고 생각하여 경시랑을 대하여 말하였다.

"이 사람의 말이 흉악합니다. 나를 죽이려 하다가 잡히니 헛된 말을 지

어내어 살기를 꾀하는군요. 내가 비록 저에게 화를 입지는 않았으나 이러한 부류를 살려 두어서는 이후의 해가 가볍지 않을 것입니다. 죄 인의 몸으로 인명을 쳐 죽이지는 못할 것이니 형이 공무를 맡은 태수에 게 이 사람의 죄를 말하여 다시 묻지 말고 머리를 벨 것을 청하여 주십 시오." 118

이 일이 어떻게 될 것인가?

1 화설. 경시랑이 함께 자리하여 듣고 있었는데 바야흐로 상(象)이 순(舜)을 해치며474) 도척(盜跖)이 유하혜(柳下惠)와 화목하지 못한 것475)과 같은 경우로, 소연수가 형을 모함한 것이 명백히 드러나자 경수가 아우의 허물을 덮고 자객을 없이하여 훗날 어지러운 말을 막으려 하는 것인 줄 알게 되었다. 그래서 무릎을 치며 감분하여 얼굴빛을 고치고 말하였다.

"이 도적이 못된 것은 천 번 죽여도 아깝지 않은데 어찌 용서하겠습니까? 분부하신 대로 죽여 후환을 덜도록 분명히 할 것이니 명공은 너무 걱정하지 마십시오."

경수가 재삼 죽일 것을 청하고 자객의 일과 관련하여 무슨 실수가 있을

2 까 싶어 다시 자지 않고 날이 새기를 기다렸다. 경시랑이 자객을 데리고 가서 지방관에게 맡기며 말하였다.

"이 도적을 이 정도로 죽일 것이 아니라 훗날 물어볼 일이 있으니 깊이 가두어 두고 내가 돌아와서 잡아갈 수 있도록 그 사이 도망가지 않게 하라."

지방관이 응낙하고 즉시 냉옥에 가두면서 옥리에게 자살하지 않도록 잘 감시하라고 엄하게 다짐하였다. 경시랑이 자객을 처치하여 가두고 그 요패(腰牌)476)를 떼어 와 소경수에게 보이며 말하였다.

"가서 죽이고 왔습니다."

---

474) 상(象)이 ~ 해치며 : 중국 고대의 성군이었던 순(舜)임금이 재위하기 전, 그 이복동생인 상(象)이 어머니와 짜고 아버지 고수(瞽叟)를 꾀어 순을 죽이고 적장자가 되려 한 일을 말함.
475) 도척(盜跖) ~ 것 : 도척은 중국 춘추 시대의 큰 도적으로 수천 명의 부하를 거느리고 천하를 횡행하였다고 하는데, 그는 현인으로 이름이 높은 유하혜(柳下惠)의 아우였음. 유하혜(柳下惠)는 춘추시대 노나라의 대부였는데, 맹자(孟子)가 그를 두고 말하기를, '더러운 임금을 섬기는 일도 부끄럽게 여기지 않을 정도로 화해와 조화의 기질을 가진 성인이었다.'고 할 정도의 현인이었음. 그러나 이러한 유하혜도 천하의 대도둑인 자신의 아우를 교화하지는 못했다는 것.
476) 요패(腰牌) : 신분을 증명하기 위하여 허리에 차던 나무패.

이렇게 경시랑이 경수를 속이는 것은 훗날 연수의 패악을 드러낼 때에
그의 단점으로 삼기 위해 구은해를 쓰고자 한 것이다.

계속 길을 가서 유배지에 이르자 채관이 공문을 전하였다. 태수가 친
히 나와서 소경수를 보고 대접하고 성안에 처소를 정하려고 하니 경수가
사양하며 말하였다.

"죄인의 처소를 성안에 두는 것은 감히 있을 수 없는 일입니다. 성밖
외진 곳으로 한 곳을 빌려 주십시오."

경수가 사양하는 말을 들은 태수가 감복하여 칭찬하고 이에 성 밖에 처
소를 정하였다. 경수가 처소로 가서 행리를 정리하고 몸소 관아에 나아가
점고(點考)477)에 참여하니 태수가 매우 불편하게 여기며 붙들어 돌려보냈
다. 그리고 경수의 문 앞에 관리와 사환을 대기하게 하고 좋은 음식을 공
급하는 데 정성을 다하니 경수가 십분 괴로이 사양하며 감히 그렇게 할
수 없다고 하였다.

채관 경시랑이 4, 5일 쉬고 돌아가게 되었는데 피차의 정리에 헤어지
기 아쉬워 손을 잡고 작별하며 소경수가 말하였다.

"현공(賢公)이 죄인을 수천 리 길에 수고로이 데려오시어 제가 그 지극
한 정성에 힘입어 무사히 도착하였습니다. 그러나 이제 이별하게 되어
다시 만날 기약이 없으니 어찌 슬프지 않겠습니까?"

그리고 나서 한 봉 서찰을 경시랑에게 주며 말하였다.

"수고로우시겠지만 부모님께 전하여 만 리에서 부자의 정을 통하게 해
주십시오."

경시랑이 이별하게 되어 그와 같은 사람됨으로 이렇게 곤궁해진 것을

---

477) 점고(點考) : 점을 찍어 가면서 사람의 수효를 조사하는 것.

안타까워하며 말하였다.

"소생이 명공을 모시고 오면서부터 정이 골육보다 더함이 있었는데 이
제 헤어지게 되어 심사가 어지러움을 이기지 못하겠습니다. 그러나 명
공의 충효로운 마음은 해와 달보다 빛나고 사람의 마음을 감동시킬 것
이니 어찌 뜬구름 같은 죄명으로 오래 유배지에서 곤궁하게 계시겠습
니까? 오래지 않아 고향으로 돌아올 것이며 작위도 반드시 이 정도에
머무르지 않을 것이니 다시 만날 기약이 머지않을 것입니다. 그러니
천금같이 귀한 몸을 보중하십시오."

경수가 감히 사양하지 못하며 이별하니 경시랑이 재삼 연연해하며 떠
나갔다.

경시랑이 돌아오는 길에 성화관에 들어가 구은해를 잡아 상경하여 궐
하에 소임을 보고하고 자객을 바치려고 하다가 다시 생각한 것이 있어서
그만두고 소부에 서간을 전하고, 조부로 가서 문계 조유현을 만나 형을
죽이려고 한 소연수의 패악함과 소경수의 기특한 행사를 전하고 탄식하
며 말하였다.

"자객을 그곳에서 잡아 죽였다고 속이고 지금 잡아서 데리고 온 것은
소인배의 정태가 실로 요악하니 훗날 현인의 억울함을 밝힐 때 단서를
삼고자 함입니다. 그러나 이제 저 혼자 처치하기가 어려워 좋은 방법
을 선생께 청하는 것입니다."

조유현이 듣고 나서 길게 탄식하며 말하였다.

"주(周) 왕실에도 관숙(管叔)과 채숙(蔡叔)이 있었지만 어찌 한심하지 않
겠습니까? 이 자객을 흐리멍덩하게 죽이면 안 될 것이고 급하게 나라
에 바치는 것도 천유의 뜻이 아니니 내게 보내면 자연스럽게 처치하겠

습니다."

경시랑이 응낙하고 돌아와 구은해를 조부로 보냈다. 조유현은 자객이 왔다는 것을 듣고 전에 잡아 가둔 자객과 한 데 가두어 훗날을 위해 엄하게 지키라고 하였다.

이때 소연수는 자객을 두 곳으로 보내어 형과 형수를 살해하라고 하고 속으로 좋아하며 그 일이 성공할 날을 손꼽고 있었다. 그때 이씨는 경수를 모해하여 멀리 유배 보내고 그윽이 생각하였다.

'내가 지은 죄가 없을 때에도 박대가 매우 심하였는데 하물며 지금은 지은 죄가 산과 같은지라. 어찌 다시 부부의 정을 바라겠는가?'

그러고는 흉한 생각을 마구 하였는데 오래지 않아 조씨가 소상강에서 익사하였다는 소식이 있었다. 연수와 이씨가 기쁨을 이기지 못하여 하더니 이씨가 또 이렇게 생각하였다.

'내 일을 밤낮으로 생각하여 보아도 남편이 돌아와 마음을 돌이켜 화락하지는 못할 것이니 차라리 뜻을 정하리라.'

이씨는 이렇게 개가할 뜻이 있었는데 정한림의 잘 생긴 모습을 보고 십분 흠모하여 연수를 보채어 개가하겠다고 말하니 알 수 없구나, 정한림이 어떤 사람인 것인가? 정한림이라는 자는 상서 정운기의 둘째 아들 정대홍이니 풍류와 재주가 뛰어난 일세의 영걸이었다. 일찍 혼인하였으나 그 처 호씨가 만고의 박색이라서 정생이 다시 재취할 뜻을 두고 절색인 미녀를 구하고 있었는데 소연수를 사귀어 왕래가 잦았기 때문에 이씨가 엿보고 매우 혹하여 천고의 음욕을 정생에게 쏟았다. 이씨가 연수에게 말하였다.

"아주버님이 이제 형을 해하여 만 리에 유배 보내고 형수를 또 강물에 넣었으니 그 죄를 헤아리면 강상의 대죄입니다. 일이 마침내 무사하기 어려울 것인데 아버님께서 돌아오시면 무엇이라고 하실지 아시겠습니까? 저는 아주버님의 위태함이 걱정입니다. 조씨가 비록 죽었으나 그 부형의 기세가 당당하니 원수를 갚으려 하면 아주버님이 한 몸을 둘 곳이 없을 것이요, 상서가 아직도 생존하여 그 기상이 보통이 아니니 훗날 용이 풍운을 얻듯 뜻을 얻는다면 아주버님은 어떻게 하려고 하십니까?"

연수가 머뭇거리며 탄식하고 말하였다.

"애초에 제가 허다한 허물과 나쁜 일을 지은 것이 본마음이 아니라 형수님이 지휘하시는 것 때문이었습니다. 형과 양립할 수 없는 처지가 되었으니 일이 마땅치 않아도 이에 미처서는 어찌 할 수가 없습니다. 형수님은 좋은 계책을 가르쳐주십시오."

이씨가 웃고 말하였다.

"아주버님의 형세를 제가 어찌 모르겠습니까마는 이제 저의 소원을 이루어 주면 저도 또한 정성을 다하여 아주버님의 계교를 도와드리겠습니다."

경수가 그 까닭을 물으니 이씨가 낯을 붉히고 탄식하며 말하였다.

"아주버님과 제가 명분은 수숙지간(嫂叔之間)이지만 지기(志氣)가 서로 맞는다고 할 것이니 어찌 마음을 숨기겠습니까? 제가 소상서와 명분은 부부이지만 실상은 남입니다. 아름다운 청춘을 깊은 규방에서 마친다면 그 동안의 고초는 허사요 연로하신 어머님을 의지할 데 없게 하는 것입니다. 부모님께서 낳으셨기 때문에 지아비가 중요하다는 것을 알므로 헛된 이름에 의지하여 수절한다는 것이 우습습니다. 제가 한림

정대홍을 보니 일세의 호남자였습니다. 제가 뜻을 두어 이 사람을 섬기고자 하니 아주버님이 월하노인(月下老人)[478]의 역할을 맡아주신다면 덕을 쌓는 일이 아니겠습니까?"

연수가 이 말을 듣고 매우 놀라며 말하였다.

"형수님의 말에 저는 혼백이 놀라 달아날 지경입니다. 형님이 비록 멀리 갔으나 차마 어찌 이런 말씀을 하시며 정생이 비록 풍류 있는 화려한 선비이나 형수의 소행과 근본을 안다면 기꺼이 취하겠습니까?"

이씨가 웃으며 말하였다.

"아주버님이 저의 이 일을 차마 못할 일로 아시는군요. 그렇다면 아주버님은 형을 해하여 만 리 밖으로 유배 보내고도 오히려 만족하지 못하고 자객을 따라 보냈으니 만일 못할 일로 안다면 형과 형수를 죽인 죄는 만고 강상의 큰 죄악입니다. 오히려 저는 남편이 박대하였기 때문에 그렇게 한 것이지만 아주버님은 형님이 지극히 효성스럽고 우애하였는데도 화목하게 우애하지 못하였으니 이로 미루어 보면 아주버님이 배는 더 심합니다. 정생에게 바른 대로 이르지 마십시오. 정생이 이 말을 들어도 염치에 친구의 부인을 취하지는 않을 것이니 제가 먼저 귀령을 청하여 친정으로 가겠습니다. 어머님께서 본디 저를 상관없게 여기시니 귀령을 말리지는 않을 것입니다. 그러므로 친정으로 가서 머리를 깎고 출가하였다고 하고 정가에는 말하기를 저의 아우가 있다고 하여 잘 주선하여 혼인이 되게 하십시오. 내 말을 만일 듣지 않으면 아버님이 돌아오시는 날 저의 입으로부터 아주버님의 허다한 잘못이 다 흘

478) 월하노인(月下老人) : {월노}. 월노(月老)는 월하노인. 부부의 인연을 맺어 준다는 전설상의 노인. 중국 당나라의 위고(韋固)가 달밤에 어떤 노인을 만나 장래의 아내에 대한 예언을 들었다는 데서 유래함.

러나올 것을 모르시겠습니까? 저의 소원을 이루어주면 정가 또한 성대한 가문이므로 훗날 아주버님이 혹시 난처한 일이 있어도 제가 마음을 다하고 힘을 다하여 도울 것입니다."

연수가 다 듣고 나서 그 마음 쓰는 것이 놀라우나 이미 매사를 한 마음으로 모의하였으니 청을 들어주지 않을 수 없으며, 이씨를 치워버리는 것이 유익할 것 같아서 흔연히 허락하였다. 이처럼 이씨의 음란하고 악한 것은 측천무후(則天武后)보다 더하고 연수의 못된 것은 머리를 벨 만하였다.

며칠 후 연수가 정생을 만나서 서로 반갑게 말을 주고받다가 말하였다.

"형님이 재취를 구하니 내가 혼사를 주선하겠습니다. 나의 형수 이씨에게 동생이 있는데 일대에 빼어나게 아름다운 숙녀라고 합니다. 만일 재취하고자 한다면 이보다 더 나은 사람이 없을 것입니다."

이와 같이 연수가 많이 일컬으니 정생이 비록 총명하나 나이 어린 서생으로 세상일을 많이 겪어보지 못하고 지금 절색의 미인을 갈망하는 까닭에 부모님의 허락을 얻으면 취하겠다고 하였다. 연수가 이씨에게 이런 말을 전하니 이 음란한 부인이 정가에게 시집가려는 생각이 매우 급하여 시어머니께 편모의 외로움을 말하며 친정으로 돌아가겠다고 고하였다. 이때 구부인은 연수 부부에게 모든 관심을 쏟고 있어서 이씨가 있고 없고는 상관이 없었으므로 허락하여 보내주었다. 이씨가 시댁을 하직하고 돌아가 그 어미를 대하여 제 뜻을 고하고 오래지 않아서 말을 내기를 신세와 운명이 기박함을 슬퍼하며 머리를 깎고 여승이 되겠다고 소부에 고하였다. 소부에서는 해괴함을 이기지 못하였으나 구부인은 이씨를 아끼는 마음이 없고 연수 부부를 깊이 사랑하였기 때문에 만사를 잊어버렸다.

정씨 집안에서는 곡절을 모르고 짐짓 이시랑의 손녀인 줄 알고 이씨 집안에 간절히 구혼하였다. 정한림이 힘써 구혼하여 혼인을 허락받아 혼사를 치렀는데 이씨의 외모가 밝고 찬란하여 일대의 절색인 데다 그동안 박색을 만나 눈이 낮아졌으므로 십분 매혹되어 금슬이 아주 좋았다. 음녀가 세 번 시집갔는데 비로소 뜻을 얻어 뜻대로 화락하게 되니 만사를 마음대로 하며 조강지처를 박대하고 은애를 독차지하였다. 그러니 소씨 집안을 꿈에나 생각하겠는가?

간악한 인간 연수는 형과 형수를 죽였다는 소식을 밤낮으로 기다렸는데 채관이 무사히 유배지에 도착하였다는 보고문을 전하니 입이 딱 벌어지도록 놀라서 구은해의 소식을 궁금해 하였다. 그때 강능후가 국사(國事)⁴⁷⁹⁾를 마치고 돌아왔는데 바로 평진후의 집으로 와서 형제가 반기고 자질(子姪)들이 그를 영접하였다. 그런데 오직 경수의 자취가 없으니 의아하여 그 까닭을 물었다. 평진후가 이마를 찡그리며 망측한 집안의 변을 대강 말해 주었다. 강능후가 매우 놀랐으며 조씨가 유배 가다가 소상강에서 익사하였다는 것을 듣고는 눈물이 옷에 떨어져 소매가 다 젖었다. 평진후가 탄식하며 말하였다.

"이미 끝난 일이다. 슬퍼한들 어찌 하겠느냐?"

강능후가 자기 집에 돌아와 노기가 가득하여 세 딸과 연수를 불러 놓고 잔뜩 화가 난 얼굴로 죄를 물었다.

"내 잠깐 나가 있었더니 부인이 집안에 변을 일으켜 조씨 같은 어진 며느리를 보전하지 못하고 경수를 유배 보내어 언제 돌아올지 모르게 되었으니 이 어찌 못된 모자 때문에 내 집이 망하는 것이 아니겠소? 내

---

479) 국사(國事) : 흉년이 든 절강(浙江) 동쪽 지방을 진무(鎭撫)하기 위해 갔던 일.

본디 부인이 경수 부부를 박대하는 것이 심하다는 것을 알았지만 사소한 일을 아는 체하면 자식들이 불편하게 될까봐 모르는 듯이 시일을 보냈소. 그러나 내가 집을 떠날 때에 재삼 부탁하며 무엇이라 하였소? 아들과 며느리들을 편히 거느려 집안의 법도를 어지럽히지 말라고 하였더니 문득 만고 강상의 죄를 씌워 국가의 죄수를 만들어 멀리 유배 보낸 것이오? 그리고 연수 너는 조금이라도 사람의 마음이 있다면 대궐 계단에 머리를 깨지도록 부딪치고 북궐의 등문고를 쳐서 형을 구하지 못하였겠느냐마는 그 어미에 그 자식으로 형제지간의 정을 생각지 않고 형수와 형을 사지에 넣으니 내 무슨 면목으로 너의 아비 되어 다른 사람들을 대할 수 있겠느냐?"

말을 마치자 노기가 불같이 맹렬하니 구부인이 눈물을 흘리며 화난 기색으로 말하였다.

"제가 비록 어질지 못하나 죄 없는 며느리를 모함하여 집안의 변을 일으키겠습니까? 조씨는 친정이 재상의 가문임을 유세하고 자색을 믿어 천고에 없는 대악을 지어 까닭 없이 시어미를 헐뜯고 자객을 청하여 일을 아주 빈틈없이 도모하였으나 하늘이 돕지 않아서 발각된 것입니다. 내가 그 부형의 낯을 보아 상공이 돌아오시기를 기다려 처치하려고 집안 깊숙한 곳에 두어 변을 짓는 것을 방비하였는데 비록 말을 금하나 아름답지 않은 소문이 자연히 나는지라. 풍문으로 들리는 말이 온 성에 떠들썩하게 알려지니 듣고 본 자들이 눈과 귀를 가리나 언관이 듣고 제 직임을 차려 상전에 주달하였습니다. 그러니 위로는 황상과 아래로는 온 조정의 신료들이 다 죽여야 한다고 하거늘 저희 모자가 무슨 힘으로 구하겠습니까? 한 목숨을 부지하여 장사로 유배 갈 때 남은 앙화가 미진하여 소상강 고기들의 배를 채우니 그 죄악을 하늘이 다스리신 것입니다. 제가 무슨 죄가 있으며 연수가 무슨 죄이관데 저희 모자를 물고 늘어지십니까? 애꿎은 저를 살인죄로 죽이시고 황상께 고하여 경수의 누명을 벗겨 돌아오게 하십시오."

말끝에 흐르는 눈물과 뚜렷한 화가 매서웠는데, 연수는 관을 벗고 머리를 땅에 두드리며 울부짖었다.

"아버님이 소자를 천지간의 대역부도(大逆不道)로 아시나, 예나 지금이나 형제를 죽이려 하는 이가 있겠습니까? 형이 이미 지극한 효성과 우애로 소자를 사랑하기를 자신의 몸과 같이 하였는데 소자도 사람의 마음이 있거늘 차마 형을 해하겠습니까? 조씨 형수의 일이 다 드러났지만 아버님의 처치를 보려고 집에 여전히 두고 아름답지 않은 말을 입밖에 내지 않았습니다. 그러나 언관의 소장이 황상께 올라가니 형의 불효부제(不孝不悌)한 죄와 조씨 형수의 강상의 대죄가 명백히 드러나게 되었습니다. 그러니 조정의 여러 신하와 황상이 다 심하게 분해하고 놀라며 한 목소리로 죽여야 한다고 하더니 소자를 잡아다 물었습니다. 소자는 언관이 아뢴 말이 허탄하고 잘못 전해진 소문일 뿐이라고 하였으나 형수의 시비가 낱낱이 복초하니 초공의 체면을 보아 사형은 면하게 하고 유배형으로 정한 것입니다. 그때를 당해서는 소자는 말할 것도 없고 아버님이 계신다고 해도 장차 어찌 하실 수 있었겠습니까? 초공이 받는 황상의 은총으로 본다면 훗날 혹 살아 돌아올 기약이 있었을 것이었지만 그 운명이 기박하고 지은 죄에 신들이 노하여 도적을 만나 강물에 빠졌다고 하오니 소자의 죄는 하나도 없습니다."

연수는 말을 마치자 눈물을 흘리며 울었다. 모자의 더러운 말이 일의

22

23

형세가 그러하였다고 하며 그른 것을 꾸며 옳은 것으로 만드니 강능후가 다시 더 책망할 말이 없어 기가 막혀하며 탄식하고 슬픔을 이기지 못하여 마음잡을 곳이 없어 하였다.

화설. 조부에서 자염의 참변을 듣고도 오히려 믿을 수 없어서 상례(喪 禮)를 치르지 않고 웅현이 오기를 기다렸는데 오래지 않아 웅현이 돌아와서 성 밖에 집을 잡아 관을 머물러 두고 집에 들어와 부모님을 뵈었다. 온 집안이 크게 반기고 진공과 초공이 소저의 안부를 물으니 웅현이 가만히 조씨가 낸 꾀를 모두 아뢰고, 조씨가 죽은 것으로 꾸며 관을 실어 이미 성 밖까지 옮겨왔으며 조씨는 남장을 하고 유배지로 가서 무사하게 있다고 고하였다. 진공과 초공이 매우 기뻐하며 말하였다.

"일이 비록 정대하지는 않으나 모든 일에는 경법(經法)과 권도(權道)480) 가 있는 것이다. 그러니 제 구구하게 보전할 도리가 이에 있다면 좇지 않을 수 있겠는가?"

이에 조씨가 죽었다는 소식이 왔다 하고 온 집안이 한 당에 모여 통곡하여 주위 사람들의 이목을 속이고 부자와 숙질이 교외에 나가서 관 앞에서 울며, 또 소가에 기별하지 않을 수 없어 소식을 알렸다.

이때에 평진후와 강능후가 서로 대하여 조씨가 원통하게 죽은 것과 아들이 유배 간 것에 대해 말하며 강능후가 슬퍼하고 한스러워하기를 마지 않았다. 평진후는 연수의 말을 이르지 않았는데 언관의 소장 내용을 말해주면 부자가 불화할까 염려한 것이다. 강능후는 연수가 어질지 못하다는 것은 전혀 알지 못하고 오직 간악한 시비와 언관의 맹랑한 풍문으로 말미

---

480) 경법(經法)과 권도(權道) : 경법은 언제나 변하지 않는 원칙이고 권도는 사안에 따라 융통성 있게 처리하는 것을 의미함.

암은 일인 것으로 알았지 구부인 모자의 수단은 전혀 몰랐다. 강능후의 강인하고 명석하며 절개 곧은 정직함으로도 이와 같으니 부인 여자가 사람을 속이는 술법에 속지 않기는 어렵지 않겠는가?

26

그때 문득 태사 조기현이 평진후에게 글을 부쳐 말하였다.

사촌 누이의 관이 지금 교외에 와 있으니 소생 등이 숙부와 부친을 모시고 갈 것입니다. 사돈어른께는 알리지 않을 수 없어 아뢰나이다.

평진후가 보고 나서 실로 놀라웠기 때문에 길게 탄식하고 말하였다.

"하늘이 어찌 뛰어난 여인을 내시고 그 운명을 이렇게 만드신단 말인가? 어찌 한 번 그 관 앞에서 울고 말 뿐이겠는가? 복제(服制)를 갖추어 우리 집안의 선영에 장사지내서 저승의 망령으로 하여금 외로운 혼이 되게 하지 않을 것이다."

평진후와 강능후가 거마를 재촉하여 교외에 이르니 벌써 진왕 형제가 자질들을 거느리고 와서 관을 붙들고 통곡하고 있었는데 조씨 집안사람들의 곡성이 산천을 움직일 지경이고 참담한 기색이 얼굴을 덮었으니 누가 그것이 진실인지 거짓인지 알 수 있겠는가? 강능후 형제도 관을 붙들고 목 놓아 길게 통곡하니 천 갈래 눈물이 옷깃을 적셨다. 진왕과 초공이 그윽이 우스웠으나 초공이 사례하며 말하였다.

27

"딸아이가 이미 존부에서 쫓겨난 여자이므로 해골을 우리 집안의 선산에 묻고 싶지만 그 죄가 사실이든 아니든 죄명이 참혹하여 가히 선산에 용납지 못할 것이니 다른 산을 골라서 저승에서라도 죽은 넋이 평안하게 할 것입니다."

강능후가 눈물을 흘리며 말하였다.

"형님께서 차마 어찌 이런 말을 하십니까? 우리 며느리와 같이 정숙하고 어진 자질을 가지고 비명에 원통하게 죽은 것은 제가 뼛속 깊이 애통해하는 바인데 다른 땅에 외롭게 던져두어 주인 없는 외로운 혼이 되게 할 수 있겠습니까?"

초공이 탄식하며 말하였다.

"내 어찌 죽은 자식을 위한 정이 형만 못하겠습니까마는 앞뒤의 일을 생각하여야 할 것입니다. 이미 언관이 소를 올린 일이 명백하고 황상의 명으로 소가에서 쫓겨났으니 죄를 사하는 명을 얻어 누명을 신설하기 전에는 형이 우리 아이를 측은하게 여긴다고 하여도 그 시신을 선영에 묻어서 사람의 신하된 명분을 훼손할 수 없으며, 저희 집도 죄 지은 자식을 선산에 용납하지 못할 것이니 새로운 땅을 택하여 안장하였다가 행여 죄를 뒤집어 쓴 억울함을 씻게 되면 저나 형이 거두는 것이 명분에 바르고 이치에 합당할 것입니다."

평진후가 탄식하며 말하였다.

"사원 형의 말이 금과 옥같이 올곧으니 따르는 것이 좋겠다."

강능후가 길게 탄식하고 이에 산을 골라서 안장하였다. 평진후 형제가 날이 오래도록 매우 애통해하며 조씨에 대한 말이 나오면 눈물을 떨어뜨리지 않을 때가 없고, 주부인은 병이 되어 조주로 유배 간 아들과 소상강에서 원통하게 죽은 며느리의 넋을 생각하며 경치 좋은 시절에도 회포를 붙일 곳이 없어 하였다. 한편, 조부에서는 딸과 사위가 다 평안히 있다는 것을 알았으므로 비록 멀리 떨어져 있는 것을 슬퍼하기는 하였으나 다른 염려는 없었고, 초공도 액회(厄會)481)가 소멸하면 모일 것을 알았으므로 각별히 심하게 걱정하는 것이 없었다.

차설. 태사인 월명 조기현의 장자 명윤의 자는 달천인데 원비 소씨의 소생으로 나이가 13세에 이르렀다. 하늘이 선(善)을 쌓은 집안에 복록을 더하매 반드시 후손에게 경사가 있게 마련이다. 하물며 이 명윤은 조노공의 증손이요 진왕의 장손이며 기현이 낳은 아이로서 어찌 평범할 수 있겠는가? 사람됨이 천지의 순수한 정수와 강산의 빼어난 기운을 오롯하게 부여받았으니 수려한 얼굴은 관옥(冠玉)처럼 두렷하여 마치 부상(扶桑)에서 떠오르는 밝은 해와 같았다. 용이 꿈틀거리는 것 같은 눈썹과 봉황새 같은 눈은 해와 달의 정수를 지니고 있어서 밝은 기운이 흐르는 별과 같았으며, 달 같은 이마에 긴 눈썹이 두 눈에 그림자를 드리웠는데 여덟 가지 빛으로 빛나는 이마와 눈썹 언저리에는 오복(五福)이 모두 갖추어진 상이 나타났다. 연꽃같이 발그레한 뺨에 눈같이 흰 피부며 붉은 입술에 새하얀 이가 백옥에 색을 더한 듯 봄날 화원에서 모란이 웃는 듯 고와서 붉은 옥에 분칠한 듯한 얼굴로 웃으면 버드나무보다 더 부드러울 것 같았다. 하지만 엄한 기상을 가지고 있어서 팔 척이나 되는 큰 키에 무릎까지 내려오는 두 팔은 대인의 체격이었다. 여름날의 태양 같은 위엄과 봄날 햇볕 같은 온화함이며 가을 하늘 같은 기상이 한 몸에 모두 갖추어져 있으니 용과 기린이 바다와 들판에서 놀며 난새와 봉황새가 구름 낀 골짜기에서 춤추는 것처럼 빛나고 화려한 풍채와 신기한 재주와 총기가 진실로 천일지표(天日之表)482)이며 용과 봉의 자손이었다. 뱃속에는 나라를 안정시킬 재략과 천하를 다스릴 틀이 있어서 문장은 이태백(李太白)과 두보(杜甫)를

---

481) 액회(厄會) : 재앙이 닥치는 불행한 고비.
482) 천일지표(天日之表) : 사해(四海)에 군림할 인상(人相)을 의미.

낮게 여기고 필법은 왕희지(王羲之)를 넘어서니 그 글씨의 신묘함과 수려한 풍채가 조부인 진왕과 종숙인 평능후 유현483)이 아니라면 상대할 자가 없었다. 그러므로 충충한 집안 어른들의 대단한 사랑이 만물에 비할 것이 없었다. 이렇게 어른들이 중하게 여기는 것은 물론이고 아울러 그 기특한 사람됨은 형언할 수 없어서 문중의 여러 친척들을 다 일컬어도 진왕의 애중함은 더욱 각별하여 여러 손자들이 그것을 바라지 못하였다.

이처럼 명윤이 사랑과 호화로운 사치 속에서 자라 기운이 우주를 받들고 세상에 대한 생각에 두려워함이 없었다.484) 두려워하고 거칠 것이 없었으니 나이 10여 세가 지나자 동서로 아름다운 창기를 모았으며 크고 작은 일에 능란하여 부친이 알지 못하게 하였다. 또 왕궁 후정의 너른 곳에 가 활시위를 당겨 나는 짐승을 쏘고 칼춤을 추며 말을 달려 무예를 익히니 신통하지 않음이 없었고, 돌을 벌여 놓고 진세를 이루어 두 군대를 교전시키면서 백전백승하는 묘법을 깨달으니 자연히 신기로운 기운이 겉으로 드러나서 용이 변화하며 호랑이와 표범이 울부짖는 대담한 기운이 있었다.

이에 대해 태사 기현이 홀로 기꺼워하지 않으며 말하였다.

"이 아이가 필부의 무용을 숭상하고 군자의 은용지도(殷踊之道)485)가 없으니 수련하지 못하면 반드시 방탕무식한 평범한 사람이 될 것이다."

그래서 기현은 명윤을 대하면 온화한 기운을 거두고 서리 같은 위풍으

---

483) 종숙인 ~ 유현 : {종숙 평진후}. 평진후는 명윤의 종숙(從叔)이 아니므로 '종숙 평능후'의 오류로 보고 바로잡아 옮김.
484) 두려워함이 ~ 없었다 : {안공ᄒ니}. '안공(眼空)ᄒ다'는 안중에 보이는 것이 없어 무서움을 모른다는 뜻.
485) 은용지도(殷踊之道) : {응용지도}. 은용지도(殷踊之道)의 오기로 보이므로 이와 같이 옮김. 은용지도는 크고 뛰어난 뜻을 말함.

로 냉엄하게 대하였고, 명윤은 대담하고 활달한 기상을 지녔음에도 불구하고 아버지 앞에서는 두려워 몸을 옹송그리며 동작을 차분하게 하고 기운을 나직하게 하여 단정한 도학군자로서 삼가는 예를 다하였다. 그러나 아버지 앞을 떠나기만 하면 기운을 줄이지 못하여 날로 호방해졌다.

그런데 진왕은 여러 손자들을 가르치고 훈계하는 데에는 숙연하였으나 명윤에 이르러서는 그 사랑이 더할 나위가 없어서 나이가 차면 천추(千秋)에 짝이 없는 뛰어난 인물이 될 줄 알고 명윤이 지닌 대인의 상을 매우 사랑하였다. 그래서 엄한 얼굴이 명윤을 보면 기쁨으로 풀어지면서 기현이 자잘한 잘못을 지나치게 책망한다고 도리어 꾸짖었다. 또 태부인도 노인의 망령을 겸하여 지나치게 명윤을 사랑하였으므로 명윤의 잘못을 꾸짖었다는 것을 알기만 하면 화가 나서 기현을 책망하였다. 이런 까닭으로 명윤이 거리낌 없이 제멋대로 구는 것이 더하여 호탕하고 방일한 것이 흘러넘쳤으나 태사가 오히려 다 알지 못하였다. 35

명윤이 장성하니 이는 진왕이 천금같이 사랑하는 손자요 대승상 조노공의 적통인 증손자였으므로 천만 명의 매파가 중문 안에 요란하였다. 그러나 왕이 신부감을 고르는 것이 자기의 열 아들보다 더하여 구혼하는 곳이 허다하였지만 한 곳도 뜻을 두지 않았다. 이해 가을에 나라에서 과장을 베풀었는데 기현이 본디 성대하게 가득 찬 것을 구하지 않고 명윤의 나이가 어린 것을 기꺼워하지 않아서 과거에 응할 뜻이 없으니 명윤이 마음이 급하여 가만히 태부인을 조르며 말하였다. 36

"제가 비록 나이 어리나 10년 공부가 독실합니다. 한 번 나아가 과장 구경이라도 하고 싶으나 아버지께서 엄하게 금하시니 고조할머니[486]

---

486) 고조할머니 : {대모}. 인물들의 관계를 고려하여 이와 같이 옮김.

께서는 아버지를 보시면 이렇게 하시어 제가 간곡하게 부탁한 것을 모르게 하시고 제가 과거를 볼 수 있게 해주십시오."

태부인이 매우 흡족해 하는 한편 그가 과거를 보지 못하게 하였다는 사실에 놀라 저녁 문안 때에 말하였다.

"늙은 어미가 죽을 날이 다 되어 살날이 많지 않고 명윤은 종손의 중함이 있으니 나의 바람이 더하구나. 그러니 이번 과거에 나아가 그 재주를 시험하게 하여라."

37 기현이 온화한 얼굴을 하고 부드러운 음성으로 나직하게 아뢰었다.

"밝은 가르치심을 따라 봉행하고자 하오나 명윤은 부리 누런 새끼 새처럼 어린아이로 재주와 학문이 성글고 의기가 거침없어 매사에 주제넘는데 입신 길을 열어 그 기운을 돕는 것은 불가합니다. 그리고 우리가문에 벼슬하는 사람들의 인장이 상자에 가득하고 벼슬아치들이 타는 수레가 늘 대기하고 있으니 그 성대함이 일세에 드문 지경입니다. 그런데 조그마한 어린아이를 과거에 응시하게 하면 세상 사람들이 다제가 분수를 모른다고 비웃을 것이니 4, 5년 공부를 열심히 하게 하여과장에 들어갈 수 있게 하시지요."

태부인이 길게 근심하는 빛으로 말하였다.

"네 말이 옳으나 늙은이가 살고 죽는 것은 아침이 될지 저녁이 될지 알

38 수 없으니 혼백이 구름과 물 사이를 떠돌게 되면 명윤의 급제를 생전에 못 볼 것을 느꺼워 하노라."

노공이 옆에 있다가 어머니가 구슬픈 말씀을 하시는 것을 듣고 그 뜻을깨달아 안색을 고치고 기현에게 명하여 명윤을 과장에 들어가게 하라고하였다. 그러므로 진왕과 기현이 감히 명을 거스르지 못하고 명윤으로 하

여금 과거에 응시하게 하였다.

　명윤이 매우 기뻐하며 과장에 나아가 글을 지었는데, 바다를 헤치며 양
자강을 터 버린 것 같은 문장이 귀신을 놀라게 하고 풍운의 빛을 바꿀 지
경이었다. 필법의 찬란함은 푸른 용이 서리고 난새와 봉황이 춤추는 듯하
였고, 글씨체가 웅건하고 시의 뜻이 상쾌하고 활달하여 진실로 세상을 경
륜할 큰 재목이었다. 방을 떼어 제일을 호명하였는데 만여 명 사람 중에
수천 명의 뛰어난 인물들이 모인 가운데 조명윤의 이름이 문무장원으로
뽑혔다. 부르는 소리가 세 번에 미치니 한 영리하고 준수한 청년이 종종
걸음으로 옥계에 이르렀다. 시원스러운 얼굴이 하늘에 흰 달이 한가로운
것 같고 늠름한 풍채는 계수나무가 봄바람을 띤 것 같았다. 키가 팔 척이
요 두 팔이 무릎 아래까지 늘어져 호상한 골격이 세상의 티끌에 물들지
않았고, 총명한 영기는 해와 달의 정기를 받았으며, 긴 눈썹은 빛나는 문
명이 눈 밖까지 드리웠으니 곽분양(郭汾陽)의 수복(壽福)을 지녔다. 온화하
고 돈후한 격조487)와 멋스러운 풍류는 진왕이 아니면 다시 다툴 사람이
없을 정도였다. 뱃속에 세상을 경영할 큰 지략을 품고 나라를 안정시킬
재주와 덕이 있으며 덕스러운 용모와 온화한 기상이며 숙엄한 위의가 반
드시 만승 나라의 왕으로 봉해질 만했고 국가의 대들보가 될 인재였다.
만년의 수를 누릴 황상과 모시고 있던 신료들이 모두들 칭찬하고 그 어린
나이에 문무의 재주를 겸비한 것에 대해 놀라지 않는 사람이 없었다. 황
상이 매우 기뻐하며 친히 계화를 꽂아주고 칭찬하였다.

　"산이 높으면 옥이 나고 바다가 깊으면 진주가 나는 것이다. 이제 명윤

---

487) 온화하고 ~ 격조 : {슈앙훈 격됴(格調)}. 수앙(晬盎)은 수면앙배(晬面盎背)를 뜻하는 말로 덕성
　　이 밖으로 드러나 온화하게 빛나고 돈후한 모습이 있음을 의미함.

의 기상을 보니 집안에서 도와준 기풍이 완전하니 평진왕의 손자이며 월명 기현의 아들로서 인물이 아름다운 것이 어찌 이상한 일이겠는가?"

특별히 향온(香醞)[488] 세 잔을 기현에게 상으로 내려 아들을 낳아 국가의 주춧돌이 되도록 잘 기른 것을 드러내어 칭하하였다. 이때 태사 기현이 신료들의 반열에 있다가 아들의 행동과 여러 사람들이 칭찬하는 것을 보니 얇은 얼음을 밟는 것같이 마음이 불안하고, 성은이 곡진한 것을 보니 등에 땀이 배어 옷을 적셨다. 그래서 명윤을 과거에 응시하게 한 것이 후회스럽기만 하였으나 어떻게 할 수도 없어서 잔을 받들어 마시고 두 번 절하여 은혜에 감사하고 말하였다.

"신이 무상하여 분수를 알지 못하고 어린 자식이 과거에 응시하여 썩은 글귀와 필부의 용기를 발하여 문무 장원을 앗으니 천하의 많은 선비들과 일세의 무사들이 다 무릎을 치며 분하게 여길 바입니다. 그러므로 나이 어린아이의 당돌한 죄는 말할 것도 없고 제가 분수를 알지 못한 죄가 무겁사오니 정신이 없고 송구하여 몸과 마음을 어찌하지 못하겠습니다. 그런데 성은이 갈수록 망극하여 어온(御醞)[489]을 상으로 내리시니 신이 실로 술잔을 상으로 받자올 낯이 없습니다. 황공하고 부끄러워 아뢸 바를 알지 못하겠습니다."

태사 기현의 말이 화려하고 예의에 잘 맞아 짐짓 성현의 도덕을 갖추었다. 황상이 더욱 칭찬하며 웃고 말씀하였다.

"명윤의 아름다움을 보면 어찌 그 아비에게 한 잔 술을 내리는 것을 사

---

488) 향온(香醞) : 향기로운 좋은 술.
489) 어온(御醞) : 임금이나 왕후가 마시거나 신하들에게 하사하는 술.

43

양할 수 있겠는가? 경은 과히 염려하지 마오. 재주는 나이의 많고 적음

에 있지 않는 것이오."

그리고 나서 차차 방을 냈는데 황상이 그날로 명윤에게 한림학사 겸 병

부시랑의 벼슬을 내렸다. 명윤이 나이가 어리다며 사양하고 태사 조기현

도 머리를 부딪치며 극간하였으나 황상이 끝내 허락하지 않았다. 명윤이

어쩔 수 없이 아래 등수로 급제한 여러 사람들을 거느리고 위의를 차려

궐문을 나섰는데, 옥 같은 얼굴이 어주(御酒)에 반쯤 취하여 꽃 같은 뺨이

발그레하고 봉황 같은 눈이 가늘어졌으니 시원스러운 풍채가 봄바람에

온갖 꽃들이 웃는 듯하였다. 길가에서 보는 사람들이 떠들썩하게 칭찬하

며 할아버지나 아버지보다 나은 풍채라고 하였다. 명윤이 집으로 돌아와

존당을 뵈니 여러 어른들이 흐뭇해하는 것이 비할 데 없었다.

명윤이 삼일유가(三日遊街)490)를 마치고 맡은 바 직무를 살피니 말에 절

도가 있고 임금을 섬기고 맡은 바 일을 수행하는 것이 일마다 말과 같아

서 조부와 부친이 끼친 풍이라고 사람마다 칭찬하고 경복하였으나, 기현

은 한편으로 여전히 불안해하였다. 명윤이 한갓 문장의 재주뿐만 아니라

무예의 정숙함이 더욱 빼어났는데 엄숙한 위의가 늠름하며 상쾌한 의론

이 큰 강이 흐르는 듯 도도하여 조부와 부친의 뒤를 이으니 조야(朝野)가

기대하고 황상의 총애가 융성하였다.

명윤이 등과한 이후로 구혼하는 자들이 구름같이 끊이지 않았는데 혼

사를 의논할 만한 곳이 없었다. 참정 한경주는 교목세가(喬木世家)491)요

오래된 큰 가문의 후손으로 슬하에 3자 1녀를 두었는데 세 아들은 부인을

---

490) 삼일유가(三日遊街) : 과거 급제자가 광대를 데리고 풍악을 울리면서 시가행진을 벌이고 시험
관, 선배 급제자, 친척 등을 찾아보던 일. 보통 3일에 걸쳐 행함.
491) 교목세가(喬木世家) : 여러 대에 걸쳐 중요한 벼슬을 지내 나라와 운명을 같이 하는 집안.

얻었고, 하나 있는 딸 월혜는 자가 숙주였다. 숙주는 산천의 **빼어난** 기운과 해와 달의 정기를 타고 나 옥 같은 골격에 눈 같은 피부가 시원스럽고 모습이 찬란히 빛나서 곤산(崑山)492)의 아름다운 옥이 부끄러워하고 여수(麗水)493)의 겸금(兼金)494)이라도 그 빛에 미치지 못할 지경이었으며, 빛나고 수려한 광채는 부상(扶桑)에 떠오르는 해와 같고 상그러운 모습은 가을 하늘의 흰 달과 같았다. 팔자 모양의 가느다란 눈썹에는 상서로운 노을이 어린 듯하고 새벽 별 같은 두 눈에 꽃 같은 뺨과 붉은 입술은 기묘하고 기묘하여 선함과 아름다움을 다하였다. 외모가 한갓 이와 같을 뿐 아니라 내면에 가득 품은 재덕과 신기로운 총명이 신과 같아서 천문에 상통하고 만물의 이치를 모르는 것이 없었으며, 가슴에 태임(太任)과 태사(太姒)의 덕과 변월의 풍모495)를 갖추어 비녀 꽂은 사군자(士君子)요 규방의 장부였다.

꽃다운 나이 12세에 신장과 체격이며 내면적인 덕이 혼인할 만큼 다 자라서 어리고 어리석은 태도가 없으니 부모의 사랑이 만금에도 비할 수 없었다. 그러므로 옥같이 아름다운 사위를 고르고 있었는데, 반드시 두연(斗衍)496)의 풍채와 송옥(宋玉)의 덕스러움과 공맹(孔孟)의 재덕이 있는 자를 구하여 딸의 좋은 짝을 삼으려고 하였다. 그러니 허다한 곳에서 혼인하려 하였지만 뜻이 기우는 곳이 없었는데 이번 가을에 장원을 한 조명윤을 보니 천하의 기남자요 당대에 짝이 없는 영걸이었다. 한공이 흡족하

---

492) 곤산(崑山) : 곤륜산(崑崙山). 중국 전설상의 높은 산으로 중국 서쪽에 있으며 옥이 많이 난다고 함.
493) 여수(麗水) : 형남 땅에 있다고 하는 물 이름으로 금이 나온다고 함.
494) 겸금(兼金) : 보통의 금보다 값이 갑절이나 되는 좋은 금.
495) 변월의 풍모 : {변월지풍}. 변월의 의미는 미상이나 문맥상 이상적인 여성이 갖추어야 할 덕에 상대되는 남성의 영역으로 간주되던 학문적 풍모나 풍류를 뜻하는 것으로 추정됨.
496) 두연(斗衍) : {두여}. 두연으로 추정됨. 두연은 중국 송나라 사람으로 잘 생긴 것으로 유명했음.

고 사랑스러움을 이기지 못하여 기현에게 간절히 구혼하니 기현이 한공이 현명한 군자인 것에 깊이 감복하여 부왕과 집안 어른들께 이 사실을 알렸다. 그랬더니 노공이 말하였다.

"한공은 어진 사람이다. 결혼이 불가함이 없으니 혼인을 이루게 하라."

태부인이 재촉하며 말하였다.

"명윤이 입신하였으니 아내를 맞이할 일이 바쁘고, 늙은 어미도 하루 빨리 보고 싶으니 마땅한 곳이 있거든 어서 예를 이루어라."

기현이 명을 받들어 즉시 혼인을 허락하니 한부에서 택일하였는데 일자가 촉박하여 겨우 보름이 남아 있었다.

혼인하는 날 두 집안에서 혼구를 갖추어 육례(六禮)를 함께 행하였다. 내외 친척과 조정의 명부(命婦)가 모두 와서 큰 잔치가 벌어져서 펼쳐진 비단과 운무 같은 차양이 반공에 가득하고 내외 빈객의 수를 알 수 없었다. 정오에 명윤이 옥 같은 얼굴과 빛나는 풍채로 길복을 갖추고 호위하는 사람들을 거느리고 신부 집으로 향하였는데 이 예사 신랑이 아니라 한원(翰苑)의 명사이며 높은 벼슬497)에 있었으므로 대단한 위의가 큰길을 덮었다. 길가에서 보는 사람들이 신랑의 해 같은 모습에 경복하고 칭찬하며 반드시 천상의 신랑일 것이라고 하였다.

명윤이 한부에 다다라 기러기를 전하는 예를 끝냈는데 한공이 신랑의 풍채와 기상에 새로이 푹 빠져서 지나치게 사랑하며 최장시(催粧詩)498)를

48

497) 높은 벼슬 : {츈경지렬}. 춘경(春卿)은 원래 주대(周代)의 춘관(春官) 벼슬인데 육경(六卿)의 하나로 국가의 예(禮)를 관장했기 때문에 후에 예부장관을 이르는 말이 됨. 또 재열(宰列)은 재상의 반열을 말함. 그러나 명윤의 현재 벼슬은 한림학사 겸 병부상서이며, 문맥상 사전적 의미로 쓰였다기보다는 높은 벼슬에 대한 관용적 표현으로 보아야 하므로 이와 같이 옮김.
498) 최장시(催粧詩) : 신부의 화장(化粧)을 재촉하는 시. 혼인 전날 밤 하객들이 시를 지어 부르면서 신부의 화장을 재촉하였음. 최장시(催妝詩)라고도 함.

49 지으라고 하였다. 명윤이 웃음을 머금고 종이와 붓을 내더니 시 한 수를
머리 한 번 돌릴 사이에 붓을 휘둘러 끝냈다. 그 문채가 청신하고 호상한
것은 이청련(李淸蓮)의 청평사(淸平詞)499)와 서로 맞고, 필법은 왕우군(王右
君)500)의 난정체(蘭亭體)를 비웃으니 좌객들이 서로 칭찬하고 한공이 사랑
스러움을 이기지 못하여 글을 벽 위에 걸고 모든 사람들이 보게끔 하고
사랑스러워 하니 앉아있던 사람들이 다 좋은 사위를 얻은 것을 치하였다.

명윤이 갖추어 차려 입은 신부와 서로 교배하고 나서 행차를 돌이켜 본
부로 돌아와 합환석 위에서 대례를 마치니 부부의 기질이 황금이나 깨끗
한 옥과 같이 순일해서 남자의 풍모와 여자의 재질이 차등이 없었다. 모

50 든 사람들이 서로 칭찬하느라 숨을 길게 내쉬며 신부가 시어머니를 뵙는
예를 행하는 것을 구경하였다. 신부가 단장을 고치고 대추와 밤을 받들어
사당과 시부모님께 절하는 예를 행하는데, 집안 어른들과 시부모가 기쁘
게 눈을 들어 바라보니, 멀리서 나오는 거동이 붉은 해가 솟는 것 같고,
오색 빛의 구름이 둘러싸서 상서로운 이내가 어린 것 같고, 눈썹 사이에
서 여덟 가지 빛이 나는 것이 성자(聖者)의 기맥이었으며, 장식이 빛나는
숱 많은 머리채와 가을물 같은 정신이며 흰 눈 같은 피부와 꽃을 새긴 듯
한 두 뺨은 서왕모(西王母)501)의 복숭아꽃 일천 송이가 피어있는 것 같았
다. 신이한 광채는 흰 달이 만방을 밝히는 것 같고, 풍만하고 아리따운 기

---

499) 청평사(淸平詞) : 당 현종의 대궐 흥경지(興慶池) 동쪽에 있는 침향정(沈香亭)에서 이태백이 지
었다고 하는 3수의 시.
500) 왕우군(王右君) : 서성(書聖)으로 일컬어지는 중국 최고의 서예가 왕희지(王羲之)를 가리킴. 오
늘날 그의 진적(眞跡)은 전해지지 않으나 〈난정서(蘭亭序)〉, 〈십칠첩(什七帖)〉, 〈집왕성교서
(集王聖敎序)〉 등의 탁본이 전함.
501) 서왕모(西王母) : 『산해경(山海經)』에 의하면 곤륜산에 사는 인면(人面)·호치(虎齒)·표미(豹
尾)의 신인(神人)이라고 하나, 일반적으로는 불사(不死)의 약을 가지고 있는 아름다운 선녀로
전해짐.

질은 붉은 연꽃이 소나기를 맞은 것 같으며, 드높은 격조가 가을 하늘 같고, 맑고 깨끗한 품격은 흰 연꽃이 옥으로 만든 꽃병에 꽂혀 있는 것 같아서 복록이 갖추어진 관상이었다. 덕기가 성인하여 나아가고 물러나는 예절에 있어 굽히며 펴는 것이 난새와 봉황새가 기산(岐山)에서 노는 듯하고, 예모가 가볍고 민첩하되 조용하고 침착하며, 나아가고 물러나는 것이 민첩하고 신속하되 그윽함이 있었다. 잘 차려 입은 모습은 덕스러워 주나라 성비(聖妃)로 서로 짝할 만하고 시원스레 높은 곳에 있는 것 같은 기상은 사군자(士君子)의 기틀이니 천고에 쌍이 없는 성녀(聖女)요 숙녀(淑女)였다. 그 시어머니 소월아 부인의 온갖 아름다움을 갖춘 모습으로도 오히려 미치지 못하니 다른 사람들이야 말할 것이 있겠는가? 집안 어른들과 시부모가 기쁨을 이기지 못하고 여러 손님들이 한결같은 소리로 갈채하며 축하하는 말이 분분하니 집안 어른들이 그 말을 조금도 사양하지 않았다. 진왕이 너른 이마에 기쁜 빛이 무르녹아 초공을 돌아보며 말하였다.

"오늘 신부의 정숙하고 우아한 자질을 보니 명윤과 잘 어울리는 좋은 짝이요 현숙하게 잘 내조할 것이 틀림 없겠도다. 조상들의 제사를 받드는 일과 자기 몸의 후사가 헛되지 않을 것도 알 수 있겠다. 기현의 아내도 정숙한 자질과 어진 풍도가 뛰어났었는데 지금 신부가 또 대를 이어 여자들 가운데 성인이니 가히 우리 집에 경사가 났다고 하지 않겠느냐? 동생의 소견과 지감(知鑑)에는 어떠한가?"

초공이 자리에서 일어나 대답하였다.

"부모님이 덕을 쌓아 자손에게 미치는 것과 형님의 복덕이 하늘과 같으시어 오늘 신부가 현세의 여자 성현이 될 정도로 뛰어난 사람이니 이로부터 문호가 창대해지고 종사를 잇는 후손이 많아질 것입니다. 그러니 제가 언변이 서툴러 다 하례하지 못하겠습니다."

참석한 손님들이 새롭게 치하하는 것이 물 흐르듯 하였다.

노공과 태부인이 명윤에게 명하여 신부와 함께 잔을 올리라고 하였다. 명윤이 신부의 아름다운 모습과 현숙하고 얌전한 덕이 외모에 나타나는 것을 보고 기쁜 빛이 수려한 이마에 잠겼으니 시원스러운 풍광이 더욱 빼어났다. 흔연히 명을 받들어 붉은 도포에 오사모를 쓰고 금빛 허리띠를 돋우고 옥으로 만든 술잔을 들고 일어서니 신부가 또 향기로운 술잔을 한 번 받들어 올렸다. 그 모습이 갓 떠오른 달과 붉은 해 같아서 난새와 봉황이 서로 깃들이는 듯 했고, 명주와 보옥이 광채를 다투는 것 같았으니 이른바 백세(百世)의 좋은 배필이요, 다정하게 지저귀는 한 쌍의 저구새같이

잘 어울리는 좋은 짝502)이었다. 집안 어른들과 시부모는 기쁨이 생각보다 컸고 자리에 있던 사람들은 흐뭇하게 칭찬하느라 음식을 드는 것도 잊어버렸다.

종일 기쁨을 다하고 옥토끼가503) 동쪽 고갯마루에 돋고 해가 서산으로 떨어지니 빈객들이 각각 자기 집으로 흩어져가고 신부는 숙소를 정하여 돌려보냈다. 명윤이 이날 밤에 한씨의 침소에 이르러 화촉 아래에서 서로 마주하니 선계의 자태와 남다른 자질에 온갖 모습이 더욱 빼어나니 새로운 정이 기쁘고 흡족하여 산 같고 바다 같은 은애를 비할 곳이 없었다.

한씨가 조씨 집안에 머물러 집안 어른들과 시부모님을 모셨는데 일찍 일어나고 늦게 잠들며 집안일을 보살피는 것이 예모가 단정하고 한결같

---

502) 다정하게 ~ 짝: {관관호귀라}. 관관호구(關關好逑)는 부부가 화락함을 뜻하는 말로, 『시경(詩經)』 「국풍(國風)」 〈관저(關雎)〉 장의 "자웅이 응하여 우는 저 저구새가 하수의 모래섬에 있구나. 요조한 숙녀는 군자의 좋은 짝이로다[關關雎鳩, 在河之州, 窈窕淑女, 君子好逑]."라는 구절에서 온 말.

503) 옥토끼가: {옥퇴}. 옥토(玉兎)는 옥토끼로 달의 은유.

아서 법도가 갖추어져 있었다. 남편을 받들고 따르며 모든 일이 지극히
선하고 아름다워서 세속 여자의 속물스러움이 없었으니 집안 어른들과   55
시부모가 매우 사랑하고 온 집안이 칭찬하는 소리가 자자하였다. 또 명윤
의 산 같고 바다 같은 정은 비길 데가 없어서 사이좋은 금슬은 아교칠보
다 더하였다. 그러나 한씨는 조용하고 정숙한 여자라서 기운이 정대하고
말씀에 법도가 있었고 얌전한 가운데 강함이 있었다. 또 자신을 낮추어
겸손한 가운데 단엄하고 묵묵하여 위의가 엄숙하고 완전하였으므로 명윤
이 예의로 정중하게 대하며 가볍게 여기지 못하였다.

　세월이 살같이 흘러 조부의 여러 자손들이 차례로 자라났다. 기현의
둘째 아들 명선의 자는 달진인데 첫째 부인 소씨의 소생이었다. 사람됨이
단정하고 성품과 도량이 총명하였으며 사람 된 도리로서의 효성과 우애   56
에 있어서 고금에 널리 통달하였고 겸하여 풍신이 시원스러워서 초나라
옥을 다듬은 듯하였는데 나이 십 세에 신장이 다 자랐고 문재(文才)가 진
취하니 기현이 그를 애중하고 존당이 매우 사랑하였다. 그래서 그를 위하
여 아내를 골라 상태후 김희의 딸을 취하였는데 신부의 용모가 바다 위에
뜬 달 같고 옥 같은 모습이 향기를 토하는 듯 하였는데 온순하고 지혜로
운 덕성이 진실로 명선과 한 쌍의 좋은 짝이었다. 존당과 구고가 기뻐하
고 명선은 진중하게 공경으로 대하여 온화한 기운이 봄바람 같으니 온 집
안이 진왕의 복록이 손자에 이르도록 이와 같음을 칭찬하였다.

　화설. 평능후 유현의 장자 명천의 자는 달문이었는데 첫째 부인 정씨
의 장자였다. 하늘이 성인을 내시면서 그 종사를 빛나게 하셨으니 초공   57
의 종손이요, 평능후 유현의 천금 같은 아들이었다. 명천의 모친인 정씨
가 환란 중에 장낙사에서 명천을 낳아서 네 살 때 비로소 부중으로 돌아

왔는데, 명천이 어려서부터 타고난 총명함으로 배운 것을 때때로 익혀 나이 십여 세에 덕스러운 기운이 성인과 같았다. 공맹(孔孟)의 도와 학문, 그리고 바탕과 드러나는 것이 모두 빛나서 예에 맞는 행동과 나라에 충성하고 부모께 효도하며 형제간에 우애하는 것이 순(舜)임금이나 증자(曾子)라도 이에서 더하지 못할 정도였다. 또 뱃속 가득 강물같이 흐르는 큰 재주와 귀신을 울릴 문장이며, 천하를 다스릴 뜻과 나라의 백성을 안정시키며 음양(陰陽)을 다스려 사시(四時)를 순조롭게 할 기틀이 있었는데, 존당과

58 부모님 앞에서는 삼가고 조심하여 나직한 기운과 효성스럽고 순한 낯빛이 봄볕과 같이 따스했다. 행실이 이와 같고 학문이 독보적일 뿐 아니라 풍채와 모습이 아버지와 어머니를 닮아서 여러 가지 빛나는 모습을 이어받았으니 백옥 같은 얼굴 모습이며 새벽 별 같은 두 눈이며 연꽃 같은 뺨에 붉은 입술이 수려하고 시원스러워 비유하자면 꽃이 가득 피어있는 꽃동산이요, 맑은 하늘에 빛나는 해와 달이었다. 단정하고 엄숙한 것은 조부 초공으로부터 물려받았으니 일가가 매우 소중하게 여기고 초공이 그를 대단히 사랑하는 것은 아들보다 더했다. 그러니 부모의 마음이나 존당의 끝없는 사랑은 한 붓에 기록하기 어려운 것이었다.

59 명천이 특별한 사랑을 받으며 호화롭게 자랐으나 방자하고 교만한 우월감이 없고, 낯빛은 겨울 날 노을빛 같고 기운은 봄볕의 정수 같아서 60여 명 되는 사촌 형제들 가운데 독보적이었으므로 위엄 있는 유현도 흠잡을 곳이 없어서 명천을 보기만 하면 기쁨으로 이마를 펴고 그가 태어난 이후로 크게 말하는 일이 없었다. 그러나 명천은 아버지를 두려워하고 조심스럽게 대했는데 아버지 앞에 임하면 몸이 옷을 이기지 못할 듯이 하며 조심스럽게 아버지의 뜻을 알아 받드는 것이 귀신과 같았다. 낯을 들어

아버지의 얼굴을 보지 못하고 소리를 높여 말하거나 웃지 않으니 공경하고 삼가는 예는 주나라 문왕(文王)이 아버지 왕계(王系)를 모시는 것과 같았다.

명천이 꽃다운 나이 13세에 이르자 장부의 체격으로 미진한 곳이 없으니 장안의 내로라하는 집안으로504) 고운 딸을 둔 자들이 다투어 구혼하였다. 그러나 초공 부자가 며느리를 고르는 것이 비상한 까닭에 허락하는 곳이 없었다. 이때에 평변후 화원이 딸 하나를 두었는데 아름다운 자태와 지혜로운 자질이 당대에 빼어났다. 옥 같은 얼굴에 별 같은 눈과 꽃송이 같은 뺨에 붉은 입술이며 뚜렷하고 아름다운 눈썹을 가지고 있었는데, 여자로서의 덕을 갖추어 온순하고, 효성과 절개가 빼어나며, 옛일을 널리 보아서 소혜(蘇蕙)505)의 재주와 직금도(織錦圖)506)의 공교함을 비웃을 정도였다. 꽃다운 나이 13세가 되자 복숭아꽃 오얏꽃이 활짝 피어난 듯 시집갈 때가 되어507) 화원이 십분 넘치도록 사랑하여 널리 좋은 사위를 고르게 되었다. 화원은 조유현과 막역한 사이였으므로 자주 왕래하였는데 명천이 대현인과 같은 도덕에 신선의 풍모와 같은 기이한 바탕을 갖

---

504) 내로라하는 집안으로 : {ᄌᆞᆨ믹의}. 자맥(紫陌)은 도성의 큰 길을 뜻하나 문맥을 고려하여 이와 같이 옮김.

505) 소혜(蘇蕙) : 진(秦)나라 때의 여인으로, 소약란(蘇若蘭)이라고도 함. 시를 잘 지었을 뿐만 아니라 여공(女工)이 뛰어났음.

506) 직금도(織錦圖) : 진(晉)나라 때 장군(將軍) 두도(竇滔)가 사막(沙漠)에 강제로 옮겨지자, 그의 아내 소혜(蘇蕙)가 비단을 짜면서 거기에 전후좌우로 아무렇게나 보아도 다 말이 되는 매우 처절한 내용의 회문선도시(回文旋圖詩)를 지어 넣어서 남편에게 보냈던 것.

507) 복숭아꽃 ~ 되어 : {도리쟉쟉ᄒᆞ여 광쳬지화롤 노리ᄒᆞ니}. 도리작작(桃李灼灼)은 복숭아꽃과 오얏꽃이 성하게 피었다는 뜻. 이는 『시경(詩經)』 「주남(周南)」편 〈도요(桃夭)〉 시에 나오는 '복숭아나무의 어리고 예쁜 모양이여, 성하게 핀 그 꽃이로다(桃之夭夭, 灼灼其華).'의 구절에서 뜻을 취한 것으로 여자가 시집갈 때가 되었음을 노래한 것. '광체지화'는 '당체지화(唐棣之華)'의 오기로 보임. 이는 '어쩌면 저리도 성한가, 산앵두나무의 꽃이로다(何彼穠矣, 唐棣之華).'란 구절이 나오는 『시경(詩經)』 「소남(召南)」편 〈하피농의(何彼穠矣)〉 시에서 뜻을 취한 것으로 이 시는 왕희(王姬)가 제후에게 시집가는 것을 찬미하는 내용.

61 추고 있는 것을 보고 크게 혹하여 유현을 대하여 여러모로 간청하였다. 유현과 화원은 관중(管仲)과 포숙(鮑叔)의 두터운 우정이 있었으므로 유현이 웃고 말하였다.

"우리 아이는 형이 보았지만 형의 딸은 내가 못 보았습니다. 만일 형을 닮았으면 평범한 여자일 것이니 혼인을 바라지 않습니다."

화원이 크게 웃고 말하였다.

"형 같은 사람도 도덕군자를 두었는데 제가 불민하기는 하지만 숙녀를 두지 못하겠습니까? 형은 여우처럼 지나치게 의심하지 마십시오."

유현이 부모님과 집안 어른들께 아뢰고 혼인을 허락하여 옥가락지를 빙물로 보내니 화부에서 날을 잡았는데 수삼 개월이 남아 있었다.

62 차설. 인종 황제와 황후 사이에서 탄생한 혜선 공주가 방년 12세에 이르렀다. 금지옥엽(金枝玉葉) 같은 황가의 자손으로 다듬지 않아도 세속의 자손 같지 않았는데, 천지의 정수와 산천의 빼어난 기상을 품수 받아 옥 같은 골격과 눈 같은 피부에는 향기가 어리고, 팔자 모양의 아름다운 눈썹에는 상서로운 이내가 자욱하여 채색이 아롱져 빛나며, 한 쌍 별 같은 눈은 해와 달의 정기를 거두었으며, 옥같이 희고 빛나는 살결과 구름 모양으로 쪽찐 탐스러운 머리와 안개같이 풍성한 귀밑머리[508]는 광채가 맑고 오색으로 빛났다. 이에서 더 곱거나 미운 것을 알 수 없었으니 그림으로 그리기도 어렵고 말로도 형용하지 못하니 기이한 꽃과 보배로운 옥이며 갖가지 보석으로 꾸민 산이라도 공주와 비교하면 모래나 돌과 같았다.

63 아름답고 섬약하나 풍요로운 모습에 완숙함이 있어서 묵묵하고 진중하

---

508) 구름 ~ 귀밑머리 : {운환무빙}. 운환무빈(雲鬟霧鬢)은 여자의 아름다운 머리모양을 일컫는 관용적 표현.

였으며 6척의 향기로운 몸에는 위엄이 있어서 무릎을 꿇고 단정히 앉으면 가을 서리나 여름 해와 같고, 가을날 물결 같은 눈빛으로 사람을 보며 붉은 입술을 열어 말하면 봄볕의 다사로움과 겨울 햇볕 같은 사랑이 있었다.

이와 같이 그 외모가 적절함을 얻었을 뿐 아니라 내면의 기특함은 외모보다 세 배는 더 나았으니 궁궐의 섬돌을 흙으로 낮게 만들고 띠풀로 엮은 지붕을 가지런히 자르지도 않았던 순(舜)임금509)과 같이 매우 검소하여 남훈전(南薰殿)510)의 이비(二妃)511)와 나란히 놓일 만하였다. 맑은 덕화는 고금의 성스러운 왕비들의 뒤를 이었으니 귀신 같은 총명과 하늘이 낸 효성과 절묘한 재주며 문장의 재주는 남녀를 불문하고 예사로이 타고난 것이 없었다. 몸이 황가에 나서 황상과 황후의 사랑받는 자식으로서 왕녀의 존귀함과 천금같이 귀한 지위를 가졌으나 겸손하며 공손하게 자신을 낮추는 행동이 깨끗하고 청한하여 의복과 단장이 화려하지 않고 모시는 궁녀도 4, 5인에 지나지 않았으니 높은 뜻과 어진 덕이 여자 가운데 성인이었다. 나면서부터 아는 총명으로 배우고 때때로 익혀 내면에 가득한 학문이 고금의 문인을 압두하였으나 재덕을 나타내지 않고 안정한 법도와 성효에 힘써 옥같이 흠 없는 행실이 있었다. 안타까운 것은 이러한 성인이 놀랍게도 여자가 되었다는 것이다.512) 황상과 황후가 만금같이 귀한

64

---

509) 궁궐의 ~ 임금 : {토계삼등이오 모즈롤 부전흠}. 토계삼등, 모자부전(土階三等, 茅茨不剪)은 요(堯)임금과 순(舜)임금이 궁궐을 높게 짓지 않고 3척(尺)밖에 안 되는 흙 계단을 사용하였으며 띠로 지붕을 이고 그 끝을 가지런히 자르지도 않았다는 데서 유래한 말로 궁궐의 검소함을 형용할 때 쓰는 말.

510) 남훈전(南薰殿) : 순(舜)임금이 살던 궁궐.

511) 이비(二妃) : 순 임금의 두 아내 아황(娥皇)과 여영(女英)을 말함. 황영(皇英)이라고도 함. 두 사람 모두 요 임금의 딸로 함께 순 임금의 아내가 되어 매우 사이좋게 지냈음. 아황은 상군(湘君), 여영은 상부인(湘夫人)이 되었다 하는데, 후덕한 여인의 대명사임.

512) 여자가 ~ 것이다. : {곤성의 써러져}. 곤성(坤星)은 왕비의 자리, 또는 여자를 의미하므로 '곤성

사랑스러운 자식이라 손바닥 위의 구슬같이 알았으므로 장성하여 사위를 고르시며 반드시 공자(孔子)와 맹자(孟子)의 도덕에, 증자(曾子)와 왕상(王 65 祥)의 효성에, 이백(李白)과 두보(杜甫)의 풍류에, 곽분양(郭汾陽)의 유복함 을 모두 갖춘 군자를 가려서 부마로 정하고자 하였다.

사방의 많은 선비들이 구름같이 모여들어 한 번 용방(龍榜)에 오르 기513)를 바랐으나 조부에서는 여러 아이들이 나이 어리고 지나치게 흥성 스러운 것을 꺼려서 과거에 응하지 않았다. 그러나 태부인은 명선과 명천 이 과거에 급제하는 경사를 보고 싶었으므로 기현과 유현을 대하여 여러 번 말하니, 기현과 유현이 감히 명을 거스르지 못하고 두 아이를 과장에 들여보냈다. 명천은 진실로 빨리 현달할 마음이 없었으나 부모님의 말씀 을 거역하지 못하여 과장에 나갔으므로 글을 지을 의사가 없어서 두루 다 66 니며 구경하였다. 그러자 명선이 재촉하는 말을 하였다.

"남아의 사업이 오늘에 있거늘 무슨 일로 글에 뜻을 집중하지 않고 두 루 방황하느냐?"

명천이 웃으며 말하였다.

"조른다고 할 것이 아닙니다. 본디 재학이 둔하여 임금을 도울 재주가 없으니 이번에는 굿이나 보고 공부를 더하여 다음 과장에나 나오는 것 이 옳을까 합니다."

명선이 웃으며 말하였다.

"그렇다면 집에서 아예 그렇게 고하고 과장에는 들어오지 않는 것이 옳았겠다."

에 떨어졌다는 것은 여자로 태어남을 의미.
513) 용방(龍榜)에 오르기 : 과거에 급제하는 것을 말함.

그러고는 재촉하며 글을 지으라고 하니 명천이 또한 웃으며 명지(名紙)514)를 펴고 붓을 드니 생각이 바람처럼 일어나 구름이 모여들 듯하여 경각 사이에 종이 위에 구슬옥이 떨어지고 난새와 봉황이 날아오르며 용과 뱀이 춤추었다. 세 장의 시권(試券)515)이 글자마다 주옥이고 시는 성당(盛唐)의 체격이 이루어져 있었다. 명천이 시권을 거두어 바치고 과장을 두루 구경하였는데 서쪽 회랑(回廊)516) 아래에 다섯 사람이 앉아서 글을 재촉하는 북이 울리자 빈 종이를 놓고 얼굴만 서로 쳐다보며 당황하는 기색이 있었다. 명천이 마음속으로 생각하였다.

'저런 재주로 공명을 바라는 것이 가히 우습도다.'

계속 지켜보니 앞에 앉은 사람이 길게 탄식하며 말하였다.

"재주가 없는 사람이 어찌 감히 공명을 바라겠는가마는 늙은 어머니께서 묵은 병을 여러 해 앓으시며 때 없이 나았다 더했다 하시니 대책 없이 변을 기다리던 중에 절박하게 바라시며 내가 과장에 들어올 때 이르시기를, '네가 만일 과거에 급제하여 문에서 맞이한다면 몇 년간의 질병이 쾌차할 것이로다.'라고 하셨는데, 지금 글제를 보니 생각이 막막하네. 그러니 과거의 득실은 말할 것도 없고 돌아가 병든 어머님을 뵐 낯이 없다네."

말을 마치고 비 오듯 눈물을 흘리니 뒤에 앉은 선비가 이어서 말하였다.

"형의 처지도 난처하지만 저는 아버님께 죄를 지어 여러 달이 다하도

---

514) 명지(名紙) : 시지(試紙)라고도 하며 과서 시험에서 쓰던 종이.
515) 시권(試券) : 과거를 볼 때 글을 지어 올리던 종이.
516) 회랑(回廊) : {월앙}. 월랑(月廊)은 행랑(行廊)과 같은 말로 대문 안에 죽 벌여서 지어 주로 하인이 거처하던 방을 이르는데, 여기서는 과거 시험장이라는 공간의 성격을 고려하여 정당(正堂)의 좌우에 있는 긴 집채를 뜻하는 회랑으로 옮김.

67

68

록 슬하에서 뵙지 못하니 사람의 자식 된 정리에 정신이 없고 어찌할 바를 모르겠는지라. 과거에 급제하면 면전에 용납해 주신다고 하셨으니 문명으로 현달하려고 한 것이 아니라 오래 아버님 앞에 용납되기를 바랐던 것인데 글제가 너무 어려워 한 구절도 이루지 못하니 어찌 정리에 절박하지 않겠습니까?'

길게 탄식하고 눈물이 떨어지니 명천이 감동하여 생각하였다.

'군자가 사람의 급한 것을 구하지 않는 것은 그르고 이 두 사람이 다 부모를 위하는 정으로 그런 것이니 내 힘으로 족히 구하여 사람을 살리지 않을 수 있겠는가?'

이에 손을 들어 길게 읍하고 말하였다.

"여러 어진 선비들께서는 어떤 분이신지요? 높은 성명을 듣고자 합니다."

다섯 사람이 낭랑한 목소리를 듣고 보니 의표가 속되지 않아서 결단코 세속의 사람이 아니었다.517) 모두 매우 놀라 일시에 일어나 읍하여 답례하고 말하였다.

"선객(仙客)은 어디로부터 오셨기에 진세(塵世)의 누추한 사람들을 찾으십니까?"

명천이 기꺼워하지 않으며 말하였다.

"군자는 허망한 말을 삼가는 것이니 하늘의 신선은 진 시황이나 한 무제도 보지 못하였는데 어찌 사람을 조롱하십니까? 청컨대 성명을 듣고자 합니다."

---

517) 결단코 ~ 아니었다. : {결비□인(決非□人)이라}. 원문에 궐자가 있음. 해당 궐자를 '속(俗)'으로 추정하여 이와 같이 옮김.

앞에 앉은 네 사람은 구봉숙, 정진, 하해진, 임세홍이요, 뒤에 앉은 사람은 정희였는데 모두 동접(同接)518)으로 다섯 사람이 다 이십 세가 넘었다. 이들이 명천의 성명을 물으니 명천이 대답하였다.

"저는 사해(四海)를 떠돌아다니기 때문에 성명과 거주를 남이 모르니 천천히 고하겠습니다. 그나저나 여러 형들은 좋은 글을 얻었는지 모르겠습니다. 어디 한 번 주옥 같은 글들을 구경할 수 있겠습니까?"

다섯 사람이 서로 보며 말하였다.

71

"우리들이 재주가 노둔하여 지금 한 구절도 쓰지 못했습니다."

명천이 한참 말없이 있다가 하해진의 시험지를 보니 두어 구절을 썼으나 그저 그런 문재가 한 곳도 독특하거나 뛰어난 곳이 없었다. 그래서 이렇게 말하였다.

"제가 당돌하지만 한 가지 제의를 하겠습니다. 옛사람이 말하기를 사해지내(四海之內)는 다 형제라고 하였는데, 이제 형이 좋은 글을 쓰기는 어려울 것 같으니 제 재주가 거칠고 엉성하지만 한 구절을 도와 급한 것을 구할 것이니 행여나 이상하게 여기지 마시고 붓과 벼루를 빌려주십시오."

다섯 사람이 놀라서 서로 돌아보며 얼른 응하지 못하더니 하해진이 마음 깊이 사례하며 말하였다.

"형의 어진 뜻으로 사람의 급한 것을 구하는 의기가 옛사람보다 더하니 결초보은(結草報恩)을 기약하겠습니다."

명천이 감히 사양하지 못하고 하생의 시험지를 펴라고 하고 고운 손으로 산호필(珊瑚筆)519)을 들어 바로 썼다. 그러자 종이 위에 풍운이 일어나

---

518) 동접(同接) : 같은 곳에서 함께 공부함. 또는 그런 사람이나 관계.

고 옥구슬이 쟁그랑거리니 칠보시(七步詩)를 짓던 조식(曹植)520)의 신속함이라도 이에서 더하지는 못할 것이었다. 다섯 사람이 매우 놀라 눈이 동그랗게 커지고 정신이 취한 것 같았는데 하생이 말하였다.

"기이한 재주요, 큰 재주입니다. 제가 마부노릇이라도 해서 은혜를 갚을 것입니다. 나를 낳은 사람은 부모님이요 나를 다시 살린 사람은 형님이십니다."

명천이 기꺼이 내키지 않아 겸손하게 사양하고 정생의 시험지를 완성해 주고 붓을 놓고 일어서니 세 사람이 염치를 돌아보지 않고 시험지를 펴고 말하였다.

"다 같은 친구들인데 누구라고 사정이 다르겠습니까?"

일시에 모두 보채니 마지못하여 다시 붓을 들고 썼는데 마지막 장을 쓸 때에는 북이 자주 울리니 고운 손을 빠르게 놀려 바삐 썼는데도 글이 더욱 맑고 강건하였다. 글을 쓰기를 마치자 붓을 던지고 말하였다.

"더러운 문필이 여러분의 시험지를 더럽혔으니 부끄럽습니다."

명천이 말을 마치고 훌쩍 돌아가면서 끝내 성명을 말하지 않았으나 여러 사람들이 글을 받기에 바빠서 사는 곳과 성씨를 자세히 물을 경황이 없었다.

글을 다같이 바치고 방이 나기를 기다리고 있는데, 조명천의 글을 황상

---

519) 산호필(珊瑚筆) : 산호로 붓대를 만든 붓이라는 뜻으로 실제 그런 붓을 들고 썼을 수도 있으나 단지 수사적 표현의 일종일 수도 있음.

520) 칠보시(七步詩)를 ~ 조식(曹植) : 조식(曹植 : 192~232)은 중국 삼국시대 위(魏)나라 조조의 셋째 아들로 시호가 사(思). 연회석상에서 형 문제가 일곱 걸음을 걷는 사이에 시 한 수를 짓지 못하면 대법(大法)으로 다스리겠다고 하자, 그 말이 끝나기가 무섭게 "콩을 삶기 위하여 콩대를 태우나니, 콩이 가마 속에서 소리 없이 우노라. 본디 한 뿌리에서 같이 태어났거늘 서로 괴롭히기가 어찌 이리 심한고(煮豆燃豆萁 豆在釜中泣 本是同根生 相煎何太急)"라는 〈칠보지시(七步之詩)〉를 지음.

이 친히 뽑았다. 그 문법이 신이하고 재주가 맑고 강건하며 시원시원한
것이 만 리 푸른 하늘에 거칠 것이 없는 푸른 파도의 근원이요, 큰 뜻을
품은 자의 지조와 성현의 재략임을 시사(詩辭)에서 볼 수 있었다. 또 세상
을 구제하여 백성을 편안하게 할 재주와 음양(陰陽)을 다스려 사시(四時)를
순조롭게 할 재덕이 글에 완연히 나타났다. 황상이 이 글을 얻고 고귀한
용안에 기쁜 빛을 띠더니 어필로 친히 장원이라고 써서 곁에 놓으시고 다
른 시권을 보았다. 그런데 보통 과거와 달리 특별히 아름다운 사위를 고
르고 싶었기 때문에 문필을 친히 살피시어 차례로 심사하여 급제자를 호
명하였다.

　조명천의 이름이 보기 좋게 여러 사람 가운데 뽑히니 나이가 13세요
아버지는 이부상서 태학사 평능후 조유현이었다. 세 번 길게 부르니 한
소년이 종종걸음으로 대전 아래에 다다랐다. 그 신장이 늠름하여 나이와
전혀 다르며 체격이 엄정하고 위의가 엄숙하여 푸른 하늘에 빛나는 태양
같은 모습이었다. 또 두 눈썹은 산천의 빼어난 기운을 받아서 문명이 자
연스럽게 드러나 있고, 해 같은 이마에 일월각(日月角)521)이 분명하고, 쏘
는 듯한 눈빛의 두 눈에 맑고 깨끗한 골격이 아주 기이하였는데, 가슴에
는 성현의 도덕을 감추고 있어서 내면과 외모가 모두 빛나고 덕화가 숙연
하여 대군자의 풍채가 나타났다. 춘추시절 공자(孔子)를 위하여 기린이
소와 말 가운데 임하고, 서백(西伯)을 위하여 봉황새가 기산(岐山)에서 놀
았던 것522)과 같아서 천하의 큰 도를 행하고 천하를 크게 들 성인이 다시

---

521) 일월각(日月角) : 이마뼈의 양쪽이 솟아나 있는 두상으로 큰 인물이 될 관상.
522) 서백(西伯)을 ~ 것 : 옛날 주(周)나라 문왕(文王)이 기산(岐山) 아래 있을 때 천지가 만물을 내는
　　마음을 체득하여 백성을 진심으로 사랑하자 화(和)한 기운이 상서(祥瑞)를 이루어 다섯 가지 빛
　　깔의 아름다운 깃털을 가진 새가 와서 울었던 일을 말함. 왕자(王者)가 진실한 덕이 있으면 여
　　러 가지 상서로운 일이 일어난다고 함.

태어난 것이니 진실로 초공의 손자이며 유현이 낳은 자식다웠다. 대전 위에 있는 사람이나 아래에 있는 사람이나 모두 놀라서 안색이 바뀌었는데 황상도 크게 기뻐하였다. 그것은 첫째 국가의 동량을 얻었고, 둘째 이번 봄 과거에서 사랑스러운 사위를 얻었기 때문인데 그 기뻐하는 것이 비할 데 없었다. 더구나 초공의 손자이며 유현의 아들이라고 하니 그 기특함을 크게 흡족해하였다. 부모가 자식을 사랑하는 정은 귀천이 없으니 그 재주를 다 시험해보기를 원하여 다른 급제자들을 부르는 것은 그만두라 하고 장원을 앞으로 불러 말하였다.

"나이 아직 어린데 웅장한 문장과 큰 재주가 빼어나니 남다른 신이한 능력과 총명이 있을 것이다. 짐은 온 조정의 사람들이 너의 재주를 다 보게 할 것이니 짐의 앞에서 사서삼경(四書三經)과 지은 글을 다 외워 보아라. 거침없이 능히 외우겠느냐?"

명천이 땅에 엎드려 대답하였다.

"신이 어린 나이로 아직도 입에서 젖비린내가 납니다. 어찌 황상의 물으심을 감당하겠습니까마는 임금이 명하시면 죽을 곳이라도 사양하지 못할 것이니 노둔한 재주지만 황상의 뜻을 받들어 행하겠습니다."

황상이 기뻐하며 사서삼경을 대목마다 내어 주니 모르는 것이 없었다. 옥을 부수는 것 같은 봉황새의 소리가 눈과 귀를 시원하게 하니 황상이 매우 기뻐하였고 모시고 있던 여러 신하들이 혀를 내둘렀다. 글제를 주니 두 손으로 받들어 고개를 한 번 돌릴 사이에 붓을 휘둘러 바쳤는데 황상이 이 글을 보니 필법이 신이하고 문체가 심원하여 장원한 시보다 나음이 있었으므로 얼굴색이 기쁨으로 빛나며 즐거워하는 것이 비할 곳이 없었다.

비로소 여러 급제자들을 차례로 부르시니 이등은 하해진이요, 삼등은 구봉숙이요, 사등은 기현의 둘째 아들인 조명선이었다. 옥 같은 얼굴에 부드러운 풍채가 반악(潘岳)과 하안(何晏)[523]이 고왔던 것을 얕보고, 송옥(宋玉)과 위개(衛玠)[524]의 맑음을 더럽게 여기니 금과 옥 같은 군자로 칠보시(七步詩)를 지을 재주가 있었다. 차례로 급제자의 이름을 부르니 임세홍, 정진,[525] 정희였는데 다 20여 세의 소년으로 풍채가 아름다웠다. 황상이 또한 그들을 사랑하여 어화(御花)와 푸른 도포를 주고 향기로운 어주(御酒)를 세 잔씩 내렸다. 그리고 장원은 그 입신한 것이 시원스럽고 재주가 기특한 것이 천고에 없는 경우이니 어찌 작은 벼슬로 큰 그릇을 욕하겠는가 하여 예부상서 문연각 태학사를 시켰다.

이때 초공 부자가 이러한 상황을 당하여 모든 사람들이 칭찬하는 소리가 오히려 불안하여 바늘방석에 앉은 것 같았는데 황상이 벼슬을 내리니 부자가 흘린 땀이 등을 적셨다. 관을 벗고 머리를 조아리며 천부당만부당하다고 사양하는 말씀이 간절하여 지극한 정성이 격렬하게 드러났는데 황상이 향기로운 어주(御酒)를 부자에게 권하며 말하였다.

"산이 높으면 옥이 나고 바다가 깊으면 진주가 난다고 하였고. 상부와

---

523) 반악(潘岳)과 하안(何晏) : {반하}. 반악은 진(晉)나라 사람으로 문재(文才)가 뛰어나고 용모가 출중하여 낙양 거리에 나서면 그를 사모하는 여인들이 길에 나와서 그의 수레에 과일을 던져 넣었다고 함. 하안은 남양 사람으로 자가 평숙(平叔)이었는데, 스스로 자신을 보고 기뻐하며, 움직일 때나 가만히 있을 때나 항상 하얀 분을 손에서 놓지 않았으며 걸을 때는 자기의 그림자를 돌아보았다고 함.
524) 송옥(宋玉)과 위개(衛玠) : {송위}. 이는 누구를 지칭하는지 확실하지는 않으나 송옥과 위개를 가리키는 것으로 보이므로 이와 같이 옮김. 송옥은 중국 전국시대 말기 초(楚)나라의 궁정시인으로 반악(潘岳)과 함께 전설적인 미남자로 알려져 있음. 위개는 진(晉)나라 안읍(安邑)의 사람인데 항(恒)의 아들로 자(子)는 숙보(叔寶). 다섯 살부터 수려한 인품을 갖추었으므로 아저씨였던 왕제(王濟)가 감탄하여 '위개와 함께 놀고 있으면 곁에 명주가 반짝반짝 빛나는 것 같아 그 빛이 낭랑하게 사람에게 쏘인다.'라고 하였음. 어릴 때에 수레를 타고 저자거리에 오면 온 도시의 사람들이 그의 뛰어난 외모를 보기 위해 모여들었다고 함.
525) 정진 : {졍쥰}. 앞서 '졍진'으로 표기되어 있으므로 정진으로 통일함.

경의 자식 중 기특한 사람으로 능히 명천만을 말하겠는가마는 13세 어
린아이의 신기하고 특이한 재주는 만고에 한 사람뿐일 것이오. 와룡(臥
龍)526)은 남양 땅에서 밭가는 사람이었지만 유선주(劉先主)527)가 세 번
찾아가 초빙하여 바로 여러 자식들의 사부로 삼았으니 재주를 쓰며 현
인을 예우하는 도리에 있어서 어리며 미세한 것을 말하겠는가? 선생과
경은 모름지기 지나치게 사양하지 마시게."

81
유현이 머리를 조아리며 지극하게 간언하였다.

"신이 무상하여 어린 자식의 재주를 자랑하고 작록을 도둑질하였으니
그 죄 만 번 죽어도 가벼울 것입니다. 신의 형제와 아버님과 숙부님과
조카들이 황은을 입사와 외람되게 관직을 받자오면 반드시 복을 덜게
되어 몸을 보전하지 못할 것입니다."

안색이 준절하고 말씀이 격렬하였으나 황상은 명천의 작위를 높이고
부마로 삼으려고 하였으므로 재삼 좋은 말로 설득하며 듣지 않았다. 그러
자 명천이 관과 화대를 벗고 옥계에 머리를 두드리며 말하였다.

"나이 어리고 재주와 덕이 없으니 한원(翰苑)의 소임도 외람된 것인데
82
감히 육경(六卿)의 자리를 채울 수 있겠습니까? 만약 태학사 반열에 참
여하여 성스러운 뜻을 욕되게 하고 신의 복을 덜게 되면 후세 사람들이
분수를 몰랐다고 비웃는 것을 면하지 못할 것입니다. 바라옵건대 성스
러우신 뜻을 거두어주십시오."

아뢰기를 마치니 그 말이 강개하고 언론이 서리를 업신여길 정도로 논

---

526) 와룡(臥龍) : 와룡선생(臥龍先生)이라 불리는 제갈공명(諸葛孔明 : 181~234)을 말함. 위(魏)나
라의 조조(曹操)에게 쫓겨 형주에 와 있던 유비(劉備)가 삼고초려(三顧草廬)의 예로 초빙함.
527) 유선주(劉先主) : 유비(劉備)를 말함. 제갈공명이 유비가 죽은 후에 어린 후주(後主) 유선(劉禪)
을 보필하였기 때문에 후주인 유선에 대해 유비를 선주라고 한 것임.

리가 삼엄하였는데, 한갓 얼굴이 미려하고 문한이 풍성할 뿐 아니라 위징

(魏徵)528)이나 급암(汲黯)529)의 충렬과 가을 하늘 같은 기절이 완전하니

황상이 더욱 깊이 사랑하여 감탄하며 말하였다.

　"가히 소나무나 잣나무와 같은 절조라고 할 수 있겠도다. 경의 재주로

이 벼슬이 불가하겠는가마는 이같이 굳게 사양하니 바라는 바를 좇아

이부시랑 집현전 학사를 시킬 것이다. 이는 장원한 선비에게 예사로

내리는 직책이니 다시 사양하지 마라."

　이어서 세 잔의 어주(御酒)를 내리고 다시 사양을 못하도록 막으니 삼부

자가 군이 사양하지 못하고 명천이 아래 등수로 합격한 사람들을 거느리

고 궐문을 나섰다.

　하해진 등 다섯 사람이 높은 등수로 뽑혀 한원(翰苑)의 명사가 되어 대

전 앞에서 장원을 보고 분명히 자기들의 은인인 줄은 알았으나 여러 사람

이 있는 가운데 감격스러운 말을 하지 못하고 같이 은혜에 감사하고 물러

났다. 조명선이 또한 한림편수(翰林編修)530)로 맑은 명망이 일세에 진동하

니 형제 두 사람이 금화를 기울이고 수놓인 비단으로 만든 푸른 도포를

입고 상아로 만든 홀을 잡으며 금빛 허리띠를 빗겨 차고 행차하였다. 허

다한 집사(執事),531) 아역(衙役)532)과 창부(倡夫),533) 재인(才人)534)이 앞에

83

84

---

528) 위징(魏徵) : 당나라 태종 때의 명신(名臣). 학자로서 수(隋)나라 말기 혼란기에 이밀(李密)의
　　군대에 참가하였으나 곧 당고조(唐高祖)에게 귀순하여 고조의 장자의 유력한 측근이 됨. 황태
　　자 건성이 아우 세민(世民, 후의 太宗)과의 경쟁에서 패하였으나 위징의 인격에 끌린 태종의 부
　　름을 받아 간의대부 등의 요직을 역임한 후 재상으로 중용되었음. 굽힐 줄 모르는 직간으로 태
　　종을 보필한 것으로 유명함.
529) 급암(汲黯) : 자는 장유(長孺). 전한(前漢) 무제 때 사람. 성정이 엄격하고 직간(直諫)을 잘하여
　　무제로부터 '사직(社稷)의 신하'라는 말을 들었으며 선정(善政)으로 유명한 관리임.
530) 한림편수(翰林編修) : 한림원에서 책이나 역사책의 편찬에 힘쓰는 사관.
531) 집사(執事) : 시하인(侍下人).
532) 아역(衙役) : 아노(衙奴)와 같은 뜻. 수령이 지방 관아에서 사사롭게 부리던 사내종.
533) 창부(倡夫) : 남자 광대. 무당의 남편. 주로 음악을 맡아봄.

서 이끌고 뒤에서 따르며 큰길을 뒤덮었다. 두 사람이 옥같이 흰 얼굴에 술기운이 은은하여 검은 눈동자가 몽롱한 것이 태을성(太乙星)535)이 구름 속을 배회하는 것 같고, 이태백(李太白)이 침향전(沈香殿)에서 취해 있는 풍채와 같았다. 길가에서 구경하는 사람들이 곁을 지나가면 시끄럽게 칭찬하는 소리가 물 흐르듯 하여 진실로 초국공 조성의 손자요 평능후 유현의 아들이라고 하였다.

부중으로 돌아와서 기현 형제가 자질(子姪)들을 앞세워 태부인과 노공 부부를 뵈니 층층한 집안 어른들이 한없이 기뻐하는 것은 한 붓에 기록하기 어려웠다. 조부인536) 등이 다투어 치하하며 초공의 성덕이 흘러 자손에 미친 것이라고 하고 명천의 입신이 시원스러운 것이 만고에 처음이라며 축하하는 말이 더욱 떠들썩하니 노공이 감탄하며 말하였다.

"명천의 기이함을 안 것은 오래 되었으나 웅대한 문재가 이 정도인 것은 몰랐구나. 황상이 지척에 계신데 한 자도 틀리지 않고 시를 일곱 걸음 안에 완성하였다니 할아비도 능히 이 경지에는 미치지 못할 것이니 어찌 내 집의 천리마일 뿐이겠느냐? 사직(社稷)의 동량(棟梁)이로다."

자리에 있던 여러 숙부들도 일시에 칭찬하였는데 유현이 매사에 엄격하였으므로 기뻐하지 않으며 다만 근심스런 웃음을 띠고 말하였다.

"자식의 아름다움을 들으면 사람의 정리에 기쁠 것이지만 오늘 명천의 입신은 실로 두렵고 외람된 것입니다. 조물주가 극함을 다스리시는 때가 두려우니 우리 아이는 갈수록 삼가고 마음을 닦아 공손하고 근면하

---

534) 재인(才人) : 재주를 넘거나 짓궂은 동작으로 사람을 웃기며 악기로 풍악을 울리던 광대.
535) 태을성(太乙星) : 주로 병란, 재화, 생사를 맡아 다스린다고 하는 신령스러운 별로 큰 인물을 비유하기도 함.
536) 조부인 : 진왕과 초공의 누이들.

여 조상과 부형을 욕되게 하지 마라."

명천이 두 번 절하고 명을 받들었는데 옥 같은 얼굴에 술기운을 띠어 설산에 붉은 복숭아 같고, 한 쌍의 눈빛은 더욱 맑아 가을 물이 지는 햇빛에 빗긴 것 같아서 미려하고 더러움을 씻은 듯한 풍모가 눈을 옮기기가 아까웠다. 자리에 있던 여러 사람들이 우러러 보고 조모인 양정렬과 어머니 정씨는 얼굴에 기쁜 빛이 무르녹아 흡족함을 참지 못하니 조부인 등이 웃고 치하하기를 마지않았다. 사당에 가서 조상께 인사드리는 예를 마치고 나서 외당에 나와 허다한 빈객을 접대하였는데 조부의 여러 사람들이 소리를 이어서 하례하며 말하였다.

"오늘 장원의 기이한 재주와 영화는 만고의 제일이라. 국가의 주춧돌이요 우리 가문의 복스러운 경사로다. 초공 선생이 쌓은 덕과 문계의 어진 마음과 의기가 자손에게 미치어 경사를 이룬 것입니다."

그런데 초공 부자가 감히 사양하지는 않았으나 기뻐함이 없으니 여러 사람들이 도리어 의아해 하였다. 그때 사람들이 장원 형제를 여러모로 놀리며 즐기고 있는데, 화원이 장원의 손을 잡고 사랑함이 새로워 '쾌서(快壻)'라고 칭하니 구혼하려던 사람들이 혼처를 정한 것을 알고 다 애달아 하였다.

삼일유가(三日遊街)를 마치고 장원이 직임에 나아가니 맑음은 빙옥 같고 밝음은 해와 달 같아서 급암(汲黯)과 같은 절개와 곧음이 있었다. 조야(朝野)에서 모두 그를 두려워하고 황상의 은총이 융성하게 일어나 맑은 명망과 뛰어난 절개가 일세를 감화시켰다.[537] 화씨 집안에서는 하루가 바

87

88

---

537) 감화시켰다. : {품동ᄒ니}. '풍동(風動)ᄒ다'의 오기. 풍동은 바람이 무엇을 움직인다는 뜻으로, 백성들이 스스로 좇아서 감화됨을 비유적으로 이르는 말.

쁘게 혼인을 기다리고 있었는데, 황상이 황후와 더불어 명천의 뛰어남을
일컫고 뜻을 결정하여 평능후 조유현에게 조서를 내렸다.

짐은 경으로 더불어 지기(知己)와 같은 군신 관계로서 정분이 보통이 아닌데, 경
의 아들 명천과 같이 보통 사람보다 빼어난 문장재덕과 짝이 없이 수려한 풍채[538]
는 짐이 처음 보는 바이다. 짐이 사랑하는 딸 혜선 공주가 혼인할 나이로되 서로 맞
는 좋은 사위를 얻지 못하여 짐의 숙식(宿食)이 불안한 것은 공주의 재덕이 평범한
세속 사람의 배우자감이 아니기 때문이다. 명천의 사람됨이 공주의 사람됨과 잘 어
울리는 배필이니 각별히 부마 간선을 그만두고 명천으로 혜선 도위(都尉)[539]를 정
하니 경은 짐의 뜻을 잘 알아서 육례(六禮)를 거행하라.

교지가 내려오니 온 집안이 매우 놀랐는데 오직 놀라지 않는 사람은 초
공뿐이었다. 과거 급제자의 이름을 부르던 날 초공은 황상의 기색을 살펴
보아 이미 알고 있었고 꿈 꾼 것이 일마다 들어맞음을 깨닫고 있었다. 그
러나 유현은 크게 놀라 황가와 혼인하는 것을 원하지 않고 화가와의 혼사
를 저버리게 될까 싶어 더욱 기꺼워하지 않았으므로 이에 소를 올려 말하
였다.

신이 성지를 보오니 정신이 없고 두려움에 떨려 무슨 말을 해야 할지 모르겠습니
다. 명천이 비록 더럽기를 면하였사오나 귀한 공주와 짝이 되어 옥엽(玉葉)의 빛을
감하고 작은 분수를 어지럽히는 것은 원하는 바가 아닙니다. 또 평변후 화원의 딸과

---

538) 수려한 풍채 : {표치풍광}. 표치(標致)는 수려하거나 아름다움을 형용하는 말이고, 풍광(風光)
은 사람의 용모와 품격.
539) 도위(都尉) : 부마도위로 임금의 사위를 가리킴.

정혼하여 납빙하였으며 혼인날이 겨우 보름이 남았습니다. 신이 화가의 딸을 며느리로 알고 화가도 명천을 사위로 안 지 오래되었는데 공주께서 하가하시면 화가의 딸은 깊은 한을 품은 사람이 될 것입니다. 작은 일이지만 신하의 인륜을 어지럽히심은 성스러운 밝음에 유해할 것입니다. 바라옵건대 성상께서는 천하의 뛰어난 인재를 간선하시어 부마로 삼으시고 신의 아들은 작은 약속을 지키게 하시어 누런 입의 새끼 새처럼 어린아이가 얇은 복을 덜게 하지 마십시오.

황상이 소를 보고 유현을 불러서 힘써 권하며 말하였다.

"경의 소장을 보니 겸손한 덕이 아름다우나 짐이 명천을 얻던 날 초방(椒房)540)의 좋은 사윗감으로 정하였으니 흔들어 고칠 바가 아니오. 또 화씨 집안과의 혼인이 비록 정해져 있다고 하나 화씨 집안의 딸을 화촉 아래에서 예로 맞이한 바가 없으니 미혼541)이나 마찬가지이므로 다른 가문과 혼례를 이루는 것이 무방하오. 짐의 딸이 경의 며느리 되는 것을 화녀만 못하다고 여길 줄 어찌 알았겠는가? 경은 예의에 통달한 군자이니 대의를 알 것이오. 모름지기 두 번 사양하지 마오."

유현이 안색을 온화하게 하고 아뢰었다.

"성스러운 말씀이 이에 이르렀으나 화가의 딸 또한 공후의 딸입니다. 납채가 두 번 문에 들어오게 하지 않을 것이니 반드시 수절하여 텅 빈 규방에서 원한을 품을 것입니다. 이는 작고 보잘것없는 일이지만 성스러운 덕에 해가 될 것입니다. 폐하께서 만승의 존귀함과 천하를 소유

540) 초방(椒房) : 후춧가루를 바른 방이라는 뜻으로, 왕비나 왕후가 거처하는 방이나 궁전 따위를 이르는 말. 후추나무는 온기가 있고 열매가 많은 식물로, 자손이 많이 퍼지라는 뜻에서 왕후의 방 벽에 발랐음.
541) 미혼 : {공물}. 정확한 의미는 미상이나 혼인을 하지 않은 상태나 그 사람, 또는 혼인을 했더라도 육체적인 관계를 갖지 않은 상태나 사람을 지칭하는 것으로 보이므로 이와 같이 옮김.

한 부유함으로 공주의 남편을 택하시면 대송(大宋)에 인재가 많아서 수레로 싣고 말로 될 정도로 그 수를 셀 수 없는데 부마가 될 재목 하나를 못 얻어서 구태여 명천을 앗으시어 화가 여자의 일생을 구렁에 빠뜨리시고 태평성대의 교화의 빛을 감하셔야 하겠습니까? 신이 성은을 가벼이 여기거나 옥주를 싫어해서 그런 것이 아니라 자질이 비루한 산닭이 난새나 봉황과 쌍이 될 수 없고, 신의를 저버려 송홍(宋弘)에게 죄인이 될542) 수 없기 때문입니다. 바라옵건대 성상께서 성지를 거두시면 필부에게 호생지덕(好生之德)이 될 것입니다."

황상이 화를 내며 말하였다.

"경의 고집이 이에 미칠 줄은 생각지 못한 바이로다. 화가의 딸은 아직 혼례를 올리지 않은 미혼이므로 송홍(宋弘)의 일과 비교하면 전혀 다른 경우가 아니겠는가? 나의 마음은 이미 결정되었으니 다시 쓸데없는 말을 마라."

드디어 내전으로 들어가니 유현이 할 수 없이 물러났다. 그리고 황상이 화원에게 조서를 내려 조가의 빙물을 돌려보내고 다른 사위를 맞으라고 하니 화원이 황공하여 길게 탄식하고 유현을 만나 말하였다.

"일이 이렇게 어지러운 것은 내가 지나치게 사위를 골랐기 때문일 것이네. 황상의 뜻이 엄하시니 사람의 신하된 분수로 감히 거스르지 못할 것이야. 형은 우리 딸을 위하여 수고로이 천자의 뜻을 거스르지 마

---

542) 송홍(宋弘)에게 ~ 될 : 송홍(宋弘)은 후한(後漢) 광무제(光武帝) 때의 인물로 광무제가 자신의 누이인 호양공주(湖陽公主)가 홀로 되자 송홍의 처로 보낼 생각에서 그의 마음을 떠 보았으나, "가난하고 천할 때 사귄 친구는 잊을 수가 없고, 술지게미와 겨를 먹으며 고생을 함께 한 아내는 집에서 내쫓지 않는다[臣聞貧賤之交不可忘 糟糠之妻不下堂]."라고 말하면서 물러났음. 그러므로 유현은 화가와의 혼약을 어기는 것을 조강지처를 배반하는 것으로 보고 조강지처를 버리면 안 된다고 말한 송홍에게 죄인이 된다고 말한 것.

시게."

유현이 길게 탄식하고 집에 돌아와 존당께 아뢰니 초공이 말하였다.

"모든 일은 하늘이 정한 것이니 너무 사양하는 것은 좋지 않다. 공주가 어질다면 화가 여자의 앞길이 어떨지 알겠느냐?"

명천이 못마땅하여 소를 올려 말하였다.

신은 본디 벼슬이 없는 사람으로 나이 어린 작은 아이였습니다. 그런데 이와 머리털이 채 자라지 못한 어린 나이로 성은을 입었사오니 밤낮으로 황송하여 마음이 얇은 얼음을 밟듯 조심스러웠는데 뜻밖에 부마로 뽑히게 되었습니다. 신이 풍채가 95 비루하고 재덕이 천박하여 비록 연고는 없사오나 가하지 않거늘 화원의 딸과 혼인을 약속하여 빙물을 보내었고, 화가에서는 신을 사위라고 칭하고 신의 집에서도 화가의 딸을 며느리로 칭하였으니 가히 저버릴 수 없습니다. 이제 신이 부귀를 탐하고 성은을 감격하여 화가를 저버린다면 화가의 딸이 원한을 품어 신에게는 재앙을 쌓는 일이 되고 국가의 풍교(風敎)와도 관련이 있을 것이니 신이 결코 원하지 않는 바입니다. 또 신의 소원은 부귀와 호사스러운 사치를 즐기지 아니하옵고 작은 분수를 지킬 마음이 있사오니 어찌 혜선 도위의 자리를 감당하여 궁궐543)의 공주와 짝하겠 96 습니까? 신의 어리석은 뜻은 임금을 도와 천박한 재주를 다하고 작은 충성을 다하는 것을 바라옵고, 향기로운 방의 비단 장막 가운데 종요로운 손님이 되는 것은 차마 못할 바입니다. 신의 뜻을 앗으신다면 신이 궁궐 섬돌 아래에서 어서 죽어 신의 분수에 맞는 의리를 세우고자 하옵나니 이는 신의 진심에서 우러나오는 말이요 거짓으로 사양하는 것이 아닙니다. 바라옵건대 성스러우신 밝음으로 한미한 신의 어리

---

543) 궁궐 : {츈방계뎐}. 춘방(春坊)은 태자궁이나 태자궁에 속한 관부(官府)를 이르고, 계전(桂殿) 도 궁궐을 뜻함.

석은 뜻을 용납하시어 필부의 뜻을 지키게 해주십시오.

황상이 소를 보니 그 뜻이 견고하고 말씀이 격절하여 진실로 쇠나 옥과
97 같이 굳으니 명천을 불러서 부드러운 말로 설득하며 말하였다.

"경의 소를 보니 곧은 절개와 의도한 뜻이 더욱 아름다워서 어찌 탄복
하지 않을 수 있겠는가? 짐이 이미 경을 사랑하여 슬하로 삼으려 하니
뜻을 고칠 바가 아니네. 공주를 하가시키더라도 경의 바람을 좇아 맡
겼던 관직을 그대로 주어 재주를 펴게 할 것이며 보필하는 것을 공론하
지 않을 것이니 그 밖의 일은 경의 뜻대로 하게. 그리고 화가와의 혼약
은 아직 혼례를 올리기 전의 미혼이니 구태여 성덕에 해로울 것이며 풍
교에 관계하겠는가? 경도 안심하여 짐의 사랑하는 정을 저버리지 마
라."

98 명천이 성교의 간절함을 보니 상황의 큰 흐름을 알겠으므로 다시 굳이
사양하는 말이 없이 우울하게 물러나 집으로 돌아왔다. 어른들을 뵈니 모
두 화씨를 애석하게 여겼으나 오히려 사람의 뜻을 모르므로 빙채를 찾고
다른 데 시집가는 것을 허락하고자 황명대로 빙채를 찾기로 하였다.

이때에 화원은 딸의 신세가 어지러워지자 오래도록 말없이 홀로 앉아
있었는데 딸아이의 얼음 같은 절개로 볼 때 결코 다른 가문으로 시집갈
생각을 하지 않을 것 같아서 마음속으로 불안해하였다. 그런데 조가에서
빙물[544]을 찾으러 온 것을 보고 한참을 탄식하다가 어쩔 수 없이 옆에 있
는 사람들에게 빙물을 내어오라고 하였다. 이때 화소저는 명천이 부마가

---

544) 빙물 : {현혼}. 현훈(玄纁)은 검은 색과 붉은 색의 실로 폐백의 의례 때에 사용되던 물건임. 전
     하여 폐백에 사용되는 빙물(聘物)이라는 의미로 쓰임.

된 사실을 들었으나 열녀의 높은 절개로 빙물을 지키며 깊은 규방에서 생을 마칠 것을 생각하고 그러한 사실이 슬펐으나 고요히 안정하여 사색에 99
나타내지 않고 있었다. 그런데 문득 아버지의 명으로 빙물을 내어 오라고 하니 화소저가 근심스러운 빛을 머금고 아버지 앞에 나아가 옷깃을 여미고 말하였다.

"소녀는 조가의 사람입니다. 이제 빙물을 찾으시니 소녀를 장차 어떻게 하시려는 것인지 모르겠습니다."

화원이 딸을 보니 아리따운 얼굴이 꽃이나 달도 부끄러워 물러날 정도이며 선연한 신선의 자태와 남다른 자질이 서왕모(西王母)가 요지(瑤池)에서 놀고 항아(姮娥)가 달의 궁전에 있는 듯하였다. 깨끗한 기운은 푸른 하늘의 흰 달이요, 평온하고 침착한 기질은 향기로운 매화가 흰 눈에 빗겨
있는 듯하여 곧고 바른 행동과 편안하고 넉넉한 덕성이 당대 명문가의 정 100
숙한 여자였다. 화원이 새로이 사랑스럽고도 애석하여 천천히 그 귀밑머리를 어루만지며 길게 탄식하고 말하였다.

"이제 조생이 황상의 아끼는 사위로 영화로운 은총이 대단하니 옛 약속을 생각하겠느냐? 황명이 이와 같으시고 비록 빙물을 받았으나 독좌의 예를 행함이 없는 미혼이니 다른 가문의 군자 하나를 택하여 너의 일생을 저버리지 않으려고 하는데 너는 어떻게 생각하는지 묻고 싶구나."

화소저가 안색을 엄숙하게 하고 몸가짐을 가다듬고 대답하였다.

"아버님의 말씀이 진정으로 하시는 말씀이십니까, 저를 떠보시는 것입
니까? 소녀가 아버님의 훈계와 어머님의 가르치심을 들었사오니 여자 101
의 덕으로 열절보다 더한 것이 없다고 하였습니다. 충신은 두 임금을

섬기지 않고 열녀는 지아비를 바꾸지 않는다고 하였는데, 선비가 그 나라의 녹을 아니 먹어도 그 임금의 신하요, 여자가 그 집 문에 들어가지 않았어도 빙채를 받았으면 그 집 며느리입니다. 그러니 저는 빙물을 받은 이래로 조씨 집안의 사람입니다. 어떤 초나라 공주는 아비가 장난으로 한 말을 지켜서 백성을 좇았다고 합니다.545) 그런데 저의 경우에는 아버님이 굳게 혼인 약속을 정하신 것이니 초왕이 희롱한 것과 같지 않으므로 저는 결단코 다른 가문을 생각하지 못하겠습니다. 저 집에서 빙채를 찾는 것은 황상의 뜻을 받들어 인사를 차리는 예삿일이니 우리 집의 도리는 빈 채례(采禮)546)를 머물러 두고 소녀의 평생을 의지하게 하시는 것이 옳습니다. 황상께서 아신다고 하여도 조씨 가문에 가기를 원하지 않고 깊은 규방에서 수절하는 것을 구태여 금하지 않으실 것이니 다른 가문을 생각하여 영화롭기를 구하지 마시고 예가 아닌 일을 행하지 마십시오."

화원이 서글프게 눈물을 떨어뜨리며 말하였다.

"내 아이는 진실로 열녀로다. 내 어찌 우리 화씨 가문의 맑은 덕으로 빙물을 두 번 문에 들일 일을 생각하겠느냐마는 네가 청춘으로 채 14세가 되지 못하였으므로 일생을 이렇게 끝내는 것은 차마 못할 일이라서 조가의 빙채를 돌려보내고 다른 사위를 골라서 우리의 심사를 위로하고자 하였던 것이다. 어찌 우리 딸의 옥 같은 절개를 상하게 하려 하

545) 어떤 ~ 합니다. : {초녀[楚女]는 아비 희롱을 직희여 빅셩을 좃츠시니}. 부친이 장난으로 한 말을 지켜서 신분에 맞지 않는 터무니없는 상대임에도 불구하고 혼인약속을 이행했던 이 초나라 여자의 이야기는 『소현성록』 『유씨삼대록』 『임씨삼대록』 등 삼대록계 장편소설에서 모두 나타나고 있는 고사이나 확실한 전고는 미상임. 단, 다른 작품들을 참조했을 때 여기서 '빅셩'이라고 한 것은 '빅명'이나 '빅경'의 오기일 가능성이 큼.
546) 채례(采禮) : 혼인할 때에 사주단자의 교환이 끝난 후 정혼이 이루어진 증거로 신랑 집에서 신부 집으로 예물을 보냄. 또는 그 예물.

였겠느냐?"

이에 소장을 황상에게 바쳐서 딸의 뜻이 이와 같으니 그 뜻을 꺾어 황상의 뜻을 받들지 못하는 것에 대해 죄를 청하였다. 황상이 이렇게 비답하였다.

"경의 딸이 바라는 바가 이와 같다면 짐이 구태여 채례(采禮)를 거두겠는가? 뜻대로 절개를 지키게 하노라."

조부에서는 화씨가 수절한다는 소식을 듣고 그를 아끼고 애석해하지 않는 사람이 없었는데, 유현이 탄식하며 말하였다.

"내가 그릇되게 혼인을 바쁘게 정하여 이런 일이 있으니 마침내 화소저를 거두지 못하면 우리 집안에 악을 쌓을까 두렵지 않겠는가?"

초공이 말하였다.

"공주의 성스러운 마음이 매몰차지 않을 것이니 우선 황상의 뜻을 좇아 길례를 이루고 나중 형세를 보는 것이 옳을 것이다." 104

조부인 등이 웃으며 말하였다.

"예로부터 황가의 자손들로서 존귀한 여자들이 질투심이 많고 사납지 않은 자가 없었으니 모르겠네요, 혜선 공주는 어떨지. 명천 같은 도덕군자에 대현인이라면 집안 다스리는 덕도가 반드시 특별하여 마침내 화란에 미치지는 않을 것이지만 화씨와 아무 일 없이 혼인한 것에 비기지 못할 것이니 국혼(國婚)이 마침내 기쁘지 않은 것은 공주가 어질면 복이지만 그렇지 않으면 화의 장본이기 때문입니다. 우리 아우의 덕화로 종요로운 숙녀를 종손부로 얻지 못함이 한스럽구나."

기현이 웃으며 대답하였다.

"고모의 말씀이 마땅하시나 공주라고 하여 어찌 다 어질지 않으며 구 105

태여 한 본이 되겠습니까?"

유현이 매우 마땅찮아 하고 명천의 이마에 온화한 기운이 덜하니 명윤이 웃고 말하였다.

"아우는 화씨가 수절한다는 소식을 듣더니 슬퍼하는 낯빛이 거의 눈물이 떨어질 듯하구나. 만일 공주와 혼인한 뒤에도 이런 행동을 한다면 너는 살지 못할 것이다."

명천이 안색을 바로 하고 천천히 대답하였다.

"이 일이 농담으로 웃을 일이 아닙니다. 화씨가 수절한다고 하는 것은 남이라도 불쌍하게 여길 일인데 저로 인하여 남의 일생을 망쳤으니 그 심사가 불편할 것은 묻지 않아도 알 일입니다. 그러니 형이 기롱하실 일이 아닙니다."

기현이 웃음을 머금고 명천의 손을 잡고 유현을 돌아보며 칭찬하여 말하였다.

"너는 어떤 사람이기에 이런 군자를 두었으며 나는 어떤 사람이기에 명윤같이 경박한 자식을 두었단 말이냐? 내가 비록 어질지 못하여 너에게 미치지는 못하지만 자식이 구태여 이렇게 다를 줄 알았겠느냐?"

유현이 가만히 웃고 대답하였다.

"형님이 명천을 기리는 것이 자못 과도하시고 명윤을 나무라시는 것은 너무 심하시니 이는 친자식과 다르게 생각하시기 때문일 것입니다. 우리가 한 몸 같은 정으로 네 자식 내 자식을 구분하지 않는 뜻이 아니로소이다."

기현이 탄식하며 말하였다.

"내 진정으로 하는 말이다. 어찌 내 자식이라고 겸양하고 네 자식이라고 거짓으로 포장하겠느냐?"

조부인 등이 웃으며 말하였다.

"옛날에 너희 형제를 두고 두 동생이 매양547) 저렇게 구는 것을 들었더니 이제 동생548)들이 그 말을 그친 지 사오 년이라. 그런데 지금 또 너희들이 그와 같으니 하늘의 도가 짓궂구나. 명윤이 어찌 유현의 자식이 못되고 명천이 어찌 기현의 아들이 못되어 매양 부러워하는 탄식이 있게 한단 말이냐? 너희는 이제 모름지기 마음을 결정하여 서로 자식을 바꾸는 것이 좋겠다."

두 사람이 웃음을 머금고 명천이 감히 사양하지 못하였다.

화설. 만세를 누릴 황상이 봄에 치른 과거에서 뛰어난 사위를 얻고 마음에 매우 기뻐서 흠천감(欽天監)549)에서 황도길일(黃道吉日)을 택하게 하시고 공부(工部)로 하여금 크게 역사를 일으켜 조상부 곁에 혜선궁을 지으라고 하셨다. 그러자 조유현이 소를 올려 말하였다.

탕(湯) 임금이 자책하시기를 '궁실이 화려한가, 여자들의 청탁이 성한가.'라고 하셨습니다.550) 명천은 입이 누런 새끼 새처럼 어린아이로서 벼슬 없는 가난한 선비

---

547) 두 ~ 매양 : {양졔민}. 이를 '양졔매(兩弟妹)'로 볼 경우 제매가 남동생과 여동생을 아울러 이르는 말이기 때문에 문맥이 통하지 않으므로 '양졔[兩弟] 미양'에서 '양'자가 탈락된 것으로 보고 이와 같이 옮김.

548) 동생 : {거거}. 거거(哥哥)는 형이나 오빠를 가리키는 말이지만, 사실관계에 의거해 이와 같이 옮김.

549) 흠천감(欽天監) : 명(明)·청(淸) 때의 국립 천문대(天文臺). 천문 계산·기상현상의 관측·기록을 관장함.

550) 궁실이 ~ 하셨습니다. : 탕왕(湯王)의 육사자책(六事自責) 중 궁실숭여(宮室崇歟)와 여알성여(女謁盛歟)를 말한 것임. 탕 임금 때에 7년 동안 큰 가뭄이 계속되자, 탕 임금이 자신을 희생으로 삼아 상림(桑林)의 들에서 기우제를 지내면서 여섯 가지 일로 자책하기를, "정사가 간결하지 못한가, 백성이 생업을 잃었는가, 궁실이 높은가, 부녀자의 청탁이 많은가, 뇌물이 행해지는가, 아첨하는 자가 많은가(政不節歟 民失職歟 宮室崇歟 女謁盛歟 苞苴行歟 讒夫昌歟)"라고 하였는데, 그 말을 채 마치기도 전에 사방 수천 리 지역에 큰 비가 내렸다고 함.

였는데 외람되게 작위가 춘경(春卿)에 벌여 있으니 이미 옅은 복이 덜어졌고 작은 분수에 넘었습니다. 그런데 다시 금지옥엽(金枝玉葉)인 천자의 왕희(王姬)551)를 짝하게 되어 매사가 복에 지나치고 분수에 외람된 것은 이를 것도 없고 궁궐을 지으며 궁비를 무수하게 뽑으니 신이 실로 두려워하고 염려하는 바는 명천의 수복에 해가 되고 신의 가문에 화가 될까 하는 것입니다. 원컨대 성상께서는 궁궐을 간단하고 검약하게 지을 것을 주장하시고 궁비의 수는 열을 넘기지 마십시오. 요(堯)임금은 천하를 소유하는 부유함이 있었지만 세 단의 흙 계단을 두시고 처마의 띠풀을 가지런히 자르지 않으셨습니다. 하물며 입이 누런 새끼 새처럼 어린아이가 높은 누각과 넓은 궁궐에 몸을 담고서 어찌 복을 편안하게 누릴 수 있겠습니까?

황상이 소를 보고 감탄하며 말하였다.

"내가 본디 문계를 안 지 오래되었지만 그 절차를 검박하게 하여 몸을 삼가는 도리가 이와 같으니 어찌 그 높은 뜻을 앗으리오?"

이에 비답하여 위로하기를 두텁게 하고 혜선궁을 반으로 줄이고 뽑는 궁녀의 수를 덜었다. 이런 까닭으로 혜선궁이 제왕의 공주궁과 전혀 다르게 작고 간략하였으며 멀리 생각하여 오직 정결하고 그윽하며 우아하게 짓도록 하였으니 당시 사람들이 다 유현 부자의 검소하고 절약하는 덕을 일컬었다.

세월이 물 흐르듯하여 길일이 다다르니 비록 황가와 결혼하기를 원하지는 않으나 초공에게는 종손이 처음으로 성취하는 것이니 그 정의 귀중함과 마음의 기쁨이 범상히 비길 바가 아니었다. 큰 잔치를 열고 내외

---

551) 천자의 왕희(王姬) : {천승왕희}. 천승(千乘)은 제후나 임금을 뜻하는 말이지만 문맥을 고려하여 이와 같이 옮김.

친척과 조정의 명부(命婦)를 모으니 집 안팎으로 대청에 가득한 빈객이 수풀같이 성대하게 늘어 서 그 수를 헤아리지 못하였다. 위부인이 존당을 모시고 주벽(主壁)552)에 자리를 잡고 정숙렬과 양정렬 등이 여자들을 거느리고 앉을 차례를 정하니 정숙한 격조와 산뜻한 품격이 자연히 보통 사람들보다 뛰어났다. 태부인이 좌우를 돌아보고 아름다움을 이기지 못하여 기쁜 빛이 이마에 가득하였는데, 노공이 자손을 거느리고 들어와 모시니 신선의 무리 같은 여러 자손들이 줄을 지어 꽃과 달 같은 풍모가 당중에 빛나서 햇빛이 찬란한 것 같았다. 사람마다 복덕을 칭찬하며 자손이 성한 것을 더욱 일컬었으므로 태부인이 흡족하게 즐거워하며 기쁨을 이기지 못하였으니 오직 성은이 성대함을 감사할 뿐이었다.

이전에 소황후가 때로 남씨553)를 청하였는데 남씨가 비록 조정 밖의 명부(命婦)이나 전에 성은을 입은 것이 평범하지 않고 공주와 정의가 친밀하였으므로 이에 존당께 고하고 입궐하였다. 그때 꽃무늬가 채색된 가마와 구슬로 된 주렴이 햇빛에 빛나고 앞뒤로 위의가 부성하니 이른바 후백의 부인이요 공주의 스승인 것을 알 수 있었다. 그래서 명천이 부마로 정해졌을 때 태부인이 날마다 남씨를 불러서 공주가 어진지 어질지 않은지를 물으셨는데 남씨가 공주의 뛰어남을 대강 고하기는 하였으나 사람됨이 묵직하고 말씀이 간략하여 만에 하나도 전하지 못하였다. 그러므로 태부인의 궁금한 마음과 초공과 유현의 마음 졸이는 뜻은 7년 가뭄에 구름과

552) 주벽(主壁) : 여러 사람을 좌우 양 옆으로 앉히고, 그 가운데를 차지하여 앉는 주장(主張)되는 자리, 또는 그 자리에 앉은 사람을 뜻함.
553) 남씨 : {남숙정}. 이는 조운현의 첫째 부인 남씨를 가리키는데, 이 부분에서 처음으로 남씨를 남숙정이라 칭함. '숙정'은 황실로부터 부여받은 직첩 명으로 추정되나 『조씨삼대록』 서사 내에서는 남씨가 '숙정 부인'의 직첩을 받는 이야기가 직접 서술되어 있지는 않음. 이하 남숙정, 남씨, 남부인 등의 인칭은 남씨로 통일.

무지개를 기다리는 것과 같았다.

시각이 다다르자 명천이 관면을 갖추고 존당과 부모님께 하직인사를 드렸다. 늠름한 풍채에 일품(一品)의 장복(章服)554)이 위의를 돋우니 엄숙한 격조가 더욱 깔끔하고, 흰 연꽃 같은 귀밑에 재상의 관자를 붙이고 옥 같은 얼굴에 면류관의 늘어뜨린 옥구슬 줄들이 아른거리니 광채가 더욱

114 밝게 빛났다. 연꽃 같은 뺨과 붉은 입술에는 찬연히 고운 빛이 무르녹아 온갖 꽃들이 웃는 것 같았고, 화려한 봉황새의 두 날개 같은 일월망룡포 (日月蟒龍袍)555)를 입고 가는 허리에 백옥대를 둘렀으니 시원하고 호탕한 풍채와 깨끗한 광휘가 그 자리를 비추어 진실로 인간 가운데 신선이요 조류 가운데 난새나 봉황이었다. 예복을 입히고 나니 존당과 부모가 입이 벌어지고 조유현 같은 침중한 사람도 기쁜 빛으로 수려한 두 눈썹이 움직일 정도였다. 조유현이 팔을 들어 기러기를 전하는 예를 잠깐 지휘하니 조부인 등이 웃으며 말하였다.

"부질없이 말로만 하지 말고 우리 보는 데서 예를 시켜 연습하게 해라."

유현이 웃으며 말하였다.

115 "예를 연습하지 않아도 이 아이는 그 예를 행할 만하니 지금 수고롭게 절을 시켜 무엇 하겠습니까?"

초공이 흐뭇함을 이기지 못하여 나오라고 하여 손을 잡고 좌우의 형과 누이들을 돌아보며 말하였다.

"오늘 명천을 이를진대 한갓 풍신만 아름다운 것이 아니라 온중하고 숙연한 행실이 아비나 할아버지보다 나으니 내 뜻에 차는 것이 으뜸인

---

554) 장복(章服) : 직품을 가진 신하 혹은 그 부인의 예복(禮服).
555) 일월망룡포(日月蟒龍袍) : 해와 달과 용을 수놓은 도포.

듯합니다. 형님과 누이들의 소견은 어떠하십니까?"

조부인 등이 웃으며 말하였다.

"어리석은 우리들은 정에 이끌려 그러한지 너보다 나은 이는 없을까 한다. 명천이 아직 젊은 아이라 사랑스러워서 좌중의 사람들이 기특하 게 여기나 우리 동생이 젊었을 때의 모습을 생각하면 어찌 구태여 손자 와 아들에게 사양할 풍신과 얼굴이었겠느냐?" 116

진왕이 웃으며 말하였다.

"우리 동생은 집에서는 그 얼굴이 구태여 나은 줄을 깨닫지 못하다가 도 여러 사람이 모인 가운데 가보면 빼어나게 늠름하고 시원스러운 것 이 자연히 남과 다릅니다. 제 마음에 생각하는 것도 여러 누이들과 같 으니 세상에 또다시 저보다 나은 사람이 없습니다. 내가 또 저와 같을 까 하다가도 매양 저만 못하구나 하였으니 지금 자질(子姪)과 여러 손자 들이 아름답지만 어찌 우리 동생을 당하겠습니까?"

초공이 웃으며 말하였다.

"사사로운 정에 이끌려 그리 아시는 것입니다. 명천의 부자로 말한 것 117 은 얼굴과 풍신은 낫다할 것이 없으나 그 온중함과 만사에 완전한 것이 제 아비보다 나음을 말한 것인데 어찌 알아들으시고 매양 저를 일컬으 십니까?"

노공이 명천의 흰 손을 어루만지며 흔연히 웃음을 띠고 말하였다.

"명천이 비록 기특하다고 하나 그 아비보다 낫다고 하는 것은 무엇을 보고 하는 말이냐? 나의 소견으로는 장부의 위풍과 호걸의 기이한 풍 채가 당연히 아비보다 낫구나."

태부인도 웃으며 말하였다.

"너는 네 손자를 낮게 여기나 내 뜻에는 명천의 할아버지가 가장 나은가 싶구나."

118   여러 사람들이 일시에 크게 웃고 마땅하시다고 일컬었다.

시각이 다 되어 명천이 존당께 각각 하직하고 위의를 거느려 당중을 떠나 금궐로 향하였다. 거리에는 요객(繞客)556)이 큰길을 뒤덮었고 따르는 종과 위의가 모두 위엄을 갖추어 풍성하고 화려함을 이루 기록하기 어려웠는데, 부마의 해와 달 같은 풍광이 당대에 대적할 자가 없다고 구경하는 사람들이 시끌벅적하게 칭찬하였다. 신랑이 위의를 갖추어 금궐에 다다라 상 위에 홍안을 전하고, 하늘과 땅에 예를 행하고, 공주와 더불어 대례를 이루어 서로 절하고 나서, 황상의 말씀을 들었다. 황후가 공주를 단

119   장시키며 고운 손을 잡고 이별하였는데 한때라도 떠나는 마음이 결연하여 두 줄기 눈물을 금하지 못하였다. 그러자 황상이 말하였다.

"여자가 시집가는 것은 부모와 형제를 멀리 떠나는 것557)이라고 하였습니다. 이제 천하의 뛰어난 남자를 얻어 백 년을 같이 할 것이니 공주의 일생이 잘되었다 할 것이거든 무슨 일을 근심하겠습니까? 어찌 좋은 일에 이렇듯 마음 상해하십니까?"

공주가 부드럽고 온화하게 절하여 인사하고 남씨가 부축하여 같이 조부로 향하였다.

---

556) 요객(繞客) : 혼인 때에 신랑이나 신부를 데리고 가는 사람. 위요(圍繞), 후배(後陪), 상객(上客)이라고도 함.
557) 여자가 ~ 것 : 『시경』「패풍(邶風)」편 〈천수(泉水)〉 시와 『시경』「위풍(衛風)」편 〈죽간(竹竿)〉 시 등에 나오는 구절.

1 　이때 공주가 부모에게 온화하게 인사를 한 뒤, 남씨의 인도를 받아 함
께 조부로 향하게 되었다. 수풀처럼 많은 궁녀들과 쌍을 이룬 상궁들이
교자(轎子)를 타고 공주의 앞뒤를 옹위한 채 대궐 문을 나서는데, 비단 옷
은 햇빛에 반짝였고 은은한 향내는 십리까지 번졌다.

　혜선궁에 도착한 뒤 중청(中廳)에 신랑 신부가 함께 자리하게 되었다.
신랑의 풍모와 신부의 외모를 볼 때 신부가 진실로 요조숙녀다워서 군자
의 좋은 짝이 될 만했으니, 두 사람은 빼어난 아름다운 짝이었다. 손님들
이 눈이 황홀해져서 칭찬하기를 초국공이 덕이 많아서 이렇게 된 것이라
2 고 했다. 교배(交拜)558)를 마친 후 폐백을 드리기 위해 할머님과 시부모님
을 뵙는데, 황실의 자손이요 신하된 집안의 자식이 아니라 시원스러운 광
채가 먼저 사람의 마음을 평안하게 했다. 어른들이 기뻐하며 눈을 들어
보니 눈 같은 귀밑머리가 뽀얗고, 옥 같은 풍채는 반달이 높은 하늘에 뜬
것 같으며, 장식이 빛나는 숱 많은 머리채는 하늘의 정기를 받은 것 같았
다. 여덟 가지 빛이 나는 아름다운 눈썹은 한 쌍의 구름이 일어나는 것 같
았으며, 두 눈의 영특한 기운은 가을 하늘의 샛별 같았다. 붉은 입술은 무
릉도원의 복숭아 꽃이 이슬을 머금은 채 아침볕에 떨쳐 있는 듯하고, 곱
고 윤나는 붉은 뺨은 붉은 연꽃이 향기를 발하는 것 같았다. 눈동자에는
3 다섯 빛깔이 영롱하니, 그 덕이 해를 가리고 고운 빛이 눈을 놀라게 했다.
봉황의 날개 같은 두 갈래의 긴 옷자락을 끌면서 앞으로 나왔다 뒤로 물
러나며 절을 하는데, 향내가 가득하였으며 오색 구름 사이로 밝은 태양이
부상(扶桑)에서 떠오르는 듯했다. 모든 행동이 더할 나위 없이 훌륭하였는
데, 황가의 예법과 제왕의 귀함을 받은 혈통이어서인지 그 행동이 자연스

---

558) 교배(交拜) : 전통 결혼식에서 신랑과 신부가 서로 절을 주고받는 예(禮).

레 세속의 것에서 벗어나 있었다. 편안하면서도 공손한 태도는 높이 성인의 뜻과 닮아있으니, 붉은 분을 칠하긴 했지만 성인군자라고 할 만했다. 조씨 가문의 앞날에 경사를 가져다 줄 것이며, 집안과 나라를 창대하게 할 사람이라는 것은 굳이 식견이 있는 사람의 견해를 듣지 않아도 알 수 있을 것 같았다. 너그럽고 고운 면은 할머니 양정렬과 정숙렬보다 더하지 못했지만 엄숙하고 화평한 것은 조금이나마 나은 부분이 있었다. 만일 그에 비교가 될 만한 사람을 거론해본다면 조태사 기현의 며느리 한씨가 아니면 능히 대적할 사람이 없을 것 같았다. 어른들이 매우 기뻐하며 분수에 넘치는 것 같다고 하였고 과묵한 초공도 기쁜 빛을 미간에 띠고 있었으니, 그 시부모의 마음은 말해 무엇 하겠는가? 평능후 유현이 원래 국혼(國婚)을 좋아하지 않았으나 이날 공주의 빼어남을 보니 바라는 바 이상이므로 기쁜 빛을 드러내며 정숙렬과 함께 폐백 받을 때를 당해 공주에게 말했다.

"공주께서는 금지옥엽(金枝玉葉)이고 초방(椒房)의 귀한 사람입니다. 황상의 은혜가 망극하여 공주를 선비의 집으로 시집보내셨으니 송구합니다. 그러나 공주는 또한 명천의 아내이니 제가 시아비라는 것을 생각하여 한때 사사로운 정을 참지 못해 이렇게 무례하게 구는 것을 허물로 삼지 마십시오."

공주가 자리를 피하여 두 번 절하는데, 공손한 거동이 매우 기특하니 온갖 자태가 완벽하며 행동거지가 모자람 없이 알맞았다. 평능후 유현이 사랑스러움과 귀하게 여기는 마음을 참지 못해 모여 있는 사람들을 바라보며 말했다.

"왕가의 자손은 세속 사람과 다르겠지만 공주가 보통 사람보다 뛰어난 것이 비길 데가 없구나. 명천이 무슨 복으로 이 같은 숙녀를 만나게 되었을까?"

6 모든 사람들이 함께 축하하니 초공 부부가 즐거워했으며 유현 부부의 온 얼굴에 온화한 기운이 가득했다. 양정렬이 즐거워하며 좌우를 돌아보니 집안 가득한 며느리와 자손들이 남자는 왼쪽에 여자는 오른쪽에 삼대 늘어서듯559) 했는데, 오직 소상서 부부560)만이 보이지 않았다. 소생의 뛰어남과 자염의 빼어남이 눈앞에 보이는 듯하여 즐거워할 수가 없었다. 장사 지방으로 귀양을 간 외로운 마음이 어느 곳에 미쳤는가 싶은 생각이 들자 마음이 섭섭해져서 눈물을 머금었다. 봄 산과 같은 팔자 모양의 눈썹과 맑고 아름다운 두 눈에 회포가 가득하여 눈물을 머금고 근심하는 빛

7 을 드러내자 정숙렬이 보고 위로하며 말했다.

"일이 이미 그렇게 된 것을. 자염의 사람됨과 사위의 빼어남은 한번 귀양을 갔다고 해서 끝나지는 않을 것이라는 것을 부인도 알 것입니다. 오늘 저녁은 할머님과 시부모가 즐기시는 자리입니다. 그러니 부인은 슬픈 빛으로 자녀들의 마음을 요동하게 하지 마십시오."

초공이 어른들을 모시고 벌여 앉은 자리에서 부인의 슬픈 낯빛을 보고는 불안해하며 부인의 모습을 자주 힐끔힐끔 바라봤다. 그러자 석태상의 부인인 조숙혜561)가 웃으며 말했다.

"아우와 양씨 올케는 무슨 불편한 일이 있기에 서로 눈길을 보내는가? 좌우에 며느리들이 가득하고 또 이제 손자며느리를 보는 날인데 올케

---

559) 삼대 늘어서듯 : '삼대'는 삼의 줄기를 가리키는 말로, 곧고 긴 물건이 빽빽이 모여 선 모양을 비유적으로 이르는 표현임.
560) 소상서 부부 : 소경수와 초국공 조성의 딸 조자염을 가리킴.
561) 석태상의 ~ 조숙혜 : 위부인의 장녀로 석수신의 손자 석문의 아내이자 조무·조성의 누나임.

가 졸렬한 행동을 하는 것은 무슨 까닭인가?"

초공이 입을 다물고 답이 없자 초공의 기미를 살피면서 위부인이 웃고
말했다.

"너희들이 각각 며느리를 거느리고 있고 손자며느리를 사랑하지만 나
는 진심으로 양씨, 정씨 두 며느리보다 나은 사람은 없다고 생각한다.
이들은 온갖 일을 함에 있어 흠이 없다. 그런데 무슨 까닭으로 어진 양
씨를 불편하게 여겨 많은 눈이 보는 가운데서 불화하는 모습을 보이는
것이냐?"

초공이 대답했다.

"어머니께서는 정씨 형수와 양씨를 으뜸으로 여기시지만, 저희 형제는
소씨562)와 정씨563)를 으뜸으로 여깁니다. 또한 유현과 기현 두 아이는
자신들의 며느리인 한씨와 공주를 귀하게 여기겠지 다른 사람이야 생
각하겠습니까? 지금 양씨가 천 리 먼 곳으로 국가의 명을 받아 귀양살
이를 하러 가 있는 사위를 생각하며 근심하고 있기에 몸이 상할까 염
려 되어 바라본 것입니다."

좌중이 모두 웃었고, 태부인이 기뻐하며 말했다.

"늙은 할미가 세상에 너무 오래 살아 진심으로 괴로웠는데 오늘 너희
들의 농담을 들으니 이제야 손자며느리 얻는 날의 즐거움을 느낄 수 있
구나."

노공이 기뻐하며 자손들을 바라보고 미소 지었다.

하루 종일 즐긴 후 손님들이 흩어지자 양정렬이 정숙렬과 함께 태부인

---

562) 소씨 : 기현의 첫째 부인.
563) 정씨 : 유현의 첫째 부인.

과 위부인을 모시고 상부로 돌아가고 공주는 혜선궁에 머물게 되었다. 진
왕과 초공 두 사람이 노공을 모시고 많은 자녀들과 함께 돌아오는 길에
노공이 명천을 불러서 손을 잡고 말했다.

"오늘 공주의 기특함을 보니 진실로 당대의 빼어난 여자이다. 남자에
게는 즐거운 복이고 군자에게는 화락할 만한 좋은 짝이다. 너의 생각
은 어떠하냐?"

명천이 답 없이 엎드려 있자 노공이 재촉하여 물었다. 이에 유현이 정
색을 하며 말했다.

"할아버님께서 너의 뜻을 물으시는데 어찌 얼른 대답을 하지 않느냐?"

명천이 절하며 말했다.

"저는 어린 사내아이로서 아직 여색을 모르니 무엇을 알겠습니까? 다
만 애초에 국혼(國婚)을 좋게 여기지 않은 것은 황가의 친족이나 황실
자손 중에는 어진 여자가 드물다고들 했기 때문입니다. 오늘 할아버님
께서 이렇게 물어보시니 말씀드리는데, 공주의 행동이 얌전하고 발라
아녀자의 도를 알 것 같습니다. 집안을 어지럽게 하지는 않을 것 같아
다행스러울 뿐 다른 생각은 없습니다."

평촉후 운현이 크게 웃으며 말했다.

"이 녀석의 말을 들어보니, 공주를 한 번만 보고도 황홀해한다는 것을
알 수 있구나. 단 한 번 보고 공주가 아녀자의 도를 아는지 모르는지 네
가 어찌 아느냐?"

명천이 가만히 웃고 대답했다.

"제가 어찌 알겠습니까? 단지 할머님과 부모님이 서로 칭찬을 하시며
기뻐하셨기 때문입니다. 공주가 불민하다면 어른들이 그렇게 여기지

않으실 것인데 용렬하지는 않기 때문에 그렇듯 기특하게 여기신다고 생각하고 한 번 바라보니, 아름다운 눈썹은 봄 산의 아름다운 광채를 비웃을 만했고, 가을 물결 같은 밝은 눈은 유성 같았으며, 옥 같은 피부와 얼음이 모인 것 같은 기질은 수정같이 맑고 부드러워 이목이 현란했습니다. 외모가 이러한데 마음 씀씀이가 어찌 용렬하겠습니까? 이를 바탕으로 짐작한 것입니다."

모두 웃고 나서 어린 사람이 모든 일에 두루 능한 것이 너무 지나치다며 꾸짖었다.

이날 저녁 문안을 마친 후 부마 명천이 할아버지와 아버지의 명에 따라 손에 화룡촉(畵龍燭)564)을 들고 본궁으로 가니, 궁감(宮監)565)과 궁녀 무리들이 분분히 맞이하였고 내궁에 이르자 궁녀들이 모두 당에서 내려와 영접했다. 방 안으로 들어가니 공주가 긴 옷을 벗고 짧은 상의와 붉은 치마를 입은 채 황금 병풍에 기대어 있다가 천천히 몸을 일으켜 부마를 맞이했다. 동과 서로 나눠 앉은 후 부마가 눈을 들어 공주를 살펴보니, 진실로 나라를 기울게 할 만한 천하의 미인이자 한 세대를 대표할 만한 미녀였다. 부마가 팔을 들어 몸을 바로 하기를 청한 후 자세히 살펴보았는데, 그 수려한 기질이 눈을 어지럽고 황홀하게 하니 부마가 사랑스러운 마음을 참지 못해 다가가 손으로 옥잠을 빼고 화관을 벗긴 후 이끌어 함께 봉황 베개를 베었다. 은정의 진중함이 산과 바다에 비길 바가 아니었으며 태산 같은 사랑의 정이 샘솟듯 했다. 그러나 공주의 나이가 어리고 기질이 연약하여 바람에 불이 나부끼는 것과 같은 것을 보고 가련하게 여겨 조심했

12

13

14

---

564) 화룡촉(畵龍燭) : 용틀임을 그린 밀초.
565) 궁감(宮監) : 태감(太監)이라고도 하며, 환관의 우두머리로 내시를 달리 이르는 말임.

다. 티 없이 깨끗함을 사랑스럽게 생각하며 부부간의 잠자리는 천천히 하더라도 백년금슬이 오래도록 가기를 바랐으니, 누가 설마 군자와 숙녀의 앞길을 방해하는 것이 세대마다 생겨서 공주가 현숙한 덕을 지녔으면서도 도리어 장신궁(長信宮)에서 〈백두음(白頭吟)〉 읊는 상황에 처하게 될 줄 알았겠는가?

공주가 집안 어른들을 받들고 군자의 뜻을 따르니 황실의 귀한 딸이면서도 타고난 성품이 검소하고 온순하여, 효성스럽고도 조심스럽게 부모 섬기는 정성은 그 할머니 양정렬과 시어머니 정씨에게 미치지 못함이 없었다. 남편을 대하여는 시원스럽게 뜻을 나누고, 고요하고 엄숙하게 행동하는 등 굳이 꾸미는 태도566)가 없으니 타고난 덕과 아름다운 내조는 진실로 임강(任姜)567)과 마등(馬鄧)568)을 본받은 듯했다. 그러므로 양정렬의 지나친 엄숙함이나 정숙렬의 지나친 맑음에 비할 때 공주가 더 나아서 시부모의 사랑과 할머니가 귀하게 생각하며 보배로 여기는 것이 비할 데가 없었다.

명천 또한 공주를 흠모하고 사랑하여 그 정의 무게가 태산과 같고 깊이가 큰 바다와 같았으나, 마음속에 품은 생각을 남이 모르게 하고 말을 가볍게 내지 않았으므로 부인을 매우 중하게 여김에도 불구하고 사석에서조차 예를 갖춰 정숙하게 대했다. 그러므로 젊은 부부의 경박함이 없었다. 집안 어른들과 함께 모이는 자리에서는 두 눈을 낮춰 뜨고 단정하게

---

566) 굳이 ~ 태도 : {슈습(收拾)ᄒ미}. 어지러운 마음을 가라앉히어 바로잡음의 의미이지만 문맥을 고려하여 이와 같이 옮김.
567) 임강(任姜) : 주(周)나라 문왕의 모친 태임(太任)과 주나라 선왕의 비인 강후(姜后)를 가리킴. 현명하고 덕이 있는 인물임.
568) 마등(馬鄧) : 한(漢)나라 명제의 마황후(馬皇后)와 화제의 등황후(鄧皇后). 현명함으로 이름 높은 황후임.

남의 집 여인을 대하는 것같이 했으니, 그 마음속으로 사랑함을 알 리가 없었다. 태부인이 명윤 부부와 명천 부부를 함께 두고 보면, 명윤은 할머니 앞에서도 한씨와 함께 농담도 많이 하고 매우 사랑한다는 것을 사람들이 알게 했으나, 명천은 공주를 대함에 있어 조금도 거들떠보지 않고 말을 주고받지도 않으니 그 기운이 가을 하늘 같고 어른을 뵐 때만 온화한 기운이 은은하게 보일 따름이었다. 태부인이 노인의 망령기로 진왕과 초공에게 두 아이에 대한 말을 이르고 이상하다며 염려하자 초공이 웃으며 말했다.

"명윤이는 기운이 활발하고 의사가 분명하여 자잘한 일에 거리낌이 없는 아이이고, 명천이는 공자의 도학을 닦으며 맹자의 덕을 중심에 둔 까닭에 몸을 가다듬는 행실이 독실하여 행동이 세상의 경박한 사람들과 판이하게 다르기 때문에 그러한 것이지 어찌 공주를 박대하기 때문이겠습니까?"

노공이 웃으며 말했다.

"어머니께서 어찌 조무와 조성 두 사람의 젊었을 적 일을 생각하지 못하십니까? 옛날 조무와 조성 부부지간에 하던 일이 오늘날 명윤과 명천 두 아이의 행동과 같습니다. 두 아이가 다른 일을 닮지 않고 각각 그 할아버지들과 똑같은 모양으로 하고 있으니, 명윤은 조무의 뒤를 족히 이을 것이고, 명천은 조성의 뒤를 족히 이을 것입니다."

태부인이 고개를 끄덕이며 그 말이 옳다고 했다.

당시 위부인의 사촌아우 경참정 부인은 조씨 집안과 담 하나를 사이에 두고 이웃하고 있으므로 왕래가 빈번하였다. 위부인이 비록 사촌이긴 하지만 가까운 친척이 경참정 부인뿐이었으므로 아침저녁으로 서로 만나는 등 정이 매우 돈독하였다.

경참정은 자녀가 적어 단지 1남 1녀를 두었는데, 그 딸은 소학사의 부인으로 소황후의 조카며느리이기도 했다. 그러므로 궐 안에 편안히 출입하며 혜선 공주를 어릴 적부터 보았다. 경씨가 자기 어머니와 함께 조씨 집안에 왕래하였지만 사람됨을 말하자면 마음 쓰는 것이 바르지 못하고 어진 사람을 미워하며 자기보다 나은 사람을 배척했다. 경참정의 하나밖에 없는 딸로 부귀하고 호화로운 가운데 극히 귀하게 자라 제후가의 며느리가 되었고, 또 남편의 극진한 정이 자기 한 몸에 온전히 있다 보니 만사를 자기 뜻대로 했다. 그러다가 하루아침에 소학사와 영결하니 하늘이 무너지는 슬픔으로 오장이 끊어지는 것 같고 천지에 그 슬픔이 한이 없었다. 슬하에 단지 남매를 두었는데, 그들을 위안삼아 위로하며 홀어미로서의 고요한 법도를 지키지 않고 평생 친정에 머물고, 또 궐 안 왕래를 대수롭지 않게 했다. 소황후는 경씨가 비록 친조카며느리이지만 본래 사사로운 정이 있어 친했던 사이도 아니고, 또 홀어미가 되었으면서도 행동이 너무 번잡한 것을 못마땅하게 여겼으므로 잠시 그런 속마음을 내비쳤다. 그러나 경씨는 부끄러운 것을 알지 못하고 오히려 황후를 원망하며 양귀비를 사귀어 정궁(正宮)인 소황후를 해하는 일이 많았다. 이후에 대궐 왕래를 못하게 되자 편지를 주고받으며 귀비와 사귀었다.

경씨의 딸 화요는 혜선 공주와 나이가 같았다. 딸아이의 용모가 천하에 비할 데 없이 아름다웠기 때문에 경씨가 조씨 집안의 젊은이들 중 명천에게 눈독을 들였다. 그래서 어렸을 적부터 딸아이를 찬란하게 단장시켜 조씨 집안에 데려와 짐짓 초공569)과 유현에게 보이며 그 속내를 드러

---

569) 초공 : {조공}. 초공의 오기로 보아 이와 같이 옮김.

냈는데, 딸아이는 생각지도 못할 말을 지어내서 화요가 한 어진 말이라며 자랑을 했다. 초공과 유현이 일가의 의리상 얼굴을 대하기는 했지만 그 사람됨이 현숙하지 못하다는 것을 알고 화요에게 뜻을 두지 않았다.

그랬는데 두 아이들이 자라자 화요가 명천에게 반해서 그 어미를 밤낮으로 보채기를 명천이 아니면 다른 사람에게는 시집을 가지 않겠다고 했다. 경씨가 마음이 급해서 초공에게 청혼을 했지만 초공이 정색을 한 채 친척지간에 이런 말을 하는 것은 예(禮)에 어긋난다며 청탁을 물리쳤다. 경씨가 분하게 여겨 명천의 앞길을 방해하며 훼방을 놓으려 했고, 화요는 22 규방 아녀자의 몸임에도 불구하고 조씨 집안에 철없이 와서 조소저들과 함께 놀며 일부러 명천을 자주 보려 했다. 그러나 명천은 맑고 깨끗한 물과 얼음 같은 마음을 지녔으며 몸을 닦고 행함에 있어 그 형제들 중에서도 뛰어났다. 그래서 비록 친척이라고 해도 나이가 있는 규방 여인을 대하는 것이 편하지 않아 화요가 오면 내당에 들어오지 않았다. 위부인은 매사에 인자하고 온화했기 때문에 화요가 무심하게 오는 것이라 여겨 유의하지 않았으며 명천이 자란 후로는 화요를 상대하여 보지 않았다.

그런데 뜻밖에 명천이 입신출세하여 몸이 영주산에 오르게 되고,570) 아득한 명망이 한 시대에 빼어나며 황제의 총애가 진동하여 공주의 남 23 편571)으로 정해져서 황제의 사위572)가 되니, 화요는 자신의 계획이 실패

---

570) 영주산에 ~ 되고 : {영쥬[瀛洲]의 올나}. 영주에 오른다는 것은 '등영주(登瀛洲)'의 의미로 옥당(玉堂) 곧 한림원(翰林院)에서 벼슬함을 말함. 영주는 원래 삼신산(三神山)의 하나로 신선이 산다 하는데, 당 태종(唐太宗)이 문학관(文學館)을 짓고 천하의 영재(英才)를 모집하니 여기에 뽑힌 자를 사람들이 모두 선망하여 '영주산에 올랐대[登瀛洲].' 한 데서 유래되었음.

571) 공주의 남편 : {초방가셔[椒房佳壻]}. 초방(椒房)은 왕후 등을 달리 이르는 말이므로 문맥상 공주로 옮겼고, 가서(佳壻)는 참하고 훌륭한 사위를 의미하므로 문맥을 고려하여 이와 같이 옮김.

572) 황제의 사위 : {금전동상[禁殿東床]}. 금전(禁殿)은 궁궐을 뜻하고, 동상(東床)은 남의 새 사위를 높여 이르는 말임.

로 돌아갔다고 생각하여 분함을 참지 못했다. 경씨 또한 애달픔을 참지 못했지만 정식으로 빙물을 받은 화씨도 버려져서 문만 바라보는 과부가 되었는데 자신의 딸이 명천과 짝이 되기를 바라는 것은 우스운 일이었으므로 어찌할 도리가 없어서 사윗감을 골라 범백문을 사위로 삼았다.

범백문은 간사하고 악한 인물로서 화요와는 하늘이 정한 짝이었다. 범백문의 어머니는 장헌태후의 조카딸이었으므로 범생을 데리고 궐 안 왕래를 자주 했었는데, 범생 또한 자신의 외모가 옥같이 아름답고 풍채가 24 좋은 것만 믿고 분수에 지나치게 혜선 공주를 우러러 바라다가 어찌할 도리 없이 물러나게 된 것을 분하게 여기고 있었다. 화요와 부부가 되어서는 서로 궐 안에 있는 친척 자랑을 하다가 혜선 공주를 보고 사모했으나 그 뜻을 못 이루고 이 홀어미의 딸을 얻었노라며 농담을 했다. 소화요가 웃으며 말했다.

"세상일이 이렇습니다. 제가 어렸을 적부터 조씨 집안에 드나들면서 조명천을 보고는 혼사를 의논했지만 초공이 친척간이라며 꺼려서 그 혼인이 이루어지지 못했습니다. 이제 혜선을 바라다가 공주로부터 버림받은 당신과 조씨 집안으로부터 버림받은 내가 서로 쌍이 되었으니 이것 또한 전생에 정해진 기이한 만남입니다. 저는 여자이지만 남과 25 겨루어 이기기를 좋아하는 성미가 약간 있습니다. 나와 당신은 화락하며 지내도 명천과 혜선이 화락하게 하는 것은 매우 어리석은 일이니, 우리 내외가 서로 협공해서 조명천과 공주가 원수가 되게 하여 재앙과 난리가 줄줄이 이어지고 자손의 앞길이 끊어지게 합시다. 조생은 나라에 죄를 짓도록 만들고, 공주의 한 몸에는 누명을 씌워 애가 타게 해서 일생을 초조하게 지내다가 공주는 말라죽게 하고 조생은 국가의 죄인이 되어 죽게 하든지 아니면 타향에서 변방을 수비하는 병졸이 되게 합시다. 그래야 당신의 마음도 상쾌해지고 저의 마음도 즐겁지 않겠습니까?"

범생이 매우 즐거워하며 말했다.

"그대는 실로 여자 가운데 군자의 재주로 장부의 마음을 시원하게 하는 군요. 나 또한 분한 마음이 같습니다. 어떻게 명천이 의심을 하게 해서 공주와의 금슬을 잘라버릴까 그것이 문제입니다." 26

화요가 범생의 귀에 대고 한 가지 계교를 말하니 생이 매우 기뻐하며 말했다.

"이 계교가 매우 묘하니 명천에게 사광(師曠)573)과 같은 총명함이 있다고 해도 알아채지 못할 것입니다."

그러고 나서 두 사람이 기회를 엿보고 있었다.

범생이 조씨 집안의 젊은이들과 사귀고 범생의 아내 화요 또한 조씨 집안에 가지 않는 날 없이 다녔으며, 혜선궁에는 더욱 자주 가서 공주를 매우 사랑하여 한 시도 떠날 줄을 모르는 것처럼 행동했다. 공주가 가만히 살펴보고는 어진 사람이 아니라는 것을 깨달았으므로 만나게 되면 예로써 인사를 마친 후에는 다른 말을 많이 나누지 않고 진심으로 정담을 나 27 누지 않았다. 공주가 자신을 상대하여 이야기하기를 싫어하니 화요가 더욱 밉게 여겨 거짓으로 웃으며 말했다.

"제가 비록 미천하지만 공주님과 친척지간이고 조씨 집안과도 친척입니다. 겹겹이 괄시하지 못할 사이인데 공주께서는 어찌 저를 보시면 제가 미친 말을 하는 것같이 생각하시고 말씀을 허락하지 않으십니까?

---

573) 사광(師曠) : 진(晉)나라 명공 때의 악사로 음률을 잘 분간하여 길흉을 점치는 총명함이 있었음.

황가의 자손이 쉽게 남을 괄시한다는 것은 예나 지금이나 다름이 없지만, 공주의 인자한 덕을 생각할 때 뜻밖입니다."

공주가 사과하며 말했다.

"나이가 어리고 사람 됨됨이가 철이 없을 뿐 아니라 아직 동과 서를 구분하지 못하니 친척간의 정을 알지 못하기 때문에 이렇게 한 것입니다. 그러니 지나치게 우직했던 것을 용서하십시오."

공주가 말을 마치고 옷깃을 여민 후 자세를 바로 하였는데, 다시 말을 하지 않고 대답할 뜻도 없어보였다. 이에 화요는 어찌할 바를 몰랐으며, 단지 공주를 해쳐야겠다는 마음만 급하게 들었다.574)

"황실의 금지옥엽을 대상으로 어떤 요물이 있어 이런 흉한 계교를 내며, 무슨 일로 원수가 된 사람이 있었던 것일까? 만일 내가 눈동자가 없고 소견이 짐승같이 방탕하기만 하다면 혹 이런 꼴을 보고 의혹됨이 있었겠지만 사람을 알아보는 안목이 분명하고 의심가는 사람의 생각을 알고 있으니 어찌 조악하고 음흉한 글을 보고 마음이 동하겠는가? 하물며 공주는 황실의 자손인데 비록 황실 인척의 아이들이 다닌다고 하더라도 금지옥엽 금달(禁闥)575) 안의 공주의 몸으로 아랫사람들과 함께 꽃나무 아래 모여 서로 말을 나누며 이상한 행실을 했겠는가? 이런 것은 공주의 맑고 깨끗한 행동으로는 말할 것도 없고 평범한 궁녀의 행실이라고 해도 있을 수 없는 일이니 공주가 했겠는가? 악인이 꾀를 내어 사람을 해치는 글을 지었지만 되지 못할 뜻을 낸 것으로 오로지 공

---

574) 내용 전개상, 범백문과 소화요가 간부의 편지를 지어낸 후 서동 경탄을 시켜 명천의 눈에 들키도록 모의하는 장면이 빠지고 바로 조명천의 말로 이어진 듯함. 『조씨삼대록』의 후반부에는 내용이 누락된 듯한 부분에 '낙장'이라는 표시가 있는데, 이 부분에는 이런 표시가 없음.
575) 금달(禁闥) : 궐내에서 임금이 평소에 거처하는 궁전의 앞문. 궁궐의 대유.

주를 해치고 나에게 위험한 말을 해서 두려워하게 하려는 것이다. 이런 일을 하는 자는 집안 사정을 알고 계교를 낸 것이다. 얼마 있지 않아 고삐가 길면 결국에는 환란이 있어서 발각되는 때가 있을 것이니, 그때가 되면 알게 될 것이다. 군자는 예가 아닌 것은 보지도 말고 듣지도 말라고 한 성인의 가르침이 있으니 이 글을 다시 봐서 무엇 하겠느냐?"

명천이 그 편지를 찢어 버리고 말했다.

"내가 듣자하니 요즘 나라에서 남아로서 공부도 하지 않고 글을 가지고 다니면서 한가하게 노니는 자를 보거든 일일이 잡아 묶어서 바치라고 하셨다 한다. 네가 글을 가지고 다니다가는 큰일을 당할 것이니 다시는 이런 글을 가지고 다니지 마라."

서동 경탄이 두 눈이 커져 황급히 달아나니, 명천이 혼자 웃음을 머금고 들어와 공주와 함께 앉았다. 맑은 광채가 방안에 가득하고 아름다운 태도와 태연한 자질이 가을 물위에 떠있는 아름다운 연꽃이 향기를 내뿜는 듯, 푸른 하늘의 흰 달이 밝은 빛을 흘리는 듯했다. 부마가 새삼 사랑하고 공경하면서 조금도 의심하는 마음을 두지 않았지만, 나이가 어리고 또 조부께서 조심하라고 타이른 것을 생각하여 다시 같은 방에서 지내는 즐거움을 이루지는 않고, 몇 년을 기다려 서로 나이가 많아지거든 부부가 함께 지내는 즐거움을 이뤄야겠다고 생각했다. 그러므로 진실로 단정하고 엄숙하게 행동하니 보통 사람에게 비길 바가 아니었다.

화요가 교묘한 글 솜씨로 엉큼한 편지를 만들어 명천을 시험했지만 전혀 변화의 기미가 없자 혜선궁에 예전처럼 왕래했고, 소연이 그 동정을 일일이 화요에게 고했다. 화요와 범생이 초조함과 급함을 참지 못하고 다시 공주의 장렴에서 명천의 눈에 익은 장신구를 가져오라고 소연에게 말했다. 원래 공주는 천성이 검소하여 장신구가 많지 않고 단장하는 것에 대해 깊이 생각하지 않았으므로 깨끗한 옷밖에 없었다.

한편 그 시어머니 정씨에게 기이한 노리개 하나가 있었는데, 옥으로 난새와 봉황새를 새기고 명월주(明月珠)576)와 순금으로 장식을 했다. 일반 옥이 아니라 물속에서 어렵게 연마한 보배로서 광채가 현란하여 사람의 얼굴을 비춰주고 밤이 되면 맑은 기운이 아주 캄캄한 밤에도 머리카락을 능히 셀 수 있을 정도로 밝았으며, 상서로운 빛이 뚜렷하고 분명하니 온 집안에서 다 기이하게 여기며 만금과 같은 뛰어난 보배라고 칭찬했다.

이것은 옛날 그녀의 부친 정상국이 동해에 있는 왜나라를 무찌르고 돌아오는 길에 얻은 것이었다. 정공이 나라밖 물건을 가져오는 것을 싫어하여 수많은 보물들은 다 물리치고 받지 않았는데 딸아이를 생각해서 오직 봉황과 난새를 새긴 구슬 하나를 받아가지고 돌아와서 주었다. 정씨가 그 것을 늘 몸에서 떨어뜨리지 않았는데, 그 자손들이 항상 자세히 보면서 광채가 기이하다고 칭찬했었다. 그런데 시집 온 공주가 패물이 많지 않은 것을 보고 정씨가 기특하게 여겨 난새와 봉황새의 특이함을 말하고 임자를 만났다고 하면서 그 구슬을 주었다. 그러므로 공주가 시어머님이 차시던 것이라고 여겨 늘 차고 다니다가 혹 흠이 날까 조심스러워서 예복에 묶어두고 예의를 차릴 때만 입었다. 이것을 소연이 몰래 끌러다가 화요에게 주니 화요가 매우 기뻐하면서 범생에게 가져다 주고 계교를 행하라고 했다. 그러자 범생이 매우 즐거워하며 받았다. 그러니 누가 그 은밀한 일을 알겠는가?

---

576) 명월주(明月珠) : 대합에서 나오는 진주 비슷한 구슬로 밤에도 환히 비친다고 함.

35

범생이 하루는 술에 매우 취해서 조부에 왔는데, 혜선 도위(都尉)인 명천과 병부시랑 명윤이 마주앉아 웃으며 많은 이야기를 나누고 있었다. 범생이 비틀걸음으로 들어와 앉으니, 명천은 보고도 못 본 척했고 명윤은 맞이하며 웃고 말했다.

"네가 요즘 소학사의 하나밖에 없는 사위가 되어서 부귀와 즐거움이 너무 과하거늘 어찌 이렇게 취해서 진흙같이 되었느냐?"

범생이 취중에 웃으며 말했다.

"이 범백문이 황실의 공주와도 말을 나눠본 사람인데 소씨 집안 사위가 된 것 정도로 무슨 말을 하리오?"

하고는 길게 탄식하며 말했다.

"내가 비록 보잘 것 없지만 구중궁궐의 만승(萬乘) 천자 앞도 거리낌 없이 다녔는데."

하고 명천을 바라보며 말했다.

"너만 아니었다면 나도 거의 혜선 도위가 될 뻔했도다."

명천이 듣고도 못 들은 척하며 일어나려 했다. 범생이 실언을 했다며 사죄하고 명천을 붙들어 앉힌 후 하는 말이 다 취중의 미친 소리요 헛된 소리였다. 그러자 명윤이 말했다.

"네가 실로 도리에 벗어난 행동을 하고 있으니 어서 집으로 가게."

범생이 거짓으로 화를 내며 일어나서 가는 척하다가 말했다.

"취객이 말실수를 좀 했다고 해서 어찌 사람을 이다지 핍박하는가? 나 역시 너희를 안 본다고 해서 죽지는 않을 것이다."

37

하고는 쥐고 있던 비단 부채도 내던지고 비단 주머니도 떨어뜨리는 등 거의 미친 행동을 했다. 명윤이 그 비단 주머니를 열어보니 따로 싸서 넣은 물건 하나가 있는데, 손으로 들어보니 매우 무거웠다. 또한 편지도 함께 싸여 있었는데 펴보니 그 편지 내용은 다음과 같았다.

하늘이 저를 만드시고 그대를 만드셔서 후원 깊은 화류정 아래에서 함께 놀게 하신 것은 우연히 생긴 일이 아닙니다. 제가 비록 공주 신분이지만 그대의 옥 같은 얼굴 꽃다운 풍모를 보게 되었는데, 가인(佳人)을 향한 춘정이 저에게만 없겠습니까? 그대의 금과 돌 같은 굳은 약속이 마음과 뼈에 맺혔습니다. 굳은 언약이 귀에 쟁쟁하고, 그대를 위하는 정성은 물이 동으로 흐르는 것처럼 자연스럽습니다. 조씨 집안과 전세(前代)에 인연의 업이 있었던 것인지 아니면 이번 생에 원한이 있는 것인지, 황제의 뜻이 조씨 집안으로 기울어져 혹하셨으니, 연약한 여자로서 사사로운 정을 보일 수 없어서 조명천의 아내가 되고 말았습니다.

그 사람이 지체가 낮은 것도 아니고, 가세가 부족한 것도 아니며 인물도 보통 사람은 아니지만 제 어렸을 적 마음이 기울어져 정을 맺어 둔 곳과는 같지 않았습니다. 게다가 조생도 정을 나누기를 원하지 않고 사람이 없는 깊은 밤에 마주해도 바깥사람을 대하듯 손님 접대하는 것과 같이 사이가 쌀쌀하니, 서로 비단 이불에 함께 머물러도 친밀히 사랑하는 정이 없습니다. 그래서 생각하기를 나의 빛나는 아름다운 얼굴을 보고 향기로운 몸을 대하면 득도한 고승이라도 능히 참지 못할 것인데, 조생이 부부간의 친밀한 정도 없이 은근히 박대를 심하게 한다고 하게 되었습니다. 그러니 내가 깊은 방안에서 젊은 얼굴로 팔자가 사나운 죄인이 되고 말아야겠습니까?

이제 내 몸에 지니고 있던 노리개 구슬 하나를 보내 정을 표합니다. 그리고 상황을 봐서 예전의 약속을 완성시키고 명천을 죽여 후환을 없앨 것이니 삼가 신중하게 하시고 조급하게 굴지 마십시오. 제가 명천과 말이 부부이지 실제로는 부부간의 도리를 행하지 못했으니 조씨 집안의 며느리가 아닙니다. 이런 행동을 하면 여자로서 ⁴⁰지조와 절개가 손상되는 것이라고 하지만, 이는 이름만 상하는 것일 뿐 실제로 도에 어그러진 행실은 아닐 듯합니다. 또한 내 몸이 스스로 즐겁기 위해 하는 것이니 매사 조심하다가 훗날 서로 만나 오래오래 함께하기를 바랍니다.

명윤이 한번 보고는 매우 놀라 부끄러워하며 명천에게 주고 말했다.

"이 글이 어디서 나왔을까? 매우 이상도다."

명천이 구태여 글은 보지도 않고 단지 그 봉황과 난새 새긴 것을 보다가 이내 안색을 고치고 천천히 옥을 거두어 손에 쥐고 아무 말도 하지 않았다. 그러자 명윤이 웃으며 말했다.

"네가 무슨 의도로 글을 보지 않느냐? 그리고 옥은 남자가 지닐 것이 못 되는데 어찌 거두어 가지느냐?"

명천이 태연하게 웃고 대답했다.

"편지의 내용은 짐작하건대 예가 아닌 말일 것이니 군자가 볼 것이 아닙니다. 그러나 이 옥은 비록 군자의 물건은 아니지만 낯선 것이 아닙니다. 게다가 어머님께서 아끼시던 것이니 내가 그것을 버리는 것이 옳지 않기 때문에 거두어 가진 것입니다."

명윤이 매우 놀라고 의아해하며 말했다.

"숙모께서 가지고 계시던 보물이 어떤 이유로 범생의 주머니 안 물건이 되었을까? 그 편지 내용이 이러이러 했는데, 실로 사람이라면 부끄럽고 놀라며 한스러움을 참지 못할 일이다."

명천이 미소를 지으며 말했다.

"형이 의심하는 것도 이상하지 않습니다만, 이 일은 아는 척할 일이 아 ⁴²

니니 원컨대 형님은 입 밖에 내지 말아주십시오."

명윤이 그 의미를 짐작하고 고개를 끄덕일 뿐 말을 하지 않았다.

원래 명윤과 명천은 말이 재종형제이지 한 집안에서 밤낮으로 한 방에서 함께 놀며 조부모를 모셨으므로 형제의 정이 한 배에서 난 아이들 같았다. 이제 둘이 의논하여 정하고 한 번도 입 밖에 내지 않으니 아무도 알 까닭이 없었다. 명천이 이후로 의심을 하지는 않았지만 망측한 생각이 들어서 혜선궁에 가지 않는 것이 좋겠다고 생각했다. 그리고 편지는 혹 흉악한 사람이 있어서 사악한 말을 지어낸다는 것이 이상하지 않지만 옥은 누가 가져다가 범생에게 주었는지 궁금한 생각이 들었다.

'공주가 시집온 지 몇 달이 지나지 않았고 나와 함께 합궁하지 않았다는 것을 집안사람이 알 리가 없는데, 이 말을 했다는 것이 이상하다. 누가 있어서 이런 비밀스런 일을 다 널리 알렸을까? 공주의 기질 상 조금도 이런 흉한 일을 할 리 없다는 것은 남들도 다 아는 일이다. 남을 위해 기특한 일은 하지 못할망정 누가 이런 음흉하고 악한 강도 같은 일을 하는지.'

근심이 많아져서 저절로 한 가닥 흥취가 사라졌으며 공주를 향한 태산 같은 깊은 정도 줄어들어 혹 혜선궁에 가도 오다가다 만난 사람처럼 공주를 대하니 사람들이 두려워서 감히 바라보지 못하고 그 속뜻을 헤아리지도 못했다.

이때 명천이 글을 지어준 다섯 사람이 과거에 급제하여 한림원(翰林院)에서 일을 하게 되니 부자간에 화목해지고 병든 어미의 병이 나았다. 과거시험 날 어전(御殿)에서 명천을 보고, 자신들의 글을 지어준 은인이 장원을 한 사람이라는 것은 알고 있었지만 사무가 바빠 한가하지 못하여 한

번도 찾아가 감사하지 못했고 조생이 또한 부마가 되었으므로 만나지 못
했다. 그러다가 마침내 찾아와서 하늘 같은 큰 은혜에 감사하려고 했다.
그러나 명천이 하, 임, 정 등 다섯 사람의 명함을 보고는 만나고 싶어 하
지 않았으므로 병이 나서 손님을 맞이하지 못한다고 일러 그저 돌려보냈
다. 그후 자기 스스로 하, 임, 정 등의 집으로 찾아가 사과를 한 후 진심으
로 '은혜(恩惠)'라는 두 글자는 듣기 괴로우니 입 밖에 조금도 내지 말라고
부탁했다. 다섯 사람이 자신들의 이 일을 세상이 알까 두려워하고 있었으
니 어찌 누설하겠는가? 다만 마음 깊은 곳에 새겨두고 잊지 않았다가 이
후에 친한 벗이 되어 죽고 살기를 함께 하기로 굳게 약속하고, 뒤에 자녀
들끼리 사돈을 맺은577) 수많은 이야기들은 『조씨후록』에 있다.

이때 명윤의 아내 한씨가 시집 온 지 삼 년 만에 아들을 낳았는데 아이
가 매우 비상했다. 태부인에게는 오대손이 되는 아이였다. 조노공이 매우
기뻐하며 사랑해주었고, 명윤이 한씨를 공경하고 귀하게 대하는 것이 산
도 낮고 바다도 얕을 정도였다. 그러나 풍류에 있어 남과 겨루어 이기기
를 좋아하는 성미를 버리지 못해서 첩이 열 명이 넘었다. 그럼에도 불구
하고 태상경(太常卿)578) 여원상의 딸과 우연히 마주친 후 매우 사모하여
상에게 부탁하여 혼인을 도모했다.

원래 여태상 부인이 윤부인의 시댁 친척이었으므로 윤씨 집안 잔치 자
리에 딸아이를 데리고 왔는데, 명윤이 그 딸을 보고 윤부인을 보채어 그
녀의 근본을 알아냈다. 그리고 친한 벗 고학사를 졸라서 황상에게 청을
넣어 자신의 뜻을 말하니, 황상이 조명윤을 특별히 사랑하였으므로 즉시

---

577) 사돈을 맺은 : {인친호고}. '인친(姻親)'은 사돈을 의미함.
578) 태상경(太常卿) : 태상시의 으뜸 벼슬. 태상시(太常寺)는 제사를 주관하고 왕의 묘호와 시호를
제정하는 일을 맡아보던 관아임.

교지를 내려 말하였다.

한림학사 병부시랑 조명윤은 국가의 대들보요 문무(文武)의 재주를 아울러 겸비하여 짐(朕)이 수족같이 여기니 마땅히 여러 처와 첩을 갖춰 자손이 시원스레 많게 함으로써 길이 그 후사를 돕겠노라. 짐이 특별히 태상경 여원상의 딸로 명윤의 두 번째 부인을 삼게 하니 두 집안은 바삐 황제의 명을 따르라.

기현이 듣고 탄식하며 말했다.

"어찌 성상이 이런 교지로 탕자의 뜻을 맞춰주셔서 그 방탕함을 더하게 시는가? 이는 방자함[579]을 더하게 하시는 것이로다."

진왕이 웃으며 말했다.

"명윤의 호방한 기상은 남보다 뛰어나니 너와는 기상이 딴판이다. 황상도 알아보시고 숙녀와 혼인을 하게 하시는 것인데 어찌 성은을 괴롭게 여기는 말을 하느냐?"

기현이 공손히 두 손을 마주 잡아 공경의 예를 표한 후 대답했다.

"아버님의 말씀이 마땅하시나 이 사혼은 황상께서 스스로 내리신 것이 아닙니다. 반드시 주청(奏請)이 있었을 것이니, 탕자의 청이 황제 전에 올라간 것입니다. 그러니 그 욕심을 채우게 된 것을 한탄한 것입니다."

진왕이 정색하며 말했다.

"군자가 어찌 억지 추측을 하느냐? 그렇게 하면 누구 말인들 듣겠느냐?"

___

579) 방자함 : {방약}. '방약무인(傍若無人)'의 준말로, 곁에 사람이 없는 것처럼 아무 거리낌 없이 함부로 말하고 행동하는 태도를 말함.

초공이 미소 지으며 말했다.

"조카의 말도 그르지 않고, 형님의 말씀도 마땅하십니다. 애초에 명윤 ⁴⁹이 한 여자만 데리고 있었으면 좋았을 것인데 지금 또한 한씨만 있는 것이 아니지 않습니까? 자식은 그 아비만큼 아는 사람이 없다고 했으니 조카의 말이 자신의 자식을 모르고 하는 말이 아닙니다."

진왕이 웃으며 말했다.

"그렇지만 명윤이는 허랑방탕하게 외입이나 할 아이는 아니다. 수십명의 첩을 두었지만 집안 다스리는 것은 극진하게 할 것이다. 네가 옛날에 유현이에 대해 걱정을 했으나 나는 끝내 유현이 매우 어질고 지혜로운 군자가 될 것이라고 했었다. 이 아이 역시 호걸의 풍모가 있기 때문에 이렇게 하는 것이니 본성이 걸출하다면 아무 근심이 없느니라."

초공이 손을 모으고 대답했다.

"형님의 말씀이 맞습니다. 그러나 유현을 자기 뜻대로 하게 버려두고 ⁵⁰조금도 단속하지 않았다면 어찌 지금과 같은 군자가 되었겠습니까? 사람됨이 총명하고 역량이 깊었기 때문에 깨닫고 잘 그쳤지만, 가만히 버려두고 점점 방자한 기운을 길러주었다면 저렇게 되지 못했을 것입니다."

진왕이 깊이 감탄하며 아우의 말이 옳다고 했다.

여씨 집안에서 날짜를 택하여 알려왔는데, 그 날짜가 수십 일 정도 남아 있었다. 조씨 집안에서는 즐거워서 하는 혼인이 아니었기에 마지못하여 혼례를 치르게 되었다. 명윤은 기뻐서 그 기운이 눈썹 위에 영롱했지만 부친의 엄숙함이 두려워 기쁜 기분을 채 펴지도 못했다. 중당에 친척 ⁵¹들만 모였는데도 너른 대청이 부녀자들로 가득했다. 태부인이 한씨에게 명하여 신랑의 혼례복을 만들라고 하였으므로 한씨가 명을 받들어 가지고 나오는데 옥 같은 용모가 태연하고 화평한 기운은 봄날의 좋은 바람처럼 다사로웠으며 온화한 기색이 자리에 진동했다. 자리에 가득 모인 사람들이 칭찬을 했으며 초공이 축하하며 말했다.

"오늘 한씨의 행동을 보니 명윤이 복이 많다는 것을 알겠습니다. 형님의 자손이 많고 집안이 창성할 것이라는 사실은 이를 근거로 알 수 있습니다. 제가 진심으로 이 기쁨을 축하드립니다."

52 이때 진왕 부자가 안 그래도 좋은 기분이었는데, 초공의 축하를 받게 되니 더욱 기뻐서 그 마음을 참지 못하고 기쁨을 드러내 웃으며 말했다.

"나의 맏며느리 소씨는 여자 중의 현자였는데 손자며느리 한씨는 여자 중의 큰 성인이구나. 며느리가 족히 그 시어머니의 뒤를 이을 것이니 어찌 우리 집안의 경사가 아니겠는가?"

조부인 등이 웃으며 말했다.

"한씨가 비록 온화한 기운으로 남편의 예복을 만들었지만 무슨 즐거운 일을 한다고 진심으로 즐기겠습니까? 다만 온순하고 덕이 있어서 명령을 따른 것이며, 그 본래 가졌던 마음의 덕을 잃지 않고 아녀자로서의 도리와 염치를 알았기 때문에 한 것입니다. 그러나 양씨와 정씨처럼
53 화란을 경험한 것580)도 아니고, 평안한 시절에 예법에 따라 재실을 맞이하게 된 것이니, 예법을 아는 여자로서 언사와 낯빛이 온화하다 하여 구태여 삼대(三代)가 기특하다며 칭찬하는 까닭을 알 수 없군요."

진왕이 웃으며 말했다.

---

580) 양씨와 ~ 것 : 조무의 부인 정숙렬과 조성의 부인 양정렬이 금선 공주와 박수관, 양세 등의 계교로 인해 초년에 고난을 겪은 일을 가리킴. 이와 관련된 내용은 『현몽쌍룡기』에 있음.

"내 손자며느리이기 때문에 오늘 그 행동을 보고 기특하다고 하는 것이 아니라 원래 그 도량이 하늘과 땅 같고 그 마음이 큰 바다와 같기 때문입니다. 명윤이 아내의 내조 덕분에 정도로 돌아갔으니, 여러 처첩이 있다 해도 한씨는 문왕의 비(妃) 태사(太姒)와 흡사할 것입니다. 그러니 어찌 그 시어미와 비교하겠습니까?"

많은 사람들이 크게 웃었으며 조부인 등이 한바탕 이야기를 하자 정숙렬이 웃으며 말했다.

"이미 흰 머리가 날 때가 되었는데도 젊은 새사람이 들어오는 날마다 우리들의 지난 이야기를 너무 자주 하니 지루합니다. 형님들께서는 그만하십시오. 며느리가 대대로 나아지면 가문의 큰 경사인데 형님들께서 이같이 따지시니 오히려 이상합니다."

화파, 영파, 설파가 모두 팔을 걷어붙이고 달려 들어서는 애타하며 말했다.

"우리 양씨와 정씨 두 부인으로 말하면 천만고에도 비길 사람이 없을 것이니 한소저와 공주이신들 어찌 두 부인보다 낫겠습니까? 두 부인의 얼굴을 마주하고 날이 저물도록 봐도 온갖 태도가 다 아름다워 한 곳 하자가 있다고 할 부분이 없으니 우리 노인의 눈에는 양, 정 두 부인에게 당할 사람이 없습니다."

위부인이 웃으며 말했다.

"그대 세 사람의 말이 과연 옳다."

초공이 웃으며 대답했다.

"사사로운 정에 가려서 그렇게 아시지만 명천 부자를 비교해보자면 얼굴이나 풍채는 누가 낫다고 할 것이 없지만 조용하고 침착한 것과 모든 일을 완전하게 하는 것이 그 아비보다 나은 부분이 있기에 하는 말입니다."

조노공이 기뻐서 흰 수염을 어루만지며 말했다.

"명천이가 비록 기특하다고 하지만 그 아비보다 나은 일이 무엇이 있느냐? 내 생각으로는 장부다운 위풍과 영웅다운 기상 정도만 그 아비보다 나은 듯하다."

태부인이 웃으며 말했다.

"너는 네 손자가 낫다고 여기지만 내 생각에는 명천의 할아버지581)가 가장 뛰어나지 싶다."

모든 사람들이 크게 웃으며 맞다고 말했다.

명윤이 하직인사를 드린 후 정식으로 옷을 차려입고 여씨 집안으로 향하는데, 뒤따르는 사람들이 큰 길을 가득 덮었으며 성대한 호위병들에 대해서는 다 기록하기가 어려울 정도였다.

신랑의 해와 달 같은 용모와 품격은 당대에 겨룰 사람이 없을 정도였으므로 지켜보는 사람들이 떠들썩하게 칭찬했다. 옥으로 만든 술잔과 기러기를 전하고 신부가 가마에 오르기를 재촉한 후 집으로 돌아왔는데, 남자의 풍채와 여자의 외모를 보니 짐짓 한 쌍의 아름다운 짝이었다. 신랑이 신부의 고운 자태와 충만한 아름다움을 보고 기쁨을 참지 못했다. 신부가 단장을 고친 후 대추와 밤을 들어 시부모에게 바칠 때 여러 사람이 눈을 들어 보았는데, 이 어찌 자질구레한 보통 사람이리오. 얼굴에 상서로운 빛이 하얗게 반짝였는데, 그 자태는 마치 수많은 꽃의 정기가 서려 있는 것과 같았다. 모여 있던 손님들이 일제히 기현 등에게 축하하며 말했다.

581) 명천의 할아버지 : 초국공 조성을 가리킴.

"시집오는 사람마다 천고의 미인으로 얌전하고 정숙하니 가문의 복과 덕입니다."

기현이 만족스럽고 기뻐서 여씨에게 한씨와 나란히 앉으라고 하니, 한씨가 불편했지만 공손하게 답례하고 어깨를 나란히 하여 앉았다. 그러자 두 사람의 상서로운 빛이 서로 누가 낫고 못함이 없었다.

해가 저물어 숙소로 물러날 때가 되었다. 명윤이 저녁 문안을 드린 후 기별을 띄우고 신방으로 가자 신부가 일어나서 맞이했다. 명윤이 답하여 절한 후 아름다운 손을 잡고 웃으며 자신이 윤씨 집안 잔치 자리에서 잠 간 보고 사모하게 되어 황제에게 청하여 결혼하게 된 것임을 말했지만 신부가 정색을 한 채 답이 없었다. 명윤이 여씨를 이끌어 비단 장막으로 들어가는데, 두터운 정이 낙포(洛浦)582)에 무르녹는 것 같으며 물총새가 연리지(連理枝)583)에 깃드는 듯, 원앙이 푸른 나무 사이에서 희롱하는 듯하니 꿈인지 생시인지 몰라 혼이 빠지는 것 같았다.

이윽고 금계(金鷄)584)가 울어대니 두 사람이 일어나서 세수하고 태부인을 뵈었다. 태부인이 각별히 사랑해주셨고 모든 동서들과 시누이들이 칭찬했으며 한씨 또한 기뻐하며 사랑해주었다.585)

기현이 비로소 명윤이 황상에게 청탁한 것을 알고 탄식하며 말했다.

"이 아이가 이렇게 방자하니 가만 둘 수가 없구나."

하고는 협문을 닫고 후당에 자리를 정하여 앉은 후 종들을 불러 명윤을

58

59

---

582) 낙포(洛浦) : 무산신녀(巫山神女)가 놀던 곳. 무산신녀는 중국 초(楚)나라 양왕(襄王)이 꿈속에 서 만나 정을 나누었다는 선녀임.

583) 연리지(連理枝) : 두 나무의 가지가 서로 맞닿아서 결이 서로 통한 것. 화목한 부부나 남녀 사이 를 비유적으로 이르는 말.

584) 금계(金鷄) : 꿩과의 새.

585) 사랑해주었다 : 문맥상 이 뒤에 태사 기현이 명윤의 혼사가 이루어진 실상을 알게 되는 내용이 빠진 것으로 보임.

잡아오라고 해서 꾸짖었다.

"방탕한 너는 능히 네 죄를 아느냐? 어린아이가 색심(色心)을 일으켜 감히 사혼을 마음대로 했으니 어찌 한심하지 않으냐?"

말을 마치고는 묵묵히 말이 없으니 명윤이 당 아래로 내려가 벌을 청하였다. 기현이 꾸짖어 말했다.

"우리 가문의 풍속이 대대로 학식을 업으로 삼아 모든 나이 어린 풍류자도 도리를 잃지 않았는데 너는 집안에서 많은 창녀들을 모았다. 게다가 정실부인 한씨로는 부족하여 나를 속이고 또 네 어미를 속여 부모에게 알리지도 않고 혼인을 한 것이나 마찬가지로 아내를 얻었으니 이는 정실부인을 심하게 희롱하는 짓이다. 청탁을 하여 자신의 뜻을 이루는 것이 어찌 사람의 염치로 할 일이냐? 이는 네가 나를 몽매하고 어리석다고 여겨 거리낌 없이 방탕하게 행동한 것이다. 내가 비록 어른들의 뜻에 따르기는 했지만 너의 죄를 가만 두지는 못하겠다. 다시 내 귀에 창기들을 모아 방탕하게 지낸다는 말이 들리면 부자간의 연을 끊을 것이다."

말을 마치고 진짜로 태형으로 벌을 주었다. 명윤이 태부인 이하 누구로부터도 매를 맞아본 적이 없었는데 불시에 아버지로부터 엄하게 꾸짖음을 당하니 아픔을 참을 수가 없었다. 본래 사랑만 받고 큰 사람이라 이십여 대를 맞자 살이 떨어지고 피가 나니 명윤이 괴로워하며 말했다.

"제가 지은 죄 비록 속죄하기 어렵습니다만 아버님께서 성스러운 덕으로 형벌을 줄여주셔서 새벽 문안드리는 조회에 빠지지 않도록 해주십시오. 제가 아버님의 가르침대로 하겠습니다."

기현이 쌀쌀하게 웃으며 말했다.

"내가 너와 부자간이라는 것이 통한스럽다."

하고 다시 엄격하게 죄를 물었다. 매가 사십여 대에 이르자 피가 낭자하고 명윤이 여러 번 혼절했다. 기현이 할머님이 화를 내실까 염려되어 벌을 그치고 다시 타이르니, 명윤이 정신을 차리고 일어나 두 번 절하여 명령을 받들고 아무 일도 없었다는 듯 효성스러운 태도를 보였다. 기현이 생각하기를 명윤의 장수다운 기량이 이러하다는 것을 대인께서 훤히 아시는구나 했다.

이날 밤 명윤이 기현을 모시고 앉았다가 다음 날 새벽 문안을 드렸는데, 그 기운이 여느 때와 같았지만 마음속으로는 염려를 놓지 못했다. 명윤이 새벽 문안을 드린 후 숙부와 아버지를 모시고 조회를 하러 들어갔다.

이날 황상이 부마 명천과 당대의 이름난 선비들을 모두 모아 글을 짓게 한 후 그 고하를 가렸는데, 명윤의 장강대하 같은 재주는 수많은 선비들 가운데 으뜸이었다. 황상이 매우 아끼면서 명윤을 문연각(文淵閣)586) 태학사로 승진시키고 명천은 춘방(春坊)587) 학사로 임명하였다. 원래 명천은 부마이지만 사람됨이 관대하였으므로 태자를 가까이서 모시는 춘방 학사를 시킨 것이다. 두 사람이 한층 명망이 높아지니 할머님과 부모가 기뻐했으나, 너무 젊은 나이에 현달한 것을 도리어 염려했다. 집안사람들이 모두 명윤이 매를 맞은 것을 몰랐지만 한씨만은 눈치를 채고 장창(杖瘡)588)에 좋은 약을 가져다가 사실(私室)에 있을 때면 치료해주니, 명윤이 신기하게 여기며 미소짓고 물었다. 그러자 한씨가 얼굴빛을 고치고 말했다.

586) 문연각(文淵閣) : 중국 북경에 있던 궁중 장서(藏書)의 전각(殿閣).
587) 춘방(春坊) : 세자시강원(世子侍講院)으로 왕세자의 교육을 맡아보던 관아임.
588) 장창(杖瘡) : 장형(杖刑)이나 고문으로 매를 맞은 자리에 난 헌데를 이르던 말.

"성인이 말씀하시기를 신체발부는 부모로부터 받은 것이니 상하지 않게 하는 것이 효의 시작이라고 했습니다. 악정자(樂正子) 춘(春)589)은 발을 다친 후 두 달 동안 근심했는데 그것이 효자의 도리입니다. 이제 당신이 비록 한창 젊은 때라고 하지만 부모님께서 주신 몸을 생각지 않고 스스로 사람을 속이며 앓기를 예사로 하십니까? 대인의 지극한 훈계가 오히려 좋지 않게 될 지도 모르니 당신은 스스로 진중하게 행동하십시오."

명윤이 다 듣고 나니 부끄럽기도 하고 감격스럽기도 해서 칭찬하며 말했다.

"부인의 말씀이 어집니다. 내가 비록 무식하지만 도리에 어긋나지 않도록 하겠습니다. 이 일은 형제들도 모르는 것인데, 부인이 어떻게 알았습니까? 가르치는 말을 들으니 막힌 것이 뚫리는 듯합니다."

한씨가 용모를 단정히 하고 대답했다.

"대인께서 매로 치셨는데도 깨닫지 못하시다가 아녀자의 한 마디에 이렇게 깨달으시니 이는 성인이 나무꾼에게 묻는 것과 같습니다."

명윤이 감탄하고 약을 쓰다가 다시 웃으며 말했다.

"부인이 명의가 아닌데 의학의 이치를 꿰뚫어 압니까?"

한씨가 웃을 뿐 답이 없었다. 한씨와 여씨 두 사람이 화목하여 동기간처럼 지내며 남편을 받들어 섬겼다.

나중에 유현이 명윤을 보고 웃으며 말했다.

"네가 이렇게 외람된 행동을 했는데도 장책(杖責)함이 없었더냐?"

명윤이 웃기만 하고 대답하지 않으니 유현이 재삼 물었다. 명윤이 매

589) 악정자(樂正子) 춘(春) : 맹자의 제자로서 노나라에서 벼슬했고 효행으로 이름이 높음.

맞은 것을 말하자 유현이 놀라 물었는데 명윤이 여러 달 전에 꾸중들은 것을 그다지 신경쓰지 않는다고 했다. 유현이 얼굴빛을 고치고는 어찌 능히 견디면서 표를 내지 않았느냐고 물으며 다시는 그렇게 하지 말라고 했다. 명윤이 두 번 절하고 말했다.

"백 대를 맞아도 처와 첩은 버리지 못할 것입니다. 아버님의 엄한 가르침이 이와 같으셔서 감히 뜻대로 못하긴 했지만 끝내 버리지는 못하겠습니다. 원컨대 숙부께서 제 소원을 이루도록 해주십시오."

유현이 웃으며 말했다.

"네가 이런 말을 하다니, 형님께 말해서 사십 대를 더 맞게 해야겠다. 어찌 열 명의 창기들을 모으게 권할 수 있겠느냐? 나는 젊은 시절에 여러 창기 첩을 두긴 했지만 부모님을 속이지 않았고 허락을 얻었다."

유현이 말은 이렇게 했지만 명윤의 기상을 사랑하여 열 명의 창기를 모아 그의 소원을 이루게 해주어야겠다고 생각했다.

화설. 화요가 공주를 해치기 위해 소연과 약속을 맺고 정씨가 혜선공주에게 준 난옥을 훔친 후 음란한 편지를 적어서 명천에게 보였지만 명천이 바다와 같이 넓은 마음과 하늘과 땅 같은 도량으로 끝내 말소리나 얼굴빛이 변하지 않으니 그 마음을 헤아릴 수가 없었다. 또한 명천이 공주궁에도 예전처럼 왕래하니 화요가 마음이 급하여 다시 공교로운 꾀를 내게 되었다. 이 집안의 가장은 조노공이므로 노공의 마음만 얻으면 능히 공주의 앞길을 방해하여 부부간의 의를 끊을 수 있을 것이라고 생각했다. 그래서 노공의 면전에서 서로 말을 주고받을 수 있는 서동들과 범생이 결탁을 한 후 차 속에 이상한 약을 타서 노공에게 드리라고 하였다. 그러나 진왕과 초공 두 사람이 밤낮으로 받들고 좌우에서 자손들이 모시면

66

67

서 떠나지 않으니 시녀나 서동이 어찌 일을 처리할 수 있겠는가? 이에 내
당의 시녀 가운데 설진이라는 자에게 뇌물을 주면서 몰래 음식에 약을 넣
어 태부인과 노공 부부의 마음이 변하도록 했다.

　그 후에 범생이 천하에 빼어나게 아름다운 미인을 얻어 와서는 자신이
거두려고590) 화요에게 보여주었는데, 화요가 내심 크게 놀라고 시기하는
⑥8　마음을 참지 못하여 조용히 귀에 대고 범생을 꼬드기며 한 가지 계교를
알려주었으니, 누가 능히 알겠는가? 범생은 명윤의 아내 한씨를 보지 못
했지만 그 아름다운 명성을 흠모했었는데, 화요가 요사스러운 말을 지어
내서 범생을 속이니 범생이 매우 기뻐하며 그 미인을 자신의 소유로 삼지
않게 되었다.

　화요가 자신의 외조부 경참정을 보채 조노공을 초대했는데, 노공이 본
래 지혜로운 헤아림은 없고 기력만 굳세었다. 경공이 초청했으므로 경부
에 가게 되었는데, 경공은 본래 부유한 늙은이로서 화요 모녀를 보배같이
알기 때문에 말을 하는 대로 다 들어줬다. 술자리를 벌여 정성스럽게 대
⑥9　접하고 범생이 데려온 미녀를 불러 술을 따르게 했다. 그 미녀는 무릉선
이라고 했는데, 사람의 마음을 홀릴 만한 아름다운 태도가 있으며 곱고
아름다운 것이 혼란스러워 사람의 마음을 기울게 할 만했다. 또한 말이
민첩하며 몸이 가벼웠으니, 송옥(宋玉)의 동가녀(東家女)591)와, 조식(曹植)

---

590) 거두려고 : {가죽고져}. '가죽'은 물품이나 몸가짐 따위를 알뜰히 매만져서 잘 간직하거나 거둠
　　을 의미하는 옛말임.
591) 동가녀(東家女) : 동쪽 이웃집의 딸, 미인을 이름. 송옥의 〈등도자호색부(登徒子好色賦)〉에 나
　　오는 말임. 〈등도자호색부〉에는 다음과 같은 내용이 있음. "천하의 아름다운 사람은 초나라만
　　한 곳이 없고 초나라에서 아름다운 사람은 신의 마을만한 곳이 없습니다. 신의 마을에서 아름
　　다운 사람은 신의 동쪽 이웃집의 딸만한 사람이 없습니다. 그러나 이 여자는 담장을 넘어 신을
　　삼 년 동안 엿보았으나 지금까지 허락하지 않았습니다[天下之佳人 莫若楚國, 楚國之麗者 莫若
　　臣里 臣里之美者 莫若臣東家之子 然此女登牆窺臣三年 至今未許]."

이 기린 낙신(洛神)만 아름답다고 할 수 없었다. 경공이 웃으며 말했다.

"제가 형님과 더불어 담장을 가까이 하고 지내면서, 아침저녁으로 우리 두 사람이 서로 의기가 맞았으며 정이 친형제와 같았고 또 굳은 의리는 양방592)과 비길 만했습니다. 오늘은 좋은 새 술의 맛이 향기롭고 또 뛰어난 미인이 왔기에 형님을 청해 한 잔 드리려고 했습니다."

노공이 원래 풍채와 용모가 화려하여 여러 희첩을 가까이 했지만, 이제 나이 80이니 어찌 여색에 대한 생각이 한 번에 일어나겠는가? 그러나 이 상한 약이 선악에 대한 분별력593)을 흐리게 하여 노인의 마음을 유약하게 만들었다. 노공이 무릉선의 얼굴을 보고는 홀연 마음이 요동하여 흰 수염을 쓸며 말했다.

"형의 두터운 정에 매우 감사합니다. 내 나이 벌써 80에 가깝고 기력이 쇠하였지만 인생은 백 년을 살아도 슬픈 것입니다. 남자로 태어나 호사를 누리며 마지막까지 즐기다 죽으려 하니 저 미인을 나에게 주기를 부탁합니다."

경공이 흔쾌히 허락하고 즐기다가 자리를 마친 후 무릉선을 조부로 보냈다.

이때 진왕과 초공 두 사람이 의정부에 일이 있어서 날이 어두워진 후에 돌아왔는데, 노공이 이미 대서헌(大書軒)을 청소한 후 무릉선을 데려다 놓았다. 진왕과 초공이 놀라지 않을 수 없었지만 기운을 나직히 하여 모시고 앉았다. 나머지 자손들도 모두 모시고 앉으니 넓은 방이 좁고 횐당이 터질 듯했다. 노공이 예전에는 자손들이 모이면 즐겁고 기뻐서 그들이

---

592) 양방 : 미상.
593) 선악에 ~ 분별력 : {장부[臧否]}. 착함과 착하지 못함, 혹은 선악을 분별하고 판단하는 일을 의미함.

나가는 것을 아쉬워했는데 이날은 자녀와 손자들이 모이는 것을 싫어하며 말했다.

"내가 마침 이 미인을 얻어 심심풀이를 하려 했는데 너희 여러 사람이 모이니 이 미인이 부끄러워하는구나. 다 물러가라."

진왕 이하 사람들이 모두 고요히 앉아서 매우 괴로워 했으며 많은 손자들이 의아함을 참지 못하여 서로의 얼굴을 바라볼 뿐이었다. 초공이 다들 나가라고 명한 후 형과 함께 조용히 부친의 이부자리를 폈다. 그런 후형제가 서로 바라보며 무언가 이야기하려 하다가 두 사람이 일시에 엎드려서 목소리를 편안하게 하고 온화한 목소리로 말했다.

"저희들이 어리석어서 노래자(老來子)가 부모님 앞에서 색동 옷 입었던 일을 본받지 못했습니다. 그래서 아버님께서 울적하시어 저 미인을 데려오신 것입니다. 그러나 생각건대 아버님께서 연세도 많으시고 건강도 예전과 같지 않으시니 저희들은 이 말씀을 듣고 혼이 달아나는 것 같습니다. 색(色)이라는 것은 건장한 사람에게도 해로운 것입니다. 아버님의 밝으심으로 어찌 저희의 마음을 헤아리시지 못하십니까? 만일 무료함을 달래시려 한다면, 명윤이 가무에 능하고 명인594)의 춤 솜씨가 대적할 사람이 없습니다. 또한 유현과 운현 등이 비록 이런 일을 거들 만한 때는 지났지만 아버님께서 보시기 원하신다면 무슨 노릇인들 못하겠습니까? 오늘 밤 흔쾌히 놀기 위해 저희 형제, 부자, 숙질(叔姪)을 다 부르셔서 노래와 춤을 시키시면 거문고를 타며 즐겁게 해 드리겠습니다. 그러니 저 미인은 있던 곳으로 돌려보내시기 바랍니다."

노공이 마음이 변해서 무릉선에게 혹한 것인데 어찌 선뜻 버리겠는가?

---

594) 명인 : 조기현의 다섯째 아들.

잠깐 웃고는 말했다.

"너희들은 더 이상 염려하지 말거라. 내 나이 80에 미색이나 놀이에 마
음을 두어 자식에게 근심을 끼치겠느냐? 다만 이 사람의 재주595)가 비
상하다고 하고 또 거동이 민첩하며 총명하니 이 늙은이 곁에서 의복이
나 받들게 하려는 것이다. 자손의 거문고 솜씨나 가무는 다 봤으니 오
늘은 저 여인의 재주를 보면서 심심풀이를 하려 한다. 그러니 너희들
은 염려하지 말고 물러가라. 부모의 뜻을 따르는 것이 효도이다. 내 남
은 생이 많지 않으니 맘껏 즐기고 싶다. 그러니 너희가 막는 것은 옳지
않다. 어머님께서 아시면 기뻐하지 않으실 것이니 입 밖에 내지 말거
라."

진왕 형제가 부친의 뜻을 우러르고는 어찌할 도리가 없어 대답하고 물
러났다. 이때 진왕이 매우 탄식하며 말했다.

"이런 근심이 생기다니 정말 뜻밖이구나. 저 여자가 어디에서 왔는가?"

초공이 말했다.

"이것은 작지 않은 불행입니다. 어디로부터 왔는지는 오래 걸리지 않
아도 알게 될 것입니다만 어떻게 없앨까요?"

이렇게 근심하며 잠들지 못했다.

이후로 노공이 태부인을 뵐 때를 제외하고는 대서헌에서 무릉선을 총
애하며 지냈다. 무릉선이 얼굴도 곱고 요상한 말과 교묘한 말을 능숙하게
잘 했으므로 젊은 장부도 혹하게 할 만하니 80살 먹은 노인이 요상한 약
을 먹고 미혹된 것은 말해 무엇 하겠는가? 날마다 점점 빠져들어서 행동

---

595) 재주 : {풍물}. 풍물(風物)에는 '재주'라는 의미가 없지만, 뒤에 이어지는 내용을 고려하여 이와
같이 옮김.

76

이 균형을 잃고 이상한 일을 하는 지경에 이르니 진왕과 초공이 큰일을 만난 것처럼 근심하고 두려워했다. 자손들도 다 경황이 없어서 집안의 화목한 기운이 줄어들었다.

이때 화요가 무릉선에게 계교를 가르쳐서 노공을 혼동하게 하니 노공이 드디어 사람의 마음 같지 않게 본성을 잃어 버렸다. 그러나 효성은 타고난 것이므로 변하지 않아서 어머님의 병세 중한 것에 대해서는 어쩔 줄 몰라 하며 애를 태웠다. 그러자 무릉선이 말했다.

"제가 잠시 이인을 따라 산간에 왕래하면서 관상을 보고 운수를 헤아리는 것을 잘 했습니다. 이제 댁에 와서 상공의 여러 자손과 소저 그리고 부인들을 보니 모두 기특하고 비범합니다. 그런데 오직 혜선공주와
한소저는 측천무후(則天武后)의 고운 것과 여후(呂后)의 악함을 겸하였습니다. 지금 태부인께서 편찮으신 것도 다른 사람 때문이 아닙니다."

이때 노공은 웅대하고 정직한 성품이 변하여 다른 사람이 되어있었다. 그러므로 다음과 같이 말했다.

"너는 하는 말마다 모두 기특하구나. 공주와 한소부를 우리는 정숙한 열부로 알았는데 어찌하여 그리 사나운가? 어머님께서 그들을 극진히 사랑하시니 차마 어떻게 해칠 수단을 내겠느냐?"

무릉선이 웃고 말했다.

"상공께서 연세가 있으셔서 총명함이 흐려지셨고 진왕과 초공 그리고 태사와 평능후는 해와 달 같은 총명이 있지만, 사사로운 정에 얽매여
알지 못하고 있는 것입니다. 저는 천태 삼신산에서 약초를 캐던 선녀입니다. 하늘이 존문의 복과 경사를 도우시고 천지신명이 보호하셔서 특별히 저를 이곳에 보내고 한때나마 어르신을 모시게 한 까닭은 쓰러

져가는 조씨 집안의 종사를 붙들고, 아주 간악한 두 며느리를 적발하게 하여 댁의 화를 면하게 하려는 것입니다. 그러니 어찌 잠잠히 보고만 있겠습니까? 조명윤의 아내 한씨는 본래 명윤과 삼생의 원한이 있으므로 조씨 집안의 맏며느리가 되어서 종사를 멸하려는 것입니다. 사물이 성했다가 쇠하는 것은 진실로 변화의 이치입니다. 진시황과 한무제의 위엄으로도 불로장생할 수단을 얻지 못했는데 지금 조씨 집안은 여러 대에 걸친 벼슬과 경사가 넘치니 어찌 재앙이 자주 생기지 않겠습니까? 하늘이 한씨를 보내어 조씨 가문에 마가 끼게 했으나 다행히도 노 상공의 인자함 덕분에 저로 하여금 옥석을 분별하여 급한 화를 구하게 한 것입니다. 한씨가 지금 혜선공주와 한 마음이 되어 간통하는 사내를 들어 조씨 집안을 멸망하려 합니다. 먼저 태부인을 저주하고 있는 것이니, 만일 파내지 못하면 사오 일이 지나지 않아서 태부인께 일이 일어나고 상공과 여러 조씨의 목숨이 위태로울 것입니다. 여자들이 장차 일으킬 변란이 두렵지 않겠습니까?"

노공이 듣기를 마치자 몸과 마음이 서늘해져서 즉시 무릉선을 시켜 흉하고 더러운 물건과 축사(祝辭)를 찾아냈다. 태부인부터 노공과 진왕, 초공을 차례로 저주하였는데 흉한 말을 다 보지 못할 지경이었다. 노공이 이것을 보고 매우 놀라 모든 손자며느리들의 글씨와 대조를 하니 집안이 흉흉해졌다. 진왕과 초공이 모여 그 까닭을 물었지만 노공이 모든 소저들의 필적을 가져와 축사와 대조해보았다. 모두 같지 않았는데 유독 한씨와 공주의 글씨는 넓고 큰 바다 같았는데 두 사람의 글씨가 거의 비슷했다. 원래 한씨와 공주의 글 솜씨가 예사 문필과 달라서 우주의 근원과 산천의 영험한 기운이 모여 솜씨가 된 것이니 서로의 필체가 비슷했으며 난새와

79

80

봉황새가 춤을 추는 것 같고 자획이 구슬과 옥을 흩어놓은 것 같았다. 철
사를 드리운 것 같은 특별한 필획을 어찌 붓 끝으로 흉내 내 간사하게 모
사할 수 있겠으며 비교하여 같다고 할 수 있겠는가? 지혜가 있고 감식안
이 있기 때문에 한씨는 공주가 한 일이 아니라는 것을 알았지만, 노공의
병든 마음과 그릇된 눈에는 분명하게 동일한 손으로 쓴 것같이 보였다.
노공이 매우 화가 나서 두 눈이 둥그레지고 얼굴빛이 찬 재같이 되어서
말했다.

"비록 황실의 여자이지만 결단을 내려서 이러한 여자를 집안에 머물게
하여 나의 자손이 멸망하는 화를 당하지 못하도록 하겠다. 사사롭게
처치할 수 없으니 곧 이 변(變)을 황상께 아뢰어 공정하게 결단하겠다."
진왕이 관을 벗고 머리를 숙이며 말했다.

"변이 저희들의 손자며느리로 인해 일어났으니 놀랍고 한심합니다. 그
러나 가만히 생각해보면 비록 매우 악한 계집이라도 각각 자신의 몸을
생각할 것인데, 한씨와 공주는 남편이 후하게 대하고 할머님이 매우 사
랑하시니 한 몸이 영화롭고 즐거워 만사가 그 뜻대로 됩니다. 한나라
여후(呂后)나 측천무후(則天武后)와 같다고 한들 무슨 부족함이 있어서
이렇게 악한 일을 몸소 행하겠습니까? 더욱이 공주는 세속의 보잘 것
없는 숙녀와 다릅니다. 정숙한 자질과 어진 풍모를 지녀 성녀로서의
풍모가 가득하니 이런 일을 들어보지도 못했을 사람입니다. 아버님께
서는 현명하시니 거의 헤아리실 것입니다. 세 번 생각하셔서 이 일을
덮어 두어 아는 척하지 마시고 훗날 다시 처리하는 것이 마땅할까 합니
다."
초공이 얼굴빛을 단정하게 하고 말했다.

"형님의 말이 옳습니다. 하물며 한씨와 공주는 할머님과 시부모를 해한다고 해도 자신의 몸에 유익한 것이 없습니다. 어리석거나 미치지 않고서는 설사 매우 간사하고 악한 사람이라도 이런 일은 하지 않을 것입니다. 이런 변을 가지고 뭐라고 황상께 아뢰겠으며 공주와 한씨를 어찌 하겠습니까?"

노공이 정색을 하고 말했다.

"너희가 겨우 손자며느리를 위하느라 효도가 손상된 것을 깨닫지 못하는 것이냐? 내 몸을 위해서라도 이런 흉악한 일이 있으면 가만두지 않을 것인데 하물며 어머님과 관계되어 이런 일이 있으니, 나의 당황스럽고도 원통한 마음을 어찌 다 말하겠느냐? 결단코 가만두지 못할 것이다." ⁸⁴

노공이 시녀를 문책하려 하자 진왕과 초공이 끝내 이 일이 그냥 넘어가지 않을 것이라는 것을 알고 말했다.

"이 일은 작은 변이 아닙니다. 변을 만들어낸 자를 찾는다고 해서 놀라울 것은 없겠지만 발각한 후에는 집에 두지 못할 것입니다. 한씨는 자신의 친정으로 돌려보내고 공주는 혜선궁 문을 잠가 상부로 왕래하지 못하게 하면 출부하는 것이나 마찬가지입니다. 이렇게 하고 나중에 때를 봐서 해결하십시오."

노공이 그 말에 따라 한씨를 불러 벌을 주고 내처 집으로 돌아가게 하니 한씨가 온화하게 그 명을 받들어 하직하고 물러갔다. 진왕과 초공이 모두 안타까워했으며 기현과 유현이 안으로 들어와 한씨와 공주를 불러 ⁸⁵ 기쁘게 맞이하고 자리를 주어 앉힌 후 위로하며 말했다.

"집안에 이상한 변이 생겨서 공주와 우리 며느리의 신상에 헛된 누명이 이렇게 일어나게 되었다. 그러나 어찌 조금이나마 의심이 있겠느냐? 할머님의 병환이 중하시고 할아버님의 명령이 엄하시니 우리 며느리와 공주는 넓고 큰 도량으로 마음을 안정시키고 고요히 있으면서, 훗날 할아버님의 총명을 막은 뜬 구름을 쓸어버릴 해와 달의 밝은 빛을 기다려라. 한소부는 친정에 부모님을 뵈러 왔다고 말씀 드리고 구태여 이런 불미스러운 말은 입 밖에 내지 마라. 얼마 지나지 않아 억울한 사람은 원한을 씻게 하고 간사한 사람을 발각할 것이다."

86 　한씨와 공주가 자리에서 일어나 절하며 명을 받들고 말씀에 감사드리는데, 시원한 광채와 아름다움은 흰 달이 만방에 빛나는 것 같고 아름다운 거동은 봄 화원에서 일만 개의 꽃봉오리들이 다투어 웃는 것 같았다. 신기한 재주와 기질은 기산(岐山)의 봉황새 같고, 깨끗한 자태는 마치 흰 연꽃 두 송이가 향수를 뿜는 것 같으니, 단장이 무색할 정도로 아름다운 얼굴이 더욱 빛났으며 향기롭고 고운 자태와 춤추는 듯한 광채가 찬란했다. 곱고 아름다운 미간에는 천지의 빼어남을 가졌으며 온갖 자태에는 하늘의 영묘한 빛이 한 몸에 밝게 비쳐서 빛나고 있었다. 유현이 며느리들이 아름답다는 생각을 참지 못하여 모친에게 아뢰었다.

　"이러한 아름다움과 광채가 끝없이 있기 때문에 액운이 있는 것이니 87 정녕 여자로 태어난 것이 가련합니다. 더욱이 한씨는 집으로 돌아가는 행색이 좋지 않습니다. 요사이 할아버님을 요망한 계집이 모시면서 일을 만들어냈으니 매우 불길한 조짐입니다만 제가 그 여자가 온 곳을 알지 못하겠습니다."

　양정렬과 정숙렬, 소씨와 정씨 등이 공주와 한씨의 손을 잡고 눈물을 멈추지 않은 채 말했다.

"어질고 온화함은 천지신명도 아실 것이다. 어찌 이러한 더러운 누명을 얻어 돌아가게 되었는가? 게다가 공주의 천금 같은 자질에 욕된 일이 생긴 것은 우리를 더욱 불안하게 합니다. 공주는 만사를 밝고 크게 생각하고 한스러워하거나 분하게 생각지 말아 귀한 몸을 손상하지 마십시오."

공주가 은혜에 감사하여 절하며 말했다.

88

"여자의 몸으로서 사람에게 굴복하는 상황에 어찌 귀천이 있겠으며, 죄를 당하였는데 혼자 귀하다 하여 쓰지 않는 벌이 있겠습니까? 이 일은 단지 저희들에게 액운일 뿐 아니라 이 집안에 매우 불길한 것입니다. 만일 속히 어떻게 해결하지 않는다면 오늘 일은 작은 일에 불과하게 되지 않을까 생각됩니다."

기현과 유현이 고개를 끄덕이며 말했다.

"공주의 선견지명이 만 리를 미리 헤아리니 우리들과 비교할 것이 아닙니다. 그러나 바른 것이 간사한 것을 이길 것이니 비록 우리는 어리석지만 두 대인께서 정대하셔서 집안의 변을 진정시키실 것입니다. 그러니 공주는 지나치게 염려하지 마십시오."

이날 한씨가 할머님과 시부모에게 하직인사를 드리고 친정으로 돌아가는데, 이미 유현 부부가 엄하게 집안사람으로 하여금 누설하지 못하도록 했고 한씨가 친정으로 돌아가는 것을 우연하게 이루어진 근친이라고 말했다.

89

이때 위부인 또한 약기운으로 인해 변심하여 공주와 한씨를 사랑하지 않게 되었다. 명윤은 뜻밖에 변이 생겨서 귀중히 여기던 부인을 쫓아내게 되니 정신이 아찔했지만 아버지께서 이치를 풀어 밝히실 것이라고 생각했기 때문에 평소처럼 온화한 기운을 띤 채 한씨가 친정으로 돌아가는 것을 보지 않았다. 여러 조씨 형제들이 명윤을 희롱하며 명윤의 속이 다 말랐다고 했지만 부드럽게 웃을 뿐이었으며, 침착하게 침묵한 채 이 일을 모르는 것처럼 행동하면서 다만 혜선궁에 가는 발길을 끊을 뿐이었다.

90   태부인이 며칠 후 나으니 초공과 진왕이 함께 무릉선을 없앨 방법을 의논했다.

이때 유현이 말했다.

"모름지기 일에는 권도도 있고 정도도 있습니다. 옛 선조께서는 경법과 권도 두 가지를 다 만들어 두셔서 후세 사람이 한쪽으로만 치우쳐 일이 잘못될 것을 염려하고, 규례(規例)596)와 권변(權變)597)을 가르치셨습니다. 이제 할아버님께서 얻으신 요사한 사람은 작은 근심거리가 아닙니다. 그러니 만일 가만히 두어 할아버님께서 점점 더 홀려 정신을 못 차리게 되시면 뜻밖의 재난이 한낱 할아버님의 몸만 손상하게 할 뿐 아니라 점점 심해져서 아버님과 숙부님께 미칠 것이며 거기에 더해 저희들에게까지 이르러 집안을 소란스럽게 만들 근원이 될 것입니다. 그러니 이제 제가 한 명의 용사를 시켜서 할아버님 침소에 들어가게 했다

91   가 할아버님께서 존당으로 나가실 때 급히 요사한 사람을 잡아 멀리 가게 할까 합니다. 할아버님께서 그 여자를 찾으신다면 그때는 제가 잘못을 저지른 책임을 지게 되더라도 지금 상황으로는 근심을 더는 것이 옳을 것 같습니다."

좌우에 모여 있던 모든 조씨 형제들이 일시에 웃음을 머금었으며 진왕

---

596) 규례(規例): 일정한 규칙과 정해진 관례.
597) 권변(權變): 때와 형편에 따라 둘러대어 일을 처리하는 수단.

이 칭찬했다.

"우리 현명한 조카가 아니라면 바라건대 집안의 변을 미리 방어하지 못할 수도 있었겠구나. 아버님의 연세가 거의 80이신데 밤낮으로 요사한 사람이 모시니 기운이 몸에서 빠져나가고 정력이 줄어들게 되셨다. 그러니 우리들이 밥 먹는 것도 잊을 만큼 분발하여 요사한 사람을 없애는 것이 옳지, 어찌 권도라 해서 피하겠느냐? 다만 무릉선을 데려오라고 찾으실 때가 되면 어떻게 하겠느냐?"

운현이 웃으며 대답했다.

"평능후 형의 뜻이 사리에 맞는 의견입니다. 찾으시게 되면 그때 가서 어떻게든 둘러대지 못하겠습니까? 자기 스스로 달아났다고 하십시오."

유현이 다시 말했다.

"어찌 두 번이나 속이는 것이 옳겠습니까? 무릉선을 찾아오라고 하시면 제가 책임지겠습니다."

초공이 탄식하며 말했다.

"상황이 이렇게 되었으니 마지못해 네가 말한 권도를 따른다만, 원래 꾀가 많은 사람이 능히 웃어른 잘 속이는 것을 재주로 삼는다고 했으니 이것은 나의 뜻이 아니다. 만일 아버님의 몸에 해로운 것만 아니었다면 어찌 내가 너희와 같은 마음이 되어 아버님을 속이겠느냐?"

모든 조씨 형제들이 다 웃었으며 유현은 황공하여 엎드린 채 다시 말을 하지 못했다. 그러자 진왕이 웃으면서 다시 의논을 하며 신속히 계교를 실행할 방법을 묻자 유현이 대답했다.

"제가 거느리는 사람 중에 용사 한 명이 있습니다. 이름은 번진이라고 합니다. 날쌘 것이 형가(荊軻)598)나 섭정(聶政)599)에 비길 만하며 적극

92

93

적이고 충직하여 제가 신임한 지 오래입니다. 오늘 밤에 번진을 시켜 할아버님께서 내당에 들어가 계실 때 불시에 무릉선을 잡아가게 하는 것은 쉬울 것입니다. 이밖에는 대책이 없습니다."

초공이 말했다.

"이미 이부자리에서 할아버님을 가까이 모시던 사람을 우리가 잡아다가 죽이는 것은 옳은 것이 아니니 앞으로 어떻게 처치하려느냐?"

유현이 웃으며 말했다.

"이미 권도를 쓰기로 했는데 어찌 계집 한 명을 속이지 못해서 할아버님께서 가까이 하시던 자를 죽이겠으며 비루한 사람에게 누설을 하겠습니까? 번진을 시켜 이리이리하여 속이면 저 요사한 사람이 두려워서 오라고 청해도 다시는 오지 못할 것이니 이 계교보다 나은 것이 없을 듯합니다."

모든 조씨들이 떠들썩하게 칭찬을 했으며 진왕과 초공은 웃음만 띨 뿐 다시 말을 하지 않았지만 유현의 하는 일이 일마다 이러한 것을 보고 흐뭇해했다.

이날 밤 노공이 무릉선을 외당에 두고 잠깐 어머니를 뵈러 들어갔다. 이때 유현은 번진에게 일일이 지시한 후 나중에 들어와 모든 조씨 형제들과 함께 노공을 앞에 모시고 짐짓 즐거운 말과 들을 만한 이야기들을 꺼내서 일을 도우며 오래 앉아 들으시기를 요구하니 태부인이 기쁨을 참지 못하여 노공이 일어나려 하면 머무르게 하고 모든 자손들로부터 귀 기울여 들을 만한 이야기들을 들었다.

---

598) 형가(荊軻) : 중국 전국시대의 자객. 연나라 태자 단의 식객이 되어 진(秦)이 침략한 땅을 되찾아 주거나 진왕 정을 죽여 달라는 단의 부탁을 받고 진왕을 알현하고 죽이려 했으나 실패했음.
599) 섭정(聶政) : 중국 전국시대 때의 검객.

이때 번진이 평능후 유현의 명령에 따라 머리는 누런 것으로 싸고 흉칙한 색의 옷을 입은 후 손에 구리로 된 채를 잡고 몸을 검은 것으로 두른 후 희미한 달빛 아래 대서헌으로 뛰어들며 명부(冥府)의 시왕(十王)[600]이 황건역사(黃巾力士)[601]를 시켜 사람의 집을 어지럽힌 요사한 무릉선을 잡아오라 하신다고 소리친 후 나는 듯이 옆구리에 끼고 한없이 갔다. 무릉선이 겨우 창기 중 요사한 사람일 뿐이니 어찌 번진에게 속지 않겠는가? 혼이 나가서 떨며 말했다.

"이 일은 무릉선의 죄가 아니라 경참정의 집안에서 소소저와 범낭군이 시킨 것입니다. 진정 제 스스로 조노공을 미혹하려 한 것이 아닙니다."

이 말로 인하여 범생이 원인인 것을 알고 다시 물었다.

"너를 이제 명부 지옥으로 잡아가려 한다. 너에게 일 시킨 자를 다 말하고 네가 억울하게 죄를 씌워 해친 일을 나에게 속이지 마라. 그러면 내가 오히려 너의 살길을 터놓고 가겠다. 비록 어두운 일도 명부에서는 선명하게 아는 법이니 너는 바른 대로 말해라."

무릉선이 울며 말했다.

"다 범생과 소씨가 지휘한 것입니다. 내가 조씨 집안에 와서 스스로 변란을 만들어내지는 않았으니, 원컨대 신께서는 저를 용서해주십시오. 제가 사나운 마음을 버리고 이 길로 바로 본향 소주로 내려가겠습니다."

번진이 한없이 걸어서 성문 밖의 으슥한 곳에 무릉선을 버리고 가며 말

600) 시왕(十王) : 저승에서 죽은 사람을 재판하는 열명의 대왕. 진광대왕, 초강대왕, 송제대왕, 오관대왕, 염라대왕, 변성대왕, 태산대왕, 평등대왕, 도시대왕, 오도 전륜대왕. 죽은 날부터 49일까지는 7일마다, 그 뒤에는 백일, 소상, 대상 때에 차례로 이들에 의해 심판을 받음.
601) 황건역사(黃巾力士) : 신장(神將)의 하나. 힘이 세다고 함.

했다.

"이제 경참정의 집안에도 다시는 가지 말고 범생도 다시는 찾지 마라. 이 길로 바로 소주로 내려가되 너의 이름을 고쳐서 누가 묻거든 무릉선이라고 하지 말고 재선이라고 하라. 그리고 조씨 집안에는 발길을 더더욱 들여놓지 마라. 하늘이 진노하였으니 네가 말을 듣지 않으면 어디로 도망을 가도 풍도지옥(酆都地獄)602)을 천만 겁이 지나도록 면치 못할 것이다. 이제 네가 번거롭게 이곳 서울 사람을 사귀어 양식이나 얻으려 한다면 너는 반드시 죽게 될 것이다. 내가 이십 금을 주겠으니 가지고 노잣돈 삼아 밤낮으로 고향으로 돌아가라. 네가 진실로 스스로는 죄가 없으나 사람에게 꾀어서 죽을 지경에 빠지게 된 것을 불쌍하게 생각해서 놓아주고 일을 만들어 낸 사람을 잡아가려 한다."

무릉선이 매우 감격스럽고도 두려워서 즉시 노자로 삼을 금을 품고 쥐숨듯이 소주로 갔다. 가다가 길에서 사람을 만나면 이름을 재선이라고 속이며 도망가니 노공이 비록 무릉선을 잊어버리지 못했지만 어디로 가서 그 그림자인들 찾을 수 있겠는가? 평능후의 계교가 진실로 능한 것이라고 할 수 있다.

이날 밤 노공이 나와 무릉선의 자취가 없는 것을 보고 매우 놀라서 모든 손자들과 진왕 초공 두 사람을 불러 그 까닭을 물으니 진왕이 먼저 대답했다.

"저희들이 아이들과 함께 아버님을 모시고 존당께 들어갔다가 나왔는데 그 사람의 거처를 어찌 알겠습니까?"

노공이 말없이 길게 생각하다보니, 진심으로 아깝기도 했고 이런 일이

---

602) 풍도지옥(酆都地獄) : 도가(道家)에서 '지옥'을 이르는 말.

갑자기 생기니 늙은이 생각에 양손을 다 잃은 듯했다. 그래서 고개를 숙이고 탄식하며 말했다.

"내가 그 사람의 아름다움을 보려 했던 것이 아니다. 이 늙은이가 앉고 누울 때 부리기 편하고 천성이 민첩하여 사랑하던 미인이었다. 그런데 공연히 간 곳 없으니 이 일에는 이유가 있을 것이다. 너희 가운데 나를 위하여 그녀를 찾아주는 자 있으면 효자효손(孝子孝孫)이 될 것이다."

모든 젊은이들이 터무니 없다는 생각을 참지 못해서 일제히 희미한 미 ₁₀₀ 소를 띠며 웃음소리 나는 것을 겨우 참고 각각 얼굴을 돌렸다. 오직 기현과 유현, 광현,603) 문현 등만 겨우 웃음을 참고 손을 모은 채 곁에서 모시니 초공이 눈빛을 흘려 좌우를 보았다. 그 눈빛이 방안을 비추자 모든 아들 손자들이 각각 용모를 단정히 하고 옷깃을 여민 채 벌벌 떨며 두려워했다. 그러자 노공이 다시 말했다.

"너희가 어찌 내 말에 대답을 하지 않느냐?"

유현이 자리에서 일어나 말했다.

"제가 뒤늦게 들어왔기 때문에 잠깐 봤습니다. 방에 어떤 남자가 뛰어들어가기에 자세히 보고 있었는데 잠시 후에 다시 뛰어나와 제가 놀라 살펴보니 무릉선을 데리고 가는 것이었습니다. 그러나 따라잡지를 못 ₁₀₁ 했습니다."

노공이 벌컥 화를 내며 말했다.

"어찌 가만히 놓아 보냈느냐? 집안에 사내종들이 많고 너 또한 용맹하여 수많은 장정들을 당해낼 수 있으면서 한 명의 도적을 어찌 이기지 못해서 잡아가게 했느냐? 이는 분명 그냥 보낸 것이다. 옛말에 개나 말

---

603) 광현 : {관현}. 광현의 오기로 보아 이와 같이 옮김.

이라도 부모가 사랑하면 귀하게 여긴다고 했는데, 하물며 사람을 너희 부자(父子)가 좋아하지 않더니 한 마음으로 모의를 해서 내쫓고는 나를 속이는 것이다."

진왕과 초공이 관을 벗고 사죄를 했으며 유현이 섬돌 아래로 내려가 잘못을 빌며 말했다.

"부모님이 잘못된 것에 빠지면 세 번 간언을 드리는 것은 성인이 허락하신 것입니다. 할아버님께서 요사한 사람에게 홀리셔서 몸을 돌보지 않으시니 온 집안이 술렁거리고 아버지와 숙부가 마침내 밥도 편히 넘기지 못했으며 베개를 베고 잠을 이루지 못했으므로 저희 아랫사람들 입장에서는 매우 황공하고 민망했습니다. 그러니 비록 사지(死地)에 드는 일이라도 마다하지 않고 아버님의 근심을 덜어드릴 것이며, 할아버님의 몸을 보호하시게 할 것입니다. 저 무릉선은 요괴 같은 창녀일 뿐 별로 기특하게 잘난 것도 없고, 또 그 여자와 언약을 한 간부(姦夫)가 여럿이었습니다. 그 중 한 명이 오늘밤에 찾아와서 데려가는 것을 제가 보았지만 잡지 못했습니다. 다른 형제들이나 아버지와 숙부는 할아버님을 모시고 훤당에서 떠나지 않았으니 이 일은 전혀 알지 못했으며 제가 그들을 보고도 보낸 것이니 제가 벌을 받겠습니다."

노공이 다 듣고 매우 화를 내며 말했다.

"내가 비록 노망이 났다 한들 너희 부자가 어찌 이렇게 업신여길 수 있느냐? 아버지나 형이 자녀나 아우의 행동에 제재를 가하는 일은 있지만 자손이 아비나 할아비의 행동에 제재를 가하는 일은 없으니 내가 각별히 사랑하는 여인을 몰래 쫓는 것은 사람으로서 할 도리가 아니다. 만일 무릉선을 찾아오지 못하면 너를 용서하지 않을 것이다."

유현이 엎드려 사죄하며 말했다.

"제가 보고도 잡지 못한 죄는 만 번 죽어도 오히려 가벼우니 처분을 기
다릴 뿐입니다. 그러나 무릉선은 본래 거처가 없는 창녀로서 간부와 104
함께 도망갔는데 어디로 가 찾겠습니까?"

노공이 정색을 하며 말했다.

"무릉선은 하늘의 신선인데 무슨 간부가 있겠느냐? 내가 자기를 버릴
까 두려워했으면 했지 제가 어찌 나를 버리겠느냐? 내 나이가 많아 죽
을 날이 얼마 남지 않았는데 신선을 만나게 되었으니, 길이 인간 세상
에서 누릴 수 있는 화락을 다 하여 오래도록 살며 죽지 않기를 바랐었
다. 그런데 네가 무슨 못된 마음으로 그녀를 쫓아버렸느냐?"

노공이 소리를 고래고래 지르며 근력을 허비하고, 몹시 원통해하며 분
을 삭이지 못했다. 유현이 조용히 엎드려 죄를 빌었고 진왕과 초공이 부
드러운 얼굴빛으로 말씀을 드렸다.

"신선이 있다고 하는 것은 진실로 미덥지 않은 말입니다. 진시황제나 105
한(漢)나라 무제도 끝내 신선을 만나지 못했습니다. 무릉선은 간사한
창기에 불과한데 사람을 혹하게 하기 위해서 신선이라고 한 것일 뿐 본
래는 일정한 거처도 없이 떠돌아다니며604) 정처가 없는 사람이었습니
다. 젊은 계집이 아버님께서 연세가 많으시니까 그것을 안 좋게 여겨
달아난 것입니다. 유현이 보고도 힘써 잡아두지 않은 것은 잘못이지만
이 또한 아버님의 몸을 위하여 간절하게 염려했기 때문이니 그 죄를 참
작해주십시오. 설사 아버님께서 죄를 다스리고자 하실지라도 저희들

---

604) 일정한 ~ 떠돌아다니며 : {동가식서가숙하며}. 동가식서가숙(東家食西家宿)은 동쪽 집에서 밥
먹고 서쪽 집에서 잠잔다는 뜻으로, 일정한 거처가 없이 떠돌아다니며 지냄을 이르는 말.

이 명대로 할 것인데 어찌 이렇게 몹시 성을 내시면서 몸을 피곤하게605) 하십니까?"

106 노공이 더욱 화가 나서 목소리를 높여 꾸짖는 것을 그치지 않았다. 기현 등 모든 사람들이 다 웃음을 참지 못했으며 복야(僕射)606) 몽현 등은 민망한 마음을 참지 못했으니, 부마 명천 등의 조급한 마음은 말해 무엇하겠는가?

이때는 겨울이었는데 땅거미607)가 지면서 비와 눈발이 날려 옷이 젖는데도 불구하고 노공이 꾸짖는 것을 멈추지 않고 용서하지 않았다. 이에 명천이 꿇어앉아 말했다.

"아버지가 죄가 있으면 자식이 대신하는 것은 옛날부터 허락되던 것입니다. 지금 아버지께서 잘못하신 일이 있긴 하지만 비바람이 거칠고 추위가 심하니 자손들의 마음이 끊어질 듯합니다. 할아버님께서는 살펴 생각해주십시오."

107 애걸하는 그 소리가 돌이나 나무도 감동하게 할만 했다. 그리고 많은 자손들이 나이 든 사람부터 어린 사람까지 층층이 잘 갖춰서 말을 하는데, 그 모습이 어여뻤다. 유현의 좌우로 학을 탄 신선 같은 아이들이 가득 앉아 옹위하고 있으니, 진왕과 초공이 그윽이 눈길을 보내며 평능후 유현이 복이 많다고 생각하고 웃으며 팔짱을 낀 채 노공의 명을 기다렸다. 노공이 평소 같으면 어찌 이렇게까지 하겠는가마는 약이 노인의 마음을 바꿨고, 요사스러운 색에 홀려 마음이 달아났으므로 유현을 심하게 벌주려고 했다. 그런데 여러 손자의 애걸하는 것과 명천의 간절한 말이 굳은 마

---

605) 피곤하게 : {잇비}. '잇브다'가 원형으로 피곤하다의 옛말.
606) 복야(僕射) : 중국 당나라·송나라 때의 관직.
607) 땅거미 : {박모(薄暮)}. 해가 진 뒤 어스레한 동안. '땅거미'로 순화함.

음을 녹게 해버렸다. 노인의 마음이 자연스럽게 약해지니 화를 잠깐 풀어 유현을 용서했지만 분을 참을 수가 없어서 한마디 했다. 108

"너희가 곳곳을 탐지하여 무릉선을 찾아내면 효손(孝孫)이 될 것이다."

평능후 유현 등이 절을 한 후 비로소 자리에 올라 곁에서 모셨지만, 노인은 마음의 울적함을 참지 못했다. 진왕과 초공이 민망해서 그날 밤 아들 손자들에게 거문고를 타며 노래를 부르게 했고, 쌍으로 춤을 추게 하여 웃으실 수 있도록 도왔다. 유현과 운현의 뛰어난 춤 솜씨 그리고 명윤, 명인의 남보다 뛰어난 모습은 진실로 세상 대대로 보기 드문 것이었다. 그러므로 노공이 울적하긴 하면서도 또한 웃음이 나고 마음이 즐거워 참지 못하고 화를 다 풀게 되었다. 유현이 자못 우스운 거동을 많이 하면서 109 화기애애한 웃음을 띠고 일부러 어리석은 듯이 말을 하니 그것이 마치 봄바람이 버들가지를 이끄는 듯하고, 따뜻한 봄날 풀과 나무가 자라고 꽃이 피는 것 같았다. 유현이 말을 입 밖으로 내면 모여 있던 사람들이 박수치며 웃고, 춤을 한 번 추면 모든 사람들의 눈길이 쏟아지니 노공이 아름답게 여기는 마음과 기쁨을 참지 못해 말했다.

"유현이 무릉선을 잡지 않고 놓아 보냈으므로 내 마음이 원통하여 죄를 다스리려고 했다. 그런데 오늘 밤 우스갯소리와 아름다운 말을 하고 또 춤추며 즐기는 솜씨가 족히 채색옷 입은 여인을 부러워할 바가 아니구나. 그래서 내 마음속 원통함이 모두 풀어져 무릉선을 다 잊었으니 평능후 너는 밤마다 지금처럼 해서 나의 외로움과 적적함을 위로하라."

평능후 유현이 두 번 절하며 명을 받들었고, 나머지 자녀 손자들도 노 110 공이 화 푸신 것에 감동하여 일시에 절하며 명을 받들었다. 진왕과 초공은 부친이 예전에는 시원스럽고 웅장하게 말씀하셨는데, 이제 완전히 달라져서 사람이 풀어지고 늙어서 정신이 흐려지신 것이라는 생각이 들자 마음이 슬퍼지고 가슴이 무너지는 것 같았다. 그래서 두 사람의 봉황 같은 눈가에는 눈물이 요동하고 눈썹 미간에는 슬픈 빛이 어렸다. 이것을 노공이 알아보고 물었다.

"오늘밤 내가 즐기는 이때에 너희 두 사람만이 즐거워하지 않는 것은 무슨 까닭이냐?"

두 사람이 황급히 용모를 고치고 사죄하며 말했다.

"오늘밤 저희들이 위로 아버님을 모시고 아래로 자손들을 거느리고 있으니 즐거움이 인생에 과분합니다. 그런데 어찌 기쁨이 적겠습니까? 다만 사물이 성했다가 쇠하는 것은 변화의 이치이기 때문에 집안이 넘치도록 번성하고 있다는 생각에 즐거움이 줄어들어 불효를 저지른 것입니다."

그러고는 얼굴빛을 고쳐 즐거운 기운을 띠고 농담을 곁들이며 노공의 즐기는 흥을 돋우니 노공이 기쁨을 참지 못하여 밤새도록 즐거움이 극에 달했다. 밤이 깊어지자 진왕과 초공이 손자들에게 물러가라고 한 후 모시고 잤으며, 이후로 진왕 아니면 초공이 노공을 모시면서 자손을 밤마다 모아 유희를 하고 한번 웃으시면 그것을 대단한 행복으로 알았다. 이 때문에 명윤 등 여러 자손들이 예절이나 사소한 일에 매임 없이 호방해지면서 할아버지의 세력만 믿고 자못 희락을 낭자하게 했지만 진왕과 초공이 엄하게 다스리지 않은 것은 늙으신 부친의 뜻을 받들었기 때문이다.

노공이 다시 무릉선에 대해서 말을 하지 않으니 진왕이 물러나서 자녀와 조카들을 모으고 유현을 앞으로 나오라고 한 후 친히 잔에 술을 부어

주며 말했다.

"우리 형제나 조카가 몇이 있어도 무릉선이 있는 것은 몹시 안 좋게 여기면서도 능히 없앨 좋은 방법을 내지 못하고 헛된 염려만 하며 시간을 낭비했다. 그런데 네가 계교를 내서 요사스러운 여자를 없애고 아버님을 이렇게 즐겁게 만들었으니 우리 형제가 다 너만 못하다. 그래서 큰 아버지로서 한 잔 향기로운 술을 주지 않을 수 없구나."

유현이 황급히 무릎을 꿇고 잔을 받은 후 일어나 두 번 절하며 천 번 만 번 황송하다고 말하고 잔을 기울였다. 초공이 잠시 웃은 후 말했다.

113

"이번에 행한 방법이 결국 정도는 아니었지만 요행히 그만한 선에서 무릉선을 잊으셨으니 다행이고 또 너의 공이다. 그러나 매사 교활한 능력으로 아버지나 형제를 속이는 것을 능사로 해서는 안 된다."

유현이 황공하여 엎드린 채 감히 답을 하지 못하고 만물이 살아날 것 같은 온화한 기운을 띠고 있었다. 아버지와 숙부의 칭찬과 자녀와 조카들의 감탄과 공경함이 비길 데가 없으니 온 집안의 추앙과 두터운 신망이 평능후 유현에게 돌아갔다.

화설. 한씨가 부모에게로 돌아가서 부모를 뵙고 시부모의 명대로 부모님이 그리운 마음을 참지 못해서 뵈러 왔다고 말하니, 부모가 곧이들었으므로 내쫓기는 화를 당한 근본적인 이유를 알지 못했다. 한씨의 일이 명

백한 것은 아니지만 출부(黜婦)가 된 것이므로 부모님께 아침저녁 문안인사 드리는 것 외에는 번거롭게 나서거나 다니지 않고 고요히 침소에 있으면서 지게문 밖을 나지 않았다. 부모가 이상하게 여기고 염려하여 그 이유를 물었지만 선뜻 말을 하지 않았다. 한 달이 조금 지나자 조학사 명윤이 참지 못하고 한부에 와서 장인 장모를 뵙고 인사를 나누는데, 한씨의

그림자도 보이지 않았다. 마음속으로 참지 못하고 문득 웃으며 물었다.

"제가 이곳에 온 이유는 장인, 장모께 인사드리려는 것도 있지만, 겸하여 아내와 아이를 만나 그간의 이야기를 나누려는 것도 있었습니다. 그런데 어찌 감춰두시고 보여주지 않으십니까? 동방에 환한 초를 켜고608) 쌍쌍이 한 방에 깃들지 못하게 하는 일은 장인 장모에게서 처음 보겠습니다."

명윤의 상쾌한 얼굴과 밝은 달 같은 광채, 그리고 부드럽고 온화한 풍모가 온 자리에 가득하고 흐르는 물 같은 말솜씨와 가을 하늘, 여름 태양 같은 기운은 천고에 빼어나며 대대로 대적할 사람이 없으니, 한공 부부가 아름답다는 생각에 기쁨을 참지 못하며 말했다.

"네가 이곳에 드물게 올지언정 우리는 사위를 위한 방을 준비하고 기다린 지 오래다. 그런데 어찌 내게 허물이 있다고 하느냐?"

하고는 저녁식사를 차리라고 하고 머물다 가기를 청하니 명윤이 매우 기뻐서 옥 같은 얼굴과 별 같은 눈동자를 한 아름다운 얼굴로 웃으니, 봄바람 같은 좋은 기운이 온 자리에 쏘였다. 한공 부부가 기쁨을 참지 못하고 날이 저물자 명윤을 이끌어 한씨의 침소인 선향정으로 보냈다.

이때 한씨는 고요히 문을 닫은 채 액운이 다 사라지고 길한 운이 돌아오기를 기다릴 뿐 구구하게 운명을 한탄하지 않았는데, 뜻밖에 명윤을 만나게 되니 마음속으로는 놀랐으나 안색의 변화 없이 일어나 맞았다. 서로 인사를 마친 후 동과 서로 자리를 잡으니 명윤이 웃으며 말했다.

"집안에 이상한 일이 있어서 부인이 이곳으로 오게 된 지 한 달이 거의

---

608) 동방에 ~ 켜고 : {동방화촉(洞房華燭)}. 동방에 비치는 환한 촛불이라는 뜻으로, 혼례를 치르고 나서 첫날밤에 신랑이 신부 방에서 자는 의식을 이르는 말이지만, 문맥상 첫날밤은 아니므로 이와 같이 옮김.

다 되었는데도 집으로 돌아오지 못하니 내 얼굴이 꿈에서도 어둡습니 다. 여기 오면 부인을 보고 아들이 반겨줄까 했는데 어찌 숨어서 나오 지 않고 나보고 수고스럽게 침소에 와서 보라고 하십니까? 그 이유를 알지 못하겠습니다. 그간 별 탈 없이 편안했으며 아이도 잘 있었습니 까?"

한씨가 부끄러운 얼굴빛으로 옷깃을 여미며 말했다.

"제 행실이 천지신명을 저버리고 큰 죄를 지었으므로 아버님께서 친정 으로 돌려보내서서 어린아이를 품고 친정으로 돌아왔습니다. 그러니 무슨 면목으로 당신을 영접하겠습니까? 하물며 제 죄명이 사실이든 아 니든 군자의 도리상 서로 찾지 않는 것이 옳거늘 어찌 여기에 오셔서 스스로의 몸에 미칠 해로움은 생각하지 않으십니까? 아이가 원래 병이 없고 제가 또한 무사하니 원컨대 얼른 돌아가셔서 제 마음을 편하게 하 시고, 군자로서의 도리를 옳게 하십시오."

명윤이 환하게 웃으며 아들을 부드럽게 어루만지고 부인의 얼굴을 바 라보다가 산과 바다 같은 정을 참지 못하여 말했다.

"부인의 죄명이 만일 사실이라면 내가 비록 불순하다 한들 어찌 태연 하게 찾아오겠습니까? 증조할아버님이 연세가 많으시고 요사한 사람 이 집에 들어와서 할아버님의 총명을 가려 집안에 변을 만들었지만 이 미 요사한 사람이 나갔으니 헤아려 주시어 그대의 누명이 벗어질 것입 니다. 없는 일을 사실인 것처럼 믿으면서 마음속에서 잊지 못하고 죄 없는 아내와 자식을 쫓아내면 이는 오히려 어른들께 화를 내는 것 아니 겠습니까? 부인은 통쾌한 여자이니 속 좁게 염려하지 말고 부부간에 화목한 얼굴로 반기는 것이 옳지 않겠습니까?"

한씨는 명윤이 말만 번듯하게 하면서 자신에 대해 거리낌이 없는 것을 보고, 한가하게 말을 해보았자 무익하다는 생각이 들어서 말을 하지 않고 앉아 있는데, 그 모습이 날이 차가운 가을 옥루(玉樓)에 밝은 달이 빛을 발하고 있는 것 같았다. 명윤이 더욱 공경하는 마음이 들고 사랑하는 마음이 깊어져서 그날 밤 동침하는 즐거움을 기쁘게 누리고, 조금도 의심을 하지 않았다. 다음 날 아침, 돌아갈 때가 되자 아이를 어루만지면서 못내 아쉬워했고, 부질없이 서로 떨어져 지내는 것이 한스러워서 넓은 눈썹을 찡그리며 즐겁지 않은 내색을 했다.

아침 식사 후 장인 장모에게 하직인사를 하고 바로 조참(朝參)[609]을 하러 갔다가 집으로 돌아오니 기현이 어디에 갔었는지 물었다. 명윤이 사실대로 말하니, 기현이 가만히 웃으며 말했다.

"너의 사람됨이 명천에게 미치지 못한다는 것을 이 일만 봐도 알 수 있구나. 한씨와 공주가 아무런 흠이 없는 것은 서로 마찬가지이다. 그런데 할아버님께서 잘못 아시고 그들을 돌려보내셨지만, 그 기간이 그리 오래되지 않았다. 명천이는 공주 이외에 다른 아내가 없음에도 불구하고 혜선궁으로 가는 발길을 끊고 할아버님의 명령을 받들었는데 너는 한씨가 간 곳으로 따라가는 경박함을 면치 못했으니 어찌 부끄럽지 않겠느냐?"

명윤이 손을 가지런히 한 채 말없이 웃고만 있으니, 좌우에 있던 사람들이 다 웃으며 놀렸다.

---

609) 조참(朝參) : 한 달에 네 번 중앙에 있는 문무백관이 정전(正殿)에 모여 임금에게 문안을 드리고 정사(政事)를 아뢰던 일.

조시삼대록 권지이십소

1면

화셜 초공이 이의 니르미 졔 주질이 하당호여 맛고 진왕이 쇼왈 우리 슈일을 나갓다가 오미 졔아의 남시 반드시 이실지라 내 도라와 옹봉화 삼으룰 다 보지 못호니 네게나 뵈던야 초공이 함쇼 대왈 보지 못호므로 앗가 잡아다가 보고 쇼원을 맛쳐 각각 호나식 미녀를 맛겨 가도왓노이다 진왕이 도로혀 쇼왈 그 죄샹이 망측홈 곳 아니면 너의 어즐므로 이 거조를 아닐 거시니 쟝춧 엇지호관대 알고 잡아가뇨 초공이 대왈 명션이 이

2면

거동을 보고 왓시니 무어시라 알외던잇고 진왕 왈 슐 먹고 취호다 니룰 뿐이라 별단 죄목은 우형이 듯지 못호엿노라 초공이 웃고 이의 명윤 명션 명쳔의 의논과 삼아의 망측 음난호믈 일일이 고호니 진왕이 블승히연 왈 졔즈 즁 이런 폐단이 이실가 나의 근심이 한씌도 한가치 못호여 졔질 즁 내 눈의 눗부믈 보면 젹은 일과 큰 일을 혜치 못호여 다스리더니 금일 삼으의 업스미 의심되므로 션으로 호여금 탐쳥호랴 호엿더니 싱각 밧 쇼으의 날 속이미 여츳호

3면

니 엇지 한심치 아니리오 너는 가히 참기를 잘호는지라 그 거동을 보고 통쾌히 치지 못호고 가도뇨 내 이졔 엄히 쳐 분을 플니라 초공이 잠쇼 대왈 그씌 절통호나 그 벌이 임의 힝호여시니 혈육을 샹호므로 더 나올 니 업고 부즈 슉질의 졍이 굿트여 그 살이 써러져 피 흐르믈 보기 실흔지라 이번은 쇼뎨의 힝호 벌을 쁘쇼셔 왕이 쏘흔 함쇼호고 한가지로 샹부의 가 노공긔 뵈옵고 삼으의 일과 삼손의 득죄호 스단을 고호고 힝실을 삼가며 마음을 곳칠 동안 춧지 아

4면

니시믈 고흐니 노공이 도로혀 대쇼흐고 명윤을 블너 왈 엇지 어른 속이믈 능ㅅ로 아
ᄂᆞᆫ다 명윤이 부친이 직좌ᄒᆞᄆᆡ 크게 황공ᄒᆞ고 두려 오직 안싴을 화히 ᄒᆞ고 말숨을 브
드러이 ᄒᆞ여 대왈 쇼손이 감히 다른 남ᄉᆞ로 조부를 긔망ᄒᆞ면 그 죄 비경ᄒᆞ옵거니와
이ᄂᆞᆫ 그러치 아냐 직고ᄒᆞᄆᆡ 삼슉이 죄를 면치 못ᄒᆞ올지라 ᄌᆞ질의 졍이 엇지 고이ᄒᆞ
리잇가 좌위 다 웃고 그 능려ᄒᆞᄆᆡ 능후로 방블ᄒᆞ믈 일시의 일ᄏᆞᄅᆞ니 태ᄉᆡ 냥안을 흘
너 질시ᄒᆞ며 진왕긔 고왈 ᄎᆞᄋᆞ 등이 만ᄉᆡ 미거ᄒᆞ고 오즉 쇠

5면

몬져 일워 군ᄌᆞ의 츙후ᄒᆞᆫ 덕과 우연ᄒᆞᆫ 힝실이 버셔ᄂᆞᆫ니 비록 젹은 일이나 양ᄌᆞ범을
공교ᄒᆞᆫ 말노 쇽이니 쇼ᄌᆞ 패심이 너기되 대ᄉᆡ 아니라 아른 쳬 아냐더니 덤졈ᄒᆞ여 대
인을 긔망ᄒᆞ며 졍직ᄒᆞᄆᆡ 업ᄉᆞ니 이졔 그만ᄒᆞ면 후일의 더옥 방ᄌᆞᄒᆞ여 거출 거시 업
ᄉᆞ리니 쳥컨대 다ᄉᆞ려 후일을 징계ᄒᆞ샤이다 진왕이 명윤 ᄉᆞ랑이 열 아들이 밋지 못
ᄒᆞᆯ 졍이 잇ᄂᆞᆫ지라 웃고 왈 명윤의 말이 사룸의 ᄌᆞ식의 도리를 극진이 ᄎᆞ리고 명션이
내 령을 쥰힝치 못ᄒᆞ여 허언으로 쇽이ᄆᆡ 날을

6면

업슈이 너기ᄆᆡ 아니라 그 아ᄌᆞ비를 ᄉᆞ랑ᄒᆞᄆᆡ니 너ᄂᆞᆫ 과히 죄칙ᄒᆞ여 어린 아히를 샹
케 말나 명윤의 늠늠ᄒᆞᆫ 긔샹과 특이ᄒᆞᆫ 위인이 졔 조뷔 블감 앙망이라 네 혼ᄀᆞᆺ ᄌᆞ식이
라 ᄒᆞ여 ᄌᆞ로 치죄ᄒᆞ여 닌봉 ᄀᆞᆺ튼 ᄌᆞ질과 츄텬 ᄀᆞᆺ튼 긔운으로 최찰케 말나 태ᄉᆡ 배ᄉᆞ
왈 대인이 미친 아히 아ᄅᆞ시믈 넘게 ᄒᆞ샤 일즉 엄히 교훈치 아니시고 쇼ᄌᆞ의 암약ᄒᆞ
므로 혹 ᄒᆞᆫ 일이나 경칙고져 ᄒᆞ면 이갓치 막으시니 일노 조ᄎᆞ ᄑᆡ직 방탕ᄒᆞᆫ 위인으로
경계ᄒᆞ여 인도의 가게 ᄒᆞᆯ 길이 업도쇼이다 왕

7면

이 명윤의 손을 잡고 명션을 어ᄅᆞᆫ만져 왈 이 두 아히ᄂᆞᆫ 존당 대뫼 쳐음으로 현손을
보샤 ᄉᆞ랑이 졔아의 지ᄂᆞ니 나ᄂᆞᆫ 일즉 임의로 치며 ᄭᆞ줏지 못ᄒᆞᄂᆞ니 네 엇지 조고만
허믈노 다ᄉᆞ려 존당과 나의 ᄠᅳᆺ을 어그릇치리오 명윤으로 두고 보라 훤츨ᄒᆞᆫ 의ᄉᆞ와
발월ᄒᆞᆫ 긔샹이 반ᄃᆞ시 유현의 긔특홈과 흡ᄉᆞᄒᆞ리니 내 너의 십인을 두되 ᄒᆞᆫ 윤현이

내게 업스믈 한ᄒᆞ더니 하늘이 사름의 원을 조ᄎᆞ 나의 종손이 이 ᄀᆞᆺᄐᆞ믈 귀듕ᄒᆞ노라 태ᄉᆞᆯ 감히 다시 명윤 등을 ᄎᆡᆨ지 못ᄒᆞ고 낭ᄋᆞᆯ 경

8면

계ᄒᆞ여 후일을 엄츽ᄒᆞ더라 어ᄉᆡ의 웅현 등이 가치미 몸을 바ᄒᆞ로 동혀 챵뉴와 ᄀᆞᆺ치ᄒᆞᆫ 대 미여시니 붓그럽고 우음기ᄅᆞᆯ 이긔지 못ᄒᆞ나 혜컨대 존공이 ᄯᅳᆺ이 가븨얍지 아니ᄒᆞ냐 슈이 노히믈 긔필지 못ᄒᆞ고 울울 블락ᄒᆞ여 옥듕의 드러와 챵녀와 민 거슬 그르고 거젹 ᄌᆞ리의 토침을 베고 누어 취ᄒᆞᆫ 거시 잠간 ᄉᆡ미 참괴ᄒᆞ미 좌우로 병츌ᄒᆞ여 결울ᄒᆞᆫ 회포ᄅᆞᆯ 셔로 니ᄅᆞᆯ 리 업ᄉᆞᆫ지라 밋쳐 날 ᄃᆞᆺᄒᆞ여 일빅 쟝을 마ᄌᆞ미 더ᄒᆞ미 잇더니 졔뎨 이의 와 옥문을 열고 위로ᄒᆞ여 일변 가

9면

쇼로와 우음을 먹음으니 한림이 탄왈 남아의 쇼년 유희로 혹 가셩을 드ᄅᆞ며 무슈ᄅᆞᆯ 대면ᄒᆞ나 대인이 이대도록 고이ᄒᆞᆫ 거조ᄅᆞᆯ ᄒᆞ샤 ᄌᆞ질을 보치시니 엇지 원치 안니리오 아현과 달현이 졍식 왈 대인이 ᄒᆞ시는 빅 엇지 고이ᄒᆞ리오 형이 스ᄉᆞ로 긔심 슈힝ᄒᆞ기ᄅᆞᆯ 빅형을 배호지 아니시고 도로혀 부형을 원망ᄒᆞ시니 이 말ᄉᆞᆷ이 야야긔 도라갈진대 져컨대 형이 옥니의 괴로오미 더ᄒᆞ미 잇ᄉᆞ리니 엇지 ᄌᆞ질이 되여 부슉을 원망ᄒᆞᄂᆞᆫ 례 이시리오 실노 한심ᄒᆞ여 ᄒᆞᄂᆞ이다

10면

한림이 실언ᄒᆞᄆᆞ로 샤죄ᄒᆞ고 이윽이 말ᄒᆞ다가 도라가다 이쩌 변시 진부인을 킹참의 모라너코져 의ᄉᆡ 착급ᄒᆞ니 간계 아니 밋츨 곳이 업더니 ᄎᆞ야의 한림이 옥듕의셔 심ᄉᆡ 무류ᄒᆞ여 잠을 일로지 못ᄒᆞ더니 옥문 밧긔 인셩이 이셔 ᄀᆞ만ᄒᆞᆫ 말노 니ᄅᆞ대 샹문 귀쇼져도 힝실을 알 거시 업더라 ᄒᆞ니 ᄒᆞᆫ 녀ᄌᆞ 니ᄅᆞ대 엇지 니름고 기녜 왈 진부인이 한림 샹공의 박대ᄅᆞᆯ 슬워 외간 남ᄌᆞ를 음통ᄒᆞ고 날마다 힝ᄉᆞ 긔괴ᄒᆞᄃᆡ 부대 알 니 업ᄉᆞ니 엇지 한심티 아니리오 ᄒᆞ니 ᄒᆞᆫ 녀ᄌᆞ 손을 져어 말

11면

려 왈 너는 부졀 업슨 말을 ᄒᆞ여 대ᄉᆞ의 간예치 말ᄂᆞ ᄒᆞ고 닛그러 드러가ᄂᆞᆫ지라 한림

이 이 말을 듯고 대경호여 싱각호딕 이 곳이 비록 외당이나 방외인은 왕릭룰 아니홀 거시오 가중 시비 믈이는 이곳의 나올 니 업스니 뉘 이의 와 규합의 부덕을 니릭는고 아니 귀신이 나의 어리믈 블샹이 너겨 진시 대간대악을 알게 호는가 진시 원간 날노 더브러 은졍이 셩긔고 박대룰 원망호여 부부의 샹경샹화룰 원치 아니코 창녀로 희락 호니 그룰 써려 야야긔 허믈을 쥬찰호여

12면

알외미라 그 흉흔 심지와 다시 음흉을 아오라 간부룰 드린다 호나 내 이졔 죄 즁의 이셔 져의 방종호미 나의 마음이 더옥 분호지라 옥문을 열고 나가 진시의 곳의 간뷔 이시며 업스믈 슬피고 대인긔 알외여 날을 죄칙을 입게 혼 뜻을 무릭리라 호고 분연 이 옥문을 열고 내다라 젼도히 난츈뎡을 올시 슬프다 하늘이 사룸을 곤케 호고 냥익 이 비샹호므로 변시의 요시 빅츌호여 그 시녀 태츈이 킈 남도곤 크고 얼골이 남즉 굿 트며 조한림의 버슨 의복 혼 벌을 입혀

13면

씌룰 씌이며 션즈룰 손의 쥐여 란츈뎡 합챵 안의 숨어 힝혀 조한림이 옥즁의셔 간언 을 신청호여 드러오는 일이 잇거든 쒸여 다라누고 그러치 아니호거든 조공이 존당으 로셔 누가는 씌룰 타 난츈뎡으로 내둘라 머니 피호라 호니 태츈이 본대 효용흔지라 쥬인을 위호여 대스룰 쇠호미 엇지 츄호나 틱만호리오 괴로이 남복을 호고 분합챵의 숨어 방즁을 긔찰호며 한림 오기룰 기다리더니 밤이 반은 호여 조한림이 젼도히 드 러오는지라 태츈이 급히 쒸여 내다라 보

14면

보 젼경호여 븍쟝을 넘어 다라누니 임의 쥰비호여 의심된 거동을 뵈랴 호엿는지라 엇지 속이지 못호리오 젼도히 담을 넘어가는 거동을 보고 일졍 간부의 즈최라 호여 분을 하늘 굿치 니러 쌰라 잡지 못호고 그져 와 방즁의 바로 드러가니 이쩌 진시 바 야흐로 금침을 포셜호고 의샹을 글러 졍히 즈고져 호는지라 그 빅틱 쳔광이 촉하의 바이고 히틱 삼스 삭이라 식음이 무미호고 신긔 표연호여 옥골이 경경호고 화뫼 더 옥 연년호니 싱이 이룰 보미 더옥 분호믈 이긔지 못호여

15면

문을 열치고 다르드러 블분시비ㅎ고 일변 손으로 진시의 구름 곳튼 머리를 플쳐 잡고 허리 아리 찬 칼흘 쌘혀 그 두발을 버히고져 ㅎ는지라 진시 유모 셩픠 크게 울고 홍도 미옥이 일시의 내다라 죽으믈 가올 숨아 칼흘 무심 즁의 아스니 한림이 대로ㅎ여 손으로 졔녀를 난타ㅎ며 발노 힘을 다ㅎ여 차며 니를 갈며 눈을 부릅써 려셩 대즐 왈 텬긔간의 너 곳튼 대간대악의 요괴는 실노 본 바 쳐음이라 내 비록 용녈ㅎ나 엇지 춤아 널노 더브러 부부지의를 다시 뉴련ㅎ리오

16면

반드시 흔 칼의 맛차 이 분을 셜ㅎ고 네 죄를 속ㅎ라 진시 쳔만 긔약지 아냐셔 흉픠 흔 변난이 이 디경의 밋쳐 죽일 쯧이 칼 곳트믈 보니 이쩌를 당ㅎ여 유약흔 일개 부인이 쟝찻 무슨 힘으로 살기를 도모ㅎ리오마는 안식을 블변ㅎ고 안셔히 한 곳의 치여 셔셔 대왈 군즈 슈신졔가는 치국평텬하지본이라 쳡이 비록 미약흔 녀지나 군즈긔 쯧을 맛초지 못ㅎ니 우희 존당이 겨시니 쳡의 죄괘 아모 곳의 밋쳐셔도 이대도록 ㅎ실 일은 아니라 쳡의 명되 긔구ㅎ여 여츳지욕을 보니

17면

실노 우몽ㅎ여 스스로 죽지 못ㅎ믈 한ㅎㄴ이다 한림이 대취흔 슐이 오히려 씨지 못ㅎ고 분로홈과 쵹샹ㅎ미 흉히 분분ㅎ니 좌우로 고면ㅎ여 죽이고져 ㅎ여 샹인을 어드니 그 거동이 무셔온지라 진시 이 광경을 보고 흔곳 명도의 긔흠ㅎ믈 탄식고 몸을 이러 협실노 피코져 홀 젹의 진시 이러셔는 곳의 일 봉 셔간이 써러지미 두어 쥴 글이 이셔 그 스의 흉참 난음ㅎ미 묽은 뎐각의 춤아 올니지 못홀 배라 한림이 이를 보고 가슴의 진납의 쮜놀고 노발이 츙관ㅎ니 도

18면

로혀 승샹긔 즈긔를 혼동ㅎ여 잡히게 ㅎ믄 다 닛고 그 음난 비루흔 힝젹이 쵹쳐의 드러ㄴ니 긔약지 아닌 진시의 몸의셔 셔식 써러지믄 귀신이라도 측냥치 못홀지라 엇지 취식 탕지 연쇼 혈긔지분으로 션후를 혜아리며 원민ㅎ믈 해셕ㅎ리오 블분곡직ㅎ고 다르드러 쥬머괴로 치며 발노 차니 코의셔 피 쇼스ㄴ고 약질이 어득ㅎ여 졍신을 찰

히지 못ㅎ여 혼 죽엄이 되여시니 싱이 진시를 아조 죽이고 말녀 ㅎ되 오히려 부친을 두려 오즉 금야로 쇼져의 ᄌ최를 업시 ㅎ리라 쥬의

를 뎡ㅎ여 모든 시녀를 호령ㅎ여 이의 진시를 싯어 문을 열고 길거리의 내치라 호령이 셩화 ᄀᆺ투나 졔 시비 죽을지언뎡 ᄎ마 부인을 싯어 반야 삼경의 길히 내치리오 한림이 분뇌 쳘골ㅎ여 친히 블의 쇠를 달화 시비를 지져 가며 부인의 음힝을 져쥬니 시녀 울고 살히 기름이 흐르고 알프기 심ㅎ되 개개히 발명ㅎ나 현인의 익회 비샹ㅎ미 간비 일인이 그 ᄉ이의 잇눈지라 요비 난영이 읍고 왈 임의 노야의 신명ㅎ시미 일월 ᄀᆺ고 우쥬의 블인 음힝이 곳비 길미

드듸여 환을 만ᄂ시니 엇지 은익ㅎ리잇고 과연 부인이 노야의 박대를 한ㅎ여 진쳐ᄉ 노야의 뎨ᄌ 화싱은 화태ᄉ의 필ᄌ로 얼골이 관옥 ᄀᆺ고 풍치 젹션 ᄀᆺ투시니 쇼졔 오시로붓터 향의ㅎ시대 쳐시 아지 못ㅎ샤 샹공긔 결혼ㅎ시니 쇼져의 쓷은 화공ᄌ긔 밋쳐시니 겸ㅎ여 쟝신궁 한이 깁흐므로 쇼비를 화부의 왕리ㅎ여 화공ᄌ로 졍을 통ㅎ시고 화공ᄌ 이곳의 오시기는 졔 공ᄌ로 더브러 지긔 샹합ㅎ시미 밤을 외당의셔 지내실 젹도 만코 혹ᄉ 부인과 남미지간이라 내당의도

자로 왕리ㅎ실시 난츈뎡을 유의ㅎ엿다가 스스로 밤이 반이 지눈 후 드러오셔 시빅 북이 동ㅎ면 외당으로 ᄂ가시더니 금일은 샹공이 ᄂ가시매 쾌히 초경브터 쳥ㅎ여 후면 담으로 넘어 운데를 셰우고 드러오시게 ㅎ엿더니 쳔만 의외의 샹공이 드러오시니 화공ᄌ 년망이 피ㅎ여시니 비ᄌ 등의 죄 아니라 독형을 당ㅎ와 바로 알외ᄂ이다 부인의 몸 가온대로셔 써러진 셔간은 소비 등이 씌닷지 못ㅎ오니 이눈 필연 화공ᄌ의 쇼작이니이다 한림이 이 말을 드르미 분긔 막힐

듯ㅎ니 엇지 낫치 누로리오 부젼의 즁치ㅎ여 죽기로 가을ㅎ고 이의 방즁의 돗글 어

더 진시를 휘마라 긴 바흐로 미여 믈이 못느게 동혀 친히 엽히 끼고 문 밧긔 내드르니 이셕 밤이 깁허 스룸이 다 즈는지라 슈문흐는 노복이 다 잠이 깁헛고 문이 잠겨시니 한림이 발노 박츠미 힘이 셰찬지라 문이 다 열니이니 이의 진쇼져 동한 거슬 대로 상의 더지고 드러올시 모든 시비 가슴을 두다리며 일시의 짜르 내다른니 한림이 못느가게 꾸지져 믈니치되 셩픠 미옥 등 삼 인이 죽기를 가

23면

을 삼아 한림의 뒤히 짜라오다가 한림이 쇼져를 바리고 문을 츠츠 닷고 드러와 도로 옥으로 가니라 셩파 미옥 등이 원통흐고 셜우믈 이긔지 못흐여 이의 느아가 부인의 시신을 어른만져 눈믈이 하슈 곳틋되 감히 쇼리를 못흐고 쇼져의 동한 거슬 겨유 프러 노코 돗글 헤치고 보고 호흡을 통치 못흐고 슈족이 어름 곳틋여는대 쏘 이셕는 즁동이라 셜풍이 늠늠흐고 한긔 쳘골흐니 셩한 사룸이라도 길가의셔 용신흐기 어렵거든 쳔금약질이 만장 곤욕을 격그니 셜

24면

움과 분흐미 가슴의 막혀는되 동히기를 힘을 다흐여시니 혼미 약질이 아조 명믹이 쓴허지게 되엿는지라 아득히 인스를 바려 한 시신이 되엿는지라 유랑과 시녀 실셩 호읍흐미 졍신이 비월흐여 아모리 홀 줄 모르더니 홍되 탄왈 하늘이 우리 쇼져를 내시미 결단흐여 오늘날 명을 마추시지 아니실지라 노쥬가 이 경상으로 밤을 식와 우리 등이 유익흐리오 일시 경악흐여 막혀 겨시나 격졀 강개한 긔운이 엄읶흐신 배니 한 곳 더온 방스를 어더 밤을 지내고 명

25면

됴의 우리 하느히 죤당 부인긔 드러가 쇼유를 고흐고 쇼져를 구호흐여 혹쟈 싱도를 어드면 아등이 거의 쥬인을 져바린 죄인이 되지 아니흐고 난영의 스오느오믈 다스려 한을 씨스시게 흐미 만젼지계 아니랴 삼 인이 셔로 의논흐여 반야 삼경의 만뢰 구젹흐여시니 뉘 집으로 신톄를 붓드러 가리오 맛초와 조부 장원 밧 동린의 한 술 파는 과뫼 이시니 긔품이 냥슌흐고 집이 호부흐되 다만 일녀를 두고 가뷔 죽으미 술을 파라 싱계를 위업흐니 형셰로 흐여 가업을 흐는 거시

26면

아니라 일이 업고 적막호 회포를 붓칠 곳이 업셔 슐 팔기로 구실을 삼더니 유랑 셩파
는 과모로 친호지라 몬져 유랑이 나으가 문을 열나 호니 쥬뫼 바야흐로 녀으 옥셤을
다리고 즈고져 호더니 사름이 와 부르믈 듯고 나와 문을 열어 슐을 스려 호민가 호여
즁당의 블을 븕히고 보니 이 사름은 조승샹틱 양낭이라 놀나 야반의 온 곡졀을 뭇거
늘 셩픽 긔이지 못호여 쇼져의 말을 대강 니르고 즉금 쇼져의 일이 위급호믈 일너 일
야 머믈기를 쳥호니 쥬뫼 추언을 듯

27면

고 참혹호믈 이긔지 못호여 왈 내 집 내당은 일즉 남즈의 그림즈도 못 오게 호기는
쓸이 이시미라 비록 쳔인의 쥬개나 내외 이시니 호로 밤 부인의 급화를 구호미 엇지
혐의 이시리오 가히 뫼셔 와 더온 방의 밤을 지내쇼셔 유랑이 사례호고 가더니 셩픽
쇼져를 업고 매옥 홍되 좌우로 써 붓들고 겨유 쥬모의 집의 니르나 진시 오히려 인스
를 모르더라 이의 더온 뒤 누이고 약믈과 미음을 년호여 써 너으니 쥬모의 쫄 옥셤이
쳔가 샹한이나 의긔 현심이 타류의 쇼스느고 즈품

28면

이 크게 스랑호온지라 진쇼져의 졍수와 긔동을 보매 막블 추악호고 이련호믈 이긔지
못호여 져의게 잇는 조흔 의금을 갓다가 부인을 덥허 쥬고 밤이 맛도록 조올미 업셔
구호호니 시비의야 진시 슘을 두르고 졍신을 추려 잠간 눈을 써 보니 즈긔 침당이 아
니오 보지 못호던 즁년의 녀즈와 삼오 십오는 흔 쇼 녀즈 겻히셔 구호호는지라 쇼졔
대경호여 보니 유픽 홍도 매옥으로 더브러 한가지로 잇는지라 쇼졔 이의 므러 왈 내
일즉 무고히 당의 나리미 업더니 무슨 연고로 내 몸

29면

이 이 곳의 니르럿느뇨 셩픽 눈믈을 흘니고 쟉야스를 고호여 왈 부인이 처음 일을 모
르지 아니시리니 나죵은 부인을 즈리의 쏫 동혀 문밧 길거리의 내치시니 비즈 등이
홀 일 업셔 이곳의 뫼셔와 겨유 구호엿느이다 진시 쳥파의 머리를 슉이고 기리 탄호
여 쥬인 모녀 보기를 붓그려 호더라 유랑이 다시 굴오뒤 일이 이의 밋쳐는 달니 홀

배 업고 난영의 말이 여츳ᄒ니 다시 조부의 드러가 의지할 길이 업는지라 날이 식기를 기다려 진부로 나아가 이 쇼유를 알외

30면

고 도라갈 밧근 업ᄂ이다 쇼졔 탄왈 인싱 명도의 괴험ᄒ미 이의 밋촌 후는 친당이 이시나 부모를 뵈올 ᄂ치 업고 간비 요인이 츠악ᄒ니 내 비록 몸이 죽어 길가의 바리나 친뎡의 도라가 살기를 구ᄒ며 쳔고 매명을 시로리오 구고긔 이 곳의 나오믈 고치 못ᄒ여시니 지금 잠간 지팅ᄒ여 구고 존당 쳐분을 기다려 ᄒ번 목슘을 결ᄒ여 구원의 도라가 장강 반비의 치를 잡아 심수를 붉히리라 엇지 구츠히 투싱ᄒ리오 셩파 등이 블승감읍ᄒ여 쇼져의 뜻을 보미 감

31면

히 진부로 가지 못ᄒ고 미옥 홍도 등으로 쇼져를 모셔시라 ᄒ고 샹부의 ᄂ아가 양부인긔 쇼유를 고ᄒ랴 홀식 촛일 평명의 진 초 이공과 졔 부인이 존당의 모다 가득ᄒ고 졔 쇼졔 다 모혀시디 오직 진쇼져는 업스니 태부인이 의아ᄒ여 난츈뎡 시녀를 다 블너 진시의 신셩의 질병이 이셔 문안을 블춤ᄒ가 ᄌ시 무르니 시비 감히 긔이지 못ᄒ여 머무기다가 쟉야 거조를 대강 고ᄒ고 하림이 부인을 돗기 싸 친히 문 밧그로 내여가되 져희를 나오지 못ᄒ게 ᄒ고 미옥 홍도와 유모만 나가더니

32면

드러오지 아냐시믈 고ᄒ니 태부인으로붓터 ᄋ비까지 다 듯고 대경 츠악ᄒ여 블승한 심ᄒ니 면면이 샹고 실식이오 진왕은 크게 웃고 초공을 도라보와 왈 웅현의 힝식 하여오 초공이 만심 히연ᄒ고 블승통한ᄒ여 도로혀 잠쇼 대왈 웅현의 픠려 대악의 거조는 블가스문어타인이라 쇼졔 사름의 아비 되여 여츳 난ᄌ를 졔어치 못ᄒ여 가변을 일우ᄒ고 가셩을 츄락ᄒ니 ᄒ면목으로 위거 삼공ᄒ여 사름을 대ᄒ리잇고 쇼뎨 미양 형쟝의 졔아를 치칙ᄒ시미 너모 엄

33면

쥰ᄒ샤 젹은 죄와 큰 죄를 다 ᄉᄒ지 아니시기 과도ᄒ신가 ᄒ더니 금이 웅현 블초ᄌ

의 작변을 보니 바야흐로 쇼뎨의 심약ᄒᆞᄆᆞᆯ 씨다라 블승통한ᄒᆞ나 밋지 못ᄒᆞ리로쇼이
다 미친 거죄 반ᄃᆞ시 죽이고 긋쳐시리니 진시ᄂᆞᆫ 당금의 녀즁군지라 깁히 례의ᄅᆞᆯ 심
슈ᄒᆞ고 ᄉᆞ덕이 청한ᄒᆞ니 야반의 길거리의 더지여 인ᄉᆞᄅᆞᆯ 아르시면 웅현이 죽이지 아
녀셔도 스스로 죽으리니 엇지 참혹지 아니리오 즉시 황유랑 등 여러 복쳡을 명ᄒᆞ여
양부인이 이의 미옥 등의 거쳐와 소져

34면

의 간 곳을 아라오라 ᄒᆞ더니 믄득 셩유랑이 드러와 뵈고 눈믈이 비 ᄀᆞᆺ트여 젼후 슈말
을 일 〃 히 고ᄒᆞ고 쇼뎨 겨유 싱도ᄅᆞᆯ 어더시나 두로 차이고 마즈며 큰 바흐로 동혀 샹
ᄒᆞᆫ 곳이 프르고 부어 운신치 못ᄒᆞ여 통세 비경ᄒᆞᄆᆞᆯ 알외여 시방 쥬모의 한 간 방을
비러 누여시나 쇼져의 쇼원이 스스로 죽기ᄅᆞᆯ 원ᄒᆞ고 진부의 도라가기ᄅᆞᆯ 원티 아니니
오즉 그 몸 쳐치ᄒᆞᆯ 도리ᄅᆞᆯ 청ᄒᆞᄂᆞᆫ지라 졔 부인이 드라미 진시의 경계 비록 지낸 일이
나 ᄎᆞ악 경참ᄒᆞ여 다 눈믈을 흘리고 윤부

35면

인은 쥬뇌 년협의 니음ᄎᆞ니 초공이 드라미 놀납고 일마다 ᄎᆞ악ᄒᆞ니 밧비 평안ᄒᆞᆫ 교
ᄌᆞ와 여러 노셩ᄒᆞᆫ 복쳡 양낭으로 셩유랑과 ᄒᆞᆫ가지로 쥬모의 집의 나아가 진시ᄅᆞᆯ 보
고 붓드러 뫼셔 난츈뎡으로 도라가 잘 조호ᄒᆞ라 ᄒᆞ고 일변으로 난영 간비ᄅᆞᆯ ᄌᆞ바 옥
의 가두라 ᄒᆞ니 이쩌 난영이 쥬인을 히하여 ᄉᆞ디의 너코 변시의 심복이 되여 스스ᄅᆞᆯ
시기ᄂᆞᆫ 대로 ᄒᆞᄂᆞᆫ지라 쟉야ᄉᆞ로써 변시고 고ᄒᆞ니 변시 대회ᄒᆞ나 난영을 두엇다가 만
일 져 쥬인이 엄문ᄒᆞᄂᆞᆫ 디경이면 반ᄃᆞ시 져

36면

의 동심ᄒᆞᆫ 과악이 드러날지라 흉독ᄒᆞᆫ 의ᄉᆞᄅᆞᆯ 발동ᄒᆞ여 흔연이 웃고 ᄉᆞ례 왈 대공을
일우미 너의 임시 응변을 잘ᄒᆞ미라 한림이 드러올 쩌의 흉ᄒᆞᆫ 셔ᄉᆞᄅᆞᆯ 가져 민쳡히 진
시의게 ᄿᆞ지게 ᄒᆞ여 한림으로 노분을 일위니 도로혀 이 일이 맛춤내 만젼ᄒᆞ면 네 공
이 웃듬이 되리라 ᄒᆞ고 ᄌᆞ긔 유모ᄅᆞᆯ 명ᄒᆞ여 옥비의 난향쥬ᄅᆞᆯ 가득 부어 아름다온 안
쥬와 빗는 과품을 먹이니 난영이 감격ᄒᆞ여 잔을 바다 즐겨 마시미 잔을 노치 못ᄒᆞ여
셔 안젓다가 잣바져

37면

즉스ᄒ니 변시 급히 유모와 태츈 등 심복 시비로 니블 ᄒᄂ흘 펴 노코 난영을 잘 싸 큰 롱쇽의 너코 큰 자물쇠로 치와 불근 보호로 싸 쾌히 난간 압히 내여 노코 심복 시로롤 블너 분부 왈 니거시 나의 농이라 슈월 후 내 귀령ᄒ려 ᄒ니 네 잘 가져가 모친긔 드려 샹치 아니케 두쇼셔 ᄒ라 ᄒ고 태츈을 명ᄒ여 한가지로 가라 ᄒ니 비록 시로다려 니ᄅ기롤 니리 ᄒ나 발셔 태츈을 분부ᄒ여 그 쳐치ᄒᄆᆯ 가ᄅ쳣ᄂ지라 슈고로이 변부로 가리오 ᄒ가지로 문을 나셔 심슈ᄒ 곳

38면

의 가 굴헝의 드리치고 표연이 도라와 변시긔 고ᄒ니 변시 스스로 ᄌ부ᄒ여 굴오대 나의 신묘ᄒᆫ 쇠는 냥평이 싱환ᄒ나 밋지 못ᄒ리라 ᄒ고 흔희 양양ᄒ여 다시 근심이 업ᄉ지라 마음을 노코 이시니 믄득 초공의 분부로 난영을 잡아 가두라 ᄒᄂ지라 변시 난영을 것셔ᄅ쳐 업시 ᄒᄆᆯ 더욱 힝열ᄒ더라 어시의 진쇼졔 엄구의 명이 이셔 화교와 여러 복쳡이 니ᄅ러시니 쇼졔 이셕 반싱반ᄉᄒ여 침셕의 더져시나 이 명을 듯고 탄왈 조군이 비록 광망ᄒ나 오히려 내게는 소

39면

텬이라 친히 죽게 믿ᄃ록 바럿거늘 내 죤명을 슌슈ᄒ여 다시 도라가기롤 타연이 ᄒ리오 한 곳 쇼당을 어더 들게 빌니시면 잠간 산 동안 머므러 구고의 나죵 쳐치롤 보고 나의 스싱을 결단ᄒ리라 미옥 등이 이 말을 듯고 샹부의 취품ᄒ대 조노공이 그 허다 례법과 도리롤 직히ᄆᆯ 탄복 경의ᄒ고 초공이 탄왈 광픠ᄒ 아ᄒ 이 ᄀ툰 현쳐롤 두미 고이코 이샹ᄒ도다 기리 탄식ᄒ더니 난영을 잡아 가두라 ᄒ던 노지 도라와 복명ᄒ디 쇼복이 노야 명을 밧드러 난영을 두로 춧

40면

스와도 거쳐 업ᄂ이다 초공이 즉시 진시 좌우 시비롤 블너 난영의 거쳐 업스믈 무ᄅ니 졔녜 대왈 아춤의 난영이 변부인긔 알욀 말숨이 이시니 가노라 ᄒ고 나가시니 비ᄌ 등은 그 거쳐롤 아지 못ᄒᄂ이다 초공이 변시의 좌우 시녀롤 블너 무른 즉 다 니ᄅ대 난영이 본대 진부인 신임 시이라 쇼비 등으로 스이 블호ᄒ여 얼골을 대면ᄒ미

업스오니 엇지 알니잇가 승상이 침음 냥구의 노공긔 품왈 쇼지 평싱의 주식의 허믈을 보나 죄칙홀 마음이 업술 쏜 아니라 존당과 부

뫼 제아롤 익련ᄒ시미 비샹ᄒ시므로 뜻을 밧주와 죠용이 가라치고 경계ᄒ여 요란흔 거죠롤 아니ᄒ옵더니 금일 웅현의게 다다라난 진실노 참지 못ᄒ올지라 존당과 부모긔 품ᄒᄂ이다 태부인이 탄왈 진실노 웅아의 거죄 무샹ᄒ니 네 잠간 계칙ᄒ여 후일을 징계ᄒ고 과히 치칙ᄒ여 병을 일위지 말나 초공이 ᄇᆡ샤 슈명ᄒ고 믈너 외당으로 나오니라 이쩌 초공이 형위롤 베플고 좌우로 ᄒ여곰 웅현을 잡아드리라 ᄒ니 제 공지 막블전률이라 승샹이 제주롤 장칙

이 본ᄃᆡ 드므니 평싱 처음으로 발노ᄒ믜 제 주질이 경공ᄒ믜 주로 칙ᄒ던 바의셔 더ᄒ더라 웅현을 잡아 계하의 니라니 초공이 미우의 샹풍이 늠늠ᄒ고 안ᄉᆡᆨ이 월하의 삭풍이 놉홋ᄂ 듯ᄒ니 웅현이 오직 돈슈 쳥죄 왈 쇼지 블초 무식ᄒ여 엄훈을 직회지 못ᄒ고 쇼년 유희의 가셩을 들네며 챵녀로 병좌ᄒ여 퇴만흔 죄 빅ᄉᆞ무셕이로쇼이다 승샹이 쟝탄 슈셩의 기리 칙왈 네 오히려 죄롤 아지 못ᄒ고 나의 무르믜 챵녀롤 니라민가 넉이ᄂᄂ냐 부주ᄂ 죠용ᄒ

믈 웃듬 삼아 텬륜지졍은 인지샹식오 부위주은ᄒ여 본ᄃᆡ 하늘이 뎡흔 ᄯ시여늘 네 엇지 이룰 아지 못ᄒ리오 여등 형뎨 칠 인이 이시미 쳑동지시로븟터 내 일죽 미로 치고 쇼릭롤 놉혀 ᄭᅮ주즈미 업스믄 나의 본심이 조용ᄒ믈 귀히 너기미러니 이제 너롤 치믜 여부의 살이 알프나 살인쟈ᄂ 한고조의 약법 삼쟝의도 면치 못ᄒᄂ 법이라 약간 치죄ᄒ믜 네 아비의 과도ᄒ미 아니라 네 몸이 ᄉᆞ류의 이셔 다시 한원의 근시로 례롤 모르지 아니며 부부ᄂ 오륜의 듕식

니 내외 샹화ᄒ고 샹의ᄒ여 이효부모ᄒ미 올커늘 네 진시롤 취ᄒ미 그 힝식 슉뇨ᄒ

고 스덕이 청한호여 진실노 뇨조슉녜라 너의 과분호 현쳐여늘 무고히 박대호여 부부
륜의를 폐절호고 대모를 보치여 지취를 갈구호고 챵한 녀식을 과도히 침닉호여 인스
를 이즈며 호탕 실셩호믄 다 니를 말이 업거니와 무고히 조강 졍실을 무인 심야의 난
타 구욕호여 구츌노샹호니 슬프다 나의 즈식 즁의 너 굿튼 블초지 이스믄 싱각 밧기
라 쳐실이 유죄호미 명졍언

슌이 츌거호믄 가커니와 내히 박힝 무식호믄 오긔의게 지느지라 내 문견이 고루호여
일즉 스군즈 졍실을 구타호믈 듯지 못호엿거늘 더옥 너는 죽이기도 예스로이 못호여
동혀다가 길거리의 더지다 호니 이 사름의 마음이 악인즈의 힝실과 굿트니 셜스 진
시 십악 대죄를 지어실지라도 내 스라시니 날노뻐 아비로 알진딕 날다려 니르고 죽
이나 내치나 닉 말을 드러 쳐치호미 너의 도리어늘 내 너를 칙호여 샤호는 말이 업스
니 인즈지심이면 마음이 블안호여 민스의 념

녀가 업술 비여늘 방탕 퓌려를 나는 대로 부려 난츈뎡 쟉난이 인륜의 대변이라 드르
미 심한 골경호니 내 네 아비 되믈 춤아 못호노니 금일붓터 너를 다스려 사름 죽인
죄를 속호고 부즈의 륜을 버혀 내 싱내의 네 얼골을 보지 아냐 사름이 니르기를 널노
뻐 즈식이라 말게 호리니 일분이나 인심이 이시면 쏘한 싱각호미 업스랴 호고 말을
맛츠미 민를 들나 호여 왈 네 살인한 죄인이라 국법으로 니를진딕 머리를 버히미 가
호되 오히려 부즈지졍이라 이제

결장호여 속호나 경히 다스릴 죄 아니라 힘을 다호여 나의 분을 도도지 말나 호고 안
식이 녈슉호고 스긔 한풍 굿트니 사예 넉슬 일코 힘을 다호니 좌우의 가득한 조질이
평싱 처음으로 초공의 발노호미 이굿치 엄슉호믈 보미 다들 삼혼이 니톄호여 한츌
쳠빙호니 뉘 감히 입을 열이오 싱이 부친의 허다 슈죄호는 말슴이 즈즈이 졍엄호고
명빅호여 드르매 모골이 송연호고 황공호여 뉘웃출 쑨 아니라 말슴이 부즈 륜의를
버히고 살인이라 호시

48면

믈 드르미 즈긔 죄샹이 쟝춧 수싱이 미분ᄒᆞᄂᆞᆫ 가온ᄃᆡ 발노ᄒᆞ시미 어려오믈 아ᄂᆞᆫ지라 황황

망극ᄒᆞ여 ᄒᆞᆫ굿 눈믈만 흘니고 고두 쳥죄ᄒᆞᆯ ᄯᆞᄅᆞᆷ이오 여러 말을 못ᄒᆞ니 승샹이 단엄이 고찰ᄒᆞ여 다시 말을 아니코 안식이 진녈ᄒᆞ여 바라보매 황공 젼률ᄒᆞᆫ지라 좌위 블감앙시ᄒᆞ고 웅현이 싱리 쳐음으로 이 ᄀᆞᆺᄐᆞᆫ 즁쟝을 당ᄒᆞ여 야야의 엄노를 만ᄂᆞ니 삼혼칠ᄇᆡᆨ이 비월ᄒᆞ여 ᄒᆞᆫ굿 죽은 사ᄅᆞᆷ ᄀᆞᆺ치 알프믈 참고 한 쇼릭도 아니ᄒᆞ고 고요히 ᄆᆡ를 바드니 광현 등 오 인

49면

이 이 모양을 목도ᄒᆞ여 각각 봉안의 신쳔이 동ᄒᆞ고 셔로 도라보와 구ᄒᆞᆯ 도리 업셔 태ᄉᆞ 등 졔죵형뎨 ᄯᅩᄒᆞᆫ 착급ᄒᆞ여 승샹긔 알외여 져의 등이 간ᄒᆞ여 긋칠 도리 업슬지라 진왕이 역구ᄒᆞ면 반ᄃᆞ시 그치실지라 태시 부왕긔 고ᄒᆞ려 진궁으로 가고 태쟝은 발셔 오십 여 쟝의 미ᄎᆞ미 긔운이 ᄌᆞ로 엄홀ᄒᆞᄂᆞᆫ지라 졔지 당하의 ᄂᆞ려가 머리를 두ᄃᆞ려 일시의 간왈 웅현이 년쇼 경박ᄒᆞ오나 참간과 간비 요인을 신쳥ᄒᆞ여 무샹 픠려ᄒᆞᆫ 거조를 ᄒᆞ여시나 엇지 일노ᄡᅥ 아

50면

조 ᄆᆞ츠려 수싱을 넘녀치 아니시며 텬륜 ᄌᆞ이를 이즈시니 대인의 젼일 지현ᄒᆞ신 덕이 아니라 복원 대인은 세 번 싱각ᄒᆞ샤 어린 아ᄒᆡ 격ᄒᆞ믈 용샤ᄒᆞ쇼셔 초공이 쳥이블문ᄒᆞ고 가지록 고찰ᄒᆞ니 졔지 다 눈믈이 가득ᄒᆞᄃᆡ 구ᄒᆞᆯ 묘ᄎᆡᆨ이 업셔 광현이 안흐로 드러가 조모긔 고ᄒᆞ랴 ᄒᆞ고 졔싱이 즁계의셔 울고 간ᄒᆞ믈 긋치지 아니ᄒᆞ더니 홀연 진궁으로조ᄎᆞ 일개 녀지 두어 시녀를 거ᄂᆞ려 두발을 홋ᄐᆞ러 ᄂᆞᆺᄎᆞᆯ 덥고 가ᄇᆞ야이 거러와 즁계의 다ᄃᆞ라 ᄭᅮ러 비

51면

읍ᄒᆞ여 고왈 블혜 루인이 셩문 덕업을 입ᄉᆞ와 몸이 고당의 안한ᄒᆞ미 복이 넘고 분의 과ᄒᆞ여 지앙이 이러ᄂᆞ고 화난이 샹싱ᄒᆞ와 더러온 셔시 군ᄌᆞ의 눈의 현착ᄒᆞ고 간인의 초ᄉᆡ 명빅ᄒᆞ니 식쟈로 ᄎᆞᄉᆞ를 당ᄒᆞ여도 그 일이 의심이 이시려든 ᄒᆞᆯ믈며 년쇼 과격

ᄒᆞᄆᆡ 이셔 구박ᄒᆞᄃᆡ 나가지 아니ᄒᆞ니 모라내치믄 ᄒᆞᆫ 허믈이어니와 시비 복쳡이 허망
ᄒᆞᆫ 젼언을 신쳥ᄒᆞ오샤 쳡으로 ᄒᆞ여곰 동혀다가 ᄇᆞ리므로 살인 즁슈로 다ᄉᆞ리신다 ᄒᆞ
오니 여ᄎᆞᆫ 즉 쇼쳡이 지아비ᄅᆞᆯ ᄉᆞ디의 너으미라 죄인

52면

가온ᄃᆡ 만고 강샹의 용납지 못ᄒᆞᆯ 죄인이라 ᄒᆞ믈며 대인의 싱셩지은과 텬디지덕이 초
목 곤튱의 밋ᄎᆞ시므로ᄡᅥ 텬류지졍을 도라보시지 아니시고 ᄉᆞ싱을 넘녀치 아니시니
쇼쳡이 망극홈과 황황ᄒᆞ믈 이긔지 못ᄒᆞ옵고 일만 난쳐홈과 두려오믈 도라보지 못ᄒᆞ
와 외당의 하리 가득ᄒᆞ믈 피치 못ᄒᆞ고 도쟝의 ᄂᆞᆺ츨 드러 존젼의 돌입ᄒᆞ와 엄노ᄅᆞᆯ 간
범ᄒᆞ오니 죄 즁ᄒᆞ오미 만ᄉᆞ유경이라 오즉 우러러 바라오믄 대인의 일월지광으로ᄡᅥ
쇼쳡의 아득ᄒᆞᆫ 흉ᄎᆞᄅᆞᆯ 비쳐

53면

시고 구구ᄒᆞᆫ 졍ᄉᆞᄅᆞᆯ 도라보샤 군ᄌᆞ의 위급ᄒᆞ믈 ᄑᆞᄅᆞ시믈 바라옵ᄂᆞ이다 옥셩이 낭낭
ᄒᆞ고 봉음이 화평ᄒᆞ여 일만 어리로온 광치 쇼월이 치운의 들며 빅옥이 니토의 믓쳐
시니 시름ᄒᆞᄂᆞᆫ 아미ᄂᆞᆫ 원산의 프른 비츨 ᄯᅴ여 효셩 냥안의 츄쉬 요동ᄒᆞ며 ᄆᆞᆰ은 빗치
좌우의 ᄡᅩ이ᄂᆞᆫ지라 인ᄌᆞ 현힝이 미간의 현츌ᄒᆞ고 례법 언론이 군ᄌᆞ의 놉흔 의견이
잇ᄂᆞᆫ지라 져근 ᄃᆞᆺ 붓그리믈 도라보지 아니ᄒᆞ고 녀ᄌᆞ의 대졀을 잡으미 허믈을 벗기며
죄ᄅᆞᆯ 구ᄒᆞ여 말ᄉᆞᆷ이 간측ᄒᆞ고 구박 난타ᄒᆞ

54면

믈 일분도 원ᄒᆞᄂᆞᆫ ᄯᅳᆺ이 업셔 륜니ᄅᆞᆯ 븕히며 ᄉᆞ리ᄅᆞᆯ 히셕ᄒᆞ여 간졍ᄒᆞᄂᆞᆫ 말이 셕목을
요동ᄒᆞ니 ᄒᆞ믈며 쵸공의 지인지덕으로 익즁ᄒᆞᄂᆞᆫ ᄯᅳᆺ이 깁허 이의 ᄂᆞᆺ빗츨 곳쳐 샹셜
ᄀᆞᄐᆞᆫ 미위 ᄑᆡ여 희긔 무르녹아 좌우 하리ᄅᆞᆯ 믈니치고 탄왈 어지다 현부의 힝ᄉᆞ여
웅현의 죄ᄂᆞᆫ 죽여도 앗갑지 아니ᄒᆞ더니 현부의 간언을 드르니 내 엇지 홀노 감동치
아니리오 방심ᄒᆞ여 드러가 조병ᄒᆞ라 좌우 시비로 붓드러 가게 ᄒᆞ고 이의 한림을 샤
ᄒᆞ여 치기ᄅᆞᆯ 긋치고 눈을 드러 보니 피

55면

육이 후란ᄒ고 형식이 위위ᄒ여 긔운을 슈습지 못ᄒ니 초공이 미우ᄅᆯ 찡긔고 광현을 도라보와 왈 부ᄌᆞ지졍은 인지샹졍이라 제 죄ᄂᆞᆫ 슈ᄉᆞ난속이나 진시의 어즐믈 보니 ᄎᆞ마 더 치지 못ᄒ여 긋치ᄂᆞ니 맛당이 웅현의 ᄌᆞ쳬ᄅᆯ 내 곳의 머무ᄅᆞ지 말나 문 밧 별ᄉᆞ의 두어 구호ᄒ여 너히 셔로 살펴 그 ᄉᆞ싱을 등한이 말나 내 ᄯᅩᄒᆞᆫ 제가 인도의 도라가믈 기다려 만일 회과 ᄌᆞ칙ᄒᆞ믈 보면 텬륜을 폐치 아니리라 녜뷔 부공의 말ᄉᆞᆷ을 듯고 쳑연 감동ᄒ여 ᄌᆞ배 슈명ᄒ고 한

56면

림을 붓드러 진궁의 니ᄅᆞ니 진왕이 듯고 젼어 왈 네 힝실이 무샹ᄒ여 오문의 업슨 변이라 네 아비 부ᄌᆞ의 륜을 긋치니 내 엇지 슉질지졍을 고넘ᄒ리오 살인ᄒᆞᆫ 흉ᄒᆞᆫ 놈을 제 아비 내쳣거ᄂᆞᆯ 엇지 감히 내 집으로 오리오 슈히 밧그로 ᄂᆞ가고 이의 잇지 말나 ᄒ거ᄂᆞᆯ 한님이 눈을 감고 졍신이 황황ᄒᆞᆫ 즁 빅부의 젼어ᄅᆯ 드ᄅᆞ미 도로혀 노호오믈 이긔지 못ᄒ여 눈물을 흘녀 왈 내 비록 유죄ᄒ나 이 디경의 니ᄅᆞ러 갈 곳이 업ᄂᆞᆫ대 빅부긔셔 이대도록 ᄒ리오 례뷔 탄왈 빅뷔

57면

하교 여ᄎᆞᄒᆞ신대 욱여 이시미 블가ᄒ나 아직은 운신치 못ᄒ게 되여시니 잠간 조리ᄒ여 그 ᄶᅥ가지 빅뷔 샤치 아니실진대 윤부로 가 부슉의 샤ᄒᆞ시믈 기다닐지니 엇지 도로혀 냥 대인을 한ᄒᆞᄂᆞ뇨 ᄒᆞ고 이의 졔 형뎨 다 모다와셔 구호믈 극진이 ᄒᆞ고 진 초냥공이 밧그로 엄졍ᄒ나 심즁은 잔잉ᄒ여 약뉴의 당졔와 구병의 편ᄒᆞᆯ 도리ᄅᆯ 가ᄅᆞ치고 졍비ᄂᆞᆫ 웅현의 말을 듯고 우어 왈 슉슉의게 득죄ᄒᆞᆫ 아돌이 귀향은 진궁으로 옴기니 나의 심식 본ᄃᆡ 강ᄒᆞᆫ 사ᄅᆞᆷ이라 구병지졀

58면

의 실노 괴로와 ᄒ더니 ᄯᅩ 웅현을 맛지ᄂᆞᄂᆞ냐 ᄒ고 의약 죽음을 년속ᄒ여 구호ᄒᆞ미 긔ᄒᆔᆯ의셔 다ᄅᆞ미 업ᄉᆞ니 어시의 초공이 웅현을 즁치ᄒ여 내치고 친당의 드러와 져녁 문안을 파ᄒ고 노공과 태부인과 위부인이 웅현이 과히 맛고 내치이믈 듯고 대경ᄒ여 탄왈 너ᄂᆞᆫ 어진가 너겻더니 진실노 모진지라 그ᄃᆡ도록 즁치ᄒ리오 초공이 탄식 대왈

이리 다스리지 아니면 웅현을 졔어치 못홀지라 쇼즈도 져를 믜워 그디도록 흐미 아
니로쇼이다 진왕이 쇼왈 그 아비룰 격노흐여 맛

59면

눈 즈식이 스오느오니 졔 죄는 즁쟝을 당흐여도 앗갑지 아니흐니이다 초공을 이의
향흐여 왈 네 아들을 칙벌흐여 내치미 내 곳으로 옴기니 내 집의는 네 아들의 빈쇼
아니라 도로혀 괴롭지 아니랴 승샹이 역쇼 무언이러라 좌우 졔인이 듯고 대쇼흐대
다만 양윤 이 부인이 각각 봉미의 근심이 밋쳐 화긔 돈연흐더라 문안을 파흐고 각각
침쇼의 도라오미 승샹이 셕반을 믈니치고 옥미뎡의 니르러 스미로 늣츨 덥고 누으미
기리 탄식흐여 거동이 블호흐니 양부인의 여신흔

60면

총명으로 엇지 씨둣지 못흐리오 그 몸이 샹홀가 렴녀흐여 마지 못흐여 나아가 나죽
이 니르대 명공이 금일 셕식을 믈니치고 이러텃 슈우흐여 밤이 니르도록 움죽이지
아니시니 요스이 일긔 늉동이라 귀톄룰 샹홀가 두리오니 비록 블호흐미 겨신들 스스
로 널니 싱각흐샤 이리 아니흐셤 즉흐오니 금일 거죄 평일 처음이라 쳡이 실노 경혹
흐여 마음을 뎡치 못흐리로쇼이다 초공이 본대 부인을 즁대흐여 그 뭇는 바룰 답지
아니미 업더니 금일은 잠연이 말이

61면

업스니 부인이 다시 니르대 야긔 츠고 밤이 깁흐니 외헌의셔 헐슉흐시고 셕반을 진
식지 아냐 겨시니 반드시 시쟝흐실지라 두어 잔 슐을 어더오리이다 흐니 승샹이 부
인의 넘녀와 민망흐여 이리흐믈 드르미 시러곰 마지 못흐여 니러 안즈 관을 슈념흐
고 왈 사룸이 긔운이 조흔 쩌도 잇고 블호흔 쩌도 이시니 흔 쩌 밥을 아니 먹으미 엇
지 부인의 넘녀흐미 과도흐며 내 임의 이 곳의 와 어두어시미 다시 움죽여 나가리오
흐고 시녀로 침금을 포셜흐라 흐고 두어 잔 슐을 마시

62면

매 기리 탄왈 내 평싱의 시로 셔동도 형벌을 못흐엿더니 비록 져의 죄는 즁흐나 웅아

의 혈육이 님니ᄒᆞ믈 보미 밥을 먹으려 ᄒᆞ나 흉장이 답답ᄒᆞ여 능히 먹지 못ᄒᆞ니 부ᄌᆞ
ᄂᆞᆫ 텬륜이라 강잉치 못ᄒᆞ니 사ᄅᆞᆷ의 아비 되여 잘 ᄀᆞᄅᆞ치지 못ᄒᆞ여 이의 니ᄅᆞ니 실노
허믈이 나의게 잇ᄂᆞᆫ지라 이제 바야흐로 져의 말과 거동을 ᄉᆡᆼ각ᄒᆞ니 그 아비 엇지 슉
식이 편ᄒᆞ리오 부인이 내 마음을 고이히 넉이지 말ᄅᆞ쇼셔 양부인이 승상의 지극ᄒᆞᆫ
어짐과 텬륜 ᄌᆞ익를 감동ᄒᆞ여 츄연

63면

탄왈 웅현이 년쇼 경박ᄒᆞ고 과격ᄒᆞ여 고이ᄒᆞᆫ 거조 이시나 총명ᄒᆞᆫ 아히라 말노ᄡᅥ 엄
히 칙ᄒᆞ고 과도ᄒᆞᆫ 거조를 날회시면 조ᄒᆞᆯ가 ᄒᆞᄂᆞ이다 승샹이 탄왈 이ᄅᆞᆯ곳 쳐도 능히
유현의 ᄭᅵᆺ듯고 곳치미 쉽오니 ᄀᆞᆺᄐᆞ면 내 엇지 웅현의게 다ᄃᆞ라ᄂᆞᆫ 더 심ᄒᆞ리오 이ᄂᆞᆫ
마지못ᄒᆞ여 시작ᄒᆞ미라 맛ᄎᆞᆷ내 개과쳔션ᄒᆞ여 져의 지모 풍신을 져바리지 아닐 듯ᄒᆞ
거니와 원내 위인이 종시 유현만 못ᄒᆞ여 날노 ᄒᆞ여곰 금일 슈고를 ᄭᅵ치니 엇지 한흡
지 아니리오 부인이 ᄯᅩᄒᆞᆫ ᄎᆞ탄ᄒᆞ

64면

며 진시의 어질믄 승샹이 니ᄅᆞ고 ᄌᆞ부를 넘녀ᄒᆞ여 경경 블미ᄒᆞ니 초공의 쳘셕 심쟝
으로도 이러틋 넘녀ᄒᆞ니 부ᄌᆞ유친은 곳칠 길이 업ᄉᆞ믈 알네라 ᄎᆞ일 윤부인이 아ᄌᆞ의
결당ᄒᆞ미 대단ᄒᆞ여 ᄉᆞᆼ싱지녀의 이시믈 드ᄅᆞ미 비록 초공의 일을 그ᄅᆞ다 아니나 몸이
알프고 마음이 찬지라 종야토록 눈믈을 금치 못ᄒᆞ고 진시의 거동이 더욱 잇지 못ᄒᆞ
여 명일 신셩을 파ᄒᆞ미 옥미뎡의 니ᄅᆞ러 양부인으로 심ᄉᆞ를 난호며 진시의 말을 일
너 잔잉 이련ᄒᆞ믈 이긔지 못ᄒᆞ거

65면

ᄂᆞᆯ 양부인 왈 유현의 부부ᄂᆞᆫ 간인이 고이ᄒᆞᆫ 말을 ᄒᆞ여 삼 년을 박대ᄒᆞ미 허다 변난이
이러ᄂᆞᆺ거니와 웅현은 어려셔붓터 챵녀의 혹ᄒᆞ고 쥬식을 탐연ᄒᆞ여 마음이 다른 후 진
시를 어더 진아의 정뎡 렬슉ᄒᆞ미 노류장화의 화려ᄒᆞ미 업고 부부의 냥익이 비상ᄒᆞ여
이의 니ᄅᆞ니 이제 승샹이 엄히 쟝칙ᄒᆞ여 슬젼의 용납지 아니ᄒᆞ니 져도 인효ᄒᆞᆫ 아히
라 오ᄅᆞ지 아냐 뉘웃고 ᄭᅵᄃᆞ라 젼과를 곳치려니와 지금 져의 부뷔 다 진궁의 이시니
부인이 친히 가

66면

ᄌᆞ부를 권ᄒᆞ여 ᄒᆞᆫ곳의 모흐고 화합ᄒᆞᆯ 도리를 도모ᄒᆞ미 올흐니이다 인ᄒᆞ여 승샹이 쟉일 식반을 진치 아니시고 죵야를 념녀ᄒᆞ던 말을 젼ᄒᆞ니 윤부인이 듯고 탄식ᄒᆞ더라 이날 윤양 이 부인이 한가지로 진궁의 니ᄅᆞ러 졍비를 보고 말ᄉᆞᆷᄒᆞᆯᄉᆡ 졍비 웅현의 일을 일ᄏᆞᆺ고 ᄋᆡ달와 ᄒᆞ거ᄂᆞᆯ 양윤 이 부인이 탄왈 지금 아ᄌᆞ와 현뷔 여긔 와이시니 그 병이 엇더ᄒᆞ더니잇고 졍비 왈 운아의 쟝쳐ᄂᆞᆫ 대단ᄒᆞ여 병셰 즁ᄒᆞ고 진시ᄂᆞᆫ 운신긔동은 ᄒᆞᄃᆡ 쟉슈를 먹지

67면

아니ᄒᆞ고 쥬야 벼개의 머리를 더지여 잠연이 셰샹을 모ᄅᆞ더니 쟉일 슉슉의 결단ᄒᆞ시믈 듯고 나ᄂᆞᆫ 아지못ᄒᆞᄃᆡ 진시ᄂᆞᆫ 알고 외헌의 ᄂᆞ가 웅현을 구ᄒᆞ니 혜아리건ᄃᆡ 대단ᄒᆞᆫ 증셰ᄂᆞᆫ 업ᄂᆞᆫ가 ᄒᆞ노라 양윤 이 부인이 시녀로 진시를 부ᄅᆞᄆᆡ 이ᄯᆡ 진시 진궁으로 와셔 벼개의 머리를 더져 고요이 ᄉᆡᆼ각ᄒᆞᄆᆡ 누욕과 참얼이 창히슈를 기우려 씨셔도 시훤치 못ᄒᆞᆯ지라 옥안의 쥬뤼 방방ᄒᆞ여 화협을 젹시더니 시녀의 분분ᄒᆞᆫ 젼어로 잠간 드ᄅᆞᄆᆡ 초공이 한림이 쇼

68면

져를 구츅ᄒᆞ여 내친 죄로 쟝칙ᄒᆞ여 칠십 쟝이로대 존당과 노공이 구치 아니신다 ᄒᆞ거ᄂᆞᆯ 쇼졔 그 광망 ᄑᆡ려ᄒᆞ믈 통히ᄒᆞ나 본대 ᄉᆞ덕이 졍졍ᄒᆞ여 렬녀의 고졀이 슉연ᄒᆞ니 ᄒᆞᆫ 조각 위부ᄒᆞᆫ 졍셩이 금셕 ᄀᆞᆺ틀 ᄲᆞᆫ 아니라 일이 ᄌᆞ긔로 비로ᄉᆞ미라 그 ᄉᆡᆼ이 념녀로오믈 드ᄅᆞᄆᆡ 심한 골경ᄒᆞ여 쇼쇼 붓그러오믈 도라보지 못ᄒᆞ고 병을 강잉ᄒᆞ여 밧비 샹부 외헌의 니ᄅᆞ러 승샹긔 애걸ᄒᆞ니 초공이 그 힝실과 덕셩을 감동ᄒᆞ여 즉시 한림을 샤ᄒᆞ고 쇼져를 위로ᄒᆞ여 드려보내ᄆᆡ

69면

쇼졔 엄구의 대은을 감골 명심ᄒᆞ여 밤이 맛도록 탄셩 비읍ᄒᆞ고 ᄉᆞ졍이 블합ᄒᆞ나 슈삼 년 부부의 졍으로 웅현의 긔식이 엄착ᄒᆞ고 피육이 후란ᄒᆞ던 거동을 보고 도라오ᄆᆡ 녀ᄌᆞ의 연약ᄒᆞᆫ 마음이 엇지 편ᄒᆞ리오 일마다 심회 어ᄌᆞ럽고 념녀를 요동ᄒᆞᄆᆡ 두로 마즌 곳과 샹ᄒᆞᆫ 대가 더 알프고 쥬루ᄂᆞᆫ 벼개의 져져 눈을 감고 잠연이 셰샹을 잇

고져 ㅎ더니 믄득 냥 존고의 명으로 부르느지라 비록 신질이 고극ㅎ나 감히 역명치
못ㅎ여 강질ㅎ여 침뎐의 니르니 졍

70면

양윤 삼 부인이 한 대 모닷더라 승당 비알ㅎ미 양부인이 옥슈를 잡고 기리 탄식 왈
녜로븟허 홍안이 박명ㅎ고 슉녀는 굿기 니가 ㅎ나 둘이 아니라 현부의 슉ㅈ 혜질과
셩회 윤부인의 오복이 완젼ㅎ믈 쓰을가 ㅎ엿더니 덕은 이시나 운익이 긔구ㅎ여 가부
의게 쇼대ㅎ믈 보고 고이한 화란을 일야간 추악한 경계를 지내고 웅ᄋ의 슈쟝ㅎ미
녀ㅈ지심의 엇지 평안ㅎ며 허망한 누셜이 방신을 모욕ㅎ니 가부의 박졍ㅎ믄 고지드
러 변을 지어 졔 몸가지 져 디경

71면

의 니르니 현부의 심회를 드러일고 슈연이나 현부의 슉덕으로 누명 즁 오릭 잇지 아
냐 원앙을 신셜ㅎ려니와 지금 웅아의 병이 즁타 ㅎ니 현부를 위ㅎ여 실노 잔잉ㅎ고
우리 마음이 또한 넘녀 깁고 웅현이 힝식 비록 무상ㅎ나 혜아리건딕 녀ㅈ의 도리는
그져 잇지 못홀지라 현부의 긔특한 힝실이 어득한 즁 웅ᄋ를 구ㅎ여 도리를 출히믈
우리 우러러 탄복ㅎ노라 구괴 임의 현부의 죄 업고 결쳥한 렬졀을 알미 무슴 근심이
이시며 붓그러오미 이시리오 마

72면

음을 구지 잡아 회포를 널녀 웅ᄋ의 병쇼을 슬피고 슉덕 현힝으로쎠 탕ㅈ를 감동ㅎ
여 집을 진뎡ㅎ고 복녹을 온젼이 ㅎ믈 현부를 밋노라 진시 부복 쳥교의 츄연 ㅈ샹ㅎ
고 지배 대왈 쇼쳡의 무상 누명과 블초한 힝식 만히 군ㅈ 고안의 득죄ㅎ여 금일의 니
르오니 엇지 남을 원ㅎ오며 누를 탓ㅎ리잇고 이졔 군ㅈ의 몸이 쇼쳡의 연고로 혈육
이 림니한 죄를 닙고 셕샹의 위돈ㅎ니 쇼쳡이 엇지 죄 우히 죄를 더으오며 무슴 면목
으로 그 병측의 나아가 슬피리잇

73면

고 하믈며 졔슉이 년ㅎ여 왕림ㅎ시고 쳡이 외당의 단니미 피편ㅎ옵고 가뷔 길가의

내친 몸으로 구고 성은을 닙스와 이곳의 드러오미 또훈 군즈의 뜻이 아니라 쳡이 엇지 안연 무고훈 사룸 곳치 군즈의 침쇼의 ᄂ아가리오 존고의 명교를 밧드지 못ᄒ오니 블승황공ᄒ여이다 원컨딘 쇼쳡의 구구훈 스졍을 슬피샤 직분을 다ᄒ올지언뎡 ᄎ마 일실의 대ᄒ여 군즈의 이미타 훈 명이 업슨 젼은 그 심화를 도도며 그 병이 더으시게 못ᄒ올가 ᄒᄂ이다 윤부인이 기리 탄식고 손을 잡고 눈

74면

믈을 금치 못ᄒ여 왈 내 사룸의 어미 되여 즈식을 어지리 교훈치 못ᄒ여 무식 블인이 현부의 방신을 괴롭게 ᄒ디 아지 못ᄒ여 한번도 금치 못ᄒ고 현뷔 길가의 바리는 환을 보니 엇지 참괴치 아니리오 그대 원이 여ᄎᄒ니 그 병쇼의 이시리오 웅ᄋᄂ 여러 형뎨 모다 위회ᄒ려니와 현뷔 진궁의 외로이 이셔 샹부만 못ᄒ리니 젼 슉쇼의 도라와 병을 조셥ᄒ며 마음을 조급히 말고 약질이 샹ᄒ게 말나 쇼졔 니러 배샤 왈 낭 존고의 혜틱이 쇼쳡 죄신이 쉐신 분골ᄒ오나 다 갑

75면

습지 못ᄒ올지라 엇지 구구한 스졍의 갓가이 뫼와 슬픈 회포와 어득훈 심스를 붓치고져 아니리잇가마는 그윽히 싱각ᄒ오니 가부는 하늘이라 임의 내치신 명을 어더 사ᄒᄂ 말이 업셔셔 구고의 위엄을 비러 스스로 안연이 녯 침쇼의 도라오미 가부를 업늘너 가비야이 너기미오 군직 엄젼의 득죄ᄒ여 샹부의 용납지 아니ᄒ셔 이곳의셔 조병ᄒ오니 쳡의 도리는 아직 셔ᄂ지 못ᄒ와 무릇 구병지졀의 대후는 편치 못ᄒ올지라 존명을 슌슌이 위역ᄒ오니 죄즁여

76면

산이로쇼이다 삼비 듯고 일시의 칭찬 왈 가히 쳘부슉녜로다 웅현 곳튼 광직 만일 이 곳튼 현쳐를 만ᄂ지 못ᄒ더면 엇지 잘 진압ᄒ리오 이는 하늘이 유의ᄒ여 내시미라 현부의 셩덕으로 젼뎡이 맛춤내 미믈치 아니리라 내조의 슉연ᄒ미 웅ᄋ의 광픽ᄒ믈 진뎡ᄒ여 집이 화평ᄒ고 복녹이 무비ᄒ리니 녀즈의 덕이 크면 나라흘 붓들고 집을 흥ᄒ며 투한 죠협ᄒ미 조종을 업치ᄂ니 한 쩍 녀후와 무측천의 일노써 보와도 쇼연이 알지라 그딘 현슉

77면

ᄒᆞ미 우리 흥장이 열니ᄂᆞᆫ지라 엇지 다힝코 긔특지 아니리오 진쇼졔 냥 존고의 셩덕 교화ᄅᆞᆯ 듯ᄌᆞ오ᄆᆡ 감촉ᄒᆞᆷᄆ 이긔지 못ᄒᆞ여 년망이 피셕ᄒᆞ여 불감 샤ᄉ홀ᄉᆡ 현슉ᄒᆞᆫ 긔운과 안일ᄒᆞᆫ 셩덕이 면모의 ᄂ타ᄂᆞ니 어리러온 염광과 ᄌᆞ약ᄒᆞᆫ 거동이 츄슈 빅년이 향긔ᄅᆞᆯ 토ᄒᆞ고 금분 모란이 고은 빗ᄎᆞᆯ ᄌᆞ랑ᄒᆞ니 근심ᄒᆞᄂᆞᆫ 아미와 슈우ᄒᆞᄂᆞᆫ 안치 더옥 긔특ᄒᆞ니 사ᄅᆞᆷ으로 ᄒᆞ여곰 마음이 녹고 ᄲᅦ져린지라 졍양윤 삼 부인이 이련ᄒᆞᄆᆡ 비길 ᄃᆡ 업셔 위로ᄒᆞ여 슉쇼로 보

78면

내고 삼비 ᄒᆞᆫ가지로 싱의 잇ᄂᆞᆫ 안츈뎡의 니ᄅᆞ니 이ᄶᆡ 례부 광현이며 형부 문현이 이의 모닷다가 슉모와 모친이 니ᄅᆞᄆᆡ 졍비 왈 오늘 무슴 연고로 침당을 올마ᄂᆞ냐 례뷔 대왈 빅형이 득죄ᄒᆞ여 안츈각 셕 달의 쾌히 회심 슈힝ᄒᆞ여 엄의ᄅᆞᆯ 감동ᄒᆞ니 쇼ᄌᆞ 등이 안츈각이 유복다 ᄒᆞ여 한림을 보니 니블의 ᄊᆞ히고 벼개의 더지여 츄월 ᄀᆞᄐᆞᆫ 풍광이 환탈ᄒᆞ고 옥 ᄀᆞᄐᆞᆫ 긔뷔 쇼삭ᄒᆞ니 슉모와 모친을 보고 믄득 눈믈을 금치 못ᄒᆞ여 쥬왈 블초이 무샹 과격ᄒᆞ여 몸이 이런

79면

죄ᄅᆞᆯ 닙으니 금일 ᄌᆞ안을 뵈오니 황공 ᄌᆞ참ᄒᆞᄆᆡ 욕ᄉ무디라 오즉 엄안의 뵈올 긔약이 업ᄉ오니 밤이 맛고 날이 져무도록 심시 버히ᄂᆞᆫ 듯ᄒᆞᆫ지라 알프오믄 잇치고 병이 나ᄋᆞᆸᄂᆞᆫ지라 윤부인이 쳑연 ᄌᆞ샹ᄒᆞ나 비식을 감초고 졍식 칙왈 내 마음이 약ᄒᆞ고 모ᄌᆞ의 졍으로 너ᄅᆞᆯ 와 보ᄂᆞ니 너의 무샹 블초ᄒᆞᄆᆡ ᄌᆞ식이나 대면코져 ᄠᅳᆺ이 이시리오 진시의 아ᄅᆞᆷ다오믈 사ᄅᆞᆷ이 눈이 이시며 쇼견이 잇ᄂᆞᆫ 쟈야 엇지 그런 일노 의심ᄒᆞ리오 허망ᄒᆞᆫ 간참을 신쳥ᄒᆞ여 졍실을 구타ᄒᆞ여

80면

동헌 길가의 더지니 셰샹의 듯지 못ᄒᆞᆫ 변괴라 이졔 대인의 ᄌᆞ식 ᄉ랑ᄒᆞᄂᆞᆫ ᄆᆞ음이 타류의 ᄌᆞ별ᄒᆞᆷ으로써 너ᄅᆞᆯ 다ᄉ리미 오히려 경흔지라 ᄎᆞ후ᄂᆞᆫ 개심 슈힝ᄒᆞ여 현쳐ᄅᆞᆯ 후ᄃᆡ고 부훈을 슌슈ᄒᆞ여 인류의 도라가면 내 ᄌᆞ식 그릇 나흔 죄ᄅᆞᆯ 면ᄒᆞ고 네 ᄯᅩ 부젼의 용납ᄒᆞ여 텬뉸을 온젼이 ᄒᆞ리니 유현의 ᄭᆡ다ᄅᆞᆷ을 효측ᄒᆞ여 다ᄅᆞᆫ 사ᄅᆞᆷ이 될진ᄃᆡ

여외 슉식이 편ᄒ리로다 양부인이 탄왈 모즈의 지극ᄒ 졍이 심골을 거울너 가르치나 즈식이 오히려 씌둣지 못ᄒ면

81면

이ᄂ 진실노 무식 블초ᄒ미라 너ᄂ 오ᄂᆯ노붓터 회과 즈칙ᄒ여 진시의 빙옥 ᄀᆺᄐ 졀 의ᄅ 다시 더러온 일노 의심치 말고 부모의 ᄯᆺ을 슌ᄒ여 인효의 즈식이 되고 다시 블 효지죄ᄅ 엇지 말나 ᄒ믈며 진시 만목 쇼시의 외당 번요ᄒ믈 피치 아니ᄒ고 그 엄엄 ᄒ 긔운을 슈습ᄒ여 너의 광픽ᄒ믈 원치 아니코 승샹 엄노ᄅ 읍간ᄒ여 륜니ᄅ 희셕 ᄒ니 그 현텰 명혜ᄒ미 당금 쳘뷔라 네 토목 심쟝이나 아디 못ᄒ랴 한림이 냥 모친의 경계ᄒ시미 이러텃 명졍ᄒ믈 드르니 본

82면

듸 셩회 쳔진의 나ᄐᄂ고 일단 총명이 부형 여풍이라 감격ᄒ고 붓그리며 진시의 일 을 오히려 분이 너어나 즈긔ᄅ 그 어려온 곳의 ᄂ와 구ᄒᄂ 마음을 잠간 감동ᄒ미 이 셔 고두 샤왈 히이 무샹ᄒ오미 슈슈난속이라 부모긔 블효 비경ᄒ고 몸의 즁쟝을 닙 어 혈육이 샹ᄒ오니 스스로 붓그러옴과 츄회ᄒ미 가득ᄒ나 ᄒ번 그릇ᄒ여시미 ᄒᆯ 일 이 업ᄉ온지라 냥 태태의 붉은 교훈을 명골 슈심ᄒ여 다시 그ᄅ미 업ᄉ려니와 쇼즈 의 뉘웃ᄂ ᄯᆺ을 야야기 알월 길이

83면

업ᄉ오니 즈위ᄂ 어엿비 넉이쇼셔 양윤 이 부인이 그 화풍이 돈감ᄒ고 츄텬 ᄀᆺᄐ 긔 운이 유약ᄒ여 오시 혈흔과 옥 ᄀᆺᄐ 얼골의 혈긔 감ᄒ니 잔잉ᄒ믈 참지 못ᄒ여 각각 그 숀을 잡고 어르만져 왈 네 부친의 셩품을 거의 알며 네 개과 슈심ᄒ여 젼과ᄅ 바 릴진듸 즈연 부즈의 륜니 온젼ᄒ고 텬셩의 ᄉ랑이 녜ᄅᆨ온 둣ᄒ리니 오직 너의 마음 을 닥그미 잇ᄂ지라 싱이 머리ᄅ 슉이고 눈믈을 흘닐 ᄯᆞᆫ이라 양부인이 또 니ᄅ듸 진 시 이곳의셔 네 병측을 슬

84면

피라 ᄒ 즉 그 대답이 여ᄎᆞ여ᄎᆞᄒ지라 너ᄅ 즁히 넉이며 례ᄅ 즁히 ᄒ여 진실노 긔특

호거늘 네 총명이 암연호고 쥬식의 무드러 셩졍의 외입호여 추경의 밋추니 네 싱각 호여 보라 진시 비록 유죄홀지라도 네 구타호여 동혀 길가의 아조 바리니 만일 시비 유랑의 구홈 곳 아니면 진시의 명이 그 밤으로셔 맛추리니 진실노 옥의 지는 쳔고 박 힝 잔잉 필뷔 되지 아니랴 이를 싱각호미 톄스 모골호니 네 오히려 놀납지 아니랴 싱 이 머리를 슉여 냥구 후 대왈 쇼지 과격호

85면

나 무고히 이셔셔는 그 죄 그디도록지 아닐 거시로디 옥의 갓쳐셔 드르니 여추여추 니르는 재 이시니 쇼즈의 의심이 유동호여 이의 드러오미 진시의 품 가온대로셔 흉 참혼 셔시 느려지고 거동이 슈상호미 히이 급혼 셩을 이긔지 못호여 시비를 져쥬미 난영의 초시 여추호오미 엇지 분히치 아니리잇가 직각의 그 머리를 버히고 시부대 손의 칼이 업스므로 죽기를 위한호여 그 거조를 아지 못호미러니 이졔 싱각호니 과 격 무식던가 시브오대 원내 진시의 어즐미 부모

86면

의 니르심과 ᄀᆞᆺ틀진대 엇지 그런 악시 잇느니잇가 뉘 진시를 그리 즈부며 품 속의 흉 셔를 뉘 너허시리잇고 실노 의심이 풀니지 아니니 다른 힝스는 곳치려니와 져를 현 쳐로 후대호기는 실노 춤아 못호리니 타일 신빅호여 진가를 구힉호면 모르거니와 그 러치 아니면 다시 대면호기를 참아 못홀 거시오 쟉일 쇼즈를 엄견 녁구호믈 더옥 흉 히 넉이느니이다 져도 인졍이라 어졔 져를 죽이려 호여시니 오늘 무슴 졍으로 날을 구호리오 이는 짐즉 말을 치례호며 스쉭을 화

87면

히 호여 즁인 쇼견의 어즐믈 나타내고져 호미라 실노 인졍으로 쇼즈를 즁히 넉이미 아니니이다 졍비 쇼왈 네 씨둣고 뉘웃노라 호나 아직 일공이 막혓도다 진시의 힝식 엇지 내외 가즉호여 호미리오 그 익운이 추악호고 홍안의 히로오미 너의 총명을 가 리와시니 우리 입이 다ᄉᆞᆯ 뿐이라 닐너 무익호니 아직 마음을 안일이 호여 상톄 대 단호니 병이나 조셥호여 슉슉의 인명혼 쟝칙을 블의의 도라가지 말게 호라 네 창악 의 무드러 화현 봉현으로 더브러

88면

남시 볼 일이 족ᄒᆞᄃᆡ 슉슉이 오직 가도고 치기를 앗기시믄 두 ᄌᆞ질을 남달니 ᄉᆞ랑ᄒᆞ시며 텬셩이 인명ᄒᆞᄉ 쟝벌을 아니시미여늘 죄 우희 죄를 더 지으니 만일 왕의 셩품 ᄀᆞᆺ트면 진시의 ᄀᆞᆯ걸ᄒᆞ며 빅인이 권ᄒᆞ고 쳔인이 말녀도 반ᄃᆞ시 이만ᄒᆞ지 아닐지라 슬프다 ᄌᆞ식이 지효ᄒᆞ나 오히려 그 어버이 ᄉᆞ랑ᄒᆞ는 졍의 밋지 못ᄒᆞ미 잇ᄉᆞ리라 너를 치고 슉슉의 마음이 반ᄃᆞ시 신샹의 질고도곤 더 아ᄅᆞ시니 네 엇지 친의를 모ᄅᆞ고 블명 방탕과 암연ᄒᆞᆫ 총명이 조

89면

곰도 열니지 아냐 현인의 옥결지ᄒᆡᆼ을 의심ᄒᆞ고 감동ᄒᆞ미 업ᄉᆞ니 엇지 ᄎᆞ셕지 아니리오 한림이 샤례 왈 빅모의 교훈이 맛당ᄒᆞ시니 삼가 명심 계지ᄒᆞ여 마음을 곳치리이다 삼 부인이 츄연 탄식고 심히 즐겨 아니터라 이윽고 의재 니ᄅᆞ미 삼 부인이 드러오고 이후 쟝쳬 날노 즁ᄒᆞ여 식음을 견폐ᄒᆞ니 진궁과 샹부의 견례 간졀ᄒᆞ고 초공이 친히 가 보지 아니코 입 밧긔 내지 아니시나 심내의 우례 간졀ᄒᆞ여 ᄆᆡ양 광현 문현을 블너 그 병을 뭇고 의약을 지

90면

휘ᄒᆞ더니 싱이 쟝챵을 알는 가온ᄃᆡ 부친긔 뵈지 못ᄒᆞᄆᆞᆯ 더욱 셜워 심시 어ᄌᆞ럽고 변시의 교연ᄒᆞᄆᆞᆯ 싱각고 믄득 졔형을 대ᄒᆞ여 왈 쇼뎨 무샹ᄒᆞ여 쟝챵이 날노 셩ᄒᆞ니 ᄒᆞ릴 지속이 업ᄉᆞ지라 졔형이 엇지 ᄆᆡ양 직희시리잇가 쇼뎨 마음도 편치 못ᄒᆞ고 ᄯᅩ 병인의게 죵요로오미 쳐쳡 ᄀᆞᆺ ᄐᆞ니 업ᄉᆞᄃᆡ 진시는 유병타 ᄒᆞ니 변시나 블너 쇼뎨의 병측의 슬피게 ᄒᆞ고 졔형은 편히 쉬쇼셔 례부 등이 그 병 즁 편키를 위ᄒᆞ여 흔연 답왈 여언이 올ᄒᆞ니 이곳이 깁고 고

91면

요ᄒᆞ니 슉슉의 나오시미 무방ᄒᆞ니 모친긔 알외여 네 ᄯᅳᆺ을 조ᄎᆞ리라 ᄒᆞ고 초일 낭죄 모젼의 드러가 웅현의 ᄯᅳᆺ을 고ᄒᆞ니 윤부인이 탄왈 구병의 죵요로오미 쳐ᄌᆞ는 못ᄒᆞ니 진시 유질홀 ᄲᅮᆫ이 아냐 셔로 볼 안면이 업ᄉᆞ니 변시를 보내여 병인의 ᄯᅳᆺ을 좃고 그 마음을 편케 ᄒᆞ리라 즉시 변시를 블너 왈 ᄋᆞ직 병 즁 그ᄃᆡ를 쳥ᄒᆞ여 병회를 위로코져

흔다 흐니 그듸 뜻이 엇더흐뇨 변시 텬연 대왈 군지 엄젼의 득죄흐여 귀톄 유질흐니 첩 등이 한번 보와 병

92면

의 경즁을 알고져 아니리 잇고마는 외당이오 계슉이 겨시니 의스치 못흐더니 만일 존명이 겨시면 나아가 병을 보고져 흐ᄂᆞ이다 언파의 쳥뤼 쥬쥴흐니 부인이 졍식 왈 가뷔 유질흐미 녀즈의 졍니 편치 아니려니와 엇지 눈믈을 경히 흐여 내 마음을 어즈러이ᄂᆞᄂᆇ 삼가 가부의 병을 힘뼈 구흐고 그 광픽 무식흐믈 극간흐여 맛춤내 셩도의 도라가게 흐면 그대 또흔 탕즈의 안히라 니ᄅᆞᆷ믈 면흐고 빅년지락이 쾌흐리니 삼가 내 말을 헛도이 넉이지 말

93면

나 변시 구연 슈명흐고 믈러나 즉시 진궁의 니르러 졍비긔 뵈고 안츈각의 니르니 졔 싱이 다 허여지고 변시 나아가 싱을 보니 환형흐여 다른 사룸이 되여시니 변시 흔번 보미 별 ᄀᆞᆺ튼 ᄲᆞᆼ안의 진쥬 ᄀᆞᆺ튼 눈믈이 죵횡흐여 화식롤 젹시니 싱이 크게 반겨 쳥흐여 알히 안즈라 흐고 집슈 탄왈 이는 다 나의 과실이어니와 진시의 음악흐미 아니면 무슴 일이 ᄂᆞ리오 근본은 진시의 연괴라 외로이 이곳의 닉치여 비록 졔 형뎨 군죵이 년낙흐여 구호흐나

94면

울읍흐여 그대롤 쳥흐엿더니 직시 니르니 반가오며 감샤흐도다 변시 탄식 오열 왈 군의 익회 즁흐여 쳔금귀톄 시로배도 당치 못홀 즁쟝을 입으시고 샹부의도 용납지 못흐샤 이곳의 내치시니 첩이 감히 대인을 원망흐미 아니라 녀즈의 촌쟝이 여활흐여 한곳의 모다 구병이나 졍셩을 다흐고져 아니리오마는 감히 즈젼치 못흐옵더니 금일은 존괴 명흐시니 엇지 더대 ᄂᆞ오리오 바라건대 군즈는 믈우 쇼려흐시고 병을 조셥흐쇼셔 싱이

95면

그 요괴로온 말과 이원흔 태도롤 시로이 이대흐여 병의 위흐미 만코 변시 약음을 스

스로 다스려 졍셩을 다ᄒᆞ며 흔흔 양양이 환쇼ᄒᆞ여 남의 촌쟝을 녹이니 싱이 크게 혹ᄒᆞ미 시로와 일시 쩌ᄂᆞ믈 줍난이 넉이니 변시 이시므로붓허 조싱 등이 왕ᄅᆡ를 그쳐 혹 밧긔 와 먹ᄂᆞᆫ 거슬 무릇며 ᄌᆞᄂᆞᆫ 거슬 무러 무릇 변시를 맛져시니 싱이 격막ᄒᆞᆫ 심회를 위로ᄒᆞ나 약음의 마음을 변ᄒᆞᄂᆞᆫ 약지를 가입ᄒᆞ니 더옥 그릇되여 변시 향ᄒᆞᄂᆞᆫ 졍은 태산 ᄀᆞᆺ고

96면

진시는 더옥 뮈워ᄒᆞ여 쩌쩌 니ᄅᆞᆫ안져 칼노 셔안을 두다려 고셩ᄒᆞ여 진시 버히지 못ᄒᆞ믈 한ᄒᆞ니 광증이 시로이 셩ᄒᆞ여 거진 실셩ᄒᆞ여시나 졔싱이 ᄌᆞ로 샹대치 아니니 뉘 이 ᄀᆞᆺᄐᆞᆯ 알며 쟝독은 날노 셩ᄒᆞ여 병셰 위약ᄒᆞ고 분노ᄒᆞ기ᄂᆞᆫ 어ᄂᆞ 지경가지 가믈 덩치 못ᄒᆞ니 흔곳 웅현의 무식홈과 변시의 요악ᄒᆞ미 졈졈 더ᄒᆞ니 진시의 시운이 부졔ᄒᆞ고 익회 미진ᄒᆞ미러라 ᄎᆞ시 화현 봉현이 계옥ᄒᆞᆫ 지 월예로대 진 초 이공의 샤명이 업

97면

ᄉᆞ니 울울ᄒᆞ더니 노공이 냥ᄌᆞ를 대ᄒᆞ여 우여 왈 너의 ᄌᆞ식 죄 벌ᄒᆞ미 너모 쥰극ᄒᆞ여 화현 봉현이 풍뉴 드른 죄로 달포 옥니의 미이여시니 노뷔 냥ᄋᆞ를 싱각ᄒᆞ여 울울이 병이 날 ᄃᆞᆺᄒᆞᄂᆞᆫ지라 진 초 냥공이 비샤 왈 ᄎᆞᄋᆞ 등이 능ᄂᆞᆨ고 완만ᄒᆞ와 좀쳐로 ᄒᆞ여셔ᄂᆞᆫ 구겁지 아니므로 슈월을 넘겨 두고져 ᄒᆞᆸ더니 엄괴 지ᄎᆞᄒᆞ시니 셩의를 엇지 밧드지 아니리잇고 즉시 냥ᄌᆞ를 ᄉᆞᄒᆞ니 냥싱이 드러와 계하의셔 돈슈 쳥죄ᄒᆞᆯᄉᆡ 화풍월뫼 슈고ᄒᆞ여 츅쳑ᄒᆞᆫ

98면

거동과 황공ᄒᆞᆫ ᄉᆞ식이 ᄂᆞᆺᄐᆞᄂᆞ니 존당이 크게 이련ᄒᆞ여 당의 올니고 집슈 무이ᄒᆞ여 후일을 경계ᄒᆞ니 냥인이 지비 쳥죄ᄒᆞ고 부슉의 엄식이 렬슉ᄒᆞ니 송연ᄒᆞ미 침샹의 안ᄌᆞᆺ ᄃᆞᆺᄒᆞ여 호흡을 나초고 블감앙시ᄒᆞ니 화ᄒᆞᆫ 긔운과 가즉 완슌ᄒᆞᆫ 모양이 친의를 감동ᄒᆞ니 왕은 침음 무언이오 초공이 일쟝을 계칙ᄒᆞ고 후일을 경계ᄒᆞ니 냥인이 복슈 샤례홀 ᄯᆞᆫ이러라 믈너 안츈각의 니르러 밧긔셔 왓시믈 통ᄒᆞ니 웅현이 반겨 드러오라 쳥ᄒᆞ여 례필의

99면

낭뎨의 손을 잡고 탄왈 이러툿 큰 죄를 어드믄 의외라 빅부와 야애 슈월을 면목을 블견ᄒᆞ시고 병이 ᄯᅩ 진퇴ᄒᆞ여 고혈이 무샹ᄒᆞ니 우리 군죵으로 훈디의 락을 변ᄒᆞ여 쳥년 요ᄉᆞᄒᆞ여 블회 이를가 셜워ᄒᆞ노라 낭인이 안식을 곳치고 위로 왈 형이 셩되 과급ᄒᆞ여 고이ᄒᆞᆫ 거조를 ᄒᆞ시고 이런 죄를 당ᄒᆞ시니 즈긔 허믈이오니 부형을 원홀 배 아니오 ᄒᆞ믈며 쳥츈 쟝년의 이만 병을 과려ᄒᆞ여 ᄉᆞ싱지녀를 두리잇가 아등이 무샹ᄒᆞ여 부슉의 명훈을 블봉ᄒᆞ여 간간

100면

이 작죄 여ᄎᆞᄒᆞ니 엇지 슈괴치 아니리오 형은 고이ᄒᆞᆫ 넘녀를 말고 병톄를 조리ᄒᆞ쇼셔 싱이 탄왈 오슈블쵀나 오 셰붓터 글을 닑어 텬디 효우는 남의셔 낫고져 ᄠᅳᆺ이 잇고 비록 죽기의 니ᄅᆞ나 부슉을 원ᄒᆞ리오마는 참아 참지 못홀 거슨 슬하의 내치신 즈식이 되여 엄안을 뵈올 길이 업ᄉᆞ니 병회 울울ᄒᆞ여 하릴 날이 업슬가 심회 블호ᄒᆞ니 말이 이의 밋도다 낭인이 위로ᄒᆞ고 나와 닛지 못ᄒᆞ나 변시 이시므로 ᄠᅢ 업시 왕ᄅᆡ치 못ᄒᆞ더니 슈월지내의 싱의 병

101면

이 싱도를 엇고 변시로 은이 진듕ᄒᆞᆫ 가온대나 일념의 난월을 잇지 못ᄒᆞ여 유모를 블너 난월을 ᄃᆞ려오라 ᄒᆞ미 황유랑이 졍식 왈 샹공이 이제 갓 노야의 엄노를 만ᄂᆞ시고 ᄯᅩ 난월을 ᄃᆞ려오미 셜샹가샹ᄒᆞᄂᆞᆫ 근심을 ᄭᆡᄃᆞᆺ지 못ᄒᆞ시고 변쇼졔 병측의 겨시니 젹막지 아니커늘 난월을 ᄃᆞ려와 무엇ᄒᆞ려 ᄒᆞ시ᄂᆞ뇨 싱이 바야흐로 슈월 변니의 심홰 대발ᄒᆞ고 독약의 광증을 돕ᄂᆞᆫ지라 발연 대노ᄒᆞ여 광미를 거ᄉᆞ려 고셩 대즐 왈 네 비록 날을 유양

102면

ᄒᆞ미 이시나 노쥬의 분이 명명커늘 어이 날을 졀졔ᄒᆞ고 긔걸ᄒᆞ여 춍찰ᄒᆞ며 완악ᄒᆞ미 여ᄎᆞᄒᆞ뇨 두 번 거ᄉᆞ릴진대 별단 쳐치 이시리라 긔샹이 참엄ᄒᆞ고 거동이 긔험ᄒᆞ여 고대 사름을 죽일 ᄃᆞᆺ ᄒᆞ니 유뫼 탄식고 다시 겨우지 못ᄒᆞ여 난월을 ᄃᆞ려오니 싱이 황혹히 반기고 크게 깃거 집기슈ᄒᆞ고 침기슬ᄒᆞ여 탄왈 내 병이 즁ᄒᆞ여 됴셕의 위틱ᄒᆞ

니 ㅎ마 너를 다시 못 볼 번ㅎ니 네 어이 내 병을 뭇지 아닌다 난월이 쳥누를 먹음고 대왈 쳡은 슝은 인싱

이라 죵젹이 비편ㅎ여 한림의 악경을 듯즈오나 ᄂ아와 문후치 못ㅎ고 속졀 업시 심ᄉ만 허비ㅎᄂ이다 싱이 탄식고 변시를 가르쳐 왈 이 곳 변부인이라 네 쳐쳡의 례를 일치 말나 난월이 제 근본이 ᄉ족인 쥴 아ᄂᄂ지라 싱의 말을 분ㅎ나 강잉 지배ㅎ고 싱의 앏히셔 말슘ㅎ미 ᄉ긔 즈약ㅎ여 변시 ᄀᄐ 부인은 안하의 묘시ㅎ니 변시 분로ㅎ나 쟉인이 교힐ㅎ여 분을 춤고 쳥안 우대ㅎ여 회히 미담이 낭즈ㅎ고 투긔 업ᄉ믈 나타내여 싱의 마음

을 깃기니 싱이 크게 깃거 싱각ㅎ대 진시는 슉녜라 가즁이 입ᄂ니마다 일ᄏᄅ대 난월 ㅎᄂ흘 써려 죵시 허치 아니ᄐ니 금일 변시의 쇼통ㅎ미 여ᄎㅎ니 진짓 뇨조 슉녜라 엇지 진시의 질투ㅎ미 비기리오 일노 죠ᄎ 난월을 애즁ㅎ고 변시로 후대ㅎ대 경쳔ㅎ믈 업슈이 너겨 므릇 대졉이 난월노 다르미 업셔 일방의셔 회롱ㅎ며 얼골이 고으믈 셔로 비ㅎ고 은총을 셔로 의논ㅎ대 변시 오즉 알연흔 우음과 낭졍흔 쇼리 싱의 뜻을 맛초니 어이 조곰

이나 넘고ㅎ리오 싱의 병이 ᄂ흔 후 안츈각의 쳐ㅎ니 난월과 변시로 화락ㅎ여 만ᄉ를 이즈니 엇지 부젼의 샤죄를 싱각ㅎ리오 례뷔 형부로 의논ㅎ디 이 ᄋ히 녀식의 외입ㅎ미 졈졈 더ㅎ니 바려 두어셔는 ᄸᅵ드를 긔약이 업스니 병이 ᄂ흔 후 미양 졔 임의로 ㅎ리오 냥죄 의논을 뎡ㅎ고 안츈각의 나아가 긔춤ㅎ고 드러가니 변시 니러 맛고 난월은 후챵으로 내ᄃᄂ지라 례뷔 졍식 왈 네 요시 신질이 ᄎ복ㅎ니 고요히 마음을 가드담아 엄젼의 용납ㅎ믈

요구홀 거시어늘 무슴 마음과 넘치완대 힝식 갈스록 한심ㅎ뇨 변시를 향ㅎ여 왈 쇼

싱 등이 무샹ᄒ여 교뎨 블민ᄒ여 슈슈로ᄡᅥ 외당의 노고ᄒ시니 스스로 붓그리ᄂᆞ이다 금일붓터 슈슈는 졍침으로 도라가 쉬쇼셔 례부의 말슴이 화평ᄒ나 ᄉᆞ긔 츄샹 ᄀᆞᆺ트니 변시 참슈 ᄉᆞ례ᄒ고 니러 안으로 드러가니 한림은 져두 무언이러라 ᄎᆞ후 군죵 형뎨 모두 지내고 잡된 거동과 요괴로온 챵녀 갓가이 못 오게 ᄒ니 싱이 실망ᄒ나 냥형을 두려 ᄉᆞ식지 못ᄒ더라 초셜 변

107면

시로 례부의 단엄ᄒᆫ 말슴이 쥰졀ᄒ니 슈괴ᄒ여 져의 슉쇼의 도라와 태츈ᄃ려 왈 내 슈일만 더 잇던들 힝계ᄒᆞᆯ 거슬 역츄 광현이 무슴 용심으로 날을 ᄡᅩᆺ처내고 괴로이 졔 아ᄋᆞᆯ 직희니 이 ᄯᅳᆺ이 날을 어질이 못 너겨 한림을 외입게 ᄒᄂᆞ니 날노 아는지라 엇지 분치 아니리오 노쥬 일쟝 흉계ᄅᆞᆯ 약쇽ᄒ고 일야ᄂᆞᆫ 듯보니 안츈각의 례부 형뎨 잇다 ᄒᄂᆞᆫ지라 티츈을 남복을 닙히고 유건을 쓰이고 변시 단약을 삼켜 진시의 얼골이 되여

108면

티츈을 챵 밧긔 셰오고 진시 완완이 문을 열고 드러셔니 한림은 진시ᄅᆞᆯ 보고 경희 분완ᄒᄃᆡ 냥죄 발셔 이 심야의 아니 나올 쥴 아는지라 요인의 악ᄉᆞ믈 ᄭᆡ듯라 조히 긔회ᄅᆞᆯ 어든지라 믄득 흔연이 팔을 드러 왈 슈슈 쳐쳐의 나오시미 필유 ᄉᆞ괴라 쳥컨대 곡졀을 듯고져 ᄒᄂᆞ니이다 진시 쟉식 왈 질부는 그 ᄉᆞ싱이 블관ᄒ나 나의 오믄 타시 아니라 흉인으로 원슈 되여 맛ᄎᆞᆷ내 이 집 사ᄅᆞᆷ이 되지 못ᄒ리니 긔의ᄅᆞᆯ 문지코져 ᄒᄂᆞ이다 례뷔 함쇼 왈 ᄉᆞ데 블인이

109면

슈슈의 일싱을 희지오니 쇼싱배 진실노 붓그리ᄂᆞ니 무러 보려 ᄒᆞ실진대 우리 한가지로 결단ᄒ리니 져다려 쾌히 무르쇼셔 변시 례부의 진짓 진시로 아는 거동을 보고 방심ᄒ여 왈 쳡이 셜스 득죄ᄒ나 아시조강이라 결발지륜이 즁ᄒ거늘 변시 요물의 고혹ᄒ고 챵믈의 잠겨셔 박대 태심ᄒ니 삼오 홍유의 문군의 빅두음을 읇프미 인심이면 일호 측은지심이 업고 공연이 드러와 욕ᄒ고 구ᄐᆞᆼᄒ며 나죵은 죽게 동혀 길가히 바리니 이는 ᄉᆞ호 샤갈

484 조씨삼대록 4

110면

도곤 심호니 모질고 흉호미 훈낫 중쟝을 니르리오 죽어 앗갑지 아니되 쳡이 례도룰 직희고 대륜을 싱각호여 죽으믈 가을삼으며 존구의 노룰 두로혀 죽을 곳의 살오딕 은혜룰 싱각지 아니코 변시룰 쥬야 다리고 이셔 날을 고렴치 아니니 내 엇지 구추히 머믈이오 츳르리 친측의 믈너가고져 호느이다 이리코 간후의 안히라 호여 쳐치홀 의 스룰 말지어다 례부 형뎨 쇼안이 미미호여 한림을 도라보니 분발이 돌관호여 진목 고셩 왈 대음 발

111면

븨 하면목으로 느와 흉언으로 내 분을 도도느뇨 내 비록 용녈호나 팔 쳑 대쟝부로 쇼 견이 음부만 못호며 부부 대륜을 모르지 아니호나 비위 약호여 그대 갓튼 녀즈는 대 면호기 측호여 젼후의 참지 못호엿느니 변시는 온슌훈 녀지라 낭졍이 샹득호니 음녀 룰 두려 동쳐호믈 어려이 너기랴 내 칼흘 다듬아 비록 엄젼의 다시 쟝칙을 입으나 너 갓튼 발부룰 베히미 쾌시라 나의 스싱이 지텬호고 대인이 부즈 막대지은으로 너의 요셜노 구호미 무슴

112면

유익호미 잇느뇨 이졔 도라가도 놀납지 아니대 조히 보내여 음욕을 맛츠미 춤아 못 홀지라 언파의 닓더나 햐슈코져 호니 례븨 엄히 쑤즈져 믈니치미 가진시 의심난 거 조룰 다허려 다라드러 한님의 관을 벗기 지르고 샹토룰 잡아 부지블각의 뒤흐로 졋 치고 쌤을 치며 나는 드시 내다라 쇼릭 질너 왈 역젹 웅현아 너룰 직희고 잇시미 용 녈호니 진승샹 쳬 다섯 번 개가호니 나의 즈미 운치로 일개 풍뉴 흑스룰 어딕 가 못 어드리오 너룰 훈번 통쾌히 치고 가려

113면

호더니 간측훈 광현과 문현이 직좌호여시니 힘이 당티 못홀가 도라가노라 한림이 무 심 즁 츳변을 맛나 분히호믈 것잡지 못호여 칼흘 들고 싸오려 호니 례븨 칼흘 앗고 귀의 다혀 왈 진시룰 싸와 붓들고 쑤즛도 치도 말고 다리고 진슈 슉쇼룰 드러가라 그 즁 비샹훈 변이 이시리니 금야의 진위룰 판단호리라 한님이 분두의 급히 내다라다가

형의 말을 듯고 잠간 지정이니 진시 발셔 먼니 간는지라 싱이 착급 분노ᄒ여 급히 ᄯ
ᄅ니 진시 견지

114면

도지ᄒ여 곡난을 둘너 급히 닷ᄃ가 기동의 부대쳐 바아지는 듯 알픈지라 잠간 지졍
여 어르만즐 ᄉ이의 조싱이 뒤히 ᄯ로는 쇼ᄅᆡ 광풍 취우 ᄀᆺᄐ니 가진시 머리를 부드
히고 닷다가 여러 층 셤돌의 발이 견지라 뒤구으러 업더지니 ᄂᆺ치 다 웃쳐지고 코히
씨혀져 피 가득히 흐르니 견ᄃ지 못ᄒ여 숀으로 만지며 니러날 젹의 대 우히셔 싱이
원비를 느리혀 숀을 잡으니 ᄎ시 가진시 착급ᄒᆞᆷ 블가형언이라 쳔방 빅계로 탈신지
계를 싱각ᄒ나 한림의 큰 힘으로 분

115면

뇌 충식ᄒ여 싸리고져 ᄒ나 형의 말을 드르시므로 참고 팔을 훌ᄯᅳ러 왈 그대 가히
박대ᄒᆞᆫ다 원한ᄒ니 그대 침쇼의 가 후대ᄒ리니 슈히 잇는 대를 가르치라 가진시 쇽
여 왈 쳡의 슉쇼의ᄂᆞᆫ 보지 못홀 사름이 긱으로 와 이시니 후날 드러오쇼셔 앗가 일은
실노 그릇ᄒ여시니 욕ᄉ무디ᄒ여이다 싱이 요약ᄒᆞᆫ 거동을 무이 넉여 단단이 붓들고
좌우로 도라보와 사름을 엇고져 ᄒ더니 두어 시녜 약탕을 들고 젼도히 동녁 쇼당으
로 드러가거늘 한림이 블너 문

116면

왈 내 오릭 누어기의 아지 못ᄒ더니 드르니 진부인이 진궁의 왓다 ᄒ니 슉쇼가 어대
뇨 약탕을 들고 가는 시녀는 졍비의 궁녜라 진시 바야흐로 심녀를 ᄡᅳ고 식음을 폐ᄒ
여 회티 졈졈 만삭ᄒᆞᆷ의 텬우심조ᄒ여 그런 험난ᄒᆞᆫ 가온디 써러지지 아냐시나 약질이
침병ᄒ여 상셕의 버려시니 외쳐의 잇는 구고는 오히려 다 아지 못ᄒ고 졍비 조셕의
문병 무이ᄒ여 약물을 권ᄒ며 무휼ᄒᆞᆷ이 친녀 갓ᄐ니 진실노 가풍과 인심의 어질미
조부 ᄀᆺᄐ니 업고 졍비의 화홍지덕

117면

이 합ᄉ의 덥혓는지라 평싱 진 초 이공의 ᄯᆮ을 이어 ᄌᆞ질을 간격지 아니니 졍슉렬 양

뎡렬이 식부 녀으를 다 친싱 ᄀᆺ치 ᄒᆞᄂᆞᆫ지라 진시 고위ᄒᆞᄆᆞᆯ 연셕ᄒᆞ고 병셰 위독ᄒᆞ여 ᄶᅥᄶᅥ 혼졀ᄒᆞ니 ᄎᆞ야의 혼혼 망극ᄒᆞ여 졍신을 슈습지 못ᄒᆞ니 졍비 친림ᄒᆞ여 약을 지촉ᄒᆞ니 두 ᄂᆞᆺ 시이 약탕을 들고 가다가 한림을 맛ᄂᆞ니 무ᄅᆞᆯ믈 조ᄎᆞ 블 비쵀ᄂᆞᆫ 쇼당을 가ᄅᆞ치고 져의 압셔 가니 바야흐로 진시 막힌 거시 잠간 진졍ᄒᆞ여 나오미 슉모의 친림ᄒᆞ시믈 황공ᄒᆞ여 금니

118면
를 헷치고 니러안져 무휼ᄒᆞ시ᄂᆞᆫ 은덕을 칭샤ᄒᆞᆯᄉᆡ 간졀ᄒᆞᆫ 말ᄉᆞᆷ과 어리러온 태되 블평ᄒᆞᆯᄉᆞ록 졀승ᄒᆞ니 졍비 위로ᄒᆞ기를 지극히 ᄒᆞ고 그 신셰 괴로오믈 잔잉ᄒᆞ여 ᄒᆞ더니 싱각 밧 한림이 ᄒᆞᆫ 녀ᄌᆞ의 숀을 닛글고 문을 열고 드러셔믜 졍비 놀나 눈을 드러보니 싱이 닛글고 드러오ᄂᆞᆫ 녀지 완연이 진시의 얼골이라 졍비 희연 문왈 네 심야의 아니 드러오든 당을 ᄎᆞᄌᆞ 드러오니 진시 유질ᄒᆞ믈 드러 오미냐 ᄎᆞ녀ᄂᆞᆫ 하인이뇨 싱이 웃고 대왈 진시 금야의 외당

119면
의 ᄂᆞ와 여ᄎᆞ 슈죄ᄒᆞ고 쇼질을 난타ᄒᆞ니 무ᄉᆞᆷ 병이 잇다 ᄒᆞ시ᄂᆞ니잇가 슉뫼 엇지 야반의 쇼당의 림ᄒᆞ샤 귀톄를 샹히오시ᄂᆞ니잇가 인ᄒᆞ여 가진시를 잇글어 안치고 슈말을 ᄌᆞ셔히 고ᄒᆞ니 졍비의 신명ᄒᆞᄆᆞ로 어이 간계를 예탁지 못ᄒᆞ리오 ᄎᆞ쳥 하회ᄒᆞ라

죠시삼대록 권지이십오

1면
화셜 졍비의 신명ᄒᆞᄆᆞ로뻐 어이 간계를 예탁지 못ᄒᆞ리오 이의 잠쇼 왈 네 요ᄉᆞ이 슉슉긔 닉치이고 쟝하의 샹ᄒᆞ여 쟝뷔 허ᄒᆞ믜 리믜망냥의 홀니미라 진시 빅병이 겸발ᄒᆞ여 명지 됴셕ᄒᆞ니 무슨 근력의 외당의 나가 너를 욕ᄒᆞ며 치리오 졍신이 ᄂᆞᄂᆞ ᄶᅵᄂᆞ 니러 안ᄌᆞ시나 ᄶᅥᄶᅥ 혼졀ᄒᆞᄂᆞᆫ 고로 초혼의 막혓다ᄒᆞ믜 닉 친히 와 구호ᄒᆞ여 인ᄉᆞ를 ᄎᆞ리나 니불의 ᄲᅡ혀 몸을 움죽일 길이 업ᄉᆞ니 진시

2면

로라 ᄒ고 너를 치던 녀ᄌᄂ 진실노 엇던 사름인고 귀신의 쟉희ᄒ미로다 싱이 슉모 말ᄉᆷ을 듯고 의괴 망측ᄒ여 슬피니 진시 운환이 허튤고 화용이 쇄약ᄒ여 니블을 혜치고 긔운을 강쟉ᄒ여 안셔ᄒ고 단졍이 안져시니 한가ᄒᆫ 긔운과 텬연ᄒᆫ 덕되 일신의 가족ᄒ니 가진시의 광언망셜과 음악ᄒᆫ 졍ᄐᆡ의 비기리오 싱이 ᄃᆡ경ᄒ여 냥안이 두렷ᄒ여 이ᄅᆞᆯ 보고 져ᄅᆞᆯ 보와 의괴ᄒᆷᄅᆞᆯ 측냥치 못ᄒᆯ지음의 례부와 현뷔 ᄒᆫ가지로 한림의 뒤흘

3면

조ᄎᆞ 간졍을 긔찰ᄒ니 셧녁 합챵 밋히 일개 미남지 슌의 비슈ᄅᆞᆯ 들고 방황ᄒ다가 다라나거ᄂᆞᆯ 례뷔 쇼왈 스스로 빗븨고 다라ᄂᆞ니 ᄎᆞᄂᆞᆫ 가히 뭇지 아냐 알 일이니 닉 비록 다ᄉᆞᄒ나 동싱의 가시 일노조ᄎᆞ 뎡ᄒ리니 등한이 ᄒ리오 긴 오ᄉᆞᆯ 버셔 더지고 단의로 가바야이 ᄯᅡ로니 태츈이 종젹만 븨고 급히 드러가려 젼도히 층층ᄒᆫ 화계ᄅᆞᆯ 지나 변시 침쇼로 드러가려 ᄒ더니 긔약지 아닌 조례뷔 ᄯᅡ로미 룡이 풍운을 어드며 범이 뛰노ᄂᆞᆫ 듯ᄒ니 태츈이

4면

창황ᄒ여 ᄒᆫ 거름의 두 번시 업더지ᄂᆞᆫ지라 례뷔 두어거리 쳘삭을 가졋다가 옥민 후 문현을 불너 ᄒᆫ가지로 한림의 간 곳을 ᄎᆞᄌ 쇼당의 간 쥴 알고 셔동 ᄉᆞ인으로 죄인을 잡아 종후ᄒ라 ᄒ고 슉모 졍침의 드러오니 진시ᄅᆞᆯ 보라 쇼당의 가시다 ᄒ니 례부 형뎨 몸을 도로혀 쇼당 난두의 와 안고 한림의 거동을 탐지ᄒ며 일변 잡은 도젹을 올녀 불을 붉히고 보니 변시의 웃듬 시비 태츈이라 비록 남복을 ᄒ여시나 례부의 명감을 버셔ᄂᆞ리오 밍

5면

셩 엄문 왈 네 몸의 남복을 닙어시나 분명이 변슈의 시비라 무ᄉᆞᆷ 연고로 남쟝을 ᄒ여 칼흘 들고 담 너머 드ᄂᆞᆫ 형샹을 븨고 뽓ᄎᆞ니 니 업시 다라ᄂᆞ뇨 형샹은 무ᄉᆞᆷ 뜻이뇨 형벌을 밧지 아냐셔 직고ᄒ면 오히려 살 도리 이시려니와 일호나 은익ᄒ면 오형을 ᄀᆞᆺ초와 맛ᄎᆞ니 머리ᄅᆞᆯ 버히리라 태츈이 눈물을 흘녀 고왈 쳔비의 거죄 실셩위광ᄒ여

밤낫 이리ᄒ연지 오리오니 무슨 쥬견이 이셔 그러ᄒ리잇고 례뷔 우왈 네 말을 쏨여 무ᄉᄒ면 조ᄒ려니와 맛

6면

춤닉 그만ᄒ지 아냐 네 몸의 독형을 ᄌ심이 바든 후 복초ᄒ미 아니 무익ᄒ냐 간샹을 바로 알외지 아니면 너의 목슘이 쟝하의 맛츠리라 태츈이 앙텬읍왈 쥬우신욕이오 쥬욕신시니 우리 부인을 위ᄒ여 허다 심녀를 허비ᄒ미 도로혀 화망의걸이니 쳔비 실샹을 알외ᄂ니 노야는 쳥컨딕 위쥬츙심을 어엿비 너겨 살오쇼셔 과연 진부인이 겨시므로 우리 부인이 만시 ᄂᄌ지고 원비의 존홈과 조강의 즁ᄒ미 다 진부인긔 이시믈 앙앙ᄒ여 두어 슌 계

7면

교를 힝ᄒ니 샹공이 쳥신ᄒ시고 진부인 시녀 난영을 쳐결ᄒ여 범ᄉ를 모의ᄒ고 한림의 노ᄒ시는 씩를 타 님시응변ᄒ니 한림이 슈계ᄒ신 후 쇼비와 난영이 옥 밧긔 가 여ᄎ 의심된 말을 ᄒ여 격노ᄒ고 드러와 안츈각의 쟉변이 잇고 진부인을 구타홀 젹 흉ᄒ 셔ᄉ를 가져 진부인 의샹의 씌웟다가 부인이 운동ᄒ미 써러지게 하고 노얘 무릭실 씩 난영이 진부인긔 망극ᄒ 죄루를 도라보닉고 쟉변ᄒ미 다 변부인과 난영과 쇼비 한가지로 ᄒ미오 남

8면

의를 쇼비 입고 노야의 보시믈 요구ᄒ여 부인의 만샹고경을 당ᄒ딕 오히려 쥭지 아니시고 이 곳의 편히 머므샤 존당과 졍당이 칭찬이즁ᄒ시믈 분ᄒ여 쇼비로 남복을 입고 간부의 거동으로 의심을 일위고 우리 부인이 단약을 삼켜 진부인이 되여 안츈각의 ᄂ가시며 쇼비로 칼흘 쥬어 사름의 이목의 뵈고 즉시 다라ᄂ라 ᄒ시니 쥬인을 위ᄒ여 부득이 ᄒ미오 쇼비의 ᄉ오ᄂ오미 아니니 노야는 슬피쇼셔 례부형뎨 차악ᄒ여 면면이 도라보며 탄왈 가닉의 이

9면

런 요악지싯 왕왕ᄒ니 엇지 불힝치 아니며 악ᄉ 교밀ᄒ니 년쇼쇼탈ᄒ ᄉ례를 최망ᄒ

리오 우문왈 난영은 어딘 가뇨 태츈 왈 난영은 그 날노셔 여ᄎ여ᄎᄒ여 쥭여 시신은 농히 너혀 봉ᄒ여 닉여와 구렁의 드리쳣ᄂ이다 레뷔 태츈을 미여 안치고 쇼당문 밧긔 와 소릭ᄒ여 한림을 부르니 어시의 한림이 두 진시를 대ᄒ여 진가를 분변치 못ᄒ여 슉모긔 고ᄒ딘 쇼질이 ᄌ쇼로 이런 고이흔 일을 처음으로 보옵ᄂ니 슉모ᄂᄂ 가르치쇼셔 졍비 탄왈 너

10면

도 아지 못ᄒ니 이 아ᄌ미 엇지 히셕ᄒ리오 슈연이나 알기 쉬온 일이 이시니 진시를 히ᄒ나 변시를 잡으나 젹인ᄉ이의 이변을 지으미니 밧비 변시를 부르라 ᄎᄉ를 경긱의 판단ᄒ리라 싱이 의의당황ᄒ여 시비로 변씨를 쳥ᄒ라 ᄒ고 가진시를 보니 만면이 통홍ᄒ고 거지 분분ᄒ여 착급흔 거동이오 진시ᄂ ᄎ경을 히연ᄒ나 냥안을 ᄂ초고 묵묵ᄒ여 간ᄉ흔 거동을 보지 아니코 싱의 분분흔 형샹을 보지 아니니 이 거동을 보아ᄂ 그 진위

11면

를 가지러라 졍히 의심ᄒ여 결치 못ᄒ고 가진시를 노치 아냐 변시 오믈 기다리더니 냥형의 쇼릭를 듯고 졍비 놀ᄂ 왈 너히 엇지 지금 자지 아니코 무슴 연고로 이의 니른다 냥죄 슉모의 쇼릭를 듯고 딕왈 질이 심야의 이곳의 오미 아니오 가장 긴급흔 ᄉ괴 이셔 웅현을 ᄎᄌ 니르럿ᅌᆞᆸ더니 슉뫼 지금 취침치 아니시고 이의 겨시니이고 졍비 묘믹이 이시믈 알고 몸을 니러 침견으로 드러오며 냥질다려 왈 진시 병셰 비경ᄒ딘 닉 이셔 너희 모드미 강질ᄒ

12면

여 안ᄌ시니 견딜 도리 아니라 나의 침당으로 뭇고 웅현이 다리고 단니ᄂ 진시를 한가지로 오라 삼죄 슈명ᄒ여 뫼셔 봉현뎐의 모드니 웅현이 가진시를 넛글고 단니ᄂ 경식이 가히 우음즉ᄒ니 화공을 쳥ᄒ여 거동을 그려 쳔츄의 젼ᄒ염즉ᄒ더라 레부 등이 슉모를 뫼셔 좌를 일우고 태츈을 잡아 드려 슈말을 ᄌ셔히 무르니 딕답이 일양이라 졍비 탄왈 인심이 불가측이라 사름 히ᄒᄆ 그리 니심ᄒ리오 진시 빙옥지심이 어이 누얼 줄 맛

 츠리오 여등이 슉슉기 알외여 현인으로 ᄒ여금 원앙ᄒ믈 신빅게 ᄒ라 한림이 태츈의 말을 듯고 두 진시의 진가ᄅᆞᆯ 몰나 ᄒ던 마음으로써 불승희연ᄒ여 태츈으로 ᄒ여금 변용ᄒᄂᆞᆫ 약을 내라ᄒ니 시러곰 마지 못ᄒ여 삼 종을 ᄂᆡ여 드리니 ᄒ나흔 개용단이라 ᄡ고 ᄒᄂᆞᆫ흔 의면단이오 ᄒᄂᆞᆫ흔 회심단이라 ᄒ여시니 좌위 분히치 아니리 업고 한림이 약을 가져 형의게 드려 왈 쇼데 ᄌᆞ쇼로 이런 요약을 보지 못ᄒ여시니 형장은 일즉 이

 런 일을 보신잇가 례뷔 챠용ᄒ여 보지 아니코 칙왈 네 비록 군지 아니나 일즉 요괴로 온 빗과 더러온 쇼ᄅᆡ를 듯고 말믈 원ᄒᄂᆞ니 너의 졔가슈신이 가족ᄒᆞᆯ진ᄃᆡ 여ᄎᆞ 변괴 이시리오 이 약으로써 날을 뵈지 말고 물의 프러 진시를 먹여 보면 닙각의 옥셕을 갈희리라 한림이 구연슈괴ᄒ여 이의 그 약을 가져 몬져 가진시를 먹이니 입을 갈이와 아니 먹으라 거ᄉᄃᆡ 한님이 써 부으니 마지 못ᄒ여 삼키이매 믄득 염염쇄락ᄒᆞᆫ 진시 변ᄒ여 표연낭청ᄒᆞᆫ 변

 시 되여시니 졍비와 례뷔 한심ᄎᆞ악ᄒ고 변시의 요약담닥ᄒᆞᆷ으로도 말이 막혀 면식이 여퇴러니 이윽고 변부인 쳥ᄒ라 ᄀᆞᆺ던 시이 도라와 고ᄒᄃᆡ 변쇼졔 혼졍 후 어ᄃᆡ 가신지 거쳐를 모로노라 ᄒ더이다 한림이 더욱 분ᄒ여 약을 진ᄉᆞᆨ기 가져 가라 ᄒ니 례뷔 졍식왈 임의 더 알 일이 업ᄉ니 병든 사람을 요약을 마시워 보처리오 진슈의 유한슉요ᄒᆞᆫ 셩덕으로 명되 박ᄒ여 너ᄀᆞᆺᄐᆞᆫ 무식ᄒᆞᆫ 남ᄌᆞ를 맛나 비상ᄒᆞᆫ 변난을 지닉고 신상의 독질을

 시러 ᄉᆞ싱이 미가지니 인심이 측은도 아나 요약을 가져 시험ᄒ리오 졍비와 형뷔 ᄯᅩ흔 이 ᄀᆞᆺ치 ᄭᅮ즈ᄌᆞ니 한림이 션연 돈오ᄒ여 약죵을 더지고 ᄉᆞ믹를 썰쳐 ᄂᆞ오며 태츈을 잡아ᄂᆡ여 형츄홀ᄉᆡ 호령이 뇌졍 ᄀᆞᆺ고 벽력이 울니는 듯 큰 ᄆᆡ를 갈히여 ᄆᆡ마다 고찰ᄒ여 치니 태츈이 혀를 ᄲᅢ지고 왈 임의 ᄒᆞᆫ 일을 직고ᄒ여ᄉᆞ오니 죽어도 다시 알욀

빈 업도쇼이다 한림이 통히 분완ᄒ여 즉긱의 머리를 버히고져 ᄒ나 부형이 이런 일을 무식다 ᄒᄂ 고로 쳔만

17면
강잉ᄒ여 태츈을 슈츠를 치고 옥의 가두오고 낭형으로 안츈각의 도라와 탄왈 쇼뎨 불명혼암ᄒ여 냥쳐를 두미 션악을 불변ᄒ고 요괴로온 교언녕식으로 혹ᄒ여 이 긔경의 밋츠니 도시 쇼뎨의 허물이어이와 변녀의 요악이 길면 반ᄃ시 집을 업치고 쇼뎨를 죽이고 굿치리니 쇼뎨 ᄒ번 칼흘 가져 흉인을 참코져ᄒ나 젼과를 후회ᄒ미 잠간 참으나 살녀 도라보너지 못ᄒ리니 죽여 분을 셜ᄒ려 ᄒᄂ이다 냥죄 졍식 탄왈 셩인이 ᄀᆯ오샤ᄃᆡ 쇼

18면
불인 즉난ᄃᆡ뫼라 ᄒ시니 졍히 이ᄀᆺ틀믈 니르시미라 쵸의 진슈를 구타ᄒ고 동혀 길가의 더지니 큰 죄목이 되여 칠십 쟝 즁죄를 입고 슈월이 넘도록 엄젼의 뵈옵지 못ᄒ고 형뎨항의 셔지 못ᄒ니 네 맛당이 깁히 슈졸ᄒ여 젼과를 ᄌ칙ᄒ고 이졔나 힝신을 졍ᄃᆡ히 ᄒ여 엄친이 아름다이 넉이샤 츠ᄌ시믈 기ᄃ릴지니 변시 악식 참측ᄒ나 일은 너의 졔가슈신이 불가ᄉ문어린국이라 무식ᄒ 부녀와 간악ᄒ 쳔비를 칙망ᄒ리오 부녀되여 사

19면
룸 겁슐ᄒ미 등한ᄒ 죄 아니니 아등이 부젼의 고ᄒ여 ᄉ명을 기다리라 이졔 네 ᄯᅩ 칼흘 들고 변시를 지르려 ᄒ여셔난 야애 드르신즉 더욱 통히ᄒ시리라 한림이 냥형의 쳥슉ᄒ 교훈을 드르미 불승감격ᄒ여 니러 졀ᄒ여 왈 근슈교의로ᄃᆡ 쇼뎨의 무상ᄒ미 부형의 명훈을 져바려 허물이 크고 깁흐니 경ᄒ 벌을 한ᄒ리잇가 ᄌ금 이후로 슈신 셥힝ᄒ여 명교를 밧드리니 원컨ᄃᆡ 형쟝은 엄위를 두로혀사 슬젼의 용납게 ᄒ쇼셔 냥죄 답왈

20면
너의 허물을 굿치고 힝실을 슈련ᄒ미 야야의 셩덕으로 이의 샤명이 쾌흔 결단과 동

촉호 지효를 법측호면 손의 허물을 짓지 아니 니의셔 더 아름다오리라 형데 삼인이 초야를 동숙호고 신성의 진 초 이 공과 제싱 등이 모다 성열호니 휜당이 조브며 광실이 터질 듯호니 태부인과 노공 부뷔 희긔면모를 둘넛더니 믄득 례부 광현과 형부 문현이 좌를 써나 쟉야 변과 퇴츈의 초ᄉ를 일일이 알외니 존공이 탄왈 웅현의 불명광피호

미 진시의 옥 ᄀᆞᄐᆞ믈 모르고 변시를 침혹호여 악ᄉ를 젼연 부지호니 통히홀 ᄲᅮᆫ이라 일이 발각호미 변시의 요악호미 일시 집의 두지 못호리니 ᄉ족녀지 사름을 죽여 ᄉ스로 쌋ᄂᆞ미 모질고 흉호미 무슨 일을 못호리오 퇴부인이 ᄃᆡ로 왈 닉 나히 구십이 너머시딕 여ᄎᆞ 간악한 녀ᄌᆞ는 처음이라 엇지 ᄌᆞ손항의 두며 웅현의 쳬라 호리오 즉각의 명챨호고 퇴츈을 죽여 타인을 증계호라 조노공이 모친의 명교호시믈 불승희열호여 우음을 먹음

고 가변의 히이홈과 변시의 무상호믈 도로혀 이ᄌᆞ니 부인이 다시 니르딕 닉 비록 노망호나 ᄎᆞ시 졀통호미 쇼견을 펏거늘 오ᄋᆞᆫ 웃고 딕답이 업ᄂᆞᄂᆈ 노공이 쥰슌슈명호고 진 초 이 공이 비사왈 조모의 명훈이 쇼숀 등의 모쇠를 흡치 샹연호온지라 다만 명딕로 ᄒᆞ오리니 다른 의논이 이시리잇가 좌우로 변시를 불너 초공이 명호여 즁계의 ᄭᅮᆯ니고 슈죄 왈 녀ᄌᆞ의 투악이 칠거지죄니 닉 집은 질투를 용납지 아니ᄂᆞ니 그딕 웅현의 지실이 되여 후로써 션

을 경호미 업고 방탕한 가부를 어지리 못호믄 년쇼녀ᄌᆞ를 칙망홀 빅 아니라 악ᄉ를 쐬호여 현인을 ᄉ디의 너허 사름의 얼굴을 밧고와 남의 미골을 쓰며 흉셔를 쥬작호여 가법을 난호고 간비를 쳐결호여 언로를 막으려 사름을 쥬살호니 살인자는 약법삼쟝의도 면치 못호여시니 이제 법을 졍히 홀진딕 어이 ᄉ라 도라가리오마는 오히려 광던을 두어 편히 가게 ᄒᆞᄂᆞ니 다시 닉 집을 싱각지 말지어다 언파의 일승교ᄌᆞ를 가져 변시를 퇴와 변

24면

부로 보너니 엄정흔 긔위 셜텬한상 굿튼지라 무슴 말을 쑤며 흐리오 분긔 돌돌흔 눈물이 회회망망흐여 분한이 팅즁흐나 한림으로 여산약히지졍을 싱각흐여 그 말을 듯고 가려 믈너 안츕각으로 느오니 추시 한림이 변시 요악과 진시 원억흐므로써 허다 고졍을 싱각흐니 츄회막급이라 머리를 슉여 침스흐더니 변시 이이이 통곡흐며 알픠 와 교틱흐여 왈 쳡이 쇼년예긔로 셰스를 경력지 못흔 타스로 요비 달닉믈 드러 과악을 지오나 실노 본심이 아

25면

니라 잇써 뒤인이 명명이 닉치니 이런 원통코 이다라오미 업슨지라 가기를 림흐여 군주의 후의를 싱각흐여 오니 분붕흐니 싱니 영결이라 쳡이 도라가 무챵셕이 되여 죽어 군의 주최를 짜로리라 흐니 싱이 변녀의 요악흔 말과 발악흐믈 당흐니 분발이 돌관흐고 노긔 흉격의 막혀 분연이 니러나 우슈로 머리를 풀쳐 잡고 좌슈로 쥬머괴를 쥐여 난타 왈 요녜 감히 날을 믹밧느뇨 죄 맛당이 머리를 버힘즉 흐뒤 뒤인이 광뎐을 드리오사 살와 보닉시

26면

니 맛당이 셩덕을 감츅흐여 도라갈 거시어늘 요악지셜노 닉 뜻을 여으니 닉 비록 용녈흐나 일단 강밍흐미 진시 굿튼 현쳐도 글니 알미 죽이믈 앗기지 아나거든 네 요악으로 닉 보검이 네 머리로 시험홀 거시로뒤 닉 칼홀 바릴가 참느니 쎌니 도라가고 심화를 도도지 말나 변시 싱의 쥬머괴로 마즌 눈을 움키고 쇼릭를 놉혀 왈 역젹 웅현이 닉 녀와 무슨 원슈완뒤 이런 흉한 거조를 흐느뇨 닉 쏘흔 스족이오 네 안히지명이러늘 네 쟝뷔 되여 흐느홀 혹흐면 흐

27면

느흘 이리흐니 닉 져 진시를 죽이라 권흐관뒤 미친 거조로 진시를 동혀 닉치고 칠십 쟝칙을 밧고 이졔 비록 닉치는 녀직나 네 그릇믈 모르고 날을 구욕흐니 박힝필뷔라 네 칼히 죽어 뒤살흐리라 발악흐는 쇼릭 진동흐니 한림이 불승통히흐여 거두 미러 츳바리니 난간의 것구러져 놋치 샹흐고 풀이 겹질니니 니룰 갈고 욕셜이 츰혹흐니

한님이 시녀를 쑤즈겨 등 미러 문 밧긔 닉치니 변시 쇼교를 타고 본부의 도라가미 부뫼 딕경문고흐니 변시 조

28면

가 허물을 고흐고 진시 스오ᄂ오믈 쏨여 이미흔 츌화를 보다 흐니 부뫼 기녀의 쇼힝을 모르고 조부를 깁히 원흐여 절도스 방현뷔 직실을 구흐니 거즛 다른 쌀이 잇다 흐여 개가흐여 보ᄂ니라 어시의 초공이 변시를 영츌흐고 틱츈을 참흐여 난영을 딕살흐고 비로쇼 진시를 쳥흐여 난츈뎡의 도라오게 흐니 잇써 진쇼졔 병셰 위즁흐여 침쇼의 도라오나 샹셕의 위위흐니 양윤이 부인이 니르러 문병흐고 초공이 친히 진믹흐여 의약이 지극흐고 무익흐믈

29면

친녀 갓치흐니 진시 감은황공흐여 미음을 강잉흐여 마시며 약을 힘써 먹어 조병흐더라 한님이 닉쳔 지 쟝촛 셔너 달이라 스친지회 울읍흐여 화풍이 쇼삭흐니 군종이 이련흐여 그 회심슈힝흐믈 부숙긔 알외더 쵸공이 못 듯는 듯흐던니 레뷔 그 개과즈칙흐믈 보고 노공긔 쥬왈 웅현이 비록 광망지죄 이시나 임의 즁쟝을 밧즈와 죄를 쇽흐옵고 삼삭을 부젼의 닉치샤 회과칙션흐오미 젼후 다른 사름이 되온지라 딕부는 야야의 구든 쯧을 두로혀 옹

30면

현을 슬하의 용납게 흐쇼셔 노공이 탄왈 여뷔 범스의 과도흐미 업고 인즈흐여 효셩이 과인흐고 위인부흐여 교훈이 졍엄흐니 너 졔 아비 되여 무어시라 조흔 일을 말니리오 져의 흐는 디로 두엇던니 웅현이 기과흐고 변시 닉치니 가즁이 졍치흔지라 여부를 개유흐리라 레뷔 배샤이퇴흐다 노공이 촛일 초공을 딕흐여 왈 웅이 죄 즁흐나 벌이 과흐니 닉친 지 삼삭이라 노뷔 즈못 싱각흐는지라 너는 노부의 쯧을 슌흐여 슬하의 용납흐라 쵸공이 부모의 노년을 슬

31면

허 만스의 슌명흐믈 못밋출 듯흐는지라 빅샤슈명흐고 즉시 웅현을 샤흐니 한림이 딕

희ᄒ여 즉시 졍당의 드러가 계하의셔 쳥죄ᄒ고 불감승당ᄒ니 황공츅쳑ᄒᆫ 거동이 친의ᄅᆞᆯ 감동ᄒ니 노공부뷔 반기고 년이ᄒ여 오르라 ᄒᄃᆡ 부슉의 말이 업ᄂ니 즁계의 부복ᄒ여 명을 기다리나 왕이 쵸공을 도라 보와 왈 웅이 인심인즉 거의 ᄭᆡᄃᆞ러니 현데ᄂᆞᆫ 친의ᄅᆞᆯ 밧드러 쾌히 샤ᄒ고 후일 힝ᄉᆞᄅᆞᆯ 보와 고치미 업거든 부ᄌᆞ지륜과 슉질지의ᄅᆞᆯ 싣치미 오르ᄂ니라

32면

쵸공이 명ᄒ여 승당을 명ᄒ고 ᄉᆞ긔 화평ᄒ니 한림이 부명을 어더 승당ᄒ미 황공ᄒ고 두려 불감앙시ᄒ니 존당부뫼 아름다이 너겨 칙ᄒ미 업ᄂᆞᆫ지라 문안을 파ᄒ고 쵸공이 셔헌의 ᄂᆞ오미 졔ᄌᆡ 시좌ᄒ니 쵸공이 비로쇼 한림을 경계ᄒ여 젼일을 칙ᄒ미 말ᄉᆞᆷ이 조용ᄒ고 안ᄉᆡᆨ이 화열ᄒ여 듯ᄂᆞᆫ ᄌᆡ 감은골슈ᄒ니 한림이 고두톄읍ᄒ여 그 즁쟝의 삼삭 심ᄉᆞᄅᆞᆯ 허비ᄒᄆ믈 이련ᄒ니 ᄎᆞ야의 시침ᄒ미 야심후 싱이 잠들믈 인ᄒ여 니불을 혜치고 어ᄅᆞ만져 인

33면

즁ᄒ니 텬륜지이 여ᄎᆞᄒ더라 명일 승샹이 싱을 경계 왈 진시의 간악이 ᄯᅩ 잔잉ᄒ고 위인이 아름다온지라 이졔 병셰 침면ᄒ니 네 맛당이 셕ᄉᆞᄅᆞᆯ 싱각ᄒ여 위로ᄒ고 이졔 나가ᄃᆡ 참난케 말나 한림이 슈명ᄒ여 ᄎᆞ야의 안츈뎡의 니르러 진시ᄅᆞᆯ 볼ᄉᆡ 남오의 쾌달ᄒ미나 무ᄉᆞᆷ ᄂᆞᆺ치 이시리오 묵묵탄식ᄒ여 말이 업더니 날호여 왈 우리 냥익이 비샹ᄒ여 지ᄂᆞᆫ 바 익경은 싀로이 한심ᄒ니 왕ᄉᆞᄂᆞᆫ 물이 업침 ᄀᆞᆺ투니 니ᄅᆞ지 말고 이졔 요힝 간졍이 발각ᄒ고 싱이 ᄯᅩ

34면

부젼의 샤명을 엇ᄌᆞ오니 ᄎᆞ후ᄂᆞ 샹경샹화ᄒ여 고ᄉᆞᄂᆞᆫ 일쟝츈몽으로 아라 부인은 심ᄉᆞᄅᆞᆯ 샹히오지 말고 병을 조호라 진시 안ᄉᆡᆨ이 쳑쳑ᄒ여 탄식ᄃᆡ왈 명되 긔구ᄒ여 참변이 일야ᄌᆡᄂᆞᆫ의 급ᄒ니 싱시 군ᄌᆞ의 쟝니의 이시ᄃᆡ 구ᄎᆞ히 투싱ᄒ여 이졔 군ᄌᆞᄅᆞᆯ ᄃᆡᄒ니 명완ᄒᄆ믈 ᄭᆡᄃᆞᆯ지라 쳡이 엇지 감히 군ᄌᆞᄅᆞᆯ 원ᄒ여 셕한을 치부ᄒ리오 이졔 병이 즁ᄒ믈 마음 ᄡᅳ미 아니라 질양이 조각의 발ᄒ여 남이 의심케ᄒ고 군ᄌᆞ의 ᄌᆞ최 누쳐의 림ᄒ샤 위로ᄒ오시믈 밧ᄌᆞ오니

35면

감슈ᄒ고 슈괴ᄒ여 셰샹싀 눈회ᄒᄆᆯ 한ᄒᄂ이다 언파의 침졍슉묵ᄒ여 한ᄒᄂ 뜻이 업셔 온화텬연ᄒ니 싱이 씨다른 후 ᄃᆡᄒᄆᆡ 일마다 긔특ᄒ고 일마다 법다오니 탄복이 경ᄒ여 일노 조ᄎ 병을 구호ᄒ고 젼일을 튜회ᄒᄆᆡ 믹믹던 금슬이 화ᄒ고 은졍이 산 비ᄒᆡᄒ박ᄒ니 진시 례뫼 삼엄ᄒ여 힝혀도 젼일을 공치ᄒᄆᆡ 업고 식로이 후ᄃᆡᄒᄆᆯ 깃거 ᄒᄆᆡ 업셔 ᄉᆡ긔 안졍ᄒ니 싱의 풍뉴호탕이 돈연ᄒ여 언필찰ᄒ고 힝필독경ᄒ고 친ᄒ 챵녀ᄅᆞᆯ 챳지 아

36면

니며 난월도 불관ᄒ여 례의ᄅᆞᆯ 슈련ᄒ니 침묵ᄒᆫ 군ᄌᆡ며 엄슉ᄒᆫ 쟝뷔라 초공이 다시 넘녀치 아니코 칠챵의 슈졀ᄒᄆᆯ 듯고 진시ᄅᆞᆯ 불너 왈 웅현이 방탕ᄒ여 칠희의 번식 이셔 슈졀ᄒᄆᆡ 가쇠나 일시의 다 바리ᄆᆡ 어려오니 웅현이 현심슈힝ᄒᄆᆡ 다시 환란은 업ᄉᆞ리니 현부의 쥬아의 명풍을 보고져 ᄒ노라 진시 배샤슈명ᄒ고 조각을 인ᄒ여 난 월의 일을 고ᄒ여 왈 가군이 쳐치ᄅᆞᆯ 어려워 존젼의 고치 못ᄒ고 스스로 거ᄂᆞ리지 못 ᄒ여 무죄ᄒᆫ 녀ᄌᆞ로 심당의 바

37면

려시니 존명을 기다리ᄂᆞ이다 쵸공이 침음냥구의 탄왈 웅아의 호방이 여ᄎᆞᄒᄃᆡ 아비 되여 아지 못ᄒ고 오직 변이 니러ᄂᆞ고 일이 큰 후 비로쇼 알미 되니 홀노 ᄌᆞ식을 그 ᄅᆞ다 ᄒ리오 나의 암녈ᄒᄆᆡ 참괴토다 그러나 임의 어더 슈졀ᄒ고 잇ᄂᆞᆫ 녀ᄌᆞᄅᆞᆯ 바리 기ᄂᆞ 인졍이 아니니 ᄯᅩᄒᆫ 현부의 뜻ᄃᆡ로 홀지어다 타일 근본을 ᄎᆞᄌᆞ면 명분을 뎡ᄒ 려니와 방금의 귀쳔을 부지ᄒ니 난월노 웃듬 쇼희ᄅᆞᆯ 삼으라 진시 사은이퇴ᄒ여 난월 이하ᄅᆞᆯ 각각 쳐쇼ᄅᆞᆯ 뎡ᄒ고 싱

38면

을 쳥ᄒ여 치가지졍이 ᄉᆞ스의 긔특ᄒ고 졔회 만일 불공ᄒᄆᆡ 이시면 벌이 엄ᄒ니 졔 네 우러러 송덕ᄒ여 반졈이원이 업셔 진부인의 쳔만셰ᄅᆞᆯ 축슈ᄒ니 규문이 증슈 ᄀᆞᆺ고 화긔 양츈 ᄀᆞᆺ더니 난월이 미양 조싱의 쳡 되믈 원통ᄒᆫ 뜻이 잇더니 후릭의 조싱을 인 ᄒ여 셩츄밀을 맛나 그 실녀ᄒᆫ 곡졀을 니ᄅᆞ미 한림이 난월다려 젼ᄒ여 부모ᄅᆞᆯ ᄎᆞᄌᆞ

니 셩공이 크게 깃거 임의 조싱의 긔물이 되여시믈 보고 길일을 퇵ᄒᆞ여 조싱의 지실
노 보늬고 부모 모네 셔

39면

로 만ᄂᆞ미 밋친 한이 업ᄂᆞᆫ지라 황유랑의 공이 크다 ᄒᆞ여 셩가의셔 빅금을 쥬어 은혜
를 샤례ᄒᆞ고 녀ᄋᆞ를 다려오니 셩시 조싱의 쳡이 되여 앙앙ᄒᆞ던 뜻이 스라지고 한이
풀니 초공이 난월 보미 업더니 셩공의 녜믈 알고 즉시 답례를 보늬고 셩시를 례로
마즈 존당의 뵈니 셩시 빅틱요라ᄒᆞ고 긔질이 ᄌᆞ약ᄒᆞ여 만좨 한림의 쳐궁을 칭찬ᄒᆞ고
진시 이의 좌ᄒᆞ여 신부의 아름다오믈 보니 그 셩시 딕하 시비로 이의 동렬이 되니 비
록 투심이 업ᄉᆞ나 난월이 부모를 ᄎᆞ

40면

ᄌᆞ 도라갈 졔 하직지 아니코 지금의 녯 일을 싱각지 아냐 예수 상문 규슈 처음 보ᄂᆞᆫ
례를 ᄒᆡᆼ홀 ᄯᆞ름이니 진쇼졔 변시 마즐 젹과 달나 규구를 직희여 쟝읍불배ᄒᆞ여 그 거
지를 실쇼ᄒᆞ나 ᄉᆞ식이 타연ᄒᆞ니 뉘 그 집희를 알니오 이후로 존당구고의 지효ᄒᆞ며
슉미 금쟝을 화우ᄒᆞ여 언쇠 알연ᄒᆞ고 한림이 젼후의 짠 사름이 되여 부인의 명셩ᄒᆞᆫ
덕도와 슉연ᄒᆞᆫ ᄒᆡᆼ실을 경즁ᄒᆞ고 긔위 슉엄ᄒᆞ니 셩시 감히 방ᄌᆞ치 못ᄒᆞ고 진부인긔
젼일 노쥬지명을 드르미 붓

41면

그러나 공경ᄒᆞ미 지극ᄒᆞ니 진시 그 위인이 져로 경례ᄒᆞ믈 개회치 아냐 지극 화우ᄒᆞ
니 규문이 크게 화평ᄒᆞ고 가되 늉흡ᄒᆞ여 다시 변란이 업고 진부인이 싱ᄌᆞ᠍ᄒᆞ미 닌봉
긔질이오 농호품격이라 초공이 딕열ᄒᆞ고 일개 하례ᄒᆞ더라 한림의 진시 경즁ᄒᆞ미 삼
싱슉연을 니으미러라 ᄎᆞ년 츄의 셜과ᄒᆞ사 인지를 퇵용ᄒᆞ실ᄉᆡ 진왕의 ᄉᆞᄌᆞ와 쵸공의
일지 존명으로 과쟝의 나아가 텬싱 ᄌᆡᄌᆞ로 이늘 시험ᄒᆞ니 ᄌᆡ조ᄂᆞᆫ 부형여ᄆᆡᆨ이오 복녹
은 ᄒᆞᄂᆞᆯ이 쥬신 배

42면

라 오직 ᄎᆞ례로 득의ᄒᆞ여 쟝원을 부르니 조아현의 일홈이 의의히 뎨일의 ᄲᅢ히고 뎨

이는 진한이니 쳐스 진공의 지라 년이 십수오 데삼은 화현이오 데스의 졍틱화니 틱
흑스 졍쳔의 데 스직니 년이 십삼이오 데오의 봉현이오 데뉵의 계현이오 칠현이 십
삼 청츈의 쌔히니 오인의 일방 등양이 쳔고 쟝관이라 샹이 크게 아롬다이 너기시고
금방 신틱 즁 졍진과 오조의 풍신문한이 인지영걸이니 룡안이 딕열ᄒ샤 ᄎ례로 청삼
계화를 쥬시고 금안빅마

43면
의 위의를 빌니시니 조쟝원이 년이 십칠의 풍치 일월 ᄀᆺ고 침졍묵묵ᄒ니 신명군지라
삼빅어쥬ᇰ 홍광이 취지ᄒ니 홍년이 미풍의 웃는 ᄃᆺ 봉현 화현의 쥰아ᄒᆫ 긔샹과 발
호ᄒᆫ 풍치며 걸츌ᄒᆫ 위인이 진ᄌᆺ 진왕지ᄌᆺ며 쟝원의 데라 계현 칠현은 나히 어리므
로 미려지용과 표일ᄒᆫ 거동이 츈원의 화신이 웃는 ᄃᆺ 풍위 동인ᄒ니 샹이 인경ᄒ샤
각각 위유ᄒ시니 오인이 부복샤은ᄒ고 퇴ᄒᆯ식 샹이 칭찬ᄒ샤 왈 산고옥츌ᄒ고 희심
츌

44면
쥐라 진왕의 여러 아ᄃᆯ과 샹부의 지 개개히 츌인ᄒ니 짐의 복이오 종샤의 ᄒᆡᆼ이라 엇
지 그 부모의 공이 아니리오 진 초 이 공을 잔을 드러 칭샤ᄒ시니 이 공이 ᄌᆺ질 오인
이 일방의 등양은 싱각 밧기라 ᄌᆺ질의 풍신용화 됴뎡의 ᄂᆡ미 우마 즁 긔린이라 쳔자
만조의 쇼스ᄂᆞ니 깃브믈 잇고 불안ᄒ미 극ᄒ여 부복샤은왈 신이 부지 박덕으로 외람
이 셩은을 입스와 위치 왕공과 틱경의 거ᄒ여 ᄌᆺ질이 셩만ᄒ며 영귀ᄒ미 이의 밋ᄎ
니 그칠 쥴를 모르면 지앙이 니러

45면
나 몽복ᄒ는 환을 두리옵ᄂᆞ니 금방 졔ᄌᆺ질 쟉ᄎ를 날희샤 분을 편케 ᄒ쇼셔 샹이 개
용 왈 샹부의 근신ᄒ미 이 ᄀᆺ투니 아릭로 냥조는 어린지라 슈년을 허ᄒᆞ니 삼인은
나히 죡ᄒ니 쟉직을 승당치 못ᄒ리오 즉시 쟝원으로 금문직스를 ᄒ이시고 봉현 화현
으로 한림을 ᄒ이샤 옥당의 근시를 삼으시니 은영이 호호ᄒ고 지명이 일셰를 들레ᄂᆞ
지라 쟝원이 방하를 거ᄂᆞ려 사은ᄒ고 퇴궐ᄒ니 진 초 이 공이 ᄌᆺ질을 거ᄂᆞ려 도라올
식 만뎌 뒤흘 니어 모드

46면

니 거마 츄종이 십니의 년호고 벽제 길흘 덥혀시니 천고의 장관이러라 장원 등의 쇄
락혼 풍용이 일노의 바이니 노샹관광재 칙칙 칭예호고 존당 부뫼 이 굿튼 경스룰 보
니 회츌망외호여 어린 드시 바라보니 오인이 옥 굿튼 귀밋히 어화룰 슉이고 봉익의
금슈 청스룰 입어 표연혼 셰요의 금디룰 빗기고 옥슈의 아홀을 줘여 비례호니 모든
몬져 닙신혼 제조의 금옥관면과 홍포옥디 청즁의 나렬호니 오인이 여츠 풍신을 디호
니 타인지심

47면

도 아룸답거든 호믈며 년노 존당의 과도혼 사랑과 무한혼 깃브믈 엇지 형언호며 부
모지심을 니르리오 졍 연 최 삼비와 양 윤 왕 삼인이 다 각각 희긔 무르녹아 친즈 질
즈룰 분간치 못호고 조부인 등이 깃브믈 먹음어 치하 분분호니 형시 참지 못호여 흑
치룰 드러닌고 고개룰 그더기며 회회히 웃고 왈 오늘 제슉이 일방의 등양이 희귀혼
경스여니와 우리 쟝원의 긔특호미 더욱 쾌호니 이 혼굿 낭군의 문필자톄 긔특홀 샌
아냐 나의 유복호고 덕

48면

되미 효험이 신긔호여 십칠의 쟝원 부인이 되니 봉관화리 명부고명을 바드리니 존당
구고는 엇덧타 호시며 낭군은 또 엇더호시뇨 쇼년 녀지 쇼안이 미미호고 제죄 다 쇼
년지심이라 쥬슌의 호치 찬연호여 쟝원을 보니 직시 계화룰 슉여 안식이 타연호니
좌위 그 위인을 탄복호고 가위 부젹호믈 츠석호여 웃는 빗치 업고 한호는 긔식이니
형시 또 우어 왈 사룸의 말이 드므다호믈 우리 낭군 굿트니 잇스리오 첩이 쇼년 명부
로 복녹이 여산호디 혼낫 옥

49면

동을 싱산치 못호니 이거시 험시라 금야부터 셔당의 가지 말고 동쳐호여 옥동화녀룰
썅썅이 누오면 바야흐로 오복이 구젼호리이다 좌위 일쟝을 박쇼호니 직시 잠간 셩모
룰 흘녀 형시룰 보니 그 침묵키로도 웃는 빗츨 동호니 쇄락혼 용홰 더욱 긔이호니 제
줴 져 부부의 부젹호믈 츠탄호고 연비의 너르므로도 안식이 다르나 왕이 홀노 개의

치 아냐 함쇼ᄒᆞ니 진실노 부ᄌᆞ의 녁냥이 샹젹다 ᄒᆞ리러라 허다 빈긱이 신리ᄅᆞᆯ 브ᄅᆞ니 진 쵸 이 공이 ᄌᆞ질을 거ᄂᆞ려

50면

되긱ᄒᆞ고 신리ᄅᆞᆯ 유희홀ᄉᆡ 좌간의 쳥후 셜희인과 퇴흑ᄉ 졍두길이 쟝원과 화현을 보고 깃븐 ᄯᅳᆺ이 이셔 진왕을 되ᄒᆞ여 웃고 왈 금일 녕ᄌᆞ질 오인을 구경ᄒᆞ니 진실노 눈이 유광ᄒᆞᆫ지라 쇼싱이 외람흔 의ᄉᆞ 되왕의 윤허ᄒᆞ시믈 바라ᄂᆞ이다 왕이 문기고ᄒᆞ니 셜휘 쟝원을 쳥ᄒᆞ고 년공이 한림을 쳥ᄒᆞ여 각각 녀ᄋᆞ로써 지실 삼기ᄅᆞᆯ 구ᄒᆞ니 왕이 비록 ᄌᆞ긔 호방ᄒᆞ나 ᄌᆞ식의 다다ᄅᆞᄂᆞᆫ 덕을 권ᄒᆞ고 쉭을 금ᄒᆞ나 아현의 긔특ᄒᆞ므로 형시의 불미ᄒᆞ

51면

미 가위 아니라 일개 슉녀ᄅᆞᆯ 어더 아ᄌᆞ의 일싱을 져바리지 못ᄒᆞ리라 흔연이 허락 왈 돈이 승난ᄒᆞᄂᆞᆫ 복이 업거늘 외람이 셩은을 입ᄉᆞ와 형이 슉녀로써 구혼ᄒᆞ니 영힝흔지라 엇지 허치 아니리오마는 나의 며ᄂᆞ리 구홈이 임ᄉᆞ의 단일홈 곳 아니면 원치 아닌ᄂᆞ니 녕녀의 아름다오미 나의 쇼망과 엇더ᄒᆞ고 낭인이 응셩 왈 임ᄉᆞ 황영은 만고 일인이라 감히 바라지 못ᄒᆞ나 군ᄌᆞᄅᆞᆯ 욕지 아닐 만ᄒᆞ니 되□□□□치 마ᄅᆞ쇼셔 츄밀ᄉ 양문과 좌복야 녀원이 계

52면

현과 칠현을 간졀이 구혼ᄒᆞ니 진 초 이 공이 칭샤왈 낭ᄋᆞᄂᆞᆫ 황구 쇼ᄋᆡ라 외람이 텬은을 입ᄉᆞ와 고인의 유취지년이 아니니 가유실인ᄒᆞ여 넘으믈 취ᄒᆞ리오 ᄉᆞ오 년 ᄌᆞ라믈 기다리니 명을 밧ᄃᆞ지 못ᄒᆞᄂᆞ이다 낭 녀 이 공이 년셩 왈 나히 어리나 톄형이 셕더ᄒᆞ고 월계ᄅᆞᆯ 썩거 옥당 한원의 근시라 가실을 ᄂᆞ츄리오 아녜 요조쳥한ᄒᆞ여 녕윤 등의 풍치ᄅᆞᆯ 욕지 아니리니 쳥컨되 져바리지 마ᄅᆞ쇼셔 이 공이 ᄯᅩ흔 낭인의 명현군ᄌᆞ믈 아ᄂᆞᆫ 고로 허ᄒᆞ여

53면

왈 형등이 불민흔 돈아 등을 과히 아라 구ᄒᆞ시니 친젼의 품ᄒᆞ고 셩친ᄒᆞ샤이다 낭공

이 샤례ᄒ고 양공은 계현을 구ᄒ고 녀공은 칠현을 쳥ᄒ여 돗 우희셔 뇌뎡ᄒ고 빈쥬 종일 한화ᄒ여 신ᄅᆡ를 희롱ᄒ다가 파ᄒ나라 데삼일의 봉현이 어화쳥삼으로 셕한림을 조ᄎᆞ 셕부의 니ᄅᆞ니 조부인이 바야흐로 녀ᄋᆞ와 질녀 등으로 박혁의 승부를 보와 흥이 놉핫더니 셕한님이 본ᄃᆡ 쇼탈ᄒᆞᆫ지라 모친 당즁의 종믜 모다시믈 아지 못ᄒ고 바로 드러오니 한림은 압셔고 조싱

54면

은 뒤히셔 드러오다가 눈을 드러보니 일위 쇼졔 홍상쳐의로 졔쇼졔로 모닷다가 한림의 드러오믈 보고 깁히 피ᄒ거늘 한림이 ᄒᆞᆫ 번 보ᄆᆡ 심혼이 표탕ᄒ고 ᄌᆞ식이 긔이졀셰ᄒᆞ믈 보고 심닉의 긔이ᄒ여 취쳐코져 쥬의를 뎡ᄒ고 고모 셕부인긔 뵈온 후 셔당의 ᄂᆞ와 셕싱다려 문왈 앗가 그 녀ᄌᆞ 뉘 녀ᄋᆡᄂᆈ 쇼졔 ᄒᆞᆫ 번 보ᄆᆡ 쥬의 잇ᄂᆞ니 쥬혼을 바라ᄂᆞ니 쇼쳥을 용납ᄒ시리잇가 셕싱 왈 조싱은 십이셰로 우리 부즁의 단니니 앗가 쇼져ᄂᆞᆫ 나의 종믜라 만금농

55면

쥬라 텬하긔군ᄌᆞ로 구혼ᄒᆞᄂᆞ니 너 ᄀᆞᆺ튼 취긱의 직실을 쥬실 니 업스니 고이ᄒᆞᆫ 의ᄉᆞ를 너지 말나 조싱이 쇼왈 셰잔덕쇠ᄒ여 진즛 군ᄌᆞ를 보지 못ᄒ니 이 조봉현은 나 모ᄅᆞ고 어ᄃᆡ 가 옥인군ᄌᆞ를 어드리오 타문남녜 얼골을 보고 셩명을 드ᄅᆞ니 ᄯᅩ ᄒᆞᄂᆞ히라 녕슉의 구둔 ᄯᅳᆺ을 두로혀 날노 ᄒᆞ여금 동상의 참례케 ᄒ라 셕싱이 ᄶᅮᄌᆞ져 왈 네 쳥을 듯고져 ᄂᆡ ᄒᆞᆫ 의ᄉᆞ를 너엿다가는 되지 못ᄒ고 교슈의 원망을 엇지 드ᄅᆞ리오 조싱이 우어 왈 조시 현슉ᄒᆞ니 진취를 원망

56면

ᄒᆞ리오 형은 힘뼈 녕슉의 ᄯᅳᆺ을 어더 나의 한이 업게 ᄒ라 셔로 한담ᄒᆞ다가 도라올ᄉᆡ 셕시를 취코져 ᄒᆞ나 인연홀 길이 업셔 민민ᄒᆞ더라 원ᄂᆡ 이쇼져ᄂᆞᆫ 틱흑ᄉᆞ 형양후 셕즁의 필녜니 셕공이 오ᄌᆞ를 두고 ᄋᆞᆯ리로 냥녀를 두어 쟝녀ᄂᆞᆫ 취가ᄒ고 필녀 틱영쇼졔 방년이 십이셰라 텬향미질과 슉덕이 초셰ᄒᆞ니 셕공의 샤랑이 만금의 비치 못ᄒ여 현명군ᄌᆞ를 어더 녀아의 직덕을 져바리지 아니려 동셔로 구혼ᄒᆞ나 ᄯᅳᆺ의 마즌 쟈를 만ᄂᆞ지 못ᄒ여 민민ᄒᆞ더니 쇼졔

57면

이 날 종형을 딸와 슉모 침쇼의 왓다가 조싱을 마조쳐 보고 불안슈괴ㅎ여 평싱 슈힝을 일흘가 참괴ㅎ더라 어시의 조한림이 한번 셕쇼져를 보미 의식 운외의 훗터 집의 도라오나 거지실조ㅎ니 형뎨 고이히 너기고 교시 총혜훈지라 그윽흔 뜻을 짐쟉ㅎ더라 ᄎ후 봉현이 됴회길히 아니 갈 날이 업셔 혹 밤을 지닉며 셕부의셔 졔조를 익딕ᄒᆞᄂᆞᆫ지라 셕후의 오ᄌᆞ 셕긔관이 일딕 호걸이라 조한림으로 동년이니 지긔로 허ᄒᆞ여 교되 극ᄒᆞ니 일실의 동슉ᄒᆞᄆᆞᆯ 무상이

58면

ᄒᆞ며 짐즛 미ᄌᆞ의 쇽을 알고 후일 ᄉᆞ미를 잇그러 셕가산 긔이ᄒᆞᄆᆞᆯ 구경ᄒᆞᄂᆞᆫ 톄ᄒᆞ고 셕쇼져 침쇼를 보와 눈익여 알고 나려가 므릇딕 오ᄂᆞᆯ 셕가산을 보라 갓더니 동으로 표묘ᄒᆞᆫ 누각의 졔익ᄒᆞ여 미화당이라 ᄒᆞ엿시니 뉘 쳐쇠뇨 셕싱이 쇼왈 이는 쇼미 침쇠라 밧기 멀고 안히 등져 그윽ᄒᆞᆫ 곳의 녀혹ᄉᆞ 일인이 십개 시녀로 한묵을 희롱ᄒᆞ니 셰간의 ᄒᆞᆫ눗 셔싱이라 오문이 셩번ᄒᆞ딕 녀ᄌᆞ의 아름다오미 남ᄌᆞ의 지ᄂᆞ니 우리 오곤게 일미를 밋지 못ᄒᆞᄆᆞᆯ 탄ᄒᆞ노라 조싱이 눗눗치 듯고 이 ᄂᆞᆯ

59면

셕부의셔 잘식 짐즛 슐을 증식ᄒᆞ여 쥬긱이 진취ᄒᆞ니 조싱이 쥬량 큰 고로 과취ᄒᆞ미 업스나 셕싱은 진취ᄒᆞ여 잠이 깁흐니 싱이 가마니 니러 미화당의 니르러ᄂᆞᆫ 챵틈으로 보니 유랑 시녀 셔너히 좌우의 쓰러져 잠이 깁고 쇼졔 녹ᄂᆞ금을 덥고 잠이 바야흔딕 쵹홰 명미ᄒᆞ니 싱이 문을 열고 나아가 쇼져의 옥슈를 잡고 향싁를 졉ᄒᆞ니 셕쇼졔 몽니의 놀나 씨드르니 일위 남직 ᄌᆞ긔 숀을 잡고 뺨을 딕히ᄂᆞᆫ지라 혼비빅산ᄒᆞ여 년망이 오슬 슈렴코져 ᄒᆞ나 숀을 잡아시니 운신

60면

치 못ᄒᆞ고 쇼릭ᄒᆞ여 왈 례법이 명명ᄒᆞ니 엇던 남직 심야의 돌입ᄒᆞ여 풍교를 난호ᄂᆞ뇨 니 비록 유약ᄒᆞᆫ 녀ᄌᆞ나 이런 욕을 보고 ᄉᆞ지 못ᄒᆞ려니와 살인재 ᄯᅩᄒᆞᆫ 무상ᄒᆞ랴 옥셩이 녈녈ᄒᆞ고 ᄉᆞ긔 강개ᄒᆞ여 죽을 뜻이 급ᄒᆞ니 싱이 더옥 흠익경복ᄒᆞ여 나죽이 니르딕 쇼싱은 다른니 아니라 한림흑ᄉᆞ 조봉현이라 우연이 쇼져의 션풍을 완경ᄒᆞ고 군

즈슉녀의 긔봉을 일우고져ᄒᆞᄃᆡ ᄂᆡ 뜻을 쇼졔 알 길이 업ᄉᆞ니 ᄒᆞᆫ번 ᄂᆞᄋᆞ와 싱의 쇼회ᄅᆞᆯ 고ᄒᆞ여 젹션이 지셰ᄒᆞ고 두

61면

목지 싱환ᄒᆞ나 쇼져의 비필이 조봉현 밧긔 지ᄂᆞ지 아니리니 이 뜻을 고ᄒᆞ고 쇼져의 신물을 쳥ᄒᆞ라 왓ᄂᆞ이다 쇼졔 옥안이 찬지 ᄀᆞᆺ고 ᄈᆞᆼ안이 진렬ᄒᆞ여 옥슈ᄅᆞᆯ 쓰리치나 엇지 익이리오 유모ᄅᆞᆯ 부ᄅᆞ나 잠이 깁혼지라 싱이 쇼져의 옥환 일빵을 벗겨 가지고 ᄂᆞ오며 왈 임의 손을 잡아 부부의 도ᄅᆞᆯ 다ᄒᆞ여시니 쇼졔 차마 엇지 타문의 가리오 이리 니ᄅᆞ며 ᄂᆞ가니 쇼졔 골경신히ᄒᆞ여 유모ᄅᆞᆯ ᄭᆡ오나 ᄎᆞᆷ아 니ᄅᆞ지 못ᄒᆞ고 ᄎᆞ후 두문잠와ᄒᆞ여 침상의 더져시니 공의 부뷔 우려ᄒᆞ여 알ᄂᆞᆫ 곳

62면

을 무ᄅᆞᄃᆡ 쇼졔 스ᄉᆞ로 식음을 슬타ᄒᆞ고 ᄂᆞᆺ츨 드러 부모ᄅᆞᆯ 보지 아니코 금니의 ᄲᅡ혀 죽기ᄅᆞᆯ 즈분ᄒᆞ니 합개 우려ᄒᆞ여 근심이 간졀ᄒᆞ더라 ᄎᆞ시 조싱이 셕쇼져ᄅᆞᆯ 놀니고 옥환을 벗겨 명일 집의 도라오니 ᄎᆞ후ᄂᆞᆫ 져의 긔물이 될가 바라더라 이ᄯᆡ 셜 녕 이 공이 도라와 ᄐᆡᆨ일ᄒᆞ여 보ᄂᆞ니 셜가 길긔ᄂᆞᆫ ᄉᆞ오일이 가렷고 녕가 길긔ᄂᆞᆫ 일삭이 가려시니 가즁이 다 형시다려 니ᄅᆞ지 아녀더니 길일의 연셕을 열고 쇼년 졔부인이 열좌ᄒᆞ니 형시 흉면의 지분을 만히 칠ᄒᆞ고 금슈나

63면

릉을 찬난이 ᄭᅵ어 좌의 ᄂᆞ니 더욱 츄악ᄒᆞ여 흉흉ᄒᆞ니 좌즁이 ᄎᆞ탄ᄒᆞ고 왕이 형시ᄅᆞᆯ ᄂᆞ아오라ᄒᆞ여 왈 가뷔 방탕ᄒᆞ여 지취ᄒᆞ여도 부녀의 질투ᄒᆞᆯ ᄇᆡ 아니라 ᄒᆞ믈며 아현이 녀식을 비쳑ᄒᆞ여 군즈지힝을 슈련ᄒᆞᄂᆞᆫ지라 비록 지취ᄒᆞ나 원위ᄅᆞᆯ 져ᄇᆞ리며 조강을 공경ᄒᆞ리니 모ᄅᆞ미 상두의 거ᄒᆞ여 부덕을 닥그라 만일 질투ᄒᆞ미 이시면 ᄂᆡ 집 투악을 용납지 아니리니 오아의 ᄂᆡᄉᆞᄅᆞᆯ 어즈러이지 말나 형시 쳔만 의외의 왕의 말이 여ᄎᆞᄒᆞ여 텬셩 ᄀᆞᆺᄐᆞᆫ 가부ᄅᆞᆯ

64면

타인의게 도라보ᄂᆡᆫ지라 급ᄒᆞᆫ 벽녁이 만신을 분쇄ᄒᆞᄂᆞᆫ 듯 면여토식ᄒᆞ여 금방울 ᄀᆞᆺᄐᆞᆫ

눈의 눈물이 가로 흐르며 발악고져하나 좌우의 가득한 사름이 례의 삼엄하고 진 초이 공의 위풍이 발빌 길이 업는지라 일단 츌화를 두려 오직 늣겨 왈 쳡이 얼골이 곱지 못하나 죤문의 쟉죄하미 업고 흐믈며 복이 만하 가뷔 쟝원이 되여 옥당화직의 즈임하니 만시 죡고 쳡으로 넘고하미 업거늘 하고로 직실을 구하여 남의 못홀 노르슬 하니잇가 비록 엄교를 두려

65면

참으나 젹션 깃튼 가부를 남의게 보니고 엇지 견디리오 누쉬 여우하여 직스를 도라보와 왈 원슈 쟝원이오 원슈 공명이라 츌신 젼은 이런 일이 업더니 등과 일삭이 못하여 신인을 어드니 군즈는 날을 알게 못하시니잇가 셜우미 흉억의 막히니 죽어 아니 보미 원이라하니 직스의 침믁하므로도 형시 유모를 불너 칙왈 네 쥬인의 허믈을 셰쇄히 칙지 아니나 금일 죤젼의 이 거동을 용셔치 못하리니 네 일분 넘치 이시면 붓그러오믈 알지라 죤당의 무례하믈 방

66면

비치 못하느뇨 유뫼 디참하여 씨드려 침쇼로 가려하니 형시 노하고 분하여 부드잇고 우니 옥잠이 부러지고 금픠 산산하여 유랑과 시으는 다려가려하고 형시는 아니가려하니 거죄 희참하니 즁쥐 희연왈 직스의 츌인지화로 이런 녀즈를 두고 직취 금일이 늣도쇼이다 왕이 쇼왈 이는 칙망홀 위인이 아니라 부득이 직취를 허하나 아현의 처궁이 여츳하니 신인이 또 엇던 동 알니오 졔긱이 츠탄하더라 위의를 거느려 혼가의 니르려 신부를 마져 도라와 독좌를 맛고 죠

67면

률을 밧드러 비현구고홀시 왕의 죄오는 뜻이 각별한지라 밧비 신부를 보니 빅셜긔부와 월익아미 쳔고 졀염이오 일디 슉완이라 쇼 졍 니 셩 남 등으로 일반이오 복녹완젼지샹이니 좌위 칭하하여 진즛 직스의 호귀라 하례분분하니 틱부인과 노공 부뷔 환열하고 왕과 연비 환열하여 치하를 승당하더라 종일 진환하고 일모의 신부 슉쇼를 뎡하여 보니고 츠야의 직싱 신방의 느아가 샹디하니 외모 염틱를 깃그미 아니라 유한한 덕긔 외모의 나타느니 심즁의

68면

평싱이 쾌홀 바롤 힝회ᄒ여 슈려흔 미우의 희긔 가득ᄒ며 쟝셩흔 남이 비록 강잉ᄒ여 형시로 뉴의롤 폐치 아니나 그 힝ᄉ롤 보건ᄃ 어듸로 조ᄎ 은이 ᄂ리오 처음으로 슉녀 명완을 ᄃᄒᄒ니 나위슈막의 빵옥이 완젼ᄒ니 은이 여산ᄒ더라 홀연 챵외의 불빗치 빗최니 직ᄉ의 총명이 반ᄃ시 쟉난ᄒ라 오ᄂ 쥴 올고 신부롤 등 뒤히 옴기고 문을 구지 글고 누어시니 형시 문을 열며 슘을 헐덕여 셔도나 임의 단단니 거러시니 분을 이긔지 못ᄒ여 문 바른 거슬 미치고 굼그로 물

69면

을 샏리나 싱은 금병으로 문을 막고 한가히 누어시니 물이 방즁의 드니 형시 씨도록 울며 욕ᄒᄃ 직ᄉᄂ 들메지 아니코 신인을 욕ᄒ더라 식벽이 되니 형시 도라가고 신뷔 ᄎ경을 보미 그윽이 불안ᄒ더라 셜시 인유구가ᄒ여 효봉구고ᄒ며 승슌군ᄌ 일마다 슉요ᄒ니 왕이 ᄎ후로 아ᄌ의 가ᄉ를 넘여치 아니코 직식 형시의 우름을 아른 톄 아냐 ᄃ졉이 일양이오 신부의 유한ᄒᄆᆯ 심복이ᄃᄒ니 형시 처음으로 셜시롤 보미 칭이 다른지라 ᄒ여 욕셜이 무비ᄒᄃ 모ᄅ

70면

ᄂ 듯ᄒ니 슉미 칭이ᄒ고 직식 경복ᄒ더니 형시 날이 오릭미 화목ᄒ여 나죵은 셜시의 덕을 입어 잠간 긔괴흔 힝식 나으리라 화현이 녕시롤 취ᄒ니 ᄯᅩ흔 요조슉녜라 존당구괴 깃거ᄒ고 부부삼인의 화락이 극진ᄒ니 이 다 왕의 덕이러라 인ᄌ효우ᄒ나 잠간 인약ᄒ여 왕이 미양 부인의 마음이오 쟝부의 몸이라 ᄒ더니 년이 십삼의 등양ᄒ니 문필의 긔이ᄒᄆᆫ 부형여ᄃ이라 나히 어리므로 슈년 말미롤 어더 흔가히 고셔롤 박남ᄒ며 부형을 밧ᄃ니 셩회 동동촉

71면

촉ᄒ고 힝실이 옥 ᄀᆺᄐ니 양시 유한쇄락ᄒ여 렬쟝부 ᄉ군ᄌ의 풍이 조싱이 인약ᄒ미 ᄂ오니 튜밀은 틱ᄉ 양공의 원족이라 양뎡렬이 ᄉ친지의로 다시 슉질지졍으로 아오라 깁히 ᄉ랑ᄒ고 진왕과 졍비 며ᄂ리마다 이 ᄀᆺᄐᆯ 희렬ᄒ더라 초공의 필ᄌ 칠현의 ᄌᄂ 긔희니 양뎡렬 쇼싱이라 긔샹이 쳥고ᄒ여 쇄락흔 풍ᄎ 튜텬의 계쉬라 잠미

봉안의 문필이 빈빈호니 션연염뫼 모부인 풍용을 습호여 고으미 스랑호온 즁 긔계 결쳥호여 직언졍논이 쳥

72면

고개결이라 싱이 지시호는 총명과 셩회 무빵호여 증즈로 샹젹호니 일은 바 금옥군진 며 일셰현진라 시년이 십삼의 등졔호여 쳥망이 스셔의 드레니 명공거경이 유녀쟈는 향의치 아니리 업더라 복야 려원이 면쳥호여 그 일녀로 친스를 일우니 여시 단일졍 뎡호고 옥용화뫼 그려호니 구괴 스랑호고 싱이 공경즁디호여 은졍이 관슉호디 원녀 쳥고호여 여싴이 불관호고 쥬야 셔지의셔 도흑을 슈련호니 초공이 깃거호디 너모 묽 고도 하슈를 엇지 못

73면

홀가 두리더라 이찍 례부샹셔 광현이 부인 화시긔 진녀 츙츙호고 샹총이 늉늉호사 산두즁망이 부형의 진리를 이을지라 례뷔 공겸인효호며 총명호흑호여 만스의 싱이 지지호미 초공으로 다르미 업스니 시인이 탄복호고 샹이 조례부를 보시면 반드시 염 용공경호시고 그 힝신거동이 졈졈 낫다호사 인종이 친히 별호를 쥬샤 문쳥이라 호시 니 일노조추 샹총이 더호디 문쳥이 직품이 문계로 다르미 이셔 문계는 군젼의도 아 는 거술 간호며 의논이 풍싱호고

74면

쥰졀호여 만리쟝강의 거출 거시 업는 듯호거늘 문쳥은 겸공진신호여 아는 거시라도 반드시 지삼 뭇즈와 스스로 능흐믈 남이 모르게 호며 나아갈 찍라도 거출 거시 업는 듯호여 닙됴스군의 겸퇴호미 부슉의 더호니 그 안싴이 일양 화평호디 슈힝례법이 삼 엄호여 보는 재 마음이 송연호여 인인의 례경호미 졔조의 읏듬이러니 샹이 그 풍치 긔졀을 깁히 익즁호샤 그 가실이 여러 아니믈 브러 아르시고 황슉 졔션왕의 녀 영 션 군쥬로뻐 조문쳥의 직실을 삼으시니 문쳥이

75면

샹쇼호여 스양호디 종불윤호시니 홀일업셔 조시를 취호니 일온 바 졔실지친이오 금

지옥엽이라 조군쥬의 경국지식이 화부인의 풍영쇄락흐믈 잠간 밋지 못흐나 녹파부
용은 난초의 고으미오 벽턴쇼월은 광치의 묽으미니 됴식이 낙신기림과 송옥의 동가
녀 찬흔 글이 이시나 금일 군쥬의 빅티롤 바라지 못홀지라 유한슉요흐미 늣튼느니
초공이 가쟝시롤 본 후 더욱 황가 귀쳑을 빅쳑흐고 사혼을 불힝흐여 혹 례부의 풍치
룰 보고 쳥흐여 도모

76면

흐민가 흐더니 군쥬의 쳥뎡슉요흐미 임스의 나믄 풍치 이시니 초공이 불승힝열흐여
화긔 미우의 영즈흐고 만좨 칭하흐며 태부인이 환열흐미 비길 듸 업더라 화시 쏘흔
하히지량이오 쥬비의 풍홰 잇는지라 됴식룰 만느미 셔로 화우익듸흐여 황영의 즈미
굿고 군즈룰 셤기미 니죄 빗느니 조시 쇼쇼 아녀의 거동이 업고 힝식 쳥한흐여 화부
인으로 범스룰 샹의흐여 공경화목흐니 규문이 슉쳥흐더라 화셜 평남듸원슈 졔로도
총병 조유현이 운남이 반흐미 가

77면

연이 튱의룰 격발흐여 오만졍병과 오십여원 밍쟝을 거느려 남으로 향홀시 군용이 졍
슉흐고 긔갑이 션명흐며 위덕이 병힝흐니 지느는 바의 츄호불범고 군현이 황황지
영흐며 빅셩이 단스호쟝으로 왕스룰 맛더라 힝흐여 젼쟝을 건너미 셕일을 싱각고 인
스의 륜회흐믈 츠탄흐며 운남변듸의 니르니 틱슈 빅니의 지영흐고 위엄이 일현을 지
니는지라 원슈 본현을 듸흐여 몬져 셜싱의 무스흐믈 므르니 틱슈 듸왈 하관이 일즉
존듸인 위령을

78면

공경흐여 져의 인물을 도라보지 아니코 극진이 고렴흐여 의식이 군핍흐믈 술피되 고
이흔 일이 이셔 아츰의 뿔을 쥰 즉 한 씌도 먹지 못흐여 젼역의 일코 요괴의 뉘 날마
다 왕리흐여 셜강의 쳐룰 무러가고 오즉 노모로 더브러 고독단신이 노복의 뉴도 다
산지스방흐고 쟝춧 긔스지환을 당흐미 머지 아냣다흐니 슈일 젼 슈셕 미곡을 쥬엇더
니 즉디로 일타흐니 이는 하늘이 죽이려 흐시미라 훌일업더이다 원슈 경탄왈 졔 비
록 죄인이나 경스 사름으로 히외

79면

의 유찬ᄒ여 혈혈편모로 그림지 쳐량ᄒ니 인심이 참연흔지라 닉 또ᄒ 쇼시의 친ᄒ므로 본현의 ᄌ비지심을 깁히 미더더니 하늘이 엇지 사름을 곤케ᄒ여 싱계롤 회지ᄂ고 닉 잠간 보고져 ᄒᄂ니 잇는 곳을 가르치라 드듸여 군졸을 쉬오고 ᄌ긔 단긔로 계양촌 셜강의 잇는 딕롤 ᄎᄌ가니라 ᄎ시 셜강이 쳔신만고ᄒ여 젹쇼의 니르니 ᄒ외 만니의 풍퇴 익지 못ᄒ고 더욱이 다른지라 쟝녀지디의 염량을 뒤이지니 고독일신이 ᄉ고무친ᄒ여 니향젹막을 뉘 도라보

80면

리오 ᄒᆼᄒ여 조니부의 어진 덕이 원을 밋지 아니코 은혜로운 남틱슈의게 쳥하미 십분 간졀ᄒ니 셜강 딕졉이 ᄌ못 후ᄒ여 미삭의 냥미를 쥬어 년명ᄒ나 강이 편모와 쳐ᄌ며 슈개 비ᄌ로 죽기를 면ᄒ나 초옥 시비의 종일 인젹이 졀연ᄒ여 개 즛지 아니ᄒ고 치근딕반이 부귀고량ᄌ의 견딜 빅 아니라 견일 틱흑ᄉ 인슈로 직샹의 관ᄌ를 붓치고 던폐의 시위ᄒ여 쳔인이 흠앙ᄒ고 만인이 놉히 보든 쳥망이 일됴의 우물 밋 개고리 되여 더러온 일홈이 ᄉ린의 츔

81면

밧트며 강악흔 죄샹을 텨위 진노하시니 초로잔쳔을 넉구ᄒ여 남히의 슈찰케 ᄒ시나 슬프고 한ᄒ미 돌골ᄒ여 스스로 져의 젼졍을 혜아려 통셕홀 ᄲᆞᆫ 아니라 화도월셕의 흐르는 눈물이 귀밋히 이음ᄎ 숀으로 ᄯᅡ흘 치고 한ᄒ여 왈 강이 임의 일셰를 혼일ᄒ여 목하의 군유롤 압두ᄒ더니 마음을 그릇 먹어 현인을 싀긔ᄒ여 스스로 닉몸을 함졍의 밀치뇨 조문계는 딕현이라 원을 밋지 아녀 날을 ᄉ랑ᄒ고 진졍으로 구ᄒ여 이 곳의 보젼케 ᄒ미 뉘 덕이

82면

리오 닉 만일 악심이 업던들 비록 문계롤 밋지 못ᄒ나 이 붓그럽고 괴로오미 업슬넛다 뉘웃고 한ᄒ며 츄회막급이라 임의 ᄒ외 간난이 뉵칠 년의 하늘이 그 심용을 오지ᄒ시고 귀신이 쟉회ᄒ여 계양촌 모옥의 고이흔 변을 만느니 밤을 당ᄒ면 흉흔 귀졸이 거믄 오시 거믄 ᄰᅵ롤 ᄰᅵ고 입으로 거믄 긔운을 토ᄒ고 상뫼 흔갈 ᄀᆞᆺ치 흉녕흔 것

다섯시 공중으로 나려와 강을 므러 흔드러 왈 악인이 스죄를 도망ᄒᆞ여 사라시미 쳔신이 한가지로 노ᄒᆞᄂᆞᆫ지라 우리로

다스리라 ᄒᆞ실ᄉᆡ 몬져 네 싱이를 쓴치며 네 쳐를 아ᅀᅳ가리라 ᄒᆞ고 큰입으로 강을 므러 흔드니 피 흐르고 긔졀ᄒᆞ여 업더지니 강의 쳐 손시 죽으믈 그음ᄒᆞ고 닉다라 강을 쥬물너 씌오니 그거시 믄득 강을 노코 다라드러 손시를 물고 다ᄅᆞᄂᆞ니 범시ᄂᆞᆫ 가슴을 두다리고 울고 아들을 붓드러 방즁의 드러가 겨유 구ᄒᆞ믹 강이 인스를 출ᄒᆞᆫ 후 손시를 무러가시니 한곳 발구르고 통곡 왈 희외 만니의 부뷔 셔로 의지ᄒᆞ다가 날을 구ᄒᆞ더니 이졔 옥 ᄀᆞᄐᆞᆫ 몸이 흉귀게 잡혀 가니 빅인이

유아이시라 이 한을 엇지ᄒᆞ리오 범시 울며 ᄋᆞ즈를 위로ᄒᆞ여 겨유 진졍ᄒᆞ고 ᄌᆞ셔히 산곡의 두로어드나 그림즈도 못보고 슈삼개 노복이 ᄌᆞ연 스산ᄒᆞ여 간 곳을 모르니 됴셕으로 강이 스스로 나무와 물을 가져오면 범시 친히 음식을 닉이니 모즈의 쳔만 고상이 비길ᄃᆡ 업ᄂᆞᆫ지라 틱쉬 이 쇼식을 듯고 관리를 쳥텽ᄒᆞ여 다려가며 나아가 물을 어더 음식을 닉혀 쥬라 ᄒᆞᄃᆡ 나아간 즉 흉귀게 물녀가고 틱쉬 불샹이 너겨 음식을 보닉면 모지 먹으려 안즌 즉 귀신이 통쥬야ᄒᆞ

여 무샹이 단니며 그릇조츠 아ᅀᅳ가니 먹지 못ᄒᆞ고 미곡을 어드면 셤과 그릇지 아ᅀᅳ가니 ᄒᆞᆫ 번을 먹지 못ᄒᆞ고 일승미를 진이지 못ᄒᆞ니 강의 모지 잇ᄂᆞᆫ 것도 먹을 길이 업ᄉᆞ니 흔곳 모지 뒤ᄒᆞ여 눈물을 흘니고 죽기를 됴녕믈 쁜이라 슈삼일이 되도록 ᄒᆞᆫ 슐 음식을 입의 너치 못ᄒᆞ고 모지 긔운이 엄엄ᄒᆞᄃᆡ 흉귀 씩씩로 쎼지어 와 무러 흔들고 죽이진 아니코 도라가니 죽도 못ᄒᆞ고 사도 못ᄒᆞ여 모친의 긔ᄉᆞᄒᆞᆷ믈 목젼의 보게 되니 졍니 망조ᄒᆞᆫ지라 어질흔 긔운을 진

뎡ᄒᆞ여 쳔만부득이 모친의 손을 잇글고 막뒤를 집허 촌졈의 비러 일시 아ᅀᅳᄂᆞ 먼코

져 문을 나더니 홀연 먼니 바라보니 슈업순 하리군졸이 취우 곳치 달녀오는지라 청 나삼이 표연호고 빅셜미 느아오니 마샹의 일위 딕관이 평복으로 즈금션을 드러 틱양 을 가리고 빅포금관의 표표히 달녀오니 얼골을 브라보건딕 찬란호여 일월 곳고 갓가 이 딕호미 빅옥을 조탁흔 듯 쇄락흔 용화와 슈려흔 명광이 완연이 옥쳥군션이 진셰 를 희롱홈 곳튼지라

87면

년협쥬슌의 혈긔방강호여 풍회호고 긔이호미 두 눈이 황홀호니 어득흔 졍신을 거두 어 이윽이 바라보니 쏫글이 폐일호고 위의 삼엄호니 분명 쟝샹의 위 곳 아니면 왕공 의 거동이라 믄득 압히 다다라 괄목호미 이 곳 져의 반싱 모히호던 조문계라 길 치우 는 쇼리 진동호며 강이 밋쳐 피치 못호여 챵황결의 범시로 더브러 압흘 지느다가 범 곳튼 하리 막딕를 들고 범시 늙으믈 바리고 강을 미이치는지라 강이 놀느고 비분호 나 스흐를 굴믄 긔운의 이 익을

88면

만느니 쇼리를 크게 홀 긔운이 업셔 비러 왈 우리 병든 사름이 노모를 븟드러 밧비 지느려 호다가 그릇 길흘 건너시니 렬위는 살나라 아지 못게라 져 오시는 관원이 뉘 힝츳시뇨 하리 손을 버려 쌤을 쳐 꾸즈져 왈 병인이나 귀와 눈이 업느뇨 평남딕원슈 조참졍 노애 고우를 추즈샤 위의를 썰치고 힝호시나 너 곳튼 쳔인이 감히 위의를 범 호리오 졍히 어즈러이 지져귀여 강을 밀 젹의 뒤히 하리 외여 왈 원슈 존명이 그 사 름을 고이 두라 호신다 졔인이 쇼리를 응호여 물

89면

러셔고 범시는 긔여 도라 드러가니 강이 문졘 쥴 알고 반갑고 붓그러오미 욕스무디 호고 이 거동으로 노샹의셔 만느니 눗치 둑거오나 참괴치 아니리오 머리를 숙여 샹 연타루호더니 믄득 조원슈 위의 강의 앏히 다다라 원슈의 일월지광이 흔 번 보미 강 이 초리를 들메고 흔관을 숙이고 편편이 써러진 포의 슈승은들 박을 들고 눈물을 흘니고 셔시니 이 분명이 셕일 틱흑스 셜강이라 밧비 하마호여 강의 손을 잡고 함누 탄왈 져 챵쳔이 엇지 사름을 이

90면

디경의 니르게 ᄒᆞ시뇨 쇼뎨 일즉 노츠의셔 형의 거동을 보고 분슈ᄒᆞ미 능히 어ᄂᆡ 날 이즈리오마ᄂᆞᆫ 만ᄉᆡ 텬의라 스스로 임의치 못ᄒᆞ여 형을 구ᄒᆞ여 고원의 일위지 못ᄒᆞ고 여러 셩상이 뒤 이지니 쇽졀업시 고우의 음용이 의의ᄒᆞ더니 남만이 반ᄒᆞ미 인신의 도리 돗기 잠이 편치 못홀 ᄯᅵ라 긔셜이 남을 향ᄒᆞ미 이 ᄯᅡ히 드ᄂᆞᆫ 늘 몬져 형을 ᄎᆞᄌᆞ 므ᄅᆞ니 틱슈의 말이 여ᄎᆞᄒᆞ니 의혹ᄒᆞ여 밧비 니ᄅᆞ미 문득 형을 보니 슬프지 아니며 놀납지 아니리오 아지 못게라 녕당 ᄃᆡ부인긔셔

91면

엇더ᄒᆞ시며 형의 경샹은 무슴 연괴뇨 강이 조원슈의 말을 드ᄅᆞ미 슬픈 한이 가슴이 막히ᄂᆞᆫ지라 슈셩탄식의 피를 토ᄒᆞ고 업더져 혼졀ᄒᆞ니 원ᄂᆡ 여러 늘 쥬린 싯쳐 비한이 ᄒᆞᆷ긔 발ᄒᆞ니 젹년 남ᄒᆡ 쟝녀의 샹ᄒᆞᆫ 병이 고황의 드럿ᄂᆞᆫ지라 졍신을 ᄎᆞ리지 못ᄒᆞ니 원슈 간딕ᄒᆞ미 긔운이 쇼삭ᄒᆞ엿ᄂᆞᆫ지라 ᄒᆞᆫ 그릇 미쥭을 구ᄒᆞ여 슐노뻐 드리오니 이윽고 졍신을 ᄎᆞ리거늘 원슈 집슈탄왈 즈고로 영웅호걸이 곤ᄒᆞ고 튱신렬ᄉᆡ 환을 만ᄂᆞ미 흔둘히 아니라

92면

ᄒᆞ믈며 ᄂᆞ히 졈고 일을 그릇ᄒᆞ여 이의 미츠니 고요이 덕을 닥고 익을 쇼멸ᄒᆞ여 풍운의 길시를 기다려 고토의 도라가 령당 ᄃᆡ부인긔 불효를 더ᄒᆞ지 말미 식쟈의 일이라 엇지 쟝부의 긔운으로 초슈의 우름을 효측ᄒᆞ리오 이의 강의 집을 무ᄅᆞ미 강이 손을 드러 슈간모옥을 가ᄅᆞ치거늘 강으로 더브러 집으로 드러가니 황냥ᄒᆞᆫ 초옥의 ᄒᆞᆫ 닙 돗기 업고 ᄒᆞᆫ 줌 미곡과 ᄒᆞᆫ 그릇 념장이 업ᄂᆞᆫ지라 강이 뉴톄 탄왈 쇼뎨 죄악이 텬디의 가득ᄒᆞ여 히외의 슈졸이 되여 뉴

93면

칠 년 허다 간익은 니르도 말고 슈일 젼븟터 여ᄎᆞ여ᄎᆞᄒᆞᆫ 변을 만나 쳐ᄌᆞ를 물녀 보ᄂᆡ고 음식을 어ᄂᆞ 먹지 못ᄒᆞ고 경긱의 아이니 나는 죽어도 ᄂᆡ 죄여니와 임년 노뫼 긔ᄉᆞ지경이 슈유간이니 인ᄌᆞ지심의 망극ᄒᆞ여 ᄒᆞᆫ 그릇 쥭을 어더 노모의 급ᄒᆞᆫ 거슬 구코져 ᄒᆞ더니 현형의 위의를 만ᄂᆞ니 진실노 하늘이 우리 모ᄌᆞ의 목슘을 구ᄒᆞ미라 길

흘 건너 하리의 욕을 보고 허다 졔리의 구타ᄒᄂᆫ 바를 방비홀 힘이 업셔 위급홀 츠의 형의 구홈과 션풍을 샹뎌ᄒᆞ여 졍언

94면

을 드르니 슬프고 감격ᄒᆞ나 퇴쉬 인형의 쳥을 드러 뒤졉이 후ᄒᆞ뒤 쥬어도 먹지 못ᄒᆞ니 죽을 밧근 홀 일 업ᄂᆞᆫ지라 말노조ᄎᆞ 누쉬 오월 쟝슈 ᄀᆞᆺᄐᆞ니 원쉬 츄연 탄왈 이 다 익운이라 그러나 군즈의 고드미 요괴 업ᄂᆞ니 형은 마음을 편히 ᄒᆞ여 녕당 슉고의 긔운을 도라보와 불효롤 삼갈지어다 존슈의 참변은 불가슷문어타인이라 다시 일너 무익도다 좌우로 미쥭롤 가져오라ᄒᆞ니 본현이 발셔 뒤령ᄒᆞ엿ᄂᆞᆫ지라 미음을 올니고 연향샹이 들믜 산희진찬

95면

이 아니 가즈미 업ᄂᆞᆫ지라 원쉬 범시긔 드려보니고 또 샹을 바다 강으로 더브러 먹을시 강이 뉵칠 년 쳐근과 믹반지강으로 년명ᄒᆞ다가 셩찬을 만나 슈업시 먹ᄂᆞᆫ지라 믄득 뒤흐로셔 쇼뤼 왈 도젹이 어뒤 가 쥬찬을 어더 먹ᄂᆞ뇨 우리 왓노라 눈방울이 불ᄀᆞᆺᄐᆞ며 스슴의 머리오 눗치 옷칠흔 둣ᄒᆞ고 거믄 오시 몸이 여러 ᄋᆞ름이라 원쉬 녀셩 뒤즐 왈 네 업츅이 요슐노 인형으로 사름을 히ᄒᆞ니 너롤 만단의 ᄣ쓰러 죄롤 뎡히 ᄒᆞ리라 다숫 흉귀 냥구히 보다가 왈 쇼츅

96면

이 져 ᄀᆞᆺᄐᆞᆫ 요악흔 놈을 보치여 그 죄롤 졍히 ᄒᆞ미라 엇지 뒤군즈 안젼의 셜만ᄒᆞ리잇가 원쉬 다시 ᄭᅮ즈져 왈 이는 스문의 사름이어늘 이심이 보치며 손부인이 쳔인이 아니라 네 만일 죽이지 아냐거든 부인과 시비롤 다 도라보니고 쟉난치 아니면 샤ᄒᆞ려니와 불연즉 네 쇼혈을 분탕ᄒᆞ리라 요괴 크게 두려 일시의 고두 왈 죽이지 아니시는 은혜 난망이라 과연 잡아간 슈삼인은 숑림 바회의 너허시니 이 도젹은 잡아 함긔 쳐치코져 ᄒᆞ더니 군즈의 명이 여ᄎᆞᄒᆞ시니 노하

97면

보ᄂᆞ리이다 원쉬 왈 너의 쇼혈이 예셔 먼야 오츅이 뒤왈 샹게 가쟝 머니 이졔 가 다

려오마 ᄒ고 가거ᄂᆯ 조원슈 강을 잇ᄉ려 슝림을 ᄶ쳐 슈목이 총울ᄒᆫ듸 졀벽 ᄉ이 골이 이셔 몸이 퍼진 쟈ᄂᆫ 못드러 갈네라 바회 속의 큰 궁이 이셔 흑귀졸이 닷거ᄂᆯ 바회 것히셔 슬피니 흑귀 슈삼개 계집을 잇그러 ᄂᆞ오며 왈 북두셩군이 우리ᄅᆯ 죽이려 ᄒ니 그 명을 어기지 못ᄒ리라 ᄒ고 손시와 슈개 비복을 압셰워 모옥 즁의 두고 도로 바회 궁긔 셕문을 열고 드러가

98면

거ᄂᆯ 원슈 친히 쥬필노 글을 뻐 하늘긔 향ᄒ여 불술오니 믄득 광풍이 디작ᄒ며 벽력ᄒᆡ 바회ᄅᆯ ᄯ려 산산이 ᄡᅵ치고 불덩이 셕문을 ᄎᆞᄌ 드러가니 화광이 ᄌᆞ옥ᄒ여 십니의 비최고 비리고 아니ᄉᆞ온 ᄂᆡ 텬디의 가득ᄒ니 친히 ᄯᅩ 짜려진 바회ᄅᆯ 가바야이 치우고 그 속을 보니 쳔길이나 ᄒᆫ 굴이 잇고 그 굴 속의 산졔 다셧시 잇ᄂᆞᆫ지라 원슈 왈 듸스롭지 아닌 요괴 형을 보치엿도다 일후ᄂᆞᆫ 형이 무ᄉ ᄒ리라 강이 경복칭찬ᄒ여 밧비 초옥의 ᄂᆞ려와 손시 범시ᄅᆯ 붓들

99면

고 눈물을 흘니니 강이 손시ᄅᆯ 보고 진실노 ᄉ재 부싱ᄒ미라 격졀감읍 왈 나ᄂᆞᆫ 져의 부부ᄅᆯ 쳔방빅계로 히ᄒ엿거ᄂᆯ 져ᄂᆞᆫ 우리 모ᄌ 부부ᄅᆯ 쵹쳐의 구ᄒ여 다시 살오고 ᄯᅩ 평샹ᄒᆫ 짜히 아니라 다시 변이 이스며 ᄉ싱을 미가분이니 일노뻐 유예ᄒ더니 형언을 드ᄅ니 크게 불민ᄒᆷᄅ 씨닷ᄂᆞ니 원컨듸 뫼셔 나아가 견마의 졍셩을 효측ᄒ리라 원슈 흔연위로ᄒ고 일일을 묵어 셜강을 치힝ᄒ여 명일 니발ᄒᆞᆯ시 범시 고식의 의식범구ᄅᆯ 풍족히 쥬고 본현

100면

의 부탁ᄒ니 강의 모ᄌ 부뷔 눈물을 ᄲᆞ려 니별ᄒ고 딕군이 남으로 향ᄒᆞᆯ시 원슈 셜강 모ᄌᄅᆯ 념녀ᄒ여 쥬필노 부작을 뻐 문젼과 방즁 ᄉ벽의 붓쳐 다시 작난치 못ᄒ게 ᄒ고 길흘 ᄂᆞ니 ᄌᆞᄉ 쥬현이 빅니의 와 보니며 빅셩들이 길흘 막아 위덕을 일ᄏᆞ라 잇지 못ᄒ더라 힝ᄒ여 운남국도의 니ᄅᆞ러 격셔ᄅᆯ 남방의 보닉여 싸호믈 도도니 이쩍 운남국왕 목지기 졍히 졔신을 모화 흥병ᄒᆞᆯ 일을 의논ᄒ더니 믄득 살의 믹 격셔ᄅᆯ 보니 글와시듸

101면

딕송 딕도독 도총병 평남딕원슈 참지졍소 홍문관 틱혹사 평능후 조문계는 운남왕의게 글을 보닉노라 너의 션죄 딕딕로 송됴 변신이 되여 텬됴후은이 늉흡ᄒ시미 네 하라비 셩교를 항거ᄒ거늘 션뎨 딕군을 조발ᄒ샤 남만을 삭평코져 ᄒ시딕 오히려 젹즈 지민이 다 쥬샹의 신직라 호싱지덕으로 너의 부즈를 샤ᄒ샤 셩은이 여텬ᄒ거늘 여등이 역심을 길워 텬됴를 항거ᄒ고 비의를 베퍼 빅셩을 침학ᄒ니 딕역이

102면

관영ᄒ지라 셩텬지 진로ᄒ샤 날을 보닉샤 운남을 삭평ᄒ고 딕역부도의 머리를 버혀 ᄡ이 번국을 징계ᄒ실시 텬명을 밧즈와 졍병 밍쟝을 명ᄒ여 나아오미 발셔 현관의 협도ᄒᆫ 거슬 치고 위셩의 구든 거슬 ᄭᆡ치미 딕군이 향ᄒᄂᆞ는 바의 셰 딕 싸름 ᄀᆞᄐᆞᆫ지라 네 만일 허물을 ᄭᆡ다라 신졀을 싱각ᄒ여 항복ᄒ면 오히려 샤ᄒ려니와 불연 즉 옥셕을 구분ᄒ여 딕군이 셩의 드는 날이면 만셩이 어육이 되리니 뉘웃지 말나 ᄒ

103면

엿더라

번왕이 글을 보고 딕로하여 왈 송쟝은 하등 필부완딕 날을 업슈이 너겨 감히 큰 말을 ᄒᄂᆞ뇨 승샹 슌위 왈 송 딕쟝은 함평 년간의 병부샹셔 조무의 질직라 조뮈 아국의 와 션왕으로 호화를 언약ᄒ고 아국이 텬됴를 부모지국으로 셤견 지 오릭더니 딕쟝군 셕탈의 말을 드릭샤 일됴의 화호를 바리고 병을 드러 스스로 화를 취ᄒ니 조뮈 조빈의 즈손이오 유현이 조무의 친질이라 딕딕 쟝문지직로 ᄒ

104면

믈며 유현의 부친 초국공은 이윤 쥬공의 츙이 잇고 냥쟝지직를 겸ᄒ여 먼니 번국의 들니ᄂᆞᆫ지라 강병밍쟝으로 아국을 치미 국개 엇지 위틱치 아니리오 번왕이 변식낭구의 우쟝군 호원이 진왈 신은 드릭니 텬하는 공긔라 일인의 텬히 아니오 유덕재 왕ᄒᆫ다 ᄒᄂᆞ니 딕왕이 임의 웅텬슈인ᄒ샤 텬일지표와 늉쥰일각이 의여왕지시고 요ᄉᆞ이 도셩의 신죄 즈로 니릭미 후원의 봉황이 깃드리고 졔셩이 남의 비쵀여 즈미를 ᄡᅥ쳐시니 엇지 의심이 이시며 송

105면

쟝의 격셔를 놀나 되스를 씻치리오 승상 쳘원의 말이 적국의 예긔만 칭찬ᄒᆞ고 되왕 홍복을 아지 못ᄒᆞ니 인신지되 아니미로쇼이다 왕이 되회왈 경언을 드르니 과인의 흉금이 샹활ᄒᆞ도다 승샹 쳘슌위 적국을 기리고 과인의 예긔를 써지르니 냥국 교젼의 그 말이 블길ᄒᆞ고 군신톄위 손샹ᄒᆞ미라 슌우를 하옥ᄒᆞ고 삼군을 발ᄒᆞ여 쓰호믈 도도니 조원슈 제쟝을 불너 명일 되적ᄒᆞᆯ 일을 의논ᄒᆞᆯᄉᆡ 제쟝을 분비ᄒᆞ고 셜강을 불너 비밀이 계교

106면

를 ᄀᆞᄅᆞ치니 사름이 알 니 업더라 강이 청녕ᄒᆞ고 물너가다 명일 냥군이 위셩지야의 크게 병위를 베플고 번왕이 금포의 슈은갑을 쎠입고 쇼요마를 타고 룡봉일월긔를 쏘고 좌우 편쟝을 거ᄂᆞ려 ᄂᆞ와 송원슈와 말ᄒᆞ쟈 ᄒᆞ니 송진 즁의 호통 삼츠의 옥부금졀이 압흘 인도ᄒᆞ고 홍나산이 표등ᄒᆞ여 묽은 빗치 잇ᄂᆞᆫ 곳의 긔 우희 크게 써시되 텬됴 니부샹셔 겸 참지정ᄉᆞ 홍문관 틱혹ᄉᆞ 평능후 제도총병 평남되원슈 조문계라 하엿고 원슈 홍금포

107면

와 황금갑을 쎠입고 옥슈의 금편을 잡고 좌우의 무슈ᄒᆞᆫ 편쟝이 호위ᄒᆞ여시니 광치 적진의 쏘이고 바라보미 늠늠ᄒᆞ여 일월지안과 봉미강산의 구츄상턴이 놉ᄒᆞ시며 삼츈화류 휘듯ᄂᆞᆫ 둣ᄒᆞᆫ지라 적군이 바라매 넉시 놀고 의시 프러져 셰샹 사름이 아닌가 의심ᄒᆞ더라 번왕이 흠신 왈 쇼국이 본되 텬됴를 결원ᄒᆞ미 업거늘 엇지 위셩을 ᄌᆞ로 침노ᄒᆞ여 아국의 인후를 앗고져 ᄒᆞ니 이 ᄯᅩᄒᆞᆫ 션왕의 업을 이어 나라를 보젼치 못ᄒᆞᆯ가 두리ᄂᆞᆫ 고로

108면

시러곰 마지 못ᄒᆞ여 군ᄉᆞ를 니ᄅᆞ려 아국지계를 방비ᄒᆞ나 텬됴를 항거ᄒᆞ미 업거늘 무슨 연고로 되군을 일위여 만여 리를 발셥ᄒᆞ시뇨 원슈 정식즐왈 네 흔아비 텬됴를 항거ᄒᆞ다가 궁진이 퇴ᄒᆞ여 도마의 오른 고기여늘 우리 슉뷔 인인관ᄌᆞᄒᆞ시고 셩샹이 되죄를 사ᄒᆞ시고 왕위를 여젼이 쥬고 도라오션 지 겨유 삼십 년의 네 믄득 반역지심을

닉니 은혜를 잇고 의를 비반ᄒᄂᆫ 역텬젹지라 닉 황명을 밧ᄌᆞ와 너 ᄀᆞᄐᆫ 역젹을 버히 고 슈죡을 니이ᄒᆞ여 텬

하의 효시ᄒᆞ리니 엇지 감히 텬쟝을 업슈이 넉이리오 번왕이 딕로ᄒᆞ여 친히 칼흘 츔 츄여 원슈의게 다ᄅᆞ드니 원슈 좌우를 도라보매 좌쟝군 김오와 션봉 쟝션의 횡챵약마 ᄒᆞ여 닉다라 번왕과 맛ᄒᆞ니 번왕의 좌우편쟝이 일시의 합젼ᄒᆞ니 징북이 진동ᄒᆞ고 도 챵검극이 샹셜 ᄀᆞᄐᆫ지라 냥진 졔쟝이 어우러져 맛ᄒᆞᄂᆫ 거동이 농이 챵히의 쒸놀며 범이 날치ᄂᆞᆫ 듯 번왕의 강용이 비비ᄒᆞ여 송쟝이 능히 당치 못ᄒᆞ거ᄂᆞᆯ 원슈 징쳐 군을 거두어 본

진의 도라오니 번왕이 승승ᄒᆞ여 슈리를 싸로고 ᄯᅩᄒᆞᆫ 회군ᄒᆞ여 본영으로 도라올ᄉᆡ 하 람 쇼로의 산곡 길이 험흔지라 번왕이 졔쟝을 도라보와 쇼왈 송됴의 사ᄅᆞᆷ이 업셔 유 현 ᄀᆞᄐᆫ 빅면셔싱을 원융 줌임을 맛져 만리의 보닉니 엇지 위티치 아니리오 금일 ᄒᆞᆫ 맛ᄒᆞ믹 예긔 쥬러져 고개 이 길노 본영의 도라가믹 복병을 두엇던들 엇지 무ᄉᆞ히 도 라가리오 일노 보와도 유현의 지혜 업스믈 알니로다 불언죵시의 산샹의셔 시셕이 비 오ᄃᆞᆺ ᄒᆞᄂᆞᆫ지라 번

왕이 딕경ᄒᆞ여 졔쟝을 경계ᄒᆞ여 밧비 지ᄂᆞ려 ᄒᆞ나 쟝졸이 만히 샹ᄒᆞ여 마하의 ᄶᅥ러 지니 슈이 지ᄂᆞ지 못ᄒᆞ여 젹시여산ᄒᆞ더니 믄득 함셩이 딕진ᄒᆞ며 일표군이 즛쳐오니 쥬쟝은 이 곳 셜강이라 졍셩딕호 왈 번젹은 닷지 말나 닉 임의 원슈의 령을 바다 너 를 기다련 지 오릭지라 역젹을 싱금ᄒᆞ리라 번왕이 딕경ᄒᆞ고 졔쟝이 낙담샹혼ᄒᆞ여 ᄉᆞ 산분궤ᄒᆞ니 원닉 산샹의 흐르ᄂᆞᆫ 병긔 빗발 ᄀᆞ치 번군을 ᄡᅩ며 군긔 치즁 ᄲᅡ흔 거시 불 가승슈오 싱금

ᄒᆞᆫ 쟝슈와 군시 만히 항복ᄒᆞ니 크게 승쳡ᄒᆞ고 번왕을 화극가지 좃ᄎᆞ 니르러 원슈 령

이 궁진호 도젹을 짜로지 말나 흐던 바룰 싱각흐고 이의 회군흐여 도라올시 셜강의
공이 졔쟝 즁 듯음이라 이는 원슈 짐줏 신긔훈 슈단을 지위흐여 젹군의 도라갈 길흘
짐죽흐여 딕공을 일우게 흐미라 초일 셕의 셜강이 도라와 어든 군긔 치즁을 드리고
싱금훈 쟝슈와 군스룰 드리니 원슈 깃거 공뇌룰 군졍스의 치부흐고 명일 냥진이 주
웅을 결흐려 흐더

113면

라 이쩌 조원슈 젹군을 승쳡호고 진즁을 호궤흐여 쟝스룰 무휼호고 명일 조도의 번
왕이 픠잔병을 거두어 다시 결진흐미 냥군이 주웅을 결홀시 원슈 말을 닉여 쑤지져
왈 오히려 인명을 앗겨 씨다룸미 이실가 노하 도라보닉엿더니 금일 또 니르러 빤호
믈 도도니 이 진실노 연쟉이 채 일딕룰 의지흐여 오린가 넉기고 불븟는 집 우희 길드
려 급히 탈 쥴을 씨둣지 못홈과 일반이라 네 무예 비록 닉으나 필부의 용이라 엇지
마춤닉 공을

114면

일우리오 이졔 날을 딕젹고져 흐나 몬져 칼 쓸 법으로 승부룰 결흐여 만일 이긔거든
오만군을 일시의 물녀 도라가고 닉 이긔거든 네 갑을 벗고 항복흐라 번왕이 쇼왈 졍
합 오심이니 쟝뷔 말을 닉미 곳치지 아닌느니 엇지 언약을 빈반흐리오 원슈 만일 싸
화 니겨도 나의 쟝시 손을 놀니지 말고 네 닉게 져도 좌우 편쟝이 합공치 말고 오직
스싱을 결홀지니 셔로 각각 직조와 힘을 볼지라 네 모롬미 뉘웃치미 업게 흐라 번왕
이 응셩왈 딕쟝뷔

115면

텬하의 횡힝흐미 스스로 픠왕의 강용을 가져시니 엇지 훈 번 죽기룰 두리리오 원슈
의 말딕로 비록 죽어도 뉘웃지 아니미 쟝부의 일이라 드딕여 칼흘 춈츄어 원슈의게
다라드니 원슈 쳥농검을 빗겨 번왕을 딕젹홀시 조원슈의 칼 춈츄는 법이 신츌귀몰흐
여 셔리와 무지개 번득임 굿튼지라 젼불슈합의 번왕의 투고룰 벗겨 ᄂ리치고 빗도라
엽흐로 가 그 머리룰 가르쳐 웃고 왈 닙긱의 너룰 버혀 ᄂ리칠 거시로딕 파리룰 보고

116면

닉 칼흘 쌔히지 못ᄒ리라 번왕이 틱로ᄒ여 다시 졍신을 가다듬아 ᄯ홀싀 번왕의 강
용이 만인무젹이니 원슈 일회 허리룰 굽히고 진납의 풀을 느리혀 교젼ᄒᄆᆡ 신식이
ᄌ약ᄒ여 쳘삭을 취ᄒ여 교젼 십여합의 쳘삭을 더져 번왕의 몸을 올가ᄆᆡ여 다리니
왕이 틱로 왈 나의 좌우ᄂᆞ 날을 구치 아닌ᄂᆞ뇨 원슈 쇼왈 틱쟝뷔 말을 닉ᄆᆡ ᄉᆞᄆᆡ 싸
로기룰 어렵다 ᄒᆫ 말을 어닉 ᄉ이의 곳치ᄂᆞ뇨 이리 홀 ᄯᆡ 번쟝이 일시의 닉다라 왕을
구ᄒ나 경긱의 참슈

117면

ᄒ기룰 스무나문 번을 풀 베닷 ᄒ디 ᄉ긔 틱연ᄒ니 진실노 하늘이 유의ᄒ여 닉신 영
걸이라 임의 번쥬룰 믹야 슝진 즁의셔 일시의 북을 울니 삼군이 용약ᄒ여 교봉ᄒ
ᄂᆞ 쟝쉬 룡이 쒹놀고 범이 파름ᄒᄂᆞ 닷ᄒ여 번쟝의 죽은 슈룰 혜지 못ᄒ고 번군이 틱
반이나 투항ᄒ니 원슈 틱쳡ᄒ고 군을 거두어 영치의 도라오니 삼군 쟝ᄉ 각각 공을
밧치고 원슈 번왕을 불너 뎐하의 ᄭ울고 그 뜻을 무르ᄆᆡ 번왕이 탄왈 닉 직죄 용녈ᄒ
여 잡힌 빅 아니라 젹을 업

118면

슈히 넉여 이의 미츠니 원슈 만일 노하 보닉면 닉 직죠와 힘을 다ᄒ여 결워 잡히ᄆᆡ
이시면 셩문을 열고 면박례친ᄒ여 원슈긔 항ᄒ리라 원슈 쇼왈 네 오히려 불복지심이
이시니 닉 비록 졔갈냥의 칠종칠금을 밋지 못ᄒ나 엇지 핍박ᄒ리오 즉시 군ᄉᄂᆞ 머
무르고 번왕을 말만 쥬어 도라보닉니 졔쟝이 간왈 도젹을 잡으ᄆᆡ 맛당이 군즁의 효
시ᄒ고 군을 모라 번셩의 드러가 번왕의 가쇽을 멸ᄒ고 운남을 평뎡ᄒᄆᆡ 금일의 잇
거늘 원슈 엇지 노화 보닉시

119면

닉잇고 범을 푀히 노하보닉ᄆᆡ니 이후의 히룰 엇지ᄒ리잇고 원슈 왈 닉 비록 쇼활ᄒ
나 츠젹을 쥬멸ᄒᄆᆡ 여러 번 슈고룰 더으지 아니니 닉 이졔 번젹을 노치 아니코 죽이
나 가도나 졔 쇼원이 아니오 이졔 도라보닉고 텬명인심을 슌하여 졔 운슈 멸망ᄒᄂᆞ
날 죄룰 졍히 ᄒᄆᆡ 지쟈의 쳐치라 졔쟝이 열복 왈 원슈 지혜 만니룰 비최니 엇지 번

적을 근심후리잇가 후더라 번왕을 노화 보닉고 가마이 셜강으로 쳘긔 삼쳔을 쥬어
번병의 모양을 후고 밤의 번

셩의 가 여츳여츳후라 츳셕하회후라

조시삼대록 권지이십뉵

어시의 원쉬 번왕을 노화 보내고 가마니 셜강으로 쳘긔 삼쳔을 쥬어 번병의 모양을
후고 밤의 번셩의 가 여츳여츳후라 번왕의 왕ᄌ와 왕후를 잡아오라 후고 션봉 셕셩
으로 일만 졍예훈 군ᄉ를 거ᄂ려 번왕이 못밋쳐 가셔 번셩을 앗고 빅셩을 안무후라
후엿더니 과연 이쟝이 명을 드러 몬져 셜강이 번병의 복식으로 셩하의 가 웨되 왕이
송병의게 곤후여시니 문을 열나 슈문쟝

이 져의 군시믈 알고 즉시 문을 여니 셜강이 ᄉ면의 블을 노코 궁즁의 드러가 왕ᄌ며
왕후를 다 잡아 진으로 보닉고 인후여 ᄉ문을 구지 직희고 빅셩을 안무후며 츄호를
블범후니 인민이 칭복후더라 이쩍 번승샹 슌위 옥즁의 갓치엿더니 송쟝이 왕후며 셰
ᄌ를 다 잡으믈 듯고 앙텬탄식고 즉시 옥 밧긔 나와 가속과 가졍을 분발후여 겨유 셩
문을 나더니 번왕이 이쩍 겨유 버셔나 셩하의 니ᄅ러ᄂ 셩샹의 디송긔치를 셰우고
시셕

이 여우후니 임의 셩지함몰후믈 알고 ᄌ문코져 후더니 좌위 구후믈 인후여 칼흘 더
지고 방셩대곡후더니 슌위 나ᄋ오다가 번왕의 우ᄂ 양을 보고 붓들고 통곡 왈 죄신
슌위 나라 녹을 먹고 벼슬이 삼공의 이셔 일즉 보국안민을 못하여 이런 홰 이시니이
다 신의 죄라 신이 샤명이 업ᄉ딕 일이 급후믈 보고 신의 노복을 모도와 쥬공을 만ᄂ

니 틱즈와 왕휘 숑진의 잡혀 가시고 셩이 함몰ᄒᆞ미 대왕의 몸이 도라갈 비 업ᄉᆞᆫ지라 신의 쇼견의ᄂᆞᆫ 이리로

4면

셕셩관의 가시면 관익이 굿고 냥최 죡ᄒᆞ니 구지 직희고 나지 아니면 셰월이 쳔연ᄒᆞ여 숑병의 군량이 진ᄒᆞ리니 ᄌᆞ연 도라갈지라 ᄶᆞᆯ 타 변ᄉᆞᄅᆞᆯ 보ᄂᆡ여 화친을 쳥ᄒᆞ면 가히 왕후와 왕ᄌᆞᄅᆞᆯ 도라보ᄂᆡ려니와 이ᄂᆞᆫ 만젼지계니이다 왕 왈 닉 셕탈의 말을 듯고 경을 무죄히 하옥ᄒᆞ고 일시 계교ᄅᆞᆯ 그릇ᄒᆞ여 국파신망ᄒᆞ고 노모와 쳐ᄌᆞᄅᆞᆯ 젹국의 아ᄋᆡ니 일셰의 붓그러오믈 죽어도 ᄊᆡ기 어렵고 뉘웃ᄎᆞ나 밋지 못ᄒᆞ리니 어ᄂᆡ 면목으로 셕셩군하ᄅᆞᆯ 보리오 슌위

5면

탄왈 승픽ᄂᆞᆫ 병가의 샹ᄉᆡ오 가쇽을 젹국의 잡혀 보ᄂᆡᄆᆞᆫ 한고조의 능ᄒᆞᄆᆞ로도 틱공과 여후ᄅᆞᆯ 픵왕의게 잡혀시니 만일 하후영이 아니런들 엇지 한틱조ᄅᆞᆯ 구ᄒᆞ리오 이졔 대왕이 일시 픽ᄒᆞ여시나 오히려 신이 한조각 튱심이 대왕을 위ᄒᆞ여 죽어 갑흘 ᄯᅳᆺ이 잇고 셕셩의 구듬과 강병이 이시니 이의 슬허ᄒᆞ나 무닉ᄒᆞ리니 일을 ᄭᅬᄒᆞᄆᆡ 쇼졀을 거리ᄭᅵ지 아니ᄒᆞᄂᆞ니 비록 틱후와 왕휘 잡혀시나 유현은 례의군ᄌᆞ오 효의쟝뷔라 반ᄃᆞ시 사ᄅᆞᆷ의 부모쳐

6면

ᄌᆞᄅᆞᆯ 살히치 아냐 평안이 두어 타일을 볼 거시니 대왕은 일노 넘녀치 마ᄅᆞ시고 신의 말을 조ᄎᆞ시면 평안ᄒᆞ리이다 번왕이 올히 넉여 오십여긔ᄅᆞᆯ 거ᄂᆞ려 셕셩관의 니ᄅᆞ러 관익 직흰 쟝슈 지휘ᄉᆞ 목지ᄉᆞᄂᆞᆫ 목거지의 삼죵아ᄋᆡ라 그 나라흘 아ᄋᆡ고 쳐ᄌᆞᄅᆞᆯ 잡히여 몸이 이곳의 도망ᄒᆞᄆᆞᆯ 드ᄅᆞᄆᆡ 대경ᄒᆞ여 마ᄌᆞ 울며 왈 형왕이 이의 니ᄅᆞ시믄 실노 싱각 밧기라 신이 원컨ᄃᆡ 힘을 다ᄒᆞ여 원슈ᄅᆞᆯ 갑흐리라 번왕이 읍탄왈 내 일죽 향ᄒᆞᆫ 바의 무젹이러

7면

니 ᄒᆞᆫ 번 빅면셔싱을 만나 스스로 슈이 너기다가 픽망ᄒᆞᄆᆡ 이의 밋쳐시니 누ᄅᆞᆯ 원ᄒᆞ

리오 유현이 지족다모ᄒᆞ여 변시 블측ᄒᆞ니 대젹키 가장 어려온지라 엇지ᄒᆞ면 다시 회
복ᄒᆞ고 군신이 이의 셔로 의논ᄒᆞ고 이의 졔쳐 병마를 모흐고 셕셩의 군마를 련습ᄒᆞ
여 병위를 베프더라 어시의 셜강이 도라와 왕후와 공쥬를 잡아 숑진으로 도라와 원
슈게 고ᄒᆞᆫ디 원슈 크게 깃거 잔을 드러 하례ᄒᆞ더라 명일 다시 대군을 령ᄒᆞ여 셕셩을
ᄡᆞ고 번왕을 치려

8면

홀시 번왕의 가쇽을 죽여지라 ᄒᆞ니 원슈 왈 블가ᄒᆞ다 사롬의 어미와 쳐ᄌᆞ를 죽이미
의 아니라 내 텬명을 밧ᄌᆞ와 번왕을 치미 인의로 번왕을 격동ᄒᆞ여 졔 맛ᄎᆞᆷᄂᆡ 듯지 아
니면 죽일 ᄯᆞ롬이라 엇지 사롬의 가족을 믄져 히ᄒᆞ리오 드듸여 번왕의 가쇽을 영즁
의 머므르고 대병을 인ᄒᆞ여 셕셩의 하치ᄒᆞ고 번왕의 다셧 가지 큰 죄와 셰 가지 블효
를 버려 글월을 ᄡᅥ 살의 ᄆᆡ여 셩즁의 ᄡᆞ니 슈셩군이 글을 어더 번왕긔 드린ᄃᆡ 목지개
보고 대경

9면

왈 이 곳의 이시믈 유현이 엇지 알고 온고 내일이 쟝ᄎᆞᆺ 위티ᄒᆞ리로다 승상 슌위 왈
임의 노ᄒᆞ여 ᄡᆞᆯ대업ᄉᆞ니 분을 춤고 셩을 구지 직희여 나지 말ᄋᆞ쇼셔 우리 군시 예긔
승ᄒᆞ믈 기다리고 숑병이 군량이 진ᄒᆞ믈 기다려 나 ᄡᅡ호면 가히 ᄒᆞᆫ 번 북쳐 익이여 젼
일 픽ᄒᆞᆫ 원을 ᄡᅵᄉᆞ리이다 번왕이 이 말을 좃ᄎᆞ 견벽블츌ᄒᆞ니 원슈 번왕의 나지 아니
믈 보고 졔쟝으로 더브러 의논ᄒᆞᆫ디 이 도젹이 굿게 직희믄 나의 군량이 진키를 기다
리니 나ᄂᆞᆫ 계교로ᄡᅥ 져

10면

의 냥초를 ᄭᅳ쳐 셩즁의 드러 직희지 못ᄒᆞ게 ᄒᆞ리라 이의 졔군류의 영니ᄒᆞᆫ 군ᄉᆞ를 ᄲᅡ
고 영즁의셔 계촌 큰 남글 베혀 스ᄉᆞ로 ᄀᆞᄅᆞ쳐 목우유마를 민ᄃᆞ니 완연이 공명의 목
우유마로 다ᄅᆞ미 업순지라 졔쟝이 탄복ᄒᆞ고 원슈 목우유마를 보ᄂᆡ여 운남태슈의게
냥초를 운견ᄒᆞ라 ᄒᆞᄆᆡ 말과 쇼를 먹이는 근심이 업ᄉᆞ며 놉ᄒᆞ며 나즌대 올ᄂᆞ ᄂᆞ다시
부려 운량ᄒᆞᄂᆞ 슈괴 업ᄂᆞᆫ지라 번왕이 듯고 대경 왈 유현은 진실노 셩인이로다 우리
구지 직희믄 져의

11면

냥식이 진키를 기다리미러니 졔 이졔 구원지계를 ᄒᆞ니 엇지ᄒᆞ리오 슌위 왈 대왕은 넘녀 마ᄅᆞ쇼셔 이 셩즁의 슈십년 냥식이 이시니 아직 구지 직희고 계교로 ᄒᆞᄉᆞ이다 왕이 올타 ᄒᆞ더라 일일은 원슈 졔장을 모흐고 젹병 파훌 일을 의논ᄒᆞ더니 일계를 싱각고 부원슈와 셜강을 블너 귀히 대혀 두 말을 니르고 이날붓허 원슈 병을 일ᄏᆞ라 군무를 다ᄉᆞ리지 아니ᄒᆞ더니 슈일이 지ᄂᆞᆷ니 원슈의 병이 위태ᄒᆞ여 군즁이 황황ᄒᆞ고 쟝슈와 군시 셔로 대ᄒᆞ여

12면

경구ᄒᆞᆷ믈 마지 아니ᄒᆞ더니 이윽고 부장 화원이 령을 나려 왈 원슈의 환휘 바랄 길이 업스니 젹인의 흉독ᄒᆞᆫ 슈단이라 번왕의 가속을 엄히 가도라 ᄒᆞ니 번태휘 크게 울고 왈 이럿툿 갓치게 ᄒᆞᆷ믈 알게 ᄒᆞ리라 ᄒᆞ고 이의 손을 무러 혈셔를 ᄡᅥ 번왕의게 보내고 왕후로 더브러 옥의 ᄃᆞ니 이윽고 원슈의 별셰ᄒᆞᆫ 쇼식이 삼군의 들니ᄂᆞᆫ지라 곡셩이 진동ᄒᆞ니 부원슈 이히 친신ᄒᆞᆫ ᄉᆞ오쟝이 입관습념ᄒᆞ고 삼군즁쟝을 모화 셩복ᄒᆞ니 이 셩이 초야의

13면

먼니 들니ᄂᆞᆫ지라 번병이 번틔후 글월이 가매 왕이 보고 읍왈 숑대쟝이 죽으미 나의 노모와 쳐뉵 쥬뉵을 면치 못ᄒᆞ리라 ᄒᆞ고 즉시 군마를 일위여 숑진을 엄습ᄒᆞ랴 ᄒᆞ니 슌우 등이 간왈 그러면 반ᄃᆞ시 후회ᄒᆞᆷ미 되ᄂᆞ니 숑대쟝의 죽으믈 젹실ᄒᆞᆫ 쥴 안 후 군ᄉᆞ를 내미 늦지 아니타 ᄒᆞ고 인ᄒᆞ여 탐마를 노화 쇼식을 아ᄅᆞ오라 ᄒᆞ니 초미 숑영의 와 낫ᄂᆞᆺ치 듯보고 도라와 알외니 번왕이 숑영을 겹츅고 가속을 아ᄉᆞ오려ᄒᆞ니 텬식이 어둡고

14면

미월이 동녕의 비쵀니 숑진즁의 다ᄅᆞᆫ 쟝슈도 영즁의셔 원슈의 관을 직희엿다ᄒᆞ고 오직 군졸이 슬피 통곡ᄒᆞ고 탄식 왈 쟝셩이 오쟝원의 ᄶᅥ러지미 쵹한이 망ᄒᆞ니 금일 조원슈 셕셩하의셔 맛ᄎᆞ미 숑을 진압훌 명쟝이 업셧ᄂᆞᆫ지라 일됴의 일흐니 엇지 조원슈 ᄀᆞᆺ튼 대쟝을 만ᄂᆞ리오 늣기는 쇼ᄅᆡ러라 왕이 크게 미더 이의 군ᄉᆞ를 함미ᄒᆞ고 가마

니 영즁을 쎄쳐 드러 바로 원슈의 관 노힌 곳으로 향ᄒ여 드러가더니 믄득 일셩 포향의 숑쟝이

15면

좌우로 내다라 번왕을 맛거늘 번왕이 만인지용이 이시니 뉘 감히 당ᄒ리오 번왕이 창흘 들고 승승ᄒ여 왈 숑이 노고와 과부를 속여 텬하를 아스니 본ᄃᆡ 인군의 나라히 아니라 그 쉬 임의 진ᄒ고 텬명이 너게 도라왓거늘 유현이 망영되니 날노 즈웅을 결ᄒ고져 ᄒ니 진실노 슌텬쟈는 창ᄒ고 역텬쟈는 망ᄒᆞᆫ단 말이 쇼연ᄒ여 이의 유현이 견진즁의 몸을 맛ᄎᆞᆷ니 너의 임의 죽은 졔갈이 엇지 즁달을 당ᄒ리오 졔쟝은 힘을 다ᄒ여 숑군

16면

을 파ᄒ고 가쇽을 아사 도라가리라 번군이 응셩ᄒ여 즈쳐 드러가니 부원슈 화원과 셜강이 길흘 막아 벗호더니 양픠ᄒ여 다라ᄂᆞ거늘 번왕이 승승ᄒ여 ᄯᆞ로거늘 화원슈는 보지 못ᄒ고 블빗치 니러ᄂᆞ며 일위 ᄃᆡ쟝이 머리의 금관을 쓰고 양지빅옥대를 둘너 빅마 우히 단졍히 안즈시니 영풍이 월야의 조요ᄒᆞᆫᄃᆡ 가는 길흘 막는지라 번왕이 대경ᄒ여 술펴보니 이 곳 죽은 조원쉬라 단봉안과 와잠미를 거스려 대즐 왈 반젹 목지개 신샹의 대역블

17면

튱과 블효지죄를 지어 텬하의 나셔지 못홀 죄 잇거늘 하 면목으로 나의 진즁의 돌입ᄒ여 텬됴명쟝을 가ᄇᆡ야이 너기ᄂᆞ뇨 내 임의 빅일 승텬ᄒᆞᆫ 신긔홈과 다시 월야 가셩의 너 긔 ᄀᆞᆺ튼 도젹 곳 보면 디하 망영이나 ᄒᆞᆫ 번 쾌히 결슝ᄒᆞᆫ 호홍이 잇ᄂᆞ니 반젹 필뷔 목을 느리혀 칼흘 바드라 번왕이 대경대황왈 스싱이 길이 내도ᄒ거늘 엇지 구원 망녕이 월야의 현영ᄒ여 날을 ᄭᅮ즛ᄂᆞ뇨 가쟝 블길ᄒᆞᆫ지라 즁쟝은 날을 위ᄒ여 군을 믈니고 셩

18면

의 도라가 다시 의논홀만 ᄀᆞᆺ지 못ᄒ다 블언졸시의 삼노복병이 발ᄒ여 좌는 션봉 셩

위오 우는 좌쟝군 김위오 즁군은 조원슈 대군이 즛쳐오며 즁즁쳡쳡이 빗호니 번왕이
어즐ᄒ여 셔로 살기를 도망ᄒ미 스산분쥬ᄒ고 숑병이 쳘통ᄀᆞᆺ치 빗시니 번왕이 앙텬
탄왈 하늘이 날을 망케ᄒ니 내 스스로 ᄲᅡ홈 그릇ᄒ미 아니라 셕셩의 구든 거슬 아직
직희던들 이리 급히 픠튼 아닐 거슬 가쇽의 급홈과 숑쟝의 죽으믈 드릭미 참지 못ᄒ
여 이런 대환을 만

19면

ᄂᆞ시니 만일 숑쟝이 죽어시면 그 음혼이 이셔 내 사지 못ᄒᆯ 거시오 혹쟈간 스ᄒ미 이
셔 스라셔도 이 ᄲᅡᆫ 딕를 헤치지 못ᄒᆯ지라 졔환과 진문의 강용과 초픠왕의 영웅으로
참마 무릅흘 굴ᄒ여 사름의게 투항ᄒ리오 ᄎᆞ라리 ᄌᆞ결ᄒ여 후셰인으로 ᄒ여금 나의
강한을 알게ᄒ리라 셜파 찬 칼흘 ᄲᅡᅠ혀 지르랴 ᄒ니 번쟝이 일시의 붓들고 말녀 왈 승
픠는 병가의 샹시라 대왕이 태후로써 숑영 진즁의 잡혀 도라오지 못ᄒ고 스스로 죽
으면 이는 불효의 웃듬이라

20면

한고죄 슈슈의 픠ᄒ고 졍공의게 ᄯᅩ치여 인명을 겨유 도망ᄒ미 텬하를 일광ᄒ여 스ᄇᆡᆨ
년 통일ᄒᆞᄂᆞᆫ 공업을 일우니 참고 견대기를 잘ᄒ미라 맛춤내 태공을 마즈 효도를 가
죽이 ᄒ고 녀후를 부부륜의를 일워 만승긔업이 쳔츄의 민멸치 아나시니 대왕은 일시
지분을 참아 대스를 도모ᄒ쇼셔 번왕이 칼흘 노코 용녁을 분발ᄒ여 좌츙우돌ᄒ여 여
러 벌 ᄲᅡᆫ 대를 헤칠시 숑국 쟝시 승승쟝구ᄒ여 즛쳐 올시 비록 항우의 용녁이나 ᄲᅡᆫ대
를 헤칠

21면

길이 업셔 밤이 깁흔딕 조원슈 샹셜 ᄀᆞᆺ튼 병잉을 빗기고 바로 번왕의게 다ᄅᆞ드러 졉
젼ᄒ니 번왕이 귀신인가 두려 졍신이 현란ᄒ여 손을 놀니지 못ᄒ고 다라늘 졔 디함
의 탄 말이 ᄒᆞᆫ 발이 ᄲᅡ지미 번왕이 몸을 번듯 쳐 마하의 쎠러지거니 원슈 원비를 느리
혀 번왕을 매여 왈 처음의 너를 버힐 거시로딕 오히려 네 회과ᄒ미 이실가 ᄒ엿더니
금일 나의 숀의 다시 잡히니 ᄎᆞᄂᆞᆫ 텬애라 네 엇지 죽으믈 한ᄒ리오 번왕이 미이미 기
여 졔쟝군졸이 귀항ᄒ딕

22면

오즉 승샹 텰슌위 오히려 픽군 쳔여긔룰 거ᄂ려 크게 ᄊᆞ호고 항복홀 ᄯᅳᆺ이 업거놀 부원슈 화원이 번병을 즛치며 슌우룰 매니 송병이 예긔 승승ᄒ여 크게 승쳡ᄒ니 원쉬 하령 왈 솔토지빈이 막비왕신이라 번쥬룰 잡아시니 여졸이 무슨 죄 이시리오 슌히 도라 오ᄂ니ᄂ 죽기룰 면ᄒ리라 번왕과 쟝시 일시의 귀항ᄒ니 원쉬 슌우룰 싱금ᄒ미 명일 비로소 대군을 모라 셕셩을 칠시 목구탁이 셰 급ᄒᆷ믈 보고 스스로 죽고 기여 졔 쟝이 셩문을 열고

23면

왕ᄉ룰 마즈미 원쉬 빅셩을 안무ᄒ고 져즈룰 옴기지 아니터라 원쉬 뎐샹의 좌ᄒ고 번왕을 잡아드려 항복기룰 무른대 목지개 읍왈 내 이졔 엇지 항ᄒ리오 칼홀 ᄲᅡ혀 ᄌ문ᄒ지라 ᄯᅩ 슌우룰 항복ᄒ라 ᄒ니 슌위 탄왈 나라히 망ᄒ고 인군이 죽으니 인신지되 가히 죽을지라 도쳑의 개 요룰 보고 지지니 그 어지지 아니미 아니라 개 임ᄌᆡ 아니믈 지지니 대원슈의 위덕이 ᄉ히의 진동ᄒ나 내 인군을 죽이미 내 원쉬라 엇지 참아 왕의 원슈의게 굴신ᄒ여 만

24면

고 명명ᄒᆫ 신졀을 어즈러이며 금슈도 임ᄌᆡ 아닌 후ᄂ ᄊᆞ로지 아니니 다만 죽을 ᄯᆞ룸이라 원쉬 ᄂᆺ빗출 고치고 가히 튱신의ᄉᆡ라 임의 신히 되여 졀을 잡으니 내 엇지 구박ᄒ랴 즉시 번왕의 가쇽을 슌우룰 맛져 왈 너의 튱셩을 어엿비 너겨 너의 유쥬룰 샤ᄒ여 번국을 직회게 ᄒ니 내 너의 왕ᄌ 이 인을 보미 맛ᄌᆫ 블과 슈년 내로 죵홀 샹이니 가히 국쥬룰 삼지 못홀 거시오 ᄎᆞᄌ 목셩쥐 위인이 비샹ᄒ여 왕ᄌ의 긔틀이 잇ᄂ지라 내 위ᄒ여 쟉인을 앗

25면

겨 역률을 ᄡᅳ지 아니하고 번국의 셰워 그 임쟈룰 삼으니 네 유쥬룰 어질이 도아 텬위룰 간범치 말고 인신의 명분을 직회여 싱민의 도탄을 건지라 슌위 비로쇼 ᄉ례 왈 비록 인군이 죽으나 어린 인군을 셰워 종사룰 멸치 아니시니 신민이 후틱을 탄복지 아니리 업슬지라 우리 군신이 엇지 원슈 대덕을 명심각골치 아니리오 ᄒ믈며 태후와

왕후를 다 샤ᄒᆞ여 도라보내니 오쥐 죽으나 반ᄃᆞ시 후은을 함호결쵸ᄒᆞ리로쇼이다 원쉬 위로ᄒᆞ며 말

26면

을 쥬며 아ᄉᆞ 군ᄉᆞ를 쥬어 도성으로 보내여 번왕의 ᄎᆞᄌᆞ로써 번왕을 삼고 쳘슌우 등이 크게 연향ᄒᆞ여 대군을 호궤ᄒᆞ고 목지개의 시신을 거두어 왕례로 쟝ᄒᆞ려 ᄒᆞ다 조원쉬 임의 승쳡ᄒᆞ고 군ᄉᆞ를 일슌을 쉬여 도라가랴 홀ᄉᆡ 셜강이 번국 셜빈공쥬를 흠모ᄒᆞ여 취홀 ᄯᅳᆺ을 원슈의게 빗최니 원쉬 안식을 졍히 ᄒᆞ고 ᄉᆞ리로 닐너 가치 아니믈 니ᄅᆞ미 십분 쥰졀ᄒᆞ니 강이 이ᄉᆡ를 당ᄒᆞ여는 조원슈 알믈 신명ᄀᆞᆺ치 ᄒᆞᄂᆞᆫ지라 쾌히 ᄭᅢ다라 취ᄒᆞ기를 ᄭᅳᆺ

27면

치니 조원슈의 어질고 너ᄅᆞ며 화ᄒᆞ고 엄슉ᄒᆞ미 여ᄎᆞ 간인도 감화ᄌᆞ복ᄒᆞ미 이럿ᄐᆞᆺ ᄒᆞ더라 임의 환경ᄒᆞ기를 당ᄒᆞ여 번왕이 슌우로 더브러 십니의 와 젼숑ᄒᆞ고 남방싱민이 다 부모를 니별홈 ᄀᆞᆺ투여 덕택을 츄모치 아니리 업스니 원쉬 위로ᄒᆞ고 긔치를 북으로 도로혀니 츌젼ᄒᆞ연지 겨유 팔삭의 니ᄅᆞ러 임의 남희의 니ᄅᆞ러 강으로 니별홀ᄉᆡ 피ᄎᆞ 연연ᄒᆞ여 셜강은 눈물을 ᄲᅮ리니 원쉬 위로 왈 형이 대공을 셰워시니 셩샹이 반ᄃᆞ시 샤ᄒᆞ실 거

28면

시니 됴뎡 믈졍으로도 막지 못홀지라 쇼뎨 도라가 극녁ᄒᆞ여 형으로 ᄒᆞ여금 녕당을 뫼시고 고토의 도라오게 ᄒᆞ리니 잠간 참으라 셩인이 ᄀᆞᆯᄋᆞ샤ᄃᆡ 쇼블인즉난대뫼라 ᄒᆞ시니 젹은 괴로온 거슬 참지 못ᄒᆞ여 너모 샹심ᄒᆞ야 몸의 병을 일원 즉 효의 의 샹ᄒᆞ미 아니리오 드ᄃᆡ여 군즁의 ᄡᅳᆫ든 황금 슈빅냥을 쥬어 그 ᄉᆞ이 편친을 봉양ᄒᆞ라 ᄒᆞ고 셔로 분슈ᄒᆞ니 셜강이 악슈뉴톄 왈 강을 여러 번 구ᄉᆡᆼᄒᆞ미 다 인형의 대덕이라 쇼뎨 구원의 도라가 치를 잡아 견

29면

마 되기를 효측ᄒᆞ리니 이 은혜를 다 이싱의셔 갑지 못홀가 슬허ᄒᆞ노라 원쉬 졍ᄉᆡᆨ 왈

형은 엇지 과도훈 말을 ᄒ여 친애지졍을 숀샹ᄒᄂ뇨 사름의 급훈 거슬 구ᄒ고져 뜻은 인ᄌ지심이라 조운희 셜의빅으로 더브러 본디 고구의 졍분이 심샹이 아니 이곳의 와 구ᄒ기를 은혜라 칭ᄒ리오 원컨디 신즁ᄒ라 블구의 환쇄ᄒᄂ 경시 이시리라 지삼 위로ᄒ고 분슈ᄒ여 길흘 ᄂ니 태슈 ᄌ사 군현의셔 황황이 지영ᄒᄂ 위의와 삼군쟝ᄉ의 도라오ᄂ

30면

즐거오미 승젼고를 울니니 진실노 남아의 ᄉ업이 빗ᄂ고 위덕이 히외를 기우리미 그 슉부와 일양이라 운남 빅셩이 ᄉ당을 지어 ᄉ시의 향화 등촉을 밧들고 조원슈 도라올 길히 조용히 보니 슉부의 싱ᄉ당의 비례ᄒ고 스스로 그 영무지덕을 탄복ᄒ여 ᄌ긔 ᄉ당을 보고 도로혀 괴로히 너겨 원당의 드러가니 졔ᄌ 다 각각 나히 어리더니 다 쟝지 되엿ᄂ지라 반기며 긔특ᄒ미 쩌닷든 부모 만ᄂ 굿트니 원슈 그 졍을 믈니치지 못ᄒ여 향촌탁쥬와 마육

31면

이라도 강잉ᄒ여 맛보와 흔연이 면유ᄒ여 조히 잇시라 ᄒ고 졀월을 도로혀니 부뢰 길흘 막고 눈믈을 흘녀 대덕을 잇지 못ᄒ여 ᄒ더라 원슈 니친지회 일시 급ᄒ고 익군ᄒᄂ 졍셩이 밧바 풍우무론ᄒ고 힝ᄒ니 츄구월 회간의 경ᄉ의 니론지라 화셜 평촉 대원슈 조운현과 슈군 대원슈 양닌광이 삼군을 통독ᄒ여 졀월이 슈뉴으로 힝ᄒ여 임의 셔촉지계의 드니 이 촉쥬 뉴안걸이 왕비 조시로 더브러 군무를 의논홀ᄉ 조시ᄂ 다른 이 아니라 션시

32면

의 가쟝시 조녜 셔촉의 뎡비ᄒ여 만일 그 실졍이 대담대악이 아니면 약훈 녀ᄌ 만니의 표령ᄒ여 잔도검각을 너므며 부모를 쩌나 싱니사별이 영영이 모둘 긔약이 업고 부가로 원슈 되고 아릭로 일졈 골육이 업스니 삼죵이 무탁훈지라 인심이 엇지 살 마음이 이시리오마ᄂ 뜻 잡기를 흉독히 ᄒ며 오히려 만훈 금보를 품고 무ᄉ히 득달ᄒ여 슈간초옥을 어더 안둔ᄒ고 쥬ᄉ야탁ᄒᄂ 거시 평싱의 훈 번 이 원을 갑고져 뜻이오 조금도 츄회ᄒ미

33면

업더니 온갓 일이 요인의 일을 맛치는지라 이쩍 월츌산의 흔 녀승이 이시니 법호는
광법대싀라 ᄒ고 온ᄀᆺ 검무의 요괴로온 슐법이 가쟝 신통ᄒ여 몸을 변화ᄒᄆᆡ 못될
거시 업ᄂᆞᆫ지라 맛춤 가댱싀 우쇼의 니ᄅᆞᆯ러 ᄒᆞᆫ 번 셔로 말ᄒᄆᆡ 뉴를 좃ᄂᆞᆫ지라 지긔 샹
합ᄒ여 가댱싀의 젼후 심ᄉᆞ를 드ᄅᆞᄆᆡ 칙션ᄒᆞ믄 식로이 데 동긔 일이나 다ᄅᆞᄆᆡ 업셔
눈믈을 흘녀 위로ᄒ고 인ᄒ여 머므러 심ᄉᆞ를 난ᄒ며 지조를 가ᄅᆞ쳐 슈삼삭 내의 ᄆᆡ
진ᄒᄆᆡ 업ᄉᆞ니 법

34면

싀 공교흔 계교로써 츅쥬 뇩안걸의게 드려 후궁을 삼앗더니 다시 경궁을 짐살ᄒ고
뇩안걸을 어리워 왕비되ᄆᆡ 온ᄀᆺ 요괴로온 일이 ᄒᆞᆫ 일도 가살지죄 아닌 거시 업더니
이의 뇩안걸을 다리여 흥병ᄒ여 텬됴를 반ᄒ고 제 지조를 미더 구원을 갑고져 황휘
되리라 ᄒ여 군ᄉᆞ를 일위엇더니 송원슈 슈륙대쟝이 다 모다 셩하의 림ᄒᆞᄆᆞᆯ 듯고 그
원슈의 일홈을 드ᄅᆞᄆᆡ ᄒᆞᄂᆞᆫ 양닌광이오 ᄒᆞᄂᆞᆫ 평싱 잇지 못ᄒ던 샹ᄉᆞ낭군이라 일
변 노ᄒ고 일변 반겨

35면

스스로 츅쥬의게 쳥왈 쳡이 드ᄅᆞ니 송원슈 이인은 다 고량ᄌᆞ뎨오 빅면셔싱이라 가히
ᄒᆞᆫ 번 ᄊᆞ화 항복 바드리니 쳡이 원컨대 일지군을 거ᄂᆞ려 나아가 ᄒᆞᆫ 번 북쳐 송대쟝을
슬오잡고 삼군을 항복 바드리이다 츅쥐 깃거 왈 왕비 ᄒᆞᆫ 번 나아가ᄆᆡ 엇지 젹쟝을 근
심ᄒ리오 이의 일만 졍예흔 군을 분발ᄒ여 조녀를 맛지고 잔을 드러 젼송ᄒ니 조녜
의긔 양양ᄒ여 잔을 거우ᄅᆞ고 군ᄉᆞ를 모라 셩하의 나아가 진세를 일위고 말을 믄긔
아리 내모니 조원슈 운현이 ᄶᅩ

36면

ᄒᆞᆫ 젹군이 니ᄅᆞᄆᆞᆯ 알고 군ᄉᆞ를 지휘ᄒ여 결진ᄒ고 물을 쒸여 진 밧긔 나오니 조녜 엇
지 몰ᄂᆞ보리오 크게 반기나 구지 참고 치를 드러 외여 왈 네 필부 쇼이 감히 군ᄉᆞ를
거ᄂᆞ려 관을 지ᄂᆞ오나 여 등 젹즈의 목슘이 슈유의 잇ᄂᆞᆫ 쥴 아지 못ᄒᆞᄂᆞ냐 조원쉬 눈
을 드러 츅쟝을 바라보니 몸의 슈의를 입고 손의 보검을 드러시니 보건대 얼굴이 심

히 츈풍의 갓 펀 숏봉이 곳고 안치 묽은 별 갓트나 미우의 독긔 등등ᄒ고 쇼릭 강개
ᄒ여 모진 거동이 셕쟈의 총이ᄒᄆᆡ 안즈면 무릅흘

37면

년ᄒ고 셔면 옥슈를 니어 슈유블니ᄒ고 ᄉᆞᄉᆞ언쳥턴 가쟝시라 몸의 융복을 입고 졔
근본을 직고치 아니나 조싱의 묽은 거울 아릭 엇지 도망ᄒ리오 쟝녜 임의 국가의 죄
슈되여 촉 ᄯᅡ히 뉴찬ᄒ여 이 얼골을 만ᄂᆞ니 엇지 의심이 이시리오 필연 조녀의 요괴
로옴과 난음ᄒᄆᆡ 촉쥬의 가인이 되여 이 변을 지우믈 씌다라 분발이 돌관ᄒ고 노긔
쳘골의 미치여 ᄭᅮ즈져 왈 텬일지하의 셔지 못홀 대음대간의 발뷔 만고강샹을 산난ᄒ
여 텬디의 관영ᄒᆫ 대죄를 짓고

38면

쥬상의 싱셩지덕으로 힝혀 살싱을 즐기지 아니시고 너의 몸이 녀지라 후일지화를 넘
녀치 아냐 일명을 빌니샤 촉디의 보닉시니 셩은이 하늘 곳거늘 오히려 개과슈졸ᄒ믈
싱각지 아니ᄒ고 다시 반역의 흉심을 내여 촉쥬를 도도와 변란을 일위ᄒ니 너의 죄
샹이 만ᄉᆞ무셕이오 네 셜ᄉᆞ 대간대악인들 하 면목으로 날을 대ᄒ여 너의 본형을 금
초고 대젹고져 ᄒᆞ니 요ᄉᆞ간특ᄒᆫ 죄샹이 더욱 졀통ᄒᆫ지라 내 힝세ᄒ므로붓터 사름의
힝실이 너 갓튼 녀ᄌᆞ를 만ᄂᆞ니 나

39면

의 일싱 졀치통한ᄒ던 마음을 가히 풀지라 너 곳튼 더러온 계집을 버히ᄆᆡ 내 칼이 욕
되나 시러금 마지 못ᄒ여 ᄒᆞᆫ 번 버히는 슈고를 면치 못ᄒᆞ리로다 조녜 대로ᄒ여 낫비
츨 블히고 다시 말을 아니ᄒ고 칼흘 두루고 원슈의게 다ᄅᆞ드니 원쉬 분노ᄒ여 강용
을 발ᄒ여 조녀를 버히니 양원쉬 ᄎᆞ탄왈 녀ᄌᆞ의 간악음ᄉᆞᄒ기로 이 디경의 밋ᄎᆞ니
텬하인심이 블가측이라 문의 와 내 다 ᄒᆞᆫ가지로 간녀를 만나 다쇼 풍샹을 지내고 너
는 임의 악녀를 참ᄒ여 쟝부

40면

지심이 쾌ᄒ거늘 나는 악녀를 그 부형이 어질므로 참아 죽이지 못ᄒ여 일후 히를 가

히 졍치 못홀지라 엇지 분히치 아니리오 냥인이 셔로 졍회를 니르며 조원쉬 탄왈 나의 블멸지탄은 삼셰유즈를 조녀와 연왕이 독슈로 맛츠고 그 시신도 염장치 못ㅎ니 엇지 장부지심이나 슬프지 아니리오 양원쉬 역시 츄감ㅎ는 눈믈을 먹음어 왈 너의 졍회 날과 일반이라 내 쏘ㅎ 유치를 독슈의 맛고 셰월이 오릭나 슬픈 한이 플지 아니ㅎ는지라 하늘이 엇

지 무죄ㅎ 치아로 간인의 쯧을 맛츠고 종리 간인의 목슘을 슨치 못ㅎ는고 한이 깁더니 금일 조녀의 죽으믈 보니 곽녀를 이 굿틀믈 보면 쾌홀가 ㅎ노라 이리 니르며 냥인이 동포ㅎ더니 조원쉬 비몽스몽간의 조녜 몸의 피를 흘니고 눈의 살을 쏘즈 다라드러 원슈를 안ㅎ며 울어 왈 금셩의 원쉬라 젼셰의 남은 연업이 이셔 비록 그대 칼과 살의 맛츠나 뉘웃부미 업고 그듸의 풍신용화를 따라 그림지 좃듯 ㅎ리니 날노써 그듸 즈식을 죽이다 원슈로 칭ㅎ

나 그듸 즈식이 반셕 굿ㅌ여 집의 도라와시니 내 그대긔 무슴 원슈 잇관듸 살노 쏘아 죽이뇨 이는 촉듸의 다시 머리 업슨 귀신을 삼는다 원쉬 꿈 가온듸나 흉코 분ㅎ여 진력ㅎ여 츠바리미 구으러 벽의 가 업더지거늘 인ㅎ여 씨미 남가일몽이라 스스로 분ㅎ믈 이긔지 못ㅎ여 명일 됴녀의 머리를 촉셩의 드려보내고 그 시신을 강슈의 더지니 강즁 요괴 이셔 밤낫으로 우지즈며 만일 얼골이 미려ㅎ 재 강을 건너면 반드시 요괴 작난ㅎ여 병을 어더 죽는지라 후의

조영운이 강셔대원슈로 강셔왕을 치고 갈 졔 강의 요괴를 업시ㅎ니라 뉵안걸이 영즁의셔 왕비의 승젼ㅎ 쇼식을 기다리더니 믄득 보왈 왕후 낭낭의 머리를 송영의셔 보내고 쌋호믈 직쵹ㅎᄂ이다 촉왕이 그 머리를 보고 대경츠악ㅎ여 놋츨 가리오고 크게 우니 졔신이 간왈 대왕이 쳥승지위로 슈히ㅎ 스미 가온듸 너코져 ㅎ시는 쯧을 품으시고 이졔 일개 부인을 위ㅎ여 이 거조를 ㅎ시니 영웅의 우름이 가치 아니니이다 뉵안걸이 그 머리를 안고

44면

울어 왈 당태종의 영웅으로도 쇼능을 바라 울고 초픽왕의 쟝긔로도 우희롤 니별ᄒᆞ미 쟝즁의 눈물을 나리오니 비록 대쟝뷔나 쇠인즉 만고 일인이오 지죄 일셰의 압두ᄒᆞᄂᆞᆫ 녀즁영걸노 참혹히 죽으니 한과 원을 어대 ᄲᅡᄒᆞ리오 내 왕후로 더브러 사라시미 돈목ᄒᆞ고 유즈싱녀ᄒᆞ여 빅년의 눗분 졍이 이시니 요힝 뜻을 일워 쳔니 강산을 통일ᄒᆞᄂᆞᆫ 훈업을 일울진대 영귀ᄒᆞᆷ믈 누리며 쥬남의 풍화롤 일위혈가ᄒᆞ더니 조운현 역지 내부

45면

인을 버히며 ᄲᅩ아 죽이니 블셰의 원쉬라 내 비록 부유ᄉᆞ히ᄒᆞ고 통일ᄒᆞᄂᆞᆫ 훈업을 셰워 만승을 님ᄒᆞ나 무어슬 귀타ᄒᆞ리오 내 밍셰ᄒᆞ여 운현젹즈의 머리롤 버혀 왕후의 원슈롤 갑흐리라 날이 맛도록 비읍ᄒᆞ기롤 마지 아니ᄒᆞ며 젼녕ᄒᆞ여 명일 숑진과 대진ᄒᆞ고 ᄲᅡ훌시 조양 냥원쉬 병위롤 졍숙히 ᄒᆞ고 좌우 편쟝을 거ᄂᆞ려 일시의 나니 긔특ᄒᆞᆫ 풍치 일광이 됴요ᄒᆞ고 엄숙ᄒᆞᆫ 톄위 텬신이 강림ᄒᆞᆫ 듯ᄒᆞᆫ지라 뉵안걸이 마음이 겁ᄒᆞ고 스스로 분ᄒᆞ

46면

여 싱각ᄒᆞᄃᆡ 젹군의 긔셰 강용이 여ᄎᆞᄒᆞ니 만일 나의 ᄉᆞ랑ᄒᆞᄂᆞᆫ 부인 곳 죽이지 아냐시면 내 항복ᄒᆞ리라 양원쉬 왈 됴녀의 죄 텬죠의 이실 ᄶᅥᄫᅥᆺ터 관영ᄒᆞ니 머리롤 버힐 거슬 텬지 관유ᄒᆞ샤 일명을 빌녀 겨신 고로 금일 너의 반두미 조녀의 일인 쥴 아ᄂᆞ냐 네 싱각ᄒᆞ여 보라 달긔ᄂᆞᆫ 은을 망ᄒᆞ고 포ᄉᆞᄂᆞᆫ 쥬롤 어ᄌᆞ려시니 만일 조녀 곳 아니면 네 이 마음을 결단ᄒᆞ여 부모지국을 반치 아닐 쥴 아ᄂᆞ니 임의 조녀롤 죽이미 엇지 너롤 년좌ᄒᆞ리오 뉵안걸이 양원슈 말

47면

이 엄숙ᄒᆞᆫ 가온ᄃᆡ 화평ᄒᆞ여 젹심이 감동ᄒᆞᄃᆡ 오히려 조녀의 참ᄉᆞ롤 슬허 머리롤 숙이고 왈 원슈의 말이 올흐니 부부ᄂᆞᆫ 오륜의 읏듬이라 이졔 날을 위ᄒᆞ여 죽엇거늘 원슈롤 잇고 화ᄒᆞ며 항복ᄒᆞ면 망인을 져바려 박힝 무의ᄒᆞᆫ 사ᄅᆞᆷ이 될지라 ᄎᆞ마 마음을 도로혀 왕비의 원슈롤 잇지 못ᄒᆞ리로다 양원쉬 대쇼 왈 우리 인의로 교유ᄒᆞ미 역텬

젹지 감히 흔 계집을 스랑ᄒ고 대의ᄅ롤 아지 못ᄒᄂ냐 흔 번 칼흘 들미 네 머리ᄅ롤 시험홀 거시오 흔

48면

번 손을 들미 너의 몸을 밀 거시로대 우리 텬됴ᄂᄂ 슌화로 본ᄒ고 의리로 웃듬ᄒ니 몬져 인덕을 베풀고 위엄을 펼지라 말노써 효유ᄒ대 너 ᄀᄌᄐᆫ 블인이 계집을 스랑ᄒ고 네 종묘ᄅ롤 도라보지 아니니 타일 뉘웃치미 젹지 아니니라 ᄒ고 냥원슈 창을 둘너 겹젼ᄒ니 뉵안걸이 마ᄌ 십여합의 냥원슈의 창법이 신츌귀몰ᄒ지라 뉵안걸이 지당치 못ᄒ여 말을 두로혀 다라ᄂ거늘 싸ᄅᆞ 슈리ᄅ롤 가져 조원슈 블너 왈 궁진흔 도적을 싸로지 아니믄 병법의

49면

이시니 아직 목숨을 스ᄒ라 양원슈 듯지 아니코 대쇼왈 쥐무리ᄅ롤 금일 잡을지라 엇지 파리ᄅ롤 보고 두 번 칼흘 쌔히리오 좌우 쟝스ᄅ롤 격녀ᄒ여 ᄡ호니 촉쟝이 ᄯᅩ흔 진력ᄒ여 ᄡ홀ᄉᆡ 뉵언걸의 아오 뉵안셩길이 만부부당지용이 잇고 빅여근 쳘퇴ᄅ롤 쓰니 촉인이 일홈ᄒ여 후토왕이라 ᄒ더라 형의 급ᄒᄆᆯ 듯고 쳘퇴ᄅ롤 두ᄅ고 진젼의 니ᄅ니 샹뫼 흉참ᄒ고 여력이 과인ᄒ여 외모의 나ᄐᄂ니 조원슈 보고 친히 말을 달녀 합력ᄒ니 냥 원슈의 신

50면

긔로온 창법검슐이 뉵가 형뎨의 강용으로 샹하치 아냐 진실노 스시의 니ᄅ러 승부ᄅ롤 미결ᄒ엿더니 양원슈의 창이 뉵안셩길의 가슴을 지ᄅ미 셩길이 쳘퇴로 창을 밀치나 밋지 못ᄒ여 마하의 써러지니 안걸이 곡왈 나의 동ᄉᆡᆼ을 죽이며 왕비 죽인 원슈ᄅ롤 아니 갑지 못ᄒ리니 조양 이 젹을 버히리라 졍신을 가다듬아 냥 원슈ᄅ롤 취ᄒ더니 뒤히 승샹 번진이 간왈 져의 합녁ᄒ미 대왕이 이기지 못ᄒ시고 후토왕이 죽으미 이졔 가바야이 대젹ᄒ다가

51면

뉘웃치미 젹지 아니리니 회군ᄒ미 맛당ᄒ니이다 뉵안걸이 곤뇌ᄒᄆ로 비분을 참고

군을 믈녀 셩의 드러 굿지 직희고 왕비와 셩길을 부르지져 우니 졔신이 간왈 대왕이 이러흔 거죠를 ㅎ이시니 블가ㅎ여이다 알외나 죵내 듯지 아니ㅎ더라 조양 이원슈 명일 대군을 십니의 진ㅎ고 사룸을 셩하의 보내여 욕ㅎ여 싸호믈 도도되 안걸이 안병부동이러니 년일 슈욕ㅎ니 안걸이 대로ㅎ여 즁장을 거ㄴ려 대젹홀시 조원슈 즐왈 쥐무리 오늘 갑을

52면

벗고 항ㅎ면 살기를 어드려니와 블연즉 머리를 보젼치 못ㅎ리라 안걸이 대로ㅎ여 칼흘 들고 조원슈게 다라들며 왈 몬져 너를 버혀 왕비의 원슈를 갑고 후의 양젹을 잡아 아오의 원슈를 갑ㅎ리라 조원슈 웃고 칼흘 드러 교봉십여합의 조원슈 픠ㅎ여 말을 도로혀 다르ㄴ거늘 안걸이 승셰ㅎ여 싸롤시 양원슈 뒤흐로셔 쳘삭을 안걸의 목을 올가 뒤흐로 져치니 갓바져 말기 허리를 걸쳐시니 원슈 말을 도로혀 원비를 ㄴ리혀 안걸을 잡아 ㄴ리

53면

치니 졔군장시 숑의 항ㅎ니 임의 일젼의 명촉흔 공이 잇ㄴ지라 냥원슈 우어 왈 이런 쇼젹을 아등 냥인이나 대젹ㅎ기 우읍도다 양원슈 왈 오히려 너는 조녀를 졀졔ㅎ여시니 이만 쾌ㅎ미 업거늘 더욱 흥미 업순 도젹이 강한ㅎ미 업스니 신긔 위무를 어듸 시험ㅎ리오 졔장이 칭하왈 원슈의 신뮈 쇽인이 아니므로 흔 번 싸화 뉵가 형뎨를 잡으니 추는 희셰흔 공이라 굿투여 장녀 한마의 슈고를 허비코 빅견간고를 비상흔 후 공이라 ㅎ리잇가 조양 이

54면

인이 잠쇼ㅎ더라 이날 대군을 모라 셩의 드니 빅셩의 곡셩이 진동ㅎ거늘 양조 이원슈 안민 두 ㅈ를 스문의 븟치고 츄호를 범치 아냐 빅셩이 평안ㅎ니 인인이 탄복ㅎ여 인ㅈ의 군이라 ㅎ더라 냥원슈 촉왕의 가쇽을 낫낫치 미고 안걸다려 왈 네 엇지코져 ㅎㄴ다 안걸이 쳥죄ㅎ여 셰셰히 부모버금으로 셤기리이다 양조 이인이 민 거슬 그르고 가쇽을 궁내로 도라보내고 빈쥬의 례로 대졉ㅎ미 냥원슈 덕홰 인명ㅎ여 죽이지 아니믈 감격ㅎ고 왕위를 도로 쥬믈 깃거

흐미 엇지 조녀와 아오의 원슈룰 싱각흐리오 잔치룰 여러 원슈룰 대졉흐고 삼군을 먹이니 즐기는 풍뉘 구쇼의 스마치니 냥원슈 다시 화룰 언약흐고 긱쳥의 나와 슈일을 쉬여 회군홀시 양원슈 탄왈 냥쳔 명승지디룰 남애 흔 번 부러워 보암죽호디 못흐엿더니 이졔 이곳의 니르러시나 이문의 냥친을 싱각흐니 마음이 한가흔 쩨 이시리오 원슈 츠탄왈 인즈의 도리 밧비 도라갈 거시니 비록 명산대찰을 구경흔들 친당의 득승흠도곤 깃브랴 흐믈며 나는

훤초의 나믄 셰월이 젹은이 엇지 숀곱아 기다리시믈 잇고 유산의 한가흐믈 싱각흐리오 양원슈 쇼왈 네 태부인이 비록 년노흐시나 친젼의 군죵이 가득흐니 근심이 업거니와 나는 고독일신이 그림직 쳐량흐고 안항이 외로온지라 몸이 만군진즁의 이시나 안힐흐리오 냥인이 셔로 회포룰 니르며 명일 조됴의 군령을 내여 경셩으로 올시 삼군 쟝졸의 도라올 예긔 살 곳틔여 져마다 즐겨흐고 승젼고룰 울여 믈미둧 느아오니 쏘흔 이 히 구월의 황도의 니르니

라 화셜 조부의셔 냥손과 셔랑을 젼진의 보내고 죤당부모의 넘녀 침식이 편치 못흐더니 믄득 이 곳 쳡음이 니르니 합니 셩녈흐여 치하흐는 쇼리 여류흐고 태부인이 환열대락흐미 미길 곳이 업셔 굴지계일흐여 냥손의 도라오기룰 기다리더니 평남대원슈 조문계의 환경흐는 쇼식이 니르니 조부의셔 환셩이 믈 쓸둧흐여 렬렬흐고 황애 문계의 도라오믈 드르시고 크게 깃거 그 회군흐는 거동을 보고져 흐여 문외의 어가룰 움죽여 마줄시 만조 쳔관이

문무쟉츠로 뫼셔 나갈시 우흐로 텬지 힝흐시미 난게 지젼흐고 슈게 지후흐여 아릭로 녈후군공이 쩌러지니 업시 교외의 영졉흐니 군친이 영졉흐미 문계의 힝되 빗ᄂᆞ믈 알니라 졍히 어막을 비셜흐고 원슈룰 기다릴시 어시의 조원슈 대군을 인흐여 도라오는 마음이 살 곳틔여 문외의 님흐여는 먼니 바라보니 츠쟝이 반공의 다핫고 뇽봉긔싴이

일월이 비최여 츈풍의 나부치ᄂ지라 이 분명이 어개 친림ᄒ시믈 씬다라 삼군을 녕ᄒ여 일시의 결진ᄒ고 만셰

59면

를 부르니 이 ᄢ 승상 초국공과 소쳔 등이 먼니 바라보시 힝군거동을 보시미 긔셰 능ᄒ고 대외 졍뎨ᄒ여 군용이 엄졍ᄒ니 진퇴의 졀차와 결진ᄒᄂ 법되 완연이 한신 조무와 쥬아부의 위풍이 겸젼ᄒ니 샹이 바라보시고 딕열ᄒ샤 졔신을 도라보사 왈 짐의 대장의 힝군거동이 하여오 만뢰 일시의 칭사왈 가히 셩샹 홍복이로쇼이다 샹이 우으사 좌를 쥬어 평신케ᄒ시고 광복시로 셜연ᄒ여 군신이 크게 즐기시고 삼군을 호샹ᄒ시니 뇽싱봉관이 구름을

60면

멈츄고 만됴 쳔관이 다 취식을 씌엿고 졔죄 다 반렬의 이셔 셔로 반기나 지쳑텬안이라 감히 ᄉ졍을 니ᄅ지 못ᄒ고 눈으로써 졍을 보내며 마음으로 말을 숨아 희열ᄒ더라 진 초 이 공이 ᄯᅩᄒ 원슈를 보고 쳘셕지심이나 반가온 ᄉ식이 미우의 유동ᄒ고 원슈 ᄯᅩᄒ 부슉의 얼굴을 보고 가득ᄒ 졍이 심내의 넘지ᄂ지라 화열ᄒ 눗빗과 효슌ᄒ 말이 발치 아니나 ᄂ타ᄂᄂ지라 샹이 옥ᄇ 향온을 가득이 부으사 원슈를 권ᄒ시고 파젹ᄒ던 슈말을 무ᄅ시니 원슈 승시ᄒ여

61면

쥬왈 신이 폐하의 셩조를 밧ᄌ와 젹을 대젹ᄒᄆ 쳔셩이 쇼졸ᄒ고 직능이 쳔박ᄒ니 엇지 신속히 파젹ᄒ믈 ᄯᅳᄒ여시리잇가 운남 젹거죄인 셜강이 남히의 젹거ᄒ연 지 임의 팔구 년이라 신이 나려가미 볫 면목이 의연ᄒ여 그 고초간난이 사름의 탄셕홀 ᄇ라 셜강이 비록 ᄒ외 슈졸이나 태흑ᄉ 지렬의 이셔 텬안을 근시ᄒ여 이군ᄒᄂ 마음과 ᄌ칙ᄒᄂ 뜻이 발분망식ᄒᄆ 밋쳐 스스로 젼졍 맛ᄎ믈 슬워 아니ᄒ고 국은을 져 바리믈 늣겨 님박셔산ᄒ 노모로 더브러 의탁

62면

홀 ᄇ 업셔ᄒ다가 신을 보고 유명지간의 ᄉ쟈를 다시 봄 ᄀᆺᄐ여 군즁의 잠간 ᄯᅡ라가

기를 청ᄒ거늘 신이 시험ᄒ여 다리고 졍벌의 나간 즉 졔 믄득 신긔ᄒᆫ 묘략이 낭뎡으로 흡ᄉᄒ고 튱분을 발ᄒ고 나라ᄒᆯ 갑고져 ᄒ미 년ᄒ여 대공을 일운지라 신이 비록 셜강으로 친ᄒ오나 셔로 히ᄒᆫ 혐의 잇고 실노 관곡ᄒᆫ 졍이 업ᄉ디 사름의 능을 가리오고 직조ᄅ 감초와 셩명의 아로시게 아니키ᄂ 인신의 ᄉ군ᄒᄂ 도리 아니라 ᄒ믈며 인군은 샹벌이 붉은 후의 치화 힝

ᄒ니 신이 감히 긔망치 못ᄒᄂ이다 샹이 쳥파의 의긔현심을 아름다이 너기시고 강하지심과 쳔균대량이며 인인후덕이 ᄉ름의 급ᄒᆫ 거ᄉᆯ 건지미 못밋츨 ᄃᆺᄒᆯ 보시고 크게 칭찬흠복ᄒ여 뇽안이 미미히 함쇼ᄒ시고 즉시 말솜을 답지 아니시니 원슈 부복 왈 신의 쥬시 셜강을 위ᄒ여 녁구ᄒ미 아니라 그 죄명이 업ᄉ면 반ᄃ시 데일공이 될 거시로ᄃ 기 죄 심상치 아닌지라 셩샹의 인덕으로ᄡᅥ 강의 회심ᄒᄂ 덕을 급히 살피시고 놉흔 공뇌ᄅ 어엿

비 너기샤 모ᄌ의 실 ᄀᆺᄐᆫ 잔쳔을 ᄉᄒ샤 고토의 방환ᄒ시미 실노 덕의 무흠ᄒᆯ가 ᄒᄂ이다 말숨이 화평ᄒ고 긔운이 졍엄ᄒ니 샹이 찰혀 보시미 ᄎᄂ 참지졍ᄉ 태ᄌ ᄉ부 조긔현이라 샹이 웃고 칭찬ᄒ샤 왈 경의 말을 드ᄅᄂ니 짐의 마음이 화평ᄒ여 셜강의 죄악인즉 샤키 어려오나 임의 공을 셰우고 개심ᄒ미 잇다ᄒ니 반ᄃ시 허언으로 군부ᄅ 속이지 아닐지라 경 등의 말을 신쳥ᄒ여 강을 샤ᄒ리라 태ᄉ와 원슈 일시의 고두샤왈 셩은이 여ᄎᄒ시니 강

이 빅번 죽어도 갑습지 못ᄒ리로쇼이다 샹이 군졍사의 공뇌 치부ᄒᆫ 거ᄉᆯ 보시미 강의 공이 심상치 아닌지라 즉시 원슈ᄅ 젼임 벼슬과 번국공을 더으시고 셜강을 샤하샤 공으로ᄡᅥ 죄ᄅ 밧고라 ᄒ시니 졍태ᄉ 쇼승샹이 오히려 강을 샤치 못ᄒ리라 닷토거늘 초공이 비로쇼 쥬왈 강의 죄 즁ᄒ나 구타여 버히미 쾌홀 거시 아니오 살싱으로 인군을 권ᄒ믄 실노 신의 ᄯᅳᆺ이 아닌 고로 강을 구ᄒ여 남히의 슈젹ᄒ미 팔구년이 되미 그 곳치미 이신 즉 군부의 호싱지덕으로

66면

샤흐시미 맛당흐니 더욱 공을 슬피미 업스면 샹벌이 공번되미 이시릿가 졍쇼 냥인의
쥬시 관인지덕이 아닌가 흐느이다 샹이 쇼왈 샹부의 말을 드르니 짐의 마음이 환연
흐여 실노 졍쇼 냥 대신의 의논이 쏘흔 국톄 당연흐나 임의 셰월이 오리고 공이 이시
미 죄를 쇽흐믄 국가의 예시라 셜강을 샤흐미 무슴 블가흐리오 이쩌 조원쉬 그 벼슬
이 국공의 니르믈 당흐여 고사흐여 왈 어린 츙셩이 군부를 위흐미 스디를 블피흐는
지라 힝혀 셩샹 흥

67면

복으로 미셰흔 공이 이시나 신의 본직이 임의 지렬이오 아비와 아들이 다 국공을 안
거흔 즉 후셰인이 꾸지줄 쑨 아니라 일셰의 우음을 면치 못홀 거시오니 신본포의로
쟉녹을 도젹흐미 임의 과흐여 스스로 붓그러오미 사름을 대홀 눗치 업스온지라 이졔
엇지 참아 국공위를 밧즈와 신의 명을 지쵹흐고 복을 숀흐리잇가 만일 핍박흐여 신
의 뜻을 아스실진대 오직 산간의 도망흐여 쟉위를 밧잡지 아니리이다 말슴이 쥰졀흐
고 스긔 강렬흐여 만승의 존

68면

과 인군의 위엄이나 핍박흐여 권치 못홀지라 인흐여 탄흐샤 왈 경의 스양이 이럿툿
흐니 짐이 그 고졀쳥심을 탄복흐느니 번국공을 환슈흐고 젼쟉위를 쥬어 경의 마음을
편케 흐느니 경은 안심흐라 비록 그러나 인군의 쟉샹을 홀노 힝흐미 폐치 못홀지라
경의 쇼원이 쟝춧 무슴 일을 힝코져 흐느뇨 비록 미셰지시라도 경의 원을 조추리라
원쉬 부복왈 신이 군친의 은덕으로 일신의 너문 복이 잇스오니 다시 바랄 거시 잇스
올잇가 오직 인군이 귀케흐

69면

시고 아비 낫코 스싱이 가르치미 은혜 가즉흔지라 신이 스승의게 한 일도 갑흐미 업
스오니 신의 쟉샹으로뻐 스승을 갑흐미 쇼원이로쇼이다 태스 긔형 등 형뎨 승시흐여
각각 은덕을 일쿠르니 샹이 의윤흐샤 즉시 위공으로 샹셔후를 봉흐여 일품 녹을 쥬
시고 졔즈를 아름다이 교훈흐여 특별이 대연을 쥬샤 뎨즈 등으로 헌슈흐게 흐시고

쏘 양정렬의 긔특ᄒ미 문계 문현 갓튼 긔ᄌ를 두어시믈 칭찬ᄒ샤 삼일샤연ᄒ고 긔ᄌ를 두어 국가 부쟝삼으믈 찬조ᄒ

70면

시고 명쥬옥빅과 촉단릉나를 쥬어 태부인 위부인을 샹ᄉᄒ고 호호ᄒ 샹총이 일셰의 독보ᄒ니 혁혁ᄒ 은영이 만고의 쳐음이라 승샹이 간ᄒ여도 듯지 아니시고 거개 환궁ᄒ시민 원슈로 ᄒ여금 거ᄂ린 군병을 대오를 거ᄂ려 호위ᄒ라 ᄒ시니 원슈 다시 융복을 졍졔ᄒ고 삼군쟝ᄉ를 거ᄂ려 환궁ᄒ시니 졍긔 빅니의 니엇고 원슈의 동탕ᄒ 풍신이 일광을 아스며 쇄락ᄒ 용뫼 삼군의 ᄶᆡ혀ᄂ니 일대 영걸이라 샹과 진 초 이 공이 희긔 유동ᄒ더라 만셩

71면

빅셩이 엇게를 갈니고 인셩이 훤텬ᄒ여 조원슈의 션풍을 보고 탄복지 아니리 업셔 ᄉ람의 아들을 두매 문계 ᄀᆺ고져 ᄒ더라 샹이 환궁ᄒ시민 졔쟝군졸을 다 노화 보내고 부즁의 도라올ᄉᆡ 진 초 이 공이 압히 힝고 졔죄 니어 일시의 뫼셔 나오니 위의 츄종이 좌우의 니엇더라 샹부의 다다라 명쳔 등 쇼이 문의 나와 빅례ᄒ고 반기며 즐기ᄂ 스식이 안면의 늠ᄭᅵ니 이 가온ᄃᆡ 명윤이 잇ᄂ지라 능휘 경아ᄒ여 밧비 손을 잡고 깃브믈 금치 못ᄒ여 한가지로 드

72면

러와 훤당의 빅알ᄒ고 모친과 슉모긔 졀ᄒ매 희열ᄒ 늣빗치 츈풍이 무르녹고 화ᄒ 긔운이 동일이 다스ᄒ니 그 ᄉ이 존후를 뭇ᄌ오니 북당의 깃거ᄒ시미 일좌를 감열ᄒ니 태부인의 그음업시 반김과 조노공의 부체 만심희열ᄒ미 그지 업ᄉ니 더욱 그 부모지심을 니ᄅ리오 양윤 등 모친이 화협의 희긔 유동ᄒ니 일실지내의 부ᄌ형뎨와 모든 부뷔 샹대ᄒ여 면면이 깃븐 빗치오 셩은의 능셩ᄒᄆᆞᆯ 일ᄏ라 승픠 득실을 일우믈 듯고 진 초 냥공이 두굿

73면

기미 비길 곳이 업고 셜강의 말의 다다ᄅᄂ 초공이 더욱 깃거 왈 녀의 힝싀 용쇽키를

면ᄒ여 거의 군ᄌ현심과 쟝부의 의긔 잇ᄂᆞᆫ지라 내 오ᄂᆞᆯ 죽어도 한이 업ᄉᆞᆯ지라 엇지 다힝치 아니리오 능휘 년망이 샤왈 셩인을 쇼지 하 감당이리잇고 ᄒ더라 시야의 능휘 부슉을 뫼셔 ᄌ고 명일 하긱이 가득ᄒ니 슈응이 분난ᄒ여 ᄉᆞ오일 후 가즁이 고요ᄒᆞ미 능휘 졔부인을 ᄎᆞ례로 무러 쟝신궁즁의 츈풍이 화챵ᄒ니 즐기ᄂᆞᆫ 흥이 믈결을 ᄌᆞ앗ᄂᆞᆫ 듯 화긔 융융ᄒ여

74면

합ᄉ의 가득ᄒ고 태부인과 위부인이 샹샤ᄒ신 금빅을 밧ᄌᆞ오ᄆᆡ 노인의 깃거홈과 양 졍렬이 스스로 불안ᄒ미 우우ᄒ니 실노 초공의 부인이러라 일슌이 못ᄒ여 ᄯᅩ 평촉 쳡뵈 드러오니 양부와 조부의셔 깃부믈 니긔지 못ᄒ고 샹이 크게 깃거ᄒᆞ시더라 구월 회간의 양조 냥원슈 환졍ᄒ여 궐하의 슉샤ᄒ니 샹이 텬문의 조회ᄅᆞᆯ 바드시고 냥원슈ᄅᆞᆯ 보실ᄉᆡ 이 인이 산호배무ᄒᆞᄆᆡ 늠연ᄒᆞᆫ 풍광이 일월의 함긔 븕으며 ᄒᆞᆫ ᄡᅡᆼ 영걸이 현알ᄒ니 신쟝이 ᄎᆞᆼ등치 아니

75면

ᄒ여 진짓 젹슈라 텬안의 반가온 우음을 ᄯᅴ여 왈 경등이 나라흘 위ᄒ여 한마의 슈화ᄅᆞᆯ 피치 아니코 반젹을 삭평ᄒ여 ᄉᆞ쳔의 근심이 업게ᄒ니 아ᄅᆞᆷ다온 츙녈이 이 인의 우히 지ᄂᆞᆫ지라 짐이 무어ᄉᆞ로 갑흐리오 냥인이 지비 샤은 왈 신 등이 국가홍복을 힘 입어 ᄉᆞ쳔 도젹을 멸ᄒ오나 한무의 슈고와 빅젼 간고의 슈고ᄒᆞ미 업시 무ᄉᆞ이 도라 오오니 일신이 폐하의 셩덕이라 신 등이 무ᄉᆞᆷ 공이 잇ᄉᆞ오리잇가 금일 텬안의 조회ᄒ고 셩교ᄅᆞᆯ 듯ᄌᆞ오니 황

76면

공감은ᄒ여 죽을 바ᄅᆞᆯ 아지 못ᄒ리로쇼이다 샹이 흔연이 우으시고 이의 공뇌치부ᄒᆞᆫ 거ᄉᆞᆯ 보시니 운현이 됴녀의 간ᄉᆞ요악을 일일히 고ᄒ니 샹이 크게 통히ᄒᆞ샤 연왕을 폐위셔인ᄒ여 조쥐의 닉치시니 됴애 쾌히 넉이지 아니리 업더라 샹이 닌광으로 ᄉᆞ쳔 후를 봉ᄒ시고 운현으로 계쥬후를 봉ᄒ시니 이 인이 고두녁쳥ᄒᆞ디 샹이 죵불윤ᄒ시고 각각 녯 벼ᄉᆞᆯ의 봉후쟉츠를 더으시니 이 인이 홀일업셔 ᄉᆞ은이퇴ᄒ여 부즁의 도라오니 합개 환희ᄒ

77면

미 비길 곳이 업스지라 당의 올나 태부인긔 비알ᄒ고 조부모와 족친긔 졀ᄒᄆᆡ 각각 녈녈ᄒᆫ 화긔 츈풍이 이의ᄒ니 휘 궤고 왈 ᄒᆡ이 슬하를 쩌ᄂᆞ와 달포 되오니 슉야 경경ᄒᆞ와 침식이 ᄯ도 무미ᄒᆞ옵더니 도라와 슬젼의 졀ᄒ오ᄆᆡ 긔톄안강ᄒ시니 희ᄒᆡᆼᄒᄆᆞᆯ 이긔지 못ᄒ리로쇼이다 ᄐᆡ부인이 흐믓시 반가오ᄆᆡ 눈믈을 머음어 왈 너의 형뎨 거즛 날을 속여 슌무안찰ᄉ로 가노라 ᄒ고 여러 달이 되여도 오ᄂᆞᆫ 쇼식을 듯지 못ᄒ니 나의 ᄉᆞ례 엇지 일시나 이

78면

ᄌᆞ리오 이제 무ᄉᆞ히 파젹ᄒ고 도라오ᄆᆡ ᄎᆞᄂᆞᆫ 국가 대경이어ᄂᆞᆯ ᄯ 죽엇던 명윤이 ᄉᆞ라시니 이런 긔특ᄒᆫ 경ᄉᆞ 어ᄃᆡ 이시리오 계ᄌᆔ휘 대뫼 한업시 반기고 깃븐 쇼식을 밧비 젼ᄒᄆᆡ 진실노 인싱의 쾌활홈과 경사의 즁쳡ᄒᄆᆡ 금일 ᄀᆞᆺᄐᆞ미 업스지라 휜초의 안강홈과 슉친의 반셕 ᄀᆞᆺᄐᆞ미 만심이 환열ᄒ여 슈려ᄒᆫ 미우의 희식이 가득ᄒ고 밧비 뭇ᄌᆞ와 왈 명윤이 엇지ᄒ여 ᄉᆞ라 도라오니잇가 ᄒᆡ우의 파젹이 무ᄉᆞᆷ 깃븐 일이 이시리잇고 다만 존당 부모의 젹덕

79면

여음이라 죽은가 슬허ᄒ던 ᄌᆞ식을 어드니 텬륜의 한이 업스지라 이만 경ᄉᆞ 업도쇼이다 이리 니ᄅᆞ며 쇼아를 슬피니 명윤이 진퇴ᄉ 집의 갓다가 도라오ᄂᆞᆫ 거룸이라 부친의 환경ᄒ여시믈 보고 밧비 나와 지비ᄒ고 실셩비읍ᄒ니 린봉이 교야의 나린 듯 션풍옥골이 완연이 부조의 모양이라 이ᄶᅥ 셩후의 마음이 요요ᄒ고 졍신이 어린 듯 희희ᄒ여 취ᄒᆫ 듯 쟝부의 간쟝이나 아회 우룸을 당ᄒ여 영형ᄒᆫ 미우의 슬프미 니러ᄂᆞ고 봉안의 믈결이 어리니

80면

참연ᄒ여 말을 못ᄒᄂᆞᆫ지라 ᄐᆡ시 졍식왈 금일 존당 부모를 뫼시고 여등부ᄌᆞ 단원ᄒ여시니 희한ᄒᆫ 경ᄉᆞ라 즐거온 마음이 올커ᄂᆞᆯ 무ᄉᆞᆷ 연고로 함비쳑감ᄒ여 부유의 틔를 ᄒᄂᆞ뇨 져런 잔약ᄒᆞ므로 엇지 직상의 쇼임을 ᄒᆫ다 계휘 개용 탄왈 형쟝 말슴이 맛당ᄒ시니 근슈교의 ᄒ리이다 어시의 드듸여 명윤의 ᄉᆞ랏던 곡졀을 젼ᄒᄆᆡ 계휘 ᄯ도

됴녀의 말과 죽이믈 고ᄒ니 일쵀 통한치 아니리 업고 초공이 쇼왈 비록 그러나 죽인 후 시슈좃ᄎ 강슈의 더지

81면

니 너모 심ᄒ도다 어시의 ᄉ쳔후 양닌광이 도라와 부모긔 뵈올ᄉᆡ 양퇴ᄉ 부뷔 반기며 두굿기믈 이긔지 못ᄒ고 별늬를 니르며 휘 ᄯᅩᄒᆫ 구모지여의 친안을 득승ᄒᆞᄆᆡ 회 블ᄌᆞ승ᄒᆞ여 만안츈풍으로 별늬 존후와 가즁ᄉᆞ를 뭇ᄌᆞ오며 즈졍 이 부인의 별후 안부를 무르니 부인이 ᄯᅩᄒᆫ 젼진의 무ᄉᆞ히 환귀ᄒᆞ믈 치하ᄒ니 온담이 간약ᄒ고 ᄉᆞ긔 졍슉ᄒ더라 ᄎᆞ셜 조상부의셔 텬ᄌᆞ 삼일을 샤연ᄒ시ᄃᆡ 초공이 미ᄉᆡ 넘치므로써 쳔연ᄒ더니 비로쇼 태부인 슈셕과 노공부부의

82면

회혼일을 겸ᄒᆞ여 대연을 진셜홀ᄉᆡ 닉외 친쳑과 년인족당이며 만됴 명뷔 ᄀᆞᆺ초와 모드니 연셕이 셩만ᄒ고 부려ᄒᆞ미 비길 ᄃᆡ 업더라 ᄎᆞ셜 쇼경쉬 ᄌᆞ염으로 더브러 금슬항려의 진즁ᄒᆫ 졍이 산히 갓ᄐᆞᄃᆡ 구시와 가니서 셔로 싀투ᄒ고 이황 이녀와 연쉬 이슈 등으로 모계ᄒᆞ여 젼졍을 맛고져 ᄒᆞ므로 조시 ᄉᆞᄉᆞ의 블평홈과 극경이 비길 ᄃᆡ 업ᄉᆞᄃᆡ 더욱 덕을 닥그며 인을 힝ᄒᆞ여 젹인을 싀투ᄒᆞ미 업슬 ᄲᅮᆫ 아냐 슉연ᄒᆫ 명심이 임ᄉᆞ와 흡ᄉᆞᄒ며 간악ᄒᆞᆫ 슉미로

83면

화우ᄒᆞ미 극진ᄒ니 싱이 더욱 감동ᄒᆞᄃᆡ 부인이 질녀를 위ᄒᆞ여 니시를 ᄉᆞ랑ᄒ고 조시를 졈졈 박ᄃᆡᄒᆞᄃᆡ 쇼공이 이즁ᄒᆞ미 범연ᄒᆫ 빈 아니로ᄃᆡ 밧ᄀᆞ로 나타내지 아니ᄒ고 날노 조시의 형셰 위란홀 ᄲᅮᆫ 아니라 쇼싱의 신셰와 형셰 난쳐ᄒ고 괴로온지라 울울이 근심ᄒᆞ여 심위 밋치여시니 쇼싱의 대량이 족히 잘 견대고 치가를 범보둧ᄒᆞ여 례도로 허믈이 업슬 거시로ᄃᆡ 냥미와 연슈의 ᄉᆞ이의 ᄉᆞ싀 맛춤ᄂᆡ 어즈럽고 ᄭᅳᆺ칠지라 ᄒᆞ믈며 양모의 거동이 외

84면

친내쇼ᄒᆞ여 그윽ᄒᆫ 념녀 슉식이 편치 아니ᄒᆞᄃᆡ 녀싟의 마음이 업ᄉᆞ며 지어 조시ᄒᆞ여

는 교칠갓튼 은정이 강잉치 못ᄒ니 주의와 졔인이 조시 후디ᄒᆞᄆᆞᆯ 깃거 아니ᄒᆞ디 쥬야의 샹디ᄒᆞ나 쩌ᄂᆞᆯ 줄을 모ᄅᆞ니 구부인이 편벽다 꾸즛더라 쇼싱이 츙회 빵젼ᄒᆞ고 ᄉᆞ군찰임이 청망이 됴야의 들네ᄂᆞᆫ지라 아츰의 의망ᄒᆞ고 져역의 올ᄆᆞ니 벼슬이 발셔 례부샹셔 태흑ᄉᆞ의 니ᄅᆞ니 조시 비록 나히 어리나 팔ᄌᆞ의 존ᄒᆞᆫ 부귀 혁혁ᄒᆞ니 구고와 블인ᄒᆞᆫ 슉슉이 간계 날노 빅츌

85면

ᄒᆞ여 조쇼져의 급ᄒᆞᄆᆡ 이시나 조시 안싴을 화평이 ᄒᆞ고 긔운을 쳥정이 ᄒᆞ여 일호 ᄉᆞ식이 업고 십일삭만의 긔ᄌᆞᄅᆞᆯ 싱ᄒᆞ니 부모를 습ᄒᆞ여 영긔 발월ᄒᆞ여 쳔고 긔동이라 강능휘 쳔만 환열ᄒᆞ여 드ᄃᆡ여 조시로 원위ᄅᆞᆯ 두고 아ᄌᆞ로 쟝ᄌᆞ 삼기ᄅᆞᆯ 결단ᄒᆞ니 모든 블인이 졀치통ᄒᆡᄒᆞ여 조시로 ᄒᆞ여금 셰샹의 용납지 못ᄒᆞᆯ 죄목으로 죽일 쇠ᄅᆞᆯ 쥬ᄉᆞ야탁ᄒᆞ더니 조부 연셕의 양졍렬과 졍슉렬이 쇼부 여러 부인ᄂᆡᄅᆞᆯ 다 쳥ᄒᆞ니 쇼부 냥가의셔 다 모

86면

둣ᄂᆞᆫ지라 연셕의 셩만ᄒᆞᄆᆡ 쳔고의 희한ᄒᆞ여 믈식의 쟝려홈과 긔구의 풍비ᄒᆞᄆᆡ 비길 대 업ᄉᆞᆫ지라 진 초 이 공이 영친ᄒᆞᆯ 쑌 아니라 평능후의 공업으로 태부인긔 슈셕을 더으시고 겸ᄒᆞ여 태부인의 진일이라 긔구의 쟝려ᄒᆞᄆᆡ 쳔디의 측냥업ᄂᆞᆫ 즁 례부의셔 잔치ᄅᆞᆯ 대졉ᄒᆞ더니 니부형뎨 영광이 고금의 읏듬이라 내외 빈긱이 그 슈ᄅᆞᆯ 혜지 못ᄒᆞᆯ네라 임의 대연을 진셜하고 ᄂᆡ외 무슈ᄒᆞᆫ 빈긱이 광실이 터질 듯ᄒᆞ더니 노공이 쥬셕의 좌ᄅᆞᆯ 일우고

87면

이ᄌᆞ와 뉵셰 다 왕공의 위의와 후빅의 관면으로 참녜ᄒᆞ고 태ᄉᆞ 여러 형뎨와 양닌광 등 ᄉᆞ인이 쇼경슈 등 삼인으로 다 후빅의 관면을 갓초와 좌우로 셩렬ᄒᆞ여시니 금옥 관잠과 홍포옥디 일시의 쇼ᄅᆡᄅᆞᆯ 년ᄒᆞ여 하례ᄒᆞ고 믈결을 희롱ᄒᆞ고 조노공 부뷔 녜좌의 몸을 두로혀 태부인긔 뵈옵고 진 초 이 공이 이의 좌우로 뫼셔시니 태부인이 희블ᄌᆞ승ᄒᆞ여 위부인의 손을 잡고 칭찬왈 현뷔 나의 슬하의 니ᄅᆞ러 셰월이 여류ᄒᆞ여 쟝ᄎᆞᆺ 뉵십지년의 니ᄅᆞᆫ지라 슉

88면

연훈 셩덕은 쥬국삼모를 벗홀지라 여러 십년의 한 허믈을 보지 못ᄒ고 ᄉ덕이 겸비
ᄒ고 오복이 구젼ᄒ여 내 집을 흥ᄒ고 문호를 챵ᄒ니 추는 현부의 공이라 노뫼 엇지
한 잔 술을 앗기리오 ᄒ고 상을 나오혀 눈흘시 태부인이 깃부믈 이긔지 못ᄒ여 도로
혀 셕연타루 왈 금일 희한ᄒ 경ᄉ를 내 홀노 사라 보니 셕년의 내 쇼텬을 여희고 고
고하더니 너희를 셩인치 못ᄒ여 궁텬지통이 텬디 어둡고 오며 가는 쥴을 모ᄅ던 졍
ᄉ로 오늘날 희한ᄒ 경ᄉ를 볼 쥴

89면

을 알니오 ᄌ손이 슬하의 션션ᄒ여 각하의 가득ᄒ여시니 진실노 곽분왕을 부러 아니
홀지라 노뫼 힁년 구십여셰의 영효를 갓초 보고 금일을 당ᄒ니 이졔 죽어도 낫치 이
실지라 무슴 한이 이시리오 좌우 빈긱이 나렬ᄒ여 치하 분분ᄒ니 진 초 이 공이 년긔
오히려 ᄉ십 츈광이로디 쇼년의 감치 아냐 일월 ᄀ튼 안광과 빅옥 ᄀ튼 긔뷔 시로이
긔이ᄒ여 오늘 시롭더라 어시의 연셕의 풍악이 졔진ᄒ고 일광이 반오의 례관이 니ᄅ
러 태부인긔 헌슈ᄒ고 시

90면

각이 림ᄒ미 조노공이 허다ᄒ ᄌ손을 거느려 입내ᄒ엿더니 이쩍 내연이 외연과 달나
일일히 졔긱이 쟝니로 들고 친권만 셩렬ᄒ여 관광홀시 위부인이 삼녀와 졍연최 삼비
와 금션이며 양윤왕 삼부며 모든 손부손녀들을 거느려 슌태부인 좌셕을 도도고 허다
ᄌ손이 헌쟉홀시 몬져 노공 부뷔 잔을 드러 태부인긔 헌슈ᄒ미 태부인이 잔을 바다
흔희ᄒ믈 이긔지 못ᄒ더라 부뷔 좌의 나아가니 ᄌ부녀셰 ᄎ례로 슈빈를 날녀 태부인
과 노공 부부긔 강

91면

릉의 슈를 빌시 쟝셔안우후참지졍ᄉ 셕문이 오ᄌ삼녀를 거느려 부인 조시로 더브러
헌쟉ᄒ미 단졍엄즁홈과 쇄락ᄒ 명광이 쇼년의 빗츨 아ᄉ며 ᄌ셔녀부의 특이ᄒ미 닌
봉옥슈 ᄀ트니 명ᄉ 지상이 당즁의 가득ᄒ고 졔뷔 다 각각 ᄌ녜 셩만ᄒ여 부려ᄒ고
셩만이 비길 대 업는 디 호부샹셔 농두각 태혹ᄉ 뉴쉬 뉵ᄌ 일녀를 거느려 부인 조시

로 더브러 헌쟉ᄒ니 뉴공의 니두의 자품과 부인의 빙ᄌ광염이 쇼년의 지ᄂ고 뉵지
일셰의 다 지렬의 이셔 쳥현을

92면
ᄌ임ᄒ고 개개히 쥰이늠늠ᄒ여 일셰의 ᄲ혀ᄂ니 뉴공의 ᄌ손이 거의 부귀ᄒ미 호호
ᄒ더라 삼녀 례부샹셔 강능빅 쇼계현이 칠ᄌ삼녀를 거ᄂ리고 부인 조시로 더브러 헌
쟉ᄒ니 쇼부의 늠연쇄락ᄒ 풍치 일대호걸이오 ᄌ손이 개개히 ᄲᅢᆫ혀ᄂ니 쟝ᄌ 쇼경이
벼슬이 우복야의 츄밀ᄉ를 겸ᄒ여 샹총 믈망이 졔ᄌ로 일반이라 ᄎ례 진왕긔 다다ᄅ
니 군왕의 면복을 ᄀᆺ초고 유리빅를 밧드러 남산슈를 츅ᄒ니 풍광이 늠연쇄락ᄒ여 엄
즁ᄒ 톄위 뇌락ᄒ 긔샹

93면
이 츄월의 광휘와 동텬의 놉ᄒ미 이시니 쳔츄의 렬쟝부오 일셰 영웅이라 노공부뷔
입이 벌고 태부인 두굿기미 형용치 못ᄒ더라 조노공이 잔을 븟들고 등을 두다려 취
즁의 우음을 면치 못ᄒ니 일좨 노공긔 긔ᄌ 두믈 치하ᄒ니 조노공이 치하를 ᄉ양치
아니ᄒ더라 ᄎ례 초공긔 다다ᄅ니 승샹 초국공이 승샹의 관복으로 옥비의 향온을 부
어 밧드러 강릉의 슈를 츅ᄒ니 풍광이 온즁침묵ᄒ고 단일졍직ᄒ고 츙심은 졔셰안민
지지를 감초와시니 태부인

94면
과 조노공이 두굿기믈 이긔지 못ᄒ여 잔을 바다 흔연이 먹으니 초공이 믈너ᄂ미 진
왕의 쟝ᄌ 태ᄌ 태ᄉ 참지졍ᄉ 홍문관 태흑ᄉ 긔현이 홍포금ᄃ로 슈졍빅를 밧드러
남산슈일곡을 부르니 가셩이 쳥아ᄒ고 온즁ᄒ 긔샹은 초공슉부와 흡ᄉᄒ고 팔쳑신
쟝이 늠연ᄒ고 츄슈졍긔와 경륜지략과 긔린이 조야의 ᄂ린 듯ᄒ고 안ᄌ의 호흑과 뎨
슌 증ᄌ의 효가 가즉ᄒ니 노공이 흔연이 잔을 밧고 쟝손이 이ᄀᆺ치 쳔니 긔린이믈 탐
흑과이ᄒ여 근근ᄒ 졍이 미우의 유동ᄒ

95면
믈 감초지 못ᄒ더라 태시 부복이퇴ᄒ니 리부샹셔 홍문관 태흑ᄉ 참지졍ᄉ 평능후 유

현이 주금포의 통텬셔디룰 쯱고 슈비룰 밧드러 일곡을 다하니 청원한 가성의 쟝공의
어리고 동탕한 풍광은 만좌의 쇼스느니 팔쳑신쟝의 가득흔 풍뫼 늠늠쥰미하여 긔린
이 교야의 울고 봉황이 고운의 우니 호상한 긔운이 운쇼의 오르고 츄텬의 샹연흔 긔
운으로 츄슈의 졍긔라 텬디지광은 덕량이오 하히지심은 그 깁회라 쳔고 영쥰이라 만
좨 용화룰 우

러러 관경을 삼으며 존당 조부뫼 능후의 다다르는 입이 벌고 희긔 미우룰 동하니 집
슈 과이하여 은근흔 졍이 톄면을 일흘지라 태흑스 참지졍스 영현이 주포옥디로 진쟉
하니 옥안영풍이 옥즁 반옥이오 화즁왕이라 츄텬계슈오 셩힝이 홍진의 버셔느니 안
주의 호학과 뎨슌 즁주의 효룰 싸룰지라 병부샹셔 문연각 태흑스 계쥬 우후 운현이
금포옥디로 강능의 슈룰 가하니 청원한 셩음은 구쇼의 봉이 울고 쇄락한 용화는 빅
월이 줍텬의 두렷하고 봉안잠

미의 발월흔 긔샹이 일디 호걸이라 단슌호치의 관옥지모와 격션지풍이 반하의 고은
거슬 능만하고 송옥의 식된 거슬 더러이 너기는지라 슈려흔 용광과 연연흔 풍되 일
좌의 동하더라 례부샹셔 홍문관 태흑스 광현이 홍포옥디로 슈비룰 나오니 텬디의 슈
츌흔 긔운이 흉즁의 어리고 일월지광이 안치의 조요하여 늠늠흔 신쟝의 편편흔 풍치
금당의 일쳔 양뉘 휘드르며 고은 용홰 츈원의 일빅 화신이 휘듯는 듯 츄슈졍신과 빈
빈흔 덕홰 칠십주의 우히 이

시니 일셰의 현인이오 도흑군지니 만일 그 부친 초국공이 아니면 대젹하리 업스니
노공이 얼굴을 슈렴하고 칭찬 왈 셰샹의 덕 쇠하여 진짓 셩현을 보지 못하더니 너의
부주의 다다르는 공밍의 후룰 이룰지라 엇지 오가의 유경이 아니리오 례뷔 블감고샤
하고 퇴좌하매 문현각 태흑스 문현이 주포오스로 옥비룰 헌하니 청월흔 옥안의 풍광
이 빅일의 츄텬이 놉하시니 완즁흔 긔질과 침묵흔 도덕의 증밍의 놉흔 효와 곽분양
의 유복이 잇는지라 도덕톄위 진

99면

실노 노부형의 여풍이라 부모 존당이 긔이ᄒᆞ믈 마지 아니ᄒᆞ더라 태흑ᄉᆞ 샹현이 ᄌᆞ포 옥ᄃᆡ로 헌슈ᄒᆞ니 빗ᄂᆞᆫ 용화ᄂᆞᆫ 화시의 보벽이오 묽은 긔골은 츈풍의 화류 ᄀᆞᆺᄐᆞ니 단 아흔 거조와 쇄연흔 풍신이 일셰 긔남지라 존당부뫼 심ᄒᆞᆼ이ᄒᆞ더라 동평쟝ᄉᆞ 봉현이 일 승옥비로 헌슈ᄒᆞ니 슈앙흔 도와 호샹흔 긔질이 옥쉬 풍젼의 림ᄒᆞ고 화쉬 츈풍의 의 의홈 ᄀᆞᆺᄐᆞ니 특이흔 풍광이 일대 호걸이라 조부모 등이 두긋기오믈 이긔지 못ᄒᆞ더라 시강흑ᄉᆞ 슈현이 ᄌᆞ포옥ᄃᆡ로 진헌ᄒᆞ

100면

니 관옥지모와 젹션지풍이 발월호샹ᄒᆞ여 일대 영걸이오 긔묘ᄒᆞ더라 우부도어ᄉᆞ 겸 츈방흑ᄉᆞ 희현이 홍포옥ᄃᆡ로 진헌ᄒᆞ니 슈려흔 명광이 츈ᄒᆡ 웃ᄂᆞᆫ 듯ᄒᆞ고 쇄락흔 풍치 ᄂᆞᆫ 긔린이 우마 즁 노난 용화의 픠 즁즁의 쒸여ᄂᆞ니 일대호풍이 침항뎐의 취ᄒᆞᄂᆞᆫ 듯 인인이 칭이ᄒᆞ더라 문연각 직흑ᄉᆞ 웅현이 금포오ᄉᆞ로 헌슈ᄒᆞ니 야야흔 톄격은 눙봉 의 지질이오 슈려흔 용화ᄂᆞᆫ 츄월의 샹연홈과 쥰앙흔 풍치 일셰를 압두ᄒᆞᄂᆞᆫ 영쥰이라 부모 존당이 특별이

101면

이즁ᄒᆞ더라 츄밀ᄉᆞ 아현이 쟉을 헌ᄒᆞ고 축슈가를 부르니 용모의 미려ᄒᆞᆷ은 진상국으 로 다듬으미오 풍치 늠늠ᄒᆞᆷ은 계쉬 츈풍을 쒸여시니 온즁흔 거조와 언건흔 위인이 공밍안증을 법ᄒᆞ여 슉긔ᄒᆞ여 셩현의 픔질이오 례뫼 빈빈ᄒᆞ여 부형의 아릭 잇ᄂᆞᆫ지 알 지라 존당 부뫼 취즁과이ᄒᆞ여 잔을 밧들고 등을 어ᄅᆞᆫ만져 이즁ᄒᆞ더라 례부시랑 봉현 이 홍포금ᄃᆡ로 헌쟉ᄒᆞ니 풍광이 동탕ᄒᆞ여 홍일이 동녕의 오르며 츄월이 즁텬의 놉하 시니 팔쳑경뉸

102면

의 치붕낭익이며 츈산의 묽은 거시 산쳔슈긔와 졍믹을 가져 안방뎡국지직를 쟝ᄒᆞ고 츌텬흔 츙효ᄂᆞᆫ 외모의 현츌ᄒᆞ더라 시어ᄉᆞ 화현이 홍금포 모ᄉᆞ로 슈비를 헌홀ᄉᆡ 헌앙 흔 풍치 양뉴가 휘듯ᄂᆞᆫ 듯 슈려흔 용ᄒᆡ 빅년이 남풍의 웃ᄂᆞᆫ 듯 냥안이 흐르ᄂᆞᆫ 별 ᄀᆞᆺ ᄐᆞ니 쥬슌이 단ᄉᆞ를 먹음어 졔ᄒᆡ 칙칙 칭션ᄒᆞ고 일언을 일콧지 아니리 업고 하ᄂᆞᆺ토

쎠러지니 업셔 져를 보아 나은 줄을 모르고 이를 보와 긔특흔 줄 모르니 우렬이 업더라 금문직ᄉ 관현

103면

과 한림흑ᄉ 례현과 즁셔샤인 칠현이 다 각각 금옥군ᄌ로 화풍옥슈를 드러 각각 일비로 헌ᄒᄂ고 가셩이 렬렬ᄒ여 침음정슉ᄒ고 인ᄌ효우ᄒ여 각각 단쳐와 곡죄 다ᄅ나 개개히 일셰 긔남지라 쳘슈문 윤션희 양닌광 쇼경슈 요셕경 진환이 졍태화 등 녀셰 일시의 니러나 각각 잔을 드러 헌쟉ᄒ고 츅슈가를 젼ᄒ니 일곱 지샹이 다 빅옥 ᄀᆺ튼 귀 밋히 홍포오스며 금인치싴 오시 관잠을 둘너 늠늠흔 신쟝의 홍금을 가ᄒ고 옥ᄃᆡ를 둘너시니 츄월명광이며 츄슈

104면

졍신이 다 각각 길츌영오ᄒ며 침즁온즁ᄒ여 경텬위디ᄒᆞᆯ 지략과 광대흔 긔품이 명공 긔경의 긔샹이오 과도흔 귀격이 외모의 현츌ᄒ여 낭미 강산의 문명이 영영ᄒ고 덕홰 빈빈ᄒ니 옥면은 일륜명월이 즁텬의 한가ᄒ고 년화냥협의 혁혁흔 광치 만좌를 븕히고 겸ᄒ여 만복의 쳡쳡흔 문쟝은 챵히의 넉넉ᄒᆞ미 잇고 츙효례힝은 셩현지풍이 가득ᄒ니 진짓 슈신셥힝의 금옥군지라 칠인이 개개히 영쥰호걸이 아니면 금옥군ᄌ로ᄃᆡ 칠인 즁 쇼ᄉ

105면

ᄂᆞ며 특이흔 쟈ᄂᆞ 양쇼 낭인이라 평진왕의 셔ᄌ 오인이 쏘흔 슈헌을 참예ᄒ고 경연최 금션과 양윤왕 삼부인과 녀부를 거ᄂᆞ려 일시의 헌쟉ᄒᆞᆯ시 경연양윤의 한업ᄉ 태도와 무궁흔 명광을 싴로이 니를 비 아니라 졔부인의 화안월빈이 진셰의 업ᄂᆞᆫ 태되오 고인을 압두ᄒ고 그 즁의 쳔고를 넉슈ᄒ여도 희한ᄒ고 덕셩이 슉연ᄒ여 쥬국셩비로 샹우ᄒᆞᆯ 쟈ᄂᆞ 쇼시 졍시 남시 화시 뉴시 진시 쳘시 셕시 조시 등이라 십인이 텬향국싴이 쳔고의 독보ᄒ고 셩힝ᄉ덕이 일국

106면

의 ᄲᅢ혀ᄂᆞ니 냥존당과 진 초 이 공이 ᄌ부의게 다다ᄅᆞᄂᆞᆫ 두굿거오믈 이긔지 못ᄒ여

웃는 입을 쥬리지 못호더라 초례 녀아의게 밋쳐 철성의 쳐 후념이 성장화복으로 잔
을 드러 헌호니 풍치 거동이 갈스록 흉참호여 흔면둔질이 볼스록 초악호나 오히려
견주로 쳐신힝동이 내도호니 조부뫼 경계호여 부덕을 닥그라 호더라 양성의 쳐 월염
이 화관월픠로 일품 명부의 복식을 굿초와 헌슈호니 쳔틱만광이 일식의 바이고 츄슈
빅년이 향슈롤 토호는

107면

닷 벽공의 쇼월이 광치롤 흘니니 냥안은 쥬국셩비의 너른 덕냥을 감초왓고 팔치뉴미
는 신긔흔 지긔롤 씌여시니 화흔 긔운은 흔 덩이 홍일이오 텬연슈려호믄 빅옥을 치
싁흔 닷 명쥬 쇼담호고 곳치 웃는 닷 일대슉녀오 녀즁영걸이라 만좌 홍분 즁 셧기미
오작 즁 신됴오 초림 즁의 모란이니 노공이 잔을 밧고 어르만져 쇼왈 오녀는 당금 철
뷔라 당년의 우리 근심호던 일이 도로혀 가쇼로와 어려온 가부룰 잘 셤겨 셕한을 두
지 아니호고 스덕이 곳다

108면

온니 양낭이 셕목인들 감동치 아니하랴 동렬을 화우호미 임스의 풍이 이시니 각별이
아름다이 너기노라 조시 비샤호고 믈너느니 윤싱의 쳐 옥염이 화안셩모의 성장을 다
스려 슈비롤 나오니 쟉요흔 태되 명쥬러라 온슌흔 긔질이 텬연흔 셩덕으로 일대 슉
완이라 존당 부뫼 이지즁지호더라 쇼싱의 쳐즈 염이 잔을 드러느오니 금년을 옴기미
일쳑 셰요는 촉나로 묵거시며 비봉냥익이 아아호여 등션홀 닷 먼니 바라보니 찬란비
무호여 부샹의 홍일이

109면

오르며 오치 영영호여 이목이 현황호니 쌍셩은 츄파의 효셩이 빗최고 셩견운빈은 치
운이 어리고 진슈 아미는 샹운이 이이호니 목단이 취우의 져진 닷 광윤흔 빗치 창히
오쥐 긔운을 토호는 닷 션심인덕이 외모의 현출호니 가슴의 무궁흔 덕이 셩즈로 흡
스호니 당금슉녀오 녀 즁요슌이라 만면화긔 츈풍을 회롱호고 정슉흔 긔질이 일신을
둘너시니 태산이 암암호고 대히 호호호여 그 가롤 여어보지 못홀네라 검쇼호미 금옥
으로 쟝식호니도곤

110면

더으더라 봉관화리의 빵난금잠이 졍졀ᄒ고 원삼ᄌ하의 ᄌ옥이 징연ᄒ니 슉슉ᄒ 례모와 빈빈ᄒ 졀치 좌즁홍분의 섯기지 아냐 ᄒ 신션이 쇽셰의 ᄂ린 ᄃᆺᄒ니 존당이 만심 긔이ᄒ고 초공의 단묵ᄒ므로도 ᄌ염의게 다다ᄅᄂ ᄌ연 흠이ᄒ여 집슈 흔연위로 왈 내 아히 ᄒ 번 문을 ᄂᆷ니 귀근ᄒ미 업스니 부ᄌ지졍이 난연ᄒ나 녀ᄌ유힝이 원부모형뎨라 ᄎᄌ미 업더니 금일 만ᄂ니 아히 밧고여 어른이 되고 풍용이 더욱 승졀ᄒ니 녀ᄌ의 용식은 ᄌ고로 깃

111면

분 거슨 아니오 힝혀 홍안이 히ᄅᆯ 면치 못홀가 ᄒ노라 쇼졔 안셔히 배샤코 머리ᄅᆯ 슉여 잠간 싱각ᄂ 빗치 이시니 그 부슉의 현명ᄒ시므로 오히려 ᄌ긔 대홰 당젼ᄒ여시믈 ᄭᆡᄃᆺ지 못ᄒ시믈 모로미러라 됴싱의 쳐 명염이 홍금상을 스을고 촉나삼을 붓쳐 나아오니 빅태 만염이 제형으로 일반이라 츈원의 ᄭᆺ봉아리 혜풍의 우으며 일륜 홍일이 옥누의 바이니 쳥향국식이 일셰의 희한ᄒ니 안일ᄒ 덕조와 슉요ᄒ 긔질이 일졔 무빵ᄒ 슉녜라 부모의 면면

112면

이 두굿기믄 한 업더라 진싱의 쳐 쳘염 쇼졔 옥비ᄅᆯ 밧드러 나오니 쇼담가려ᄒ 태되 녹파의 잠긴 부용이오 셜상한미 한풍을 ᄯᅴ여시니 쳔태만염이 쳔고가인이라 조부뫼 보니마다 두굿겨 흔연이즁ᄒ더라 졍싱의 쳐 희염이 옥슈의 잉무비로 헌슈ᄒ니 슈려 쇄락ᄒ 풍도와 풍완호질이 일대 홍년이 취슈ᄅᆯ 썰친 ᄃᆺ 텬연ᄒ 덕셩과 활발ᄒ 쳔고 긔질이 녀즁영웅이오 님하의 ᄉ군지라 진 초 이 공이 어ᄅᆷ만져 칭찬 왈 네 엇지 이 갓튼 긔질노 남ᄌ

113면

못되여 홍상분디의 녹녹ᄒ 녀ᄌ 되엿ᄂᆫ뇨 좌위 대쇼왈 십ᄌ와 또 칠지 오히려 부족ᄒ와 남ᄌ 못되믈 한ᄒᄂᆫ뇨 공이 잠쇼 왈 위인이 남이 되지 못ᄒᆷ믈 니ᄅ미로쇼이다 ᄒ더라 녀셔 등가지 ᄎᄎ 헌슈ᄒᆷ믈 ᄆᆺᄎ미 남좌녀우로 분ᄒ여 뫼셔시니 남아ᄂ 개개히 태을션군이오 녀아ᄂ 요지금뫼라 개개히 츌인ᄒ니 좌우 빈긱이 흠앙치 아니리 업

더라 헌슈ᄒ기를 파ᄒ고 졔죄 노공을 뫼셔 밧그로 나가니라

조시삼대록 권지이십칠

1면

화셜 헌슈를 파ᄒ미 졔죄 노공을 뫼셔 밧그로 나가니 모든 내긱이 일시의 나와 럴좌
ᄒ미 위부인이 모든 녀ᄋ의 친구며 계부의 ᄌ모를 대ᄒ여 한화홀ᄉ 양졍렬이 강릉후
부인 구시를 보니 텬연ᄌ약ᄒ고 아리ᄯ온 태도의 경국지ᄉ긱을 겸ᄒ여 인ᄉ 혜힐ᄒ고
말ᄉᆷ이 민쳡ᄒ며 일셰 지녀가인이로ᄃ 다만 복듕의 니검을 감초고 싀호지심과 간힐
ᄒ 졍티 범뉴 등은 아지 못ᄒ나 양졍렬의 조마경

2면

갓튼 안치의 ᄒ 번 보미 십분 ᄎ악ᄒ여 혜오ᄃ 녀ᄋ로 드ᄃ여 고식이 셩졍이 내도ᄒ
니 필경이 큰 ᄉ단을 니로혀리로다 조초 쇼샹셔의 두 부인을 보니 구시는 초강젼도
ᄒ여 교우편협ᄒ 녀지오 니시는 싀티 흔란ᄒ고 거지 민쳡ᄒ나 안모의 독긔 가득ᄒ고
미간의 음참ᄒ 긔운이 어릭여 한나라 여후와 당나라 무측쳔의 음난픠도를 가졋고 ᄒ
믈며 면목이 익으니 져 니시 비록 양조 이 인을 모를지라도 엇지 곽시을 알니오 ᄒ여
단장을 치례ᄒ고 안

3면

연이 낫츨 드러 연셕의 참예ᄒ여 셩음을 곳치고 태도를 지어 간악ᄒ 거동과 음난ᄒ
졍태 결쳥ᄒ 부인내로 참아 보지 못홀네라 양부인 명감으로 엇지 곽시를 몰나 보리
오 십분 경히ᄒ고 만분 ᄎ악ᄒ여 눈을 옴기지 아니ᄒ더니 조시 월염이 아라보고 불
승히연ᄒ여 짐ᄌ 언어로 슈긔ᄒ니 음셩을 곳치니 엇지 모ᄅ리오 ᄌ긔를 함히ᄒ고 유
아를 독살ᄒ 찰녀 곽시라 조시 ᄎ악경히ᄒ미 ᄌ가의 환이 ᄌ염의게 옴기믈 ᄉᆼ각ᄒ니
종일토록 경

4면

경불화ᄒᆞ더니 양부인이 다시 평진후의 냥부인을 슬피니 윤부인은 질투잔잉ᄒᆞ고 능히 못홀 일이라도 홀 터이오 실노 일홈 아리 헷되지 아니며 쇼경쉬 평진후의 아들노셔 이럿툿 ᄒᆞᆷ을 이달나 ᄒᆞ더라 날이 늣고 만좨 셩렬ᄒᆞ고 샹을 올니매 슌비ᄅᆞᆯ 돌니러니 홀연 쇼싱 쳐가 니시 잔을 마시고 져ᄅᆞᆯ 드러 두어 가지 진슈ᄒᆞ더니 홀연 긔운이 막혀 업더지니 구부인과 이황 등이 다라드러 구휼시 이황 등이 쳔고의 공교흔 쇠ᄅᆞᆯ 운동ᄒᆞ미 피ᄅᆞᆯ 뭉키여

5면

말뇌여 ᄉᆞ미 가온ᄃᆡ 너코 왓다가 니시ᄅᆞᆯ 구흘 ᄶᆡ의 가마니 너허 사름이 두어 ᄃᆡ 흐르ᄂᆞᆫ 피ᄅᆞᆯ 갓 흐ᄅᆞᄂᆞᆫ ᄃᆞ시 흘니고 형식이 위급흔 톄ᄒᆞ니 쥬직이 다 경황ᄒᆞ여 붓드러 ᄶᆡ올 시 이황이 발을 굴너 글오ᄃᆡ 이 쇼졔 본대 긔질이 견강ᄒᆞ고 긔운이 조토니 엇지 불의 엄홀ᄒᆞ고 토혈ᄒᆞᄂᆞᆫ 묘단이 이시미로다 필연 음식의 독이 잇던가 쥬부인이 졍식 왈 질ᄋᆞᄂᆞᆫ 요망지언을 말나 일시 긔운이 막힐 ᄯᆞᆫ이라 엇지 듕독ᄒᆞ리오 ᄲᆞᆯ니 집의 가 구ᄒᆞ미 올흐니 이 곳의

6면

셔 어즈러온 말을 ᄒᆞ여 만좌의 고이ᄒᆞᆷ믈 일우지 말나 구부인이 낭즁으로 히독약을 내여 온슈의 화ᄒᆞ여 입의 너으니 이윽고 숨을 내쉬며 졍신을 ᄎᆞ리거ᄂᆞᆯ 급히 덩의 다마 본부로 보내고 이황 등이 ᄎᆞ악흔 형샹으로 샹시ᄒᆞᄂᆞᆫ 거동을 ᄒᆞ거ᄂᆞᆯ 연황이 의심ᄒᆞ여 냥뎨ᄅᆞᆯ ᄌᆞ로 도라보니 연슈의 쳐 교시 왓고 녀황이 급ᄉᆞ낭즁의 경문의 종뷔 되엿ᄂᆞᆫ지라 교시ᄂᆞᆫ 연슈의 나히 십여 셰로ᄃᆡ 구시 밧바 셩혼ᄒᆞ여 교무의 녀ᄅᆞᆯ 취ᄒᆞ니 교시 유한졍뎡ᄒᆞ여 간

7면

악ᄒᆞᆷ믈 담지 아니ᄒᆞ니 쇼공의 형뎨 ᄎᆞ탄ᄒᆞ나 연슈 ᄯᆞᆺ의 불합ᄒᆞ여 ᄉᆞ졍이 믹믹ᄒᆞ고 구시 이달나 ᄒᆞ더라 이 ᄂᆞᆯ 니시의 긔졀ᄒᆞᆷ믈 보고 불승ᄎᆞ악ᄒᆞ고 교시 나히 어리므로 근본을 아지 못ᄒᆞ고 의아ᄒᆞ여 쇼공 등을 보고 의심ᄒᆞᄂᆞᆫ 거동을 고이히 너기더라 양부인이 흉모ᄅᆞᆯ ᄶᆡᄃᆞᄅᆞᆷᄆᆡ 더욱 한심ᄒᆞ고 녀ᄋᆞ의 화ᄅᆞᆯ 졔방홀 도리 업ᄉᆞᆫ지라 쥬 구 냥

부인을 대호야 왈 부인이 조부를 거노려 니르러 광채를 빗뇌시니 쳡 등의 영화여늘 의외의 니부인의 엄홀호

8면

시믈 경악호온지라 원내 니부인 츈츄 언마노 호시니잇고 그 친당의 형뎨 여러히시며 사랑 친네시며 양녀룰 모로오니이다 구시 흔연 소왈 우연이 긔운이 막히미라 엇지 존부인의 불안호미 이시리잇고 니시는 부뫼 갓지 못호여 편모만 잇고 니가의 친싱의 긔츌 어이 다 앗가 경조훈 녀직 토혈호믈 보고 비록 즁특을 넘녀호나 이 곳의 뉘 히호리오 호믈며 존문의 경소를 당호여 즐기시는 바의 엇지 이런 의심을 발호여 즁심을 현혹호리잇고

9면

부졀업시 조부를 거노려 니르믄 슈츠 쳥호시는 후의를 밧들미러니 이런 경상으로 놀나시믈 당호오니 무슴 눗치 이소오리잇고 니시의 년치는 십오 셰라 과모의 편이로 조라 빈혼 빈 격으나 본심이 어진지라 금일 경상이 놀노와 본가로 보내니이다 외청은 곡졀 모로고 낙극단난호대 내연은 일노 파연호니라 양부인이 쥬 구 이부인긔 쇼녀의 귀근을 쳥호여 아즉 머믈믈 쳥호니 일노 호여 각각 고친의게 하직호고 머므러 삼일을 잔치 참예호더

10면

라 졔킥이 각산호고 등촉을 니어 존당을 뫼셔 야심토록 셜화홀식 월염쇼졔 양부인의게 고왈 금일 슉뫼 쇼상셔 삼부인 즁 니시 얼골을 싱각호시느니잇가 양부인이 탄왈 일이 고이호고 셰샹 인심이 난측이라 내 너와 갓치 보왓거니와 니시 싱녀라 호고 우리 의심호는 바는 곽시라 엇지 단졍코 긔라 호리오 연이나 오늘 니시 긔졀호믈 보니 너희 지는 일을 조염의게 비컨디 오히려 젹은가 호노라 태부인과 위부인이 곡졀을 므러 알고 근심호뇨

11면

렴녜 무궁호더라 심하의 이런호여 문왈 너의 긔질과 셩힝이 부가의 허믈을 엇지 아

닐가 ᄒᆞ엿더니 엇지 익을 당ᄒᆞ미 깁히 잇슬 쥴 알니오 이졔 반두시 젹인치독ᄒᆞ믈 면치 못ᄒᆞᆯ 거시니 마음의 조심이 젹으리오 쇼졔 츄연 대왈 쇼녀의 오ᄂᆞᆫ 익은 도시 텬애라 운슈로 달닌 빈니 그 무어슬 미리 넘녀ᄒᆞ리잇고 헤컨딘 마음을 공경이 ᄒᆞ고 불의지ᄉᆞ와 불평지도ᄅᆞᆯ 아니ᄒᆞ오며 도ᄅᆞᆯ 일치 아니ᄒᆞ온 즉 하늘이 지공무ᄉᆞᄒᆞ오니 아모리 환난이 비상ᄒᆞ나 필

12면

경은 무슴 화복이 결말ᄒᆞ여 보응이 명명ᄒᆞ오리니 쇼녀ᄂᆞᆫ 실노 텬셩의 직ᄒᆞᆯ믈 직희고 ᄉᆞ긔 되어 가ᄂᆞᆫ 대로 볼 ᄯᆞ룸이로쇼이다 연이나 젹인을 감화치 못ᄒᆞᆷ믄 쇼녀의 불션ᄒᆞ미오 쇼쇼익을 면치 못ᄒᆞ오니 화코져 ᄒᆞ여도 화치 못ᄒᆞ고 조코져 ᄒᆞ여도 조흘 길이 업ᄉᆞ오니 오즉 쇼녀의 명도ᄅᆞᆯ 탄ᄒᆞᆯ ᄲᅮᆫ이로쇼이다 좌위 개탄 왈 어지다 네 말이 여ᄎᆞᄒᆞ니 젹인으로 화치 못ᄒᆞ니 엇지 사름의 타시리오 ᄒᆞ고 즐기지 아니ᄒᆞ더라 명일 다시 대연을 빈셜ᄒᆞ여 삼일을

13면

진환ᄒᆞ미 샹쇼ᄒᆞ여 셩은을 감츅ᄒᆞ고 악공 기녀 하속을 후상ᄒᆞ여 보내다 ᄎᆞ시 국가의셔 위션싱을 봉쟉ᄒᆞ미 위공이 졔조ᄅᆞᆯ 대ᄒᆞ여 탄왈 내 ᄯᅳᆺ이 본딘 됴운야학 갓ᄐᆞ여 환로문달을 구치 아니므로 너희와 졍을 미ᄌ 빅년 친친지졍을 미ᄌ 다ᄒᆞᆯ ᄲᅮᆫ이라 포의궁ᄉᆞ로 ᄒᆞᆫ 일을 가취지시 업ᄉᆞ나 나히 쟝ᄎᆞᆺ 오십의 당ᄒᆞ여 엇지 쟉녹을 도젹ᄒᆞ여 분복을 아지 못ᄒᆞ리오 너희 날을 위ᄒᆞ여 만일 쟉위ᄅᆞᆯ 환슈치 못ᄒᆞᆯ지디 일신을 바리고 산즁의 피

14면

신ᄒᆞ여 유발로 인간을 ᄉᆞ졀ᄒᆞ리라 ᄒᆞ니 졔ᄌᆡ 간졀이 개유ᄒᆞ딘 종시 ᄯᅳᆺ이 구드니 평휘 탄왈 ᄉᆞ부의 고졀이 여ᄎᆞᄒᆞ시니 아 등이 엇지 ᄲᅥ 위로ᄒᆞ리잇고 ᄒᆞ고 년명샹쇼ᄒᆞ여 알외니 샹이 그 쟉직을 환슈ᄒᆞ시고 슈셕을 쥬어 졔조로 헌슈ᄒᆞ라 ᄒᆞ시니 태ᄉᆞ 등이 ᄯᅩ 잔치ᄅᆞᆯ 닐워 위션싱긔 헌슈ᄒᆞ니 뎨ᄌᆡ의 현달ᄒᆞ미 위션싱 ᄀᆞᆺ트니 업슬지라 시인이 탄복ᄒᆞ고 잔치ᄅᆞᆯ 불워ᄒᆞ리 만터라 쇼샹셔 부인이 ᄉᆞ오일을 뉴ᄒᆞ미 양부인이 조용히 말ᄉᆞᆷ홀ᄉᆡ 니녀의 요괴로온

15면

거동이 반드시 곽시런 줄을 일오고 탄식ᄒᆞ여 녀ᄋᆞ의 쟝릭를 근심ᄒᆞ더라 태부인이 탄
왈 니시 실너여 도라가시니 그만 잇지 아냐 너를 지목ᄒᆞ고 풍화를 일로혀리니 내 엇
지 보고 드릭리오 너의 존고를 보니 가히 신셰 불평ᄒᆞᆯ 거시오 너의 쇼괴 너와 쇼양불
모ᄒᆞ니 져와 ᄀᆞᆺ치 불모 되여 허다 젼졍의 변란이 크게 날 거시니 부졀업슨 얼굴이 남
과 달나 너의 몸의 허다 괴로오믈 당ᄒᆞ고 부모의 근심을 씨치미라 그러나 만시 텬애
니 슈원슈귀리오 남을 원

16면

치 말고 구고는 하ᄂᆞᆯ ᄀᆞᆺᄐᆞ니 원심을 두지 말나 구시 비록 너를 ᄉᆞ랑치 아니나 한치
말면 후인이 드릭도 도덕을 일치 아니ᄒᆞ리라 여ᄎᆞ 즉 만셰의 붓그러오미 업고 가셩
의 욕지 아니ᄒᆞ고 부모긔 불효를 면ᄒᆞ며 남이 그릭다 아닐 거시니 미ᄉᆞ의 하ᄂᆞᆯ을 슌
홀지라 구고와 슉뫼 금쟝을 극진이 셤겨 졍도로 힝신ᄒᆞ고 스스로 허불을 엇지 말며
불의지환을 당ᄒᆞ나 일시 운익으로 알고 참으로 현마 엇지 ᄒᆞ리오 쇼졔 모교를 듯ᄌᆞ
오며 쳑연대왈 ᄌᆞ모의 교훈이

17면

쇼녀의 극진ᄒᆞ미오니 삼가 유심ᄒᆞ오려니와 즉금의 대악을 시러 쳔대원근을 들내고
일셰 타비ᄒᆞᄂᆞ 쑤지럭믈 면치 못ᄒᆞ리니 임의 알오되 홀 일 업ᄉᆞᆫ지라 쇼녜 열 번 하난
의 걸이고 빅 번을 누덕의 시ᄅᆞ나 텬지 신시ᄒᆞ시리니 필경의 텬일을 볼 날이 잇슬 거
시오니 비록 녹녹ᄒᆞᆫ 녀ᄌᆞ오나 익운의 ᄶᆞ를 알고 길시의 시졀을 술필 거시오니 만ᄉᆞ
를 부지어텬ᄒᆞ고 다른 념녀를 아니ᄒᆞ오려니 모친은 물우ᄒᆞ쇼셔 쇼졔 스스로 마음을
널니고 의ᄉᆞ를 편히 잡

18면

아 보신ᄒᆞ와 먼 익을 비록 감ᄒᆞ나 오ᄂᆞ 익회를 면ᄒᆞ기 어려오면 그 위태ᄒᆞ미 어내 디
경의 가올 줄을 몰나 부모의 싱휵지은을 져바릴가 ᄒᆞ오니 불효를 면ᄒᆞ고 보신지칙을
힝치 못ᄒᆞᆯ가 ᄒᆞ올지언졍 근심은 아니ᄒᆞ옵ᄂᆞ니 십싱구ᄉᆞᄒᆞ나 몸을 조히 가지올지라
부모는 아모 근심을 마ᄅᆞ쇼셔 쇼녀의 몸은 도로혀 부모의 근심을 ᄒᆞᄂᆞ이다 부인이

드르미 모골이 송연호여 한한이쳠의호니 오릭도록 말을 못호다가 함누탄왈 내 비록 너희를 늑하

19면

시나 오히려 너의 여신호믈 씻둦지 못호더니 오늘 네 말을 드릭니 군즈셩인이라도 더홀 슈는 업도다 네 일개 쇼으로 십오츈년의 이런 션견이 잇느뇨 비록 빅만고초호나 필경은 무스홀 거시니 현마 어이호리오 네 어미나 넘녀 아니호노라 호고 이러틋 모녜 졍화를 일너 근심이 무궁호더라 추시 니시 바로 니릭러 곽부인을 보고 가마니 져의 모계를 고호고 손으로 가슴을 쳐 눈물을 흘녀 굴오딕 쇼녜 조시를 아지 못호고 쇼가의 삼실이 되니 원비 구시는 용식이

20면

쇼녀를 밋지 못호고 지뫼 쇼녀만 굿지 못호니 두리오미 업스나 지어 조녀는 얼골이 만고일식이오 힝스쳐신이 진션진미호여 사룸이 대호매 쌔 져리고 긔운이 시진호니 무심호 남도 여추호거든 호믈며 풍뉴쟝부의 금슬은 졍이 잇고 쇼군의 침혹호미 일일 더호니 날 보기는 힝노 굿치 호는지라 지금의 부부륜의를 아지 못호믄 조녀 잇는 타시라 분호고 익다릭오믈 이긔지 못호여 이 계교를 내여시니 쇼녜 유병호여 스싱의 잇다 호고 여추여추호여 조시의 죄

21면

를 텬뎡의 쥬호고 모친이 친히 상언호여 조시의 사룸치독혼 죄를 다스려지라 쳥호면 조시 비록 샹문귀녀나 왕법이 이시니 결단코 무스치 못호리이다 곽시 대희호여 손뼉 쳐 굴오딕 묘호고 묘호도다 당금의 조가를 졀치부심호는 쟈는 도어스 쟝홍이라 쟝홍은 다른 이 아니라 연왕의 문긱이라 져젹의 승상 조공이 쟝홍의 불인을 논힉호여 뎐리의 내치쇼셔 호여 졔죄 혼가지로 쟝홍을 논폄호니 홍이 원망이 통입골쉬라 홍이 다시 권신을 스괴여 벼슬이 도어스의 니릭고 쳡 쥬시는 나

22면

의 족친이라 황금이 이시면 아모 쳥이라도 시힝호느니 내 금빅을 납뇌코 네 말을 쳥

ᄒ면 일이 당당이 되리니 내 ᄯᅩᄒᆫ 형부의 ᄒᆫ 쟝 쇼지ᄒᆞ여 너를 치독ᄒᆞ여 병이 즁ᄒᆞ믈
쳥ᄒᆞᆫ 즉 일이 조각의 마즈니 조시 히ᄒᆞ미 여반쟝이라 니시 대회ᄒᆞ고 곽시 쥬시긔 빅
금을 봉ᄒᆞ고 이 쇼유로 쳥ᄒᆞ고 조시를 졀졔ᄒᆞ여 즈긔 모녀의 근심을 업시ᄒᆞ여지라
쳥ᄒᆞᆫ디 홍의 쳡 쥬시 본디 지물을 본 즉 죽을 일이라도 ᄒᆞᄂᆞᆫ지라 대회ᄒᆞ여 즉시 소봉
을 일워 조시의 ᄉ문녀ᄌᆞ로 젹인을 치독ᄒᆞ여

23면

죽기의 당ᄒᆞ여시니 풍문의 공논을 좃ᄎ 얽어 되도록 ᄒᆞᆫ 거시 사름으로 듯ᄂᆞ니 졀치
통한ᄒᆞ도록 쇼를 올니니 기 쇼의 왈 신어ᄉ 쟝홍은 벼슬이 언관의 모쳠ᄒᆞ와 셩은이
일신의 져져시니 눈으로 보고 듯ᄂᆞᆫ 바의 셩셰 풍화의 유히지ᄉ를 쥬ᄒᆞ므로 알외읍ᄂᆞ
니 방금의 국법이 졍엄ᄒᆞ거늘 후문 명부의 ᄉ단이 부녀의 힝시 업고 젹인을 독슐은
불가ᄒᆞ미 ᄉ문어타인으로 한여후지상이오니 분발이 돌관ᄒᆞ믈 참지 못ᄒᆞ와 알외오니
셩

24면

대지치를 바라ᄂᆞ이다 승샹조셩의 녀 조시 간악음투지악이 대간대음ᄒᆞ여 부도지힝은
일오도 말고 쇼경슈 삼쳐 즁 편혹ᄒᆞ와 조강지쳐를 박대케 ᄒᆞ고 조시의 강악질투ᄒᆞ미
구 니 냥인의 견듸지 못ᄒᆞ미 심ᄒᆞ고 부형의 긔셰와 가부의 은총을 미더 못홀 악ᄉ를
긔탄업시 ᄒᆞ읍더니 모일 조가의 슈연의 년친지의로 그 가권을 쳥ᄒᆞ와 참예ᄒᆞ엿더니
조녜 짐짓 니시를 쳥ᄒᆞ여 쥬찬 가온대 독을 너허 빅쥬의 죽이려 ᄒᆞ오니 그 흉참이 파
측ᄒᆞ

25면

온지라 쇼군의 쳐지 흉독을 아는 고로 즉시 히독약을 ᄡᅥ 즉ᄉᄂᆞᆫ 면ᄒᆞ오나 토혈이 낭
ᄌᆞᄒᆞ고 위독ᄒᆞᆫ 일은 조가의 즁인이 쇼공지라 니시 본부의 도라가미 ᄉ셩이 위급다
ᄒᆞ오니 살인쟈ᄂᆞᆫ 한고조 약법삼쟝의도 잇ᄉᆞ오니 셩쥬ᄂᆞᆫ 조녀의 간흉ᄒᆞᆫ 픽악을 슬피
샤 ᄉ졍을 두시면 조시로 극변의 감ᄉ원찬ᄒᆞ여 규즁풍화를 징계ᄒᆞ시고 일셰 투부를
경계ᄒᆞ시미 힝심이로쇼이다 ᄒᆞ엿더라
샹이 보시고 의아침음ᄒᆞ시니 다른 사름의 ᄌᆞ식

26면

과 달나 조승샹의 녀지 이런 힝ㅅ 잇다 흐믄 괴변이라 만분 밋지 아니시나 드르신 후
는 그겨 샤튼 못흐실지라 졍히 유예미결흐시더니 쪼 믄득 형부로 좃ᄎ 샹언이 올나
시니 곽시의 쇼로 만단유죄지ᄉ로 히참흐고 흉변이 참통흔지라 치독의 살인을 위칭
흐고 샤흐기 어렵도록 쇼룰 올넛거늘 샹이 놀난흐믈 더욱 경히흐샤 즉시 표룰 나리
와 굴오샤ᄃ 어ᄉ 쟝홍의 쇼쟝과 니현쳐 곽시의 샹언이 여ᄎ여ᄎ흐나 오직 조녀의
악ᄉ 증험이 의려흐니 조초 알 거시오 조녜

27면

샹문의 법가 ᄌ손으로 결단코 이런 악ᄉ 업슬 거시로ᄃ 여 등의 쇼시녁녁흐니 샹심
구쳐흐리라 형부의 하지흐샤 조 니 냥인의 시비룰 잡아 궁문쳐치흐라 흐시니 형부샹
셔 조문현이 쇼룰 올녀 그 누의로 텬졍의 죄슈흐오미 불승황공샤로 쥬고 옥ᄉ룰
결치 못흐오니 다른 명관으로 다ᄉ리쇼셔 흔지라 샹이 올히 너기샤 문현으로 좌복야
룰 도도와 형부룰 가르쥬시고 ᄉ로 내여 다ᄉ리게 흐시니 일이 공교흐여 ᄉ로난 형
뷔 쟝홍의 쳐슉이라 셩명은 호년이니 텬

28면

셩이 간ᄉ흐고 위인이 부졍흐여 현ᄉ룰 싀긔흐고 악인을 쳐결흐니 본ᄃ 조승샹을 조
화 아니흐ᄃ 감히 항거치 못흐더니 위관이 되어 조시 일을 당흐미 댱홍으로 의논흐
고 금은을 납뇌흐여 조시룰 죽이지 못흐나 먼니 젹거흐여 남이 되기룰 쳥흐니 호년
이 쾌허흐고 즉시 조 니 냥부 시비룰 잡아 엄형츄문홀ᄉ 조시 본대 인품이 렬녀의 풍
이 이시니 비복쇼미의게 은덕이 둣거오니 원심이 업ᄂ지라 엇지 ᄎ마 빙옥 ᄀᄐ 쥬
인을 ᄉ디의 너흐리오마는 그 가온대 쥬인을

29면

ᄉ디의 들미 하ᄂᆯ이 익을 쥬시미라 곽녀로 동심일톄흐여 함히흐고 지보룰 탐흐는 간
비 교란이 구부인 사급흔 시비라 말이 능흐고 요악이 무빵이라 구부인 심복이 되엇
더니 짐줏 조시룰 쥬어 일동일졍을 탐지홀 ᄉ 조부인의 션견지명이 만리룰 예탁흐여
화복길흉간악을 엇지 일호나 모ᄅ리오 아라 대졉흐고 존고의 쥬신 시비로 대졉흐여

져를 숨기는 일이 업스나 교란이 감동홀 줄은 모로고 믹스의 흔단을 잡아 구부인긔
고ᄒᆞᆫ지라 구시 일노 인ᄒᆞ여 교란을

30면

가ᄅᆞ쳐 보내엿더니 슈삼 쟝의 쇼리ᄒᆞ여 고ᄒᆞᄃᆡ 치기ᄅᆞᆯ 그치시면 고ᄒᆞ리이다 형뷔 치
기ᄅᆞᆯ 그치고 복초ᄅᆞᆯ 지쵹ᄒᆞ니 교란이 초스ᄅᆞᆯ 뼈 올니ᄃᆡ 쳔쳡이 비록 쇼가시비나 일
즉 조부인 시비 되오니 우러옵는 졍셩이 몸이 죽어 갑흘 뜻이 잇는지라 조부인이 만
고ᄅᆞᆯ 기우릴 주식이 잇는 고로 본부 긔셰가 산악 ᄀᆞᆺ고 쇼노야 춍권이 온젼ᄒᆞᄃᆡ 니 구
낭부인이 겨신 고로 마음의 깃거 아니ᄒᆞ옵더니 조부 대연을 당ᄒᆞ와 니부인이 가 겨
시더니 쥬찬을 독을 셧거 히ᄒᆞᆷ믄 조부인 령이라 흔가지로 용스

31면

ᄒᆞ오니 이는 하늘이 쇼쇼ᄒᆞ와 그른 일이 발각ᄒᆞ오니 쳔인의 쇼견이오 즉 쥬모의 녕
을 즁히 넉일 ᄯᆞᆯ이라 무슴 말을 알외릿가 ᄒᆞ엿더라 호년이 초스ᄅᆞᆯ 보고 교란을 다시
형쟝을 더으지 아니ᄒᆞ고 니시의 시녀는 거도 아니ᄒᆞ고 옥의 가도고 교란의 초스ᄅᆞᆯ
텬뎡의 올녀 쥬왈 조녀의 치독일스는 젹실ᄒᆞ오니 죄목이 즁대ᄒᆞ오나 졔 지샹의 명부
로 신이 감히 률을 못 ᄡᅳ오니 오즉 텬의ᄅᆞᆯ 봉ᄒᆡᆼᄒᆞ와 쥬ᄒᆞᄂᆞ이다 샹 왈 조녀의 죄 비
록 히연ᄒᆞ나 간악흔 시비의 일쟝초스는 밋지

32면

못홀 거시니 일이 젹실흔 즉 왕법은 스시 업ᄉᆞᆫ지라 비록 조녀의 권셰 즁ᄒᆞ나 엇지 샤
ᄒᆞ리오마는 기간 스긔 만흔지라 요비 교란을 히도의 원젹ᄒᆞ고 조시는 샤ᄒᆞ여 후일
다시 그릇미 잇거든 의법쳐치ᄒᆞ리라 형뷔 가쟝 불쾌ᄒᆞ여 우 쥬왈 일이 등흔흔 일이
아니라 젹인을 치독ᄒᆞ온 죄 흉참ᄒᆞ고 스싱이 미가지오니 엇지 무고히 사ᄒᆞ리잇고 언
파의 승샹 조셩이 샹쇼ᄒᆞ여 굴오ᄃᆡ 신의 가법이 비박ᄒᆞ고 규문의 교훈이 무샹ᄒᆞ와
신녀의 죄악이 풍교의 유히ᄒᆞ고 살인쟈ᄅᆞᆯ 샤ᄒᆞ고 사름을

33면

샹흔 쟈로 죄 쥬믄 한고조의 약법삼쟝이오니 쇼졍슈 삼쳐 니시 치독의 샹ᄒᆞ와 명직

경각이라 ᄒ오니 가히 니시 병을 간검ᄒ시고 신녀의 간악지죄를 뎡히 ᄒ샤 신의 가
ᄅ치지 못ᄒᆫ 죄를 쳥ᄒᆞᄂᆡ이다 샹이 잠쇼 왈 즈고로 요슌지지 불초ᄒ고 문무의 관치
잇거니와 샹부지녀의 일이 십분 밍낭ᄒᆫ지라 요비를 희도의 내치고 다시 ᄉᆡᆼ각ᄒ여 션
쳐ᄒ리니 샹부ᄂᆞᆫ 안심ᄒ라 졔조의 인명홈과 샹부의 셩현지도를 ᄡᆯ과 누의간악을 고
지 듯지 아니ᄒᆞᄂᆞ니 셕년의 계양공쥬

34면

와 언관의 무고를 짐이 미양 츄회ᄒ고 쵹국부인 양뎡렬과 진국부인 졍슉렬을 죄과로
ᄡᅥ 슉녀의 한이 쳔고의 민멸치 아닐지라 간뫼 발각ᄒᄆᆡ 션데 지우ᄒ시믈 목견ᄒ여시
니 엇지 용이히 명부를 죄 쥬리오 일을 술핀 후 죄를 졍히 ᄒ리니 션싱은 안심믈녀ᄒ
라 문득 평진후 쇼쳥과 강능후 쇼슌이 쇼를 올녀 굴오ᄃᆡ 쟝홍의 쥬ᄉᆞ와 곽시의 샹언
이 진실노 넘 밧기라 신의 ᄌ 경쉬 삼쳐를 두ᄆᆡ 조시ᄂᆞᆫ 부녀ᄉᆞ덕이 무흠ᄒ거늘 겸ᄒ
여 렬렬ᄒᆫ 쟝부의 ᄯᆺ으로 만

35면

셩을 들네ᄂᆞᆫ 뎡렬부인 싱휵이니 그 부모의 현셩을 니으며 특이ᄒᆫ 셩힝이 고왕금릭의
이런 녀지 업ᄉᆞ려든 엇지 사름을 희ᄒ며 독을 두어 젹인을 희ᄒ리잇가 신이 ᄌ부를
위ᄒᄆᆡ 아니라 실노 녀ᄌ 가온ᄃᆡ 이런 셩현이 이시믈 탄ᄒᆞᆸ더니 이런 희한ᄒᆫ 변이
이시릿고 쟝홍의 쥬ᄉᆞ 만만 불가ᄒ오니 ᄒᆫ 시비의 말노 명부를 구함ᄒ여 ᄉᆞ디의 너
흐리오 신이 실노 군덕을 돕지 못ᄒ올지언뎡 명부를 희ᄒ고 사름을 죄의 밀치ᄂᆞᆫ 불의
를 마옵고져 ᄒ오니 셩샹은 조시의 무죄

36면

ᄒ믈 술피샤 무샹지언을 신쳥치 마ᄅ쇼를 샹이 쾌히 ᄭᆡᄃᆞᄅ샤 이 쇼를 인견 왈 경 등
쥬ᄉᆞ 아니라도 짐이 아ᄂᆞ니 경 등은 과려치 말나 조셩의 녀지 이런 악ᄉᆞ 업ᄉᆞ리니 쟝
홍의 쥬ᄉᆞ 반ᄃᆞ시 남의 풍문을 드러 지쵹ᄒᄆᆡ라 짐의 쳐치 뎡ᄒ여시니 경 등은 넘녀
치 말나 ᄒ고 샹이 십분 위로하시더라 샹이 맛춤내 조시를 믓지 아니시고 교란을 북
희의 내치시니 쇼 조 이 공이 물너ᄂᆞ고 쟝홍 곽녀 등이 홀 일 업고 구부인이 심즁의
분앙ᄒ믈 니긔지 못ᄒ고 조시 발셔 쇼부의 왓ᄂᆞᆫ지

37면

라 이 변이 비록 무스호나 교란이 안치호고 즁인이 즈긔룰 의심호니 엇지 마음이 편
호리오마는 아는 일이라 각별 놀느미 업고 즈긔 침쇼의 날이 맛도록 안정히 드러 사
룸을 보지 아니호고 구고긔 신혼을 정성으로 폐치 아니코 쇼샹셰 참지 못호여 부인
침쇼의 니르러 탄식 왈 하늘이 날을 내시고 부인을 내시믄 뜻을 두엇거늘 엇지 마샹
이 이셔 우리 부부로 빅년을 회짓고 부인의 빙옥신샹의 누명을 싯게 호니 엇지 한홉
지 아니호리오 부인의 슈우호 거동을 보면 나의 마음

38면

이 버히는 둧호니 니녀 흉인 곳 아니면 엇지 이러호리오 연이나 텬되 슬피미 쇼쇼호
시니 부인의 셩심슉덕이 맛춤내 악명을 씨셔 텬일을 보리니 오즉 마음을 널니호고
몸을 보젼호고 싱의 뜻을 져바리지 마르쇼셔 쇼졔 슈용졍금 왈 스룸의 화익이 본딕
임의로 홀 거시 아니라 쳡의 인싴 용렬호고 우직호여 실노 근심과 넘녀룰 아지 못호
니 엇지 몸이 병들게 호리잇고 오즉 넘녀컨딕 쳡으로 호여 군즈의 효의룰 샹히올가
호옵느니 군즈는 쳡을 걸니끼지 마르시고 진즁호쇼셔 샹셰

39면

기리탄식호여 회푀만단이라 조쇼졔 기리 츠셕호는 바는 져의 대효로써 셩효룰 나타
내지 못호고 도로혀 불측호 미명을 면치 못홀가 모음이 쏘흔 어즈러워 츠후는 더욱
조심호여 믹식 다 하늘이라 호여 싱의 츌입거쳐룰 시비규간호는 톄룰 아니호여 죵일
단묵졍좌호여 입을 봉호고 무스무려호여 침담호 가온딕 심니의 혜아리미 쟝릭지스
룰 모룰 일이 업는지라 대익이 당젼호믈 알오딕 임의 쳘옥심쟝이나 즈연 식반이 무
미호고 죵야불미호더니 일일

40면

은 쇼샹셰 부인 침쇼의 니르러 부인의 명월 굿툰 광치 초최호고 옥 굿툰 긔뷔 쇼삭호
여 초연슈쳑호믈 대호미 아즈룰 앗고 부인을 대호여 탄왈 텬황긔 노호나 내 부인 향
호 뜻은 굿치지 못호리니 존당이 구시룰 후대호시고 니시룰 스랑호시나 내 참아 니
녀룰 대홀 뜻이 업셔 보면 심골이 경한호니 쟝춧 불효의 죄인이 될가 두리오나 강잉

치 못ᄒ오니 일이 비록 고이ᄒ나 부인이 쳔금아ᄌ를 도라보지 아냐 아희로 ᄒ여금 쥬리믈 면치 못ᄒ게 ᄒᄂ뇨 조시 안졍대왈 부뫼 ᄉ랑ᄒ

41면

시거든 견마라도 공경홀 거시니 군지 임의 존고의 뜻을 아ᄅ실진ᄃ 그 ᄉ랑ᄒ시는 바는 공경ᄒ고 ᄉᄉ의 친ᄒ믈 일워 공경후대ᄒ여 친의를 승슌ᄒ여 효의를 온젼ᄒ쇼셔 쳡의 셔의흔 말ᄉᆷ이 감히 군ᄌ의 쳐소를 간녜ᄒ미 당돌ᄒ오나 오늘날 군ᄌ의 말ᄉᆷ이 붉으대 힝치 못ᄒ믈 보니 참지 못ᄒ여 우회를 고ᄒᄂ이다 쳡이 열 번 화를 만ᄂ도 죽지 아니ᄒ리니 원컨대 군ᄌ는 슈신셥힝ᄒ여 빅힝을 닷가 비록 임ᄉ틱임 ᄀᄐ 쳐지라 ᄒ여도 효우를 몬져 힘쓰시믈 싱각고

42면

부부를 도라보시리니 쳡슈불혜나 군ᄌ의 후대를 원치 아니ᄒ며 긋기믄 나의 익운인 줄 아라 사름의 타시 아닌 쥴 아ᄂ니 엇지 과려ᄒ여 ᄌ신을 넘치 아니ᄒ리잇고 옥셩이 낭낭ᄒ여 화흔 긔운은 네 벽의 ᄡᅩ이고 슉슉흔 안식은 ᄌ약ᄒ여 근심ᄒ는 거동이 업ᄉ니 샹셰 탄복경이ᄒ여 무궁흔 은졍이 여산약ᄒᄒ여 집슈츄연 왈 오슈불효나 오셰붓터 글을 닑어 평싱 삼가는 거ᄉ 츙효 두 가지라 엇지 ᄌ의를 위월코져 ᄒ리오 구시 비록 어지지 못ᄒ나 몬져 드러왓고 모친의

43면

친질이라 여러가지로 강잉ᄒ여 부부륜의를 폐치 아니ᄒ나 니녀의게 다다라는 흔 번 얼굴을 대ᄒ미 두골이 ᄶᆞ리는 듯ᄒ여 병을 어든 듯흔지라 그 쇼리 살셩이 미우의 음참홈과 면모의 유악ᄒ미 슈힝ᄒ는 군ᄌ로 ᄒ여금 참아 대면홀 뜻이 업ᄉ니 비록 참고져 ᄒ나 강잉홀 길이 업손지라 이러므로 셔로 만ᄂ 지 일월이 오릭ᄃ 갈ᄉ록 보면 마음이 셔늘ᄒ니 진실노 불효의 죄인이 될지언졍 니녀로 부부지락을 참마 일우지 못홀지라 내 비록 관대ᄒ여 져를 후대ᄒ

44면

나 니녀의 흉독ᄒ미 부인긔 한을 플고 말 거시오 나의 젼뎡을 희짓고 긋칠지라 비록

한녀후와 당무후라도 첫녀도곤 나으미 이실지라 너녀를 만느미 우연흔 일이 아니라 내 만일 너녀를 업시치 못ᄒ면 젼뎡을 맛출 거시오 부인이 텬일을 보지 못ᄒ리니 다만 나의 바라기는 너녀의 독흔 눈의 졍틱 믜오나 미간의 프른 긔운이 밋치고 냥안의 흑긔 미만ᄒ니 반ᄃ시 불길지샹이라 나라 죄인이 되어 길가의 쥬려 죽을 샹이오 불시흉악을 만느면 일졍 검하의 경

45면

혼이 될지라 그 명이 오리면 뉵칠년의 지나지 못흔 고로 내 잠간 위로ᄒ는 비라 두고 보면 반ᄃ시 혜아림의 나지 아니ᄒ리이다 쇼졔 탄왈 군ᄌ의 말슴이 비록 이 ᄀᆞᆺᄐᆞ나 도지 긔일이오 미지 긔이로쇼이다 샹법은 쳡 ᄀᆞᆺᄐᆞᆫ 뉴는 아지 못ᄒ거니와 쳡과 군ᄌ의 마쟝으로 아ᄅᆞ실진대 더욱 삼가샤 ᄌ의를 봉승ᄒ고 아라 대졉ᄒ실 거시니 대범 녀ᄌ의 마음이 흐르는 물 ᄀᆞᆺᄐᆞ니 군지 강잉ᄒ여 후대ᄒ면 졔 죄악이 비록 군ᄌ의 니ᄅᆞ심 ᄀᆞᆺᄐᆞᆯ지라도 마음의 추고 뜻의 족ᄒ면 무슴

46면

원망이 이시며 쟉난이 그대도록 크리잇가 쇼샹셰 쇼왈 부인이 아노라 ᄒ여 짐짓 날을 조회 ᄒ는도다 그 마음을 흔흡고져 훌진대 호방흔 남지라도 참아 밤낫으로 품고 누엇지 못훌지라 죽을지언졍 져 음녀의게 몸을 더러이지 아니ᄒ리니 이러므로 날을 죽이고 부인을 맛츠려 ᄒ미니 부인은 친당의 도라가 흉독흔 화를 면ᄒ쇼셔 조시 쳑연 왈 군ᄌ의 아ᄅᆞ시미 너러ᄒ시믄 도시 군ᄌ의 관홍치 못흔 일이오 익운이 군ᄌ의 총명을 가리오미라 막비텬애니 엇지 여러 말

47면

을 ᄒ여 셜만ᄒ기의 밋ᄎᆞ리오 이러툿 심곡으로 슈쟉ᄒ니 부부의 지극흔 의논이어늘 뉘 도로혀 간악불초흔 누의와 너녀의 벽틈으로 여어드를 줄을 알이오 비록 ᄃᆞ르나 맛춤내 히로온 말 아냐시대 니시 이황 등으로 이 곳의 와 여어 보고 분ᄒ믈 이긔지 못ᄒ여 가슴의 칼흘 곳는 듯 부부의 졍을 일우지 못훌 줄 알고 이달나 분긔 불 너러나 듯ᄒ는지라 분분대로ᄒ여 졍히 안졉지 못ᄒ더니 연쉬 모친 방으로 나오다가 냥미와 니시를 보고 잠간 웃고 연유를 무ᄅᆞ니 이황이

48면

곡절을 니르딕 태반이나 쥬쟉ᄒ여 조시를 업시ᄒ여야 가쟝이 되리라 ᄒ고 부친긔 알외기를 츙동ᄒ더라 연쉬 마음이 부직ᄒ고 겸ᄒ여 셩이 급ᄒ지라 분ᄒ 거술 참지 못ᄒ여 눈물을 흘녀 글오딕 형이 밧그로 우익ᄒ나 맛춤내 여ᄎᄒ면 내 기인이 되고 대인이 날을 형도곤 텬디샹격으로 아르시니 조시로 인ᄒ 빌미라 ᄌ뎡의 긔셰를 다ᄒ나 셔로 ᄌ문ᄒ 파리 죽임 ᄀᄐ리지라 형이 날을 불관이 너기므로 날을 히홀 ᄯᄉᆞᆷ을 두어 긔탄치 아니ᄒ니 이졔는 조슈와 형이 날과 냥닙

49면

지 못홀 형셰라 내 엇지 잠잠ᄒ고 횡ᄉᄒ리오 마음과 계교를 다ᄒ여 구원지계를 싱각ᄒ고 조시를 업시ᄒ고 말니라 ᄒ고 니시 누쉬 여우ᄒ여 이황과 연슈를 부측ᄒ고 심ᄒᆞᆫ골경ᄒ 대악을 가르쳐 조시를 히ᄒ니 구부인긔 고ᄒ더라 연슈남믹 드러가 면식이 여토ᄒ고 노긔 북밧쳐 글오딕 쇼지 오히려 형뎨의 졍과 슈슉지의 다ᄒ거ᄂᆞᆯ 형과 조시 쇼ᄌ를 믜워ᄒᄆᆞᆯ 구슈 ᄀᆺᄐᆫ지라 일즉 지심지의로 부모를 밧들고 형뎨지의를 홀 슈 업ᄉᆞᆫ지라 모친은 ᄎ라리 쇼ᄌ를 죽여 형과 조시

50면

마음을 편케 ᄒ쇼셔 이황이 만단참쇼를 ᄒ고 샹셔의 무샹ᄒ 말과 조시를 참쇼ᄒ더라 말을 빅디의 무함ᄒ여 구부인이 드르믹 셩이 렬화 ᄀᆺ게 ᄒ니 발연대즐 왈 경쉬 조녀의게 미혹ᄒ여 인ᄉᆡ 혼미ᄒ고 부모 동ᄉᆞᆼ을 모르니 내 비록 져를 낫치 아니ᄒ여시나 오셰붓터 양휵ᄒ여 모ᄌ륜긔 막즁ᄒ거ᄂᆞᆯ 이러ᄐᆺ 무샹ᄒ 말노 날을 슈욕ᄒ고 비방ᄒ니 내 비록 미약ᄒ 녀지나 져 욕을 감심ᄒ리오 ᄒ고 노긔 분분ᄒ니 연쉬 공동 왈 쇼지 형의게 뮈온 일이 업ᄉᆞᆯ 구젹 ᄀᆺ치 ᄒᄂᆞᆫ지

51면

라 이졔 모친을 욕ᄒ고 믜워ᄒᄆᆡ 구슈 ᄀᆺ치 ᄒ올 젹의 쇼지를 오즉ᄒ리오 ᄎ라리 삭발기셰ᄒ여 부모유톄나 온젼코져 ᄒᄂᆞ이다 이황 왈 네 홀노 이러홀 ᄲᆞᆫ 아니라 우리도 불ᄉ￀ᄒ오니 도모지 조시 타시라 이졔는 신칙ᄒ여 셔로 보지 못ᄒ게 ᄒ고 깁히 가도쇼셔 구부인 왈 내 ᄯᅳᆺ대로 ᄒ량이면 조시를 즉각의 죽이고 경슈를 듕타ᄒ여 방ᄌ

ᄒᄆᆯ 다스리면 조흐디 샹공이 경슈와 조시 스랑이 태산 ᄀᆞᆺ튼지라 분을 참고 견디더
니 이 일의 다다ᄅᆞᆫ 내가 츌뷔 될지라도 그져는

52면
못 잇슬ᄂᆞᆺ다 니시와 이황이 만든 요소ᄒᆞ 험졀이 구부인으로 참지 못ᄒᆞ도록 ᄒᆞ니 명
됴의 문안을 당ᄒᆞ여 쇼공이 나간 후 구부인이 노긔 츙텬ᄒᆞ여 눈물이 오시 져즈니 경
식이 십분 불호ᄒᆞ지라 샹셰 경아ᄒᆞ여 안식을 화히 ᄒᆞ고 긔운을 ᄂᆞᆺ초와 뭇ᄌᆞ오니 부
인이 발연변식ᄒᆞ고 녀셩즐왈 불초지 것츠로 인심을 품어 조녀의 츰언을 신쳥ᄒᆞ고 모
ᄌᆞ뉸긔와 네 부친이 도도와 날을 츌거케 ᄒᆞ다 ᄒᆞ니 내 이 욕을 보고 참으리오 너 보
ᄂᆞᆫ디 죽어 너의 마음을 편히 ᄒᆞ리라 내 비

53면
록 불민ᄒᆞ나 아시결발노 항녀의 지위 가바얍지 아니ᄒᆞ거ᄂᆞᆯ 네 말만 듯고 무단이 부
부지의를 폐ᄒᆞ리오 ᄌᆞ식을 폐ᄒᆞ고 너를 바라난 마암을 아지 못ᄒᆞ고 불초무샹지언으
로 조녀를 듸ᄒᆞ여 욕을 무슈히 ᄒᆞ니 네 쳐부의 위셰로 우리 모ᄌᆞ를 죽이고 긋치리니
내 엇지 사라셔 조가의 위욕을 당ᄒᆞ리오 샹셰 단졍이 ᄭᅮ러 시종의 화긔 변치 아니ᄒᆞ
여 면관쳥죄 왈 불초지 비록 효의쳔박ᄒᆞ오나 ᄌᆞ위 어ᄅᆞ만져 양휵ᄒᆞ신 은혜 십삭틱교
의 지나오니 엇지 미흔 졍셩을 연슈로 다ᄅᆞ

54면
게 ᄒᆞ리오 지어 가실이 여러시 이셔도 고로지 못ᄒᆞ오나 ᄯᅩᄒᆞ ᄌᆞ교를 밧ᄌᆞ와 구시ᄂᆞᆫ
아시 조강이오 져의 인믈이 비록 경쳔ᄒᆞ나 오히려 대간악이 아니오니 쇼지 대졉ᄒᆞ
ᄂᆞᆫ 거슬 태태 아ᄅᆞ시미오 니시 힝스는 녀후 무측쳔의 다ᄅᆞ지 아닌 음악을 가져스오
니 쇼지 져와 부부지의를 일우온 즉 쇼가를 멸망ᄒᆞᆯ 마디라 ᄌᆞ교를 참아 밧드지 못ᄒᆞ
미러니 금일 허다 망극ᄒᆞᆫ ᄌᆞ교를 듯ᄌᆞ오니 이는 다 니녀의 혀를 놀녀 쇼ᄌᆞ를 셰샹의
용납지 못ᄒᆞᆯ 죄인을 삼으오니 쇼지 비록 무샹ᄒᆞ나 이런 말은 참

55면
지 못ᄒᆞᆯ지라 ᄌᆞ위 셩명ᄒᆞ신 바의 모ᄅᆞ시고 거의 쳥문ᄒᆞ시니 그 말ᄉᆞᆷ을 드ᄅᆞᆫ 바의 니

녀를 부릴시면 쇼지 대면ᄒ기 괴측ᄒ오나 무러보리이다 말솜이 화평ᄒ고 스긔 무릉 녹아 모부인의 독ᄒ 노긔를 다스로ᄃᆡ 부인이 노식을 ᄯᅴ여 왈 니시를 억뉴ᄒ여 일오나 니시 아니라도 내 스스로 아ᄂᆞ니 니시 엇지ᄒ여 대간대음인 쥴을 아는다 네 조녀 의 용식의 고혹ᄒ여 임의 본셩을 일허시니 엇지 어미를 알니오 내 슉슉괴 고ᄒ여 노분을 셜ᄒ리라 샹셰 츈풍의 화긔를 변치 아

56면

냐 ᄌᆞ비 왈 엇지 굿타여 대야긔 고ᄒ고 쇼ᄌᆞ를 다스리리잇고 쇼ᄌᆞ의 죄 이실진ᄃᆡ 모친이 스스로 엄측ᄒ시고 조시 죄 잇거든 내쳐 보내스이다 부인이 샹셔의 화ᄒ믈 보미 다시 ᄭᅮᄌ질 말이 업ᄂᆞᆫ지라 묵연이 노를 품어 다시 말을 아니니 이 ᄯᅥ 조시와 구시 등이 좌ᄒ여시니 조시 안식이 더옥 온화ᄒ여 죵일 이 다스ᄒ 거슬 굿치지 아니ᄒ고 공슈단좌ᄒ여시니 무스무려ᄒ여 텬연이 슈려ᄒ 거동이 년화일지옥호의 ᄭᅩᆺ쳐시며 쇼월이 만방의 빗ᄎᆞᆫᄂᆞᆫ 듯 가슴 가온ᄃᆡ 빅일이 비최여시

57면

니 니미무리의 조마경을 거럿ᄂᆞᆫ 듯ᄒ지라 구부인이 조시 미우미 통입골슈ᄒ니 이러 ᄐᆺ 긔특ᄒ미 더옥 믜올 ᄲᅮᆫ 아니라 연슈 쳐 교시 비록 아름다오나 조시로 비컨대 우쥬 ᄉᆞ이ᄂᆞᆫ 앙망이나 ᄒ거니와 진실노 쳔불급 만불급이라 시쇽의 아리ᄯᅡ온 녀지 이시나 조시의 무ᄲᅡᆼᄒ 식티의 비ᄒ리오 엇지 연슈ᄂᆞᆫ 경슈만 못ᄒ여 이러ᄐᆺ ᄒ고 이달와 눈물이 년낙ᄒ니 샹셰 다시 졀ᄒ고 부복이셩왈 쇼ᄌᆞ의 셩효와 인ᄉᆞ 불현ᄒ와 ᄌᆞ위의 셩녀를 더으샤 불편케 ᄒ오시미 죄 만ᄉᆞ

58면

무셕이라 조시 만일 죄 이실진ᄃᆡ 엄히 쳐치ᄒ샤 내치실 거시오 히이 죄 이시면 시로로 쟝ᄎᆡᆨᄒ시고 즉시 니ᄌᆞ실 거시오니 야얘 아ᄅᆞ시나 ᄌᆞ부의 죄 다스리미 당연ᄒ 일이라 엇지 이 ᄀᆞ치 샹히ᄒ샤 셩톄를 닛부게 ᄒᆞᄂᆞ니잇고 부인이 묵연졍식고 조시를 향ᄒ여 왈 그ᄃᆡ 비록 샹문의 당당ᄒ 셰력이 이시나 경슈의 안히로 칭ᄒ 즉 ᄌᆞ부의 도리 이시니 엇지 무샹ᄒ 말노 경히 입밧긔 내여 욕ᄒ며 경슈를 대ᄒ여 우리 모ᄌ 히ᄒ믈 모의ᄒ리오 니시를 치독ᄒ나 형셰 산악 ᄀᆞᆺ튼

59면

닌 우흐로 텬문과 아리로 법관이 흔 말을 아냐 안연 무스흐니 마음이 방즈흐여 석어미도 모르는 죄는 더욱 졍치 아니니 명명흔 텬되 무심치 아냐 앙홰 이실 거시오 법률이 삼엄흐니 싱각흐라 내 무슴 일노 뮈우며 연슈 더욱 무스일 간격흐관딩 우리 모즈를 도모흐느뇨 만일 내 입의 말이 발흐면 그대 쓴 아니라 경쉬 숀흔 세샹의 셔지 못흐리라 언파의 노긔 등등흐여 숨킬 둣흐니 조쇼졔 옥안을 화히 흐고 쇼리를 나즉이 흐여 직비이셩왈 쇼첩이 불혜흔 긔질과 박누흔

60면

직용이 외람이 셩문의 덕업을 입스와 몸이 편흐고 부귀 극흔지라 직앙이 니러나 신샹의 죄명이 년텹흐오니 비록 힝치 아닌 일이오나 존고의 드르신 비 젹실흐온지라 쇼첩이 무슨 말슴을 쑴여 흐리잇고 아직 알외는 재 내 마음으로써 남의 마음을 안다 흐오니 즈고로 원망흐와 히흐기를 도모흐고 숙미를 히흘 쯧을 가군을 대흐여 의논흐오믄 인형을 쓴 쟈는 아니흘 둣흐고 쇼군이 셜스 무샹흐오나 대흐여 의논을 둣고 슌히 화답지 아닐 바는 존고의 명찰흐시므로

61면

뻐 거의 알오실지라 오직 스죄를 쳥흐옵고 다시 알욀 비 업느이다 봉음낭셩이 텬연이 화평흐고 즈약흐여 비록 셕목간쟝이라도 다시 칙흘 마음이 업슨지라 구시 다시 니르대 너의 부뷔 발명이 여츠흐고 내 친히 드르미 아니라 이번은 스흐느니 츠후나 스오느오믈 닛지 말나 샹셔 부뷔 비샤흐고 퇴흐믹 샹셰 울울흔 근심이 미우를 펴지 못흐여 텬셩대효를 샹히올가 두려흐미 츠후는 조시 침쇼의 즈로 가지 아냐 오즉 쥬야의 잠심흐는 거시 셩경현뎐이라 더욱

62면

힝실을 슈련흐고 효셩을 갈진흐더니 텬의 악인의 쎠를 빌니시고 현인의 급화를 나리오시는지라 졀동이 흉황흐여 인민이 니산흐니 강능휘 진무스로 발힝흘식 쇼공이 님힝의 가즁의 쇼연을 버려 평진후와 모든 즈질이 다 모드미 면면이 니별을 년년흐여 부인을 도라보와 부탁왈 복이 집을 쎠는 후 아모 일이 이셔도 가빅야이 쳐치지 말고

복의 도라오믈 기다리쇼셔 부인이 낭연이 응명ᄒ니 다시 삼녀와 연슈 부부를 보와
왈 내 니가ᄒ미 진

63면

실노 잇지 못ᄒᄂ 비 잇ᄂ니 여 등은 가히 어미를 올흔 일노 극간ᄒ고 간교흔 일을
돕지 말나 연슈와 이황 등이 졀ᄒ여 명을 바드니 공이 평진후를 대ᄒ여 조시를 직삼
부탁ᄒ고 길흘 ᄂ니 슈삼일이 못ᄒ여 평진후 슉모ᄂ 두ᄉ공의 부인이니 양쥬ᄌᄉ 두
원의 대부인으로 양쥬부의 잇더니 병이 즁ᄒ여 졔질 즁ᄒᄂ흘 보와 구원의 영결을
쳥ᄒ니 ᄉ의비졀흔지라 평휘 대경ᄒ여 즉시 쇼봉을 올녀 슈월말미를 어드미 급히 ᄒᆼ
니를 ᄎ

64면

려 양쥐로 나아가니 림ᄒᆼ의 졔ᄌ를 경계ᄒ여 냥 슉모로 더브러 가ᄉ를 젼치ᄒ고 조
히 이시라 ᄒ고 경슈와 조시를 각별 년년ᄒ여 지삼 당부ᄒ고 발ᄒᆼ홀ᄉ 슉질이 빅 니
의 가 니별ᄒ고 도라오니 이ᄶᆞ를 당ᄒ미 진실노 간인의 농슐홀 ᄊᆞ오 현인이 함졍의
드ᄂ 시졀이라 부인이 본대 불현지심을 품어 경슈 부부를 업시ᄒ면 ᄌᄂ연이 연슈 쟝
ᄌ 될 쥴 아라 죽이고져 ᄯᅳᆺ이 이시되 오히려 참아 못ᄒᄂ 바ᄂ 샹셔 부부의 효슌ᄒ고
긔특ᄒ미 즁ᄌ 왕샹으

65면

로 흡ᄉ흔지라 평계 업셔 능히 ᄒᆡ치 못ᄒ고 울울불낙ᄒ더니 평능 냥휘 나가매 가히
긔회를 어덧ᄂ지라 니녀와 애녀 냥황과 연슈로 모의홀ᄉ 교란을 나라히셔 젹쇼로 보
낼 젹의 황금이 만흔 고로 못홀 일이 업ᄂ지라 구부인와 니녜 치관과 동심ᄒ고 흔 낫
걸인을 ᄉ 거즛 교란이라 ᄒ여 젹쇼로 보내고 교란을 ᄲᅢ혀 구부인이 감초왓더니 이
ᄶᆞ를 당ᄒ여 교란으로 더브러 의논홀ᄉ 몬져 무고ᄉ를 시험ᄒ니 구부인과 이녀 냥황
이 다 죽어가ᄂ 형상을 ᄒ

66면

며 니녜 역시 즁독ᄒ여 죽어가ᄂ 증졍이 다 흔가지라 연쉬 혼동ᄒ여 형을 놀내니 쇼

샹셰 쥬야 불탈의딕ᄒ고 동쵹ᄒ 효셩이 귀신을 감동홀지라 조쇼졔 또ᄒ 이 병환이 꽃치 이실 쥴 짐쥭ᄒ딕 텬쉬라 ᄒ여 음식을 당ᄒ면 먹고 슉미를 대ᄒ면 텬연온슌ᄒ여 동렬을 화우ᄒ며 존고환후를 구시로 더브러 시병ᄒ여 동동ᄒ 효셩과 쵹쵹ᄒ 슝슌이 인심을 감동홀 거시로딕 요악ᄒ 존고ᄂ 더욱 믜워ᄒ고 요ᄉᄒ 쇼고ᄂ 간악ᄒ 슉슉으로 더브러 그

67면

어질며 긔특ᄒᄆ믈 더욱 급히 업시코져 ᄒᄂ는지라 비록 만ᄉ의 슌ᄒ나 엇지 화ᄒᄆ믈 어드리오 쇽졀업시 현인의 부부 일셰의 참덕과 누명을 시러 부부의 몸이 남북의 갈이니 하늘이 엇지 붉다 ᄒ며 귀신이 엇지 공변되다 ᄒ리오 구부인이 환휘 만분위즁ᄒ여 사름이 ᄂ며 들믈 모르고 연쉬 가슴을 치며 발을 굴너 왈 모친이 본딕 질환이 업고 긔력이 남도곤 졍강ᄒ시니 불의의 어드신 병환이 이딕도록 ᄒ시리오마ᄂ 벽벽이 가즁의 요괴로온 일이 이

68면

셔 이 변이 나시니 결단ᄒ여 우연ᄒ 일이 아니로쇼이다 형쟝은 거줏 의약만 힘쓰고 요괴로온 긔운을 슬펴 간ᄉ를 졔어홀 쥴 싱각지 못ᄒ시뇨 쇼샹셰 연슈의 말을 드르미 본대 총명이 여신이라 엇지 그 ᄯ뜻을 아지 못ᄒ리오 광미를 씽긔고 쳑연탄왈 즈위 이러툿 ᄒ시고 냥미 다 유병ᄒ니 오심이 산란ᄒ여 타ᄉ의 넘이 업거니와 가즁의 엇지 요괴로온 일이 잇스리오 네 만일 의심이 잇거든 슐ᄉ를 불너 긔운을 슬피라 내 또ᄒ 슬피리라 연쉬 낭쇼 왈 인심이

69면

난측이오 오가의 요인이 본대 이시니 형쟝인들 엇지 알니잇고 이의 유명ᄒ 슐ᄉ 이시니 이ᄂ 댱방환이라 불너 가즁을 망긔ᄒ니 구부인 침뎐 담틈의 무슈ᄒ 요괴지물을 파내니 사름의 미골을 금슈로 ᄣᄊ시며 목인으로 검극을 들녀 화살을 ᄯ씌인 재 부지기 쉬라 그 가온딕 쥬필노 츅사를 ᄣᄒ시대 필톄 긔이ᄒ여 일셰의 희한ᄒ니 쇼샹셰 이를 보미 마암이 셔를 ᄒ여 그 츅ᄉ를 슬피니 구부인과 냥황과 연슈 부부와 구 니 두 사름을 아오라 죽이면 셰셰손

70면

숀이 향화를 밧들니라 ᄒ여시니 연쉬 눈을 부릅드고 돈쥬왈 형이 이런 흉셔를 보시고 조금도 요동치 아니시니 인즈지되 이러ᄒ시리잇고 쾌히 글시를 빙쥰ᄒ여 필젹이 굿튼 쟈를 젹발ᄒ여 죄를 다스릴 거시오 시비를 져쥬면 가히 알 거시어늘 함구믹믹ᄒ고 이 셔간스를 쳐치홀 의시 업시니 쇼뎨 실노 의아ᄒᄂ이다 샹셰 탄왈 네 엇지 우형 알기를 금슈로 아는다 내 비록 효셩이 쳔박ᄒ고 동긔 스랑이 고인만 못ᄒ며 널노 더브러 동복쇼싱이 아니나 본대 혈

71면

믹이 상응ᄒ여 형뎨의 지극ᄒ므로 지심치 못ᄒ미 이러툿 ᄒ뇨 이제 가변이 불가사문 어타인이라 나의 삼쳐 가온대 이 일이 이시니 내 어내면목으로 사름을 대ᄒ며 분완ᄒ미 젹으리오마는 미시 젼도ᄒ면 반ᄃ시 후회 잇ᄂ니 이 환후 즁 엇지 형위를 빅셜ᄒ리오 오직 요예지믈을 업시ᄒ고 모친이 평복ᄒ시믈 기다려 조용히 다스릴지라 글시를 보지 아니나 조시를 죽여지라 쳥ᄒ미 아는 일이로다 환후 나으신 후 쳐치ᄒ미 무어시 어려오리오 연쉬 분분대로ᄒ나

72면

샹셰 죵시 다른 스식이 업셔 츅스를 깁히 두고 오직 모친과 냥미를 구호ᄒ여 슈삼일 후 부인이 구름이 거드며 안개 스러지 둣ᄒ거늘 애녀 낭황이 쏘 ᄂ러나거늘 합개 경희ᄒ고 부인은 망연부지ᄒᄂ 톄ᄒ더니 스오일 지눈 후 쇼샹셰 츠스로써 모친긔 쥬ᄒ고 쳥죄 왈 쇼즈의 죄 슈스난쇽이라 오즉 이런 변을 당ᄒ여 스스로 결치 못ᄒ고 야애 먼니 나가시미 즈젼의 쳐결ᄒ믈 바라ᄂ이다 부인이 쳥파의 샹흔실싁ᄒᄂ 거동으로 굴오대 내 비록 즈부의게 덕이 업스나 엇지 가즁

73면

의 여츳대변이 이실 쥴 쯧ᄒ여시리오 샹공이 림힝의 지삼 일너 가즁의 일이 이셔도 샹공이 도라오믈 기다리라 ᄒ엿건마는 이 변은 젼고의 드믄 흉변이라 도라올 지쇽을 뎡치 못ᄒ뇨 샹공을 엇지 기다리리오 네 가히 내 압히셔 져쥬고 계부의 글시를 바다와 빙쥰ᄒ면 흉스 쐬ᄒ던 쟈를 닙긱의 ᄎᄌ내리니 엇지 오늘 날 까지 무더두리오 일

노조츠 집을 망ᄒ고 몸을 보젼치 못ᄒᄂ 근본이라 엇지 ᄎ악지 아니리오 샹셰 비샤 슈명ᄒ여 크게 형위ᄅᆞ 베플고 가즁

74면
대쇼 비복을 낫낫치 다 잡아 내여 엄문홀시 위엄이 셩화 ᄀᆞᆺ고 호령이 뢰뎡 ᄀᆞᆺ트니 미ᄅᆞᆯ 들미 좌우의 견시재 낙담샹혼ᄒ니 슈십 쟝이 못ᄒ여 구부인 시녀 경홰 크게 울고 왈 쳔비 감히 우흘 범ᄒ미 아니라 조부인의 어진 덕이 금옥진보ᄅᆞᆯ 혹 ᄀᆞᆺ치 너기샤 합가녀로 남북의 심인후덕이 덥혀거늘 모일의 쳔비로 교란을 쳥ᄒ거늘 가온 즉 이 일을 니ᄅᆞ시고 왈 구부인이 비록 존고의 명회망즁ᄒ시나 날 보기ᄅᆞᆯ 구슈 ᄀᆞᆺ치 ᄒ고 샹셔ᄅᆞᆯ 도도와 나ᄅᆞᆯ 후대ᄒ믈 칙ᄒ

75면
니 우리 부부는 구부인 싱젼은 눈섭을 펼 날이 업고 구ᄂ니 냥부인이 잇셔ᄂᆞ 나의 안즁졍이 되ᄂᆞᆫ지라 냥 쇼고와 숙숙이 날을 비쳑홀 ᄯᅟᅮᆫ 아니라 숙숙이 잇셔ᄂᆞ 쇼군이 가쟝 되미 종시 셔어ᄒ니 믄져 구부인과 구ᄂ니 냥인과 냥쇼고ᄅᆞᆯ 졀데ᄒ여 셔룻고 후의 즈긱으로 연슈 도젹을 죽이면 우리 부부 근심 업시 이 집 가쟝이 되어 빅년을 쾌락ᄒ리니 너ᄅᆞᆯ 보니 시녀 가온딕 영니ᄒ미 대소ᄅᆞᆯ 부탁ᄒᄂ니 누셜치 말고 일워 냄즉 맛당이 널노뼈 쇼샹셔의 총희ᄅᆞᆯ 삼아 빅년고

76면
락을 ᄒ가지로 ᄒ리라 ᄒ시고 황금 빅냥을 ᄒᆞᆷ긔 봉ᄒ여 쥬시니 은혜 뫼 ᄀᆞᆺ고 덕이 바다 ᄀᆞᆺ튼지라 과연 죽으믈 가을 삼아 졍당 벽틈의 뭇고 냥쇼져 침당의 힝ᄒ엿더니 불급 소오일의 병휘 즁ᄒ시니 쇼비 스스로 하늘이 두렵고 귀신이 겻ᄒ셔 보믈 송구ᄒ더니 과연 넘녀와 ᄀᆞᆺ타야 일이 발각ᄒ니 엄문지하의 은휘치 못ᄒᄂ이다 샹셰 대로 왈 다른 일은 이ᄅᆞ지 말고 조부인이 교란으로 너ᄅᆞᆯ 니로다 ᄒᆞᆫ 허언이라 교란이 쥬인을 함졍의 너흔 죄로 히도의 찬젹

77면
ᄒᆞ엿거늘 조시 엇지 다시 부ᄅᆞ리오 경홰 읍고 왈 감히 허언을 ᄒ리잇가 경화의 목슘

이 스지 못ᄒ게 되어시니 다시 쥬인을 함히ᄒᄂᆫ 죄를 결ᄒ여 범치 아니ᄒ리니 우리 졍당부인이 제쇼져 거ᄂᆞ리시미 편벽ᄒ미 업ᄉᆞ디 홀노 조부인이 샹히 불평지심을 두시믄 미양 노야의 은이 조부인긔 일편되시므로 졍당부인이 공변되믈 경계ᄒ시고 구니 냥쇼져의 홍안을 고렴ᄒ시기로 일노 뻐 원망이 되ᄂᆞᆫ지라 교란이 심복으로 미를 견대지 못ᄒ여 직초ᄒ오니 갈 쩌 잠

78면

간 몸을 쌔혀 조부인긔 와 울며 만단이걸ᄒ여 다시 묘계를 잘 닐오고 굿칠 거시니 져를 북히의 보ᄂᆞ지 말ᄂᆞᄒ니 조승샹의 흔 말의 분부를 으드미 교란이 버셔ᄂᆞ고 익구즌 시비를 히셥의 보내니 교란은 시방 조부인이 어디 감초고 계교를 획획ᄒ니 엇지 감히 허언을 ᄒ리잇고 쇼샹셰 즉시 교란을 잡아 내고 구 니의 필젹을 가져오라 ᄒ니 삼부인의 글시 가져 왓ᄉᆞᆷ대 교란은 피ᄒ여 종젹이 업다 ᄒᄂᆞᆫ지라 샹셰 글시를 가져 모친긔 뵈올 식 ᄌᆞ톄 완연이 조시 필젹과 ᄀᆞᆺ트니 부인이

79면

견필의 발연이 ᄂᆞᆺ빗츨 곳치고 녀셩ᄃᆡ미 왈 샹문법가의 ᄌᆞ식도 이런 강샹대악을 범ᄒᄂᆞᆫ냐 네 조녀를 혹ᄒ여 힝ᄉᆡ의 닙ᄒ여시니 내 샹히 니ᄅᆞ디 네 밋지 아니ᄒ고 니시 구시를 원슈 ᄀᆞ치 ᄒ더니 금일 힝ᄉᆞ를 보니 져젹 니시 치독일ᄉᆡ 엇지 흔 사ᄅᆞᆷ의 일이 아니리오 이졔 싀어미를 져쥬ᄒ고 동싱을 죽이려 ᄒ디 네 오히려 의심이 업ᄉᆞ니 이ᄂᆞᆫ 진실노 인면슈심이라 사ᄅᆞᆷ이 어미를 아지 못ᄒ고 훈갓 조녀만 아니 네 어니 면목으로 사ᄅᆞᆷ을 대ᄒ려 ᄒᄂᆞ뇨 이 등훈 사ᄅᆞᆷ이 아니라 네 무

80면

더 두고 안연이 부부지의를 뉴렴ᄒ려 ᄒᄂᆞᆫ다 샹셰 직빈 왈 쇼ᄌᆞ의 무샹불인이 제가를 못ᄒ여 이런 망극훈 변이 니러ᄂᆞ오니 엇지 다시 조시로 부부라 칭ᄒ리오 그 죄범이 비록 죽이미 맛당ᄒ오나 아직 대인이 도라오실 ᄉᆞ이의 친졍의 도라보내고 다시 구쳐ᄒᆞ사이다 부인이 가ᄉᆞᆷ을 두다려 왈 날을 죽이려 ᄒᆞᆫ 니ᄅᆞ도 말고 연슈 몸을 보젼치 못ᄒ게 되어시니 조녀를 졔 집의 보내면 이ᄂᆞᆫ 범을 노화 뫼히 보내미라 날을 함졍의 죽이고 굿치랴 ᄒᄂᆞᆫ냐 샹셰 면관고두읍왈 ᄌᆞ괴 참아 사

81면

롬으로 흐여금 듯지 못홀 말숨을 흐시니 쇼지 죽어 듯줍지 말고져 흐옵느니 히이 무
샹흐오나 쳐주를 위흐여 부모 동긔를 히흐는 원슈를 아지 못흐리잇고 조시는 주젼의
쳐치를 기다리고 히으의 무샹흐믈 다스리사 다시 이런 망극흔 말숨을 마르쇼셔 부인
이 노긔 등등흐여 바로 조시의게 다르드러 어주러이 쳐 왈 요녀의 수오느오미 강샹
을 범흐여 시어미를 시흐며 쇠동싱을 살코져 흐니 쳔만고의 듯지 못흔 대안이라 내
엇지 너를 고이 두리오 네 집의 고이 도라보낼가

82면

넉이느냐 몬져 슈십 쟝을 마져보라 흐고 진녁흐여 두다리니 머리 씌여져 피 놋치 가
득히 흐르고 녹발이 무빈의 어주러워 셕목도 감챵홀지라 샹셰 져 거동을 보미 몸이
져리고 마음이 참담흔지라 머리를 슉여 안싴이 주약흐나 흉쟝은 주못 요란흐니 이의
긔운을 나죽이 흐고 쥬왈 져의 죄 만수무셕이오나 법뉼이 삼엄흐오니 맛당이 법대로
쳐치흐여 죽이나 살오나 명졍흔 쳐분이 이실 거시니 친히 미를 드러 톄위를 일흐시
리잇고 이는 히이 혐의의 측흔가흐여 주

83면

졍허물을 극간치 아니미 쇼주의 도리 아니라 셰 번 싱각흐쇼셔 부인이 발 굴너 왈 이
난주 경슈놈아 오히려 조녀 앗겨 나를 공치흐고 거즛 톄위를 일크라 조녀 샹흐믈 착
급흐여흐니 엇지 통히치 아니리오 내 친히 슈고흐믈 민망이 넉일진듸 네 쾌히 이 미
를 슈십쟝으로 쳐 뵈라 샹셰 도로혀 우음이 나는지라 쥬슌의 옥치 찬연흐여 쥬왈 져
의 죄 슈십쟝으로 속홀 거시 아니오 쇼지 집쟝수예 아니라 모친의 명흐시믈 슈화의
피홀 빅 아니오나 이 일이 가치 아니미 간흐오믄

84면

주식의 도리라 원컨대 이런 가쇼지수로 션실기도를 마르시고 의법쳐치흐샤 즁논이
업게 흐쇼셔 그 부형이 알진듸 우리 집 일을 비쇼흐오리니 모친과 쇼지 실톄흐오미
되올지라 엇지 져를 앗겨 흐온 말숨이리잇고 부인이 노긔 팅즁흐여 치기를 어주러이
흐대 조시 안싴을 곳치지 아니흐고 남우와 돌 사룸 굿타야 일셩을 부동흐고 단졍이

손을 쏘주 마잘 쏸이오 겸누를 나리지 아니니 옥 깃튼 눗히 머리로 조추 흐르는 피 오시 쎠러지는지라 좌우인이 춤아 보지 못

85면

흐디 이녀 냥황은 내심의 깃브믈 품어 각각 닝안쳠시흐고 흔 쇼리 구흐는 말이 업스 디 연슈 쳐 교시 눈물을 머금고 안식이 참담흐여 믄득 좌를 쎠나 고왈 존괴 셩녀 엄 흐신디 쇼쳡이 어린 말숨이 존위를 간범흐미 죄 크오나 스룸의 원억흐믈 춤아 견디 지 못흐고 스룸의 부졍흔 졍퇴를 보면 통히흐믈 참지 못흐옵는 셩졍이라 이졔 조형 의 옥이 조코 어름이 몱으므로써 강샹의 일죄를 무릅써 망극흔 일홈이 몸의 밋고 급 흔 치칙이 뉴혈이 만디흐니 이

86면

는 존고의 셩덕의 대흠이라 쇼쳡이 불승참담흐여 황황산비흔 졍신을 슈습지 못흐오 니 져 조형이 상문교으로 금옥방신이 호치부귀를 쎄여 싱쟝흐엿거늘 이졔 두골이 쎄 여지고 뉴혈이 가득흐니 힝혀 긔특이 견고흐고 지극히 온슌흐여 요동흐미 업스오나 쑤러진 머리 바름이 드으면 스싱을 졍치 못흐올지라 엇지 가내의 대변이 이 디경의 니를 쥴 알니잇고 가군이 이 경샹을 당흐여 머리를 두다려 간흐미 도리의 올커늘 존 고의 실덕흐시믈 안즉셔 관시흐오

87면

니 쇼쳡이 참지 못흐와 스죄를 무릅쓰고 알외나이다 인흐여 읍톄여우흐여 조시의 쑤 러진 머리를 쌰미고 피를 쎠시며 위흐여 눈물이 년낙흐여 혈심진졍이라 구부인이 어 진 말과 강개흔 눈물을 보미 잠간 치기를 그치니 연슈 진목즐왈 요괴로온 계집은 힝 실이 일양이오 심시 깃흔지라 홀노 나셔 구흐는다 하늘 아리 구고 져쥬흐는 며느리 는 즈고로 듯지 못흔 변이라 모친이 분노흐시미 인졍상시라 형이 오히려 슈시의 쳥 을 드러 모친을 비방흐고 조시를 칙

88면

지 아니미 가쟝 고이흔대 엇지 감히 당돌이 내다라 여러 말 흐리오 교시 츄연탄식고

날호여 왈 악을 슝샹ᄒ고 인을 면니 ᄒ미 그 젼졍이 무슴 길ᄒ미 이시리오 군ᄌ의 ᄒ
시는 배 다 쳡의 쇼견인 즉 골경신ᄒᄒᄋᄌ라 조형이 ᄯ혼 모친긔 득죄ᄒ나 군ᄌ긔 간
섭ᄒᆫ 일이 져쥬일시라 그 원억ᄒ미 빅옥무하ᄒ니 군지 녁간ᄒ여 그 원앙ᄒᄆᆯ 신빅ᄒ
고 ᄌ의ᄅᆯ 푸러 형뎨화우ᄒ는 졍셩을 다ᄒ미 올커ᄂᆞᆯ 이ᄀᆺ치 도도믄 비인졍이며 비인
힝이라 쳡이 조형과 일톄 죄

89면

인이 될지언졍 차마 말을 먹음어 발치 아니믄 쳡의 심간이 답답ᄒ니 부ᄌᆞ는 기리 싱
각ᄒ여 보쇼셔 연쉬 되로ᄒ여 압히 노ᄒᆫ 옥연을 드러 교시의게 더지고 팔흘 쏨내여
왈 내 너ᄅᆯ 사ᄅᆷ만 너겨더니 진실노 요악ᄒ미 무빵ᄒ니 금일노 썬 늣지 아냐 네 집으
로 가라 교시 져의 경박무식ᄒᄆᆯ 보미 무익ᄒᆫ 슌셜이 조금도 유익ᄒ미 업고 샹힐홀
ᄯᆞ름이라 기리 탄식고 년보ᄅᆯ 두로혀 침쇼로 가니 샹셰 졍식 왈 군지 엇지 졍실을 스
스로 치리오 너의 ᄒ는 빅 심히

90면

부박ᄒ니 내 형이 되어 교녜 못ᄒᆫ 쥴 실노 붓그려 ᄒ노라 연쉬 닝쇼 왈 엄ᄒᆫ 제가도
다 보왓ᄂᆞ니 쇼뎨의 일은 시비치 마ᄅᆞ쇼셔 구부인이 닝소 왈 네 아오ᄅᆯ 교졔ᄒ라 말
고 네 착ᄒᆫ 안히 죄범강샹ᄒ여시니 가히 텬졍의 쥬ᄒ여 법대로 쳐치홀 거시로디 아
직 샹공이 오시기ᄅᆯ 기다려 닝옥의 가도고 네 스스로이 은졍을 두지 말나 샹셰 비스
슈명ᄒ고 이의 시비ᄅᆯ 호령ᄒ여 닝옥의 가도니 가히 어엿브다 조쇼졔 샹문교아로 싱
쟝호치ᄒ여 나의ᄅᆯ 무거이 넉이고 진미ᄅᆯ 염ᄒ나 오히려

91면

부모지심이 샹홀가 두려ᄒ고 병들가 렴녀ᄒ여 금쟝슈막의 향취ᄅᆯ 쒸여 십삼년을 싱
아ᄒ여 쇼문의 드러오미 간악ᄒᆫ 존고와 음ᄉᆞᄒᆫ 젹인이 교공ᄒᆫ 악도흉미ᄅᆯ 만나 일시
편ᄒᄆᆯ 엇지 못ᄒ고 즐거오믈 모로다가 필경은 강샹일죄ᄅᆯ 무릅뻐 독ᄒᆫ 형벌이 살을
헐우고 음디누옥의 텬일을 보지 못ᄒ고 화긔ᄅᆯ 쏘이지 못ᄒ니 시비 양낭이 썰고 울
어 눈물이 쇼히 되ᄂᆞᆫ지라 쇼져는 각별 쳑비ᄒᆫ ᄉᆞ식을 아니ᄒ고 그 마ᄌᆫ대 즁샹ᄒ여
스스로 즁통ᄒ며 수지 못홀가 넘녀

92면

ᄒ여 바름 아니들게 동히고 몸이 금니의 ᄲᅡ여 조부야이 샹히ᄒᄂ 일이 업고 언 조밥과 약초 믹반을 반ᄃᆞ시 물의 노하 흘려 드려 보내고 살기ᄅᆞᆯ 힘ᄣᅥ 쳔금ᄀᆞᆺ치 ᄒᆞ니 엇지 일호나 부졀업ᄂ 누슈ᄅᆞᆯ 허비ᄒ며 조부야이 죽기ᄅᆞᆯ ᄌᆞ분ᄒ리오 ᄉᆞ오일이 되도록 일양 한갈 ᄀᆞᆺ치 먹고 누어 고요히 셰샹을 잇고 익운이 오히려 머러시믈 늣길 ᄯᆞᄅᆞᆷ이라 이녀 냥황과 구 니 냥인이 동졍을 탐지ᄒ고 오히려 쾌치 아냐 구부인을 도도와 왈 조네 고요히 이셔 흉게ᄅᆞᆯ 도모ᄒ리니 ᄎᆞᆯᄒ리

93면

침션방젹이나 틈업시 식여 졍신이 잇브고 의식 한가치 못ᄒ여 우리 히ᄒ기나 져기 덜ᄒ게 ᄒ쇼셔 부인이 즉시 명ᄒ여 슈션과 뵈ᄲᅡᆺ기ᄅᆞᆯ 식여 졍신이 잠간 잇브고 의식 한가치 못ᄒ게 ᄒ노라 날이 못ᄒ여 지쵹이 셩화 ᄀᆞᆺᄐ여 왈 죽을 죄의 아직 ᄉᆞ라시니 사ᄅᆞᆷ의 넘치면 하면목으로 셰샹의 일시나 머믈고시부리오 네 흔가흔 곳의 쳐ᄒ여 셰샹 사ᄅᆞᆷ을 ᄉᆞ졀ᄒ여시니 요괴로온 슐이 더욱 늘니니 이 일이나 잘ᄒ여 날노ᄲᅥ 근심을 대ᄒ라 조시 슈명ᄒ여 니러 안ᄌ ᄎᆞ후

94면

ᄂ 누어 쉬지 못ᄒ고 화평흔 긔운과 온화흔 거동으로 슈션을 다스리미 십지셤슈의 졍묘흔 슈단이 약난의 신니흔 직죄나 밋지 못ᄒᆯ지라 범인의 십일공부면 일일내 진필ᄒ니 비록 텬샹직녀의 직죄나 밋지 못ᄒᆯ지라 구부인이 독쵹ᄒ나 능히 긔한젼의 다ᄒ여 지쵹이 니ᄅᆞ면 즉시 밧드러 보내여 만분화평ᄒ고 극진승슌ᄒ니 그 슉식거체 사ᄅᆞᆷ의 견대지 못ᄒᆯ 비로ᄃᆡ ᄉᆞ긔 안졍유일ᄒ니 교시 일야ᄂ 연슈업슨 ᄣᅢᄅᆞᆯ 타 두어 시녀로 가마니 취음뎡의 니

95면

ᄅᆞ니 조시 ᄲᅥ러진 의샹의 겨유 편편키ᄅᆞᆯ 면ᄒ고 어ᄌᆞ러온 운발이 옥 ᄀᆞᄐᆞᆫ ᄂᆞᆺ츨 가리와시니 슌월이 흑운의 ᄲᅡᆺ여시며 빅일의 샹운이 둘너시니 팔ᄎ 광염이 무ᄉᆞᆨ흔 가온ᄃᆡ 더욱 찬난비무ᄒ여 누실의 홍일이 비치여시니 사ᄅᆞᆷ의 졍신이 어리고 두 눈이 밤븬지라 교시 이ᄅᆞᆯ 보미 ᄉᆞ로이 흠탄경복ᄒ여 밧비 거러 나오ᄃᆡ 조시 슈션의 잠심ᄒ여 고

개를 숙이고 좌우를 살피지 아니ᄒᆞ거늘 교시 례ᄒᆞ여 왈 일별이 ᄒᆞ마 슈슌이라 현져의 귀톄 능히 무양ᄒᆞ시

96면

냐 쇼졔 빵셩을 드ᄅᆞ미 교시라 반가오믈 머금어 답례 왈 이 곳의 잠기므로 얼골을 대ᄒᆞᆯ 길이 업ᄊᆡ니 우ᄒᆞ로 졍당을 쳠망ᄒᆞ고 버거 졔 쇼고로 샹화ᄒᆞ던 졍이 ᄭᅮᆷ 속이 되엿ᄂᆞᆫ지라 됴셕의 샹모ᄒᆞᄂᆞᆫ 졍이 간졀ᄒᆞ나 뉘 이셔 죄인ᄂᆞᆫ 사ᄅᆞᆷ을 보리오 속졀업ᄉᆞᆫ 회포 촉쳐의 샹감ᄒᆞᆯ ᄲᅮᆫ이러니 금일 현뎨의 옥용을 샹견ᄒᆞ니 진실노 의외라 아지 못게라 존당과 슉미 안강ᄒᆞ시냐 교시 츄연탄왈 가즁의 불인지심을 두니 만ᄒᆞ 현져의 심덕

97면

으로 이 환을 만ᄂᆞ니 쥬공의 동관지익과 셔빅의 뉴리지익이라 맛ᄎᆞᆷ내 누명의 맛지 아니리니 슉슉의 셩효와 져져의 인회 하늘이 유의ᄒᆞ여 내시미니 무슴 근심이 이시리오 오즉 쇼졔ᄂᆞᆫ 오늘 편ᄒᆞ나 명일 아모른 사ᄅᆞᆷ이 될 쥴 모ᄅᆞ니 슉야 경구지심이 능히 잠ᄌᆞ고 밥먹지 못ᄒᆞᆷ믄 져져의 명견으로 능히 아ᄅᆞᆯ실지라 ᄒᆞᆫ 번 조용히 뵈와 쇼뎨의 회포를 알외고 존안을 뵈옵고져 ᄒᆞ여 번거ᄒᆞᆷ믈 피치 아니ᄒᆞ여 니ᄅᆞ로과이다 부인이 그 말을 드ᄅᆞ 어진 쟤 어진 이를

98면

ᄉᆞ랑ᄒᆞ고 ᄉᆞ오나온 쟤 악당을 조화ᄒᆞ미 ᄌᆞ연ᄒᆞ미라 그 현슉ᄒᆞᆫ 명감이 가부의 불인을 알고 쟝릭ᄉᆞ를 넘녀ᄒᆞᆷ믈 스치미 ᄯᅩᄒᆞᆫ 심ᄉᆞ 조치 아닌 사ᄅᆞᆷ이라 츄연탄식왈 현뎨의 날 알미 이러틋ᄒᆞ니 내 엇지 지긔로 허ᄒᆞ여 폐부심담을 ᄲᅩ아 졍회를 다ᄒᆞ지 아니리오 나의 굿기믄 이는 명운의 츠악ᄒᆞ미라 사ᄅᆞᆷ을 탓ᄒᆞ리오 쳡은 그 분복을 직회여 죽으면 죽고 살면 살 거시니 미리 초젼ᄒᆞ여 부모의 ᄭᅵ치신 몸을 가바야이 바리지 아니랴 ᄒᆞ나 이 날을 히ᄒᆞᄂᆞᆫ 쟈를 아뒤이ᄂᆞᆫ 젼셰 업

99면

원이 금셰의 보복ᄒᆞᄂᆞᆫ 도리 이시니 엇지 한ᄒᆞ리오 현뎨 젼두 근심을 경히 말ᄒᆞ니 이

ᄂᆞᆫ 가쟝 언경ᄒᆞ시미라 내 비록 친ᄒᆞ나 금쟝ᄉᆞ이오 녀ᄌᆞ의게 가부ᄂᆞᆫ 하늘이라 감히 바리지 못ᄒᆞ리니 슉슉이 지금의 나히 젹고 셰ᄉᆞᄅᆞᆯ 경녁지 못ᄒᆞ여 혹자 ᄯᅳᆺ ᄀᆞᆺ지 못ᄒᆞ미 이시나 현뎨 맛당이 지셩으로 간걸ᄒᆞ여 졍도의 도라가게 ᄒᆞ미 부덕이오 종시 그ᄃᆡ 말이 효험이 업거든 함구불언ᄒᆞ여 덕을 닥고 인을 힝ᄒᆞ여 현뎨의 젹덕여음이 슉슉의 허물을 가리오게 ᄒᆞ미 이시리

100면

니 날을 ᄃᆡᄒᆞ여 한ᄒᆞ시미 온당치 아니ᄒᆞᆫ지라 슉슉이 비록 슈신셥힝이 독경치 못ᄒᆞ나 거의 내조ᄅᆞᆯ 심입어 어진대 나아가고 현뎨의 경ᄌᆞ혜질이 복을 안향ᄒᆞᆯ 거시니 원컨대 진즁슈덕ᄒᆞ여 텬시의 되어 가믈 볼 지어다 어질고 복지 못ᄒᆞ면 이ᄂᆞᆫ 하늘이라 후인이 드러도 븟그러오미 업ᄉᆞ리라 교시 쳥파의 불승칭복감동ᄒᆞ여 이의 니러 ᄇᆡ사 왈 현져의 가ᄅᆞ치시믄 쇼뎨지심이 셕연ᄒᆞᆫ지라 마음의 삭기고 ᄲᅢ의 ᄲᅧ 밧들려니와 지금의 현져의 지셩대덕으로 화ᄅᆞᆯ 만

101면

ᄂᆞ시 누옥고초의 거쳐 음식이 귀톄ᄅᆞᆯ 견ᄃᆡ여 보즁ᄒᆞ실 도리 업ᄂᆞᆫ지라 부인이 조시긔 날노 더ᄒᆞ여 취음뎡 젼노ᄅᆞᆯ 막고 형극을 막아 ᄲᅡ흐니 가즁 시비 번거히 왕ᄅᆡ치 못ᄒᆞ게 ᄒᆞ고 조부의셔 오ᄂᆞᆫ 시비도 길흘 막아 통치 못ᄒᆞ게 ᄒᆞ더라 시시의 쇼샹셰 가변을 만나 조시 ᄉᆞ옥의 계계ᄒᆞᄆᆡ 놀이 오ᄅᆡ니 그 미모와 화셩봉음이 이변의 징영ᄒᆞ니 닛고져 ᄒᆞ나 능히 못ᄒᆞ고 그 쳔금방신이 망측ᄒᆞᆫ 죄명을 무릅ᄡᅳ고 누옥의 잠기ᄆᆡ 반ᄃᆞ시 ᄉᆞ지 못ᄒᆞ리니 ᄒᆞᆫ 번 보고 위로코ᄌᆞ ᄒᆞᄃᆡ

102면

그 죄목이 즁난ᄒᆞᆫ지라 유유ᄒᆞ나 ᄉᆞ졍을 참지 못ᄒᆞ더니 일일은 지당의 산보ᄒᆞ여 ᄌᆞ긔 신세와 젼두화란이며 조시 쳔금옥질노 ᄉᆞ싱의 위ᄐᆡᄒᆞ미 누란 ᄀᆞᆺᄐᆞᆫ지라 반ᄃᆞ시 ᄉᆞ지 못ᄒᆞ리니 ᄒᆞᆫ 번 보와 영결ᄒᆞ리라 가연이 ᄯᅳᆺ을 결ᄒᆞ여 취음뎡의 니ᄅᆞ니 형극을 ᄲᅡ하 ᄒᆞᆫ 몸이 겨유 용납ᄒᆞᆯ 만ᄒᆞᆫ지라 문압ᄒᆡ 니라러 드ᄅᆞ니 유랑 시비 등이 탄셩오열ᄒᆞ여 왈 엄동누옥의 언 조밥과 쓴 산치 우리 쳔인도 참아 먹지 못ᄒᆞ거든 쳔금쇼제 속졀업시 취음뎡 귀신이 되리로쇼이다 노야

103면

는잔잉토 아니샤 혼 번도 고문치 아니시니 하일의 텬일을 보리잇고 쇼졔 희허 왈 여
등은 잡셜을 말나 내 명되 긔박ᄒ니 남을 엇지 탓ᄒ리오 텬되 쇼쇼ᄒ니 언마ᄒ여 길
운이 도라오리오 쇼군의 효의 반ᄃ시 ᄌ의ᄅᆯ 감동ᄒ고 슉슉을 화우ᄒ여 류의의 즐거
온 사름이 될 거시니 엇지 조부야이 초젼 셩질ᄒ리오 유뫼 탄식대왈 쳔견도 그런 쥴
아옵거니와 이 벽쳐심옥의 셜운 말슴을 ᄒ미라 엇지 원심이리잇고 셜파의 희허쟝탄
ᄒ니 샹셰 그 노쥬의 문답을 듯고 식

104면

견을 탄복ᄒ여 이의 긔침ᄒ고 개호입실ᄒ여 거슈 왈 별후일삭의 셩문이 돈졀ᄒ니 약
질이 무양ᄒ신잇가 쇼졔 텬연이 니러 마자 대왈 누인의 죄범이 경치 아니니 군지 엇
지 이 곳의 니ᄅ시니잇고 스림의 허물을 어드시리니 아녀ᄌ의 약혼 말이나 치납ᄒ사
도라가쇼셔 쳡이 비록 누옥의 곤ᄒ나 반셕 ᄀᆺ투리니 군ᄌ의 념녀ᄅᆯ 더으지 아니리이
다 원 군ᄌᄂᆫ 대슌과 증ᄌᄅᆯ 본ᄒ사 자의ᄅᆯ 두ᄅᆞ혀시며 슈족의 낙이 류긔의 흔ᄅᆯ 업
시ᄒ여 세샹의 붓그러온 거슬 씨고 효우

105면

ᄅᆯ 일워 문호ᄅᆯ 융융혼 경ᄉᄅᆯ 일위미 군ᄌᄀᆡ 이시니 슌이 부유텬하ᄒ시나 부모지심
을 엇지 못ᄒ신 젼은 민쳔의 우롬을 그치지 아냐시니 군지 존고의 명교ᄅᆯ 위월ᄒ사
죄쳡을 무ᄅᆞ시미 크게 효의 샹ᄒ시미라 쳡이 그윽히 항복지 아니ᄂᆞ니 신즁 쳔만보
즁ᄒ쇼셔 조쇼졔 일호도 쳑비ᄒ미 업시 졍졍슉슉ᄒ고 스긔 온슌화평ᄒ니 샹셰 부인
의 현슉혼 말슴과 황홀혼 용화ᄅᆯ 대ᄒ니 마음이 녹고 쌔 져리ᄂᆞᆫ지라 그 견두만ᄉᆞᄅᆯ
능히

106면

지긔ᄒ고 화복길흉과 젼졍만리ᄅᆯ 예탁ᄒᄂᆞᆫ 즁 총명여신을 탄복ᄒ미 여산혼 은졍과
약ᄒ혼 뜻이 여텬디무궁이라 쳔금옥질이 옥즁간초와 의식의 괴로오미 사름의 춤아
견대지 못홀 경계ᄅᆯ 아오라 쳔역의 다ᄉᆞᄒ오미 일시여력이 업ᄉᆞ니 셕목이라도 견대
기 어려오믈 혜아리니 몸이 알프고 마음이 찬지라 구외의 내여 원망코져 혼 즉 인ᄌ

의 도리 아니오 몸의 죄과를 더홀 뿐이라 묵묵ᄒ여 벙어리 ᄀᆞᆺ고 한ᄀᆞᆺ 마음이 챵연ᄒ
여 오직 봉안의 가득ᄒ 눈

107면

물이 삼삼ᄒ여 옥면의 이음ᄎᆞ를 씻둣지 못ᄒ여 부인의 셤슈를 굿지 잡고 어린 ᄃᆞ시
움ᄌᆞ이지 못ᄒ고 믹믹히 슬허홀 뿐이라 조시 일분도 쳑비ᄒᆞᆫ 스식을 뵈지 아니ᄒᆞ고
거지안샹ᄒ여 ᄌᆞ약히 위로 왈 군ᄌᆞᄂᆞᆫ 쳘셕 ᄀᆞᆺᄐᆞᆫ 쟝뷔라 ᄒᆞᆯ믈며 냥가 훤당이 안여반
셕ᄒᆞ시고 규내의 미부인이 빵빵ᄒ니 훈지의락과 금슬의화ᄒᆞ미 명공 ᄀᆞᆺᄐᆞ니 업슨지
라 불ᄒᆡᆼᄒ여 쳡 ᄀᆞᆺᄐᆞᆫ 누인을 만나 효셩의 ᄒᆡ로오미 잇고 군ᄌᆞ 실즁의 누더기 되거늘
오히려 존당 쳐분이 쳡으로 뼈 이 곳의 가도시고

108면

대인이 도라오시믈 기다리시미 셩덕이니 군ᄌᆞ의 도리 ᄌᆞ교를 승슌ᄒᆞ사 일이 명졍ᄒ
믈 조ᄎᆞ실지니 하고로 쟝부의 눈물이 가바야이 나리오샤 사롬의 치쇼를 씻둣지 못ᄒ
시ᄂᆞ뇨 불ᄒᆞᆨ무식ᄒ 초부도 이 거조를 아니리니 원컨대 부ᄌᆞᄂᆞᆫ ᄲᆞᆯ니 나가쇼셔 샹셰
니러 쟝읍청샤 왈 부인이 비록 명되 긔박ᄒ여 이 쇼싱의 지취 되어시나 가히 복의 놉
흔 스승이오 여견쳔리ᄒᆞᄂᆞᆫ 춍명후덕은 셩현이 부싱ᄒ시나 더홀 거시 업ᄉᆞ니 나의 쇼
쳔위 엇지 탄복지 아니리오 ᄌᆞ졍

109면

셩덕을 간인이 가리와 이 디경의 밋ᄎᆞ미 도시 쇼경쉬 효셩이 쳔박ᄒᆞ미라 일노조ᄎᆞ
가변이 츙싱ᄒ리니 복이 비록 쥭으나 부인을 져바리지 아니리라 조시 홀연 이 옥안
의 경희ᄒᆞᆫ 빗치 이셔 믄득 ᄌᆞ리를 써나 쳥죄 왈 쳡이 무상ᄒ여 군ᄌᆞ의 덕을 돕지 못
ᄒ고 프른 머리와 붉은 ᄂᆞᆺᄎᆞ로 쟝부의 마음을 미혹게 ᄒ니 군ᄌᆞ의 ᄒᆡᆼ식 만히 외입ᄒ
미 님ᄒ여 겨시니 ᄎᆞᄂᆞᆫ 다 불인지덕이라 죄즁의 죄를 더ᄒᆞ니 하면목으로 부ᄌᆞ를 대
ᄒ여 언어를 슈쟉ᄒᆞ리오 금일 말

110면

ᄉᆞᆷ이 군ᄌᆞ의 ᄒᆡᆼ실 빅 아니라 쳡슈비박이나 오히려 부형의 교훈을 바다 례의를 심ᄉᆞ

호던 바로 죄루의 쎄지믄 텬아여이와 타일 혹즈 스라나셔 부모를 뵈올 낫치 업슬 거
시니 원컨대 부즈 보시는대 흔 목슘을 쓴쳐 군즈로 호여금 거리 끼시는 넘녀를 긋쳐
바리고져 호느이다 셜파의 스기 렬슉호고 언에 강개호여 구츄샹텬이 놉호시며 동텬
렬일이 셜빙의 바이는 듯 찬연이 고은 빗촌 일빅 화신이 닷토와 향긔를 토호고 조흔
픔도는 빅벽쥬옥이 보광을 토호는 듯 봉

111면

안을 노초고 쥬슌이 믹믹호여 말슘을 긋치고 공슈단좌호미 닝담슉연호미 사름으로
호여금 스랑호믈 결을치 못홀지라 쇼샹셰 이 거동을 대호미 졍신이 표탕호고 의외의
윤이 훗터지되 다만 져의 졍대호미 총명혼 군즈로 흉금이 열니며 져의 슉연혼 례뫼
쟝부로 호여금 거연이 공경호이는 뜻이 니러나는지라 이의 노빗출 곳치고 샤왈 부인
의 규졍홈 곳 아니면 하마 경슈의 몸이 불효 죄인 되기를 면치 못호리롯다 마음의 지
극히 앗기시며 지극히 원앙호

112면

믈 모르면 뉘 알니오 부인은 이 즁의나 몸을 옥 ᄀᆞᆺ치 앗겨 맛춤내 우리 부뷔 뜻을 일
우고 눈섭을 펴 즈의를 감동호고 졔미를 감화흔 후 관져지락을 일워 남은 한이 업게
홀진ᄃᆡ 경쉬 비록 조보야오나 마음을 널니 호여 이 곳의 다시 오지 아니코 풍운의 길
시를 기다리리라 조시 이의 다다라는 ᄂᆞᆺ 빗출 화히호여 위로 왈 사름의 화복 길흉은
대셩인도 임의로 못호시니 젼두를 미리 예탁홀 빅 아니라 오직 군즈는 뜻잡기를 졍
대히 호고 셩효를 본호시며 우공을

113면

가죽이 호시면 그 밧 만스는 즈연이 도라가는 대로 호리니 쳡은 본ᄃᆡ 완인혼지라 사
름이 죽이지 아닐진ᄃᆡ 스스로 번뢰호여 죽지 아니호리니 군즈는 섈니 도라가쇼셔 쇼
샹셰 츄연쟝탄의 다시 부인의 손을 잡고 년년호여 춤아 니지 못호니 견권지졍이 비
길 곳이 업는지라 조시는 흔ᄂᆞᆺ 셩녜라 텬셩의 졀직혼 심덕분이니 이 ᄀᆞᆺ튼 쟝부의 여
산은졍은 엇지 감격지 아니리오 잠간 취미를 동호고 셩안을 나즉이 호여 두어 번 거
듭 써 샹셔의 풍광이 환탈호고

114면

의용이 슈척흐믈 보믹 우려흐눈 빗치 이시니 어리로온 틱도와 쇄락흔 광염이 실즁의 조요흔지라 샹셰 더욱 경복황홀흐여 참아 니러느지 못흐더니 시시의 의황이 취음졍의 간 쥴 알고 연슈룰 대흐여 왈 조시눈 텬하간웅이라 취음뎡의 드러간 후붓터 우리룰 원망흐미 통입골슈흐여 그 입을 움즉이고 마음쓰기룰 그 부모의게 우리 형미의 흔단을 다흐여실 거시오 모친과 구 니 냥형은 남은 짜히 업시 함흐여 큰 일을 져즐야 흐므로 쯧을 크게 흐고 듀러시

115면

기눈 일을 흐룩눈 듯 공슌흐고 원망이 입의 나지 아니니 이눈 젹은 력량이 아니라 이제 슈형이 이곳의 드러가믹 의논흐눈 별단스에 만흘 거시니 우리 니형으로 가 듯고져 흐딕 이목이 번다흐고 녀즈의 츌입이 편당치 아니니 현데 가히 즈셔히 드러보라 연쉬 몸을 니러 나눈 듯시 취음뎡의 니러 그윽흔딕 지어 셔셔 부부의 스어룰 다 드룩딕 조시의 흐눈 말은 인졍 밧그로 긔특흐고 경슈의 말이 쏘흔 형데 모즈지간의 조금도 혐의흐눈 쯧이 업고 더욱 져눈 거드눈 일이 업눈지

116면

라 마음의 무미흐고 쏘흔 그 부부의 긔특흐믈 시로이 통한흐여 싱각흐딕 사름의 어즐고 아룸다오미 져 굿투니 스곤이 조시로 화락흐면 가되 챵셩흐고 복녹이 융흥흐여 반드시 복경이 이시리니 내 엇지 긔운을 펴 보며 이 집의 종쟝이 되리오 하믈며 긔린 굿툰 옥동이 임의 쳔금의 쇼즁이 잇눈지라 이 쎡룰 인흐여 그 우익을 덜고 스곤을 괴로이 보치며 조시 모즈룰 졀졔흐여 슈형이 초스흐여 맛춤내 죽기의 니룩게 흔 즉 거의 나의 쇼원을 일우리라 흐고 다시 드릭니 다른 말

117면

이 업고 다만 아즈룰 어룩만져 스랑흐고 참아 니러느지 못홀 쭌이라 연쉬 즉시 도라와 바로 모친 침당의 니룩니 맛초와 좌위 고요흐고 오직 이녀 냥황과 니시 쭌 잇눈지라 연쉬 발을 구룩고 가슴을 쳐 왈 모친이 부졀업시 풀을 쳐 빅얌을 놀내여 그 독과 여홰 문호룰 멸케 되어시니 이룰 쟝춫 엇지흐랴 흐시느니잇가 부인이 면식이 여토흐

여 급히 몰어 왈 무슴 일이완대 아히 망녕된 말이 이 디경의 밋첫느뇨 쇼지 맛초와 원즁의 갓다가 스형이 취음뎡으로 드

118면

러가거늘 싸르가 가마니 드른 즉 모친을 원망ᄒ며 냥미를 쑤즈지되 참아 듯지 못홀 말이 만흘 ᄯ분 아니라 조시 니르대 구시와 냥황과 연슈와 니시를 내 흔 입을 움죽이면 다 셔루져 만고의 용납지 못홀 죄를 얽어 탑젼의 진쥬ᄒ면 이 스오인의 죽엄이 동시의 달니리니 무어시 근심되며 쇼즈로 명위 모즈 형뎨나 실위 구젹이라 조시 부형의 긔셰로뻐 원을 품고 쇼즈의게 갑흐려 ᄒ니 쇼지 머리 업슨 귀신이 되지 아니며 모친이 쳔고 박명을 감심치 아니리

119면

잇가 이 일을 싱각ᄒ믹 한한이쳠의라 쟝춧 모즈형뎨 보젼홀 냥칙을 싱각ᄒ쇼셔 부인이 쳥필의 대믹 왈 경쉬 비록 나의 쇼싱이 아니나 오셰의 흑양ᄒ여 은이 모즈의 졍을 다ᄒ여시니 졔 이졔 악쳐의 간모를 신쳥ᄒ여 날을 이러툿 ᄒ니 내 죽을지언졍 엇지 능히 이 분을 참으리오 언파의 노긔 등등ᄒ여 시로를 명ᄒ여 취은뎡의 가 샹셔를 갑아 오라 ᄒ니 냥황이 흔 말식 도도와 샹셔의 무샹홈과 조시의 간흉을 베퍼 이 씨의 쳐치치 못

120면

ᄒ면 문호의 대홰 급홀 쥴을 혼동ᄒ는지라 부인이 본대 불합흔 모즈 간이오 조시는 슉야의 업시코져 ᄒ는 빅라 노긔 블 니둣ᄒ니 시뢰 응명ᄒ여 취운뎡의 니르러 샹셔긔 명을 젼ᄒ는지라

조시삼대록 권지이십팔

1면

어시의 시뢰 응명ᄒ여 취음뎡의 니르러 샹셔긔 명을 젼ᄒ니 샹셰 탄식고 니러나 쇼

져와 니별ᄒᆞᄃᆡ 츳별이 긔약이 업ᄂᆞᆫ지라 그ᄃᆡ 슈셩을 밧고지 말지어다 부인의 슉ᄌᆞ혜질이 심샹이 맛지 아닐지라 쳔뉘 비록 어지지 못ᄒᆞ나 맛ᄎᆞᆷ내 ᄌᆞ의를 두로혀시게 ᄒᆞ고 미데를 화우ᄒᆞ여 텬륜 삼강이 온젼ᄒᆞᆫ 사ᄅᆞᆷ이 되고져 ᄒᆞᄂᆞ니 부인이 엇지 내 ᄯᅳᆺ을 모ᄅᆞ리오 가즁의 흉인이 편만ᄒᆞ여 우리 부부의 혼단을 쥬쟉

2면

ᄒᆞ여 ᄌᆞ젼의 고ᄒᆞ엿ᄂᆞᆫ지라 일시 슈죄ᄒᆞ나 현마 엇지ᄒᆞ리오 원컨대 부인은 오ᄂᆞᆯ날 이 브탁을 져바리지 마ᄅᆞ쇼셔 말을 맛ᄎᆞ매 그 대답을 기다리지 아니코 ᄉᆞ매를 썰쳐 시로를 조ᄎᆞ 졍당의 니ᄅᆞ매 감히 당의 오ᄅᆞ지 못ᄒᆞ고 계하의 부복쳥죄ᄒᆞ니 구녜 독ᄒᆞᆫ 눈을 부릅 ᄯᅳ고 녀셩ᄌᆞᆯ왈 내 너를 오셰븟터 흑양ᄒᆞ여 은졍이 쇼ᇰ싱이 아닌 쥴 ᄭᅢᄃᆞᆺ지 못ᄒᆞ더니 네 ᄉᆞ랑ᄒᆞ던 안히 날과 쇼고와 연슈를 ᄉᆡᆫ살코져 ᄒᆞ니 네게도 원쉬라 홀 ᄇᆡ 여ᄂᆞᆯ 네 이졔 틈을 타 ᄌᆞ로 모다 날 죽

3면

이기를 도모ᄒᆞ고 그 요괴로온 말을 칙지 아니ᄒᆞ니 엇지 날을 네 히홈과 다ᄅᆞ리오 내 이제 조가의 셰업으로 히ᄒᆞᆷ믈 보기 젼의 쾌히 ᄌᆞ문ᄒᆞ여 거츨 거 업시 화락ᄒᆞ게 ᄒᆞ리라 샹셰 돈슈읍왈 불초ᄒᆞ와 이런 망극ᄒᆞᆫ 하교를 듯ᄌᆞ오니 누를 한ᄒᆞ리잇가 불ᄒᆡᆼ이 조시를 만ᄂᆞᆫ 연고로 이 지경의 니ᄅᆞ오니 원컨대 조시를 즉일의 영츌ᄒᆞ고 ᄌᆞ의를 승슌ᄒᆞ고 후대ᄒᆞ라 ᄒᆞ시ᄂᆞᆫ 사ᄅᆞᆷ을 화목ᄒᆞ여 인ᄌᆞ의 도를 다ᄒᆞ고져 ᄒᆞ오니 그 곳의 간죄를 다ᄉᆞ리시고 이 ᄀᆞᆺ튼 하교

4면

를 긋치시믈 바라ᄂᆞ이다 부인이 녀셩 왈 조시를 밧비 보내여 계교를 일우고져 ᄒᆞᄂᆞ냐 내 명이 하ᄂᆞᆯ의 이시니 조녀의 위셰나 간대로 죽이며 왕법이 삼엄ᄒᆞ니 셩명ᄒᆞᆫ신 텬지 날만 죽이고 어미 히ᄒᆞᄂᆞᆫ 죄ᄂᆞᆫ 업스리오 네 임의로 홀지어다 샹셰 모친의 노긔 렬화 ᄀᆞᆺ트니 ᄌᆞ긔 한셜이 무익ᄒᆞᆫ지라 오직 애걸홀 ᄲᅮᆫ이니 부인의 모진 셩이나 오히려 프ᄂᆞᆫ지라 처음은 크게 노를 발ᄒᆞ여 즐타코져 ᄒᆞ더니 그 화평온슌ᄒᆞᆷ이 셕목을 감동ᄒᆞᄂᆞᆫ지라 쟝칙을 더으지 못ᄒᆞ여 쥬

5면

부인과 쇼싱 형데 다 불평훈 일을 싱각고 잠간 노를 굿쳐 샤ᄒᆞ여 왈 너의 불초ᄒᆞ미 쟝칙을 더홀 거시로대 오히려 샤ᄒᆞᄂᆞᆫ 바는 네 몸이 샹ᄒᆞ면 내 마음이 알프니 금일 네 죄를 샤ᄒᆞ거니와 ᄎᆞ후는 조녀를 샹통치 말고 구 니를 후대ᄒᆞ여 내 ᄠᅳᆺ을 승슌ᄒᆞ라 싱 이 지비샤왈 삼가 ᄌᆞ교를 밧드러 조시를 츳지 말고 구 니를 후대ᄒᆞ여 륜의를 온젼이 ᄒᆞ리이다 부인이 다시 말을 아니니 샹셰 올ᄂᆞ와 시좌ᄒᆞ미 온화훈 말솜이 츈풍이 뉴 화를 붓치며 만물이 싱

6면

긔를 쓈ᄂᆞᆫ 듯ᄒᆞ니 냥미 일톄로 담쇼 ᄌᆞ약ᄒᆞ여 화긔 일실의 가득ᄒᆞ니 연슈 니시 등이 그윽히 불쾌ᄒᆞ여 부인의 프러지믈 한ᄒᆞ더라 이윽고 샹셰 외당으로 ᄂᆞ오니 연쉬 싸로 다가 홀연 빙이의셔 구러져 머리 ᄭᆡ여지고 ᄂᆞᆺ치 샹ᄒᆞ여 피 흐르ᄂᆞᆫ지라 샹셰 대경ᄒᆞ 여 붓드러 피를 씻고 약을 붓치려 ᄒᆞ니 ᄲᆞᆯ니치고 안ᄒᆞ로 드러가 구부인긔 뵈고 울어 왈 형이 쇼ᄌᆞ로써 허언을 쏨여 모친긔 알왼다 ᄒᆞ여 이러툿 난타ᄒᆞ여 거의 죽을 듯ᄒᆞ 니 형뎨지졍이 변ᄒᆞ여 구쉬 일윗ᄂᆞᆫ지

7면

라 쇼지 타일 죽어 뭇칠 ᄯᅡ히 업고 ᄉᆞ라도 인륜의 참변을 만늘 거시니 찰하리 모친 앏히셔 죽어 ᄉᆞ형의 마음을 쾌히 ᄒᆞ고 쇼ᄌᆞ의 시름을 이ᄌᆞ리이다 셜파의 찬 칼흘 ᄲᅡ 혀 ᄌᆞ문코져 ᄒᆞ니 니시 눈물을 흘려 왈 슉슉의 효우인ᄌᆞᄒᆞ므로 슈족의 졍이 불화ᄒᆞ 여 이런 참변이 이시니 쳡이 비록 쇼군의 가실이나 슉슉을 위ᄒᆞ여 공공지논을 ᄒᆞ옵 ᄂᆞ니 타일 쇼군이 당가훈 즉 존고와 슉슉이 일신을 의지홀 곳이 업ᄉᆞ리이다 부인이 연슈를 극이ᄒᆞᄂᆞᆫ지라 그

8면

머리 ᄭᆡ여져 피 ᄂᆞᄆᆞᆯ 보니 가슴이 알프고 노긔 하ᄂᆞᆯ ᄀᆞᆺ튼지라 가슴을 두다리고 크게 울며 샹셔를 잡아ᄃᆞᆯ려 고셩돈족 왈 연쉬 너와 무슴 원슈완대 져 거동을 ᄒᆞ여 죽게 ᄒᆞ ᄂᆞ뇨 샹셰 경동ᄒᆞ여 이의 탄식고 연슈의 ᄠᅳᆺ을 슷치미 통히ᄒᆞ여 한심ᄒᆞ나 이 ᄯᅩ훈 ᄌᆞ 긔 효위 박ᄒᆞ여 이의 밋친가 홀지언졍 일호도 부인을 원치 아니며 연슈를 ᄭᅮ즛지 아

냐 지비이셩왈 쇼지 불초무샹ᄒᆞ여 이런 거죄 잇ᄂᆞᆫ가 너기시고 쇼ᄌᆞ의 무샹지죄를 아
니 ᄌᆞ젼의 무참타 ᄒᆞ며 져ᄂᆞᆫ 몹쓸 거시 되

9면

고 쇼ᄌᆞᄂᆞᆫ 과격ᄒᆞ여 셩을 참지 못ᄒᆞ여 ᄒᆞᆫ 번 아오를 난타ᄒᆞ여도 과도ᄒᆞᆯ ᄯᆞ름이라 오
직 쇼ᄌᆞ의 ᄯᅳᆺ이 이러ᄒᆞ오니 죄를 쳥ᄒᆞᆯ ᄯᅡ름이로쇼이다 ᄉᆞ긔 화평ᄒᆞ고 말ᄉᆞᆷ이 온화ᄒᆞ여
ᄒᆞᆫ마대 연슈를 ᄭᅮ즈ᄌᆞ미 업고 발명ᄒᆞ지 아니홈도 업ᄉᆞ니 구부인이 노를 이긔지 못ᄒᆞ
여 시로를 호령ᄒᆞ여 쟝칙홀ᄉᆡ 개개히 고찰ᄒᆞ여 칠신 샹셰의 인명관대ᄒᆞ미 하쳔 노예
의 인망이 도라갓ᄂᆞᆫ지라 죽기로써 힘을 다ᄒᆞ지 아니ᄒᆞ고 ᄎᆞᆷ아 미오 치지 못ᄒᆞ니 부
인이 셩이 쳘골ᄒᆞ여 희

10면

연ᄒᆞ미 밋ᄎᆞ니 샹셰 집쟝 시로를 스스로 엄측 왈 네 엇지 힘을 다ᄒᆞ여 명령을 밧드지
아니ᄒᆞᄂᆞᆫ다 좌위 다 감동참누ᄒᆞ되 연슈 간인은 감화ᄒᆞ미 업고 구시ᄂᆞᆫ 심내의 오히려
연슈를 유감ᄒᆞ미 이시대 니시ᄂᆞᆫ 쾌히 너기며 구부인의 슈죄ᄒᆞᄂᆞᆫ 언관의 져를 박대ᄒᆞ
믈 칙지 아니니 가쟝 답답히 너기더라 임의 오십 쟝을 치니 비록 헐쟝이나 평싱 쳐음
이라 옥골셜뷔 허어져 셩혈이 낭ᄌᆞᄒᆞ되 샹셰 안식이 ᄌᆞ약ᄒᆞ여 일셩을 통치 아니ᄒᆞᄂᆞᆫ
지라 부인이 노긔

11면

를 이긔지 못ᄒᆞ나 홀 일 업고 ᄯᅩ 평진후 부즁이 알가 ᄒᆞ여 즉시 긋치고 다시 니ᄅᆞ대
ᄒᆞᆫᄂᆞᆺ 동싱을 죽이고져 ᄒᆞ고 어미로 원슈 되어 가니 ᄎᆞᄂᆞᆫ 다 조녀의 연괴라 ᄒᆞ며 조시
를 다시 ᄂᆞ리와 가두라 ᄒᆞ니 침침ᄒᆞᆫ 돌옥이 겻히 거슬 아ᄅᆞ보지 못ᄒᆞ고 찬 바름이 쳘
골ᄒᆞ니 엇지 이런 간고를 알니오마는 셩질이 긔특ᄒᆞ고 쟉인이 비샹ᄒᆞ미 ᄯᅩ한 놀ᄂᆞ고
슬허ᄒᆞ미 업셔 안졍이 명을 바다 옥즁의 니ᄅᆞ미 유모 시비 등은 곡셩이 낭ᄌᆞᄒᆞ대 조
시 아ᄌᆞ를 품고 ᄒᆞᆫ 닙 거젹을 잇그러 고

12면

요히 몸을 의지ᄒᆞ미 궁그로 드리ᄂᆞᆫ 두 ᄭᅥ 조밥과 악초구라도 능히 먹기를 잘ᄒᆞ고 일

언을 구외의 내여 원망ᄒ미 업고 이락을 모ᄅᄂ 사ᄅᆷ 갓튼지라 유모 시비 등이 도로
혀 고이히 너기더라 어시의 쇼싱이 연슈의 무샹간악ᄒ미 공연이 형을 함히ᄒ여 륜긔
를 어ᄌ러이믈 보미 그 몸의 쟝칙을 싱각지 아니ᄒ고 울울이 연슈의 쟝릭를 렴녀ᄒ
미 몸의 질이 잇고 목의 음식이 ᄂ리지 아니ᄒᄂ지라 셔지의 나와 누으미 쟝탄단우
ᄒ여 싱각ᄒᄃᆡ 내 비록 불초ᄒ나 거의 고인의 효

13면

우를 ᄶ라 훤당의 효봉과 슈족의 우애ᄒᄂ 졍이 훈디의 락을 다ᄒ여 빅년 안항이 가
즉고져 ᄒ더니 싱각 밧 아의 ᄯᆺ이 변ᄒ여 날을 ᄉ랑치 아니믄 니ᄅ지 말고 도로혀 날
을 히코져 ᄒ니 엇지 한심치 아니ᄒ리오 훈ᄀᆺ 져의 ᄉ오나오미 아니오 나의 익운이
라 내 어지지 못ᄒ여 ᄌ졍을 감동치 못ᄒ고 아릭로 동긔를 화치 못ᄒ니 셩교 즁 죄인
이라 시동으로 ᄒ여금 연슈를 부ᄅ니 연쉬 마지 못ᄒ여 나와 노를 머금고 독을 ᄡᅴ여
흔가의 셧거늘 샹셰 화셩유어로 쳥ᄒ

14면

여 겻히 안치고 쳑연쟝탄ᄒ며 눈물을 나리와 사죄 왈 내 너의게 득죄ᄒ미 만흔지라
위인ᄌᄒ여 ᄌ의를 영합지 못ᄒ고 위인형ᄒ여 흔ᄂᆺ 아오를 화목지 못ᄒ니 하면목으
로 대인ᄒ리오 내 널노 더브러 혼 복즁의셔 나지 아냐시나 임의 형뎨의 륜이 붉고 골
육의 졍이 즁ᄒ며 안항의 의 가즉ᄒ니 흔가지로 훤당을 밧ᄌ오미 엇개룰 갈와 슈족
의 졍을 다ᄒ며 셔로 허믈을 일너 곳치고 ᄉ랑ᄒ믈 일신 갓치 ᄒ리니 오늘 내 비록
과격ᄒ여 너를 쳐 샹히와도 너의

15면

도리 ᄌ졍의 고ᄒ여 노를 도도지 아니ᄒ염 죽ᄒ거늘 ᄒ믈며 네 실족ᄒ여 닷친 거슬
우형이 치더라 ᄒ미 춤아 못홀 일이라 슬프다 내 이졔 ᄌ젼의 일시 슈쟝이 무슨 대시
며 놀늘 비리오마ᄂ 내 아의 쳔금지신이 불의의 쌘겨시믈 놀ᄂ고 앗기미라 네 나의
게 그른 일과 유감혼 일이 잇거든 우형을 ᄂ추로 칙ᄒ고 일너 허물을 곳치게 홀 거시
오 마음의 품어 치부홀 ᄯᆺ을 업시ᄒ미 올흔지라 내 실노 가실을 셰흘 두매 ᄉ랑이 과
연 조시의게 읏듬이러니 이졔 고이

16면

흔 죄명을 시러 스디의 써러지니 실노 그 위인이 그런 악힝은 아닐 자오 흐믈며 가정 지훈이 삼엄흐니 결단코 불인을 범흐여 죄루의 싸지지 아닐지라 가내의 간악흉교흔 음흉핀덕쟈는 니시라 스스로 가변을 지어 아의 박대룰 밧고 동녈을 스지의 너흐믈 알지라 그 가쳐시미 무움의 츄연흐여 흔 번 무르미 져의 원민흐믈 앗겨 흐미러니 모친긔 알왼 배 조시로 더브러 즈젼과 동긔룰 도모흐더라 흐니 이는 삼쳑동이라도 고지 듯지 아닐 빈 고로 즈위 씨드라 사샤흐

17면

시거늘 네 홀노 고지 드르미 잇더냐 진실노 그 마움이 이실진대 네 날을 대흐여 무샹 흐믈 칙힝면 내 맛당이 머리룰 숙여 듯고 즈괴흐여 곳칠 거시오 내 쇼실이 업스면 웃고 그러치 아니믈 일을 싸롬이라 내 엇지 유심흐리오 금일 변은 불가스문어타인이라 내 불명흐여 이의 밋츠니 금일 거조룰 타인이 알게 말며 대인도 아르시게 말지어다 고요히 허물을 곳쳐 우리 형뎨 광금쟝침의 훈지지락을 다흐면 일싱 엇기 어려온 경시라 흐믈며 우리 샹문즈뎨로 우형

18면

이 외람이 뉴경의 춤슈흐고 네 몸이 스류의 쳥힝을 닥가 타일 룡누봉궐의 어향을 쏘여 스셔녀항의 일홈을 모르리 업스리니 슈족이 화치 못흐고 륜긔 산란흔 즉 하면목으로 립어셰샹흐리오 뉴 관 쟝은 각셩으로도 스싱을 결흐여시니 현뎨의 골육지졍으로 비기리오 빌건대 추후 이 긋지 말고 텬륜즈의 온젼흐믈 바라노라 언과의 옥비룰 어르만져 스랑흐고 화평흔 언어로 동싱의 우이흐미 셕목이 동홀 듯흐듸 연슈의 간악은 조금도 회심이

19면

업셔 더욱 불열흐여 업시코져 흐니 엇지 일쟝의 개심슈덕홀 쟤오마는 넘치의 이 말을 듯고 불평흔 식을 못흐여 니러 배샤 왈 쇼데 불초흐여 형과 조슈로 모친과 아룰 히코져 흐더란 말을 듯고 심한골경흐여 스에 불호흐고 그릇 형쟝을 히흐니 실노 스죄라 금일 형쟝 말숨을 듯즈오니 셕목이 감동흐올지라 엇지 개심흐지 아니리잇고 추

후 명심ᄒ리이다 샹셰 희동안식ᄒ여 니러 배샤 왈 내 너롤 대접ᄒ미 아니라 너의 어
질믈 공경ᄒᄂ니

20면

아오ᄂ 말과 마음을 갓치 ᄒ라 우형이 어질지 못ᄒ나 현졔롤 져바리지 아니ᄒ리라
인ᄒ여 손을 어ᄅ만져 이즁ᄒ미 엇지 부부간으로 니ᄅ리오 연쉬 이 ᄀᆺᄐᆫ 졍을 보미
일변 고이히 녀겨 거즛 이리ᄒᄂ니라 ᄒ여 일분 감동ᄒ미 업ᄉ니 칼 ᄀᆺᄐᆫ 마음이 형
의 젼졍을 맛고 큰 사ᄅᆷ이 되어 가쟝이 되고져 ᄒ니 진실노 텬하의 간젹지심이라 직
셜 쥬부인이 쇼후 형뎨 나가므로븟터 경슈와 조시 위틱ᄒᆷ믈 지긔ᄒᄃᆡ 각별 아른 톄
아니ᄒ여 샹셰 묘셕 왕ᄅᆡᄒ

21면

나 ᄉᄀᆡ 화평ᄒ며 가간싸라 강능후 부즁의 왕ᄅᆡᄒ고 구부인을 보나 조시 말이 업ᄉ
니 무심ᄒ엿더니 쇼경쉬 오십쟝 쟝칙을 입고 신긔 불평ᄒ여 칭병ᄒ고 셔당의 누어시
니 냥쇠 경려ᄒ여 병을 무ᄅ니 샹셰 냥형을 보고 니러 안ᄌ 우연이 쵹샹ᄒ기로 부모
긔 신셩을 못ᄒ고 우려ᄒ시는 불효롤 끼치오니 죄당만ᄉᆡ로쇼이다 냥쇼싱이 그 용광
이 환탈ᄒ믈 보고 경아 왈 네 슝빅 ᄀᆺᄐᆫ 긔질노 조고만 풍질이 범치 못홀 ᄃᆺᄒ거늘
엇지 이러

22면

ᄒ며 ᄯᅩ흔 사ᄅᆷ이 병들면 구완이 안히 ᄀᆺᄐ니 업거늘 너는 셰 가실을 두고 외로이 외
당의 누엇ᄂ뇨 샹셰 탄왈 셰 가실이나 타인의 ᄒ나만 ᄀᆺ지 못ᄒ니 죵요로이 구병ᄒ
리 업셔 쇼데 팔지 무샹ᄒ미라 ᄒᄂᆮ도 대흘 마음이 업ᄂ이다 냥쇠 도로혀 웃고 왈 셰
부인 즁 조슈는 셩녀슉완이어늘 도로혀 불합다 ᄒ니 욕심이 무샹ᄒ도다 이러ᄐᆺ 환쇼
단난ᄒᄃᆡ 조금도 변란의 ᄉ단을 니ᄅ지 아냐 ᄉᄀᆡ 화평ᄒ니 냥쇼는 쇼탈흔지라 아모
긔식을 모ᄅ고 본부의 ᄉᄀᆡ 만하

23면

ᄌ로 오지 못ᄒᄂ지라 조시의 갓친 줄과 샹셔의 슈쟝ᄒᆷ믈 쥬부인이 젼연부지ᄒᄃᆡ 오

직 구시 니시는 슈삼일의 흔 번식 와 뵈듸 조시 형영이 묘연ᄒ니 쥬부인이 엇지 아지
못ᄒ리오 심하의 ᄎ셕통한ᄒ여 구부인 침쇼의 니ᄅ니 구부인이 마ᄌ 말슴ᄒᆯᄉᆡ ᄌ부
ᄅᆯ 보치여 져지른 과실이 ᄂᆞᆺ치 업ᄉᄃᆡ 의ᄉᆡ 담대ᄒᆫ지라 이의 탄식 왈 쇼뎨 명되 긔박
ᄒ여 져져의 덕튁으로 경슈ᄅᆯ 양휵ᄒ니 연슈 난 후는 가즉ᄒᆫ 졍이 경슈ᄅᆯ 몬져 알고
연슈ᄅᆯ 후

24면

의 알거늘 져의 셩회 긔휼의 지ᄂᆞ니 삼종지탁이 즁여산히라 불ᄒᆡᆼᄒ여 조시 ᄀᆞ튼 대
간을 만ᄂᆞ니 져젹 니시 치독을 의심치 아냐더니 내 병과 냥녜 다 여ᄎᆞᄒ여 기간의 고
이흔 거슬 무슈히 파내고 츅ᄉ 글시 분명 조녀의 필젹이라 며ᄂᆞ리 싀어미 져쥬는 실
노 강상대변이라 쳡이 발각ᄒ여 현젹긔 의논ᄒ여 명빅히 다스리고져 ᄒᆞᄂᆞ니 엇더ᄒ
니잇고 쥬부인이 ᄎ언을 드ᄅᄆᆡ 하 어히업셔 강잉답왈 ᄌ뷔 죄 이시ᄆᆡ 무더두지 못
ᄒ려니와 현뎨의 명빅ᄌᆞᄉᆞᆼᄒᄆ

25면

로 엇지 그릇 알니 이시리오마는 우형은 본대 지식이 암연ᄒᆫ지라 이런 대ᄉᄅᆯ 당ᄒ
여 능히 엇지ᄒᆞ면 조흘 쥴 씨ᄃᆺ지 못ᄒ거니와 향당이 다 어지니ᄅᆯ 어질이 알고 ᄉᆞ오
나오니ᄅᆯ ᄉᆞ오ᄂᆞᆨ 알면 어이다 ᄒᆞᄂᆞ니 조시의 현심슉덕이 츌어범뉴ᄒ여 악인으로
ᄯᆺ이 ᄀᆞᆺ지 아니믈 한ᄒ여 간비의 참회ᄒᄆᆡ오 젹국의 싀긔 니러ᄂᆞᄆᆡ니 조시는 실노
이ᄆᆡᄒᆫ지라 옥셕을 구분ᄒᆯ 날이 이시리니 쳡과 현뎨 결단ᄒᆯ 배 아니나 경쉬 무샹ᄒ
되 구고ᄅᆯ 히코져 ᄒᆞ는 쳐ᄌ

26면

ᄅᆯ 아니 바릴 배는 업ᄂᆞ니 가히 젼ᄒᆞ는 말을 밋지 못ᄒᆯ지라 내 엇지 흔ᄌ ᄌ부ᄅᆯ ᄉᆞ
랑ᄒ고 대의ᄅᆯ 몰나 현뎨ᄅᆯ 그르다 ᄒ리오마는 일을 젼후로 싱각ᄒ고 쳐시 급ᄒ게
ᄒ여 후회치 말나 경쉬 비록 무샹ᄒ나 현쳐ᄅᆯ 누옥의 가두믄 박흔 졍ᄉᆡ라 제 부형이
드르도 우리ᄅᆯ 원망ᄒᆯ 거시오 슉슉이 오셔도 과히 너기시리니 아직 심당의 가두엇다
가 그 목슘을 안졍ᄒ여 가군이 오시거든 명졍긔죄ᄒ면 조부의셔 아ᄅ도 ᄒᆯ 말이 업
ᄉᆞᆯ 거시오 인언도 춰치 아니ᄅ니

27면

이제 샹부귀질을 닝옥의 두어 보젼치 못흔 즉 이는 허물이 부인긔 밋츨지라 익이 혜아려 뉘웃지 말나 구시 심하의 불쾌ᄒ나 쥬부인 말숨이 스리 당연ᄒ고 조금도 ᄉ험의 구애ᄒᄂ 빗치 업스니 칭샤 왈 져져의 몱으신 교훈이 쇼뎨의 무식쇼견이 열니ᄂ지라 삼가 명대로 ᄒ리이다 부인이 그 ᄯᅳᆺ을 지긔ᄒ고 한셜을 아니ᄒ여 이윽고 병쇼의 니르러 샹셔를 볼ᄉᆡ 이ᄯᅥ 샹셰 심위 즁ᄒ고 쟝쳬 과히 알프니 운익의 비상ᄒ믈 슬허 쟝부의 눈물이 오ᄉᆞᆯ 젹시고

28면

식음을 나리오지 못ᄒ고 도르 조시의 누옥간고를 스럼ᄒ니 ᄉ싱이 가려 오아즈를 품어 보명키 어려오믈 싱각ᄒ니 지현지심의 이답지 아니ᄒ리오 명도를 한ᄒ더니 홀연 모친이 림ᄒ시믈 보고 화언이식으로 긔좌영지ᄒ여 ᄌ배왈 불초지 우연흔 유질노 오리 셩졍을 폐ᄒ고 ᄌ안을 앙모ᄒ와 불효비경ᄒ온지라 구구흔 ᄉ졍을 이긔지 못ᄒ옵더니 태태 엇지 니르시니잇고 부인이 눈을 들미 풍영흔 안뫼 슈약ᄒ여 다른 사름이 되엿ᄂ지라 부인이

29면

그 허다 괴로오믈 혜아리미 부인의 견고ᄒ므로도 ᄲᅡᆼ뉘 잠연ᄒ여 탄식 왈 만시 텬애라 오이 ᄌ쇼로 만권셔를 박남ᄒ여 식견이 고명ᄒ고 마음이 원대ᄒ거늘 젹은 일의 이리 샹회ᄒ여 슈쳑ᄒ뇨 대슌민ᄌ의 효를 본바다 셩효를 힘쓸지라 내 네 ᄌ뫼 되어 잠시를 편치 못ᄒ니 너는 기리 싱각ᄒ여 심회를 샹치 말나 조시ᄂ 텬신이 보호홀지라 슈화의 드러도 심심이 몰홀 긔샹이 아니니 네 다만 슈신셥힝ᄒ여 사름의 모ᄌ인 효를 다ᄒ라 홀진대 인ᄌ

30면

의 되라 샹셰 부복문파의 지ᄇᆡ 왈 ᄌ교 지당ᄒ시나 쇼ᄌ의 불초ᄒ미라 쇼지 불힝이 가실노 인연ᄒ여 불효를 ᄭᅵ치나 대단흔 일이 아니오니 믈우ᄒ쇼셔 조시 죄ᄂ 강샹의 근ᄒ니 ᄌ졍이 쳐결치 못홀지라 심당의 갓치기도 ᄌ졍 셩덕이라 쇼지 엇지 노심초ᄉᄒ리잇고 부인이 감탄낙누 왈 여언을 드르니 내 무슴 근심을 ᄒ리오 연이나 네 병이

구졔 말을 드루니 너를 슈장ᄒᆞᄆᆡ 네 아이 비록 그루나 과히 쳐 어즈럽게 ᄒᆞ다 ᄒᆞ니 올흐나 샹셰 이 말ᄉᆞᆷ의 다

31면

다라는 셩안이 나죽ᄒᆞ고 고개를 숙여 유유ᄒᆞ니 그 양모의 일을 모친이 모루시ᄂᆞᆫ가 ᄒᆞ고 연슈의 간악을 아루시ᄂᆞᆫ가ᄒᆞ니 그 효의 긔특ᄒᆞᄆᆡ 여ᄎᆞ더라 오릭게야 몸을 니러 배샤 왈 ᄌ교의 일오신 바 슈장은 쇼ᄌᆞ의 과격ᄒᆞ믈 양 모친이 노ᄒᆞ샤 경칙ᄒᆞ시ᄆᆡ오 연슈의 일은 졔 몸이 알픈 고로 비로쇼 고ᄒᆞᄆᆡ라 마음의 유심ᄒᆞᄆᆡ 아니니이다 져ᄆᆡ 맛다 ᄒᆞᄂᆞᆫ 곳ᄎᆞᆫ 일이 이시니 일노 근심이 아니니이다 모친은 물려ᄒᆞ쇼셔 부인이 그 ᄌᆞ효를 감탄ᄒᆞ니 연쉬 가마니 져 모ᄌᆞ의 ᄉᆞ어를 듯

32면

고 형의 어진 말과 슉모의 언ᄉᆞ 져의 ᄉᆡᆼ각 밧기로ᄃᆡ 도로혀 원ᄒᆞᄃᆡ 빅시의 어질ᄆᆡ 여ᄎᆞ니 나의 바란 배 아니라 타일 내 공명을 어ᄃᆞ도 형을 당홀 빅 아니오 집의 이시ᄆᆡ 가업이 온젼ᄒᆞ고 인군을 셤기매 일셰 위엄이 진동ᄒᆞ리니 나는 우용ᄒᆞᆫ지라 엇지 ᄎᆞᆷ으리오 이 ᄢᆡ를 조ᄎᆞ 슉친이 오시기 젼의 그 젼졍을 셔ᄅᆞᆺ져 조시 아올나 죽게 ᄒᆞ리라 ᄒᆞ고 가마니 모친긔 고왈 앗가 형이 빅모를 붓들고 울며 ᄒᆞᄃᆡ 우리 샹문 ᄌᆞ손으로 셰 아들을 거ᄂᆞ리지 못ᄒᆞ여 부졀업시 계후ᄒᆞ

33면

여 만단 괴로오믈 격게 ᄒᆞᄂᆞ이잇고 연슈 간인이 쇼ᄌᆞ를 빅단 무참ᄒᆞ여 오십장칙ᄒᆞ고 이믜흔 조시를 닝옥의 가도니 반ᄃᆞ시 모져 다 죽을지라 쇼지 야야의 도라오시믈 기다려 이 일을 다 고ᄒᆞ고 스ᄉᆞ로 파양홀 의ᄉᆞ를 내여 우호로 텬졍의 고ᄒᆞ고 아리로 두 대인긔 고ᄒᆞ여 내 몸이 편ᄒᆞ고 조시를 보젼ᄒᆞ리이다 이리ᄒᆞᄂᆞ 디경이야 져 연슈를 ᄡᅳ게 ᄒᆞ리잇가 이 분을 플고야 살니니 모친은 도라가샤 쇼ᄌᆞ의 처치를 보쇼셔 슉뫼ᄯᅩ 우리 모ᄌᆞ와 구 니 낭슈를 벼르시니 대인이 도라

34면

오시면 대변이 ᄂᆞ고 쇼ᄌᆞᄂᆞᆫ 죽을너이다 부인이 쥬부인의 말의 잠간 격동ᄒᆞ여 조시를

노하 심당의 두고져 ᄒ더니 ᄎ언을 드르ᄆᆡ 대로 왈 경슈의 무샹ᄒ미 겸겸 이 ᄀᆞᆺᄐ니 우리 모ᄌᆞ의 보젼홀 도리ᄅᆞᆯ ᄒ리라 조시ᄅᆞᆯ 놋치 못ᄒ리로다 분뢰 돌돌ᄒ니 연슈 니시와 냥황으로 모의ᄒ여 일계ᄅᆞᆯ 드리니 구부인이 대열 왈 이 계괴 신묘ᄒ니 가군이 도라오실지라도 말이 업스리라 연슈 등이 흔열ᄒ여 서로 치하ᄒ더라 쥬부인이 구부 인의 긔ᄉᆡᆨ을 스치ᄆᆡ 그윽이 조시와 샹셔의

35면

말을 거두지 아니ᄒ고 도라가니 슈일 후 샹셰 강질ᄒ여 냥ᄌᆞ당의 문안홀ᄉᆡ 일호 원 ᄒ미 업스나 구시 미온ᄒ여 변ᄉᆡᆨ함노ᄒᆞ대 샹셰 크게 두려 모젼을 당흔 즉 여림박빙 ᄒ고 졔민ᄅᆞᆯ 우익ᄒ여 신기ᄅᆞᆯ 감동홀 거시로ᄃᆡ 홀노 구부인 연슈ᄅᆞᆯ 감화치 못ᄒ게 ᄒ니 실노 익운이 비샹ᄒ고 군ᄌᆞ 슉녀의 길운이 멀미니 흔ᄀᆞᆺ 구시 모ᄌᆞ의 ᄉᆞ오나오 미리오 연쉬 쳐의 ᄉᆞ촌 교젼낭을 대ᄒ여 쇼회ᄅᆞᆯ 펴고 언관을 부동ᄒ여 일쟝 쇼ᄅᆞᆯ 텬 문의 올녀 조시와 샹셔ᄅᆞᆯ 만고강샹을 삼으라 ᄒ고ᄌᆞ 금

36면

셰 덩이ᄅᆞᆯ 쥬니 교젼낭은 간약흔 뉴라 힝혀 가셰로 벼슬이 쳥현ᄒ나 위인이 간교불 인ᄒ여 참아 못홀 비의지ᄉᆞ라도 지물과 녀ᄉᆡᆨ을 보면 귀신 ᄀᆞᆺ튼지라 황금을 보니 마 음의 족ᄒ여 연슈의 형을 ᄉᆞ디의 너코 가ᄉᆔᄅᆞᆯ 함졍의 넛ᄂᆞᆫ ᄉᆞ오나오믈 모ᄅᆞ지 아니 ᄒᆞ대 올흔 쥴을 고ᄒ고 져의 동뉴ᄅᆞᆯ 대ᄒ여 진ᄌᆞᆺ 쇼가의 변을 일ᄋᆞ며 조시의 대악과 샹셔 경슈의 불효부졔ᄅᆞᆯ 픈포ᄒ니 ᄉᆞ셔인의 니ᄅᆞ도록 조시와 경슈의 죄악을 모ᄅᆞ노 니 업셔 샹셔ᄅᆞᆯ 아는 쟈ᄂᆞᆫ 고지 아니

37면

드ᄅᆞ나 모ᄅᆞᄂᆞ니ᄂᆞᆫ 불측다 ᄒ더라 유명흔 ᄌᆞᄌᆞᆨ 빅지호ᄅᆞᆯ 쳔금을 쥬고 쇼가의 ᄌᆞᆨ변ᄒᆞ 니 빅지호ᄂᆞᆫ 텬하의 유명흔 강용으로 호탕허랑ᄒ니 니시와 연쉬 조시의 쳔고절ᄉᆡᆨ을 일ᄏᆞ라 조시ᄅᆞᆯ 다려다가 깁히 숨어 살나 ᄒᆞ니 지회 대략ᄒ여 ᄒ라 ᄒᄂᆞᆫ 대로 쟉변ᄒ ᄂᆞᆫ지라 조시 옥듕으로 갈ᄉᆡ ᄎ시 조쇼졔 닝옥의 갓쳔 지 일망의 텬긔 능한ᄒ여 납셜 이 길히 ᄲᆞᆺ히고 옥듕의 어름이 엉긔여 조밥과 ᄲᆞᆫ 나물이 먹지 못홀터히라 가쟝 위ᄐᆡ 흔지라 조시 시녀 츈계ᄅᆞᆯ 불너

38면

귀히 대혀 흔 말을 비밀이 니르니 츈계는 녕물이라 쇼졔의 신긔룰 앙망ᄒᆞ더니 이늘 부인의 말을 듯고 오슬 곳치고 공ᄌᆞ룰 픔으니 조시 함누 왈 내 집이 이시ᄃᆡ 모르게 네 집으로 보내믄 일이 이시니 너는 신즁ᄒᆞ고 림시응변ᄒᆞ라 하늘이 홀노 날을 죽이 든 아니ᄒᆞ리라 츈계 대왈 쇼져의 현덕이 맛춤내 그만 몰치 아니려니와 쇼비의 형의게 졋시 이시니 쇼공ᄌᆞ룰 먹여 보호ᄒᆞ여 나죵을 잇게 ᄒᆞ리이다 다만 부인은 쳔금지구룰 보즁ᄒᆞ쇼셔 부인이 졈두 왈 내 알고

39면

너만 알 ᄯᆞ룸이라 ᄒᆞ고 울며 ᄌᆞ긔 몸의 ᄌᆞ쟝을 글너 츈계룰 쥬어 ᄎᆞ야의 옥니긔 이걸ᄒᆞ여 쳡의 어미 옥 문ᄒᆞ의셔 사더니 시방 병이 즁타ᄒᆞ니 잠간 문을 ᄂᆡ면 ᄉᆞ라셔 어미룰 볼가 ᄒᆞ노라 ᄒᆞ니 문을 여러 쥬거늘 츈계 공ᄌᆞ룰 ᄭᅵ고 문을 나 졔 집으로 도라가니라 조시 몽ᄉᆞ룰 드듸여 ᄋᆞᄌᆞ룰 보내고 이 밤의 변이 이실 쥴 알고 벼개룰 ᄡᅳ더 초인을 민드니 ᄉᆞ지와 모양이 젹은 아ᄒᆡ라 ᄋᆞᄌᆞ의 오슬 입히고 벼개의 누여 것히 누이고 ᄌᆞ긔 머리룰 플쳐 ᄂᆞᆾᄎᆞᆯ 덥고 거믄 거슬 만면의 덥고 흉

40면

악흔 거동으로 ᄌᆞ리의 나아가 ᄉᆞ오 촌 되는 칼흘 픔고 변을 등대ᄒᆞ더라 어시의 빅지회 구부인 침젼의 돌입ᄒᆞ여 무슈흔 시비룰 치며 쥭변ᄒᆞ니 연쉬 내응ᄒᆞᄂᆞᆫ지라 거즛 놀ᄂᆞᆫ 톄ᄒᆞ고 이러나 밧비 부인긔 쇼리 질너 니르ᄃᆡ 졍침의 ᄌᆞ긱이 비슈룰 ᄭᅵ고 드러시니 빅시긔 급히 고ᄒᆞ쇼셔 부인이 연슈룰 붓들고 혼불니톄 왈 뉘 날을 니심이 미워 이러ᄒᆞ고 ᄒᆞ더라 ᄌᆞ긱이 부인의 머리룰 잡고 일오ᄃᆡ 혼암흔 부인이 이미흔 조시룰 닝옥의 가도고 샹셔 ᄀᆞᆺ튼 효ᄌᆞ룰 만단으로 브ᄎᆞ니 무

41면

어시 앗가와 살니리오 연슈룰 잡고 목을 버히려 ᄒᆞ니 부인이 통읍이걸홀 즈음의 샹셰 밧비 드러오니 노복을 거ᄂᆞ려 불을 붉히ᄂᆞᆫ지라 ᄌᆞ긱이 다라ᄂᆞ며 탄왈 샹셔 곳 아니러면 옥인의 쳥을 드러 모ᄌᆞ룰 죽일 덧다 ᄒᆞ고 나가니 힝뵈 나는 덧ᄒᆞᆫ지라 샹셰 ᄲᆞᆯ오면 잡을 덧ᄒᆞᄃᆡ 잡지 아니믄 부인과 연쉬 샹홀가 허여 황망이 나와 슬피니 각별 샹

치 아니ᄒ고 부인은 썰며 연슈는 울기를 긋치지 아니니 샹셰 붓드러 위로ᄒ나 ᄌᄀᆨ을 노하 바리니 빅지회 바로 옥의 니ᄅᄆᆡ

42면
잠근 문을 씌치고 보니 흔 귀신 ᄀᆺ치 흉흔 사름이 머리를 프러 얼골을 가리오고 유아를 겻히 뉘이고 ᄌ지 아냐 안ᄌᆺᄂᆫ지라 유모 시비는 대경ᄒ여 일시의 부인을 붓들고 썰며 왈 우리 노줘 원앙이 갓치엿더니 ᄯᅩ 이런 일을 당ᄒ니 텬의를 모로리로다 빅지회 눈을 둘너보니 그 부인이 옷칠흔 듯흔 형용의 미식이 아니고 겻히 잇는 시비 즁 미식이 이시니 드듸여 조시를 아른 톄 아니ᄒ고 겻히 아희를 거듯쳐 ᄉ미의 너코 조ᄎᆺ 시비 홍매를 업고 내다라 담을 너무니 조시 ᄎᆨ악ᄒ나

43면
오직 유랑 시비 통곡ᄒ고 도젹이 공ᄌᄅᆯ 아ᄉ가며 시비를 업어갓다 ᄒ니 옥니로 인연ᄒ여 연슈 니시 이 말을 듯고 이슈가익 왈 몬져 조시이 ᄌᄅᆯ 업시ᄒ니 큰 근심을 업시ᄒ도다 이 쇼봉이 오르면 조시 죽지 아냐도 녕히 슈졸이 되리로다 쇼경슈의 일편된 은졍인들 텬의를 엇지ᄒ며 조가의 세력인들 왕법을 엇지 긋치리오 흔연불승ᄒ더라 쇼샹셰 ᄎᆞ야 변고를 만ᄂᆞᄆᆡ 총명이 여신흔지라 돈연이 니시 일인 줄 지긔ᄒ고 모친을 위로ᄒ고 날이 붉으ᄆᆡ 옥리고

44면
왈 옥즁의 도젹이 드러 쇼공ᄌᄅᆯ 아ᄉ가고 유랑 시비들 잇더이다 연쉬 발연 왈 우리 집 변이 불가ᄉ문어타인이라 어내 도젹이 일셰 히지 무슴 원슈 잇셔 잡아가리오 조시 간부를 드려 모친 방즁의 쟉변ᄒ고 히ᄌᄅᆯ 업시ᄒ여 타인의게 미루고 몸을 ᄲᅢ혀 타일 오문을 멸코져 ᄒ미여ᄂᆯ 형이 엇지 화의 밋기를 아지 못ᄒ고 그 죄명이 익미타ᄒ여 히ᄋᆞ를 일홈도 음악흔 쒼 줄 아지 못ᄒ니 식쟈의 가연이 넉일 비라 쇼뎨는 형을 위ᄒ여 감분ᄒᄆᆯ 이긔지 못ᄒ리로쇼이다 샹

45면
셰 쳥필의 가연 탄왈 현뎨의 혜아리미 올커니와 비록 조시 아모리 대악이나 유ᄋᆞ를

스스로 즈긱을 내여 쥰다 흐믄 인졍샹니의 못홀 듯흐고 즈긱을 실포흐여시니 물른 곳이 업고 즈위 놀나시니 졍당 참변은 우형의 불초흔 허물이라 엇지 타스의 뉴렴흐리오마는 참연흔 바는 기 뙤 죄인이나 즈식은 쇼가 아히라 젹슈의 들매 살기를 밋지 못흐리로다 말노 조츠 묽은 누쉬 옥안의 흐르니 부인이 비로 말흐디 네 가실 셰흘 다 고르지 못흐고 후박이 홀노 조시긔 고혹흐기로

46면

허다 가변이 공참흐니 날을 죽여 문호를 멸흐려 흐는 뜻이로대 네 오히려 가변의 한심흔 쥴은 모르고 조시만 년년흐여 흐며 유치만 위흐여 눈물을 내니 실노 인면슈심이라 내 죽을 바를 셜지 아니흐디 너의 불효를 셜워흐거니와 요힝 우리 모지 스라 대면흐미 말을 닐으거니와 만일 우리 모지 죽든들 어이 흘넌고 흔넛 유즈 일호믄 쇼시라 쟝뷔 되어 니를 모르고 쳐즈만 스랑흐고 모녜 말은 일오도 아니니 한심치 아니랴 샹셰 즈교를 드르미 어히 업스나 니

47면

러 지배 왈 즈뫼 여츠흐시오니 쇼즈의 불회 비경흐오며 한갓 쳐즈를 유렴흐미 아니라 가변 짓는 쟈를 츄심흔 죽 조시긔 세 번 더흔 죄 이실 거시오 쇼즈의 의심은 조시만 의혹이 업셔 흔가지로 의심된 재 이시니 마음을 두 가지로 알외지 못흐느이다 부인이 졍식 왈 조시도곤 더흔 쟈는 누를 니르미뇨 네 흔넛 스졍후박으로 이리 의심흐여 진짓 죄를 이매흔가 흐고 애매흔 쟈로 의혹흐니 지쟈의 일이 아니라 어미와 동싱 히흐는 거슬 보대 종시 닝각흐니 엇지 인즈의 도리오 샹셰 유

48면

유 스죄흐고 퇴흐니 조시의 고초와 비샹흔 화란이 유즈의 독슈의 써러지믈 골돌흐여 누슈를 금치 못흐나 츠즈 셔로 므들 길이 업셔 형셰 크게 난쳐흔지라 기리 탄왈 하늘이 날을 내고 조시를 두며 유즈를 싱흐여 빅년 고락을 긔약흐더니 이졔 망극흔 죄명이 강샹일죄 되니 꼿다온 힝실이 그린 쩍이 되어시니 조시 비록 쳔균대량이나 능히 몸을 보젼흐여 살기를 바라리오 실노 날을 맛는 연고로 앗가이 맛츠려니 싱리스별의 흔 번 뭇지 아니미 비인졍이라 즈식을

49면

마즈 일흐니 참통ᄒ거ᄂᆞᆯ 긔렴치 아니ᄒ리오 즈의ᄅᆞᆯ 거스리고 인즈지되 아니라 조시ᄅᆞᆯ 보젼ᄒ여야 모친긔 누덕이 되지 아니리니 가친이 오시나 고요ᄒ리라 의ᄉᆞ 이의 밋ᄎᆞ미 참지 못ᄒᄂᆞᆫ 졍이 이셔 지당의 산보ᄒ여 명월의 광치ᄅᆞᆯ 보니 일륜 쇼월이 빙셜의 바이니 조쇼져의 명광을 싱각고 샹연슈루ᄒ여 즈연 발이 옥문의 림ᄒ미 옥리샹셔ᄅᆞᆯ 보고 ᄉᆞ졍을 짐즉ᄒ고 츄연ᄒ여 황망이 문을 열거ᄂᆞᆯ 샹셰 숀의 쵹을 들고 머리ᄅᆞᆯ 드미러 보니 옥즁이 황

50면

낭ᄒ여 칠야 ᄀᆞ틱ᄃᆡ 찬연ᄒᆫ 광휘와 이향이 옹비ᄒ니 샹셰 놀나 싱각ᄒᆡᄃᆡ 조시 발셔 죽은가 쟝부 웅심이 경긱의 지 되ᄂᆞᆫ지라 즈셔히 살펴보니 두 닙 초셕이 노쥬의 몸을 겨유 가리오고 조시 안연부동ᄒ여 ᄲᅡᆼ안을 ᄂᆞᆺ초고 쥬슌이 함묵ᄒ여 시이불견ᄒ니 염광이 휘동ᄒ여 더러온 곳의 음닝ᄒᆫ 거ᄉᆞᆯ ᄉᆞ로고 화ᄒᆫ 바람의 일빅화최 흔득이ᄂᆞᆫ ᄃᆞᆺ 안치 두우의 ᄲᅩ이니 샹셰 황홀ᄒ여 팔을 드러 읍 왈 별후 일삭의 여ᄎᆞ 닝옥 즁 쳔금방신이 무양ᄒ며 유즈도 무

51면

고ᄒ니잇가 조시 못 듯ᄂᆞᆫ ᄃᆞᆺᄒ니 샹셰 ᄀᆞᆯ오ᄃᆡ 부인은 고문법가의 례의 심엄ᄒ니 엇지 경부지도의 ᄃᆡ답을 아니시ᄂᆞ뇨 조시 긔동 샤왈 누인의 명되 ᄎᆞ악ᄒ여 이 디경의 밋ᄎᆞ나 일즉 셩교의 비례물시와 비례물쳥을 효측고져 ᄒᄂᆞ니 군이 명공뉵경의 도혹을 습ᄒ고 빅힝을 슈련홀진대 죄 잇ᄂᆞᆫ 계집을 잠힝유신ᄒ여 불효로 치쳑ᄒ니 한심ᄒ와 슈응치 못ᄒᄂᆞᆫ지라 실노 군즈의 니ᄅᆞ시미 불례이이다 쳡이 폐목불쳥코져 ᄒᄂᆞ니 엇지 답례ᄒ리오 쳡이 쳥츈의 사

52면

룸이 죽이기 젼은 즈사치 아닐 거시니 군의 팔쳑쟝부로 즈젼의 죄ᄅᆞᆯ 엇고 형뎨불화ᄒ니 이만 붓그러오미 업ᄉᆞᆫ지라 스스로 개심슈덕ᄒ고 형뎨돈목ᄒᆫ 후 쳐쳡을 유의ᄒ실지라 슌이 부유텬하의 요의 이녀로 허ᄒ시ᄃᆡ 민텬의 우룸이 겨시니 이제 군ᄌᆡ 쳐쳡을 ᄎᆞᄌᆞ시미 극히 히로오니이다 쳡의 연고로 여ᄎᆞ 즉 밧비 아니 가시면 쳡이 당당

이 조문호여 누명을 싯치리니이다 언파의 삭풍이 늠늠호니 싱이 조시 옥결청심의 일명이 홍모 곳틀가 두려 감히 안지 못호고 기

53면

리 탄왈 부인 힝시 복의 밋지 못홀 배오 부인의 죄 당연혼 즉 싱이 엇지 이 곳의 니르리오 조위 간참을 드러 부인의 회심코져 호미니 나죵이 업스리오 드르니 옥즁의 적환을 맛나 유조를 일타호니 부조는 텬륜이라 경참비도를 참으리오 이러므로 부인을 초조 거쳐를 뭇고져 호미라 나 쇼쳔뉴 마음을 뉘 알니오 조시 개용사왈 누인이 군조를 모르며 조식을 모르릿가마는 내 일신이 위급호니 조식을 긔렴호리오 도적이 탈취호나 아히 작인이 헛되지 아니니 다시 보미 잇실 거시

54면

오 첩이 강상대죄로 누옥의 갓쳐시나 필유싱지홀지라 녀지 엇지 가부긔 범연호리오 이제 조의를 어긔여 죄인을 권념호미 불가호니 군조는 오즉 효우를 닷가 대슌을 효측호쇼셔 첩슈비박이나 스싱의 져바리지 아니호리니 밧비 힝호쇼셔 싱이 참아 발을 옴기지 못호여 셤슈를 잡고 탄식왈 싱이 부인알미 밧고지 아니니 지심호라 호고 유랑다려 먹는 거술 무르니 유뫼 답호는지라 상셰 탄식고 부인이 잘 조시느냐 호니 유랑 왈 고이호와 슈일 간 옥즁의 꼿과

55면

물이 느셔 맛시 유명호오니 일노 츔복호느이다 시고로 향늬 츔텬호외다 조시 미우를 씽긔여 유랑을 찰시호니 상셰 감탄호여 꼿과 물을 보조호니 유뫼 담안의 조고만 궁글 가르치거늘 보니 스오 촌은 혼 궁기 이셔 묽은 물이 어지 아니코 먹어보니 향늬 가득호고 복즁이 청냥호더라 꼿츨 초즈니 물 속의 한 줄기 꼿치 프르고 년송이 굿고 빅셜 곳튼 꼿치 잇거늘 꼿츨 먹고 물을 마시니 신션의 령약이라 길인을 위혼 쥴 알네라 상셰 연고를 무르니 조시 탄왈 텬디 첩

56면

곳튼 거술 위호미 아니라 우연혼 일이니 엇지 곡졀을 알니잇고 싱의 마음이 츈셜 스

둣 함쳑왈 복이 부인 말숨을 드러 가노라 ᄒ고 폴을 읍ᄒ고 기리 무양ᄒ쇼셔 셜파의
흔 번 거ᄅ미 두 번 도라보믈 씌둣지 못ᄒ니 이 쩌 연쉬 형이 셔당의 업스믈 보고 고
이히 너겨 몸을 날녀 옥 밧긔 와 드ᄅ니 ᄌ긔와 모친 말은 거드지 아니나 도젹의 일
을 알나라 말의 의심ᄒ여 밧비 ᄂ와 니시를 보고 빅지호의 유ᄌ 쳐치ᄒ믈 몰나 므ᄅ
니 니시 왈 빅가ᄂ 양모의 유데라 아히를 바다 보

57면

니 발셔 죽은지라 금쳔교 아리 드리치니 오쟉의 밥이 되어실 거시오 조시ᄂ 제가 겁
측고겨 ᄒ되 슌종치 아니ᄒ니 그 종을 다려와시되 시ᄋ도 슌종치 아니니 힐난혼다
ᄒ더이다 연쉬 의심ᄒ나 그 말 ᄀᆺᄐ면 조시 모지 ᄉ지 못홀 듯ᄒ되 거줏 사라ᄂ리라
ᄒ고 형의 ᄯᆺ을 영합ᄒ니 심ᄒ도다 ᄎᄉ를 모친긔 고치 말고 뉴졍낭을 부촉ᄒ여 금
은을 쥬고 말을 터 지으니 조시 더로온 죄 만셩의 훼ᄌᄒ더라 조부의셔 이 쇼식을 듯
고 양뎡렬이 슉식을 못ᄒ고 근심ᄒ니 능휘 위로

58면

왈 필경을 보시고 구ᄎ히 통신ᄒ여 알녀 마ᄅ쇼셔 아미 평신ᄒ고 쟝ᄂ 복녹이 무빵
ᄒ리니 모친의 여견만리ᄒ시므로 근심ᄒ리잇가 초공이 함쇼 왈 아즈의 말이 통달ᄒ
니 여러 ᄌ부며 질녜 월염의 굿기미 이시나 덕힝지혜 원대ᄒ니 고요히 안ᄌ셔 화익
을 막고 계교ᄒ여 만젼지칙이 이실 거시니 내 엇지 ᄯᆯ의 지덕을 모ᄅ리오 불길한 즁
보젼ᄒ리니 ᄎ시ᄂ 쇼가로 거졀ᄒ라 부인이 츄연 왈 셕목이라도 ᄌ염의 고모와 슉매
의 불인ᄒ므로 누란을 참지 못ᄒᄂ 바ᄂ 쇼

59면

싱의 지실노 일녀의 젼졍을 맛츠리미라 명공과 아즈의 샹법도 일오지 마ᄅ쇼셔 쳡심
은 버히ᄂ 듯ᄒ니 쇄옥낙화지히 이실 일을 슬필지라 필경 엇지 될고 ᄒ더라 어시의
교시 연슈를 대ᄒ여 만단교회로 닐오되 이제 슉슉의 대회 요슌지풍으로 현심슉덕이
교화믈 법ᄒ거늘 군ᄌ 이런 형과 슈슈로 화우ᄒ미 인가의 큰 경ᄉ여늘 ᄯᆺ이 내도ᄒ
여 ᄌ졍을 도도고 허언을 쥬쟉ᄒ여 텬일지하의 지앙을 모ᄅ니 빅쥬의 현인을 모히ᄒ
리오 슉슉의 대현군ᄌ

60면

의 효의 텬륜의 ᄌ별ᄒ거늘 샤빅을 ᄉ디의 너코져 ᄒ니 오회라 사람이 션을 바리고 악을 힝ᄒ리오 타일 쇼고 등 군지 슉슉을 의탁ᄒ리니 쳡이 실노 이닯고 셜워ᄒᄂ이다 골욕샹젼이 고금대변이라 대인이 오시ᄂ 날 군이 무어시라 ᄒ려ᄒᄂ뇨 이ᄂ 망가 망신지죠를 ᄒᄂ뇨 쳡이 긔미를 셕쳐 죽기로 고ᄒᄂ이다 군지 샹문ᄌ데로 도흑군지 될 거시니 형을 조ᄎ 힝ᄒ시지 아니코 화를 ᄌ취ᄒᄂ다 쳡이 군ᄌ 앏히셔 죽어 망ᄒ믈 보지 말이라 언파의 비뤼 종횡ᄒ

61면

니 연쉬 드ᄅ미 이분ᄒ디 유졍ᄒ 부뷔라 말을 쏨여 조토록 대답ᄒ니 교시 그 허언인 쥴 아되 회심ᄒᄂ가 사례ᄒ더라 연쉬 교시로 졍이 틱산 ᄀᆺ튼니 흔연 위로 왈 ᄎᄂ 효렬의 부인이라 내 엇지 듯지 아니리오 ᄎ후 명심ᄒ리라 ᄒ니 교시 일분 회심이 잇ᄂ가 다힝ᄒ여 ᄒ더라 어시의 어ᄉ 교졍냥이 쇼를 지어 연슈 등을 뵈고 올닐ᄉ 긔 즁 도어사 화현변이 니시랑 내종이라 곽시 니시로 모의ᄒ여 년명ᄒ녀 긔쇼의 ᄒ여시대

62면

도어사 화현변과 시어사 교졍냥은 셩황 셩공ᄒ와 뼈 폐하긔 올니ᄂ이다 신 등 벼슬이 언로의 이셔 폐하 셩은을 갑고져 ᄒ오니 셩셰 풍화의 유관을 보매 친족외친을 불계ᄒ와 요슌지치와 셩탕의 문무를 셰오고져 ᄒ옵ᄂ지라 틱평셰계의 남녜 슈힝ᄒ고 목동초뷔 어ᄌ러온 쇼문이 업ᄉ더니 리부총지 쇼경쉬 쳥현화직으로 뉵경의 종ᄉᄒ고 명망이 조야의 진동ᄒ거늘 슈신졔가의 불미ᄒ와 혼인이 곡경으로 셰 가실

63면

을 두어 일편도이 조시로 고혹ᄒ며 조녜 경국지식으로 쟝부를 혹게 ᄒ고 젹인을 간음ᄒ여 니시를 제 집 연회 즁 치독ᄒ고 구고를 살히ᄒ며 구 니를 모희ᄒ고 경슈 아오 연슈 등을 슐ᄉ로 요예지물의 발각ᄒ니 심당의 가둔 즉 경쉬 참지 못ᄒ여 시시로 모다 양모와 아오를 쇠ᄒ여 죽이기를 의논ᄒ다가 슈차 들쳐ᄂ오니 부인의 셩되 편협ᄒ여 칙언이 ᄌᄌ니 경슈의 모지 은애 변ᄒ여 원슈 된지라 조녜 ᄌ긱으로 고모와 연슈를 죽이

64면

려 ᄒ다가 일이 발각ᄒ여 구시 면ᄉᄒ니 조시 유ᄌᄅᆯ ᄌᄌᆨ을 맛지고 말을 내되 연쉬 유아ᄅᆯ 죽이다 혼동ᄒ고 여ᄎ 간음발부의 픠악이 세상의 업ᄉ며 ᄌᄉ야지녀로 여ᄎ 변 괴 희연ᄒ와 문견을 쥬ᄒ오니 복원 폐하는 경슈 부부ᄅᆯ 다ᄉ려 불효강상을 연곡지하 의 두지 마ᄅᆞ쇼셔 ᄒ엿더라

샹이 희연침음의 태ᄉ 부년 왈 쇼경슈의 무샹ᄒ미 경히 못ᄒ리이다 ᄒᆞ믈며 조녀는 강상이라 ᄒᆞ오니 법뎐을 샹고ᄒ여 슈법ᄒ시고

65면

ᄉ졍을 두시나 녀ᄌ는 샤치 못ᄒ리이다 부년은 연슈의 스승이라 ᄒᆞᆫ 씃츨 도으니 샹 왈 ᄎᄉᆡ 등한치 아니코 일언으로 힝치 못ᄒ리니 경슈은 하옥ᄒ고 조가 시녀ᄅᆯ 대면 ᄒ라 쇼샹셰 하옥ᄒᆞᄆᆡ 만좌 놀나 그런 슈신현힝의 옥리곤익을 ᄎ셕ᄒ더라 츄밀ᄉ 쇼 한과 복야 쇼츈은 그 형뎨 놀나 쥬 구 낭부인긔 믈ᄋ니 쥬부인이 츄연ᄒ여 실노 조시 ᄂᆞᆫ 이미타 ᄒᆞ니 구시 졍식왈 져져 말슴이 공논이 아니니이다 내 집 발장이 아니로듸 조시 아모커나 흉ᄉᄅᆯ 감초지

66면

못ᄒ여 풍문의 나니 그러면 쳡이 픠악ᄒ여 ᄌ부ᄅᆯ 함히ᄒᆞ미잇가 쥬부인이 독ᄒᆞᆫ 노긔 ᄅᆯ 보고 쇼왈 내 엇지 현뎨ᄅᆯ 그다 ᄒ리오 윤부인왈 경슈 불인이 외친내쇼ᄒ여 아 ᄂᆞᆫ 거시 싱픠라 의모나 양모나 혜지 아냐 구뎨 원망이 고이치 아니ᄒ니 통한ᄒ더니 이제 풍화로 졀도찬젹ᄒ면 도로혀 아심이 쾌ᄒ도다 ᄒ고 쥬부인을 보니 못듯는 듯 ᄉ긔 타연ᄒ더라 낭공이 슈례ᄅᆯ 모라 초공을 볼ᄉᆡ ᄎ시 조부의셔 어ᄉ의 샹쇼ᄅᆯ 듯 고 대로ᄒ더니 초공이 칙왈 오

67면

개 여ᄂᆞ ᄌᄉᆞ야과 달나 왕공후문의 후빅이 만커ᄂᆞᆯ 일녀로 드대여 연쟉의 믈의로 다토 리오 녀의 필경은 무ᄉᄒ리니 여등은 함분ᄒ여 간셥지 말나 다만 경슈의 대현으로 함지의 ᄲᅡ지미 감분홀지라 내 엇지 ᄉ회라 ᄒ고 앗기리오 졍언간의 냥 쇼공이 니ᄅᆞ 니 초공이 마ᄌᆞᆯᄉᆡ 냥쇠 왈 싱각 밧 언관의 쇼의로 질이 취옥ᄒ니 쇼뎨 쇼탈ᄒ여 가변

을 모르고 추형의 환가지속은 모르고 아모리 결단홀 줄 모르니 현형의 가르치믈 바라노라 초공이 기리 탄왈

쇼데 불인ᄒ여 훈즈의 불엄ᄒᄆ로 불초녀 젼후과악이 불가슈문의 닌국이라 이졔 존문을 난ᄒ고 쳔유의 효우를 샹히오니 만스무셕지죄라 녀즈의 과악이 두 번 쇼의 오르니 다만 죽기를 쳥홀 ᄯᆞ름이라 무슴 의논이 이시리오 앗기는 바는 쳔유의 인효로 이 곳의 ᄊᆞ지믈 한ᄒ나니 텬되 쇼쇼ᄒ고 복녹지샹이라 일시 운익이라 관심ᄒ랴 냥인이 감분왈 질부의 긔이ᄒᄆ로 의외지변이 츙츌ᄒ여 누명을 시르니 경참ᄒ나 필경 길시를 보리라 승샹이 탄

왈 무망가변이 가국의 쇼요ᄒ니 무슴 빗ᄂᆞ미 이시리오 미셔 텬애니 맛ᄎᆞᆷ내 죄의 죽든 아니라 냥공이 탄 인형의 지공무ᄉᆞᄒ미 신명의 질뎡홀지라 령이 불ᄒᆡᆼᄒ미 이시나 하늘이 엇지 원억히 맛ᄎᆞ리오 초공이 기리 탄ᄒ고 ᄉᆞ미 가온ᄃᆡ로 일봉 샹쇼를 내여 닐오대 쇼졔 이 샹소를 텬뎡의 올니려 ᄒᄃᆡ 일이 엇덜고 ᄒ노라 냥공이 닐오ᄃᆡ 형의 말숨이 실노 올흔 일이나 나의 우용ᄒᆞᆫ 쇼견으로 ᄒ여금 싱각건대 쇼를 올녀도 화익이 잇는 가온ᄃᆡ ᄡᆞᆯ대업슬가

ᄒᆞ엿더니 이졔 인형 쇼시 이 갓ᄐᆞ니 텬의를 족히 감동홀지라 엇지 다른 의례 이시리오 명됴의 텬문의 대회ᄒ샤 이 일을 쳐결ᄒ신다 ᄒ니 인형이 ᄯᅩ흔 쇼를 드리고 아등이 각각 쇼견대로 알외리라 말을 맛고 냥쇼공이 도라가니라 초공이 내당의 드러와 슈작을 젼ᄒ고 탄식ᄒ니 진왕이 ᄯᅩ흔 탄왈 텬의를 가히 탁냥치 못ᄒ리로다 쇼경슈의 츌텬대효와 질녀의 작인으로 엇지 이런 화망의 ᄡᅥ러질 줄 알니오 가히 ᄎᆞ석ᄒ도다 능후형뎨 분완ᄒᆞᆷ믈 이긔지 못

ᄒ여 초공긔 고왈 쇼경슈와 쇼매의 빅옥무하ᄒᄆ로 여ᄎᆞ 밍낭흔 죄루를 무릅ᄡᅳ니 반

드시 은모와 악데 이셔 대슌의 경계를 당홈과 일양이라 또 경슈의 삼춰 니가 녀지 가
쟝 어지지 못ᄒ다 ᄒ니 응당 동심모의ᄒ여 이 일을 비져내여시니 쇼즈 등의 쇼견의
는 텬문의 상달ᄒ여 니시의 시비를 국문ᄒ여 획실ᄒ미 엇더ᄒ리잇고 초공이 빈미왈
가치 아니ᄒ다 내 또흔 싱각지 아니ᄒ미 아니로대 만일 이 일을 젹발ᄒ면 경쉬 반드
시 모데의 허물을 붓

72면

그려 셰샹의 머물고져 아니ᄒ리니 내 엇지 알며 효즈의 마음을 춤아 샹히오리오 능
후 등이 셩교의 맛당ᄒ시믈 탄복ᄒ더라 태부인이 눈물을 흘녀 왈 노뫼 부졀업시 지
리히 사라 이셔 경스도 만히 보왓거니와 월아의 변고며 또 이런 경계를 당ᄒ니 어셔
죽지 못ᄒ믈 한ᄒ노라 노공과 왕의 곤계 지삼 위로ᄒ고 능후 등이 한담쇼로 히위
ᄒ더라 명일 텬지 금쳔문의 크게 됴회를 녀르시고 만됴쳔관이 반렬을 졍졔ᄒ여 산호
배무ᄒ기를 맛ᄎ

73면

매 샹이 좌우 졔신으로 도라보샤 왈 짐이 부지박덕으로 조종의 대업을 니어 슉야우
구ᄒ여 이효로 치텬하ᄒ대 능히 교홰 셔지 못ᄒ고 법졍이 힝치 못ᄒ여 지샹규문의
고이흔 변이 이셔 풍홰를 손샹ᄒ니 이 가쟝 국치의 유해흔지라 교졍낭 등이 감히 쇼
원의 알외는 말슴이 젹실흔 줄은 가히 알녀니와 짐이 스스로 싱각컨대 만승의 위를
가지고 스해를 호령ᄒ는 위엄을 가져시니 아로이 부지박덕홀지라도 짐죽ᄒ는 일이
이실지라 녯 글의 ᄒ여

74면

시되 지즈는 막여부오 지신은 막여쥐라 ᄒ여시니 즈식 알기는 제 부모 ᄀᆞ트니 업다
흔 거시오 신하 알기는 인군 ᄀᆞ치 알 니 업다ᄒ미라 다만 짐이 의심ᄒ는 바는 쇼경슈
의 위인이 츙신효뎨ᄒ고 슈신셥힝이 크게 군즈의 풍도와 셩현의 례뫼 ᄀᆞ초 잇던지라
이러ᄒ므로 인인이 다 일ᄏ라 긔특히 너기며 사롬마다 흔 번 보면 우러러 ᄯᆞ르고져
ᄒ며 조금도 츄탁ᄒ거나 요악ᄒ거나 픽악ᄒ거나 부도를 힝치 아니홀 샹이오 대인군
즈로 디샹션이라 공밍의 도

75면

덕을 조금도 일치 아니홀 배라 내 비록 지인지감이 업스나 당당이 그릇 보지 아니홀 줄노 아라더니 이제 믄득 블효ᄒᆞ고 부졔ᄒᆞ고 무샹픽도ᄒᆞ여 풍화의 니를 줄 엇지 알니오 고어의 운ᄒᆞ되 대간이 수츔이라 ᄒᆞ니 현명군지 엇지 츙스를 분변치 못ᄒᆞ리오 이 분명이 스졍의 걸리쎠 알고도 결단치 못ᄒᆞ미니 짐이 이런 일을 심히 졀통이 역니노라 즁모의 투져ᄒᆞᆷ믄 초쇼위 가긔이방이어이와 금일지스는 실노 난측이라 슈연이나 하늘이 놉ᄒᆞ시나 슬피미 쇼쇼ᄒᆞ니 현인이 맛춤

76면

내 복분의 원을 신셜홀 씨 이실지라 ᄎᆞ마 엇지 이 사름으로 이 죄를 지엇다 지목ᄒᆞ리오 ᄌᆞ고로 현인군지 쎡를 만느지 못ᄒᆞ여 죄루의 곤흔 재 하나 둘히 아니어니와 엇지 금일 쇼경슈 ᄀᆞᆺ튼 재 이시리오 지어 조시ᄒᆞ여는 여러 형뎨 슉당이 효힝과 례졀이 츌어범뉴ᄒᆞ여 일셰 쇼공지라 ᄒᆞᆯ믈며 샹부 초국공의 쳥텽명덕이 츈츄젹 공부ᄌᆞ로 샹층ᄒᆞ고 여러 아들이 다 일대 현인군지 아니니 업거늘 엇지 홀노 그 쌀이 여ᄎᆞ 강샹란륜지죄를 범ᄒᆞ며 규내 음밀지스를 외인이 엇

77면

지 알니오 필연 스긔 이실 거시오 평진후 쇼현과 강능후 쇼쥬는 먼니 나갓다 ᄒᆞ거니와 두 아이 잇셔 경슈 힝스를 모르지 아니홀 거시오 ᄯᅩ흔 쇼경슈의 아오 연쉬 잇다 ᄒᆞ니 알 거시오 ᄯᅩ흔 연슈는 그 가변을 다 ᄌᆞ셔히 안다 ᄒᆞ니 가히 입시ᄒᆞ여 불너 곡졀을 무를지라 인군의 졍스로 엇지 원억흔 일을 힝ᄒᆞ면 크게 실덕ᄒᆞ고 앙화를 크게 바들 거시니 흔 사름의 말을 듯고 언관의 풍교만 드러 쳐결ᄒᆞ면 어이 옥졍이라 ᄒᆞ리오 짐의 마음은 여ᄎᆞᄒᆞ니 경 등은 ᄯᅩ흔 쇼견을

78면

긔이지 말고 실진무은ᄒᆞ고 후문내외의 원억ᄒᆞᆷ믈 업시 ᄒᆞ고 만승의 쳐결을 초목곤츙의 니르니 명빅히 ᄒᆞ게 ᄒᆞ라 ᄒᆞ시더니 믄득 반부즁으로 일위 대신이 아홀을 들고 금포를 착ᄒᆞ고 흑관을 숙이고 탑하의 부복ᄒᆞ여 옥슈의 흔 쟝 쇼지를 올녀 룡탑하의 드리고 드대여 돈슈지배ᄒᆞ고 면관히의대ᄒᆞ여 셩교를 기다리니 텬안이 경동ᄒᆞ시고 즁

인이 일시의 눈을 드러 슬피니 이는 다른 사룸이 아니라 좌승샹 겸 구셕후빅초국공 샹부 조셩이라 샹이 긔대ᄒᆞ시고 한림혹ᄉᆞ

79면

로 쇼를 닑으라 ᄒᆞ시니 한림혹ᄉᆞ 신이 탑젼의 나와 국궁ᄉᆞ배ᄒᆞ고 초국공의 올닌 쇼를 닑으니 그 쇼의 굴와시티 신 조셩은 본대 한미ᄒᆞᆫ 포의궁ᄉᆞ로 국가의 유공ᄒᆞ미 업ᄉᆞ거늘 외람ᄒᆞ온 벼슬이 삼공의 니르옵고 위 공후의 모쳠ᄒᆞ와 임의 작녹을 도젹ᄒᆞ미 극ᄒᆞ거늘 션졔 오히려 신의 비박ᄒᆞᄆᆞᆯ 더러이 아니 너기샤 림붕만셰ᄒᆞ옵실 ᄣᅵ 신을 명ᄒᆞ샤 폐하를 탁고ᄒᆞ시니 신이 슈명이리로 슈구여병ᄒᆞ와 몸을 다ᄉᆞ리고 마

80면

옴을 가다듬아 폐하를 뫼오미 진력ᄒᆞ옵ᄂᆞᆫ 비오니 신이 힝혀 폐하로 ᄒᆞ여금 그릇 ᄒᆞ시는 거슬 간치 아니ᄒᆞ와 허물을 쥬ᄒᆞ시고 죄를 어드샤 구원의 도라가시니 션졔긔 뵈올 늣치 업ᄉᆞ올진대 신이 ᄯᅩᄒᆞᆫ 유교ᄒᆞ오신 부탁을 져바리고 ᄒᆞ올 말솜이 업술가 ᄒᆞ와 슉야 마음을 노치 못ᄒᆞ여 슉식이 불안ᄒᆞ오나 본대 직죄 쇼루ᄒᆞ고 덕이 박ᄒᆞ와 ᄉᆞ군치졍의 보국안민을 못ᄒᆞ고 리음양슌 ᄉᆞ시를 힝치 못ᄒᆞ오니 감히 엇지 졍승의 ᄌᆞ리를 힝ᄒᆞ오릿가 국

81면

가의 즁ᄒᆞᆫ 쇼임을 ᄒᆞᆯ 길이 업ᄉᆞ오며 글을 널니 ᄒᆞ지 못ᄒᆞ오니 무일가췌ᄒᆞ와 녯 스룸의 일을 한가지도 ᄒᆞᆯ 쥴을 모르옵건마는 감히 졔왕의 스승이라 ᄒᆞ고 놉흔 벼슬을 쥬시며 닐ᄏᆞ르시믈 당ᄒᆞ오니 황공송률ᄒᆞ와 복이 숀홀가 슉야 우구ᄒᆞ고 황공ᄒᆞ옵더니 가지록 폐하의 일월 ᄀᆞᆺᄐᆞᆫ 덕택을 입ᄉᆞ와 만셕군 녹복의 유손ᄒᆞᄆᆞᆯ 밧ᄌᆞ와 텬은이 막대ᄒᆞ오며 신이 ᄯᅩᄒᆞᆫ 비박누질이오나 진츙갈력ᄒᆞ와 텬은을 만의 ᄒᆞᄂᆞ흘 갑고져

82면

원이옵더니 텬은이 가지록 늉셩ᄒᆞ와 불초ᄒᆞᆫ ᄌᆞ식과 질ᄌᆞ들니 쳥현의 탁용ᄒᆞ시는 덕택의 니르니 신의 용우ᄒᆞᆫ ᄌᆞ질들니 금당옥누의 쳥현화직으로 옥보금인을 가져 샹의 가득ᄒᆞ온지라 연이나 신의 부ᄌᆞ형뎨 무슴 공뇌가 잇습건대 이런 벼슬을 당ᄒᆞ고 텬은

을 입스오릿가마는 신의 뜻이 용녈ᄒᆞ온지라 기리 연곡을 직희여 폐하 좌하ᄅᆞᆯ 쎠ᄂᆞ지 아니ᄒᆞ여 기리 셩은을 모욕ᄒᆞ고 불튱을 다ᄒᆞᆸ다가 신의 몸이 죽ᄉᆞ온 후 싯칠가 ᄒᆞ고

83면

여른 졍셩이 이셔 죡ᄒᆞᆫ 쥴을 모ᄅᆞᆸ고 형뎨 슉질의 위권이 일셰의 늄즁ᄒᆞ고 만인이 츄앙ᄒᆞᆸ거늘 신이 무상ᄒᆞ와 훈교ᄒᆞᄂᆞᆫ 도리로 ᄌᆞ식을 가ᄅᆞ치지 못ᄒᆞᄆᆞᆯ 븟그러ᄒᆞ오며 다시 쇼경슈의 죄의 범ᄒᆞᆫ 쳐ᄌᆞᄂᆞᆫ 신의 미거ᄒᆞᆫ 녀ᄌᆞ라 이졔 쇼가ᄅᆞᆯ 어ᄌᆞ러니고 경슈로 ᄒᆞ여금 불효ᄒᆞᆫ 죄ᄅᆞᆯ 엇게 ᄒᆞ고 쏘 부졔ᄒᆞᆫ 죄ᄅᆞᆯ 엇게 ᄒᆞ고 불화ᄒᆞᄂᆞᆫ 일홈으로 지어 강상대죄ᄅᆞᆯ 범ᄒᆞ게 ᄒᆞ다 ᄒᆞ오니 녀ᄌᆞ 실노 현슉ᄒᆞ올진대 가국의 집안 어미 되어 엇지 누덕을

84면

몸의 어들 쥴을 모ᄅᆞ오며 가변을 산란케 ᄒᆞ오리잇가 이졔 졔죄ᄅᆞᆯ 싱각ᄒᆞ오니 쳔ᄉᆞ무셕이오 만ᄉᆞ유경이오니 다만 죽기ᄅᆞᆯ 원치 못ᄒᆞᆯ 거시오니 죽기ᄅᆞᆯ 쳥ᄒᆞᆯ ᄲᅮᆫ니이다 이졔 졔죄ᄅᆞᆯ 스스로 범타ᄒᆞ오믄 여러 가지오니 져의 가변이 망측ᄒᆞ오믈 언관이 텬뎡의 쥬ᄒᆞ올 적은 어내 싯ᄎᆞ로 엇지 드를 쥴을 모ᄅᆞᆸ고 이러ᄒᆞᆯ 적은 드른 언관도 보고 드르미 젹실ᄒᆞ여 이러툿 쇼요ᄒᆞ여 막즁늉탑하의 필지어셔ᄒᆞ여 올니오며 그 죄목이온 즉 신의 집 내연ᄒᆞᆯ

85면

젹 내연 렬좌 즁 신의 네 ᄂᆞ시 젹인을 죡친 즁의 치독ᄒᆞ여 그 곳의셔 칠규의 혈흔을 내고 죽게 되어 겨유 희독약을 먹고 도라가다 ᄒᆞ오니 이 쏘ᄒᆞᆫ 고이ᄒᆞᆫ 일이오 가시 유병지시의 슐ᄉᆞᄅᆞᆯ 불너 망긔ᄒᆞ오니 온ᄀᆞᆺ 요예지물을 어더 내오니 그 존고와 슉미며 져의 가슉 연슈며 젹인을 다 죽이고져 ᄒᆞ엿다 ᄒᆞ오니 이 죄 다 가살지죄라 엇지 죽기ᄅᆞᆯ 면ᄒᆞ오며 다시 요예지물을 쇼화ᄒᆞ여 업시ᄒᆞ고 쥬필부작을 다 업시ᄒᆞᆫ 후 드대여 당ᄎᆞ시의 불화대죄

86면

와 강상대변으로 주직을 구청하고 그 쇠뫼 경계코져 하므로 옥등의 가도왓거늘 도로혀 도젹을 통신하여 어린 유주를 맛져보내고 연슈며 존고를 죽이려 하다 하오니 실노 가살지죄 뿐 아니오니 당당이 그 죄를 범하미 흔두 가지 아니오니 맛당이 그 머리를 버혀 텬하의 효시하여 후일을 징계하올지라 여츠죄슈를 스족일믹이라 하여 옥스의 나리와 뭇지 아니시리잇가 가히 졍위를 명하샤 률뎐의 샹고하여 신녀의 강샹일죄를 법대로 쳐치

87면

하샤 풍교를 졍히 하시고 후셰 여주의 질투를 징계하시미 힝심이라 신이 또흔 당당흔 샹국으로 녀주를 교훈치 못하여 이 변을 일위니 죄 슈스란쇽이라 복원 셩샹은 신의 승샹인슈와 국공관면을 거두시고 죄를 졍치하샤 친쇼와 스식 업게 하시믈 바라느이다 하엿더라 샹이 듯기를 맛추시미 승샹을 붓드러 평신고 의관을 굿초라 하샤 우유왈 샹부의 마음을 짐이 아느니 경슈의 체 비록 죄악이 젹실홀

88면

지라도 요슌지지 불초하고 쥬실의 관치 이시니 이 엇지 션싱의 불안하미 이시리오 짐이 공졍 쳐치하리니 션싱은 안심물스하여 의구찰직하라 츄밀스 쇼한과 복야 쇼츈이 츌반쳥죄 왈 신의 질주 경슈 망측흔 죄명을 지어 옥리의 미여시니 신 등이 주질을 가르치지 못하고 경계치 못흔 죄를 당하올지라 연이나 신 등이 잘 가르치지 못흔 죄 욕스무디로쇼이다 신질 경슈 본대 츙효지심이 츌인하옵더니 이졔 엇지 이러흘 줄을 알니잇고 신의 형이 싱휼하온 바

89면

로 둘지 형 균의게 양주되온 지 오리오디 인주셩회 지극하옵고 고인을 효측하와 증주 왕샹의 지효를 법다이 하오며 츌어외모흔 일은 스셔인의 아옵는지라 신 등이 또흔 져를 아옵기를 쳔니 긔린으로 즁히 알고 제 힝스를 보온 즉 불의불법을 주쇼로 배쳑하오니 신 등이 그 부슉이 되어스오나 흔 가지 일을 가르칠 길이 업스와 도로혀 져의게 비옴즉흔 일이 만히 잇스옵더니 일이 공교히 여츠하와 삼쳐를 어드미 또흔 거

출 거시 업스옵더니 언관의 쇼시 이졔 ᄒ

90면

여금 조시로 ᄒ여뼈 비의불법을 ᄉ통ᄒ여 혼인을 일우다 ᄒ오미 가쟝 무상ᄒ온지라 조졍이 례의 삼엄ᄒ고 폐해 아ᄅ시ᄂ 바로 졍직ᄒ 군ᄌ여늘 엇지 ᄉ졍을 위ᄒ여 당당ᄒ 례법을 휴숀ᄒ오며 경슈 아모리 무식홀지라도 비례의 혼인을 일오지 아니ᄒ올지라 한 일노뼈 가히 만ᄉ를 츄이ᄒ올지라 경슈 어려셔븟터 조셩의 문인이 되어 슈혹ᄒ오니 조셩이 경슈의 인지를 ᄉ랑ᄒ여 친이ᄒ미 ᄌ질의 감ᄒ미 업고 경슈 우럴 길을 부형과 다ᄅ미 업고 무상 왕릭ᄒ다가

91면

조시의 긔특ᄒᄆ믈 우연이 마조쳐 보고 년쇼남아의 풍졍이 무심치 못ᄒ여 ᄌ연이 심위 되어 병을 일위오니 부뫼 근심ᄒ여 힐문ᄒᄂᄃᆯ 졍회를 고ᄒ옵거늘 신의 형이 친히 조셩을 보고 연고를 일은ᄃᆡ 조셩이 경슈의 인지를 앗기ᄂ 고로 마지 못ᄒ여 냥개 샹의ᄒ여 초례납빙ᄒ고 뉵례 빅냥으로 만됴거경의 교긱이 되어 혼ᄉ를 셩젼ᄒ오니 하쥬셩되 이 밧긔 더으미 업습ᄂ지라 원내 경슈 조강 구시를 취ᄒ고 버거 니시를 취ᄒ니 남ᄌ 부부후박은 고로로 힝치 못ᄒᄂ

92면

일이야 왕왕이 이시니 이런 일의 당ᄒ여셔ᄂ 일가친쳑도 모를 거시오 내ᄉ의 일이오니 혹간 샹ᄉ여늘 그 가온ᄃᆡ 조가 녀ᄌ의 슉덕현힝은 쥬국셩비와 태ᄉ의 어진 덕량와 아황 이비의 놉흔 힝실과 빅회의 고졀이며 졍녀의 쳥졀이 가즉ᄒ니 일은 바 금츠 가온대 ᄉ군지라 닐오거늘 이러툿 ᄉ덕이 겸비ᄒ되 향당의 어진 재 이시면 그 사름이 어질지언졍 ᄉ오나온 재 사오나이 너기ᄂ 고로 경슈의 일편졍심으로 가우를 조ᄎ은인지졍이 일편도이 조시의게만 잇ᄉ오니 진실

93면

노 젹인 줌 싀투지변이 니러나옵고 악ᄒ 사름은 어진 쟈를 괴로이 너기옵ᄂ 고로 이런 가변이 니러나 조시를 깅참이 너허 이런 지경까지 니ᄅ오니 신 등이 불명무식ᄒ

와 작얼ᄒᆞᆫ 쟈를 잡지 못ᄒᆞ고 어질고 ᄉᆞ오ᄂᆞ온 이를 분변치 못ᄒᆞ와 이리 분분ᄒᆞᆫ 곡경을 당ᄒᆞ오니 조시의 원억을 신빅지 못ᄒᆞ온지라 오ᄂᆞᆯ날 이 디경의 당ᄒᆞ와 셩샹의 쳐분을 기다릴 ᄲᅮᆫ이로쇼이다 언쥬파의 분개ᄒᆞᆷ를 니긔지 못ᄒᆞ여 단지의 부복ᄒᆞ니 샹이 그 쥬ᄉᆞ를 드ᄅᆞ시고 고개 조아 ᄀᆞᆯᄋᆞ샤ᄃᆡ 경의

94면

말을 듯고 지ᄂᆞᆫ 일을 ᄉᆡᆼ각ᄒᆞ니 경슈의 위인으로 이 죄의 ᄲᅡ지믈 짐이 심히 개연ᄎᆞ셕ᄒᆞᆷ를 니긔지 못ᄒᆞ리로다 ᄒᆞ시고 즉시 위ᄉᆞ를 명ᄒᆞ여 쇼부의 가 구부인 시비와 조시의 시비를 다 잡아 젼뎡의 올니라 ᄒᆞ시고 연슈를 브ᄅᆞ라 ᄒᆞ시니 연쉬 위ᄉᆞ를 ᄯᅡ와 뎐폐하의 복디ᄒᆞ온ᄃᆡ 샹이 경셩문왈 언관이 샹쇼ᄒᆞ여 여형이 여모를 불효ᄒᆞ고 조시를 고혹ᄒᆞ여 인ᄌᆞ지되 업고 조녜 고식지간이 구슈 ᄀᆞᄐᆞ여 져쥬와 ᄌᆞ긱으로 동모ᄒᆞ다가 네게 발각ᄒᆞ다 ᄒᆞ니 네 맛당이 직고ᄒᆞ라 연쉬 이 ᄯᅥ를 당

95면

ᄒᆞ여 형의 부부를 아조 셔룻고 홀노 횡힝코져 ᄠᅳᆺ이 불 ᄀᆞᄐᆞᄃᆡ 지쳑텬안과 만목쇼시의 져를 의심ᄒᆞᆯ ᄃᆞᆺᄒᆞ고 간인의 마음의도 일단 간ᄉᆞᄒᆞᆫ 의싀 녕명을 구ᄒᆞᆯ 마음이 잇ᄂᆞᆫ 고로 의싀 이러ᄐᆞ시 도라가니 믄득 무ᄅᆞ시ᄂᆞᆫ 말ᄉᆞᆷ으로 조ᄎᆞ 눈물을 흘니고 머리를 두다려 ᄀᆞᆯ오ᄃᆡ 신이 가운이 ᄎᆞ악ᄒᆞ와 가변이 모ᄌᆞ슈슉지간의 나오니 ᄎᆞᆷ아 무ᄉᆞᆷ 면목으로 텬안의 뵈오며 무ᄉᆞᆷ 말ᄉᆞᆷ을 알외오리잇고 신이 실노 보고 드른 일이 이실지라도 넉넉히 알외온 즉 졔 집 가힝이라 빗ᄂᆞ지 아니ᄒᆞ온 일을

96면

알외고져 ᄒᆞ온 즉 ᄎᆞᆷ아 혀가 돕지 아니ᄒᆞ옵고 입이 열니지 아니ᄒᆞ와 말ᄉᆞᆷ이 나지 아니ᄒᆞ오며 형과 형슈로 ᄒᆞ여금 ᄉᆞ디의 넌ᄂᆞᆫ 배 되오니 인ᄌᆞ의 ᄒᆞ올 배 아니옵고 다만 언관의 쇼ᄉᆞ를 듯ᄌᆞ오니 그 글월이 ᄒᆡ비ᄒᆞ온지라 신이 ᄯᅩ 허언을 쥬ᄒᆞ여 지쳑텬안의 번다이 알외오며 임의 문셔로 만됴의 즁쇼공지ᄒᆞ여 통촉ᄒᆞ옵신 바의 ᄯᅩ 다시 알외오리잇고 오직 신이 혀랄 물고 입을 다다 벙어리 되고 눈을 가마 폐밍지인이 되옵고 몸을 슘어 ᄒᆡ이ᄒᆞᆫ 이런 변란을 참예치 아니ᄒᆞ미 원이로

97면

쇼이다 쥬파의 눈물이 옥 ᄀᆞᆺᄐᆞᆫ 얼골의 가득ᄒᆞ고 별 ᄀᆞᆺᄐᆞᆫ 냥목의 츄슈증ᄑᆡ 져져 흐ᄅᆞ
ᄂᆞᆫ지라 진승샹의 관옥지풍과 니쳥년 훤앙지광이라 졔인이 층찬ᄒᆞ고 샹이 다시 므러
굴오샤대 여언이 몽농ᄒᆞ여 진가를 니ᄅᆞ지 아니니 언관이 ᄯᅩᄒᆞᆫ 네 집으로 인연ᄒᆞ여
드ᄅᆞ며 알ᄆᆡ 이셔 샹쇼를 일워실지라 이러ᄐᆞᆺ ᄒᆞ여셔는 대옥의 결ᄉᆞ 신속지 못ᄒᆞ리니
담박ᄒᆞ나 다만 ᄉᆞᄉᆞ로오미 업시 알외오면 짐이 싱각ᄒᆞ여 쳐치ᄒᆞ리라 연슈ᅵ 배읍왈 동
긔ᄂᆞᆫ 사름의 슈족이라 신의 형이 비록 풍

98면

파를 일위혀시나 엇지 신의 입으로 그 죄를 젹발ᄒᆞ여 ᄎᆞᆷ아 용납지 못ᄒᆞᆯ 허물을 삼ᄉ
오며 가슈 조가 녀지 비록 모위를 ᄒᆡᆼᄒᆞ고 신을 죽이고져 ᄒᆞ오나 신이 어지지 못ᄒᆞ와
샹히 득죄ᄒᆞᆫ 일이 이시미라 홀노 가슈의 ᄉᆞ오나오미 악조의 일을 밀위지 못ᄒᆞ올지라
신의 원통ᄒᆞ오믄 신의 어미를 져로로 ᄒᆡᆼᄒᆞ고 ᄌᆞᆨ긱을 드려 칼날을 가져 어미 몸을 히
ᄒᆞᆯ 번ᄒᆞ오니 만일 구치 못ᄒᆞ던들 신의 어미 죽어실 비오니 신으로 형슈와 대텬디불
공ᄒᆞᄂᆞᆫ 원이 되올 거ᄉᆞᆯ 요힝으로 어미 ᄉᆞ라ᄂᆞᆺᄉᆞ오니

99면

신이 가변의 망극ᄒᆞ미 잇ᄉᆞ오나 함구은익ᄒᆞ옵더니 일이 맛ᄎᆞᆷ내 언노의 쇼장의 오ᄅᆞ
옵고 더러온 가변이 셩총을 번거롭게 ᄒᆞ오니 죄당만ᄉᆞ유경이로쇼이다 복망 폐하는
쇼신을 죽여 형의 몸을 대신ᄒᆞ옵고 신 형의 가부졔도 불인불명ᄒᆞᆫ 죄를 샤ᄒᆞ시면 텬
디부모의 호싱지덕을 셔리 다마 평싱의 은혜 깁흘가 ᄒᆞᄂᆞ이다 샹이 연슈의 언ᄉᆞ와
그 쇼의와 조금도 어긔미 업시 니ᄅᆞᄂᆞᆫ 말ᄉᆞᆷ을 드ᄅᆞ시고 구부인의 시비를 졍위법관으
로 엄형국문ᄒᆞ라 ᄒᆞ시고 조시 시비를 한가

100면

지로 져쥬미 구부인의 시비 션향이 초ᄉᆞᄒᆞ대 조시 임의 구고를 원망ᄒᆞ며 샹공을 고
혹ᄒᆞ게 ᄒᆞ고 젹인을 업시ᄒᆞ여 가부의 은총을 젼일코져 ᄒᆞ며 연슈ᅵ 이시매 타일 종장
이 밧고일가 ᄒᆞ여 그 아오를 져쥬로 힝계ᄒᆞ여 죽이려 ᄒᆞ다가 픠루ᄒᆞ고 쳔금을 회뢰
ᄒᆞ여 빅지회라 ᄒᆞᄂᆞᆫ 사름을 ᄉᆞ괴여 칼흘 들고 밤들게 구부인 침뎐을 돌입ᄒᆞ여 죽이

고져 ᄒ다가 연슈와 여러 비복이 모다시ᄆᆡ ᄌᆞ긱이 픠누ᄒᆞ여 도망ᄒᆞ니이다 ᄒᆞ고 구부인 니부인을 ᄉᆡ투ᄒᆞ여 흉ᄒᆞᆫ 일을 무슈히 ᄒᆞᆯ대 가즁 ᄉᆞ름

101면

이 그 긔셰ᄅᆞᆯ 두려워 감히 ᄒᆞᆫ 말을 못ᄒᆞ더니 이 일이 언관의게 들이여 이 디경의 니ᄅᆞᆸ고 ᄯᅩ흔 경슈 샹공이 조시ᄅᆞᆯ 과혹ᄒᆞ여 온ᄀᆞᆺ 일을 다 슈유불니ᄒᆞ고 인권친형ᄒᆞ여 ᄉᆞᄉᆞ의 인ᄉᆞᄅᆞᆯ 모ᄅᆞᄂᆞᆫ 사ᄅᆞᆷ이 되어 부모ᄅᆞᆯ 긔이고 밀밀히 조시 가친 곳의 왕ᄅᆡ 빈빈ᄒᆞ여 쇼샹공과 구부인을 업시ᄒᆞᆯ 의논을 일일 ᄒᆞ며 불의무샹ᄒᆞᆫ 일을 ᄒᆞ고져 ᄒᆞᄂᆞᆫ대 샹공이 엇지 은졍의 병이 드온지 올흔 일을 보ᄃᆞ시 ᄒᆞᄂᆞᆫ 연유와 허물을 딩낭지언으로 쥬쟉ᄒᆞ여 사ᄅᆞᆷ으로 드ᄅᆞ매 강

102면

샹불측ᄒᆞ도록 ᄒᆞ고 조시 시비ᄂᆞᆫ 아모 곡졀을 몰나 그 시비의 말을 듯고 ᄒᆞᆫ 쇼릭 발명도 아니ᄒᆞ고 ᄯᅩ흔 달내믈 드러 입을 다다 말이 업스며 져ᄂᆞᆫ 슈단을 모ᄅᆞ고 올타 그ᄅᆞ다 아니ᄒᆞ니 언관의 올닌 쇼 셩공ᄒᆞ고 법관의 뭇ᄂᆞᆫ 말이 효험이 잇ᄂᆞᆫ지라 샹이 이녀의 초ᄉᆞᄅᆞᆯ 보시고 침음ᄒᆞ시다가 경슈ᄅᆞᆯ 올녀 므러 골오샤대 경은 식녹됴신으로 쟉위 뉴경의 이셔 빅힝을 슈련ᄒᆞᆯ지라 짐이 텬ᄌᆞ의 례디 범연치 아니ᄒᆞ고 극이ᄒᆞ더니 금일 가변이 여ᄎᆞᄒᆞ여 언관의 쇼ᄉᆡ 니러ᄂᆞ고 연슈의

103면

말과 냥비의 초ᄉᆡ 이 ᄀᆞᆺᄐᆞ니 만일 익미흔 일이 잇거든 의심된 일이 업게 ᄒᆞ라 쇼샹셰 안식을 졍히 ᄒᆞ고 돈슈쥬왈 신의 효힝이 신기ᄅᆞᆯ 져바려 망극흔 변이 몸의 림ᄒᆞ니 흔ᄀᆞᆺ 텬일지하의 낫츨 드지 못ᄒᆞ올지라 언관이 쟈셔이 안 연후 필지어서ᄒᆞ여 폐하긔 알외ᄂᆞᆫ지라 신이 무어시라 발명ᄒᆞ리잇가 폐하의 일월지명으로ᄡᅥ 신의 죄ᄅᆞᆯ 붉히샤 법 아ᄅᆡ 죽기ᄅᆞᆯ 바랄 ᄲᅮᆫ이로쇼이다 샹이 그 슉연흔 말슴이 죄ᄅᆞᆯ 벗고져 ᄯᅳᆺ이 업스니 십분 츠셕ᄒᆞ샤 그 위인이 불효

104면

ᄅᆞᆯ 범치 아니ᄒᆞᆯ 거시로대 간비의 초ᄉᆞ와 연슈의 말인 즉 조시와 경셤 대죄의 범ᄒᆞᄆᆡ

적실호지라 쇼한 쇼츈드려 문왈 경의 냥질의 말이 여추호고 비즈의 초시 분명호니 경 등은 실진 무은호여 추스룰 결케호라 냥인이 돈슈쥬왈 연슈의 말이 형을 죄의 건지믈 싱각지 아니호고 간비의 초시 경슈와 조시룰 남은 짜히 업시 죄의 모라너흐니 신이 불승통히호ᄂ니 원컨대 이녀룰 다 엄문호샤 실상을 알외라 호신즉 간졍을 알니이다 쇼샹셰 고두쥬왈 신의 죄악이

105면

텬디의 가득호오미 만셩의 훼쟈호여 언노의 쇼쟝의 오르오며 냥비의 초시 여추호니 엇지 번거히 다시 쳔비룰 져듀리잇고 신의 죄룰 다스리시미 응당호오니 신이 군부의 은혜룰 입스와 죄의 도망호나 다시 셰렴이 업스오니 신의 슉뷔 이 스졍을 춤지 못호와 죄의 건지고져 호오나 공논이 이실 거시오니 오즉 밧비 죽어 가셩을 쳠욕호며 부항을 붓그럽게 호믈 잇고져 호ᄂ이다 추시 승샹이 샹셔의 긔식이 시비룰 다시 져쥬어 양모의 단쳐와 연슈의 죄괘 격발호미

106면

될가 챡급호믈 짐쟉호고 그 효의룰 앗겨 이의 탑하의 쑤러 쥬호여 굴오대 이 아이 연슈의 말과 비즈의 초스룰 보와도 경슈는 졔가룰 불엄호고 쇼탈호여 여싴의 고혹호미 불망홀지언졍 신질이 허다 악스룰 경쉬 아나시믈 불망호온지라 호믈며 향일 효데츙심이 남의셔 나오믈 츄이호와 금일 죄상이 가치 아니믈 아오실지라 다시 비즈룰 져쥬호미 무익호오니 신의 쇼원은 경슈룰 가부졔죄로 원찬호시고 신녀룰 죽이샤 풍화룰 뎡히 호시미 맛당호

107면

읍고 어즈러이 형뎨 노쥐 박졀호는 경식을 경쉬 죽어 힁치 말고져 호오니 그 위인의 걸호호믈 가지라 신이 죄인의 아비로 참남이 간예호미 당돌호오니 쥬샹의 지우룰 입스와 폐부의 일월ᄀᆺ치 빗최시는지라 쇼회룰 진달호ᄂ이다 말숨이 화호고 긔위 졍슉호여 지공무스호 뜻이 일월을 빗쵠 듯호니 샹이 개용호샤 격졀감탄호시고 제신다려 굴오샤대 추시 즈셔히 스힉흔 즉 실노 경슈의 죄 업스대 아직 연슈의 말과 시비의 초스룰 보와는 가부졔죄 잇고 조시 허다 악

108면

시 진젹흔 즉 반득시 ᄉ죄로대 쳔비의 초ᄉ를 취신치 못홀 거시오 언관의 쇼표 풍문의 와언이 만흐니 짐이 관뎐을 드리와 조시를 아직 샤흐여 쟝ᄉ의 찬젹흐고 경슈는 쏘흔 됴쥬 형배흐여 타일 조시의 죄 쾌히 믹낭흐면 은샤를 나리올 거시오 젹실흐면 다시 ᄉ죄를 더으리니 쳐결흐미 이 밧근 업고 초ᄉ 바든 두 비ᄌ는 각각 쥬인을 은휘흐미나 요악을 슈챵흐여 초ᄉ을 지은지라 ᄎᄉ 냥비를 업시흐여는 타일의 일을 결치 못홀 거시니 정위옥의 가도와 쳐결을

109면

기다리고 연슈는 아직 미셰흔 셔싱이라 죡가치 못흐여 노화 도라가라 셩샹이 임의 결흐시미 쇼복야 형뎨 돈슈샤은흐여 질즈의 찬젹을 도로혀 다힝흐고 만됴문뮈 ᄎᄉ의 시비 냥난흐여 말홀 재 업ᄂ지라 임의 황명이 나리며 쇼샹셰 옥문을 나 조쥬로 향홀시 지극흔 셩효로 냥부 ᄌ당의 하직지 아니믈 악연흐여 잠간 부즁의 니ᄅ러 총총히 하직을 고홀시 쥬부인은 손을 잡고 가는 마음을 허트르고져 아니랴 위로 왈 네의 무죄흐믈 하늘이 슬피시고 신명이 직방흐시

110면

니 이 원젹이 맛ᄎ마 오리지 아니리니 내 비록 여모의 약흔 졍이나 어이 셜워흐며 근심흐리오 오아는 몸을 조심흐여 풍퇴 ᄉ오나온 곳의 무ᄉ이 조히 이시라 윤부인이 쟉식 왈 네 의모와 양모를 불샹흐믈 앙홰 이 곳의 니ᄅ니 누를 한흐리오 목숨이 ᄉ라 나미 의외라 이졔나 개심슈덕흐여 악심을 곳치고 조녀 요괴를 권년치 말나 샹셰 야야의 도리오지 못흐시므로 슬하의 하직지 못흐고 여러 쳔리의 쩌ᄂ매 심시 ᄎ악흐나 이 본대 쳔균지량이라 셰시 막비텬얘믈 씨ᄃ라 탄

111면

홀 거시 업고 흐믈며 모친이 화흐고 말솜이 쾌흐시나 심닉여홀흐시믈 싱각이 아니 슬픈 긔식과 괴로온 회포를 요동흐여 ᄌ의를 동흐리오 오직 지비샤왈 냥존당 교훈을 듯ᄌ오니 히으의 불초흐믈 더욱 ᄢᆡ달지라 엇지 경흔 죄과를 원망흐며 한흐리잇고 가히 양쥐로 지나는지라 야야기 혹 맛나뵈옵고 불연 즉 히이 조쥐 젹긱으로 ᄆᆞ짓 아

니리니 셩은을 입수와 고토의 도라오면 다시 인즈의 도를 일우오리니 태태는 관심하시고 냥형의 눛츨 보수 불초룰 긔렴

112면

치 마른소셔 쥬부인이 탄왈 너는 남즈의 몸으로 가부졔훈 허물이 잇거니와 잔잉코 원앙호믄 조시라 슉덕현힝이 너룰 만느므로 하로 화열호믈 보지 못호고 원앙훈 죄루룰 시러 혈혈약질이 쟝스의 류락호니 녀즈의 초로 굿튼 즈쵀 엇지 요싱호리오 이룰 싱각호미 내 마음이 초악호여 도로혀 너룰 넘녀홀 결을이 업도다 싱이 탄식 대왈 져의 명이 박호고 운쉬 초악호여 죄범강상호오니 쟝스 찬젹을 놀납다 호리잇고 초역 명애니 모친은 과

113면

렴치 마른쇼셔 조쥐 여러 쳔리나 수지 아니오 쟝시 요원호나 지히 아니라 맛춤내 구원의 죽으미 되지 아니리이다 하졍이 초악호나 지류호미 스톄 미안호니 하직을 알외나이다 쥬부인은 훈 눛 녀즁군지라 오즈의 효우셩덕으로 불힝이 츌계호여 허다 곡경이 양모의 불인을 인호미라 원한이 심샹호리오마는 녁량과 현심이 원대훈지라 무익훈 불호지언으로 가는 마음을 어즈러이지 아니호려 비쳑지식을 감초고 흔연이 보즁호믈 일캇고 훈 말을 아나

114면

고필호고 물너느미 아황이 변호고 츄파 빵셩이 물결을 요동호고 싱이 즈안을 하직호미 쳑연함누호여 와잠미룰 씽기믈 씻듯지 못호여 물너느니 냥쇠 강능후 부즁의 니른니 구부인이 싱을 붓들고 비읍 왈 요녀 조시로 가변이 니러나 네 만니 젹긔이 되니 아심비식이라 내 마음을 엇지 견대리오 내 비록 너룰 낫치 아냐시나 년년훈 졍이 긔 츌노 다른미 업거늘 불힝훈 가실이 여러히오 너의 익증이 고로지 아냐 이 환을 비겨 내니 내 비록 조시의 히힝믈 여러 번

115면

이나 죽이 아냐시니 이런 말을 구외불츌하고 조시룰 슈계호여 너의 부군 회환을 긔

다리려 흐엿더니 너히 둘을 조츠 필경의 외인의게 젼파흐여 언로의 귀의 들녀 네 몸이 이의 니르니 한홉지 아니리오 삼미와 연쉬 다 모다 눈물이 여우흐여 니졍을 닐오니 쇼쇼흔 졍이 텬뉸의 지극흐니 뉘 도로혀 동심모의흐여 히흐믈 알니오 하회를 분셕흐라

조시삼대록 권지이십구

1면

화셜 쇼샹셰 모친의 비샹흐심과 졔매의 샹렴흐믈 당흐여 츄연불낙흐여 화셩유어로 직배이답 왈 쇼지 효힝이 쳔박흐여 이런 변을 만느오니 죄 만스유경이라 흐면목으로 대인흐리잇고 이졔 국가 죄슈 되고 여러 쳔리의 니슬지졍이 슬프믈 이긔지 못흐오나 도라 싱각건대 니합이 쩌 잇고 화복이 관슈흐오니 주졍은 아히 먼니 가는 심스를 어엿비 너기샤 불효지죄를 샤흐시고 삼매와 일뎨의 졍니를 궁

2면

측흐샤 셩려를 평안이 흐시면 쇼지 맛춤내 무스히 도라와 주안의 졀흐믈 바라느이다 말슴이 온화흐고 스긔 여일흐여 모젼의 쑤러 간졀흔 졍이 니측을 이연흐며 가스를 념녀흐미 셩회 동쵹흐여 혈심진졍이 텬진의 나타느니 구부인 줌심의 도로혀 고이히 너기고 주괴지심이 이시되 연슈의 쑷이 형으로 냥닙지 못흐여 샹셔 부부를 젼폐흔 후야 쾌흐고 그 몸이 종장이 될 쥴을 혜아리매 불인을 모르지 아니되 뉘웃지 아냐 오즉 것츠로 눈물을 쑈

3면

리며 목이 메니 뉘 외친내쇼로 알니오 샹셰 모친을 위안흐고 삼미를 대흐여 구가왕리를 드믈게 흐고 주졍의 비회를 위로흐와 평안이 밧들믈 부쵹흐니 졔쇼미 등이 츄연탄왈 스뎨의 대효를 고이흔 익경은 몽뫼지외라 오가의 근리 고이흔 변괴 니러느믄 불인간스흔 뉘 현인을 싀긔흐여 이런 변을 비져내니 현뎨의 타시며 조시의 무고치독과 주긱일스를 나는 실노 밋지 아냣느니 조시는 고문법가 싱츌노 요죠셩녀라 엇지

강샹을 범흐리

4면

오 원앙흔 죄명이다 혈혈흔 약녜 쟝슈의 표탕흐니 스데 원젹을 도로혀 놀납지 아니
나 하늘이 현뎨와 조시를 내시고 이굿튼 익경을 보게 흐믈 탄흐느니 현뎨는 방심물
녀흐고 쳔금지구를 보즁흐여 슈이 마즈믈 원흐느니 모친시봉은 여러히오 야야의 도
라오실 지쇽이 업스나 평안흐시고 반셕 굿트시니 오즉 현뎨 몸이나 힘뼈 보즁흐라
낭황과 연쉬 누쉬 오월쟝슈 굿트니 샹셰 연슈의 손을 잡고 탄왈 우형이 어즈지 못흐
여 훤당불효와 현

5면

뎨의 이우를 쯔치게 흐고 슈죡이 샹니흐여 샹봉홀 긔약이 묘연흐니 스졍이 참연흐나
우흐로 즈당을 뫼시고 아리로 먼리 가는 형의 심스를 관억흐미 네 도리의 가흐니 엇
지 부유의 셜셜흐므로 니졍의 나오미 이시리오 내 죄악이 허실 간 인군이 보내시고
죄범이 즁대흐니 찬젹을 한흐리오 연쉬 울며 굴오대 쇼뎨 지쳑 텬안의 말을 잘못흐
여 형의 애매흐믈 벗기지 못흐니이다 쇼뎨의 타시라 원컨대 형을 뫼셔 긱리심회를
위로흐고 은샤을 입

6면

는 날 형뎨 흔가지로 도라오믈 바라느이다 샹셰 탄왈 내 아오 효우는 아름다오나 훤
당시봉의 네게 잇스니 너도 마음을 구지 잡아 흑힝을 삼가고 례의를 닥가 우형의 불
효를 쯔시라 연쉬 배샤슈명이러라 구니를 다 츳지 아니코 모친과 뎨미를 하직고 밧
그로 나올시 일봉셔를 긴긴히 봉흐여 유모 쳔파로 흐여금 조시긔 젼흐라 흐고 문외
로 나가니 초공과 진왕이 다 문외의 나와 니별흐고 졔죠의 거매 구름굿치 니음다라
나오니 양닌광 조선경 등

7면

이며 일반친위 쥬호를 닛그러 쟉별흐니 샹셔의 낭슉부와 외구 쥬태샹 등이 일시의
나오고 낭형과 졔죡군죵이 또흔 젹지 아니니 그 못는 손의 슈를 긔록지 못흘너라 초

공이 팔흘 어른만져 왈 셩은이 호샹ᄒᆞ샤 너의 부뷔 ᄉᆞ화룰 면ᄒᆞ니 한홀 거시 업ᄉᆞ나 규내 대졉이 화홍치 못ᄒᆞ여 가변이 니러ᄂᆞ니 그릇지 아니리오 슈연이나 업친 물이라 다시 니른미 무익ᄒᆞ니 갈ᄉᆞ록 튱효룰 닥고 젹쇼의 안과ᄒᆞ면 셩은이 먼리 빗최ᄂᆞ 날 고토의 도라오미 잇

8면

시리니 니별의 훌훌ᄒᆞ믈 슬허ᄒᆞᄆᆞᆫ 근어부인이라 다만 기리 보즁ᄒᆞ라 샹셰 감격ᄒᆞ여 그 부형을 대ᄒᆞ미 ᄌᆞ연 마음이 불호ᄒᆞ니 기리 함쳑배샤 왈 쇼싱이 문하의 뫼셔 흑훈을 듯ᄌᆞ온 지 쟝ᄎᆞᆺ 열히오 슬하의 모쳠ᄒᆞ여 지우룰 감골ᄒᆞ오니 명교룰 삭이지 아니리잇고마ᄂᆞᆫ 시ᄉᆞ 불ᄒᆡᆼᄒᆞ여 시러곰 이의 니른지라 남ᄌᆞ의 찬젹이야 심샹ᄒᆞᆫ 일이오 쇼싱이 잔약ᄒᆞ나 넘녜 이시리잇고마ᄂᆞᆫ 부녀찬튤이 고금의 업ᄉᆞᆫ 일이오 규리약질이 만리힝로룰

9면

보젼홀 길 업ᄉᆞ니 빅인이 유아이시라 쇼싱이 어이 마음이 편ᄒᆞ리잇고 공이 가연쇼왈 내 널노써 쟝부로 아른더니 심약ᄒᆞ미 부인녀ᄌᆞ의 갓갑도다 오직 효우룰 착실이 ᄒᆞ여 영당의 깃그시믈 구ᄒᆞ고 네 아의 질겨홀 일을 싱각ᄒᆞ여 튱효우공을 힘쓰고 구구히 부녀룰 ᄉᆞ샹ᄒᆞ여 힝신의 우음을 취치 말나 쇼싱이 니러 졀ᄒᆞ여 글오대 쇼싱이 슈불 최나 삼가 명셩지교룰 씌여 뻐 잇지 아니리이다 말숨이 여ᄎᆞᄒᆞ나 초공의 명견이 ᄌᆞ긔 가ᄉᆞ룰 예지ᄒᆞᄆᆞᆯ 슈괴ᄒᆞ여

10면

냥안이 시슬ᄒᆞ고 빅옥면모의 홍운을 먹음으니 초공이 이연ᄒᆞ여 ᄉᆞ랑이 부ᄌᆞ의 감치 아니터라 냥 쇼공이 질ᄌᆞ의 ᄉᆞᆫ을 잡고 참연비도ᄒᆞ니 진 초 냥공이 히유 왈 냥형은 훤훤쟝뷔라 니별을 셜셜ᄒᆞᄂᆞ뇨 쳔위 젹킥으로 맛지 아닐 쥴은 지쟈의 참쟉홀 배오 아등지심으로 혈혈약녜 만니찬튤ᄒᆞ니 참연치 아니리오마ᄂᆞᆫ 만ᄉᆡ 쳔명이라 관렴ᄒᆞ여 쁠 대 업ᄉᆞ니 형은 관회ᄒᆞ라 냥쇠 튜연 왈 엇지 아지 못ᄒᆞ리오마ᄂᆞᆫ 오질의 효우로 이런 죄룰 입으

11면

믄 사룸의 추셕홀 배니 흐믈며 슉질지의리오 가형이 도라오지 못ᄒᆞ여셔 가변이 여ᄎᆞ
ᄒᆞ니 리별의 추악홀 ᄯᅮᆫ이리오 졔인이 위로ᄒᆞ고 쇼싱 형뎨군종이 분슈ᄒᆞᄂᆞᆫ 거동이 참
연ᄒᆞ여 져마다 눈물을 금치 못ᄒᆞ고 졔위 추셕ᄒᆞ여 별쟉을 필ᄒᆞ미 쳑연ᄌᆞ상ᄒᆞ니 샹셰
졔우의 후이ᄅᆞᆯ 칭샤ᄒᆞ고 슉부 군종으로 위로ᄒᆞ여 스긔 ᄌᆞ약ᄒᆞ고 화긔 온ᄌᆞᄒᆞ미 일좌
옥산의 ᄭᅩᆺ슈풀의 츈풍을 당흠즉ᄒᆞ니 일식이 느ᄌᆞ매 리별홀ᄉᆡ 초공이 림별의 비밀히
슈어로 닐오미

12면

말숨이 은밀ᄒᆞ여 좌우의 뫼셧ᄂᆞᆫ 졔ᄌᆡ 오히려 듯지 못ᄒᆞ고 쇼샹셰 비샤ᄒᆞ여 명견을
탄복ᄒᆞ고 츄연이 슉부형뎨ᄅᆞᆯ 니별ᄒᆞ고 발힝ᄒᆞ더라 어시의 죠시 쟝ᄉᆞ로 찬비ᄒᆞ니 냥
존고긔 하직을 고홀ᄉᆡ 쥬부인이 츄연쟝탄ᄒᆞ니 죠시 온화ᄒᆞᆫ 말삼으로 위로ᄒᆞ니 텬연
슈려ᄒᆞᆫ 안식이 더옥 빗ᄂᆞ미 신션의 풍치 니러시니 례필의 피셕ᄒᆞ여 죄ᄅᆞᆯ 일ᄏᆞᆯᄆᆡ
존후ᄅᆞᆯ 뭇ᄌᆞ오니 봉음이 화평ᄒᆞ고 옥셩이 낭낭ᄒᆞ여 흑야의 명월을 대홈 ᄀᆞᆺᄐᆞ니 집슈
탄왈 져 창텬이

13면

현부ᄅᆞᆯ 내시고 명도ᄅᆞᆯ 괴롭게 ᄒᆞ시니 어이 하ᄂᆞᆯ을 원치 아니리오 긔왕은 물귀라 녀
ᄌᆞ 약신이 만리표찬ᄒᆞ여 능히 도싱ᄒᆞ리오 내 싀어미 되여 능히 구치 못ᄒᆞ여 옥을 니
토의 더지고 명쥬 벽희의 잠기ᄂᆞᆫ 탄을 보니 추악지 아니리오 져의 조ᄎᆞ 원찬은 심샹
ᄒᆞᆫ 일이라 오히려 념려홀 ᄇᆡ 아니로ᄃᆡ 현부의 약질을 넘녀컨대 마음이 알프고 니별
당젼ᄒᆞ니 무어시라 위로ᄒᆞ리오 그 즁 관회ᄒᆞᆷ믄 현부의 현덕이 신기ᄅᆞᆯ 감동하여 환란
을 진졍ᄒᆞ미 이시리니 기

14면

리 보즁ᄒᆞ여 타일 즐거이 맛기ᄅᆞᆯ 바라노라 유ᄌᆞᄅᆞᆯ 실산ᄒᆞ미 더옥 참연ᄒᆞ나 나히 쳥
츈이라 부뷔 샹봉ᄒᆞ여 길시ᄅᆞᆯ 맛ᄂᆞ면 농쟝지경은 지기즁이라 과회치 말나 죠시 부복
쳥교의 지빅이셩 왈 쇼쳡이 츙년의 슬하의 모쳠ᄒᆞ와 양츈혜틱이 일신의 져졋숩ᄂᆞᆫ지
라 몸이 고당의 안한ᄒᆞ고 나히 어려셔 명부의 직을 누리오미 ᄆᆡ샤 불민ᄒᆞ와 불회 산

히 굿고 허다 변난이 샹싱ᄒ오니이다 명도의 긔박ᄒᄆᆡ라 구ᄎᆞ히 투싱ᄒᄆᆡ 경경ᄒ

15면

그림직 쟝ᄉᆞ를 향ᄒ오니 명완ᄒᆫ 쑤ᄌᆞ러믈 면키 어려오나 그윽이 싱각컨ᄃᆡ 신톄발부ᄂᆞ 슈지부뫼라 누명 즁 죽으면 냥가 친젼의 허다불효와 몸의 더러온 죄명이 명목지 못ᄒ오리니 시러곰 쟝ᄉᆞ 만리를 향ᄒ옵ᄂᆞ니 복원 존고ᄂᆞ 기리 안강ᄒ시믈 바라ᄂᆞ이다 부인이 동용탄왈 현지라 오부의 도량이어 화란을 버셔 태양의 광휘 혁연ᄒ믈 보리니 나의 근심ᄒᆞᆯ ᄇᆡ 아니로다 조시 기리 빈샤ᄒ고 냥존구의 하직을 고치 못ᄒ믈 셜워ᄒ니 부

16면

인이 투누 왈 현부의 졍니와 슉슉과 가군의 ᄯᅳᆺ이 일양이라 언마ᄒᆞ여 모도리오 하ᄂᆞᆯ이 뭇ᄎᆞ니 그대지 미몰치 아니시리라 조시 조용이 뫼셔 말ᄉᆞᆷᄒᆞ여 윤부인긔 하직ᄒ니 년측상감ᄒᆞᄂᆞ 쯧이 업셔 닐오ᄃᆡ 곳ᄇᆡ 길미 드듸이니 개심쳑션ᄒ면 텬심이 감동ᄒ믈 어더 환내ᄒᆞᆯ 긔약이시리라 조시 온화히 샤죄ᄒᆞ여 셩톄보즁ᄒ시믈 일큿고 졔ᄉᆞ 쇼고로 배별ᄒᄆᆡ 면면이 ᄎᆞᆨ악결울ᄒ믈 이긔지 못ᄒᆞ여 보즁ᄒ믈 당부ᄒ니 쇼뎨 후의를 샤례ᄒ고 쇼싱

17면

등이 위의를 ᄎᆞ려 조부로 보낼ᄉᆡ 조시 존고를 빈샤ᄒ고 본부의 니ᄅᆞ니 ᄎᆞ시 조부의셔 쇼져의 변이 나믜 태부인이 ᄒᆡ눈물을 드리읏고 양부인은 여할여삭ᄒᆞ여 금니의 싸혀 누쉬 여우ᄒ니 평홍휘 간왈 ᄆᆡ시 무죄ᄒᄆᆡ 옥 굿ᄐᆞ니 그 밧 일이 ᄯᅳᆫ구롬이라 부운이 오ᄅᆡ 옹폐치 못ᄒ니 ᄌᆞ뎡은 관심ᄒ샤 일이 경즁이 이시니 태태 우흐로 존당을 시봉ᄒ시며 아래로 ᄌᆞ숀을 거ᄂᆞ리샤 허다 인망이 지즁ᄒ오니 일ᄆᆡ로 인ᄒᆞ여 이럿툿 ᄒ시미 실톄오 져의

18면

게 일호 유익지 아니니 미지 하직ᄒ려 이리 오리니 겨를 보쇼셔 반ᄃᆞ시 샹히치 아니리이다 사름이 화망의 걸녀 뭇ᄎᆞᆷ내 면화ᄒᆞᆯ 샹이 잇ᄂᆞ니 미지 오복이 완젼지샹이 족

히 빅지를 쇼멸호며 필경 즐거이 모도리니 엇지 과려호실 배리잇고 부인이 니러 안
즈 골오대 내 만샹간고를 격그딕 마음이 이대도록 아니터니 당차시호여 간쟝이 씃는
듯호니 임의로 억제치 못호리로다 언파의 음읍호믈 마지 아니호더라 이쎅 조시 본부
로 도라오니 초공이 쇼져

19면

을 보고 왈 너의 명되 박호여 일시 운익을 엇지 혐의호리오 이제 몸을 보즁호면 화익
을 면호고 길시를 만나 즐기리니 너는 조곰도 관렴치 말지어다 쇼졔 배샤슈명호고
조금도 쳑연호미 업셔 화긔 만안호여 타연호더라 초공이 더욱 긔특히 너기더라 유뫼
긴긴히 봉호 셔간을 조시긔 드리거늘 쇼졔 바다 써혀보니 굴와시대
싱이 조쥬로 가고 부인은 쟝스로 가니 아지 못게라 이 무슨 텬된고 싱이 악쟝의 지우
를 입

20면

스와 슬하의 졉시호므로 지우대은을 감골호오나 일즉 갑흘 거시 업스니 오즉 부인으
로 빅년동쥬호여 스후 동혈을 긔약호매 셔로 마음을 빗최고 어진 내조를 힘입어 허
믈을 면홀가 호더니 냥익이 비샹호여 간녀을 실즁의 두므로 무참이 종횡호여 즈졍을
현혹고 가부와 격인을 스디의 너흐니 부인이 달포 옥리간고를 비샹고 언관의 무
쉬 빅낭호여 쟝스원힝이 이시니 빅인이 유아이시라 싱의 마음이 비여

21면

셕이라 이 마음을 어이 견대리오 대쟝뷔 슈싱지졔의 마음을 곳치며 슬프믈 경히 아
닐지라 비스고어를 베플니오마는 부인의 죄뤼 일호 의심되미 이시면 무어시 놀느오
며 앗기리오마는 복을 만느므로 몸이 함뎡의 써러지니 위인즈호여 즈졍을 원호미 아
니라 간인은 셩총을 가리오고 요참이 편힝호여 즈뎡의 애인후덕호시미 홀노 부인긔
박호시미니 여의 죄라 나 쇼쳔위발분망식호여 니녀를 버히고져 호나 쟝뷔

22면

쯧을 품어 힝치 못호고 긔운을 쥬리혀 펴지 못호니 가히 약호고 붓그럽도다 회라 싱

의 효힝이 신기를 져비리고 덕이 박ㅎ여 불회 만셩의 나타느고 유치를 보젼티 못ㅎ
여 싱ㅅ룰 아지 못ㅎ니 통셕ㅎ믈 춤으리오 쳔리애각의 친안을 니별하여 봉배홀 긔약
이 업ㅅ니 엇지 마음을 뎡ㅎ리오 내 비록 용녈ㅎ나 언관의 잡횔 묘단이 업고 부인의
일이 더욱 원앙ㅎ딕 너녀의 노쥬 난혜 발셔 납뇌 쳐결ㅎ여 히ㅎ미 분명ㅎ

23면

니 냥비ㅈ의 다리를 씌여지게 싸려 부인을 신셜코져 ㅎ나 요비의 입으로 아모 말 홀
줄을 모르니 냥비ㅈ를 힘뼈 사라두어 타일 길시를 만느거든 부인을 신원ㅎ여 져바리
지 아니라 연이나 간인이 우리 부부의 살믈 앙앙ㅎ여 죽이고 싯치리니 원노힝역의
무ㅅㅎ믈 아지 못ㅎ고 녕형이 다 튤인ㅎ 직덕이 이시나 뭇춤내 문계의 신츌귀몰ㅎ
지략을 당ㅎ리 업ㅅ니 부인은 악쟝긔 품하여 노변의 불의지화를 방비ㅎ고 스스로 보

24면

신지계를 명심ㅎ여 젹쇼의 가 안과ㅎ면 싱의 한 근심을 들니라 닉이 싱각ㅎ여 쇼루
ㅎ미 업게ㅎ라 눗ㅊ로 대ㅎ여 니별을 닐오고 ㅊㅅ를 부탁고져 ㅎ나 힝되 총망ㅎ여
마음을 펴지 못ㅎ니 총총ㅎ 힝도를 믄츄고 일봉셔를 머무르느니 부인은 가부의 부탁
을 져바리지 아니니 기리 신즁ㅎ라 ㅎ엿더라
평능휘 간파의 웃고 골오대 쇼쳔유의 허다 쟝화를 보니 일죽 잔잉코 가쇼로온지라
미ㅈ의

25면

직덕이 져의 당부를 기다릴 비리오 이런 졍으로 만리의 분슈ㅎ며 다시 얼골을 보지
못ㅎ니 기졍이 가의로다 졔부인이 탄식고 태부인이 함누오렬 왈 쇼랑의 튤인ㅎ 힝싞
노인의 ㅅ랑ㅎ던 비라 림별의 보지 못ㅎ나 져는 고토의 싱환ㅎ미 반둣ㅎ거니와 구십
노뫼 됴모를 아지 못ㅎ니 네 이졔 쟝ㅅ를 향ㅎ미 내 ㅅ랏다가 너의 부부를 보미 긔필
티 못ㅎ리니 심싀 지향키 어렵도다 초공이 위로 왈 쇼손이 션견이 업ㅅ오나 삼ㅅ년
지내의 져의 길운

26면

이 니르리니 보시미 더대리잇고 태부인이 탄왈 노뫼 림박셔산ᄒ니 삼ᄉ년 살믈 어드리오 ᄌ손이 다 쳑감ᄒ고 노공이 참연슈루ᄒ더라 초공 왈 녀ᄌ의 힝되 공치로 힝치 못ᄒ더니 너의 젹ᄉ의 미인 몸이라 오릭 나가지 못홀 거시오 쳔유의 쇼원이 유현으로 동힝코져 ᄒ나 녀이 보신지계 스스로 이시리니 요ᄉ이 웅현이 병부직임을 힝공치 아냐 칭병불츌ᄒ니 가히 누의로 다려 힝ᄒ라 샹셰 슈명ᄒ고 슈일 후 발힝홀ᄉ| 양부인이 팀쇼의 도라와 녀ᄋ

27면

를 어릭만져 슬허 왈 너의 어질미 신명을 질ᄒ고 졍대ᄒ미 간ᄉ를 폐방홀 거시로대 이 환을 만나 여러 쳔리의 원젹ᄒ니 마음이 비쳑ᄒᄆ ㄴ 니르지 말고 너의 젼졍을 ᄆ쳐시니 어나 날노 신빅ᄒ며 능히 보젼ᄒᄆㄹ 바라리오 슈연이나 텬되 명명ᄒ니 아녀ᄂ 싱휵ᄒ 은혜를 크게 너기고 몸을 가바야이 말나 쇼졔 모친 샹회ᄒ심과 불효를 슬허 탄식대왈 괴롭고 슬픔과 허다 변란 중 일누를 지내시리잇가 지극명완ᄒ나 슬프믈 ᄊ|듯지 못ᄒᄂ지라 쟝

28면

식 머나 하늘 아릭니 유명과 ᄉ별이 아니니 모친은 셩톄를 샹히오지 마ᄅ샤 먼니 가ᄂ 쇼녀의 심ᄉ를 도라 싱각ᄒ쇼셔 부인이 탄왈 내 엇지 모르리오 인ᄒ여 가마니 니시의 위인을 무른대 쇼군의 셔시 다 죄를 리시의게 므르거거와 보지 못 허물을 부언증익ᄒ여 졔 ᄒ다 ᄒ리잇가 원내 숙녀ᄂ 아니라 졍슉지 못ᄒ니 군ᄌ의 눈의 나미 되여시나 태태 엇지 그 현우를 무르시ᄂ니잇가 부인 왈 니시 본대 니시 아니라 양가를 어ᄌ러이고 월염을 ᄉ디의 너흔 곽시라 닌광

29면

이 죽이지 못ᄒ믈 한ᄒ더니 이졔 ᄯ 너의 원개 되여시니 인심이 난측지 아니며 쇼랑의 지감이 타인의 지ᄂ미라 군ᄌ 고안의 더러이 아니 너기리오 졔 안연이 날과 월염의 눈을 업슈이 너겨 이의 니르나 져의 독샤지힝과 음악지죄 무ᄉ히 맛지 못ᄒ리니 일노 츄이컨대 너의 죄명이 오릭지 아닐가 ᄒ노라 쇼졔 경희ᄒ여 ᄀ로대 비록 져의

어지지 아니며 길인이 아닌 쥴은 아라거니와 여ᄎ대흉은 고금의 초문이라 엇지 놀납
지 아니며 그 동렬이라 ᄒ고 일셕의 엇

개를 갈오미 더럽지 아니리잇가 연이나 오가의셔 이 말을 몬져 내미 가치 아니니 태
태는 함묵ᄒ샤 타일 양쇼 이문의 쳐치를 기다리시고 쇼녀 환란이 명애라 한티 마ᄅ
쇼셔 부인이 굴오대 너를 대ᄒ여 무를 말이 아니나 구부인이 ᄆᆞᄎᆞᆷ내 슉네 아니오 너
의 쇼고 등이 현슉ᄒ 부녜 아니라 아지 못게라 쇼랑의 츌텬ᄒᆞᆫ 셩효로 슈삼개 슈족을
화치 못ᄒ리오 조시 슈셩쟝탄의 말이 업시니 부인이 우왈 모녀의 심간이 샹조ᄒ니
명일 써ᄂᆞ미 다시 문답고져 ᄒᆞᆫ들 득

ᄒ랴 쇼져 츄연감오ᄒ여 대왈 쇼네 본대 사름의 시비ᄒ미 괴로온지라 ᄒ믈며 지존이
니잇가 존괴 비록 하희의 깁희와 텬디홍량이 아니시나 무ᄎᆞᆷᄒᄂᆞᆫ 간인이 업손 즉 어
이 존고의 셩덕이 감ᄒ시리잇가 슉미지간은 셩졍이 셔로 불합ᄒᆞ미 졍의 맛갓지 아니
나 굿ᄐᆞ여 샹실ᄒ 일이 업시니 모친의 의심ᄒ시미 그릇 슬피시미로쇼이다 부인이 감
동츄연ᄒ여 밤이 ᄆᆞᆺ도록 년년ᄒᆞᆫ 졍을 측냥치 못ᄒ여 유ᄋᆞ의 거쳬 업ᄉᆞᆯ 슬허ᄒ니
쇼졔 가마니 츈계를 맛겨

옥분항의 보내여 어러 죽ᄂᆞᆫ 환이 밋츨가 ᄒ여 불츌구외ᄒ여시믈 고ᄒ니 부인이 크게
탄상ᄒ여 지모를 긔특히 너기더라 임의 힝리를 쥰비ᄒ고 웅현이 힝리를 졍졔ᄒ여 발
힝ᄒᆞᆯ시 즁당의 쇼쟉을 여러 부녀와 모녜 셔로 리별ᄒᆞᆯ시 졔위 존당과 일가 슉친이 눈
물이 비를 화ᄒ더라 조시 ᄉᆞ긔 안샹ᄒ여 존당부모를 위로ᄒ며 형뎨 셔로 집슈년년ᄒ
여 비회를 금억ᄒ니 평능휘 눗빗츨 곳티고 매ᄌᆞ를 향ᄒ여 굴오대 너ᄂᆞᆫ 녀ᄌᆞ 가온대
군

지라 금일 리별이 ᄎ악ᄒ나 타일 모도매 경ᄉᆞ 되리니 명쳘보신ᄒ여 후일 셔로 웃고

모드믈 브라노라 내 너를 다리고 가고져 ᄒ나 공뮈 번거홀 쑨 아냐 ᄌ모를 뫼셔 위로
ᄒ려 못가ᄂᆞ니 아오의 지뫼 원대ᄒ고 용녁이 과인ᄒ며 너의 면식이 근심이 업ᄉ리니
깁히 넘녀를 아닌노라 쇼졔 쳑연샤왈 삼가 거거의 명교를 밧드러 무ᄉ히 머므다가
혹쟈 텬은을 입ᄉ와 도라오믈 바라ᄂᆞ이다 진 초 이 공이 탄샹ᄒ여 글오대 너의 이 길
이 업ᄉ면 ᄎᆞᆺ다온 ᄉᆞ젹을 알

34면

니 업ᄂᆞᆫ지라 타일 신원ᄒ여 도라오ᄂᆞᆫ 시졀의 향명이 진동ᄒ여 오늘날 악명을 대ᄒ리
니 보즁ᄒ여 싱흉지은을 져바리지 말나 ᄒ믈며 격가의 외로이 더진 가부를 져바리지
못홀 거시니 삼가 조심ᄒ여 나의 말을 깁히고 부티 말나 쇼졔 ᄌᆞᆯ비 왈 빅부와 대인
명교를 간폐의 삭이오리니 복원 대인과 빅부는 북당훤쵸를 뫼셔 기리 안강ᄒ쇼셔 이
공이 졈두ᄒ고 양뎡렬 졍슉렬이 각각 츄피오렬ᄒ여 말ᄉᆞᆷ을 일오지 못ᄒ니 쇼졔 화히
프러 조

35면

금도 비ᄉ고어ᄅᆞᆯ 아니터라 초공이 웅현을 경계ᄒ여 힝로의 죠심ᄒᆞᆷ믈 당부ᄒ니 샹셰
ᄌᆞ배샤례ᄒ고 인ᄒ여 하직ᄒ니 쇼져의 니졍과 존당부모의 별회 샹하키 어렵더라 쇼
싱의 유모와 쇼져의 유뫼 좃고 슈십 비지 뫼셔 힝ᄒ니 비록 죄인의 힝게나 녕요ᄒᆞᆫ 위
의와 쟝ᄒᆞᆫ 복부 쟝확이 가득이 호위ᄒ니 비록 협졍의 니검이 미이시나 범키 어렵더
라 임의 조시의 힝게 샹부문을 ᄂᆞ미 졔죄 ᄒᆞᆫ가지로 거륜을 모라 뒤흘 ᄯᆞ라 문외로 나
오니 십칠 명ᄉ

36면

지샹의 거미 니러 틋글이 히를 가리오고 벽졔 츄죵이 십니의 니어시니 쟝ᄒᆞᆫ 위의 도
로인이 거룸을 먼츄어 ᄎᆞ탄ᄒ더라 문외의 십여리를 힝ᄒ니 졔죄 쇼민와 병부를 분슈
홀ᄉᆡ 슬픈 식을 감초지 못ᄒᆞ되 ᄉᆞ긔 타연ᄒ고 언ᄉᆞ 화평ᄒ여 즁심을 동티 아니믄 태
ᄉ 긔현과 평능후 유현과 쇼ᄉ 아현이라 례부 광현 문현 평촉후 운현이라 기여는 비
식을 금티 못ᄒ더라 졔죄 일쟝 니별을 맛ᄎ 도라오니 조샹셰 공쳐로 더브러 쇼져를
호힝ᄒ여 쟝ᄉ로 향ᄒ니라

초셜 쇼부의셔 샹셔 부뷔 원젹ᄒ니 평진후 부즁은 우름 빗치오 강릉후 부즁은 구부인 이히 ᄌ약흔열ᄒ대 샹셔의 인ᄌ화롱ᄒ미 남녀비복의 인망이 물이 동류홈 ᄀᆺ고 조시의 슉ᄌ인풍을 감복ᄒ다가 원앙이 찬비ᄒ믈 앗겨 머리를 못초고 밀밀이 칭원ᄒ니 니시 외모의 강잉ᄒ여 쳑비슈용을 지으나 맛춤내 죽이믈 쇠홀시 연슈를 쳥ᄒ여 글오대 플을 버히미 반ᄃ시 ᄲᅦ리를 업시홀 거시니 슉슉이 조시로 불셰의 원슈 되여 조가 노쇠 다 슉슉

을 삼키고져 ᄒᄂ니 조시 살라 도라오미 이시면 슉슉의 몸을 맛는 시졀이라 그 부형의 당당흔 긔셰로뻐 텬심을 두로혀면 여반쟝이라 승시ᄒ여 빅지호를 보내여 샹셔를 하슈ᄒ고 ᄯᅩ 일지병을 보닉여 쟝ᄉ를 ᄯᅡ라 조시를 죽이면 슉슉이 안여반셕ᄒ여 종쟝의 즁흔 거슬 바드리니 쳡이 녀ᄌ의 마음으로 가히 이 말을 못홀 거시로대 녕형이 날 알믈 구슈ᄀᆺ티 ᄒ여 부부의를 폐졀ᄒ여 삼강이 막혓ᄂ지라 원이 ᄲᅡ히니 찰하리 소샹셔와 조시를 죽

여 셜한코져 ᄒᄂ니 가즁의 쳡의 비고를 알믄 슉슉이라 결초보은지심이 잇ᄂ지라 슉슉을 위ᄒ여 구원지계를 헌ᄒᄂ니 냥쳐의 촉긱을 더대지 못ᄒ리이다 연슈 비록 대간대악이나 샹셔를 해ᄒ라 ᄌ긱 보내른 말은 경아ᄒ여 글오대 슈의 션견이 쇼싱을 위ᄒ여 지극ᄒ시나 조시는 임의 날노 더브러 셰 조치 못ᄒᄂ니 죽여도 맛당커니와 슈형을 도모ᄒ믄 위인데 참아 못홀쾌라 조쥐 취병은 참아 못ᄒ나 빅지호를 쟝ᄉ로 보내소이다 니시 닝쇼왈 도

지기일이오 미지기이로다 만일 어질고져 홀진대 당초의 형을 히ᄒᄂ는 ᄌ뎡을 공동ᄒ여 쟝칙을 더으며 언로를 쳐결ᄒ여 찬츌가지 ᄒ미 다 슉슉의 슈단이라 이제 도로혀 어진 말을 ᄒ여 이목을 가리오나 쳡은 곳지 듯지 아닌ᄂ니 ᄌ고로 대ᄉ를 일우는 재 쇼졀을 도라보지 아넛ᄂ니 당태종이 건셩 원길을 죽이니 지금의 슉슉이 쇼샹셔로 더

브러 냥립지 못ᄒ리니 샹셔의 뜻이 슉슉을 졀티ᄒᄂᆫ지라 타일 득시ᄒ여 도라오면 붕당을 시기고 졔조를

41면

쳬결ᄒ여 시형시슈흔 죄를 발각ᄒ리니 금ᄎ지시의 살고져 ᄒ여도 엇지 못ᄒ고 어지리 회심코져 ᄒ나 용납지 못ᄒ리니 일이 곳치 이셔야 ᄒ리니 후의 뉘읏지 말나 연슉 셕연ᄒ여 샤왈 슈슈의 션견이 만리를 예탁ᄒ시니 쇼싱의 바룰 빈 아니라 임의 불힝ᄒ여 션을 바리고 불의의 드러시니 일신을 보젼홀 도리를 샹량ᄒ미 시러금 슈슈의 지휘를 밧들녀니와 가형을 못ᄎ면 슈슈긔 하늘이 문허졋ᄂᆫ지라 그 쳐신을 엇지려시ᄂ니잇고 리시 기리 한

42면

슘지어 글오대 ᄌᆞ고로 인군이 신하를 견마ᄀᆞ티 ᄒ면 신히 인군 보믈 구슈ᄀᆞᆺ티 ᄒ니 무왕이 어지지 아냐 쥬를 멸ᄒ며 셩탕이 신졀을 몰나 걸을 폐ᄒ리오 군신지간도 여ᄎᆞᄒ니 쇼경쉬 무샹ᄒ여 날 보믈 구슈갓치 ᄒ니 명위 부뷔나 실은 남이라 녕형의 쥭으믈 쾌히 보고 조녀의 고기를 너흘고 머리 븨혀 산문의 니괴 되여 일싱을 맛츠리라 연슉 잠간 웃고 왈 불연타 하걸이 무도ᄒ니 셩탕이 셔시고 은쥬 잔학ᄒ니 문왕이 벌ᄒ시미잇거니와 이졔 ᄉᆞ형이 무슨

43면

불의지시 이셔 녀직 지아비를 바리며 쥭이미 올ᄒ리잇가 니시 역쇼 왈 형이 아오를 ᄉᆞ랑ᄒ되 아외 감화티 못ᄒ고 히ᄒ니 박졀ᄒ여 부부지도를 영결흔 재 가부로 아지 아니미 굿ᄐ여 더 스오나오미 아니니 쳡이나 슉이나 다 발분ᄒ여 마지 못ᄒ미니 진실노 명명대도는 아니라 쇼샹셰 만일 일호 부부륜의를 미져시면 내 어이 배부란륜ᄒ리오 냥인이 웃고 금빅을 쥬어 ᄌᆞ직을 ᄉ 보닐 일을 의논ᄒ니 이 즁당 그윽흔 합내의셔 냥인이 의논ᄒ니

44면

교시 졍당으로셔 나오다가 낫낫치 드룬지라 골경신히ᄒ여 가마니 슉쇼의 도라와 싱

각ᄒᆞ디 사ᄅᆞᆷ이 비록 어지지 못ᄒᆞ나 이대도록 ᄒᆞᆫ 몽외라 어진 형과 슈슈를 함ᄒᆞ여 ᄉᆞ디의 너흐나 텬되 공졍ᄒᆞ여 다 ᄉᆞ죄를 면ᄒᆞ고 원젹ᄒᆞ니 슉슉은 효우군ᄌᆞ라 악뎨간 악이 무비ᄒᆞ나 결단ᄒᆞ여 구한을 두지 아냐 슌이 샹의 죄를 샤ᄒᆞ시고 유비의 봉ᄒᆞᆫ신 덕을 입으려니와 왕법은 ᄉᆞ시 업ᄉᆞ니 명셰의 셔지 못홀 거시오 악을 힘쓰매 신긔 진 노ᄒᆞ여 앙ᄒᆡ 젹지 아니리니 그 몸이 엇

45면

지 망치 아니리오 내 ᄉᆞ라 가부를 어지리 규간치 못ᄒᆞ고 참변을 맛ᄂᆞ면 일셰의 붓그 럽고 후셰인이 나 결단업ᄉᆞᄆᆞᆯ 우슬지라 일이 치 어ᄌᆞ럽지 아냐셔 죽으미 만젼토다 칼흘 어ᄅᆞ만ᄌᆞ며 눈물을 ᄲᅳ리더니 믄득 연쉬 드러와 연갑을 열고 봉ᄒᆞᆫ 금을 내여 가 지고 가려ᄒᆞ거늘 교시 골오대 요ᄉᆞ이 가즁의 슉슉이 아니 계시고 대인이 도라오지 못ᄒᆞ시니 ᄌᆞ뫼 고당의 외로오시고 군이 안항이 쳐량ᄒᆞ니 인심의 쳑감홀 배여늘 군의 거동을 보니 의긔 양비ᄒᆞ여 날마다 금은을

46면

품고 분쥬ᄒᆞ니 몸이 ᄉᆞ류의 이셔 공밍디교를 쳐신홀 거시니 금봉을 친히 가지믄 부 샹 샹고의 무리 아니면 녀항 시민의 쇼임이라 쳡이 불승한심ᄒᆞ여 능히 밥 먹고 잠ᄌᆞ 지 못ᄒᆞᄂᆞᆫ지라 여러 번 쇼회를 진달ᄒᆞ디 거두어 ᄡᅥ 쓰시고 효험을 보지 못ᄒᆞᆯ엇거 니와 이졔 져ᄀᆞ티 분쥬ᄒᆞ여 쳔금을 가지고 다니는 곡졀이나 듯고져 ᄒᆞᄂᆞ이다 말숨이 강개ᄒᆞ고 ᄉᆞ긔 렬렬ᄒᆞ니 싱이 협쳔흔 심쟝의 도로혀 괴롭고 노ᄒᆞ여 발연변ᄉᆡᆨ 왈 요 괴로온 녀지 쥬야의 엿든난 거

47면

시 가부의 흔단이라 가형이 머리 가고 대인이 아니 겨시니 가ᄉᆞ 내게 도라와 다ᄉᆞᄒᆞ 미오 금은이 비록 친집홀 거시 아니나 직물이 이신 후의 봉샤봉친과 티가의 일용지 물을 츌납ᄒᆞ매 션비 ᄒᆡᆼᄉᆞ의 무어시 희롭건대 고이흔 말노 ᄶᅥ썩 조ᄅᆞᄂᆞ뇨 교시 냉쇼 왈 군의 말이 쾌ᄒᆞ시나 쳡이 실노 죽기를 두려 아닛ᄂᆞ니 군ᄌᆞ의 노를 쵹범ᄒᆞ여 죽어 도 뉘웃부미 업ᄂᆞ니 비록 외ᄉᆞ를 감당ᄒᆞ시나 안히 필빅을 맛튼 복쳡이 잇고 밧긔 금 은직곡을 츌납ᄒᆞᄂᆞ 노지 이셔 대

48면

인과 슉슉이 당가ᄒ시나 금봉을 품고 금돈 줘여 혜다이시믈 보지 아냐시나 금일 군
ᄌᄂ 거동이 만분히약ᄒ니 어이 한심치 아니리오 ᄯ 니부인이 슈슉지의로 례의 삼엄
ᄒ니 고요ᄒ 곳의 홀노 대ᄒ여 언어를 슈작ᄒ미 가쟝 톄면의 가치 아니ᄒ오니 슈와
슉이 셔로 밧지 아니코 쥬지 아니믄 셩인의 경계라 군이 눈으로 고셔를 슬피고 부형
의 명훈을 바다 법도로 쳐신ᄒᆯ지니 례의념치ᄂ 슈유의 말이라 슈위 셔지 못ᄒ면 국
내 멸망ᄒ다 ᄒ니 부지 몸의 례의

49면

튱신과 효뎨션힝을 취티 아니코 비의불법과 간악쇼인으로 동당이 되여 스스로 쳔인
굴형의 드니 쳡이 골돌망극ᄒ지라 쳡의 우회 군의 취신ᄒᆷᄆᆯ 엇지 못ᄒ고 약ᄒ 힘이
능히 도로혀지 못ᄒ니 죽어 보지 말고 듯지 말 ᄯᆞ름이라 언파의 옥뉘 진진ᄒ여 화용
을 적시니 쇼싱이 놀나 위로 왈 군의 어진 말이 실노 아름다오니 내 어이 거두어 쓰
지 아니리오 니슈ᄂ 내 스스로 가 말ᄒ미 아니라 그 위인이 뎡대치 못ᄒ여 례를 직희
지 아니코 썩썩 날과 고요ᄒ 씨 말을 시쟉

50면

ᄒ니 마지 못ᄒ여 문ᄂ 바를 슈응ᄒᆯ지언졍 엇지 비례의 일이 이시리오 그 밧 다른 불
법지식 이시릿가 군은 방심ᄒ고 옥질을 샹히오지 말고 슈히 긔린샹셔를 보게ᄒ라 교
시 츄연탄식고 다시 말을 아니니 싱이 교시를 심히 괴로 불인지ᄉ를 긔이믈 못밋
츨 ᄃᆞ시 ᄒ나 금슬은 밀밀ᄒ여 슉쇼의 왕리ᄒ나 진졍을 은휘ᄒ니 교시 죽고져 ᄒ나
ᄎᆞ마 못ᄒᆷᄆᆫ 잉태 슈오삭이라 분산 후 죽기를 뎡ᄒ니 명혜ᄒ 지식이 과인ᄒ니 그 어
진 음공이 연슈의게 밋ᄎᆞᄆᆯ 보리

51면

러라 니시 음흉픽악은 조시와 쇼싱을 죽이고 친졍의 도라가 다른 호걸을 갈히고 양
닌광의게 원을 ᄒ 번 풀고져 ᄒ니 아지 못게라 ᄎᆞ녀의 간음대악이 여ᄎᆞᄒ니 ᄎᆞ변이
맛ᄎᆞᆷ내 엇던고 하회를 분셕ᄒ라 어시의 쇼연쉬 황금 삼빅을 가져 빅지회를 ᄎᆞ즈며
ᄯ 일개 ᄒ 용ᄒ 자긱을 듯보니 악인을 내시미 도으리를 ᄯᅩᄒ 응시ᄒ여 내ᄂ지라 일

등 주직 진셕눈을 부르니 능히 몸이 날며 변호여 비퇴 되여 변화 불측호니 스오나온
재 사름을 히호며 불의를 도

52면

모호는 재 쳔금을 앗기지 아냐 닷토와 쳥호여 가니 쇼원을 일위 쥰즉 갑는 거시 무슈
호니 뿟힌 금은이 뫼 곳고 거는린 미인이 브지기쉬로대 진셕눈이 눈이 놉하 반두시
경국홀 미인을 어드려 호는지라 쇼연쉬 냥젹을 다리고 가마니 문외 그윽흔 곳의 가
인젹 업슨 곳의셔 대스를 의논홀시 이 곳은 남문 밧 벽운산 은션향이라 바회 밋히 연
쉬 낭인을 다리고 져의 평싱 쇼회를 고호고 조시와 쇼상셔를 죽이믈 쳥호니 진셕눈
은 용약호여 쟝스를 가믈 원호고 빅지호는

53면

조쥬 가믈 졍호여 삼인이 셔로 언약을 굿게 호고 금빅 봉흔 거슬 각각 이인의게 헌호
고 연쉬 졀호여 글오대 금일 그대내 쇼임은 쇼연슈의 젼졍만리의 대스애라 원컨대
힘쁘고 힘뼈 누셜치 말며 츠오티 말나 호더니 불언종시의 산샹으로 조초 일위 신션
이 머리의 쇼요건을 쓰고 몸의 학챵의를 붓쳐 표연이 나려오니 긔위 동탕호고 풍신
이 쇄락호여 옥면이 즁츄빅월 곳고 냥안이 흐르는 별 곳투여 광치 빅일의 조요호고
학골봉형이 양뉴의 고은 거슬 능만

54면

호고 니두를 묘시호니 팔쳑 경뉸의 대인긔샹이오 쳔일의표와 룡봉지질이 셰대무젹
이라 룽힝호보를 나는 드시 호여 일희 허리를 잠간 굿히고 잔납븨 팔흘 느리혀 좌슈
로 진셕눈의 머리를 잡고 우슈로 빅지호의 머리를 잡아 왈 무인 심산의 흉인이 사름
히홀 쇠를 브즈러니 호니 내 일단 의긔현심이 사름의 화를 구코져 호느니 너의 냥젹
을 잡아 머리를 버혀 살인지죄를 졍히 흐리라 봉안을 길게 흘녀 연슈를 보니 연쉬 이
쩌 무인심쳐의 와 불의를 쇠

55면

호다가 긔약지 아닌 션인이 냥젹을 활챡호믈 보니 삼혼이 리톄호여 오직 황황착급호

고 보보젼경ᄒ여 급히 다라ᄂ니 창황망조ᄒ여 아문 줄 씨둧지 못ᄒ더라 원내 냥젹을
잡은 쟈ᄂ 평능후 쇼문계라 일즉 이곳을 어더 복거지디ᄅ 삼으려 틈 곳 만ᄂ면 뉴완
홀시 ᄎ시 츈졍월 망간이라 셜산과 구슬 슈풀이 쳥졀ᄒᄆᆯ 맛초와 남문 외의 친우ᄅᆯ
보고 도라올 길히 은ᄒᆞᆼ 뎡자의 드러 복식을 곳치고 홀노 산샹의 올나 유람ᄒ다가 셧
녁 숑하의

56면

셰 사ᄅᆷ이 머리ᄅᆯ 맛초와 셰에 밀밀ᄒ거ᄂᆯ 평휘 의심이 쇼ᄉ나 슈풀의 감최여 종두
ᄅᆯ 일쳥ᄒ니 다른 사ᄅᆷ이 아니라 형을 사디의 너코 형슈ᄅᆯ 강상대죄로 찬츌ᄒᆫ 간인
쇼연슈라 분ᄒᆫ 머리털이 관을 가ᄅ치ᄂᆫ지라 먼져 연슈의 머리ᄅᆯ 버혀 만고강상을 붉
히고 혈긔지분을 쾌히 ᄒ고져 ᄒ나 본대 지식이 광원ᄒ고 도량이 하해 ᄀᆺᄐ여 일을
당ᄒᆷᄆᆡ 견두ᄅᆯ 혜아려 후의 뉘웃ᄎᄆᆡ 업ᄉᆫ지라 연슈ᄅᆯ 잡아 도로혀 난쳐ᄒ고 ᄌᆞ긔지
언이 공공지론이 못될지라 ᄒᄆᆯ며

57면

쇼쳔유의 효우ᄅᆯ 혜아리니 기데ᄅᆯ 잡아 죄ᄅᆯ 나타내면 셔로 혐원이 될 바ᄅᆯ 혜아려
짐즛 연슈ᄅᆯ 아른 톄 아니코 냥젹을 단단이 잡아시니 조문계의 힘이 효용ᄒ여 이젹
을 능히 당ᄒᄂᆫ지라 이의 시쟈ᄅᆯ 브르니 하리 응명ᄒ니 능휘 친히 냥젹을 결박ᄒ여
압셰워 나려오니 진셕뉸이 요슐이 불측ᄒ나 조샹셔의 일월지광을 당ᄒ니 발뵈지 못
ᄒ고 이의 산의 나려와 함거의 가도와 부즁의 도라와 존당의 뵈옵고 번거ᄒᄆ로 ᄒᆫ
말을 아니코 문안을 파ᄒ여 외

58면

당의 나와 빅화헌의 부군을 뫼시ᄆᆡ 슈말을 쥬ᄒ니 쵸공이 탄왈 경슈의 효우로 한 아
오ᄅᆯ 감화치 못ᄒ여 이의 밋ᄎ니 엇지 ᄎ악지 아니리오 내 ᄌᆞ식을 히타ᄒ여 닌친지
가와 경슈의 셩우ᄅᆯ 져바리지 못홀지라 오직 차젹을 본부 옥의 가도와 타일 연슈와
녀ᄋᆞ의 일이 자연 요란홀 시졀의 법ᄉᆞ의 보내여 광명히 버이면 쳐ᄉᆡ 온당ᄒ고 녀셔
의 평싱이 온젼케 홀지라 경슈의 효우와 녀ᄋᆞ의 셩덕으로 연슈ᄅᆯ 감화ᄒ여 룬긔 화
평케 ᄒᄆᆡ 가ᄒ리로다 능휘 빅샤 왈 명괴 묫

59면

당ᄒ시나 ᄎ 냥젹을 엄형ᄒ여 내옥의 구류ᄒ여 타일 누의 신원홀 쎡의 ᄲᆞᆯ가 ᄒᄂ이다 쵸공이 졈두 왈 여언이 졍합오의라 임의로 흘지어다 능휘 슈명이퇴ᄒ여 냥젹을 올녀 염형츄문ᄒ니 빅지회 젼일을 복초ᄒ여 구부인 침뎐의 돌입홈과 쟉난은 연슈의 쳥ᄲᆞᆫ 아냐 쇼샹셔 삼쳐 니시 쇠라 ᄒ며 진셕류은 조시의 졀식이믈 듯고 ᄯᆞ라가 아ᄉ오려 연슈의 쳥으로 쟝ᄉᆞ를 가려던 쥴을 복초ᄒ니 능휘 불승통히ᄒ여 슈ᄎᆞ 형쟝을 밍타ᄒ여 옥의 나리오고 옥

60면

리를 엄측ᄒ여 먹이고 슬피믈 잘ᄒ여 실조티 말나 ᄒ니 ᄎ고로 빅진 냥젹이 조시의 도라오기까지 스니라 능휘 ᄎᄉᆞ를 군종형뎨간도 니르미 업셔 가중이 졉연부지러라 ᄎ시 연슈 의외의 션인을 만나 냥젹을 일코 황황이 나려오ᄃᆡ 굿ᄐᆞ여 ᄲᆞᆯ와 잡지 아니니 ᄒᆞᆫ 거름의 내다라 남문을 드리다르니 비로쇼 졍신을 졍ᄒ고 싱각ᄒᄃᆡ ᄂᆞᆺ치 익그나 창황 즁 싱각지 못ᄒ니 스룸인가 신션인가 나의 대ᄉᆞ를 쟉희ᄒ고 만일 신인이면 무ᄉᆞᄒ려니와 사룸이면 냥젹을 나라히 밧치면

61면

져 죽기 젼의 내 엇지 무ᄉᆞᄒ리오 쳔ᄉᆞ만계 무궁ᄒ여 집의 도라와 니시를 보고 니르니 니녜 쏘ᄒᆞᆫ 놀나 닐오대 심산의 고이ᄒᆞᆫ 용심이 이셔 우일을 쟉희ᄒ니 쇼문만 스오납고 실이 업셔 못ᄒ더니 불ᄒᆡᆼᄒ여 졔 이 일을 챵누ᄒ여 냥젹이 잡혀 복초ᄒ여 슉슉의게 질지라도 찰하리 슉슉은 꾯츨 잇게 ᄒ여 조녀와 샹셔를 죽도록 도모ᄒ여 힘힘이 죽지 아나야 올코 요힝 졔 그만ᄒ여 고요ᄒ면 두로 둣보와 ᄌᆞ긱을 어더 두 곳으로 츄종ᄒ여 냥인을 졀졔ᄒᆞ미 쾌ᄒ고 이졔 우

62면

리 두리고 겁ᄒ여 가마니 이신즉 녕형과 조시 타일 길시를 만나 환셰홀 시졀의 시형 시슈ᄒᆞᆫ 죄악이 만고의 용납지 못ᄒ리니 어이 슬며 면코져 ᄒᆞᆫ들 어드리오 이졔 밧비 ᄌᆞ긱 둘을 어드라 쳡의 ᄯᅳᆺ이 일쟈ᄂᆞᆫ 슉슉의 대화를 앗고 이쟈ᄂᆞᆫ 쳡의 평ᄉᆡᆼ 한을 셜코져 ᄒ노라 연슊 츰괴ᄒ고 가쟝 의려ᄒ다가 이에 모젼의 드러가 슈말을 고ᄒ니 구

부인이 놀나 글오대 내 뜻이 조시를 히히니 임의 여형은 원젹히여 도라올 지쇽이 업
스니 족흔지라 굿틔여 죽일 악심은 업더니 네

63면

뉘 말을 듯고 그런 대스를 져진다 임의 냥젹을 잡핫다 히니 무심흔 사람이 아니라 경
슈를 위홈 곳 아니면 조시를 위호미라 찟치 누를 쥴 아지 못하니 또 즈긕을 듯보다가
일이 픠루한죽 우리 모지 죽어 뭇칠 싸히 업스리로다 녀황이 겻히셔 웃고 글오대 일
을 히미 찟츨 잇게 히리니 처음의 모친과 거게 어진 뜻으로 조시와 빅거를 대졉히여
모즈와 고식의 졍이 흡연히고 형데륜긔 화하면 올커니와 임의 싱각기를 그릇히여 이
졔는 세 냥닙지 못히여 하나히 업셔야 견딜지

64면

라 만일 업시지 못히여셔는 타일 모친과 스데 몸을 의지홀 곳이 업슬 뿐 아냐 나라히
죄인이 되여 형과 슈슈를 시혼 죄악을 면티 못히리니 이씌를 타 밧비 즈긕을 냥쳐의
보내여 후환을 업시히미 만젼지계니 모친은 막지 마릇쇼셔 구부인이 탄히여 글오대
스셰여박이라 홀일업스나 일을 일우지 못하고 악시 발각하면 일셰의 붓그러오믄 일
오지 말고 연슈의 졍경을 엇지히리오 처음의 찰하리 션도를 힝히더면 변이 업스리로
다 심시 괴란히고 쇼

65면

공이 도라와 가변을 한심이 너길지라 쥬야 번뢰히더라 연슈 슈일을 기다려 쇼식이
업스니 비로쇼 안심히여 두로 듯보와 두낫 즈긕을 어드니 하나흔 쳘두비오 하나흔
구은히니 용력이 과인히고 검슐이 미샹히니 연슈 금빅을 쥬고 져의 쇼원을 니르니
구은히 조쥐로 가고 쳘두비 일빅 비긔를 거느려 쟝스로 향히니 아지 못게라 냥인의
스싱이 엇지된고 하회를 분셕히라 션시의 평능휘 운남을 평뎡히고 도라와 셜강의 공
뉘를 텬뎡의 알외고 죄를 샤히시믈

66면

청히니 샹이 허히샤 샤명을 나리오시니 셜강이 문계의 대은과 셩쥬의 혜틱으로 고토

의 싱환ᄒᆞ니 옛집이 오히려 이서 노복이 직희엿ᄂᆞᆫ지라 범시와 숭시 고젹을 보미 슬프믈 이긔지 못ᄒᆞ고 강이 고퇵의 안둔ᄒᆞ나 닝낙ᄒᆞᆫ 문뎡의 ᄒᆞᆫ 친ᄒᆞᆫ 뉘 무ᄅᆞ리도 업ᄉᆞ니 셕일 태흑ᄉᆞ 위의로 쥬문이 부려ᄒᆞ고 친위 다ᄃᆞᆼᄒᆞᆫ든 바ᄅᆞᆯ 싱각고 져의 반싱 악ᄉᆞ를 츄회ᄒᆞ여 탄식ᄒᆞ더니 조문계 셜강의 왓시믈 듯고 ᄎᆞ즈 별내를 니ᄅᆞ며 태부인 존후를 무ᄅᆞ며 그 싱계 닝낙ᄒᆞ믈 고렴ᄒᆞ

67면

여 도라가 보ᄂᆞᆫ 지곡이 풍족관곡ᄒᆞ며 동뉴로 더브러 힘뼈 쥬션ᄒᆞ여 샹긔 쥬ᄒᆞ여 셜강의 칙션ᄒᆞ믈 알외고 공이 놉흐믈 일ᄏᆞᆯ 젼 벼슬을 쥬시믈 쳥ᄒᆞ니 샹이 우어 글오샤대 강의 죄악이 텬하의 용납지 못ᄒᆞᆯ지라 공을 쇽ᄒᆞ여 고토의 도라오게 ᄒᆞ미 족ᄒᆞ니 엇지 쳥현화직을 쥬리오 경이 젼후의 셜강의 희를 입으미 비샹ᄒᆞ거늘 무슨 뜻으로 구키를 못 밋츨 ᄃᆞ시 ᄒᆞᄂᆞ뇨 평휘 셩의를 보고 ᄒᆞᆯ일업셔 강으로 ᄒᆞ여금 다시 공을 일워 쟉샹을 엇게 ᄒᆞ려 ᄒᆞ

68면

더니 이셕 긔쥬 크게 흉황ᄒᆞ고 도젹이 니러나 ᄉᆞ민이 니산ᄒᆞ고 ᄌᆞ식 년ᄒᆞ여 죽으니 조리뷔 텬뎡의 쥬쳥ᄒᆞ여 셜강으로 ᄒᆞ여금 긔쥬 안남ᄉᆞ를 ᄒᆞ이샤 도젹을 진뎡ᄒᆞ고 긔쥬를 안무커든 녯 벼슬을 쥬시고 만일 능티 못ᄒᆞ거든 죄를 졍히 ᄒᆞ여 뎐리의 내치시미 올흐믈 알외니 샹이 의윤ᄒᆞ샤 강으로 안남ᄉᆞ를 ᄒᆞ이시니 강이 텬은과 문계의 대은을 감골ᄒᆞ여 긔쥬로 향ᄒᆞ니 능휘 치숑결옥의 명찰ᄒᆞ며 렴근쳥명키를 가ᄅᆞ쳐 부듸 뎐일 죄명을 씨시라 ᄒᆞ니 셜강이 눈물을

69면

드리워 칭샤 왈 ᄉᆞᄉᆞ이 대은을 닙어 이ᄀᆞᆾ치 가ᄅᆞ치시믈 어드니 강의 마음이 쳘셕이 아니라 엇지 감동치 아니리오 지덕이 쳔박ᄒᆞ나 어지리 가ᄅᆞ치시믈 밧드러 국ᄉᆞ를 진심ᄒᆞ려니와 오직 외로온 몸이 나가미 편모의 질양을 넘녀ᄒᆞ리 업ᄉᆞ니 강이 친쳑의 득죄ᄒᆞ여 이젼 교우ᄒᆞ던 친쳑고위 도라보리 업ᄉᆞ니 원니ᄒᆞ미 마음이 ᄒᆞᆫ 썩도 ᄒᆞᆫ가치 아니토다 조샹셰 위로ᄒᆞ여 글오대 친우지간 서로 고렴ᄒᆞ믈 은혜라 칭홀 거시 아니오 녕당의 시봉ᄒᆞ리 업ᄉᆞ믈 쇼데 아ᄂᆞ니 만일 우환

70면

이나 스괴 잇거든 내게 고ᄒ라 강이 더옥 감격ᄒ여 스례ᄒ고 긔쥼로 향ᄒ니 위의츄종의 긔록ᄒ미 비길 대 업더라 화셜 평진후 쇼공이 양쥐 가셔 슉모의 환후를 뭇고 인ᄒ여 삼동을 뫼셔 그 쾌복여상ᄒ믈 본 후 셰말의야 발힝ᄒ여 황도로 오다가 길히셔 샹셔의 힝거를 만ᄂ나 부지 반가온 가온대 그 죄슈의 모양으로 공치의 힝ᄒ믈 보고 대경탄식고 무러 골오대 내 삼동을 집을 쩌ᄂ미 믄득 너의 이 힝싁이 이시니 남이 스환ᄒ미 군샹긔 득죄ᄒ여 찬츌튱군ᄒ미 이 심샹

71면

흔 일이여이와 그러나 네 사군ᄒ미 근신겸공ᄒ며 찰임ᄒ미 쳥렴겸퇴ᄒ니 이졔 급히 젹거홀 죄ᄂ 싱각지 못ᄒ니 한 번 둣고져 ᄒ노라 샹셰 직비 왈 아히 죄악이 묘야의 나타ᄂ오니 언관의 쇼시 여ᄎᄒ옵고 가내의 고이흔 변이 샹싱ᄒ여 ᄌ젼의 불회 비경ᄒ온 고로 말이 ᄌ연 낭ᄌᄒ와 이의 니ᄅ니 조쥐 젹거야 무슴 놀나오미 이시리잇가 죄명이 대인홀 놋티 업고 낭대인이 나가신 쩌 니가ᄒ오니 쇼ᄌ의 마음이 더옥 울울ᄒ와 하회 비울ᄒ옵더니 요힝 대인 힝거를 만ᄂ와

72면

슬하의 등비ᄒ오니 만힝이로쇼이다 공이 쳥파의 경히ᄒ나 도로혀 우어 왈 너의 위인이 견고격렬ᄒ니 혹 텬의를 궁측ᄒ여 이 길이 잇는가 ᄒ여더니 어이 이런 변이 이실 쥴 쏫ᄒ여시리오 인ᄒ여 조시의 ᄉ단을 ᄌ시 무러 알고 크게 탄ᄒ여 골오디 셰시 여ᄎᄒ고 텬되 이곳의 미치믈 아지 못게라 조시ᄂ 유한흔 부인이오 요조흔 슉녀라 샹통건샹ᄒ고 신통만물지리ᄒ여 션견이 만리를 예탁ᄒ고 총명이 일월의 광휘를 가져시니 쇼쇼직익을 가히 진졍홀 쟈오 사름의 집을 흥

73면

홀 쟤니 힘힘히 허다 참란의 쌔져 맛춤내 쟝스만리의 류낙ᄒ믈 뜻ᄒ리오 나와 아이 업스므로 오가 변이 이의 밋츠미라 너의 찬젹이야 또 어이 놀ᄂ리오 낭데 또 엇지 한 말을 구치 아니터뇨 싱이 대왈 언관의 쇼스와 시비의 쵸시 십분 샹득ᄒ오니 ᄉ졍이 셔리잇고 연이나 텬심이 참쟉ᄒ시미 잇스와 조시와 쇼ᄌ의 죄를 붉히지 아니시고 빙

쇼롤 뎡ᄒ시나 실노 쾌ᄒ미 업ᄉ온지라 조시ᄂᆞᆫ ᄒᆞᆫᄀᆞᆺ 명운의 고이ᄒᄆᆯ 탄할 ᄰᆞᆫ이로쇼이다 공이 ᄯᅩᄒᆞᆫ 손아의 거처ᄅᆞᆯ 무른대 환란 젼의 젹

74면

을 만나 일흐믈 대ᄒ니 평진휘 슈루쟝탄왈 엇지 가운의 히이ᄒᄆᆯ 이대도록 심할 줄 알니오 어린 아ᄒ 젹슈의 잡혀가미 ᄉᆞ싱을 미가라 엇지 골육을 실산ᄒᆞ며 ᄌᆞ부ᄅᆞᆯ 류찬ᄒ여 내 집 가홰 이의 니ᄅᆞ믈 ᄯᆺᄒ여시리오 부지 조용이 말ᄒᄆᆡ 공이 본ᄃᆡ 이아ᄅᆞᆯ ᄉᆞ랑이 만여금이오 조시 애듕ᄒ미 여ᄋ의 지ᄂᆞᆫ지라 그 부부의 변란을 듯고 원별을 차악ᄒ여 셕반을 물니티고 울울이 슈미ᄅᆞᆯ 펴지 못ᄒ니 샹셰 히위 왈 가변이 한심ᄒᆞ오나 ᄎᆞ역 명이라 히이 블초

75면

ᄒᆞ오나 쇼실이 업습고 조시 그런 악ᄉᆞᄅᆞᆯ 몸쇼 져즐지 아냐실 듯ᄒᆞ오니 일분 원앙ᄒ미 이시면 복분의 원을 신셜ᄒ고 다시 텬일을 보오리니 림별의 그 부형의 ᄯᆺ을 보오니 초공이 안여ᄌᆞ약ᄒ여 일호 근심ᄒᄂᆞᆫ 빗치 잇지 아니ᄒᆞ오니 일노 과려ᄒ실 비 아니니이다 공이 탄왈 너의 악쟝을 엇던 사름만 넉이ᄂᆞᆫ다 외뫼 화월의 고으믈 가져시니 기심은 황금을 단련ᄒ여 쳔균지듕이니 ᄉᆞ싱지졔의 마음을 동치 아니ᄒᄂᆞ니 일녀의 ᄉᆞ싱을 위ᄒ여 비쳑할 재리오 내

76면

실노 ᄉᆞ원을 앙망블급이니 범인과 비겨 의논ᄒ리오 내 조아ᄅᆞᆯ 한ᄀᆞᆺ 슬하지졍으로 ᄉᆞ랑할 ᄰᆞᆫ 아니라 셩현지풍이 당시 무ᄬ녀지라 오가의 쇽현ᄒᄆᆯ 다힝이 너기더니 이졔 무죄히 령해의 류찬ᄒ니 타인지심이라도 감챵ᄒ려든 하믈며 그 시아비 되여 인심의 엇지 일시나 이즈미 되여 밥이 목의 나리며 잠이 ᄌᆞ리의 편ᄒ리오 너의 가실 삼인 줌니시 가쟝 블힝ᄒᆞᆫ 위인이라 싱이 탄식대왈 야야의 혜아리심이 맛당ᄒ시니 가변을 일원 재 ᄎᆞ인이 아니오 뉘리잇고 ᄎᆞ녜 ᄒᆞᆫᄀᆞᆺ

77면

간악할 분 아니라 음난이 녀후와 측쳔의 지ᄂᆞᆫ지라 반ᄃᆞ시 히ᄋᆞᄅᆞᆯ 죽이고 긋치오리

니 쇼저 심골이 경한ᄒ와 결발대의를 폐ᄒ엿ᄉᆞᆸᄂᆞᆫ지라 일노 인ᄒ여 구쉬 되여 히으를 히ᄒ리니 그러나 살긔 등등ᄒ고 미간의 프른 긔운이 흥독ᄒ오니 머리를 동시의 바릴 샹이오니 오문의 긔리 조심은 되지 아닌 ᄃᆞ시ᄒ옵고 ᄎᆞ네 픠ᄒᄂᆞᆫ 날 쇼저 환쇄ᄒ올 거시오니 대인은 믈우ᄒᆞ쇼셔 휘 졈두ᄒ고 굴오대 오아의 지감이 붉고 식견이 원대ᄒ니 무슨 근심이 이시리오 모ᄅᆞ미 조히 이셔 몸을 닥

가 슈히 모ᄃᆞᆷ믈 바라노라 싱이 배샤ᄒ더라 ᄎᆞ야를 부지 동슉ᄒ여 리졍 의의ᄒ고 별회 무궁ᄒ니 공이 샹셔의 몸을 어ᄅᆞ만져 능히 잠을 일오지 못ᄒ니 싱이 쳑연감오ᄒ여 양부의 지ᄌᆞ를 샹모ᄒᄆᆡ 쳑연ᄒᄆᆞᆯ 이기지 못ᄒ더라 명됴의 리별ᄒᆯ시 손을 잡고 니ᄅᆞ대 노ᄎᆞ의 부지 만나 ᄯᅩ 원별이 총총ᄒ니 심시 홀연ᄒ나 ᄯᅩ 운익이라 근심하여 엇지 못ᄒ리니 너는 원노의 힝로의 조심ᄒ여 부싱모휵지은을 싱각ᄒ여 몸을 보즁ᄒ라 샹셰 화안유셩으로 셩휘 진즁ᄒ시

믈 지삼 쳥ᄒ여 니측을 이연ᄒ여 눈물이 ᄶᅥ러질 ᄃᆞ시ᄒ되 야애 보실가 두려 참아 관면ᄒ여 젹소를 향ᄒ니라 쇼공이 아ᄌᆞ를 원별ᄒ고 빈도ᄒ여 경스의 니ᄅᆞ니 일개 무스ᄒ나 ᄌᆞ부의 일이 심위 되여 쥬부인으로 더브러 ᄎᆞ탄ᄒᆞᆷ믈 마지 아니코 냥쇼공이 만나 가변의 고이홈과 연쉬 형을 모히ᄒ던 말을 다 고ᄒ니 공이 손을 져어 왈 아름답지 아니며 깃브지 아닌 말을 졔긔티 말나 연슈 형샹 업슨 말이 쥬슈ᄒᆯ 거시 아니로대 아의 집의 부슈지참이 셩ᄒ고 내권이 셩ᄒ여 이의 니ᄅᆞ

되 아의 고문대가의 이런 변이 실노 국가풍교의 유히ᄒ니 우리 형뎨 집을 어지리 못ᄒ여 변란이 츙츌ᄒ니 진실노 대인ᄒᆯ 면목이 업도다 냥쇼공이 탄식ᄒ더라 평진휘 구부인을 보나 ᄉᆞ식이 업고 연슈를 보나 반기고 ᄉᆞ랑ᄒᄆᆡ 여젼ᄒ니 구부인 모지 져근 일을 싱각고 붓그려 ᄒ더라 명일 됴회의 평진휘 샹젼의 면관고두 왈 신이 불명무샹ᄒ와 ᄌᆞ질을 교훈치 못ᄒ옵고 경슈의 불효무샹ᄒᄆᆡ 여ᄎᆞᄒ오니 신이 하면목으로 위거삼공ᄒ여 치국안민ᄒ며 풍화를 훈교ᄒ

81면

리잇고 원컨대 샹국인슈를 드리고 믈너 셩대의 한가훈 빅셩이 되고져 ᄒᄂ이다 샹이
평신ᄒ라 ᄒ시고 돈유ᄒ여 글오샤ᄃ 경슈의 일이 엇지 경의게 간셥ᄒ리오 짐이 의심
ᄒ미 이시니 경슈의 일이 언마ᄒ여 낫타ᄂ리오 쇼공이 돈슈샤은 왈 셩은이 여ᄎ ᄒ샤
경슈의 무샹ᄒᄆ믈 오히려 의심티 아니시니 진실노 마음을 빗최ᄂ 군신지간이라 ᄒ리
로쇼이다 나라 쳐분이 뎡ᄒ시고 죄명이 됴야의 나타ᄂ 후 말ᄉᆞ미 미안ᄒ오나 조녀의
원앙ᄒ믄 가히 싀아븨 되여 혐의롭다 ᄒ여 훈 번 알

82면

외지 못ᄒ오리니 조녀의 한갓 부녀ᄉ덕이 쳥한훌 ᄲᆞᆫ 아니라 셩심인덕이 고인의 붓그
럽지 아니ᄒ오대 도로혀시고 죄명을 무릅뼈 쟝ᄉ의 원찬ᄒ오니 녀ᄌ의 비샹지원이
셩대의 유히ᄒ미 만ᄉ온지라 신이 한곳 ᄉ졍으로 앗기리잇가 남ᄌ로 닐너도 그 조셩
이 아니면 대젹ᄒ리 업ᄉ오니 엇지 쇼쇼 부녀로 비기리잇가 샹이 개용ᄒ샤 글오샤대
연즉 어이 그런 누명을 뉘가 지어 사름을 긩참의 너흔고 샹붜 기녀를 위ᄒ여 훈 번
발명ᄒ미 업고 버히기를 쳥ᄒ니 짐이 문무의 관쳬

83면

와 요슌지ᄌ의 불초ᄒ미 잇ᄂᆫ가 ᄒᄃ 오히려 의심 즁의 이셔 죄명인즉 ᄉ죄로되 혹
과도ᄒ여 후회 이실가 감ᄉ뎡비ᄒ미라 경의 말을 드르니 언마ᄒ여 간졍이 발각ᄒ리
오 쇼공이 빗ᄉ이퇴ᄒ다 ᄎ후 냥쇼부의 화긔 감ᄒ고 연슉 가형을 죽이랴 ᄒ고 가슈
를 젹뉴로 다 잡아가라 ᄒ고 회보를 손곱아 기다리고 벽운산 숑하의 냥ᄌ긱을 잡아
가던 이ᄂ 반ᄃ시 텬신의 희롱이라 ᄒ여 다시 렴녀치 아니ᄒᄃ 교시 쥬야 우구ᄒ여
그 신명을 두리며 텬앙을 져어 연슉 곳 대ᄒ면

84면

어진 말ᄉᆞᆷ과 효우션힝을 일너 ᄠᅳᆺ을 두ᄅ혀고져 ᄒ나 연슉 교시를 외친내쇼ᄒ여 부부
지졍이 졈졈 녜만 못ᄒ더니 일월이 흘너 ᄎ년 츈의 연슉 놉히 갑과의 ᄲᅡ히여 금슈쳥
삼과 어화를 슉여 영친ᄒ미 년쇼지랑으로 쳥망이 ᄉ셔를 들네고 화류지풍이 가히 ᄉ
랑ᄒ온지라 ᄒᄆᆞᆯ며 언변이 교혜ᄒ고 지풍이 과인ᄒ니 긔광의 크게 명망을 어드며 벼

술이 한원의 니르니 샹춍을 쏘흔 기 형을 이으니 구부인 모지 의긔 양비흐더니 복녹이 함긔 니러 교시 희만흐미 일개 영즈를 싱

85면

흐니 린아봉취라 부풍모습흐여 크게 비샹흐니 구부인이 불승경희흐여 쳔금쇼즁이 이의 뽀다지매 그 ᄉ랑이 탐혹흐고 교시 보호흐믈 신명 밧드듯흐대 교시 분산흐므로 붓터 곡긔를 끈치고 유즈를 본 쳬 아니니 유모를 드려 유ᄋ를 보호흐고 구부인과 연쉬 착급흐여 친히 그룻슬 드러 권흐믈 간졀이 흐대 교시 폐목잠와흐여 오직 쥭을 마음이 살 곳트니 구부인이 가슴을 두다리고 눈물을 흘녀 초조하며 그 뜻을 무ᄅ미 간졀흐니 교시 불효를 슬혀 샹연이 누슈를 흘니고 니

86면

러 안즈 기리 탄식고 왈 미쳡이 츙년의 슬하의 모쳠흐와 구고의 즈애를 입ᄉ오니 미흔 졍셩이 몸이 맛도록 뫼와 텬륜지락을 다흐고 슉슉과 조형이 셩현지풍과 우공의 듯거오미 또 쳡의 앙망흐미러니 이 곳튼 슉슉과 어진 금장이 흔 당 가온대셔 안항지락을 가즉히 흐여 빅년의 구고를 시봉흐고 교화를 드려 즐기면 엇지 어려온 락싀 영힝흐믈 심즁의 치부흐옵더니 긔약지 아냐셔 가내의 불인이 가군의 약흔 마음을 도도고 군즈의 싱각이 고이흐여 ᄉ곤의 어질믈 빅호지 못흐

87면

고 우익의 긔특흐믈 경동치 아냐 젼후 악ᄉ를 슈창흐여 슉슉을 원찬흐고 조져를 장ᄉ의 보내미 다 군즈의 슈단이라 집의셔 자졍을 현혹흐고 우흐로 군부를 쇽여 힝실이 텬일지하의 셔지 못흘 거시여늘 오히려 족지 못흐여 자긱을 두 곳으로 츄종흐여 시형시슈를 안영흐니 져 갓튼 흉심이 텬디의 가득흐여 신기 진로흘 죄니 쇼쳡의 어린 쇼견의 골경신히흐믈 참지 못흐여 여러 번 우회를 펴되 거두어 용납흐미 업ᄉ오니 타일 현인이 신원흐는 쌔의 가군

88면

의 젼졍만리를 맛출지라 ᄉ라셔 그 참변을 참아 보리잇가 일이 탄루치 아냐셔 쳡의

몸이 업스미 샹칙이라 스스로 즈진ᄒ여 망극흔 변을 보지 말믈 원ᄒᄂ이다 언파의
묽은 누쉬 옥면의 이음ᄎ나 부인과 난지 놀ᄂᄂ고 븟그려 부인이 탄식고 골오디 현부
의 어진 말을 드르니 스름의 감동ᄒᆞᆯ 빅라 오아의 허다 과실이 이의 밋ᄎᆞᆷ믄 내 붉지
못ᄒ여 가르치믈 폐ᄒ니 엇지 참괴티 아니리오 그러나 오직 영오총명ᄒ니 씨다르미
이실지라 현부는 마음을 널녀 고집히 일절을

직희여 방신을 샹히오지 말나 오직 립신ᄒ여 옥당명시 되고 아들이 그린 ᄀᆞ트니 녀
ᄌ의 복의 이밧긔 업스니 년쇼과실이 이시나 곳치미 이시리니 과려치 말나 깅반을
친히 들고 간절이 권ᄒ니 교시 톄면을 아니 도라보지 못ᄒ여 깅반을 나오고 ᄯᅩ흔 조
바얍지 아닌지라 필경을 보려 죽기를 긋ᄒ나 쟝탄회허ᄒ여 쟝릭를 두리미 간절ᄒ니
연쉬 지삼 위로ᄒ고 죽을가 겁ᄒ여 비의지ᄉᆞ를 다ᄒ지 못ᄒ더라 초설 조쇼졔 거거로
더브러 쟝스로 향ᄒᆞᆯ시 도로의셔 됴셩이 처량ᄒ

고 구술 슈플과 옥산이 청절ᄒ대 한풍이 사름의 살을 ᄉᆞᄆᆺ치니 힝노 닉은 쟈도 어렵
거든 ᄒᄆᆯ며 옥누쥬란의 나의를 무거워ᄒ고 진미를 염에ᄒ던 천금미질이 괴로오며
셜우믈 이기리오마는 쟉인이 출어범류ᄒ여 텬디로 도량을 ᄒ고 하히로 깁히믈 ᄒ매
츈양으로 마음을 숨으니 도로혀 타연무ᄉᆞᄒ여 ᄌᆞ약안샹흔지라 음식을 당ᄒ미 힘뻐
먹고 최우미 둣거이 입어 몸을 ᄌᆞ보ᄒ여 비안쳑용을 나타내지 아니니 병뷔 로즁의셔
그 샹회ᄒ믈 춤아 어이 보리오 ᄒ엿더

니 이갓치 횐대ᄒᆞᆯ믈 다힝ᄒ여 일로의 남미 셔로 위로ᄒ여 임의 쇼샹강의 다다르니
악양루를 구경ᄒ고 황릉묘의 비알ᄒ미 물너 쥬인의 도라오미 그윽이 렴녀 신이ᄒ여
거거를 청ᄒ여 글오디 쇼미 익회 비샹ᄒ여 쟝스를 거의 다 와시나 혜아리건대 무ᄉᆞ
히 못 ᄀᆞᆯ 거시니 금야의 반ᄃᆞ시 변이 이시리니 쇼미 임의 쥰비ᄒ미 잇ᄂᆞ지라 이졔 두
어 비ᄌᆞ와 ᄒᆞᆫᄂᆺ 유랑으로 거거를 뫼셔 쇼미 몸을 금초고 쇼미의 얼골과 복식을 ᄒ여
이곳의 두고 거게 몸을 감초와 보시다가 젹이 쇼미

92면

로 아라 반드시 겹취하여 니룰 거시니 일시의 쇼릭하여 도적을 외고 싸라 샹강 어귀의 가 여추여추하시면 거의 적을 잡을 거시로대 잡아 무익하고 잡으나 이후 또 츄병이 이실 거시니 쇼미 죽으믈 적의 류룰 뵌 후야 가히 후환이 업스리니 공쳐룰 도라보내되 즁노의셔 적화룰 만나 샹강의 슈스하다 하고 거거는 쳐져 그 시신을 츠처 보려 노라 칭하고 쇼미룰 적쇼의 드려다가 유벽한 싸흘 어더 안둔하고 도라가시면 쟝슈 태슈는 졍슉모의 지친이라 결하여 누셜치 아니코 쇼

93면

미룰 편케 하리니 이만한 구원지계 업스리이다 샹셰 미즈의 션견을 격졀감탄하고 이의 죵기언하고 쇼져의 지휘딕로 홀식 쇼졔 농 가온대로셔 한 미인을 내니 믿드라 일온 거시로대 완연이 혈육지신 곳투야 츄파의 졍신을 먹음어 말을 홀 둣하고 슈족을 움작이며 슈발이 다 싱긔 이셔 챵망 즁으로 닐오지 말고 조용이 딕하여 보와도 가히 그 믿돈 사름인 줄 아지 못할지라 하늘이 각별 녀즈 가온대 셩인을 내시매 만물지리의 신통치 아니미 업스니 사름을 믿들미 긔특히

94면

호흡을 통한 둣하고 슈족을 쓰미 몸을 운동하게 하여 산 사름 곳게 하기는 쳔만고의 드믄 슈단이라 엇지 졔갈무후의 목우유마룰 긔특타 하리오 진유즈의 믁특을 속이는 딕 낫지 아니리오 즉긔 한 벌 오슬 입혀 침샹의 누이고 젼좌의 슈삼개 비즈로 더브러 쇼으룰 품고 야반의 다른 쥬인의 올무니 쥬인이 오히려 아지 못하더라 이쩌 쳘두비 조시 적쇼로 싸라와 샹강의 니룰러 쥬인한 곳을 술피고 숨어다가 야반의 일시의 쇼릭하고 다라드러 조시의 잇는 곳을 슈탐홀식 쇼져

95면

의 팀샹을 살피니 오히려 쵹영이 휘황한딕 일위 미부인이 아미룰 쌩긔고 팀변의 지혀시니 빅태쳔샹이 긔긔묘묘하며 쇄락쳥월하고 좌우의 뫼신 복쳡이 삼비 곳투엿거늘 텰두비 다라드러 침변의 지힌 미인이 샹뫼 츌셰하고 놉히 샹샹의 언와하여시니 일졍 조부인이라 하여 부지불각의 엽히 끼고 내다르며 굴오대 임의 웃듬을 잡아시니

기여인명을 슬히치 말나 졔젹이 일시의 헤여져 사롬을 히치 아니니 이쩌 샹셰 숨어 거동을 보미 가연이 내다라 버히

96면
고져 ᄒᆞ딕 쇼미의 당부를 드럿ᄂᆞᆫ 고로 이의 크게 쇼릭ᄒᆞ고 칼흘 쌔혀 싸르며 네 그 다려가는 녀ᄌᆞ를 놋치 아니면 네 머리를 ᄒᆞᆫ 칼히 뭇츠리라 즁복을 거ᄂᆞ려 취우ᄀᆞᆺ치 싸르니 쳘두비 비록 힘이 크나 사롬을 안고 뽓치여 ᄃᆞᆺ기를 가비야이 ᄒᆞᆫᄂᆞ지라 두로 쳬 업고 다르려ᄒᆞᆯ시 이의 죠병부의 농힝호뵈 앏히 다다라 젹의 팔흘 잡고 칼흘 빗겨 지루려ᄒᆞ니 쳘두비 싱각ᄒᆞᆫ대 임의 죠시를 살와 다리고는 내 또 사지 못ᄒᆞ게 되여시니 내 몸이 살미 ᄒᆞᆫ 미인이야 어대 가 못어드리오 찰ᄒᆞ

97면
리 죽어 쇼싱의 금빅갑슬 ᄒᆞ리라 하고 업은 죠시를 나는 ᄃᆞ시 샹강을 향ᄒᆞ여 드리치고 물을 쮜여 다라ᄂᆞ니 강두의 싸르던 노복이 일시의 통곡ᄒᆞ여 부인이 물의 쌔졋다 ᄒᆞ고 곡셩이 진동ᄒᆞ니 쳘두비 더옥 잡힐가 겁ᄒᆞ여 한업시 다르니 공치 ᄌᆞ다가 놀나 씨여 연고를 무르니 죠샹셰 츄연탄왈 싱이 불힝ᄒᆞ고 지식이 쳔단ᄒᆞ여 미리 방비치 못ᄒᆞ고 불의지변을 만나 미ᄌᆞ를 샹강고혼을 만드니 어대 ᄂᆞᆺᄎᆞ로 고토의 도라가 부형을 뵈오리오 일이 임의 이의 밋츠시니 치관

98면
은 지류ᄒᆞ미 무익ᄒᆞ니 일즉 도라가 이 쇼유를 텬뎡의 알외라 나는 슈일을 지류ᄒᆞ여 시슈나 ᄎᆞ져 염빙ᄒᆞ여 비록 젹거죄슈나 죽엄은 셔로 고토의 도라가 쟝홀지라 함긔 힝치 못ᄒᆞ노라 치관이 역시 참담ᄒᆞ여 굴오대 한가지로 힝ᄒᆞ다가 이런 고이ᄒᆞᆫ 변을 만ᄂᆞ니 참담ᄒᆞ고 도라가 나라히 고ᄒᆞ미 쏘ᄒᆞᆫ ᄂᆞᆺ치 업스리로쇼이다 임의 홀일업스니 션싱은 시슈나 ᄎᆞᄌᆞ샤 일즉 도라오시고 쇽졀업시 샹회ᄒᆞ여 쳔금지구를 샹히오지 마ᄅᆞ쇼셔 병뷔 희허탄식이러라 임의 치관과 거마복죵이며

99면
부졀업슨 비쳡의 무리ᄂᆞᆫ 더러 믈녀보내고 병뷔 짐즛 쳐져 샹강의 거즛 시신을 건져

금슈닙렴ㅎ여 관곽을 굿초와 입관ㅎ여 쥬인으로 도라오미 곡셩이 쳐졀ㅎ여 인심을 감동ㅎ니 힝인이 위ㅎ여 눈물을 나리오더라 조병뷔 쥬인의 와 병을 칭ㅎ여 누의롤 참혹히 샹ㅎ고 심시 샹ㅎ여 병이 나셔 치료흔다 ㅎ는 고로 문을 닷고 노복 추환의 류로 관을 직희여 이목을 가리오고 가마니 누의 피흔 곳의 나아가니 쇼져롤 다리고 쟝슈로 향홀시 쇼졔 일습건복을 착ㅎ여

100면

완연이 일개 미쇼년이니 남미 대ㅎ미 일쟝 우읍기롤 이긔지 못ㅎ여 실쇼ㅎ고 즉시 쇼로로 힝ㅎ여 오리지 아냐 쟝스의 니른니 쟝스 태슈는 졍운긔 스촌이라 조병뷔 나아가보미 가내의 참변을 대강 젼ㅎ고 쇼미 부득이 남쟝으로 니르러 그 명믹을 보젼홀 쯧을 닐오미 태쉬 감분ㅎ믈 이긔지 못ㅎ여 굴오디 녕존대인 셩덕으로써 녕미 죄명이 이의 밋츠니 엇지 원통치 아니리오 쇼관이 진심ㅎ여 방인의 의심을 일우지 아니코 녕미로 평안이 머무시게 ㅎ리라 ㅎ고 셩내

101면

그윽흔 곳의 쳐쇼롤 뎡ㅎ고 쏘 쟝획을 대후ㅎ여 젹변을 방비ㅎ고 량미량찬을 보내여 고문ㅎ미 극진ㅎ며 리배의게 하령ㅎ여 굴오대 경셩 조승샹 족질이 국가의 득죄ㅎ여 이 싸히 뉴찬ㅎ여시니 여비 조심ㅎ여 문하의 대령ㅎ여 욕된 거죄 업게 ㅎ라 ㅎ니 추고로 쇼졔 이곳의 편히 머무러 피화ㅎ니 길인을 붓들미 텬리의 여추하더라 병뷔 쇼져롤 안신ㅎ고 스오일 머므러 몸을 쉬고 범스롤 지휘ㅎ여 쇼져의 안과홀 도리롤 뎡ㅎ미 휜당의 기다리심과 직스의 미인 몸

102면

이라 회환홀시 혈혈약미로써 만리타향의 바리고 도라가는 병부지심과 녀즈의 몸으로 구가츌뷔며 국가죄슈로 타향의 류락ㅎ니 뎌향이 만리오 고국이 아득ㅎ여 북당훤초의 치의지락이 빅년안히 긔약이 업스니 오직 태산 굿치 의앙ㅎ는 가형을 마즈 니별ㅎ고 고고일신이 만리의 더지믈 싱각ㅎ니 조시 비록 싱쳘심쟝이나 붕졀ㅎ믈 참으리오 병부의 태산지풍으로도 오내 버히는 듯ㅎ여 굴오대 스이이의니 현미는 마음을 널니고 방신을 즈보ㅎ여 타일 휜당의 봉배홀

103면

써 우리 남미 웃고 만나 금일스를 일쟝고스로 일오게 ᄒ라 언파의 삼삼흔 향뉘 스미를 젹시니 쇼졔 더욱 비렬ᄒ여 굴오디 명이 본대 긔박ᄒ니 스룸을 탓ᄒ며 하늘을 한홀 거시 아니라 쇼미 방계곡경으로 살기를 도모ᄒ여 이 ᄯᅡᄒᆡ 왓시나 슈혀의 너치 아니면 어이 스스로 샹ᄒ여 쥭으리잇고 거거는 쇼미를 넘녀치 마ᄅ시고 쳔금지구를 보즁ᄒ샤 힝노의 무서히 득달ᄒ쇼셔 비극태리즉 쇼미 굿ᄐ여 누셜 즁 타향 젹혼이 되리잇가 안식이 온화ᄒ고 말ᄉᆞᆷ이 쾌열ᄒ여 거거의 가는 마

104면

음을 허ᄐ로지 아니니 병뷔 감챵의의ᄒ여 슈이 니러셔지 못ᄒ여 타루탄샹 왈 쇼미 마음이 금옥 갓트니 우형이 방심ᄒ여 도라가ᄂᆞ니 우리 부모의 셩덕여셩과 미즈의 슉즈인풍으로 누셜 즁 맛지 아니리니 무어슬 넘녀ᄒ리오 부모의 기다리시미 간졀ᄒ실 거시오 치관이 도라가 흉음을 귀의 놀내여 친의를 경참홀 거시니 밧비 도라가 위안홀 거시니 지류치 못ᄒ여 도라가ᄂᆞ니 보즁ᄒ여 다시 모드기를 원ᄒ노라 조시 기리 탄식ᄒ여 굴오대 쇼미 불효는 쳔고의 업ᄉᆞᆯ지라 이졔 치

105면

관이 도라가미 흉보를 젼ᄒ여시리니 부모의 경참ᄒ시미 오죽ᄒ시리오 거거는 밧비 도라가샤 훤당 넘녀를 더ᄅ시게 ᄒ쇼셔 쇼미의 익화는 오히려 녀즈의 싀투로 비로스미라 쇼미 불현조협이 대인졉물의 불화흔 연괴여니와 쇼군의 평싱 효힝으로 고이흔 죄의 걸녀 조줘 젹긱이 되나 원앙치 아니리오 그 ᄯᅡᄒᆡ 슈퇴 ᄉᆞ오납고 심ᄉᆡ 비황ᄒ므로ᄡᅥ 신샹이 무ᄉᆞ치 못ᄒ리니 쇼미 마음이 일노조ᄎᆞ 더욱 란ᄒ니 거거는 힝혀 관역을 인ᄒ여 셔신을 통ᄒ미 잇거든 쇼군의 쇼식을 알게

106면

ᄒ쇼셔 병뷔 응낙고 유유지지ᄒ여 참아 ᄯᅥ나지 못ᄒ여 일식이 느즈니 좌우비복을 쳔만부탁ᄒ고 분슈ᄒ니 쇼졔 먼니 가도록 바라보와 옥뉘 화식의 진진ᄒ니 좌우복쳡이 참아 보지 못ᄒ여 실셩비읍이라 유모 이히 다 남복인 고로 병부의 힝노의 와 톄읍배별ᄒ니 병뷔 션즈를 가ᄅ쳐 먼니 오지 말고 도라가 공즈를 보호ᄒ라 ᄒ더라 아즁의

나아가 태슈의게 만만부탁ᄒ니 태쉬 츄연 왈 인심이며 인시니 엇지 금일 현형의 츄탁을 헛되게 ᄒ리오 녕미를 념녀 말

107면

고 원로힝역을 보즁ᄒ라 ᄒ고 쇼쟉을 여러 전숑ᄒ니 샹셰 칭샤ᄒ고 빈쟉을 림ᄒ여 미즌를 싱각ᄒ니 능히 잔을 편히 마시지 못ᄒ더라 태슈를 분슈ᄒ고 경소로 도라올ᄉᆡ 어시의 조부의셔 쳔금녀ᄋᆞ를 원앙ᄒᆫ 죄루를 시러 두 곳의 류찬ᄒ여 보내고 존당부모의 심시 참악ᄒᆞ믈 비ᄒᆞᆯ 대 업ᄉ오니 오직 바라ᄂᆞᆫ 빈 약질이 무ᄉᆞ히 득달ᄒ여 평안이 머무ᄂᆞᆫ 쇼식을 희망ᄒ더니 믄득 치관이 도라와 남ᄒᆡ 쟝ᄉ 죄인 조시 즁노의 젹환을 만나 샹강의 슈ᄉᆞᄒᆞ믈 고ᄒ며 노복이 도라와 이 쇼식

108면

을 고ᄒ니 샹이 대경ᄒ샤 가장 뉘웃치시고 조부 샹하의 츄악경달ᄒᆫ 심회를 비ᄒᆞᆯ 대 이시리오 일시의 실셩통곡ᄒ여 비회를 억졔치 못ᄒᆞ딕 오직 경동치 아니믄 진 초 이공이라 졔인을 금단ᄒ여 태부인을 모르시게 ᄒ고 닐오딕 녀ᄋᆞᄂᆞᆫ 녀즁군지라 힘힘히 젹화의 ᄲᆡ지며 그 쟉인이 그만ᄒ여 맛지 아니리니 엇지 놀ᄂᆞᆷ믈 과도히 ᄒ리오 열번 믈의 너허도 싱츌ᄒᆞ미 이시리니 엇지 헛된 쇼식으로 가바야이 곡읍ᄒ여 존당이 놀나시게 ᄒ리오 능후 군종이 빈복 왈 대인 셩

109면

춍이 쇼ᄌᆞ 등의 예탁ᄒᆞ올 빈 아니니 일노조ᄎᆞ 쇼미 ᄉᆞ싱을 넘녀치 아니리이다 ᄒ니 양뎡렬이히 잠간 비회를 진졍ᄒ나 ᄉᆞ렴이 무궁ᄒ여 병부의 도라오기를 기다려 진젹ᄒᆫ 쇼식을 알녀 바름이 초갈ᄒᆞ미 밋쳣더라 ᄎᆞ셜 쇼샹셰 부공을 양ᄌᆞᆨ셔 니별ᄒ고 치관으로 더브러 젹쇼로 향ᄒᆞᆯᄉᆡ 졈졈 힝ᄒ여 황셩이 아오라 ᄒ고 친젼이 의연이 머러지니 쇼샹셰의 비회 무궁ᄒ고 ᄒᆞ믈며 죄명이 심샹치 아냐 만고 불효부뎨로 죄률이 명명ᄒ니 평싱 슈신ᄒ던 효힝이

110면

그린 ᄯᅥᆨ이 되여시니 모ᄌᆞ의 눈강이 문허져 란ᄒ고 형뎨지의 원슈 니러 조ᄎᆞ 팔쳔리

의 젹거흐믈 싱각흐니 치관 디홀 늦치 업고 텬일 볼 마음이 업스되 쇼실이 업스믄 빙옥 ᄀᆞ튼니 부운 ᄀᆞ튼 죄루를 탄흐여 부모의 싱흑지신을 샹히오리오 보신흐기를 극진히 흐여 일로의 무스히 힝흐여 젹쇼를 삼일 경로의 두고 셩화역의 드러 헐슉홀시 일 힝인이 곤뢰흐여 슈미침즁하디 샹셰 홀노 시름이 만하 촉하의 단좌흐여 경치관으로 담화홀시 이 경훤

111면

은 츙직강명흔 위인이라 노샹의 쇼싱으로 그 힝실이 공밍으로 법흐고 쟉인이 금옥의 념결흐믈 가져 츙신효뎨흐며 박고통금흐여 리음양슌ᄉ시흐여 치국평텬하흐고 졔셰안민흐여 우쥬를 광보홀 틀이 이시니 그 죄명이 애민흔 쥴 알고 격졀강개흐여 공경츄복흐여 다려오기를 졍셩으로 흐니 샹셰 쏘흔 그 위인을 긔대흐여 대흐미 젹막지 아니터니 초야의 홀연 광풍이 니는 곳 업시 니러나 샹셔의 관이 버셔지며 촉이 후려 쩌지고 돗기 거치거늘 샹셰 경아흐여 스미 안히 흔 패를

112면

어드니 가장 흉흔지라 일이 이시믈 짐쟉고 즉시 두어 거리 쳘삭과 비슈를 침변의 너코 촉을 둘너 노코 ᄌᆞ긔는 비식이 안즈니 경시랑이 놀나 문기고흐니 샹셰 왈 졈시 불길흐니 여ᄎᆞ 예비흐미라 현공은 방심흐여 헐슉흐라 경공이 오히려 의심흐여 ᄌᆞ지 못 흐더니 야심흐미 ᄌᆞ연 잠이 오는지라 한 녑히 두어 잠들고 밤이 반은 흐여 쒸어드는 거시 잇거늘 샹셰 어두운 구셕의셔 가마니 보고 사름을 씌오지 아니코 홀노 젹을 당흐니 능히 버셔날가 하회를 분셕흐라 ᄎᆞ셜 구은히 연슈

113면

의 금을 밧고 쥬야로 힝흐여 쇼샹셔 힝즁의 쌀오디 미양 조각이 맛지 아냐 싸라 셩화역의 다다라 그 드는 쥬인과 형셰를 술피고 밤을 기다려 햐쳐의 나아가 문틈으로 여어보니 촉을 두로혀 놋코 방안이 븱지 못흔대 좌우 셔동비 잠을 깁히 드럿고 구셕의 금구블 츄여 덥고 누은 재 쇼싱이라 흐여 밤들믈 기다려 가마니 문을 열고 쒸여 드러 칼흘 두르고 다라드러 샹샹의 니블 덥픈 쇼샹셔를 지르니 홀연 뒤흐로셔 잡아 졋치느니 이셔 일변 텰삭으로 얼그니 귀신이 도으

114면

며 신명이 미는지라 밋쳐 슈족을 놀이지 못ᄒ고 힘힘히 미이니 져의 비슈는 속졀업시 쇼샹셔 슈즁의 아이미 되니 져 쇼샹셰 셤셤ᄒᆫ 옥비셤쉬 한원의 붓디를 잡아 스긔를 초홀 ᄲᆞᆫ이오 용녁을 ᄡᅳ미 업스나 강용이 비샹ᄒ여 진유ᄌ의 쇠 잇고 지혜 잇슴이 졔갈의 지혜를 압두병약ᄒ믈 웃ᄂᆞᆫ지라 쟝스를 텰삭으로 풍우갓치 미되 안싴을 불변ᄒ고 쳔싴이 놉지 아냐 미야노코 좌우 셔동을 ᄶᅵ와 글오디 도젹이 드러시디 여등이 엇지 잠만 ᄌᆞ고 니러ᄂᆞ지 아닌나뇨 쇼릭로조ᄎᆞ

115면

경공이 놀나 ᄯᅩ한 니러나 쵹을 붉히고 보니 쇼샹셔는 단졍이 안졋고 ᄒᆞᆫ 도젹을 스슬의 얽어노ᄒᆞᆫ닉지라 경시랑이 대경ᄒ여 글오대 엇지 혼ᄌᆞ셔 영한한 도젹을 잡으시잇고 샹셰 쇼왈 만일 져를 잡지 못ᄒ면 내 죽을지니 죽기를 가을ᄒ미 ᄒᆞᆫ 용부를 니르리오 이의 모든 노복을 ᄶᅵ와 불을 붉히라 ᄒ고 도젹을 잡아내여 져 쥴싀 불하일쟝의 딕고 왈 하늘이 불의를 돕지 아냐 칼흘 들먹도 못ᄒ여 잡히니 엇지 은휘ᄒ여 죄를 더으리잇고 쇼젹이 본대 노

116면

야로 원슈 업스오니 여러 쳔리의 ᄶᆞ라와 히ᄒ리잇고마ᄂᆞᆫ 경셩 쇼공ᄌ 즈긔을 부르미 즈못 쇼인과 텰두비라 ᄒᆞᄂᆞᆫ 즈긱을 블너 각각 삼빅금싴 쥬며 쥬야로 조쳐 가 젹겨ᄒᄂᆞᆫ 쇼경슈를 질너 죽이면 타일 대공을 갑흐리라 ᄒ고 쇼인은 이리 보내고 텰두비ᄂᆞᆫ 쟝스 젹힝 조시를 질너 죽이거나 겹취ᄒ거나 ᄒᆞ라 ᄒ니 두리 길흘 ᄒᆞᆫ 날 쪄ᄂᆞ오니이다 쇼인이 실노 쇼공ᄌ의 ᄠᅳᆺ을 아지 못ᄒ여 그 노복으로 인ᄒ여 드르니 형뎨불화ᄒ여 구쉬 되여시므로 죽이고 ᄉᆞᆺ치려ᄒ다 ᄒ더이다

117면

시긴 사ᄅᆞᆷ의 ᄉᆞ오나오미 무식한 쳔인의 죄 아니니 일후 악ᄉᆞ를 ᄉᆞᆺ치오리니 일명을 샤ᄒᆞ쇼셔 샹셰 쳥파의 붓그러온 ᄂᆞᆺ치 달호여 어린ᄃᆞ시 말을 못ᄒ고 아이의 무르미 뉘웃쳐 기리 탄식고 입을 막아 죽이미 편당ᄒᆞᆫ지라 경공을 대ᄒ여 글오디 쳔인의 흉언이 날을 죽이려ᄒ다가 잡히니 허언을 지어 슬기를 쐬ᄒ나 내 비록 졔 화를 입지 아

나시나 추류룰 두어셔는 일후지히 비경ᄒ니 죄인의 몸으로 인명을 쳐 살티 못ᄒ리니 형이 관역태슈룰 보고 추인의 죄

룰 일너 다시 뭇지 믈고 버히믈 쳥ᄒ라 차시 하여오

조시삼대록 권지삼십

화셜 경시랑이 한가지로 참쳥ᄒ니 바야흐로 샹이 슌을 히ᄒ며 도쳑이 하혜룰 화티 못ᄒ민 쥴 알고 쇼연슈의 함형ᄒ미 쇼져ᄒ고 현인의 아오룰 덥허 자긱을 업시ᄒ여 타일 어즈러온 말을 막으려 ᄒᄂ 쥴 알지라 격졀감분ᄒ여 닛빗츨 곳치고 글오대 추 젹의 무샹ᄒ미 쳔스무셕이라 엇지 용스ᄒ리오 명듸로 죽여 후환을 덜미 과연ᄒ니 명 공은 과려티 마른쇼셔 샹셰 지삼 죽이믈 쳥ᄒ고 젹을 실도홀

가 다시 즛지 아니코 시기룰 기다려 경시랑이 젹을 녕거ᄒ여 디방관을 맛져 글오듸 추젹을 그만ᄒ여 죽일 거시 아니라 타일 무룰 일이 이시니 깁히 가도와 나의 회환을 기다려 잡아가게 ᄒ고 그 스이의 실산케 말나 디방관이 응낙ᄒ고 즉시 닝옥의 가도 와 옥리룰 엄칙ᄒ여 스스로 죽기룰 방비ᄒ여 잘 직희라 ᄒ더라 경시랑이 자긱을 쳐 치ᄒ여 가도고 그 뇨픽룰 써혀와 쇼샹셔룰 뵈여 왈 가셔 죽이고 오니이다 ᄒ여 속이 고 타일 연슈의 무샹ᄒ믈 발각홀 씩의 단쳐룰

삼아 구은히룰 쓰고져 ᄒ미러라 힝ᄒ여 젹쇼의 니른러 치관이 공문을 젼ᄒ니 태슈 친히 나와 쇼샹셔룰 보고 대졉ᄒ고 셩늬의 쳐쇼룰 뎡ᄒ려 ᄒ니 샹셰 스양ᄒ여 왈 죄 인의 쳐쇠 셩늬는 불감ᄒ니 셩외 유벽ᄒ 듸 ᄒ 곳을 빌니라 태슈 샹셔의 스양ᄒᄂ 언 스룰 듯고 칭복ᄒ여 이의 셩외의 쳐쇼룰 뎡ᄒ니 샹셰 쳐쇼의 나아가 힝리룰 안둔ᄒ

고 몸쇼 관아의 나아가 점고의 참예ᄒ니 태쉬 크게 불안ᄒ여 붓드러 도라 보내고 문

견의 관리 ᄉ환을 대후ᄒ며 량찬

4면

을 공급ᄒ미 졍셩을 다ᄒ니 샹셰 십분 고샤ᄒ여 불감ᄒ믈 일콧더라 경치관이 ᄉ오일

쉬여 도라갈시 피ᄎᆞ 졍니 의의ᄒ여 악슈작별 왈 현공이 죄인을 여러 쳔리의 슈고로

이 다려오시고 지극ᄒᆞᆫ 졍셩을 힘입어 무ᄉᆞ히 득달ᄒ엿더니 이졔 니별ᄒ미 다시 만날

긔약이 업ᄉ니 엇지 슬프지 아니리오 이의 일봉셔를 밧드러 경치관을 쥬어 ᄀᆞᆯ오ᄃᆡ

슈고로오시나 쳔젼의 견ᄒ여 만리의셔 부ᄌᆞ의 졍을 통케ᄒ쇼셔 치관이 리별을 당ᄒ

여 그 작인으로뻐 곤궁ᄒᆞ믈 앗겨

5면

ᄀᆞᆯ오ᄃᆡ 쇼싱이 명공을 뫼셔 힝ᄒᆞᄆᆞ로붓터 졍이 골육의 더ᄒ미 잇더니 이졔 분슈ᄒ미

심시 악연ᄒᆞ믈 이긔지 못ᄒ나 명공의 츙효지심은 일월의 빗ᄂᆞ고 인심을 감동ᄒᆞ리니

엇지 부운의 죄명으로 오릭 젹리의 곤ᄒ시리오 불구의 고토의 환쇄ᄒ며 작위 반ᄃᆞ시

이만 잇지 아니리니 다시 긔약이 머지 아니ᄒᆞ오리니 쳔금지구를 보즁ᄒ쇼셔 샹셰 불

감칭샤ᄒ고 니별ᄒ니 경시랑이 지삼 년년ᄒ며 도라오ᄂᆞᆫ 길히 셩화관의 드러가 구은

희를 잡아 샹경ᄒ여 궐하의

6면

복명ᄒ고 자긱을 밧치고져 ᄒ다가 다시 혜아리미 이셔 긋치고 쇼부의 셔간을 젼ᄒ고

조부의 나아가 조문게를 보고 쇼연슈의 시형ᄒᄂᆞᆫ 무상홈과 쇼샹셔의 긔특ᄒᆞᆫ 힝ᄉᆞ를

젼ᄒ고 탄식ᄒ여 ᄀᆞᆯ오ᄃᆡ 자긱을 그곳의셔 잡아 쥭이노라 ᄒ여 속이고 이의 잡아 다

리고 오믄 쇼인의 졍태 실노 요악ᄒᆞ니 타일 현인의 신원홀 쎼 단셔를 삼고져 ᄒ미나

이졔 스스로 쳐치가 어려워 냥칙을 션싱긔 쳥ᄒᄂᆞ이다 평능휘 쳥파의 쟝탄ᄒ여 ᄀᆞᆯ오

ᄃᆡ 쥬가의 관칙 이시니 엇지 한심치 아니리오 ᄎᆞ

7면

젹을 몽농이 쥭이지 못홀 거시오 급히 나라히 밧치믄 쳔유의 뜻이 아니니 닉게 보닉

면 즈연 쳐치ᄒ리라 경시랑이 응낙고 도라와 구은히ᄅ를 조부로 보너니 임의 도젹 왓
다ᄒᄆᄅ믈 듯고 젼의 잡아가든 도젹과 흔대 가도와 타일을 보려 엄슈ᄒ라 ᄒ더라 ᄎ시
쇼연쉬 즈직을 두 곳으로 보너여 형과 형슈ᄅ를 살히ᄒ라 ᄒ고 흔힝ᄒ여 그 셩공ᄒ믈
굴지계일홀시 이쩌 니시 쇼셩을 모히ᄒ여 원젹ᄒ미 그윽이 싱각ᄒ대 내 쟉죄 업슬
젹도 박대 태심ᄒ더니 ᄒᄆ믈며 지금

8면

은 쟉죄 여산ᄒ지라 어이 다시 부부 류의ᄅ를 바라리오 ᄒ여 흉흔 의시 빅츌ᄒ더니 오
릿지 아냐 조시 샹강의 슈수흔 쇼식이 이시니 연슈와 니시 깃브믈 이긔지 못ᄒ여 ᄒ
더니 내 일이 쥬스야탁ᄒ나 쇼군이 도라와 회심ᄒ여 화락지 못ᄒ리니 찰하리 ᄯᄃ을
결ᄒ리라 ᄒ여 개젹홀 의시 이셔 정한림의 옥안영풍을 십분 흠모ᄒ여 연슈ᄅ를 보치여
개젹홀 말을 ᄒ니 아지 못게라 시하인야오 정한림 쟈는 샹셔 정운긔 ᄎᄌ 정대흥이
니 풍뉴지혜 일셰영걸이라 일

9면

즉 취쳐ᄒ여 기쳐 호시 만고박식이니 졍싱이 다시 지취홀 ᄯᄃ이 이셔 졀식 미녀ᄅ를 구
ᄒ더니 쇼연슈ᄅ를 스괴여 왕리 빈빈ᄒ니 니시 여어보고 크게 혹ᄒ여 쳔고음욕을 졍싱
의게 ᄲᄃ드미 연슈을 대ᄒ여 글오대 슉슉이 이졔 형을 히ᄒ여 만리의 뉴찬ᄒ고 슈슈
ᄅ를 ᄰᅡ라 강슈의 너흐니 그 죄ᄅ를 혜아리면 강상대죄라 일이 맛ᄎᆫ내 무ᄉ키 어렵고 대
인이 도라오시면 무어시라 ᄒ실동 알니오 쳡이 슉슉을 위ᄒ여 위틱이 너기ᄂᆞ니 조시
비록 쥭어시니 그 부형의 긔셰 당당ᄒ니

10면

원슈ᄅ를 갑ᄒ려 ᄒ면 슉슉이 일신 둘 곳이 업슬 거시오 샹셰 오히려 싱존ᄒ여 그 긔샹
이 비샹ᄒ니 타일 룡이 풍운을 엇은 쾌ᄒ미 이시면 슉슉이 엇지려 ᄒᄂ뇨 연쉬 구연
탄식ᄒ여 왈 쳐음의 쇼셩이 허다 과악을 지으미 본대 마음이 아니라 슈슉의 지휘ᄒ
시믈 인ᄒᄆ미니 가형으로 셔불냥립이 되니 일이 맛당치 아나나 이의 미쳐는 홀 일이
업ᄂ지라 슈슈는 낭계ᄅ를 가릇치쇼셔 니시 웃고 글오대 슉슉의 형셰ᄅ를 쳡이 엇지 모
ᄅ리오마는 이졔 쳡의 쇼원을 일워쥬면

11면

첩이 또흔 졍셩을 다흐여 슉슉의 계교룰 도오리라 연쉬 문기고흐니 니시 늣츨 붉히고 탄흐여 왈 슉슉과 첩이 명위 슈슉이나 지긔상합흐다 흐리니 어이 마음을 은휘흐리오 첩이 쇼샹셔로 명위 부뷔나 실은 남이라 홍안쳥츈을 심규의 맛츠미 아신 고초는 허스오 님년노모로 흐여금 의지흘 대 업스니 부뫼 나으시매 지아븨 즁흐믈 아느니 허명을 의지흐여 슈졀흐미 우은지라 내 한림 졍대흥을 보니 일셰호남지라 첩이 쯧을 허흐여 츠인을 셤기고져

12면

흐느니 슉슉이 월노룰 즈임흐면 젹덕이 아니리오 연쉬 츠언을 듯고 대경 왈 슈슈지언이 쇼싱으로 흐여금 혼빅이 경월흐니 가형이 비록 먼니 가시나 참아 엇지 이 말슴을 흐시며 졍싱이 비록 풍뉴화신나 슈슈 쇼힝과 근본을 알진대 즐겨 취흐리오 니시 쇼왈 슉슉이 첩의 츠스룰 참아 못흘 일노 알진대 형을 히흐여 만리의 찬젹흐고 오히려 족흐지 못흐여 즈긱을 싸라보내니 만일 못흘 일노 알진대 살형시슈흐는 죄 만고 강샹의 대악이니 오히려 첩은 쇼

13면

군이 박듸흐기로 그러흐미여니와 슉슉은 지극효우흐대 화우치 못흐니 일노 츄이흐면 슉슉이 일비심의라 졍싱다려 바로 니르지 몰고 졍싱이 만일 이 말을 드르도 넘치의 친우의 부인을 취치 아니리니 첩이 귀령흐여 친당의 도라가면 구괴 본대 불관이 너기시니 귀령을 말니지 아니시리니 가셔 인흐여 삭발위승 츌가흐다 일홈흐여 졍자의는 니르기룰 첩의 아오가 잇다흐여 잘 쥬션흐여 혼인이 되게 흐고 내 말을 만일 듯지 아니면 대인이 도라오시는 날 첩의 입으로

14면

조츠 슉슉의 허다과악이 다 날 줄을 모르느뇨 첩의 쇼원을 일워쥬면 졍개 또흔 셩문이라 타일 슉시 혹자 난쳐흔 일이 이셔도 첩이 진심갈녁흐여 도오리라 연쉬 쳥파의 그 용심을 츠악흐나 임의 미스룰 동심모의흐미 쳥을 아니 듯지 못흘 거시오 치우미 유익흔지라 흔연이 허락흐니 니녀의 음악흐미 무측쳔의 지느고 연쉬의 스오나오미

머리를 버혐즉ᄒ더라 슈일 후 연쉬 졍싱을 만ᄂᆞ니 셔로 반겨 슈작ᄒ다가 왈 형쟝이
지취를 구ᄒ니 내 쥬혼ᄒ리라 내 가슈 니시의 아

15면

이 이셔 일대 졀염슉녀믈 견ᄒ고 만일 지취코져 ᄒ면 이의 지ᄂᆞ미 업다ᄒ여 만히 일
ᄏᆞᆯ니 졍싱이 비록 총명ᄒ나 년쇼셔싱으로 일을 경녁지 못ᄒ고 시금의 졀식 구ᄒ미
갈망ᄒ 고로 부모의 ᄯ을 어드면 취ᄒ믈 니ᄅᆞ니 연쉬 니시게 견ᄒ니 음뷔 졍가 위ᄒ
의ᄾᆞ 착급ᄒᆞᆫ지라 존고긔 고ᄒ고 편모의 외로오믈 고ᄒ여 도라가믈 고ᄒ니 잇ᄯᅥ 구부
인이 연슈 부부의게 쏘다졋시니 니시 유무를 불관ᄒ여 허ᄒ여 보내니 니시 구가를
하직고 도라가 긔모를 대ᄒ여 졔 ᄯ을 고ᄒ고 오리지 아냐

16면

말을 내되 신셰 명도의 박ᄒ믈 슬허 삭발위리ᄒᆞᆫ다 쇼부의 고ᄒ니 쇼부의셔 희연ᄒ믈
이긔지 못ᄒ나 구부인이 앗길 마음이 업셔 연슈 부부를 이즁ᄒ여 만스를 이졋더라
졍가의셔ᄂᆞᆫ 곡졀을 모ᄅᆞ고 진즛 니시랑의 손녀라 알고 니가 구혼이 간졀ᄒ니 한님이
힘뼈 구ᄒ여 허혼셩친ᄒ니 니시 식뫼 홀난ᄒ여 일대졀염이니 졍싱이 박식을 만나 눈
이 나ᄌᆞ므로뼈 십분 과혹ᄒ여 금슬이 환흡ᄒ니 음녜 셰 번 가ᄒ미 비로쇼 ᄯ을 어더
화락이 여의ᄒ니 만시 ᄯ을 조차

17면

조강을 박대ᄒ고 은애를 독당ᄒ니 쇼가를 몽미의나 싱각ᄒ리오 연슈 간인이 살형시
슈ᄒᆞᆫ 쇼식을 일야 기다리더니 칙관이 무수득달ᄒᆞᆫ 평문을 젼ᄒ니 아연대경ᄒ여 구은
히 쇼식을 몰나ᄒ더니 강능휘 국스를 맛고 도라오미 바로 평진후 부즁의 와 형뎨 반
기고 ᄌᆞ질이 영졉ᄒᄃᆡ 오직 경슈의 ᄌᆞ최 업스니 의아ᄒ여 문기고ᄒ니 진휘 미우를
삥긔여 가변의 망측ᄒ믈 대강 니ᄅᆞ니 쇼공이 대경ᄒ여 조시 찬젹과 샹강슈스를 드ᄅᆞ
니 누쉬 옷기시 년ᄒ여 ᄾᆞ미

18면

져즈니 진휘 탄왈 증이파의라 슬허ᄒ여 엇지ᄒ리오 강릉휘 본부의 도라와 노긔 가득

호여 삼녀와 연슈룰 불너 만안노긔로 슈죄 왈 내 잠간 나가미 부인이 가변을 일위여 조시 궃튼 현부룰 보젼치 못호고 경슈룰 찬츌호여 도라올 지속이 업스니 어이 불인의 모즈로 호여 내 집을 망호미 아니리오 내 본대 경슈 부부의게 박대이심호믈 아되 셰쇄지스룰 아른 톄호미 즈식의 불안호미 되니 모르는 드시 시일을 보내나 내 림힝의 지삼 부탁호미 무어시라 호더뇨 즈부룰 편

히 거느려 가도룰 쟉난치 말나 호엿더니 믄득 만고강샹의 죄룰 삐워 국가죄슈룰 믠 드라 원찬호니 연슈 일호인심이면 단봉의 머리룰 씨이고 북궐의 등문고룰 쳐 형을 구치 못호리오마는 긔모지즈로 슈족지의룰 렴치 아냐 슈슈와 형을 스디의 너흐니 내 하면목으로 네 아비 되여 사룸을 디호리오 언파의 노긔 염렬호니 구부인이 눈믈을 흘니고 노싴이 표연호여 굴오대 쳡슈불현이나 무죄흔 즈부룰 함히호여 가변을 일호혀리오 조시 샹문을 유셰호고 즈

싀을 자긍호여 쳔고업슨 대악을 지어 무고지스로 싀어미룰 히호고 즈직을 쳥호여 일이 십분 쥬규호되 쳔신이 돕지 아냐 발각호니 내 부형의 늣츨 보고 샹공의 도라오믈 기다려 쳐치호려 심당의 깁히 두어 쟉변을 방비호더니 비록 말을 금호나 아름답지 아닌 쇼문이 즈연 나는지라 풍문의 유언이 만셩의 훤쟈호니 문견재 이목을 가리오니 언관이 듯고 제 직임을 츠려 샹젼의 쥬달호니 우흐로 황샹과 아릭로 만됴 다 가살이라 호거늘 쳡의 모지 무슨 힘

으로 구호며 일명을 진혀 쟝스 찬젹의 여앙이 미진호여 샹강어복을 치오니 그 죄악을 하늘이 다스리시미라 쳡이 무슨 죄 이시며 연슈 하죄완되 쳡의 모즈룰 조르시나뇨 익구즌 쳡을 대살호고 황샹긔 고호여 경슈의 무죄호믈 벗겨 도라오게 호쇼셔 언필의 흐르는 눈믈과 돌〃흔 분긔 렬렬호고 연슈 관을 벗고 고두톄읍 왈 야야의 쇼즈 아르시미 텬디간 대역부도로 아르시나 고금의 동싱을 죽이려 호리 잇스리잇고 형이 임의 지극히 효우호여 쇼즈 스랑호미 일

22면

신 굿트니 쇼즈도 인심이어든 참아 형을 히흐리잇고 조슈의 일이 발각흔대 야야의 쳐치를 보오려 집의 여젼이 두고 아름답지 아닌 말을 구외의 불휼흐오나 언로의 쇼쟝이 농젼의 오르오니 형의 불효부졔흔 졔죄와 조슈의 강상대죄 현져흐오니 됴뎡물의와 셩심이 다 격졀분히흐여 여츌일구히 가살이라 흐고 쇼즈를 잡혀 무르니 쇼지 언관의 쥬시 허탄 풍문와언이라 흐오니 슈슈의 시비 명명복초흐오니 조샹국 눗츨 보샤 면스뎡비흐오니 당시흐

23면

여는 쇼즈를 니르지 말고 야애 겨신들 쟝촛 엇지흐시리잇고 초공의 은총으로 타일 혹 싱환홀 긔약이 이실 거슬 그 명 박흐고 죄악을 신기 노흐여 도젹을 맛나 강슈의 드리치다 흐오니 쇼즈의 죄는 한 일도 아니로쇼이다 언파의 톄읍흐니 모즈의 니언흔 말이 스셰 기연흐여 그른 것 쑤미믈 올흔 딧 다닷게 흐니 다시 가칙홀 말이 업셔 믹믹히 탄식고 슬프믈 이긔지 못흐여 마음잡을 곳이 업셔 흐더라 화셜 조부의셔 녀ᄋ의 참변을 드르미 오히려 밋지 아냐 복졔 아니코 병부

24면

를 기다리더니 미구의 드러올시 셩외의 관을 집잡아 머무르고 집의 드러와 훤졍의 뵈올시 합개 크게 반기고 진 초 이 공이 쇼져 평부를 무르니 병뷔 가마니 젼후쇼겨의 쇠를 쥬흐고 죽으믈 쑤미여 관을 시러 임의 셩외까지 령거흐여 오고 남쟝으로 젹쇼의 가 무스히 이시믈 고흐니 진 초 이 공이 대열흐여 굴오대 일이 비록 졍대치 아니나 범시 경권이 이시니 졔 구구히 보젼홀 도리 이의 이시니 좃지 아니리오 이의 쇼져의 흉음이 왓다 흐고 일개 흔 당의 모다 통곡흐여

25면

방인의 이목을 가리오고 부즈 슉질이 교외의 나아가 관 앒히 울시 쇼가의 쏘흔 아니 긔별치 못흐여 통흐니 시시의 평진후와 강능휘 대흐여 조시의 원슈와 아즈의 찬츌흐믈 닐너 능휘 비한흐믈 마지 아니니 평휘 연슈의 말을 니르지 아냐 아직 언관의 쇼스로 니르믄 부지 불화홀가 렴녀흐미 쇼공이 젼혀 연슈의 불인을 아지 못흐고 오직 간

비와 언관의 믹낭흔 풍문으로 말믜아오믹가 알고 부인 모즈의 슈단으로 견연 부지흐
니 쇼공의 강명절직흐므로도 여츳흐니 부인녀

26면

즈의 룽슐이 어렵지 아니리오 믄득 조태시 평진후긔 글을 붓쳐 굴오대 종믜의 관이
시방 교외의 왓시니 쇼싱 등이 슉친을 믜셔 나아가니 악쟝긔는 아니 통치 못홀지라
알외나이다 흐여시니 공이 견파의 실노 차악흔지라 쟝탄 왈 하늘이 엇지 셩녀슉인을
내시고 그 명도를 이굿치 삼기시고 어이 한 번 관 앏히 울 뿐이리오 복졔를 갓초고
오가 션영의 쟝흐여 구원망령으로 흐여금 고혼이 되게 아니리오 흐고 형뎨 거마를
직쵹흐여 교외의 니른니 발셔 진왕 곤계 주질

27면

을 거느려 관을 붓드러 통곡홀시 졔조의 곡셩이 산쳔을 움즉이고 참식이 미우의 덥
허시니 뉘 진가를 알니오 강능후 곤계 관을 붓드러 실셩쟝통의 쳔항뉘 옷기슬 잠으
니 진초 이 공이 그윽이 가쇼흐나 초공이 샤스흐여 굴오대 녀이 임의 존부의 츌뷔라
희골을 오가 션산의 뭇고져 흐나 허실 간 죄명이 참혹흐여 가히 션산의 용납지 못홀
거시니 다른 뫼를 갈히여 쟝흐여뻐 금져의 톄빅이 평안이 흐리라 강능휘 톄루 왈 인
형이 참아 엇지 이 말을 흐느뇨 식부의 슉

28면

요현질노 비명원스흐믈 내 각골통셕흐는 빈니 타디의 외로이 더뎌 무쥬고혼이 되게
흐리오 초공이 탄왈 내 엇지 망으를 위흔 졍이 형만 못흐리오마는 젼후스를 싱각홀
지라 임의 언관의 쇼시 명빅흐고 텬명이 쇼가를 찬츌흐시니 샤명이 업시 형의 뜻이
아녀를 측은흐나 신셜치 못흔 젼 그 시신을 션영의 쟝흐여 인신분의를 숀흐며 쇼뎨
집도 득죄흔 주식을 션산의 용납지 못흐니니 신쳔을 퇴흐여 안쟝흐엿다가 힝혀 복분
의 원을 신셜흐면 쇼

29면

뎨나 형이 거두미 명졍니슌흐니라 평진휘 탄왈 스원 형의 말이 금옥 굿트니 조츠미

가ᄒᆞ나라 능휘 기리 탄식고 이의 뫼흘 굴히여 안쟝ᄒᆞ고 평후 곤계 날이 오리도록 골돌통샹ᄒᆞ여 말이 죠시의 밋ᄎᆞ면 투루 아닐 젹이 업고 쥬부인은 병이 되여 도라 죠쥬아ᄌᆞ를 ᄉᆞ샹ᄒᆞ며 샹강의 원슈ᄒᆞᆫ 넉슬 늣기며 심쟝이 츠악ᄒᆞ여 화됴월셕의 회포를 븟칠 곳이 업서 ᄒᆞ더라 죠부의셔난 녀셰 다 평안이 이시믈 알미 비록 원별을 슬허ᄒᆞ나 다ᄅᆞᆫ 넘은 업고 초공은 익회

30면

쇼멸ᄒᆞ면 모드믈 알미 각별 과려ᄒᆞ미 업더라 ᄎᆞ셜 죠태ᄉᆞ 월명의 쟝ᄌᆞ 명윤의 ᄌᆞᄂᆞᆫ 달텬이니 원비 쇼시 쇼싱애라 시년이 십삼의 니르니 하늘이 젹션지가의 복녹을 더으미 필유여경이라 이 죠노공의 증숀과 평진왕의 쟝숀이오 월명의 싱이 엇지 범범ᄒᆞ리오 사름 일은지 텬디졍화와 강산슈긔를 오로지 품슈ᄒᆞ여시니 슈려ᄒᆞᆫ 얼골은 관옥이 두렷ᄒᆞ며 부샹의 빅일이오 룡미봉안의 일월졍화를 가져 명긔 흐르ᄂᆞᆫ 별이오 달 ᄀᆞᆺ튼 텬뎡의 긴 눈셥은

31면

천창을 셜첫고 팔ᄎᆞ문명의 영영ᄒᆞᆫ 미우의 오복이 구젼지샹이 눗트ᄂᆞ고 년협셜부의 호치쥬슌이 빅옥을 쳐식ᄒᆞ고 츈원의 화왕이 웃ᄂᆞᆫ 듯 고으미 홍옥분면의 우으니 냥유를 능만ᄒᆞᄃᆡ 엄ᄒᆞᆫ 긔샹과 팔쳑 쟝신의 슈슈과슬ᄒᆞ여 대인의 톄격이오 하일지위와 츈양졍화며 츄텬긔샹이 일신의 가ᄌᆞ니 농린이 희야의 놀며 난봉이 운학의 츔츄니 발양호화ᄒᆞᆫ 풍치와 신긔로온 직쵹이 진실노 텬일지표며 농봉지지여늘 복쥼의 안방뎡국ᄒᆞᆯ 지략과 경

32면

텬위디홀 틀이 이셔 문쟝은 틱빅과 두보를 낫게 너기고 필법은 희지를 능만ᄒᆞ니 긔ᄉᆞ신환과 표치풍광이 조부 평진왕과 종슉 평진후 곳 아니면 대두 업ᄉᆞ니 츙츙ᄒᆞᆫ 존당의 쳔만익이 만믈의 무비ᄒᆞ니 ᄒᆞ믈며 존당의 즁홈과 위인의 긔특ᄒᆞᆷ믈 아오라 쳔만교ᄋᆡ와 쇼쥼은 불가형언이오 문즁졔죡이 다 일ᄏᆞᆯ 진왕의 애즁ᄒᆞᆷ믄 더옥 ᄌᆞ별ᄒᆞ여 졔숀이 바라지 못ᄒᆞ니 공지 교ᄋᆡ호치 즁 자라 긔운이 우쥬를 밧들고 의ᄉᆡ 일셰를 안공ᄒᆞ니 그 두리며 거츨 거시 업ᄉᆞ니 년

33면

과 십여 셰의 동셔로 미창을 모흐나 능대능쇼흐여 부친이 아지 못게 흐며 왕궁후
뎡 너른 곳의 가 살흘 다리혀 나는 즘싱을 쏘며 칼춤 츄며 말을 달녀 무예를 익이니
신통치 아니미 업셔 돌흘 버려 진셰를 일워 냥병이 교젼흐미 빅젼빅승흐는 묘법을
씨드르니 ᄌ연 신긔로온 긔운이 발양흐여 뇽이 변화흐며 호푀 파람흐는 쟝긔 이시니
틱시 홀노 깃거 아냐 굴오ᄃᆡ ᄎᆞ이 필부의 용무를 숭샹흐고 군ᄌ의 응용지되 업스니
반ᄃ시 슈련치 못흐면 방탕무식흔

34면

용부되리라 흐여 공ᄌ를 대흐면 화긔를 거두워 샹풍이 닝엄흐니 공ᄌ의 쟝활지거나
부젼을 림흐면 공구츅쳑흐여 동용이 안셔흐고 긔운이 나죽흐여 단졍흔 도흑군ᄌ오
조심흐는 례를 다흐나 부젼 곳 써ᄂᆞ면 긔운을 쟝츅치 못흐여 날노 호방흐니 진왕 졔
숀 교칙이 슉연흐나 명윤의 당흐여는 다시 더흘 배 업셔 넌기 ᄎᆞ믄 쳔츄의 무빵영쥰
이 될 줄 알고 대인지샹을 과즁흐여 엄흔 얼골이 명윤을 보면 회위환연흐니 태ᄉᆡ의
쇼쇼지과의 과칙흐믈 도로

35면

혀 칙흐여 태부인은 노인의 망녕을 겸흐여 명윤 ᄉᆞ랑이 병되여 칙죄흐는 일 곳 알면
노흐여 태ᄉᆞ를 칙흐시니 ᄎᆞ고로 공ᄌ의 방약무인이 더흐니 호일풍능이 더으나 태ᄉᆡ
오히려 다 아지 못흐더라 쟝셩흐미 이 평진왕 쳔금익숀이오 대승샹 젹파즁숀이라 쳔
파만미 문뎡의 요란흐나 왕의 퇴부흐미 ᄌᆞ긔 십ᄌᆞ의 지는지라 허다 의친의 한 곳 향
의흐미 업더니 ᄎᆞ년 츄의 셜쟝흐실시 틱시 본대 셩만을 구틔 아니코 명윤의 년쇼흐
믈 깃거 아냐 응과홀 뜻

36면

이 업스니 공지 쵹급흐여 가마니 태부인을 보ᄎᆞ여 굴오ᄃᆡ 쇼숀이 비록 년유흐나 십
년 공뷔 독실흐온지라 흔 번 나아가 관광코져 흐오나 야애 엄금흐시니 대모는 야야
를 보셔든 여ᄎᆞ흐샤 쇼숀의 지쵹을 아지 못게 흐시고 과거를 보게 흐쇼셔 태부인
이 크게 두굿겨 그 폐과흐믈 놀나 셕문안을 당흐여 닐오대 노뫼 림박셔산흐여 여일

이 무다ᄒᆞ니 명윤은 종쟝의 즁ᄒᆞ미 이시니 노모의 바룸이 더은지라 이번 과거의 나아가 그 ᄌᆡ조를 시험케 ᄒᆞ라 태ᄉᆞ 화안이셩으로

37면

나죽이 쥬왈 명교를 쥰봉코져 ᄒᆞ오나 명윤이 황구쇼아로 지혹이 쇼루ᄒᆞ옵고 의긔 방약ᄒᆞ여 미시 늠ᄂᆞᆫ지라 닙신길흘 여러 긔운을 도으미 불가ᄒᆞ옵고 오문의 옥보금인이 샹ᄌᆡ의 가득ᄒᆞ고 ᄉᆞ마쥬륜이 곡즁의 메여시니 셩만ᄒᆞ오미 일셰의 희한ᄒᆞ온지라 쳑동유ᄌᆞ로 응과ᄒᆞ온즉 일셰인이 다 쇼손의 지분 못ᄒᆞ믈 우으리니 ᄉᆞ오년 공부를 젼일히 ᄒᆞ여 과쟝을 츌입게 ᄒᆞᄉᆞ이다 태부인이 기리 척척ᄒᆞ여 왈 네 말이 올흐나 노인의 싱ᄉᆞ를 됴셕의 아

38면

지 못ᄒᆞ니 혼빅이 운슈의 빗겨 싱젼 못보믈 늣기리로다 조노공이 시좌의 모부인 비쳑지교를 듯ᄌᆞ오니 감오ᄒᆞ여 안식을 곳치고 태ᄉᆞ를 명ᄒᆞ여 공ᄌᆞ를 과쟝의 드리라 ᄒᆞ니 왕과 태ᄉᆞ 불감역명ᄒᆞ여 응과케 ᄒᆞ니 명윤이 대열ᄒᆞ여 과옥의 나아가 글을 지으미 바다흘 헤치며 쟝강을 터바리ᄂᆞᆫ 문쟝이 귀신을 놀내고 풍운이 빗츨 변ᄒᆞ고 필법의 찬란ᄒᆞ믄 챵뇽이 셔리고 난봉이 츔츄ᄂᆞᆫ 듯 ᄌᆞ톄웅건ᄒᆞ고 시의상활ᄒᆞ여 진짓 경뉸대지라 임의 방을 쎠여 데일을 호

39면

명ᄒᆞ니 만여인 사름의 슈쳔군웅 가온대 조명윤의 일홈이 문무쟝원의 ᄲᅢ히니 밋 브르ᄂᆞᆫ 쇼ᄅᆡ 세 번의 지나미 일위 영쥰이 츄창ᄒᆞ여 옥계의 림ᄒᆞ니 쇄락ᄒᆞᆫ 얼골이 텬즁의 빅월이 한가ᄒᆞ고 늠연ᄒᆞᆫ 풍치ᄂᆞᆫ 계슈 츈풍을 ᄯᅴ여시니 신쟝이 팔쳑이오 냥비과슬ᄒᆞ여 호샹ᄒᆞᆫ 골격은 진셰의 무드지 아냣고 총명영긔 일월의 졍화를 슙ᄒᆞ여 긴 눈셥은 문명이 영영ᄒᆞ여 눈밧긔 지ᄂᆞ니 곽분양의 슈복을 가졋고 슈앙ᄒᆞᆫ 격조와 편편ᄒᆞᆫ 풍뉴 평진왕

40면

곳 아니면 다시 닷토리 업ᄉᆞ니 복즁의 경텬대략을 너코 안방뎡국홀 ᄌᆡ덕이 이시며

덕된 용모와 화흔 긔샹이며 슉엄흔 위의 만리봉왕을 긔필홀 거시오 국가의 동냥지지
라 만셰 황야와 시위 신뢰 칙칙 칭찬ᄒ고 그 어린 나히 문무지지 겸비ᄒᄆᆞᆯ 아니놀ᄂᆞ
리 업고 텬안이 대열ᄒ샤 친히 계화를 ᄢᅩ지시고 칭찬ᄒ샤 ᄀᆞᆯᄋ샤대 산고옥츌이오 희
심츌쥐라 이졔 명윤의 긔샹이 내조지풍이 완젼ᄒ니 평진왕 숀이며 월명의 지 어이
아름다오미 고이ᄒ리

오 특별이 삼 비 향온으로 태ᄉ를 샹ᄉᄒ샤 비샹이 싱훈ᄒ여 국가 쥬셕이 되믈 칭표
ᄒ시니 추시 태시 반항의 이셔 아ᄌ의 쟉용과 즁인의 칭예를 보니 불안ᄒ미 박빙을
림홈 ᄀᆞᆺ고 셩은의 관곡ᄒ시믈 보미 배한이첨의ᄒ니 ᄒᄀᆞᆺ 응과ᄒᄆᆞᆯ 회한ᄒ나 시러금
홀일업셔 잔을 밧ᄌᆞ와 거우ᄅᆞ미 지배샤은 왈 신이 무샹ᄒ와 지분치 못ᄒ옵고 어린
ᄌᆞ식을 과갑을 응ᄒ와 셕은 글귀와 필부의 용을 발ᄒ와 문무쟝원을 아ᄉ니 텬하다ᄉ
와 일셰무지 다 격졀분히ᄒ

올 비니 황구쇼ᄋ의 당돌흔 죄ᄂᆞᆫ 닐오지 마옵고 신의 지분치 못ᄒ온 죄 즁ᄒ온지라
황황숑구ᄒ와 심신을 뎡치 못ᄒᆞ옵거늘 셩은이 가지록 망극ᄒ와 어온을 샹샤ᄒ시니
신이 실노 샹비를 밧ᄌᆞ올 ᄂᆞᆺ치 업ᄉ온지라 황공ᄒ고 참괴ᄒ여 알욀 바를 아지 못ᄒ
리로쇼이다 말ᄉᆞᆷ이 화려ᄒ고 례의츙슌이 슉슌ᄒ여 진짓 셩현의 도덕을 품ᄒ엿ᄂᆞᆫ지
라 샹이 더욱 칭찬ᄒ샤 웃고 닐ᄋᆞ샤ᄃᆡ 명윤의 아름다오미 엇지 그 아비로 일비 샹잔
을 샤양ᄒ미 이

시리오 경은 과렴치 말나 직조는 녀치다쇼의 잇지 아니리라 이의 추추 방을 내미 샹
이 즉일 명윤으로 한림흑ᄉ 병부시랑을 겸ᄒ이시니 싱이 나히 어리믈 ᄉ양ᄒ고 조태
시 머리를 두다려 극간ᄒ나 종불윤ᄒ시니 시러금 홀일업셔 허다 방하를 거ᄂᆞ려 위의
를 버려 궐문을 날ᄉᆡ 옥안의 어쥬를 반취ᄒ여 화협이 몽몽ᄒ고 봉안이 가ᄂᆞ러시니
쇄락흔 풍치 츈풍의 일만화신이 웃는 둣ᄒᆞᆫ지라 노샹 관시재 칙칙 칭찬ᄒ여 부조의
지ᄂᆞᆫ 풍치라 ᄒ더라 부

44면

즁의 도라와 존당의 뵈오니 졔위존당의 두굿기미 비홀 딕 업더라 삼일유과롤 맛고 직스롤 찰임ᄒᆞ니 언논지졀과 스군찰임의 일마다 과언ᄒᆞ여 부조여풍이라 인인이 차찬경복ᄒᆞ나 태시 일념의 불안ᄒᆞ고 조싱이 ᄒᆞᆫ ᄀᆞᆺ 문쟝지화ᄲᅮᆫ 아냐 무예졍슉ᄒᆞ미 더옥 긔특ᄒᆞ니 슉엄ᄒᆞᆫ 위의 늠연ᄒᆞ며 샹쾌ᄒᆞᆫ 의논이 강하 ᄀᆞᆺᄐᆞ여 부조의 뒤ᄒᆞᆯ 니으니 됴예 긔대ᄒᆞ고 샹춍이 늉셩ᄒᆞ시니 등과 이후 구혼ᄒᆞ리 여운부졀ᄒᆞ나 의친ᄒᆞᆯ 곳이 업더니 참졍 한

45면

경쥬는 교목셰가요 빅연거족이라 슬하의 삼ᄌᆞ일녀롤 두어 삼지 취실ᄒᆞ고 일녀 월혜ᄌᆞ는 슉쥐니 싱셩ᄒᆞ미 산쳔슈긔와 일월졍긔롤 타나 옥골셜ᄇᆞ의 쇄락ᄒᆞᆫ 광염의 찬란 영형ᄒᆞ여 곤산미옥이 붓그리고 여슈겸금이 광휘롤 불급ᄒᆞ니 부샹홍일이 그 영영슈려ᄒᆞ려 광치오 츄텬쇼월이 샹연ᄒᆞᆫ 졍치라 팔ᄌᆞ뉴미의 셔이몽몽ᄒᆞ고 효셩낭목의 화협쥬슌이 긔긔묘묘ᄒᆞ며 진션진미ᄒᆞ여 외뫼 ᄒᆞᆫ ᄀᆞᆺ 여츙ᄒᆞᆯ ᄲᅮᆫ 아냐 내지 만복의 품은 지덕과 신

46면

긔로온 춍명이 여신ᄒᆞ여 샹통건샹ᄒᆞ며 만물지리 무불통지ᄒᆞ고 가슴의 임ᄉᆞ지덕과 변월지풍이 가ᄌᆞ 계ᄎᆞ 스군ᄌᆞ오 규합의 쟝뷔니 방년 십이 셰의 신쟝톄모와 덕긔 셩인ᄒᆞ여 유미ᄒᆞᆫ 태되 업스니 부모의 ᄉᆞ랑이 만금의 비티 못ᄒᆞ여 옥인가셔롤 갈희여 반ᄃᆞ시 두여의 풍치와 송옥의 덕됨과 공밍의 직덕을 구ᄒᆞ여 녀ᄋᆞ의 호구롤 삼으려 ᄒᆞ니 허다 의친의 향의ᄒᆞ미 업더니 금츄 쟝원 조명윤을 보니 텬하 긔남ᄌᆞ오 셰대 무**쌍**영걸이라 한공이 불승

47면

흠이하여 태ᄉᆞ긔 간졀이 구혼ᄒᆞ니 태시 한공의 현명군직믈 심복ᄒᆞ여 부왕과 존당의 품ᄒᆞ니 노공이 한공은 현낭이라 결혼이 불가ᄒᆞ미 업스니 친샤롤 일우게 ᄒᆞ라 태부인이 직쵹ᄒᆞ여 ᄀᆞᆯ오딕 윤이 립신ᄒᆞ여 가실이 밧부고 노뫼 일시 밧비 보고져 ᄒᆞ나니 맛당ᄒᆞᆫ 곳이 잇거든 슈히 례롤 일우라 태시 슈명ᄒᆞ여 즉시 허혼ᄒᆞ니 한부의셔 택일ᄒᆞ

매 일지 촉박ᄒ여 겨유 일망이 가려시니 냥개 혼구를 뎡졔ᄒ여 륙례를 구힝ᄒᆯ시 내외 친척과 됴뎡명부

년ᄒ여 대연을 개쟝ᄒᆯ시 금슈포진과 운무챠쟝이 반공의 림니ᄒ고 내외 빈긱의 슈를 모를네라 날이 반오의 한림이 옥면영풍의 길복을 ᄀᆺ초고 위의를 거ᄂ려 혼가를 향ᄒᆯ시 이 예수 신랑이 아냐 한원명ᄉ며 츈졍지럴이라 허다 위의 대로를 덥허시니 노샹 관시재 신랑의 텬일지표를 경찬ᄒ여 반ᄃ시 텬샹랑이라 ᄒ더라 한부의 다ᄃ라 홍안지례를 파ᄒ니 한공이 신랑의 풍최 긔샹을 싀로이 탐혹과애ᄒ여 최쟝시를 구ᄒ니 한림이 함쇼

ᄒ고 지필을 나와 일수 시를 회두의 휘필ᄒ니 문치 쳥신호샹ᄒᆫ 니쳥연의 쳥평ᄉ로 상합ᄒ고 필법은 우군의 난졍톄를 우ᄉ니 좌긱이 셔로 칭찬ᄒ고 한공이 불승이경ᄒ여 글을 벽샹의 글고 만좌로 ᄒ여금 보게 ᄒ고 ᄉ랑ᄒ니 일좨 다 쾌셔 어드믈 치하ᄒ더라 신븨 웅쟝셩식으로 샹교ᄒ여 위의를 도로혀 본부의 도라와 합환셕 우히 대례를 맛츠니 부부의 긔질이 황금빅벽 ᄀᆺ트여 남풍녀지 ᄎᆞ등이 업ᄉ니 만좨 교구칭찬ᄒ여 슴을 길게 둘너 현구

고ᄒᄂ 례를 구경ᄒᆯ시 단댱을 곳쳐 조률을 밧드러 빅ᄉ당 빅구고지례를 일우니 존당 구괴 깃븐 눈을 들미 먼리 나오ᄂ 거동이 홍일이 솟ᄂ 듯 오운이 옹위ᄒ며 셔이 어리씨고 미우팔치 셩ᄌ긔믹이오 셩젼운빈과 츄슈졍신이며 빅셜긔브와 곳삭인 냥협은 왕모도화 일쳔 졈이 픠엿ᄂ 듯 신신이이ᄒ 광치 쇼월이 만방을 붉힌 듯 풍완호질이 홍년이 취우를 무릅뿐 듯 놉고 너른 격죄 가을 하늘 ᄀᆺ고 묽고 조흔 품슈ᄂ 빅년이 옥호의 곳쳐ᄂ 듯 복녹지샹이며

덕긔 셩인ᄒ여 진퇴례졀의 굽으며 펴미 난봉이 기산의 노ᄂ 듯 례뫼 경쳡ᄒ되 완즁

ᄒ고 진퇴 민속ᄒ되 유한ᄒ여 단일셩쟝은 쥬국셩비로 샹우ᄒ고 할연쳐고ᄒᆫ 긔샹은 ᄉ군ᄌ의 긔틀이니 쳔고의 무빵셩녀슉완이라 그 존고 쇼부인의 쳔태만광으로도 오히려 밋지 못ᄒ니 기여ᄅᆞᆯ 닐오리오 존당구괴 불승환열ᄒ고 즁빈이 졔셩갈칙ᄒ여 하에 분분ᄒ니 존당이 하어ᄅᆞᆯ 조금도 샤양치 아니터라 왕이 광미대샹의 희위 환연ᄒ여 초공을 도라보

52면

와 왈 금일 신부의 슉자아질이 명윤의 관관ᄒᆫ 호구오 내조의 현슉ᄒᄆᆯ 긔약ᄒᆯ지라 조션봉샤와 일신후시 헛되지 아니ᄆᆯ 알니니 쇼식부 슉ᄌ현풍이 츌셰ᄒ거ᄂᆞᆯ 신부 대ᄅᆞᆯ 이어 금챠 가온대 셩인이니 가히 오가의 유경이 아니랴 현데 쇼견과 지감은 엇더ᄒ뇨 초공이 피셕대왈 부모 젹덕여음과 형쟝 복덕이 여텬ᄒ샤 금일 신부의 츌셰ᄒ미 당금 셩현녀직 될 사ᄅᆞᆷ이니 일노 조ᄎᆞ 문호의 챵대홈과 종ᄉ의 션션ᄒᄆᆯ 보오리니 쇼뎨 언변이 셔의ᄒ여

53면

다 하례치 못ᄒ리로쇼이다 좌긱이 시로이 치하ᄒ미 여류ᄒ더라 노공과 태부인이 명윤을 명ᄒ여 신부로 잔을 나오라 ᄒ니 한림이 신부의 텬향국식과 슉요현덕이 외모의 현츌ᄒᄆᆯ 보미 회긔 슈려ᄒᆫ 미우의 잠겨시니 쇄락ᄒᆫ 풍광이 더옥 쌔혀ᄂᆞ니 흔연슈명ᄒ여 홍포오ᄉᆞ의 금ᄃᆡᄅᆞᆯ 도ᄃᆞ고 옥비ᄅᆞᆯ 들고 니러셔니 신ᄫᆡ ᄯᅩ ᄒᆞᆫ낫 향비ᄅᆞᆯ 밧드러 헌ᄒ니 신월 ᄀᆞᆺ고 홍일 ᄀᆞᆺ투야 난봉이 셔로 길드리ᄂᆞᆫ 듯 명쥬보벽이 광치ᄅᆞᆯ 닷톰 ᄀᆞᆺ투니 닐온 바 빅셰 냥필이오 관

54면

관호귀라 존당구괴 희츌망외ᄒ고 졔좨 흠찬ᄒ여 쥬츠ᄅᆞᆯ 니졋더라 종일 진환의 옥퇴 동령의 돗고 낙일어셔령ᄒ니 빈긱이 각산기가ᄒ고 신부의 슉소ᄅᆞᆯ 뎡ᄒ여 도라보니 니 한님이 ᄎ야의 쇼져 침쇼의 니ᄅᆞ러 화쵹 하의 샹디ᄒ미 션틱이질과 쳔태만광이 더옥 승졀ᄒ니 신졍이 환흡ᄒ여 여산여히ᄒᆫ 은이 비ᄒᆞᆯ 곳이 업더라 한쇼졔 머므러 존당구고ᄅᆞᆯ 밧들미 슉흥야미ᄒ고 집옥지경의 녜뫼 유졍유일ᄒ고 법되 가죽ᄒ며 군ᄌᆞᄅᆞᆯ 승슌ᄒ미 만ᄉᆡ 진

션진미ᄒᆞ여 셰쇽 녀ᄌᆞ의 쇽태 업스니 존당구괴 과이ᄒᆞ고 합문예셩이 ᄌᆞᄌᆞᄒᆞ니 한님의 여산약ᄒᆡ지졍은 비길 ᄃᆡ 업고 관관ᄒᆞ 금슬이 교칠의 더ᄒᆞ나 한시 유한슉요ᄒᆞ여 슈긔 졍대ᄒᆞ고 말숨이 법되 이셔 유한즁강ᄒᆞ고 비약겸숀ᄒᆞ나 단엄묵묵ᄒᆞ여 위의 엄슉ᄒᆞ고 완젼ᄒᆞ니 한림이 례듕ᄒᆞ여 가바야이 너기지 못ᄒᆞ더라 일월이 살 가툿ᄒᆞ여 졔조의 ᄌᆞ녜 ᄎᆞ례로 ᄌᆞ라니 태ᄉᆞ의 ᄎᆞᄌᆞ 명션의 ᄌᆞᄂᆞᆫ 달진이니 원비 쇼싱이라 위인이 단졍ᄒᆞ고 셩되 총명ᄒᆞ며 인ᄌᆞ효

뎨의 박고통금ᄒᆞ며 겸ᄒᆞ여 풍신이 쇄락ᄒᆞ여 초옥을 다듬안 듯 시년 십 셰의 신쟝이 다 ᄌᆞ라 문지 진취ᄒᆞ니 태ᄉᆞ 애즁ᄒᆞ고 존당이 과즁ᄒᆞ여 틱부ᄒᆞ여 샹틱후 김회 녀를 취ᄒᆞ니 신부 용뫼 희월 ᄀᆞᆺ고 옥뫼 향긔를 토ᄒᆞᄂᆞᆫ 듯 온슌혜덕이 진짓 공ᄌᆞ의 일쌍 가위라 존당구괴 깃거ᄒᆞ고 공지 진즁경딩ᄒᆞ여 화긔 츈풍 ᄀᆞᆺᄐᆞ니 일개 진왕의 복녹이 숀ᄌᆞ의 일ᄋᆞ히 이ᄀᆞᆺᄐᆞ믈 칭찬ᄒᆞ더라 화셜 평능후 쟝ᄌᆞ 명텬의 ᄌᆞᄂᆞᆫ 달문이니 원비 졍부인 쟝ᄌᆞ애라 하ᄂᆞᆯ이 셩인을 내시미 그 종

샤를 빗ᄂᆞ게 ᄒᆞ시니 초국공 종숀이오 평능후의 쳔금이지라 그 모친 뎡부인이 화란 즁 도암의셔 공ᄌᆞ를 싱ᄒᆞ여 ᄉᆞ 셰의 비로쇼 부즁의 도라오니 공지 유시로븟터 싱이 지지ᄒᆞ고 학이시습ᄒᆞ여 나히 십여 셰의 덕긔 셩인ᄒᆞ여 공밍의 도혹문질이 빈빈ᄒᆞ여 례도셩힝과 츙신효뎨 대슌증ᄌᆞ라도 이의 더ᄋᆞ지 못ᄒᆞᆯ지니 만복의 강하대지와 귀신을 울일 문쟝이며 경텬위디ᄒᆞᆯ 뜻과 치국안민ᄒᆞ여 니음양슌ᄉᆞ시ᄒᆞᆯ 긔틀이 잇고 존당 부모 젼을 당ᄒᆞ미 동동쵹쵹

ᄒᆞ여 나즉ᄒᆞᆫ 긔운과 효슌ᄒᆞᆫ ᄂᆞᆺ빗치 일반 화긔 츈양 ᄀᆞᆺᄐᆞ니 힝실이 여ᄎᆞᄒᆞ고 문혹이 독보ᄒᆞᆯ 샏 아냐 풍신용화 부풍과 모습의 쳔태만광을 견습ᄒᆞ니 빅옥 ᄀᆞᆺᄐᆞᆫ 면모의 효셩낭안이며 년협쥬슌이 슈려쇄락ᄒᆞ여 화당의 셩개ᄒᆞᆫ 곳동산이오 텬즁의 ᄆᆞᆰ은 일월이오 단졍슉연ᄒᆞ미 조부 초공으로 견습ᄒᆞ여시니 일개 크게 취즁ᄒᆞ고 초공의 쳔만긔

이 친즈의 지느니 부모지심이며 존당의 무궁흔 스랑이 일필난긔라 공지 호치교이 즁
싱쟝호나 방즈교우호미

59면

업셔 동일지이는 그 눗빗치오 츈양졍화는 그 긔운이라 군죵 뉵십여 인 가온디 독보
호니 능후의 엄위로도 하자홀 디 업셔 공자 곳 보면 회우를 여러 싱니의 크게 니르미
업스대 명텬이 두리고 조심호미 부젼을 림흔면 몸의 옷슬 이긔지 못홀 듯 촉촉흔 승
슌이 뜻을 아라 밧들미 여신호고 낫드러 부안을 보지 못호고 쇼리를 놉혀 언쇼를 아
니니 경근지례 문왕이 왕계를 뫼심 굿더라 방년 십삼의 쟝부톄격의 미진호미 업스니
쟝안 즈밀의 옥녀 둔 재 돗토와 구혼호나 초

60면

공 부지 택부호미 비샹흔 고로 허흔 곳이 업더니 시의 평변후 화원이 일녀를 두어 싴
태혜질이 당대 츌셰호여 옥안셩모 화협쥬슌이며 아황봉미 션연알연호며 부덕이 온
슌호고 효졀이 쌘혀나며 고스를 박남호여 쇼스의 직조와 치문의 공교흐믈 우슬지라
방년 십삼의 도리 쟉쟉호여 광쳬지화를 노리호니 화휘 십분 과이호여 널니 가셔를
택홀시 평능후로 막역지괴라 빈빈이 왕리호니 조공즈 명텬의 도덕대현과 션풍이질
을 크게 혹호여 능후를 대호

61면

여 만단간쳥호니 능휘 화공으로 관포의 후졍이 잇는지라 웃고 닐오디 오아는 형이
보아거니와 녀아는 내 못보와시니 만일 형을 달마시면 범용흔 녀지라 혼인이 쇼원이
아니로다 화휘 대쇼 왈 형 굿튼 쟈는 도덕군즈를 두어시니 쇼뎨 불민호나 슉녀를 두
지 못호리오 형은 호의 말나 능휘 부모존당의 알외고 허혼호고 옥환으로써 납빙호니
화부의셔 퇵일호미 슈삼 삭이 가렷더라 츠셜 인죵황뎨 뎡궁낭낭의 탄싱호신 바 혜션
공쥬의 방년이 십

62면

이 셰의 밋츠니 금지와 옥엽이 다듬지 아냐 셰샹의 여름이 아니라 텬디 졍화와 산쳔

슈긔로써 품슈ᄒ니 옥골셜부의 향긔 어리고 팔즈 봉황미의 셔익 몽몽ᄒ고 치ᄉ익이 녕녕ᄒ니 흔 쌍 셩안은 일월의 졍긔를 거두어시며 옥보츄영과 운환무빙이 광치 영영ᄒ고 오치 비무ᄒ여 이의셔 더 고으며 미오믈 아지 못ᄒ니 그림으로 모스키 어렵고 일필노 그리지 못ᄒ니 긔화보벽이며 쥬옥픠산의 ᄭ민 거시 공쥬긔 들미 ᄉ셕 ᄀᆞᆺᄐ니 묘묘셤약ᄒ나 풍용완슉ᄒ며 묵묵

63면

진즁ᄒ여 뉵쳑향신의 쳬위 엄엄ᄒ고 염슬단좌ᄒ미 츄상녈일이오 츄파를 흘녀 ᄉᆞ름을 보며 단슌을 여러 졉화ᄒ미 츈양지화와 동일지이니 그 외뫼 득즁홀 ᄲᆞᆫ 아냐 ᄂᆞ지 긔특ᄒ믄 외모의 셰 번 지나니 의의이 토계삼등이오 모즈를 부젼홈과 남훈뎐샹의 이비로 병구홀 거시오 묽은 덕ᄒᆡ 고금셩비의 뒤흘 니으니 여신흔 총명과 츌텬지효와 졀묘흔 지졍이며 문쟝지혜 남녀의 흔가지 녜ᄉᆞ로이 품슈흔 거시 업스니 몸이 황가의 ᄂᆞ고 계후의 교아로 왕희지존

64면

쳔금지위를 가져시니 겸공비약흔 힝식 염결쳥한ᄒ여 의복과 단쟝이 무식ᄒ고 시위 궁녜 ᄉᆞ오 인의 지ᄂᆞ지 못ᄒ고 놉흔 ᄯᅳᆺ과 어진 덕이 홍군 가온대 셩인이니 싱이지지ᄒ고 혹이시습ᄒ여 만복지힝이 고금문인으로 압두ᄒᆞ되 직덕을 나타ᄂᆞ지 아니ᄒ고 안졍흔 법도와 셩효를 힘쎠 옥결지힝이라 앗가온 바ᄂᆞᆫ 이런 셩인이 곤셩의 ᄶᅥ러져 ᄎ악ᄒ더라 뎨후의 만금교익 쟝상지쥬로 아라시니 쟝셩ᄒ미 퇴셔ᄒ시미 반ᄃᆞ시 공밍도덕과 증왕의 효와 니두의 풍슈와 곽

65면

분양의 유복이 겸젼흔 군ᄌᆞ를 갈ᄒᆡ여 부마를 뎡코져 ᄒ실시 ᄉᆞ방 다시 구름 못둣ᄒ여 흔 번 뇽방의 오ᄅᆞ믈 바라나 조부의셔 제익 년유ᄒ고 셩만ᄒ믈 두려 응과치 아니ᄒ니 태부인이 명션 명쳔의 과경을 보고져 ᄒ여 태ᄉᆞ와 릉후를 대ᄒ여 여러 번 니ᄅᆞ니 냥공이 불감역명ᄒ여 두 아ᄒᆡ를 과옥의 드려 보닐시 명뎐이 진실노 조달홀 마음이 업스나 존교를 거역지 못ᄒ여 과쟝의 나아가 글을 지을 의ᄉᆞ 업셔 두로 단니며 관광ᄒ니 명션이 직촉

66면

왈 남아의 수업이 오늘 날 잇거늘 무슨 일 글의 뜻을 젼일이 아니ᄒ고 두로 방황ᄒᄂ뇨 싱이 쇼왈 죄오므로 홀 거시 아니라 본대 지혹이 노하ᄒ여 군샹의 도를 지죄 업스니 이번은 굿시나 보고 훗과의 공부를 진취ᄒ여 츌신ᄒ미 올흘가 ᄒᄂ이다 명션이 쇼왈 연즉 집의셔 아이의 져리 고ᄒ고 아니 드러오미 올흘ᆺ다 지촉ᄒ여 지으라 ᄒ니 명텬이 역쇼ᄒ고 명지를 펴고 붓슬 취ᄒ니 의ᄉ 풍싱운집ᄒ여 경긱 ᄉ이의 지샹의 쥬옥이 낙낙ᄒ고 난봉과 룡ᄉ

67면

비무ᄒ니 삼 쟝 시권이 ᄌᄌ이 쥬옥이 어리고 셩당톄격이 이럿더라 거두어 밧치고 두로 구경홀ᄉ 셔편 월앙 아리 다ᄉ 사름이 안져 글 지촉ᄒᄂ 북이 동ᄒ미 빈 조회를 노코 면면샹고ᄒ여 긔식이 당황ᄒ니 싱이 심하의 싱각ᄒᄃ 져런 지조로 공명을 바라미 가히 우읍도다 ᄒ고 거동을 치볼ᄉ 당젼재 기리 탄왈 지죄 업슨 재 엇지 감히 공명을 바라리오마는 노뫼 슉질이 여러 히 침면ᄒ샤 진퇴 무샹ᄒ여 쇽슈대변 중 졀박히 바라샤 드러올 졔 니르시

68면

되 네 만일 과갑을 응ᄒ여 문의셔 마ᄌ면 젹년질병이 쾌츠ᄒ리로다 ᄒ시더니 밋 글졔를 보니 의ᄉ 젹막ᄒ니 과거 득실은 의논치 말고 도라가 병친을 뵈올 닛치 업도다 ᄒ고 조츠 누쉬 여우ᄒ니 뒤히 안죤 션ᄇ 니어 왈 형의 졍ᄉ도 난쳐ᄒ거니와 쇼뎨는 엄친긔 득죄ᄒ여 슈월이 진토록 슬하의 뵈지 못ᄒ니 인ᄌ졍리의 황황망조ᄒᆫ지라 참방ᄒ여 나오면 면젼의 용납ᄒ려노라 ᄒ시니 문달을 구ᄒ미 아냐 기리 부젼의 용납ᄒ믈 바라더니 글졔 심히 어려워 ᄒᆫ 귀

69면

를 셩편치 못ᄒ니 어이 졍리의 졀박지 아니리오 기리 탄식고 눈물이 쎠러지니 공ᄌ 감동ᄒ여 싱각ᄒᄃ 군ᄌ 사름의 급ᄒᆫ 거슬 구치 아니미 그르고 츠 낭인이 다 위친지졍이니 내 힘으로 죡히 활인을 구치 아니리오 이의 거슈쟝읍 왈 녈위현ᄉᄂ 엇더ᄒ신 사름이신뇨 놉흔 셩명을 듯고져 ᄒᄂ이다 오인이 낭낭ᄒ 쳥음을 듯고 의표 비속

ᄒ여 결비□인이라 대경ᄒ여 일시의 니러 답읍 왈 션긱은 어대로조ᄎ 니ᄅ며 진토용
인을 ᄎᄌ시ᄂ뇨 공지 깃거 아냐 글

70면

오대 군ᄌᄂ 허망지언을 삼가오니 쳔대의 신션은 진황 한무도 보지 못ᄒ여시니 엇지
ᄉ름을 조희ᄒ시ᄂ뇨 쳥컨대 셩명을 듯고져 ᄒ노라 알픠 안즌 쟈 ᄉ인은 구봉슉 졍
진 하희진 임셰흥 뒤히 안즌 쟈 졍회니 다 동졉이오 오인이 다 이십이 너멋더라 조싱
의 셩명을 무르니 싱이 답왈 쇼싱은 ᄉ희의 오유ᄒ여 셩명거쥬를 남이 모르니 날호
여 고ᄒ리라 아지 못게라 졔형의 가쟉을 어드ᄂ냐 쥬옥을 ᄒᆫ 번 구경ᄒ랴 오인이 셔
로 보며 글오ᄃᆡ 아등이 직죄

71면

노둔ᄒ여 지금 ᄒᆫ 귀를 셩편치 못ᄒ엿노라 조싱이 낭구침음의 하희진의 명지를 보니
두어 귀를 일워시니 편편ᄒᆫ 문지 ᄒᆫ 곳도 경발치 못ᄒ지라 이의 글오대 쇼뎨 당돌ᄒ
나 고인이 운ᄒᄃᆡ ᄉ희지내의 다 형뎨라 이졔 형의 가쟉이 머러시니 쇼뎨 쇼루ᄒ나
ᄒᆫ 귀를 도아 급ᄒᆷ믈 구ᄒ리니 힝혀 고이 너기지 말고 필연을 빌나라 오인이 놀나 셔
로 도라보고 슈이 응치 못ᄒ더니 하희진이 복복샤례 왈 현형의 어진 ᄯᅳ시 사ᄅᆷ의 급
ᄒᆫ 거슬 구ᄒᄂ 의긔 고인

72면

의 지ᄂ니 결초보은을 긔약ᄒ리로다 싱이 불감ᄉ샤ᄒ고 하싱의 명지를 펴라 ᄒ고 옥
슈의 산호필을 드러 바로 쓰니 지샹의 풍운이 니러ᄂ고 쥬옥이 깅쟝ᄒ니 칠보의 신
쇽ᄒ미나 이의 더ᄒ지 못홀지라 오인이 대경ᄒ여 눈이 밤븨고 졍신이 ᄎᆔᄒ이니 하싱
이 갈오대 긔지오 대지라 쇼뎨 치를 잡아 은혜를 갑흐리니 싱아쟈ᄂ 부모오 지싱쟈
ᄂ 인형이로다 조싱이 깃거 아냐 손샤ᄒ고 졍싱의 명지를 일워 쥬고 부살 노코 니러
셔니 삼인이 불고념치ᄒ고 명지를

73면

펴고 글오ᄃᆡ 붕위 어늬 다로리오 일시의 보치니 마지 못ᄒ여 다시 붓슬 ᄯᆞᆯ지 말지 쟝

의 밋쳐는 북이 즈로 우니 옥슈를 즈로 놀녀 총총이 쓰나 더욱 청건ᄒᆞ더라 맛ᄎᆞ믹 붓슬 더지고 글오딕 더러온 문필이 렬위 명지를 더러이니 춤괴ᄒᆞ도다 언파의 표연이 도라가되 종시 셩명을 니르지 아니니 졔인이 글짓기의 총총ᄒᆞ여 거쥬셩시를 즈셔히 뭇지 못ᄒᆞ고 챵앙ᄒᆞ더라 글을 일시의 밧치고 대방홀식 조명쳔의 글을 텬지 친히 ᄲᅢ실식 그 문법의 신이홈과

74면

지조의 청건쇄락ᄒᆞ미 만리쳥텬의 거칠 거시 업셔 챵파의 근원이오 함츅웅용ᄒᆞᆫ 즈의 대조와 셩현의 지략이믈 시ᄉᆞ로 볼지라 졔셰안민지지와 니음양슌ᄉᆞ시홀 직덕이 글 우ᄒᆞ 완연ᄒᆞ니 샹이 이 글을 어드시믹 팔취농안의 희긔를 동ᄒᆞ샤 어필노 친히 쟝원이라 ᄲᅥ셔 겻히 노ᄒᆞ시고 다른 시권을 보실식 예스 과거와 달나 젼혀 가거를 택ᄒᆞ시므로 문필을 친히 술피샤 ᄎᆞᄎᆞ 쇼노와 신릭를 호명ᄒᆞ니 조명텬의 일홈이 의의이 졔인의 ᄲᅢ히니 년

75면

이 십삼이오 부는 리부샹셔 태흑ᄉᆞ 평능후 유현이라 셰 번 길게 부르믹 일위 쇼년이 츄창ᄒᆞ여 젼하의 다다른니 그 신쟝이 늠연ᄒᆞ니 나ᄒᆞ로조ᄎᆞ 내도ᄒᆞ며 쳬뫼 졍엄ᄒᆞ고 위의 슉슉ᄒᆞ여 쳥텬빅일지샹이오 낭미의 산쳔슈긔를 슙ᄒᆞ여 문명이 즈연ᄒᆞ고 히 갓튼 텬뎡의 일월각이 분명ᄒᆞ고 사일 ᄲᅡᆼ안의 츄슈골격이 긔긔이이ᄒᆞ여 가슴의는 셩현 도덕을 쟝ᄒᆞ고 문질이 빈빈ᄒᆞ고 덕홰 슉연ᄒᆞ여 대군즈의 풍치 나타ᄂᆞ니 츈츄젹 부즈

76면

를 위ᄒᆞᆫ 닌이 우마 가온대 님ᄒᆞ고 셔빅을 위ᄒᆞᆫ 봉이 기산의 놀미니 힝텬하지대도ᄒᆞ고 광거텬하홀 셩인이 부싱ᄒᆞ여시니 진실노 초국공손이며 문계지싱이라 뎐샹뎐해 다 경동안식ᄒᆞ고 농안이 대열ᄒᆞ샤 일쟈는 국가의 동냥을 어드시미오 이쟈는 츈방이 셔를 어드시믈 힝희ᄒᆞ시며 무비ᄒᆞ샤 초공지손이며 능후지즈로 현문싱츌노 긔특ᄒᆞᆷ믈 크게 깃그시대 텬뉴즈의지졍은 귀쳔이 업ᄉᆞ니 그 지조를 다 시험코져 ᄒᆞ샤 다른 신릭 부르믈 날

77면

히라 ㅎ시고 쟝원을 알픠 불너 글ㅇ샤되 년긔 유년의 웅문대직 쌔혀ㄴ니 남다른 신

능춍이 이실 거시니 짐이 만됴이목의 너의 직조롤 다 보게 ㅎ리니 짐의 앞히셔 스셔

삼경과 지은 글을 다 외와 거치지 말고 능히 외올손냐 명쳔이 복디듼왈 신이 동치의

나ㅎ로 구샹유춰로 엇지 셩명의 무르시믈 당ㅎ리잇고마는 군뷔 명ㅎ시믈 스디라도

스양치 못ㅎ오리니 노둔ㅎ 직조로써 셩지롤 봉힝ㅎ리이다 샹이 희열ㅎ샤 스셔삼경

을 대문마다 닉여 쥬

78면

시니 무불통지라 쇄옥봉셩이 이목을 쇄연케 ㅎ니 텬안이 대열ㅎ시고 시위계신이 혀

롤 두로더라 글졔롤 쥬시니 쌍슈로 밧ㅈ와 회두스이의 휘필ㅎ여 헌ㅎ니 샹이 이 글

을 보시미 필법이 신이ㅎ고 문톄심원ㅎ여 쟝원시의셔 나으미 이시니 옥식이 환열ㅎ

샤 즐기시미 비홀 곳이 업스시니 비로쇼 졔신티롤 ㅊㅊ 부르니 졔이의 하희진이오

졔삼의 구봉슉이오 졔스의 조명션이니 태스 ㅊ직라 옥면유풍이 반하의 고으믈 능만

ㅎ고 송위의

79면

묽으믈 더러이 너거니 금옥군ㅈ오 칠보의 직죄라 ㅊㅊ 호방ㅎ니 임셰흥 졍쥰 졍희

다 이십여 셰 쇼년이오 풍치 아름다오니 텬지 쪼흔 인경ㅎ샤 어화쳥삼을 쥬시고 향

온 삼빅식 샤쥬ㅎ시고 쟝원은 그 닙신의 쾌ㅎ며 직조의 긔특ㅎ미 쳔고의 업스니 엇

지 젹은 벼슬노 큰 그릇슬 욕ㅎ리오 ㅎ샤 례부샹셔 문연각 태흑스롤 ㅎ이시니 이쎠

초공부지 이 경식을 당ㅎ여 만인의 칭셩을 불안ㅎ미 침샹을 림혼 닷이 쟉츠롤 쥬시

니 부지 한츌

80면

쳠배ㅎ여 면관돈슈ㅎ여 쳔불스만불가ㅎ믈 스양홀시 말숨이 간졀ㅎ여 지셩의 격발ㅎ

니 샹이 향온으로 부ㅈ롤 권ㅎ시고 글ㅇ샤딩 산고옥츌이오 희심츌줘니 샹부와 경의

ㅈ식이 긔특ㅎ미 능히 명쳔을 니르리오 십삼 쇼이 신긔이직는 만고일인이라 와농은

남양 짜 밧가는 사름이어늘 뉴션쥐 삼고삼빙ㅎ여 바로 뎨ㅈ의 스부롤 삼으니 직조롤

쓰며 례현ᄒᆞᄂᆞᆫ 도리 어리며 미셰ᄒᆞ믈 니ᄅᆞ리오 션싱과 경은 모ᄅᆞ미 과샤치 말나 능휘 돈슈

81면

극간 왈 신이 무상ᄒᆞ와 유ᄌᆞ의 지조를 ᄌᆞ랑ᄒᆞ고 쟉녹을 도젹ᄒᆞ오니 그 죄 만ᄉᆞ유경이라 신 등 형뎨와 부ᄌᆞ슉질이 황은을 닙ᄉᆞ와 외람ᄒᆞᆫ 쟉직을 밧ᄌᆞ오면 반ᄃᆞ시 손복ᄒᆞ와 몸을 보젼치 못ᄒᆞ리로쇼이다 안ᄉᆡᆨ이 쥰졀ᄒᆞ고 말숨이 격녈ᄒᆞ디 셩의 명쳔의 쟉위를 놉히고 동상을 삼으려 ᄒᆞ시니 지삼 우유ᄒᆞ여 듯지 아니시니 쟝원이 복두화대를 벗고 옥계의 머리를 두다려 년쇼 부지박덕으로 한원의 쇼임도 외람ᄒᆞ옵거늘 감히 뇩경의 츙

82면

슈ᄒᆞ오며 태혹ᄉᆞ 널의 참예ᄒᆞ여 셩지를 욕ᄒᆞ고 신의 복이 손ᄒᆞ고 지분 못ᄒᆞᆯ믈 후셰 사ᄅᆞᆷ이 우음을 면치 못ᄒᆞ오리니 복원 셩샹은 셩지를 환슈ᄒᆞ시믈 ᄇᆞ라ᄂᆞ이다 언쥬파의 ᄉᆞ긔 강개ᄒᆞ고 언논이 셔리를 업슈이 너기니 한갓 얼골이 미려ᄒᆞ고 문한이 가음 열 ᄲᅮᆫ 아냐 위즁 급암의 츙녈과 츄텬의 긔졀이 완젼ᄒᆞ니 샹이 더옥 흠이ᄒᆞ샤 탄ᄒᆞ여 글ᄋᆞ샤ᄃᆡ 가히 송빅의 졀죄니 경의 지조로 이 벼슬이 불가ᄒᆞ리오마ᄂᆞᆫ 이ᄀᆞ치 고샤ᄒᆞ니 원을 조ᄎᆞ 니부시랑

83면

집현뎐 혹ᄉᆞ를 ᄒᆞ이시니 이ᄂᆞᆫ 쟝원 명ᄉᆞ의 예ᄉᆞ쟉직이니 다시 ᄉᆞ양치 말나 인ᄒᆞ여 삼 ᄇᆡ 어쥬를 먹이시고 다시 ᄉᆞ양을 막ᄋᆞ시니 삼부지 고ᄉᆞᄒᆞ여 밋지 못ᄒᆞ고 방하를 거ᄂᆞ려 궐문을 눌ᄉᆡ 하싱 등 오인이 놉히 ᄲᅢ히혀 한원명ᄉᆞ 되니 뎐젼의셔 쟝원을 보미 분명 져의 은인인 쥴 ᄭᆡ다ᄅᆞ시ᄃᆡ 즁즁의 감격ᄒᆞᆫ 말을 펴지 못ᄒᆞ고 한가지로 샤은ᄒᆞ고 퇴ᄒᆞᆯᄉᆡ 조명션이 ᄯᅩᆫ 한림편슈로 쳥망이 일셰의 진동ᄒᆞ니 형뎨 냥인이 금화를 기우리고 금슈쳥삼의 아홀을

84면

잡으며 금대를 빗겨 허다 집ᄉᆞ아역과 챵부지인이 젼ᄎᆞ후응ᄒᆞ여 대로를 덥혀시니 냥

직 옥면의 쥬긔 은은ᄒ여 흑운이 몽농ᄒ여 태을이 운리의 비회ᄒ고 니쳥년이 침향뎐의 취ᄒᆫ 풍치니 노샹 관시재 겻히 갈이고 인셩이 훤갈하여 칭찬ᄒᄂᆫ 쇼리 여뉴ᄒ여 진짓 조샹공 숀이오 평후지지라 ᄒ더라 부즁의 도라오니 태ᄉ형뎨 ᄌ질을 압셰워 태부인과 노공 부부긔 뵈올ᄉᆡ 층층ᄒᆫ 존당의 한업시 깃거ᄒ믈 일필난긔러라 조부인 등이 닷토와 치

85면

하ᄒ여 초공의 셩덕이 흘너 ᄌ손의 밋ᄎ미라 ᄒ고 명텬의 닙신의 쾌ᄒ미 만고의 처음이믈 더욱 하언이 환텬ᄒ니 노공이 탄왈 명ᄋ의 긔이ᄒ믄 아ᄅᆫ지 오리나 웅문대지 이러ᄒᆷ믄 아지 못ᄒ엿다가 지쳑텬안의 ᄒᆫ ᄌ를 위불을 잡히지 아니코 시를 칠보 안히 일우니 한아비 능히 이 갓ᄐ믈 밋지 못ᄒ리니 엇지 내 집 쳔리귀쇤이리오 샤직지 동냥이라 일좌 졔슉이 일시의 칭찬ᄒ미 능휘 믹시 엄ᄒ므로 깃거 아냐 다만 이연이 우음을 ᄯᅴ여 굴오ᄃᆡ ᄌ식의 아롬

86면

다오믈 드ᄅ면 인졍의 깃글 거시로ᄃᆡ 오늘 명텬의 닙신은 실노 두립고 외람ᄒ니 조물의 이극지시를 두리ᄂᆞ니 오아ᄂᆞᆫ 가지록 삼가고 찰심공근ᄒ여 조션과 부형을 욕지 말나 싱이 지비슈명ᄒ미 옥안의 쥬긔ᄂᆞᆫ 셜산의 홍도오 일빵 안픠 더옥 묽아 츄슈의 ᄉ양이 빗겻ᄂᆞᆫ 닷 미려쳑탕ᄒᆫ 풍뫼 눈 옴기기 앗가오니 즁좨 눗츨 울얼고 조모 양졍렬과 모부인이 미우의 회긔 므ᄅᆞ녹아 두굿겨오믈 능히 참지 못ᄒ니 조부인 등이 웃고 치하ᄒ기를 마지 아니터

87면

라 ᄉ묘의 현셩지례를 맛고 외당의 ᄂᆞ와 허다 빈긱을 졉ᄃᆡ홀ᄉᆡ 졔좨 쇼리를 년ᄒ여 하례 왈 금일 쟝원의 긔이ᄒᆫ 지화ᄂᆞᆫ 만고일인이라 국가쥬셕이오 존문복경이라 초공 션싱의 젹덕과 문계의 현심의긔 ᄌ손의 여경이 밋ᄎ미로쇼이다 초공 부지 불감ᄉᆞᄉᆞ ᄒ여 흔희ᄒ미 업ᄉ니 졔인이 도로혀 의아ᄒ더라 쟝원 형뎨를 빅단유희ᄒ여 즐길ᄉᆡ 화공이 쟝원의 손을 잡고 ᄉ랑ᄒ미 싀로와 쾌셔라 칭ᄒ니 구혼ᄒ려 ᄒ던 재 경친ᄒ믈 알고 다 이달아 ᄒ

88면

더라 삼일유과를 맛고 쟝원이 직임을 나아가미 맑으미 빙옥 곳고 붉으미 일월 곳타야 급암의 졀직ᄒ미라 됴애 두리고 샹춍이 늉흥ᄒ샤 쳥망긔졀이 일셰의 품동ᄒ니 화가의셔 일일이 밧바 혼인을 기다리더니 샹이 후로 더브러 명텬의 긔이ᄒ믈 일ᄏᄅ시고 ᄠᅳ을 결ᄒ샤 평능의게 하조ᄒ여 ᄀᆯᄋ샤대 짐이 경으로 더브러 지긔 군신으로 졍분이 심샹치 아니니 경의 ᄌᆞ 명텬이 츌인ᄒ 문쟝지덕과 무빵ᄒ 표치풍광이 짐이 본 바 쳐음이라 짐의 이

89면

녀 혜션공쥬 취가홀 넌긔로대 샹젹ᄒ 가셔를 엇지 못ᄒ여 짐의 슉식이 불안ᄒ믄 공쥬의 직덕이 범용쇽ᄌᆞ의 비위 아니라 명텬의 작인ᄒ미 공쥬의 작인이 관관ᄒ 빈필이니 각별이 부마간션을 날히고 명텬으로 혜션도위를 뎡ᄒᄂ니 경은 짐의룰 지실ᄒ고 뉵례를 거힝ᄒ라 교지 ᄂ리니 합문이 대경ᄒ대 오직 놀ᄂ지 아니믄 초공이라 챵방놀 옥식을 앙쳠ᄒ여 임의 지긔ᄒ엿고 몽시 ᄉᆞᄉᆞ의 마ᄌ믈 ᄭᅵ다ᄅᆞ대 오직 능휘 대경ᄒ여 황가결친을 원치 아니코 화

90면

가 혼ᄉᆞ를 져바릴가 더욱 깃거 아냐 이의 쇼를 올녀 ᄀᆯᄋᆞ대 신이 셩지를 보오니 황황숑늉ᄒ여 부지쇼운이라 명쳔이 비록 더럽기를 면ᄒ여ᄉᆞ오나 귀쥬로 빵ᄒ여 옥엽의 빗츨 감허오며 져근 분을 어ᄌᆞ러이압고 원ᄒᄂ 비 아니라 평변후 화원의 녀로 면약뎡혼ᄒ여 납빙ᄒ여 길기 겨유 일망이 가려ᄉᆞ오니 신이 화녀를 며ᄂ리로 알고 화개 명쳔을 ᄉᆞ회로 아ᄅᆞᆫ 지 오리니 공쥬 하가ᄒ시미 화녀는 하샹지인이 되올지라 미셰ᄒ오나 신ᄌᆞ의 인륜을 어ᄌᆞ러이시미 셩명의 유

91면

히ᄒ온지라 복원 셩샹은 텬하긔직를 간션ᄒ샤 부마를 삼으시고 신ᄌᆞ의 젹은 신을 직회게 ᄒ시고 황구쇼아의 여른 복을 숀케 마ᄅᆞ시믈 바라ᄂᆞ이다 샹이 쇼를 보시고 능후를 인견ᄒ샤 돈유ᄒ샤 왈 경의 쇼를 보니 겸숀ᄒᄂ 덕이 아룸다오나 짐이 명텬 엇던 날 초방가셔를 뎡ᄒ여시니 요개홀 비 아니오 화혼이 비록 뇌뎡타ᄒ나 화쵹하의

례를 마즈미 업스니 공물이라 다른 대 례를 일우미 무방ᄒᆞ니 짐의 일네 경의 며ᄂᆞ리 되미 화녀만 못 너길 쥴 알

니오 경은 례의를 통달ᄒᆞᄂᆞᆫ 군지라 대의를 알니니 모ᄅᆞ미 두 번 ᄉᆞ양치 말나 능휘 화 안식이쥬 왈 셩교지ᄎᆞ하시나 화녀 ᄯᅩ흔 공후지녜라 ᄎᆞ례 두 번 문의 드지 아니리니 반ᄃᆞ시 슈졀ᄒᆞ여 공규의 함원ᄒᆞ오리니 미셰지시오나 셩덕의 유히ᄒᆞ오리니 폐히 만 승지존과 부유ᄉᆞ히로 초방의 녀셔를 ᄐᆡᆨᄒᆞ시미 대송의 인직 셩ᄒᆞ미 거직두량이라 한 부마 지목을 못 어드며 굿ᄐᆞ야 명텬을 아ᄉᆞ샤 화녀의 일싱을 함ᄒᆞ샤 셩대치화의 빗 출 감ᄒᆞ시리잇고 신이 셩은을 경

히 너기며 옥쥬를 넘ᄒᆞ미 아니라 산계비질이 난봉과 ᄡᅡᆼᄒᆞ지 못ᄒᆞᆸ고 신의를 져바려 송홍의 죄인이 되리잇고 복원 셩상은 셩지를 거두샤 필부의 호싱지덕이 되리로쇼이 다 샹이 노왈 경의 고집ᄒᆞ미 이의 밋ᄎᆞ믄 싱각지 못ᄒᆞᆯ 비로다 화녀ᄂᆞᆫ 미혼 젼 공물이 라 송홍의 비기미 엇지 내도치 아니리오 짐심이 임의 결ᄒᆞ여시니 다시 한셜을 말나 드듸여 닉뎐의 드ᄅᆞ시니 능휘 ᄒᆞᆯ일업셔 물너ᄂᆞ고 샹이 화공의게 조셔ᄒᆞ샤 조가의 빙 물을 환송ᄒᆞ고 다른 가

셔를 마즈라 ᄒᆞ시니 화공이 황공ᄒᆞ여 기리 탄식고 능후를 대ᄒᆞ여 ᄀᆞᆯ오대 일이 어즈 러오미 ᄐᆡᆨ셔 과히 흔 연괴라 셩지 엄ᄒᆞ시니 인신 분의 감히 역지 못ᄒᆞ리니 형은 쇼녀 를 위ᄒᆞ여 슈고로이 텬의를 역지 말나 능휘 기리 탄식고 집의 도라와 존당긔 알외니 초공 왈 믹ᄉᆞ 하ᄂᆞᆯ이니 너모 ᄉᆞ양ᄒᆞ미 불가ᄒᆞ니 공쥐 어질진대 화녀 젼졍이 엇덜동 알니오 명텬이 불낙ᄒᆞ여 이의 쇼를 올녀 왈 신본포의로 치년쇼이라 치발이 치 기지 못ᄒᆞ여 셩은을 입ᄉᆞ오니 슉야 황송ᄒᆞ와 심

연박빙이어ᄂᆞᆯ 의외의 부마의 ᄲᅢ히오니 신이 누누흔 풍치와 비박흔 지덕이 비록 연괴

업스오나 가치 아니호옵거늘 화원의 녀를 뎡친호여 힝빙호고 화개 신을 칭셔호고 신 개 화녀를 칭부호와 가히 져바리지 못호리니 이졔 신이 부귀를 탐호고 셩은을 감격 호와 화가를 져바린즉 화녀의 함원이 신의게 젹앙이 되옵고 국가풍교의 유관호오니 신의 만만 원치 아닌는 바오 또 신의 쇼원이 부귀호치를 즐겨 아니호옵고 젹은 분을 직힐 마음이 잇습ᄂ니 엇지

혜션도위 위ᄎ를 감당호와 츈방계던의 왕희로 빡호오며 신의 어린 뜻이 군샹을 돕ᄉ 와 비박지지를 갈진호와 미혼 츙셩을 다호미 원이옵고 향방슈막 가온대 죵요로온 손 이 되믈 참아 못호올 비라 신의 뜻을 아ᄉ시면 신이 단봉 하의 쾌히 죽어 신의 분의 를 셰오고져 호옵ᄂ니 이는 신의 혈심지언이오 거즛 ᄉ양호미 아니라 복원 셩명은 미신의 우회를 용납호샤 필부의 뜻을 직희게 호쇼셔 샹이 쇼를 보시니 그 뜻이 견고 호며 말숨이 격절호여 진실노 쳘옥 ᄀ트니

불너 우유호여 ᄀᄅ오샤대 경의 쇼를 보니 직졀과 지취 더욱 아름다온지라 엇지 탄복 지 아니리오 짐이 임의 경을 ᄉ랑호여 슬하를 삼으려 호니 곳칠 배 아니니 공쥬를 하 가호나 경의 원을 좃ᄎ 위독쟉직을 네대로 쥬어 직조를 펴며 보필을 공논치 아니리 니 그 밧 일을 시러금 뜻대로 호려니와 화혼은 미혼젼 공물이니 ᄀ트야 셩덕의 히로 오며 풍교의 관계호리오 너도 안심호여 짐의 ᄉ랑호ᄂ 졍을 져바리지 말나 싱이 셩 교의 간졀호시믈 보니 대톄를 아는지라 다

시 고샤홀 말숨이 업셔 울울이 퇴호여 환가호여 츄졍의 뵈니 모다 화시를 년셕호여 오히려 사름의 뜻을 몰나 빙례를 ᄎ고 다른 대 취가호믈 허코져 황명대로 빙치를 ᄎ 즈니 어시의 화휘 일녀의 신셰 어즈러워 녀ᄋ의 빙샹지졀노 결호여 타문을 싱각지 아닐지라 기리 침음독좌호여 심니 불안호더니 조가의셔 현혼을 ᄎᄌ믈 보고 ᄎ탄냥 구의 홀일업셔 좌우로 빙물을 닉여오라 호니 ᄎ시 화쇼졔 조싱의 부마되믈 드르나 렬녀의 고졀이 현혼을 직희여 심규의 죵신

99면

흐믈 혜아리미 신셰룰 맛츠믈 슬허흐나 안졍고요흐여 슈식의 나타너지 아니터니 믄득 부명이 이셔 빙물을 내여 오라 흐니 쇼졔 슈식을 먹음고 부젼의 나아가 옷기슬 염의고 굴오대 쇼녀는 조가 사름이라 이졔 현혼을 츠즈시니 아지 못게이다 쇼녀룰 쟝츳 엇지려 흐시ᄂ니잇가 공이 녀ᄋ룰 보니 아리짜온 용안이 화월이 슈퇴흐리니 션연흔 션틱이질이 왕뫼요지의 놀고 흥이 월젼의 림흔 둣 쇄락흔 긔운은 벽텬쇼월이오 즈약흔 긔질은 향미 납셜의 빗겻는 둣 졍졍

100면

흔 거조와 안일흔 덕셩이 당대의 슉녀명완이라 공이 시로이 긔이츠셕흐여 날호여 그 운환을 어룩만져 기리 탄왈 이졔 조싱이 금젼 이셔로 영총이 호호흐니 구약을 싱각흐며 황명이 여츳흐시니 비록 현혼을 바다시나 독좌의 힝례흐미 업스니 너는 공물이라 타문의 일개 군즈룰 틱흐여 너의 즈미룰 져바리지 말고져 흐ᄂ니 엇지 싱각고 못는다 쇼졔 안식을 쩍쩍히 흐고 염용대왈 야야의 말슴이 짐짓 말슴이니잇가 히아룰 믹바드시미니잇가 쇼네 부훈

101면

모교룰 듯즈오니 녀즈의 덕이 렬졀의 더흐미 업스온지라 츙신은 불스이군이오 렬녀는 불경이뷔라 션비 그 나라 녹을 아니 먹으나 그 인군의 신히오 녀지 문의 드러가지 아냐시나 빙치룰 바드면 그 집 며ᄂ리라 쇼녜 슈빙 이릭로 조가 사름이라 초녀는 아비 회룡을 직희여 빅셩을 좃츠시니 히아는 야야의 뢰덩흐시미 초왕의 희룡이 아니니 쇼녜 결흐여 타문을 싱각지 못흐오리니 져 집의 빙치 찻기는 황지룰 밧드러 인스의 예수오 우리 집 도리는 뷘 치례룰 머므러 쇼녀의

102면

평싱을 의지케 흐시미 올흐니 황애 아룩시나 조가의 가기룰 원치 아니코 심규의 슈절흐믈 굿투여 금치 아니시리니 엇지 타문을 싱각흐여 영화롭기룰 구치 마룩시고 비례룰 힝치 마룩쇼셔 화공이 츄연하루 왈 내 아히는 진짓 렬녜로다 내 엇지 화문쳥덕으로 치례 두 번 문의 들기룰 싱각흐리오마는 너의 홍안옥빈이 이칠이 츠지 못흐엿

눈지라 일싱을 뭇츠믈 참아 못ᄒ여 조가 빙치룰 환송ᄒ고 다른 부셔룰 갈히여 우리 심ᄉ룰 위로코져 ᄒ더니 엇지 아녀의

103면

옥졀을 샹히오리오 이의 쇼봉을 룡탑의 헌ᄒ여 쇼녀의 ᄠᆞᆺ이 여ᄎᆞᄒ오니 것질너 황지룰 밧드지 못ᄒᄆᆞᆯ 쳥죄ᄒ니 샹이 비답 왈 경녀의 원이 여ᄎᆞᄒ면 짐이 굿ᄐᆞ여 치례룰 거두리오 임의로 졀 직회게 ᄒ노라 ᄒ시니 조부의셔 화시의 립졀ᄒᄂᆞᆫ 쇼식을 드ᄅᆞᄆᆡ 앗기고 ᄎᆞ셕지 아니리 업셔 능휘 탄왈 내 그릇 혼인을 밧비 뎡ᄒ여 이런 일이 이시니 ᄆᆞᆺ춤내 화ᄋᆞ룰 거두지 못ᄒ면 오문의 젹악이 두렵지 아니랴 초공 왈 공쥬의 셩심이 미몰치 아니리니 아직 텬의

104면

룰 조ᄎᆞ 길례룰 일우고 죵내 형셰룰 보미 올토다 조부인 등이 쇼왈 ᄌᆞ고로 금지옥엽의 존귀ᄒᆞᆫ 녀지 투한치 아닌 재 업ᄉ니 아지 못게라 혜션 공쥬는 엇던고 명쳔의 도덕 대현으로 졔가ᄒᄂᆞᆫ 덕되 반ᄃᆞ시 긔특ᄒ여 ᄆᆞᆺ춤내 화란은 밋지 아니려니와 화시로 조히 셩친ᄒᄆᆡ 비기지 못ᄒ리니 국혼이 ᄆᆞᆺ춤내 깃브지 아니믄 어질면 복이어니와 불연 즉 화의 장본이라 우리 아히 덕화로 죵손부룰 죵요로온 슉녀룰 엇지 못ᄒᄆᆞᆯ 흔ᄒ노라 태시 쇼이대왈 슉

105면

모지픠 맛당ᄒ시나 공쥔들 어이 다 어지지 아니며 굿ᄐᆞ여 한 본이 되리잇가 능휘 심히 즐겨 아니코 명쳔이 미우의 화긔룰 감ᄒ니 명윤이 웃고 ᄀᆞᆯ오대 현데 화시의 슈졀ᄒᄆᆞᆯ 듯고 창감흔 낫빗치 거의 눈물이 ᄯᅥ러질 ᄃᆞᆺᄒ니 만일 취ᄒ여 이 거죄 잇던들 네 사지 못ᄒᆞᆯ낫다 ᄉᆞ랑이 안식을 졍히 ᄒ고 날회여 대왈 이 일이 희쇼ᄒᆞᆯ 거시 아니라 화시의 슈졀ᄒᆞᆷ 남이라도 잔잉ᄒ니 쇼뎨로 인ᄒ여 남의 일싱을 ᄆᆞᆺᄎᆞ니 그 심시 불평ᄒᆞᆷ은 뭇지 아냐 알 일이

106면

라 형의 긔롱ᄒ실 일이 아니로쇼이다 태시 우음을 먹음고 명텬의 손을 잡고 능후룰

도라보와 칭찬 왈 너는 하인이완대 군조를 두며 나는 엇진 사룸이완대 명윤의 부박
ᄒ믈 두엇느뇨 내 비록 어지지 못ᄒ여 너를 밋지 못ᄒ나 조식이 굿ᄒ여 여츳 내도ᄒ
믈 긔약ᄒ여시리오 능휘 잠쇼 대왈 형장의 명텬 기리시미 조못 과도ᄒ시고 명윤 나
모라ᄒ시문 너모 심ᄒ시니 이는 친조식과 다른 연괴라 우리 일신 갓튼 정으로 조식
을 피츠 아닌는 뜻이 아니로쇼이

107면

다 틱시 탄왈 진정쇼격이라 니 어이 조식이라 겸양ᄒ고 네 조식이라 ᄒ여 거즛 포쟝
ᄒ리오 조부인 등이 우어 왈 셕시의 너의 형데를 두고 양졔미 져러이 굴거늘 드럿더
니 이졔 거거 등이 그 말 굿쳔 지 ᄉ오 년이라 이졔 쏘 너희 져 갓ᄒ니 쳔되 흙셩구져
명윤이 엇지 유현의 조식이 못되고 명텬이 어이 긔현의 아돌이 못되여 믹양 불워ᄒ
는 탄이 잇게ᄒ느뇨 너의 이졔 모르미 졍ᄒ여 밧고미 올토다 냥인이 함쇼ᄒ고 명쳔
이 불감ᄉᄉᄒ더라 화셜 만셰 황애

108면

츈방의 긔셔를 어드시미 셩심이 크게 환회ᄒ샤 흠텬감의 황도길일을 틱ᄒ시고 공부
로 ᄒ여금 크게 역ᄉ를 니로혀 조샹부 겻히 혜션궁을 지으라 ᄒ실시 평능휘 쇼를 올
녀 골오디 셩탕이 칙ᄒ샤 궁실이 슝여아 녀알이 셩여아 ᄒ시니 명쳔은 황구쇼이오
포의한시라 외람이 쟉쳐 츈셩의 버러 임의 여른 복이 슌ᄒ고 젹은 분이 넘어숩거늘
다시 금지옥엽의 쳔승왕희를 ᄡᅡᆼᄒ여 믹시 복의 과ᄒ옵고 분의 외람ᄒ믄 닐오지 마옵
고 궁궐을 지으

109면

며 궁비 ᄲᅢ난 쉬 무슈ᄒ오니 신이 실노 두려ᄒ고 렴녀ᄒ옵는 ᄇᆞ는 명쳔의 슈복의 히
되고 신의 문호의 화를 일월가 ᄒ옵ᄂ니 원컨대 셩샹은 궁궐을 간약기를 쥬ᄒ시고
궁비를 열히 넘기지 마르쇼셔 당외 부ᄉᄒᄒ시대 토계삼등의 모조를 부젼ᄒ시니 ᄒ
믈며 황구쇼이 고루쟝궐의 몸을 담으며 엇지 복을 안향ᄒ리잇고 샹이 보시고 탄ᄒ여
ᄀ로ᄋᄉ티 내 본대 문계를 아른 지 오리거니와 그 졀츠 검박ᄒ여 근신ᄒ는 도리 이 갓
트니 어이 그 놉흔 뜻을 아

110면

스리오 이의 비답ᄒ샤 위유ᄒ시기를 두터이 ᄒ시고 혜션궁을 반감ᄒ시고 궁녀 ᄲᅢ는 슈를 더르시니 초고로 혜션궁이 졔왕공쥬궁의 내도이 젹고 간약ᄒ여 스려ᄒ기를 먼니ᄒ여 오직 졍결ᄒ고 유아키로ᄡᅥ 쥬ᄒ여시니 일셰인이 다 문계 부ᄌ의 졀검ᄒ 덕을 일ᄏᆺ더라 일월이 여류ᄒ여 길일이 다다르니 비록 황가 결혼을 원치 아니나 초공이 죵손이 처음으로 셩취ᄒ니 그 졍의 귀즁홈과 마음의 깃부미 범샹이 비길 ᄇᆡ 아니라 대연을 개쟝ᄒ

111면

고 내외 친쳑과 됴뎡명부를 모흐니 내외 쳥샹의 가득ᄒ 빈긱이 슈플ᄀᆺ치 셩렬ᄒ여 그 슈를 혜지 못ᄒ니 위부인이 존당을 뫼셔 쥬벽의 좌를 일우고 졍 양 등이 녀부를 거ᄂ려 좌ᄎᆞ를 뎡ᄒ니 슉슉ᄒ 격조와 쇼쇄ᄒ 품질이 ᄌ연 타류의 ᄲᅱ여ᄂᆞᆫ지라 태부인이 좌우를 고면ᄒ여 아름다오믈 이기지 못ᄒ여 희긔 미우의 가득ᄒ더니 노공이 ᄌ손을 거ᄂ려 드러와 뫼시니 군션 ᄀᆺ튼 졔손이 셩렬ᄒ여 화풍월뫼 당즁의 ᄇᆡ이며 일광이 훈식ᄒ니 인

112면

인이 복덕을 칭찬ᄒ여 ᄌ손이 셩ᄒ믈 더욱 일ᄋ니 태부인이 흔연쾌락ᄒ여 희불자승ᄒ니 오직 셩은이 호셩ᄒ시믈 ᄉᆞ샤ᄒ더라 소황휘 남슉졍을 쳥ᄒ시니 남부인이 비록 외됴 명뷔나 젼일 셩은을 입ᄉ오미 심샹치 아니코 공쥬로 졍의 관슉ᄒ지라 이의 존당의 고ᄒ고 입궐ᄒᆯᄉᆡ 화교치거와 구슬쥬렴이 일광의 조요ᄒ고 젼후 위의 부셩ᄒ미 니른바 후빅의 부인이오 공쥬의 ᄉᆞᄇᆡᆫ 줄 알지라 원ᄂᆡ 명쳔이 부마 졍ᄒ므로 태부인이 날마다 남

113면

부인을 불너 공쥬의 현부를 무르시니 남시 공쥬의 긔이ᄒ믈 대강 고ᄒ나 위인이 관즁고 말슴이 간약ᄒ여 만의 ᄒᄂᆞ흘 젼치 못ᄒᆯ지라 태부인의 궁거온 마음과 초공 능후의 죄오ᄂᆞᆫ 뜻이 대한 칠년의 운예 ᄀᆺ튼지라 시긔이 다다르니 부미 관면을 갓초고 존당부모긔 하직ᄒᆯᄉᆡ 늠늠ᄒ 풍위의 일품쟝복이 위의를 도으니 슉슉ᄒ 격죄 더욱

쇄락ᄒ고 빅년 귀밋히 지샹의 관ᄌ를 붓치고 옥안의 면뤼 어릳기니 광치 더옥 영요ᄒ고 년협쥬슌의

114면

찬연이 고은 빗치 무르녹아 일만화신이 웃는 닷 치봉냥익의 일월망룡포를 입으며 가는 허리의 빅옥대를 둘너시니 동탕ᄒ 풍치와 쇄락ᄒ 광휘 일좌의 조요ᄒ여 진실노 인즁신션이오 조즁난봉이라 례복을 입히고 존당부뫼 입이 버러지고 평능후의 침즁으로도 희긔 슈려ᄒ 냥미를 동ᄒ니 팔흘 드러 젼안대례를 잠간 지휘ᄒ니 조부인 등이 쇼왈 부절업슨 경계 말고 우리 보는 대 례를 시겨 습위ᄒ라 능휘 쇼왈 습례 아니라도 이

115면

아히 그 례는 힝홀 만ᄒ니 이졔 슈고로온 졀 식여 무엇ᄒ리잇가 초공이 두굿기믈 이긔지 못ᄒ여 나아오라 ᄒ여 손을 잡고 좌우 형미를 도라보와 굴오듸 금일 명쳔을 니를진듸 한곳 외로이 풍신이 아름다을 ᄲᆞᆫ 아냐 온즁슉연ᄒ 힝실이 승어부조하니 내 뜻의 ᄎ미 웃듬인 닷ᄒ니 졔형미의 쇼견은 엇더ᄒ신잇가 조부인 등이 쇼왈 우져 등은 졍의 잇글녀 그러ᄒᆫ지 너의게 오르ᄂᆞᆫ 업술가 ᄒᄂ니 명쳔이 아직 쇼년의 ᄉᆞ랑ᄒ오며 좌즁인인

116면

이 긔특히 너기나 현뎨의 쇼년 시 형용을 싱각ᄒ니 엇지 굿ᄐᆞ여 손ᄌ와 아들의게 ᄉᆞ양홀 풍신용홰리오 진왕이 쇼왈 ᄉᆞ뎨는 집의셔는 졔 얼골이 굿ᄐᆞ여 나은 쥴 씨닷지 못ᄒ다가도 졔인 춍즁의 가본 즉 슈연이 늠연쇄락ᄒ여 ᄌ연 남과 다른지라 마음의 싱각ᄒ듸 졔져 갓ᄐ니 세상의 ᄯᅩ 다시 우히 업ᄂᆞᆫ지라 닉 ᄯᅩ 져와 갓ᄐ리오 ᄒ여 미양 져만 못홀가 ᄒᄂ니 이졔 ᄌᆞ질 졔손이 아름다오나 엇지 오데를 당ᄒ리오 초공이 쇼왈 ᄉᆞ졍의 거리끼여 그리 아르시나 명

117면

쳔의 부ᄌ로 의논ᄒ미 얼골풍신이 낫다홀 거시 업스나 그 온즁홈과 만ᄉ 완젼ᄒ미

제 아비의 승흐믈 니르미어늘 아라 드르시고 미양 쇼데룰 일쿠라시느뇨 노공이 빅슈
를 어르만지고 흔연이 우음을 쯰여 쇼왈 명쳔이 비록 긔특다흐나 그 아비의게 승흐
다 흐믄 무숨 일이뇨 나의 쇼견은 쟝부위풍과 호걸의 긔이흔 풍치가 당연이 승어뷔
라 태부인이 쇼왈 너는 네 숀즈룰 낫게 너기나 내 뜻의는 명쳔의 한아비가 최승흔가
흐노라 즁인이 일시의 대쇼흐고 맛당

흐시믈 일쿳더라 시긱이 당츠흐니 조싱이 존당의 각각 하직흐고 위의룰 거느려 당즁
을 써나 금궐을 향흘시 거리의 요긱이 대로을 덥헛고 츄종과 위의 쌍쌍이 위엄을 갓
초와 부려흐믈 이로 긔록흐기 어렵거늘 부마의 일월풍광이 셰대의 무젹이라 관광재
칙칙 칭찬흐더라 신랑이 위의룰 궂초와 금궐의 다다르 옥상의 홍안을 견흐고 텬디긔
례룰 일우미 공쥬로 더브러 대례룰 일워 샹교 후 봉교흐시 쇼휘 공쥬룰 단장흐여 옥
슈룰 잡고 니별흐니 그 일시라도 써느는 졍리룰 결

연흐여 쌍누룰 금치 못흐시니 샹이 굴ㅇ샤디 녀즈의 유힝은 원부모형데라 이졔 텬하
의 긔특흔 긔즈룰 어더 빅년을 가흐미 공쥬의 일싱이 쾌다 흐려든 무숨 일을 근심
흐리오 엇지 길스의 이럿톳 샹회흐시리오 흐시더니 공쥬 유화히 비스흐고 남슉졍이
붓드러 한가지로 조부로 향흐니라

조시삼대록 권지삼십일

어시의 공쥬 유화히 배샤흐고 남슉졍이 붓드러 흔가지로 조부로 향흘시 슈플 궃튼
궁아와 쌍쌍흔 상궁드리 교즈룰 타고 젼후의 옹위흐여 궐문을 나니 금슈 의샹은 일
식을 바이고 은은흔 향취는 십니의 쏘이더라 임의 혜션궁의 다다르는 즁청의셔 냥
신인이 한가지로 독좌흐시 남풍녀뫼 진실노 요조슉녀오 군즈호구오 일셰가위라 빈
긱이 눈이 황홀흐여 칭찬흐디 초국공의 셩덕으로 이럿톳 흐도다

2면

ᄒ더라 교비를 파ᄒ고 폐빅을 밧드러 존당구고긔 배알ᄒᆯ시 금지옥엽이오 장복의 여름이 아니라 슉닝흔 광치 몬져 사름의 마음을 평안케 ᄒᄂ지라 존당이 깃븐 눈을 드러보니 셜빈옥골이 연연흔 빅셜이오 반월이 청텬의 빗겨시며 셩견운빈은 텬디졍긔라 팔치봉미의 ᄡᆼ운이 니러ᄂ고 냥안영긔ᄂ 츄텬의 시별이라 홍협쥬슌은 무릉도홰 니슬을 먹음어 됴양의 썰쳐시며 쳔틱홍협은 홍년이 향긔룰 토ᄒ니 안모의 오치 녕농ᄒ여 덕이 일광을 가

3면

리오고 고흔 영광이 만목을 놀내오ᄂ지라 봉닉냥조의 긴 단쟝을 ᄯᅴ을고 진퇴 례졀의 배홀 제 향진이 부동ᄒ고 흔 졔 치운이 표일을 ᄶᅥ 부샹의 오르ᄂ 듯ᄒ니 빅시 진션진미ᄒ여 황가의 례법과 데왕의 귀ᄒ여 믹낙이 ᄌ연 셰속의 버셔ᄂ니 안일슉목ᄒ여 놉히 셩즈의 ᄯᅳᆺ이 이셔 홍분 가온대 흔ᄂ 셩인군지라 조가의 빅셰 여경을 도으믹 사름의 가국을 챵홀 줄 식쟈를 기다리지 아니ᄒ여 알지라 그 어그럽고 고은 거시 조모 양덩렬과 졍부인의 더을 거시

4면

아니로디 슉연졍일ᄒ여 경쳥화평흔 거시 일분 승ᄒ미 잇ᄂ지라 만일 그 ᄡᆼ을 의논홀진대 조태ᄉ의 총부 한쇼져 곳 아니면 능히 대두홀 재 업슬지라 존당이 대열과망ᄒ고 초공이 단묵ᄒ므로도 화긔 미우의 둘너시니 더욱 그 구고지심을 일로리오 평능휘 본대 국혼을 깃거 아니ᄒ더니 금일 공쥬의 긔이ᄒ믈 보고 희츌망외ᄒ여 졍부인으로 더브러 폐빅을 밧기를 림ᄒ여 닐오대 옥쥬ᄂ 금지옥엽이오 초방귀인이라 텬은이 망극ᄒ여 귀쥐 포의

5면

지가의 하가ᄒ시니 황공숑구ᄒ나 ᄯᅩ흔 명으의 안히라 그 싀아븨 이시믈 싱각ᄒ여 일시 ᄉ졍을 참지 못ᄒ여 이럿툿 셜만ᄒ믈 허물치 마르쇼셔 공쥐 피셕지배ᄒ니 겸공완슌흔 거동이 더옥 긔특ᄒ여 빅태 진션진미ᄒ고 동지 득즁ᄒ니 능휘 ᄉ랑ᄒ고 귀즁ᄒ믈 이긔지 못ᄒ여 졔뎨군종을 도라보와 ᄀᆞᆯ오대 옥엽이 쇽인과 다르거니와 공쥬의 츌

범흐시믄 비길대 업스니 명쳔이 무슴 복으로 이굿튼 슉녀를 만낫느뇨 졔인이 일시의 칭하흐니 초공 부부

6면

의 즐겨흠과 평후 부부의 만면화긔 가히 우흐염즉 흐더라 양부인이 즐겨흐는 즁 좌우로 고면흐여 보니 가득흔 녀부ᄌ질드리 남좌녀우흐여 삼대 버러셔둧 흐여시대 오직 쇼샹셔 부부의 ᄌ쳐 묘연흐여시니 쇼싱의 츌인흠과 ᄌ염의 긔이흐미 안젼의 버럿는 둧 년년블락흐니 이쩌 쟝스의 외로온 심시 어니 곳의 밋쳣는고 흐여 챵연이 눈믈을 먹음고 팔ᄌ츈산의 츄파 냥안으로 흐르는 슈회와 눈믈을 먹으어 근심흐는 빗츨 도으니 졍슉렬이 아라보고 위로

7면

왈 스이 이의라 ᄌ염의 쟉인흠과 쇼랑의 긔특흐미 흔번 젹니의 맛지 아닐 쥴을 부인도 거의 알지라 금일 금셕은 존당구괴 질기시는 배라 부인은 비식으로 ᄌ녀의 마음을 요동치 마ᄅ쇼셔 초공이 존젼 렬좌의 부인 비식을 보고 불안흐여 눈을 흘녀 부인 신샹의 자로 보내니 셕퇴샹 부인이 쇼왈 현데 냥졔 무슴일이 미안흐미 이셔 셔로 눈결을 빗최느뇨 좌우의 졔뷔 가득흐고 이졔 숀부를 보는 날의 냥져의 취졸이 하유스오 초공이 함묵무언이어늘 초공의 미우

8면

로조ᄎ 위부인이 쇼왈 여둥이 각각 며ᄂ리를 거ᄂ리미 숀부를 ᄉ랑흐나 나는 마음의 뼈 양졍 두 며ᄂ리 우흔 업손가 흐고 빅집스의 무흠이라 무슴 일노 냥현부를 미안흐여 만목쇼시 즁 불화지스를 흐는다 초공이 대왈 태는 졍슈와 양시를 웃듬으로 아ᄅ시고 히ᄋ 형데는 쇼졍으로 웃듬흐고 더옥 냥ᄋ는 한시와 공쥬를 알 거시오니 더옥 다ᄅ니를 아ᄅ시릿가 금일 양시 여러 쳔리의 국가 명을 바다 몸이 젹긔되여 가셔 잇는 녀셔를 싱각흐여 심녀를 허비흐니

9면

샹흘가 렴녀흐미로쇼이다 즁좨 개쇼흐고 태부인이 두굿겨 왈 노뫼 셰샹의 너모 오리

여 실노 괴로와 ᄒᆞ더니 금일 너의 회언을 드르니 가히 ᄉᆞᆫ부 엇는 날 질거온 쥴을 씨다리리로다 노공이 두굿김과 ᄌᆞ질을 셔로 도라보와 우음을 씌엿더라 종일 진환ᄒᆞ여 졔긱이 각산ᄒᆞ미 양졍렬이 졍비로 더브러 존당과 위부인을 밧드러 샹부로 도라오고 공쥬는 인ᄒᆞ여 궁의 머믈ᄉᆡ 진 초 이 공이 노공을 뫼셔 허다 졔죄 ᄒᆞᆫ가지로 도라오ᄆᆡ 노공이 명쳔을 나오여 집

10면

슈 왈 금일 공쥬의 긔특ᄒᆞᄆᆞᆯ 보니 진실노 당시 셩녜라 남아의 쾌ᄒᆞᆫ 복이오 군ᄌᆞ의 관관ᄒᆞᆫ 호귀라 네 ᄠᅳᆺ이 엇더ᄒᆞ뇨 싱이 다만 복쥬ᄒᆞ여시니 노공이 지촉ᄒᆞ여 무른대 능휘 졍식 왈 대뷔 너의 ᄠᅳᆺ을 무르신대 네 엇지 응대ᄒᆞ기ᄅᆞᆯ 더대 ᄒᆞᄂᆞ뇨 싱이 비샤 왈 쇼손이 동몽유치로 녀식을 모ᄅᆞ오니 엇지 아오며 다만 초의 국혼을 불힝이 너기오믄 뎨실지친이오 황가의 가지로 어진 부인내 드무다 ᄒᆞ는 고로 원치 아니ᄒᆞ엿ᄉᆞᆸ더니 금일의 무르시는 말ᄉᆞᆷ이 여ᄎᆞᄒᆞ시고 그 거동의 유

11면

한졍졍ᄒᆞ오믄 부도ᄅᆞᆯ 아올지라 어ᄌᆞ러오믈 일위지 아닐가 다힝ᄒᆞ미오 다른 ᄠᅳᆺ은 업셔이다 평촉휘 대쇼 왈 이놈의 말이 ᄒᆞᆫ 번 공쥬ᄅᆞᆯ 보미 황홀ᄒᆞ여 ᄒᆞ믈 알리로쇼이다 ᄒᆞᆫ 번 보나 그 부도 아는 쥴을 네 엇지 아는다 싱이 잠쇼 대왈 쇼질이야 엇지 알니잇고마는 존당 부뫼 거드러 일ᄏᆞᆮ고 깃거ᄒᆞ시니 불민ᄒᆞᆯ진대 이러치 아닐 비로대 졔 용녈틀 아니ᄒᆞ기로 이러틋 긔특ᄒᆞᆫ 쥴 아옵고 ᄒᆞᆫ 번 바라보오니 팔ᄎᆡ봉미는 츈산의 아광을 우으며 츄파 명목은

12면

류셩 ᄀᆞᆺᄉᆞ오며 옥으로 엉귄 긔브와 어름으로 모힌 긔질이 슈졍ᄀᆞᆺ치 ᄆᆞᆰ아 염염ᄒᆞ고 이목이 현란ᄒᆞ오니 외모가 이러ᄒᆞ고 내조가 엇지 용우ᄒᆞ오리잇가 일노 짐쟉ᄒᆞᄂᆞ이다 모다 웃고 어린 아히 능대능쇼ᄒᆞ미 과다 ᄉᆞᆺ짓더라 이날 혼졍을 뭇고 부미 부조의 명을 이어 손의 화룡쵹을 들고 본궁의 나아가니 궁감궁녀의 무리 분분이 영졉ᄒᆞ여 밋 내궁의 니ᄅᆞ니 궁녜 모다 하당영졉ᄒᆞ고 실듕의 드니 공쥬 긴 단쟝을 벗고 단의 홍군으로 황금슈병의 지혓다가

13면

셔연이 몸을 니러 마즈 동셔로 분좌ᄒᆞ고 부미 눈을 드러 공쥬를 살펴보미 과연 진실노 텬하 경국지식이오 일대 가인미식이라 부미 팔흘 드러 평신ᄒᆞᄆᆞᆯ 쳥ᄒᆞ고 이윽히 슬피나 그 슈려ᄒᆞᆫ 긔질이 이목을 현황ᄒᆞ니 부미 경이ᄒᆞᄆᆞᆯ 이긔지 못ᄒᆞ여 이의 나아가 숀으로 그 옥잠을 ᄲᅢ히고 화관을 벗긴 후 닛그러 한가지로 봉침의 나아가니 은졍의 진즁ᄒᆞ미 산히로 비길 빅 아니라 태산 ᄀᆞ튼 견권지졍이 시암솟둣 ᄒᆞ디 그 나히 어리고 공쥐 긔질이 쇄연ᄒᆞ여 바름의

14면

불니 일둣 ᄒᆞᄆᆞᆯ 보고 가연ᄒᆞ여 조심ᄒᆞ고 진퇴 업스믈 이모ᄒᆞ여 이셩의 친합ᄒᆞᄆᆞᆯ 날호여 빅년금슬의 쟝원ᄒᆞ기를 바라니 뉘 도로혀 군즈슉녀의 견졍을 마희ᄒᆞᄂᆞᆫ 거시 대마다 슴겨 공쥬의 현힝슉덕으로 도로혀 쟝신궁 빅두음을 읍홀 쥴을 알니오 공쥐 인ᄒᆞ여 머무러 구고존당을 밧들며 군즈를 승슌ᄒᆞ니 이 곳 황가의 존귀ᄒᆞᆫ 녀즈로대 텬품이 검박ᄒᆞ고 온슌비약ᄒᆞ여 동동쵹쵹ᄒᆞᆫ 셩효졀ᄎᆞ가 그 조모 양덩렬과 존고 졍부인긔 블급ᄒᆞ미 업

15면

스며 가부를 대ᄒᆞ여 휜츨ᄒᆞᆫ 의논이며 슉연ᄒᆞᆫ 힝스로 슈습ᄒᆞ미 업셔 텬연ᄒᆞᆫ 덕셩과 ᄭᅩᆺ다온 내죄 진실노 님강 마등을 법측ᄒᆞ니 양부인이 너모 단묵홈과 졍부인의 너모 슈련ᄒᆞ미 비컨대 공쥐 셩효지라 구고의 이즁홈과 존당의 공경즁이ᄒᆞ여 큰 보배로 알미 비홀 대 업슨지라 부미 ᄯᅩᄒᆞᆫ 흠탄긔이ᄒᆞ고 ᄉᆞ졍이 즁ᄒᆞ여태산ᄒᆞ매 심여 하히ᄒᆞ대 회포를 남이 모로고 언쇼를 경츌치 아니ᄒᆞᄂᆞᆫ 고로 부인을 진즁ᄒᆞ나 스실의 대ᄒᆞ여는 례되 졍슉ᄒᆞ여 년소 부

16면

부의 부박ᄒᆞᆫ 거죄 업고 존당 즁회 즁은 더욱 냥안이 나즉ᄒᆞ고 단엄ᄒᆞ여 남의 집 부녀로 대홈 ᄀᆞ튼지라 그 심즁의 애즁ᄒᆞᄆᆞᆯ 알니오 틱부인이 명윤의 부부와 명쳔의 부부를 한대 두고 보미 명윤은 조모 면젼의셔 한쇼져로 더브러 회언이 즈약ᄒᆞ고 애즁견권이 즁인이 알게 ᄒᆞ대 명쳔은 공쥬를 대ᄒᆞᆫ 즉 일호도 눈을 거들써 보미 업고 언어를

문답지 아니ᄒ고 긔운이 츄텬 ᄀᆞ트야 승안화긔 은은홀 ᄯᆞ롬이라 태부인이 망영으로 겸ᄒᆞ여 진 초 이공다려 냥ᄋᆞ의 말

17면

을 니르고 고이ᄒᆞ믈 넘녀ᄒᆞᄃᆡ 초공이 쇼이 대왈 윤ᄋᆞᄂᆞᆫ 긔운이 활발ᄒᆞ고 의ᄉᆡ 샹쾌ᄒᆞ와 쇼쇼지졀을 거리끼지 아니ᄒᆞᄂᆞᆫ 아희오 명쳔은 공문의 도혹을 닥그며 밍ᄌᆞ의 덕을 쥬ᄒᆞᄂᆞᆫ 고로 슈신셥힝이 독실ᄒᆞ오니 힝ᄉᆡ 셰샹 경박쟈로 내도ᄒᆞ오미라 그러ᄒᆞ온 일이옵고 엇지 공쥬를 박쳐ᄒᆞ미 이셔 그러ᄒᆞ오리잇고 노공이 쇼왈 태태 엇지 무와 셩의 두 ᄋᆞ희 일을 츄이ᄒᆞ여 싱각지 못ᄒᆞ시ᄂᆞ니잇가 셕연의 무와 셩의 부부지간의 허ᄃᆞᆫ 일이 금차의 윤쳔 이ᄋᆞ의 힝ᄉᆞ와

18면

갓ᄉᆞ오니 두 아희 다른 일을 담지 아냐 각각 그 한아비로 일양이니 명윤은 무의 후를 족히 태홀 거시오 명쳔은 셩을 족히 계젹ᄒᆞ리이다 태부인이 졈두 왈 네 말이 올타 ᄒᆞ더라 시의 위부인 죵뎨 경참졍 부인은 조부로 격쟝의 이셔 왕ᄅᆡ 빈빈ᄒᆞ고 위부인이 비록 ᄉᆞ촌이나 지친이 그ᄲᅮᆫ이라 됴모의 셔로 보와 졍의 ᄌᆞ못 교밀ᄒᆞ고 경공의 ᄌᆞ녀 희쇼ᄒᆞ여 일ᄌᆞ일녀 이시니 일녀ᄂᆞᆫ 쇼혹ᄉᆞ 부인이니 쇼황후 질뷔라 궐즁 왕래를 무샹히 ᄒᆞ며 혜션공쥬를 쇼ᄋᆞ

19면

젹브터 보왓고 조가의 모친과 한가지로 왕래ᄒᆞᄃᆡ 사름으로 론ᄒᆞᆫ즉 심용이 부졍ᄒᆞ고 어진 ᄉᆞ름을 믜워ᄒᆞ고 져의셔 나으니를 배쳑ᄒᆞ고 ᄌᆞ개 참졍의 일녀로 부귀호치 즁 극히 귀히 싱쟝ᄒᆞ여 셩문후빅의 며ᄂᆞ리 되여 가부의 후대ᄒᆞᄂᆞᆫ 졍이 일신의 온젼ᄒᆞ니 만ᄉᆡ여의ᄒᆞ다가 일됴의 쇼혹ᄉᆞ로 영결ᄒᆞ니 붕텬지통이 오ᄂᆡ 분붕ᄒᆞ고 텬디망극ᄒᆞ지라 다만 슬하의 ᄌᆞ녀 남ᄆᆡ를 두어글노 위로ᄒᆞ며 과모의 고요ᄒᆞᆫ 법도를 직희지 아니ᄒᆞ고 평싱을 친졍의 쳐ᄒᆞ

20면

고 ᄯᅩ 궐즁 왕래를 심샹이 ᄒᆞ니 쇼휘 비록 친질뷔나 본대 ᄉᆞ졍을 두어 친치 아니시고

그 과모의 종적이 너모 번잡ᄒᆞ믈 맛당이 못 너기샤 잠간 긔식을 동ᄒᆞ시니 경시 슈괴ᄒᆞ믈 씨닷지 못하고 후를 원망ᄒᆞ고 냥구비를 스괴여 졍궁을 히ᄒᆞ미 만코 이후는 궐 즁 왕래를 못ᄒᆞ고 셔찰노 구비를 사괴더라 경시 화외 혜션공쥬로 동년싱이라 옥태화 용이 텬하졀염인고로 경시 조가 졔싱 즁 명쳔을 눈의 드려 어려실젹붓터 단장을 찬 란이 ᄒᆞ여 조부의 다려와 진짓 조

21면

공과 평능후를 뵈여 그 ᄯᅳᆺ을 여러 녀ᄋᆞ의 싱각도 못ᄒᆞ는 말을 슈쟉ᄒᆞ여 화요의 어진 말을 ᄌᆞ랑ᄒᆞᆫ대 초공과 능휘 일가지의로 얼굴을 대ᄒᆞ나 그 위인이 현슉지 못ᄒᆞ믈 알 고 화요를 유의ᄒᆞ미 업더니 밋 냥이 ᄌᆞ라미 화외 명쳔의게 혹ᄒᆞ여 어미를 쥬야로 봇 칠식 명쳔 곳 아니면 다른 사름의게 도라가지 아니렷노라 ᄒᆞ는지라 경시 착급ᄒᆞ여 초공을 대ᄒᆞ여 쳥혼ᄒᆞ니 초공이 졍쉭하고 거졀ᄒᆞ여 친쳑으로 이런 말 ᄒᆞ미 례의 휴 손ᄒᆞᄆᆞ로 퇴탁ᄒᆞ니 경

22면

시 앙앙ᄒᆞ여 명쳔의 젼졍을 마희ᄒᆞ고 희지으려 ᄒᆞ며 화외 규녀의 몸으로 조부의 쳘 업시 와셔 조쇼져들과 한대셔 놀며 짐짓 명쳔을 ᄌᆞ로 뵈되 져 조공지 쳥슈빙심과 슈 신셥힝이 졔조의 쒸여ᄂᆞᆫ지라 비록 친쳑이라 하나 ᄌᆞ란 규녀를 대ᄒᆞ미 미안ᄒᆞ여 내 당의 화요 곳 오면 드러오지 아니ᄒᆞ고 위부인은 졉물인화ᄒᆞᄆᆞ로 그 무심이 오ᄂᆞ니라 ᄒᆞ여 유의티 아니ᄒᆞ고 조싱이 ᄌᆞ란 후는 화요를 딕ᄒᆞ여 보지 아니ᄒᆞ더니 싱각 밧 조 싱이 쳥운의 나라 몸이 영쥬의 올나 묘연 아망이

23면

일셰를 기우리고 샹총이 진동ᄒᆞ여 초방 가셔를 덩ᄒᆞ여 금젼 동샹이 되니 화요의 의 시 망단ᄒᆞ여 양통ᄒᆞ믈 이기지 못ᄒᆞ고 경시 애다ᄅᆞ오믈 이기지 못ᄒᆞ나 슈빙흔 화시도 바려 문 바라는 과뷔 되니 졔 ᄯᆞᆯ이 바라기 우은지라 홀일업셔 택셔ᄒᆞ여 ᄉᆞ회 범빅문 을 어드대 범싱이 간ᄉᆞ요악ᄒᆞ여 짐짓 화요의 텬덩일대라 범싱의 ᄌᆞ모는 쟝헌퇴후 질 녀므로 범싱을 다리고 궐즁 왕래를 ᄌᆞ로 ᄒᆞ엿던지라 범싱의 외뫼 옥 ᄀᆞᆺ고 풍쳐 뉴화 ᄀᆞᆺ트므로 외람이 혜션공쥬를

24면

앙망ᄒ다가 무류히 퇴ᄒ믈 앙앙ᄒ더니 화요로 부뷔 되미 셔로 궐내 연친을 ᄌ랑ᄒ다
가 혜션공쥬를 보고 ᄉ모ᄒ던 ᄯᆺ을 못 일오고 이 과모의 녀를 어덧노라 ᄒ고 희언ᄒ
거늘 쇼시 소왈 텬하시 이ᄀᆺ도다 쳡이 아시로붓터 조부의 츌입ᄒ고 조명쳔으로 얼골
을 보고 의혼ᄒ다가 초공이 지친을 구이ᄒ여 ᄎ혼이 못되고 이졔 혜션을 앙망ᄒ다가
공쥬의 바린 범싱과 조가의 바린 화쇠 셔로 ᄣᅡᆼᄒ니 이 ᄯᅩ 슉셰긔봉이러이다 쳡은 녀
ᄌ나 일간 능벽이 잇ᄂᆫ지라 쳡

25면

과 군이 화락ᄒᄂᆫ 가온대나 명쳔과 혜션을 조히 화락게 ᄒ미 극히 용열ᄒ니 우리 내
외로 협공ᄒ여 조명쳔과 공쥬 원슈 되여 화란이 이음ᄎ고 ᄌ숀의 길이 ᄯᆫ쳐져 나라
죄명은 조싱의 몸의 니르고 루명간쟝은 공쥬의 일신의 ᄡᅵ여 일싱 초조ᄒ다가 공쥬는
말나쥭게 ᄒ며 조싱은 나라 죄슈되여 쥭지 아니면 회외 슈졸이 되게 ᄒ즉 군의 마음
이 쾌ᄒ고 쳡의 마음이 질겁지 아니ᄒ랴 범싱이 대열 왈 그대ᄂᆫ 실노 녀즁군ᄌ의 지
조로 쟝부의 쾌ᄒᆫ 마음이로다 내 ᄯᅩᄒᆫ 분

26면

흔흔 마음이 한가지라 엇지 명쳔이 의심을 발ᄒ여 공쥬로 더브러 금슬을 버힐고 쇼
시 범싱의 귀히 대혀 일계를 헌ᄒ니 싱이 대희 왈 ᄎ계 신묘ᄒ니 명쳔으로 ᄒ여금 슈
광의 춍이 이셔도 ᄡᅵᆺ지 못ᄒ리라 ᄒ고 냥인이 셕를 여휠시 범싱이 ᄯᅩ 조싱 등과 슈
괴고 범싱 쳬 조부의 아니 오난 늘이 업시 단이며 혜션궁의 더욱 ᄌ로 와 공쥬를 지
극히 ᄉ랑ᄒ여 일시 ᄯᅥ날 쥴을 모로ᄂᆫ 거동을 ᄒᄂᆫ지라 공쥬 그윽이 살피미 현인이
아닌 쥴을 ᄡᅵ다르미 보면 례필한훤 후

27면

의 다른 말을 만히 ᄒ지 아니ᄒ고 실졍의 졍담을 여지 아니ᄒ여 졉담ᄒ기를 슬히혀
ᄒ니 쇼시 더욱 무이 너겨 거즛 우으며 왈 쇼쳡이 비록 미쳔ᄒ나 옥쥬로 지친지의 잇
고 조가로 더브러 친쳑이라 겹겹으로 괄시치 못홀 ᄯᅮᆫ이어늘 옥쥬 엇지 나를 보시면
내 말을 밋친 말을 ᄒᄂᆫ다시 알고 말슴을 허ᄒ지 아니ᄒ시니 금지옥엽은 조이 괄시

혼다 흐믄 고금으로 다르미 업거니와 옥쥬의 심인후덕으로는 싱각 밧기로쇼이다 공
쥐 샤왈 나히 어리고 인시 미거흘 쑨

28면

아니라 아직 동셔룰 모르오니 친쳑의 졍니룰 씨돗지 못흐므로 이러툿 흐도쇼이다 다
만 우직흐믈 용셔흐쇼셔 셜화 파의 졍슈위좌흐여 다시 말이 업고 대답흘 쑷이 스연
흐니 쇼시 더욱 무류흐여 히흘 마음이 급흐여 황가의 지엽으로 엇던 요물이 이셔 이
런 흉계룰 내며 무슨 일노 원슈 지은 사룸이 잇셧던고 만일 내 눈망울이 업고 쇼견
금슈의 방탕흐기만 이시면 혹 이런 쓸을 보고 의혹흐미 이시려니와 스름 아는 구슬
이 분명흐고 의심흐는 사룸의 쇼견을 가

29면

져시니 엇지 셔의흔 음흉지셔룰 보고 마음을 동흐리오 흐믈며 공쥬는 황가지엽으로
비록 국쳑의 아희드리 단니미 잇신들 엇지 금지옥엽의 금달공쥬의 몸으로 하쳔과 ᄀᆞ
치 쏫나모 아리 모다 셔로 말흐며 고이흔 힝실을 흐리오 이는 공쥬의 쳥한흔 일을 니
르지 말고 범연흔 궁녀의 힝실이라도 아니흘 일을 흐리오 악인의 계교룰 흐여 사룸
을 해흐는 글을 지으나 되지 못흘 의스룰 흐미로다 오직 공쥬룰 히흐고 날을 공동흐
미여니와 맛춤내 이런 일을 흐는 재

30면

대스로 알고 모의흐미니 그만 잇지 아냐 곳비 길면 드대는 환이 이셔 발각흐는 의 이
실거시니 그 시졀의 알지라 연이나 군즈는 비례물시흐고 비례지언을 불쳥흐라 흐시
는 셩인의 경계 이시니 다시 보와 무엇흐리오 그 셔간을 찌져 바리고 굴오대 내 드르
니 요스이 나라히셔 남이 되여 슈혹도 아니흐고 글을 가지고 단니며 한유흐는 쟈룰
보거든 낫낫치 잡아 미여 밧치라 흐여시니 네 글을 가지고 단니다가는 큰일을 당흘
거시니 다시는 이런 글을 가지고 단니지 말나 흐니 셔동 경

31면

탄이 두 눈이 두렷흐여 연망이 다르ᄂᆞ거늘 부매 스스로 함쇼흐고 드러와 공쥬룰 대

ᄒᆞ니 ᄆᆞᆰ은 광ᄎᆡ 일방의 조요ᄒᆞ고 어리로온 태도와 ᄌᆞ약ᄒᆞᆫ 옥질이 츄슈옥년이 향긔를 토ᄒᆞᆫ 둧 벽공 쇼월이 명광을 흘니ᄂᆞᆫ지라 부미 싀로이 긔애공경ᄒᆞ여 조곰도 치의ᄒᆞᄂᆞᆫ 마음을 두지 아니ᄒᆞᄃᆡ 그 나히 어리고 조부모의 조심ᄒᆞ라 ᄒᆞ시ᄂᆞᆫ 경계를 싱각ᄒᆞ고 다시 동실지락을 일우지 못ᄒᆞ고 슈년을 기다려 피ᄎᆞ 나히 ᄌᆞ라거든 동실지락을 일우고져 ᄒᆞ니 그러ᄒᆞᄆᆞ로 실노 침중단엄ᄒᆞᆫ 쳐싀 범인

32면

의게 비길 ᄇᆡ 아니러라 쇼시 공교ᄒᆞᆫ 셔로ᄡᅥ 불측ᄒᆞᆫ 셔간을 민ᄃᆞ라 조부마를 시험ᄒᆞᄃᆡ 젼연이 동졍이 업셔 혜션궁 왕래 여구ᄒᆞ니 쇼연이 동졍을 일일히 고ᄒᆞᄂᆞᆫ지라 쇼녀와 범싱이 초조착급ᄒᆞᄆᆞᆯ 이긔지 못ᄒᆞ여 이의 다시 공쥬의 쟝염 가온대 부마의 눈의 익게 아ᄂᆞᆫ 픽산지뉴를 어더오라 ᄒᆞ니 원내 공쥬ᄒᆡ 텬셩이 졀검ᄒᆞ여 픽산이 번잡지 아니ᄒᆞ고 단쟝이 ᄉᆞ려ᄒᆞᄆᆡ 업셔 션연ᄒᆞᆫ 의복ᄲᅮᆫ이라 그 죤고 졍부인긔 ᄒᆞᆫ 긔이ᄒᆞᆫ 보픽 일 줄이 이시니 옥으로 난봉을 삭이고 명월

33면

쥬와 슌금으로 쟝식ᄒᆞ여시니 이 범연ᄒᆞᆫ 옥이 아니라 슈중의 난연ᄒᆞᆫ 보빅오 광ᄎᆡ 현요ᄒᆞ여 사름의 얼골을 빗쵀고 밤을 당ᄒᆞ면 ᄆᆞᆰ은 긔운이 칠야라도 호발을 능히 혜올 거시오 셔광이 요요ᄒᆞ니 일가의셔 다 긔이히 너겨 만금졀뵈라 일ᄏᆞᆮ니 션시의 그 부친 졍상국이 동ᄒᆞ 왜국을 치고 도ᄅᆞ올 졔 어든 ᄇᆡ라 졍공이 외국 긔물을 가져오믈 아쳐ᄒᆞᄃᆡ 녀ᄋᆞ를 싱각ᄒᆞ여 허다ᄒᆞᆫ 보물을 다 믈니쳐 밧지 아니ᄒᆞ고 오직 봉난 일쥬를 거두어 도라와 쥬엇더니 부인이 샹히 몸의

34면

ᄯᅥᄂᆞ지 아니ᄒᆞ더니 그 ᄌᆞ숀드리 샹히 익이 보며 그 셔광을 긔이ᄒᆞ다 다 일ᄏᆞᆮ더니 공쥬 니ᄅᆞ미 그 픽산이 번잡지 아니믈 보고 긔특히 너겨 그 구슬을 쥬어 난봉의 긔특ᄒᆞᆫ 거슬 닐너 임쟈를 만ᄂᆞᆺ도다 ᄒᆞ고 쥬엇난 고로 공쥬 죤고의 ᄎᆞ시옵던 거시라 ᄒᆞ여 샹히 ᄎᆞ고 다니다가 혹 샹ᄒᆞᄆᆡ 이실가 조심ᄒᆞ여 례복의 ᄎᆡ와 두고 례ᄎᆞ의만 입더니 쇼연이 가마니 글너다가 쇼시를 쥬니 쇼시 대열ᄒᆞ여 가져다가 범싱을 쥬고 계교를 ᄒᆡᆼᄒᆞ라 ᄒᆞᄃᆡ 범싱이 대락ᄒᆞ여 바드니 뉘 그 은밀ᄒᆞᆫ 일을 알니오 범

35면

싱이 일일은 슐을 대취ᄒ고 조부의 나아오니 혜션도위 명쳔과 병부시랑 명윤이 대ᄒ여 언쇄 ᄌ약ᄒ거늘 범싱이 빗둑거름으로 드러와 안ᄌ니 명쳔은 시이불견ᄒ고 명윤은 마ᄌ 쇼이왈 네 요ᄉ이 쇼흑ᄉ의 독ᄌ녀셔 되여 부귀화락이 너모 과ᄒ거늘 ᄯᅩ 엇지 이러틋 취ᄒ여 ᄒ 진흙이 되엿나뇨 범싱이 취즁의 웃고 왈 이 범빅문이 금달공쥬와도 말을 ᄒ여시니 쇼가 녀셔로 홀노 일오리오 인ᄒ여 기리 탄식ᄒ고 내 비록 쇼쇼ᄒ나 구즁금샹의 만승텬ᄌ 앏히도 무샹이

36면

츌입ᄒ엿노라 ᄒ고 명쳔을 도라보와 닐오대 너 곳 아니런들 나도 거의 혜션도위되기를 앙망ᄒᆞᆺ다 조싱이 쳥이불문ᄒ고 니러ᄂᆞ고져 ᄒ거늘 범싱이 실언ᄒᆞᆷ믈 샤죄ᄒ고 붓들고 안ᄌ ᄒᄂᆞᆫ 말이 다 취즁 광언망셜이라 명윤 왈 네 실졍 외입ᄒ여시니 슈히 네 집으로 가라 범싱이 거즛 노ᄒ여 니러 가ᄂᆞᆫ 톄ᄒ고 닐오대 쥐킥이 실언ᄒ나 엇지 사ᄅᆞᆷ을 이대도록 핍박ᄒᆞᄂᆞ뇨 내 ᄯᅩᄒᆞᆫ 너의롤 아니 보기로 죽든 아니ᄒ리라 ᄒ고 갈 젹의 쥐엇던 금션도 나리치고 금낭도 썰치

37면

니 거의 밋츤 거동이 잇ᄂᆞᆫ지라 명윤이 그 금낭을 여러보니 ᄒ 봉ᄒᆞᆫ 거시 잇고 들메겨 보니 가쟝 무거온지라 ᄯᅩᄒᆞᆫ 화젼이 ᄒᆞ대 ᄲᅥ헛거늘 펴보니 ᄒ여시대 하놀이 쳡을 내시고 군을 내샤 후원 깁흔 화류뎡 아리셔 한가지로 놀게 ᄒᆞᆷ믄 우연ᄒ 일이 아니라 쳡이 비록 금지옥엽이나 군의 옥안영풍을 보미 가인의 다ᄒᆞᆫ 츈졍이 홀노 업ᄉ랴 군의 금셕 ᄀᆞᆺ튼 밍약이 심골의 밋쳣ᄂᆞᆫ지라 졍녕ᄒ 언약이 귀의 징징ᄒ고 군을 위ᄒᆞᆫ 졍셩은 물이 동으로 흐르ᄂᆞᆫ 듯ᄒᆞᆫ지

38면

라 조가의 슉셰 연업이 잇던가 츠싱의 원가런가 부황의 ᄯᅳᆺ이 조가롤 기우러져 혹ᄒ샤 졸약ᄒ 녀지 ᄉᆞ졍을 발뵈지 못ᄒ고 조명쳔의 긔믈의 드러시니 그 ᄉᆞ룸이 ᄂᆞᄌᆞᆷ이 아니오 그 가셰 젹으미 아니오 인물이 범류가 아니로대 쳡은 아시의 몬져 마음을 기우려 졍을 미ᄌ 둔 곳과ᄂᆞᆫ ᄀᆞᆺ지 못ᄒ거늘 겸ᄒ여 조싱이 분의롤 싱각지 아니ᄒ고 무

인심야의 대호여도 외인을 대훈 듯 대빈을 대홈굿치 수이가 닝낙호고 셔로 금금동셔의 친애호는 견권지졍이 믹믹호니 의심호건

대 나의 영광옥안을 보고 향긔로온 몸을 대훈즉 득도훈 고승이라도 능히 참지 못호려든 조싱이 부부의 관슉훈 졍이 업셔 은은이 박대 심호니 내 심규홍안으로 박명훈 죄인이 되리오 이졔 나의 몸의 진이던 픠산 일쥬를 보내여 졍을 표호느니 형셰를 보와 구약을 완젼호고 명쳔을 죽여 뻐 후환을 업시홀 거시니 삼가 신즁호고 조급히 구지 말나 쳡이 명쳔으로 명왈 부뷔나 실은 남이라 실노 부부지도를 힝치 못호여시니 조가의 며느리 아니라 녀즈의 뎡렬이 손샹

호나 일홈만 샹홀 쑨이고 실노 실힝은 아닐 둧호고 내 몸이 스스로 질겁고져 호느니 미스를 근신히 호여 타일 만년지봉을 바라노라 호엿더라 명윤이 일견의 대경희참호여 명쳔을 쥬어 왈 이 글이 하쳐 츌인고 가장 고이호도다 호니 부미 굿투여 글을 보지 아니호고 오직 그 봉난 삭인 거슬 보다가 이윽히 안식을 곳치고 날호여 옥난을 거두워 숀의 쥐고 아모 말도 아니호거늘 시랑이 쇼왈 네 무슴 뜻으로 글을 보지 아니호고 난옥은 남즈의 가질 거시 아니어늘 거두어

가지는다 부미 즈약히 웃고 대왈 셔서 짐죽건대 비례지셜이니 군직 볼 거시 아니오 이 옥난은 비록 군즈의 긔물은 아니라도 우연훈 거시 아니라 겸호여 즈당이 스당호시던 거시니 내 보고 바리는 거시 올치 아니훈 고로 거두어 가지느이다 시랑이 대경의아 왈 슉모의 슈즁보물이 엇지훈 곡졀노 범싱의 낭즁 긔물이 되여시며 그 셔시 여츳여츳훈 말을 뼈시니 실노 사름으로 히참호고 경괴통히호믈 이긔지 못홀 일이로다 부미 잠쇼 왈 형의 의혹호심도 고이치

아니호거니와 다만 춫시 아른 톄 홀 일이 아니니 원컨대 형장은 불츌구외호쇼셔 명

윤이 그 말을 짐즉ᄒ고 다만 졈두ᄒ고 말을 아니ᄒ니 원내 명윤과 명쳔은 일홈이 지 종형뎨나 일ᄐᆡᆨ지샹의 조부모ᄅᆞᆯ 쥬야 동실동유ᄒ여 뫼시ᄆᆡ 셔로 힐항지졍의 동복쇼 싱 ᄀᆞᆺ고 셔로 두 ᄉᆞ름의 셩품은 각각이나 이졔 둘히 의논인즉 졍ᄒᆞᆷᄆᆡ 일즉 입밧긔 내 지 아니ᄒ니 아모도 알 니 업더라 부ᄆᆡ 이후로ᄂᆞᆫ 의심은 업ᄉᆞ나 측ᄒᆞᆫ 쥬의 니러나 보 지 아니ᄒ고 그 곳의 가지

43면

아니ᄆᆡ 조흔 고로 싱각ᄒᆞᄃᆡ 셔간은 혹 흉인이 이셔 ᄉᆞ어ᄅᆞᆯ 지어내ᄆᆡ 고이티 아니ᄒᆞ 나 난옥은 뉘라셔 가져다가 져ᄅᆞᆯ 쥬엇ᄂᆞᆫ고 공쥬 하가ᄒᆞᆫ 지 슈월이 못ᄒ고 날노 더브 러 이셩지합근을 아녀시므로 가내인이 알 니가 업거ᄂᆞᆯ 이 말을 내ᄆᆡ 고이ᄒᆞᆫ고 뉘 이 셔 이런 비밀지ᄉᆞᄅᆞᆯ 다 푼포ᄒᆞ엿ᄂᆞᆫ고 공쥬의 긔질이 ᄒᆞᆫ졈도 이런 흉ᄒᆞᆫ 곳의 도라갈 일은 만무ᄒ니 사름의 쇼공지라 남의셔 긔특ᄒᆞᆫ 일은 ᄒᆞ지 못ᄒᆞᆫ들 이런 음흉대악의 강도의 일을 ᄒᆞ리오 렴녜 번다

44면

ᄒᆞ여 ᄌᆞ연 일흥이 ᄉᆞ연ᄒ니 공쥬ᄅᆞᆯ 향ᄒᆞᆫ 태산 ᄀᆞᆺ튼 즁졍이 감ᄒᆞ여 혹 궁의 니ᄅᆞ나 긔 운이 싁싁ᄒᆞ여 대ᄒᆞ나 힝노인 ᄀᆞᆺ트니 사름이 불감앙시ᄒ고 그 심지ᄅᆞᆯ 측냥치 못ᄒᆞ더 라 어시의 싱이 글 지어 쥰 오인이 뇽방의 올나 한원의 근시ᄒ니 부ᄌᆞ 화ᄒ고 병뫼질 환이 나흔지라 그 날 룡뎐 즁의셔 보니 져의 글 지어 쥰 쟝원랑이 은인인 쥴 알고 이 시나 직ᄉᆞ의 다사ᄒᆞ여 ᄒᆞᆫ가치 못ᄒᆞᆫ지라 ᄒᆞᆫ번도 ᄎᆞᄌᆞ 치샤치 못ᄒᆞ엿더니 조싱이 ᄯᆞ흔 부마의 ᄃᆞ니 만ᄂᆞ지 못ᄒᆞ엿다

45면

가 비로쇼 니ᄅᆞ러 텬디 ᄀᆞᆺ튼 대은을 치샤코져 홀ᄉᆡ 조부ᄆᆡ 하님졍 오인의 명함을 보 ᄆᆡ 보기ᄅᆞᆯ 질겨 아냐 유질ᄒᆞ여 숀을 대긕지 못ᄒᆞ므로 닐너 그져 도라보내고 그 후 ᄌᆞ 긔 스ᄉᆞ로 하님졍 집으로 ᄎᆞᄌᆞ가 회샤ᄒ고 진졍으로 그 은혜 두ᄌᆞᆯ 괴로와 구외의 일졍 내지 말기ᄅᆞᆯ 쳥ᄒᆞᄂᆞᆫ지라 오인이 져의 이 일을 셰샹의 알가 두려ᄒᆞ니 엇지 누셜 ᄒᆞ리오 오즉 심규의 ᄉᆞ여 잇지 아니ᄒ고 이후 친위되여 ᄉᆞ싱지교ᄅᆞᆯ 후래의 ᄌᆞ녀ᄅᆞᆯ 인친ᄒ고 허다 셜홰 조시후록의 잇ᄂᆞ니라 이쩍 명윤

46면

의 쳐 한시 구가의 니르런 지 슈삼 년의 싱즈ᄒ여 크게 비상ᄒ니 틴부인긔 오대손이 되는지라 조노공이 깃그믈 이긔지 못ᄒ여 소랑이 톄톄ᄒ고 명윤의 공경즁대ᄒ미 산비ᄒ박ᄒᄃᆡ 풍류호승을 바리지 못ᄒ여 쇼당의 금초지렬이 열이 넘고 태상경 녀원샹의 녀를 우연이 마조쳐 크게 ᄉ모ᄒ여 황상을 촉ᄒ여 혼인을 도모ᄒ니 원내 녀태샹부인이 구가 친쳑인 고로 윤가 연셕의 녀ᄋᆞ를 다리고 왓다가 녀ᄋᆞ를 보고 윤부인을 보치여 근본을 알고 친우 고흑ᄉ를

47면

보치여 샹젼의 쥬청ᄒ고 제 뜻을 알외미 샹이 조명윤을 ᄉ랑ᄒ시미 특별ᄒ신지라 즉시 젼지를 나리와 갈오샤ᄃᆡ 한림혹ᄉ 병부시랑 조명윤은 국가의 동냥이오 문무지직를 아오ᄅ 짐이 슈족 ᄀᆞᄐᆞ니 맛당이 여러 쳐쳡을 ᄀᆞ초와 ᄌᆞ손이 션션ᄒ여 기리 죵샤를 도으리라 ᄒ고 짐이 특별이 태샹경 녀원샹 일녀로 명윤의 직실을 삼ᄂᆞ니 낭개 밧비 황명을 슌슈ᄒ라 조태식 듯고 탄왈 탕즈를 엇지 셩상이 이런 셩지로 그 뜻을 도으샤 방탕을 돕ᄂᆞᆫ고

48면

방약을 기ᄅ시미로다 ᄒ니 진왕이 쇼왈 명윤이 호긔츌류ᄒ여 너와 긔샹이 내도ᄒᆞᆫ지라 황샹도 아ᄅ보시고 슉녀를 샤혼ᄒ시니 엇지 셩은을 괴로와 ᄒ는 말을 내ᄂᆞ뇨 태식 공슈 대왈 엄괴 맛당ᄒ시나 이 샤혼이 셩의 스스로 ᄒ시미 아니라 반드시 계청이 이셔 탕즈의 쳥이 텬덩의 올ᄂᆞᆺ는지라 그 욕심이 마즈믈 탄호미로쇼이다 왕이 졍식왈 군지 엇지 억료를 ᄒ여 비록 슈ᄒᆞᆫ들 드ᄅ리오 초공이 미쇼 왈 질ᄋᆞ의 말삼도 그ᄅ지 아니ᄒ고 형쟝의 말삼도 맛당ᄒ시니

49면

원ᄂᆡ 명윤이 ᄒᆞᆫ 녀ᄌᆞ만 취ᄒ고 이시면 가히 조혼 일이 될 거시니 즉금 ᄯᅩ흔 한시만 아닌가 ᄒᆞᄂᆡ이다 지ᄌᆞᆫ 막여뷔라 질ᄋᆞ의 말이 그 ᄌᆞ식을 모르고 ᄒᆞᆫ는 말이 아니니이다 왕이 쇼왈 연이나 ᄋᆞ히 죵시 허랑방탕ᄒ여 외입홀 아히는 아니라 슈십 쳡을 두나 졔가는 극진이 ᄒ리라 내 셕시의 유현을 근심ᄒ여시되 죵시의 대현군지 되리라

ᄒ엿ᄂ니 이 ᄋ히 종시 호걸의 풍치 잇는 고로 이러ᄒ미니 본셩이 걸츌ᄒ 후ᄂ ᄋ모 근심이 업ᄂ이라 초공이 공슈ᄒ고 대왈 형쟝 말

50면

슴이 맛당ᄒ시나 유현을 졔 의ᄉ대로 바려두어 일분 관쇽ᄒ 일이 업게 ᄒ던들 엇지 지금의 군지 되여시리잇고 위인이 총명ᄒ고 녁량이 심원ᄒ미 ᄲᅵᄃ르며 잘 그치거니 와 가마니 바려두어 졈졈 방약ᄒ기ᄅ 기ᄅ면 져러치 못ᄒ리이다 진왕이 심연탄복 왈 현데 말이 올타 ᄒ더라 녀가의셔 택일ᄒ여 보ᄒ니 일지 슈슌이 가렷ᄂ지라 조부의셔 질겨 아니ᄒᄂ 혼인이나 마지못ᄒ여 혼례ᄅ 일올시 조시랑의 깃거ᄒ믄 미우의 영롱 ᄒ대 부친의 슉묵ᄒ

51면

믈 두려 깃븐 긔운을 치 펴지 못ᄒ더라 즁당의셔 친쳑들만 모ᄃ도 너른 쳥즁이 부녜 가득ᄒ더라 태부인이 한시ᄅ 명ᄒ여 신랑의 길복을 셤기라 ᄒ니 한시 슈명ᄒ여 나아 올시 옥뫼 ᄌ약ᄒ고 화풍 츈일이 혜풍의 다ᄉᄒ여 유화로온 긔식이 일좌ᄅ 동ᄒᄂ지 라 만좌 즁인이 칭찬ᄒ고 초공이 하례 왈 금일 한시의 거동을 보니 명윤의 쾌ᄒ 복을 알니로다 형쟝의 종새 션션ᄒ고 문회 창셩ᄒ 쥴을 일노조ᄎ 알지라 쇼뎨 실노 깃브 믈 치하ᄒᄂ이다 이ᄶᅥ 진왕

52면

부ᄌ의 화긔 우희염즉 ᄒ더니 초공의 칭ᄒᄒ믈 바드니 더욱 깃그믈 이긔지 못ᄒ여 희연 쇼왈 나의 총부 쇼시ᄂ 녀즁 현재러니 ᄉᆫ부 한시 녀즁 대셩인이라 며ᄂ리 족히 그 싀어미 후ᄅ 니을지니 엇지 오문의 경ᄉᆡ 아니리오 조부인 등이 쇼왈 한시 비록 화 긔ᄅ 가져 가부의 길긔ᄅ 셤기나 엇지 즐거온 일을 ᄒ노라 실노 질기리오 비록 공슌 유덕이나 명을 슌ᄒ고 본대 마음이 덕을 일치 아니코 녀자의 도리와 렴치ᄅ 아ᄂ 일 이라 ᄒ려니와 그러나 양뎡의 화란을 지

53면

내지 아니ᄒ엿고 평안ᄒ 시졀의 위의 좃친 지실을 어드니 그 례ᄅ 아ᄂ 녀지 ᄉ싀이

이신들 구타여 삼디의 긔특다 호고 칭호믄 아지 못호리로쇼이다 진왕이 쇼왈 나의 손부로뻐 금일 거조로 긔특다 호는 거시 아니라 원내 기량이 텬디오 기심이 하히라 명윤이 내조로 힘입어 정도의 도라가 여러 쳐쳡을 두어도 문왕의 샤시와 흡수호리니 엇지 그 싀어미로 의논호리오 즁인이 대쇼호고 조시 등이 일쟝을 닷토니 정슉렬이 쇼왈 발셔 머리의 빅스를 드리올 찍의

54면

쇼년 신인이 드러오는 날마다 우리 등의 렴을 너모호기로 지리호니 져져 등은 그만호여 그치쇼셔 며느리 대대로 나으량이면 문호의 대경이라 져져 등 져곳치 챡급호여 호시미 도로혀 고이호나이다 화영셜 삼퓌 팔흘 쏨내여 다라드러 이다라 닐오디 우리 양졍 두 부인긔는 쳔만고의 일너도 업슬 거시니 한쇼져와 공쥐신들 엇지 나으리잇고 양졍 두 부인의 얼골을 대호여 져므도록 관경호여도 빅태졔미호와 한 곳 햐즈홀 곳 업스니 우리 노인의 눈의는 양졍 두 부인

55면

긔는 당호리 업스니이다 위부인이 쇼왈 너의 삼인의 말이 과연 올타 호더라 초공이 쇼이 대왈 수졍의 가리와 그리 알오시나 명쳔의 부즈로 의논호미 얼굴풍신이 낫다 홀 거시 업스대 그 온즁홈과 만시 완젼호미 제 아비게 승호미 이시니 닐오미로쇼이다 조노공이 빅슈를 어르만져 희연 쇼왈 명쳔이 비록 긔특호나 그 아비의게 성호 일이 무슨 일이뇨 내 쇼견의는 쟝부의 위풍과 영웅의 긔상은 오히려 승어뷔너라 태부인이 쇼왈 너는 네 손즈를 낫게 너기나

56면

내 뜻은 명쳔의 한아비 최승호가 호노라 즁인이 대쇼호고 맛당호시믈 일굿더라 조싱이 하직호고 위의를 거느려 녀부를 향홀시 요긱이 대로를 덥헛고 쟝호 위의 긔록호기 어렵거늘 신랑의 일월풍광이 셰대무젹이라 관광재 칙칙칭찬호더라 옥샹의 홍안을 견호고 신부 샹교를 지촉호여 부즁의 도라오니 남풍녀뫼 진짓 일대가위라 신랑이 신부의 쳔태만식을 보고 깃브믈 참지 못호더라 신뷔 단장을 곳치고 조률을 밧드러 헌구고 홀시 즁목이 눈을

57면

드러 보니 이 엇지 쇼쇼범인이리오 면모샹광이 이애ᄒ여 일만 ᄌ태 일쳔화신이라 즁 긱이 일시의 태ᄉ 등을 향ᄒ여 팅하 왈 오ᄂ 족족 쳔고미식이 요조ᄒ오니 문호의 복 덕이로쇼이다 태ᄉ 흔흔이 질겨 한시로 병좌ᄒ라 ᄒ니 한쇼졔 블안ᄒ나 공손이 답례 ᄒ고 엇개를 굴와 좌뎡ᄒ니 냥인의 샹광이 셔로 보미 샹하치 아니ᄒ더라 일모ᄒ미 슉쇼로 물너갈ᄉ 시랑이 혼졍 후의 긔를 씌여 신방의 니른대 신뷔 니러 맛거늘 싱이 답빈ᄒ고 옥슈를 잡아 우으며 ᄌ긔 윤가 연상의셔

58면

잠간 보고 ᄉ모ᄒ여 황상의 쳥쵹으로 졍혼ᄒ믈 니른니 신뷔 졍식부답ᄒ더라 싱이 닛 그러 나위의 나아가니 견권ᄒᄂ 졍이 낙쳔의 무릇녹아 비취 년리지의 길드리ᄂ 듯 원앙이 녹슈의 희롱ᄒᄂ 듯 쑴인동 샹신동 몰나 혼박이 스러지더라 이윽고 금계 악 악ᄒ니 냥인이 니러 쇼셰ᄒ고 존당의 배고ᄒ니 존당이 각별 ᄉ랑ᄒ고 졔ᄉ 쇼괴 칭 찬ᄒ고 한소졔 환연이지ᄒ더라 태ᄉ 비로쇼 황상긔 쳥죡ᄒ 쥴 알고 탄왈 이 아ᄒ 이 러툿 방ᄌ하니 그져 두지 못ᄒ리라 ᄒ고 협문을 닷고 후당의

59면

좌뎡ᄒ여 노ᄌ를 불너 싱을 잡아 ᄭ우지져 왈 탕ᄌ 능히 너희 죄를 아ᄂ다 어린 아ᄒ 식심을 동ᄒ여 감히 샤혼을 임의로 ᄒ니 엇지 한심치 아니리오 언필의 위의 묵묵ᄒ 니 시랑이 하당쳥죄의 태ᄉ 즐왈 오문풍쇽이 태로 흑식을 위업ᄒ여 모든 년쇼 풍 류쟈로 도리를 일치 아니ᄒ거늘 네 집의셔 여러 창녀를 모ᄒ고 졍실 한시를 부족ᄒ 여 날을 쇽이고 부모를 긔여 불고이취와 일반으로 취실ᄒ니 ᄯ흔 졍실노 희롱이 낭 ᄌ하니 쳥쵹을 유셰ᄒ미 엇지 사름의 넘치

60면

리오 네 날을 블명암약ᄒ므로 긔탄이 업시 방일흔다 내 비록 존당 ᄯ을 슌ᄒ미나 네 죄를 그져 못둘지라 다시 내 귀히 챵물을 모화 방탕ᄒ미 들닌즉 부ᄌ륜긔를 ᄭ쓴치리 라 언파의 실로 쟝칙을 더을ᄉ 시랑이 존당 이릭로 흔 번 태쟝을 못 마즛다가 불시의 태ᄉ의 엄노를 당ᄒ니 싱이 알프믈 이긔지 못ᄒ나 본대 쟝믹이라 이십여 쟝의 살이

써러지고 피 느니 싱이 이고 왈 쇼지 죄 슈스난속이나 야애 셩덕의 형벌을 늦초와 신셩됴회를 궐치 말게 ᄒ쇼셔 히이 엄교대로

61면

ᄒ오리다 태시 닝쇼 왈 내 너와 부지라 ᄒ미 통히토다 ᄒ고 다시 고찰ᄒ여 스십여 쟝의 뉴혈이 낭즈ᄒ고 즈로 혼절ᄒ는지라 태시 존당의 노를 두려 져기 긋치고 경계ᄒ니 싱이 졍신을 ᄎ려 니러나 직비슈명ᄒ고 효슌즈약ᄒ니 태시 싱각ᄒ대 이 아히 쟝냑이 여ᄎᄒ니 대인이 뷹히 아르시미라 ᄒ더라 ᄎ야의 명윤이 태ᄉ긔 시좌ᄒ고 명묘의 신셩ᄒ여 ᄉ긔 즈약ᄒ니 일렴의 념녀를 놋치 못ᄒ더라 싱이 신셩ᄒ고 슉친을 뫼셔 조회의 드러가니 이날 샹이 부마 명쳔과 일대 명

62면

ᄉ를 다 모화 글을 지어 고하를 분변ᄒ실ᄉᆡ 명윤의 강하 ᄀᆺ튼 대지 슈다 명ᄉ의 읏듬이라 샹이 크게 이즁ᄒ샤 명윤으로 문연각 태흑ᄉ를 도도시고 명쳔으로 츈방흑ᄉ를 ᄒ이시니 원내 명쳔은 부미나 위인이 관대ᄒ므로 태즈를 근시ᄒ는 츈방흑ᄉ를 ᄒ이시다 냥인이 일층 명망이 더은지라 존당부뫼 두굿기며 너모 조달ᄒ믈 도로혀 두리더라 가즁이 다 명윤의 슈쟝ᄒ 쥴을 모르대 오직 한쇼졔 지긔ᄒ고 쟝챵 냥약을 가져 ᄉ실의 니르면 구호ᄒ니 흑시 신긔히 너겨 잠

63면

쇼ᄒ고 무르니 한시 개용 왈 셩인이 굴오샤대 신톄발부는 슈지부뫼라 불감훼상이 효지시애라 ᄒ시니 이러므로 악졍직 발이 샹ᄒ니 두 달을 근심ᄒ니 이 효즈의 도리라 이졔 부지 비록 년쇼쟝년이나 부모유톄를 넘ᄒᄆᆡ 업셔 스스로 사름을 긔이고 알키를 심샹히 ᄒᄂᆞ뇨 대인의 지극ᄒ 훈계 도로혀 불의의 가실지니 군은 스스로 진즁ᄒ쇼셔 흑시 쳥파의 참괴ᄒ고 감격칭샤 왈 어지다 부인의 말슴이어 싱이 비록 무식ᄒ오나 불의의 드지 아니리라 이 일이 동긔도 모르

64면

거든 부인이 엇지 아ᄂᆞ뇨 가르치는 말을 드르니 막힌 거시 열니는쏘다 한시 염용칭

샤왈 대인이 슈장ᄒ시나 씨듯지 못ᄒ시다 가첩의 일언의 여ᄎᄒ시니 이는 셩인이 초부다려 무르시니이다 싱이 감탄ᄒ고 약을 쁠시 싱이 쇼왈 부인이 명의 아니로대 의리ᄅᆯ 관통ᄒ시ᄂᆫ냐 부인이 미쇼부답이라 ᄒ시 녀시 냥인이 화위 동긔 ᄀᆺ고 승슌군즈ᄒ여 후리의 평능휘 혹ᄉ다려 웃고 왈 너의 남시 여ᄎ여ᄎᄒ대 경칙ᄒ미 업더냐 혹시 쇼이부답이라 휘 지삼 무르니 혹시

65면

장칙 바드믈 고ᄒᆫ대 휘 놀나 무르시니 싱이 슈월 젼 슈칙ᄒ믈 그대도록 관겨치 아니믈 고ᄒᆫ대 휘 변식고 엇지 능히 견대여 ᄉ식이 업더냐 다시난 그르지 아니ᄒ려 ᄒᄂᆫ다 싱이 지비 왈 실노 일빅 장을 마져도 쳐쳡은 바리지 못ᄒ려니와 엄뫼 지ᄎᄒ시니 감히 의ᄉᄅᆯ 못ᄒ옵거니와 맛츰내 바리든 못ᄒᆯ지니이다 원컨대 슉부는 쇼원을 일우게 ᄒ쇼셔 능휘 쇼왈 네 말이 여ᄎᄒ니 형장긔 고ᄒ여 ᄉ십 장을 더 맛게 ᄒ리니 엇지 십창을 모호게 권ᄒ리오 나

66면

는 쇼시의 여러 챵쳡을 두나 엄젼의 긔이지 아냐 허ᄒ시믈 어드미라 그러나 그 긔샹을 ᄉ랑ᄒ여 십창을 도모ᄒ여 져의 쇼원을 일우게 ᄒ려 ᄒ더라 화셜 화외 공쥬ᄅᆯ 히ᄒ려 쇼연을 쳐결ᄒ여 난옥을 도젹ᄒ여 음셔ᄅᆯ 뵈나 조싱의 하히지심과 텬디지량이 죵시 셩식을 부동ᄒ니 기심을 탁량치 못ᄒᆯ네라 공쥬궁의 왕리 여젼ᄒ니 쇼시 착급ᄒ여 다시 공교ᄒᆫ 쇠ᄅᆯ 싱각ᄒ며 이 가즁의 읏듬 쥬장ᄒᆯ 쟈는 조노공이라 노공의 뜻을 어드면 가히 공쥬의 젼졍을

67면

마회ᄒ여 부부지의ᄅᆯ 씬치리라 ᄒ여 노공 면젼의 슈쟉ᄒᆫ는 셔동비ᄅᆯ 범싱이 쳐결ᄒ여 챠 가온대 고이ᄒᆫ 약을 타 드리라 ᄒ여시대 진 초 이 공이 슉야의 밧드러 좌우의 즈손의 시호ᄒ미 써널 젹이 업시니 시녀 셔동이 엇지 햐슈ᄒ리오 내당시녀 즁 셜진을 회뢰ᄒ여 가마니 음식의 약을 두어 태부인과 조노공 부부ᄅᆯ 변심ᄒ게 ᄒᆫ 후의 범싱이 텬하미식의 일등졀염을 어더 와 졔 가축고져 화요ᄅᆯ 뵌대 화외 내심의 대경ᄒ여 싀투지심을 이긔지 못ᄒ여 가마니 귀히 틱여

68면

범싱을 달내여 일계를 가르치니 뉘 능히 알니오 져 범싱이 명윤 쳐 한시를 보지 못하여시나 그 아름다온 일홈을 흠앙하던고로 져 화외 요언을 창셜하고 범싱을 속이나 범싱이 대회하며 그 미인을 제 긔믈 삼지 아니하고 화외 제 외조 경찰졍을 보치여 조노공을 쳥하니 노공이 본대 지량이 업고 긔력이 견강혼지라 경공이 쳥하믈 인하여 경부의 오니 경공이 본대 부혼 늙은이오 화요의 모녀를 만금보옥갓치 아니 언쳥계용하는지라 짐짓 치족관대하며 그 미

69면

녀를 내여 잔을 부으며 그 미녀는 무릉션이라 빅미쳔염이 홀난하여 사름의 심셩을 기우리고 말이 민쳡하고 풍치 표연하여 송옥의 동가녀와 조식의 남신 길임만 곱다 못하리로다 경공이 우스며 글오대 쇼데 형으로 격장의 이셔 됴모의 양셔 샹의하여 졍의 골육 갓고 친친지의 냥방의 비기리라 오늘은 아름다온 식 슐 마시 향긔롭고 졀염미식이 니르러시니 노형을 쳥하여 한잔을 헌코져 하노라 조노공이 본대 풍뉴화려하여 여러 회쳡을 갓가이 하나 이졔 년쟝 팔

70면

십이라 엇지 식념이 일시의 나리오마는 고이혼 약이 쟝부를 흐리왓고 노인의 마음이 유약혼지라 무릉션의 얼굴을 보민 홀연 마음이 요동하여 빅슈를 어르만지며 글오대 형의 후졍이 가히 감스하도다 쇼데 나히 발셔 팔십의 림하고 긔력이 쇠모하나 인싱이 빅년이 늣거온지라 남으의 호스를 다하여 마즈막 즐기고 죽으려 하느니 쳥컨대 무능션을 날을 쥬믈 바라노라 경공이 쾌허하고 질기다가 파하고 무릉션을 조부로 보니니 이씨 진 초 이 공이 묘당의 일이 이셔 날이 어

71면

두운 후 도라오니 노공이 임의 대셔헌을 슈쇄하고 무릉션을 다리고 잇는지라 진 초 이 공이 막블경희하나 긔운을 나즉히 하고 뫼셔 안즈니 졔죄 년하여 뫼시민 광실이 좁으며 휜당이 터질 듯혼지라 노공이 젼일은 즈손이 모드면 회연이 두굿거오믈 먹음어 나가믈 민망이 너기더니 금일의는 졔즈졔손이 모드믈 괴로워 닐오대 내 맛초와

이 미인을 어더 파젹고져 흐느니 너의 여러히 모드니 이 미인이 붓그려 흐는지라 다
물너가라 흐고 진왕으로 더브러 고요히 단좌흐고 가쟝 괴로

72면

와 흐니 허다 졔숀이 막불의아흐여 면면상고흐거늘 초공이 명흐여 내여보내고 형으로
더브러 고요히 뫼셔 부친 금구를 포셜흐고 형뎨 셔로 도라보며 말을 내고져 흐식 냥
공이 일시의 부복 이셩화식 쥬왈 히ᄋ 등이 불초흐와 노릭즈의 치의 입으믈 효측지
못흐므로 대인이 울젹흐샤 져 미인을 다려오시나 렴컨대 대인의 츈취 놉흐시고 셩휘
예굿지 못흐시니 히ᄋ 등이 이 말솜을 듯즈오미 심불부톄 흐옵는지라 식은 셩쟝지년
도 사룸의게 히롭亽오니 대인의 붉으시므로

73면

엇지 히아의 마음을 통촉지 못흐시리잇가 만일 파젹고져 흐실진대 명윤의 가뮈 능녀
흐고 명인의 무쉼 무젹흐며 유현 운현 등이 비록 나히 찬조를 면흐여亽오나 대인이
보시고져 흐시미 무슨 노릇슬 못흐리잇가 금야의 쾌히 희롱을 다흐여 져의 형뎨 부
즈 슉질을 다 부르샤 가무를 시기시면 현금을 농흐여 우으시믈 돕고 져 미인을 졔 곳
의 도라보내시믈 바라느이다 노공이 마음이 변흐여 무릉션을 황혹흐엿는지라 엇지
질겨 바리리오 잠간 웃고 굴오대 여등은 고이흔 넘녀

74면

를 말나 내 팔십지년의 셩식연회의 마음을 두어 근심을 즈식의게 더으리오 다만 초
인의 풍물이 비샹타 흐고 거동이 민쳡총아흐니 노인이 좌하의 의건을 쇼임흐고져 흐
노라 즈숀의 금현가무는 다 보와시니 금일은 초녀의 지조를 보고 파젹고져 흐니 여
등은 과려말고 물너가라 쯧을 슌흐미 효되니 내 여년이 무다흔지라 즐기믈 다흐고져
흐느니 어의도 막으미 가치 아니흐고 모친이 아르시면 불열흐시리니 구외불츌흐라
왕의 형뎨 부친 쯧을 앙쳠흐고 시러금 홀일업

75면

셔 유유히 퇴흘식 진왕이 대탄 왈 이런 근심이 이시믄 실노 넘 밧기라 져 녀직 어내

길노 좃추 니룬고 초공 왈 이 젹지 아닌 불힝이라 츌쳐룰 오래지 아냐 드러 알녀니와
엇지ᄒᆞ여 업시홀고 이러툿 근심ᄒᆞ여 자지 못ᄒᆞ고 ᄎᆞ후 노공이 모친긔 뵈온 밧근 대
셔헌의셔 무릉션을 총이ᄒᆞ니 무릉션이 안식이 곱고 요괴로온 말과 교혜능변이 져믄
장부도 혹ᄒᆞ려든 팔십노인이 고이ᄒᆞᆫ 약을 먹고 혹ᄒᆞᆷ을 엇지 니ᄅᆞ리오 날노 미혹ᄒᆞᄆᆡ
힝동이 실조ᄒᆞ여 거지 고이ᄒᆞᄆᆡ 밋ᄎᆞ니 진 초 이

76면

공이 우황ᄒᆞᄆᆞᆯ 큰일을 맛남 ᄀᆞᆺ고 ᄌᆞ손이 다 황황ᄒᆞ여 부듕의 화긔 감ᄒᆞ더니 쇼시 이
의 계교룰 가ᄅᆞ쳐 조노공을 혼동ᄒᆞ니 노공이 바야흐로 사름의 마음이 못되여 본셩을
일허시나 일단 셩효는 텬셩이라 변ᄒᆞᄆᆡ 업셔 모친의 환후 즁ᄒᆞᄆᆞᆯ 황황초젼ᄒᆞ니 무릉
션이 갈오대 쳡이 잠간 이인을 ᄯᆞᆯ와 산간의 왕ᄅᆡᄒᆞ며 상보며 츄슈ᄒᆞ기룰 잘ᄒᆞ더니
이졔 귀부의 와 샹공의 여러 ᄌᆞ손과 쇼져 부인내룰 보오니 개개히 긔특ᄒᆞ샤 비범ᄒᆞ
시ᄃᆡ 오직 혜션 공쥬와 한쇼졔 츄텬의 고

77면

음과 녀후의 음악을 겸ᄒᆞ여시니 이졔 태부인 환후도 다른 사름의 슈단이 아니니이다
노공이 이ᄊᆡᄋᆡ는 굉걸졍직ᄒᆞᄆᆡ 변ᄒᆞ여 다른 사름이 되엿ᄂᆞᆫ지라 다만 니ᄅᆞ대 너는 말
마다 다 긔특ᄒᆞ도다 공쥬와 한쇼부는 우리 알믄 슉렬ᄒᆞ더니 엇지ᄒᆞ여 그리 스오나온
고 그 모친이 져희룰 극진히 ᄉᆞ랑ᄒᆞ시니 참아 엇지 히홀 슈단이 이시리오 무릉션이
웃고 골오대 샹공이 노쇠ᄒᆞ며 총명이 암연ᄒᆞ시고 진 초 이공과 태사 능휘 일월지총
이나 ᄉᆞ졍의 가리와 아지 못ᄒᆞ시니 쳡은 텬태 삼신산 치

78면

약 션녀러니 하늘이 존문의 복경을 우ᄒᆞ시고 신명이 보조ᄒᆞᄂᆞᆫ지라 특별이 쳡으로 ᄒᆞ
여곰 이곳의 보내여 일시지간이라도 노샹공 뫼시게 ᄒᆞ기는 업셔져 가는 조시 샤룰
붓드러 대간의 두 며ᄂᆞ리룰 젹발ᄒᆞ여 존가 화룰 구ᄒᆞ려 ᄒᆞ미니 엇지 잠잠ᄒᆞ여 볼 만
ᄒᆞ리잇가 조명윤 쳐 한시 본대 조싱으로 삼싱원ᄉᆡ 발원ᄒᆞ여 조시 총뷔되여 멸종코져
ᄒᆞ니 물셩이쇠는 고긔변야요 진황한무의 위엄이나 쟝싱홀 슈단을 엇지 못ᄒᆞ니 이졔
조시 누대 쟉녹과 복경이 과의라 엇지 지앙이 잘 업스리오

79면

한쇼져룰 내여 조문을 마희ᄒᆞ대 오히려 노샹공의 심인후택이 잇ᄂᆞᆫ 고로 쳡으로 옥셕을 분변ᄒᆞ여 급화룰 구케 ᄒᆞ니 한시 시방 혜션공쥬와 동심ᄒᆞ여 간부룰 드려 조부룰 멸코져 ᄒᆞᄆᆞ로 몬져 져쥬룰 태부인긔 ᄒᆞ니 만일 파내지 못ᄒᆞ면 태부인이 불급 ᄉᆞ오 일의 일이 ᄂᆞ고 샹공과 졔조의 명이 다 위태ᄒᆞ리니 쟝ᄎᆞᆺ 녀ᄌᆞ의 쟉변이 두렵지 아니리잇가 조노공이 쳥필의 심신이 셔늘ᄒᆞ여 즉시 무릉녀로 ᄒᆞ여금 흉예지물과 츅ᄉᆞ룰 어더내니 태부인으로븟터 조노공과 진 초 이공을 ᄎᆞ례로 비러

80면

흉ᄒᆞᆫ 셜화 다 보지 못ᄒᆞᆯ네라 노공이 이룰 보고 대경ᄒᆞ여 졔손부의 글시룰 빙쥰ᄒᆞᄆᆡ 가중이 흉흉ᄒᆞ고 진 초 이 공이 모다 일을 뭇ᄌᆞ온대 노공이 졔쇼져의 필젹을 가져 츅ᄉᆞ와 빙쥰ᄒᆞ니 다 갓지 아니ᄒᆞ듸 오즉 한시와 공쥬의 글시 창히 ᄀᆞᆺ더니 두 글시로 의연이 방불ᄒᆞ여 원내 한시와 공쥬의 슈필이 예ᄉᆞ 문필과 달나 은하의 근원과 산쳔의 영긔룰 모화 슈단이 되니 필톄 비등ᄒᆞ여 난봉이 춤츄고 ᄌᆞ획이 쥬옥을 흣시니 쳘ᄉᆞ룰 드리온 듯 긔특ᄒᆞᆫ 필획이 엇지 붓 ᄭᅳᆺ히 임내 내여 간ᄉᆞ히 모

81면

ᄉᆞᄒᆞ며 비겨 ᄀᆞᆺ다ᄒᆞ리오 지쟈와 식안이 잇ᄂᆞᆫ지라 한시 공쥐 일이 아니믈 아오대 노공이 병든 마ᄋᆞᆷ과 그릇 된 눈의ᄂᆞᆫ 완연이 한솜으로 쑴 ᄀᆞᆺᄐᆞᆫ지라 노공이 대로ᄒᆞ여 냥 안이 둥글고 면식이 찬 ᄌᆡ ᄀᆞᆺᄐᆞ야 글오대 비록 황녜나 결단ᄒᆞ여 여ᄎᆞᆫ 녀ᄌᆞ룰 집의 머므러 나의 ᄌᆞ손이 멸망지화룰 취티 못ᄒᆞ리니 사ᄉᆞ로이 쳐치 못ᄒᆞ리니 쟝ᄎᆞᆺ 이 변을 탑젼의 알외와 공졍이 일을 결단ᄒᆞ리라 진왕이 면관고두 왈 변이 히ᄋᆞ 등의 손부로셔 낫시니 경악한심ᄒᆞᄋᆞ나 그윽이 싱각ᄒᆞᄋᆞ니 비록 대

82면

악의 계집이나 각각 졔 몸을 싱각ᄒᆞᆯ지라 한시와 공쥐 가뷔 후대ᄒᆞ고 존당이 심이ᄒᆞ샤 일신이 영화로오며 질거ᄒᆞ오미 만시 여의ᄒᆞᆯ지라 한 녀후 무측쳔 ᄀᆞᆺᄐᆞᆫ들 무ᄉᆞᆫ 부족ᄒᆞᄆᆡ 이런 대악의 일을 몸쇼 ᄒᆡᆼᄒᆞ리이가 더욱 공쥬ᄂᆞᆫ 셰속 미말 슉녀와 ᄀᆞᆺ지 아냐 머니 슉ᄌᆞ인풍이 셩녀의 풍이 가즉ᄒᆞ니 이런 일을 듯지룰 못ᄒᆞᆯ 위인이라 대인의 붉

으시므로 거의 혜아리실지라 셰번 싱각ᄒᆞ샤 이 일을 미봉ᄒᆞ고 아른 톄 마르샤 타일의 다시 구쳐ᄒᆞ미 맛당홀가 ᄒᆞᄂᆞ니이다 쵸공이 닛빗출

83면

졍히 ᄒᆞ고 쥬왈 형의 말이 올코 ᄒᆞ믈며 한시와 공쥐 구고 존당을 히ᄒᆞ여 졔 몸의 유익ᄒᆞ미 업슬지라 어리지 아니코 밋치지 아냐셔는 셜스 대간대악이라도 이런 일은 아닐지라 이런 변을 가져 무어시라 탑젼의 쥬ᄒᆞ고 공쥬와 한시를 엇지 ᄒᆞ리잇가 노공이 졍싴 왈 너의 흔ᄀᆞᆺ 손부를 위ᄒᆞ여 효도의 샹ᄒᆞᄆᆞᆯ 씻둣지 못ᄒᆞᄂᆞ냐 내 몸을 위ᄒᆞ여도 이런 흉ᄉᆞ 이시면 더뎌두지 못홀지라 ᄒᆞ믈며 존당의 이 일이 이시미냐 나의 망조졀통ᄒᆞᆫ 마음을 엇지 다 닐오리오 결단ᄒᆞ여 그져

84면

두지 못ᄒᆞ리라 진 초 이 공이 긋치 누르지 못홀 쥴 알고 노공이 시녀를 져쥬고져 ᄒᆞ미 쥬ᄒᆞ여 굴오대 이 일이 등한ᄒᆞᆫ 변이 아니라 지은 쟈를 ᄎᆞ즌즉 놀나온 비 업스올 거시로대 발각ᄒᆞᆫ 후 집의 두지 못ᄒᆞ올지라 한시 제 친뎡의 도라보내고 공쥬는 혜션궁 문을 잠가 샹부 왕래를 끈치게 ᄒᆞ면 츌뷔니 이리ᄒᆞ고 나죵을 보와가며 결ᄒᆞ샤이다 노공이 그 말을 좃ᄎᆞ 한시를 블너 슈죄ᄒᆞ고 내쳐 집으로 도라가게 ᄒᆞ니 온화히 명을 바다 하직ᄒᆞ고 믈너가니 진 초 이 공이 다 ᄎᆞ셕ᄒᆞ고 태ᄉᆞ와 평능휘

85면

내후의 드러와 한시와 공쥬를 블너 흔연이 좌를 쥬고 위로ᄒᆞ여 갈오대 가즁의 고이ᄒᆞᆫ 변이 나 귀쥬와 아부 신샹의 헛된 누명이 이러이 일우니 엇지 일분이나 의심이 이시리오마는 존당 환휘 즁ᄒᆞ시고 대부 명뇌 엄ᄒᆞ시니 현부와 귀쥐 쳔균대량이라 마음을 안졍히 ᄒᆞ고 고요히 이셔 타일 부운이 옹폐ᄒᆞᆫ 거슬 쓰리치고 일월의 명광을 기다리라 한쇼뷔 친졍의 귀근을 일쿳고 굿ᄐᆞ여 이런 불미ᄒᆞᆫ 말을 구외의 내지 말나 언마ᄒᆞ여 이미ᄒᆞᆫ 재 신원ᄒᆞ고 간ᄉᆞᄒᆞᄂᆞ니 발각ᄒᆞ리오 한시와

86면

공쥐 피셕직ᄇᆡᄒᆞ여 명을 밧고 덕음을 칭샤ᄒᆞ미 쇄락ᄒᆞᆫ 광염은 쇼월이 만방의 ᄇᆡ이고

어리로온 거동은 츈원의 일만화봉이 닷토와 웃는 둧 신긔로온 직질은 기산의 봉됴 곳고 조흔 긔골은 빅년 두숑이 향슈룰 썰쳐시니 단장이 무식ᄒᄆᆞ로 용홰 더욱 빗나 향염ᄒᆞᆫ ᄌᆞ틴는 비무흔 광치 찬란ᄒᆞ니 영영흔 미우는 텬디의 정화룰 가져 빅태쳔광이 일신의 조요ᄒᆞᆫ지라 평능휘 아름다오믈 이긔지 못ᄒᆞ여 모친긔 쥬ᄒᆞ여 굴오대 여ᄎᆞ식 광이 무졔치 못ᄒᆞ여 익이 이시니 졍히

87면
녀ᄌᆞ되오미 가련토쇼이다 더욱 한시는 가는 힝식이 조치 아니혼지라 요ᄉᆞ이 대부긔 요괴로온 계집이 되셔 일을 비져내니 가장 불길지죄라 쇼지 그 츌쳐룰 아지 못ᄒᆞᄂᆞ 이다 양졍 이비와 쇼졍 두 부인이 공쥬와 한시 손을 잡고 눈물을 금치 못ᄒᆞ여 굴오대 어질고 화ᄒᆞ미 신명을 지지홀지라 엇지 여ᄎᆞ 악명을 시러 도라가며 더욱 공쥬의 쳔 금지질의 욕된 거죄 이시믄 우리 더욱 불안ᄒᆞᆫ지라 옥쥬는 만ᄉᆞ룰 훤대히 싱각ᄒᆞ샤 한분을 싱각지 마르샤 귀톄룰 슌샹티 마르쇼셔 공쥬 감

88면
은비샤 왈 녀ᄌᆞ 몸을 사름의게 굴ᄒᆞ미 엇지 귀쳔이 이시며 죄의 당ᄒᆞ미 홀노 귀흔대 ᄡ지 아닛는 벌이 이시리잇가 이 흔곳 쇼쳡 등의 익뿐이 아니라 존문의 가장 불길ᄒᆞᆫ 온지라 만일 슈히 엇지 아닌즉 금일ᄉᆞ는 젹은 일이 될가 ᄒᆞᄂᆞ이다 태ᄉᆞ와 능휘 졈두 왈 옥쥬 션견이 만리룰 예탁ᄒᆞ시니 아등의 바랄 빈 아니라 그러나 졍흔 거시 간ᄉᆞ룰 이긔ᄂᆞ니 비록 우리 무리 어두오나 두 대인의 졍대ᄒᆞ시며 부쥼의 변을 진졍ᄒᆞ시리니 옥쥬는 과려치 마르쇼셔 이늘 한쇼졔 구고존당의 하직고 본부로 도라가

89면
딘 임의 태ᄉᆞ 부븨 엄ᄒᆞ여 가내인을 누셜치 아니ᄒᆞ고 쇼져의 도라가미 그 우연흔 근친이라 칭ᄒᆞ니 위부인이 역시 약의 변심ᄒᆞ여 공쥬와 한시 ᄉᆞ랑ᄒᆞ미 업고 조흑ᄉᆞ는 의외지변이나 귀즁ᄒᆞ여 ᄒᆞ는 부인을 츌거ᄒᆞ니 악연ᄒᆞ나 부형의 히리 소명ᄒᆞᆯ실지라 화긔 견연ᄒᆞ여 도라가믈 보지 아니니 군종 졔죄 긔롱ᄒᆞ여 그 속이 다 말ᄂᆞᆺ다 ᄒᆞ니 완 히히 웃고 부마는 팀묵온즁ᄒᆞ여 이 일을 모르는 둧 오직 혜션궁의 ᄌᆞ최룰 ᄊᆞᆫ칠 ᄲᅮᆫ이 러라 태부인이 슈일 후 나으미 쵸공과 진왕이 셔

90면

로 의논ᄒ여 무릉션을 업시홀 쇠를 의논ᄒ니 능휘 쥬왈 무릇 일이 권도도 잇고 졍도
도 이시니 이러므로 경권을 두샤 후셰 사ᄅᆷ이 일편되이 집즁ᄒ여 일이 그릇될가 두
려 규례와 권변을 가ᄅ치신지라 이제 대부의 어드신 요인이 젹은 근심이 아니니 만
일 가마니 두어 대뷔 졈졈 고혹ᄒ시면 기해 ᄒᆞᆾ 셩톄 손상ᄒ실 ᄲᅮᆫ 아니라 졈〃ᄒ여
대인과 빅부긔 밋고 더ᄒᆞ즉 쇼ᄌ 등ᄼᆡ지 니르러 난가를 민돌 쟝본이라 이쳑의 쇼지
한 용ᄉ로ᄒ여금 대부 침쳐의 여어다가 대뷔 존당의 나가신

91면

쳑의 급히 요인을 잡아 먼니 가게 ᄒ며 ᄎᄌ내실 쳑의ᄂᆞᆫ 쇼지 당ᄒ여 죄칙을 입으나
근심을 들미 가ᄒ니이다 좌우의 졔죄 일시의 우음을 먹음어시니 진왕이 칭션 왈 나
의 현질 곳 아니면 하마 가변을 졔방치 못ᄒᆞᆯᄂᆞᆺ다 엄친이 팔십이 거의신대 쥬야 요인
이 뫼시미 그 긔운이 환탈ᄒ시고 졍력이 돈감ᄒ시니 아등이 발분망식ᄒ여 요인을 업
시ᄒᆞᆯ지라 엇지 권도를 피ᄒ리오 다만 어더내라 ᄎ지실 젹 다ᄒ기를 엇지ᄒ리오 평촉
휘 웃고 대ᄒ여 ᄀᆞᆯ오대 능후 형 의논이 달논이라 ᄎ

92면

지실 젹 뭇어시라 못ᄒᆞ리잇가 졔 스사로 다ᄅ나다 ᄒ샤이다 능휘 다시 쥬왈 엇지 두
번 쇽이오미 올흐리잇가 ᄎ자내라 ᄒ시거든 쇼질이 ᄌ당ᄒ리이다 초공이 탄하여 ᄀᆞᆯ
오대 일이 이의 밋ᄎ니 마지 못ᄒ여 너의 권도로 말을 조ᄎ려니와 원내 지족다모ᄒᆞᆫ
재 능히 슈샹을 잘 쇽이믈 기양을 삼으니 나의 ᄯᅳᆺ이 아니라 내 만일 대인 몸의 히 곳
아니면 엇지 너의와 동심ᄒ여 대인을 쇽이오미 이시리오 졔죄 다 웃고 능휘 부복황
공ᄒ여 다시 말을 못ᄒ니 진왕이 웃고 다시 의논ᄒ여 급히 힝계ᄒᆞᆯ믈

93면

무ᄅ니 능휘 대왈 쇼질의 막하의 한 용ᄉ 이시니 셩명은 번진이라 날늬미 형가 셥졍
의 비길 거시오 의긔 츙후ᄒ니 쇼질이 신임ᄒ연지 오릭더니 가히 금야의 번진을 명
ᄒ여 대뷔 내당의 드러가신 쳑 불시의 무릉션을 잡아가면 가히 쉬올 거시오니 이밧
게 무칙이로쇼이다 초공 왈 임의 침셕의 근시ᄒ미 아등이 잡다가 쥭이미 의 아니

오 쟝춧 어지 쳐치ᄒ려 ᄒᄂᆞᇰ뇨 능휘 쇼이 대왈 임의 권도를 ᄡᅳ오미 엇지 한 계집을 속이지 못ᄒᆞ여 대부의 갓가이 ᄒᆞ신 쟈를 죽이오며 누인의게 누셜

94면

ᄒ리잇가 변진으로 ᄒᆞ여금 여츳여츳 속이면 뎌 요인이 두려 쳥ᄒᆞ여도 다시 오지 못 ᄒᆞ리니 이 계교의 지ᄂᆞ미 업ᄂᆞᆫ가 ᄒᆞᄂᆞ이다 졔죄 칙칙칭찬ᄒᆞ고 진 초 이 공이 우음을 ᄭᅴ여 다시 말을 아니나 능후의 ᄒᆡᇰ시 말마다 이러툿 ᄒᆞ믈 두굿겨ᄒᆞ더라 춧야의 조노 공이 무릉션을 외당의 두고 잠간 존당의 드러갓더니 능휘 변진을 일일이 가ᄅ치고 ᄯᅩ흔 내조히 드러와 졔죄 노공 옳히 뫼셔 진짓 화담미어를 찬조ᄒᆞ여 오리 안ᄌᆞ 드ᄅᆞ 시믈 요구ᄒᆞ니 태부인이 희불ᄌᆞ승ᄒᆞ여 노공이 니러ᄂᆞ려 ᄒᆞ면 머무ᄅᆞ

95면

고 졔ᄌᆞ손의게 미어를 듯더라 어시의 변싱이 능후의 명을 듯고 머리의 누른 거로 ᄡᅵ 고 복식을 흉뎡이 ᄒᆞ여 손의 구리치를 잡고 몸의 거믄 거슬 입고 희미흔 달빗히 대셔 헌의 ᄲᅱ여들며 글오대 명부십왕이 황건력ᄉᆞ를 명ᄒᆞ여 사름의 집을 어ᄌᆞ러인 요인 무 릉션을 잡아오라 ᄒᆞ신다 ᄒᆞ고 나는 다시 ᄮᅥ드러 한업시 가니 이 무릉션이 불과 챵녀 즁의 요ᄉᆞ흔 재라 엇지 금야의 뎌 변진의게 속지 아니리오 혼불부톄ᄒᆞ여 썰며 닐오 대 이ᄂᆞᆫ 무릉션의 죄 아니라 경챰졍 부즁의셔 쇼쇼져와 범낭

96면

군이 시겨 보내시니 실노 마음으로 조노공을 미혹게 ᄒᆞ미 아니로쇼이다 춧언을 조ᄎᆞ 범싱의 근본을 알고 다시 무러 글오대 너를 이제 명부디옥으로 잡아가려 ᄒᆞᄂᆞ니 너 시기든 쟈를 다 대히고 네 원샹을 날다려 긔이지 말나 내 오히려 너를 살 길흘 터노 코 가리니 비록 암미흔 일이나 명부의셔ᄂᆞᆫ 쇼연이 아ᄂᆞ지라 네 올흔 대로 ᄒᆞ라 무릉 션이 울며 글오대 다 범싱과 쇼시의 지휘라 내 조부의 가 ᄌᆞ쟉지변을 아니ᄒᆞ여시니 원컨대 신명은 쳡을 샤ᄒᆞ쇼셔 쇼쳡이 ᄉᆞ오나온 마음을 긋치고 이리로셔 바

97면

로 본향 쇼쥬로 나려가려 ᄒᆞᄂᆞ이다 변싱이 한업시 나와 문외 심쳐의 바리고 가며 닐

오대 이제 경참정 부줌의도 다시 가지 말고 범싱도 다시 찻지 말고 이리로셔 바로 쇼
쥬로 나려가되 네 일홈을 곳쳐 못누니 잇거든 무릉션이라 말고 직션이로라 흐며 조
부의는 족젹을 더욱 말나 텬신이 진노흐니 네 말을 듯지 아니면 아모대를 가도 풍도
디옥을 쳔만겁이라도 면치 못흐리라 이졔 네 번거로이 경스 사름을 스괴여 량식이나
어드려 흐면 네 반드시 쥭을 일이 이실 거시니 내 이십금을 쥬

98면

누니 가지고 반젼을 삼아 일야로셔 본향으로 도라가라 네 실노 너의 죄 업시 사름의
다리오믈 입어 스디의 쌘지믈 가련흐여 너를 노코 일 지은 쟈를 잡아가려 흐노라 무
릉션이 불승감격고 경구흐여 즉시 반젼홀 금을 품고 쥐 숨듯 쇼쥐로 가며 일노의 사
름을 만누면 일홈을 긔여 직션이로라 흐여 도망흐니 노공이 비록 잇지 못흐나 어디
가 그림진들 츠즈리오 평후의 계괴 진실노 능타 흐리러라 츠야의 노공이 누와 무릉
션의 즈최 업스믈 대경흐여 졔손과 진 초 이공을 불너 연

99면

고롤 무르니 진왕이 몬져 대흐여 굴오대 쇼즈 등이 졔아로 더브러 함긔 모셔 드러가
고 나오니 츠인의 거쳐를 알니잇가 노공이 침음흐여 기리 싱각흐며 진실노 앗가오며
홀연흐미 노인의 마음이 좌우슈를 일흔 둣흔지라 고개를 숙이고 탄흐여 굴오대 내
그 녀식을 관견흐미 아니라 노인의 좌와의 부리기 종요롭고 즈셩이 총민흐여 가히
스랑흐온 미인이러니 공연이 간비 업스니 츠는 연괴 이시미라 너의 즁의 날을 위흐
여 츠즈쥬리 이시면 효즈효손이 되리라 졔쇼년드리 가쇼

100면

로오믈 이긔지 못흐여 일시의 미미흔 쇼안이 겨유 쇼리 참아 각각 눗출 두로흐니 오
직 태스 능후 삼형뎨 관현 문현 등이 겨유 우음을 참고 공슈시좌 흐여시니 초공이 안
광을 흘녀 좌우를 보믹 안광이 실즁의 바이는지라 졔즈손 등이 각각 개용슈렴흐여
숑연이 경구흐니 노공이 다시 닐오대 너의 엇지 내 말을 답지 아니흐느뇨 능휘 피셕
흐여 고왈 쇼손이 나죵의 드러가므로 잠간 보오니 이 방의 엇던 남직 쒸여 드러가므
로 즈셔히 보오니 이윽고 도로 쒸여나오니 쇼손이 놀나 술피온즉

101면

무릉션을 잇글고 가는지라 쌀아잡지 못ᄒ니이다 노공이 발연 노왈 엇지 그만ᄒ여 노하 보내리오 가즁의 본부 쟝확이 만코 네 쏘 강용이 만부를 당ᄒ려든 흔 도적을 엇지 이긔지 못ᄒ여 자바가게 ᄒ리오 이는 짐짓 보내미라 고어의 왈 견믜라도 부뢰 ᄉ랑ᄒ면 귀히 너긴다 ᄒ니 ᄒ믈며 사름을 여등 부지 깃거 아니ᄒ더니 동심모의ᄒ여 내 여보내고 날을 속이미로다 진 초 이 공이 면관샤죄여늘 평능휘 계하의 나려 쳥죄ᄒ고 이의 쥬왈 부뢰 그른 곳의 ᄲ지시미 셰번 간키는 셩

102면

인의 허ᄒ신 빈라 대뷔 요인을 고혹ᄒ샤 셩톄를 도라보지 아니시니 일가합문이 쇼요ᄒ며 부슉이 바야흐로 밥을 편히 삼키지 못ᄒ며 잠을 벼개의 일우지 못ᄒᄂ니 쇼ᄌ 등의 하졍의 황민ᄒ여 비록 ᄉ디룬도 ᄉ양치 못ᄒ여 부형의 근심을 덜며 대부 셩톄를 조호ᄒ올지라 무릉션은 요괴로온 챵녀오 별단 긔특흔 일이 업술 ᄲᅮᆫ 아니라 졔 언약흔 간뷔 여러흔 고로 금야의 ᄎ지라 온 지 이셔 다려가거늘 쇼손이 실노써 보고 잡지 못ᄒ니 다른 형뎨와 부슉은 대부를 뫼셔 훤당

103면

을 떠ᄂ지 아냐 겨시오니 ᄎᄉ는 망연이 아지 못ᄒ고 쇼손이 보고 보낸 빈오니 죄를 쳥ᄒᄂ이다 노공이 쳥파의 대로ᄒ여 굴오대 내 비록 노망ᄒ나 너의 부지 엇지 업슈히 여기믈 이ᄀᆺ치 ᄒ나뇨 부형이 ᄌ뎨를 금단ᄒᄆ이 잇거니와 ᄌ손이 부조를 금단ᄒ여 총희를 가마니 ᄶᅩᆺ기는 인ᄌ의 되 아니라 만일 무릉션을 ᄎᄌ 일위지 못ᄒ면 너를 용샤치 아니ᄒ리라 능휘 빈복쳥죄 왈 쇼손이 보고 잡지 못흔 죄 만ᄉ유경이오니 오직 다ᄉ리시믈 바랄 ᄲᅮᆫ이라 본대 거쳐 업슨 챵녀로

104면

졔 간부를 ᄎᄌ 도망ᄒ니 어대 가 ᄎᄌ리잇가 노공이 졍식 대미 왈 무릉션은 샹계 신션이라 엇지 간뷔 이시며 닉 바릴가 두려ᄒ니 졔 엇지 날을 바리리오 닉 나히 셔산님년ᄒ여 ᄉ망이 무일흔대 신션을 만나니 기리 인셰 화락을 다ᄒ여 쟝싱불ᄉ ᄒ믈 바라거늘 네 무슴 용심으로 ᄶᅩᆺ 보내뇨 ᄒ고 쇼리를 통통이 지르며 근력을 만히 허비

ᄒ며 분분통히ᄒ기ᄅᆞᆯ 익이지 못ᄒᆞᄂᆞᆫ지라 능휘 고요히 부복ᄒᆞ여 죄ᄅᆞᆯ 쳥ᄒᆞ고 진 초
이 공이 화평ᄒᆞᆫ 안쉭으로 간ᄒᆞ여 갈오대 신션 잇

105면

다ᄒᆞᆫ 실노 허탄ᄒᆞᆫ 말이라 진황 한무도 죵시 신션을 만ᄂᆞ지 못ᄒᆞ여시니 무릉션이
불과 간ᄉᆞᆫ 창물이 사ᄅᆞᆷ을 혹게 ᄒᆞ노라 신션이로라 ᄒᆞ미오 본대 동가식 셔가슉ᄒᆞ며
한ᄀᆞᆺ 졍ᄒᆞᆫ 곳이 업고 져문 계집이 대인의 츈취 놉흐시믈 깃거 아냐 다라ᄂᆞ미니 유현
이 보고 힘뻐 잡아두지 아니ᄒᆞ오미 그ᄅᆞ오나 이 ᄯᅩᄒᆞᆫ 대인 셩톄ᄅᆞᆯ 위ᄒᆞ여 간졀ᄒᆞᆫ 넘
녀 이시미니 그 죄ᄅᆞᆯ 참쟉ᄒᆞ실지니 셜ᄉᆞ 다ᄉᆞ리려 ᄒᆞ실지라도 쇼ᄌᆞ 등이 명대로 ᄒᆞ
오리니 엇지 이럿톳 셩노ᄅᆞᆯ 잇비ᄒᆞ시리잇고 노공이

106면

더욱 노ᄒᆞ여 고셩즐미ᄒᆞ기ᄅᆞᆯ 마지아니ᄒᆞᄂᆞᆫ지라 태ᄉᆞ 등 졔인은 다 우음을 참지 못ᄒᆞ
고 복야 등은 민망하믈 이긔지 못ᄒᆞ오니 더욱 부마 등의 착급ᄒᆞ믈 이ᄅᆞ리오 이ᄢᅥ 겨
울날이 박모ᄒᆞ여 우셜이 ᄲᅬ여 오시 져즈대 노공이 ᄭᅮ짓기ᄅᆞᆯ 긋치지 아니ᄒᆞ고 샤ᄒᆞ미
업ᄉᆞᆫ지라 명쳔이 이의 ᄭᅮ러 굴오대 아비 죄 이시미 ᄌᆞ식이 대ᄒᆞ기ᄂᆞᆫ 녜로븟터 허ᄒᆞ
신 빈라 이졔 가친의 그ᄅᆞᆺᄒᆞ미 이시나 풍위 질쟉ᄒᆞ여 셜한이 엄ᄒᆞ오니 ᄌᆞ숀 등이 ᄯᅳ
ᄂᆞ 둧ᄒᆞ온지라 대부ᄂᆞ 슬피쇼셔 이걸ᄒᆞ미 셕목을 요동홀 둧ᄒᆞ

107면

고 허다 졔이 ᄌᆞ라니와 어리니 션션층층히 잇고 ᄒᆞᄂᆞ 말ᄉᆞᆷ이 갓초 어엿분지라 좌우
로 능후ᄅᆞᆯ 옹위ᄒᆞᆫ 학우션동이 가득ᄒᆞ니 진 초 이 공이 그윽이 눈ᄌᆞ어 능후의 복되믈
우으며 단졍이 팔쟝 곳고 노공의 명을 기다리니 노공이 샹시 ᄀᆞᆺᄐᆞ면 엇지 이대도록
ᄒᆞ리오마ᄂᆞᆫ 약이 노인의 마음을 밧고고 요식의 고혹ᄒᆞ여 마음이 달나시므로 능후ᄅᆞᆯ
크게 다ᄉᆞ리려 ᄒᆞ더니 졔숀의 이걸홈과 부마의 간졀ᄒᆞᆫ 말이 셕목을 녹이ᄂᆞᆫ지라 노인
의 마음이 ᄌᆞ연 긋지 못ᄒᆞ니 노ᄅᆞᆯ 잠간 도로혀 능후ᄅᆞᆯ 샤ᄒᆞ

108면

나 분분ᄒᆞ믈 니긔지 못ᄒᆞ여 닐오대 너의 두로 심방ᄒᆞ여 무릉션을 ᄎᆞᆽ내면 효숀이

되리라 능후 등이 빈ᄒ고 비로쇼 올나 뫼시나 노인의 마음이 울젹ᄒ믈 이긔지 못ᄒ
는지라 진 초 이 공이 민망ᄒ여 ᄎ야의 졔ᄌ 졔손으로 ᄒ여금 탄금쟉가ᄒ여 빵으로
무슈믈 시겨 우으시믈 도으니 능후와 평촉후의 능려ᄒ 무슈와 명윤 명인의 과인지품
이 진실노 셰대의 업손지라 노공이 울읍ᄒ 가온대 ᄯ혼 웃고 두굿기믈 이긔지 못ᄒ
여 노긔 다 프러지니 능휘 짐줏 가쇼의 거동을 다ᄒ여 화ᄒ 우

109면

음과 어리눅은 말솜이 츈풍의 뉴화믈 잇글며 양츈의 초목이 싱화ᄒ는 둣ᄒ지라 말솜
이 입의셔 나미 즁좨 박쇼ᄒ고 춤이 ᄒ번 나미 졔인의 눈이 ᄲᅩ다져시니 노공이 아름
답고 깃브믈 이긔지 못ᄒ여 글오대 유현이 무릉션을 아니 잡고 노화 보내니 내 마음
이 통한ᄒ여 죄를 다스리려 ᄒ더니 금야의 화담미어와 가무희락이 족히 노래ᄌ의 치
의를 불워 아닐지라 내 마음이 통한ᄒ여 ᄒ더니 다 프러져 무릉션을 다 잇ᄂ니 능휘
너의 밤마다 이리ᄒ여 나의 고젹ᄒ믈 위로ᄒ라 능휘 지비슈

110면

명ᄒ고 졔ᄌ손이 다 노쇠ᄒ시믈 감동ᄒ여 일시의 다 배샤슈명ᄒ니 진 초 이 공이 야
야의 긔락굉걸ᄒ시미 젼후 다른 사름 ᄀᆺ투여 프러지고 노혼ᄒ시믈 보미 의시 챵감ᄒ
며 심담이 붕녈ᄒ여 각각 봉안의 믈결이 요동ᄒ고 미워 쳑연ᄒ믈 ᄯᅴ어시니 어두온
가온대 아라보고 무러 글오대 금야의 내 질기는 ᄲᅥ를 당ᄒ여 너의 두 사름이 홀노 질
겨 아니믄 엇지뇨 냥인이 년망이 개용ᄒ고 샤왈 금야의 쇼ᄌ 등이 우흐로 대인을 뫼
시고 아릭로 ᄌ손을 거ᄂ려 즐거오미 인싱의 과의라 엇지 깃브미 젹

111면

으리잇고마는 믈의셩쇠는 고시변애라 셩만ᄒ미 넘ᄉ오니 일노뻐 화긔 감ᄒ오미 불
회로쇼이다 인ᄒ여 개용화긔ᄒ여 희언을 찬조ᄒ여 노공의 질기시는 흥을 도으니 노
공이 희불ᄌ승ᄒ여 락극달야ᄒ니 야심ᄒ미 진 초 이 공이 졔손을 믈너가라 ᄒ고 뫼
셔 ᄌ며 이후는 진왕이 아니면 초공이 뫼셔 ᄌ손을 밤마다 모화 유희를 ᄒ번 우으시
믈 영힝으로 아는 고로 일노조ᄎ 명윤 등 졔이 호일ᄒ미 더ᄒ여 대부의 셰를 ᄶᅥ 희락
이 ᄌ못 낭ᄌ하나 냥공이 엄티 아니믄 노친 ᄯᅳᆺ을 바드미라 노

112면

공이 다시 무릉션을 일킷지 아니ᄒ니 진왕이 믈너와 ᄌ질을 모호고 능후를 앏히 나아오라 ᄒ여 친히 잔을 부어 쥬어 굴오대 우리 형뎨 슉질이 몃치 잇ᄂ뇨 마는 무릉션 ᄒ나 잇는 거슬 졀박히 너기대 능히 업시ᄒᆯ 션칰을 내지 못ᄒ고 헛된 심려만 허비ᄒ거늘 너의 일계를 운동ᄒ미 요녀를 업시ᄒ고 대인이 이리 질기시게 ᄒ니 우리 형뎨 다 이만 ᄀᆺ지 못ᄒ지라 네 아ᄌ비 일빈 향쥬를 폐치 못ᄒ노라 능휘 황망히 ᄭ러 잔을 바드며 니러 ᄌ비칭샤ᄒ여 쳔불감만불감

113면

ᄒ믈 일킷고 잔을 거후ᄅ니 초공이 잠간 웃고 굴오대 일이 맛ᄎ내 졍도는 아니나 요ᄒᆡᆼ 그만ᄒ여 이ᄌ시니 다ᄒᆡᆼᄒ고 네 공이라 ᄒ려니와 미시 능활ᄒ므로 부형 속이믈 능스로 말나 휘 부복 황공ᄒ여 감히 답지 못ᄒ고 흔ᄌᆺ 화흔 긔운이 만물이 싱화ᄒᆯ지라 부슉의 두굿김과 ᄌ질의 감탄경복ᄒ미 비길 대 업스니 일가문의 츄앙ᄒ는 즁망이 능후의게 도라가더라 화셜 한시 부모긔 도라가 뵈고 존고의 명대로 ᄉ친지졍을 이기지 못ᄒ여 귀령ᄒ믈 고ᄒ니 부뫼 고지 듯고 츌화의

114면

근본을 ᄭᆡᄃᆺ지 못ᄒ니 한시 일이 명빅지 아니나 츌뷔라 부모긔 셩졍지후는 번거히 나셔 ᄃᆞ니지 아냐 고요히 침쇼의셔 지게 밧글 나지 아니니 부뫼 고이히 너기고 녕녀ᄒ여 연고를 므ᄅᆫ대 즐겨 니ᄅᆞ지 아니ᄒ더니 월여의 조흑시 참지 못ᄒ여 한부의 니ᄅᆞ러 빙부모를 뵈고 한화ᄒᆞᆫ대 쇼져의 그림ᄌᆞ도 보지 못ᄒᆞᆫ지라 마음의 참지 못ᄒ여 믄득 웃고 뭇ᄌᆞ와 굴오ᄃᆡ 쇼싱이 이 곳의 니ᄅᆞ오미 악부모긔 배현ᄒ믈 위ᄒ오미나 겸ᄒ여 실인과 아ᄌᆞ를 보와 별내를 닐오고져 ᄒ오미여늘 엇지 감

115면

초고 뵈지 아니시ᄂᆞ니잇고 동방화촉의 빵빵이 깃드리지 못ᄒ게 ᄒ시믄 악부모긔 처음 보앗ᄂᆞ니이다 한공 부뷔 조싱의 쇄락ᄒᆞᆫ 얼굴과 명월 ᄀᆞᆺ튼 광휘로뼈 뉴화 풍신이 일좌를 셩동ᄒ고 뉴슈지언과 츄텬하일 ᄀᆞᆺ튼 긔운이 쳔고 영쥰이오 셰대 무적이라 아름답고 두굿기오믈 이기지 못ᄒ여 굴오ᄃᆡ 네 이 곳의 니ᄅᆞ기를 드물니 흘지언졍 우

리는 동방을 비셜ᄒᆞ여 등대ᄒᆞ연지 오ᄅᆡ니 엇지 내 허믈을 삼ᄂᆞ뇨 드대여 흑ᄉᆞ의 셕반을 츌히라 ᄒᆞ고 인ᄒᆞ여 머믈기ᄅᆞᆯ 쳥ᄒᆞ니 조

116면

싱이 대회ᄒᆞ여 옥면셩모의 웃는 용화ᄅᆞᆯ 여러 츈풍화긔 일좌의 ᄲᅩ이ᄂᆞᆫ지라 한공 부뷔 두굿거오믈 이긔지 못ᄒᆞ여 날이 져믈ᄆᆡ 싱을 인도ᄒᆞ여 쇼져 침쇼 션향뎡의 보내니 이쩌 한시 고요히 문을 닷고 익을 쇼멸ᄒᆞ며 그 길운을 기다려 구구히 명도ᄅᆞᆯ 탄ᄒᆞ미 업더니 의외의 조싱을 만나니 마음의 놀나나 안식을 변치 아니ᄒᆞ고 니러 마자 셔로 례필의 동셔로 좌ᄅᆞᆯ 뎡ᄒᆞᄆᆡ 조싱이 웃고 ᄀᆞᆯ오대 가즁의 고이ᄒᆞᆫ 일이 이셔 부인이 이리 오ᄆᆡ 일삭이 거의로대 도라오지 못ᄒᆞ니 나의

117면

면목이 몽ᄆᆡ의 암암ᄒᆞᆫ지라 이의 니ᄅᆞ러 부인을 보고 아ᄌᆞᄅᆞᆯ 반길가 ᄒᆞ엿더니 엇지 숨고 나지 아니ᄒᆞ여 싱으로 ᄒᆞ여금 슈고로이 침쇼로 와 뵈라 ᄒᆞᄂᆞ뇨 아지 못게라 별후무양ᄒᆞ시며 아ᄌᆞ도 조히 잇ᄉᆞ온잇가 한시 슈용염임 왈 쳡의 ᄒᆡᆼ실이 신명을 져바려 대죄ᄅᆞᆯ 무릅ᄡᅳ고 대인이 도라보내시니 유치ᄅᆞᆯ 품고 친졍의 도라오나 무ᄉᆞᆫ 면목으로 군ᄌᆞᄅᆞᆯ 영졉ᄒᆞ며 ᄒᆞ믈며 쳡의 죄명이 허실간 군ᄌᆞ의 도리 셔로 찻지 아니ᄒᆞ염즉 ᄒᆞ거ᄂᆞᆯ 엇지 이의 니ᄅᆞ샤 몸의 히로오믈 싱

118면

각지 못ᄒᆞ시니잇가 유ᄋᆡ 본대 병이 업고 쳡신이 ᄯᅩ한 무ᄉᆞᄒᆞ오니 원컨대 군ᄌᆞ는 일즉이 도ᄅᆞ가샤 쳡의 마음이 편케ᄒᆞ시고 군ᄌᆞ의 도리ᄅᆞᆯ 올케 ᄒᆞ쇼셔 싱이 환연이 웃고 아ᄌᆞᄅᆞᆯ 날호여 어ᄅᆞ만져 부인의 얼굴을 바라보아 여산약ᄒᆡ지졍을 이긔지 못ᄒᆞ여 ᄀᆞᆯ오대 부인의 죄명이 만일 실이 이시면 싱이 셔로 불슌ᄒᆞ나 엇지 ᄎᆞᄌᆞ보기ᄅᆞᆯ 타연이 ᄒᆞ리오마는 즁대뷔 츈취 놉흐시고 요ᄉᆞ지인이 드러와 셩춍을 가리와 가변을 지어시나 임의 요인이 ᄂᆞ가시니 넘녀ᄒᆞ여 그 죄명이 버

119면

셔지리니 거즛 일을 실히 믿ᄃᆞ라 ᄆᆞ음의 잇지 못ᄒᆞ고 죄 업ᄉᆞᆫ 쳐ᄌᆞᄅᆞᆯ 쫏치면 이는 도

로혀 존당을 역정ᄒᄆᆔ 아니랴 부인은 통쾌ᄒᆫ 녀지라 조부야온 넘녀를 말고 부뷔 화
ᄒᆫ 얼굴노 반기미 가치 아니ᄒᆞ리잇가 한시 져의 풍융ᄒᆫ 말솜이 쇼저을 거리끼지 아
니믈 보고 한셜이 무익ᄒᆞ여 말을 아니ᄒᆞ고 침묵단좌 ᄒᆞ여시니 가을날이 ᄎᆞ고 옥누의
명월이 ᄇᆰ아심 ᄀᆞᆺ튼지라 ᄉᆡᆼ이 더욱 공경이즁ᄒᆞ여 ᄎᆞ야의 동침지락이 흔희ᄒᆞ여 일분
호의 업고 명조의 도라오기를 임ᄒᆞ야 아

120면

ᄌᆞ를 어ᄅᆞ만져 년년ᄒᆞ며 부졀업시 샹니ᄒᆞ믈 한ᄒᆞ여 광미를 ᄲᅥᆼ긔여 즐기지 아니ᄒᆞ더
라 조반후 악부모긔 하직ᄒᆞ고 바로 됴참의 나아가 인ᄒᆞ여 부즁의 도라오니 퇵시 갓
던 곳을 뭇는지라 ᄉᆡᆼ이 실노ᄡᅥ 고ᄒᆞ니 퇵시 잠쇼 왈 너희 위인이 명쳔의게 불급ᄒᆞ믈
ᄎᆞᄉᆞ로ᄡᅥ 알니로다 한시와 공쥐 빅옥무하ᄒᆞ믄 일양이나 조뷔 그릇 아ᄅᆞ샤 도라보ᄂᆡ
시니 그 ᄉᆞ이 엇지 오리리오 명쳔은 일즉 다른 가실이 업스되 혜션궁의 ᄌᆞ죄를 ᄉᆞ쳐
부조의 명을 승슌ᄒᆞ되 너는 한시의 간 곳즐 ᄯᆞᆯ아가 경박

121면

ᄒᆞ믈 면치 못ᄒᆞ니 엇지 붓그럽지 아니리오 혹시 졔슈무언ᄒᆞ여 우음을 ᄯᅴ여시니 좌우
군종이 다 웃고 긔롱ᄒᆞ더라

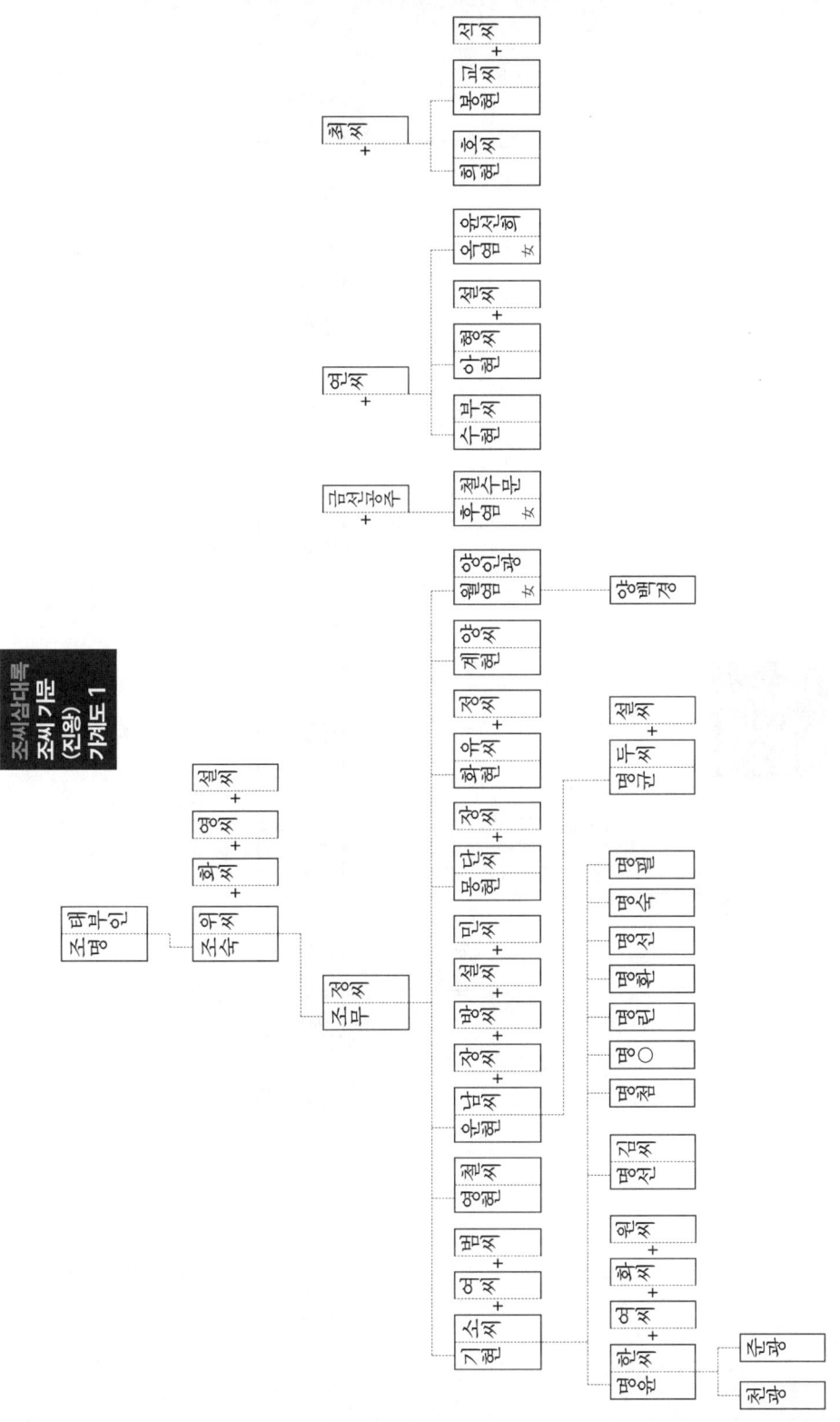

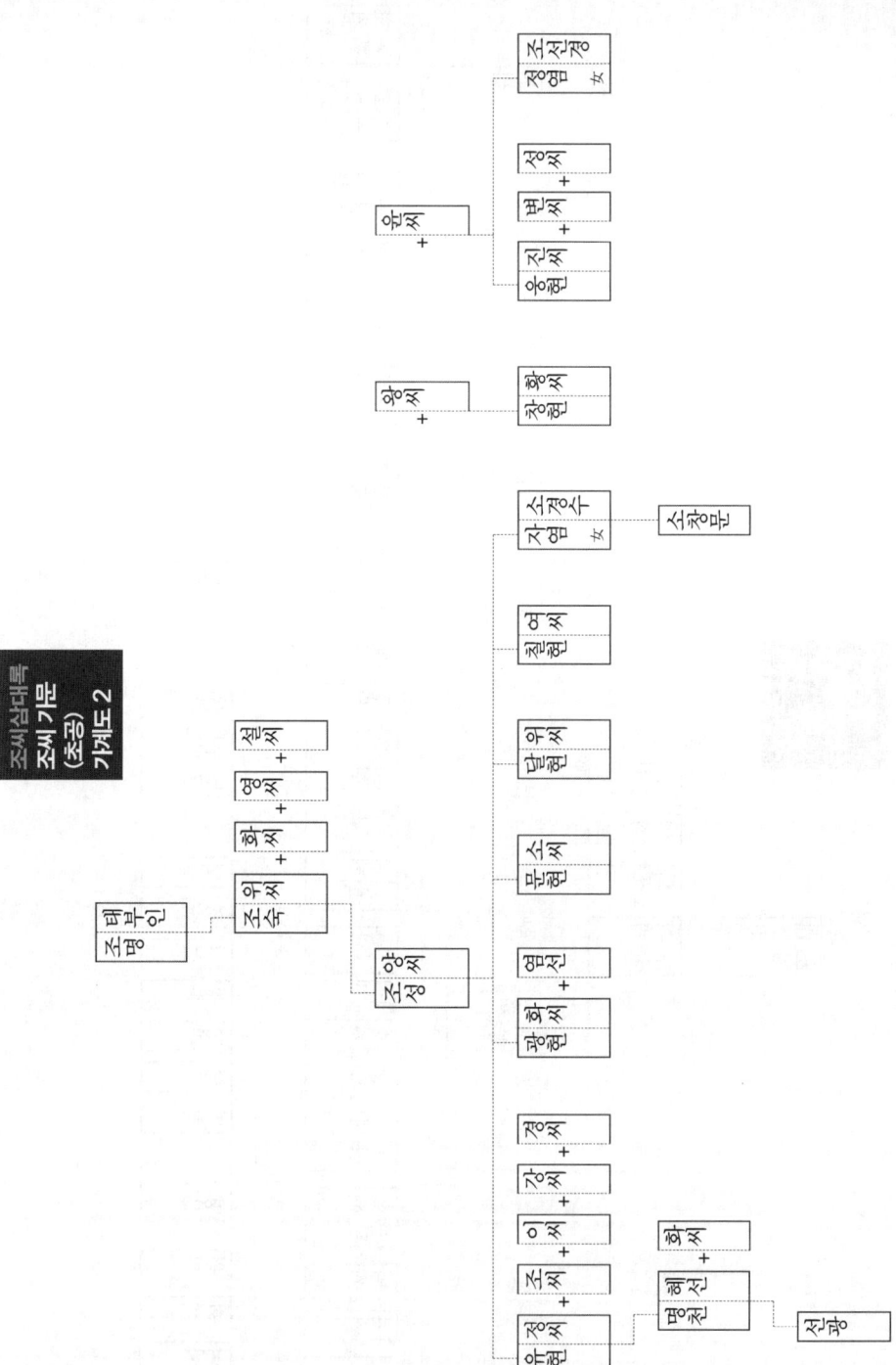